編年体大正文学全集

taisyô bungaku zensyû　第八巻 大正八年

1919

【責任編集】
中島国彦
竹盛天雄
池内輝雄
十川信介
海老井英次
藤井淑禎
紅野敏郎
紅野謙介
松村友視
東郷克美
保昌正夫
曾根博義
亀井秀雄
安藤　宏
鈴木貞美
宗像和重
山本芳明
［通巻担当・詩］
阿毛久芳
［通巻担当・短歌］
来嶋靖生
［通巻担当・俳句］
平井照敏
［通巻担当・児童文学］
砂田　弘

【本巻担当】
紅野謙介
【装丁】
寺山祐策

編年体　大正文学全集　第八巻　大正八年　1919

目次

創作

小説・児童文学

評論

評論・随筆・記録

詩歌

詩・短歌・俳句

編年体　大正文学全集　第八巻　大正八年　1919

ゆまに書房

創作

小説　児童文学

ある馬の話

広津和郎

入営してから間もなくの事であつた。馬の取扱《とりあつかひ》について、獣医の講話があつた。その講話の中に、こんな話があつた。馬と云ふ動物は非常に記憶力の強いもので、殊に人から受けた恩とか仇とか云ふものになると、人間よりも余程よく覚えてゐる。今から四五年前であるが、ある獣医が一頭の馬の足の手術をした。ところが、その手術が非常に痛かつたと見えて、馬はその事を執念深く覚えてゐた。そしてそれから三年ほど経《た》つた後《のち》、何かの場合に、その獣医がその馬の側に近よると、いきなり馬はその獣医の腕に嚙みついたと云ふのである。

『これは恩と仇とを大変勘違ひした傾《かたむき》はあるが、併し馬と云ふものは、こんな風に執念深く、自分にされた事を忘れないものである。だから、お前達も決して、馬だからと云つて、無暗に叩いたり、打つたりするやうな事があつてはならぬ。友達のやうに愛撫してやらなければならぬ。さうすれば今度はその反対に、何処までもお前達に馴づいて来る。さうなると馬ほどおとなしい、可愛い動物はない』獣医は最後にかう云つて、その講話を終へた。

私は子供の時分から、馬といふものに近づく機会がなかつた。馬は犬と同じやうに、素直な可憐な動物であるといふ話をよく聞いた事はあつたが、併しあの大きな身体《からだ》と、何処《どこ》を見てゐるか見当のつかないあの眼付と、それからあの大きな蹄《ひづめ》とを見ると、厭味《いやみ》はないが、何処か不気味なものに思はれたのであつた。狭い往来に荷馬車などが停《とま》つてゐて、その馬の直ぐ鼻先を通らなければならない時は、相当の年になつてからでも、平気ではゐられなかつた。

ところが、私の入営したのは、砲兵隊だつたので、どうしてもこの馬と云ふ動物に近づかないわけに行かなくなつて来た。朝起きて、点呼が済むと、直ぐ跣足で馬舎《うまや》に行かなければならない。そして朝飯まで約一時間半近くも、馬の手入をしなければならない。その馬の手入と云ふのが、私にはなかなかの難物であつた。馬房から彼等を外に引き出して、そして馬舎の外側に繋いで、そこで束藁《そくわら》で彼等の脚を摩《こす》るのである。彼等は砲車のやうな重い物を引かなければならないので、その脚に軟腫と称する一種のこりが出来る。そのこりを藁でこすつて、癒してやるのが、馬の手入の大部分なのである。そしてこれにはかなりの力と時間とを要する。馬の大きな胴中の下に屈みながら、藁を束ねたやつで、その脚を一生懸命にこすつてゐる時には、いろいろな考《かんがへ》が頭に浮んで来る。——やがて、その藁でこするのが済むと、今度は寝藁を日光に乾すために、馬房から馬舎の外の空地に、引き出さなければならない。その時も、各班が競争なので、我々は殆んど駈足である。自分の身体よりも大きい位に、ひと抱へにその藁を抱へながら、駈足をする。大きな動物が寝た後の藁は、彼等の排泄物によつて、どつしりと重い。臭気が鼻を衝く……

第一の朝、我々補充兵の教育係の上等兵は、それは小石川辺の魚屋の忰《せがれ》であつたが、我々を引率して、初めて馬舎に行つた時、

『手前達は馬を大切にしてやらなけれやいけねえぞ。いいか。一頭の馬を軍馬に仕立て上げるにや、六七年かかるんだからな。手前達の補欠は一銭五厘の端書一枚出しや、いくらでも来るが、軍馬の補欠はさうはいかねえんだ』こんな事を、冗談半分に笑ひながら云つた。――併し馬はそれ程大切にされてゐるのである。

馬舎の中に入つて行くと、両側に十五六づつ並んだ馬房の中から、彼等の長い顔がにゆつ、にゆつと飛び出してゐる。大体に於いて、軍馬は至極おとなしく馴らされてゐるが、それでも、中には性質の荒い、危険な馬がやつぱりあるので、さう云ふの馬房の柱には、赤い紙が目印のために貼つてある。――そして又その危険な馬の危険さに二種類あつて、一つは嚙む危険があり、もう一つは蹴る危険があるのである。嚙む危険がある馬には、鬣《たてがみ》の一部に目印のために藁が結びつけられてゐる。又蹴る危険のある馬には、その目印の藁が尻尾の一部に結びつけられてゐる。

さうした危険の目印のついた馬は、誰でも一寸側に近寄るのを厭がる。私と同じ補充兵が、私の班に四人ゐたが、併し補充兵は俗に新兵と云はれる初年兵よりも、尚位置が低いので、故《こ》兵達《へい》から、妙に意地の悪いしぐさをされる。馬に馴れた故兵達《こへい》は、態々《わざ〳〵》さうした危険の目印のついた馬の世話を、我々に命じようとする。

『何だ、何だ、補充兵、やい、此方《こつち》の馬の脚をこすつてやれ。そんなに一頭ばかりこすつたつてしやうがねえやい……』彼等の眼に触れないやうに、おとなしい馬の胴の下に屈んでゐると、こんな風に頭から怒鳴られる。

さうした危険の目印の藁が鬣《たてがみ》についてゐる馬の中に、『秋田《しうでん》』と云ふ一頭があつた。鹿毛《かげ》で、身体などはそれ程逞しくはなかつたが、眼付と云ひ、鼻づらの恰好と云ひ、何処かに気荒な性質を語つてゐるところがあつた。馬房につないである時も、うつかりその前を通りかゝると、妙に身体をゆすり、耳を後へ反らし、歯を剝き出して、何となく敵意を示すやうな様子をする。――馬に不馴な補充兵達は、誰もみんな此馬を恐れてゐた。

『やい、秋田は気をつけねえとあぶねえぞ。そいつに喰ひつかれて、入院してゐる奴が今二人もゐるんだ。ぼやぼやしてると、がちりと来るぞ』そんな事を上等兵も我々に云つた事があつた。そして此馬は、所謂『引つかける』事に於いても、聯隊中の馬

の中で第一と云ふ話であつた。軍馬を馴らす係の熟練した軍曹達の中にも、此馬を十分に乗りこなす者は幾人もないとの事であつた。

私も此馬が、最初は一番恐ろしかつた。朝と夕方（夕方も亦朝と同様食前に馬の手入をする事になつてゐるのである）と馬舎に行く時、うつかり此馬の世話が自分の番に当ると、出来得る限り、何とか誤魔化して、他の馬の方へ行く事にしてゐた。

けれども、或時、それは丁度前に話したあの獣医の講話を聞いて間もなくであつたが、馬に不熟練な自分でも、あの『秋田』を馴つかせる事が出来ないとは限らないと云ふやうな気がして来た。それは一種の好奇心ではあるが、併し私には、何かにつけてそんな風に、他の人のしない事をやつて見たいやうな心理の働く事がよくあつた。

そこで、私は馬の手入の度に、いつでもその『秋田』に乾草を取つて、口の処に持つて行つてやる事にした。が、人に反抗する癖のついてゐる『秋田』は、乾草を束ねて、そつと口のところに持つて行くと、ついと横を向いて、顔全体をぐつと後へ反らせるやうな恰好をした。そして何処を見てゐるのか見当のつかないあの眼を、吊し上げるやうにして、意地の悪いやうな敵意を示した。――だが、最初は恐ろしかつたものの、後に至ると、私は此つながれた動物に対する恐怖を次第に失くして行つた。それでもつと大胆になつて、『秋田』が顔を反《そむ》けても、かまはず尚もその乾草を、反けた彼の口を追ふやうにして差し出した。――三度目か四度目かであつた。『秋田』は初めて私の乾草を、安心したやうにして食べた。

私達の聯隊では、酒保は日曜日の外は立たなかつた。私は或日曜日の午後、酒保で買つたカタパンをポツケツトに持つてゐた。そして夕方の馬の手入の時、例の通り『秋田』に乾草を与へようとしてゐると、ふとポツケツトの中のカタパンを思ひ出した。私はそれを出して、もう少しも恐ろしくなくなつてゐたその馬の口の中に、横の方から投げ込んだ。『秋田』はあの大きな四角い歯の奥の方で、ぽろりぽろりと音を立てながら噛んだ。私は今一つ投げ込んだ。それをも彼は噛んだ。そして上唇を上の方へ吊し上げて、妙にふつふつと云ふ音を立てた。――それは後で解つて来たが、馬の嬉しさの表現なのであつた。馬が笑ふと云ふ事が実際であるのを、私はそれから知つた。

『秋田』はそれで、たうとう私にすつかり馴ついてしまつた。私が馬舎の中に入つて行くと、彼はいつでもそのふつふつと云ふ喜びの表現を直ぐにした。私は日曜日にはカタパンを、平生の日には乾草を、相変らず与へてゐた。かうなると妙なもので、他の者達の恐れてゐる、殊に自分と同じ補充兵達は側にさへ寄りつき得ないその馬を、何となく自分の馬ででもあるやうな、一種の可愛さなつかしさが湧いて来るのであつた。――私は『秋田』の手入を好んで引き受けた。

或日、それは入営してから、もう一ケ月近く経つた日であつた。私達補充兵は、営庭で徒歩教練をやつてゐた。――私は中学時代にボールは少し投げた事もあるが、その他の運動は一切嫌ひであつた。器械体操は足掛け一つ出来ない。木馬は飛んでもその背中までさへも達《とゞ》かない。駈足は五六分もすると倒れさうになる。そんな調子であつた。けれども、今軍隊に入つて見ると、何よりも一番甚しいのは此徒歩教練であつた。

誰でも知つてゐる通り、砲兵の穿くのはあの皮の固いグロテスクな長靴である。それも、補充兵のものとなると、何度も何度も修繕した、三日も経てば直ぐに釘の出るやうな古いのが渡される。足にしつくり合ふのなどは一つもない。唯さへ重い上に、それが足にしつくり合はないガバガバなので、歩く度に足が内で游いで、ぽつこぽつこと音を立てる。――それで力いつぱい地面の上に叩きつけるやうにして歩く。膝頭から、ふくらはぎが、リウマチのやうに痛んで来る。――そこに以《もつ》て来て、私はかなりの程度に、両足が内側に彎曲してゐるので、その歩き方が余計にをかしい。いくら教育係のS――中尉が苦心して、私の歩き方を直さうとしても、彎曲してゐるのは、なかなか真直ぐにはならない。――私はその中尉から、一人特別に列外に出されて、人の倍も歩かせられるので、此徒歩教練が一番嫌ひであつた。

ところが、その日は私の踵《かゝと》に、靴ずれのマメが出来てゐた。それが歩く度に、堪らなく痛かつた。私はそれを中尉に訴へた。中尉は私に靴足袋を脱がせて、水ぶくれになつてゐる踵を検べてから、

『なるほど、ひどい。早く直さなければいかんぞ。よし、列外に出て今日は見学してゐるがいい』と云つた。

そこで、私は列外に出て、ひとり突つ立ちながら、他の連中の教練の有様を見てゐた。――これは話が少し余計な事になるが、私のその靴ずれは、たうとう病院で手術を受け、全治まで約一ケ月半の月日が要した程のひどいものになつた。尤も、私が衛戍《えいじゆ》病院に入れられた原因は、その靴ずれではなく、内科の方の疾患ではあつたが――

営庭の向うはづれに一本の桜の木がある。そこに補充兵教育係の軍曹が立つてゐる。そこまで、営舎のところから一直線に、白墨で線が引いてある。その線に沿うて、一人づつ、約五六歩の距離をおいて、歩いて行くのである。歩き方の下手な補充兵達は、或男は妙に肩を突つ張らしたり、或男は足が少しも延びなかつたりして、ぽつか、ぽつかと歩いて行く。それを彼等から、少し離れたところに佇んで見てゐると、あんまり好い恰好には思はれない。私は自分の歩く時の恰好を想像して、苦笑を浮べずにゐられなかつた。――それにかうして、暫くの間でも身体を楽にさせられると、いろいろな事が頭に浮んで来る。いろいろな事が。実際寝る時と、馬の手入の、あの馬の脚をこする時との外は、物を考へる程の暇もないのである。

その時、突然衛門の方から、慌しく駈けて来る馬の蹄の音がした。見ると、人の乗つてゐない一頭の馬が、躍り上るやうな荒々しい恰好で、此方へ走つて来た。

『奔馬だ、奔馬だ！』と私の側に立つてゐたS中尉が叫んだ。

『何だ、あれは、「秋田」ぢやないか？』

『さうであります。「秋田」であります。さつき吉岡軍曹殿が乗つて何処へか出かけて行つたのでありますが……』と補充兵係の上等兵がそれに応じた。

何処にゐたのか今まで解らなかつたやうなところから、ばらばらと五六名の兵卒達が、荒狂つて走つて来る『秋田』を取押へるために、営庭に出て来た。が、『秋田』はそれ等の兵卒が手の出ない程、荒々しくその間を駈け抜けて、営庭の一方のはづれの柵のところまで走つて行つた。その柵の向うは、隣りの聯隊の営庭になつてゐた。そこまで行つた『秋田』はくるりと左へ方向を転じて、少しゆるやかな足取りになつて、営舎の裏の方へ姿を隠してしまつた。

『おや、をかしいぞ。吉岡軍曹は落つこつたんだな』と叫んだ吃驚《びつくり》したやうな中尉の声に、『秋田』の行方を見送つてゐた私は、急いで衛門の方を振向くと、丁度衛門を入つたところの、衛兵達のゐる小舎の前に、人だかりがしてゐた。『K上等兵、お前一寸行つて見て来い』

補充兵係の上等兵は、命令と共に駈け出した。が、彼が衛門に近づく前に、人だかりがさつと崩れたかと思ふと、三四人の兵卒が、ひとりの人間の身体を担ぎ上げながら、衛門の直ぐ近くの医務室に連れて行くのが見えた。

『吉岡が落ちるとはをかしいな。尤もあの「秋田」に引つかけられると、実際困るからな』中尉はこんな事を呟いてゐた。そして、『演習中休み』と大きな声で叫んだ。向うはづれの桜の木の下で、『中休み』と軍曹がそれを鸚鵡返しに繰返した。『中休み』には、桜の木の下に置いてある小さな火鉢のまはりに集まつて、煙草を喫む事を許される。中尉、軍曹、それから補充兵達がみんなそこに集まつて、落馬した吉岡軍曹の噂を初めた。中尉や軍曹の語るところに依ると、吉岡軍曹は、聯隊中での達者な馬乗なので、新馬係をやつてゐた。そして『秋田』をも乗りこなす事が出来る連中の一人なのであつた。だから、彼が落馬したといふ事は、かなり驚くべき出来事なのであつた。

そこにK上等兵が、息を切らしながら帰つて来て、

『S中尉殿。吉岡軍曹殿は、死にかけてゐます』と報告した。

『なに、死にかけてゐる？』

『はい、丁度衛門の敷石の上に、頭から落ちたので、額の骨が砕けたのださうであります』

『ふうむ、よし、俺も一つ行つて見て来よう！』とS中尉はいたましいと云ふ眼付をした。そして医務室の方へ駈出して行つた。

後では軍曹と上等兵とが、又その話をして居た。『だから、新馬係は堪らないね。どんな馬でも乗らなければならないんだからな』そんな事を云ひながら、軍曹は淋しさうに微笑んだ。

私は何か非常に物めづらしい出来事に出会つたと云ふやうな、

一種の興味に似た感情が、多少心にあつた事を否定出来なかつた。吉岡軍曹と云ふのが、どんな人であるか顔を知らないためかも解らないが、投げ出された人間よりも、投げ出した馬の方に、何となく馴染のある感じがした。尤も、真逆様に、頭から石の上に落ちる光景の想像は、かなりむごたらしく感ぜられはしたが。

『あの馬がやつたのだ』『秋田』についてはこんな風な感じが強くした。唯驚異と云つたやうな、一種うつろな感情があつた。

その夕方、私は馬舎に行つた時、人を投殺さうとした馬が、どんな風にしてゐるかと云ふ事に、かなりの好奇心を持つてゐたが、併し『秋田』の様子は、いつもと少しも変りがなかつた。誰に捉まへられたのか、平生のやうな恰好で、何事もなかつたと云ふ風に、馬房につながれてゐた。

例のふつふつと云ふ響を、私がその側に行くと、してゐた。

（「中外」大正8年1月号）

美食倶楽部

谷崎潤一郎

一

恐らく、美食倶楽部の会員たちが美食を好むことは彼等が女色を好むのにも譲らなかつたであらう。彼等はみんな怠け者ぞろひで、賭博を打つか、女を買ふか、うまいものを食ふより外に何等の仕事をも持つては居なかつたのである。何か変つた、珍らしい食味に有りつくことが、美しい女を見附け出すのと同じやうに彼等の誇りとするところ、得意とするところであつた。さう云ふ食味を作り出す有能なコツクがあれば――、天才のコツクがありさへすれば、彼等は一流の美妓を独占するに足るほどの金を出しても、それを自分の家の料理番に雇ふかも知れなかつた。「藝術に天才があるとすれば、料理にも天才がなければならない。」と云ふのが、彼等の持論であつた。なぜかと云ふのに、彼等の意見に従ふと、料理は藝術の一種であつて、少くとも彼等にだけは、詩よりも音楽よりも絵画よりも、藝術的効果が最も著しいやうに感ぜられたからである。彼等は美食に飽満すると——、いや、単に数々の美食を盛つたテエブルの周囲に集まつた一刹那の際にでも——、ちやうど素晴らしい管絃楽を聞く時のやうな興奮と陶酔とを覚えてそのまゝ魂が天へ昇つて行くやうな有頂天な気持ちに引きあげられるのである。美食が与へる快楽の中には、肉の喜びばかりでなく霊の喜びが含まれて居るのだと、彼等は考へざるを得なかつた。尤も、悪魔は神と同じほどの権力を持つて居るらしいから、料理に限らず凡ての肉の喜びも、それが極端にまで到達すれば其の喜びと一致するかも知れない。……

で、彼等はいづれも美食の為めにあてられて、年中大きな太鼓腹を抱へて居た。勿論腹ばかりではなく、身体中《からだぢう》が脂肪過多のお蔭でぶでぶに肥え太り頬や腿のあたりなどは、東坡肉《トンポウニヨ》の材料になる豚の肉のやうにぶくぶくして脂《あぶら》ぎつて居た。彼等のうちの三人までは糖尿病にかゝり、さうして殆ど凡ての会員が胃拡張にかゝつて居た。中には盲腸炎を起して死にかゝつたものもあつた。が、一つには詰まらない虚栄心から、又一つには彼等の遵奉する「美食主義」に飽く迄も忠実ならんとする動機から、誰も病気などを恐れる者はなかつた。たとへ内心では恐れて居てもその為めに倶楽部から脱会するほどの意気地なしは一人もなかつた。「われ〳〵会員は、今に残らず胃癌にかゝつて死ぬだらう。」と、彼等は互に笑ひながら語り合つて居た。彼等は恰も、肉を柔かく豊かにするために、暗闇《くらがり》へ入れられてうまい餌食《ゑじき》をたらふく喰はせられる鵞《あひる》の境遇によく似て居た。餌食の為めに腹が一杯になつた時が、彼等の寿命の終る時かも分らなかつた。その時が来るまで、彼等は明け暮れげぶげぶともたれた腹から噫《おくび》を吐きながら、それでも飽食することを止めずに生きつゞけて行くのである。

二

さう云ふ変り者の集まりであるから、会員の数は僅かに五人しかない。彼等は暇さへあると、——暇はいつでもあるのだから、結局毎日のやうに、——彼等の邸宅や、倶楽部の楼上に寄り合つて昼間は大概賭博を打つた。賭博の種類は花合はせ、猪《ゐの》鹿蝶《しかてふ》、ブリツヂ、ナポレオン、ポーカー、トウエンテイーワン、フアイヴハンドレツト、……殆どありとあらゆる方法で金を賭ける。彼等は此等の賭博の技術に孰《いづ》れも甲乙なく熟練して居て、皆相当なばくち打ちであつた。さて夜になると賭博に由つて集まつた金が即座に饗宴の費用に供される。夜の会場は会員たちの邸の一つに設けられる折もあるし、市中の料理屋へ持つて行かれることもあつた。但し、市中の料理屋と云つても、彼等は大抵東京の町の中にある有名な料理には喰ひ飽きてしまつて居た。赤坂の三河屋、浜町の錦水、麻布の興津庵、田端の自笑軒、日本橋の島村、大常盤《おほときは》、小常盤、八新《はつしん》、なには屋……と、先づ日本料理ならそんなところを幾回となく喰ひ荒して、此の頃ではもう有り難くも何ともなくなつて居た。「今夜は何を喰ふことにしやう。」――と云ふ一事が、朝起きた時からの彼等の唯一の心がゝりであつた。さうして昼間賭博を打ちながらでも、彼等は互ひに夜の料理のことに頭を悩まして居るのである。

「己は今夜、すつぽんの吸ひ物をたらふくたべたい。」

と、誰やらが勝負の合間に呻るやうな声をあげると、いゝ考《かんがへ》が浮ばないで弱つて居た外の連中の間に、忽ち激しい食意地が電気の如く伝染して、一同はいかにも感に堪へたやうに直ぐと賛成の意を表する。その時から彼等の顔つきや、眼つきは、ばくち打ちの表情以外に一種異様な、餓鬼のやうな卑しい凄じい光を以て充たされる。

「あゝすつぽんか。すつぽんをたらふく喰ふのか。……だが東京の料理屋でうまいすつぽんをたらふく喰ふことが出来るかなあ。」

すると又誰かゞ心配さうにこんな独りごとを云ふ。此の独りごとは口の内でこそこそと囁かれたにも拘らず、折角食意地の燃え上つた一同の元気を少からず沮喪させて、自然と骨牌《かるた》を打つ手にも勢《いきほひ》がなくなつて来る。

「おい、東京ぢやあとても駄目だ。今夜の夜汽車で京都へ出かけて、上七軒町のまる屋へ行かう、さうすりやあ明日《あした》の午飯《ひるめし》にたらふくすつぽんが喰へるんだ。」

一人が突然斯う云ふ動議を提出する。

「よからう、よからう。京都へでも何処へでも行かう。喰はうと云ひだしたらとても喰はずにや居られないからな。」

そこで彼等は始めてほつと愁眉を開いて、更に勢ひを盛返した喰意地が胃の腑の底から突き上げて来るのを感ずる。わざわざすつぽんが喰ひたさに夜汽車に揺られて京都へ行つて、明くる日の晩にはすつぽんのソツプがだぶだぶに詰め込まれた大きな腹を、再び心地よく夜汽車に揺《ゆ》す振《ぶ》らせながら東京へ戻つて来るのである。

三

彼等の酔興はだん〳〵に激しくなつて、鯛茶漬が喰ひたさに大阪へ出かけたり、河豚《ふぐ》料理がたべたさに下関へ行つたり、秋田名物の鰰《はた〳〵》の味が恋しさに北国の吹雪の町へ遠征したりする事があつた。追ひ追ひと彼等の舌は平凡な「美食」に対しては麻痺してしまつて、何を舐めても何を啜つても、其処には一向彼等の予期する様な興奮も感激も見出されなくなつて行つた。日本料理は勿論喰ひ飽きてしまつたし、西洋料理は本場の西洋へ行かない限り、始めから底が知れて居るし、最後に残つた支那料理さへ、――世界中で最も発達した、最も変化に富むと云はれて居る濃厚な支那料理でさへ、彼等にはまるで水を飲むやうにあつけなく詰まらなく感ぜられるやうになつた。さうなつて来ると、胃の腑に満足を与へる為めには、親の病気よりも一層気を揉む連中のことであるから、云ふまでもなく彼等の心配と不機嫌とは一と通りでなかつた。一つには又何か知ら素敵な美味を発見して、会員たちをあつと云はせようと云ふ功名心から彼等は頻に東京中の食物屋《くひものや》と云ふ食物屋を漁り廻つた。それはちやうど骨董好きの人間が珍らしい掘り出し物をしやうとして、怪しげな古道具屋の店を捜し廻るのと同じであつた。会員の一人は銀座四丁目の夜店に出て居る今川焼を喰つて見て、それが現在の東京中で一番うまい食物《くひもの》だと云ふことをいかにも得意さうに、発見の功を誇りがほに会員一同へ披露した。又ある者は毎夜十二時ごろに烏森の藝者屋町へ売りに来る屋台の焼米《シユウマイ》が、天下第一の美味であると吹聴した。が、そんな報告に釣り込まれて外の連中が試して見ると、それ等は大概発見者自身が余り思案に凝り過ぎて、舌の工合がどうかして居た結果だと云ふことになつた。実際彼等は食意地の為めに皆少しづゝ気が変になつて居るらしかつた。他人の発見を笑ふ者でも、自分がちよつと珍らしい食味に有りつくと、うまいまづいも分らずに直ぐと感心してしまふのであつた。

「何を喰つてもかうどうも変り映えがしなくつちや仕様がないな。かうなつて来るとどうしてもえらいコツクを捜し出して、新しい食物《くひもの》を創造するより外にない。」

「コツクの天才を尋ね出すか、或ひは真に驚嘆すべき料理を考へ出した者には、賞金を贈ることにしようぢやないか。」

「だが、いくら味が旨くつても今川焼や焼米《シユウマイ》のやうなものには賞金を贈る値打ちはないね。われわれはもつと大規模な饗宴の席に適しい色彩の豊富な奴を要求するんだ。」

「つまり料理のオーケストラが欲しいんだ。」

こんな会話を或る時彼等は語り合つた。

そこで、美食倶楽部と云ふものが大体どんな性質の会合であり、目下どんな状態にあるかと云ふことは、以上の記事でざつと読者諸君にお分りになつたであらうと思ふ。作者は次ぎの物語を書く為めに、予《あらかじ》め此れだけの前書きをして置く次第である。

四

G伯爵は倶楽部の会員のうちでも、財力と無駄な時間とを一番余計に持つて居る、突飛な想像力と機智とに富んだ、一番年の若い、さうして又一番胃の腑の強い貴公子であつた。僅か五人の会員から成る倶楽部のことであるから、別段定《き》まつた会長と云ふ者がある訳ではないけれども、倶楽部の会場がG伯爵の邸の楼上に設けられてあつて、其処が彼等の本部になつて居る関係から、自然と伯爵が倶楽部の幹事であり、会長であるが如き地位を占めて居る。従つて、何か知ら素敵な料理を発見して思ふさま美食を貪りたいと云ふ伯爵の苦心と焦慮とが、外の会員たちよりも一倍激しかつたことは玆《こゝ》に改めて陳述するまでもあるまい。又外《ほか》の会員たちにしても、平生から誰よりも創造の才に長けてゐる伯爵に対して、最も多く発見の望みを嘱して居ることは勿論であつた。若《も》し賞金を貰ふ者があるとすれば、それはきつと伯爵だらうと皆が期待して居た。全く賞金ぐらゐは出してもいゝから、何か伯爵が素晴らしい割烹の方法を案出して、沈滞しきつた一同の味覚を幽玄微妙な恍惚の境へ導いてくれる事を、心の底から祈らずには居られなかつた。

「料理の音楽、料理のオーケストラ。」

伯爵の頭には始終此の言葉が往来して居た。それを味はふことに依つて、肉体が蕩《とろ》け、魂が天へ昇り得るやうな料理――それを聞くと人間が踊り狂ひ舞ひ狂つて、狂《くる》ひ死《じに》に死んでしまふ音楽にも似た、――喰へば喰ふほど溜らない美味が滾々と舌にもつれ着いて遂には胃袋が破裂してしまふまで喰はずに居られないやうな料理、それを何とかして作り出すことが出来れば、自分は立派な藝術家になれるのだがと伯爵は思つた。それでなくてさへ空想力の強い伯爵の頭の中には、いろ〳〵の料理に関する荒唐無稽な空想がしきりなしに浮んでは消えた。寝ても覚めても伯爵は食物の夢ばかりを見た。

……気が着いて見ると暗い中から白い煙が旨さうにぽか〳〵と立つて居る。恐ろしい好い香《にほひ》がする。餅を焦したやうな香《にほひ》だの、鴨を焼くやうな香《にほひ》だの、豚の生脂《なまあぶら》の香だの、薤蒜《にらにんにく》玉葱《たまねぎ》の香だの、牛鍋のやうな香だの、強い香や芳しい香や甘い香がゴツチヤになつて煙の中から立ち昇つて来るらしい。ぢつと暗闇を見詰めると煙の内で五つ六つの物体が宙に吊り下つて居る。一つは豚の白味だかこんにやくだか分らないが兎に角白くて柔かい塊がぶる〳〵と顫《ふる》へて動いて居る。動く度毎にこつてりとした蜜のやうな汁がぽたり、ぽたりと地面に落ちる。落ちたところを見ると茶色に堆く盛り上つて飴のやうにこつてりと光つて居る。……その左には伯爵が未だ嘗て見たことのないやうな、素晴らしく大きな蛤らしい貝がある。

五

貝の蓋が頻《しきり》に明いたり閉ぢたりして居る。そのうちにすうツと一杯に開いたかと思ふと、蛤《はまぐり》でもなければ蠣《かき》でもない不思議な貝の身が、貝殻の中に生きて蠢いて居る。……身は上の方が黒く堅さうで下の方が痰のやうに白くとろとろしたものらしい。其のとろとろした白い物の表面へ、見てゐるうちに奇怪な皺が刻まれて行く。始めは梅干のやうな皺だつたのが、だんだん深く喰ひ込んで、しまひには自身全体が嚙んで吐き出した紙屑のやうにコチコチになる。かと思ふと身の両側から蟹の泡のやうなあぶくがぶつぶつと沸き出して忽ちの間に綿の如くふくれ上り貝殻一面に泡だらけになつて中身も何も見えなくなつてしまふ。……はゝあ、貝が煮られて居るのだなと、G伯爵は独りで考へる。同時にぷーんと蛤鍋を煮るやうな、さうして其れより数倍も旨さうな匂が伯爵の鼻を襲つて来る。泡はやがて一つ一つ破れてシヤボンを溶かしたやうな汁になつて、貝殻の縁《ふち》を伝はりながら暖かさうな煙を立てゝ地面へ流れ落ちる。流れ落ちた跡の貝殻には、いつの間にやらコチ〳〵になつた中身の左右にちやうどお供への餅に似た円いものがぽくりと二つ出来上つて居る。それは餅よりもずつと柔かさうで、水に浸された絹ごし豆腐のやうに、ゆら〳〵ふは〳〵と揺めいて居る。……大方あれは貝の柱なんだらうとG伯爵は又考へる。すると柱は次第に茶色に変色して来てところ〴〵にひゞが這入つて来た。……
やがて、其処にならんで居る無数の喰ひ物が、一度にごろごろと転がり始める。それ等を載せて居る地面が俄に下から持ち上り出したかと思ふと、今迄あまり大きい為めに気が付かなかつたが、地面と見えたものは実は巨人の舌であつて、その口腔の中に其れ等の食物がゴヂヤゴヂヤと這入つて居たのである。

　間もなくその舌に相応した上歯の列と下歯の列とが、さながら天と地の底から山脈が迫《せ》り上げ迫り下つて来るが如く悠々と現はれて来て、舌の上にある物をぴちや〳〵と圧し潰して居る。圧し潰された食物は腫物《できもの》の膿《うみ》のやうな流動物になつて舌の上にどろどろと崩れて居る。舌はさもさも旨さうに口腔の四壁を舐め廻してまるであかえが動くやうに伸びたり縮んだりする。さうして時々ぐつと喉の方へ流動物を嚥み下す。嚥み下してもまだ歯の間や齲歯《むしば》の奥の穴の底などに嚙み砕かれた細かい切れ切れが重なり合ひ縺れ合つてくつ着いて居る。其処へ楊枝が現はれて来て、それ等の切れ切れを一つ一つほじくり出しては舌の上へ落し込んで居る。と、今度は喉の方から折角今しがた嚥み下した物が噫《おくび》になつて逆に口腔へ殺到して来る。舌は再び流動物の為めにどろどろになる。嚥み下しても嚥み下しても何度でも噫が戻つて来る。……

六

　はつと眼を覚ますと、宵に食ひ過ぎた支那料理の清湯《ちんたん》の鮑の噫がＧ伯爵の喉もとでぜいぜいと鳴つて居る。……

　こんな夢を十日ばかり続けて見通した或る晩のことであつた。例の如く倶楽部の一室で珍しくもない饗宴の料理を味はつた後、ストオブの火の周りでもたれた腹を炙りながら、めいめい大儀さうな顔つきで煙草を吹かして居る会員たちを、そつと其の場に置き去りにしたまゝ、伯爵はふらりと表へ散歩に出かけた。——と云つても、其れはたゞ腹ごなしの為の散歩ではない。此の間からの夢のお告げを思ひ合はせると、伯爵は何だか自分が近いうちに素晴らしい料理を発見するに違ひないやうな気がして居た。それで今夜あたり表をぶらついたらば、何処かでそんな物にぶつかりはしないかと云ふ予覚に促されたのである。

　其れは寒い冬の夜の九時近くのことで、駿河台の邸《やしき》の内にある倶楽部を逃れ出た伯爵は、オリーブ色の中折帽子にアストラカンの襟の着いた厚い駱駝の外套を着て、象牙のノツブのある黒檀のステツキを衝きながら、相変らずげぶり、げぶりと喉から込み上げて来るものを嚥み下しつゝ、今川小路の方へあてどもなく降りて行つた。往来は相当に雑沓して居たけれど、しかし勿論伯爵は其辺に軒を並べて居る雑貨店や小間物屋や本屋や乃至通行人の顔つきや服装などには眼もくれない。その代りたとへどんな小さい一膳飯屋でも、苟《いやし》くも食物屋《くひものや》の前を通るとなれば伯爵の鼻は餓ゑた犬の其れのやうに鋭敏になるのである。東京の人は多分承知の事と思ふが、あの今川小路を駿河台の方から二三町行くと、右側に中華第一楼と云ふ支那料理屋がある。

あの前へ来た時に伯爵はちよいと立ち止まつて鼻をヒクヒクやらせた。（伯爵の鼻は頗《すこぶ》る鋭敏になつて居て、匂ひを嗅げば大概料理のうまさ加減を直覚的に判断することが出来た。）が、すぐにあきらめたと見えて、又ステツキを振りながら、すたすたと九段の方角へ歩き始めた。

すると、恰も小路を通り抜けて淋しい濠端の暗い町へ出ようとするとたんに、向うの方から二人の支那人が楊枝を咬《くは》へながら伯爵の肩に擦れ違つた。前にも云つたやうに、通行人には眼もくれずに食慾の事ばかり考へて居た伯爵であるから、普通なら其の支那人に気を留める筈はなかつたのだが、擦れ違はうとする刹那に、紹興酒の臭《くさ》い息が伯爵の鼻を襲つたので、ふと振り顧つて相手の顔を見たのである。

「はてな、彼奴等《あいつら》は支那料理を喰つて来たのだ。して見ると此の辺に新しく支那料理屋が出来たのか知らん。」

さう思つて伯爵は小首をひねつた。

その時、伯爵の耳には、何処か遠くの方で奏でるらしい支那音楽の胡弓の響が、闇の中から切なげに悲しげに聞えて来たのである。

七

伯爵はぢつと一心に耳を澄ませて、しばらく牛が淵の公園に近い濠端の闇に彳《たゝず》んで居た。胡弓の音《ね》は、遥に賑やかな夜の燈火がちらちらして居る九段坂の方から聞えて来るのではなく、何度聞き直しても、たしかに一つ橋の方角の、人通りの少い、死んだやうにひつそりとした片側町《かたがはまち》の路次の奥の辺から、凍えるやうな冬の夜寒の空気の中に戦《をのゝ》きふるへながら、桔槹《はねつるべ》の軋《きし》るやうに甲高《かんだか》い、針金のやうに細い、きいきいした切れ切れの声になつて今にも絶え入るが如く響いて来るのである。と、やがて其のきいきい声が絶頂に達して、風船玉が破裂するやうにいきなりパチリと止んでしまつた次ぎの瞬間に、少くとも十人以上の人間が一度にぱたぱたと拍手喝采するらしい物音が、今度は思ひの外近い処で急に伯爵の耳朶《じだ》を打つた。

「彼奴等《あいつら》は宴会を開いて居るのだ。さうして其の席上で支那料理を食つて居るのだ。それにしても一体何処なんだらう。」

――拍手は可なり長く続いた。一旦途絶えさうになつては、又誰か知らがぱたぱたと拍ち始めると其れに誘はれて何匹もの鳩が羽ばたきをするやうに一斉に拍手を盛返す。ちやうど大波のうねりのやうにざあツと退いては又ざあツと押し寄せる。押し寄せて来る波の間から小さな鳥が飛沫に咽んで囀るやうに再び胡弓の調が新しい旋律を奏で出す。――伯爵の足は自然と其の方へ向いて二三町辿つて行つた。何でも一つ橋の袂から少し手前のとある邸の塀に附いて左へ曲つた路次の突きあたりのところであつた。見ると戸を鎖したしまうた家の多い中に、たつた一軒電燈を煌々と点じた三階建ての木造の西洋館がある。胡弓と拍手の音とは疑ひもなく其の三階の楼上から湧き上るので、バルコニーの後ろのガラス戸のしまつた室内には、多勢の人間が卓を囲んで今しも饗宴の真最中であるらしい。G伯爵は、音楽——殊に支那の音楽には何等の智識をも趣味をも持つて居なかつたが、露台の下に立つて胡弓の響に耳を傾けて居るうちに、その不可思議な奇妙な旋律がまるで食物の匂ひのやうに彼の食慾を刺戟するのを覚えた。彼の頭の中には、その音楽の節につれて彼が知つて居る限りの支那料理の色彩や舌ざはりが後から後からと連想された。胡弓の糸が急調を帯びて若い女の喉を振り搾るやうな鋭い声を発すると、それが伯爵には何故か竜魚腸の真赤な色と舌を刺すやうな強い味ひとを想ひ出させる。それから忽ち一転して涙に湿る濁声《だみごゑ》のやうな、太い鈍い、綿々としたなだらかな調に変ずると、今度はあのどんよりと澱んだ、舐めても舐めても尽きない味が滾々と舌の根もとに滲み込んで来る、紅焼海参《オンシャアハイセン》のこつてりとした羹《あつもの》を想像する。さうして最後に急霰のやうな拍手が降つて来ると、有りと有らゆる支那料理の珍味佳肴が一度にどツと眼の前に浮かんで果ては喰ひ荒されたソツプの碗だの、魚の骨だの、散り蓮華だの杯だの、脂で汚れたテーブルクロースだの迄が、まざまざと脳中に描き出された。

八

G伯爵は幾度か舌なめずりをして口の内で唾吐《つばき》を飲み込んで居たが、腹の底から喰意地がムラムラと起つて来て、もうとてもぢつとしては居られなくなつた。東京中の支那料理屋で一軒として知らない家はなかつた積りだのに、こんな所にこんな家がいつ出来たのか？——兎に角、自分が今夜胡弓の音に引き寄せられて此家を捜しあてたのも何かの因縁に違ひない。その因縁だけでも此の家の料理を是非とも一度は試して見る値打ちがある。それに、自分の直覚するところでは、何か此の家には嘗て経験したことのない珍らしい料理があるやうに感ぜられる。——伯爵がさう思ふと同時に、伯爵の胃の腑はつい先まで鱈ふく物が詰まつて居た癖に、俄かにキユウと凹《へこ》み出して下腹の皮を引張るやうに催促した。さうして、ちやうど一番槍の功名を争はうとする武士が陣頭に立つた時のやうに、或る不思議な胴顫ひが伯爵の全身を襲つた。

そこで伯爵はつかつかと其の家の門口を明けて這入らうとした。が、意外にも中から締まりがしてあると見えて扉は堅く鎖されて居る。のみならず、その時まで料理屋であるとばかり思ひ込んで居た其家の門の柱には、「浙江《せつかう》会館」と云ふ看板の下がつて居るのが、今しもドーアのノツブに手をかけた伯爵の眼に、始めて留まつたのである。看板は極めて古ぼけた白木の板で、それへ散々雨曝しになつたらしい墨色の文字が、ぼんやりと、しかしいかにも支那人らしい雄健な筆蹟で大きく記されて居た。喰物の事にばかり没頭して居た伯爵のことであるから、看板の文字に気が付かなかつたのも無理はないが、成る程その建物の外形に少し注意を払へば、料理屋でないことは予め分つた筈なのである。もしも此の家が神田や横浜の南京町にあるやうな支那料理屋ならば、店先に毒々しい豚の肉だの鶏の丸焼だの海月《くらげ》や蹄筋《ていきん》の干物《ひもの》などが吊るしてあつて、入口のドーアなどは始めから明け放してあるに相違ない。ところが前にも述べた通り表に面した階下の扉は門でも窓でも悉くひつそりと閉ぢられて居る。それがおまけにガラス戸ではなく、ペンキ塗りの鎧戸であるから、室内の様子は全く分らない。賑かなのは三階だけで、二階の窓も同様に真暗である。たつた一つ、門の真上にあたる軒端の辺に光の鈍い電燈が燈つて居て、それが例の看板の文字を覚束なく照らして居る。看板と反対の門の柱には呼鈴が取り附けてあつて、"Night Bell"と云ふ英語と、「御用の御方は此のベルを押して下さい」と云ふ日本語とが、名刺大の白紙に記されてある。けれども、どれほど伯爵が此の家の支那料理に憧れて居るにもせよ、まさかに呼び鈴を押して見るだけの勇気はなかつた。「浙江会館」と云へば、恐らく日本に在留する浙江省の支那人の倶楽部であらう。其処へ唐突《だしぬけ》に割り込んで行つて、彼等の宴会の仲間へ入れて貰ふと云ふ訳にも行くまい。――そんな事を考へながらも、伯爵は執念深く鎧戸にぴつたり顔を寄せ附けて居た。

九

コック部屋が入口の近くにあるのだと見えて、鎧戸の隙間からは、蒸籠《せいろう》から湯気が立つやうに暖かい物の香《かをり》がぽつぽと洩れて来るのであつた。その時伯爵は自分の顔が、勝手口の板の間にしやがんで流し元の魚の肉を狙つて居る猫に似て居はしないかと思つた。化けられるものなら猫に化けても、こつそりと此の家の内に闖入して片つ端から皿小鉢の底を舐め廻して見たいくらゐであつた。が今更猫に生れなかつたことを後悔したところで仕様がない。「チヨツ」と伯爵は口惜しさうに舌打ちをして、ついでに唇の周を舌でつるつると擦りながら、恨めしさうに扉の傍から離れて行つた。

「でも何とかして此の家の料理を喰はせて貰ふ方法はないだらうか。」

楼上から雨のやうに降り注ぐ胡弓の響きと拍手の音とを浴びながら、伯爵は容易にあきらめが附きかねて路次の間を往つたり来たりした。実を云ふと伯爵が此処の料理を喰ひたいと云ふ慾望は、此の家が料理屋でない事に気が付いた時から、一層熾烈に燃え上り出したのである。それは単に意外な処で意外な美食を発見して、会員たちをあつと云はせようと云ふ功名心ばかりからではない。其処が特に浙江省の支那人の倶楽部であると云ふ事、其処では彼等が全く其の郷国の風習に復つて、何の遠慮もなく純支那式の料理を喫し音楽に酔つて居るらしい事、――その一事が嫌が上にも伯爵の好奇心を募らせたのである。実際、伯爵は未だ、真の支那料理と云ふものを喰つたことはない。横浜や東京にある怪しげな料理は度び度び経験して居るけれども、それ等は大概貧弱な材料を使つて半分は日本化された方法の下に調理されたので、支那で喰はせる支那料理は決してあんなまづい物ではないと云ふ事を、伯爵は屢《しば》〳〵人の話に聞いて居た。伯爵は不断から、ほんたうの支那料理と云ふ物こそ、自分たち美食倶楽部の会員が常に夢みて居る理想の料理ではないだらうかと考へて居た。だから若し此の浙江会館が彼の推量するが如き純支那式の生活をする家であるとすれば、つまり此の家こそ伯爵の理想の世界なのである。あの楼上の食卓の上には、かね〴〵伯爵が創造しようとして焦つて居るところの立派な藝術が、――驚くべき味覚の藝術が、今や燦然たる光を放つてずらりと列んで居るに違ひない。あの胡弓の伴奏につれて、歓楽と驕奢とに充ちた荘厳なる味覚の管絃楽が、嚠喨《りうりやう》として満場の客の魂を揺がせて居るに違ひない。……伯爵は又、支那のうちでも殊に浙江省附近は、最も割烹の材料に富む地方であることを知つて居た。浙江省の名を耳にする度毎に、其処が白楽天や蘇東坡を以て有名な西湖のほとりの風光明媚なる仙境であつて、而も松江《ズンガリー》の鱸《すゞき》や東坡肉《トンポウニヨ》の本場であることを想ひ出さずには居られなかつた。

十

G伯爵がこんな風にして頻りに味覚神経を光らせながら、大《おほ》凡《よ》そ三十分ばかりも軒下に彳《たゝず》んで居た際である。二階の梯子段をどやどやと降りて来るけはひがして、程なく一人の支那人が鎧戸の中から蹣跚《まんさん》とした足取りで現はれて来た。大方恐ろしく酔つて居たのであらう、彼は表へ出た拍子によろよろとよろけて伯爵の肩に衝きあたつたのである。

「やあ」

と云つて、それから支那語で二三《ふたみ》言《こと》詫びを云ふやうな様子であつたが、程なく相手が日本人である事に気が付いたらしく、

「どうも失礼しました。」

と、今度は極めて明瞭な日本語で云つた。見ると帝大の制帽を冠つた、卅近いでつぷりと太つた学生である。彼は一応さう云つて詫《あやま》つては見たもの丶、斯う云ふ場所にG伯爵の立つて居るのが不審に堪へないと云ふ風に、暫らくぢろぢろと相手の様子を眺めて居た。

「いや、私こそ大そう失礼しました。実は私は非常に支那料理が好きな男でしてね、あんまり旨さうな匂ひがするもんだから、つい夢中になつて、先《さつき》から匂ひを嗅いで居たんですよ。」

この無邪気な、正直な、さうしていかにも真情の流露した言葉が、淡泊に伯爵の口頭を衝いて出たのは、伯爵としてはたしかに大成功であつた。とても平生の伯爵には出来ない藝当であるけれど、其れは恐らく伯爵の真心が――世にも珍らしい熱心な、意地穢《きたな》の慾望が、天に通じた結果であつたのだらう。此の伯爵の云ひ方が余程可笑しかつたと見えて、学生は肥満した腹を揺す振つて俄に快活に笑ひ出した。

「いや、ほんたうなんですよ。私は旨い物を喰ふのが何よりも楽みなんですが、兎に角世界に支那料理ほど旨い物はありませんな。……」

「わツは丶丶」

と、まだ支那人は機嫌よく笑つて居る。

「……それで私は東京中の支那料理屋へは残らず行つて見ましたがね、実を云ふと料理屋の料理でない、たとへば斯う云ふ支那人ばかりが会合する場所の、純粋な支那料理がたべて見たいと此の間から思つて居たんですよ。ねえ、どうでせう、甚だどうも厚かましいお願ひのやうですが、ちよいと今晩あなた方の仲間へ入れて此処の内の料理を喰べさせて貰へませんかね。私は斯う云ふ人間ですが……」

さう云つて伯爵は紙入れの中から一葉の名刺を出した。

二人の問答はいつの間にやら楼上の客の注意を惹いたものであらう、後から後からと五六人の支那人が其処へやつて来て伯爵の周囲を取りかこんだ。中には鎧戸を半分あけて隙間から顔を出して居るのもある。暗かつた路次の軒下は、急に室内の強い電燈の光に照らされて、そのカツキリとした明るみの中に、厚い外套を着た伯爵の立派な風采と、脂切つた赤い頬ツぺたとが浮んで居る。滑稽なことには、周りに居る多勢の支那人たちも皆、伯爵と同じやうに脂切つた、営養過多な頬ツぺたを光らせて、一様にニコニコと笑つて居るのである。

「よろしい、どうぞ這入つて下さい、あなたに沢山支那料理を御馳走します。」

その時、頓興な声でかう云ひながら、三階の窓から首を出した者があつた。どつと云ふ哄笑と拍手とが、楼上楼下の支那人の間に起つた。

十一

「こゝの料理は非常にうまいです。普通の料理屋の料理とは大変に違ひます。たべると頬《ほッ》ぺたが落ちますよ。」

つゞいて又一人の男が、伯爵を取り巻いて居る一団の中から嗾かすやうな声で云つた。

「さあ、あなた、遠慮しないでもいゝです。どうぞ上つて喰べて下さい。」

しまひには群集の誰も彼もが、酔つた紛れの面白半分にこんな事を云ひ合ひながら、伯爵の周囲を取り巻いて盛んに酒臭い息を吐いた。

伯爵は少し面喰つて夢のやうな心持ちを覚えながら、彼等と一緒にぞろ〳〵と這入つて行つた。外から見た時は真暗であつた鎧戸の内側の部屋の中には、笠にガラス玉の房の附いた電燈がきら〳〵と燈つて居る。右側の棚の上には青梅や、棗《なつめ》や、竜眼肉や、仏手柑《ぶつしゆかん》や、いろ〳〵の壜詰めが並べられて、その傍《かたはら》に豚の脚と股の肉が、大きな皮附きの切身のまゝで吊り下つて居る。皮は綺麗に毛が毟り取つてあつて、まるで女の肌のやうに柔かくなまめかしく真白に見える。棚の向うの突き中《あた》りの壁には石版刷りの支那の美人画が懸つて居る。其処には小さな窓が仕切られて居て、其の穴から夥しい煙と匂ひとがぷん〳〵匂ひながら、広くもない部屋の中に濛々と立ち罩《こ》めて居る。果して伯爵の想像した通り、穴の向うにコツク場があるのであらう。

が、伯爵は此れ等の物をちらりと一と眼見たばかりで、門の入口のところに附いて居る急な梯子段へ案内されて、直ぐと二階へ上つて行つた。二階は頗る奇妙な構造になつて居た。梯子段を上り詰めると一方の白壁に沿うて細長い廊下がある。さうして廊下の片側に、白壁と相対して青いペンキ塗りの板塀が囲つてある。板塀の高さは六尺に足らぬくらゐで無論天井よりも二三尺は低い。長さは、多分三間ほどあつたであらう。さうして其の一間々々に一つづゝ小さな潜り門が明いて居る。三つの門の内側には、殺風景な垢じみた白い木綿の幕が垂れ下つて居て、何だか芝居の楽屋のやうな感じがする。恰も伯爵が廊下へ上つて来た時に、中央の門の幕がゆら〳〵と揺れて、中から一人の若い女が首を出した。むつくりした円顔の、気味の悪いほど色の白い、瞳の大きな鼻の短い、可愛らしい狆のやうな女であつた。彼女は胡散らしく眉をひそめて伯爵の姿を眺めて居たが、金歯を入れた歯並を露出して唇を歪めたかと思ふと、ペツと水《すゐ》瓜《くわ》の種を床に吐き出して忽ち首を引込めてしまつた。

「こんな狭い家の中を、何の為めに板でいくつも仕切つてあるのだらう。あの幕の中の女は何をして居るのだらう。」

伯爵はそんな事を考へる隙もなく、直ぐと再び三階の梯子段へ導かれて行つた。

十二

その間にも例の階下のコツク場の煙は、伯爵の後について煙突のやうに狭い梯子段を昇りつゝ、三階の部屋の天井に迄も籠つて居た。そこへ上つて行く迄に、散々煙に詰められた伯爵は、自分の体が先づ支那料理にされて仕舞つたかと思つた位である。が、三階の室内に籠つて居るものは、たゞにコツク場の煙許りではない。煙草だの、香料だの、水蒸気だの、炭酸瓦斯だの、いろ〳〵のものがごつちやになつて、人顔もよくは判らない程、蒼白い靄のやうに、そこの空気を濁らせて居るのである。暗い静かな表の露路から、一挙にこゝへ拉して来られた伯爵の、最初の注意を惹いたのはこの濁つた空気と、異様に蒸し暑き人イキレとであつた。

「諸君、満場の諸君にＧ伯爵を紹介します。」

すると、伯爵をそこへ案内して来た一団の中から、一人の男がツカツカと進み出て、ワザと日本語を使つてかう叫んだ。

伯爵はヤツト気がついて、帽子と、外套とを脱いだが、忽ち右左から五六本の手が出て、それを引つたくるやうにして、何処かへ浚つて行つて仕舞つた。次《つい》で、一人の男が伯爵の手を取つて、とある食卓の前へ連れて行つた。二階と異つてそこは打通しの大広間であつて、中央に大きな円い卓《テーブル》が二つ並んで居る。各《おの〳〵》の卓《テーブル》には多分十五人余の客が席に就いて居たであらう。彼等は今や、食卓の真ん中に置かれた一つの偉大な丼の美を目《め》蒐《が》けて盛んに匙を運び、箸を突つ込みつゝ、争つて料理を貪つて居る最中なのである。一方の卓《テーブル》に置かれた丼には——伯爵がチラリと盗み見た所によると——粘土を溶かしたやうな重い執拗《しつこ》いソツプの中に、疑ひもなく豚の胎児の丸煮が漬けてある。併しそれはたゞ外だけが豚の原形を備へて居るので、皮の下から出て来るものは豚の肉とは似てもつかない半平《はんぺん》のやうな、フワ〳〵したものであるらしい。おまけにその皮も中味もチエリーの如くクタ〳〵に柔かに煮込んであるのか、匙を割り込ませると恰も小刀《ナイフ》で切取るやうに、そこからキレイに捥ぎ取られる。見る〳〵中に、四方八方から匙が出て来て豚の原形は、一塊づゝ端の方から失はれて行く。まるで魔法にかゝつて居るやうである。もう一方の卓《テーブル》にあるのはそれは明かに燕の巣である。人々は頻に丼の中へ箸を入れては心太《ところてん》のやうにツル〳〵した燕《えん》菜《さい》をソツプの中から掬ひ上げて居る。寧ろ不思議なのはその燕菜が漬かつて居る純白の色をしたソツプである。こんな真白な汁は杏仁水《きやうにんすゐ》より外に日本の支那料理では見たことがない。支那へ行けば奶湯《たいたう》と云ふ牛乳のソツプがあると聞いて居たが、あれこそその奶湯ではあるまいかと伯爵は思つた。

十三

が、伯爵が導かれて行つたのは其れ等のテエブルの傍《そば》ではない。その外にもまだ此の部屋には、両側の壁に沿うてちやうどお寺の座禅堂にあるやうな座席が設けられて居たのである。さうして其処にも多勢《おほぜい》の支那人が、ところ〴〵に配置された紫檀の小卓を囲みながら、或は床に腰をかけたり、或は床の上の緞《どん》子《す》の蓐に据わつたりして、或る者は真鍮の煙管《きせる》で水煙草を吸ひ、或る者は景徳鎮の茶碗で茶を啜つて居る。彼等はいづれも食卓の方の騒擾を慵《ものう》げな眼つきで恍惚《うつとり》と見やりながら、皆一様に弛み切つた、さも睡さうな顔つきをしてむつつりと黙り込んで居るのである。その癖彼等の中には一人として血色の悪いのや、貧相なのや、不景気な様子をして居るものは見あたらない。どれも此れも堂々たる風采と、立派な体格と、活気の充ち溢れた顔をしながら、たゞ肝腎な魂だけが抜けてしまつたやうに茫然として居るのである。

「はゝあ、此の連中は今しがた鱈ふく喰つたばかりなので、食休みをして居るんだな。あのとろんとした眼つきで見ると、余程喰ひ過ぎたのだらう。」

実際、伯爵には其のとろんとした眼つきが此の上もなく羨ましかつた。彼等のふくれ上つた腹の中には、ちやうどあの豚の丸煮のやうに、骨も臓腑もなくなつて旨さうな喰ひ物ばかりが一杯に詰まつて居るのではなからうか。あの腹の皮をぷつりと破つたら中から出る物は血でも腸《はらわた》でもなく、あの丼にあるやうな支那料理がどろどろになつて流れ出しはしなからうか。彼等の満足し切つた、大儀さうな表情から推量すると、恐らく彼等は腹の皮を破られても、矢張り平気で悠々と其処に坐つて居るかも知れない。伯爵を始め美食倶楽部の会員たちも、随分今迄にげんなりする程大喰ひをした覚えはあるけれど、こゝに居並ぶ支那人たちの顔に表れて居るほどの大満足を、嘗て味はつたことはないやうに感ぜられた。

で、伯爵は彼等の前をずつと通り抜けて行つたが、彼等はたゞぢろりと一と目伯爵を見たばかりで、此の珍客の侵入を訝かる者も歓迎しようとする者もなかつた。

「此の日本人は一体どうして来たのだらう。」

など、云ふ疑問を頭に浮べるだけでも、彼等には億劫であつたのだらう。

やがて伯爵は案内の支那人に手を引かれて、左側の壁の隅に倚りかゝつて居る或る紳士の前に連れて行かれた。此の紳士も勿論喰ひ過ぎ党の一人であつて、癈人のやうな無意味な瞳を見開いたまゝ、うつら／＼と煙草を燻ゆらして居たことは云ふまでもない。

十四

その紳士の年は、太つてゐるために若くは見えるけれど、もう四十近いかと思はれる。此処に集まつた会員の中の年長者であるらしい。さうして外の人々は大概洋服を着てゐるのに、その紳士だけは栗鼠《りす》の毛皮の裏の付いた黒繻子《くろじゆす》の支那服を纏うてゐるのである。しかし伯爵は、その紳士の風貌よりも寧ろ彼の右と左に控へてゐる二人の美女に心を惹かれた。一人の方は青磁色に濃い緑色の荒い立縞の上着を着て、それと同じ柄の短いズボンを穿いて、薄い桃色の絹の靴下に精巧な銀糸の刺繍《ぬひ》のある紫の毛繻子の靴を、小さな足にぴつちりと篏めてゐる。椅子に腰掛けて右の足を左の膝頭にのせてゐるのが、その小さいことゝ云つたらまるで女の児の懐へ入れるはこせこのやうに可愛らしい。額の真中から二つに分けた艶々しい黒髪が、眉毛のあたりまで簾のやうに垂れ下つて、其の後に椎の実の如くちよんびりと見えてゐる耳朶《みゝたぼ》には、琅玕《らうかん》の耳環がきらきらと青く光りながら揺らめいてゐる。今しがたまで音楽が聞えたのは、大方この女が奏でゝゐたのであらう、膝の上には胡弓を載せて、腕環を篏めた左の手でそれを抱へてゐる形は、弁財天の絵のやうである。女の顔は玉のやうに滑《なめらか》に透き徹つてゐて、少しく出目なくらゐに飛び出してゐる黒み勝の大きな瞳と、鼻の方に反り返つてゐる厚い真赤な上唇とのあたりに、一種異様な謎のやうな美しさが充ち溢れてゐる。が、何よりも美しいのはその歯並であつて、時々歯齦《はぐき》を露はして上歯と下歯とをカチカチ合せながら、右の上顋の犬歯の間を頻に楊枝でほじくつてゐるのが、その驚くべき細かな歯並を誇示するためだとしか思はれない。もう一人の方の女もやゝ面長な顔立ちではあるが、その美しさから来る感じに殆ど変りはない。襟に真珠の胸飾りを着けて、牡丹の花の繍《ぬひ》模様のある暗褐色の服を纏うてゐるせゐか、色の白さが余計に引立つてゐるだけである。さうして彼女も同じやうに歯を見せびらかして、楊枝を持つて口の中を突ついてゐる右の指には、小さな五六個の鈴の付いた黄金の指環が篏まつてゐる。伯爵がそこへやつて来ると、二人の女は空々しくふつと横を向いて、何か紳士と眼交ぜをしてゐるやうであつた。

「これが会長の陳さんです。」

伯爵の手を引いてゐた男は、さう云つて其の時紳士を紹介した。それから早口な支那語で、面白さうな身振りや手振りをしながら、何事をか会長にしやべつて聞かせてゐる。会長はうんともすんとも云はずに、眼ばかりぱちぱちやらせながら、今にも欠伸が出さうにして聞き流してゐたが、そのうちにやつと少しばかりにこ〳〵と笑つた。

「あなたはG伯爵といふ方ですか――あゝさうですか。此処にゐる人達は皆酔つぱらつてゐるものですから、あなたに大変失礼をしました。支那料理がお好きならば、それは御馳走してもいゝです。しかしこゝの内の料理はそんなに旨くはありません。それに今夜はもうコツク場がしまひになりました。甚だお気の毒ですが、この次の会の時に又入らしつて下さい。」

会長は如何にも気乗りがしない口調でかう云ふのであつた。

十五

「いや、何もわざ〳〵私のために特に料理を拵へて頂かなくても結構なんです。実はその、非常に厚かましいお願ひですが、諸君のお余りを食べさせて貰へばよろしいんですけれど、さういふ訳には行きますまいかな。」

かう云つた伯爵は、相手がもう少し愛憎のよい寛大な態度を示してゐたなら、実はもつと無遠慮に乞食のやうなさもしい声を出したいところであつた。あの食卓の様子を一目見てからの伯爵は、たとひ一匙でも料理を食はせて貰はずには、とても此の場を動くことが出来なかつた。

「余り物と云つてもあの連中はあの通り大食ひですからとても余ることはないでせう。それにあなたに余り物を差し上げるのは大変失礼です。私は会長としてさう云ふ失礼なことを許す訳には行きません。」

会長は不機嫌さうにだん〳〵眉を曇らせて、傍《かたはら》に立つてゐる支那人に何かぶつ〳〵と叱言を云つてゐる。さうして嘲けるやうな眼付で伯爵の方をちらりと見ては突慳貪《つゝけんどん》に頤の先でその男を指図してゐる。多分「この日本人を早く逐ひ出してしまへ。」とでも云つてゐるのであらう。相手の支那人は興のさめた風でいろ〳〵弁解を試みるらしいが、会長は傲然と構へて、鼻の穴からすうつと大きな息を吹いて居るばかりで、一向取り上げてくれさうもない。

伯爵がふいと振り返つて見ると、中央の食卓の方では二人のボーイが更に新しい羹《あつもの》の丼を高々と捧げて、今や其処へ運んでくる最中である。円い、背の低い、大きな水盤のやうな瀬戸の丼には、飴色をしたソツプがたつぷりと湛へられてどぶり〳〵と鷹揚な波を打ちながら湯煙りを立てゝゐる。その一つの丼の中には蛞蝓《なめくぢ》のやうなぬる〳〵とした茶褐色に煮詰められた大きな何かの塊まりが、風呂に漬かつたやうになつて茹《う》だり込んでゐる。それがやがてテーブルの真中に置かれると、一人の支那人が立ち上つて紹興酒の盃を上げた。すると食卓のぐるりにゐる連中が一度に悉く立ち上つて同じやうに盃を乾す。それが済んだと思ふと、我勝に匙を摑み箸を握つて、どつと丼の方へ殺到するのである。息もつがずにそれを眺めてゐた伯爵は、吭《のど》の奥の方で骨か何かがガクリ〳〵と鳴るやうな気がした。

「どうも困りました。あなたに大変済みませんでした。会長がどうしても許してくれませんから、……」

叱言を云はれた支那人はさう云つて頭を掻きながら、不承無精に伯爵を部屋の出口の方へ連れて行つた。

「いや、僕等が悪かつたんです。僕等が酔つてゐたものだから、無闇にあなたをこんな所へ引き擦り込んでしまつたんです。会長は悪い人ではありませんけれども、やかましい男だものですから。」

十六

「なあに、私こそあなたに飛んだ御迷惑をかけました。しかし会長はどうして許してくれないのでせう。此の盛大な宴会の模様を折角目の前に見てゐながら、どうも甚だ残念ですがな。……会長が許さなければ駄目なのでせうか。」

「えゝ、此処の会館は総てあの人の権力のうちにあるのですから、……」

さう云ひながら、支那人は何か他聞を憚かるやうにちよいとあたりを見廻したが、二人はもう外の廊下に出て梯子段の降り口に来てゐたのである。

「会長が許さないのは、きつとあなたを疑ぐつて居るからでせう。——コツク場がおしまひになつたと云ふのは嘘なんです。あれ御覧なさい、まだあの通りコツク場では料理を拵へて居るのですよ。」

成程梯子段の下からは例のぷんぷんと香《にほ》ふ煙が、依然として舞ひ上つて来る。鍋の中で何かを揚げて居るらしいシユウツ、シユウツ、と云ふ音が、パチパチと油の跳ねる音に交つて、南京花火のやうに威勢よく聞えて居る。廊下の両側の壁には外套が真黒に堆く懸つて居て、客はまだ容易に散会しさうもない。

「それぢや会長は私を怪しい人間だと思つて居るんですね。そりやあ御尤もです。用もないのにこの路次へ這入つて来て、家の前をうろ〳〵して居たのですから、怪しいと思へば怪しいに違ひありません。私は自分でも可笑しいと思つて居るくらゐです。しかしこれにはいろ〳〵理由があるので、説明しなければ分りませんが、実は我々は美食倶楽部と云ふのを組織して居ましてね、……」

「何？　何の倶楽部ですか？」

支那人は変な顔をして首を傾げた。

「美食です。美食倶楽部です。——The Gastoronomer Club!」

「あゝ、さうですか、分りました、分りました。」

さう云つて支那人は人が好さゝうに笑ひながら頷いて見せた。

「つまり旨いものを食ふ倶楽部ですな。この倶楽部の会員は、旨いものを食はないと一日も生きて居られない人間ばかりから成り立つて居るんですが、もう此の頃は旨いものが無くて弱つて居るんです。会員が毎日々々手分けをして、東京市中の旨いものを探して歩いて居ますけれど、もう何処にも珍らしいものは無くなつてしまひました。今日も私は旨いものを探しに出たところが、図らずも此の内を見付け出して、普通の支那料理屋だと思つて路次の中へ這入つて見たのです、そんな訳で私は決して怪しい者ぢやありません。先刻差し上げた名刺にある通りの人間です。たゞ食ひ物のことになると、知らず識らず夢中になつて、つい常識を失つてしまふだけなんです。」

支那人は、熱心に言ひ訳をする伯爵の顔を、暫くつく〴〵と見据ゑて居た。或は伯爵を気違ひだと思つたのかも知れない。――三十前後の、背の高い男振りの好い、酔つて居るせゐか桜色の両頬をてかてかと光らせた、正直さうな男である。

十七

「伯爵、私はあなたを少しも疑つてゐはしません。われわれ――少くとも今夜この楼上に集まつてゐる人達には、あなたの心持はよく分ります。美食倶楽部とは云ひませんが、われわれが此処に集まるのも、実は美食を食ふためなのです。われわれは矢張りあなたと同様な熱心なガストロノマアです。」

何と思つたか、彼はさう云つて突然伯爵の手を強く握り締めた。さうして眼の縁に意味ありげな笑ひを浮べながら、

「私はアメリカにもヨーロツパにも二三年滞在したことがありますが、世界の何処に行つても支那料理ほど旨いものはないと云ふことを知りました。私は極端な支那料理の讃美者です。それは私が支那人だからと云ふ訳ではない、あなたが真のガストロノマアであるならば、この点に於て、多分私と同感であらうと私は信じます。さうでなければならない筈です。ねえさうでせう？――あなたは私にあなたの倶楽部のことを打ち明けてくれました、そこで私はあなたを少しも疑ぐつてゐない証拠に、われわれの倶楽部、――この会館のことをお話ししませう。この会館では実際不思議な料理が出来るんです。今あなたが御覧になつた、あのテーブルの上に並んでゐる料理なんかは、ほんの始め、ほんのプロローグなんです、この後から愈《いよいよ》ほんたうの料理が出るんです。」

かう云つて支那人は、自分の言葉が相手に如何なる反応を呈するかを試すやうに、偸《ぬす》むが如く伯爵の顔の中を覗き込んだ。その言葉は伯爵の食慾を唆かすために、故意に発せられたものとしか思はれないほどであつた。

「それはほんとうですか？　あなたは冗談に私を欺すのぢやないのですか？」

伯爵の瞳には、何故か知らぬが犬が餌食に飛びかゝらうとする時のやうな激しい気色が見えた。

「それがほんとうなら、私はもう一遍あなたにお願ひします。そんな話まで聞かせて置きながら、私をこのまゝ帰すと云ふのは残酷過ぎるぢやありませんか。私が怪しい人間でないと云ふことを、もう一遍あなたから会長に説明して下さい。それでも

疑ひが晴れなかつたら、私が美食家であるかないか、会長の前で試験をして下さい。支那料理でも何でも、今迄日本にあつたものなら私は一々その味を中《あ》てゝ見せます。さうしたら私が如何に料理に熱心な男であるか分るでせう。全体、それほど日本人を嫌ふと云ふのは可笑しいぢやありませんか。あなたは美食の会だと云はれたやうですが、或は何か政治上の会合ではないのでせうか。」

「政治上の会合？　いやそんなものぢやありません。」

支那人は笑ひながら、淡泊に否定してしまつた。

「しかし此の会では、（此処で支那人はちよつと言葉を句切つて、急に真面目な調子になつて）私はG伯爵の名前に対してあなたを飽く迄も信用します。――此の会では、政治上の会よりも寧ろ遥に入場者の人選がやかましいのです。此の会館で食はせる美食はまるで普通の料理とは違つて居ます。その料理法は会員以外には全く秘密になつて居るのです。……」

十八

「……今夜此処に集まつた連中は重《おも》に浙江省の人達ですが、しかし浙江省の人ならば誰でも入場が出来ると云ふ訳ではありません。総て会長の意志に依るのです。料理の献立も会場の設備も宴会の日取も会計も何も彼も、みんな会長の指図に依つて行はれます。此の会はまあ彼《あ》の会長一人の会だと云つてもいゝでせう。……」

「すると一体、彼《あ》の会長と云ふのはどう云ふ人なんですか。どうして彼の会長がそんな権力を持つて居るんですか。」

「あれは随分変つた人です。えらいところもある代りに、少し馬鹿なところがあるのです。」

支那人はさう云つてから、暫く躊躇するが如くに口の内をモグモグやつて居た。会場の方が騒がしいので、好い塩梅に二人の立話は誰にも注意されずに居るらしい。

「馬鹿なところがあると云ふと？」

かう云つて伯爵が催促した時、支那人の顔にはあまり説明に深入りし過ぎたのを後悔する情が、あり〳〵と見えた。さうして、しやべらうかしやべるまいかと思ひ惑ひながら、彼は仕方なしにぼつぼつと言葉を続けた。

「あの人はね、うまい料理を食ふことが非常に好きで、其のために馬鹿か気違ひのやうになるのです。いや、食ふことが好きなばかりではありません。料理を自分で拵へる事も非常に上手です。それでなくても支那料理と云ふものは材料が豊富であるのに、あの人の手にかゝればどんな物でも料理の材料にならないものはありません。ありとあらゆる野菜、果物、獣肉、魚肉、鳥肉は勿論のこと、上は人間から下は昆虫に至るまでみんな立派な材料になるのです。あなたも知つてゐらつしやるやうに、支那人は昔から燕の巣を食ひます、熊の掌《てのひら》、鹿の蹄筋《ていきん》、鮫の翅《ひれ》を食べます。しかしたとへばわれ〳〵に木の皮を食ひ鳥の糞を食ひ人間の涎を食ふことを教へたのは、恐らくあの会長が始まりでせう。それから又煮たり焼いたりする方法に就ても、会長に依つていろ〳〵の手段が発明されるやうになりました。従つてソツプの種類なぞは、今迄十幾種しかなかつたものが、既に六七十種に迄なつて居るのです。次に最も驚くべきは料理を盛るところの器物です。陶器や、磁器や、金属や、それ等に依つて作られた皿だの、碗だの、壺だの、匙だのと云ふものばかりが食器でないことが、会長に依つて明かにされました。さうして食物は、常に食器の中に盛られると限つたものではなく、食器の外側へぬる〳〵と塗りこくられることもあります。或は食器の上へ噴水の如く噴き出されることもあります。さうして或る場合には、何処までが器物で何処までが食物であるか分らないことさへないとは云へません。其処まで行かなければ真の美食を味はふことは出来ないと云ふのが、会長の意見なのです。……」

十九

「……此処までお話したらば、会長の拵へる料理と云ふものが、どんな物であるか大概お分りになつたでせう。さうして、其の会に出席する会員の人選を厳密にする訳も大方お分りになるでせう。――実際かう云ふ料理があまり世間にはやり出したら、阿片《アヘン》の喫煙がはやるよりももつと恐ろしい訳ですからね。」

「で、もう一遍伺ひますが、今夜これからさう云ふ料理が始まるところなんですね？」

「えゝまあさうです。」

支那人は葉巻の煙に咽せるやうなふりをして、こんこんと咳入りながら纔《わづか》に頷いて見せた。

「成るほどよく分りました。そのお話で大概私にも想像が出来ないことはありません。さう云ふ美食の会であるとしたならば、政治上の秘密結社よりも余計人選を厳密にするのは当然のことです。正直を云ふと、私が常に抱いて居る美食の理想は、矢張り会長の考への通りだつたのです。しかし私には如何にして理想の料理を実現したらよいか、其の方法を発見することが出来ませんでした。会長のえらい点は実に其の方法を知つて居るところにあるのです。しかし、たとへ人選を厳密にするにしても、それほど秘密を尚ぶならば、なぜもつと少数の会にしないのでせう。単に料理を食ふだけならば、独りでもいゝ訳ではないでせうか。」

「いや、それに就ても理由があるのです。料理と云ふものは出来るだけ多人数の人間が一堂に集まつて、大宴会を催しながら食べるのでなければ、さう云ふ風に作られたものでなければ、ほんとうの美味を発揮する筈がないと云ふ、会長の説なのです。それで会長は人選をやかましくすることはしますが、結局今夜のやうに大勢の参会者を集めなければ承知しません。……」

「それも私の考へて居る通りです。私の倶楽部では会員の数は五人と云ふ少数ですが、人数の点から云つても今夜の会がそれに較べて如何に大規模なものであるかと云ふことが分ります。

あまり美食を食ひたがるせゐか、私は年中旨いものを食ふ夢ばかりを見て居ますが、今夜の此の会場へ這入つて来たことは全く私には夢のやうです。寝ても覚めても私が絶えず憧れて居たのは、実に其の会長のやうな料理の天才に出で遇《い》ふことでした。あなたは先《さつき》、私を少しも疑つては居ないと仰つしやつた。私を信用して居られゝばこそ、いろ〳〵の話をして下すつたに違ひない。私がどれほど料理に熱心な男であるかも、お分りになつたに違ひない。さうしてあなたは、今一歩を進めて、もう一度私を会長に推薦して下さることが出来ないでせうか。もし会長が何処までも許してくれなかつた場合には、たとへ食卓に着かないまでも、こつそりと何かの蔭にかくれて、せめて宴会の様子だけでも見せて下さる訳には行かないでせうか？」

二十

G伯爵の口調は、とても卑しい食物《くひもの》の相談とは思はれないほど真面目であつた。

「さあ、どうしたらいゝでせうか。……」

　支那人はもうすつかり酔が醒めたのであらう、今更当惑したやうに腕組をして考へ込んでゐたが、口に咬《くは》へてゐた葉巻をぷいと床に投げ捨てると同時に、何事をか決心したらしく顔を擡げた。

「私はあなたに、私として出来るだけの好意を示したつもりです。しかしあなたがそれほどに仰つしやるのなら、何とかして宴会の光景を見せて上げませう。ですが、会長に紹介したところで、とても許される望《のぞみ》はありません。事に依つたら会長はあなたを警察の刑事だと思つてゐるのかも知れません。寧ろ会長には知らせずに、そつと見物した方がいゝでせう。」

　さう云ひながら、彼は廊下を見廻して誰も気が付く者のないのを確かめた後、つと手を伸ばして自分の倚り掛つてゐる背中の板戸を力強く押すやうにした、すると、外套の堆く垂れ下つて居た板戸の一部分は、するすると音もなく後へ開いて、二人の体をその蔭へ引き擦り込んだ。

　室の四方は悉《ことごと》く殺風景な羽目板で密閉されて居る。二台の古ぼけた長椅子が両側に置いてあつて、その枕許に灰皿とマツチとを載せたテイー、テーブルが据ゑてあるばかり、外に何の装飾も設備もない。たゞ不思議なのは此の室内に籠つてゐる一種異様な陰惨な臭気である。

「此の部屋は一体何に使ふのですか。妙な臭がするやうですな。」

「此の臭をあなたは知りませんか。これはオピアムです。」

　支那人は平気でさう云つて気味悪く笑つた。部屋の一隅に置かれた青いシエエドのスタンドから、朦朧とさして来る鈍い電燈の明りが、顔の半面に薄暗い影を作つてゐるせゐか、その支那人の人相はまるで別人のやうに変つてゐる。今迄人の好ささうな無邪気な光を帯びてゐた眼の色までが、亡国人らしい頽廃と懶惰との表情に満ちてゐるかの如く感ぜられる。

「あゝさうですか、阿片を吸ふ部屋ですか。」

「さうです、日本人で此の部屋へ這入つたのは恐らくあなたが始めてゞせう。此の家に使つてゐる日本人の奉公人でさへこゝにこんな部屋があることは知らないのです。……」

　支那人はもうすつかり気を許して安心してしまつたらしい。彼はやがて長椅子に腰を下ろして、それが習慣になつてゐると云ふ風にだらしなく寝崩れながら、低い、ものうい、さながら阿片の夢の中の囈言《うはごと》のやうな口吻で語り出した。

「あゝ、大分阿片の臭がする。きつと今迄誰かゞ阿片を吸つてゐたのでせう。御覧なさい。こゝに小さな穴があります。此の部屋に這入つてから覗くと宴会の模様が残らず分ります。こゝへ来たものは、こゝからあの様子を眺め、うとうとゝ阿片の眠りに浸るのです。」

二十一

　作者は、G伯爵がその晩その阿片喫煙室の穴から見たところの隣室の宴会の模様を、茲《こゝ》に精しく述べなければならない義務がある。が、その会の会長が参会者の人選を厳密にするのと同じ意味で、読者の人選を厳密にすることが出来ない限り、その模様を赤裸々に発表することが出来ないのを遺憾とする。たゞ、その一晩の目撃に依つて、どれほど伯爵が平素の渇望を癒やし得たか、さうしてその後、料理に対する伯爵の創意と才能とが、どれほど長足の進歩を遂げたか、それを読者に報告することにしよう。――実際、その事があつて間もなく、伯爵は偉大なる美食家、且つ偉大なる料理の天才として、彼の倶楽部の会員達から無上の讃辞と喝采とを博し得たのである。事情を知らない会員達は、抑も伯爵が如何なる方面からかゝる美食の伝授を受けたか、伯爵が一朝にしてかう云ふ料理を発見するに至つたのは何に依るのかと、訝まないものは一人もなかつた。しかし巧慧なる伯爵は、あの支那人との間に取り交はした約束を重んじて、飽く迄も浙江会館の存在を秘したばかりでなく、それ等の料理が自分の独創に出づることを固く主張して止まなかつた。

「我輩は誰に教はつたのでもない。此は全くインスピレーションに依つたのだ。」

　さう云つて彼は空惚《そらとぼ》けてゐた。

　美食倶楽部の楼上では、それから毎晩、伯爵の主宰に依つて驚くべき美食の会が催されたのである。そのテーブルに現はれる料理は、大体が支那料理に似通つてゐたにも拘らず、ある点では全然今迄に前例のないものであつた。さうして、第一、第二、第三と宴会が重なつて行くに連れて、料理の種類と方法とは、いよ〳〵豊富に複雑になつて行つた。先づ第一夜の宴会の献立から、順を追うて次に書き記して見よう。

清湯燕菜　鶏粥魚翅
蹄筋海参　焼烤全鴨
炸八塊　竜戯球
火腿白菜　抜糸山薬

玉蘭片　双冬筝

――かう挙げて来れば、少しも支那料理に異《かは》らないと早合点をする人もあるだらう。いかにも此等の料理の名前は支那料理にありふれたものなのである。倶楽部の会員達も始めに献立を読んだ時は、「何だ又支那料理か。」と思はないものはなかつたが、それは料理が運び出されて来るまでの不平に過ぎなかつた。なぜかと云ふに、やがて彼等の食卓の上に置かれたものは、献立に依つて予想してゐた料理とは、味は勿論、外見さへもひどく違つたものが多かつたのである。

二十二

たとへば其の中の鶏粥魚翅《けいしゆくぎよし》の如きは、普通に用ふる鶏《にはとり》のお粥でもなければ鮫の鰭《ひれ》でもなかつた。たゞどんよりとした、羊羹のやうに不透明な、鉛を融かしたやうに重苦しい、素的に熱い汁が、偉大な銀の丼の中に一杯漂うて居た。人々は其の丼から発散する芳烈な香気に刺戟されて、我れ勝ちに匙を汁の中に突込んだが、口へ入れると意外にも葡萄酒のやうな甘みが口腔へ一面にひろがるばかりで、魚翅や鶏粥の味は一向に感ぜられなかつた。

「何んだ君、こんな物が何処がうまいんだ。変に甘つたるいばかりぢやないか。」

さう云つて気早やな会員の一人は腹を立てた。が、その言葉が終るか終らないうちに、其の男の表情は次第に一変して、何か非常な不思議な事を考へ付いたか、見附け出しでもしたやうに、突然驚愕の眼を睜《みは》つた。と云ふのは、今の今まで甘つたるいと思はれて居た口の中に、不意に鶏粥と魚翅の味とがしめやかに舌に沁み込んで来たのである。

甘い汁が、一旦咽喉《のど》へ嚥み下される事はたしかである。けれども其の汁の作用はそれで終つた訳ではない。口腔全体へ瀰漫した葡萄酒に似た甘い味が、だんだんに稀薄になりながらも未だ舌の根に纏《まと》はつて居る時、先に嚥み込まれた汁は更に噫《おくび》になつて口腔へ戻つて来る。奇妙にも其の噫には立派に魚翅と鶏粥との味が附いて居るのである。さうして其れが舌に残つて居る甘みの中に混和するや否や忽ちにして何とも云へない美味を発揮する。葡萄酒と鶏と鮫の鰭とが、一度に口の中に落ち合つて醱酵しつゝ、しほからの如くになるのではないかと云ふやうな感じを与へる。第一、第二、第三、と噫の回数が重なるに従つて、それ等の味はいよ〳〵濃厚になり辛辣になる。

「どうだね、そんなに甘つたるいばかりでもなからう。」

その時伯爵は、会員一同の顔を見渡しながら、ニヤリと会心の笑みを洩らすのである。

「君たちは其の甘い汁を味はふのだと思つてはいけない。君たちに味はつて貰ひたいのは後から出て来る噫なのだ。噫を味はふために其の甘い汁を吸ふのだ。我れ我れのやうに、常に食物を喰ひ過ぎる連中は、先づ何よりも噫の不快を除かなければならない。たべた後で不快を覚えるやうな料理は、どんなに味が旨くつても真の美食と云ふ事は出来ない、喰へば喰ふほど後から一層旨い噫が襲つて来る、それでこそ我れ我れは飽く事を知らずにたらふく胃袋へ詰め込む事が出来るのだ。此の料理は、大して変つた物でもないが、其の点に於いて君たちに薦める理由があると思ふ。」

二十三

「いや恐れ入つた。此れだけの料理を発明した以上、君はたしかに賞金を受け取る資格がある。」

かう云つて、先《さつき》伯爵を批難しかけた男が、先づ第一に讃嘆の声を放つ。一座は今更のやうに伯爵の天才に対して、敬慕の情を禁じ得なかつたのである。

「それにしても、此の不思議な料理の作り方を、会員一同に発表して貰ふ訳には行かないかね。あの甘つたるい汁から、どうしてあんな噫が出るのか、それが僕等には永久の疑問だ。」

「いや、発表することだけは許して貰はう。僕の発明したものが単純な料理であるなら、僕も美食倶楽部の会員である以上、その作り方を諸君に伝授する義務があるかも知れない。しかし此れは料理と云ふよりは寧ろ魔術だ。美食の魔術だ。既に魔術であるのだから、僕は此れを作り出す方法を、自分の権利として秘密に保管したいと思ふ。如何にして作り出すかは、宜しく諸君の想像に任せて置くより仕方がない。」

かう答へて伯爵は、会員一同の愚を憐むが如くに笑つた。

しかし、伯爵の所謂「美食の魔術」は、なか〳〵此のくらゐな程度に止まつて居るのではなかつた。一つ一つの料理が、全く異つた趣向と意匠とを以て、思ひがけない方面から会員の味覚を襲撃する。味覚?――と云つただけでは或は不十分かも知れない。正直を云へば、会員たちは彼等の備へてゐるあらゆる官能を用ひた後に、始めてそれ等の料理を完全に味はふ事が出来たのである。彼等は啻《たゞ》に舌を以て其美食を味はふばかりでなく、眼を以て、鼻を以て、耳を以て、或る時は肌膚を以て味はなければならなかつた。極端な云ひ方をすると、彼等の体中が悉く舌にならなければならなかつた。就中、「火腿白菜《くわたいはくさい》」の料理の如きは最もその適例であると云ふ事が出来よう。

火腿と云ふのは一種のハムである。白菜と云ふのは、キヤベツに似て白い太い茎を持つた支那の野菜である。が、此の料理も例に依つて最初からハムや野菜の味がするのではない、さうして、献立に記されてある外の凡ての料理が出されてしまつてから最後に此れを味はふ順序になつて居る。

此の料理が出される前に、会員は先づ食卓の傍を五六尺離れた上、食堂の四方へ散り散りに別れて彳立する事を要求される。それから不意に室内の電燈が悉く消される。どんな僅かな隙間からでも一点の明りさへ洩れて来ないやうに、窓や入口の扉は厳重に注意深く密閉される。部屋の中は、全く一寸先も見えないほどの濃厚な闇にさせられる。その、カタリとも音のしない、死んだやうに静かな暗黒裡に、会員は黙々として三十分ばかり立たせられるのである。

二十四

其の時の会員の心持を、読者は宜しく想像して見なければならない。――彼等は其の時までに散々物を喰ひ過ぎて居る。たとひ不愉快な噫には攻められないとしても、彼等の胃袋は相当に膨れ上つて居る。彼等の手足は、飽満状態から来るものうい倦怠を感ぜざるを得ない。体中の神経が痺れ切つて、彼等はともすれば、うとうとと睡りさうになつて居る。其れが突然暗闇へ入れられて、長い間立たせられるのであるから、一旦鈍くなりかけた彼等の神経は、再び鋭く尖つて来る。「此れから何が現はれるか、此の暗闇で何を喰はされるのか。」と云ふ期待が、十分な緊張さを持つて、彼等の胸に力強く蘇つて来る。勿論、明りを防ぐ為めにストーブの火さへも消されて居るので、部屋の空気は次第に寒くなつて、睡気などは跡形もなく飛び散つてしまふ。彼等の眼は、見る物もない闇の中で、冴え返つて来るばかりである。要するに、彼等は次の料理を口にする前から、思ふ存分に度胆《どぎも》を抜かれてしまふのである。

彼等が斯くの如き状態の絶頂に達した時に、誰か知らぬが、部屋の隅の方から忍びやかに歩いて来る人の足音が聞え始める。其の人間が今まで其処に居た会員の一人でない事は、いかにもなまめかしくさや／＼と鳴る衣擦れの音に依つても明らかである。軽い、しとやかな上靴《スリッパ》の音から想像すると、どうしても其れは女でなければならない。何処から、いかにして此の室内へ這入つて来たのか分らないけれど、其の人間はちやうど檻に入れられた獣のやうに、部屋の一方から一方へ、会員達の鼻先を横切りつゝ、黙々として五六度も往つたり来たりする。其の間は多分二三分ぐらゐ続いたであらう。

程なく、部屋の右側の方へ廻つて行つた足音は、其処に立たされて居る会員の一人の前で、ぴつたりと止まる。――作者は仮りに其の会員の一人をＡと名付けて、此れから次後の出来事を、Ａの気持になつて説明しよう。Ａ以外の会員には、自分達の順番が廻つて来るまで、其の後暫らく何事も起らないのである。

Ａは、今しも自分の前に止まつた足音の主が、果して想像の如く一人の女であつた事を感ずる。なぜかと云ふのに、女に特有な髪の油や白粉や香水の匂が、まざまざと彼の嗅覚を襲つて来るからである。其の匂は、殆んど彼を窒息させんばかりにＡの身辺に迫つて来て、女は彼とさし向ひに、顔を擦れ擦れにして立つて居るのである。それ程になつても相手の姿が見えないくらゐ、室内の闇は濃いのである。Ａは全く視覚以外の感覚に依つて、其れを知るより外にない。Ａの額には優しい女の前髪が触れる。Ａの襟元には暖かい女の息がかゝる。さうして居るうちに、Ａの両頬は、女の冷たい、しかし柔かい掌《たなごころ》に依つて、二三遍薄気味悪く上下へ撫で廻される……。

二十五

Aは其の掌の肉のふくらみと指のしなやかさから、若い女の手であるに違ひないと思ふ。けれども、その手は抑も何の目的で自分の顔を撫でゝ居るのやら明瞭でない。最初に左右の蟀谷《こめかみ》を押へて其処をグリ〳〵と擦つた後、今度は眼蓋の上へ両の掌《てのひら》をぺつたりと蓋《かぶ》せて、そろ〳〵と撫で下しながら、眼を潰《つぶ》らせようと努めるものゝ如くである。次にはだん〳〵と頬の方へ移つて、鼻の両側をさすり始める。手には右にも左にも数個の指輪が箝まつて居るらしく、小さい堅い金属製の冷たさが感ぜられる。――以上の手術(?)は、殆ど顔のマッサーヂと変りはない。Aは大人しく撫でられて居るうちに、美顔術でも施された跡のやうな爽かな生理的快感が、脳髄の心の方まで沁み渡るのを覚えるのである。

其の快感は、直ぐ其の次に行はれる一層巧妙な手術に依つて、更に〳〵昂められる。顔中を残らず摩擦し終つた手は、最後にAの唇を摘まんで、ゴムを伸び縮みさせるやうに引張つたり弛《たる》ませたりする。或は頤に手をかけて、奥歯のあるあたりを頬の上からぐいぐいと揉んで見たり、口の周囲を縫ふやうにしながら、上唇と下唇の縁を指の先で微かにとんとんと叩いて見たりする。それから口の両端へ指をあてゝ、口中の唾液を少しづゝ外へ誘《いざな》ひ出しつゝ、しまひには唇全体がびしよ〳〵に濡れるまで其の辺一帯へ唾吐《つばき》を塗りこくる。塗りこくつた指の先で、何度も〳〵ぬる〳〵と唇の閉ぢ目を擦る。Aは、まだ何物をも喰はないのに、既に何かを頬張つて涎を垂らしつゝあるやうな感触を、その唇に与へられる。Aの食慾は自然と旺盛にならざるを得ない。彼の口腔には美食を促す意地の穢《きたな》い唾吐が、奥歯の後から滾々湧き出て一杯になつて居る。……

Aが、もう溜らなくなつて、誘ひ出されるまでもなく、自分から涎をだら〳〵と垂らしさうになつた刹那である。今迄彼の唇を弄んで居た女の指頭は、突如として彼の口腔内へ挿し込まれる。さうして、唇の裏側と歯齦《はぐき》との間をごろ〳〵と掻き廻した揚句、次第に舌の方へまで侵入して来る。涎は其れ等の五本の指へこつてりと纏はつて、指だか何だか分らないやうなどろ〳〵な物にさせてしまふ。その時始めてAの注意を惹いたのは、それ等の指が、いかに涎に漬かつて居るにもせよ、到底人間肉体の一部とは信ぜられないくらゐ、余りにぬら〳〵と柔か過ぎる事であつた。五本の指を口の中へ押し込まれて居れば可なり苦しい筈であるのに、Aにはさう云ふ切なさが感ぜられない。仮りにいくらか切ないとしても、大きな餅を頬張つたほどの切なさである。若し誤つて歯をあてたりしたらば、それ等の指は三つにも四つにも咬み切られてしまひさうである。

二十六

とたんにAは、舌と一緒に其の手へ粘り着いて居る自分の唾吐が、どう云ふ加減でか奇妙な味を帯びて居る事を感じ出す。

ほんのりと甘いやうな、又芳《かう》ばしい塩気をも含んで居るやうな味が、唾吐の中からひとりでにじと〳〵と泌み出しつゝあるのである。唾吐がこんな味でもあらう筈はない。さうかと云つて、勿論女の手の味でもあらう筈はない。……Ａはしきりに舌を動かして其の味を舐めすゝつて見る。舐めても舐めても、尽きざる味が何処からか泌み出して来る。遂には口中の唾吐を悉く嚥み込んでしまつても、やつぱり舌の上に怪しい液体が、何物からか搾り出されるやうにして滴々と湧いて出る。此処に至つて、Ａはどうしても其れが女の指の股から生じつゝあるのだと云ふ事実を、認めざるを得ないのである。彼の口の中には、その手より外に別段外部から這入つて来たものは一つもない。さうして其の手は、五本の指を揃へて、先からぢつと彼の舌の上に載つて居る。それ等の指に附着して居るぬら〳〵した流動物は、今迄たしかにＡの唾吐であるらしく思はれたのに、指自身からも唾吐のやうな粘つこい汁が、脂汗の湧き出るやうに漸々に滲み出て居るのであつた。――

「それにしても此のぬら〳〵した物質は何だらう。――此の汁の味は決して自分に経験のない味ではない。自分は何かで此のやうな味を味はつた覚えがある。」

　Ａは猶も舌の先でべろ〳〵と指を舐め尽しながら考へて見る。と、何だか其れが支那料理のハムの匂に似て居ることを想ひ浮べる。正直を云ふと、彼は疾うから想ひ浮べて居たのかも知れないのだが、あまり取り合はせが意外なので、ハツキリ其れとは心付かずに居たのであつた。

「さうだ、明かにハムの味がする。而も支那料理の火腿の味がするのだ。」

　此の判断をたしかめる為に、Ａは一層味覚神経を舌端に集めて、ます〳〵指の周りを執拗に撫でゝ見たりしやぶつて見たりする。怪しい事には、指の柔かさは舌を持つて圧せば圧すほど度を増して来て、たとへば葱《ねぎ》か何かのやうにくたくたになつて居るのである。Ａは俄然として、人間の手に違ひなかつた物がいつの間にやら白菜の茎《ぢく》に化けてしまつた事を発見する。いや、化けたと云ふのは或は適当でないかも知れない。なぜかと云ふのに、それは立派に白菜の味と物質とから成り立つて居ながら、いまだに完全な人間の指の形を備へて居るからである。現に人さし指と中指には元の通りにちやんと指輪が箝まつてゐる。さうして掌《たなごゝろ》から手頸の肉の方へ完全に連絡して居る。何処から白菜になり、何処から女の手になつて居るのか、その境目は全く分らない。云はゞ指と白菜との合《あひ》の子《こ》のやうな物質なのである。

二十七

不思議は啻《たゞ》にそればかりには止まらない。Ａがそんな事を考へて居る暇《ひま》に、その白菜――だか人間の手だか分らない物質は、恰《あたか》も舌の動くやうに口腔の内で動き始める。五本の指が一本々々運動を起して或る者は奥歯のウロの中を突ツ衝いたり、或る者は舌の周囲へ絡み着いたり、或る者は歯と歯の間へ挟まつて自ら進んで嚙まれるやうにする。「動く」と云ふ点からすれば、どうしても人間の手に違ひないのだが、動きつゝ、あるうちに紛ふべくもない植物性の繊維から出来た白菜である事が、益《ます》〱明かに暴露される。Aは試みに、アスパラガスの穂を喰ふ時のやうに、先の方を嚙んで見ると、直にグサリと嚙み潰されて、潰された部分の肉は完全なる白菜と化してしまふ。而も此れ迄に嘗て経験したことのないやうな、甘味のある、たつぷりとした水気を含んだ、まるでふろふきの大根のやうに柔軟《やはらか》な白菜なのである。

Aは其の美味に釣り込まれつゝ、思はず五本の指の先を悉く嚙み潰しては嚥み下す。ところが、嚙み潰された指の先は少しも指の形を損じないのみか、依然としてぬら〱した汁を出しながら、歯だの舌だのへ白菜の繊維を絡み着かせる。嚙み潰しても嚙み潰しても跡から跡からと指の頭に白菜が生じる。……ちやうど魔術師の手の中から長い長い万国旗が繋がつて出るやうな工合にである。

かうしてAが腹一杯に白菜の美味を貪り喰つたと思ふ頃、植物性の繊維から出来て居た手の先は、再び正真正銘の人間の肉を以て成り立つた指に変つてしまふ。さうして、それ等の五本の指は、口の中に残つて居る喰ひ余りの糟をきれいに掃除して、薄荷《はくか》のやうなヒリヒリした爽かな刺戟物を歯の間へ撒き散らした後、すつぽりと口の外へ脱け出てしまふ。

此れが第一夜の宴会の最終の料理である。以上二つの実例に依つて、献立の中に示された其の他の料理も、いかに怪奇な性質の物であるかは大略想像することが出来るであらう。此の白菜の料理が済んでから、暗くなつて居た会場には以前のやうに明るい電燈が燈される。が、其処にはあの不可解な手の持主である可き女の影は跡形もない。

「此れで今夜の美食会は終つたのであります。――」

かう云つて、其時G伯爵は、驚愕に充ちた会員達の表情を視詰めながら、簡単に散会の挨拶を述べる。

「私は先刻、今夜の美食は普通の料理ではなくて料理の魔法であると云つた。しかし茲《こゝ》に断つて置きたいのは、私は何も故《ことさ》らに奇を好んでこんな魔法を用ゐるのではないと云ふ事です、私は決して、真の美食を作り出すことが出来ない為めに、魔法を以て諸君を煙に巻かうとするのではないのです。私の意見を以てすれば、真の美食を作り出すのには、魔法を用ふるより外に道がないと思ふのです。……」

二十八

「……なぜかと云ふのに、我れ我れはもう、単に舌のみを以て味はふところの美食と云ふ物を、既に幸に味はひ尽して居る。限られたる所謂料理の範囲内に於いて、此れ以上に我れ我れを満足させる物は一つもないのであります。勢ひ我れ我れは、自分たちの味覚を更に喜ばせる為めには、料理の範囲を著しく拡張すると共に、之を享楽する我れ我れ自身の官能の種類をも、出来るだけ多種多様にしなければなりません。同時に又、美食の効果を飽く迄も顕著ならしめる為めに、我れ我れは予め美味を享楽するに先だつて、我れ我れの好奇心を十分其の目的物の上に集注させる必要があるのです。我れ我れの好奇心が熾烈であれば熾烈であるほど、其の対象物の価値は一層高まつて来るのです。私が料理に魔法を応用するのは、即ち此の好奇心を諸君の胸に挑発したいといふのが主眼なのであります。……」

　会員はたゞ茫然として、恰も狐につまゝれたやうな心地を抱きながら、一言の返辞もせずに会場を出て行くのであつた。

　つゞいて其の明くる晩、第二夜の饗宴が同じ倶楽部の会場に於いて開催された。作者は其の夜の献立を一々此処に列挙する事の煩を避けて、其の中の最も奇抜なる料理の名前と、その内容とを説明しよう。

　即ち其れは

　　高麗女肉《かうらいぢよにく》

　と云ふ料理である。第一夜の献立に於いては、料理の内容は兎に角、名前だけは純然たる支那料理であつたのに、高麗女肉と云ふのは支那料理にも決してあり得ない珍らしい名前である。尤も、単に高麗肉と云ふのならば支那料理にもない事はない。高麗とは支那料理の天ぷらを意味するので、豚の天ぷらのことを普通高麗と称して居る。然るに高麗女肉と云へば、支那料理風の解釈に従ふと、女肉の天ぷらでなければならない。献立の中から此の料理の名を見附け出した会員たちの好奇心が、どれ程盛んに煽られるかは推量するに難からぬ所であらう。

　さてその料理は皿に盛つてあるのでもなく、碗に湛へられてあるのでもない。其れは一枚の素敵に大きな、ぽつぽつと湯気の立ち昇るタオルに包まれて、三人のボーイに恭しく担がれながら、食卓の中央へ運び込まれる。タオルの中には支那風の仙女の装ひをした一人の美姫が、華やかに笑ひながら横はつて居るのである。彼女の全身に纏はつて居る神々しい羅綾の衣は、一見すると精巧な白地の緞子かと思はれるけれど、実は其れが悉く天ぷらのころもから出来上つて居る。さうして此の料理の場合には、会員たちはたゞ女肉の外に附いて居る衣だけを味はふのである。

＊　＊　＊

　以上の記述は、G伯爵の奇怪なる美食法に関して、僅かに其片鱗を窺つたゞけのものに過ぎない。片鱗に依つて其の全般を推し測るには余り多くの変化に富んだ料理ではあるけれども、而も伯爵の創造の方が無尽蔵である限り、作者が如何に宴会の回数を追うて詳細な記述を試みるとしても、要するに其の全般を知了することは不可能なのである。そこで已むを得ず第三次より第五次、第六次にいたる宴会の献立の内から、最も珍らしい料理の名前を列記するに止めて一と先づ筆を擱くことにしよう。即ち左の通りである。

鴿蛋温泉　葡萄噴水
咳唾玉液　雪梨花皮
紅焼唇肉　胡蝶羮
天鵞絨湯　玻璃豆腐

賢明なる読者の中には、此等の名前がいかなる内容の料理を暗示して居るか、大方推量せられる人々もある事と思ふ。兎に角にも美食倶楽部の宴会は未だに毎晩G伯爵の邸内で催されつゝあるのである。此の頃では、彼等は最早や美食を「味はふ」のでも「食ふ」のでもなく単に「狂」つて居るのだとしか見受けられない。気が違ふか病死するか、彼等の運命はいづれ遠からず決着する事と作者は信じて居る。

（「大阪朝日新聞」大正8年1月6日～2月4日）

飢

小川未明

賑かな街の端《はづ》れに、広い路の片辺《かたほとり》に土の上に二人の乞食が坐つてゐた。其れは父親と子供であつた。よく晴れた冬の日の正午少し前であつた。

市中にあつては、色彩や、物音に、建物の狭んだ空間は占領されてしまつて、日光の遊び場といふものは殆んどなかつたけれど、かうして少し街を出離れると、全く異つた世界が開かれる。石塊の頭が出た、白く乾いた路の上には、日の光りが降り注いで、ぢつと其れに見入つてゐると、光りが躍つたり、戯れたり、笑つたりしてゐるやうに、眼に映らない姿をさま〴〵に想像される程、平和で長閑《のどか》であつた。

これで、この子供は腹が空いてゐなかつたら、どんなに幸福であつたか知れない。日盛りは冬とも思はれない程に暖かであつたから、子供は昨夜寒さに手足の指が痛んで、眠られなかつたことなどは忘れてゐる。

いろ〳〵の風をした人間が、広い路を彼等の前を通つて、町の方へと行くのである。朝のうちは、まるで町から、此方に来る人の姿は見なかつたけれど、時が移つて、日が高くなるにつれて、町で用を達して、やがて淋しい郊外の方へと帰る人の姿がだん〳〵増して来たのを見た。

子供の常吉は、其の人々を見送つた。何《ど》の人も皆な好い着物を被《き》て、懐《ふところ》には金を沢山持つてゐて、欲しいものは何でも買へる仕合せな人達であるやうに思つた。また包みをぶら下げたり、また肩に担いだりして行く人を見ると、其の中には、お菓子や、玩具《おもちや》などが入つてゐるやうな気がして、家に待つてゐる子供等の楽しみの多い身の上までが空想せられたのであつた。

人々は、彼方《あちら》から無心で、何か考へながら歩いて来るらしかつた。而《そ》して、其処に乞食が坐つてゐるのを見て、不意に慌てたやうに避けながら行くのであつた。父親は、口の中で絶えず何やらつぶやいてゐた。其れは独りで、呪つたり、怨んだり、また歎いてゐるのであつた。

常吉には、父親のつぶやきが慣れつこになつてゐた。而《さう》して、親と自分とは、全く別なことを空想したり、思つたりしてゐた。たゞ二人が飢《ひも》じいことだけは同じであつた。常吉は父親の青白い、たるんだ顔を見て、其の底光りのした落込んだ眼がこの心持を現はしてゐることを知つた。

先刻《さつき》、子供が、この路の上で凧を揚げてゐた。其の時、一人の子供が蜜柑を剝いで食べてゐた。其の皮を捨てた時に、父親の眼も等しく、自分の瞳といつしよに其の皮の上に落ちたことを常吉は心に思つた。流石《さすが》に父親は、其れが皮ばかりであると知ると、二たび其の上に眼を落さなかつたが、常吉は凧を揚げてゐる子供が、其処に居なくなつてからも、尚ほ落ちてゐる蜜柑の皮に彼の眼は屢々《しば〳〵》向いたのである。黄色な蜜柑の皮は、光りの中にぢつとしてゐた。其れから沢山人は通つたけれど、其の皮は踏まれなかつた。やはり捨てられた時と同じになつてゐた。半分口を開けて、其処から内部の白い肌が日の光りに晒されて見えた。常吉は、心で誰も其れを踏まないことを願つた。彼は、もつと飢じくなつたら、拾つて来て食べやうと思つたからだ。

二人が地の上に坐つてゐる、其の後方には葉を振ひ落した欅《けやき》の木が聳えてゐた。この梢や、枝の隙間から、青い澄み渡つた空が仰がれた。何処を見ても空虚といふ感じがした。而《さう》して、腹をいつぱいに充すやうなものは見付からなかつた。

町の方から、橋を渡つて、鼠色の帽子を眼深く被り、毛糸で編んだ襟巻で頸を埋めて、懐手《ふところで》をした男が下を向いて考へながらやつて来た。ちやうど微かに聞えるいろ〳〵の音色《ねいろ》がこの人を町から送つて来たやうにも思はれた。而《さう》して、もしこの男が幾何《いくら》かの銭を二人の坐つてゐる前に投げて行つたら、たしかに町から来た福の神と思はれたであらう。そんなやうにこの男の様子は福々としてゐた。而《さう》して二人は、まだ朝から一銭も恵まれてゐなかつたからだ。

この男が、だん〳〵二人に近付くと、其時まで、口の中で何かをつぶやいてゐた父親は急に改まつて、別人のやうになつて、両手を正しく膝頭の上に置いて、真面目に、いと哀れつぽい声を出して取縋らんばかりに頭を地に摺り付けて訴へた。

「どうぞ、この可哀さうな親子に恤《めぐ》んでやつて下さい」と、言つたのである。而して、頭《あたま》で男の様子を見詰てゐた。

　男は、そんな言葉が耳に入らん風をして、やはり下を向いたまゝ考へながら歩いて行つた。よく分つてゐたのだけれど、男はかうして行つたらしくも思はれた。常吉は父親が悲しい声を出して、訴へてゐる間、小さな石塊の先で、地面の上に円や、四角なものを描いてゐた。何んでも食べられるものであつたら、腹いつぱい食べて見たいと思ひながら。

　曾て、父親は、常吉に向つて、「なんでも人の顔を見たら、頭を地面に摺り付ける位にして下げるんだぞ。さうすれば、大抵の人は可哀さうだと思つて、銭をくれるから」と教へた。常吉は其の通りにした。けれど誰も心では哀れと思つたか知らないが、銭を恤《めぐ》んでくれなかつた。

　不幸な父親は、平常《ふだん》思つたことゝ、実際とは大変に相違したものであることを悟つた。しかし乞食になつてから、全く日の浅い彼は心から悲しさうに縋つて見るといふことより他にいゝ手段を知らなかつた。

　常吉は遠い自分の産れた村にある時分のことを思ひ出した。実際彼の一家は貧しかつたのだけれど、彼はこんなに飢《ひも》じい思ひをしたこともなければ、母がまだ生きてゐた頃は寒い思ひをしたこともなかつたので、自分等は貧乏であるといふことを知らなかつた。

　冬の寒い日に火を焚いてゐる囲炉裏《ゐろり》の傍《そば》に坐つて、灰の裡《うち》に埋めた、じやがたら芋の焼けるのを見守りながら待《まつ》てゐた。

　高窓から這ひ出る青い煙は、外の風に吹き消されてゐた。ちやうど天国を探ねて行かうと此処から逃げ出したのが、窓口で待受けてゐた風のために散々な目に遇つたのであつた。其のうちに芋がよく焼けて黄色く中が破れて見える。其れを取り出してうまさうに食べたことを思つた。

　また、風の強い日のことである。夜になると急に寒さが募つて、吹雪となつた。天井梁から吊された洋燈《ランプ》が左右に揺れてゐる。其のたびに円いホヤの明るい影が、暗い天井の板の上に動くのである。粗末な小舎が風のために揺れるからだ。けれど、其時、常吉は藁蒲団の中に身を埋めてゐた。「寒くないか？」と、母が言つて、足のあたりを蒲団の上から叩いてくれたので、風の入り場がなかつた。たゞ壁や、板戸の隙間から、雪の粉が顔にかゝるかと思はれる程、冷《つめ》たな風が当つたが、其れでも、父親と抱き合つて、寺の縁の下で震へてゐるやうなことは決してなかつた。

　彼の頭の中には、幽かな、はかない思ひ出が、ちやうど橋の下の水の面に、あるかないかの風によつて、縮緬の皺程に起る小波《さゝなみ》の如く浮ぶかと思ふと消えてしまつた。この日は、冬とは思はれぬ程に暖かであつたから——よく天気の変る前にある現象のやうに――常吉の頭には、あまり寒いことの記憶が起らなかつた。彼は、たゞ限りなく腹が空いてゐた。而《そ》して、頭の中は、腹いつぱい物を食べて見たいといふ考へしかなかつた。

　此時いまだに忘れない広助親爺のことが頭に浮んで来た。常吉は、小石で土の上に先刻《さつき》からいろ〳〵に形を描いてゐたが、ふと、其の手を止めて、思ひ出したやうに父親の顔を見た。

「広助爺は、何《ど》うして死んだい」と、常吉は首垂《うなだ》れてゐる父親にたづねた。

「腹が減つたからだ」と、父親は、まじろぎもせずに答へた。

「俺だつたら、煮た飯を皆んな食ふだのに。広助爺は、なんで食はなかつたのかい。」と、常吉は不思議に思つた。

「そんなに年寄でなかつた。やつと五十になつたばかりだ」と、父親は、形を崩さずに言つた。青腫《あをぶくれ》のした、垢の溜つた頬から口にかけて、赤い毛が延びてゐる。常吉は、自分の父親の顔ながら、枯れた栗の毬《いが》のやうだと思つた。

　彼は、また指に持てゐる小石で地面の上に絵を描き始めた。而《そ》して、広助親爺の死を思ひ出して、いろ〳〵当時のことを考へてゐた。其間、父親は、例の悲しい声を出して、幾たびか前を通る人に向つて訴へた。けれど、其れはたゞ空しかつた。

　常吉の魂は、其処になかつたから、父の声もあまり耳に入らなかつた。

　雪がちら〳〵と降つてゐた。雪は湿つた地に落ると、見る間に水に染《にじ》んで忽ち形なく解けた。けれど空からは、小止みなくつゞいて降つて来た。而《そ》して、先に落ちた雪が解けぬうちに後から乾いた白い雪は、其の上に落ちていつの間にか地が白くなりかゝつた。

　其日である。赤い毛布を被《き》て、笠を被《かぶ》つた広助は村から旅に上つた、途中で遇つた者は彼に向つて、何処へ行くかと聞いた。

「かう物価が高くなつては、食つて行くことが出来ないから、西郡《にしごほり》へ行けば仕事があるといふから、冬の間だけでも働きに出かけて来《こ》うと思ふのだ」と、広助は答へた。

「達者で行つて来《き》やつしやい」と、村の者は言つて、彼を見送つた。葉のない木立の枝は花が咲いたやうに美しく見えた。

　広助の一家は、妻の他に多くの子供があつた。この一家の生活の苦しい様を知る者は、広助の出稼に行つたのは無理のないことだと思ひやつた。

　其の年は、年寄達にさへ珍らしかつた程の大雪であつた。村でも、町でも、家の潰れたのが少なくなかつた。夜も眠らずに、家根《やね》へ上つて、灰色の魔物のやうに掩ひ被つた雪を切つて下に投げる者が、毎夜其処此処《そこゝこ》に見られた、旅に出てゐる者も、この国の大雪を聞いて家を案じて帰つて来る者もあつた中に、広助は家を出てから何処へ行つたものか、また何処に落付いて働いてゐるものか、一度も村へ便りがなかつた。彼の妻は、大雪の中に多くの子供を抱へて夫の身の上を案じ暮してゐた。彼女は、折々堪へられない心の悲しさに、家から出て、知つた人の家を歩き廻つて「夫は何うしたらう」と、物狂はしげにたづねた。人々は、雪路の上を頭髪を風に乱して、足袋も穿かずに、真赤な足をして、うろつく彼女を見て哀れに思つた。

「広助親爺は、吹雪倒でもして死んだんだらう」と、村の者は噂をした。

昔から村に、彼の如く、出たぎりになつて帰つて来ない者が、他にも稀れにあつたからだ。また、この村の附近を通る旅人で、吹雪のために、若《もし》くは、春先などの疫病にか丶つて横死して、何処の者とも分らずに、村役場で埋葬する者があるからだ。其時は村から出て、いまだに行衛《ゆくゑ》不明の者も、恐らく他国でこんな運命になつたのであらうと思はれた。

「もう、お父さあは帰つて来なさらねえ」と、広助の妻は、悄《しほ》れながら子供等に向つて言つた。彼女は心の中であきらめたのであつた。

雪が消えて、春が来た。

河の水は、山に雪が解けるので、溢れるばかりになつて流れた。まだ日蔭や、窪地には白い雪が残つてゐた。而《さう》して、其の上は、杉の木や、榛の木の実から溢れた粉や、風の飛ばして来た藁屑や、家根板の朽ちた欠《かけ》らなどで汚されてゐた。土手には土筆《つくし》や、蕗の薹などが芽を出しかけて、子供等に見付られるのを怖れてゐた。

子供等は、往来の乾いた処で独楽《こま》を廻したり、また水の流れる処で、笹の葉で舟を造つて浮べたりしてゐた。雪の下から現はれた楓《かへで》の坦根《たんこん》も、紅い芽を付けて、根許《ねばかり》の太い処は春の黄昏《たそがれ》方《がた》に神秘の影で暈《くも》らされて、子供等の眼には、この木の曲りくねりが魅力あるもの丶如くに映つた。而《さう》して、陰気な杉の森、生温い南風の吹くたびに熱病神に襲はれる如く魘《うな》されて見えたが、其処も子供等には隠れんぼをするには絶好の場処であつた。

日は西方の未知の国に沈んで、山脈の曲線までが柔かみを帯《を》んで、黄色な明るい空にくつきりと黒く浮き出て見られた。而《さう》して、南の方へ延びるにつれて、南国の明るい光線は山の半面を照らして、其処だけは、夜が来るのがずつと遅いやうに、恍惚として、生暖かなうす明るい夢のやうな光線の中に微睡《まどろ》んでゐる。一方北の方に延びた山脈は冷たな悲しみの裡に浸されてゐた。けれど、冬のやうに、其の方も黒く、物凄い雲の影は現はれてゐなかつた。水色の空に、旗のやうな赤い雲が漂つて、其の下には、さだめし小さな静かな町があつて、子供が笛を吹いてゐるやうな夢思《むし》を人々の心に抱かせた。

子供等は、祖母や、祖父から聞いた、お伽噺を路の上で語り合つて、日の暮る丶のを知らない時節であつた。

ある日、破れ笠を被つた、穢苦《むさくる》しい風をした男が、ちよつと突いたなら、すぐ前へのめりさうな力のない歩き付《つき》をして、村の路《みち》を此方《こつち》に入つて来た。其の男と出遇つた人は思はず、笠の下の俯向いた死人のやうな顔を覗いて見た。

「え丶、広助さんぢやないか」と、村の一人がかう呼んだ。けれど、其の男は振向きもしなかつた。而《さう》して、やはり虫の這ふやうな歩き付をして同じ路を辿つてゐた。

これを見た村の者は、人違ひでないかと、最初のうちは自身の眼を疑つたが、其の男を見た者は、一人ぎりでなかつた。幾人かゞ其の男を見た。皆ながたしかに広助であると言つた。而して、気狂になつて、この村に帰つて来たのだと噂した。

昼過ぎのことで、広助の妻は、うす暗い室の裡で、子供の襤褸を縫つてゐた。其時、入口から見知らぬ怪しの男が、黙つてのつそりと入つて来たのを見て、びつくりした。彼女は乞食でないかと思つた。其れでなければ、気狂でないかと思つた。彼女は二三年前に、やはり何処かの気狂が、かうして入つて来たことを思ひ出した。其れは夏のことであつたと刹那にまた思つた。彼女は怖る〳〵出て行つた。而して、其の男を凝視して、二度びつくりした。

「お父さあぢやないか？まあ、よく帰つて来やした。ど、何処から、そしてこの様子は何《ど》うしたのだ」と、息も咽喉に塞つてよく物が言へなかつた。

其の男は、震へる手で笠を脱ぎ取つた。而して、深く落込んだ眼でぢつと彼女の顔を見た。内心に動いた繊細な感情が瞳の色を変へた。全く涸れ切つた眼底に、二たび涙が湧き出たやうに覚えた。この眼と、彼女の眼とが合つた時、彼女は悲しくなつて泣き出した。

やがて、妻は、外に遊んでゐる子供に父親の帰つたのを知らして、呼んで来やうと家から出て行つた。

母親は近所を探して、子供等を連て来た。子供等は父親が帰つたと聞いて、皆な勇んで母親について入つて来た。而して、囲炉裏の傍にぢつと坐つてゐる見知らぬ人を見た。子供等は、其れを父親であるとは思はなかつた、皆な母親の体に縋り付いて、後退りをした。

囲炉裏に大きな鍋がかけられてゐた。其れには、お鉢の中にあつた飯を皆な入れたと見えて、白い飯がいつぱいであつた。妻は自分が外へ出た留守に広助がしたのだと思つて呆れ顔をして其の鍋を見守つた。

広助はぢつと坐つたまゝ、首垂《うなだ》れてゐた。外から子供等が妻といつしよに帰つて来たことにも気付かないもの、やうであつた。肩のあたりがげつそりと落ちて、延びた頭髪は幽霊が坐つてゐるやうにしか見えなかつた。

「こないなことして、飯を煮やしやるだか」と、彼女は夫の傍に近づいて、俯向いてゐる顔を覗き込んだ。すると、閉ぢてゐると思つた眼は、日光に怖えた土鼠《もぐら》の眼のやうに、鍋の下の消えさうになつた火を見詰てゐたのだ。彼女は火を焚くだけの気力が、夫にない程、疲れてゐることが分つた。

「こんな火で、何が煮えるけえ」と、彼女は言つた。物も碌々言へない程に疲れてゐる夫に対して憐憫の情が彼女の心に湧いた。

子供等は、たまげた顔をして、様子の見違へるばかり異つた、父親に近寄らずにゐるのを彼女は叱つて、彼方に追ひやつて、囲炉裏に火を焚き付けた。

「俺、三日三晩、飯を食はずに歩いて来た」　幽霊のやうに坐つてゐる広助の口から、幽かな言葉が洩れた。

　やがて、鍋の中の飯は、ぐつ〳〵と煮えて来た。妻は、茶碗に飯を盛つて、広助の前に出した。広助は、黒い痩せた手で、辛じて箸と茶碗とを取り上げて、其れを一口食べたかと思ふと、不意に前へがくりとのめつてしまつた。

　この有様を見た妻は驚いて、直に走り寄つて彼を起して呼んだけれど、意識がなかつた。迎ひに行つた医者は来て見たが、もう全く駄目であつた。安心したゝめに、僅かにこれまで繋がれて来た命の縷《つな》が切れたのだといふ。

　一時、村はこの噂で持ちきつた。

「俺《おらあ》だら、鍋の中の飯みんな食つてしまふだに」と、常吉は飢じい思ひから考へながら、小石で地面に画を描いてゐた。

　ふと子供は空想から醒《さめ》ると、其処は産れた村でもなく、自分の家でもなかつた。全く空漠とした外の往来の路の上に父と二人で坐つてゐるのに気付いた。

「腹が減つたわ。何か食べたい」と、彼は、急に空腹の苦しみを感じ出すと、かう父親を振向いて叫んだ。

「どら、ちつと歩くべえか」と、父親はよぼ〳〵した体を起した。歩いたら、また何か食べるものに、何《ど》うかして有り付かないものでもないと考へたのであらう。かうして、二人は其処から立ち去つた。

　常吉は蜜柑の皮を拾はふかと思つたが、其れが噛んでも決していゝ味がしないと知つたので、一瞥を落して行き過ぎた。

　先刻《さつき》、凧を揚げてゐた子供等が、橋の上に立つて欄干に凭りながら、頻りと下を向いてわい〳〵言つてゐたことを常吉は思ひ出した。何か河の中にあるのだらう？彼は橋を渡つて、彼方には沢山人影が動いて、赤や、青の色などが見え、何となく面白さうであり、また賑かである町の方へと行く時分に、父親から離れて一人欄干の際まで、小走りに寄つてぢつと下をば覗いた。

　水は両側の高い崖の底に青々としてゆるく流れてゐた。而して、其処だけは終日賑かなことも、面白いことも分らないので、何となく水の面はつまらなさうであつた。けれど其の静かな流れは、崖に生いてゐる木の影の映るごとに、煩はしいとも気にかけない様子であつた。常吉は水の引いた泥濘の縁に一疋の猫の死骸が横《よこた》はつてゐるのを見出した。先刻、凧を揚げてゐた子供等が、わい〳〵言つてゐたのはこれだと彼は悟つた。

　其れは死んでから、既に幾日経つたか分らなかつた。毛が大部分抜けて居り、頭や、四足が、とげ〳〵しくなつて、肉が付いてゐるとは思はれない程に見えるのに、独り腹だけが堅さうに張り切つて、ちやうど太鼓の胴のやうであつた。腹いつぱい猫が水を飲んだからであると常吉は思つた。あの堅さうな腹を突いたら、皮が破れて中から水がどんなに沢山出るだらうと彼はまた思つた。

たゞ、腹いつぱい、水でも何んでも張り切れさうになる迄入れて見たいといふことが、飢じい彼の心をそゝつて、一種の痛快味を覚えしめた。

彼は猫の腐れかゝつた死骸を見ても、汚ないといふ気持はしなかつた。寧ろ麗はしい気持がして、父親の後に追ひ付いた。

「猫が死んでゐたぜ」と、彼は、教へるやうに父親に言つた。けれど、物を言ふのが物憂いと見えて、父親は答へなかつた。

二人は坂を上つて、広い賑かな奇麗な通りを避けて、静かな裏通りに曲がつた。すると鳥屋の前に出た。店頭には沢山な小鳥が籠に入つて重ねられてあつた。また土間には編目の粗い大きな籠に、鶏が幾羽も入つてゐた。其等の鳥が小啼きをする喧ましい声と、鳥類特有の臭ひが店頭に漂つてゐた。常吉は小鳥の名を大抵知つてゐる。故郷にゐる時分に、もち棒で沢山捕つたのである。其れと同じい鳥が、この都では珍らしがられてゐることを思つた。其の価《あたひ》も驚く程高いやうな気がした。

彼の眼は、沢山入つた餌を三四の家鴨《あひる》が頸を集めて、食べてゐるのを見た。其等の家鴨はよく肥へてゐた。其の中の一羽は特に大きかつたやうな気がした。其れはもう腹いつぱい餌を食ひ飽きたといふ風で餌の入物から少し離れた処に、肥大に垂れ下つた尻を地に付けて、扁平な先の円い黄色な嘴を上げて、其の小さな懶惰な眼は食慾以外（常吉には其れが贅沢であると思はれた）のことを思つてゐるやうに、生暖かな日の下で輝いてゐた。而《さう》して、飢じいといふことは知らないやうに、紫色ばんだ脂切つた両方の翼に麗はしく日の光りが染《そ》んでゐた。「何《ど》うせこの鳥は、誰かに食はれるのであらうが、どんなに脂肉《あぶらみ》の切口は厚味があらう」と、同じくこの家鴨に眼を付けた父親は、黙つて通り過ぎながら思つた。

家鴨は、このみすぼらしい様子をした、二人をば気にもかけないといふ風であつた。而《そ》して、微かな風に、抜けかゝつた胸の白い温毛《ぬくげ》が戦《おのの》いた。

「お父さあ、家鴨は食べられるかい」と、彼は、父親に聞いた。

「オ、食へるぞ」と、父親は、答へた。其の声には力があつた。常吉は、ずつと子供の時分、誰からか家鴨の卵には毒があると聞いたことを思ひ出したので、やはり家鴨も食べられないのかと思つたからだ。

「甘いかい」と、しばらく間を置いてから彼はまた父親に言つた。

「うまいだ」と、父親は答へた。

二人は、また無言で歩いた。行く当がなかつたから、急いで歩く必要はもとよりなかつた。

ある処で、父親は路の上に立止つて、常吉の耳に何か囁いてゐた。

其の日の暮方であつた。入日は森影を越へて、西に沈まふとした。名残の黄色な光りが、町端れにある寺の赤い門に当つて、まだ其処だけは明るかつた。木の多い境内は、いつしかうす暗く日が蔭つて寒い風が、梢の尖《さき》を揺つてゐた。沢山の鳩が堂の家根から下りて来て、日の照らす、赤い門の際に集つて遊んでゐた。

此時、其処に人集《ひとだか》りがして、何か不意な事件が起つた。通る人々は、其の周囲に寄つて、好奇の眼で覗いて見た。すると親子二人連の乞食が、鳥打帽を被つた脊の高い絣縞の羽織を着た男に叱られてゐるのであつた。

「何うしたんですか」と、後から其処に来合せて事情を知らぬ者は、かう言つて傍に立つてゐる者に聞いてゐた。

「鳩を捕へて、懐裡に入れるのを見付けられたんです」と、其者は教へた。

皆なの眼は、父親の乞食の懐に向いた。けれど、鳩の入つてゐる気はひがしなかつた。彼等の眼は、次に十ばかりになる子供の胸のあたりを探るやうに見詰た。けれど、其処にも鳥が入つてゐるやうに腫れてゐなかつた。皆なは、鳩はもう、放されてしまつたのだと思つた。

鳥打帽を被つた、脊の高い男は刑事であつた。彼は二人を引立て、連て行つた。暮方の人通りの多い町の中を警察署の方へと父と子は歩かせられた。この二人が、乞食になつたのは最近のことで、乞食らしいところはなかつたので、何であるか分らぬ者もあつた。そんな人々は、この二人がどんな悪いことをしたのだらうか？あんな父親に、小さな子供がと思つて、戸口に立つて見送つた。

常吉は、どんな処へ連れて行かれるのかと思つた。而《そう》して、父親が其処で、どんな甚《ひど》い目に遇はされないとも限らないと思ふと、其のことばかりが心配でならなかつた。父親はまだ若く、而《そう》して、健康であつた時分は駅夫などを、勤めたこともある。ちよつと性質には気軽なところもあつて、面白いことを言つて、人を笑はせたりしたものである。けれど、今は何《ど》うしてもそんな人間であつたとは見えなかつた。彼は、刑事に連られて歩く間に、本能的に身に迫りつゝある怖れを感じた。さうすると、もはや一歩も怖しくて踏み出す気になれなかつた。子供の時分に、よく経験した、なんでも叱られるやうな場合に、其れと悟つて、足の竦んだ心持であるが、彼は、全く子供のやうになつて路の上に立止つた。而して、刑事に向つて、取り縋るやうな手附きをして、

「悪い気でしたのでありません。ほんのちよつとした出来心で捕へて見たんでご座いますから」と、涙声になつて、哀訴した。

すると、刑事は振り向いて、この様子を睨んだ刹那、其の顔には、哀れみに対する同情よりも、弱者に対する残忍な色が現はれた。

「やかましい、ぐず〳〵言はずについて来い」と、叱り付けた。其ればかりで足りなかつたと見えて、青腫れのした横顔を拳《こぶし》で力委せに擲つた。少年は覚えず、此時父親の袂を握つた。町の

ある人々はこの光景を見てゐた。

二人は、おとなしく刑事の後について行つた。もう二人は、これからどんなことがあらうとも、其時までは仕方がないとあきらめた様子で、最初のやうに怖れてばかりゐずに、頭を擡げて、町の両側などを見渡した。

父親は、盲目《めくら》の男が手に尺八を持つて、其の妻に手を引かれながら、人通りの多い賑かな巷の方へと行くのを見た。夜の街に立つて、この笛を人に吹いて聞かせて銭をもらふのだと羨ましく思つた。

常吉は、足がふら／＼してゐた。朝から何も食べずに腹が減りきつてゐたからだ。其れでも人のぞろ／＼と入る活動写真館の前に来ると、疲れた眼は自然に面白さうな看板画を仰いだ。

空には、柔らかな雲が出たけれど、ほんのりと雲のかゝらない処は水色に霞んで、生暖かな陽気は、何となく春の黄昏方を思はせた。街を通る人の話声や、笑声までが、調子高く耳に響いた。前になつて、糸の先に、幾つも紅い風船珠を結び付けたのを、ふわ／＼漂はせながら女が行つた。ちやうど、其れは、うす黄色い彼方《あちら》の空の地平線から上つてゐるやうに見えた。

二人は警察署に着くと、寂然《じやくねん》とした、暗い、四辺《あたり》の空気が金属に触れでもしたやうに冷りとする留置場の中へ突き入れられた。親子は、互に抱き合ふやうにして、其処の隅で震へてゐた。夜中になつて、風が出て来たと見えて、建物の外側で、くうくうと軋り音を立てた。其れが、塒《ねぐら》を探しに、何処からか飛んで来た鳩が啼いてゐるやうに思はれた。常吉は、其の日の昼間起つたことを思ひ出してゐたがいつしか、疲れてゐるので眠つてしまつた。

彼は掌《て》に握つてゐた、僅かばかりの豆を、日当りのいゝ地面に撒いてやつた。すると数へきれない程、多くの鳩が群がつて、彼の前に降りて其の豆を拾つた。彼は、この時だと思つて、二羽の鳩を捕へて、懐中に入れて、逃げ出した。淋しい、人通りの少ない田舎路を林の影を望んで一生懸命に走つて行く。其の後から、「もつと早く駆けろ、もつと早く駆けろ」と、父親が言ふ。二羽の鳩は、懐の中でくうくうと苦しさうな声で啼く。

いつしか人混みの中に立つてゐた。無料宿泊所の門口が開くのを待つて、みんながこの寒い身を切るやうな風が吹く暮方に、此処で押し合つてゐるのだ。常吉は其の中で揉まれた。懐の中に入つてゐる二羽の鳩がくうくうと苦しさうに啼声を立てる。彼は、其れを人の脊で押し潰さないやうにと頻りと気を揉んでゐる。すると脊の高い、眼付の険しい男が不意に太い腕を頭の上からによつきりと出して、懐の中の鳩を摑み奪つた。「焼鳥にして、今夜は食べるだ」と、其の男は言つた。

常吉は、この腕力の強い乱暴者にかゝつては何うすることも出来ない。これを父親に向つて訴へやうと振向くと、これを見てゐた父親は意気地なく、悲しさうに青腫れのした顔をして黙つてゐた。常吉は、もはやこの男の暴虐を誰に向つて訴へるものもなく、たゞ胸が張り裂けさうになつて身を悶えた。

眼が醒ると暗い裡で、父親と抱き合つてゐる。ひどい風の音が聞える。何処かでくうくうと鳩の啼声のやうな音がする。常吉は、寺の縁の下に寝てゐるのでないかと思つたが、やがて頭に昼間のことが浮んだ。此処は牢獄だと考へると、恐怖のために、小さな心は戦《おのゝ》いた。

「牢獄《らうや》だのう」と、彼は幽かな声で父親に囁いた。而して、しく〳〵と泣き出した。

闇の中から父親が言つた。

「泣くでない、人様は俺等を見殺しにはさつしやらないだ。」

――一九一九、一作――

(「新小説」大正8年2月号)

征服被征服

岩野泡鳴

一

『どうせ僕は妻子《さいし》に絶望した者でありますし、またその絶望の結果が不慣れな事業をやつて失敗したものでありますから、決して贅沢は申しません。向ふの婦人さへ承知すれば、直ぐ夫婦も同様になつていいし、またほんのただ同棲して僕の話し相手だけになつて貰つてもいいのです。ましてそれが向ふの人をその苦しい境遇から救ひ上げるわけになりますなら』と喜んで、耕次《こうじ》は自分の紹介者なる婦人とその母親との許しを得て、近藤《こんどう》澄子《すみこ》を初めて訪問したのであつた。

耕次としては、最後の思ひ出にと思つて試みた事業の失敗の為めに、自分のあたまもからだも殆んどからツぽになつてゐた。独りで当てもなく北海道に放浪してゐて、つい、こないだ、東京へ帰つて来たのだ。が、北海道では、あの無秩序ながらに活気のある大きな世界に触れてゐながら、無一文の為めに為すこともなくぶらついてるやる瀬なさを、薄野《すすき》遊廓の或賤しい女の為めに僅かにまぎらすことができてゐた。東京から来て、わざ〳〵そんなことをする物好きと、事情を知らぬ人々にはあざけられたが、自分としては意地にも東京に帰りたくもなくなつてゐたし、さりとて北海道に落ち付くだけのたつぎも発見されなかつた。もう、このまま野たれ死にをしてもかまはないと云ふ気になつてゐた。云はば、絶望と焼けツ鉢とが自分のいのちであつた。そしてこの状態が自分のしげ〳〵通ふ女から与へられる多少の誠実によつて慰められてゐたのである。もう、直きに年《ねん》が明けると云ふかの女《ぢよ》を——年が明けたら、直ぐ——自分の事業さきなる樺太《からふと》へつれて行つて、共に生き死にのあらかじめ保証できぬ越年《をつねん》をして見ようとまで思つてゐた。

　けれども、万事がぐれて来た為め、それさへもできなくなつて、早く来る雪と分り切つた無一文とに追はれて、東京へ帰つたのがやツとのことであつた。からだの神経衰弱のうへにも亦自分の精神までが衰弱の極《きよく》に在つた。自分はさきに東京でかち得てゐた立ち場を全く無くなつたものと信じて、自分の生活をまた初めからやり直さなければならぬ身であると思つた。従つて、何よりもさきに欲しい異性の話し相手にはその美醜と貴賤とを問ふまでの資格を持つてゐないものと諦らめてゐた。

　別に訴へるところもないので、自分の旧友なる房子《ふさこ》と云ふ婦人を音なふと、そこで幸ひにも澄子なるものがあるのを聴き込んだ。

『今の婦人としてはなか〳〵の活動家で——婦人の政治結社加入禁止の解除運動を、つい、ことしの春まで、五六年間つづけてましたが、今は社会から遠ざかつて、引ツ込んでゐます。思ふ男の為めに一旦自殺までしたほどですから、正直な人なことは分つてましよう』とのことであつた。

『…………』思ひ出すと、渠は樺太《からふと》に於いて自分のかた手間に通信を引き受けてた一東京新聞の三面記事に、何とか云ふ社会主義婦人が男の無情を恨んで鎌倉海岸の海に身を投げたが、漁師に救はれたと云ふことが出た。それから、また引き続いてその本人なる婦人がその新聞に投書して、その事件の弁解のやうなものを発表した。決してわたしは社会主義ではない、然しその男のことは今でも思つてる、と、大胆若しくは正直な女もあるものだとその時寧ろ感心したが、澄子が乃ちそれであつた。渠は自分の精神が疲れ切つてゐながらも、先づそれに対する好奇心からして自分の元気をふり起したのであつた。『僕の力で救へるものなら、色をんなにするなり、独立した婦人文学者に仕立てるなりして、お互ひの為めになつて見ましよう』とも友人に誓つた。

　そして十二月の一日に、友人紹介の名義を以て、初めて、渠は独りで澄子を訪問した。かの女の住まひは赤坂檜町《ひのきてう》の幽霊坂を下だつて行つたところの裏長屋で、——そこに達した時はわれ知らずこちらの顔が赤くなつてゐた——三軒並んだそのどん詰まりであつた。二間《ま》しかないその奥の六畳に据ゑた長火鉢に向ひ合つて、かの女はこちらをあしらつた。

『そりやア、ね、いてふ返しにでも結はせて縮緬の衣物を素はだに着せて御覧なさい、そりやア美人ですから』と紹介者なる房子さんが云つたのを、案外の儲け物だと思つてたが、それはこちらの予期に反してゐた。なすび紺の色に雨のかすりが這入つたお召し——と云つても、綿らしい——の書生羽織りを着て、手を火鉢のふちにかけて下向きがちな——然し、どちらかと云へば雄大な——顔は、自殺までしかけた程精神を使つた者としては割り合ひに肥えてゐて、さう美人らしくもなかつた。そして見ツともないやうに幅ツたい。その上、時々

『ほ、ほ』と、わざとらしく、笑ひながら、こちらの顔を下からのぞく眼にはしろ眼が勝つてゐる。それが少しこちらの感じに添はなかつた。『あなたのお作は初めてこないだ△△と云ふのを拝見致しましたが、——奥さんやお子さんのおありになる方がどうしてあんな気ぶんになつてゐられるか、それを聴いて見たいとただそれだけ思ひまして、一度お目にかかりたいと房子さんに申しましたことがございますが、それはその時のほんの出来心で申したのでした。』

『そりア出来ごころなら出来ごころでもかまひませんが、ね——あなたがあれを余りに形式的な道徳眼で見てしまつたのぢやアありませんか？』そちらだツて、妻のある男を恋してゐたのではないか？　然し、斯う答へた、——

『さうでもないでしようが——』

『…………』渠はかの女をまだ人の手まへを取りつくろふ俗見のある婦人と見てしまつた。『人間が真実に生きようとする場合、時には普通の道徳心をぶち破らなけりやアならないことがありますよ。それは何も無道徳になると云ふわけぢやアない。ただの習慣道徳を真実の生活につり合ふやうに改造するのです。』

『そりやアわたしにも不賛成はございませんがね——』

『無論、あなたにも、少くとも最後の御経験が証明してゐましよう』と云つて、渠はかの女とその思ひ物との関係を諷じた。渠の知つてたところでは、かの女が思ひ合つてた男にも妻子があつたのだ。中野と云つて或通信社の政治掛りだが、それがさきに或新聞社の編輯長をしてゐた。そしてかの女もその新聞にゐた。その時代から殆ど五年間、渠とかの女とは恋仲であつた。が、その人並み外れたまじはりは最後に破綻を来たしたのであつた。

かの女の投身記事が新聞に出ると、房子さんは中野を一度呼び寄せて、

『あなたは、まア、ひどいことにさせました、ね』と、取りすがらんばかりにして泣いたが、中野は不断の親切や温厚な人物にも似合はず、

『わたしの知つたことではなかつたのです』といつたさうだ。渠に限らず、誰れがまた世に死ぬのを承知してやるものがあらうぞ？　かかる場合の答へとしては実に冷淡であつた。こちら

が見ても、それには、だから、渠の申しわけなさのまご付きも加はつてゐただらう。けれども、また、渠の本心が矢ツ張りそこにあつたと云へようか？　なほ続いて斯う白状したさうだ、

『近藤さんが余り度々わたしの本妻に直せと強迫するものですから、わたしは止むを得ず申しました、別にそれほどの罪もないのに妻を離婚することはできませんと。』

『…………』耕次は会はぬうちから澄子に肩を持つやうになつてたので、中野なる者のその場になつての冷淡、と云ふよりも初めからの意久地なしを心からあざけつた。妻と離婚してもいいと云ふ覚悟もなしに、なぜ他の女を恋してゐたのだ？いや、妻の外にまた女を持つことその事は必らずしも悪いことではないが、かかる特別な行為に対する処置としてなぜ妻にも公然と納得させ、女にもその分にとどまることをしツかり教へなかつたのだ？　世間の手まへばかり想つてたあり振れた男としては、きツと、そこにその両方に対して多少の不正直な胡麻化しがあつたに違ひない。だから、また、女の方にして見たところが、そんなあり振れた弱い男に五年間もいい気になつてゐたのが馬鹿だ。その結果が――あとで何と云つて弁解して新聞紙上に公表したところで――全くうまく〳〵と裏切られたことになつてるのは、当り前である。同情して云へば気の毒だが、悪く見れば応報てきめんだ。だから、――

『お澄さんもお澄さんで、なんて未練がましくも不見識だらう、一旦自分を棄てた男のところへ死にそこなつてまた訪ねて行くなんて！』と、房子さんが義憤を漏らしてゐるのだ。

『…………』耕次には、然し、それほど熱心といへば熱心、馬鹿と云へば馬鹿な女に、接近して見るのも楽しみになつてゐた。『あなたがこれツ切り社会を引ツ込んでしまうのは余り意久地がないでしよう。どうです、一つ、生活ぶりを一新して文学者にでもなつて見る気は出ませんか』と忠告した。

『一つ考へて見ましようか、ね、わたしはこれまで新聞や政治の方にばかりあたまを突ツ込んでをりましたので、軟文学の方には関係が疎かつたのですが――』

『さう軟文学、軟文学と云つたツて、俗物どもには夢にも分らない重大な使命が文学にはあるものですよ。』新聞屋からまた小学教員になつてたが、事件以来遠慮してただ自分のうちで英語を――それも恐らく初歩の英語を――人に教へ初めてゐたと云ふばかりの婦人を、渠は異性と異性たる以外のことでさう尊敬を払ふ気にはなれなかつた。

が、自分はこの場合、不美人でも無学者でも毒婦でもかまはない、一人の異性の必要を感じてゐたものだから、この点から、若し澄子が自分の思ふやうになればこれほどもツけの幸ひはないと私かに考へた。けれども、まだ自分の来意をうち明けるまでには至らなかつた。ただ、自分のやつて来たこと。妻と事実上は既に三年間絶縁してゐるが、妻の同意がない為めに戸籍上の離婚だけは成立してゐないこと。その間にめかけ同様の女もあつたが、その女も北海道までやつて来たのをしほに手を切

つたこと。藝者買ひや女郎買ひもしたことがあるが、これから生活をやり直して、しツかり立つて行かうと云ふこと。などを、正直にうち明けて別れた。

二

『さう何もかもいつてしまうかたも少いです、ね』と、かの女は気取りをまぜて笑ひながら云つたツけ――それに対して、

『ぢやア、あなたのはさうでなかつたのですか』と、渠は突ツ込んだ。

『ええ――極卑怯で小心な人でしたから。』

『…………』渠にはかの女の答へが房子さんの見てゐたところに一致してゐると思はれたのである。割り合ひにかの女も正直であるやうに受け取れた。こちらが自分の持ち前なる強みを以つて押して行きさへすれば――さうだ！　この自分らの問答に得た印象を一番頼母しく思ひ浮べつつ、もう、自分は思ふ壺へ這入つたかのやうに喜びながらも、二三日を無理に自分で遠慮してゐた。

『いづれ文学者になる決心がつきましたら、こちらから御返事をさし上げますから』と云ふのであつたが、五日の日には待ち切れなくなつて、再び訪問に出かけた。午後の三時頃で、格子戸のところにきたない身成《みな》りの老人がゐて、丁度、そのかついで来たのらしい納豆や酒のかすの荷を天秤棒と共に狭いおもて土間へしまひ込んでるところであつた。

『…………』はて、な、違つた家か知らんと思つたとたん、渠はその奥から出て来た澄子を見た。貧乏の為めに仮りにもこんな男の世話になつてるのか知らんと、ちよツといやな気がした。かの女とその男とに対して私かに顔を赤めながら『おさしつかへはありませんか？』

『ええ、ちツとも。どうか――』かの女は然し別に違つた顔も見せてゐなかつた。

『…………』渠は悪いものがゐたとなほ躊躇してゐると、

『さア、どうかおかまひなく』と、老人がからだをよけて呉れた。

『ぢやア、御免をかふむります。』思ひ切つて、渠はつか〱とあがり込んだ。そして例の火鉢をさし挟んでさし向ひになつたが、先日とは丸で違つて、堅くるしくなつてゐた。

『…………』かの女もこちらの様子を察したらしく、

『あれは父でございます。不断はよそに住んでをりますが、時時来て呉れるんでございます。物好きに納豆なんか売つてまして、ね。』

『さうですか？』渠はさう聴いて少し安心したが、この日自分が持つて来た言葉を云ひ出す気にはなれなかつた。『例の決心がつきましたか』などと、暫らく文学の話をしてから、『いづれまた明日あがります。少し僕からの要件を申し上げたいのですが――』と云つて、いとまを告げた。

その翌日、渠はかの女に今一度自分の家庭の事情を説明した。

それによると、自分は事業の為めに抵当に入れた持ち家を抵当から出すことはできないが、それでもそれを妻子に与へて置けば、こちらが仕送りをしないでも渠等の日常生活はらくにできて行く筈になつてゐた。妻子は自分を敵の如く悪く思つてゐるが、自分も亦渠等を見てゐたくなかつた。うち明けて云へば、帰京後、もう一週間もうちに寝起きしたが、一度だツて妻に接触はしてゐない。自分は別に家を持つ必要がある。そして家を持てば、書生の時代とは違つて、自炊もできないから、ひとりは世話をして呉れる婦人がゐる。それには、房子さんのところでのお話では、澄子が丁度都合いいのであつた。自分はかの女を女中代りなどと軽い物には見ないが、その代り、時を見て夫婦同様になつて貰ふかも知れぬ。いや、それを承知して貰ふまではうるさく全力を挙げて口説くかも知れぬ。が、紳士の体面を守るから、誓つて暴力は用ゐない。そしてそれ位の教養はさきに自分が耶蘇教を信じてゐた時代に、多くの婦人と交際してついてゐるから、かの女も安心してゐていいとつけ加へた。

『ですから、どうです、一つ――僕はざツくばらんに申しますが――あなたが僕を色をとこにするか、僕があなたを色をんなにするか、どツちとも気が向けばかまはないつもりで、先づ一緒に住んで見て呉れませんか？』つまり第一は、同棲。第二に、夫婦の実際――。

『さうです、ね――』かの女は微笑しながらもまじめになつた。『余り突然のことで――』と、突き出たひさし髪の下からしろ目がちので以つてこちらを見上げて、而も年増らしい落ち付きを以つて、『ですが、その――北海道へまでもあなたを追ひかけた人はどうなすつたのです？』

『…………』渠はそこにかの女に少くとも同棲するだけの気がないでもないのだらうと分つた。『それは、もう、御心配にやア及びません。すツかり手を切つたのですから。』

『でも――』

『いや、実を云ふと、僕に一日後れてまた出京したのですが、僕を別な男に乗り換へた証拠の電報があやまつて僕のところへ達したので、それを封じて送つてやりました。それで全く関係が絶えたのですから。』

『実は、わたしの方にも問題がないでもありませんのですが、ね』と云つて、かの女が語つたところによると、或紳士で、而も金のある若い紳士で、結婚をして呉れるなら、自動車をも備へて、大抵の物質慾は満足させてやると申し込んだのがある。そしてかの女もあらかた承知して置いたのだが、一つ面白くないことには、結婚の時期を今半ケ年ばかり待つて呉れろと云ふのだ。それも純粋な止むを得ない理由ならいいが、さうではなく、かの女が今のところまだその事件と不評判とを世間におぼえられてゐるから、必らず男の親戚どもから反対が出るにきまつてるからと云ふのだから、その世間体を遠慮する気が、かの女から見れば、男の心として大して頼母しくもなかつた。且、その結婚で満足を得られるのは物質慾ばかりで――それも失恋の反動作用として思ひ切り贅沢をして見るのだとすれば面白くないこともないが——失つた恋の痛みを別に恢復できるわけのものでもなかつた。その上、そのやらせると云ふ贅沢がどこまで行けるのか、本人に金があると云ふことが分つてるだけではは見当も付かなかつた。で、『その方は思ひ切つても少しもかまひませんが、わたしの方にも条件があります。』

『何です?』笑ひながら、『何でも聴きますよ。』

『第一に、決して暴力に訴へないと云ふことです、ね。』

『そりやア、無論です。』

『それから、中野とはこれまで通りの交際をつゞけますから。』

『それも承知です。』渠はかの女が既に自分の来たことを中野に報告しに行つたことを聴かせられてゐた。

『とう〳〵あなたへまで近づいて来ました、ね——危険ですよ』と忠告したさうだが、

『そんなことは、もう、あなたの干渉する権利内にあることではありません』と、かの女は答へたさうだ。『関根さんだツて、さう世間の人が悪く云ふやうな人物ではございません、わ』とも。

これによつて見ても、かの女は随分未練もあらうが、意地もあつて面白さうな女であつた。昼めしを馳走しに渠はかの女をその近処にあつて自分もよく行つた西洋料理の竜土軒へつれて行つた。そして、碁を少し父からをそはつて知つてると云ふので、かの女に井目《せいもく》を置かせて二回試み、二回ともかの女の負けであつた。それから、また暫らく玉突きをやつて見せた。

かの女の僅かな生活費の大半は矢ツ張り中野から出てゐるのであつた。そして二三日前にも渋谷の奥あたりに家を一緒に見つけに行つてちよツと静かさうなのができ上りかけてゐたので、それを約束して置いたのださうだ。耕次は然しそんな面白くもないゆかりあるところへ這入りたくはなかつた。どこか全く方角の違ふところへ行きたかつた。

『兎に角、家を借りる準備に預けて置きますから』と云つて、渠はかの女に拾五円を手渡しした。北海道にゐる時から書き初めて、帰京後急いで完成させた長論文の原稿料のうちからであつた。渠はこの原稿がきのふ売れたことや久し振りで玉突きをやつたことにやや元気と都会的気ぶんとを恢復した上にも、斯う容易に最近に会つた婦人と同棲することができるのを自分ながら勇ましく思つた。

帰宅してからも心が緊張してゐたので、直ぐペンを取つてかの女に手紙を書いた。『同棲のこと御承諾下すつてこれほど嬉しいことはありません。そのついでに第二の条件もお考へ直しの上承知して戴きたいのです。けれども、それがどうしてもできないとあらば、第一条件だけでも両方を拒絶されるよりは結構なのでございます。僕は飽くまで一個の紳士としてあなたに向ひ、これから自分の新生活を築き上げます。人は僕のことを珍らしいほど傲慢な男だと云ひます。が、その実、ただ思つたことを無遠慮に云つてのけるだけのことでしよう。その証拠に

は、今回、帰京しても、さきに十年間つづけて奮闘した自分の文学的努力に対して、少しの未練がましい要求も持つてゐなかつたのです。全く初歩からの出直しをやらねばなるまいと思つて、これにも余り望みなく帰つて来たのです。ところが、友人と云ふものはありがたいもので、僕をもとの通りに認めて呉れました。これに元気を得たと同時に、またあなたと云ふ新らしい獲物が加はりました。これから共同の新生活をやり初めましよう。あなたもしツかりおやりなさい。僕は十分あなたの話し相手になりましようから、あなたも亦僕の手頼りになつて下さい。』

翌朝、この手紙が届いたあとへ渠はまた訪問して行つた。

『実は、きのふお預りしたおかねを手紙に入れてお返し致さうかとも思つてましたのですが、――』

『そんなことを今更ら』と、渠は何げなく笑つてしまつた。

『お手紙を拝見しまして、また思ひ直したところでした。』

『無論ですとも！』

暫らく雑談をしてから、家を探しに一緒にそとへ出た。そして先づ飯田町なる紹介者の家へ行くつもりで、電車を九段したで下りる時、渠はかの女よりさきに飛び下りると、あやまつて自分の下駄の歯を折つてしまつた。すると、かの女はあとから下りて来て、

『見ツともないぢやアございませんか、どこか近処で買ひ換へなけりやア』と云つた。そして丁度角から二軒目にあつた下駄屋へ這入つて、かの女のがま口から出して新らしいのを一足買つて呉れた。

『…………』渠はかの女の年が年だけに、もう女房気取りになつてるわいと思はれた。二十六と申し上げたのは思ひ違ひで、本年二十七歳、明ければ二十八になりますと云ひ直したツけ。一つでも若く云つて置きたかつたのだらうが、同棲するとならば、やがてどうせ分るものだからと思ひ返したのらしい。渠には、さきの色をんなが二十二歳であつたから、今度のもせめて嘘にももツと若くあつて欲しかつたと云ふやうな慾心が、もう、あたまの隅に出てゐた。

紹介者の家に行くと、房子さんの母親が『それはいいことでありました、ね』と云つて喜んだ。『近藤さんもこれからはまじめになつて、関根先生と御一緒にしツかりおやりなさいませ。中野さんなんか、あれは見かけによらない不まじめな人でしたから、ね。』

『…………』澄子の顔にむツとした様子が現はれたのを耕次も見た。

『不まじめと云ふのでもないでしようが』と、房子は取り為しながら、『矢ツ張り、近藤さんが思つてるほど正直な人ではないのですよ。わたしはわたしの大切な友だちを台なしにしたと云つて、泣いておこつてやりましたのですもの。』

『…………』澄子は矢ツ張りむツとして黙つてゐた。あの事件に対する自分の立ち場に理解のないものなんか来て貰ひたく

ないとかの女が云つたとかで、房子さんはかの女のところへ二度と忠告しに行かなく、またかの女も一方のところへ来なくなつたことは、渠も房子から聴いて承知してゐた。この行きがかりからであらう、――三人の間に男女貞操問題の議論が盛んに出て、関根さんのやうに妻があつても全く関係を絶して別に女を持つのならまだしもいいけれど、中野のやうに妻と住みながら他にも女に関係しようと云ふのは不都合であり、またその女の方もよくないと云ふ結論に房子さんが達した時、耕次もそれに賛成すると、澄子は興ざめた顔で、かた手をふところに入れたまま、『いやなら、よすがいい、さ』と云つた。そして御馳走になつてそこを出てからも、なほ不興な様子をつづけた。

『あれは誰れに云つたのです』と、渠は不審だからかの女に尋ねて見た、『房子さんにですか、僕にですか？』

『もちろん、あなたにです！』

『ぢやア、あなたの思ひ違ひですよ』と、苦笑しながら、僅かに云ひぬけをした。『僕はあなたの特別な事情をまで含めて云つたのぢやアないのです。ただ一般論で云つたのですから。』

けれども、渠はかの女に多少でんばふ肌の口調や態度があつたことを見のがしはしなかつた。そしてこれが毒婦の本性を持つてゐて呉れれば一層に面白いがと思つた。どうせ自然に自分の女が変はるなら、いろんなのに接して見たかつた。

三

『兎に角、けふは、もう、家さがしはやめにしましようよ』と、かの女は云つた。寒いうへに、時間が後れてゐた。一緒に電車に乗つて、渠はかの女の家にまでついて行つたのである。『ぢやア、大久保あたりを探して、あす中には家をきめてしまひましよう、ね。』渠は急いできめないと、かの女の心がまたどう変はるか分らないので、夜に入つても、そのそばを離れたくなかつた。

『明日のことは明日にして、お酒でも飲みましようよ。』かの女の燗をしたのはおととひかの女の父と一緒に飲んだと云ふその残りであつた。父は余り飲めないが、もとから好きであつたのでその相手をさせられたのが地になつて、かの女は社会に出ても随分多くの酒飲みにつき合つて来たと云ふ。おととひも、『酒あり、肴あり、お出でを持つ』と云ふハガキを出したので、今でも小学教員の恩給を貰つてる父がやつて来たのだが、『まるで赤壁《せきへき》の賦《ふ》を読むやうであつたよ』と云つたとか。そしてこの頃では、独りで考へ込むうるささに、かの女はコップでひや酒をやつてると云ふことが自慢らしかつた。

『つまり、焼け酒でしよう、ね』と、耕次は微笑して最初の猪口を受けた。自分が飲み手でないことは分つてるのだが、かの女の相手なら少しは自分もして見たかつた。

『わたしは原稿を書きます時でも、そばにコップを置いとかなけりア書けない習慣ですの。』

『…………』渠はその点にはかの女に呆れざるを得なかつたが、自分が相手をしてゐるによつてかの女が近頃の寂しみを多少でも慰められてるやうすが見えないでもなかつた。

『焼けにもなりましよう、さ』ともかの女は云つた。

『…………』渠はそれがまた自分に嬉しいやうな、可哀さうなやうな気もして、雑談をつづけた。『どうです、斯うしていらツしやつたら、いろんな男が張りに来ましようが』と尋ねて見たに答へて、かの女が微笑しながら、然し多少自慢さうに語つたところでは、曾ては地方選出の代議士でなにがしと云ふ有名な色魔的ぢイさんが、夜おそく酒気を帯びてやつて来た。請願運動の為めに一度面会に行つたことはあるが、今となつては、而もそんなありさまで会ふ必要がないから、達てと云ふのを無理に玄関から追ひ返した。その頃はかの女が白襟、白すそ、白そで口の美人傍聴者と云はれて、帝国議会に関係あるものらの間におほ評判であつたさうだ。最近の状態になつてからも、一度、もと同僚であつた教員がやつて来た。その時はかの女が試みに丸髷を結つてゐたところ、その男が変な顔をして、

『結婚なすつたのですか？』

『なに、ほんの、これは狼よけですの。』少し皮肉にさう答へた。

『ぢやア、安心ですが、僕も実はその狼に——然し、おとなしい狼にですが、——なつて来ましたが』と云つて、同じやうな問題を持ち出した。これには、かの女は今でも心に思つてる人は変らないからと返事した。尤も、それには今更ら小学教員風情と結婚する気もなかつたのだ。

『…………』耕次にはさう云ふ話が私かに自分の好都合に受け取れた。向ふも相当に見識を持つてるのだから、こちらも自分の見識を信じて進めばいいと思へた。

中野との間にまだ事件が突発しなかつたうちは、渠が毎晩のやうに十二時過ぎまで来てゐたさうで、——かの女の見せた追回文によると、渠のことを『半夜の友』と呼んである。無論、然し、とまつて行つたこともあるに違ひない。それに、かの女は男に接近することを平気になつてゐるらしい。その原因はかの女のまだ〳〵若い時の初恋が破れたことである。かの女の一番好きであつたいとこが医学校を卒業して目黒に開業したので、父の許しによつて無人の手伝ひに行つた。やがては結婚式を両方の親どもが挙げて呉れることにきまつてたのだが、それをも待たないでいとこはまだひよかつた女を暴力に訴へた。で、直ぐその翌朝逃げて帰つてから、かの女の胸に一般男性に対する憎しみと復讐心との芽ばへが生じたのである。

その後、かの女の父の開らいてゐた小学校に預かつて養ひ育ててゐた或小華族の若子《わこ》なる春夫さんと云ふ、ずツと年したなのを多少不自然な恋ごこちを以つて可愛がつた。一緒に寝せてやつてもゐたのだが、父が学校を売り払つて薬り屋になり、直ぐ失敗してまたかの女と共に郡部の教員になつてからも、かの

女は時々春夫をその家長の家敷へ尋ねて行つて、同じ室にとまつたが、或時春夫の父がそれを余り妬ましいやうな、如何にも気違ひじみた目つきをして見に来たので、それツ切り行かなくなつた。それから、かの女が最初の教員生活をやめて再び東京市に出で、鉄道局の事務員になつた時も、父のうは役なる郡視学からの達ての願ひで――かの女の言葉では、表面だけは――その視学の甥なる人と夫婦同様に一つ貸し間に住んだ。けれども、実際は男が余りに弱くて意久地がなく、かの女を姉さん、姉さんと呼んで、かの女の出勤や帰宅を送り迎へするのが却つてありがたくもなく馬鹿々々しくなつて、逃げ出してしまつた。そして男が血で書いた手紙（これをもかの女は耕次に出して見せた）を以つて今一度帰つて来て呉れろと云つて来たが、相手にしなかつた。

かの女はまた或学生雑誌の編輯にたづさはり、その年若い金主兼社長の家に夜おそくまでゐることがあつた。そして帰りには新宿まで送つて貰つて、山の手線から電車を信濃町で下りると、そこにはまた中野が来て待つてるのであつた。が、或夜、余りおそくなつたので、とまることにして、『いたづらさへしなければ』と断わつて社長と一つ室に眠つた。ところが、その翌朝、社長なる青年の夢中になつてる藝者が尋ねて来て、ひよんな顔をしたので、遠慮なくお這入んなさい、わたしは別に何でもないのですからと云つてやつたさうだ。

かの女はこちらが正直な態度になつてるのに報いる為めであらうが、そんなことをもすツかりしやべつてしまつた。一つには、また、そこにかの女が男子どもに対して意張つて来たと云ふ自慢若しくは興味があるらしかつた。最近にはまた若い会社員があつて、夜、英語を習ひに来てゐたが、毎度おかねか使ひ物かを持つて来るのがをかしいと思つてたら、三晩目にはいろ〳〵身の上ばなしを初めて、なか〳〵帰らうともしなかつた。で、とめてやつたら、遠慮がちにだが、だから煮え切れないで、結婚を申し込んだ。それを断わつたら、その明くる日からぱツたり来なくなつたさうだ。

耕次も、だから、とまる気で火鉢のそばを離れなかつた。すると『まだお話がございますなら、横になつてから伺ひましようよ』と云つた。そして無論別々になつてゐてだが、中野のことばかりは思ひ切れないと云つた風にその話をつゞけた。云はば、のろけばなしだ。然し、こちらにはそれがかの女の男その物を親しむよりも、かの女の恋その物を懐かしんでるやうに取れた。つまり、かの女の恋は既に実際の世界を離れて、全く空想界のあこがれに変じてゐるらしかつた。

『羅曼《ろまん》主義者よ』と、渠は心のうちでかの女を卑しんで呼んだ。そしてその空虚な箇所を満たしてやるのは自分だと、同時にまた自分の今の空虚にはかの女を入り込ませてやらうと考へた。

かの女はふと再び起き出でて原稿入りの小籠を枕もとに持つて来た。そしてもとのところに腹這ひになつて籠から出した一つの新聞切り抜きを読み初めた。男の女に対する弱点をかの女が冷かした警句のやうなもので、――

『男をいつも引きつけて置くには、女はいつもただ微笑してをれば足る。然らば、その微笑の言葉に対して男は犬馬の労もいとはざるべし』とか、『女は少くとも一度は下だらぬ男の口説きを受けるものなり』とか云ふ文句などが集まつてる。かの女はその一句を読み終はる毎に得意さうな顔をこちらに向けて、こちらが何と云ふかをうかがつた。

『面白い』とか、『真理です、ね』とか、渠は口のうへでは答へた。そしてかの女が起き上つた時にちよツと見せた脛《はぎ》の白かつたことを思ひながら、かの女の朗読の口調がしツかりして、而も歯切れのいいのがここ地よかつた。尤も、かの女は歌の文句通り芝に生まれて神田に育つたと云ふ。けれども、その先代は地方出であるに対して、こちらはまた生まれたのはかみがたに於いてだが、最近の先祖数代の墓は深川に在り、父も祖父も八丁堀の生まれで、自分の育つたのは芝でだと云ふことを負けずに告げて置いた。こんなことはこちらには実際どうでもよかつたのだが、かの女の気取りの一つがそこにあつたので、こちらも負けてはゐなかつた。

暫らく二人とも無言であつた。

渠には、自分が青くさい部屋で賤しい女のやつて来るのを待ち詫びたこともある。そんな時の経験から云へば、女がそばにゐさへすれば、溜らぬ刺戟を受ける筈であらうが、――種類の違つた女にはまた種類の違つた感じを保つてゐるだけの余裕があるのを、幸ひにも自分年来の教養のおかげだと思はれた。自分の神経がます／＼冴えて行つて眠られないのは、必らずしも一方の暗い刺戟ばかりではなかつた。また、かかる婦人の心のうちがいろ／＼に考へられて、小憎らしくもあり、また頼母しくもあつた為めだ。こんな紹介があつたのなら、何も、降り積む寝雪《ねゆき》に追ひ迫られるまで北海道などにぐづ／＼してゐるには及ばなかつた。馬鹿な！　自分は何であんなにあちらでまご付いてたのだらう？　女郎に釣られたり、追ツかけて来たやまひ付き女を病院に入れたりしてゐたのは、――その時にはいろ／＼の理由もあつたが、――皆、今となつては、自分の絶望から出た無方針の結果であつた。これからは一つまた新しい気ぶんを以つてこの婦人にも自分の努力を見せてやらうなどと思ひつづけると、自分は思はずしんみりした感激の涙をまでこぼしかけてゐるのをおぼえた。

そしてこのまだ見せはしない涙を以つて自分の本心はかの女を迎へてやるのだと思ふと、これが自分その物の正直なところそツくりであるだけに、これを直ぐにもかの女の胸に伝へたかつた。自分は全人的に緊張してゐるやうな、そしてまたデカダン的にだらけ切つてるやうな気持ちになつて、心ではそれとなく自分にもある寂しみを訴へつつ、右を向いて、かの女の厚化粧をした丸い横がほに自分の目をそそいだ。不眠性にかかつてると云ふかの女も、無論、まだ眠つてゐないやうすであつた。けれども、こちらはいつのまにか眠れた。翌朝、目をさますと、かの女は既に台どころをしてゐた。渠は手を延ばして枕もとの時計を引き寄せて見ると、九時を過ぎてる。

『…………』直ぐ起きようとしたが、

『もう少し寝ていらツしやいよ、今に起してあげますから』と、かの女がわだかまりのないやうな声をかけた。そして来てゐる魚屋にさしみを二人前つくることを命じてゐた。

『…………』渠はかの女が少しも人に憚つてゐないのにちよツと驚きもしたし、また安心もした。そして手を引ツ込めて、再び寝どこのあツたかみに親しんだが、その手がゆふべどう云ふ感じを自分に伝へたかと云ふことを考へて見ながら、私かに寝まき姿のかの女がしてゐることを枕のうへから見てゐた。

その日、二人で府下なる西大久保の方へ出かけたが、電車に乗つてる間にも、耕次は自分のゆふべだらりと延ばした右の手にまだあツたかい夢を見てゐた。

向ふも不眠性の苦しまぎれにだらうが、

『お眠りになれなければ、手を貸しましようか』と云つた。こちらは寧ろ先づ耻かしみを感じた。自分の前にとまつた男もさうして貰つて、自分通り多少の満足を得たのだらうと思へたからである。切迫してゐた自分の呼吸はその時却つて少し落ち付いた。そして、さうだ！　わけもなく無事にぐツすり眠りに落ちることができた。

それから、西大久保へ渠等がわざ〳〵目当てをつけたのは、渠の友人も三四名ゐるし、またかの女は去年まで学生雑誌の編輯に行つて、そのあたりの工合ひを可なり知つてると云ふしするからであつた。その雑誌社は去年でつぶれたのだから、かの女のとまつたこともあると云ふその家が――恰好な家で――ひよツとすると明いてるかも知れぬと云ふ望みであつたのだが、それは明いてゐなかつた。そしてその近処で、戸山の原に近いところで閑静らしい、そして又ふたりの住むに丁度いいのを見付けた。玄関の間が三畳、客間が八畳、奥が六畳、茶の間が四畳半で、勝手の方には下《しも》便所もついてゐた。

『何よりもいいことにア、門がまへで、玄関には式台が附いてます、ね』と、かの女は嬉しがつた。そして二ケ月分の敷金も渠がかの女に渡してあつた金で直ぐ間に合つた。

『よくそツくり持つてました、ね。』渠には、かの女の経歴をちよツと聴いたところでは、人の物など何とも思はぬ婦人のやうでもあつた。

『まさか――わたしだツて――』

『実は、つかはれても仕方がないと思つてましたが――』

『わたしだツて』と、またほがらかな声で笑ひながら、『責任は重んじますわ。』

『…………』渠はそのことに於いて先づかの女を妻同様に信じてもいいと思つた。

同じ大久保に住む木山と云ふ友人の家に立ち寄り、渠はあす移転して来ることを報告し、またかの女をも自分のこれからの同棲者として紹介した。その帰りは夜になつたので、かの女を赤坂へ送つて行つて、暫らくまた話をした。

『紀念ですから、庭の乙女つばきと鉢うゑのけやきとは持つて行きますよ。』二つとも多少物ごころが付いてからの春夫さんが時を異にして持つて来たものださうだ。

『あなたにはいろんな紀念があるから。』斯うぞんざいな言葉が使へるだけ、渠は少しらくな気ぶんになつてゐた。直接の返事として、『然しそれも結構です。』

お互ひに友人のところで飲ませられた酒の酔ひがまだ残つてゐた。

渠は家を探して歩いてる時、或雑誌の発行者に出逢つたのを幸ひ、原稿を約束してかねを借りた。その時向ふがにやり〳〵と笑つてた様子を思ひ出しながら、今夜も亦とまりたかつたのだが、もう、たツた一晩のことをあつかましいと思はれたくはなかつた。

四

九日は先づ澄子の方を引ツ越しさせる手筈にしてあつた。が、余り早く行つて、男が台どころの物までかたづける手伝ひをするのは、近処の人に見られても、余り見ツともいい図ではなからうと思つた。渠は朝から落ち付きを失つてる心を押さへながら、丁度正午を過ぎてから出かけた。

『大層御ゆツくりでした、ね』と、かの女は不平さうであつた。

『なに、さう早く来たツて仕かたがないと思ひましたから――』

『でも、まア、――もう、車さへ来ればいいんですの。』

『ぢやア、直ぐ呼んで来ます。』

渠はゆふべの帰りに頼んで置いた荷車屋へ行つて帰つて見ると、お向ふとお隣りとの細君だと云ふのが揃つて来て、まとまつた荷物の間でお茶と餅菓子との馳走になつてゐた。渠にはこの一方の細君だ、な、壁に耳をつけて澄子の話を聴き取つて、近処へ得意さうに布れまわつたと云ふのは、と分つた。成るほど人の悪さうな顔つきをしてゐる。それに、今度の男はまたどんな人物だらうと見たがつて集つて来たのでもあらうから、渠は耻かしいやうな気もした。が、かの女はこちらを皆におほびらに紹介した。

『都合によると、――さうして結婚するかも知れませんの。』いろんなことを既に話してゐたらしい。こちらに向つて、

『あなた、あのをとめ椿を頼みますよ。』

『さうでした、ね』と受けて、渠は心の足もとを皆に見られないやうにして裏庭へ下りた。二間に一間ばかりの陰気な庭にただ一つ、枝も少なにひよろ長く延びてる、例の記念だと云ふ木は、わけもなく抜き取れた。それを成るべく多くの土をつけたままで坐敷から玄関の外へ運んだ。それから、また、いや〳〵ながら皆のそばへ坐わると、

『ついでに横手からまわつて下すつたらよかつたですのに。』

かの女は畳の上に落ちてる土を気にしてゐるやうすであつた。

『ほ、ほ、ほ！』お客さんどもはわざとらしく笑ひ声を挙げた。

『…………』渠は苦笑しながら、『どうせ引ツ越すんですよ。』

『でも』と云つた切りで、かの女も亦客と顔を見合はせて笑つた。それはこちらを年うへの女が年したの男を扱ふやうであつた。

『まあ、お菓子がたべたい』などと、かの女の告白によると、夜中にかの女が突然大きな声を出すのも、隣りに聴き取られた。けれども、中野はめんどうくささうな顔をしながらも、そんな時にはてく／＼出て行つて正直に買つて来たさうだ。

『…………』耕次には、然し、そんなことは私かに真ツ平御免の覚悟であつた。

かさ張るものは箪笥一さをと蒲団ふた組と長火鉢とであつたから、外に机や小行李や手桶けを積んでも、荷車一台で足りた。渠はかの女が棄てたとも知らずに一つの古びしやくを取り上げたら、けち臭いと冗談らしく叱られた。そこへおほ屋のおかみさんらしいのがやつて来て家賃を催促したが、

『それは中野さんが承知してをりますから』と、かの女は答へた。ゆふべは行かなかつたので、けさ早く報告に行つて来たことは、かの女の話でこちらにも分つてゐた。が、そこに金銭上の念をも押して来たものらしい。ただそれだけのことに関してでも、かの女をこちらが右から左りへおいそれと承け継ぐかたちになつたのは、余りいい気がしなかつた。

『…………』渠は自分ながら卑怯と思へるほど冷静になつてゐたが、かの女は仮りの荷作りの荷積みにも多少の昂奮をしてゐたと見え、かの女の寵愛物がにやア／＼と泣いてそばへやつて来た時、

『おや！ 猫を忘れてゐましたよ』と云つた。

『…………』渠としては忘れてはゐなかつたが、そんな物は嫌ひなので成るべくうツちやつて置いて貰ひたかつた。さりとて、これも一つの紀念物で、縁日で拾つて来てから二年間も飼つてあるとかの女が云つてたのだから、万ざらそれだけを切り離して虐待もできなかつた。『ぢやア、僕にいい考へがあります』と云つて、かの女にそれを捕らへしめて、最も古い風呂敷に包んだ。そしてその前後の両あしを縛つてから、積めた荷の一番うへなる炭箱の中に入れた。

『ぎやア／＼』と、猫はびツくりした為めか、一生懸命にもがき初めた。

『可哀さうに！』かの女は然し半ば微笑してゐた。が、余りに死に物ぐるひに声を挙げてもがくのを見て、かの女の顔も見る／＼真ツさをになつた。

『……………』渠も自分で笑つてゐられないほどそれの物ぐるひに同情したが、再び手を近づけるとすれば、きツと噛み付かれる恐れがあつた。そしてもがき狂つてるそのさまを人間のそれにまで想像して、ぞツとしながら見つめてゐた。

そのうちに、どれかのくくりどころがほどけたと見え、猫は

荷のうへからお向ふの板塀に飛び移り、そこを渡つて行つてこちらの長屋横手の塀から家根の方へ逃げた。きたない風呂敷をそのからだに附けたままだ。

『仕やうがないでしよう。うツちやつて置いて行きましよう』と、かの女は云つた。『どうせあなたにはお嫌ひのつれツ子ですから。』

『ぢやア、さうしましよう。』渠は逃げた物のことよりも、寧ろかの女が独り者にも拘らず割り合ひに世故《せこ》にたけてゐて、近処や知り合ひの夫婦喧嘩を仲裁したり、人の細君の為めに離婚請求の六ケしいかけ合ひを引き受けたりしたと云ふことを考へた。

　渠等が転居さきへ行つた時は、日が暮れかかつてゐたので、差配に立ち寄つて提燈と箒木とを借りた。そして電気が今夜間に合はないとのことで、戸の突ツかひ棒を持つて来てその横へまた別に蠟燭の火を立てて、それと提燈とのあかりで晩めし代りに蕎麦を喰べた。

『いよ〳〵これからあなたのお三どんですか、ね？』

『なアに』と、渠は簡単にうち消した、『条件さへ満足になれば——』

『ですが、それはまだ分りません、わ、——わたしは男に対して少くとも二度の復讎心こそあれ、恋などは、もう、したくないのですもの。』

『…………』渠はかの女がいとこと中野とのことを云つたのだらうと思つて、『それは分つてますが、ね、やがて第二若しくは第三の恋を僕が産ませて見ますよ。』

『それまではきツと約束を守つて下さるでしよう、ね？』この疑問にはまだかの女の顔に疑惑の色を見せた。

『無論です。僕がそんなことに教養のない人間と見えますか？』

『だから』と、かの女は一段安心したやうに、『紳士として尊敬します、わ。』

『よろしい？僕もあなたを一つの人格者として取り扱ひます。』渠はかの女の旧悪や古きずが如何にあつても、それは問はない決心であつた。自分も一新した生活を初める代りには、かの女にもさうさせたかつた。

　荷車が着した時は七時を過ぎてゐた。うす暗いあかりを辿つて、荷を運び込んだ。玄関のから紙の奥なる六畳をかの女の部屋ときめて、渠は客間の八畳を占領することにした。兎に角、友人としてまだ同棲するだけのことだから、お互ひの寝どこは別室に取ると云ふのであつた。かの女の室へは玄関の間を通つて這入るほかには、茶の間からの開らきを明けるのだが、かの女はそのひらきに内がわからの仮り錠をつけることにした。

　気候が気候で、根を凍らせる恐れがあるので、をとめ椿をもついでに植ゑてしまう為め、渠はかの女に提燈を以つて場所を選定せしめた。そして門内と前栽とを仕切る建仁寺垣のうらがわにきまつた。今一つかへでの木を持つて来たのを玄関さきへ植ゑた。

　その翌日は耕次自身の荷物が移転するのであつた。こちらの懐中が乏しいのを察してゐる為めか、かの女は『これでもお役に立つなら』と云つて、小形の銀時計をこちらに渡した。が、渠には持ち時計が北海道で無くなつたままになつてるので、一つは必要の為め、かの女から預かつても質入れはしなかつた。そして自分にたツた一つ残つて来た北海道製のせびろ服を曲げた。そして荷車二台の書籍と、夜着と、鉄の手あぶりと、碁盤とを持つて来た。その整理に日が暮れてしまつたが、二人で相談して、自分等の名をあつた板に二つ並べて書いた表札を門の右手にうち付けた。

『…………』渠はそれを人に自慢してもいい関係の表示として余ほど得意に思つた。

『人が見たら、珍らしがりましようよ』と、かの女も嬉しがつた。

　落ち付いて、茶の間の火鉢に向ひ合つてから、渠は自分の旧作詩集を出して、そのうちから四五篇恋の歌を『実は、朗吟などしたことはないのですが』と前置きして、かの女に聴かせた。そして今かの女に対して有する同じ心持ちをそれとなく自分の調子にまで発表した。自分では詩や実生活に現はれた感傷心を卑しめながらも、少からずその感傷的になつてるのをおぼえた。

『あの猫はどうしてるでしよう、ね？』かの女は然します〳〵沈んで行つた。

『猫ぢやアないでしよう――』少し拍子ぬけがして、渠にはあはい嫉妬が燃えた。『中野のことだ。』

『そりやア』と、かの女はやや引き立つてこちらを微笑しながら見つめ、『わたしにやア恋がいのちですから。でも、中野との関係は、もう、過去のことですから御安心下さい。』

『そこがあなたのまだ羅曼《らうまん》主義者たるところですよ。』

『然し恋は霊で、霊は神聖です』とまた云ひ出したので、渠も意地になつてかの女に反対して、神聖も不神聖もない。霊も肉もない。かかる区別はどツちへかた向いても部分的物質的な考へで、人間の真相や本心はかかる物質的区別を撤去した合致《がつち》のうへに在ることを説いた。

　然しかの女には矢ツ張りそれが理解できなかつた。肉は物質で、霊はその反対だと云ふあり振れた先入見がある為めだらうと思はれた。

五

　かの女の父へハガキを出して置いたので、十一日の昼過ぎには早速やつて来た。それが納豆売り、酒のかす売りであることは耕次にも別に気にならなかつた。且、娘のことは一切娘自身の自由にまかせてあると云ふのだから、今回のことはただこれを報告しさへすればいいのであつた。

　が、父がかつぎ荷を裏手の方へまわして、それを台どころ口へ迎へに出た娘に向つて、『けふは、もう、商売はこれでやめだ。こツちの方は初めてだが、かすはよく売れたよ』と語つてゐるのを聴くと、耕次は八畳の机がはりになつてる一閑張《かんば》りに向ひながら、少なからず一種の威圧をおぼえた。そして今までこちらで何げない話をしてゐた澄子が俄かにその態度を改めて、父と共にこちらがしよひ切れぬほどの要求を持ち出したりしてはと云ふ空想と恐怖とが浮んだ。

『…………』が、改めて初対面の挨拶をした時には、まだ澄子の家を初めて音づれた時のやうなうぶな赤面を感じながらも、大分に渠の心は落ち付いてゐた。坐敷の鉄火鉢を三人で取り囲んだのだが、かの女もまじめになつて、渠に、

『事情はあなたからお話しして下すつた方がいいと思ひますから――』

『さうです、ね――わたくしから申し上げますが、つまり』と云つて、渠は自分のかたちを正した。『先刻やつて来た万朝報の記者にもよく話して置いたので、いづれ明日《めうにち》の新聞には出るでしようが、』渠は簡単にだが明けツ放しに自分等の僅か四五日の間に同棲するに至つた事情や要件をかの女も一致できるやうに説明した。『ですから、僕はまだ戸籍上では別に妻を持てませんが、澄子さんさへ承知なら、いつからでも妻同様の待遇をしたいのです。』

『尤もです。』父の六十を越えてでもなほするどさうな目には、この時うるほひも出てゐるのが見えた。

『…………』耕次は心で父の同情を感謝した。

『わたしは』と、かの女も耕次の言葉を引き取つて、『まだそこまでの決心には行つてゐないのですが、兎に角、さう云ふわけですからお父さんは御安心なすつてて下さい。』

『もう、僕は――いつもお前の自由にまかせてゐるのだから。』

『ぢやア、もうお分りになつたとして』と云つて、耕次は話しを父の商売のことや、父やかの女が教員をしてゐた時のことに移した。かの女らの赴任地であつたと云ふ方面に、これも矢張り教員で教員の妻になつた昔の友人がゐる筈なのを思ひ出して、その人の名を挙げると、それはまた意外にもこの父が媒介の労を取つた夫婦であつた。こちらは今一つ意外なことを知つてゐた。自分らの仲間の一人ふたりにいたづらなものがあつて、電車や道ばたで知りもしない女によく物を云ひかけた。そしてそのうちにはそれが為めに友人になつたり、甚だしいのは、即坐に怪しい待ち合ひへしけ込んだりしたのがある。自分も一度それをやつて見ようとして、最初の試みに最後の失敗をした。もう、古いことだが、芝の品川電車通りで、けば〳〵しい服装で、ちよツと見つきの違つた若い女が通つてゐた。それに話しかけて、

『どうです、昼めしでも一緒にたべませんか』と云つた。

『それどころですか、今から急いで帝国議会に行くんですよ。』女の昂奮してゐたのは、こちらに対する侮蔑の為めよりも、議会と云ふ大きな場所でかの女の請願事件がその日の問題にのぼる故であつた。その女がいかなる奇縁か澄子だと云ふことは、

おととひ、かの女が思ひ出ばなしにかの女から語り出したので分つた。そして今は渠から一つの笑ひばなしとして父に告げられた。

『だから、世間は広いやうでも狭いものだ、ね。』父はこちらの私かに緊張してゐる心持ちに比べては一般平凡な意見しか持つてゐないやうだが、そのはなし振りにちよツと物の分つた老人にありがちな超脱味、世の中を茶化してゐる趣きは、昔の士族や老教員の物好きとして――娘には勿論、総領息子夫婦にも手頼らないで、――こんな商売をしてゐるにふさはしく思はれた。

『…………』父を失つてる耕次は澄子の為めに第二の父を得たやうな懐かしみをおぼえた。

『碁盤があるやうだが、やつて見ようか、ね？』

『願ひましよう。』

『関根さんも強いやうですよ』と云つて、澄子は盤の置いてある方に立つた。やさしく見せる為めか、かの女は人並みより長く裾を引いてるので、両手に持ち上げて盤を運んで来るその歩みの間にふとつてゐさうなくるぶしのうへが見えた。

『…………』渠は前にこれをかの女と一度戦つて見たが、全く同棲条件に対する程の手ごたへがなかつたことを思ひ浮べながら、父とは対《たい》で打つて、直ぐ負けてしまつた。それからまた何度努めても勝ち味が少く、とう〳〵二目の差があることになつてしまつた。そしてこの敵は老人だけに手が鈍いやうでも、なか〳〵馬鹿にできぬ野心家であることが発見された。そして残念さうに考へてた上で、

『えい、やつちまへ』と劫《こう》を思ひ切るところなど、まだ〳〵老いぼれてるとは思へなかつた。

今夜から茶の間と客間とに電燈がついたので、日が暮れても碁をつづけてゐるうちに、かの女の働きで酒が出た。さしみと、その他にちよツとした物とが出た。そして三人が一緒に耕次の机兼用の一閑張りを囲んだ。

澄子はこちらと二人の時には随分あまへるやうなおしやべりをするにも拘らず、父の居るところでは言葉ずくなであるのが寧ろ思つたよりもこちらには奥ゆかしく取れた。

『僕と澄子さんとはどツか似たところがあるやうです。だから、合はない点もまた明らかであり過ぎるのだと思ひます。』

『これは』と、父は娘をさして、『二つの時に母親に死に別れてから、云つて見りやア、まア、男のあひだに育つたものだから、どうしても女としちやア荒ツぽ過ぎます。』

『そんなことも不断はございませんよ。』かの女は笑ひながら『中野に、かたなを抜いて出したのは、お向ふの野田の細君が見てゐて知つてる通り、わたしも死ぬ気でしたのです。』

『それがよくない。』父はまじめ腐つてその手なる猪口《ちよこ》を口の方へ持つて行つた。

『…………』耕次も微笑してかの女と目を見合はしたが、そんなことまであつたものとしては必らずからだの関係にも達し

てゐたに相違ないと察せられた。

『尤も、そのかたなは、もう』と、こちらに向つて、『こツちへ取り返しましたが、ね。』

『あれがありますと、』今度はかの女がその口へ猪口を運びながら、『こんな寂しい場所では泥棒の用心にもなつていいのですが――』

『その代り、僕がまた斬られちやア――』

『ほ、ほ、ほ！』かの女は半ば飲みさした酒をこぼしかけたが、こちらを気を兼ねたやうに見ながら猪口を置き、絹のハンケチを出して口をふいた。

『…………』渠はかの女を取りつくろつてやるつもりであつた。矢張り笑ひながら、父に向つて、『今ぢやア、然し、いのち懸けなのは僕の方ですから――』

『まア、何でも人は無事円満にくらして行くに越したことはない。昔、神田に学校を持つてゐた頃は、僕もこれでも二三名の侠客を独りで引き受けて追ひまくつたこともあるが――さうして、これがまた子供のくせに大胆で、それを隣りの部屋で寝ころんで見てゐたが――』

『…………』耕次はそのことをも既にかの女から聴かせられてゐた。侠客の前には合ひ口があつたが、父がどうせ負けはしないとかの女は見てゐると、果して手に持つてたきせるをいきなりさか手に振り上げて、侠客の眉間に突き刺した。けれども、初めから向ふの出に弱みがあつたので、それツ切り何も云つて来なかつたと云ふのだ。

『もう、年を取ると、』父の言葉はつづいた、『然し、何でも人は皆無事にあれかしと願ふやうになるものだ。』

『…………』耕次はここに恋の必要がない人間と自分のやうにまだ〳〵それの必要ある人間とを比べて見た。そしてその間に大きな間隙があるのを、また自分と澄子との間隙の如くにも考へられて、自分の心は人生の思はぬ悲哀に触れてゐた。そしてまたかの女に対する自分の遠慮がちな心持ちは既に恋になつてることを自覚した。僅かの酒にだが、斯うそそられた自分はわツとでも、喝《かつ》とでも叫んで、この痛切に振ふ自分の心を皆の前に活現させて見たかつた。

が、父も案外弱いのだと見え、大して飲まなかつた。そしてとう〳〵酔つてしまつた。

『喰ふ方にかけちやアまだ〳〵誰れにも負けないつもりだが』と云つて、父はまだずツと立派に揃つてるうへ下の前歯をむき出して見せた。が、『鞭声粛々』や『孤《こ》鞍雨《あんあめ》』などを得意さうに吟じたのは、奥歯の方からでも息が多少漏れてるやうなかすれ声であつた。

『父から貰つたのですから』と云つて、かの女は酒のかすを入れた味噌しるを出して来た。

『寒い時アこれに限るよ。』

『…………』耕次もその汁のにほひにあツたかみをおぼえながら、皆と共に飯をたべた。

うら横手の貸し家はまだ人が這入つてゐず、前庭の向ふには支那人らしいのがゐる。こちらの門まで這入つて来るまでに、支那人のと細い道を隔てて並んでる家があるが、その間をまた曲がつて支那人の台どころ口を通りこちらの勝手へまわつて来るまたのほそ道は、もう、人の広い大根ばたけの生け垣に添つてゐる。犬の遠吠えが寒さうに聴えるばかりで、戸が締まつてゐれば、あたりはしんかんとして、家の中にのみあツたかい味噌しるに得た勢ひが保たれてるばかりだ。

『…………』耕次は父をどこへ寝かすのだらうと考へてゐた。すると、かの女は明いた物をすべてかた付けてから、父が坐敷に坐わりながらうと〳〵してゐるのに声をかけた。

『ぢやア、お父さん！』

『おう』と、しよぼ〳〵する目を明けた。

『お休みなさいますか？』

『それぢやア、失敬させて貰ふか、ね？』

『…………』かの女は客間へ父の床を取つた。そしてこちらに向つては斯う云つた。『あなたは六畳の方へいらツしやい。』

『…………』渠は結構だとも、かまはないかとも云へなかつた。まだ関係のない時から父を変に思はせるにも及ぶまいと考へられたが——ここだけは矢ツ張りランプを用ゐる必要があつた室に於いて、

『あすの朝の新聞が見ものですよ』と、かの女は機嫌がよかつた。

『…………』渠も酔つてるが、酔ひとは別な心の圧迫を感じながら、——顔だけを向き合はして、どちらからも微笑してゐると、かの女が先づ低い声で話をし初めた。

『あなたがさツき憚《はば》かりへ行つてらしつた時、父は中野のことを馬鹿なやつだ、なア、と申しました。』

『…………』こちらには都合のいい言葉だと思つたが、さうは見せないで、『どうして？』

『分つてるぢやアございませんか、しツかり踏みこたへてゐさへすりやア、こツちは少しやア不利益な位置でも無事につづいたものをと？』

『…………』渠には然しそんな女と見えなくなつてた。『あなたが女房にしろと迫つたさうぢやアありませんか？』

『そりやア、何度も申しました、さ。でも、向ふがいつも強く出て呉れて、一度も逃げ腰になりさへしなかつたら、あたしだツても事を起しはしませんでした、わ。』

『あア、それでけふの話のかたなですか？　鎌倉の前ですか、あとですか？』

『前ですが、ね——あれがあれば鎌倉までも出かける必要はなかつたかも知れませんでしよう。』

『さうとも限らない』と、渠はちよツと別な方へ目を転じたが、またかの女に向き直つて、父の話を思ひ浮べながら、わざと無理に老人くさく理窟を捏《こ》ねた、『かたなと云ふ物は自分を殺すこともある代りに、また自分を自分で活かす為めにもなりま

す。』

『それこそどうして？』

『分つてるぢやアございませんか？』渠も亦かの女の言葉を繰り返したので、かの女は
『ほ、ほ』と少し高い声を出した。実はさう高くもなかつたのだが、それがあたり近処へも聴えたやうに渠には思へてひやりとした。

　あの檜町の家に於いてであつたさうだが、お向ふの野田夫人を立ち合ひにして最後のかけ合ひをして見たところ、中野は澄子から云へば卑怯にも、

『まださう妻子を棄てるなど熱心になるまでの関係はできてゐませんから』と答へた。

『…………』耕次はてツきりさうとは思つてないので、そしてまた自分も現に望んでる通り結果を避ける為めの不自然な辛抱もあり得るので、これとそれとを偽善的に区別してはならぬ。だから、かの女のこの話を聴いてわが身も中野からかかる区別的侮辱を受けたやうに感じて、かの女の為めに自分の胸が怒りに燃えた。同時にまた自分はそんな卑怯な云ひぬけをする男ではないぞと云ふ気が出た。『何でまたそんな男に未練があるのです？』

『でも、わたしは関係があるも同様ぢやアないかと云つてやりましたの。』

『…………』さうだ！　尤もには相違ない代りに、それで女がかたなに訴へかけたり、入水事件を起したりしたのでは、どうしてもその女の処女性を疑はなければならなくならう。これが最前から最も自分の気にかかつてゐたのだ。嫉妬から出る少し皮肉な微笑になつて、『ぢやア、矢ツ張り押し詰めた関係もあつたのです、ね？』

『…………』かの女は答へなかつた。そしていやな顔をして天井の方を向いた。

『それ位なら』と、渠は自分に顫えまでおぼえて口には云ひにくがりながら、かの女の横がほに向つて、『いツそのこと、――僕の――条件も――聴いて下さい。』この頼みは既に時を得てゐなかつた。

『わたしを信用おしなさい！　それが先決問題です。』これが本心からか、それとも不本意ながらの胡麻化しか、棄てツ鉢に兎に角、かの女はその声までがけんどんであつた。

『…………』七日の夜に於ける如くまた手だけは許して貰へるのかと喜んだのが無駄になつてしまつた。ぐう〳〵と安らかさうに大きないびき声が隣室から聴える。左りには、また、かの女の息ぐるしさうに出してる鼻いきだ。が、ゆふべは引ツ越しの当夜でありながら割り合ひによく眠れたと云ふから、かの女は父の来たのを安心して今夜は、まだ早いが、一層よく眠るだらう。けれども渠自身は、女の意志を無理に曲げられてその女がさんざん棄てツ鉢ものになつた例を別にも沢山知つてるから、そんな者をしよふことの利害上からだけでも飽くまで暴

力は用ゐないつもりである。

六

新聞記者が来たのは、こちらから通知した為めであつた。どうせあとからいい加減な想像を書き立てられるほどなら、寧ろこちらから進んで実際をうち明けて置く方がましだと云つて、耕次の友人にハガキを出した。それでその社の社会部の一記者がやつて来たのだ。

澄子の考へでは、この発表によつて公けにかの中野に対する意地深い復讎の一端を示めし初めるつもりであつたかも知れぬ。いや、さう云ふ口吻をかの女は記者やこちらに漏らしもした。耕次に取つても、また、私かに友人どもを驚かせてやらうと云ふ程のいたづらツ気がなかつたでもないが、それ程のことは正式の結婚を披露する場合の花婿にでもありがちな意気込みであつた。で、渠自身には、今度やり出す同棲生活のよし悪しは人の解釈の仕かたによつて何とでも云はせてかまはないのであつた。が、自分だツても再び妻に帰らない以上、また以後は世間の所謂放蕩をぱツたりやめてしまう以上、少くとも一人のきまつた女の必要なことだけを誰れにでも理解させて置きたかつた。

それが為めに全く他人なる新聞記者に向つてもかの女には勝手にかの女自身の云ひたいことを云はせ、その代り、渠も亦自分の俯仰天地に耻ぢぬ自説と誠意とを述べたのである。けれども、その記事が十二日の朝の新聞に出たのを見ると、先づ第一にその見出しを見てがツかりしないではゐられなかつた。『変り物同士の同棲』はまだしもいいとして、『肉が勝つか霊が勝つか』と云ふ割り註は如何にも不まじめに響いた。本文を読んで見ると、かの女が

『私の愛は今でも中野に集注されてゐる、関根さんとはただ第一の条件通り同棲してゐるまでのことです。現在では露ほどの恋も愛もありません、云々』と云つてるに対して、自分はまた『澄子はその後強情にも第二の条件を拒絶して今日に至つてゐる。だが、僕に成算あり、近き将来に於いて必ず僕の主義を遂行して見せる、云々』と云つてる。

これは両方とも成るほど意味から云へばおぼえのないことはない。が、記者が両方を独断的に区別して前者を霊とし、後者を肉とした為めに、――たツた一言の書き添へに於いてだけれども、――ただそれが為めにこちらの考へをそツくりぶち毀わされてしまつた。

かの女に取つては、然し、寧ろその方が高尚らしく見えてよかつただらう。が、その反対に、こちらは下等なものに見えてゐるのだ。人生の哲理的真相から云つても、はたまた人間生活の実際から見ても、そんな区別の偽はりであり、空しく且おろかしくあることが自分には余りによく分つてるのである。

『でも、大体は間違つてゐないぢやアありませんか？』さきに読み終はつたかの女はかた膝を立てて得意さうであつた。

『…………』なんだ、目じりにきたない目くそをつけてゐな

がら！　渠は私かに先づ斯う憤慨した。かの女が新聞と云ふ声を聴いてはね起きたので、こちらも直ぐ追ツかけて床を出た。二人ともまだ寝巻きのままで朝の寒さにふるえながら、玄関の間に集まつてた。中野のことが書いてあるだけに、ます〱渠はかの女の喜んでるのが不本意であつた。『たツた一句、記者の独断がつけ加へられてる為めに僕が台なしになつてゐます？』

『どれ、お見せ。』父は、もう衣物を着かへて、また一方の室からふすまを明けて出て来た。そのあひだに、こちらの二人も急いで衣物を着かへた。

　茶の間にはその前から父が既に火鉢の火をおこしてあつた。そこへまた集まつた時、父はこれで以つて昔、神田の侠客を威《ゐ》服《ふく》させたのか知らんと思はれるほど不恰好で、巌丈なきせるを喰はへながら、そらうそぶいて云つた。

『ふたりが勝手に勝手なことを云つてるのも淡白で正直でいいが――』それから娘の方に向つて、『お前が中野のことをまだ愛してるなんか云ふのは――心では知らず――おもて向きよくない、ね。あんなに猫のやうな、陰険で軽薄な男を。』

『…………』耕次には、父がいいことを云つて呉れた。それに似たことを自分も云ひたかつたのである。男は矢ツ張り男の味かただと思へた。

『弱いだけですよ』と、然し、かの女は和らかに反対した。

『別に陰険ぢやアございません。』

『さうとしたところでも、さ、ね。』それから、こちらに話題を転じて、笑ひながら『きのふから僕も気が付いてたのだが――君は至極淡白で、男らしくツて面白いが、この新聞にもよく人のあらを書いてある通り、ちよツとうすぎたなく見える、ね。』

『…………』澄子も無邪気に笑ひを吹き出した。そしてこちらを微笑して見ながら、『直ぐお湯に行つて、おついでにちよツと顔を当《あた》つていらツしやいよ。』

『さうです、ね。』渠はわれ知らず頬のひげをかた手でなでて見た。そして癪にさはる新聞を取つて、その記事に再び目をそそいで見ると、その前置きには矢ツ張り左の如くある、――

『奥様の年は二十五六、むらさき矢がすりの書生羽織りをぞろりと引ツ掛け、いやと云ふほどひさしを出した厚化粧のなほハイカラなのに引きかへ、旦那と見えしはふけだらけのうすぎたない男、木綿の羽織りに山の出た小倉帯、十日もかみ削りの当らぬひげづらをのツそり窓から出してゐるところ、その配合が極はめて不調和だ……』

　無論、記者の書き都合のいいように誇張してあるのだが、綿服は渠自身の前身に於ける一つの主義だと云つてもよかつた。藝者買ひにもそれで通して、却つて信用を受けたこともある。樺太《からふと》へ行つてから、部下のものらがそれではあんまり渠等までの肩味が狭いからと云ふので、絹物を拵らへさせた。が、それは皆北海道で流れてしまつた。で、止むを得ず昔の名残りを用ゐてゐる。その上、帯の如きは長い間の、親からの譲り物で、殆ど棄ててあつたのが残つてたのだから、山の出たのは当り前であつた。

それはさうとして、父の注意も新聞記者に従つてわざと冗談をまじへてのことであることは分つてながら、こちらはわれながらまづい気がして苦笑を禁ずることができなかつた。

九時頃であつたが、かの女の出して呉れた手ぬぐひとしやぼんとを持つて、渠は先づかの女と共に近処の銭湯に行つた。そして独りで帰つて来た時には、自分でもひげの剃れた顔が晴れた冬の空気にすうツとして気持ちがよかつた。

『…………』自分でまた頬をなでて見ながら、まだ茶の間に立つてるまま、かの女と父とに向つて、『どうです、ね？』

『大層きれいになりました。』父の返事は予期したよりもまじめ腐つてた。

『ほ、ほ』と、澄子は笑つたが、機嫌よくしてゐる時の声は相変らずほがらかであつた。

『…………』

その日も、こちらの占領ときまつてる客間で碁をうち初めた。かの女は初めのほどは見てゐたけれども、やがて六畳の方に引ツ込んだり切り顔を見せなかつた。

こちらはかの女の為めにかの女の父を歓待してゐるつもりだが、かの女は多分おのれだけが忘れられてると思ひ取つてじれてるらしかつた。どうせ初めから気六ケしい女だと見てかかつてるのだから、時々かの女の部屋へこちらから出かけて行つて、慰めの言葉を与へるだけの労は惜しまなかつた。その度毎にかの女はにが笑ひを向けるが、見ると、机に向つてけふの新聞記事を読み返してゐたり、中野への手紙を書いてゐたりした。そんなことにもかの女の寂しさが堪へ切れなくなつたかして、つひにかの女は黙つてだが押し入れのふすまや台どころの戸棚をがたツぴしさせたり、その急いで往き来の足の畳ざはりを荒くさせたりした。

『…………』父がから紙のこちらでその音に気付き出した時は、ただちよツと耳をかた向けて向ふの方によこ目を使ふだけであつたが、あまり度々になつたので、『あんな女でもなかつたのだが』とつぶやいた。そして、そんなことの為めにだらうが、碁盤の一方の隅に重大な失策ができたその防禦の一子を打つた。けれども、もう、父は手後れの為めに全体を投げにしてしまつた。

『ぢやア、けふはこれでよしましよう。』耕次は父の興をそぐのも気の毒でならなかつたが、かの女に対しても気がねがあつた。黒石を納めながら、六畳の方に向いて、『さア、いらツしやい。もう、やめます。』

『…………』父もこちらのつもりは分つてたらしい。かの女のことを『いい年をしてゐるのだが、まだ丸で赤ン坊のやうで――。』

『…………』かの女は茶の間とのあひだのふすまを明けての

ツそり出て来たが、少し目を据ゑて、きまり悪さうであつた。こと更らに声を和らげて、『もう、おやめですか？』かう云つたとたんに、かの女は畳の上に落ちてる毛か何かを発見して、腰をかがめて拾ひ上げ、椽がはへ棄てに行つた。

『みんなでまた話しましよう。』

『もう』と、父は殊に頓狂に大きな声で、『年を取ると、血の出るやうな決戦はできない、ね。高が碁盤のうへのことだが、どうもおツかなびツくりが先きに立つて、ね。』

『でも』と、これはかの女に向つて、『お父《とつ》アんは二目うへだけのことはありますよ、なか〳〵手ごわくツて。』

『全体の通算はどうですの？』

『僕の負け越しです。』

『そりやア、これでも少しやアこツちに強みはあるが――』

『古くからのことですから、ね。』かの女も心がうち解けて来たやうすだ。『わたしの五つか六つかの時からやつてるのですもの。』

『これはまた物おぼえがいい子で』と、父はかの女を――これも機嫌取りのやうに――讃めた。『十二の時にやア、もう、自分とおない年の男の子にまで大学や中庸を教へたものだ。英語もその後どうやらかうやら独学で読めるやうになつたらしいが――。』

『…………』耕次は、父から少しもかの女の兄のことを聴かないのは、五六年前から新宿の女郎を受け出してゐて、かの女とも仲が悪いさうだし、父自身も共に住むことを嫌つてるさうだし、する為めだらうと思つた。

『わたしのして来た学問なんか何の役にも立ちません、わ。』

『そんなこともない、さ。第一、お前だツて教員もしたし、新聞記者もやつたし――』

『それが皆、わたしの失敗のもとになつたのですから。』

『…………』耕次から見れば、それもかの女の実際上に一理があつた。

『字を知るは憂ひの初めと云ふこともあるが』と、父はさう云ふ方へ持つて行つて、『そんな厭世観はこの老人にも禁物《きんもつ》だよ。』

『自分の精神からさう厭世になるんなら、仕かたがないぢやアございませんか？』

『そりやア、ほんの、気の持ちかた、さ。』

『…………』耕次が傍聴してゐると、父がそんな呑気なことを云つてるには、まだその娘のさうした心持ちがかの女の女性としての根本的失敗をその根本から後悔してゐるのであることに気が付いてないらしかつた。こちらには、かの女の厭世的態度や羅曼的な得意がりはそれを身づからまぎらす為め、もツとひどく云へば、人にも胡麻化す為めであるに相違なかつた。けれども、父はそれに気付いてゐないのか？　それとも、昔は矢ツ張り遊んだこともあり、また自家の女中を孕ませてその結果が、もう、品川あたりでそこの総領息子として十六七歳ばかりになつてると云ふほどの男だから、気付いてながらも、再び娘に身投げなどしないやうに戒しめるつもりで、わざと呑気さうにそらとぼけてゐるのか？　兎に角、またこんなことを云つた、

『僕なんざア、もう、至つて楽天家の方だから、自分で働らける限り自分で世を茶化して働らくのだ。人間はどんなに死にたくないと云つたツて、独り手に死ぬ時が来るものだ。』

『そりやア、さうですが、お父《とつ》アん』と、耕次はそこで口を出した、『僕らは働らくにも二通りあると思つてるんです。さうして世の中を茶化してなら、働らくと云つても、まだほんとの物でないと思ひますが――。』

『若いものは皆さう行かなけりやアならんが、ね。然し、僕のやうに年を取つて来ると、盛んに働らいて意張つてるものを見ても馬鹿々々しくなつて、なんだ、べらぼうめと云つてやりたくなる。さうして、同じ価の物でも、意張つてるやつにやア意地にも高く売つてやる代り、貧乏さうなものにやア成るべく負けてやるんだ。』

『それも面白いでしようが――』

『僕らの合宿所にやア、いろんなものがゐて、ね――僕のやうに恩給を貰つてる老書生がゐるかと思へば、親は立派な軍人だが、社会主義の為めに納豆売りになつてる人物もあつて、それにこないだ探偵がついたから、僕が仲に這入つてよく突きとめて見たんだが、ね、一向そんな悪い人物ぢやアないやうすだツたよ。』

『さう云やア、あなたも』と、耕次はかの女を返り見て、また鎌倉事件の新聞記事を思ひ出した、『あなたも社会主義者にされてゐました、ね？』これも自分が念の為めに聴いて置く必要があると思へたことの一つであつた。自分にはそんな主義は野次馬のおもちやとしか見えなかつた。

『間違ひですよ。たださう云ふ人の為めに二三度議会の傍聴券を貰つてやつたばかりです。』かの女はまたむツつりしてゐたが、直ぐ笑ひに持つて行つて、『わたしやア恋でなければ復讐主義です、わ。』

『おそろしい人ですから、ね。』渠は冗談にまぎらせて、自分の目をかの女から転じて父の方に移した。そして父の顔に困つたものだと云つてるやうなやうすを見た。この親子の間にもまだ理解し合はぬところが残つてて、そこをかの女がそれとなく云つてるのぢやアないかともこちらには考へられた。『然し復讐もいいです。』さうだ、中野には、かの女が未練をまだ残してる中野には、復讐もいいが、その半ばは既にこの同棲によつて果されてゐるではないか？　更らに思ひ切つて自分らが夫婦同様になれば、こちらの熱心な望みが叶ふばかりでなく、かの女の執念深い敵意も十分満足になるわけではないか？　然しそこまでは父のゐる前でかの女へ突ツ込めなかつた。日は暮れかかつてゐた。三人でもツとよく親しめる為めに、酒の方がいいと見て、『また一つ飲みましようか、ね？』

『別に何もありませんよ。』かの女がちよツとこちらへ目くば

せしたのは、さうかねを使つてる余裕がないとのことらしかつた。

『いや、もう』と、父は遠慮して、『飲むのはかまはないが、肴なんか無くツても——』

　買つて来いと耕次は命じたのだが、かの女は寒いからと云つて行かなかつた。そして茶の間の火鉢のそばであり合はせの物にまた、朝と同様、父の納豆を添へて出した。

七

　十三日も晴れであつた。

　ゆふべ、かの女はまたランプの光で新聞の記事を開らいて見ながら、

『わたしだツて霊ばかりを要求してゐるんぢやアありません、わ。心が承知すりやア、あなたの肉にも一致して行きます』と云つた。

『…………』数日間の交渉で多少はこちらの説が分つて来たのか？　それとも、前々からその本心はさうであつたのか？　いづれにしても、まだこちらに取つてかの女の考へは十分とは見えなかつた。云はば、不熟未熟の考へであつた。すべて人間の働らきには——そして恋愛もその働らきの一つだが——肉を受ける霊もなく、霊に与へる肉もない。その承知する力を有する心とは、乃ち、肉であり、さう云ふ肉はまた真に生きた霊であるから、これをかの女に対してめんと向つてよりも寧ろ皮肉に、『然し、僕と云ふ物をあなたの肉としてばかりとツつかまへれば、その前に、もう、僕はあなたをすり抜けてゐましよう。夫婦の真相は男と女との一致と云ふよりも、男女相互の肉霊が無区別に燃焼合致するのだから』と答へた。

　渠はそんなことを思ひ出しながら、かの女と共に朝おそく起きると、井戸端の霜ばしらがなか〳〵解けさうもなく深かつた。それをざく〳〵踏み砕きながら、かの女の炊事の為めにまた水を汲んでやつた。

　第一便に——これがここへ郵便の届く初めだが——かの女宛てのハガキが一つ舞ひ込んで来た。かの女はその自室に耕次を呼び込んでから、少し気取つたやうすで云つた、

『これを御覧に入れます。』

『…………』差し出し人の名は匿名になつてるが、簡単な文句を読んで見ると、

『意外の新聞記事を見て当方は驚き入り候。約束をお破りになるのは御勝手に候へども、まさか当方の姓名だけは先方へお告げになるまじと信じ候。以上』とある。妻にするつもりであつたか、それともめかけか、それは実際にこちらに分らないが、かの自動車をも用意するからと申し込んだと云ふその本人らしい。そしてこの文句の云ひまわしが少なからず恨みや卑しめを帯びてるにも拘らず、大体の礼儀を守つてるところを見ると、かの女がさきに説明した通り、紳士であるらしい。若し果してそれならば、ゆふべ、中野のことを云はせながら、ふいとわざ

と反対の方へ押し詰めて、既にかの女をして――どうしても云はないと云つたのを、無理に――その住まひとその姓名とを白状させてある。〇〇のお宮の森わきに住んでゐて、▽▽▽▽と云ふ人だ。その森わきの道をこちらもよく通つたことがあるので心に浮べて見ながら、

『あれでしよう――？』渠の微笑した目にも矢ツ張り卑しめや妬みを帯びた。

『えい』と答へたかの女も亦無理に笑ひを見せてるだけのやうであつた。

『……………』渠には、かの女が成るべく秘密を持たないやうにすると云ふかの女自身からの約束を――胸に斯く痛みを感じつつも――直ぐ実行して呉れたのはありがたかつた。それには自分も亦秘密をないやうにして報いなければならぬ。ましてやそんな金持ちとの約束――万ざらうそでもなかつた――を棄てて、こんな貧乏人と同棲したのが？　けれども、また、それをうらはらに考へて見ると、中野に対する復讐としては、ただ金を持つて意張るよりも、寧ろこちらと共に精神的な評判を取る方がいいのかも知れぬ。若しさうなら、こちらも亦ただの出しに使はれるに過ぎない。そして気が向かなくなると、また、ぷいと約束を破つて行くだらう。こんな短かいハガキの文句に、渠が妬みを産み出すのもその気まぐれを思つてだ。

　さきに房子さんが語つて呉れて置いたところによるも、かの女らが東洋学生会と云ふのに加入してゐたところから、或支那人に熱心に思はれたのをはね付けたにも拘らず、また同じ会員の一人であつた或朝鮮人と共に御岳《みたけ》の山で一週間も暮した。澄子の自家弁護に従ふと、それは向ふが友人の情としてかの女の失敗を慰めて呉れただけで、――眠る時には、疑はれない為めわざ〱から紙を明けて、部屋を隣室の客と共通にして、かの女の寝どこをその中間に敷かせた。で、反対に、山みちを散歩しながら口説かれることがあまり烈しくなつたので、二十日の予定をずツと早く切り上げて帰つたのだと云ふ。

　けれども、また、かの女が二三の通信社、さまざまの雑誌にたづさはつた間に、或実業雑誌の社長なる洋行帰りを余りにうるさい為め椅子で投ぐり付けたのは、おほできだから自慢をしてもいいとしてからが、或通信社長に待ち合ひで云ひ寄られ、その断わりの返事をしに翌晩また同じ待ち合ひへ出かけて行つた。酒なら飲みたかつたのだとでも云ふならいざ知らず、成るべく慎み深くあるべき身としては他にどう云ふ意味をも成さないのである。或は、それも結果を残さぬ用意があらばとでもかけ合つて見て聴かれなかつたのだらうか？

　それに、また、かの女はおのれの思はれた若しくはおのれが思つた男の細君のところへ、――白状してならまだしも殊勝らしいが、――そらとぼけて遊びに行つた。通信社長の場合にもそれださうだが、中野のにもさうだ、前者はやがて牢に這入つたので、そのあとで知らせたら、その細君はそんなことがあつたのですかと笑つただけださうだが、後者のは今でも焼き餅を

焼くと云ふ。が、男子たるこちらの今の心持ちにだツても違ひはない通り、焼くのが当り前ではないか？

かの女のかかる不謹慎、かかる図々しさをすべて、渠は自分でその場の一瞬間にごちや〳〵と思ひ浮べたのである。そしてかの女を愛してゐるだけに、そんなことが実際になかつたのを望んだ。けれども、あつた事実は、隠し立てや誤解のできる余地のあるものとしたところが、事実としては動かせなかつた。そしてその動かせない事実のやうに、自分の立つてるからだがいつのまにか堅くなつてゐた。

『…………』かの女も然しこちらに釣られて立つてゐた。

『むツ』と、渠は自分の口を結んだ。そして自分のその堅い心持ちが顔にも出たのを胡麻化す為めに、わざと首を後ろにそらせて、ハガキを持つてる方の手を不恰好に力を入れてかの女の方へさし延ばした。

『…………』かの女も冗談にそのうすい口びるの口を結んでとがらせた。そしてその和らかい羽織りの肩と手とを怒らせてハガキを受け取つてから、『ほ、ほ、ほ？』

『…………』渠はかの女の頬と足とが可なり肥えて見える割り合ひにその肩などのあまり角張つてるのを初めて見て取つた。が、その声にして若し全く偽はりがないものになれば、かの女の前身などは――たとへ淫売であつても、穢多であつても――問ふところではなかつた。立ちどころに自分の愛が動き涌いて来たので、『まア、いらツしやい』と云つた。そして自分がさきになつて、裏の明き家の庭に向つた窓に押しつけて据ゑてある机のそばに行き、そこに坐わつてそのこちらがわの片隅に自分の左りの肱を突いた。

『…………』かの女もついて来て、机の真正面に坐わらうとしたが、こちらの避《よ》けためりんすの坐蒲団を先づ半分押しつけて、投げ出したやうに慣れ〳〵しく『お敷きなさいな』と云つた。そしてあとの半分の上に膝をおろして、右の肱を机にもたせた。すると、こちらとの間に坐蒲団のたるみが挟まつたが、渠が自分の揃へた膝をちよツと上げたので、その下にたるみは延びてしまつた。

『…………』渠は燃えてるやうな胸の騒ぎを頬づえにまぎらして、かの女の自分に向けてるその顔を見詰めながら、『これでこの方は僕にも安心ですが、まだ中野があります、ね。』

『…………』ちよツとにツこりして、『あれはきツとやつて来ますよ――もう、わたしからは行かないと決心してをりますが――』

『それはどうも、あなたが会つてやるおつもりがある以上は、止むを得ませんが――』渠はこのことにも父が何とか云つてるだらうと見て、『お父《とつ》アんの意見はどうです？』

『父は、もう、あなたを信じてをりますから、中野のことはきツぱり思ひ切つて、ここに落ち付けと云つてます。』

『それ御覧なさい！』渠は笑つて右の手を挙げて軽くかの女の

肩を叩いた。決してそんなことで楽観したのぢアないが、少しでもかの女の心にもツと接近する機会を得ようとしたのだ。

『でも』と、かの女はほほゑみながらも、『わたしのは未練ぢやアありません。復讐ですの。』

『なアに、復讐だツて、未練だツて、向ふを眼中に置いてるのは同じですよ。』

『ぢやア、さうとして――お気の毒ですが、ほ、ほ！　わたしの目がなくなるまでは――』

『無論、一年でも二年でも待ちます！』これは渠がかの女の冗談的誇張に応じて同じくまた誇張した答へに過ぎなかつた。

　この日は晩になつてから、かの引ツ越しの前日に澄子を紹介して置いた木山が――こちらに負けない気でだらう――一人の美人を紹介しに来た。それから、また、つい近処の川上も来た。

　その翌日、まだ父がとまつてるのを幸ひにして、耕次はかの女と共に朝めし後直ぐ、十一時半頃に家を出て、自家の後ろ手を一二丁しかない戸山の原へ散歩に出た。風は寒く霜ばしらの深いまばら林の道で若い男女の一組に行き違ふと、かの女もこちらのからだの左り手へ接近して来た。

『男は女の右手につくものです、わ』とは、かの女がさきに一緒に家を探しまわつた時に云つたことだ。

『…………』今は、もう、全くおもて向きだけでは夫婦に見られるのをかの女も耻ぢてゐないやうだが、――いや、わざとにもさう見せようと云ふやうすもあるが、――あの時、渠はまだ自分の方が、九歳も年うへでありながら、寧ろ少し耻かしかつたので、それをまぎらせながら、『そりアさうでしようよ、左りにゐさへすりやア自転車や自動車にもぶつかりツこがないでしようから』と高笑ひをしたツけ。

　思はず早稲田へ出たついでに、共に真宮と云ふ友人を老松町に音づれた。そこからまた気が向いて、電車で房子さんを尋ねた。が、そこでまた前のと同じやうな婦人論、恋愛論で渠は自分の澄子と衝突した。

　自分が考へて見るに、房子さんのところへ来る度毎に斯う自分らに衝突があるのは、必らずしも自分らの間に不理解がある為めばかりではなかつた。澄子は自身に弱点ができて以来、それを無理にでも否定して置かうとして堅くなり、その親同士までこいぎになつてるここの独身親子に対しても暗に楯を突いてるのであつた。

　それに、また、かの女には面白くないだらうと見えることには、渠は房子さんとはずツと以前からの交際で、お互ひにいろんなことも知り合つてる。が、男と女とのことだから、さう痛切に競争にもならねば、妬みにもならぬ。或時など、ふとした話から、房子さんはこちらに向つて、むろん冗談に、

『あなたはさう女を探しまわりながら、わたしを一度も口説いたことはないの、ね』と云つた。

『口説いたツて駄目だと分つてるから。』渠にはそれ位の理解はあつた。他の婦人で、房子の写真を見た者が、この器量ぢや

ア如何に関根さんでもおとなしくしてゐるのは当り前です、わ、ね、と冷かしたさうだ。渠は男女の接近をさう単純なものとは考へてゐないのであるが――。

　こんなことをも澄子は既に聴かせられてるだけに、房子さんが渠の肩を持ち、渠がまた他方に賛成するのを――おのれがうとんじられてると思つて――面白くなかつたにも由るだらう。だから、渠はここを辞する時当分再びは一緒に来ない方がいいと決心した。

『房子さんは理解も同情もないくせにつけ〳〵云ふから癪にさわる！』澄子はそとへ出てから斯う独り言のやうに云つた。

『ぢやア、僕はただその癪の犠牲になつたんですか？』

『あなただツてあんなものに賛成する必要はないでしよう。』

『…………』一概にさうとも行かなかつたのだ。

　ふたりが新宿の電車終点を下りた時は、もう、十時過ぎであつた。暗い方へ這入るに従つて人通りは少く、店屋も多くは戸が締まつてゐた。

『手をつなぎましようか』と、突然かの女は云ふが早いかこちらの左りの手を握つてゐた。

『…………』渠は、帰京早々或友人のお古を貰つたインバネスの羽根の下にかの女の血のあツたかみをおぼえながら、じツとあまく胸のとどろきを辛抱した。そして自然に足の歩みを早めた。

『…………』かの女にもそれツ切り言葉はなかつた。が、これまでにも随分図々しく見えてた女も、こちらの動悸か電気かに感じてゐるかのやうに、その息を急がしさうについてる。そしてそれがかたわらの○○と書いてある門燈の光に白く見えて、直ぐ消えたり現はれたりしてゐる。

　一方は芝草の土手に立派な門がまへ、他方はあらい生け垣なる、その間を少しのぼつて行く道であつた。

『…………』渠はかの女とたツたふたりツ切りの世界であるやうに迫つて来たので、矢張り黙つてだが、手を取られてるままいきなりかの女の前へまわり、自分の右の手をかの女の肩にまわした。

『…………』かの女も素直に進んで暫しこちらの接吻を受けてゐた。『もツとゆツくり歩きましようよ』と云つてから、また暫らく間を置いて、『わたし、実は、あなたを好きになつて来ましたの。』

『感謝しますよ。』少し行つてから、また立ちどまつた。

『中野のことはただの過去の追回《つゐくわい》に過ぎませんから、ね――わたしの一つの趣味として許して置いて下さい。』

『僕としちやア、然し、その趣味もなくなつて貰ひたいのです。』

『また、さう急いで』と、かの女はこちらを力強く引き戻した。再び手を取り合つてるのであつた。

『この奥に関根、近藤』とかかげてあるところを曲がれば、四五間で自分らの住まひに達しられるところまで小一丁ばかり、そしてなほ戸山の原までも真ツ直ぐにとほつてる狭い横丁になつた時、生け垣のあひだから小菊に霜にしぼんだのと白い八ツ手の花が湯のゆき帰りによくのぞかれるあたりで、――川上氏の門よりも少し手まへだが、――もう一遍立ちどまつた。

そしてまた歩き出した時には、手が解けてかの女がさきに立つてゐた。

ところで、渠はかの女をその後ろから見て行くと、かの女は相変らず昔のをとこ書生の如く一方の肩を少し高くいからせてゐる。これは一度その前にも注意したことであるので、『それ』と云つて、突然、かの女の左りの肩を軽く叩いてやつた。すると、

『あ、さう、さう！』かの女は忘れてゐたと云つたふうで頓狂に笑ひながら、それを低めたが、今度はまた右の方が高くなつた。

『…………』渠はいやな癖もあるものだと呆れた。向ふがそれを独りで気にし出して、また直して見たりして行くのをもうこちらはほうつて置いた。

女の独り者がいろんな男に持てゝ来た思ひ上りの結果として、それも面白くない紀念の一つかと思ふと、かの女がその度毎に与へたらしいのと同じ今の接吻には、それだけいろんな黴菌《ばいきん》が伝はつてるかも知れなかつた。

で、渠は自分の袂からそツとハンケチを出して、そツと自分の口のあたりのべた〱したのを押しぬぐつた。

八

父は娘のところへ来ると、いつも娘の朝寝坊に釣られて自身も寝坊をすると云つてたが、十五日の朝、食事をすますと直ぐ、娘の小使ひとして三円を置いて、帰つて行つた。その帰る時、台どころから荷をかついで出るが早いか、うら庭で一つ、

『かすやア酒のかす』と呼んで見せた。

『面白い人』と、かの女《ぢよ》はこちらに向つて独り言を云つた。

『…………』渠はひと風《ふう》変はつた親子の情を思ひやりながらも、然し笑つてはゐられなかつた。ゆふべは余ほど砕けて、悪く取れれば馬鹿にして、かの女に当つて見たのである。けれども、矢ツ張り無駄であつた。

初めは、かの女がかけ蒲団の中で腹這ひになつて雑誌を見てゐるのを無邪気にからかつて見たりした。すると、かの女はおこりもしないで、こちらを見て、

『いたづらツ児』とかの女のとがつたあごをしやくつた。その子供らしいところから、段々と説いて行つたのだけれども、つまり、徒労であつた。

かの女は相変らず、それが中野のゐる為めではない。また、耕次を嫌つてるのでもない、と云ふのである。

『あなたが僕を嫌はないなら、嫌はないやうにしようぢアありませんか？　女が男を恋して行くと同様に、男も女の全部を得てしまうまでは安心ができません。また苦しくツて、精神もか

らだも痩せて行くものですから。』実際に、渠は澄子を見てから自分のたださへ痩せてる顔が一層痩せて来たやうな気もしてゐるのだ。

『ですから、これからはおもて向きでは十分夫婦同様に見えるやうに致しましようよ。わたしも今ぢやアあなたが無いと寂しい気がしますから。』けれども五年間も恋をしてその為めにいのちまでも一旦は棄てたそのまとにさへ許さないで来た『処女性』を、今となつてさう容易に棄てたくはないと云ふのだ。

それは、然し、渠には半ば予期してゐたことのやうでもあり、また半ばはうそのやうでもあつた。正直に云つて、かの女に果して純全たる処女を標榜するだけの資格が残つてるだらうか？

かの朝鮮人のことは、豚に玉を与ふる勿れであつたとしてもいい。また、皆に或待ち合ひにわざと置き去りにされて、残つた唯一人の男の為めに午前の一時、二時まで引きとめられ、それでも逃げて帰つたのを、その男が翌日になつて既に成功した如く吹聴した。それをかの女が怒つて中野を立ち会ひ人にして、皆の前で取り消さしめたと云ふのも、それで少しもかまはない。

が、——

『それぢやア、最初のいとこにはどうです』と、渠は重苦しい挑戦的気ぶんを以つて突ツ込んで見た。すると、かの女は、

『あれはまだ何にも分らない子供の時で、而もこツちが不承知の無理強いでしたもの。』斯う答へて、平気であつた。

『では、——ぢやア——』中野のことは渠には、もう、よく分つてるやうな、また分らないやうなので、聴きかけたのだが、聴き糺すにも及ばなかつた。

無理強いの不承知を穢れてゐないと云ふ格で、不自然の用意をも『純潔』だと云つてるのなら、注意深い道楽者のやつてることにも純潔で通せるのがあらう。こちらはそんな偽善的申しわけをしないでもかの女の旧悪は——きツとあるものとして——すべて許してやる気でゐるのに、そこへ信じ込んで来ないのがもどかしかつた。

アメリカのをんな青年のうちには、おのれの愛する婚約者には結婚式をするまで決して身を許さないでゐながら、その間に他の男を——殊に日本人や支那人やアメリカ印度人を——近づける気まぐれものがあると云ふ。却つて一たび、おのれの一生を共にする男にさう容易に許してしまへば、その男がいい気にもなり、そしてまたおのれが速かに卑しめられるからである。それに似た考へを澄子も持つてゐるのぢアなからうかとも、渠には臆測できた。若しそれなら、お門《かど》が違ふ——『生意気に、人を——馬鹿に！』

『…………』かの女はこちらがそこまで考へてることなどを知らう筈がなかつた。父の帰つたあとでも、また相変らず前夜に見たたわいもない夢のことなどを語りながら、『わたしの親はあれだけよく分つてる人でしよう。然し、わたしが若しほかのことに熱心になれば、親なんぞア——どうでも——』

『…………』渠は、かの女のさう云ふ心持ちが果して生

まれ付きの真実なら、むろん、これまでにもあの男、この男に浮かれるやうなことはなかつただらうとも考へられた。斯うしていろんなことに昂奮し、いろんなことに思ひ惑つた。

十五日のけふは少し気を抜いて来るつもりで、友人訪問や仕事の要件に出かけることにきめた。そして明けツ放してある室を日当りのいい椽がはに出《い》で立つて、暫らく庭の南天やあすなろや持つて来た椿などに目をやつてゐた。すると、自分の向つてる真向ふの支那革命党の家の窓から一人の支那人がちよツと顔を出して、こちらを見た。あれが宋教仁《そきやうじん》と云ふのか？　今一人の黄興《こうこう》は西郷隆盛のやうに肥えてるさうだ。そのどちらかのめかけになつてる日本人の女中のゐるのが澄子には自身のいやな対照になつて、一層かの女の思ひ切りを悪くした。

『わたしやアあんな女と違ひます』とも云つたことがある。おのれも御岳《みたけ》の山で朝鮮人に或程度までの世話を受けたくせに――。

いろんな支那人も出入りする様子だが、こちらで困るのは喰つた菓子の紙ぶくろを丸めて窓からこちらの庭にまで投げ棄てることであつた。畳の上に短い毛が一すぢでも落ちてるのまで気にして拾ひ歩く潔癖な澄子は、きのふ、それに対する抗議を向ふの女中まで共同の井戸端に於いて申し込んだ。が、また一つ白い紙の丸まつたのが庭の檜《ひ》の木のしめつた根もとに落ちてゐる。また棄てたらしい。

『…………』渠も癪にさわつたので、向ふへも聴えるやうに、『また落ちてる――云つても分らない奴どもだ、なア！』一つには、然し、新聞の記事が渠等にも馬鹿にした興味を持たせたに違ひなかつた。

『あなたは胸が明いて見ツともないから、これをおさしなさいよ』と云つて、かの女は一つのピンを持つて出て来た。

『純金だから、惜しいんですが――』

『また何かの記念ぢやア――？』

『いやなら、およしなさい。』かの女は有無を云はせず、こちらの襦袢の襟を両手で直して呉れて、一寸二三分で曲がつたさきに何かの小さな宝石が光つてるのをそこに留めた。

『いい、ね。』渠は今一度自分のあごを引いて、自分の目をピンの光りへ向けた。結婚ゆび輪の代用にも思はれるので、嬉しくもないことはなかつた。

『またのぞいてる！』かの女はこれも聴えるやうに云つて、ちよツと横目をして向ふを瞰らんだ。

『……………』渠がまたその方に目をやつた時には、然し、もう見えなかつた。その自国の為めに亡命して、その苦境を近ごろは掛け軸など売つて切り抜けてると聴いては、あんまり馬鹿にもできなかつた。貧乏や亡命の所在なさにか、向ふにも時々碁を打つ音がする。

『行つていらツしやい。』かの女のたツた半日をでも名残り惜しさうにした顔と声とをそれでも新らしい無事な家庭から出それだと空想しながら、渠は先づ或雑誌社へ行つた。

すると、そこの友人が直ぐ澄子の話になつて、あれは君、中野の前にも男とくツ付いたことがあるぞとのことであつた。血で書いた手紙のぬしのことを伝へ聴いてたのだ。『なアに、あれなら今の僕と同様、ただ同棲してゐたばかりだ。からだの関係があつたのぢアない。』

『若い女にそんなことができるだらうか？』

『現に、僕とまだ潔白ないきさつをやつてるぢアないか？』

『そりやア、証拠になるものか？　たとへ人のいい君とはさうやれても、それはもう女も老巧になつたあとのことで――それから、また、中野の方の連中から聴くと、あれは不具者だらうツて云つてる。』

『…………』耕次には寧ろこの最後のことが新らしく発見した事実ぢやアないかと思はれた。不具の為めに女が男のやうになつて、平気で男に接近して行つたりまた来たりする。そしてそれが女の気ぶんに立ち返つた時は、俄かに一般の女よりも痛切にその欠点からの寂しみをおぼえて、男に熱心にもなり、いのちも棄てることがあらうが、それは女の心ばかりのことで男には関係がない。渠は、自分がかの女と関係を遂げて見るまでは、さう考へて却つてかの女を人にも自分にも弁護して置きたかつた。さうすれば何《なに》が何《なん》でも、かの女の疑はれてる男は――中野でもその他でも――すべて潔白なあひだがらであつた。で、友人の非難をまじへた報告に対しても随分らくな心持ちになつて、『それが本統かも知れない』と答へた。


そしてその他のところででも冷かしやら忠告やらを受けた時、矢張りその心持ちでらくに受けてしまつた。が、渠はみち／＼私かに考へて見ると、自分も人にかの女を不具者と云はせて置く方が便利でありまた高潔に見える如く、中野の方でもその為めにさう皆に云はせて置いたのかも知れぬ。そして中野自身には十分秘密な楽しみがあつて――。

矢ツ張り、どうもかの女の処女性が気になつたので、房子さんのところへ立ち寄つて、あけすけに聴いて見た、

『どうでしよう、あなたは中野と近藤とがすツかり関係してゐたやうに云はれましたが、近藤は今でもその身を純潔だと意張つてますよ？』

『わたしにやアさうは云はなかつたですよ』と、房子は答へた。

『ぢやア、あなたはからだもすツかり許してあるのですかと尋ねて見た時、無論と返事しました、わ。』

『あなたにやア止むを得ないから白状したんでしよう、ね。』

渠は鬼の首でも取つたやうに心がすツきりした。それが自分の愛してゐる女の前身を不純潔にきめてしまう所以ではあつたけれども、その方がかの女に対して自分がもツと多くの征服力を持てるのであつた。

市中の空の一方につるぎの両端をぴんと上に反らせて冷たさうに光つてる三日月のかたちに、渠の心もぴんと振つた。そして今夜こそかの女の偽善を素ツぱだかにして、生まれたまま又けがれたままでこちらに降服させてやらうと楽しんだ。が、こ

れは取りも直さずかの女に対する自分の切実な愛であつた。

けれども、帰宅して見ると、迎へに出たかの女は先づこの報告をした、

『先刻、中野がまゐりました。』

『…………』客間からさしてゐる電気の光にかの女がにこ〳〵して見えたのも却つて面白くなかつた。この女も亦かのアメリカ女の如く、婚約実行までを、仮りに他の男をおもちやにする種類のにもなれるだらうと云ふことが切にこちらのあたまに響いた。『さうか』と、わざと軽く受けて、茶の間へ来た。これから再び中野に対するかの女のよりが戻らうとは決して思つてゐないが、けふの房子さんの証言が気にかかつた。

『…………』かの女もこちらと向ひ合つて火鉢のそばに坐わつたが、こちらの顔を見い〳〵また報告した、『一時間ばかりゐて帰りました。』

『…………』

『よろしくと申しました。』

『さうか』と、また二度目には答へた。渠には、かの女がさう問はず語りをするのは自分らの間の約束を守つてるのであるに違ひなかつたけれども、それが却つてかの女の逆襲であるやうに取れた。

『…………』かの女もそれツ切り黙つて、少しいやな顔つきになつた。

『…………』暫らくしてから、渠は食事を命じ、それの給仕をかの女にして貰ひながら、『どうでした?』

『どうツて』と、苦笑しながら、『余ほど謹直に遠慮してゐました。』

『謹直はあれのお箱ぢやアないのですか?』渠には、実際、世間を憚かることに勝てぬやうな謹直は、そしてその謹直から愛する女を裏切るやうな男は、問題にならなかつた。

『あなたからおつしやれば、さうかも知れませんが——報告だけは致して置きます。』

『…………』渠はこの方はすべきが当前だと思ひながら、『いや、あなたから云つてもでしよう——?』

また両方からの沈黙が少しあつた。

『…………』かの女は火鉢にあたりながら下に向けてた目をちよツとじろりと上げて、『ぢやア、来させてはいけないとおツしやるのですか?』

『それは最初からの承知ですから、いけないとは決して云ひませんが、ね——』渠には今やそんなことを一小事件に過ぎないものにしてしまうほどのことがあつた。そして房子さんを裏切るにはよくないと思つたけれども、止むを得ないので聴いて来た言葉を持ち出した。『飯田町ではあなたが中野とはからだの関係もあると白状したさうです。』

『そりやア、俗物には』と、眉をきりりツと上げて、『面倒なことを説明したツて分りませんから、ね。』

『…………』渠はさうきつぱり云はれて見ると、それも

さうだと云ふやうな方面へ自分の疑惑を転じさせないでもなかつた。かの女にして若し世間の一部で評判されてるやうな不具者であつたら、一層のことだし――また然らざるも、現に自分が一個の紳士としてかの女に暴力をさし控へてゐるのをも、ただ凡俗の考へしか有しないものらは、或は、あんな体裁のいいことを云つても、実は何とか馴れ合つてるのだらうと、見当違ひのうがちを云つてるかも知れなかつた。

九

一般婦人の感傷的な態度に小理窟を加へてだが、かの女は転居早々から同棲日記を書いてゐた。そしてそれが――こちらの論文や創作をするに対して――かの女の何よりの仕事であるかのやうに見えた。

渠は試みにその十二月十五日のくだりを読んで見ると、

『乃父《だいふ》帰る。無事。中野氏来る。君は留守なり。坐に在るやや一時間にして恐縮頓首して去る』とあつた。

『…………』渠はかの女が筆に多弁なのにも拘らず、その思想上に一番大切な男の来たのを書きしるした物としては、あんまりあツけない書きかただと思へた。いや、いろ〳〵書きたいことや書けることがあつたのだらうが、こちらに遠慮して詳しく云はないのだらう、と。渠には、かの女が一面には水くさく取れたが、また一面には、それでも、中野の『恐縮』してゐたのは恐らく事実であつた――中野の人物から云つても、またかの女がそれに対する一種の復讐的決心のあるところから想像しても。

さうだ、かの女には向ふにうそにも見せつけてやれ、焼かせてやれ、羨やまして向ふを後悔に苦しめてやれと云ふやうなたくらみもあるに相違なかつた。

このたくらみのわなへ向ふが這入つて来たのであるから、かの女の心は先づ待ち受けた最初の凱歌を奏した筈だ。が、それを例の感傷癖から羅曼的に多弁を弄してないのは確かにこちらへの遠慮であつたらう。渠の心が落ち付いた時に口で聴いて見ると、『どうお暮しですか』と尋ねたに答へて、

『至極平和ですよ』を以てしたさうだ。そして日記の十六日にも『無事、できるなら斯うした平和な生活にゐたいと思ふ』とある。また十七日には、『淡々として水の如し』ともなつてゐる

『…………………』それを渠が、実際に解釈して見ると、水の如しとは決して淡々としてゐるのではなく、こちらが虫を殺して随分さりげなくしてゐる為めである。従つて、その平和と云ふのもほんのおもて向きの、うはツつらの状態に過ぎないのであつた。

かの女だツて多少はそれを知つてるだらうし、それに対するかの女自身の不満の原因も分つてる筈だ。が、中野に対して無理にも無事満足のやうすを示めしたのが嬉しくなつたからでもあらうか、

『わたしは当分あなたのおそばでこの日記を書くのを仕事に致しましよう。このままで決してわたしは不満足でもございませんから』とも云つた。

『さうですか——決して悪いことぢアありませんから』と、渠は答へた。さうしてゐるあひだには、段々かの女の心がこちらへばかり向いて来るだらうと思はれた。

成るべくかの女をして過去を過去として葬むらしめ、執着の種となつてるものは速やかにその根がなくなるやうに、渠はさきにかの女がこちらへ読んで聴かせたところの追回文——その中には中野のことを『半夜の友』と呼んである——を或雑誌に公表するの発議を出した。かの女も異存はなく、喜んでそれをその雑誌の記者に渡した。まだ新年号に間に合ふと云はれたので。

十二月二十日には、真宮《まみや》が尋ねて来た。耕次は渠の関係してゐた新聞の文藝欄に長らくその時の問題を発表してゐたし、また渠と共に度々かきがら町の暗い怪しい小路へ行きもした。が、今では、もう、向ふもこちらの事情を知つてそんなところへ誘はうともしなければ、こちらでも二度と再び行きたくはなかつた。茶を汲みつつ碁を打つたり、雑談に耽つたりしてゐるうちに、澄子が銭湯からお化粧を新たにして帰つて来た。

『いるやうな目つきをして人をじろ〳〵と見る』と云つて、かの女がさきに初対面のあとでいやがつたその人の来訪であるから、かの女はちよツと挨拶に出た切り、ふすま一つ向ふの自室に引ツ込んでばかりゐた。

『まだか』と、真宮は向ふの澄子にも聴える声で云つた。

『まだ、さ。』耕次は斯う事実を以つて答へるのが寧ろ苦痛であつた。

が、澄子はそれをふすま越しに耳に入れて面白かつたと見え、早速この問答をその通り日記へ書き入れてあつた。そして更らに左の如き文句だ、——

『われは今日では関根氏が世間の定評の如き、単なる放蕩者でないことを認めたり。赤坂の家に在りし時より今日まで十有余日、私の処女性を犯さざるを見ても、此の定評の誤まれることを知る。』

『…………』こちらは然しそんな呑気なことに満足してゐられなかつた。

二十二日は晴れたり曇つたりして、寒いばかりの日であつた。共に一歩も外出せず、夜になつて耕次はかの女の前で詩を歌つたり、うろおぼえの長唄や清元をやつたりしたが、その間にも流れ出ようとする暗涙をつとめて押し忍んでゐた。

ただ冷淡に考へて見れば、純潔か不純潔かも分らない高が一婦人のことではないか？　若し腕力を以つてすれば、そしてそれツ切り喧嘩してしまうつもりなら、実に、何でもないことだ。が、一新した生活をつづけようとしてゐるものには、そのあとの寂しさが火の消えたあとのやうになるだらうと思はれて、寧ろこのままでも今更ら喧嘩別れをしたくなかつた。

さうかと云つて、また、ただ独り冷たい蒲団の上に目をさまして、そとなる雀のちゆうちゆう云つてる声を聴くと、その僅かに小さい軽快な鳥に対しても面目がなかつた。大の男が朝早々からわざ〳〵陰鬱な不満足を心にいだいて起き出でねばならぬとは！

兎に角、こちらの誠意誠心がまだかの女に十分に届かぬのだと、残念であつた。成るべく皮肉や嘲笑を出さないやうにして、かの女の心を荒立たしめなかつたので、かの女からの発議によつてその夜からかの女も耕次の勉強室に眠ることになつた。

『わたしの室は壁ひとへでそとになつてますから――』少し大きな声を出してれば、立ち聴きされる恐れがあると云つた。そしてその翌日、耕次が東京へ出てゐる留守に、かの女は多くの手紙や書類を焼き棄てた。

『中野のもですか？』

『あれだけはどうしても焼けませんでしたの。』

『…………』それもそうだらう。入水《じゆすゐ》の節にもしツかりそれをかかへて死んでたので、助かつてからも、警察の人が何か大切の書類でしようから、御身分に対して開らきませんでしたと云つたほどの物だから。

『然し、行李の底深く納めましたから、再び取り出して見ることはございますまい。』

『…………』こちらには、然し、焼かない以上は、どうせどちらでもよかつた。が、かの女がそんなことをするだけでも、少しはこちらの物に成りつつあると思はれた。

二十五日に中野からハガキが来て、その一友人なる松山と共に明日やつて来ると云ふのであつた。二十六日は耕次も敵意と好奇心とをまじへて待つてゐると、おひる頃に二人同道でやつて来た。一方の男は極らいらくな代りにあたまは粗笨らしく、『おい、姉御』と澄子のことを呼んで、前々から来ると必らず酒を要求し、とまつた時は朝になると、自分からさきに立つて家ぢうを箒木を以つて掃除してまわるほどちよくであつたと云ふ。それに、話して見ると、その男の一友人がまた耕次の友人であつたので、そんなことから話が進んで、割り合ひに円滑な小酒宴がひらかれた。

別な来客の為めに、耕次が暫らく別室にゐると、かの女は不断よりも堅苦しくなつた手つきや物ごしでこちらの世話もした。が、隣室のやうすに耳を傾けてると、男の方の声はひそめられてるが、かの女のは却つて晴れやかな笑ひ声にもなつてゐた。これは必らずしもこちらへの申しわけばかりでもなかつただらう。かの女は機嫌よく酔つて来ると、その声がいつでも高く晴れやかになるのであつた。

こちらが再び一方の男と盃を取かりはせることになると、澄子は独りでその自室の方へ立つて行つた。そして窓を明けた音がすると、

『中野さん、ちよいといらしつて御覧なさい、月がいいから』と云つた。今夜は確か十四日の月で、天は晴れてるのであつた。

『…………』中野もこちらへ気がねしたやうにだが立つて行つた。

『…………』耕次には、もう、それを悪い方へ怪しむなどの気はなかつた。人のかげでまた手を握らせるやうなことはないと信じてゐた。が、澄子が一旦世を悲観してからの天然憧憬を以つてまた平凡な感傷だらうと思ふと、それを尤もらしく聴いてるらしい者の馬鹿げたつらが見たかつた。二人が帰つて行つてから、『僕は中野のやうな人物はきらひです』と、かの女に告げた。『正面から人の顔を見詰め得ないやうな男は邪心が多いものです。僕はあア云ふ男と交際したくない。』

『それは全くあなたの誤解でしようよ。』かの女は遠慮がちに渠のことを弁解した。『不断は如何に弱い人でもあんなではありません、わ。胸にこツちに対する弱みと痛みとがあつて、冷静にわたし達に向つてることができなかつたのです。』

『ぢやア、どうしてそれが分りました？』耕次は、それでは中野がまた慾を出して来て、今までの詫びやら後悔やらを述べて、かの女を再び取り返す気であつた、な、と思はれた。そして多少気がのぼせて、こちらがまた元の独りになるかも知れぬ時の寂しさを想像した。

『松山が申しましたのですが、わたしと別れるやうになつたのはほんの気が弱かつた為めで、素よりの本意ではなかつたさうです。』

『だから、今一度帰つて呉れろと云ふんですか？』

『向ふでは、まア』と、かの女はこちらのじツとさし向けた目をまたじツと見つめながら、『さう云ふつもりでしたでしようが――』

『…………』なほ進んで聴いて見ると、松山からは澄子に直接に今一度逆戻りすることを勧めたさうだが、中野はただかの女に

『あなたは関根君と結婚なすつたのですか』とまでしか立ち入つて来なかつた。そしてそのあとはかの女を真正面から見つめて、かの女のけしきにかの女の心を読まうとしたさうだ。

『…………』耕次はあんな気の弱い者にも見つめられねばならぬ閲歴を有するところのかの女を、心ではさげすまざるを得なかつた。然し、かの女はその時中野に向つて、

『どうでもあなたの御想像にまかせます』と答へたさうだ。これはこちらに取つてもかの女のおほ出来で、ちよツと気持ちがよかつた。

『…………』然し渠は、かの女がまた直ぐ日記に向つたので、きツとまたこちらの神経にさわることを書くに相違ない、そしてけふのことには殊に不快を感ずるやうな感想が一層多いだらうと思つた。で、かの女をうツちやつて置いてさきへ床に這入り、習慣通り電気を消した、そしてふすまを隔てて、『以後、もう、あなたの日記は読まないことにしましよう。』

『何もあなたに読んで戴く為めに書いてるのぢやアありませんから。』

『…………』その癖、初めのうちはその古くさい文章を得意さうにこちらにも読ませたのだが――。

　独りで天井に向つてそぞろに考へてると、何となく熱い涙がほど走るのであつた。この愛に於ける征服を自分は切実にまた真実に考へてゐた。飽くまで乱暴はしたくない。かの女がその旧悪とその肉体とを心から投げ出して降服して来るのを――じツと辛抱して――意地にも待つてゐるより仕方がない。が、小理窟の多いかの女には、それができるであらうか？　どうせそれができないほどなら、まだ純潔をかの女が標榜してゐるのを幸ひ、そして中野の方ではまだよりを戻さうとする下ごころがあるのを幸ひ、こちらがこちらの友人どもから不成功の為めに逃げられたと云ふあざけりを受ける恐れなどはかまはないで、下手な妥協をするよりも、寧ろ今のうちに随分面倒なかの女をそツくりのしを附けて返上してやる方がよかつた。

　つまり、さう云ふ風に考へて、自分の誠実心が自分の胸をくら闇にはち切れさうにしてゐたところへ、かの女も日記を終へてやつて来た。が、こちらの様子をこちらの迫つてる呼吸に気付いたと見え、そのかた手で以つてかの女はこちらの枕もとを探つて見た。坊主枕のしめつて熱くなつてるのが分つたらしく、

『わたしはどうしたらいいのでしよう』と歎息した。

『…………』向ふの決心一つであるから、こちらは何も返事をしなかつた。

　夜が明けて、二十七日の朝、渠が目をさますと、かの女は直ぐまた夢を語つた。

『ゆふべのはおそろしい悪夢でしたよ。黒い蛇があつて、わたしに向つて来ましたの。わたしは一生懸命に逃げまわりましたけれど、とう〳〵追ひつめられたのを、自分のうなされた声で目がさめました』

『…………』渠は純粋の征服をそんな風に進めたくはなかつたが、切実な精神では然し、もう、そこまでも行つてるのだと思つた。『その蛇は、つまり、僕の執着心であつたのでしようよ。』

　かの女をさきへ湯にやつてから、渠はゆふべの会見にまだ何か残つてる秘密でもないか知らんと、かの女の机の引き出しから矢張り日記を出して見た。

『中野氏、松山氏と同道にて訪問せらる。君と初対面の日なり。胸のあらしは知らねども、兎に角、無事なり』と云ふ、気取つたやうな文句に初まつてた。そしてそのあとは斯うだ、『中野氏とわが部屋の窓より十四日の月を望む。澄み渡る空、物凄きまで清し。嗚呼、この月、去年の今日はわれも人も世にも人にもうらやまれし相思の人なりしを、浮世なれや、今年の今夜、利鎌《とがま》とすめる月影を同じ窓に眺めながら、お互ひの胸は月とわれらとほどの距離あり。今やわれは彼れの愛人に非らず、彼れはわれの恋人に非らず。胸に悲哀を抱いて、つとめて笑みを含む。かの明星はわれよ、われに光明のあるあひだ、この恋のさかゆるあひだ、かの星も亦永劫の空に輝かんと語りしが、明星

はさんとして光をはなてどもわが胸は無限の闇に閉されて。』

『…………』如何にも古くさい想でもあり、文章でもあるとは思へたが、ゆふべかの女に向つて、『けふの会見に、若し僕が既にあなたの全部を得てゐたら、中野に対しても勝利者として臨む強みがあつたでしようが、それがない為めに、随分侮辱されてるやうな気がしました』と云つたことを、もう、撤回してもよかつた。

十

『わたしは恋と愛とは少し意味が違ふと云ふ説ですが、ね――』

『…………』また何を呑気に考へ出したのかと渠は思つた。が、何か返事をしてやらないとかの女がすねてしまうのだから、そしてそのすねかたと来たら、無邪気な娘などのと違つて、なか〳〵執念深く、その幅ツたい顔が二度と再び見られないやうないやな物になるのだから、こちらも微笑と云ふよりも苦笑と見せて、『ぢやア、どう云ふのです？』

『簡単に云へば、恋とは詰り間接に思ひ忍ぶのでしよう。だから、どうしても自分のそばから遠く離れてゐるものに向けることになります。』

『ふん――』渠はをかしくなつたのを無理にこらへてゐた。かの女がこちらをこの十数日間苦しめてゐたところの、中野に対して有する考へに段々と体裁のいい申しわけ付きの見切りをつけて来たのぢやアなからうかと思はれた。『ところで――』

『ところで、愛はその反対で』と、かの女はこちらに微笑を向けながらも、なほこちらに負けて行くのぢやアないぞと云はぬばかりに真面目腐つた目つきを見せて、『間接でなく直接に、遠くなく近く、自分のそばに親しく心の相手を持つことです。』

『して見ると、中野に対するあなたは恋で、それとは衝突もしないであなたは僕にはまた僕に対して愛を持てると云ふ意味ですか？』

『若しその気が出ました時にはです。』

『無論でしよう――』渠はかの女の云ふところを、かの女がさう無理に羅曼的に持つて行つたよりも実際的に、理解することができないではなかつた。『それは然し珍らしいことでも何でもないのです。誰れでもその初恋が死に別れか生き別れか見棄てられかで破れた痛みをまだ持ちながら、再び別な男に心が向いた時の感じです。だから、あなたの所謂愛も第二の恋に過ぎず、あなたの所謂恋は最初若しくは一つ以前のそれでしようよ。』

『さうすりやア、矢ツ張り、霊も肉も一緒くたになつて』と、かの女はなほ未練らしかつた。『つまり、あなたの合致論になつてしまうぢやアございませんか？』

『無論、それでいいんです。』渠のこの答へには自分ながら随分威圧の力を持つてゐるやうに思へた。『あなただツて、まさか、恋が霊で、愛が肉だと云ふやうな馬鹿なことを云つてるんぢやアないでしよう。』

『でも、どツちかと云へば、愛は合致的、実際的で、恋は霊的な傾きがございましよう――?』

『さう云ふ霊的を僕らの新らしい哲学では矢ツ張り部分的、物質的だと云ひます。』ここまで来てまだ分らないぢやア、もう、議論で教へたツて駄目であつた。

渠には、然し、そんなことよりも別に一つまた気になることを思ひ出してゐた。『初恋若しくは一つ以前の恋』とわざ〳〵区別して云つたのもそれが為めであつた。しば〳〵夢を語る女は馬鹿だと云ふ例へがあるが、澄子はそれをやつてるのである――無邪気にだが、もういい加減な年になつてのかかる無邪気はどこかにぬけてるところがあるとも見られ易い。つまり、そんなところからでもあらうか、かの女はよく易《えき》を見て貰ひに或易者を訪ふてたさうだ。その有名な易者が例の新聞記事を見て、あの女なら度々男が変はつた、そして変はるたんびに今度のは長くつづくかどうかを見て貰ひに来たと、耕次の一友人へ直接にしやべツた。それをまた聴きに聴かせられた耕次自身は、その時、あまり念頭には置かなかつた。蓋《けだ》しかの女に語つて見ると、一度は行つたが二度と行かなかつたと云ふから、向ふが人違ひをしてゐるのかも知れないし。又、実際に度々行つたとしても、同じ男の違つた事件毎にそれがどうなるかを見て貰ふのを、男までが違ふのだと向ふが思ひ取らないとも限らなかつた。その間を誰れだツて、まさか、はツきり区別して行くものもなからうから。

けれども、自分でも昔、耶蘇教を信じてゐた時は、澄子とはまた反対に、恋は卑しいもので、愛は高尚だなどと考へさせられてゐた。その時のあはれ貧弱な知識程度と生活内容とを、今、かの女のうちにも想像して見ると、おのれの思ひに余つて、拠ん所なく、その足らはぬ真ごころを迷信やら神秘的方面やらに馳せて行くこともあつたかも知れない。その場合、たとへ何人目の男に関してであらうと、女が今度こそは長くつづくかどうかをうらなつて見ると云ふのは、寧ろ気の毒にもあはれで、而も男から見れば、奥ゆかしいことではないか?

で、渠はその夜、かの女を珍らしくもさう云ふ女として心に描きながら、矢ツ張り、私かに暗涙を催してゐた。かの女が枕もとをさわつて見るのも前夜と同じであつた。そしてとう〳〵かの女の方から許しが来た。

その翌二十八日は、一旦門を明けてから、いつもより遅くまで朝寝をしてゐると、突然、その室へ這入つて来たものがある。さぶあツたかくうと〳〵してゐた目を明けると、それは耕次の妻であつた。

『なんしに来た!』渠は斯う叫ぶが早いかはね起きた。

『いくら御免なさいと云つても』と、妻は痩せて尖つた目をきよと〳〵させながら室内に突ツ立つて、『御返事がないものですから。』

『あるまで待つてるがいい!』瞰み付けながら、渠はかの女を玄関の室に締め出してしまつた。

『何物ですか、失敬な！』澄子も斯う向ふへも聴えるやうに云つて、急いで衣物を着かへてた。

『…………………』どうせ妻がやつて来たのだとは分つてるだらうから、渠はわざと、『僕の一番きらひな婆々《ばば》ア、さ。』

『婆々にやアきまつてまさア、ね』と、ふすま越しに尖つた声で、『ながねん、苦労をさせられて来ましたから、ね！』

『黙れ！』あいつがこちらの北海道から弱わつて帰つた夜に早速やつて来たのかと思ふと、それをきツぱりはね付けたのでさへ何だかごつ〳〵した感じがあとに残つたのを思ひ出されて、今や新らしく得た感じの方をも半ば興ざめさせられるやうであつた。それでも、北海道までとう〳〵やつて来た女の東京に於ける隠れ場所へ躍り込んで来た時とは違つて、今回は初めからよく明らかに分らせて置いただけに、その出が割り合ひに穏やかだと思はれた。人の寝室へ無案内で這入つて来たのも、澄子が怒つてるらしいほどには無謀をしたのでなく、こちらが聴えつけなかつたのが悪いのであつた。

女ふたりで理解が仕合へるならしろと云ふつもりで、兎に角、うツちやつて置いて渠は先づ湯に行つた。銭湯にはこれも湯好きの川上が来てゐた。あとから、また木山も落ち合つた。こちらは最初の征服を仕就げたと云ふ、何だか楽しい誇りを私かに胸にいだいてゐたので、いつになくゆツたりとした気持ちで皆と話しをしながら、度々湯に這入つたり出たりした。そして考へた、若しけふの突然な闖入《ちんにう》がきのふの朝あつたとしたら、或はゆふべの成功はできなかつたかも知れぬが、然し、もう大丈夫だと、そしてかの女に貰つたピンを襟に刺した時も、その感じが新らしかつた。

そして帰つて見ると、もう女ふたりは火鉢のそばでうち解けて語り合つてゐた。澄子の感想文がのつてる新年号がそばに出てゐるのを見ると自慢さうに見せたものらしい。

『…………………』妻は然し皮肉さうな目をこちらに向けて、『大相いいかたを今度はおえらびになつたのです、ね。』

『ほ、ほ』と、澄子は笑つた。

『…………………』渠はわざとそれには返事をしなかつた。が、皆と一緒に食事をしながら、妻に向つて、『お前の飛び込んで来るのは、いつも、きまつて金の時だが――』

『そりやアきまり切つてまさア、ね。』

『…………………』渠はその語調からして図々しいのがいやなのだ。それでも、まア、おだやかに、『今一度念を押して行くが、おれがお前にまかせたと云ふよりも、やつてあるその家をうまく経営して行きさへすれば、決してお前らは困るわけはないのだ。』

『わけはないと云つても』と、もう、こちらの云はうとするこどに突ツかかるやうになつて、『困るから仕かたがないぢやアありませんか？』

『…………………』わざと暫らく間を置いてゐると、妻はこちらの返

事を見越したやうに、

『子供までが困つてるのに、それを――』

『まア、待て』と、突然叱り付けてから、またおだやかに、『あの家にはおれの事業失敗の借金が附いてゐる。然し、あの先代から譲り受けた商売を尋常にやつて行きさへすりやア、少しづつ借金を返しながら、らくに親子四名は喰つて行ける筈なんだ。』

『それが行かないんですよ。』

『いや、誰れに云はせても――たとへば、親類のものでも、他人でも――そんなことはないと云ふんだ。』

『そりやア、なにも知らないものは――』

『馬鹿！　貴《き》さまの不精でだらしなさを自分で分らないいんか？』斯う怒鳴つてから、また心を落ちつけるやうにして、『お前が甲斐性なしだから、あんな単純な商売さへうまくやれない。どうせ男が何人ゐたツて役に立たない商売だから、お前が承知して貰つた以上は独りでもツとしツかりやるべきだ。』

『それにしたツて、この年末に迫つちやア――』

『だから、少しでもやれたらやるが、ね、こツちだツつて澄子さんの衣物を質に入れたりまでしてやツと行つてる始末だ。金のことは例の通りここでもまかせツ切りだから、ふたアりで相談して見るがいい。』けれども、澄子が思ひ違ひをしてまた気を悪くしないやうに、『が、できなけりやア仕かたがないんだぞ。』


渠は妻子に対する金銭上の責任だけは家をやつてあるので十分に帳消しになつてるつもりであつた。だから、それ以上妻に話しをしたくもなく、またその顔を見てゐたくもないので、早く帰れと云はないばかりにしてちよツと木山のところへ出かけてしまつた。

それでも、しやべり出すと誰れに向つてもくど〳〵しい妻のことであるからと思つて、三時間ばかり留守にしたあとで帰つて見ると、幸ひにもかの女はゐなかつた。

『仕かたがございませんから、三円渡して置きました。』澄子はそれだけしか告げなかつた。

『…………』こちらも妻のことに就いては余り云ひたくも思ひ出したくもなかつた。

澄子が湯に行つたあとで、またその日記を引き出して見ると、もう、ゆふべのこともけふのことも書けてゐた。

『二十八日。古き恋はわれに寐ざめの涙となれり。われは君の偽りなき告白、抑へがたき男性の要求、熱烈なる君のセコンドラブに訴へられて、われは犠牲となりぬ。昨夜、われは精霊にそむき、わが特色を棄てて』とあるが、この特色などとは偽りでなければ、かの女の気休めに拵らへて置かねばならなかつた偶像の一つだらう。ゆふべの降服をかの女が中止しかけた時のわざとらしい処女気取りがまた思ひ出された。が、なほ読んで見ると、『君の熱情に焼かれたり。ただわれら寂しき人々が互ひに半生慰藉の友となるべく誓ひぬ。』それから、またこちらの妻が来たると云ふこともあつて、『この人も亦同情にあたへすべき人なり、然しながら、これ運命なり。』

『…………………』その最後の句には渠もちよツと考へさせられた。と云ふのは、女が他の女の亭主を、わざとではなく自然にだが、取るやうになつたその時に、その女がどう云ふ風に覚悟してゐられるかと云ふ問題の一実例を示めしたものだ。同情をするが、運命だと。そこに渠は澄子なる物の女らしい而も冷酷な本性を見当つたやうな気がしたのである。かの女が頻りにわざ〳〵恋を標榜して、殊更らに人の熱意を求めるのは、自己の本性に於ける欠陥を無意識に補はうとしてゐるのであつて、だからかの女の現実を一足飛びに飛び越えて、空想などを高尚らしく見てゐるのだらうかとも思へた。

二十九日には、二人の名を並べた年始状を郵便局へ持つて行つた。

『あれでまた友人間や新聞社に新年早々また一と問題起りましようよ。』かの女はこんなことを考へて嬉しがつた。

松山がまたやつて来て、渠の経営してゐる満洲の新聞への寄稿を耕次に頼んだけれども、それはほんのおもて向きのことであつて、実は、私かに澄子の中野に対する返事を聴きに来たのだ。この日の記事には、

『空は曇つて、寒月見るべからず。されどわれは幸ひ多し。熱なき恋に独り悶へし過去にくらぶれば、すべてを焼きつくさんとする君のバーニングラブはわれにより多くの幸ひありと信ずるが故に』とあつた。

三十日には、中野が房州からハガキをよこした。大原や勝浦方面へは澄子も渠に伴はれて行つたことがあると云ふから、その旧跡を思ひ忍びつつまわつてゐると云ふ思はしめ振りに、きのふの松山の来訪を思ひ合はせると、向ふは余ほど用意ある二度目の手を尽してゐるらしく見えた。が、もう、耕次には少しくも恐ろしくも妬ましくもなかつた。

三十一日、おほつごもりの晩には、かの女は吉例として毎年市中を歩きまわつたと云ふから、渠もかの女の乞ひを容れて家をそとから締めて共に市中に出で、先づ浅草の活動写真を見たが、雨に降られて午前一時頃に帰宅した。

十一

年が明けても昨夜からの雨は降り続き、風までが烈しくなつて板戸をかた〳〵と叩いてゐるので、起きる気がしなかつた。まだ珍らしいだらけた気持ちで、元日早々から寧ろ蒲団のあツたかみに親しんでる方がよかつた。年賀に出るのも詰らないやうだし、その訪問客にも来て貰ひたくなかつた。

『何と云つたツて、兎に角、元日ですから、ね』と、それでもかの女が先づ九時頃に床を起き出でた。そして空の雲からは日光も照らすやうになつた。

最初の訪問客は真向ふの黄興《くわうかう》氏であつたが、これは名刺を置いただけで行つてしまつた。次ぎは、すぢ向ふに住んでる若い

新聞記者で——お目にかかりがてら伺ひましたと云ふので、ちよツと上げて耕次は面会した。が、この人やそこへやつて来る連中のいたづらに相違なかつたことには、そこの家の前板壁《まへいたべい》に、かの万朝の記事が出たその翌朝には、『この奥に関根近藤』の手引きをもじつて、

『この奥に関根、妾《せう》澄子同棲』と、白墨で大きな文字を落書きし、いろんな悪口をも記してあつた。澄子が最初に気が付いて、怒りながら、

『どうしたらいいでしよう』と云ふので、耕次もちよツと見て来てから、来てゐた父に頼んで、濡れ雑巾を以つて行つてぬぐひ消して貰つた。けれども、もう、そんなことは念頭から去つてゐたし、また今思ひ出しても根に持つ必要がなかつた。

それから、木山が不断着のままでやつて来て、

『御年始ぢやアありませんよ』と云つた。その姿や物ごしのすツきりしたのを、澄子は初めから気に入つてゐた。そしてその夫人も東京生れであると云ふのを、かの女は一人の味かたでも得たやうに自慢であつた。若しこちらがゐなかつたら、かの女は或はそこへものこ〳〵細君に会ひに行つて、おしまひにはまたその家庭に一波瀾を起したかも知れぬと、耕次には思はれるやうになつてゐた。

二日から四日にかけては、客が来たり、客に行つたりして賑やかであつたので、寂しがりの澄子をも喜ばしめたが、かの女の心は初めて会つた人に一々好き嫌ひの断定を与へてゐるやうであつた。

四日のゆふかた、耕次がかの女をつれて訪問したのは、昔、渠が書生同様に取りあつかはれてゐた人であるから、そしてさきの女をもつれて行つたことがあるから、十分気を許して馳走になつた。そのあとで将棊《しようぎ》をさしたのだが王のあたまに歩を指されてゐるのを知らないでうと〳〵といい気持ちに酔つてゐた。

『どうしたのです、ね』と云はれて渠は目をさますと、澄子がをかしさうにこちらの顔をのぞいてゐた。

『ぢやア、失敬しよう。』酔ひざめの為めに俄かに胸がむか〳〵して来たのでそとへ出た。そして浅嘉町の暗い道を歩いて行く時、かの女はこちらの手をしツかり握つて、笑ひ声で、

『あなたはほんとに可愛い人、ね。』

『…………』渠は言葉なしにかの女を接吻した。が、この時にはその意味も感じも近い去年のとは違つてゐた。不自然がある為めに本気にならないのか、それともうわさ通り生理上の不具者か？ 兎に角、かの女のからだと心とがいつまでも一致して来ないやうなのを渠は非常に面白くなかつた。

初めは自分で一気にかの女の許しを求める為めに進んで行つたものが、今や許されてるのは却つてこの数日間の自分にまた新らしいこの疑問を生じて、馬鹿々々しくもあり、また苦しくもあつた。

若しこれがうわべばかりの征服で、ほんとうはさうでないとしたら、金を出して賤しい女を買つてるのも同様ではないか？

自分は真実を以て真実を得たつもりであつたが、かの女から与へてるのはよしんばそれとしても一部分の真実であるらしい。矢ツ張り、中野から手紙の来るのが余ほどの邪魔になるとは思はれるが、こちらにも無心を云ひに来たやうな妻があるので、この点は五分五分にされてしまうだけ不愉快でもあり、不満足でもあつた。

で、用もないのに渠は木山のところを初めとして、その他へも独りで出かけるやうになつた。銭湯で友人と落ち合ふのをいいしほにして、二時間余りもそこで暮して来ることもあつた。すると、かの女も亦、早速その手に丸めた手ぬぐひとしやぼんとを持つて、式台の上でこちらと行き違ひながら、

『わたしも行きたくツてお待ちしてましたのに』と、不機嫌であつた。『あなたはわたしのからださへ自由にしてゐればいいのですか?』

『………………』いや、その心をまでも十分に自由にしたいのだが、かの女の既成観念に成る小理窟が邪魔になるのであつた。『僕には、あなたがすツかり中野との文通や交際を絶たなけりア駄目だと思はれます。』

『ぢやア、わたしはあなたの条件を二つとも承諾してしまひましたのに、あなたはわたしの条件の一つを御承知なさらないのですか?』

『今となつちやア、おそらく、あなたがそれを撤回しなけりやア、僕の第二条件が合致的に承諾されたことにはなりますまい。』

『………………』かの女が強情に出れば出るだけ、こちらも亦頑固になつた。そしてこんなことは昼間のことばかりではなかつた。共に眠つても互ひに物を云はないこともできた。

一月九日になつた時、かの女の赤坂に於けるおほ屋の主人が年賀がてらにやつて来て、猫を預つてあるが、どうしたわけか、糞性《ふんせう》が悪くなつて困つてるから、取りに来て呉れろと云つて帰つた。が、こちらではそれも面倒なので、矢ツ張りそのままにして置くことに一決した。耕次には猫なんぞのことどころではなかつた。

『僕はいツそのこと蛇になりたい、ね』と、渠は云つた。かの女の一番きらひだと云ふ物になつて、どこへでもぬらりくらりと這ひまわつてやりたかつたからである。けれども、かの女は無邪気であつた。そして斯う答へた、

『わたしがなるなら小犬です、ね。さうして方々の坊ちやんや嬢ちやんのお相手をしたり、雪の中をころげ歩いたり――』

十日からみぞれが降つたりやんだりしてゐたのが、十一日の朝から雪になつて、正午ごろは本降りになり、午後三時には一寸《すん》ばかりの厚みを以つて見える限りを白くおほつてゐた。座敷の椽がは下に埋めて置く小鉢のけやきは、いつのまにか落葉して枯れ木のやうになつてゐたが、その枝にも雪が降り込んで積つてる。六坪ばかりの庭ではあるが、そこにある檜葉《ひば》の四五本、椎の一本、かへで、乙女椿、あすならふ、南天などの枝にも、

垣根以上に出たのは垣根以上に、地べたに近いのは地べたに近く、それぞれ綿帽子をかぶつてる。そこから右手の垣根を越えて見える広い畑も、一面に真ツ白であつた。

きのふは戸山の原へ行つてどこかの子供と一緒に、あのどツしりとした重苦しさうな図ウ体で、たこを挙げて来たと云つてたお向ふの黄さんは、けふはうちに引ツ込んで碁を打つてるかして、ぱち〳〵云ふ音が聴える。大森の体育学校へかよつてるその子の方がおやぢよりつよいので、おやぢが負けて躍起になるさうだと云ふのが面白かつた。

こちらでも寂しさうに独りでその室に引ツ込んでた澄子が、その窓を明けた音がするかと思ふと、直ぐこちらへ声をかけた、

『まア、奇麗ですよ、あなた、来て御覧なさい、な。』

『…………』渠はかの女と浅薄な感傷心を分ち合ふことなどは好まなかつたけれども、呼ばれたので行つてやつた。そこから僅かな低い人家を押し分けて見える原のつづきも、真ツ白であつた。が、たとへ世界中が雪で真ツ白になつたとて、それが自分の得られぬ真実には何のことでもなかつた。

『奇麗ぢやアございませんか』と、かの女もこちらをわざと見ないやうにして話しかけてた。

『…………』雪がきれいなのをちよツと月がいいのに取り替へて見ろ。それはさきにかの女が中野をこの窓に呼んだ時の言葉ではないか？　きツと雪に対してもそんな思ひ出があるに相違なかつた。

矢ツ張り、不愉快なので、晩食をすまして、直ぐまた独りで木山を尋ねようとすると、かの女は例の寂しがつた顔つきをして、自室へ引ツ込んで行つた。

『あなたはいつも口か手を動かしてゐる人です。人間の群れの中にゐて絶えず話をしてゐるか、さうでなければ仕事に熱中するか、この二つしかない人です。共に静かに恋を楽しむやうな人ぢやアありません。』

『然し恋は決して閑散な人のすることにやアきまつてゐませんよ』と答へたことを、みち〳〵思ひ浮べた。

かの女が然しこちらの為めに直接に余ほど心を労してゐることは、その顔が痩せてその声がいつもけんどんになつて来たのに見えてゐる。割り合ひに太つてるらしいと見たかの女のふくらツ脛が案外痩せてて、而も俄か痩せであつたのでその皮膚が大きくたるんでるのは、中野の薄情な為めであつたとして、こちらには責任を帯びない。が、かの女が近頃の顔の痩せにはこちらに直接の罪があると思へた。けれども、また、この罪はかの女の真実をかの女がかの女の方で徹底させさへすれば補へるものと思へた。

そしてかの女の真実の徹底とは、こちらには、かの女が中野のことを根本から忘れることであつたが、かの女と向ふとがまだ下だらぬ感傷を交換し合つてる限りは駄目であつた。

木山から耕次が夜おそく十一時頃に帰つて来ると、果して中野からのハガキがかの女に来てゐた。雪に対してその二人が見

つた過去の感慨を漏らしてあるのだが、これにまた返事を出すのだらうと思ふと、そして向ふのハガキ（これはきツとわざと向き出しにして置いて、こちらにも直ぐ見えるやうにだらう）に対してかの女はいつも封書をやると思へば、かさねがさねその不見識が憎ましかつた。

癪にさわつて溜らないのだが、それとなく、わざと、来客がこの遅くまで待つてゐたのをあしらひながら、午前の一時まで碁を打つた。

『すみませんが、わたしはおさきへ失礼致します』と云つて自室へこちらの室から蒲団をも引ツ込んだかの女は、客が帰つたあとまでも寝つかなつた。見ると、中野宛の手紙が机の上に乗つてゐた。

『…………』渠はかの女に向つて、『これから以後は、もう、中野の書信は見せて貰はないでもいいです』と宣言した。そしてかの女の方からはどんなことを云つてやつてるのであるかは、こちらが想像してゐるだけで、初めから少しも見なかつた。

十二

矛盾とはかかる心か、熱烈の
君を思はず、無情を慕ふ
からうじて忘れはてむとする我れに
思ひ出でよと雪ぞ降りける。
われはなほ寂しく暗し、石炭の
ほのほの如き恋せらるれど。
思ひ出は兎まれかくまれ、君なくば、
この恋なくばわれは死ぬべし。
君いはず、われも語らず、ただ読みて
ただ書きてあり二とき余り。
このやうな歌がかの女の十二日の記事中に盗み見られた。
十三日はまた耕次の妻がやつて来たが、
実際に融通が利かなくなつて、二人は湯銭や電車賃にも乏しかつた。どうせ蒲団は一組ですんでるのだから、耕次の方のを――少しよくないので使つてゐないから――売り払つてしまはうかと云ふ話も、ちよツと相談だけはあつた。
『ある時にはやる』と云つて、それを突つ返した。
十七日には、澄子がいよ〳〵辛抱できなくなつたと見え、雪ぬかるみを踏んでその父を浅草の福井町に訪ふて、小遣ひ銭を貰つて来た。久し振りでかの女は独りで外出をしたのであつたが、
『どうもわたしは親しいお友達のうちに寄留でもしてるやうな気がして』と、かの女の帰りがけの時の感想を述べて、『自分の家に帰つて行くのだとは思はれませんでしたよ』と云つた。
『…………』渠にはかの女が笑ひながらでもそんなことを云ふのが気まづく取れた。そして、ついこんな皮肉に馳せた、『そりやアさうでしよう、貧乏してますから、ね。』
『…………』かの女もただいやな顔をした。いかにかの女だ

ツて貧乏にひるむやうなことのないのは渠にも分つてたが、お互ひに別々な意味で気がいら立つてゐたのだ。そのゆふがた、相並んでお互ひに物は云はずに庭を見てゐると、そのかた隅の小さい椎の木のまだ雪を消え残してゐる枝の上に、六日ばかりの月が淡くかかつてゐた。

十九日に、渠はまた留守であつたので、中野がまたやつて来たのを知らなかつた。かの女の日記には、——

『今あるも昔なりしもわれはまた
憎みはてかね悶え苦しむ。』

『…………』渠には、然し、それが全くかの女の真実なのか、それとも半ばは例の羅曼的趣味からの拵らへごとか、いづれとも分らなかつた。然しまた廿日のくだりを見ると、

『ああ、われあやまてり。恋を捨てしはわれに非らざるか？ 捨てられしと信ぜし古き恋の却つてわれより去りたるに等しき事を見出せし今日《こんにち》、わが胸の苦痛！ 恨みし人に誠ありて、われの軽卒なりしを悔ゆる今日』とあるので見ると、向ふから余ほどおだやかに口説き返されたものらしい。一たび捨てた女を人が拾つたからツて、また取り返したくなる男の心持ちは、耕次もさきに経験して知つてゐないではなかつた。が、それが自分の時には尤もな理由となつたけれども、人からの場合には妬ましく、憎ましく、失敬な侮辱を与へられてる気がして溜らなかつた。そしてこちらも以前の女に云つたおぼえのあるやうなより戻しの言葉に多分かの女が釣られてゐるのを心外であつた。

文句のつづき、『わが胸の懊悩、義理てふのがれ難き人情のとりことなりて、今更らに捨て去り難きわれの、昔しの人、今の人、いづれにもかた糸のより分けられぬ窮境を如何にすべき？ ああ、われ過まてり、われ過まてり！ 死！ 死！ われに最善の道、たゞ一の死あるのみ。』

『…………』えい、死ぬなら、いツそのこと死ね！と、渠もつひ私かにその面白くない意味に怒つて釣り込まれてゐた。

けれども、——二十二日に渠がよそから帰つて来て、ふと直ぐに自分の一閑張りの前なる坐蒲団に坐わると、誰れがゐたのか、そこに人のあツたかみを感じた。そして何よりもさきにくわツとして耳を台どころの出ぐちの方にすました。不都合な男でも来てゐたのぢやアないか知らん、そして今こちらに見付からないやうに逃げたかとおもへたからである。

『何をお考へですの？』かの女もそばに来てゐて、こちらの素振りに感づいてゐた。

『………………』渠は余りにかの女を侮辱したやうなことになりかけたのを悔いた。そしてまだ多少は不審さうに、『誰れか坐わつてましたか？』

『わたしが坐わつてをりました。』

『…………』それも亦意外であつたが、『僕はまた』と、久し振りの冗談にまぎらせて、『あなたのあだし男でも来てゐたのかと思ひました。』

『そんな女に見えますか、ね？』かの女もこだわりなく微笑し

た。『あなたのお留守をせめてはあなたのお机のそばにでもと思ひますから、わたしはいつもさうしてをります。』

『………………』渠はそれを聴いて、以後用事の外は、あまり外出しまいと考へた。自分がゐないと、矢ツ張り、かの女は実際に寂しいのだらうから。

　けれども、二十三日のゆふがたにはどうしても出なければならぬ用があつて、そこでヰスキと日本酒とをちやんぽんに飲ませられて帰つて来た。まだ八時をちよツと過ぎてゐただけだが、わる酔ひの苦しさに直ぐ床へ這入つた。そして前後も知らず眠つてしまつた。あとになつてこの日の日記を見ると、

『わたしは君の机に向つて静かに坐わつてると、戸山学校の消燈喇叭が寂しい冬の夜の静寂《じようじやく》を破つてきこえる。場所は違ふが、檜町の寓居で五年間きき慣れた聯隊のそれと同じ喇叭だと思ふと、一種懐かしい響きだ』とあつて、いつのまにか文章が口語体になつてるが――『君は昏酔してゐる。喇叭の音が消えるとまた元のしんとした夜にかへる。机の上のウオツチのセコンドが僅かにこの間の静寂を破つてゐる。ああ、君は何と云ふ多感な人だらう？　恋も事業の一つだと云つて、恋の為めには家をも社会をも無視して返り見ない程、強い熱烈な人で、自覚して耽溺し、又自ら社会公衆の前にそれを告白して耻を感じない程の人でありながら、愛人の前では若い青年よりまだ感じ易い涙を持つてをる。わたしは幾度か君のあつい涙をわたしの袖でふいてあげた。そしてその熱した額に手をあてて青春の血にもゆる君の顔を見た。外に向つて強いだけ、胸の中の寂しさと苦悶とに痛む君の寂しみを同情せずにはゐられない。わたしは自分ら二人こそ真に寂しき人々だと思ふ。』

『…………』そこまでになつてゐながら、然し、なんでまた全人的になつて呉れないのだと思はれた。そしてかの女の『寂しき人々』と云ふには、あのハウプトマンの脚本に捕はれた型《かた》になつてるのが想像された。

　二十四日には、兼て頼んで置いた女中がやつて来た。これで澄子にこの一ケ月半ばかりもお三どんをやらせてあつた労が省けるわけだ。かの女も亦それをありがたがつたが、二十五日に耕次の妻がまたやつて来たので、またかの女の落ち付きかけた心が乱れた。その日記も亦文語体に返つて、

『ああ、われは複雑なる恋の生活に堪えず。われはひたすらにもとの――寂しくとも、もとの独身生活を思ふ。一身の不満足、そはわれの覚悟するところ。ただ老いたる父の思ふところを如何？　心しらぬ社会の誤解をいかん』云々。この夜、然し、二人は女中に留守を頼んで久し振りに浅草へ行つたのである。

　二十六日には雪が降つて、三寸も積んだ。二人は別々に自室にとぢ籠つて、興奮してゐる心持ちを――互ひに誤解や憤激からの中止やのない為めに――手紙を以つて取りかはした。そして夜中になつてから、かの女の発議で木山その他一名と四人して、そとを歩きまわつた。旧暦十五日の月が寒く澄んで真ツ白な地上を照らしてゐた。

光つて而もさく〳〵云ふ地上を踏んで、この一団は鬼王《きわう》神社の横丁をさきの通りへ出て、左りへまがつて高千穂学校の前まで行き、また左りへ二度まがつてもとの通りを帰り路になつた。その左り側で、けやきや椎の木らしいものでちよツと樹立《こだ》ちをかたち造つてるその高枝《たかえだ》を漏れる月の光の中に、大きな古めかしいわら葺き家があつて、可なり広い庭を隔てて、また低い離れ屋が見えた。その屋敷のかまへが耕次には何だか自分の記憶に残つてるところらしく思はれた。

『若し果してそれなら』と前置きして、渠はそこを通り過ぎながら、二十何年か昔の友人に関することを語つた。友人はそこの植木屋に下宿して、早稲田の政治科へ通学してゐた。離れが建つた当座のことで、食事はその度毎におも屋からそこの娘が運んで来た。そのうちに友人とその娘とは互ひに若い思ひの仲になつた。けれども、娘の父はそれを許さなかつた。友人が暑中休暇に帰省して、秋を待ち兼ねてまた上京して見ると、かの女は既に人に嫁してうちにはゐなかつた。そして友人の机の引き出しには、女の止むを得ない事情の訣別状が這入つてて、花かんざしを一つ添へてあつた。

『さう云ふことはただほんのあまい感情の話ではあるけれど、聴いて矢ツ張りあはれを催す、ね。』と、木山は云つた。

『わたしもそんなお話を好きです、わ。』澄子は斯う木山に同感さうに告げた。

『…………………』耕次は、無論、それとなくかの女の心をやわらげるつもりで語つたのではあるが、わたしもと云はれては、如何に木山だツて、そのおのれのくろう人《と》じみに気取つて見せた意味を台なしにされたに相違なかつた。

それから三四日の間は、たツた一度或大学へ臨時講演をしに行つた切り、耕次は引ツ籠つて創作に没頭した。生活が迫つてゐて、さう〳〵かの女の本意を云はせようとばかりもしてゐられなかつた。二三日前の手紙往復の結果でだらう、中野がまた三十日にかの女を訪ねて来たが、渠は自分から渠等の話に立ちまじらなかつた。そしてかげにゐて、自分の心はくさ〳〵した。が、それは不思議にもこの客の来た為めではなかつた。渠には、かの女がいつもこちらに許してゐながら、いつもまたとぼけてゐるやうなのを痛く遺憾にばかり思はれたのだ。

客がかの女の室から帰ると、かの女はひらきを明けて茶の間へ来るけはひがしたので、渠もこちらのふすまを明けて行つて、いきなり、両手をひろげて踊りながら、

『お澄ひとりか——おいらなんぞは目が一つで、舌が長くツて油をなめる！』

『…………』呆れたやうにぼんやりとこちらの顔を見上げてゐるのは女中であつた。もう、ついてる電燈のもとで何か煮ものをしてゐる。が、冗談と分つたかして、やがて吹き出してをんな主人の方を見た。

『…………』澄子はおだやかに微笑して手を鍋のよこにあぶりながら、『こないだお話ししてあげたお化けのお真似です

か?』

『……………』渠はかの女から聴いた『おきよ独りか』を踊り出す東京流のお化けばなしの文句を、かの女の名に変へて出鱈目にもじつたのであつたが、自分がどこかの坊ちやんの如くかの女から軽く取り扱はれたのを寧ろ自分からの痛快な皮肉だと思つた。自分はかの中野のやうな生まじめのうそ付きや未練ものではなかつた。直ぐ苦笑に変じて火鉢のそばへ腰をおろしたが、そこにもゐたたまらず、また自分がさきに立つて澄子をかの女の室につれて行つた。そしてまたかと云はぬばかりの顔をしてゐるかの女に向つて、先づ『僕はいくらあの人が来たツてあなたが再び誘惑されて行かうとは思ひません。それは安心してゐますが、ね』と、鎌をかけた。それから、『然し、どうしてあなたの真実の全部が僕に与へられないのです?』

『……………』

『あなたは実際に不具なんですか?』

『さうかも存じません。』こちらをまじめに見つめて涙ぐみながら『世間がさう云つてるさうですから。』

『若しさうなら』と、渠も全身がまじめになつて、『若しさうなら僕も決心して不具になる手術でも施しましよう。どうせ部分的関係なんかなくツていいんですから!』

『許して下さい、ね、わたしにはこれがほんとうの性分なんですから!』かの女から声まで顫はせながら進んでこちらの手を取つてゐた。


　それから、お互ひに気を取り直すつもりになつて、共に散歩に出かけた。そして下が大分に虧《か》けて出た月の寒さうな姿にも二人のあツたかみをおぼえつつ、柏木まで行つて友人を訪ねた。大酒家の友人は澄子にも酒を飲ませようとしたけれども、かの女は兼て耕次からとめられてゐる通りよそでは固く辞して一杯も飲まなかつた。庭にはその主人の趣味でいろんな草ばなの根や芽ばえが雪どけの中から月の光に見えてゐた。それをまたかの女は提燈をつけて貰つて近く見る為めに庭へおりた。

『うちでもこの春は花を植ゑましようよ』と、かの女は帰り路で云つた。寒いので、二人はしツかり寄り添つて歩いてゐた。

『それもいいが——』渠には人間の真実に添はないでは春も園藝趣味もなかつた。

　二月一日からかの女は風を引いて発熱したので、渠はかの女のあたまを冷い水で冷やしてやつたりした。二日に二六新聞の記者が来て、また二人の生活のことを聞いた時、かの女は
『わたし達の間ですか? お互ひに一歩づつ譲り合つたのです』と答へた。

『…………』けれども、こちらには、そんな解釈では征服したのでもなく、されたのでもない。そして熱ある真実には、国家の生存と同様に、必らずどちらかが征服し、他のどちらかが征服されねばならぬのであつた。そして征服被征服を恋愛以外のことででもあるかのやうにして譲歩や妥協にとどまる位なら、寧ろこの最初の状態とは既に違つてる同棲をけふ限りに破壊す

べきであつた。

二月三日には父が二度目で来たけれども、耕次はその相手をする余裕もなく、涙を呑みながら最近に思ひ付いた一つの脚本を書いてゐた。女がその男に棄てられたと思つて、その腹いせに直ぐ第二の男を持つた。ところが、さきの男はかの女を棄てたのではなく、周囲のもの、讒言《ざんげん》であつた。第二の男はまた女がまだ純潔であると人に云はれたのを信じて受けたのだが、さきの男があるを知つたので直ぐ離れた。つまり、女は男を棄ててまた棄てられたのだ。第一の男は中野よりも罪や弱みがない。第二のを耕次自身とすれはこれは思ひ切りがよ過ぎる。そしてこれは佐用姫《さよひめ》の伝説を改造して見たのだが、女を澄子に比べて見れば、初めはちと軽卒であつたが、二度目に得た男がかの女を棄てて海に出たのを、飽くまで石にかじり付いても呼び慕ふ点は、多少は遊戯的気ぶんに古い恋を持てあそんでるところの澄子よりも果断で而も頼母しいのであつた。

澄子はその脚本の趣意を聴かせられて、こちらが直接にかの女に何を云つてるかが分らないほどの頑迷をんなではなかつた。かの女の自室に引ツ込んでまた考へ込んでしまつた。

十三

二月四日も渠は自分の坐で朝から頻りに脚本を書いてると、郵便をほうり込んで行く声がした。茶の間で父と話しをしてゐる澄子がその自室の方からまわつて行つて受け取つた。

『どこからです』と、渠はふすま越しに聴いて見た。

『わたしのところへ』と云ふ返事はまた嬉しさうであつた。

『…………』また中野からに違ひないと思つたが、うツちやつて置いた。

かの女が父のそばへ立ち戻るけはひがいつまでもしないので、耕次は筆を置いて先づ茶の間へ行つて、暫らく自分で父の相手をした。それから何げなくかの女の室へ行つて見ると、かの女は机にもたれて泣いてゐた。

『どうしたのです?』渠はついそれに釣り込まれて、そのそばに坐わつた。そしてそれとなく見ると、封筒の裏が出てゐて、そこには果して中野の姓名があつた。

『これを見て下さい』と答へて、かの女はそれの中味が矢張り机の上に乗つてるのをこちらへ近づけた。

『別に見たくはありませんが、何を云つて来たのです?』

『永別の手紙です。』

『…………』ぢやア、とう〳〵向ふから負けて来たのか? さうだ、――いや、――向ふはかの女がどうしても動かないのを知つて、今一つ最後の手を思ひ付いたのであらう。もう、止むを得ないから此後は一般的な交際をも絶たうとでも云ふ訣別の文にこと寄せて、つまり、今一度かの女の気を引いて見ようとしてゐるのだらう。かう考へると、こちらには、中野なる物が少しく手ごたへある人物になつたやうで、気持ちよくなると同時にいよ〳〵気の毒にもなつた。『けなげにもよく云つて呉れたとでも返事したらどうです?』つい、またこんな皮肉が出た。

『…………』かの女には答へがなかつた。

『然し若し真実の力が向ふに強いと思ふなら、今から直ぐにでもお帰りなさい――いやな義理などをこツちへ立てる為めにあなたがわざ〳〵偽善の生活をつづけるにも及ばないでしようから。』

『さうわたしをお突ツ放しになるなら、わたしも考へます。』

『それがいいでしよう。』義憤のやうな感じに満ちて渠はそこを立ち離れた。そして父と共に茶の間で碁を打ち初めた。そして、父をさへこちらに取り込んで置けば、かの女が逃げようたツて逃がすものかと云ふ意気込みで碁盤のおもてに向つてた。

するると、午後三時頃であつたが、かの女は独りでどこかへ出て行くやうすであつた。そしてまだ玄関を出るか出ないうちに、父はこちらからかの女に声をかけた。

『いいかい、まだよく風が直つてないのにそとへ出て?』

『…………』耕次はかの女に返事がないのをちよツと不思議に思ひ、茶の間から立つて行つて客間の障子を明けると、今、不断着のままで門を出て行く後ろ姿があひの垣根の上から見えた。まさか、中野のうちへなど行くつもりぢやアあるまいと安心して坐に戻つて来て、『実は、中野から絶交状が来たので考へ込んでるのです。』

『馬鹿な』と、父も受けて、『丁度いいぢやアないか――あんな男を!』

『そりやアさうですが、澄さんにはさうも行かないんでしようう。』

『僕の番だ、ね』と云つて、父はまた碁盤のおもてへ熱中して来た。

『あら手のやうに盛り返して来ました、ね』と云ひながらも、耕次はそれとなくまだ心配が残つてて、かの女の早く帰るのをこころ待ちに待つてゐた。が、その勝負が付いても姿を見せなかつた。今の負けをまた取り返した時も、まだであつた。次ぎにまた負けてもだ。

『おそい、ね』と、父も少し心配をし初めたやうすだ。

『…………』あんなざまで矢ツ張り中野のところへ行つてしまつたのか知らん? 若しそうなら、ああ云ふ風に突ツ放した言葉を用ゐたのがこちらの悪いのだから、今更らのやうにそれが後悔された。そしてかの女が行つてしまつたものなら、ここに残つてる老人も直ぐこちらとのゆかりが絶えるので、これも亦向ふへ行つてしまうに相違ない。そしてまたかの女の為めに置いてやつた女中も必要がなくならう。斯うして耕次は自分が又たツた独りぼツちになる時の状態までが思ひ見られて、父に対しても世間に対しても、もう、自分の面目が全くつぶれたかのやうにこころ苦しかつた。女中が食事の仕度をどうしようと聴いたのに対しても、自分の焼けやら憤りやらの為め、わざとうツちやつて置かせるつもりで、それとなく、まア、待てと答へて、父に向つては『もう、帰るでしようから――』

二時間ばかり勝負をしたところへ、かの女は帰つて来た。そして、

『今戸山の原へ行つてまゐりましたが』と、泣いてたらしい目を見せまいとしながら、父へとも付かず、こちらへとも付かず、何げないやうに、『冬の日が火葬場の森に沈んでゆくところがようございました。』

『そりやアよかつただらう、ね。』父は娘の方を見向きもしないでだが答へた。『冬の入り相は一体に気がしまつていいものだ。――さア、占めたぞ！』

『…………』こちらは父の突然な叫びで気が付くと、大きな石の唯一の聯絡点を中断されてしまつてた。そしてこの投げでおしまひにした。

『けふは旧暦の年越しだから――一つ景気よく』と云つて、食事に晩酌の勢ひも添つた父は大きな声で旧式な豆まきを初めた。『鬼はアそと、福はアうち！』その声がさきに『鞭声粛々』を吟じた時のやうにかすれたけれども、夜の空気をまことに平和に破つて聴えた。が、それはただ父のやつてることに対して一時の敬意を表したあひだのことで――そのあとはまた家のうちにもそとにもうわツつらにだけの静けさであつた。

病後の身をそとで冷えて来て焼け酒をあふつたせいか、かの女はおこりに取りつかれたやうに振るつてゐた。

『お先きへ休ませて貰ひます。』斯う云つてかの女はこちらの書斎兼用の客間へ立つて行つた。

『…………』渠はその後ろ姿を目で見送つて、ざまを見ろと云つてやりたい気も出ないではなかつた。が、この不快をうち消してしまうほど痛切な情愛がかの女に対して起つて来たので、自分もあとを追つて早寝に行つた。そして自分は一ことも口に発しなかつたけれども、かの女のふるへと忍び泣きとを自分にも感じつつ、同じやうな思ひをしてゐた。

まだ十時頃であつたが――締まつた門の戸を叩くものがある。そして木山の声やその他のものの声が聴えた。で、父が門を明けに出たあひだに、こちらの蒲団をすべて茶の間の方へ押し出して置いて、また衣物を手早く改めた。すると、這入つて来たのは木山、外二名と、木山夫人とであつた。こちらもこれに元気を得たので、老人なる父までも入りまじつて、雑談をしたり碁を打つたりして、午前の二時までに及んだ。

その翌朝は不断よりもおそく起きて、二人一緒に湯に行つたが、耕次は湯屋でいつも衣物の襟にさして置くピンを失つた。かの女からゆび輪がはりに貰つた純金ネクタイピンで、梅のすかしが這入つてたものだ。帰宅のうへ、残念がつてかの女に告げると、かの女はちよツといやな顔をして、

『わたし、知りませんよ――また不吉なことができて！』

『どうも済まないことをしたが――』渠は斯う多少とぼけて云ふほかには申しわけの仕やうがなかつた。そしてこれをまた一つの予言と云つたら、かの女の今一つのそれは何であらうと考

へて見た。中野の絶縁状若しくは絶交状のほかにはないではないか？　そしてそれをも一つのつぢうらと見てゐるやうでは、かの女がよく易者にかよつたと云ふ世間のうわさも万ざらうそでないような気がした。こちらには、かの女がよく夢を語つたりまたつぢうらを見たりする女の一人になつてゐた。して見ると、かの女が恋に遊戯分子をまじへたり、羅曼的《ろまんちく》に走つたりするのも止むを得まい。渠はなほかの女のかかる無意識の迷信を破らねばならぬのであつた。

ところが、同じ日に、三度《さんど》定《でう》の目《め》の不吉が来た。中野の絶縁状にかの女はなほ未練らしくも返事を出したと見え、それが封じのまま向ふから返されて来た。

『失敬ぢやアございませんか、向ふから永別の手紙が来たから、こツちからもおだやかに永別の言葉を送つたのですのに？』かの女は斯う云つて、耕次の見てゐる前で、添へ書きも何も這入つてないおもて封筒と共に、かの女の封じのままなる手紙を引き裂いた。

『…………』渠はただ見てゐて、向ふとかの女とどちらに対しても痛快であつた。

『あんな詰らない人ツたら、ない！　呆れてしまつた！　もう、誤解なり呪ふなり勝手にするがいい！』それから、こちらに向つて、『わたしはあなたのおツしやつた通り軽蔑されてしまひました。』

『いや、その方が向ふも気が利いてるんぢやアないのですか？』

『どうしてです？』かの女はこちらに対しても亦ちよツと不機嫌を見せたが、直ぐなほつた。と云ふのは、渠が斯う云つて聴かせたからである、――

『それで向ふも』と、笑ひながら、『あなたに心を僕ばかりに向けろと忠告したやうなものですから。』

『…………』かの女は然しちよツとにツこりするだけであつた。

『まア、湯にでも行つて一あびしていらツしやい』と云つて、かの女の留守にまたかの女の日記を盗み見ると、中野からの永別状が来た二月四日のところに、

『熱い涙がとめどもなく出る』と書いて、左の文句が引用してあつた、――

『僕はあなたを今一度私の手に取りかへす時があると信じ候。澄さん、今一度かやう呼ばして下さい』とは、こちらに安ツぽい新派劇の泣き場を思はせたが、却つてそれでよく向ふの下品なした心が読めた。『若しあなたがたが円《まど》かな月を眺める時は、同じ月をどこかの空で失恋の恨み――』馬鹿！　向ふはおのれの意久地なしから自身で失恋と云へば失恋をしたのぢやアないか？　お友だちを思ふ房子さんのくやし泣きに対して、その時どんなに冷淡な返事をしたかを正直に白状して見ろ！　如何に房子やこちらをそのことでは信じない澄子だツても、一遍にその白状で愛相をつかしたに相違ないのだ。――『を抱いて見て

ゐる人があることを思ひ出して下さい。恋を失つた淋しい人にも――』ふん、何が淋しいのだ、飽くまで妻子と共に住みながら！『まだなすべき仕事があるでしよう。僕はもう再びお目にかかりますまい。あなたの幸福を祈つてゐます、』

『…………』こちらには、矢ツ張り、かの女をおびき出すあまい手としか読めないのである。けれども、かの女はこれをそツくり正直に受け取つたものと見え、

『今これだけの熱があるなら、なぜあの時もう少し強くなれなかつたのです。周囲の為めにでも、なぜすげなくわたしを突ツ放したのです。わたしはそれをあなたに聴きたい』と、口語的に書き足してある。

『…………』こちらには、かの女の云ひぶんの方が、尤もに見える。そして多分この意味でかの女が最後の手紙をやつたものとすれば、相変らず向ふに於いては手ごたへがなかつたのだから、七分まではいよ〳〵の断念と三分のその頼みとを以つて、それを思ひ切りがいいかの如く突ツ返して来たものらしい。兎に角、もう、これでその方はすツかり安心になつた。

市内へ用事があつたので、午後三時頃から出て、十時過ぎに帰宅して見ると、澄子は客間の畳の上に横になつて、その上から蒲団を着てゐた。そして、

『お帰《かい》んなさいまし』と、近頃にない優しみを表して起き上らうとした。その顔がおそろしいほど真ツ青であつた。

『どうしたんです？』また焼け酒でも飲んだのかと、こちらはその実かの女の馬鹿々々しさをむツとした。

『苦しいので、早くお帰りをお待ちしてゐました。』

『どうして苦しいんです？』立つたままかの女を瞰み付けて、矢ツ張り、つよい語調であつた。

『…………』父がそこへ茶の間とのふすまを明けて出て来た。

『実は、今、木山さんがどこかの雑誌記者をつれて来て、これに随分飲ませたのだから――』

『誰れです、その記者は？』

『秋田とか云つてたが――』これも立つてたが、少しおど〳〵してゐた。

『ぢやア、おほ酒飲みです！』これは些か誇張に過ぎたやうに思へたが、耕次は父とかの女とをおどし付けるには役に立つと見た。

『さうだらうよ、一升徳利を下げて来たくらゐだから。これがまたさう知つたらよせばいいのに、調子に乗つてばかりゐて――。』

『お父《とつ》アんが見てゐて、またどうしてとめなかつたのです？』

『いや、とめても聴かないんだから――とう〳〵みんなが帰つたあとで喰べた物を戻してしまつて。』

『馬鹿げ切つてる！』渠はかの女がまたぐツたり倒れたのを上から見おろしながら、涙となつて溢れ出ようとする忠告を自分の喉のところで暫らく差し抑へて、『あなたもまたなぜさう飲んだのです？』

『あなたがお留守でしたから』と、かの女は全く往生してゐるやうになつてた、『お代理をつとめなけりやアと思ひましたので――』

『馬鹿なことです。そんな代理なんか何もするにやア当りません！』友人どもから自分が侮辱されたも同様だと思ふ憤りでだが、渠には、自分が斯うまで意張つて物が云へるのはかの女の中野との絶縁があづかつて力を添へて呉れてるのであつた。『早くお休みなさい、早く！　お竹もなんで床を敷かなかつたのだ？』

『さうだ、らくに休む方がいゝよ。』父もそれから女中に向つて、『早く床を取つてやんな。』

澄子が床に這入ると、耕次はその枕もとに坐わつて、先づ自分の手をかの女の仰向きのひたひへ当てゝ見た。まるで死人のやうにつべたかつた。

『…………』渠はこちらがあべこべにぬくめてやらねばならぬ順番が来たと思ひながら、声をずツとおだやかにして、『以後、あなたは酒をうちでもお慎しみなさいよ。』これは自分がさう飲まぬだけに十分うらはらなしに云へることであつた。

『許して下さい、ね』と、かの女もすツかり従順になつたやうすだ。『わたしが悪うございましたから。』

十四

二月六日には、古谷《ふるや》露子《つゆこ》と云ふ小説家志願の婦人が尋ねて来た。この婦人は耕次がこちらで弟子にしてゐるのでもないが、向ふから弟子のつもりで前にはよくやつて来た。そしていろんな相談をも持ちかけられるところから随分渠の心に親しく這入つてゐた。

丁度渠が北海道まで追ひかけて来た女を東京でめかけ同様に世話することになるその以前のことであつたが、渠は露子をその借り二階の住まひに訪問した時、何かの話から持つて行つて、ざツくばらんに、

『どうです、僕の女房になる気はありませんか』と云つた。

『…………』かの女はこの時その脊中で泣く児をゆすりながら、畳の上に立つてゐた。凄いほど美人の資格ある顔をちよツと赤くして、それでもこちらを信じ切つてると云ふやうな落ち付きで微笑しながら、『奥さんがおありぢやアございませんか？』

『あれはどうせ別れるつもりだが――』その時にはまだ渠は容易に自分の妻と離婚ができるものと思ひ込んでゐた。離婚をいよ〳〵持ち出して今に至るまで手こずつてる経験がまだ附いてなかつたからである。が、斯う云つてかの女を見あげながら直ぐそのあとをつづけた、『然し、それには条件がある。』

『…………』かの女も微笑をつづけてこちらの顔を素直に見つめながら、一二歩あるいてゐたのを立ちどまつた。

『その赤ン坊をどこかへ呉れてしまうのです、ね。』

『…………』かの女は自身を棄てた男にはもう思ひ残りはな

いが、そのかたみだけは——と云つた風にして、『子どもがあツたツてかまはないぢやございませんの？』

『ぢやア、駄目、さ。』渠はそこまでの責任を持つ気がなかつたので、その話はそれツ切りにして、相変らず無事につき合つてゐた。が、渠が妻のゐるところへ滅多に帰らぬやうになつてからは、かの女は来てもこちらが留守がちなので来なくなつてから、こちらが樺太《からふと》へ渡つたりして、その間殆ど一ヶ年半ばかりを置いて、久し振りの訪問であつた。

こちらがまた東京に帰つたのに張り合ひができて、かの女も創作を二篇ばかり書いたからと、菓子折りなど持つて来て、二時間ほど話していとまを告げた。が、その帰らうとする時に、かの女はつれてゐた子供——もう、ちよこ〳〵歩けた——の小便を椽がはのはなでさせた。これを見つけた澄子は、云ひやうもあらうに、つけ〳〵と、

『そんなところでおしツこをさせちやア困りますよ』と云つた。『僕の客になぜあんな失敬なことを云つたのです』と、渠はあとで澄子を責めた。父もそのそのそばで聴いてゐた。『正直に云へば、曾ては一緒にならうかとも思つた人ですが、子供は手離したくないと云つたので、その後も交際はしてゐますが、決して関係などあるんぢやアございません。それに、澄子さんは何だか焼き餅らしくつんけんと——第一、初めての客に対して見ツともないぢやアありませんか？　僕はあなたの』と、今度ははつきりかの女に向つて、『お客が来た時にはそんなざまを見せたことがありますか？』

『ですから、わたしは最初おだやかに会つてやつたぢやアございませんか？　然し向ふが苟くも一家の主婦たるものを馬鹿にしてかかつてました。』

『いや、そんなやうすはなかつたが——』小説の原稿などはそれを見て貰ふ者に手渡しするのが当り前だらうからと思つた。

『ありましたとも！　第一、みやげを持つて来てゐながら、わたしが出てゐる時にわたしに渡さないで、あなたに出すとはどうしたことです？』

『成るほど、ね。』渠は女がいよ〳〵主婦気取りになつて来るとそんなこまかいことにまでも気をもむのかと感心した。が、なほ、帰つて行つた方をもかばつてやるつもりで、『然し、向ふはそんなことにやア無邪気であつたのだらうよ。』そして心では、露子が或は澄子をどう見ていいのかに迷つたから、兎に角、こちらにさへ渡せば間違ひツこはないと思つたのぢやアないかとも考へられた。

『なんにしろ』と、父も最後に口を出して、『僕もあの時直ぐ思つた、ね——主人のところへ来た客が如何に女だからツて、主婦たる者があア叱り付けるのはよくなかつた。』

『何もわたしやア焼き餅なんかで——』

『さうでないにしても、さ。』

『……………』耕次は、もう、その親子の話にまかせてしまつて、自分では露子さんがこれで二度と再び来ないだらうと

考へてた。然し、もう、たとへ来ないでもよかつた、澄子の征服をして行けさへすりやア。

　ところが、かの女はこれまでに於いて最も従順であつたゆふべでさへ、その心とからだとが合致しないで、別々であつた。そして渠がそれを追窮すると、かの女は

『中野の為めでなかつたのがお分りでしよう』と云つた。

『ぢやア、何の為めです？』

『多分、あなたにまだ奥さんがおありの為めでしよう。』

『…………』そんな平凡なことを云ふ女であつたのかと、一ときは興ざめてしまつたが『僕は、然し、あなたが中野のことを思つてたやうに僕は僕の妻を云つてやアしません。』

『五十歩百歩でしよう。』

『…………』渠はそこで考へた。かの女はそんなことを云つた上にも、けふはまたこまごましい主婦の権利じみた物などを求めて、こちらの左ほど重んじてもゐない家庭のことまで気にして、つまり、いよ〳〵出てます〳〵平凡なのである。渠はそれを卑しむよりも寧ろあはれましくなつたので、つとめて惜しんでた自分の涙と共に、夜になつてまた部分の全体化的燃焼とその真実とを説いた。そしてそれが人間の生活としては偏肉《へんにく》や偏霊《へんれい》よりもずツと正しく、ずツと高尚で、而もずツと大切なことを説き明した。『よく考へて御覧なさへ。不断のことは緊張した一刹那《いつせつな》の余波に過ぎません。その大切な刹那に全人的合致ができないで、どうして不断にばかりその合致の結果なる愛がありましよう？　で、あなたが若しどうしてもこの愛を実現させることができないとおツしやるなら、僕はあなたを矢ツ張りうわさ通りの不能者と見て、僕も亦こんな要求の生ずるその根元を切断致しましよう。』

『…………』かの女は顫えながら暫らく考へてゐた。そして涙ごゑになつて、『では、あなたもお死にならうとおツしやるのですか？』

『いや、お付き合ひに不具となつてあなたと生きたいのです！』

『感謝します。』かの女は暫らくまを置いてから、『然し、それだけ貴いあなたを不具者にしたくはありません。わたしはいつ死んでもかまひませんけれど――』

『僕の為めに死ぬだけの気があれば、その気であなたの全部をお投げ出しなさい。』

『…………』かの女はます〳〵顫えてゐたが、溜らなくなつたと見え、起き出しながら、『わたしはあなたの御親切にはお報いすることができない身でしよう。死ぬか、投げ出すか、どツちとも父に正直に相談して処決致します。』

『…………』渠はかの女が直ぐ六畳の方へ行くかと思つてひやりとしたが、かの女は椽がはへ出て便所に行つた。そしてまたこちらへ帰つて来てから、

『わたしにはまだ一つ云ひ後れた条件がございます。それを云はないのに免じて、どうか今少しおそばに置いて下さい、ね

――父にまた心配をかけるに忍びませんから。』
『何です、それは』と聴いて見たが、かの女は云ひたくないとばかり答へたので、どこまでも何か一つ秘密を持つてゐたがる女だ、わいと思はれた。

十五

その翌日、父が帰つてから、かの女が俄かに丸髷を結つて見たいから許して呉れろと頼むので、耕次は女中に命じて髪結ひを呼んで来させた。そして六畳の方でかの女が近ごろ珍らしくほがらかな声を出してるのを、こちらの想の中絶した間を利用して二度も見に行つた。

髪結ひの年はまだ若いやうだが、その腕は十分にあるものと見えた。髪は立派にでき上つたのである。

『どうです、ね』と云つて、かの女がこちらの机のそばへ来て坐わつて、結へた髪を見せた時には、人がらが殆ど全く改まつたかのやうに引き立つてゐた。そして右や左りへ肩があがるやうな、もとの堅苦しいからだ付きのあとなどは少しも見られなかつた。

『なか〳〵結構だよ。』斯う一つ嬉しがらせて、渠は何げなくかの女の髪を左右に見まわしながらも、私かに自分の顔が赤くなつたやうに思へた。さきに紹介者の房子さんが美人だと説明したのも、多分こんなところを見て知つてたからだらうが――それを今、自分は全く競争者なしに引きつけてゐるのであつた。できることなら、一組、立派な裾模様をでも拵らへてやりたかつた。

ふと、かの女に自動車をも備へてやらうと云つたと云ふ男はどうしてゐるだらうと思ひ出された。

兎に角、けふの丸髷は、もう、かの女の所謂『狼よけ』ではなかつた。そしてかの女が中野に対して『関係があるも同様ぢやアありませんか』と云ひ迫つたと云ふその関係は、今やこちらに於いてもツと実際化してゐるのであつた。若しここにかたなが一と振りあつて、それをこちらが抜いてかの女に迫ることができるなら、かの女が中野へ迫つた時のよりも一層深い理由を以つてだらう。が、かの女の所謂肉を征服するにもこちらが全く強迫がましいことをしなかつたのであるから、かの女の分離した心を奪取するにも無論強迫はしたくないのであつた。

兎に角、かの女が真剣な恋を初めて中野におぼえて、それを今ではこちらに移さうと努めてゐることだけは事実だと感じられるので、渠はその点ばかりにでも可愛さが余つて溜らなくなつた。そして直ぐ引き寄せてかの女を接吻してやつた。

かの女の前身に対するいろ〳〵な疑ひなどは、もう、渠に少しも問題ではなかつた。が、二月九日に、かの女が或人から聴き込んだと云ふところによると、渠にまた新らしい問題ができた。簡単に云ふと、渠にも友人なる島田と云ふ男のやつてた仕事にかの女が雇はれてゐたが、あまり面白くないのでやめた。すると、同じやうに雇はれてた一名の男もまたやめて、かの女のところへ島田に対する不平をこぼしに行つた。それを島田は、この二名がくツ付き合つたが為めに面目がなくなつて同時に辞職したのだと、今になつてまたこと新らしく吹聴してゐた。

『あれはあすこの下女から成り上つた細君が下だらない卑劣な根性から割り出した想像ですが』と、かの女は憤慨してこちらに弁解した、『若しあの時わたし達が関係してゐたとしても、わたしはあんな夫婦に面目ながるやうな意久地なしぢやアありません。』

『ぢやア、さう云つて念の為め手紙でも出して置けばよからう。』

『いえ、わたしはぢかに行つてあいつの青瓢簞のやうな横ツらを張り倒して来ます。』

『…………』渠は、如何にも、向ふの島田と云ふ男が女にかげでだけもそんな意気込みを見せさせるに適するやうなひよ〳〵した弱みのあることを思ひ浮べた。だから、それに対してかの女が若し言葉通りの乱暴をしても困ると思つた。十日になつて、かの女が独りで行くと頑張るのをなだめて、自分も一緒について行つた。

『細君をお呼びなさい』と、かの女は迫つたけれども、島田はわざと呼ばなかつた。そして渠自身で茶の世話などもした。それを一層不満に思つてか、かの女は、『ろくに約束通りの月給も出さなかつた癖に、よくもそんな下だらないことが云へたものです、ね？』

『あなただツて』と、島田は青くなつてからだを顫はせながら、『かさを借りて行つた切り、返さなかつたでしよう？』

『あれは、もう、初めから破れてゐましたから、お返ししたツて使へる物ぢやアなかつたのです。』

『…………』耕次はこれを聴いて、かの女も余りに思ひ切つたことを云ふと思へた。その当座に既にさう云つてもいい物であつたのか、それとも今云はれて俄かに売り言葉に買ひ言葉を出したのか、どちらともこちらには分らなかつた。

『然し』と、島田は口をむぐ〳〵させながら、『直す道もあります。』

『ぢやア、わたしの方でも取るべき物を取らなかつたのはどうして呉れます？』

『まア、そんな過ぎ去つたことはお互ひに云はないことにしまして、さ』と、耕次は両人の仲を取つた。そして兎に角誰れと誰れとに澄子のおこるやうなことをしやべつたのかと聴いて見ると、島田は三四人の名を挙げた。そして、

『それにもそんなうわさがあつたと云つただけで――』

『そのうわさのもとはあなたの細君ぢやアありませんか？』

『…………』島田はかの女の追加に取り合はないで、『別にさう云ふ事実だと断言したのぢやアありません。』

『兎も角も、ぢやア、その人々には君から今度お会ひの節に思ひ違ひのないやうに取り消して貰ふことにして』と、耕次は渠に頼んで、かの女にも口をつぐませた。自分もかの女をやがて

は正式の妻に直すつもりでゐる以上、かの女に一つでも面白くないうわさの多いことは望んでゐなかつた。

　自分がついて来たからこそ島田も、無事に済ませることができたのだが、渠には恐らくさうとは思へまい。で、このことの為めに、自分はどうせ淡い交際仲間の一人をまた失ふのだらうが、それは自分もかの女の愛に対して止むを得ないのであつた。

　が、――斯うしてこちらは自分のたださへ少い友人のうちから二人なり三人なりを失ふに従つて、自分の心はますますかの女にばかり熱中して行くのだ、それにも拘らず、かの女の方は最後に中野を失つても、直ぐまたその代りに何か別な詰らない物をその心に補つてゐるのである。一つには、又こちらどもの生活に冷かし半分の興味を持つて尋ねて来る客が少くなつたからでもあらう。それを趣味からであると思へばそれまでだが、こちらには何だかそれだけ水くさかつた。八日には花屋が白桃を持つて来たと云つて、その喜びかたが尋常ではなかつた。わざ〳〵さうしてこちらの一直線な態度に反抗を見せてるのぢやアないかとも考へられた。

『如何に奇麗な花でも、人間真実の生活に添つて居なければ何でもない。』

『あなたは文学者に似合はず無趣味なんですよ。』

『そんな浅薄な趣味なんかで文学者は動いてるんぢやアない――一番重大なのは矢ツ張り人間その物の趣味です。』

『花を愛するのも人間の趣味でしよう。』

『…………』渠はかの女との間にいつも斯うした行き違ひがあつた。そしてそれを一々説き明すのも、もう、面倒であるほど毎日の仕事が急しかつた。そしてその間のかの女は、こちらから見ると、まことにゆるみたるんだものであつた。

　かの女が白桃を愛するのもいいが、かの女の白好きは既に姑息な因習《ゐんじう》になつてるのである。帝国議会の傍聴席に於ける『白襟、白うら、白そで口の美人』をいまだに夢見てゐるのに過ぎなかつた。そしてまたむく毛がこれも白いからであらう、かの女はどこかよそから近頃よくやつて来る小犬をいつも

『ポチ、ポチ！　ポチや、ポチよ』と呼んでわが子のやうに可愛がつた。

『…………』女房がその子に目もなく持つ愛情をも半ば焼き餅じみて見る男の経験をして来たこちらには、そしてかの露子との交渉にも先づその子をよそへやれとまで云つたこちらには、澄子が犬や花を愛するに対しては一層抗議がましい言葉が出ないではゐなかつた。

　十二日には、音楽と芝居とに関係ある友人が来て、澄子を女優にしたらどうだと勧めたのである。

『舞台に出てさう引き立たない顔でもないから』と。『近代劇の女優なら、踊りの素養などはなくツたツてできるから。』

『それもいい、ね。本人がやらうと云へば、僕に不賛成はないが――』実際、若しどうせかの女が最後の不具者なら、今日《こんにち》以上に追窮しても駄目なことであつた。寧ろ、その不具から来た、

不満や寂しさを花や小犬に費やさしめるよりも、一つ花々しく舞台にでも立たせる方がかの女の為めにも一生の思ひ出にならうと思はれた。けれども、自分はこれまでに、もう、三名も女優の志願者には失敗してゐた。一には、藝者を受け出して裏切られたし、二には、有名な本願寺の役僧の落ちぶれた家族の娘をその約束で引き受けて、見習ひの最初から立派な衣物を要求された為め駄目になつた。三には、余りに不美人であつたが為め、芝居の関係者がはから受け付けられなかつた。兎に角、かの女を友人もゐる前へ呼んで話して見ると、

『悪いことでもないと思ひますから、暫らく考へて見ます』と答へた。で、その翌日になつて、渠はあまり熱心でなしにだがまた尋ねて見た。

『きのふの話はどうです?』

『…………』かの女もさう乗り気になつてゐなかつた。『それよりも、わたし』と、ちよツと云ひにくさうに言葉を切つてから、『矢ツ張り、斯うしてあなたの熱い愛を受けてゐたいのです、わ――あなたさへこの状態でお許しになつて下されば。』

『これ以上に』と、渠は重苦しい気持ちで、『若しどうしてもあなたが進めないとすれば――』その夜は寒かつたけれども、月はまたよかつた。その輝くおもてに、ふと、渠は鏡を思ひ出したので、自分の机の前へ行つて懐中かがみに自分を写して見ると、一時は多少恢復して来たと思へた顔が、また自分ながら凄いほど痩せてゐた。


かの女の近況を心配してか、それともこちらにも親しみをおぼえてか、十六日に父がまたやつて来た。すると、生憎《あいにく》、その日になつて初めて、北海道からの途中で別れた女が――新聞でこちらの住所を知つてたからであらうが――尋ねて来た。そしてさきに東京でこちらがかの女のよそ行き衣物を質に入れたが、それを出す金二十円を渡せとのかけ合ひであつた。

渠はこの女の最後に於ける不都合などを殊更らなじりたくもないので、云はれるままに金をやることにして、それができるまでの期日を入れた証文を書いて渡した。そしてこちら二人も同じく電車へ出るついでを、かの女と共に出た。そしてその途中で澄子がたばこを買ひにちよツと店屋へ寄つたあひだを、渠は久し振りに自分の心の緊張をゆるめて、笑ひながら低い声でかの女にのしかゝるやうに斯う云つた、

『さうこわい顔をして来ないでもいいぢやアないか? 今度来る時はおとなしく、もツとおだやかにして来るがいい。さうすりやア、あれだツて万ざら悪い気の女ぢやアないから、お前も多少話し相手にならうと云ふものだ。』

『…………………』かの女はこちらを矢ツ張り恨みがましく見詰めたが、その目つきには少し和らぎが見えた。

『…………』さうだらう。たとへさうでも、今更らこちらはもと〳〵通りによりを戻さうと云ふやうな野心は微塵《みじん》もないが、何といつても小一年ケ間は、随分いろんな苦労を共にしたのであつた。思へば、可愛さうなこともあつた。

十六

最初の女中はお嫁に行つたので、近処の桂庵から老婆が来てゐたが、それが十七日の夜に金を持つて買ひ物に行つた切り、とう〳〵帰つて来なかつた。すると、夜明けの五時半頃に台どころの戸口を叩いた。どうしたのかと聴いて見ると、狐につままれて一晩中歩いてゐたとの答へだ。馬鹿々々しい！　こちらの想像では、買ひ物の金で酒屋をちびり、ちびり飲み歩き、いい心持ちに酔つてしまうと、裏手の明き家まで帰つて来て、その床の上でぐう〳〵眠つてゐたのだ。そして余り寒くなつたので、斯う早くそこを出て来たのだらう。皆もこれには呆れてしまつた。二銭でも一銭でも持てばちよツと酒屋に行くと云ふ悪い癖の老婆で、これまでにも買つてある酒がいつのまにか思つたよりも減つてゐた。

『なんしろ着がへ一つない婆アやで』と、澄子は顔をしがめて父に語つた、『寝まきの上に裾のぼろを隠す前かけを一つして来たのですから。』

『…………』さうかと云つて、それをこちらが追ひ出せば、早速澄子が困るのであつた。

ここ一週間或は十日ばかりを、渠は自分の仕事にばかり熱心であつた。そして夜も午前二時より早く寝に就いたことがない。その間に雪が降つたり雨になつたり、また雪やみぞれがあつたりしたけれども、自分と澄子との間には殆ど葛藤がなかつた。蓋《けだし》自分がかの女をその根本に於いて追窮するひまさへもなかつたのである。

かの女は却つてそれを喜んでるやうに、ただこちらの余りに仕事に精力を籠めてる為めの健康をばかり心配した。が、それだけこちらはそこに一方の空虚を無理にこらへてゐたのである。それとも知らないで、老いてる父はこちらどものおもて向きだけの無事を喜んで、十九日に引ツ返して行つた。

その夜、二人がまだ床に這入らぬうちに、互ひの暗闘がまたおもて向きにもぶつかつたのである。かの女は

『わたしは刹那の満足で明くる日は行路の人となつても構はぬやうな発作的の恋には不賛成です』と云ひ放つた。

『…………』まだかの女の生意気がぬけてないのかといきどほらしくなつたので、渠は『何が発作的です』と少し声を荒らげた。『僕は刹那の緊張に吸収されてない日常や永久なら、あつたとしても取るに足りないと云つてるんです！』

尖《とが》つた一点にはいのちが充実するが、延びた尺度は死んだ物に過ぎない。どちらの主張してゐる恋を『たわむれ』であるかと云へば、寧ろかの女の尺度癖にあるではないか？　恋の永久とはその尺度で、その内容は却つて刹那の充実緊張に在る。そしてそれを体現させようとするのは、決してたわむれでも下等でもない。熱烈の度から云つても、恋なり愛なりを一日でも二日でも押し延べようとして、その刹那をうとんじ忘れる方が不熱心に傾いてるのである。

これほど簡単明瞭なことを云はれて分らないかの女でもないが——と思ふと、矢ツ張り、こちらには、かの女がこちらを愛しながらもその自己の不能を飽くまでも云ひのがれようとする口実を拵らへてるのではないかと云ふ風にばかり見えた。今夜はどうしてもそれを突きとめてやらうと考へながら、渠はかの女を無理にさそつて家を出た。その留守中に、だらしない酒飲み婆アやの為めに、たとへ無けなしの家財道具をすツかり持ち運ばれてしまつたとしても、そんなことは少しも憂へるどころではなかつた。

旧暦十一日の月は、もう大分に中天を外《はづ》れて冴えてゐたけれども、まだ満ちるに至らないその光に却つて原ツぱへの雪のぬかるみ道を目の前にちら付かせた。そして夜ふけの寒い風がうす暗く二人の足もとに吹いてゐた。が、それを避けないで寧ろ気持ちよく歓迎したほど、渠のあたまは熱してゐた。

家から左りへ一直線の道をいよ〳〵人家のなくなつた原ツぱへ突き当ると、渠は大きく掘れた穴の左りへ道を取つて、枯れ芝の上を五六歩さきへ出た。が、考へて見ると、その向ふにはまばらなくぬぎ林しかなかつた。その間へ初めての雪を踏みにかの女と手を取り合つて来たことはあるが、その時を今から思へばただうわツつらの情愛を交換した言葉しかなかつた。今やそんなあまいことではうそにも満足してゐられないのである。

ちよツと踏みとまつたが、それからあと戻りをした。そして工兵どもの練習のあとかたなる大きな長四角畑《ながしかくばたけ》のやうな穴のふちをまわつて、さきの角からその穴と陸軍射的場のまとなる山との間を二十間ばかり真ツ直ぐに進んだ。そこでは射的場が二つに分れて、その両方を二つの高い煉瓦塀で仕切つた狭いぬけ道が右の方へ長く向ふまでとほつてゐる。渠はそれへかの女をつれ込まうかと考へた。そとからよくのぞいて見ると、うへの方へ少し月の光が横照らしに照つてるけれども、壁のふもとは暗かつた。這入つてもいいが、ちよツとした声でも籠つて遠く響くのを知つてるのでそれを恐れた。

また同じ方向を穴に添つて進み、とう〳〵、最大距離の射的場の内部に来てしまつた。つい、こないだのこと、矢張り西大久保に住む或紳士が散歩がてら何も知らないでここに這入つたところ、射的の真ツ最中であることを横はばの真ン中ごろへ来た時に初めて気が付いた。ぷす〳〵と云つて弾丸がいくつもあたまの近くを掠めた。進退に苦しんで地べたを這つて逃げてると、今度は狙らひ外れのが横ツ腹の前後にも落ちて来た。どうにも仕やうがないのでまた立ち上つて一目散にやツと駆け抜けたと云ふ。

さう云ふ苦しいあわてかたの場面をその起つた場に於いてじツとまじめに想像して見ることができるに付けても、今や渠は自分の真剣になつてることが確かめられた。若しかの女にしてなほ曖昧であつたり、なほ不正直であつたりしたら、今夜こそここで刃物が光つたかも知れぬ。こちらのやうすでかの女もそれと察してゐるかして、余ほど覚悟のやうに見えた。

こちらが然し言葉を発しなかつたので、かの女も亦ただ黙つて附いて来たのだが、縦に長く渡つた広ツぱの一方で、低いいばらや枯れ草の間に突ツ立つて、暫らくふたりは互ひに月の光りをかすめて互ひの顔に互ひの心を読み合つた。そして高みや地べたのところどころに白いのがまだ残つてるのが、却つて人の目をちら付かせた。

　まと山の後ろを一回、重い荷物列車の通過するのが聴えたあとは、全くしんとして、もちろん他に人げなどあらう筈はなかつた。『いらツしやい！』渠は突然自分の足もとなる枯れ草の上に腰をおろした。そしてそばなるかの女を引き寄せて、横抱きに抱いた。

『…………』かの女は素直に抱かれて、燃えてるやうな目つきでじツとこちらの顔を見詰めたのが、光りにかすれてちよツとよく見えた。が、恐怖の色もまたまじつて見えたので、こちらも余ほどこわい目つきをしてゐるのだらうと身づから思へた。

『十二月の二十七日以来』と、成るべく優しくしようとした声がそれが為めにうつろに顫えて、『あなたはいつもからだと心とが分離してゐたんですか？』この問ひがおしまひになるに従つて、渠は憎しみと可愛さとが一緒に溢れて来て、かの女を半ば夢中でゆすぶつてゐた。

『…………』こちらをなほも見つめてるかの女は、その首のがく〳〵するのがやむと、むせびをこらへてるやうな声で答へた、『一番初めはさうでもございませんでした。』

『ぢやア、矢ツ張り、不能者ではないのです、ね！』渠は実際に一たび断念したことがまた有望になつたのを喜んだ。

『でも』と、かの女もつづけてまじめに『わたしが一生懸命になればなるほどまた中野とのことを繰り返すやうなものですから。』

『と云ふと――？』渠にはちよツとその意味が分らなかつた。

『…………』まを置いて、かの女は、『それがわたしの云ひ後れた条件ですから。』

『…………』何だらうと考へながら、渠はかの女の少し和らいで来た顔を見てゐた。

『あなたはそれをも白状しろとおツしやるのでしようから、今、申し上げますが、あなたにはまだ正式の奥さんがおありです。』

『ああ、分りました！』渠はそこにも既に意外でもなかつた意外のことを発見した。『あなたは、成るほど、それが為めにこないだも僕等が不自然なまじはりになつてるのを気にしてゐたんです、ね』

　さうだ、自分はもう占めたと云ふ一と安心の為めに、割り合ひに平凡な理性の勝つてるかの女の立ち場を全く踏み付けにして、かの女をばかり追窮してゐたのであつた。そしてかの女が最後に中野に要求して失敗したことをこちらにも云ひたいながら遠慮してゐるのであつたことが分らなかつた。然し今や、理性の平凡は女としてまぬがれないもので――かの女は矢ツ張り正式の妻になりたいのであつた。自分は今やそれに十分の同情を向けることができる。かの女が無邪気に猫を紀念にしたり、わざとらしくも主婦の権利を主張したり、ただ丸髷を結つて見たり、頻りに小犬を可愛がつたりするのは、結局、みな子を欲しがる年輩に達した証拠ではないか？　かかる爛熟した女を手に入れながら、自分らは今日《こんにち》までそれに子を与へる道を取らなかつたのだ。中野にしても、自分にしても、『関係したも同様』でありながら、なほ且かの女に『処女性』主張の余地を残す所以は、乃ち《すなは》、そこであつたらう。そこには正式の手つづきをすませてかの女を安心させる必要があつたのだ。若しかの女の肉霊区別観で云ふと、かの女の最も否定する肉を実際にもツと多く要求してゐるのはこちらではなく、却つてかの女自身であつた。かの女にそれを直接に与へて子のできる道をひらかないでは、かの女をこちらの所謂合致《がふち》の愛に救ひ上げることができないのであつた。澄子の如き女に対しては、如何に熱烈な合致観も、正式な、それが為めに平凡な家庭を持たせないでは実現できないことが分つた。かの女のいろんな小理窟や思はせ振りも決して空想や偽善ではなかつたのだ。

『よろしい！　僕は中野とは違ひます。成るべく早く、あなたの望み通り、あの死んだも同様の妻と離婚する方法を考へます。』

『わたしは然し』と、かの女は全く涙ごゑになつてその顔をこちらの胸に埋めて、『そんなことをなさらないでも、もう、あなたの物ですから！』

『いや、分りました。僕が悪かつたのです。幾たびもあなたばかりに許してを云はせましたが、最後に今僕から返します——どうか許して下さい。』斯う云つて、今一度かの女を抱き締めて接吻を与へた。そしてこの心持ちを自分らの家庭に実行してこそ、さきに房子さんらに誓つた澄子の救ひが初めて全くされるのであつた。『もう、すツかり分りました。さア、帰りましよう。』

『…………』かの女も一緒に立ちあがつて、下向きがちに歩き出した。

『…………』渠は無言でだが、かの女を導きながら射的場のいばらや枯れ草の間を出る時、仰いで西の空を見ると、冷たさうなうは黷《か》けの月にも熱い感じが伴つてゐた。

——大正七年十二月二十九日——

（「中央公論」大正8年2月号）

紫障子

泉　鏡花

一

戸外《おもて》には黒い雨が簾《すだれ》のやうに降つて、颯《さつ》と繁吹《しげふ》いて雨戸に当ると、ばら〳〵と断《とぎ》れて礫《つぶて》のやうに乱れながら、隙間《すき》洩《も》る閨《ねや》の灯《ともしび》で発《ぱつ》と白く成つて入交りつゝ、ぱち〳〵と枕元の障子を敲《たゝ》くと、其《それ》が浸込むやうに、ぱら〳〵と鳴つて、面《つら》を打つて、目、口、鼻を飛塞《とびふさ》ぐ、其の鬱陶しさと言つたらない。

が、払つても落ちず、撫でれば、掻けば、粘々《ねば〳〵》と附着いて、其のまゝ痘痕《あばた》に成りさうで、生暖く、臭く、腥《なまぐさ》い。

其のおなじ事を、繰返すうちに、吐《つき》あげるやうな、咳込むやうな胸苦しさに堪へないで、アツと思ふと、京都の宿で目が覚めた。否《いや》、目が覚めたと言ふより、正気づいて我に返つたのであらう、半ば夢心地に魘《うな》されて居たのであるから。……

木菟《みゝづく》は——私の友人を恁《か》う名づける、本来はA氏とかB氏とかすべきであるが、たかゞ平民の上方見物、旅費さへあれば何も英字まで借りて使ふ要はない。しかし此の話の男が、内々との事ゆゑ、（鶯が、鶯が、たま〳〵都へ）の童謡に因《ちな》んで、仮に鶯と名づけて、序《ついで》に題も鶯が可《よ》からうと思つたけれども、形《なり》、格合《かくかふ》、何《ど》う見ても鶯と云ふ柄でない。然《しか》も昼間は懵《まう》として居て、夜に成ると、珍らしい事を見やう聞かうで、耳を引立て、目を円《つぶ》らかにしたと言ふさへあるのに、吶々《とつ〳〵》として、もの語るに口を尖《とん》がらかす工合が、いや、可笑しいほど何かに似て居る。

……然《さ》うだ。肖如《そつくり》だから木菟とする——

扨《さ》て木菟は、石を括りつけたかと思ふ重い枕から、漸《やつ》と頭を擡げて、前刻《さつき》からの寝苦しさに、自然と夢の中で悶掻いたと見えて、肩が抜けて、ぐつたりと寛《はだ》がつた、胴着の袖ぐるみに、苦しい胸を反らして起上らうとして、ぐつと手を支《つ》くと、羽二《はぶた》重《へ》より柔かな、ふつくり滑かな手触りに、毛爪《けづめ》に掛けて、雛鳥《ひなどり》か何ぞ引摑《ひつつか》むだか、とハツとして、肩で捻つて身を開いた。

並べた厚衾《あつぶすま》に、美人が一人、梅、松の光琳模様、朱鷺色地《ときいろぢ》に処々《ところ〴〵》、色紙を浅黄《あさぎ》で鹿《か》の子に絞つた、紋羽二重《ぶたへ》の掛蒲団、おなじ白羽二重へ裏つけたのを二枚、ふわりと掛けて、こんもりと透つた鼻の半ばまで、軽さうに襟を被《かつ》いで、枕を近く、然《さ》りながら、柳が霞む黒髪で、すや〳〵と眠つて居る。

木菟の今度の旅行に取つては、唯一の同伴《つれ》なり、案内者の、大阪南地の蘆絵《あしゑ》と言ふ藝妓《げいしや》である。

眉毛をほんのり横顔で、真白な百合の花を咲かせたやうに、柔く、甘く、暖かさうに蒲団に投げた手の上へ、起きるはづみの肱《ひぢ》をついた、木菟は吃驚《びつくり》したらしく胸を横へ引いて起直つた。

唯《ト》見《み》ると、風が誘つたやうに女の腕《かひな》の其の白百合が、微《かすか》に揺れると、白羽二重の袖裏が縺れて、緋の板〆縮緬《いたじめちりめん》の肌着が、ちら〳〵と夢を囁く、夢も嘸《さ》ぞ燃立つばかり紅《くれなゐ》であらう、と思ふ、藤紫の半襟も、微《かすか》に汗ばむらしい。萌黄《もへぎ》の地に、百合を白く、淡いと濃いと、葉を藍緑の友染の長襦袢の肩を、一輪白く覗かせたのが、胸も露白《あらは》、と見えつゝ、其のまゝ静《しづか》に蝶の翼の寝息を続ける。

待て、面影さへ寄添うて、随分手枕《たまくら》に貸しさうな其の腕を、怒つたら佗るまで、うつかり触つたのを驚いたのではない。

木菟は美しい寝鳥《ねとり》の夢を破つて、目を覚まさすまいと思つたのである。

二

「嘸《さ》ぞ疲れたらうな。……頼まれて引受けた義理とは言つても、義理ばかりぢやあ恁《か》うは出来ない。あだには思はれません。あゝ、つひ昨日のやうだけれど、今夜で三晩か、……大阪で一晩、昨夜は奈良で一晩、……夕方の汽車で宇治、桃山を通つて京都へ来た——」

宿つたのは八坂《やさか》の塔を、森に仰ぐ、並樹のやうな松原の片側《かたがは》町《まち》を、奥深く、一軒家に似た、襖も畳も、姿見の中に色を其のまゝ透通る、綺麗で、閑《しづか》な、玉芝《たましば》と言ふ家であつた。

「余り旅行《たび》をした経験《おぼえ》がないとか言つて、此家《こゝ》も万事が行届いた家《うち》だと言ふ事を、おなじ宗右衛門町《そうゑもんちやう》の友だちから聞いて居て、連込むでくれたのだが、日が暮れて、七条の停場車《ステーション》へ着いた時も、何処からも言込むで置かないのだら、然《さ》うでもない……先《さ》方《き》が立籠んで断られでもするやうな事があると、旅宿《やど》は他へ取つて、代へるにしても、一日でも道中、泊《とまり》をまごつかせるやうでは申訳がない、と言つて、そんな事にも心遣ひ——一つの大な気扱ひより、此の何でもない、細い、小さな、セコンドを刻むやうな心配をする方が、どんなに気を使つて、心《しん》を疲らせるか知れません——あゝ、然《さ》うだ。大阪から掛けて、奈良と、恁《か》う一つ座敷に寝て居て、此方が一寸《ちよつと》でも動くと、煙草にも、灰《はひ》吹《ぶき》にも、直ぐに目を覚まして、「火はありますか、」「お湯を上げませうか。」と、寝ながら、南天の実を散らして、枕に雪の手がつもる……」

と寝苦しい夢に苛まれて、ぐつたりと成つた顔を、染色も模様も対《つゐ》な掛蒲団に押着けると、熱い我が鼻息が、密《そ》と靡いて、露白《あらは》な其の白百合の香を吸ふやうに膚《はだ》に響く。

木菟は手で我が呼吸《いき》を遮つて、

「あゝ、推参な。口説いたら枕に貸しさうだなぞとは沙汰過ぎた。此は、いぎたなく寝忘れたのではない。寝ながら張詰めた気の油断なく、此方《こちら》の身動きに連れて、咳をすれば、「かぜひくな」で、すぐに掛蒲団の襟を圧へる心構へをするのであらう。

蘆絵姉さん、目を覚すんぢやありませんよ……」

彼は逆に手を伸ばして、枕元の煙草を取つたが、ト吸着けやうとすると、其さへ何故《なぜ》か煙が胸に差《つか》えさうで、独り、巻莨《まきたばこ》で額《ひたひ》を圧へた。……

「真個《まつたく》だ、……宵に七条の停車場《ステーシヨン》へ着いて、自働車《タキシー》を雇ふ時も然《さ》うだつけ。——奈良を立つ時は曇りだつたが、京都は雨だつたと見えて、びちや〳〵と燈《あかり》に黒い艶を見せて濡れて居た。……何《ど》うやら直ぐに東山《ひがしやま》の影が倒《さかしま》に映りさうな、あの広場を、急に陽気も冷く成るし……早く落着く先へ落着かせやうと思ふ、此の女の深切《しんせつ》から、一寸《ちよつと》……眉毛の上へ、篝火で白魚の影が映つたやうな、舞仕込《まひじこみ》の小手招《こてまね》きぐらゐでは、づらりと並んだ大な目の光る自働車が寄《や》つて来ぬ。

何とか云つたつけ……渡舟を呼ぶやうだとか言つて莞爾《につこり》して、まだるツこいと、あの濡れた地《つち》を、草履で構はずひた〳〵と、所帯崩して、大輪《おほわ》の銀杏返の鬢を揺つて駆出すから——

此方《こちら》は、汽車が籠んで袖を押合はせて居た思《おもひ》ぢやあ、太郎坊の袖にぶら下つたと云ふ見物ではない。天人の翼から落ちたやうに、停車場前の人脚の中にぽかんとして、信玄袋一つ無しに杖《ステツキ》をないた処は、雁が留まつて、沖の凪に、ふわりと浪に乗つたやうな様子だつけ……」

三

木菟は思《おもひ》続ける。

「出番の都合か、先約でもあつたか、蘆絵が最初掛合つた自働車か、オイソレと捗《はか》を遣らぬ。並んだ次のに掛ると、其が煮切らず、三台めが又埒が明かぬ。「行くのかい、行かないのかねえ。」「然《さ》うどす。」とか言ふのが聞こえて、茶色の鳥打を耳まで被つて、もつそりと大外套を被つたのが二人まで唯のそ〳〵と歩行《ある》くのが見えて、蘆絵が「困るわね、焦《ぢれ》つたい。」と並んだ七八台の自働車の間を、縫つたり、抜けたり、足袋をチラ〳〵と褄を捌いて、出《で》つ入《い》りつ間を廻る。模様の花は、濡れても露で好いとして、雨にしとりを見せてむくりと頭を並べた、発動機が、巨大な牛の面《つら》に見える処へ、ふツと地を摺つて青白い光を放つ電燈は、這奴《しやつ》が鼻嵐を噴く形で、美《うつくし》い姿は、其の間に挟つて、上品な紗綾形《さやがた》の濃い紫紺のコートを被《き》た姿ぐるみ、一束に挫折つて、鞍に着けられさうで痛々しかつた。

呪咀《のろ》はれたやうだ、牛の時詣《ときまゐり》に——怪我をしやう。

で、飲続けの酒に疲れた声を絞つて、「私は構ひませんよ、歩行《ある》いても。お前さんと連立つて、京の町を通れば光栄です。」「あ、そりや私の方こそ……ですけれど最《も》う出来ました。」と其の時極つたらしい自働車《タクシー》の窓に立つたのが、自分で扉を、よつと開けて、「さ、お乗りやす。」と、何うかすると其のまゝの阪《かみ》地言葉《がたことば》に成る……

それもサ願はくは、構はず、うまれたまゝの舌の小唄を、自由自在に聞かして貰ひたいのだと、此のおのぼりは言ふのだけれど、聞取り憎いと思ふ所為《せゐ》か、それとも調子が合はせいゝと思ふのか、窮屈さうに（ですよ。）（ねえ。）で言葉を合はせる、時々舌ツ足らずに成つて、仇気《あだげ》ない、が可笑い、と言ふものゝ、且つ以つて自分への心遣ひ、これしかしながら心中する時、先祖の宗旨をかへるの意気だ、麁略《そりやく》には思はれません。」

と頸《うなづ》くやうに、傍《かたはら》の寝顔を見る下から、つひ目を眠つて吻《ほつ》と呼吸《いき》する……胸尖《むなさき》へ込上げる、何やらもの、問《つかへ》がある。……つひ、だらしなくニタ〳〵としさうな処を、木菟は嘴を横に歪めて、苦い顔して、

「それに、身に沁みて優しい事を言つたつけ……然《さ》う〳〵、自動車がまつしぐらに、宵暗《よひやみ》の、蒔絵の京の燈《ともしび》の中を飛んだ時だ――いや、また此の女《ひと》が窓を開《あ》けた、と成ると、容色《きりやう》と言ひ場所柄で、牛車の簾を捲いた風情《ふぜい》であつた。卜並んで対《つゐ》に成つた処は、吉野紙に包まれて白粉《おしろい》の薄霞《うすかすみ》に籠つたやうなものだつけ。忽ち烏帽子でも被つた気で、木曾将軍此《これ》にあり、となけなしの髯を反らしたまでは可《よ》かつたが、つむじ曲りの牛飼めが、目にもの見せむづ意気込やら、疾風の如く大路を飛ばせる。宵の口の人通り、さつ〳〵と一団《かたま》りづゝの黒い影が粉に成つて散る度に、腰は据つても、肝はヒヤイさに宙に躍つて、ふためく、転げる。

堪らぬ、と窓を敲《たゝ》いて、「やあ、運転手、急ぐ旅ではないよ、遅くても構はない、人様に怪我のないやうに、可《い》いかい、裡《なか》に居る二人なんざ、些《ちつ》と壊れても構はない。」と正直な処を云ふと、「真個《ほんと》にな。」と此の女が莞爾《につこり》して、一寸膝に手を置いたが、片手で前途《ゆくて》を熟《じつ》と拝んで、「もし、清水《きよみづ》の観音様、これからお傍へ参ります。誰方《どなた》にもお怪我のないやうに。」――

やがて、ぽつと霞の花の咲いた中を、真青《まつさを》に水が流れる、岸の柳が燈ながら、夜の黒地の羽二重に友禅の影を流した、大橋の上を、静まつてスツと抜けると、成程、見当は（お傍《そば》）らしい、が、颯《さつ》と掠める、窓の音が松風の声と成る……狐に魅《つま》れたのだと、此の辺で、肩を合はせた此の別嬪がフツと消えて、向ふの辻へ、石の地蔵が立ちさうな、松原並木の片側町。二ツ三ツ四ツ、忍べ、と謎を掛けたやうな、廂暗く門深き、みがき格子の磨硝子の軒燈が、ちら〳〵と彼方此方《あなたこなた》、松葉を歌の色紙の影。」――

彼は蒲団の色紙を見た。

四

「自働車《タクシー》がずる〳〵と行過ぎて、がツ〳〵と歯を噛んで、一つぐい、と小戻りをして留まると、髪を低めて扉《ひらき》を出るのが、雲を離れて降りるやうで、「あ、此処だんな。」と、春の朧の玉芝を、眉ほんのりと仰いだが、「一寸《ちよつと》、待つておくれやす。」と、続いて巣の裡《なか》から耳を出す木菟の顔を留めながら、宵から三寸下つたやうな格子戸をカラリと開ける、後姿が、座敷がなくて断られうか、で、覚束なさの瀬踏だけれども、手綺麗に門に嵌つて、さすがは藝者《それしや》の、一寸横町へ湯帰りめいて、色つぽいのが頼母《たのも》しかつた……卜ばかりあると、一度消えた跫音《あしおと》がばた〳〵と響いて、引返して来て、「さあ、何《ど》うぞ。」とひつたり窓に寄せる顔に、埃《ほこり》だらけなのを触らせまいと、外套の袖を囲つ

てポイと出て……「お世話様。」で、恁《か》う松の中に、ぽツと濡色で映る、何とか（だんご）と書いた掛茶屋めいたものを、明日は茶を飲まう、とゆつくりした心に成つて、可懐《なつか》しく傍見をしながら、――「自動車屋はん一寸待つて、」と言棄てた此の女と……待てよ、格子を入つて敷石が露地かと思ふほど深かつたので、大阪の泊《とまり》で、炬燵で聞いたのを思出す――

お前の袖と私が袖……

トンと地唄の合方で、カタ〳〵と入ると辷つた、いや胸を反らして辷つた。「あれ危い。」と留南木《とめき》が衣紋《えもん》の突支棒《つつかへぼう》。滑かな石に水を打つて清めてあるので。「田舎もの〳〵。」と低声で呟いて、発機《はつき》で摺合つた片頬を背けて見返つた時に、入口に装《も》つた、まだ新しい装塩《もりじほ》が、装塩と知りながら、松はあり、渚の波、とふと旅の心の催すトタンに、ぽつりと白く、三石《せき》、碁石が並んだやうに見えたんだ。

――はてな……」

――と思ふと、アツと込上げる、胸を圧へて、衾《ふすま》に突伏しさうにすると、火も点けないで持つた巻莨《まきたばこ》が、ポロリと落ちた、が、切なさの余り我知らず手先を藻掻いたと覚しく、巻きめがほぐれて、ほろ〳〵と解けて、落ちて、白と薄紅梅の掛蒲団の小枝に掛つたのが一寸結玉章《ちよつとむすびたまづさ》の風情《ふぜい》がある、と精々《せい〴〵》もの綺麗に気を持替へて、胸を透かさうとしても、炬燵越にホツと立つ、媚かしい香水の薫さへ、吐くなら吐け、と薬が利くやうで、アツと又嘔上《こみあ》げる……

心を転じて、気を外《ほか》へ移さうと、種々《いろ〳〵》に宵からの事を辿るうちに、ハタと碁石に打衝《ぶつゝか》ると、ゲツと、其が、胸先《むなさき》へ支《つか》へたのである。

「……簾のやうに黒く降つた、雨が砕けて白く飛んで、障子を敲いて、ばら〳〵と枕を打つて、乱れ掛つたのも、交つた碁石……」

と、う、ゝと口一杯の唾を、漸《やつ》と嚥下《のみお》ろして、吻《ほつ》と息した。

「馬鹿な、何を食つた紛れにだつて、碁石が腹へ入りさうな訳はない。……が、しかし変だ。あれから廊下へ通つて……」

と木菟は独で、密《そつ》と胸尖《むなさき》を撫でさげ、撫でさげ、

「通ると、其処へ、はじめて人柄な円髷《まげ》に結つた女中が突当りへ迎ひに出て、「おいでやす。……何《ど》うぞ此へ。」と更まるから、自然と此方《こちら》も、「はい、はい。」と慇懃に通つて、見事な手水鉢だ、あゝ、好い梅の樹だ、思ひつきな石燈籠だと、庭を前にした奥座敷、次の室で、もそりと外套を脱ぎながら座敷を視ると、最《も》う整然《ちやん》と、炉を二個、緞子《どんす》で切つたやうに褥設《しとねまう》けをして、一つ挟んで、中を措いて、桐火桶が対《つい》に出て居る、行届いたものだつた。

唯《ト》、先づ背筋を、揺つて、衣紋《いもん》を通して、床の間を背負つて、天井を憚らず立つ処へ、波に片帆の三ツ紋、薄色の羽織に成つて、春ながら京の雨の冷さに、些《ち》と蒼味を帯びた色の白い中肉なのが、一寸《ちよつと》をくれ毛を払ひながら、着崩れた片褄長くはら〳〵と百合のほのめくのが、乱れた白脛《しらはぎ》に紛つて入る蘆絵の風《ふ》

情《ぜい》は……」

五

「恁《か》う、其の、新婚旅行にしては両方が砕け過ぎる。……芝居から帰つた女房のやうでもあり、病上りを見舞はれた妾《めかけ》と言ふ状《さま》もあり、いや、荷物が無くつて立つた処は、泊りに着いた落《おち》人《ふど》の体もある……

と思へば、霞に桟を描いたやうな、障子に寄せて、黒檀の唐机を据えて、蒔絵の硯箱を飾つた、いづれも品ものゝ、づツしりと落着いたのを視れば、一夜仮寝の心地はせず、御殿の奥で反魂香《はんごうかう》を焚いた中へ、高尾が化けて出たとも見える。

少し窶《やつ》れて、金紗縮緬に飛模様の絞りの蝶が萎々《へなへな》と成つて、胸高な帯さがりに浅黄の扱帯《しごき》の、青い水のやうに浮世を覗いた状《さま》は、膚《はだ》の白さを湧出づる清水のやうで慄然《ゾツ》とさせた……

寒いと言へば、京は音にも聞く底冷のする処へ、余りに片着いて掃除が届いて、襖も障子も透通りさうなのは、夜気が泌みて冷たかつた。悪く言ふのではない、柱さへ、天井さへ玉で刻むだやうなので。

恁《か》うなりや野郎の玉の輿だ。

ふわりと緞子《どんす》へ、度胸を据えたが、半分浮いたやうな腰を沈めると、此の女《ひと》が、坐つた蒲団を少し辷《すべ》つて、「お疲れだすやろ。」と斜《なゝめ》に手を支《つ》いたから、此方《こちら》も会釈をして、「御苦労様。」は一寸妙な形だつたが——

「もの閑《しづか》で行届いた好い家ですね。しかし、寒い。」と肩を縮めて、此の女の媚《なまめ》かしい其の膝の上へ蔽被《おつかぶ》さるやうに、火鉢に嚙着いた処へ、女中が来て茶を入れる、出来合の殿様、袖を払つて居直つたと……「大阪からお出でやしたか。」「違ひますさ、奈良から。」「えらい、いゝ処だんな、お楽みで。そやけど寒うおましたやろ。二月堂さんのお水取がホン済みましたばかりやよつて。」……

成程、奈良でも旅籠屋《はたごや》で、然《さ》う言つたし、大阪へ着いたばかりで梅田の停車場《ステーシヨン》から乗つた車夫《くるまや》も言つたが、一年中の寒い時ださうで、どつちも厳しかつた。が、今夜の京は一入《ひとしほ》で。……胴震《どうぶるひ》をするばかり。と見て此女が胸で圧すやうに気を入れて、「御酒を早うな。」「はいはい、お肴《さかな》は。」其処で、すき焼で鴨を誂《あつら》へた。

此の鴨は旨かつた。……待てよ、空腹《すきばら》で熱燗で、じわじわと来た処を、舌を焼くばかり、ホツと云つて——あれが、何も胸へ支《つか》えたとは思はれない。……他に海鼠腸《なまこ》、と一塩《ひとしほ》の若狭鰈《わかさかれい》……昆炉《こんろ》の火が赫々《かつかつ》とするから、火鉢は一つ向ふへお隙《ひま》で、此の女《ひと》も、気疲れやら、何やら、立つけた四五杯の遣取りに微酔《ほろゑひ》と成つて、一つの火鉢へ凭掛つて、襟脚も白々と覗かれる肩を合はすばかりにして、あの若狭鰈を、綺麗事に、何と雛でも備へさうに、細い指で鰭《ひれ》を放してサツと捲つてくれたつけ……

鰈が中毒《あた》る理由《わけ》は無い。

が、はてな、あの時の、此の蘆絵の手は、棋石《ごいし》を持つた其のまゝであつたらうか。」

彼はけだるさうに、肩を窄《すく》めて首を掉《ふ》つた。

「……黒石だ。……が、一体此処の内で、棋石を視たのは、あの鰈を搾つてくれた前《さき》だつたらうか、後だつたらうか、ト然《さ》うだ。前《さき》だ。

四五杯立続けた杯《さかづき》を、昆炉火鉢の端に置いて――女中は立違つて居なかつた――煙草を取らうと、手捜《てさぐ》りで、火鉢の附根で、手が此の女の袂に触つた時、コツンと指に当つたものがある。些《ち》と大袈裟だが、然《さ》うでない。……ヒヤリと指が切れさうに冷くツて、氷の欠片《かけら》のやうに応へたから、一度落したのを、又拾つて撮《つま》んだのが、あの棋石だつた。

仔細あつて、――蘆絵が一石、黒の棋石を持つて居るのを知つて居たから、「袂から出たんだね。」「あ、真個《ほん》に。」と、此の女《ひと》が、掌で一寸《ちよつと》見て、指へ辷らしたと思ふと、袂ぢや、つひ、又溢《こぼ》す、机の上でも大業だし、だつたやら、くの字に成つて、うしろ向きに手を伸ばして、障子の桟へ、「五ツめ」と忘れないお呪咀《まじなひ》だらう、一人で言つて載せた時か……」

六

「蘆絵が、別に開《あ》けもしないで、障子越に、偶《ふ》と気着いたさうで、「あゝ、亭《ちん》のやうな、いゝ離亭《はなれ》がありまんな。」とか言つて、熟《ぢつ》と覗いて居たつけ。

其処どころぢやなかつた。此方《こつち》はいまので煙草を取つて、火を点けて、唇へ持つて来ると、鼻を突いてプンと嗅い。糟のやうな、油のやうな、腥《なまぐさ》いやうな、何とも堪へられぬ臭気《にほひ》がした。酒も煙草も座にあるものゝ、あんな悪臭を放つのはない。……指だ。

いま棋石を拾つた指だが、其にしては、変だ、怪有《けう》だ、と思つたばかり、何の穿鑿をする隙もない。……一度其の臭気を嗅いだばかりで、あゝ、可厭《いや》だと思ふと、今食べたばかりの、鴨には羽が生へ、鰈《かれい》には鰭が湧いて、胸間《きやうかん》と思ふ処で、ピチ〳〵バタ〳〵と刎《は》ね廻る。アツと圧へて肘を支《つ》いて横に成つたが、掌に触る耳が冷いほど、何故か一時に慄然《ぞつ》とした……

いや、まだ其の上に、其の以前から胸に支《つか》えて居たものがある。

京へ入つたのは夜だつけ――四時何分かの汽車で奈良を立たうとして、猿沢の池のほとりの勝手屋とか言ふ旅籠を出て、障子の破れのぺら〳〵と風に動くのが、白い舌を出すやうな、古ぼけた白昼の廓を抜けて、町通りを導者づれに交つて、古道具屋の店の人形の西行にも、葉茶屋の銘の喜撰にも、紅屋の看板の小町にも、活きた生《しやう》のものに逢ふやうな気がしながら、蘆絵と二人づれで、ぶら〳〵と歩行《ある》いて……」

――風は冷く、砂はさら〳〵と捲いた、が、それも黄色な幕を絞つて、古い都の面影を通りがゝりに覗かせた、奈良の町の風情《ふぜい》を思ひ浮べると、こみ返す胸も、やゝ静まつた。が、まだ煙草を飲む元気も無しに頽然《ぐだり》として、それでも背けて居た顔を、蘆絵の寝姿に向け直した。

「あゝ、此処に寝て居る人は、其処を百合の褄の水際立つて、外套と並んで歩《ある》行いた。可懐《なつかし》い……其の時は、気ぶりにも、こんな、むか〳〵する可厭《いや》な心地がしやうとは思はなかつた。

　其の後だ。……然《しか》も自分の発議で、町端れの一膳めし屋へ入つて、軽石のやうな玉子焼を食つて、其が胸へ支《つか》えたのは。

……

あゝ……彼処《あすこ》で、此の女《ひと》が棋石の黒を一石《せき》拾つた……

余り呑気で、停車場《ステーシヨン》へ着くと、あゝ〳〵彼《あれ》がと言ふ汽車が、むく〳〵と煙を噴いて大な首を掉《ふ》つて、構外《らちそと》を出て行く処――待つ間の怠屈に引返して町へ入ると、「寒いわ、お一口。」と勧めたんだ。いまが今まで、猿沢の池のほとりで、炬燵に屏風で飲みながら、其の三味線で、……梅川の風俗人目に立つを包み兼ね……何とかして忠兵衛が、と言ふのを蕩《とろ》けさうに成つて聞いた処――「何屋と名がつくと憶劫です。昨日《きのふ》、」（と然《さ》うだ、昨日の昼過ぎ大仏殿をはじめ、東大寺、興福寺の巡礼をした時だ）――「二月堂の傍の絵馬堂へ入つて、焼豆腐と雁もどき、並びに蒟蒻《こんにやく》、狸の煮込みの皿盛で、釜から引《ひつ》こ抜いた熱燗を遣りましたね、あれは甘《うま》かつた、酒も良かつた。あゝ言つた店がありますなら。」「真個《ほん》においしうござんしたな。」と何が、此の女《ひと》に旨からう。

　言なり次第に、跋《ばつ》を合はせて、彼処等《あすこら》の餅屋だ、飯屋だ、と覗いて歩《ある》行いて、「御両名様、もし〳〵。」なんか、旅籠屋の軒に立つた、古風に矢立を腰にさした紺の前垂掛の宿引に呼懸けられるのを振切りながら「可《よ》さゝうですぜ。」「は。」と入つたのが、煮込のおでん、赤飯を盆づげで、店の暖簾は気に入つた、が、真暗《まつくら》な土間を抜けて、おつとこんなものがある、椅子や卓《テー》子《ブル》に躓きながら、ほんの腰掛と薄暗い中座敷めいた処へ通ると、畳がじと〳〵して汚い椽側に、おかはが見える……

　奇特に卓子台《チヤブだい》を置いたが、手を掛けると、むら〳〵と埃《ほこり》が立つ。いや弱つたつけな、鼻の下の赤爛れに成つた七つばかりの小女《こむすめ》が、指をアングリと啣《くは》えて、ベソを掻いたやうに、框《かまち》でじろ〳〵と此方《こちら》を視ると、五歳《いつつ》ぐらゐな次男坊が、頭から、向足までどく〳〵な一つ身で、糠味噌桶から引出したどぶ漬の茄子が化けたやうに土間で刎ねる……」

七

「見たばかりで、最《も》う胸が一杯に成つた。が、誂《あつらひ》を聞きに来た女房の、前掛が煮染《にし》めたやうで、辷《すべ》げた紺の鯉口の垢光りに光る奴の、黒い生へた手の爪を窃《そつ》と視ながら、とに角、酒を、と言つて、後で此の女も気の毒な。何だか悄気《しよげ》た体で、框《かまち》まで立つて出て、元気の無い懐手、半襟を啣《くは》えて引きながら、土間の暗い隅を覗いて居たつけが。……

　此方《こちら》を見向くと、寂しい笑顔で莞爾《につこり》して、一寸頭《かぶり》を掉《ふ》つて、さし足と言ふ見得で帰つて来て、肴《さかな》を見たが鰤《ぶり》も比目魚《ひらめ》も皆どろ〳〵、煮込も形なし、汚くつて。……申訳に玉子焼を誂へた、と言つて、あの小女《こをんな》が巾《はゞ》つたく引曲《ひんま》げて、よち〳〵と運んで来た膳の上の銚子を取つて、大形《おほがた》の欠けた猪口《ちよく》へ、湿気払、と酌をしやうと、袖の揺れた時、カチリと卓子台《チヤブだい》の上へ転がつたのが……棋石だつた——転げた時は天井から鼠のふん、とギヨツとしたよ……

あゝ、と拾つて、「私の袂からだんな。」「然《さ》うらしいね。」と、中庭の薄明《うすあかり》に透かして見ると、此の棋石に彩色がしてある、と此の女《ひと》は言つたが、然《さ》うでない。黒い質緻《きめ》へ、縦横に細い絣を見るやうに、青いのだの薄蒼いのだの、黄色だの、白が交つて、微細《こまか》に晃々《きら〳〵》と光つたのは、黄金《きん》の性《しやう》を験《ため》すのに、然《さ》うやつて、棋石の黒に磨込《すりこ》むで試《み》る事だ、と聞く。……其に違ひない。が、此の女の袂から辷つた……あの、其の、出処だ。

——出処に就いて、あの時も話合つた、が、此は其まで居た旅籠屋《はたごや》のに相違ないので……」

——と言ふ次第《わけ》は——

肝心な処だ。……翠帳紅閨《すゐちやうこうけい》、玉芝の一室で、蘆絵と衾を並べながら、独《ひとり》で、胸を嘔気《わる》がつて、のツつ、反つゝして居る男の思出を辿るのなんぞに委して置けない。——やがて、其の金《こん》彩藍粉《さいこんふん》の一枚の黒石が、燦爛たる悪竜毒蛇の鱗か、とも疑ふべき、不思議な事が起つたのであるから、こゝは作者が引取つて話すとしやう。

其の前日、諸所見物をして、春日様の鹿は、今日は、とお辞義をして煎餅を食べるし、おのぼり木菟はおいでやす、で、絵馬堂の煮込を噛る、と知つたあとで、晩の泊を、菊水か、ホテルか、と案内者の蘆絵は言つたけれど、スリツパで廊下を辷るのは、此の土地に相応《そぐ》はない。膳にお平《ひら》と中壺のついて出る昔の本陣とでも言つたやうな旅屋《はたごや》を、と木菟の註文で、組合の旗を立てた車夫に訊くと、それぢやあ唄にもある通り、「奈良の旅籠屋《はたごや》になさいやせ。」で、轅《かぢ》を相国寺《さうこくじ》へ巡らした後、芝生に鹿の搔伏す頃、猿沢の池の汀《みぎは》を一廻り。蘆吹く風は無かつたが、入相《いりあひ》の鐘に波が立つ、広野の中へ打撒《ぶちま》けたやうな、あからさまなあの池は、深くも暗くもないけれど、唯人の行く方へ、箕の如く傾いてサラ〳〵と動くと言つた。が嘘らしい、木菟の目がチラついたに相違ない。

桜の中の錦川も、春浅ければ、木の葉と小石。細い柳の石橋を渡つた角へ、ガラ〳〵と車を二台曳込んだ。

「此が、名代の奈良の旅籠屋やて。」

「三輪の茶屋と一所に、唄にありますやろ。」

と掛合で車夫が遣る。

「成程。」

と鍵形《かぎなり》の通庭《とほりには》に、昔の遺物を其のまゝな、八軒の下に立つて、木菟は、きよろんとして、

「大《おほき》い仏ぢやによつて大仏と……前刻《さつき》、四国の観光団に、坊さんが棒を持つて教へるのを見て覚えて来ました。奈良の旅籠屋だから、奈良の旅籠屋。」

「へゝゝゝ。」

「ほゝゝ。」

出迎へた番頭、女中の笑ふ中から、蘆絵の手が、友禅の萌黄に白く穂に出で、、

「早く、お上りや。」

と袖をぐいと曳いて、トン／＼と二階へ上る、壇の途中で、肩を捻つて、笑ひながら木菟の手を取つた。

八

欄干越《らんかんごし》……二階へ上り切らない前から、最《も》う見えた。上の、横手大広間に、煙草盆を配つて、づらりと三十ばかり席を取つて、まだ一人も人影は見えないが、座蒲団が並べてある。

「まあ。」

「何、賑かで可《い》いぢやありませんか。」

定めし、多人数の団体客が泊込む待設けであらうと思ひながら、おとなしい小娘に導かれて廊下に掛ると、其の取着《とつゝき》で、件《くだん》の大広間とは壁で背中合はせに成らうと思ふ十五畳敷ぐらゐな座敷に、おなじく十五六人分の座蒲団が並んで、此処には、其の座取の数と同じやうに、膳が並んで、然も皿、碗、鉢のものまで丁寧に揃つて居ながら……同じく誰も居ない、とばかりで通り抜けしなに思はず差覗く、トタンに顔を背けた、が、艶《つや》々《く》と円髷に結つた、姿の細《ほつそ》りした、大屋《おほどこ》の御新姐《ごしんぞ》か、それとも豪商などの妾か、と思ふ人柄。何処か媚《なまめ》かしいのが、床柱を背後《うしろ》にして、火鉢に悄乎《しよんぼり》と寂しさうに端然《きちん》と座つた。其の背けたので薄明《うすぐら》い中に横顔を見たばかりで、案内された――間に一室置いた――座敷へ導かれて入つた、が、一寸妙に思つた。

待《まち》うけの、其の大連の座の空しいのは然る事だけれど、膳が並んで、婦が唯一人は受取れない。

其の唯一人も寂しさうに見えた、と思ふと、気を引かれて、さつと陽気を障子越に、すぐ前なる猿沢の池の水に吸込まれたやうに、一斉《いつどき》に目も暗く、座敷も冷たく、血の気を引攫はれたか、と悚然《ぞつ》とした。が、それも束の間。ふつくりと、旅の袖の袖近く、蘆絵の姿が蝶の模様で浮織に成る処へ、大きな台十能《だいじふ》で、小娘が、火を赫《かつ》と運んで来たので、桃は白と紅と一所に開いて、敷流した中古の絨氈も、紫雲英《げんげ》を咲かせ、春に成る。

で、火を入れた真鍮の獅噛火鉢《しがみひばち》を、座勝手に引かうとすると、いや、重き事鼎の如し。で、ビクとも動かぬ。……逢魔《あふま》ケ時で、狸が附着《くツつ》けたのでは決してない、旅籠屋が老舗《しにせ》の身上、軽んずべからざる重量《めかた》である。

其処で、隣室（叩いて居たが）の襖へ些《ち》と寄過ぎた、が、蒲団を其処へ敷いて二人坐に着くと、襖際の何とか書いた横額の下に、棋笥《ごげ》を整然《きちん》と飾つて棋盤があつた。

ハテ、此を飾つて置きさうな床の間は、と視れば、山水の大幅はやがて黄昏に紛れつゝ、置ものは青銅の狂獅子《くるひじし》、銅の平盤にそなれを活けた他に、床柱の掛花活に、紅白の牡丹の造花は面白い。

「炬燵がよごさんせうな、あの、姉ちゃん、お炬燵を、何うぞ

「……」

と次手《ついで》に酒肴を急がせた蘆絵が、見物疲れに、うつかりしてた木菟の顔構《かほがまへ》、目の冴えないのを怠屈ゆゑ、とそんな事まで気を揉んだか、

「如何《いかゞ》。」と言ふに、チリ〳〵と虫の音のやうな石の音。

「本棋《ほんご》……」

「星目《せいもく》置きますから、何うぞ。」

と、最う並べるのを、慌てゝ留めて、

「串戯《じやうだん》ぢやあない。……私に棋が打てれば、お前さんを口説きます。」

「まあ、あんな事ばツかり。」と、掌《てのひら》で軽く其の棋笥《ごけ》の蓋を扱《こ》く。

「五目、なら。」

「何《ど》うしやはる?」

「枕を――」

「あの、枕を。」

「驚いちや不可《いけ》ません、賭けるんぢやあない、取かへるんです。お前さんが負けたら括枕《くゝりまくら》、私が負けたら船底枕《ふなぞこまくら》、つまり負けた方が、枕を取替へて寝るんです。」

「おほゝゝ、おいでやす、さあ。」

「面白し……」

九

木菟は沁《しんみ》りとした声で、

「蘆絵さん。」

「はい。」

「お前さんが聞けば、昔奥州の夷《えびす》の話柄《ことがら》かと思はうが、下総国《しもふさのくに》成東《なるとう》と言ふ処に温泉がある。東京から途中《みち》は近し、それに手軽だもんだから、五人づれ友だち同志、暑中休暇に遊びに行つた事があります……面白づくに飲むわ食ふわで、勘定が足りなく成つて、皆が心当りへ無心して、呼金《よびがね》の来るのを待つ間、其の始末だから、帳場へ対して、大広間には陣取つても、心持は行《あん》燈部屋《どんべや》です。――一人前の鰹のさし身を五人で剝がして、此の中へ後生だから、一合、もうたつた一合、と徳利に仕切をして見せて、女中を強請《ゆす》る境遇さ、酒が来ると皆の咽喉《のど》が鰌《どぜう》のやうにキユウと鳴る、いや、お話に成らないんだ。

　昼寝の眠気ざましに、五目をしませうよ、と馴染の女中が来たから、私が対手《あいて》に成るとね、姉御々々と私たちで言つた其の年増がね、――銚子の酒屋に許嫁《いひなづけ》の有るのを嫌つて、こんなしだらに成つてるが、あゝ、彼処へ縁着いて居れば可《よ》かつた、あんた方に首つたけ酒が飲ませられる――首つたけは可訝《をかし》いか、指で徳利を劃《くぎ》るからです。其奴《そいつ》をしんみりと言はれた時は、思はず、美《うつく》い涙が出た。

　恁《か》うして、まあ、何年ぶりかで棋盤に向つて思出すんですが、

此の間から、ふんだんの灘の酒で、奈良の旅籠屋の棋の対手が、南の藝妓《げいしや》ぢやあ職過ぎますよ。」

「飛んだ事。」

と消すのを圧へて、

「真個《まつたく》さ、それも此も、皆友だちの情です。」

「あの、征矢《そや》さんは。」と蘆絵が言ふ。

征矢は友だちの姓なのである。

「……湯治場で徳利を劃《しき》んなはつた、其の時のお一人だつか。」

「何《ど》うして、征矢は大家《たいか》の若旦那だよ。しかし仲よしでね、一昨年から会社の都合で大阪に勤めて居る。今度の旅行は、上方見物とは言ふもの、、……唯あの人に逢ひに来たのが、定《ぢやう》なんだ、……処が生憎、其の会社の急用で土佐まで行かなけりや成らなかつたもんだから、四五日して帰るまでを、下宿の二階に放込むで置きもしないで、お前さんの袖に預けられた。……天下は太平、鳳凰の羽に包まれてると思ひます。」

「ま、こんな袖を。」

と俯向いて、袂を引く時、棋石を落して、

「消えたい、隠れたい、簑ですわ。」

「お前さんの名の通り、絵に描いた蘆は、成程鳳凰の着る簑かも知れない。……しかし……何しろ不思議な知己《ちかづき》だね。」

序に言つて置かう、彼が蘆絵を知り、見て、且つ名を覚えたのは、先日東京を立つた神戸行最大急行の夜汽車の中であつた――木菟は、鷲やら、鷹やら、鳶やら、びらしやらとした孔雀やら、蝙蝠も紛込むだ夜半の暴風雨《あらし》の巣の中を、もそ〳〵と出て食堂へ入つたのは、それは真夜中の二時頃で、豊橋のあたりであつたと言ふ。……誰も居ない、正面に（禁喫煙。）の掲示を置いて、給仕が四人《よたり》固つて、饒舌りながら、其の癖煙草を喫して居た。浜松で最う火を落した、煮焼したものは何も出来ない、……湯は有るから燗はつけやう、と言ふから、酒を頼むで待つ処へ、一人でスツと入つて来たのが、此の蘆絵――

とも無論知らず、寝台車の方から、目覚しく容子《ようす》のい、のが、と思ふと、一人の給仕が何と間違へたか、ツカ〳〵と導て、「此《これ》へ。」と掬ふやうに其の婦に腕を下ろして教へたのか、木菟の居たひとつ卓子《テイブル》、差向ひの椅子である。おつとりと逆らはないで、「お許し、」とか、「御免やす」とか言つて、すなほに其処へ掛けやうとする途端に、背後から夥間《なかま》が二人声を合はせて、「違う〳〵。」と気立たましく言つた。

十

吃驚《びつくり》したらしく、「ア此方《こちら》へ。」と、退《の》くに連れて、何にも言はず、嬌態《しな》で会釈して、片側の椅子へ、――其処で、背後向《うしろむ》きに優容《しとやか》に腰を掛けた。

見惚れて、酒を飲むうちに、其方《そちら》へは、誂へらしい、紅茶と、水菓子とが出た。が、すぐに女が、素湯《さゆ》を一杯、と頼んで、やがて持つて来たので、皓歯《うらは》で吸つて薬を飲むだ。……飲むと、其のま、勘定を済まして、何にも食べたくはなかつたさうで、蜜柑を二つだけ、絹半帕《きぬはんけち》に一寸包んだのを提げると、椅子を立つて、――立つたなりで猶予《ためら》つたが、振向いて、振向いて艶麗《あでやか》に目礼した。

硝子盃《コップ》を措いて、会釈を返すと、スツと褄を捌いて出た。

「南地《なんち》だ。」

「蘆絵さんだ。」

と、がや〳〵と給仕の言ふのが聞こえたと思ふと、一人が飛出して、其の女の卓子《テーブル》に置いた林檎《りんご》と芭蕉実《バナヽ》を皿ごとチヨロリと取るのを視て、三人が六本ヌツと白服の腕を突出すと、ひよいと其の皿を天窓《あたま》へ載せて指でペロリと剥いた目が、林檎より真赤に見えた。

――其処で、名も人がらも覚えたのであるが――

「しかしね、蘆絵さん。」

棋盤に凭《もた》れて又話す。

「大阪へ来た思出に、お前さんに逢はせて欲しいと言つて、素面《しらふ》で、征矢を口説いた時は、極りが悪くつて冷汗が出たよ。……征矢が私より、づツと少《わか》いんだからお察しなさい。勘当中預けられてる叔父に向つてヤケに遊ばせろ、と言ふよりか余程弱つた――負惜みを言ふんぢやあないが、征矢の旅行をする処にさへ衝突《ぶつか》らないで、二人で遊んで居られたんだと、そんな野心は起らなかつたかも知れない――とまあ、して置くけれど、広い大阪三界に唯一人其の人を便りにした征矢が、退引《のつぴき》成らない社の用で、然も其の日の夜の汽船で、神戸から土佐へ立たなけりや成らないと言ふんぢやないか。

お前さんと食堂で一所だつた、あの汽車が梅田へ着いたのは昼前十時頃だつけ。……寒かつたね、実を言ふと、停車場《ステーシヨン》へ出る時なんぞは、唯友だちの顔を見やうばツかりで、一つ処へ出て来さうなお前さんの姿を、改札場から眴《みそな》はさうなんぞの野心はなかつた。

が、周囲《まはり》が赫と賑かに成るにつけて、急に心寂しく成つたのも、虫が知らせたかと言ふんだらうね。……留守か、それとも一晩泊で旅行でもして居やしないか、と妙に征矢が居てくれさうもない気がして成らない……マ、よ、居なかつたら、次の汽車で東京へ引返さうぐらゐに覚悟をしたほど、――誰にも恩には被《き》せないけれど、――私は一人旅が心細い。

毎日勤めて居るのは知れてたから、俥で、会社へ志した。……寝不足はして居るし、汽車の弁当で舌は荒れるし、寒さは寒し、両側の看板に並んで通抜ける向風の面色《つらつき》は、もの干で吹《ふき》曝《さら》されるやうで、ガタ〳〵震へるくらゐだつた――寒いなあ、車夫《くるまや》、と思はず言ふと、「然《さ》いで、奈良のお水取やさかいな。」と言つたがね、……訳は知らないけれど、朝湯の風説《うはさ》より冷いよ。

道修町《どしようまち》の会社へついた時は、石壇に、車夫《くるまや》を待たせた。征矢が居なかつたら、すぐに停車場《ステーシヨン》へ引返さうと思つてね……

給仕に名刺を出して、一寸待て、で、事務室の方へ入つて行く半分洋服の白いのを見送りながら、まだ逢へるか逢へないか、と危ぶんだ、が、其の給仕が、向ふでお辞義をした、肩の締つた背後向《うしろむき》で、卓子《テーブル》に向つて何か、かきものをして居るらしい男がある。其の背後姿《うしろすがた》を視た時は、こゝに血を分けたのが居る、と思つたほど可懐《なつか》しかつた、征矢なんです。」

「まあ、好かつたわ。」と、最う分つて居る事ながら、蘆絵が吻《ほつ》と安心の息を吐く。

十一

「右へ向つて、ペンを持つた手が挙《あが》る、と名刺を受取つたつけ、すつきりした片頬が見えたか、見る〳〵心持聳えた肩は、春日山、此の若草山の十ウぐらゐ、腕で堪へて乗せさうに、力が籠る。……あゝ、大きな会社を背負つて立つ、柱だ、さすがは頼《たの》母《も》しいと思つた、が、然《さ》うぢやあ無かつた。私と言ふ不意の重荷が掛つたのを、心で堪へて、我慢したのが姿勢《すがた》に成つて顕はれたんです。

ペンを置いて、づいと立つと、袴で向直つた、が、引締つた顔でヅツと出て来た。……ト顔を合はせて此方《こつち》は最う魂を向ふへ取られた、うつろな声で、やあ、と言つて、だらしなくニヤりと成ると、やあと、幽に眦《めじり》へ笑の影で、荷物は、と言つて、私の家ぐらゐ片手で引立てさうな確乎《しつかり》した片腕を最う恁《か》う差出し加減で、つか〳〵と玄関の石へ下りる。此ばかり、何もない、と風車のやうな信玄袋を振つて見せるのを、ぐい、と取つて、応接室だらう、中へ入る、と慌てゝ、私は賃銭を渡したつけ。待つてた人の好い車夫《くるまや》の老夫《をやぢ》が、「逢ひなされたなあ、可塩梅《いゝあんばい》ぢや。」と髯斑《ひげまだら》な口で嬉しさうに和笑《にやり》としたのを見ても、どんなに私の嬉しさうだつたかゞ知れるでせう……

信玄袋を卓子《テーブル》の上へハタと置いて、「困つて了ひました。私は今夜土佐へ立たなければならないんですよ。」と爽な声で言つた時、ものに動ぜぬ征矢の、凛々しい目の瞼へ颯《さつ》と血の色が出たんぢやありませんか。

私は思はず胸が切《せま》つた。

「此で最う十分だ。」

と信玄袋を膝へ取つて然う言つた……

其の信玄袋を、征矢が又引立つて卓子《テーブル》の上へトンと置いて、

「何《ど》うにかします、一寸失礼。」「あゝ、心配をしちや不可《いけ》ません、」と言ふうちに最う見えなく成つた――過ぎた事を、（何故、電報で打合はせてくれない。）なぞと愚痴を言ふやうな男ぢやあない。囲まれた城なら敵を破つて出るのみだ。――此方《こつち》も勇気に引立てられて、逢つたばかりで帰るのを何とも思ひはしなかつたが、それでもね、滑かな大理石の床が砂利を踏むやうに痛かつたのは事実なんです――おつと三々《さん〳〵》に成りますね。」

木菟は、避けて一石パチリと入れた。

「給仕が来て御馳走ぶりに、ドン〳〵焚いてくれる瓦斯《がす》暖炉《ストーブ》も寒いやうな気で居るうち、待たせましたね、

小一時間。――抱くと私の身体《からだ》より重いくらゐな、倫敦仕込《ロンドンしこみ》の大外套を引抱へて入つて来て、「残念です八方電話を掛けま

した、重役とも熟議をしましたが、「是非がありません、」と面を正して言つて、「しかし屹《きつ》と何うにかします。」……「飛でもない、何うにかするなんて。」「否、土佐へ立つのは何《ど》うにも仕方がありません。が、何とでもして四日間帰つて来るまで引留めます。」……何にも言はせず、「とに角、戸外《おもて》へ出ませう。而《そ》して食事を……」

此から歩行《ある》き出したが、私は、幾重にも、征矢が心配をしないやうに、そして、昼飯《おひる》を一所に食べて、夜汽車で帰るのが決して不愉快な事ぢやあない、却つて洒落てるから、と言つても洒落なんざ大嫌な征矢だから、洒落にしないで、心配をしてくれる。……から、其処でお前さんの事を言つた。——

言つた、が、極りが悪かつた。私は立停まつて、電信柱を小楯に取つたんですがね、——何処だか方角も何も分らなかつたけれど、後で聞くと、毎日新聞の横を曲つた処だつたさうで、真昼間《まつぴるま》です。

のつけに藝妓《げいしや》に逢ひたいとも、さすがに言出せないから、「御飯は何処で食べるんです、」も、とぼけて居ませう。

征矢は何の気も着かないから、「其を考えてるんですがね、今新《いましん》と言ふ金麩羅屋《きんぷらや》があつて、一寸うまくもあるし、浜側で景色も変つてますから其処にしやう、と思つても見ましたが、入《いれ》込《ごみ》ですから——些とでも落着いて、話をしたいのには……矢張近処ですから鶴家と言ふのにしやうと思ひます。が、何ですか、註文がおありですか。」——恁う問はれたのは少なからず弱りましたよ。」

十二

「唯《と》、行詰りながら、「其処は藝妓《げいしや》が呼べますか」サ何《ど》うです窮したものでしたな。「さあ、呼べませうが、其の方は別に算段がしてありますから。」で、尚ほ弱つた。……牛屋の割前《わりまへ》のあとが、おい、お互に羽織を脱がうぜ、紐は取つて置く事さ、ぐらゐは腕の古疵《ふるきず》、覚えのある強兵《つはもの》だけれど、素面《しらふ》で、真昼間で、町の角で電信柱で、剰《あまつさ》へ風立つてヒユウと寒さが身に泌みる、汽車で外套が皺だらけで、凹んだ信玄袋を紐長にぶらりと下げて、日向でまぶしくツて、砂ほこりで鼻をしがめて、トやつた処が征矢の方が、ヅツと年下で居て、背が高いんだから、形もつかなけりや壺も嵌らず。こゝで口説くのは、奥同者《おくどうしや》が本願寺を拝んでアノ屋根が歩行いて見たいと言ふやうなものでね、「実は、」と言ひ出すと胴震ひをして、汗と涙が一所に出る。

いや、笑事《わらひごと》ぢやあない。——

……だから、其の蘆絵と言ふのを視せて下さい、そして一所に晩まで飲めば、大阪に思置く事誓つてなし、君は、神戸へ、私は東京へ、擦違ひに——と事実決心をした証拠は、対手《あいて》のあの大な目を屹《きつ》と視ながら談じたので分ります。

——人が見て通りまさね、辻に突立つて居るんだから——馬鹿も、此の位に成ると超越と云つてね、一つ上を通越して、人に真面目な心配をさせます。」

と、彼は独言に成つて歎息した。

「此の日其のおのぼりに対して、吹曝《ふきさら》しの辻に立ちながら、征矢は苦笑《にがわらひ》もしないで、真面目に心配して、……知らない藝妓だ、それだし会社の便宜上、曾根崎の方には万事を承はらせる茶屋もあるが、南地は宴会で知つてるばかり。……何しろ、今朝一所の汽車で大阪へ帰つた婦《をんな》が、つひ、おいそれの間に合ふか覚束ない、しかし、北の仲居に元老株のきゝものがある、腕を振はせて見ませう、と鶴家で食事をしたあとを、北の、あの百川《もゝかは》へ出掛けたんです。」

「お身体《からだ》も、貴方、それに気づかれもおましたやろ。……藝妓《げいこ》はん大勢の中で、酔つてお了ひなさいました、お酒の花が満開頃にな、征矢さんがヅツと立つて、私を一人別室へお呼びやして、あの、凛としたお声でな、——「蘆絵さん、」と更まつて、「僕が土佐から帰るまで、あんじやう引請《ひきう》けて下さい。」とお袴に手を恁《か》うおつきなすつて、あの目で顔をお見やしたばツかりで、私は最う身体《からだ》をも忘れて了ひました。恥かしい事ですけれど、内証はな、世話に成つて居ります人と、出るは、引くはの悶着があつて、身の上の相談に、東京の芳町《よしちやう》に待合をして居ます、姉の許《とこ》へ、相談に行つて帰つたばかしの処でした。けれどもな……あゝ、心易うて言ひました、貴方、また御心配なさいますな。あの、凛々《りゝ》しい方が、私のやうな、こんなものに、貴方を頼む、と膝を正してお言ひなすつた、志で、二十五の此の年で、殿方の気がはじめて分つて、夜があけたやうに思ひますわ。」

と忘れたやうに、棋盤の端へ頰杖しつゝ、無意識らしく一石黒をカチンと継いだ。

「ま、此の延びた事をお見やす。うつかり〳〵お話して居て……何処までも……」

唯《ト》心着くと、石は、白と黒をづる〳〵と、巾二寸ぐらゐに繫がつて、盤の上をづるりと這つて、暮れかゝる色に冷く輝いたのが、鱗の小蛇に紛つたのである——と言ふのも後に心着いたので、其の時は何も思はなかつたさうであるが、艶々と盤が光つて、……又何となく其処へ人影が映《さ》したやうに思つたので、ふと目を上げると、襖を細目に、影のやうに立つて、蒼白い瓜《うり》核顔《ざねがほ》で、頰《ほう》に片手を添えながら、やゝ打傾きつゝ、差覗く、早や天井の夜を籠めて、黒髪に黄昏の色を吸つた円髷の婦《をんな》がある……

片手頰をば支えた手首に、市松らしい友染縮緬、裏の浅黄が冷く搦《から》んで、凄いやうな、盤面の石も此の影か、瞳が大く、すらりと背が高い。

十三

木菟は一目見て、一室に大勢の膳を並べて、唯一人、寂しく居た前刻《さつき》の婦人を思つた。

「お楽みどすな。」

と、爾時《そのとき》言つた。

「如何です、貴女も。」と、つひ言つて、盤を向けて一膝開いた。

「御免やす。」

と、すつと入る……

「蘆絵さん、お願ひなさい。……貴女、此方《こちら》は本当のが打てるんですから。——いや、敗軍々々！」

と陽気に饒舌つて、遁《に》げるやうに、もう出来てる置炬燵へすぽりと入つたのは、避けたのでも何でも無かつた。木菟は、あゝ、不意に顔を出したのが、征矢ならば、と思ふと、急に寂しく成つて、一人で、ものを思ひたかつたのである。

海が見える。

波を打つ。

水の色が襖に映つた。

猿沢の池が面影に立つのであらう。

霞の中を、供奉《ぐぶ》して鳳輦《ほうれん》のきしるのは、昼視た絵馬堂の額の土佐絵の幻である。萌黄の筆彩、黄金《きん》の刷毛。

荒海の船の甲板《カンパン》に、すつくと一人外套の黒い姿は、征矢の影、旭がさし、夕日が映る。

怪しく美しき鳥の、嘴《くちばし》を接して、幽《かすか》に囁く如き婦《をんな》二人の声を聞き、盤は花園に似て、袖の花咲き、手の蝶の戯るゝ、のを見つゝ、彼は虻と成つて、うと〱した……

「あ、失礼、頭痛がして、ま、こんな事。」

と、言ふ声を現に聞いて、ふと我に返つた時、蘆絵が、金口の女煙管《をんなきせる》を、吸つけて、ト向けたにつれて円髷の婦人が、生際つめて額を結えた紫の煙管筒を解くのを視た。透通るばかり白い顔の、蒼褪めたのも一つは其の色の映つるのであらう、市松の襦袢の浅黄がまたチラリと照つた。

「やあ、寝ましたか。」

膳は赤く、銚子は黒し、猪口は藍、蘆絵に燈は紅かつた。

「客は帰りましたか。」

「は、強い方だすな。」

「棋は……」

「まだ、さしかけでしたけれど、……何処へ行かはつた視えん言ふて、わツと向ふの座敷で大勢で騒ぐ声がしますとな、よう言ふて、すぐに、隠れるやうにお帰りでした。」

「連《つれ》が来たんだね。」

と、木菟は、其処に給仕に控へた小娘に向つて言つた。

唯《ト》、小娘が優しい目を細りと仰向くやうにして、

「あの、御寮人はんどしたら、お連は誰も居やはりまへん。」

「沢山膳が並んでたぢやあないか。」

「大勢はんは団体の方どす。」

「否、最う一つの座敷にも。」

「へ、あれどしたら、御寮人はんが、影膳を据えはつたのだんね。」

「影膳を。」と蘆絵も訊くと、

「へい、影膳言ふても、旦那はんのお留守のやないのどす。

……志の仏はんやらな、お友だちの分やら、生きとらはるにも、死なはつたのにも、心に思ふお方々に皆供へるんや言はゝりましてな、……」

「馴染の客かい。」

「へい。」

「ぢや、奈良見物ぢやあないのだね。」

「京のお方やさうどしてな……見物やおまへん、毎月一度づゝ、生駒はんへおまゐりやすな、其の途中にお寄りやしては、一遍々々、数を殖してな、お膳を揃へはりまんのどす。」

生駒は、音に聞く、罰、利生《りしやう》、験顕《あらたか》に、凄く恐ろしき聖天《しやうてん》の御山である。御堂に籠つて、女の、捌髪《さばきがみ》に蠟燭を結えて炎を燃し、男の、掌に油を湛へて燈心を点しながら難行をするのもあり、一足だちと称ふるのは、麓より絶頂までを一足歩行いては土に跪き、立つて一歩しては坂に跪きする、御堂までは三日三晩、其の間一眠りもせず、一休みもせず、茶屋の男の都度々々に運び来る湯水を、合掌の手も解かず、手よりして口に受けて、息継ぎ〳〵砂利に石、血だらけに成つて行する男、女の数も多いと言ふ……

何となく、蘆絵と顔の見合はされた時、廊下に賑かな跫音《あしおと》して、襖を開けて三人、色々に顕《あら》はれたのは木菟に退屈をさせまい心つかひで、蘆絵が計らつた土地の藝妓《げいしや》であつた。

木菟は酔潰れたゝめ、京の御寮人と言ふのに就いて、其の夜は蘆絵とも何も話さなかつた。

あくる朝は遅かつた、湯に入つたあとを又酒で、隙間も漏らさぬ六枚屏風。

炬燵に蘆絵も貸褞袍で、爪弾の、

忠兵衛が——

旅店に取つては、志す人に膳を据ゑて、一人寝の京の御寮人より、此の二人の方が怪しい、苦しまぎれの鼻唄で、毒薬でも飲む心中だと思つたらう。……手代、番頭のソツとぬき足で入つては、十畳の隅を囲つた屏風の裏で、蹲んで立聴をしたのは事実である。

日もやゝ傾く頃、煮こゞりの溶けたやうに成つて炬燵を娑婆へ出た顔で、欄干越に猿沢の池の水に吹かれながら、興福寺の鐘楼の屋根に留つた烏とも成らず、外套とコートで並んで発程つた。

昨日《きのふ》の座敷は、団体方も、御寮人分も、掃いたやうに何にもなかつた。

さて、停車場《ステーシヨン》で乗り後れて、引返して入つた一膳飯。——話は京の清水の麓、松原の中なる、玉芝に蘆絵と寝つゝ、夢に魘されて目を覚した、夜中の木菟の胸の裡に戻る。

（「新小説」大正8年3月号）

続紫障子

一

「然《さ》うだ……」

木菟《みゝづく》は乱れた夜の、媚《なま》めかしい、が悩ましい閨《ねや》の裡《うち》で、「碁石を拾つて、蘆絵が袂に入れた時、一寸頤《あご》で押へるやうにして、四五枚懐中《ふところ》にあつた絵端書を見着けた。猿沢の池のほとりの旅籠屋《はたごや》で、東京の誰彼へ出すつもりで、私が書いたのを、途中で郵便函へ入れて遣らうと預かつたものだつけ。……「あ、浮《うつか》り忘れました。何《ど》うしませう。」と、何、構ひはしないものを何うせ此から行く停車場《ステーション》で出せば可《い》い、と此方《こつち》の言ふ間も待たないで、衝《つ》と土間へ出て捜足《さぐりあし》を草履へ引掛ける、と隅の板前に居た一膳めしの女房が、「もし郵便箱は右隣りの小路の角だつせ。」「大きに。」と、コートの裾をしつとりと、しかし急足に暖簾を分けてスツと出る。あとへ茄子《なすび》の溝漬《どぶづけ》が、ばちやんと音のするやうに刎ねて行く。

此方は手酌で注足《つぎた》して、一口飲《や》つて試《み》ると、ひどい酒で、舌の尖から、いきなり脳天へピンと来る。さすがの意地汚《きたな》も、銚子を睨むで溜息を吐いた処へ。……

其処へ持つて来たんだ、玉子焼を——女房が汚れた上被《うはつぱ》りの、あの諸手《もろて》でガチヤリと皿を卓子台《ちやぶだい》の上へ置いて、「お連《つれ》は南地《みなみ》の藝妓はんだすな。」と上目づかひをして言つた。「分りますか、無論、私は旅のものだが。」「えゝ、そりや風体《ふう》が、ものを言ひますさかい……旦那はん、お喜びなさらんとなりまへん。」「何をえ。」「何やかて、南地《みなみ》の藝妓はんが、こないに勤やはる事言うたら、真《ほん》、見とうてもありまへん。……そら、貴客《あんた》、横のものを縦にもしやはりまへんえな、ツンとして首を据えはつて、」と其の据えた顔は、俄然と崩して、「えへゝ、」と笑つて、ずた〳〵と引退る。……此奴《こいつ》茶代を奮発《はづ》ませる、とは思つたものゝ、南地《みなみ》の藝妓の働き振。成程と、あの時も頸《うなづ》かれて、見りや、狐色の玉子焼。其とても心づくし、仇にはしまい、とザラメを掛けないばかりに、渦巻に焼いて薄く切つたのを、ト一口食《まゐ》ると、カサ〳〵と口一杯に成つて、何うやら硫黄でも嚙むやうなのをぐツと嚥むだ。が、其ばかりなら怺《か》うまで胸には支えなかつたらう。……小児《こども》にゴム鞠を買つて持たせて、其の時帰つて来た蘆絵が、煤の裡の玉子焼を気懸りさうに覗いて、「あ、切つて来ましたな。」と言ふと、密《そつ》と手を掉《ふ》つて、「およしやすや、此は。……筋向ふの玩具屋《おもちやや》の店から一寸振向いて見たらな、女房《おかみ》さんが、庖丁をあの前垂で……」

私はぎよツとした、いま其処へ坐つたあとが、じと〳〵濡れてはしなからうかと思ふやうな汚腐《よごれくさ》つた前垂で。……「べた〳〵拭いて居るのが見えましたから。……前刻《さつき》お肴を見に行きました時、土間へ庖丁が落ちて居ましたよつて……使はれては困る、と思ふて、玉子焼は切らんと、と、然《さ》う言ふて誂へましたものを、」と眉を顰めた時は、最《も》う此方《こちら》の咽喉《のど》へ引掛つて、此奴《こいつ》がごくり〱、と虫唾《むしづ》とゝもに胃の腑をさして下りて行く。

言へば心配を掛けやうと、其のまゝ黙つたが、変な心持で、口も利けない。あんな時は酒だが、サ其が飲めないのだから弱つた。……元気がないと、蘆絵も悄気《せうげ》て、冷い瀬戸物の火鉢に両方から押被《おつかぶ》さつて居たのは惨憺たるものだつた。

が、時間が来る、……直ぐに出る、……汽車へ乗る、並んで掛ける。駅々も名所の名で、暫時《しばらく》紛れて居たのだつたが。——

——待てよ、鴨《かも》や鰈《かれい》の時為《せゐ》ではない。……宵に此の玉芝《うち》の奥座敷で、……あゝ遣つて、」

思出す目を上げて、空に見当をつけやうとする、ゲイと口へ吐上《つきあ》げるのを、アツと又俯向いて木菟が圧へて、

「……あゝ遣つて、と然《さ》うだ。碁石を拾ふと、忽ち、得も言はれない臭気がして、坐つて居られないで、恁《か》う胸を密《そつ》と横に寝かした……碁石が臭ふ訳はない。

確《たしか》に、かの碁石と一所に、一膳飯の玉子焼の欠片《かけら》が胃の腑で生返つて、腐つた臭がプンと衝《き》たんだ……然《さ》うだ……」

二

「清涼剤《きつけ》にも成らう袖の香で、頭を抱きさうに擦寄つて、何《ど》うかしたか、と狼狽《うろたへ》てるほど聞いてくれる。……いや、何でもないが、少し寒気がする、と紛らかした時、……世辞のつもりが、玉芝の女中が、更まつた挨拶をした。「貴女はんな、内の女房《おかみ》はんがお目通りせんなりまへんのどすが、少々加減が悪うて、引籠つて居りますよつてに。」「何《ど》ういたしまして、それは不可《いけ》ませんね、余程お悪いのですか。」と蘆絵が訊くと、「ほん、ぶら〱してどす、気鬱見たやうに、陽気が悪うおすよつて。……旦那はん少しお休みしたら何《ど》うどす。」で、次でに病人のお夥間入《なかまいり》は可厭《いや》だつたが、何、気鬱の症と言ふんなら、一寸附合つても可《い》やうな心持がしたので、其では願ひませうか、と言ふと、……「御気分が直つた処で又お飲《あが》りやす。」——其が可《よ》うおすな、と二人ともに口を揃へた。「夜が長うおすさかい御《ご》緩《ゆつく》り、」と、女中が支度をしに立つた後でも、此方は気の毒なほど黙つて居た。

嘔気《むか》ついて堪らない。

処で、あの時にも、一度うと〱したつけか、二階へ上るのに、絵かと思ふ蘆絵の姿に、手を曳かれて、……壇の中途で、白い顔が優しい目で、振返つたのを覚えて居る。……

いま、此処に寝て居る顔だ。」

と思ふと、何やら今更らしく我がものゝやうな気がして、取ツときの人形でも見るらしく、頻《しきり》に可愛く、可懐《なつかし》くなつて、肩をぐたり、と徐《そつ》と其の重い頭を捻向けると、睫毛ばかりが、ひそ〱と囁くやうな、幽な寝息を浮かせて、乱れた胸は白い陽炎の風情がある。

「床へ入つても、悚毛《そうけ》立つ寒さに、足で炬燵に……しがみついて、胸を十文字に確《しか》乎と手で圧へて倒れた、肩から背をさすつてくれた。此の手が、夢を絵にした蝶々のやうに、恁《か》うふわ〳〵と目に見える、と其に搦んで、悩ましく切ない、此方《こつち》の胸が、黒い蝶に成つてぶら〳〵した。……南地《みなみ》の藝妓にこんな介抱。……一膳飯の女房の言葉につけても、と思出す、と玉子焼が硫黄の臭気《にほひ》。唇を噛んで堪へるうちに、びつしより身体中へ粘々とした汗が流れると、其《それ》で幾干《いくら》か胸が豁《ひら》けて、すう〳〵と呼吸も楽に成ると、あゝ、あれから一寝入か――

――しかし、夢中にも、寝苦しさは、雨の音が障子を敲《たゝ》いて、ばら〳〵と飛込むのが、顔に手足に乱れかゝつて。……まるで、碁石を取つて、擲《ほうりつ》着けられたやうだ。」

と思へば、新《あらた》に又もや堪難い臭気《しうき》が鼻を衝く。腹に碁石が固つて居る如く、手で撮《つま》んだゞけでも、あの可厭《いや》だつた、何とも言はれない臭気《くさみ》が、脳に泌みて、どろ〳〵と耳まで流れる。

「吐かう。」

木菟は、腰は落したが、肩で息して居直つた。

「宵からも、何よりだ、吐くに限ると思ひながら、連の憂慮《きあつかひ》を苦にしたんだ。断つても医師騒ぎをするに極つてゐる、と気の毒でもあり、面倒だし、体裁も悪し、無理に堪へた。……丁ど寝て居る。此の隙に。――五臓の神は何がために俺を起した、吐けと言ふのだ。嘔《もど》せと教へる。それだのに、今まで、何をし、何を思つて、何だ、馬鹿な。」

と嘲笑ふやうな、我ながら木菟は気味の悪い青い顔して、肱で一度、枕に倒れながら、枕元の時計を覗くと、ぶる〳〵と脈に響くばかりセコンドを刻んで、夜は恰《あたか》も二時である。殆ど言合はせたやうに丑満《うしみつ》の鐘が聞こえた。

「知恩院か。」――

耳を澄ますと、雨戸越の松の梢を、波を打ち〳〵、遥に鴨川に伝ひ、近く東山を繞《めぐ》る気勢《けはい》して、音の余波《なごり》は蘆絵の黒髪のほつれに響く……

心着けば、風も雨も幻なりしか、其とも、何時の間にか留《や》むだらしい。雨戸にそよと声もない。

帯を締直して、づツと立つと、ふら〳〵と成る、トタンに、ぐわツと胸元へ嘔上《こみあ》げる。

三

「えゝ、我慢しろ。」

と思はず、声に出て、鎮《じつ》と胸を圧へながら、木菟は襖を開けて蹌踉《ひよろ〳〵》と次の室へ出ると、じいん、と疼《いた》いほど頭が寒い。で、春の夜を友染で蒸すばかり紅の閨を見棄てたとはなく、艶なる婦《をんな》の花に眠る霞の中から、急に坊主にされて追出された形があつた。

向合つて、襖を閉めた別に一座敷があつて、縦の六畳らしい此の次の室《ま》を横に取つて、階子壇がある。其の拭込むで沢《つや》の出たのが、襖越しの電燈で、薄白く霜を置いたかと見えるのを、捜足《さぐりあし》で冷く踏んで、胴震ひをしながら、片手を壁に縋り〳〵、穴へ落ちるやうに、やがて、ひよろりと下りると、下が板敷。一方が壁で、一方は（――其処から納戸か住居へ通ふらしい――）襖で、取着《とつつき》にづらりと、まだ木目の薄赤い、新しい雨戸が見える。

「何でも、あの辺。」

　其の何処かを開けると、厠《かはや》へ行く路がある筈、と宵の目覚えを辿つて、雨戸についた其の廊下へ、手繰着く思で、わく〳〵して急いで出た。が、唯《ト》、薄明で見ても、開きさうな個処が無い、立てつけも密《こまか》に犇々《ひし〳〵》と閉つて居る。

　稍忙《やゝせ》いで、恁《か》う瞶《みまは》すと、廊下を劃《かぎ》つた突当りに硝子の嵌つた一枚戸の扉があつた。

「彼処だ。」

　其の扉の前に、室咲《むろざき》の紅梅の、幽《かすか》に色を残した、樹は古く、桃色に黄を交ぜて乾《から》びついて咲いたのがある。四辺《あたり》が武蔵野だと、薪に折添へやう。……所がらとて、銘をば歌屑とでも言ひさうな、と宵にちらりと見覚えの……それ〳〵剝製の鶯を一寸枝に留まらせた――此があるからには、二人が鴫を煮た座敷に相違ない。

「此処で厠の見当を。」

　で、可なり大きい、其の鉢植と、摺々《すれ〳〵》に扉を開けやうとして、偶《ふ》と覗くと、裡《なか》が続いて縁に成る、が、障子の閉つた座敷の前に、上草履《スリツパ》が対《つゐ》に二足、揃へて二足脱《ぬ》いであつた。

「あ！」と木菟はぎよつとした。

　――読まるゝ方々、御察しが願ひたい。――

　此を思へば、階子《はしご》の上口に、自分たちの使つた外にも、最う二足脱いで在つたやうでもあるし、下りた処の襖際にも、対に並んで居た気がする。……要するに、此の玉芝は、うか〳〵と木菟なんぞが、一人で泊るべき家ではなからう。僥倖《さいはい》に草履《スリツパ》の一足が居るとしても、何は措いて、真夜中の今時分滅多に歩行《ある》くべき廊下でない。

「……弱つた。」

　第一、閨の戸を敲いて、用場を尋ねやうなど、は思ひも寄るまじき事である。

「さあ、弱つた。」

　此に懲りよ、木菟。――四五年以前に、一度西石垣《さいせき》の旅館、某楼へ宿つた夜半《よなか》にも、おなじ事で、座敷々々の対の上草履に、八陣の如く引包まれて、七顚八倒した覚えがある――

　あの、すや〳〵寝入つたものを、三日四日の疲労《つかれ》もともに、罪も報も忘れて居るのを、対丈襦袢唯一重《つゐたけじゆばんたゞひとへ》、衣服《きもの》を着ねば成るまいし、扱帯《しごき》もせずば成るまいし、其を揺起すくらゐなら、はじめから扨《さ》て恁《か》うぢやない。

　思切つて起した処で、汚い音を聞かせたあとの、又この人の心づかひ、人騒がせの夜更を思へ。

　寒さは寒し氷を浴びる、胸には硫黄が沸上る。水も火も一斉に、ぐわち〳〵と身震《みぶるひ》しながら、情《なさけ》の牢と、正面の雨戸に縋つて、やあ、ふし穴が目に成れ、と破つても出たさうに藻掻くうち、其の節穴がひよい〳〵と動いて縦に並んで、字に成つたかと思ふばかり、ふと一枚、細長い紙を貼つて、雨戸に字を記した箇処がある。

色消しだが、喘ぐ息と、鼻息と、切ながりの涙で、曇つた目を睜いて、熟《じつ》と視ると、巳《み》の字が五文字《いつもじ》……

（巳《み》、巳《み》、巳《み》、巳《み》、巳《み》）

「巳《み》、巳《み》、巳《み》、巳《み》、巳《み》……」

嬉しや、其の下に、サルが五箇《いつゝ》、五箇のサルを、乱杭《らんぐひ》、逆茂木《さかもぎ》、しやにむに抜くと、カタリと開いた。

外は早や雨を含むだ爽な松の香、緑の伏籠《ふせご》の留南奇《とめき》である。

四

其処《そこ》の通椽《かよひえん》は、樹立繁き庭に面して、雨戸と言ふもの、設《まうけ》がない。此の深夜に、開放《あけつぱな》しに成つて居て、折から鐘《ね》の音が誘ふ、風の音信《おとづれ》もなかつた、が、夜気は冷かに面《おもて》を打つて、頭には石を負ひ、胸には火を包んで悩ましい中にも、心は確《たしか》に、目は爽かに、何《ど》うやら火宅《くわたく》を遁出《のがれで》たと言ふ気がして、片側を視ると、磨硝子の戸の鎖《とざ》したのが、づらりと続いて、松を籠めた有明の電燈に、宛然《さながら》月影の映す風情がある。

突当りは真暗で、穴のやうだが土間らしい。

ぽツと、内側から薄紅の、硝子戸に浸出《にじみだ》すのは、京の女の肌を浸す、滑かな湯殿であらう。――其処から斜違《はすか》ひの庭前《にはさき》に、夜目には確《しか》と分らぬけれど、葉がくれに見えて、ほんのりと、白い手拭が掛つて居る。手水鉢《てうずばち》に相違あらじ。

嬉しや厠《かはや》か、とつか〳〵と行くと、ものは果して其だつたが、あゝ、上草履が、戸の外に、整然《きちん》と一足脱いであつた。

実は、湯殿の前にも上草履が見えた――が、置忘れたのであらう、今時分、誰も湯に入るものは無い。いづれにしても、其の方は気にしないで済むだけれど、此の厠の前のには、ハタと又肚胸《またとむね》を吐いた。

断るまでもない、唯一足、が、一足だとて何う成らう。

尾籠《びろう》ながら、……最う我慢が成らぬ。

唯《と》、偶《ふ》と前に在る其の真暗な土間に気が着いた。恁《か》う、妙に陰気で、湿つぽい様子が、客用にあらぬ、俗に言ふ下後架《しもがうか》が何うやら在りもしさうな気がしたので、柱に摑まつて爪尖探《つまさきさぐ》りを行《や》ると、庭下駄やら、台所穿やら、とに角穿物が触つたのを突掛けて、のめづるやうに土間へ下りた。が、暗い事は、鼻を撮《つま》まれても分らぬ。

いや、不格合さは御察しに任せる。……木菟は、わく〳〵した手捜りで、其の捜す手がいきなり便器《あさがほ》に打着つても、もう構はぬ気で、下駄を引摺り〳〵且つ恥を言はねば、理《わけ》が聞こえぬ、ふん〳〵と嗅ぐ。が、一生懸命だと、暗い中に、何か有りさうな、もの、形が、朦朧として、皆手水鉢に見え、便器《あさがほ》に見える。だけなら可《よ》けれど、同時に其が、残らず、沢庵桶に見えたり、大な鍋に見えたり、擂鉢に見えたり、然《さ》うかと思ふと前刻《さつき》の紅梅の鉢植に成つて、鶯がひよいと留つて居たり、上草履が並んで居たりする……

浮《うつか》り、こゝへ便《し》やうものなら、馬だ、驢馬だ、犬だ、怪《ばけ》ものだ、いや狂人だ。夜が明ける、と京洛中の騒動に成る。

が、最《も》う難堪い。

「弱つたな、此は弱つた。」

つひ情ない声を出して、其処は断念《あきら》めて、半分泣き〳〵、蹌《ひよ》踉《ろ》々と後へ戻ると、然うでもない。もしや此の間に、と空頼みにした例の草履《スリツパ》は、鼻緒に根を生じてぴたりとして、一寸も動かず厠の前に納まり返つて居る。

木菟は椽へ上る元気も失せて、框《かまち》の柱にがツくりした。

其の時であつた。……

ぱツと鳥影が映《さ》すやうに、人気勢がしたので、偶《ふ》と顔を上げると、湯殿の前に、背後向《うしろむき》に立つた、白身の婦《をんな》の姿がある。……余程静かに戸を開けて、其処へ出たか、此方が苦しいので夢中だつたか。……気のついた時は最も其処に——雫の音もしなかつた湯殿の裡が、此の時二度ばかり、ざあと鳴ると、暖い湯の香に添つて、黒髪が芬《ぷん》と薫つた。

婦《をんな》は、紐一条《ひもひとすぢ》なしに、トぽツと全身に湯の霧を、柳の絮《わた》の散るやうに絡つたが、ふくらみを腰に示《み》せた肉の緊つた肩なぞへに、撓《しな》やかに落した手に、濡色の、青白い、手拭をだらりと下げた。ソ其の手拭の端だが、一つ撓んで、上へズル〳〵と巻いて、によろりとして、且つ尖つたのは鎌首で、長虫である、蛇である。

五

「あ……」

左の手にも又一条《ひとすぢ》、づらりと畝《うね》つて、コと鎌首を立てたのを……世に実にあるまじき事ながら、浅間しさは、余りの思掛《げ》なさと、目覚しさと、膚の白く美《うる》はしさとに、我にもあらず、唯《と》認《み》つゝも、婦《をんな》の艶やかな円髷に心着くと、何故《なぜ》か昨日《きのふ》の暮方に、奈落の旅籠屋《はたごや》で、蘆絵と碁を打つのを現に見た、其の御寮人と言ふのに似た、と思ふ時、動くか、膚の色が筋を薄紅に颯《さつ》と冴えた。と同時に、てら〳〵と二条《ふたすぢ》の蛇の鱗が光つて、一つは碁石を揃へて黒く、一つは碁石を繋いで白く、アレ揺れる、女の指が細く長く、軽さうに尾を取つて、柔かに撮《つま》んで、然も肩よりして背筋、脇、胴のまはり、腰、ふくら脛にづツしりと蛇体の冷い重量《おもみ》が掛る、と、やゝ腰を捻つて、斜《なゝ》めに庭に向いたと思ふと、投げたか、棄てたか、蛇が消えると斉《ひと》しく、黒髪の影は長き裳《もすそ》の如く、円髷の容《かたち》は大なる袖に似て、颯と真綿に濡色の婦の姿を隠蔽《かく》して、松の影に靡くかとすれば、湯殿の燈がパツと消えて、忽ち椽《えん》の其処が真暗《まつくら》に成つた。

カタンと扉《ひらき》の音、出入口は(巳巳巳巳《みみみみ》)であらう。

ざわ〳〵ざら〳〵と鳴つて、空を揺る庭木の響。放した蛇は、土を這つても、梢をば伝ふまい。風が出たのであらう。手水鉢《てうずばち》の手拭は、暗中《くらがり》から白く顔のやうに此方《こなた》を覗いて、ひら〳〵と嘲笑《あざわら》つて、吹添ふ風が黒く、而《そ》して、むら〳〵と燥腥《なまぐさ》く鼻を衝いた。

電光《いなびかり》の切目の如く、フト忘れた、胸の悪さを、錐で抉るやうに思出すと、最《も》う堪《こら》へられない。今は外聞も恥もない。

からり、と扉を開ける、と男用の青い便器《あさがほ》に逆《さかさ》に成つて、真黒にした、か吐いた。玉子焼が生《しよう》のまゝでくる〳〵と舞つて落ちた。木菟は両手を瀬戸煉瓦の壁に縋つて、ぶる〳〵と震へたのである。

「がツ〳〵がツ、げツい、げツい。」

時鳥《ほとゝぎす》も五位鷺も一所に鳴く。やがて目も鼻も口も、首も手足も一縮みに、木菟は円く成つて、椽の手水鉢の前に蹲んで居た。

「何だ、誰も居ないぢやあないか。」

入つても、出ても、上草履は旧《もと》のまゝで、厠には他の人の気勢も無かつたのである。

漸《やつ》と人心地。……

「言語同断、夜中にあんな事をする婦《をんな》だ、自分が湯に入るのに、横隣《よこどなり》の便所へも人を近づけないために、計略の藁人形……」

と独りで苦笑したが、また思ふには、

「いや〳〵、世の中に何が間違へたつて、蛇を二条《ふたすぢ》両手に提《さ》げて、裸体《はだか》で玉芝の廊下を歩行《ある》く婦《をんな》のあらう道理はない――雨の繁吹《しぶき》が碁石に成つて、ばら〳〵身体《からだ》へ降懸《ふりかゝ》つた気分も同一《おなじ》で、胸にこだわつた不潔な汚い不消化物が、吐出すのに先立つて、仮に幻に顕はれたのだらう。

其に違ひない。……とすると、魔法使だ、仙人だ、凄いものを飲んで居た。迚《とて》もの事は、蛇は遁げて婦《をんな》だけ胸に残れば可い。」

と半ば串戯《じやうだん》らしく思ふのも、やゝ胸のすいた嬉しさであつた。

藁で庵形《いほりがた》の屋根を組むで、竹の水車を仕掛け、引出しにして手拭の切をくる〳〵と砧に巻いて軒に掛けたのを、引くと、くる〳〵と廻る時、カチ〳〵カチリと何やら音がする。

鼠が噛るのではない。

鶯が密《そつ》と嘴を鳴らすのかとも思へば、美い女の幽に歯軋をするかとも聞こえて、聞澄ましても留まないのである。

カチ〳〵カチ〳〵と冴々と細く響く。

「否《いや》！」

渠《かれ》は愕然とした。

腹で碁石が鳴るのではないか。

「馬鹿な事を。」

六

が、実際、耳を脈《みやく》に着けて、熟《じつ》と聴入つたほど、何とも知れぬ其音は、糸が絡みつくやうで、木菟の身を離れなかつた。

けれども、可厭《いや》な音でも、不快な音でも、気味の悪い音でも何でもないので、凄く、綺麗で、細く、可愛らしく、而《そ》して寂しいのは、象牙づくりの雛が手拍子を打つやうで、伝説の中の姫が、世に漂泊《さすら》へて四ツ竹を鳴らすやうであつた。

余り唐突な譬喩《ひゆ》は、言葉が幽玄、凄艶に似ても、籔から棒に人騒がせをするやうで、聴人《きゝて》を驚かすのである……が、真個《まつたく》、聞澄ました時の感情は、譬喩《たとへ》を誤らなかつた。

……桐の箱から、真綿を解いて出したやうな、京の祇園の舞妓が二人、真暗な樹の下に立つて、黒白の棋石を一石づゝ手に持つて、玉を刻むだ前歯を敲いて居た……其の音である……

恐らく、此の事実は、単にカチ〳〵、カチリと鳴る丑満頃《うしみつごろ》の幽なもの、音響を聞いたばかりで、雛が手を拍ち、姫が四竹《たけ》を鳴らすと聴取つた荒唐な想像よりも、一層読者を驚かさう。

雖然《けれども》、其の実際に衝撞《ぶつか》つた木菟の驚駭《おどろき》は、読者が聴いて驚かる、ぐらゐな事では無かつたさうである。

で、先づ、錦、綾、友染、金の糸、銀の糸、玉の飾、花簪《はなかんざし》、京風の髷、だらり結び、振袖、濃い笹色紅、揺れるとちら〳〵と真紅な、此の極彩色の舞妓、絵の如く暗夜《やみ》の庭に、仮《かり》に立たせて頂きたい。

場所は庭である。が、飛石の上、石燈籠の傍でもなく、窓に梅の枝の葉をはら〳〵と宿した、離座敷の円窓の前で、東山づゝきの土の上である。

丁ど、木菟が土間へ下りて、捜つて歩行《ある》いた其の土間は、此の椽側から右の方へ畝《うね》るので、舞妓の立つたのは、反対に庭へ出た其の取着《とりつき》の処で、離座敷へは歩行板も橋も無しに庭下駄で伝ふ誂への、其の梅松の葉がくれの、暗い緑の如き庭前《にはさき》である。

其処に舞妓が、袖も友染の対に二人、暗の中に、靄に包まれて白く灯れた、燈心の土器《かはらけ》を、緋に花の刺繍《ぬひとり》ある襟元に捧げて、片手に据えつゝ、黒く、白く、紅と笹色の唇を、前歯を、碁石で敲いて居た。

木菟は、框際《かまちぎは》の、其の柱に摑まつて見たのである。

ほのかに映《さ》した、葉に桃色の蝶のやうな、燈心の灯も一つはしるべで。……

……はじめ、木菟は、床しい、微妙な、幽な音に、打傾き〳〵、つひ二歩三歩。と松に、ちら〳〵と掛つて、軽く絡はる霞の灯影に、思はず、つか〳〵と出て庭を覗いて一目視た。

其の光景を思へ。

余りの事に、柱に縋つて、半身を、松の葉摺れに、ひやりと濡れながら、ぬいと出す……

唯《と》、緋桃の花片《はなびら》戦《そよ》ぐとばかり、揺る、のは棋石を叩く前歯のみ。水晶に黒く漆したやうだつた二人の双の四ツの瞳が、昆虫の如く輝いて、ちらりと動いたと思ふと同時に、

「何や。」

「怪体《けつたい》な。」

「誰や。」

「好かん。」

呼吸《いき》を揃へて、吻《ほ》と吹いた、燈心がフツと消えると、薄くなる間も、霞む間もなく、パツと立処に姿が消えた。暗がりの裡から、颯《さつ》と狙つて、礫《つぶて》が飛んだ。

……礫が飛んだ。

七

其の一個《ひとつ》は外れて、柱に迸《そ》つて失せた。が、一個《ひとつ》はハタと冷い虫の膚触りして、頰を撲つて、ヒヤリと襟に落ちた。

「あツ。」と飛退つて、木菟は身悶へをしながら手で胸を捜した、其の間の不気味さと言つてはない。飛込むだものは蛇の首で、摑出すものは守宮《やもり》の尾であらうと思ふ、氷のやうな汗の流る丶心地で、ウと握つて痙攣《ひつゝ》りながら、ぶる〳〵と戦慄《わなゝ》く掌を、燈に透かすと、黒い碁石で……

唯見《とみ》ると、奈良の一膳飯で見たと同一に、薄青いのと、曇つた金と、濁つた銀の摺込みの横縦の縞がある。

が、怪むで確《しか》と認める余裕はない。何とも異様な、悪燥腥《わるさうなまぐさ》い、其の臭気と言ふものは。……庭へ振飛ばすと、ざらりと黒い鱗を立て丶、青い腹を飜して、づる〳〵と蛇に成つて這つて行く……と思つた。一呼吸も堪へず、鉢前へのめつて、又した丶かに、どろ〳〵と吐いて〳〵吐出した……

世に祇園の舞妓を視て、風流にも、碁石を取つて礫に打たれて、ために、した丶かに吐いたものは他にはあるまい。沙汰の限りである。

いや、お話に成らぬ。

「不思議だ……が、皆食つたものが化けて出たのだ。」

要するに、余り身に相応はな過ぎる、美人とさしむかひの旅行をした丶め、愚にも着かない食ものなんぞに可恐《おそろ》しく刺激をされた、神経衰弱、俗に云へば脾《ひ》肝《かん》煩《わづら》ひ。……これが小児《こども》だと、虫の所為で。偶《まゝ》、とろ〳〵とした春の宵《よい》など、何《ど》うかした工合で、一人寂しく椽側、框などに彳《たゞず》むことがあると、隣座敷を白犬がスツと通る……、思ひ掛けず兎が飛んだり、可厭なのは、鼬《いたち》がツウと切つたり、馬がのそ〳〵と出たり。地獄か畜生道に落ちたのかと可恐《おそろ》しくもなれば、また世界の話など聞いたあとだと、フツと駱駝が歩行《ある》いたり、黒奴《くろんぼ》が乗つたり、赤い頭巾《トウバン》を着て居たり、鵠《こふ》の鳥が顋髯を長く生して鮹を狙つたり。空虚な八畳敷がパツと砂漠に成つて、心細さに泣出すかと思ふと、萌黄の簾の垂れた蒔絵の長轅《ながえ》の駕籠が見えて、官女が白衣、緋の袴で、小さな金の釜、銀混炉、紫の服紗まで調《とゝの》つた、茶箱を担いだ奴が供して、仕丁が台傘《だいかさ》、五人囃子の笛鼓が、曠野《あらの》か峯かと思ふ遠くから遥かに聞こゆる合方に連れて、畳のへりの清い処をスツと曳いて通る。お丶、雛の行列、と可懐しさに、おのづから玉のやうな美しい涙がはろ〳〵と溢れるかと思ふと、絵本の通りの鼠の嫁入が、スタースターと落着澄まして行くのが、面白くつひ莞爾《につこり》と成る……母親の使ふ剪刀《はさみ》の鈴がコロ〳〵と鳴つて廻る。

……と同じ訳で、忽ち六道、俄に天上、鷲の翼の暴風《あらし》と成り、鳩の声の日和《ひより》と成る……いづれも虫の所為《せゐ》と聞く——

但《たゞ》、年長《とした》けた邪《よこしま》さに、蛇を提《さ》げた白呈皓研《はくていこうけん》の年増、碁石を含んだ綾羅《れうら》金繡《きんしう》の少女《をとめ》を、幻に視たのに相違あるまい。

「確《たしか》に然《さ》うだ……」

遍《あまね》く人体に宿る、幻奇、怪玄、五臓の神に感謝せよ。

襟を合はすと、一種敬虔なる心持で、更めて清めた手を拭く、水車仕掛の手拭が、曳くと颯《さつ》と下《さが》つて、キリ〳〵と巻上るのが鎌首に似たのに故《ことさ》らに一揖《しう》して、立直ると心気爽かに、寝乱れ姿も、しやんと成つて静に椽を扉《ひらき》に入ると、鉢植の紅梅の、色も香も新しく咲出でたやうに視《なが》めつゝ、階子壇を、落着いて、足音も軽く、浮いて上るやうに、友染に霞の立迷ふ、蘆絵とおなじ閨に帰つた。

見ると……艶に媚《なま》かしい、炬燵に縺るゝ萌黄の糸、掻巻の綴糸のほろ〳〵と緩んで溶けるやうな、夜《よ》を籠めて萌ゆる下草の香《にほひ》ともに、戸外《おもて》に颯《さつ》と松の翠の春の雨。

蘆絵の胸は尚ほ霊呈《あらは》に、霞を掛けて蒸した風情《ふぜい》の、袖の乱れた手の白さ。

八

腰を附けると、褥《しとね》は浮いて、天井は矢張り暗いが、白い雲に乗つた心地也。

然も添寝の半面は、暖かな池に浮んだ趣がある。

最《も》う、恁《か》う成ると、鼻が可愛い嘴《くちばし》で、髪を結つた。鴛鴦《をしどり》でも構はない、畝《うね》つた二の腕が、鵠《こふ》の鳥の長い首で、くるりと巻いて一つ畝つた小蛇を啣《くは》へて居やうが怪《け》しうはない。

触ると、むく〳〵と血が動いて、颯《さつ》と羽《は》二重《ぶたへ》漉《ごし》に、我が脈に灌《そゝ》ぎさうな腕《かひな》を密《そつ》と取つて……先方《さき》の掻巻の裡《なか》に入れた……

「かぜを、おひきでないよ。」

と、うつかり言ふと、

「はアい。」

と現《うつゝ》らしく、魂に鶯が入交《いれか》はつたかと思ふ声で、幽な返事をしたのが、不思議に、前世の約束の恋人のやうに聞こえた。

ほろりとするまで、何となく身に沁みて、熟《じつ》と声を聞くうちに、いつの間にか、媚《なま》かしい長襦袢が、蝶の飛模様の小袖に替ると、莞爾《につこり》笑つた顔と顔を見合はせながら。——此の丑満《うしみつ》を何処へ行く——……

頬被《ほうかぶり》をしないばかり、骨のない袖と袖を、縒《よ》れつ縺《もつ》れつ、雨戸開ければ欄干越、緋の扱帯《しごき》の結んだのも松ケ枝に残さずに、濃い浅い翠《みどり》の梢をスツと渡つて、庭越しに京の町へ出た。

律義な事には、雨がしと〳〵と降つて居るので、傘をさす、相合傘、が、番傘で。これが円くほんのりと暗夜《やみ》を浮いて行くのが、誰が見るのやら判然《はつきり》見える。見えつゝ、ふわ〳〵と中有《ちうう》を通る。

蘆絵は草履で。

何処で借りたか、木菟は足駄穿。

処で、傘の柄を両方の手で持添へながら、

「取替へやう。」

「可《い》ゝんですよ。」

あれ……何処の国の言葉だか、二人で喋舌つて、足と足と、白々と、ちらりと暗に、穿物を取かへる……踵も空で、矢張り中有《ちゆう》だが、場所が、と思ふと、嘗て詣で、見覚えのある、清水の坂の中途である。

此が魔所だと聞く児《ちご》ケ淵《ふち》だと、真葛《まくず》ケ原《はら》を紀の路へか、つて、行衛も知れず成るのである。

操《あやつ》るものは鬼にせよ、魔にせよ、行く処は清水と思ふうちに、暗夜《やみ》には碧い山門の下で、番傘がフツと消えると。……

……渠《かれ》は其の跡を知らなかつた。——

ほの明りに緑を籠めた、薄紫の春雨に、障子さへ細めに開けて、霞の流るゝ庭の樹立の梢に対し、立つと人たけばかりの黒檀の椽の姿見に片膝立てゝ、水紅色《いきいろ》に白で独鈷《どつこ》の博多の達手巻、づるりと弱腰、鳩尾《みぞをち》を縊《くび》らし、長襦袢のまゝで、朝湯のあとの薄化粧を、いま仕澄まして、ト肱を撓《たわゝ》に脇明を雪のやうに覗かせながら、油のやうな濡髪を、両手に紅を飜して撫着けながら、

「ほゝゝ、貴方の方が色が白い。」

「御串戯《ごじやうだん》もんだ、鬼が笑ひます。」

と、うつかり背後《うしろ》に立つた木菟は、ついと八畳へ畳を辷つた。

羽二重の坐蒲団、脇息《けふそく》を対に、最う火桶には銀瓶に湯が沸る。

……座敷は替つた。二階が三間続きの中の間が、然うして蘆絵の容《かたちづく》る姿見の在る処で、向ふの六畳か昨夜《ゆふべ》の閨の、隅の開いた襖の陰から、夜の調度が、散つて崩れた牡丹の花片《はなびら》の如く、朝の雨を、ほのかに覗く。

さて、さすがに、二条《ふたすぢ》の蛇と、婦《をんな》の浸つた湯殿へは入り得なかつたけれど、傍《かたはら》の洗面場に、……行届いた、歯磨のコールケート、石鹼のペイヤの球《たま》を使つて、口漱ぎ、顔を洗つた心持は、清く爽かで、胸に滞つたものは何もない。

且《かつ》は其夕《そのゆふべ》こそ、待ちに待構へた征矢《そや》が、土佐から帰る日なのである。

九

京阪地《かみがた》に、切込鍋、また、すいしや鍋、すいしよ鍋とも称《とな》うるのがある。鯛、蝦の切身と一所に、湯葉、生麩、水菜、菠薐《ほうれん》草《さう》、蕪の類を交ぜて薄いつゆで煮込むので、魚は鮮《よ》し、野菜は甘《うま》し、つゆの加減も至極好い。魚と菜を切込むから、一つの名は分つたが、最う一つの方が明かでない、粋な座敷の寸法で、粋者鍋だと言うのもある、が覚束ない。取合はせた魚の頭の、明石鯛の眼を水晶に見立てゝ、水晶鍋の所説《いはれ》も拵へ過ぎたり。案ずるに、水煮の意味で、水煮鍋なら大した相違は無さゝうである。

此を煮ながら、小雨を見つゝ、掃清めた新座敷で、蘆絵の酌で、白鶴の熱燗となると、昨夜《ゆふべ》の怪異は、京の地図に色糸で刺《ぬひ》繡《とり》した夢に過ぎない。

木菟は半ば忘れて居た。

「あ。」蘆絵が思出したやうに、欄干越に庭を視て、

「池の前の、あ、お亭《ちん》だんな。」

老梅の枝、さしかはす、色の分けて濃き中に、石を畳んだ苔

青う、萱屋《かやや》づくりの庵《いほり》を据えた。が、小窓の障子雨に深く里を離れた風情《ふぜい》であつた。

「四畳半か知ら、洒落たものだね。」

「昨夜《ゆふべ》、障子の桟に碁石を置きました時、見てからな、余り好うて、夢にまで見たんだす。」

「……」

「今朝起きて、前刻《さつき》お湯に入る前に、一寸飛石づたひに……濡れても構はんわ……」

と、しなやかに肩に手を遣つて、

「いゝ工合な雨ですよつて、羽織を引かけたなりで、行つて見ました……壇がおます。……男はんと二人こんな離座敷やつたら、真個《ほんと》に浮世に思置くことはない、と思ふて、横側の障子の硝子から密《そつ》と覗いて見ましてん、お客を泊めるか何うや知れん。こんな綺麗な家《うち》ですけどな、畳の上に積るほど、強い埃だんね。三畳敷や、見たよりは小さうおます。……そして何様か祭つてありますわ。床の間の前に、古い〳〵碁盤を飾つて、棋笥《ごけ》の上に、燈明土器《とうみやうかはらけ》を対《つひ》に置いて、燈心が二筋ぼんやりと点いて居ました。」

木菟は杯《さかづき》をハタと置いて、

「はあ、で、祭つたのは。」

「何神様や知れません、床の間に真黒な掛軸がおましたけれど、暗うて可《よ》う分りませんでした、寂々《しん〳〵》として、陰気でな、何やら凄う成つたよつて、密《そつ》と帰りましたえ。」

と一寸顔も陰気に成る。

「へい、大きにお構ひもしまへんで……」

女中が、銚子のおかはりを持つて来たので。

「やあ、お世話。……姉さん、真個《ほんとう》に閑静で、好い心持のお家だね。」

「へい、大きに……」

「庭の奥の、あの亭《ちん》のやうな離座敷は、絵にも描けないやうな形だ、が、何うだらう……私が、もし生れかはつたら、蘆絵と二人で、彼処《あすこ》へ泊めて貰へるだらうか。」

「ぢやら〳〵と、貴方《あんた》はん、何言はゝる。」

と女中が笑ふと、蘆絵も流眄《ながしめ》で莞爾《にっこり》した。

「いや、串戯《じやうだん》ではない、」

「ほんなら、今からでもお越しやす。」

「しかし、滅多に誰も人を入れないのぢやあないのかね、何か、祭つてあると言ふぢやないか。」

「はあ、巳様《みいさま》が祭つておます。」

「みい様とは?……」

「巳様。」

「蛇かい。」

と突抜けると、蘆絵が密《そつ》と畳を叩いて言葉を押へて、注意しながら。

「然う、巳様がお祭りしてあるのだツか。」

「家《うち》のぬしはんやさうにおしてな、二匹や。」

「えゝ!」

木菟は翼を縮めた。

「出ますか、時々、其処等《そこいら》へ。」

十

「そないな事、おまへん。」

と女中は頭を棹《ふ》つて、

「尤もな、先《せん》のうちは、よう庭へ遊びに出やはつて、松の樹へ連《から》まふて上らはつたり、軒から、よれ〳〵に成つて、二条で下《さが》らはつたりしたさうにおす。そやかて、ぬしはんやよつて、どないにもしやはらん。些《ちい》とも可恐《おそろ》しないさうにおすが……五七年あとに、嵯峨の法印《はふいん》はんに、内で頼みやしてな、其の法印はんが、あのお亭《ちん》へ祭つて、封じ込みやはつてからは、最《も》う、お姿は人目に掛けなはらんさうにおしてな。へい、私《あて》が奉公して四五年にも成りますけど、真夏や言うても一度かて拝んだ事はありまへんで。」

「成程、祭込むだと言ふ訳なんだ。」

「へい、客商売やよつて、お客様によつては、お姿を嫌はゝります方もおますやろえ。」

「お客様によらいでも、蛇……蛇も怪《ば》けた方ぢやあ尚ほ大変だ。」

「貴方《あんた》、巳様が化けやはるもんどすかいな、そりや狐、狸の方でおますせ。」

「何、狐や狸なら。」

「ほんなら狸を出しまひよか。」

と急に陽気に吻々《ほゝ》と笑ふ。

「狸は嬉しい、呼ぶと出るかい。」

「貴方《あんた》もな、話だすが。……緋鯉のやうに手を拍いて顔出すのやおへんけどな、彼処《あつち》の高台寺の森には居ますよつて……つひ近間までは、よう見たものがおますさうな。内《うち》のお上はんやかし、十一二の頃までは、広い境内に、娘はんたち遊んで居ると、夕景《ゆふけい》にはな、フイ〳〵と、手《て》ン手《で》の髪の花簪《はなかんざし》がなく成るさうにおす。あ、あ言ふて手を遣る間に消えまんが。……あくる朝、行つて見た事なら、大きな〳〵杉の根のまはりに、何本も、何本も、すく〳〵植えたやうに並べてあるのえ。」

「此は手綺麗だね。」

「然うか思ふと、お池がおすがな、此の春のとろ〳〵とした日中なんで、摘草やかしゝてやとな、お池のまはりへ、スツ〳〵と、誰も人影もおへんに、赤い日傘が、ぱあと開いて、七ツも八ツもくる〳〵と並びまつさ、あれ〳〵言ふて、小女《いと》はんたちが取らうとしやはると、シユツ〳〵とゴム風船のやうに縮まつて、消えて了ふえ。皆お狸はんの悪戯《いたづら》やさうにおす。」

「面白い、お目に掛りたい狸だなあ。」

蘆絵が、

「真個《ほん》になあ。」

つひ、此の話に、うか〳〵と杯を重ねて、とろ〳〵と成るまで酔つた。

「此処のお上さんが、十一二ぐらゐな時分と……すると、今はお幾才《いくつ》ぐらゐだね。」

「ほ、当て、お見やす。」

「狸ぢやあないよ。……一度も逢つた事のない人の年が分るもんですか。」

と言掛けて、何故か、昨夜の湯上りの婦《をんな》の後姿を思出した……

「が、お待ち、御病気ださうだけれど、万端行届いた、此の綺麗事の容子《ようす》ぢやあ……然《き》う二十七八の美人だね。」

「そんなお口のうまい方、養子にしたいさうにおす……」

――後《あと》で知れた……（もし其が事実だと、幻怪深刻なる魔媚《まび》の修法に因つて、みづ〳〵と少《わか》い。）

――が、最《も》う五十《ごじふ》才の上だと言ふ。――

蛇も、狸も何の其の、神将の第一人、征矢は、土佐の沖を雲で飛んで、晩には大坂へ着くと、曽根崎の石百《いしもゝ》で落合ふ手筈に成つて居る。

汽車は五時頃ので、京を発てば可い。

蛇の話を紛らすためか、何か、其とも偶然だつたか、杉の根の花簪と、池の陽炎の絵日傘は、狸の声も京訛、太《いた》く木菟を喜ばせた。

朝酒の過ぎた酔も頻《しき》りに、昨夜の疲労《つかれ》、寝不足で、小雨は降る、暖し、鶯は鳴く、霞は煙る。

「一返おやすみやす、――」

蘆絵に、

「貴女《あんた》はんも。」

と、女中の言半にして、脇息をづいと押遣ると、坐蒲団で肱枕。

松の梢の高塀越、寺詣の、わや〳〵と人声を……

「それ、狸が、狸が。」

十一

「あゝ、ぐつすり寝た。」

と、衝《つ》と健かに半身を起す、と起きた方向《むき》で、丁ど真直に中の室の――姿見を飾つた――其処を通して、昨夜の閨を見るやうに成つて居たが……

間《あはひ》のや、隔つた所為《せゐ》か、しと〳〵降暮らす雨ゆゑか、其処は最う薄暗かつた。其の肘掛窓の処に、黒髪と白い顔、欄干に迫る松のみどりに蒼ずんだ衣きた婦《をんな》が、寂しさうに一人、熟《じつ》と此《こ》方《ちら》を見つゝ坐つて居るのを、枕を擡《もた》げ状《さま》に、蘆絵と見た。

唯《ト》、其の婦《をんな》が、蒼白い横顔で見越して、此方《こなた》の起上つたのを心着いたらしく、美しく通つた鼻筋のあたりへ、白い手を上げて、黒髪の濃い影から、恁《か》う隠顕《ちら〳〵》と招く。

「おゝ。」と言つて、掻巻を抜けた。木菟は、今朝既に衣《き》ものを着替へて、紺博多の角帯を占めたまゝで寝て居たのであつた。

が、彼方此方、二三枚、障子を開放して居たのが、寝ぬくもりを急に引攪つて、肌寒いので、直ぐ手の行く処に、袖だゝみにしてあつた、絣の羽織を引被けながら、づツと中の室《ま》まで出た。が、蔽のしてない、其の姿見に、明かに我が等身の影が、畳を斜違《はす》に足袋ながらスツと映つたのに、ふと瞬く間気を取られた。

取られたうちに、つひ、其処に、つひ、いま手招きした人の姿が影も無い。

隠れたか、と覗いた、が眴《みまは》したが、押入も何もない。振返つて、小戻りをして、恁う立状《たちさま》に覗くと、

「何だ。」

蘆絵は、我が其の掻巻と枕を並べて、おなじやうに寝て居たのである。べたりと濡れたやうな鬢が、あの横顔を柔かに劃《くぎ》つて、桃色の小枕の切が、ほんのりと瞼に映つて、濃い睫毛まで見える……

あの、こんもりとした鼻どころか、其睫毛さへ頬に触れたらう、と思ふと、……ぶる〳〵と慄へた。

其れを厭《いと》つたのでは断じてない。

渠は、生れて以来、其の蘆絵の寝姿ばかり、艶々《なま〳〵》しいとも、もの凄いとも、不気味とも、可恐《おそろし》いとも、綺麗だとも、濡れたとも、光沢《うるほ》つたとも思ふのを見た事がなかつたのである。

と言ふのは、斉しく薄寒かつたか、袖も肩も、やがて顔の半ばまで、ひた〳〵と身につけて、するりと横寝の、背筋をなぞへに、ふつくりと腰の線を掻巻いて、すつと爪尖を揃へた、裾は細く、隣の掻巻に隠れたが、蘆絵が身を包んだのは羽蒲団で、萌黄と、薄萌黄が光綿《ひかり》の工合と、姿で濃く淡く、更紗形の羽二重に、黄、樺色、朱、青を交ぜた唐草をちら〳〵彩つたが、伏糸で、する〳〵と横に綴目をつけたのが、畝つて、波を打つて、縺れて、恁う巻きに巻いて、すべ〳〵として滑かな……で、何と見えやう、萌黄、薄萌黄の縞の膚に、黄と朱と、青い鱗を鏤《ちりば》めた、錦に紛ふ蛇一条。

鼻白く、睫毛濃く、髪黒く、松の畳に満ちて脂《やに》の薫る裡《なか》に、降る雨に、しんと、寝鎮まつて居るのである。

木菟は立窘《すく》むだ。

「いや、しかし構はない。……あの婦を我がものに。……此間から言ひ難ひ迷にも、大阪の妓だ。……男振は構ふまい、金がなくツて、何うして煩悩の犬に従はし得やう、と謹んだ。此の紫《し》首錦体《しゅきんたい》の毒蛇を征服する望はない。が、呑まれて、餌と成つて溶ける事は出来るだらう。……溶けやう、蕩けやう、あの青く畝つた腹へ、……」

ぶる〳〵と成つて覗込むだ。トタンに姿見に映る顔を見れば、あゝ、親の産んだ面影は、木菟には似ても、蛇ではない。

「えゝ！ 気を確《たしか》に……」

思はず、二の腕を擦ると……こゝに種《う》えた種痘のあとは、鱗でない。

清い、幼い、熱い涙が、ほろ〳〵と流れて、衝《つ》と身を、六畳の間へ退いた、櫺子《れんじ》づくりの小欄干。

誰《た》そ……此処で今招いた婦は？……

十二

瞳を、庭の面に外らした渠《かれ》は、又愕然として駭《おどろ》いた。

こゝにも不思議なものを視た。

樹がくれの、亭《ちん》の、障子の、硝子越に真青な婦《をんな》の姿が映る。

……いや濃い群青、緑青《ろくせう》の色、青銅の黴の色だと言はう、古樹《ふるき》の幹の黒ずんだ苔にも似て居る……

肩、襟、胸、帯の上あたりまで、端坐して、半身が梅松の葉を分けて、硝子《ガラス》に映るのが、青とも、緑とも、縹色《はなだいろ》とも譬へむ方なく、袖、衣紋《えもん》の、隈ありと思ふ処は、緑青を刻むで、左向きに、やゝ斜《な》めな、差俯向いた、痩せた横顔は藍よりも青い。

島田髷にや、と思ふ髪は、群青を濃く束ねて、淡くはら〳〵と浅黄のをくれを乱したのが、色ある影絵の如く、薄く煙る雨の奥、碧潭《へきたん》の如き庭の緑の底に、後なる山の森の蔭を籠めて、鮮明《あざやか》に見透いたのである。

何秒か何分か、はたそれ、幾干《いくばく》の時ぞ、瞬きもしないで瞻《みまも》つた間、婦《をんな》の影は、毛一条《けひとすぢ》揺ぐともせぬ。

はツと瞳を離す時、黄昏の京の電燈は、燦《ぱつ》と濡色に散つて点《とも》れて、影を中空に流しつゝ、庭の松にもちら〳〵と青く点れた。

座敷の障子は、颯《さつ》と紫。

青い婦の、亭の窓は、其よりも濃い、暗いばかりの紫である。

「うーむ。」

と幽《かすか》に呻吟《うめ》くかとすれば、蘆絵は、衝《つ》と枕を上げて、藍を散らし朱を鏤めた、其の滑かな、羽蒲団のまゝ、顔を上げて此方《こなた》を見越す。……

木菟は手招きした。

「了《しま》つた……。」

噫《あゝ》、此の挙動《ふるまい》は、怪い婦が、今しがた我を招いたのに肖た、と胸を打つたが、最《も》う遅矣《おそい》。

「おゝ寒。」

とゾクリとしたやうに、色も薄白みつゝ、羽蒲団を其のまゝ取つて、肩に引しめながら、夢に乗つたやうに、飛模様の蝶々の裳《もすそ》、ふら〳〵と此方《こなた》に来つゝ、

「貴方。」と、崩れるやうに、くツたりと寄添ふ。

「蘆絵さん、」

「え。」

「一寸、彼処《あすこ》を……」

「あれ。」と――一声、すつくとツと立つた。が、亭《ちん》の窓を視るや、否や、

「あ！ 彼処《あすこ》に私が居る。」

と言ふかと思ふと、何の間もない。高く欄干を跨いで出た、裾は離れた、堪るべきや。髪は倒《さかしま》に、枝にも留まらず、中有《ちゆう》に落ちる。刹那、殆ど無意識に、木菟は、飛去る雲を掴むが如く、両手で羽蒲団の片裾を絞つて留めた、が、欄干に、ヅンと女の身の重量《おもみ》が響く。

蘆絵は生死の力を籠めた拳で、縊《くび》る、ばかり肩を包んだ羽蒲

団の其の片端を、襟元に引締めながら、二間下なる車輪の如き飛石を空に離れて、真倒《まっさかさま》にづるりと下つた。

ぶる〱とわなゝく、畝る、波打つ、と腕はしびれ、手は萎へる。……救を呼ぶに声は出ぬ。目は明かに、松葉の数さへ一枚一枚を算うるのである。軒には霞もあるものを、松葉よ、褄を縫留めよ……面影は蜘蛛の巣に搦まれて、綾を抜けた簑虫《みのむし》で、姿は苦む錦の蛇《くちなは》。

悶へ、苦み、巻上り、巻下り、畝々《うね〱》と、伸びつ、縮みつ、果はくる〱と腹を飜《かへ》して、青い鱗に乳《ち》もあらはに、朱の鱗に脛も乱れつゝ、と思ふと、最後の顔に、莞爾《にっこり》と微笑むだが、肉身の膏《あぶら》は赤く衣《きぬ》に染《にじ》んで鱗を通すと、木菟の身からも滝の如く氷かと思ふ汗が流れた。

力は堪へず、目が眩んで、うむと言ふと、男が欄干を上へ、づる〱と引かれて、蘆絵の髪は、血の火花をパツと飛石に散らして、水に捌くが如くに地に乱れた。——亭の燈明がちらりと光る。

途端に我に返つた。が、ハとはじめて夢の覚めた、睫毛《まつげ》に近い蘆絵の顔は、思ひなしか、をくれ毛も濡るゝばかり汗ばんで然も蒼白い。

ト小枕の桃色の切《きれ》を見るさへ、滴る血汐、瞳を破る。……木菟は慌しく衝と立つと、次の室《ま》の姿見に、先づ我が活きたる面を映して、密《そっ》と六畳へ出て、窓を欄干から覗くと、あゝ、あの亭の障子に、同じ女が、同じ色が、同じ姿が。

雨を黄昏の電燈が松の梢に流れた。

十三

——心を鎮めて、羽織の紐を確と締めると、木菟は、一人で密と二階を下りて、椽側へ出会がしらの、女中に、

「一寸《ちょっと》、」

とだけ言つて、玉芝を戸外《おもて》へ逃れて出た。……同じ室で、同じ事して、蘆絵を起して、同じ事を繰返さねばならない事を信じて、恐れ且つ危んだからである。

松原の茶店へ休むで、其処で自働車を誂へて、其から結玉章《むすびぶみ》で蘆絵を呼んだ。——勘定万事宜しきやう……委細は途すがら、との趣《おもむき》にて。

——扨て自働車で、無事な顔を見合はせた時、

「何ですか、不思議な。」

蘆絵が先づ言つたのは此《これ》である。

「私、可厭《いや》な夢を見ました。……朝覗いて来た、あのお亭《ちん》へ、行きたうて〱又行きました。祇園の舞妓はんが二人……」

「……」

「藝妓はんも居た。皆が車座に成つて、棋石につけては油を舐める……碁笥《ごけ》の中は、油どしたえ……床の間の掛地に向ふて、をがんで居たのが奈良で棋を打つた御寮人はんどす。じろりと私を見て、いゝ色艶や、艶豊《むっちり》して言ふて、裸体《はだか》にしやはるとな——蛇が二筋——……私の手足を巻いて縛ると、血も肉もたら

〳〵と滴に成つて、碁笥の中へ――……あツ！」

と言ふ……時しも自働車は、一方が鼠色の築地《ついぢ》で、一方青い練塀の長く続く、渺《べう》とした人なき黄昏の広い道路《みち》を走つて居たが、此の途端に、路傍の柳の下から、ふら〳〵と宙を出て横状《よこさま》に突切つた、藍よりも青い、前刻《さつき》の女が、と思ふと、ギシツと痙攣《つる》るが如く車が留まつた。

「殺《や》つた。」

と附添の助手が、飜然《ひらり》と鞠のもんどりを打つやうにはづんで下りる。

「あ、人を轢いた。」

蘆絵は弱々と成つた、白い頬を、ぐつたりと木菟の膝に落した。

「何《ど》うした。」

「大丈夫……何だ、何にも居らん。」

這縋つて車輪の前後を覗いた助手が、すくと立直つて、しやむと乗ると、粂《くめ》の平内の如く、しやち硬張《こば》つて石に成つた運転手が、ぐい、と把手《ハンドル》に指を掛けるや、三間ばかり、ツ、ツと乗戻して、凱旋将軍の円陣に揖《いつ》する如く、這個大道《このだいだう》を輪に辷らし、半輪に舞つて一廻り廻るかとすれば、静かな勾配の広々とした坂に掛つて、疾風の如く躍つて行く。

嬉しさと、可哀《かはい》さと、もの優しさと、心細さに、雪の頸《うなじ》を抱上げると、弱々《なよ〳〵》と成つた蘆絵の頬に、ツト唇を当てた、が冷かつた。


自働車は停車場《ステーション》より先に、最寄の医師の玄関へ着けねば成らなかつた。

征矢も、大坂から京へ来なければ成らなかつた。来た、が、其の力も病める婦《をんな》を如何せむ。

蘆絵は一度、大坂へ帰り得るまで、持直したけれども、又やがて中の島の病院で情ない姿で果敢く成つた。

木菟も久しく煩つた。

不思議な事には、今まで身の毛を悚立《よだ》てた蛇が、其の、何となく、よくて成らぬ。動物園を覗く、花屋敷に立つ、其の大きく、のたうちのほど、尚ほづら〳〵巻かれたさに堪へられないのを、浅間しがつて……

――内証で話した――

渠《かれ》には言ふまい。作者だけ、密《ひそか》に祇園の或人から聞いたのには、京なる、藝妓、舞妓には限らない、内儀娘《ないぎむすめ》たちの或秘密な組は、（場所は言はなかつたが、）蛇神を信ずる。色のます〳〵艶に、媚《こび》の愈々《いよ〳〵》淫ならむことを欲するのである。あの、油を嘗めると、痩せたるも白く滑かに、枯れたるも黄に湿ふと聞く。黒石で歯を磨いた舞妓は、襟かへの金主を求めたので、白石で研いだのは、旦那を取替へるのださうである。蠱《こ》の術者は凄いやうな婦《をんな》で。毎月生駒の聖天に参籠する。……碁石は、お百度の行の数取に用ふるので、蛇の鱗を形象《かたど》るが、怪しく可恐《おそろ》しき霊験を示す。さて、其の油は、色よく、顔よく、肉よき女を種《さま》〴〵の術《てだて》を以て呪つて絞る……かくて生命《いのち》の絶ゆるもありとか。

奈良の旅籠屋《はたごや》の主なき幾多の影膳は、其がための供養であつた。
――老たりと言ふに、アノ艶婦……
――纐纈城《かうけつじやう》の一種であらう。

（「新小説」大正8年4月号）

どうして魚の口から一枚の金が出たか!? といふ神聖な噺

佐藤春夫

むかし〳〵。

あのけ高い美しいさうして愛嬌のある処女マリアの父無し子で、また同時にあの唯おひとりの神の血すじ正しいあととり息子であつたお方、イエス・キリストが、御自分の父の御考へをひとりでも沢山の人に知らせて、この苦しい世の中でさまざまに困つてゐる人たちを慰め、そのうへ御自分の父があれほどまでに建てたがつてゐらつしやる、あの人人の心を固い礎にして建てられるといふ不思議な或る立派な町を、どうかしていつかは一度こしらへて見たい、せめてはそれの手初めとして、その固い礎を置けるだけの地ならしだけでも人人の心のなかにして置きたい、さうしてそれをお父さんのお目にかけたいといふ孝行なお考へから、十二人のお弟子たちと一緒に人々のあひだを遍歴して居られた頃のことです。さうして、イエス・キリストとそのお弟子たちとが、カペナウンといふ町に足をおとどめになつて居られた時のことです。

それはちようど税金を納める季節でありましたから、税金を集める役人たちは、このあたりの町や里へ廻つて来て、家々を訪ねては、

『私たちは王さまの役人だ。税金をとりに来たものだ。税金はもう納めたか。早く納めて貰ひ度い』

と、かう言つて、一軒一軒と人々からそれをとり立てゝゐるところでした。

　このわれ〳〵の地球では、どこの町とても同じことで、このカペナウンといふ町にも貧乏な人と金持の人とがありました。王さまのお役人たちの顔を見ると、何も言はれないうちから直ぐ、込入つた錠前のある頑丈な匣のなかから金や銀を何枚もとり出して、王さまのお役人たちの手にそれを渡す人があるかと思ふと、また片一方には、ごく少しばかりの税金がなくつて、幾度も幾度も王さまのお役人に無駄足をさせて、それでもまだ税金をお役人たちに渡すことが出来ないといふやうな人たちもあります。王さまのお役人たちは直ぐ税金を受け取れるやうな人たちには丁寧に挨拶をした代りには、容易に税金を出せないやうな人たちに対してはなか〳〵不機嫌なのでした。それはその人たちが早く金を渡さないからといふよりは、早く金を渡せないほど貧乏であるといふので、その貧乏をひどく卑しんで居たからです。

　或る日のことでありました。

『私たちは王さまの役人だ。税金をとりに来たものだ。納金はもう納めたか。早く納めて貰ひ度い』

と、さう言ひながら、王さまの役人たちは、イエス・キリストのゐらつしやる家へ廻つて来ました。

　そこで、その家の主でまたキリストのお弟子の一人であるペテロといふ人が答へますのには、

『イエスさまとそのお弟子とは何の貯へも無い者でございます、ただ楽しい鳥のやうに旅から旅をお歩きになつて、お教へを世間へ弘めて居られるのでございますから。』

　すると役人がいひますのには、

『それはわれ〳〵も知つてゐる。けれども貯へは無くとも税金を納めて貰はなくては困る。楽しい鳥のやうであらうと、苦しい鳥のやうであらうと、お前たちは鳥ではないのだ、人間なのだから。聞けば、お前がたの先生といふ人はよほど風変りな、奇妙な、また不都合な、理屈に合はないことを言ふ人で、利子をとつて金を貸してはならないとか、儲を考へて商ひをしてはいけないとか、金を溜めてはならないとか金持よりは貧乏人の方がいゝのだとか、そんなことばかり言つて歩いて居ると言ふ事ではないか。けれどもわれ〳〵はそんな事を咎《とが》めたり禁じたりする役人では無い。たゞ税金を納めて貰ひたいのだ。併しさういふ心掛けでは税金を払ふ金もない道理である。それにお前がたの先生は税金なども納めない方がいゝ、とでも言ふのかね⁉』

　そこで素直なペテロは、しばらく考へてから、

『いや〳〵。イエスさまはそんな事は仰言いますまい。実は前にも一度、あなた方と同じことをイエスさまにお尋ねになつた方がございました。それは学者たちとパリサイとサドカイの人々とでございました。その方たちが「あなたは税金は納めないでもいゝものだと言ふのですか」とイエスさまに御問ひなさいました。その時にイエスさまは、先づ「ちよつとお金《かね》といふものをお見せ下さい」とさう申したものでございます。それからそのお金をお手におとりになつて、その表に刻まれた王さまのお顔のところを、かういふ風に指でおさしになつて、「これには王さまのお印《しるし》がある。これは王さまのものだ。王さまのものは王さまに返せ」とさう仰言つたものでございます。』

『さうか。何にせよ。早く税金を納めよ。私たちはまた明日《あした》来る。明日もまた金がなかつたなら、またその次の明日来る。』

王さまの役人たちはさう言ひ遺してペテロの家の戸口から外の家の戸口の方へ行つてしまひました。

ペテロは家のなかへ入つて、王さまの役人たちが今言つたことやら、自分が役人に答へたことやらをイエスの前に申し上げます。すると話の一什始終をお聞きなつたイエスは、

『シモンよ』とかうペテロの名をお呼びになつた。それから

『私はお前にも聞きたいものだ。一たい世界の王さまたちは誰から税金や貢物をとり立てるのか、御自分の子供からか、それとも他の者からか?』

イエスは、ペテロのシモンにかうお尋ねになりました。そこでペテロが答へますのには、

『それは他《ほか》の人からとるのでございます。』

するとイエスがまた申しますのには、

『さうか。それならば子供たちは出さずともいいのだ。さうしてわれわれはみんな王さまの御子では無かつたか。世界中の王さまたちはふだん何かにつけて御自分でさう仰せられるではないか。』

かう言つて、後《のち》に棘《いばら》の王冠を戴いて不思議な王さまにおなりになるやうになつたこのお方は、ペテロの顔をごらんになつたまま黙つておしまひになりました。けれどもしばらくして重ねてペテロのシモンに申しますのには、

『けれども、今の場合、われわれが若し税金を納めなかつたとしたならば、王さまの役人どもは定めし王さまからお咎めを受けることにならう。けれども私に金はない、またお前にも金はない、それからわれわれの父――何一つ持つて居ないといふ筈のないわれわれの父にも金はない。何故かといふのに金といふものはみんな人間の王さまがお拵らへになつたものだからだ。それはわれわれの父である創造主《つくりぬし》のつくつた以外のものだ。シモンよ。そこでわれ〳〵はお金をどうかして手に入れなければならない。かうしよう、お前は湖へ行つておいで。さうして釣をするのだ。初めて鈎《はり》にかかつた魚《さかな》の口を啓《ひら》いて見よ、そこに一枚の金が這入つて居る筈だから。その金を私とお前との分として王さまの役人たちに納めようではないか。さうでもするよ

り外には仕方がない。』

成程、若しその魚の口のなかに一枚の金が這入つて居るほどなら、シモンは魚を釣るぐらゐのことは全く手もないことでした。と申しますのは、カペナウンの町は直ぐ、美しいさうしてお魚や貝などのどつさりあるガリラヤの湖と隣同士であつたからです。それにその上、ペテロのシモンはもともと漁師であつたのです。さうしてその初め、いつぞや兄弟のアンデレと二人で湖のほとりに網を打つて居るところを、ちようどお通りかかりになつたイエスは、シモンとアンデレとこの二人の兄弟がさも睦じさうに漁の分け前を互に譲りあひながらわけて居るありさまをごらんになつて、一目でその兄弟は心の正しい人たちであることをお知りになつて、「漁《すなど》り人たちよ、私はお前がたに人間を漁《すなど》る人になつてもらい度いと思ふ」と、イエスはかう美しい優しい言葉をかけられたのでした。かう言はれてシモン兄弟はその場に網をなげすてて、この人をひきつける美しい優しい言葉をかけた人、さうして人をひきつける美しい優しい力を持つたこの不思議な見ず知らずの人のあとについて行つたものでした。それほど素直な心のシモンは、

『……お前は湖へ行つておいで。さうして釣をするのだ。初めて鉤《はり》にかかつた魚の口を啓いて見よ、そこに一枚の金が這入つてゐる筈だから……』

と、さうイエスから言はれたとき、早速釣道具をもつて湖の方へ大いそぎで出かけて行くのでした。

家のなかに遺《のこ》つたイエスは、ひとりで考へつづけました——御自分の父の考へて居らつしやる町とさうしてこのわれ〱の地球の上にあるところの町と、この二通りの町の相違を。金といふもので建てられた町と金といふものが全く無しで建てられた町と。イエスは目を上げて、窓から、高い空の方を見ました。イエスは青くかがやいた空を見つめながら、愛が金の代りになる町のことを考へつづけました。おお、そこでは人人は今金を欲しがるやうに愛を欲しがる。金の沢山ある人が今救はれるやうに、愛の沢山ある人が敬はれる。金の代りとして、すべてのものの代価には愛が仕払はれる。人人は愛の足りない他の人人に愛を借す。他の人はその人の愛に利子をつけて返す……。イエスはこんな風にそれからそれへと考へつづけて行くのでした。

その間にペテロはキリストのお言ひつけどほりに、湖の方へ歩いてまゐりました。さうしてけふは以前のとほりに魚の漁り人であるペテロは、口をあけると一枚の金が出てくるといふその魚を釣り上げようものと、明るい空の下で、刺《とげ》のあるケーパアの木の茂みに足をひつかかれまいと気をつけながら、いつも春でいつも花ざかりの野薔薇《のうばら》や、美しい檉樹《ぎよりう》のこんもりとしたたのしい蔭を択んで、大きな池のやうに優しく広々とした心のやうに柔和な湖の片隅に腰をおろしました。静かな水のおもてには四方の景色がみんなさかしまに、ほんとうのものよりも一層美しく透みきつてうつつて居ります。呼べば答へるほどの遠さに、青い水の上にゆつたり浮んで連つてゐるゲネサレの野辺

やら、ヨルダン河の河口やらを見なれた景色ながらペテロは今さらなつかしさうに一とほり見渡してから、うまひ手つきで、釣の糸をさざなみもない水の上に投げます。ぽちやりともの静かな音がして水の上にうつつた檉樹《ぎよりう》の枝のさかさな影がすこしゆれ乱れると、糸はする〳〵と水のなかをくぐりながら、下の方へ下の方へと深くおりて行きます。

『お前は湖へ行つておいで、さうして釣をするのだ。初めて釣にかかつた魚の口を啓いて見よ。そこに一枚の金が這入つてゐる筈だから……』

かう、イエスがペテロにむかつて仰言つてゐられたのと、殆んど同じ時刻のことでございました。

マグダラ、ダルマヌタ、カペナウン、ベツサイダ、コルヂンなどといふこの近在の町や里ぢうで第一ばんの金持ちと言はれてゐる人で、同時に一ばんの手きびしい高利貸だといふので、評判の或る人が、ガリラヤの湖に沿うた或る場所を、驢馬に乗つて歩いてくるところでした。けれどもこの高利貸は、湖のほとりの優しく平和な景色を見ようと、このあたりを遊山に出て来たのではありません。その証拠には、この高利貸はひどく不機嫌さうな顔つきをして、驢馬をせかせてゐるではありませんか。

それもその筈です。王さまのお役人たちが税金を集めようともうこのあたりの町や里へ廻つて来たといふことを知ると、高利貸の方ではそのお役人たちが家々をまはるよりさきにもつと手廻しよく、もう約束の期限の切れかかつてゐる金の借り主たちの家々を一とほり歩いて置かなければならないので、遊山どころか、もう気が気ではなかつたのです。それ故かうして毎日、朝早くから夕方まで、町やら近在の里やらをせはしく駆け歩いてゐるのでした。と申しますのは、王さまのお役人たちは人人の金まはりがよくなる季節を見計らつては税金をとり立てて歩くのです。さうおきめになつたのは王さまのお情けでした。ところで高利貸の方でもまた人人が金の這入る季節を見定めて置いて、その時を約束の期限にして置くのでした。かういふわけで王さまのお役人たちが税金を集めて歩く季節と、高利貸が貸金や貸金の利子をとり立てる時期とは自然といつもぶつつかるやうに出来てゐるのでした。そこで高利貸の方でぐづぐづしてでもゐようものなら、貧乏な百姓や漁師たちは、困つた顔で、悲しさうな声で、

『旦那さま、まことに申しわけもございませんが、どうぞもうしばらくの間お待ち下さいまし。実は、税金をお集めにおいでになつた王さまのお役人たちにすつかりお金を渡してしまひました。もう手もとには鐚一文もございません。』

と、きつと高利貸にむかつてさう言ふのです。実際、それは本当でした。尤もなかにはさう言つて嘘をいふものもいくらかはありました。そこで高利貸は根が悧巧な男ですから、これは一つ王さまのお役人たちの先廻りをするに限る、さうして王さま

のお役人たちに負けずにうんと手きびしくとり立てるに限る、といふことに気がつきました。それからといふものは、この季節になるといつも高利貸は王さまのお役人たちと競争をするつもりで駆けまはるのでした。そこで高利貸の驢馬は毎日毎日十里も十五里もあるほどの道のりを、出来るだけ早く歩かせられるのでした。それに負けてはならないと気の苛立つてゐる高利貸は、驢馬を休ませてくれたり、歩き易いやうな道を心がけてくれたりなどは決していたしません。たゞもう一途《づ》に近さうな道を近さうな道をと、時には道も何も無いやうなところなどへ、驢馬を追ひ込むのでした。

ちようど今も今とて、驢馬は湖の汀に近い或る石原の上を歩かされてゐるのでした。少しまはり道をするつもりなら、すぐこのあたりには、両側に花の咲いた平たい道があるものを、さうしてその道の方が反つてどんなに早く通れるかと思ふと、驢馬はこの歩きにくいころころした丸い小石ばかりの石原を行くにつけても、一たい自分はどういふわけでこんな無慈悲な主人を持たなければならないのだらう!? と、つくづく身の不幸が歎かれるのでした。その驢馬の背中の上では、高利貸はまた高利貸で忌々しくてならないのです、といひますのは、今年はどうもどういふわけだか貸金が思ふやうに返らないので。そればかりか、今日まはつた家のあたりはたうとう王さまのお役人たちに先を越されてしまつてゐましたから。それを考へ考へしてゐるうちに、高利貸は忌々しいばかりか何だか情なくなつて来るのでした。さうして溜め息をしてひとり言《ごと》を言ひますのには、

『ああ、ああ、おれは何だつて高利貸などになつたのだらう? どうして王様になれなかつたのだらう!』

高利貸を乗せた驢馬は、もうからだがすつかり疲れ果ててしまつて歩けなくなつたかと思ふときに、ふと自分の行く歩きにくい道のすぐそばに、静な汀の水たまりがあつた事を思ひ出して、その水でも一息飲んでやらうと、汀の方へ行きかかつたのです。すると、王さまに生れついて来なかつたことを考へて気がむしやくしやして居る高利貸は、道草を食はうとしてゐる自分の驢馬を見て、いつもよりは一層意地悪く、一層手荒に、力一杯ぐつと手綱をやけにひきしめました。この時、今までは我慢をしてゐたおとなしい驢馬も、一時に心がけわしくなつたものか、体ぢうの力を太い頸すじに集めて、力一ぱいの頸すじを地びたの方へ押しつけるや否や、体を一つ揺《ゆ》すぶると、同時に後脚を高く後《うしろ》に蹴り上げました。

背中の上の高利貸は固い石原の上へ役げ出されましたが、それと同時に、その時高利貸が大事に命ほど大事にふところへ押込んでおいた大きな財布が、突然懐からとび出して、高く空の方へほり上げられ、確かり締めてあつた財布の口はその時ひとりでに開いたものか、財布が地びたにおちて来たときにはそのなかに一ぱいつめ込まれてあつた金貨やら銀貨やらは、一度に我がちになかから飛び出してから、ん、からんと鳴りひびきながら、石原の上一面にまきちらばりました。そのうちの一

枚の金はどういふわけか、少し急な斜面になつてゐるところへ落ちて、丸い石の上で一ぺんからんと音をたてて弾かれるとそのまま、まるできらきら光る金の蛙か何かのやうに、ぴこん、ぴこん、と石原の上をはね跳りながら汀の方へ落ちたかと思ふと、そこから急に深くなつた水の底の方へ、性急に沈みこんで行きました。

水の底では一疋の小さな魚が餌を捜さうと、あちらこちらと泳ぎまはつて居ります。さうして、とある場所へ来かかつたとき、ふと何ごころなく上の方を見上げた魚は、ひよつくり妙なものが目に入りました。それは透《す》きとほつた水のずつと上の方から、きらきら光りながら真直ぐに、その魚のゐる方へおりてくるところでした。魚は初め、「おやおや、これはお日さまの光がかたまつたものだぞ」と思つて見て居たのですが、どうやらさうでもなささうなので「いや、やつぱりこれは何かいい餌物だ。どうも見なれないものだが、珍らしくうつくしい奴だから、なかなかおいしさうだぞ。それに大きくつてこれならずい分食べごたへもあるぞ」と、慾ばりの魚は自分の体をはすかひに上むけて、その見なれないもののおりてくるところを、一心にぢつと見つめてゐるのでした。すると、その見なれないおいしさうな奴は、思つたよりも大急ぎで下りてくる様子なので、魚はそれがどんなものだかと、それを充分に見きはめるあひだもありません。それが自分の頭の少し上へ来たぞと見定めると、魚は一足自分のからだを後退りさせて、それと一しよに出来るだけ大きくぱつくりと自分の口を一気にひろげたのです。すると今までは垂直におりて来てゐたものは、魚が一度に元気よく口をひろげた拍子に、魚の方へ少しカアヴしたかと思ふと、たうとう魚の口へ吸はれました。さうしてそれは、うまく魚の口のなかへ這入り込んだものです――けれども、這入り込むには這入り込んだものの、ここに最も滑稽なことには、その不思議な円い平べつたいものの大きさ円さは、ちようど無理一ぱいにひろげた時の魚の口と全くおなじくらゐの大きさ円さであつたことです。そのうへそれは勢一ぱいにひろげた魚の口にそつくりと嵌り込んで、しかもそのままぎつしり円くひろげた魚の口一ぱいに蓋をしてしまつたことです。何と滑稽ではありませんか！

けれども、魚の身にとつて見れば、これはどうして！　なかなか滑稽どころの騒ぎではなかつたのです。まあ考へてもごらんなさい。かうして口を蓋《ふた》がれてしまつた魚は、先づ第一に息がつけなくなつたのです。それからもう何一つたべることが出来なくなつたのです。それからもう何ごとも思ふとほりは口に出して言へなくなつたのです。さうかといつて勢込んで無理に一ぱいひろげた口は、この上にもつとひろげることはもう出来ず、とぢることは尚更らでした。といひますのは、この口一ぱいに嵌り込んだ小さな平べつたい円いものは、見かけのうつくしいには似もつかず、それはそれは固いまるで石見たやうなものだつたからです。それをどうかしようとして、もがけばもがく程、その度に魚の顎は今にも砕けさうな音がして、はげしく痛むのでした。

可哀さうに！　魚は「自分はもう死ななければならないのだ」と心のなかで考へるのでした。さうしてそのとき先づ砕けたものは、その顎ではなくつて、その心でありました。主キリストの頭文字を象《かたど》つてつくられたこの小さな生き物は、そのとき砕かれた心をもつて、金貨のためにふさがれて動かすことのできなくなつた口をもぐもぐさせながら声を絞つて、

『おゝ！　神さま。助けてください！』

と、かう力かぎりに叫びました。けれどももとより声は一つも出なかつたのです。

すると、目には見えないけれども呼ばれさへすればどこにでも居なさるといふ神さま、イエス・キリストの父である神さまは、魚の呼ばはる聞えない声を直ぐさまお聞きとりになりました。さうしてどこに居なさるのか目には見られなかつたけれども、魚の耳にははつきりとしたお声がして、

『魚よ。苦しければ吐き出せばいゝのだ。お前は自分で飲んだ、自分で吐き出せないわけはない。』

神さまは、さう魚におさとしになりました。

『神さま。今ではもう吐き出すことも出来なくなつたのでございます。』

かう、魚が再び苦しい聞えない声で叫びます。すると！　不思議なことには、魚がかう叫んだとき、今までは円くひろげた口一ぱいの枠《わく》になり蓋《ふた》になつて魚を苦しめてゐたえたいの知れない円いものは、その時そのはずみに、魚の口の両端で両方から支へられたまゝくるりと少し回転をしたかと思ふと、今までの形から水平に倒れて、それの半分は魚の口の外の方へ、さうしてあとの半分は口のなかへ入つて来たのでした。けれどもやはり魚の口の両端には、それがしつかりとつかへて居るので、魚はやむを得ずその円いものをまだ口にくはへて居なければなりませんでした。それでも今まで一ぱいにふさがつてゐたものがかういふ風になつたといふことだけでも、魚にはどれだけ助かつたかわかりません。魚は初めて深い息を一つしてやつと生きかへつた気もちになりました。さうしてこれもみんな神さまのおかげだつたといふことに気がつきました。そこでこんどは不自由ながらも声を出して、もう一ぺん神さまにお願ひをいたしますのには、

『神さま。私をつくつて下さつた神さま。あなたは私を生きかへらせて下さいました。この上は私を、口に何もくわえて居ないあたりまへの魚にして下さいまし。あなたがおつくりになつた時のまゝの魚にして下さいまし。』

すると神さまが申しますのには、

『お前は湖を游ぎまはつて、漁師たちの釣《つり》の鈎《はり》を捜せ。さうして漁師の鈎にかゝれ。さうすれば漁師はお前の口からそれをとり出してくれる。』

けれども鈎の鈎と聞いてびつくりした魚が言ひますのには、

『お情け深い神さま。けれどもそのお言葉はあまり悲しうございます。でもあなたの仰せの通りにしますれば、漁師は私の口から金をとつてくれると一緒に、せつかくあなたがお授け下すつた私の命までも私からとりあげてしまひませうから。』

するとと、神さまが申しますには、

『それはさうかも知れない。けれどもお前のしたことは命をかける積りでなければ直るものではない。さうして魚よ、安心をしてゐろ。ただ私のいふことを聞きさへすればいい。私はいつもお前と一緒にゐるのだから。』

そこでもうすつかり神さまを信ずるやうになつてゐた魚は、神さまのお命じになつたとほりに、漁師たちがたれてゐる糸のさきの鈎《はり》を捜さうと、さうしてそれに引つかからうと、湖のなかを、口にこのえたいの知れないものをくはへたままで游いで行きました。その時、ふと、魚は神さまにかう尋ねました。

『神さま、私が今口にくはへて居る、私を死ぬほどなやました、この怖ろしいものは、一たい何といふものでせう？　私たちがこんどこの怖ろしいものに逢つた時には逃げるために、どうぞこれの名前をお教へ下さいまし。』

神さまが答へますのには、

『不思議な魔法の石ころででもあらう。私もそれは知らない。私がこしらへたものではないのだから。それの光は私のものだ。それの形は人間のものだ。』


水の上の世界では、平和な湖のほとりに、ペテロのシモンはさつきから、あのいつも花ざかりの野薔薇《のうばら》と美しい檉樹《ぎよりう》とのかげにぢつと坐つたまま、手では一心に口をあけたら一枚の金が出るといふ珍らしい不思議な魚のかかるのは今か、今か、と気をつけながら、耳にはあたりにしとやかにとび交してはもの静かな併したのしさうな声で歌ふ山鳩の声をききながら、ふとペテロは入日に間もない西の空に浮んだ雲に目をひかれました。それは何とも言へずおごそかで、どつしりとした形の横雲なので。けれどもいみじくも優しい色どりでくまどりをされた夕雲でした。ペテロはこんなに大きく立派で、そのうへなつかしい色の雲は、今までにまだ一度も見たことはないと思ふにつけて、ふとこれが或はイエスさまの仰言る神様の町の形ではなからうかと思ひつきました。さう思へばいかにも、何か立派な殿堂のやうなところもある、立並んだ円柱の長い廊下のやうなところもある、さう思つて見るせいか、それがどうやらだんだん、町を横から見た形に似て来る。ペテロがさう思つたのは本当であつたのです。さつきペテロの家の窓からイエスが金の代りに愛が用ゐられる町のことを夢みた空想が、今天にまでとどいて、さうしてイエスの父なる神の御手で、雲によつてその束の間の形だけが現はされようとしてゐるところだつたのです。

ペテロが雲を見つめながら、ほんとうにあれが神の町の形であらうかどうかを思ひ耽つてゐる最中に、今まで少し忘れてゐるたペテロの手にぴくぴくつといふ感じがしたので、ペテロはつと目を水の上におとしました。ぴくぴくつといふのは、それは言うまでもなく、糸をつとうて釣竿をつとうてペテロの手に来たものでした。さうしてもともと永い間の漁師のペテロの手には、すぐそれと気がつくのでした。そこでペテロはゆつくり身構へをしながらひとり言をいひますのには、

『そらそら、いよいよ口をあけると一枚の金があるといふ珍らしい奴がかかつたやうだぞ。』

それから用心深くゆるゆると竿を上げにかかりました。

『なるほどな。口のなかに金を持つてゐようといふ珍らしい不思議な奴だけに、これはなかなか大きさうだ。手ごたへがあるぞ。』

折から秋の入日が、ガウロテの高台とペレアの高台とのちようど間のところへ、のつそりと沈んでゆくところでした。恵み深い太陽は一日の別れのしるしにと、そのとき一きは明るくかがやいて、下界一面を赤金《あかきん》の美しい色で愛撫しながら、湖の水の上にもその光が長く斜に落ちて来て、水の一めんをしつとりと染めてゐます。

ペテロがぐつと力を入れると、釣竿は一つしなやかに大きく曲つて、その次には大きな魚が糸のさきに吊られながら、水の表に引き出されてゐました。水をはなれる刹那、魚は自分の故郷をさまよひ出なければならない者の激しい感情で、その尾をもつて（でも口には鈎がかかつてゐるので）激しく水の表面に接吻をするのでした。魚の尾の与へた激しい接吻はやがて湖水ぜんたいに伝はつて、湖水には金いろの波紋がすぐ一面にゆれわたりました。その波紋の中心の上の方では、体をくねらした魚が、ほんの一時、金の入日のまぶしい光をまともにうけて、それこそほんとうの金の魚にも見えるのでした。

『やあ、体までが金だわい。』

ペテロはかう言ひながら、す早く竿をひかへて、長い糸の中ほどをつかむと、糸のはじの魚は自分の重さに作用をされて空《くう》に勢のよい弓形を一すじ描くや、もうペテロの手のひらのなかへ飛込んでゐるのでした。

『金いろの魚かと思つたら、これや、やつぱりあたりまへの黒光りの奴であつたか。が、そんなことなどはどうでもいいのだ。どれどれ口をお見せ。お前は一枚の金を持つてゐなさらうがな!?』

手でその魚をつかまへたペテロはかう言ひながら、魚の口のはたをちよつと押へると、魚はぱつくりと大きな口をあけます。けれども！その白い口のなかには一枚の金どころか、それらしいものの影もありません。ただ曲つた鈎が下顎を突きぬけてゐるだけです。

『はて？』

ペテロは案に相違して、気ぬけのしたやうな調子でかう言ひましたが、ともかくもとその鈎を魚の口から外しながら、

『これや、この魚ではなかつたかしら。それぢやこれは放して

やつて、もう一つ別のを釣り直さずばなるまい。』

とこの時、魚はぱくぱくと口を動かして苦しい息の下から、大声で、

『エリ、エリ、ラマサバクタニ』

と呼びました。そのわけを解けば「わが神、わが神、なんぞ我を遺《す》てたもう乎《や》」といふことです。魚の叫んだ大声は、ちようどわれわれが悪い夢にうなされて声を立てた時のやうに、自分には非常な大声のつもりでもペテロにはごくかすかに聞えました。すると何でも言葉を文字どほりに解釈する正直なペテロは、

『なに？　なに？　お前は「遺《すて》てもらひ度くはない」と言ふのか。だが私はお前には用はないのだ……』

さう魚に答へましたが、すぐ『待てよ、』とペテロはひとりで考へました。『イエスさまは確かに「初めて鈎にかかつた魚」とおつしやつた。さうしてこれは「初めて鈎にかかつた魚」だ。イエスさまは今までに一ぺんだつて嘘などはおつしやらない。これには何かわけがなくてはなるまい……。ひよつとすると、おれがあんまり一気につり上げたものだから、魚の奴めびつくりしてつり上げられる時に口にあつた金を嚥みこんでしまつたのかも知れない。それならば腹のなかにあるわけだ。』

そこで無邪気なペテロには、尾をもつて魚の体をさかしまにつるし上げ、魚の口を無理にあけさせ、その口のところに自分の手のひらを受けひろげて、魚のからだを揺ぶつて見るのでした。けれども一枚の金は、やはり一向に出てくる様子もありません。

『いやはや、これは全く困つたことが出来た。』

ペテロは途方にくれたのです。けれども、さまざまに考へた末、とにもかくにも、これは「初めて鈎にかかつた魚だから。ひとまづイエスさまのお側《そば》まで持つて行つたが第一の分別だ」と気がつくのでした。何故かといふに、婚礼の酒盛の最中に水をその場で酒にして見せたことをはじめとして、それ以来はさまざまな不可思議を人人の目にお顕はしになるイエスさまは、ペテロにはわからなくとも、この魚の口からだつて、どうして一枚の金をお吐かせにならないとはかぎらないではありませんか。

そこに気がつくと、ペテロはさつそく竿釣をまき納めて、日のくれかかる町はづれの道を、尾をつかんで魚をぶらさげたまま、イエスさまが待ち兼ねてゐらつしやる筈の自分の家の方へ歩き出しました。さかしまにぶらさげられた大きな魚は、口が地面にとどきさうです。その口から、もしや今にも一枚の金がころげ出しでもしはしないかと、ペテロにはまだそれが気がかりなのです。それに気をとられながら時々にはかちりんと地面へ金がおちたやうな気持さへして地面をふりかへつて見たりするのでした。


口に一枚の金をくわへたまま湖水の底をさまようて、漁師の

鉤をさがしてゐたあの小さな魚は、最初或るところで一本の鉤を見つけたのでしたが、これにかかれば口からこの苦しいものをとり除かれるといふ希望のなかにもさすがに不安で、胸がどきどきしてまだ充分に決心しかねながら、ぢつとその鉤をながめて考へ込んで居ると、その時もう一つ別の大きな魚が、どこからか不意に突き進んで来て、この小さな魚をつきとばしたが早いかもうその餌のある鉤を呑み込んでゐました。小さな魚は何よりも先づあつけにとられて鉤の方をふりかへつて見たところには、その大きな魚は鰭をもがきながら、あの小さな偽善者――鉤のためにずんずん上の方へひつぱり上げられてゐるところでした。

そこで、小さな魚はもう一度別の鉤をさがさうと游ぎつづけました。すると、今の鉤のあつたところとはさほど遠くない或る場所に、やはりもう一本の鉤が見えるのでした。小さな魚は今度こそはその方へ進んで行きます。けれども今度はまた別の大きな魚のために突きとばされるやうなことは決してありませんでした。といひますのは、この鉤はもうとつくにそれについてゐる餌をとられてしまつて、あの怖ろしい鉤だけが正直にむき出しにすつかり本性をあらはして、ちようどたとへば、……………Lにそつくりの形で、鋭く水のなかに立つてゐたからです。さうしてこんな見え透いたばかばかしい鉤にかかるやうな魚は自分から釣られようと心がけて、わざわざかうして歩いて居るこの小さな魚の外には滅多にあるわけはないからです。

そこで小さな魚は決心をしてその裸のままの鉤を呑み込んだのです。ところがどうしたことでせう。遠い水の上から鉤を垂れてゐる筈の漁師は、魚のかかつたことなどには一向に気がつかないと見えて、なかなか釣り上げるけはひもありません。小さな魚は気が気でありません。そこでここに自分がかかつてゐるといふことを知らせようものと、力強く思ひきつてぐつと糸を引つぱつて見たのです。するとさすがにぼんやりの漁師もやつと気がついたと見えまして、慌てて糸を引き上げにかかる様子です。神さまのお手に命をすつかりお任せしたこの小さな魚は、心をおちつけながら釣られて行きます。ただあまりぐいぐいと吊り上げられるものですから、頸にかかつてゐる鉤の痛いことには、思はず、

『痛い！』

と、叫んだほどでした。けれども、魚はぢつと目を閉ぢて、また金貨をふくんだ口を固く結んで、それをも我慢しました。すると、もう水の中ではないところはゆらゆらと大きく三度も四度もゆられたかと思ふと、魚は突然何かに劇しくぶつかつて、そのはずみに、気の弱い小さな魚は気がとほくなりました。

けれども魚が再びわれにかへつた時には、また何時のまにやら楽しい水のなかに、それの極く表面に平たく横になつて木の葉のやうに浮いてゐるのに気がつきました。さうしてまず第一に口を少し動かして見ました。二度三度と動かして見ました。さうして魚はもう口のなかには、そこにあつて邪魔になるやう

なものは何一つもないことを知りました。もう金貨もありません、鈎もありません。ただ今までのことが皆夢ではなかつたといふことのしるしに、上顎のところに鈎のあとの傷がのこつて居て、それがしくしくと少し痛むだけでした。けれどもそんなものは、今のさつきまでのことを思へば苦しいことでも何でもありません。それにいづれはよい神さまがそれの傷をもお癒し下さるでせうから。

さう思ふと、魚はとても口では言へない有難さに、急に元気づいて体を真すぐに立て直しました。さうして自分が生きてゐるといふことをたのしまふといふ考へで、元気よく一つおどり上つて見ました。東の空は青い月の出でした。活き活きとした、気軽な、自由な心になつた魚はおどり上つたとき、生き甲斐を感じた者の有難涙が、思はずも目からぽろぽろとこぼれ出すのでした。その涙は魚自身のからだをつとうて、魚自身に涙の洗礼を与へながら、月の光のなかを真珠のやうにかがやかにしたたりおちました。

月の光のなかで我れを忘れた恍惚を味うた小さな魚は、涙が落ちた次の瞬間にはからだも水のなかへ舞ひおちましたが、その時魚は、「今日自分の噉んだもの、それはすべてのものの創造主《つくりぬし》である神さまでさへも御存知なさらないといふ、黄色な光にかがやいてはゐるけれども、唯だ固いだけで決して餌にはならない、さうして命にかかはるあの怖ろしい小さな円いものを、魚たるものは間違つても噉込んではならない」といふことを仲間の魚たちに一刻も早く宣べ伝へようと、つと身をひるがへすが早いか、水底を目がけて矢のやうに一気に突き進んで行きました。

水をつききつて大急ぎで游ぎ去つた小さな魚の足跡を追つかけて、月の光は稲妻のやうに、また霊感をもつた言葉がするやうに、きらりと閃きながら一すじに底まで沁み入りました。けれどもこの水のなかのひびはすぐ消え去ると、やがて水の中はひつそりとして、月はだんだん昇つてゐました。

尾をつかんで大きな魚をぶらさげて歩いてゐたペテロは、自分の家の戸口に来た時には、もうその魚は持つてはゐませんでした。さうしてそれの代りには、魚の尾をつかんでゐた手のひらのなかに一枚の金を握つてゐるのでした。

ペテロはイエスのおそばに来たとき、その手のひらをあけて、その一枚の金をイエスに見せながら申しますのには、

『イエスさま。このとほり私はいま一枚の金を持つてまゐりました。それは魚の口のなかにあつたにはあつたのです。けれどもそれに就て、わたしはあなたにお話し申さなければならないことがございます』

さう言つてペテロは、先づあの大きな魚を釣り上げた時のことやら、それの口には初め何もなかつたことやらそれの持つてゐる筈の一枚の金は腹のなかへ這入つてしまつたかと思つてさかしまにしてゆすぶつて見たことやら、道を歩きながらも気を

つけたことやら、それから帰つて来る道ばたでひよつくり起つた出来事に就てイエスに話し出しました。ペテロが言ひますのには、

『するとわたくしは道で不意に未だ年の若い一人の娘によびかけられたのでございます。その娘は私の手にもつてゐる大きな魚を見て、是非ともそれを欲しいと申すのです。聞けばこの娘のうちでは何か祝ひごとがあるとかで、是非とも魚が一つなければならないといふので、それを捜して歩いてゐたのださうでございます。けれども最初には私は「いや、これは折角だが上げられません。といふのは、この魚にはどこかに一枚の金が這入つてゐるので、さうしてそれをイエスさまの奇蹟をお生みになるお手でとり出して、それでもつてイエスさまと私との分の税金を納めなければならないのだから」とかう申しました。すると、その娘が申しますのには、「それではかうしようではありませんか。もしそれをひらひて見てそのお魚のなかに金が這入つてゐたときには、私はそれを直ぐお前さんにかへすこととして、とにかくその魚を二枚の金で私に売つてはくれませんか。」そこで私はその娘に申しました「いやいや、私はもとのとほりの漁師ではない。それにこの魚は売る魚とも違ふ。これは初めて鈎にかかつた魚で、イエスさまはそれを売れとはおつしやらなかつた。そのうへ私は今は一枚の金がいるので、二枚もいるのではないのです」と、さう答へました。けれどもその娘はどうしてもその大きな魚を欲しいと言つて聞かないのでございます。そこで私は「それでは仕方がない、かうしよう。私はいま決してこの魚そのものが入り用なわけではない、ところでお前さんはどうしてもこれが入り用だと言ひなさる。さうして私に入り用なものは一枚の金だ。だから、娘さん、お前さんはこの魚の口のなかへ一枚の金を入れてください。さうすればこの魚は今直ぐ、イエスさまの奇蹟の御手がなくとも、口を啓《ひら》くと一枚の金をもつた魚になる。そこで私はこの魚の口を啓いてそこにある一枚の金をとらう。さてさうすれば、もうこの魚は私には入らないものになるのだから、その時私は私の手から、是非ともこれが入り用だといふお前さんの手へ、この魚を遺して行く。何と娘さんいい考へではないか」とかう申しました。するとその若い娘は可笑がつて笑ひころげましたが、たうとう私の言うとほりにして、その魚の口を私に開けさせると、そこへ一枚の金をいれました。そこで私は魚の口からこの一枚の金をとり出して持つて来たのです。さうして魚はそのままその娘の手へ置いてまゐりました。イエスさま。私はかうしたのでございます。これでは悪うございましたらうか。』

ペテロはかういふ風にその話をイエスにお聞かせしました。すると、その時、その話をお聞き終りになつたイエスは、いつものやうに楽しさうにお笑ひになつてそれからさもうれしいといふお声で、

『おゝ、ペテロよ！　それでよかつたのだ。全くよかつたのだ。私にだつてそれ以上の奇蹟がどうして出来ようか。魚の口を啓

け、そこに一枚の金がある筈だからと私が言つた時には、私はただ言葉の奇蹟を行つた、私の言ひたくないことを、私の好きな美しい言葉にかはらせた。けれどもその言葉の奇蹟をお前はほんとうに行ふて見せてくれた。お前とそのよい娘とがふたり、そのやうにして人間の通る道ばたにむかひ合つて立つて相談をしてゐたとき、お前たち二人こそ神の町の人人であつた。さうして人間の町の道はその束の間だけ神の町の道にかはり、神の祝福のない金はその時ばかりは聖い愛のおくりものにかはつた。ペテロよ、それをさう代らせたものはお前の心だ。お前のよい心は胆汁をさへナルダの匂ひのする香油に代らせる尊い器だ。』

　イエスがかう言つた時、ちようど暗くなつてきたこの部屋のなかへ人の手に持たれて這入つて来た蠟燭は赤く光りながら、イエスのお顔にはお母さんから伝へられたあの広大無辺の愛嬌と、お父さんから伝へられた無限無窮の威厳とが一つに溶け合つて、イエスのお顔にはかがやいてゐる霊の形である尊い笑ひが一杯になつてゐるのを、さうして頑丈な若者のペテロがただにこにこしながらうつとりとイエスのそのお顔を見つめてゐるところを、燭台の上から見おろしました。

　あの金を口にくはへてゐた小さな魚を釣つたのはやはりカペナウンの町に住んでゐた或るごく貧乏な漁師でした。その漁師は貧乏なばかりではなく、いくらか馬鹿でもあつたのです。さうして漁師でありながら魚をつることさへあまりよくは出来なかつたほどでした。人人はその漁師が珍らしく魚を釣つて、その上その魚から口にくはへてゐた一枚の金をもらつたといふ噂と、ペテロが口をあけたら一枚の金が出るといふ魚を釣りに行つた話とを聞いて、あの貧乏で馬鹿な漁師の釣つた魚は、もともとペテロのつる筈の魚であつたのを、イエスさまは馬鹿な漁師を可哀さうに思つて御自分のお弟子のために用意したものを、あの漁師に譲つておやりになつたのだと言ひ合つたさうです。それからあの馬鹿な漁師はあの魚をつり上げた時に、一枚の金をその口から見出すと、その方へ気をとられて、ちようどいいものを一度に二つももらつた時に子供がするやうに、もう一つの片手におさへてゐた魚の方はつひうつかり水の方へうつちやつてしまつたのでした。さうしてうちへその金をもつてかへつた時には、その金と一緒にそれを口にくわへてゐた魚をもなぜもつて来なかつたかと言つて、おかみさんからひどく叱られたといふことです。それからこの馬鹿な漁師に命をたすけられたあの小さな魚は、その後イエスが湖で船の上から人々にお教へをなすつた時、それを水のおもてへ浮び出して聴いてから、つひにイエスのお弟子になつて、イエスがお母さんのお傍をはなれてお父さんの方へ――天界の方へひきとられてから後には、外のお弟子たちと一緒にロオマの海の方へ出て行つて、ロオマの魚たちにイエスの御教へを説いてゐたといふことです。またあの高利貸の驢馬は、高利貸を乗せて石原を歩かせられたことのある代りに後にはヱルサレムへ行かれる途中の猶太人の王イエス、キリストを綺麗に飾つた鞍のうへへお乗せしてイエスを迎へようと人々がわれ勝ちに脱いで敷きつめた美しい晴衣とそこにまかれた緑の木の葉との上を歩いたといふことです。めでたし〳〵。

自註、馬可伝第十七章二四以下に曰〇彼等カペナウンに来れるとき納金を集る者どもペテロに来て曰けるは爾等の師は納金を出さざる乎。然らずと曰てペテロ家に入りしときイエスまづ彼に曰けるはシモンは爾は如何おもふや世界の王たちは税および貢を誰より徴《とる》か己の子よりか他の者よりか。ペテロ彼に曰けるは他の人より徴なりイエス彼に曰けるは然らば子は与ることなし。然ど彼等を礎かせざるために爾海に往て釣を垂れよ初につる魚を取てその口を啓かば金一を得べし其をとつて我と爾の為めに彼等に納めよ。

（「新潮」大正8年4月号）

憐れな男

志賀直哉

小さい女は髪結ひの所で丁度解《と》いた所を呼ばれたのだと云つて、その沢山ある髪の毛を紅い球のついた髪差《かんざ》しで襟首の上に留めて置いた。朝鮮の女のやうでせう、左う云つて横を向いて見せた。

戸外《そと》は未だ明かるかつたが、天井の電燈がひとりでついた。風の音がする。而して部屋の中は妙に蒸し暑かつた。

小さい女は彼に早く帰つて貰ひたいやうに如何にも落ちつかない様子をして居た。その癖何かしら絶えず饒舌り続けて、仰向けになつて居る彼の胸を医者の真似をしてたゝいてみたりした。

彼は起き上つた。而して部屋を出ようとすると小さい女は失敬と云つて手を挙げた。彼も一寸手を挙げて、一人先に段々を降りて来た。…………

彼はその日午頃《ひるごろ》眼を覚ました。風の吹くいやな日だつた。彼は食事を済ますと、急に気が重くなつて何をする気も起こらなかつた。若しかすると横須賀の兄が来る。で、尚何をするのも半端な気になつて、落ちつかない儘に茶の間でお栄を相手に雑談をして居た。お栄と云ふのは彼の祖父の妾だつた四十四五の女である。

彼は話しながら、アンナ・カレニーナの飜訳を四頁ばかり読んだ。然し何時か注意が外れると、「今頃博覧会見物でもして居るかも知れない」こんな風に或る友達の上を想ひ浮べて居た。

「それはさうと、旅行から帰つたら時や鳥を博覧会へやるように云つて置いたが、何日《いつ》がい丶でせう」

「何時でもかまわないわ」とお栄は答へた。

此頃の彼にはこんな事でも中々決められなかつた。決めて了うと何か其所に困る事が出来さうに思はれるのだ。

三時になつた。三時七分に横須賀からの汽車が着く。来ればそれだ。それで来なければ今日はもう来ない。彼は其辺まで出て見ようと思つた。羽織を着かへて時計を帯へ巻くと、財布も懐中した。兄に会へば自然その日の行動はきまるが、若し兄が来ないとすると、それから先どうするかまるでわからなかつた。実は漠然とした意志はある。然しそれを左うとハツキリ決めれば殆ど同時に厭になるのが癖のやうになつて居た。彼は決めたい事すら決められない心の状態になつて居た。

「一寸出ます。めし迄には大概帰ります。兄さんに会へば直ぐ一緒に帰つて来ます」左う云つて家を出た。

兄には会はなかつた。的《あて》にして居た汽車は鹿島谷と云ふ所を歩いて居る時に地響をさして東京の方へ走つて行つた。

大森の停車場へ来たが、新橋行までは尚三十分程あつたので彼は品川行の電車の方へ廻はつた。

彼は懐《ふところ》から西鶴の小さい本を出して本朝二十不孝の仕舞の一節から読み出した。二三日前或る友達に日本の小説家では西鶴に一番感心したと云ふやうな事を云つた。それを云ふ時彼は二十不孝の最初の二つを考へて居たのだ。それは余りにといひたい位徹底して居る。もしくは病的にといひたい位だつた。若し自分が書くとすればあ丶無反省に惨酷な気持を押し通して行く事は如何に作り物としても出来ないと彼は思つた。親不孝の条件を並べるだけは出来るとしても、それを強いリズムで一貫さす力は迚もないと思つた。弱々しい無益な反省に苦しめられて居る今の彼が左う思ふのは寧ろ当然だつた。兎も角西鶴には変な図太さがある。それが彼には羨しかつた。自身左うなれたら如何《どんな》に此世が楽《らく》になる事かと思はれるのだ。

彼は仕舞ひから読んでいつたが、最初の二つに較べると、どれもそれ程には思へなかつた。品川で市の電車に乗換へるともう読むのが少し面倒臭くなつた。彼は只ぼんやりとして居たが、其内何気なく見て居た向ふ側の客の顔が面白く感ぜられて来た。何んだか、どれもこれもが面白く見へ出した。写楽の眼に映つたやうにそれ等が彼の眼にも映り出したのだ。

薩摩原で彼は本郷の家へ行かうかしらと云ふ気を一寸持つた。咲子と云ふ十七になる妹に会ひたい気がしたのだ。然し父が居るかも知れないと思ふと又急に厭になつた。而して咲子とでも気持がしつくり行きさうもない気が直ぐして来る。末松か宮本の家へ行かうかしらと思つても、妙に居さうもない気がする。仮りに居ても此気分で行けば吃度気まづい事をするか云ふかして、変な気持で別れて来るのは解かり切つて居た。それを避けようと気分を緊張さすだけを考へても彼はつらくなつた。打克てないミヂメな気持を隠しながら人と会つて居る苦み、而してヘトヘトに疲れてその人から逃れて来る憐れな自分、それを想ふと何所へ行く事も出来なくなる。結局只一つ、それは悪い場所だけが彼の為めに気軽く戸を開いて居る。彼の足は自然其所へ向かうのだ。

妾を抱へる事を彼は考へた。が、此上にも暗い影がつきまとひさうでそれは恐しかつた。もう顔の事などは余り云ひたくない。気持に同情出来て、自分に忠実なら、他《ほか》はどうでもいゝと思つた。それにしてもこれから行くやうな場所では中々左う云ふ女は見出せない。多分左う云ふ女も居るだらう。然し関係が悪いから見出す事が困難だ。時もかゝる。而して一ト通りは色々疑つて見ないと気が済みさうもない事を思ふと、もうそれだけで面倒臭くなつた。然し左うだ。キリストが弟子を作る時は如何《どう》だつた。恐らく一ト眼でよかつた。此場合キリストがキリストであれば実は対手《あいて》は何者でも差支えなかつたに違ひないと思つた。

彼は自身をミヂメな人間に思つた。同じ電車の誰れよりも自分をミヂメな人間に考へた。兎も角彼等の血はどん／＼循環して居る。而して眼には光がある。所が自分はどうだらう。自分の血はもうハツキリとした脈搏を打つてはゐない。生ぬるく只ダラ／＼と流れ廻はつてゐるばかりだ。何と云ふミヂメさだ。眼でも左うだ。もう外へ放つ程の光りなどは全く消え失せて居るではないかと思つた。

……………段々を降りて出ようとすると彼は其所に若い女が坐つて居るのを見た。美しいと思つた。而して同情出来る女だと云ふ気がした。彼はその儘戸外《そと》へ出て、今からならお栄に云つて来たやうに明かるい内に帰れるなど思ひながら、電車路の方へ歩いて行つた。それは左うと何故あの女はあんな所に坐つて居たらう。客が来てゐてあんな所に居るのは変だと思つた。彼はその女の名を訊いて置けばよかつたと思つた。此次ぎ行けば自分はあの女を望むだらう。どんな人でしたと訊かれる。その時如何《どう》云へばいゝか。云ふ事は何もない。実際何も特別なものを見ては居なかつた。俺が帰る時に下に坐つて居た女だ。美しい女だ。せいは？　それはわからない。肥つて居ましたか？　左うだな、瘠せた方ではないやうだ。こんな問答で結局要領を得ずに了うに違ひない。彼は何んだか此儘電車に乗つて了うのが惜しい気がした。今の小さい女が未だゐるかも知れない。或は近所で出会ふかも知れない。「忘れ物をした」かう云へばいい。左う思つて彼は又前の家へ引返へして行つた。

彼は格子の中に立つたまゝ女中と話した。

「今、其所に居たのはお客さんで来てゐるのか?」

女中にはそれだけで通じた。

「今上に一人呼んで居るんです。それと交代であの人が上がるんです。直ぐです。お上りなさい」

「俺を先にしないか」

女中は顔をしかめて見せた。而して又、直ぐですと云つた。

彼は下駄を脱いだ。次の間を通る時其襖のかげに、今の会話を聴いた女が隠れるやうにして立つて居た。彼はそれを見ないやうに二階へ上つて行つた。然し上がると直ぐ矢張り後は困ると思つた。彼は手を叩いて女中を呼んだ。壁一重の隣りにその客が居るので彼は小声で云つた。

「隣りは別な奴を呼べばいゝぢやないか」

「いゝえ、名ざしなんです。それに先刻《さつき》顔を見ちやつたんです」

「困るな」彼は気六ケしい顔をした。

彼は何故と云ふ事もなく其女を音なしい、素人臭い、善良な女として考へて居た。これは彼の観察とは云へなかつた。彼の同情が勝手に女を左う作つて居たのだ。而して女を二人呼んで一人を待たせて置く男を怪しからん奴だと思つた。他の女なら未だしも、あの女を左う云ふ気で呼んで置くのは不埒な奴だと思つた。女中は露骨な気休めを云つて降りて行つた。

隣りから女が出て行つた。間もなく其女が其部屋に入つて行つた。彼はかうしては居られない気がして、又手を叩いた。

女中は入つて来ると、彼が何も云はない先に、

「今入つた所です。直ぐです」となだめ顔に云つた。彼は
「硯を貸して呉れ」と云つた。

懐の白紙を食台の上に延べて、彼は下腹に力を入れて慈眼視衆生、福聚海無量と云ふ文句を書いて見た。これは此間の旅行で見た京都の清水寺に掛かつてゐた額の句であつた。彼は何気なく書いたが、慈眼視衆生、福聚海無量、共に立派な美しい言葉だと思つた。然し急に、勿体ない気がしてやめて了つた。兎も角彼は隣りの場面を頭に浮べたくなかつたのだ。

女が入つて来た。笑ひ顔をした。いやな顔ではなかつたが、彼が勝手に決めて居た顔とは大分違つて居た。

「ありがたう」左う云つて、少し斜向きに膝を突いて、彼の顔を見ながら高いお辞儀をした。それが如何にも只のプロスティチユートだと云ふ気を彼にさした。先刻の神妙な様子とは別人のやうに思へた。

「何時から出て居るんだ」

「二タ月程前から」女は少しあやふやな調子で答へた。

「俺はお前が好きで帰つて来たんだ」

「さうお」

「お前ははたちだらう」

「十九よ」

「本統か?」

「本統。ほんまどつせ」

彼は女を膝の上へ抱き上げてやつた。女は自由になつてゐた。而して物憂さうに首を傾けて彼の肩に其頬を当て、休んだ。

「お前は俺と一緒に何所かへ行く気はないか」

「何所へ？」

「遠くへだ」

「連れてつて下さい」

「俺は笑談で云つてるんぢやないよ」

「私だつて笑談ぢやないよ」

女は頬をつけ、眼を閉ぢた儘だるさうにそんな事を云つた。

彼は肩をゆすつて
「オイ」と起こしてやると、女も
「オイ」と眼を開きざまに彼の鼻先でその二タ重になつた白いあごを突出した。

「貴様は俺が出鱈目を云つてると思つてるな。馬鹿な奴らしいから解かるまいな」

「馬鹿だから解からない」

女は彼の膝に腰かけた儘、恥かし気もなく真面目な顔をして、突合はして居る彼の眼を上から凝つと見た。

女は少し本気になり出した。実は半年ばかり前から出て居る事、自家《うち》は深川にあつて、母と姉だけだが、母は姉夫婦が見る事になつて居るから自分は只助けるだけでい、のだと云ふやうな事を話した。

「姉さんの御亭主は何をして居るんだ」

女は暫く黙つて居たが、

「納豆屋」と云つて笑ひ出した。うそか本統か知れなかつた。

彼は
「納豆の作り方を教はつてくれれば俺が納豆屋になつてやる」と云つた。

「なつと。なつとう」と女は小声でその真似をして笑つた。彼は先刻お栄と職業の話から、臨済を黄檗に何遍も差し向けた首座の僧と云ふのが生涯寺を持たずに桶屋で暮らしてゐた事や、ほう居士と云ふ人が矢張り籠屋だつたと云ふやうな話をした、それを想ひ浮べて居たのだ。

女は今居る家に七十円ばかり借金をして居るが、それさへ返へして貰へば何所へでも行けると云つた。女は何故か時々京都詞を真似た。「きつたいな事を云ひなはる」など、云つた。「奇体」と「怪体」を混同して居るなと彼は思つた。

「京都は好きか？京都に住まはうか？」

女は乗気な返事をした。


翌日夕方になると彼は又前日と同じやうな気持で居ても立つてもゐられなくなつた。彼は用意しかけた食事を待つ間も苦しい気がして、家を飛出した。横須賀の兄は今日も来なかつた。屹度素通りをして本郷の家へ行つたのだ。左う思ふと彼は侮辱されたやうな腹立たしさを感じた。今の彼には色々な事が直ぐ侮辱と解《と》れた。それがひがみだと思つてもどうする事も出来なかつた。ひがみだといふ意識が直ぐ自分を侮辱する場合もよくあつた。生れ附きひがまねばならぬ境遇に置かれた上に、二年程前、愛子との事で、それがまるで爪の掛けようもない変な失敗に終つてからは彼は総ての人が自分に悪意を持つて居るやうに感じられて仕方なくなつた。自分の背後には恐しい、醜い顔をした亡霊が何時も立つて居る。人々はそれを見るのだと思つた。彼は何所でゞも屈辱を感じた。彼にとつて現在接してゐる物すべて、屈辱の種になり得ないものは一つもない気がした。根こそぎに四囲から脱け出る、それより道はないといふ気がするのだ。二重人格者が不意に人間が変つて了ふやうに自分も不意に全く別な人間になつて了ひたい。どんなに物事が楽《らく》になる事か。今までの自分——時任謙作、そんな人間を知らない自分、左うなりたかつた。今まで呼吸してゐたと全く別な世界、何所か大きい山の麓の百姓の仲間、何も知らない百姓、しかもその仲間はづれなら一層いゝ。其所で或る平凡な醜い而して忠実な、あばたのある女を妻として暮らす。如何に安気《あんき》な事か。全く回避だ。

　彼は前日の女を憶つて少し美し過ぎると思つた。然しあの女が若し罪深い女で、それを心《しん》から感じてゐるような女だつたら、どんなにいゝだらう。互にミヂメな人間として薄暗い中に謙遜な気持で静かに一生を終る。笑ふ奴、憐む奴があるにしても、自分達は最初から左う云ふ人々には知られずに済む場所に隠れて了うのだ。彼等は笑ふ事も憐む事も出来ない。自分達は誰れにも知られずに一生を終つて了ふ。而して自然の或る事、それは吾々にしか解らなかつたと云ふやうな事を解し得て静かに一生を終る。どんなにいゝか。

　汽車で新橋へ着くと兎も角彼は自働電話に入つた。その朝桝本からの手紙で、「一昨日三越の前で宮本に会つたら君がもう帰つて居る事を聞いた。近かく会いたいが、都合を知らしてくれ玉へ」と書いて来た。それを考へて桝本を訪ねてもいゝと思つたのだ。所がベルを鳴らすともう迷ひ出した。幸ひ交換手が直ぐ出なかつたので彼は其儘受話器を掛けて出て了つた。

　銀座通りに夜店あきうどの出始める頃だつた。彼は夜店のない左側の人道を京橋の方へ歩いて行つた。出来るだけシツカリした足どりで歩かう。左う思つて彼は下腹に力を入れて、口を堅く結んでみた。而して、これはベエトウヹンのやうな口に違ひないと思つた。彼はいつものやうにキヨロ〳〵と店を見たり通行人の顔を見たりしないように気をつけた。穏やかな眼つきで行手を真直ぐに見て歩かうと思つた。不図聯想から寒山詩でも読んで見ようかしらと彼は考へた。寒山の世界、若しそんな世界が自分にも作れたら実に理想的だ。松が叫び、草が啼いて居る薄暮の高原を一人通つて行く気持を云つたものがあるさうだ（此記憶少しあやしいが）、兎も角そんな気持でゐられたら、どんなにいゝかと思はれるのだ。彼は京橋と日本橋の間に二三軒漢籍を売る家があつた筈だと思つた。彼は幾らかユツタリした気分になれた。

間もなく彼は向ふから礼之助（彼より六つ程年上の男）が若い細君らしい女と一緒に来るのを見て了つた。左う云へば、もう少し前にも同じ中学で彼より四つ程下の級に居た渡辺と云ふ男が肉附のいゝ矢張り細君らしい人と往来の向ふ側を歩いて居たの見てゐた事を今更に気づいた。礼之助は二間程の近さに来て漸く彼がわかつた。而して両方で立止まつた。

「僕は今我善坊の×××番地に居る。夜は何時でも居る。遊びに来玉へ」と礼之助は云つた。

彼は素より行く気はなかつた。然し、我善坊と云ふと何所だつたかなと考へた。よく知つて居るやうで想ひ出せなかつた。あの辺かしら。それともあれは狸穴《まみあな》だつたかしら、など心で迷つた。左うして「我善坊と云ふとどの辺だつけ」かう云はうとしたら「我」を「がん」と云ひかけた。彼は一寸ドギマギしながら、

「芋洗坂の下だつたかしら」と不安さうに誤間化した。

「まるで異《ちが》うさ」と礼之助は笑つた。後ろに居た細君が何か注意すると、

「あ、、電話を教えて置かう。芝の三千七百四十六だ」と云つた。

「迚も覚えられない」と彼は首を振つた。

「ミナヨムと覚えればわけないさ。いつでも夜は居るよ」かう云つた礼之助はお世辞ばかりではないらしく彼にも思へた。然し行つて見る気はなかつた。別れる時細君は叮嚀にお辞儀をした。その時彼は何所かでこれは見た事のある人だと思つたが、想ひ出せなかつた。

彼は礼之助と会つた事で大分心持を乱だされて居た。こんな事では駄目だ、寒山どころではないと思つた。

松山書店と字書きの書いた看板を出して居る店へ来た。顔真卿の千字文の楷書が眼について、彼はそれを開けて見た。それから高い両側の棚を叮嚀に見て廻はつた。聞いた事のあるやうな、ないやうな古い本が一杯につまつて居た。一休何とか双紙と書いた紙切れを見て、彼は一休の随筆か何か、と思つて下ろして見ると、柳下亭種員の戯作だつた。

「寒山詩はないか」

「丁度持合はして居りません」左う座つて居た番頭が答へた。

「宗門葛藤集は？」

「へえ、それも相憎持合はしません」

暫くして彼は何も買はずに其所を出た。

丸善の前へ来ると店はもう〆まつて、小僧達が横手の口から帰る所だつた。若し知つてゐる小僧が出て来たら、先日買つたシヤワンヌの本の挿画が一枚脱けて居るのを換へて貰はう、それから別にグスターヴ・モローの本も頼みたいし、そんな事を思ひながら少時其所に立つて居たが、知つて居る小僧は出て来なかつた。彼は歩き出した。飾窓には埃及模様をつけた趣味の悪い本棚が飾つてあつた。それを見ると彼は胸が悪くなるやうな気がした。

青木嵩山堂と云ふ本屋に来た。その前に小林嵩山堂といふ本屋があつた筈だがと彼は思つた。もうなくなつたのか、それとも見落したのかしらと思つた。彼は青木嵩山堂で李白の小さい詩集を買つた。十年程前にも同じ本を此店で買つた記憶があるが、あの本は何処へやつて了つたらうなど考へた。

腹はへつてもゐなかつたが、食事をするなら此辺がいゝと思つて、彼は魚河岸の中へ入つて行つた。顔馴染のある怠け者のすし屋が珍らしく屋台を出してゐたが、彼はその前を素通りにして先の天ぷら屋に行つた。彼は前を通る時にすし屋が怒つて自分に何か仕はしまいかと云ふ不安に襲れた。而して少時して今度は天ぷら屋を出る時に、其所にすし屋が待伏せをしてゐて自分を袋叩きにしやしないかと云ふ愚にもつかぬ不安を感じた。彼は自分ながら馬鹿気た事だと気がついた。

それから彼は橋を二つ渡つて右へ折れて行つた。前日彼れはそれから少し行つた所の時計屋で多分プラチナだらうと思ふ時計を見て一寸欲しい気を持つた。百九十円と云ふ札がついて居た。彼はそれをもう一度見て若し今日も欲しい気がしたら買つてもいゝ、三ケ月程貧棒暮らしで我慢すればいゝのだと思つた。所が、今日見ると前日程欲しい気は起らなかつた。淋しいやうな安心したやうな気がした。五六年前までは欲しいと思つた物、例へば浮世絵のやうな物でも、手に入れるまでは気になつて仕方のない方だつたが、近頃は妙に一つ物に執着が感じられなくなつた。彼にとつて此意識は矢張り淋しかつた。

彼は尚暫くその飾窓の中をガラス越しに眺めてゐたが、不図店の者に泥棒と思はれはしまいかと云ふ気がした。彼は一寸顔の紅くなるのを感じた。而して急いで歩き出した。

前日の家へ来た。下の部屋では三味線を弾いて騒いで居た。彼は二階へ上がると、

「昨日の人を呼んでくれないか」と云つた。女中は降りて行つた。彼は本屋で包んでくれた李白の詩集をほどいて見て居たが、「昨日の人」だけでは不充分だつたと気がついた。手を叩くと異う女中が登つて来た。

「昨日呼んだ後の人だ」と彼は云つた。前の女中もそれを呼びに行つたのだと云ふ事だつた。彼は安心したが、今度は家に居ればいゝがと一寸不安に思つた。

詩集の初めに伝記が二つついて居た。それは現在の彼には実に理想的な生活と思へるやうなものだつた。然し余りに性格は異つてゐると思つた。――――下の騒が八釜しい。尤も「白猶与飲徒酔於市」こんな事がある。李白ならこんな中でも平気で自分の世界にして呼吸して居た筈だなど考へた。「囊中自から銭あり」と云つて酒屋でひつくり返つて居る李白を杜甫か誰れかゞうたつて居ると云ふ話を想ひ出す。李白が酒好きだつた事は鬼に鉄棒のやうに思へた。が、六十余才で死んだのは酒の為めとある所を見ると、酒から来る不快もあつたに相違ないと云ふ気がした。彼は酒が少しも飲めない方だつた。それ故猶その鉄棒の方は羨ましがる事はないと思つた。――――女は中々来

なかつた。

本文を雑に見た。「荘周夢蝴蝶。蝴蝶為荘周」こんな句に彼は心を惹かれた。

女が漸く来た。彼は前日とは大分異つた印象を受けた。前日程に女のいゝ所が彼には見えなかつた。表情をすると一寸美しかつた。笑ふ時八重歯が見えるのが妙に誘惑的だつた。然し済まして居ると如何にも平々凡々だつた。彼は多少裏切られた気持で前日した話は全く云ひ出さなかつた。女も忘れたやうに一切それには触れようとしなかつた。

彼は然し、女のふつくらとした重みのある乳房を手の掌で柔かく握つて見て云ひやうのない快感を感じた。それは何か非常に価うちのある物に触れて居る感じだつた。それをゆすると手の掌に気持のいゝ重みが感じられる。彼はそれを何と云ひ現はしていゝか解《わ》からなかつた。而して
「豊年だ。豊年だ」と云つた。

そんな事を云つて彼は幾度となく、それを揺すぶつた。何か知れなかつた。然し兎も角それは彼の心の空虚を満たして呉れるもの、シムボルのやうに思はれたのである。


（「中央公論」大正8年4月号）

一人角力

園池公致

M君の脚本を新富座でやつて居る時自分もM君の家の人等と一緒に見に行つた。自分は一人で先へ行つて居た。少し後からM君はF子さん、F子さんの妹、K子ちやん等と来た。桟場へ座るとM君はいつもの冗談のやうな調子で、

「堀井にお土産があるよ」と云つた。自分は手紙か何にか、と思つた。するとF子さんが二枚の盛装した令嬢の写真を自分に渡してその名前と、それが二十七と二十六になる腹違いの姉妹である事を自分に告げた。姉さんのA子と云ふ方は本当の奥さんの子で体も丈夫だし性質もいゝと云ふ事も特に聞いた。

渡された写真を見ると姉さんの方だと云ふ椅子に腰かけた島田に結つた小造りな姿が自分の胸を平常の心持ちでなくさせた。その名前を聞いた時自分は多分前の年の春S君が結婚して京都に住つて居るのを二度目に訪問した時、（自分は其頃神戸に居た）S子さんの友達だと云ふ人の事を、S子さんとS君から一寸聞いた事があつた。自分はそれと同じ人だろうと思つた。S

子さんの父君はM君の伯父さんになるのだからそれが一つ話だと云ふ事は想像された。その時も少し背が低いが性質の大変いゝ人だと云ふ事を聞いた。そしてそのK家と云ふのはS子さんの父君の尤も親しくして居る家なので「父から云へば話はどうにでも出来るのだが」と云ふ意味の事もS子さんから聞いた。

それは京都の衣笠園のS君の家での事だつた。「S子が君に丁度いゝだらうと云ふのだが第一君は結婚する意志はあるかい」とS君が云つた。自分は「結婚する意志はないね」と簡単に答えてしまつた。自分の頭にはすぐそれに就て色々な事がむらがり起つた。二三度顔を合せたばかしのS子さんが自分にそう云はれる事も喜んだ。自分は応々、往来で人が自分に路を尋ねる事があると、自分にも言葉をかける人があると思つて心が開けるやうに感じる事がある。電車に乗つて自分の隣りにより空席がないやうな時、誰れか乗つて来た人がその席に腰を堕すと、自分はそれをも喜ぶ事がある。時々ではあるがそんな気が抜けないで居る自分は、人が病身らしい自分を見てすぐ様此の男は何処か悪いのではないかと思ひはしないかと気を廻す。そう云ふ感情に対して自分が人並に結婚でもして幸福に生活する事が出来そうに見られる事は自分を随分慰める。然し口に出してはS君達の好意には何んにも答える事が出来ないで自分は何の理由も述べず唯にべもなくそう云つて断つた。

自分は島田に結つた張りのある小さな眼の美しい、魂の入つた面《めん》のやうなすなほなA子の写真を見て色々な事を考へるのに囚はれて居た。京都では自分は何にも知らなかつたので少しもその人に対する感じは起らなかつた。その時は、成る程女の背の低いと云ふ事は姿の上の大いな欠点だろうと思つて居た。同時に自分が学校で一時同級だつたその人の腹違いの兄に当る人の事なぞを思ひ浮べて居た。自分はその頃は運動家で下級の生徒から好かれたり、教場でも出来の悪い方ではなかつたので最も光明の時代に居た。その頃流行つたのか四角い硝子の近眼鏡をかけたり運動場の隅の方に小人閑居の群を造つて居るその人に対して少しも好意を持つて居なかつた。

又自分は気を置く必要のない自分の家なぞでは如何にもしつかりした考えを持つて居る如く振舞つたりする事があり乍ら、友達が三四人も集つた席へ行くといつも隅の方に劣弱者の如く黙つて居る癖がある。それはいゝ図ではないと自分でも思つて居る。自分は自分を良人とした者が他の立派な良人を持つた人に対して時々定めし肩身を狭く感じるだろうと思ふ事がある。それが自分自身が肩身が狭いと云ふ感じに変つてする。もし自分が結婚するなら文学なぞとは全く無関係なコツソリした者でなければならないとも考へる。その自分の「妻」がS君を良人とするS子さんの友達だとしたら、自分は意外な処に又弱身を感じなければならないだろうと思はれる。

京都での話はそれ切りになつて自分は神戸へ帰つた。自分は強ひて結婚する意志もなかつたので、家なぞでそう云ふ話が起つても、自分はそれを聞かうとはしなかつた。自分はそう云ふ話が福音の如く自分の耳に響き、せめてその天使の名なりとも聞き度い慾望を感じる事があつても、それを却けて居た。自分の運命が一枚の写真となつて人から人の手に転々して居る事を考へると、如何なる写真も真剣な心を持つて居ない限り慰み半分手にとる事は出来ないと云ふ気になつて居た。自分はそれ程かう云ふ話に対して固くなつて居るのだつたが、不意に自分の眼の前に顕れた写真を見ない訳にはゆかなかつた。F子さんは二枚の写真を自分に渡してから、

「お家の方で何にかお話でも……」

「い ゝ え」

「それでは一トロおのりになつて頂きます……」

自分はそれを受け取つて懐え挟んだ。そして桟場の後ろのカンザシなぞ売つて居る店の前に皆と立つて居た。そして役者の紋で出来たカンザシなぞを見て居た。其時自分の側に居たF子さんは、

「Sちやん大きくなりましたろ」と自分に向つて云つた。自分はF子さんの妹はM君の家で一度玄関へ取り次ぎに出たのを見た切り知らなかつた。それで自分はまだ知らないのだと答えた。でF子さんは自分達をひき合せた。F子さんの妹はまだ子供らしくて日本髪に結つて居た。自分は姉さんによく似て居ると思ひ乍ら黙つて御辞儀をした。そしてF子さんとカンザシの話か何にかをして居るとF子さんの妹は黙つてわざ〳〵自分のうしろを廻つてカンザシの並んで居る硝子張りの箱に近づいて行つた。自分はその後色々の事のあつた三年の後ちこの人と結婚した。

自分は薄着をして居たので少し寒かつた。それで芝居を見乍らも腕組みをして居た。すると写真の台紙が腕に当つた。自分は色々の事を考へて亢奮して居た。比較的年を取つてまだ嫁に行く先がないで居る、そして他にも既に婚期を過ぎた妹が次々と待つて居る、それが且て自分のすぐ次の妹にあつた場合や昔あつたある従妹の場合なぞを考へて、A子と云ふ人も矢張り結婚を急ぎ、自分を不幸な者として空想を低くして居はしないかと云ふ事が想像された。すると自分が申し出たならば自分の処へでも喜んで、これでよかつたと、飛んで来る気になりはしないかと云ふ気がして来た。自分こそこの人を幸福にする事が出来るのではないかと考へた。世間的な地位を必要とするA子にとつて自分は世間的にはい ゝ 対手でもあつたので。割りに背が低いとか既に老嬢と云はれる域にあると云ふ事なども運命を観念した心になり、自分を無我にしてはしないかと思ふと、自分には二十七にもなつて居る事や背の低いと云ふ事なぞが少しもいやではないばかりか、それこそ自分は安心してのんびりとその人を愛する事が出来ると云ふ気がして来た。自分は反つてそう云ふ点に惹きつけられた。そしてこれこそ自分の為めに残されて居たものであるやうな気がして来た。自分は結婚するなら是れよりい ゝ 機会はない、是れが最後の機会だと思ひ込んだ。

自分はよく考へてから返事をする事にして兎も角その写真を

借りて行く事にした。芝居が済んで電車に乗る処でM君の一家と別れたが、道々心が平調に復すると、自分は矢張り今迄踏んで来た通り断りの手紙を書くより仕方なく思つて来た。自分が急に今迄と変つた考へ方をするにはあまりに自分の内に根拠が見出せなかつた。

家へ帰つたのは可なり遅かつたが母はまだ起きて居た。自分は母の側で着物を着換えた。自分に結婚させたがつて居る母が自分の懐から出て来た写真を見つけたら母はどんなに乗り気になるか知れないと思つた。自分は寝間着を着て二階の書斎に上がつたが中々寝られそうもなかつた。親しい友達が泊りに来て一室に布団を並べて眠つてもモウ何んとなく寝つかれないで翌日はひどく不気嫌になる自分は、どうして結婚して気嫌のいゝ日なぞが送れやうとおもつた。又一方A子と云ふ人の第一の特色に見える温順と云ふ事は自分の兼ね〳〵の杞憂を七位も八位も下らないものゝやうにも思はせた。自分にはそれに代るもつと優つたものを持つ事が出来るやうな気もした。

それから自分は三四日つゞけて亢奮して居た。夜もよく眠れなかつた。朝の眼覚め際に五分間の無理があつてもモウ終日何んとなくぼんやりしたやうになる自分も、それで居て割りに元気だつた。自分は一枚の写真を見たゞけでこんなに亢奮するのを軽卒だとも思つた。一時の感情ではないかとも思つた。そう云ふ暖かい感情の今更心に起るのを不思議にも思つた。

M君に出そうと思つた手紙は中々書けなかつた。芝居から戻つた晩に雑記帳に書いた草稿のやうなものを書きかえ〳〵して居るうちに段々短くなつて行つた。しまいにはとても書けそうもないので簡単にいづれ逢つて話し度いと書いた。自分はM君等に感謝したかつたが何時もそう云ふ時自分はそれを顕す事が出来ないので、自分は神様を徹してその人達に感謝するより仕方ないと思つて居るので、その時もそう云ふ心持ちになり乍ら唯F子さんにもそのうち遊びに来て下さいと書いた。

それから間もなくM君が一人で来た。自分はM君の来る時間を待ち乍ら腕組みをしてやきもきした心で部屋中を歩き廻つて居た。決心しろ、決心しろと心の中で云つて居た。机の前に立止まつては雑記帳に自分を厳粛にさえしてくれたものゝ段落をつけて去る淋しさを書き留めたりして居た。M君に云をうと思つた事はM君に逢ふと矢張りども〳〵口には出て来なかつた。それで細かくは矢張り手紙で云ふ事にして二枚の写真だけM君に返えした。自分は幸福の合鍵を手渡しするやうな心持ちだつた。自分は風の吹くほこりの立つ、日のかげりかけた十二月始めの午後、寒い堀端を四ツ谷見附までM君を送つて行つた。そして自分は淋しく一人帰つて来た。

自分はそれから十日程かゝつてM君へ出す手紙を書いて居た。自分の虚弱な事は矢張し結婚を恐れさすと云ふ事を書き直ほし書き直ほしして居るうちに手紙は段々短くなつて行つた。兎も角自分はそれをM君に出した。

手紙の用が済んでから自分は色々書き散らしたものを机の上

に拡げて、それから何にか書きかけて居た。其処へＬと云ふ医学士の友達が来た。Ｌはいつも自分の肉体上の顧問となり自分の事を始終心配して居て呉れた。その癖Ｌは決して自分で脈をとるやうな事はなかつた。自分も病気の時はよくＬに相談をかけた。自分がその前に一年程健康の為めばかりを考へて全く遊んで暮らして居たのをＬは大変賛成して居た。処が今又原稿紙を拡げて何にか書いて居るのを見てＬは自分に止めた。それで自分は今迄の話をＬにして「体を良くしやうと思つて遊んで居た処で切りがないから」と云つた。Ｌは「独で思ひ込むよりも医者と相談して結婚するやうにしたらいゝではないか、する丈の事をせずに絶望するのはいけない」と云つた。そして「第一原稿紙はもう暫くしまつて置くんだね」と云つた。

　自分はそれから何事も止めて結婚と云ふ目標に専心になつてやろうと決心した。自分が結婚しやうと決心がつく程健康に自信が出来た場合、Ａ子が独身で居たらばよし、其頃もしＡ子が既に嫁に入つてしまつて居たら自分は其時こそあきらめるより仕方ないと思つた。自分は前以てＡ子の運命に指を触れる気にはならなかつた。

　自分は昔からの偉る藝術家が何によりも第一に藝術の事を考へ、そんな生活の事にこだわつて居ない事を充分知つて居る。然し自分はそう云ふ藝術を持つては居なかつた。自分の文学は何時お終になるか自信がなかつた。自分はその時の要心に結婚して置く方が安心だと云ふ気がして来る。また自分は恋を得るまでと高く止まつて居る訳にゆかなかつた。自分の生活は半端で充実しないで孤独だつた。その頃読んだキヤケゴールの伝記はＭ君が自分の手紙を読んでから進めて呉れたものだが、自分はそれも淋しかつた。

　その年の大晦日近く自分はＬと相談してまづＡ医学士を尋ねた。Ａ学士は自分の健康を調べて電気の治療や温泉の旅行なぞを勧めた。そして来年の秋頃に結婚して見給え丈夫になるよ、と云つた。自分には此の学士の井中の蛙的簡単さに信頼出来なかつた。

　翌年の春胃腸の為めにＢ医学博士の診察を受けた。

　次にＣ山医者が自分の尿を試験して異状があると云つた。自分は吃驚してその朝すぐＤ博士の処へ行つた。すると夫れは否定されると同時に自分は馬鹿にされた。

　次にＦ医学士を尋ねた時は代診が自分にいゝ加減な事をした。

　そのうち夏が来た。自分はＬと塩原の温泉に行つた。そして秋に入つてから東京に帰つた。自分はＡ医学士を馬鹿にしながらその秋に可なり期待をかけＡ子に対して空想を持つて居た。自分はそれ迄にＡ子を一度も見た事がないので影ながらでも見たいと思つて居た。往来でも電車の中でも背の低い人を見ると一々、かう肥つて居ては見憎いが、これなら背が低くても釣合つて居る、年を取つたらこんなになりはしないかと考へた。見よい人を見れば背が低くてもいゝと思い悪い人を見れば背が低いのはいけないと思つた。そして背の低い若い女に対して自分は或る肉感を感じるやうになつた。

　その秋も依然として何んの方針も立たず何んの変つた事もなく過ぎて行つた。自分は力瘤の入れ処のない生活をし乍ら手を束ねてそれを傍観して居た。家では父が自分の将来の問題に就て愈々独身で終るなれば相当の方法をとらなければならないからと云い出した。自分は嗣子で一人の弟が居た。自分は色々な羽目《はめ》に立つて来た。段々事が定まつて行くのは恐ろしかつた。結極父は懇意なF医学博士の処へ相談に行つた。自分も父とは別々に行つた。F博士は父や自分とも個人的に知つて居るだけ反つて突込んだ事を云ふ筈はなかつた。F博士は自分等に通俗な事を云ふより仕方なかつた。それからF博士の紹介で自分はG博士の治療を受けた。G博士は、それは当人の定める可き問題だと云つて医療なぞには重きを置かなかつた。父もG博士に逢つてすつかり安心してしまつた。自分はG博士の言葉に一番同感した。そして最後に自分の希望で父は親戚に当るHドクトルと相談の上大学Iの教授の診察を受ける事になつた。自分はそれで決心しやうと思つた。

　そうかうして居るうちその年も押し詰まつた。自分はやがて三十になるのであつた。A子も自分の事は何にも知らないでやがて二十八の老嬢になつて行くのである。自分はそう思つて其時も何にか書き度い慾望は起つたが、一年の余なす事もなく遊んでから、扨て昔の事を顧ると意外に自分の健康の良くなつたのを感じた。自分はそれに力を得て矢張り何んにもせずに居た。

　年が替つて正月早々自分はその頃Iと云ふ田舎に居るS君やM君を尋ねた。その日は愉快だつた。Iの景色はどんより曇つた日も又よかつた。静かな、流れのない沼を板をそいだような舟が静に掉差して行つた。それを見堕ろすなだらかな丘の上で自分はF子さんやS子さんやそう云ふ若い人達に混つて賑かに立つて居た。自分とS君とが少し離れて立つて居た時S君が、A子が北国の或る大きな本山の坊さんの処へ嫁に行く事になつたと云ふ事を自分に云つた。自分はドキツとした。自分は何にも口には云えなかつた。自分はA子を一旦断り、未来を運命に任せては居たもの、A子は何処へも嫁には行かないやうな気がして居た。自分が他日結婚しやうと決心する時まで待つて居る人のやうに思つて居た。

　自分は又それ迄にA子が何処かへ嫁に行けばそれはA子にとつて幸福な事だと思つて居た。その後母が女学校を卒業したばかりのある娘の事を自分に話した事があつた。かゝる当り前の娘に対して自分は何の感じも起らなかつた。自分がそれを断ると間もなくその人は自分が学校で知つて居たある海軍士官の処へ嫁に行つた。自分はそれを知つた時その娘の為めに良縁のあつたのを喜ぶ気がした。次にあつた話も間もなく婦人画報の口絵で結婚した写真を見て、その時も立派な良人が出来てよかつたと云ふ気がした。自分は一種の幸福をさえ感じた。

　然し自分は今度はそう云ふ気になつたり一種の慰めを感じたりする事は出来なかつた。北国へ行つてしまふと云ふA子は暗い運命の前に毎日おびえて居るやうな気がしてならなかつた。自分のA子に対する折々のセンシユアルな空想も今は芝居に出て来るやうな自分の敵役の為めに苦しいものとなつた。

自分はIから帰る汽車の中でも一人で亢奮して居た。両手を無暗にくね〳〵に動かして見たくなつたりした。然し其時は何んの為めに亢奮するのかはもう少しも頭になかつた。S君から聞いた事も汽車の中では忘れて居た。自分は唯源因もなく亢奮して居るやうな気がして居た。そしてA子は自分が結婚を申し込むまで以然として老嬢で居るやうな気がして居た。


（「白樺」大正8年4月号）

抒情詩時代

室生犀星

私《わたし》は十五ぐらゐの時代から俳句を作つてゐた。初めは旧派の宗匠《そうしやう》にならつてゐたが、後《のち》には紫影《しえい》先生に見てもらつてゐた。

私は俳句を愛してゐた。まだ少年であつた私にとつて、あの単純と簡素との世界が私の断片的情操を盛る上に極めて便利でもあり、またその制作の即興的なる理由もあつたが、私はいつも見たもの感じたものを書き綴つてゐた。

総《すべ》ての美しくて愛すべき存在が、必らず生きた精神の洗練や彫琢《てうたく》に拠つて、その再現の光輝を磨くべきものであると云ふことが、いまから考へるとやはり私の心の底に漂うてゐたことが実際であつた。私は写実を主としてゐた。あるがままな情景、経験、さういふものが私の俳句の精神を深徹《しんてつ》してゐた。

私はいつも俳句の世界に、私の総ての情操や自然が詠みつくされることを信じてゐた。毎月俳句会があるごとに、その会費を母などをあざむいて取つて出席した。公然とは、さういふ会合や、俳句を作ることを禁ぜられてゐたからであつた。

子規歿後十年間は、やはり紫影先生などはホトトギス派の新しい俳人として、または学者として声名が高かつた。先生は第四高等学校に教鞭を執つてゐられた。

私はある五月の夕方、郷里の市街でも銀座ともいはれる片町《かたまち》といふところで、先生の散歩してゐられる姿を初めて見た。黒い紋附のやうな羽織をきた質素な、しかも蒼白な、学者らしく詩人らしい弱い優しさを、私はなみなみならぬ畏敬と尊崇《そんすう》の感念をもつて、永い間ふりかへつて眺めてゐた。あの人が有名な俳人だといふ心は、すぐさまあの人にとつて此世の自然の総《すべ》てが自由にされるのだといふ概念を、手取り早く私に考へさせ恐ろしく畏敬させたのであつた。すこし俯向き加減に考へ深いやうな落付いた背後姿《うしろすがた》は、多少の陰気さを含んで、私に強い印象を与へた。

そののち会へ出ると、私だけが少年であとはみな商家の人や、中学の先生や、四高の生徒などが多かつた。私はいつも小さくなつて考へ込んでゐた。先生は、さきの日のやうに蒼白な顔に時々やさしい微笑を浮べて採点してゐられた。みんなは先生に採られることを名誉にしてゐた。私自らも先生の感情にふれて採点される事や、また、一句でも多く他人よりも選ばれる事を祈つた。私はいつも一句か二句あて選ばれた。さういふときの私の歓喜は非常なものであつた。胸には高い鼓動をおぼえ、頰は上気して紅く熱くなるのであつた。

摘草《つみくさ》や牧場《まきば》の牛《うし》の唸《うな》りごゑ

摘草《つみくさ》に淋《さび》しき思《おも》ひ満《み》たせけり

など私は作つてゐた。先生は、優しい感情によつて湿《うるほ》うた自然や、人事を愛して居《を》られた。一つには先生自らの人格を表示したもののやうに、さうした優雅な情景はすぐ先生の採点に加はることが出来るのであつた。私は行末《ゆくすゑ》俳句で有名にならうとは思はなかつたが、いつも先生の優美な蒼白い詩人らしい容貌に接しるごとに、自分もやはり詩人らしい心持によつて、永い生涯の仕事を委ねたいと、そればかり日夜空想してゐた。

私はかたはら文章をもかいてゐた。小品といふものの形に於て、私は少年らしい情熱を寂しく物語ることを愛してゐた。私はそのころ、もはや、田甫《たんぼ》や田甫にある土手や、草花、林、森、桃の咲く村落の入口、または街の夕方、夜などを歩くことが、何よりも精神的な慰さめのやうに思はれてゐた時代になつてゐた。

私は鉄橋の見える柔かい土手の上に坐つて、袂からヒーローといふ煙草を出して燻《くす》べてゐた。煙草の味はわからなかつたけれど、その煙草の煙をぱつと口から吐き出したときは自ら愉快であつた。晴々《はれぐ》した天気の下で、ひつそりと銀紙の中包みを破つて、まるで恐ろしい秘密にでも触れるやうな心持になつて、あとさきを振りかへりながら人気のないところで、さういふ人知らぬ快楽に耽けることは、私にとつて此上ない楽しみであつた。まるで軽業師《かるわざし》のやうな手つきで、私は悠然として、それらを燻《ふ》かすのであつた。

そのころ煙草をふかす少年の仲間が沢山にゐた。けれども、それらの高価な煙草は、一人一人が思ひにまかせて買ひ求めると云ふことが、厳しい家庭にそだつてゐた私などには、容易に出来ないことであつた。さういふ経済的理由から私どもらは、みないくらかづつ持ち合つて買つたものであつた。

そして例の鉄橋のほとりに出かけたものであつた。三人なり五人なりが、暖かい草場に坐つて、いいかげんに坐り塩梅《あんばい》よく草をあつめて輪をつくつて、みんなが一本づつ燻《くす》べるのであつた。

私は一番早く煙草の味を覚えてゐた。私はいつも黙つてこれらの仲間に交ることを好んでゐた。さうした一面に、自分が詩をよんだり俳句をかいたりしてゐる高尚な感情の持主であるといふことを隠してゐた。隠してはゐるものの皆はよくそれを知つてゐて、妙に私に遠慮して云はなかつた。私はさういふ意味から、みんなから心ひそかに尊敬に近い感情をもつて交はられるのを、此上なく心では誇りに感じてゐた。

そのころ少年世界が私のふところに入つてゐた。私はこの雑誌の巻頭にかかれた季節の自然描写が大変気に入つてゐた。『春草漸《しゅんさうやうや》く遍《あま》ねく輝きたり若《も》し吾等野に出でゝ見んか。其処には菫たんぽぽれんげの類、あるひは鳥雀《てうじやく》の喜々たるあり嗚呼奈《ああい》何《か》に自然の恵み多きことよ。』などと書いてあるのを、幾度も読んでしまひには諳誦したものであつた。さういふ季節には文字通りの春光は野や山や空を覆うてゐた。植物性の発散する芳《かん》ばしい匂ひは其処此処の草場や丘のあたりや、土手の重なり合つたところから漂うて来た。まるで少年等の私どもの、感じやすい五体のすみずみにのびのびした感覚と、また一面には物懐かしい、何かを抱き締めたいやうな、情慾的な悩ましさ恋ひしさを吹き込むもののやうでもあつた。

私はさういふとき、あたまのくらくらするまで強く煙草を吸つたものであつた。あたかも酒をもちゐる人々のするやうに、このあやしい煙料《えんれう》の刺戟と眩惑とは、幾分の慰さめとなり、気の重くなるやうな悩ましいものを発散させるに力あつたのである。

私どもは巡査を怖れてゐた。いつか、私の友のAが街路で何気なく懐中で——胸のところに手を入れて——煙草を吸つてゐた。けむりも巧みに隠して吐いてゐたといふ話であつたが、途中で巡査にあつて交番に拉《つ》れて行かれてゐた。

陰気な交番の内部に、Aは泣顔をして永い間立たされてしまひには親を呼び出され、罰金を食つたのであつた。その上学校は停学をさせられた。——それを私どもは知つてゐた。その事件以来、私どもは火をつけたまま懐中へ雀のやうに嘴《くちばし》をさし込んで喫《の》むことをも危険であるので、みんな止めるやうになつた。

そのかはり彼等は野に出た。野には巡査もゐなかつた。百姓らが私どもを見ると、大きな声で笑ひながら、

『おまはりさんに言ひつけるぞ。落第小僧！』

などと言つて行つた。
『言ひつけたけりや言ひつけろ！　百姓！』
などと怒鳴るのであつた。
私どもは、そこで最後の一本までも大切に喫み合つてゐた。唇のところに火のつくやうになるまで、わかりもしない味を味ふことを楽しむのであつた。それほど、煙草は、なつかしい刺戟を発育ざかりの少年の肺腑《はいふ》に沁み込ましてくるのであつた。

私にもう一つ秘密な痒いやうな快楽が、毎日私の机の上で繰り返されてゐた。それは、新聞や俗悪な雑誌の口絵を美濃判紙で写すことであつた。

私はいろいろな顔を写しては持つてゐた。ことに講談本などにある鼠小僧の妻君や、吉田御殿のヒロインや、お百の亭主ごろしや、名妓伝や、または、美しい髷を結つたお小姓などを写しとることをも好《すき》であつた。

いつも私は女の顔などは、目を一番さきにかいたものであつた。涼しい目や、ケンをもつた凄艶な毒婦や、二重《ふたへ》になつた瞼などを、心で生きてゐるやうに描いたものであつた。顔が出来あがると、いつもほつとして嬉しい気がした。私は、本にあるとほりに、眼尻りや唇には紅い絵具を施した。自分でうつしてゐながら、自分でもよく出来たと思つたときは自分に画才があるやうな気がしたのであつた。

私のこの秘密な快楽は、母に発見されてから厳しく禁じられた。けれども、あのふつくりとした顔の肉線や、鼻の快よい高まりや、涼しい美しい目などを、うすい美濃紙の下から、ぼんやりと浮んでくるのを写し取ることの面白さ楽しさは忘られなかつた。晩などひとり室《へや》にこもつて、室の入口の方を笠で暗くしたランプの陰で、私は夜の更けることをも知らないで写してゐた。美しく生々した女の顔は、まるで、その目を動かしてゐるやうな筆致によつて、幾つも描かれてゐた。

さうした私の快楽の最中に、私はいつも髪をふり乱したお百や、吉原髷を結つたお女郎の顔などから、いつも熱い呼吸を感じるやうな気がしてゐた。私自らでさへ、息はいつも熱かつた。それが美濃紙の柔らかい肌に湿《うるほ》ひをふくませ、ときとしては、墨がにじむことなどがあつた。

私は貸本屋へよく出入した。

そこには毒々しいまでに彩描《さいべう》された俠客伝《けふかくでん》や、盗賊物や、お家騒動ものなどが、その表紙の美しさを競うてならんでゐた。私はそれらを眺めるとき、心がおのづから躍ることを感じた。美しい唇元が鋭い銀箔をつかつた短刀を咥《くは》へた女や、または、かひがひしく、薙刀をつかつて敵と斬り合つてゐる仇討物の、その襷《たすき》をかけた為めに絞られた袖口から出た繊《かよわ》い美しい腕などを、私はあかず眺めるのであつた。または、裾短かな足元、美しい細々した足の指など、私はいつもいたいたしく見るのであつた。

私がこれらの絵画をみるときに、すぐに写し取りたいといふ殆んど本能的な欲求に迫られる傍《かたはら》、いつも此のやうな美しく勇敢な女が生存してゐた時代を、実に立派な時代のやうに思つてゐた。さうした最後には、こんな女の人と会つて話してみたら面白いだらうなどと、私はゆめのやうになつて考へ込むのであつた。たとへば、盗賊と知つてゐながらも、それを愛してゐる女などの心理が、よく分らなかつたけれど、非常に偉いところがあるやうに思はれた。普通の女の人よりも、もつと別な美しさ優しさに富んでゐて、殆んど完全に近い優秀な女性のやうに思はれるのであつた。

　私がかういふ秘密の快楽のために、ひそかに貸本屋に支払ふ金はときとすると非常な額《たか》になることがあつた。さういふ時、私は講談本にあるやうに、母の財布や用箪笥から紙幣や銀貨を抜いたものであつた。たいがいは発見されても、姉がゴマ化して置いてくれた。

　私はときとすると、あまりに美しく凄艶な口絵などを借りて来た本のなかに発見して、どうしても欲くてならないときは、悪いこととは知りながら、それをひつそりとナイフで切り抜いて置いた。切口が本の綴目《とぢめ》や、外から見えないやうにして、あるひは、ナイフで整理をして置いた。

　そんなとき、私は貸本屋で本をかへすと、うろたへて帰つた。そして二三日は行かなかつた。そのことを考へると、私は、暗いところにゐても顔が赧《あか》くなることを感じた。私のさうした小さな罪悪によつて切り抜いた美しい口絵は、文庫の底にかなりな枚数に達してゐた。それに筆写した、なまなましい女の首や、美しい顔などが幾綴《いくつゞ》りとなく秘蔵されてゐた。

　それらの仕事によつた幾帖かの写本を、一枚一枚めくつてゆくと、その一枚の絵をかいた時の心持や、母からの叱責や、最も興奮して書いた秀逸な幾枚などの気持が、私の心を楽しませた。私はそれを誰にも見せなかつた。私以外の人々にこの絵を見せるといふことは、ただちに私が女の顔ばかり書くといふことを下品にはしたなく言はれる憂ひと怖れとがあつたばかりではなく、私はあくまで、この秘密な伏魔殿にゐたかつたからである。人に見せれば、それだけ私の絵の中の美しさが減るやうな気がするのであつた。人はきつと私の感じてゐる美しさをこの中から吸収するにちがひない。さうしたあとの私は非常に寂しい。私はさういふありもしない嫉妬を感じながら、文庫の戸を堅く閉めて、その中はいちいち燐寸箱《まつちばこ》を置いたりして、その位置がもし変更してゐるなれば、人が見たにちがひないといふ事を、色々見張りして置いたのであつた。

　母が留守のときなど、私は二階の室で、楓《かへで》の若芽を雨のなかに静かに眺めながら、ゆつくりした心持で、よく写してゐたものであつた。私は机の上に何かの花を挿して、少年世界や、冒険小説などをきちんと本立にしまひ込んで、塵一つない室で、私は永い間坐つて仕事したものであつた。学校の成績はわるかつた。私はおさらひをする風をしながら、小説や講談の写し絵をしてゐて楽しんでゐた。

私は、そのころ実際の女の人よりも、絵にある女の人が私の心に近いものであつた。実際の女に接近することも出来なかつたし、非常に恐れと羞《はに》かみをもつてゐた私は、烈しい情慾に顫《ふる》へながら、さうした絵画の女の腕や唇に、吸ひ入るやうな接吻をしたものであつた。私が私の室にゐることが、此上もなく幸福であつた。私はそこにいろいろな生きた女性を、自分の心持次第にかきあげて楽しんでゐたために、私の求めてゐたものはみな満足になつてゐた。

私は写しつかれると、うつとりした疲れた目を窓外に煙る春雨にうつした。空は静かに雨は若芽の伸びる力を刻々に誘ひ出すやうに降《ふつ》てゐた。――私は、かき損《そこな》うた絵は、家のもののゐない台所で焼き棄ててゐた。いちど母は怒つて私の写し絵を引き裂いたとき、私は狂気になるときは此麼時《こんな》だらうと思ふほど暴れたものであつた。私は二日ばかりも、わざと食事をしなかつた。――それも姉がよく中へはいつてなだめてくれたが。

私が芝居を見はじめたのも、そのころからであつた。いろいろな講談本や、小説を読んで馴された心は、それを現実にしたものの要求に、だんだん私は進んでゐた。

私は新派のお家騒動などをよく見に行つた。私はまるで不良少年のやうに、いつも学校をそつちのけにして、芝居小屋の湿つた空気の中に坐つてゐた。私はまるで女のやうに、女形になる役者が好《すき》であつた。(私は後にクラフト・エービング氏のものを読むやうになつて私の性慾を理解した。)

私は男性がどうしてああも美しい女性になり得るかと云ふ事、また、ああいふ風に女性になりきつてしまふとき、あの人の肉体がすべすべして女性化されはすまいかといふ事、も一つは、あゝいふ風に女性化してしまふ時どんなに自由な美しく優しい心になることだらうと考へてゐた。

その涼しげな目、まるで女そつくりな目であるに拘はらず、ときどき男性らしい(それも極めてやさしい。)目つきをするのが、私のうつし絵をしてゐて何かしら空疎な感じをしてゐた中身を加へてくれるやうにさへ感じた。その腰つきや、声音などから来る不思議な、感覚を偽はられてゐるに拘はらず、私を魅惑して来る力は大きかつた。それに、私は男性が扮してゐる女性であるといふ先入的観念が、いつも舞台の女性に接しることの容易と安心とを私に齎してゐた。

私は家にゐるときも、よくこの女形の幻影になやまされてゐた。世間からは、いろいろな辱《はづか》しめを受けてゐるあの人達、ことにあの優しい女形の役者には、外の男性に見ることのできない柔らかな言葉と深い思ひ遣りなどがあつて、会つて話して見れば、きつと何かにつけて私の心を慰さめるものがあるにちがひないと思つてゐた。

そのころ東京から酒井《さかい》某《ぼう》とかいふ女形が来てゐた。私はこの役者が非常にすきであつた。脊丈のすらりとした、細い腰と、涼しくよく瞬く眼とをもつてゐた。そのせりふは、妙に唾気をふくんで鼻声であつたが、それさへも、啜り泣きをしたりする時は、本物に近い湿《うるほ》ひのある悲しみを表はすに充分であつた。

　私はその狂言の変るたびごとに行つた。いちいち覚えてゐないが、かれの色白な顔を舞台で見ると何時も喜びを感じた。まるで恋でもしてゐるやうに、私は、長い指や、足をながめてゐた。しかも、いまから思ふと卑俗ではあつたが、そのころの彼れの表情の緻密さは、いちいち少年の私の心に艶めかしく刻み込まれるのであつた。

　私は、あるとき楽屋へ、奈落の暗い細い板敷を通つて、行つて見た。一つの室にゴロゴロした役者が集まつてわいわい言つてゐたが、私のたづねる酒井の室は、かなり綺麗な二階になつて、室の入口には、引幕《ひきまく》をくづし縫ひにしたのがかかつてゐた。おそるおそる私はその引幕の隙間から、鏡台に向つて肌ぬぎになつてゐる彼れを見いだした。襟首が際立つた白いのに反して、肌は白つぽいよりや、黄味がかつてゐた。脱ぎかけて腰のところに折累《をりかさ》なつた紅裏の女衣装の色彩の交錯されたのと、肌との釣合が非常に不釣合ではあつたが、しかし、そこには、これまで見たことも感じたこともなかつた、誘惑的な刺戟的な色感が、すぐ私をとらへた。その妙にくくりあげたかつら下までが、やがて彼れの装《よそほ》はるべき女性を思はせるのであつた。鏡台のよこに、大きな女のかつらが今頭から脱いだばかりのやうに、非常な不自然な、むしろ気味の悪い詐欺的な感覚のもとに置かれてあるのを眺めたとき、私はすくなからず厭な気がした。しかし、私がかれに対する一種の好きな感じを、さう酷くは壊さなかつた。

『そこを覗いてはいけない。』

　と、誰かが言つたが、それは前の茶屋のもので、私が母に連られて行つたことをも知つてゐるので、ちよつと挨拶して、何かお世辞を言つて行つた。

　それを役者の酒井は鏡越しで見てゐたが、

『おはいりなさい。』

　と言つてくれた。

　私は、一種の女性が男性に対した時にのみ感じるやうな恥かしさを感じた。這入りたかつたけれど、もぢもぢしてゐた。衣裳をつけたり、帯を結んだりする附人が、酒井がこんどの幕の衣裳の用意をしてゐた。

　狭い六畳の室には、酒井の不断着《ふだんぎ》らしい銘仙の縞の着物が、だらりと衣桁《いかう》にかけられてゐるのが、無気味なものになつて見えた。

　私は幕あきになつたので、左様ならと云つて室《へや》をはなれると、このつぎに又遊びに来るやうに言つてゐた。

　その日は、私は彼れと言葉を交はした動機から、かれの女形としての美しさ懐しさを充分に、いつもよりも親味になつて観られたのであつた。その何よりも黒瞳《くろみ》がちな目は、芝居がはねてからの帰り途中《みち》、暗いところで、ぢつと目を閉ぢても浮んで来るのであつた。私の写し絵は幾分不熱心になつたかはり、殆んど隔日くらゐに芝居に通つたのであつた。

　母や姉は、お前は役者になる気か、などと言つて私の外出を禁じてゐた。私は、しまひに学校を休んで、まだ開幕前に、もう芝居の土間に坐つてゐることがあつた。そして、午後の三時か四時には帰へつた。それは明らかに母や姉を欺くことが出来た。

　時には、狂言の面白さに釣り込まれて、日暮近くなつた街路を家へ急ぎながら、母や姉の叱責を予感して心を悩ますことがあつた。さういふ時、私はいつそ芝居を見に行つたことを正直に言つた方が、却つて母や姉に対つて嘘をつかないと云ふ理由から、私の心配を少し安めるのであつた。けれども、家に入つて母や姉がいきなり『何処へ行つてゐたのだ。もう日暮ではないか。』と怒鳴られると、私はさきに考へた正直な弁明に拠つて許して貰ふ気が、はたと停つてええくそと投げ出してしまふのであつた。

　私はいつもそんな時は自分の室に閉ぢ籠つて、永い間出なかつた。食事に呼びに来ても要《い》らないなんて言つて、酷くスネたものであつた。然《さ》ういふ風にスネればスネるほど、また、母や姉がだんだんなだめるやうにして呉れるほど、私は悲しく泣きたいやうな気がするのであつた。自分の悪いことや、母や姉の正しいことを思ふにつけ、私は反対に烈しいスネやうをしたり暴れたり食事をしなかつたりするのであつた。食事をしないことは一番母や姉に対して利目《きゝめ》があり心配させたらしかつた。私はそれを知つてゐた。しまひには、姉が膳を私の室に持つて来てくれて
『さあおあがり。お前のすきなものがあるぢやないか。』

　と言つてくれても私はやはり『めしなんかくふもんか。』と剛情《がうじやう》を張つてゐた。けれども姉が膳を置いていつてしまふと、私は、ひとりで微笑して食事をするのであつた。そんなときは必然《きつと》私の好きなものが附けられてゐた。そんな時の食事はいつもよく進んだ。

　私は明けても暮れても酒井のことを考へてゐた。私がかれに近づくといふだけでも、充分私の持つてゐた恋しげな感情が満ちてくるやうであつた。かれに会つてどうといふことを考へなかつたけれど、やはり幾分私はいつも上から見下すやうな、娼婦に対するやうな心でゐたことは今から思つても確かに然《さ》うであつたと思へる。決して崇拝や清い愛着ではない、一種のやはり役者を招ぶ総ての人々の感じる見下ろしてゐる態度に近かつた。

　私は酒井の室へたびたび遊びに行つた。話をするといふわけではなかつたが、いつも酒井の濃い化粧と香料と、埃《ほこり》の匂ひをまぜた衣裳などを見たりしてゐた。ときには、女の観客が楽屋へひつそりと忍んで来るのと奈落の板敷で出会したりした。酒井の室の前をも、ときをり女が覗き込んで行くことがあつた。

　さういふ時、酒井はふりむきもしないかはりにいつも鏡の中で微笑して見せてゐた。女なども、自分と一しよにうつゝた鏡の

中で、酒井に微笑をかへしてゐた。

しかし楽屋は随分きびしかつた。日によると、巡査の帯剣の音がした。田舎であつたために特に厳しかつた。私はそんなとき小さく縮んで巡査に顔を見せないやうにしてゐた。そして悪いことをした気がしてゐた。

私はだんだん酒井と親しくしてゐるうち、ある晩、それはまだ宵のほどであつたが、姉が私の室に入つて来て私に大人の客があると言つて来たので、出てみると酒井であつた。

酒井は門のところに待つてゐた。その日は芝居が休みだつた。酒井は今ぜひ要るのだからと言つて金を四円かしてくれと言つた。私は困つた。と同時に私は家に金をしまつてある用簞笥の三番目の、金具のがちやがちや鳴る抽出しと、その内部にある書類や金入や貯金帳などが目に浮んだ。

私は酒井に三十分ばかり待つてゐて貰つたのちに、酒井の要求よりも余計に持ち出すことが出来た。酒井は二三日中に芝居を見に来たついでに寄つてくれ、そのとき返すからと言つてゐた。酒井がもし二三日中に返してくれたなら、私はもとの用簞笥の抽出しに収めておけば母や姉にも知れないで済むと思つて安心してゐた。

二三日すると母は厳《き》つい顔附で私の室へ入つて来た。私はすぐ直覚して震へた。そしてありのままを白状した。姉のとりなしもあつて、これからは一切芝居を見に行かないこと、外で遊ばないこと、勉強すること、それらの条件に拠つて私は許された。

酒井は私をさそひに来た翌日、もう一座を抜けて何処へか行つてしまつたことが後に知れた。私はあの涼しい目を思ひ出した。が、すぐ衣桁《いかう》にかけられた縞の銘仙のふだん着が、だらりと下つた楽屋を思ひ出した。

私はまじめに学校へ通ひはじめた。芝居も絵を写す事も、いつの間にか止んだかはり、東京の雑誌にいろいろな文章を投書してゐた。毎日机に坐つて文章をかいてゐた。自分の思ふままなことが、だんだん巧みに綴られて行くことが嬉しかつた。

私はそのころ一つの銀のハアト形のメダルを或る雑誌の賞《しやう》牌《はい》として受取つて、大切に有つてゐた。生れて初めて自分の仕事によつて報酬された此美しい銀のメダルは、私にとつて最も秘蔵すべき十字架のやうに貴重なものであつた。私は毎日磨いた。その光のつやつやしいのを見るにつけても、非常に嬉しかつた。私はまるで露西亜人が十字架を提《さ》げるやうに、いつも懐中に深く秘めてゐた。

私が文章をつづることに、かなり重要な精神をつかふものであること、総ての詩や俳句が決して嘘を交ふべきものでないことなどを深く信じてゐた。ともあれ私の得たメダルは母や姉に安心をさせた。きかない子だが此頃はよく勉強をしますなどと、近所の人々に話したりしてゐるのを私はよく盗み聞きしたりした。

私は藤村などの詩をよむごとに、心に熱を感じた。まだきかない美しい音楽の世界や、人間の心によつて抒《の》べられた秀れた言葉に、胸の震へることを感じた。これらの言葉や、言葉が含む美しさ真実さによつて私は益々動かされるのであつた。自分もいかに苦しんでも東京の雑誌にかいて、すくなくとも人々を感動せしめる人になりたいと思つた。この詩人のやうに、また此の人に近づくだけのものが自分にはないだらうかと深く考へ込むことなどがあつた。

私は殆んど停止しがたい感情的《センチメンタル》な観念を抱いて、川べりや、磧《かはら》やなどを歩いてゐた。春になつたばかりではあつたが、小高い丘には簇生《ぞくせい》した蕗《ふき》の薹《とう》が茎立つて、温かい穂のやうな花を翳し初めたのや、榛《はん》の畑《はたけ》並木に雑《まじ》つた桃などの咲いたのや、水門のあるほとりに、もう若鮎のかげが見られるやうな気がする頃であつた。私はそれらの野や磧《かはら》を歩き廻つて疲れると、いつもメダルを懐中でそつとふれて見て温かい気になるのであつた。私は寂しく友達とは離れてゐた。私は私の考へ事に、いつも何人の影もささないことを祈つてゐた。私が少年らしくなく陰気に考へ込むやうになつたのも実にそのころであつた。

私の室の窓からは隣の古い寺院の、かなり広く苔のしいた庭が眺められた。その寺院は金比羅神社と観音とを安置してあつた。

幾百年も経つた栂《とが》の大樹と、さるすべりの紅白の二つの大木とで、庭は暗く、じめじめしてゐた。私はその庭をいつも眺めてゐた。廓近いだけあつて、晩方近くになつて、舞妓や藝者などがよくお参詣《まゐり》にやつて来た。手洗鉢のあたりで、白い手を注ぎ浄めて柏手を打つのが、よくききとれたばかりではなく、その美しい横顔や、派手な着物などの色合までが見られるのであつた。

かれらは啜り泣くやうな声で祈願してゐた。艶めいたそれらの声音は、私を刺戟した。私はいくたびも彼れ等の祈願の声によつて、勉強を中絶することがあつた。

その寺院には一人の老僧が住んでゐた。若いときは色が白くて美くしかつたらうと思はれるほど、上品な額と清朗な目とをもつてゐた。老僧は、よく庭を掃いたりしてゐた。もはや此世の凡てを仕終せた彼れにとつては、ただ仏事に親しむことのみが、その生涯の終りまで続くのであつた。

若い美しい品のある娘などが、その母親につれられて参詣《さんけい》したかへりに、いつもこの老僧にていねいに挨拶をして行つた。老僧の微笑は枯れたやうな深い皺によつて、一つの彫刻のやうに現はれてゐた。ときには、藝者などがよく老僧の手から竹箒をとつて、そこらを掃かして貰つて喜んでゐることなどがあつた。さういふとき老僧は微笑して、庫裏《くり》の方へはいつて行くのであつた。

本堂の私の室からずつと遠くの方に、大きな山桜が前の用水の上を越えて、道路の上にまで枝垂《しだ》れて咲きかかつてゐた。

春もおそくなるとこの桜は、私の家の屋根や、庭などまで吹き散らされてくるのであつた。私はいつもこの花の咲くと同時に、いつも春がおしまひになるやうに思つてゐた。

私はすぐ裏町に住む母の友達の、その娘であるひさといふ子のことを考へてゐた。あさぐろい色のひき締つた目の蒼い感じのする子であつた。見たところ健康なゴムのやうな弾力のある顔であつた。

中学の一年生であつた私は、かの女の登校の途中、よくゆき会つた。いつも一人のとき彼女は微笑して挨拶して行つたけれど、友達と二三人連れ立つたときは、言ひ合したやうに両方で挨拶をしなかつた。私は広い運動場の道をゆくとき、そこで彼女とよく会つた。彼女の微笑は朝ごとに、朝日のやうに温かく私の心を湿《うるほ》した。

私はいつころとなく、メダルを彼女に与へようとする心になつた。それは恰度、凡ての愛する者に贈り物をするといふことが、特に深い意味でなくとも、さういふ好意が起りがちなやうに、私もこの記念すべきものを彼女に与へようと思つてゐた。

私の家のうしろは、かなりな広い庭になつてゐて、春、雪がとけると最う壺すみれなどが咲いた。そのころは、寺の桜が咲きかかつたときで、梅や桃までが、この北国では一時に慌しく咲くのであつた。永い冬に閉ぢ込められた揚句、ぱつと暖かくなると、凡てが一時に萌え開いた。

私は杏の花を愛してゐた。よく肥えた皮《にく》つきのあるこの花が揉みこぼれるやうについた大樹は、庭のまんなかに立つてゐた。母の用事でひさが来たときに、私は庭へ出て遊んだ。かの女は私のとこの庭を、自分の家の庭より広いといふ意味からも非常に好んでゐた。

私はメダルを彼女に与へた。彼女は、何のために呉れるのかといふことも考へず、私もまた女性に与へるといふ柔らかい意味だけを喜んでゐた。

かの女はいろいろな樹の名を問うてゐた。かの女と二人は、杏の根元に腰をおろして、あたたかい風に吹れて、私は文章が好きかどうかと訊ねた。すきだといふ意味のことを言つた。

私はふところから少年雑誌を出して、自分の作ののつてゐるページを繰つて見せた。『行く春』といふ今から見ればとるに足らないものであつたが、当時の私の名文であつた。私はこの文章の賞としてメダルをもらつたのであることを言つた。

彼女は、まだ十三ばかりであつた。きれいな色ぐろな手にしつかりメダルを持つて、私の話すことをいろいろ訊ねたりなどしてゐた。

『わたし此のメダルは大切にとつておきますわ。かあさんに見せてわるいでせうか。』

『見せない方がいいの。あとでうるさいから。』

『では見せません。』

私はそのときの会話は、これきりしか今思ひ出せない。

ただ私は生れてはじめて、二人きりで話してゐることを幸福に思つてゐた。晩春の匂ひのある空気の中に、山椒の芽生えがしきりに刺戟的な辛味を風にゆらしてゐた。

そこへ姉が来て私どもを見て、ひさにいろいろな学校の話などをきいてゐた。姉はひさを可愛がつてゐた。

私たちは、庭から磧《かはら》――かなり大きな河床は、いつも丘のやうに雑草につつまれ、そこには土筆《つくし》や餅草《もちぐさ》や芹《せり》などが生えてゐた。――へ出て摘み草をした。

春は雪国によく見るやうに、遅いところと早いところとあつた。白山山脈に囲繞《ゐねう》されたやうなこの市街の春がもう終りかかつてゐるころに、山の近くの桜が地肌を染めはじめたばかりであつた。

私はよく裏町の空地や、磧などを歩いてゐた。裏町は、殆んど家々の内庭の樹木が、散り傷《いた》められた花蕚《くわがく》のあひだに、小さな若芽をきざし初めた。杉垣をめぐらした上に、真赤な椿が咲きかかつたりしてゐた。

ひさの家の前には、陰気な蒼白いすももの木があつて、八ツ手のやうな花をいつぱい梢につけてゐた。雪国のものは誰でもこのすももの花季になると晩春のとりとめのない或る憂愁をかんじるやうに、私は、ひさの家の前をとほるとき、やはり寂しい幼ない理由のない悲しさをかんじた。

ひさはよく門前に出てゐた。まるで、二人は言ひ合したやうに、私どもは別に話をするでもなければ、しない訳でもないやうな、とりとめもない卅分ばかりをつひやして、別れるのが常であつた。

二人は、裏町のまがり角のところで、さよならといふ言葉をお互ひが頭を垂れ合ふことによつて示し合つてゐた。私は、いろのあさぐろい彼女の微笑を目にかんじて、家にかへるのであつた。

私にとつてこの卅分の会話や、夕暮れの中で会ふことなどが、永い間成長の後までも、あの蒼白なすももの花と一しよに、私の心にしつかり根を据ゑて拡がつてゐた。

ある日の晩方、私が彼女の門前で会つたときに、

『わたしあのメダルをかあさんに見せてしまつたの。そしてあなたから戴いたつて然《さ》う言つてしまひましたの。わるかつたでせうか。』

『かあさんはどう言つてたんです。』

『微笑《わら》つてゐらしつたわ。』

『さうならいいけれど、ひささんが迷惑しないかと心配してゐたの。』

『却《かへ》つてね。かくしてゐるといけないのよ。はつきり言つておいてよかつたわね。』

『然《さ》う、ほんとによかつたね。』

彼女は晴ればれした顔をしてゐた。顫《ふる》へる夕暮の蒼い空気は、かの女の顔を白く浮彫りにして見せた。

そこへ母親が出て来た。

『いつもひさがお邪魔にあがりまして済みません。まあおあがりなさいまし。ひさやお室に御案内したらいいのに。』

　私は急に恥かしくなつて、

『遅いやうですから、今日は失敬します。』

と、あがれといふひさと母親とに別れた。何だか非常に嬉しいやうな、みなよい人達ばかりが此世界に生きてゐるやうな気がした。


　美しい水々しい新緑の裏町は、ほとんど緑のトンネルのやうに、両側の垣や庭樹が覆ひかかつてゐた。

　ひさはネルを着て、白い素足がつやつやしく輝いて見えた。

　私達は、いまから考へると大胆のやうに思はれるほど、二人は、うら町から田圃を歩いてゐた。総ての緑であるもの、咲くものらは、一切に萠《も》えてゐた。一切の草木はまるで捲き上るやうな旺んな営みに燃えてゐた。

『あたしね。あなたから戴いたものは大切にして持つてゐますわ。』

　と、ひさは突然に言つた。そして、『あの、いまだつて持つてゐますのよ。ごらんなさい。』

　彼女は、懐中かられいのメダルを出して見せた。私はそのとき、喉から小さい白い胸の一部を見た。

『もつといいものならいいんだけれど、そりや詰らないものだから………』

『これでいいの。でもあなたがご褒美にいただいたのぢやありませんか。さうでせう。だから大切なものでせう。だからそれをいただいたのは、ほかのものよりかどれだけいいか分りませんわ。』

　やや暮れ近いあたりに、菜の畑や、れんげが、畝《うね》の形によつて、麦の畑のあひだをきれいに縫つてゐた。私は幸福な、たとへることの出来ない興奮が、からだのうちに静かに燃えてゐるのを感じてゐた。

　二人はいつまでも恁《か》うした美しい田園の、白い一すぢ道を歩いてゐた。人間はおたがひに永久に幸福で、若い今日《こんにち》のやうな心になつて、かの白い道路をいつまでも歩いてゐるやうな気でゐられないものであらうか。また何時までも永い友として行くことができないであらうかなどと考へてゐた。

『あ、もう蝙蝠《かうもり》が出ましたわ。』

　陰気な小鳥のやうな蝙蝠が、いつの間にか暖かい此頃の夕方に暗い畝穴や、人家の屋根裏から這ひ出て来て、麦畑の上を走つてゐた。

　私が詩や文章を書くごとに、だんだん力が加はつたり、幼ない感情がしみ込んだりするやうになつたのは、ひさと遊び出したころからであつた。いたみやすい私ども少年にとつて、この小さな女友達ほど懐しいものはなかつた。

　私はいつも彼女の中に、いつぱいに清浄なものや、初々《うひ〳〵》しい艶めいた静かな声音や、神々《かう〳〵》しい美しさが住んでゐるやうに思はれた。いまから思へば、それは清純な濁りない心からの求愛の芽生えのやうなものであつた。彼女に一日会はなければ、私は暗いものを注がれたやうに、黙つて考へ込んでゐた。一すぢな此思ひは、私を時には衰へさせ、ときにはむやみに興奮させた。これまで感じなかつた季節の哀愁をいつの間にか自分の心の中に深くかんじてゐた。

　母や姉はこのごろ急に陰気になつた私を目敏《めさと》くそれと感じてゐたのか、

『ひささんと遊ばない方がいいよ。つまらないことを言はれるからね。』

　かう言つて、私が夕方の散歩や、ひさを訪ねることなどを禁じたのであつた。私は悲しかつた。そしてそれに反抗もせずに三日も四日も外へ出なかつた。そんな時、私はおもに文章めいた詩をかいてゐた。それは非常に私を慰さめた。

　私はひさには黙つて、母から交友をとめられたことを話さなかつた。これらの色々な悩みは、この白い道路を歩いてゐた私の胸に重りかかつて、ひさに話してみたくて耐らなくなるごとに、私はそれを制した。母のいふやうに、さうは繁々と会つてはならないと考へてゐた。

『かへりませう。』

と、ひさは言つた。私も踵《きびす》をかへした。私どもは黙つて歩いた。ひさはひさで何か考へてゐた。子供子供した彼女に、やはり私と同じいやうな叱責を母親から受けたにちがひないと思つた。なにか話さうとしながら、かの女は躊躇《ためら》つてゐた。

　菜の遅れ蒔の一面にさいた町端《はづ》れに来たとき、私たちは別々にわかれた。まるで大人がするやうな重い目付と態度と、その深い沈黙のうちに。

（「文章世界」大正8年5月号）

地上（抄）

島田清次郎

第一章

大河平一郎が学校から遅く帰つて来ると母のお光は留守でゐなかつた。二階の上り口の四畳の室の長火鉢の上にはいつも不在の時するやうに彼宛ての短い置手紙がしてあつた。「今日は冬子ねえさんのところへ行きます。夕飯までには帰りますから、ひとりでごはんをたべて留守をしてゐて下さい、母。」平一郎は彼の帰宅を待たないで独り行つた母を、少し不平に思つたが何より腹が空《す》いてゐた。彼は置かれてあるお膳の白い布片を除けて蓮根の煮〆に添へて飯をかきこまずにゐられなかつた。さうして四五杯も詰めこんで腹が充ちて来ると、今日の学校の帰りでの出来事が想ひ起されて来た。今日は土曜で学校は午前に退《ひ》けるのだつた。級長である彼は掃除番の監督を早くすまして、桜の並樹の下路を校門の方へ急いで来ると、門際で誰かゞ言ひあつてゐた。近よつてみると、二度も落第した、体の巨大な、柔道初段の長田が（彼は学校を自分一人の学校のやうに平常からあつかつてゐた。）美少年の深井に、『稚子さん』になれ、と脅迫してゐるところだつた。

「いゝかい、深井、な。」と長田は深井の肘をつかまうとした。

「何する！」深井は頬を美しい血色に染めながら振り払つた。

「え、深井、己の言ふことをきかないと為にならないよ。」長田の伸ばす腕力に充ちた腕を深井はしたゝかに打つた、さうして組打がはじまつた。無論深井は長田の敵ではなかつた。道傍の芝生に組み敷かれて柔らかくふくらんだ瞳からは涙がにじみ出てゐるのを見たときには、平一郎は深井の健気な勇気に同情せずにゐられなかつた。彼は下げてゐた鞄をそこに投げ出していきなりうしろから長田の頬を擲ぐりつけた。

「誰だ!?」

「己だ！」振り向いた長田はそれが平一郎であるのに少したじろいだらしかつた。腕力の強いものにあり勝ちな、権威の前に臆病な心を長田も持つてゐたのだ。そして平一郎が少くとも級《クラス》の統治者であることをも彼は十分知つてゐたからだ。ひるむところを平一郎はもう一つ耳のあたりに拳固をあてた。「深井をはなしてやれ！」「うゝむ。」それで長田は手をゆるめて立ち上つた。

「大河だな。」

「さうよ。」平一郎は長田を見上げて、必死の覚悟で答へた。

「覚えてをれ！　大河！」

「覚えてゐるとも！　生意気だ、深井を稚子さんにしようなんて！」

するうちに組敷かれてゐた深井が起きあがつて、黒い睫毛の長い眼に涙をにじまして、洋服の泥をはたいてゐた。長田は平一郎と深井を睨み比べてゐたが、「大河、お前こそ、をかしいぞ！」と呟やいて、そして悠々と立ち去つてしまつた。平一郎は自分が自分よりも腕力の強い長田を逃げ出さしたことに多少の快感を感じつゝ、平生あまり親しくはしてゐないが深井を家まで一緒に送つて行くことは、自分の責任であるやうに感じた。二人は路々一言も口をきかなかつたが、妙に一種の感情が湧いてゐて、それが一種の気恥かしさを生ぜしめてゐた。時折信頼するやうに見上げる深い瞳の表情は、平一郎にある堪らない美と誇らしさをもたらした。平一郎は実際、自分と深井とは少しをかしくなつたと思つた。寂しい杉垣の青々した昔の屋敷町に深井の家があつた。平一郎は、その郊外の野に近い町は、その頃自分が度々彷徨ひ歩いたことのある街であることを想ひながら、深井の後から黙てついていつた。すると深井が黒い門のある家の前で、はじめてにつこと微笑みながら、「こゝです、僕の家は。」と云つた。平一郎はぎよつとした。そして思はずかう尋ねた。

「君の家の隣は吉倉さんと云やしないかい。」

「えゝ、吉倉さんですよ。」

「ほう――」と平一郎は自分の血の上気するのを覚えながら、

「和歌子さんてゐやしないかい。」

「あゝ、おとなりのお和歌さんかい。」

「うん。」

「ゐるよ、僕の家と庭つゞきだからいつも遊びに来るよ。君、お和歌さんを知つてゐるの？」

「――」

平一郎は息苦しくなつたが我慢して平気さうに、「さよなら」を言つて自分の家の方へ引き返して来たが、彼は明らかに不安と嫉妬とが胸に充ちたことを否定できなかつた。彼は路々考へて来た。自分は今のさき迄は美しい同級の少年のために戦つた任侠な強者であつたが、今はこの美少年を自分の恋の競争者として迎へねばならなくなつたらしいことを。彼は同級の深井の美しさを長田によつてはじめて今日知つたわけではなかつた。彼は深井の美しさを本当に知つてゐるものは自分一人かも知れない、とさへ思つてゐる。たゞ彼が意識的に近づかなかつたのは、十五の彼の心にも浸み入つてゐる深井が、「よい家庭」の少年であることであつた。彼が平常長田の乱暴と馬鹿とを憎みつゝも尚一味の好意を持ち得たのは、長田の家が貧困であること、さうしてその貧困な彼も学校と云ふ王国のうちでは、わりにその巨大な肉体の実力によつて威張りちらし得ることにあつた。その長田が、その深井を脅迫したのを見ては平一郎は黙つてゐる訳にはゆかなかつたのである。さうしてその結果が意外な発見をもたらしたのである。

「かうしてはゐられない。」平一郎は飯をすましたあとの茶碗や皿を小さな古びた棚にのせて、棚の中からもう一房のこつてゐるバナナ（彼はバナナが好きだつた。）をつかんで、奥と云つても一室しかない八畳の、窓際に据ゑてある机に向つた。窓からは晴れやかな青い五月の天と、軽げな白い雲の群と、樹々に芽ぐむ春の生気がのぞかれた。平一郎はバナナの柔らかいうちに弾力のある実をむさぼりつゝ、どうもぢつとしてをれないやうな気がしてならなかつた。彼は自分が和歌子とは未だ一度も話したこともないのに、あの深井が、あ、お和歌さんかい、庭つゞきで遊びに来る、と云つたことが不安でならなかつた。彼は苟くも深井と自分とを対等に置いて考へることを恥辱だと考へた。而もさう考へつゝも、晴れやかな光つた青空を眺めてゐると、想ひはいつしか深井のことを、執拗に自分と比較してゐるのであつた。自分と深井とを、和歌子はその何れを選ぶであらうか。彼は深井の美少年であることを内心恐れずにゐられなかつた。いつも桜色の生々した血色をして、黒い瞳はやさしい感情にうるみ、ほつそりした肉附と、清らかな衣服は貴族的な気品を生ぜしめてゐる。その上品な清純な美しさは自分なぞ、とても比べ物にならないと平一郎は考へた。しかしと平一郎は考へ直さずにゐられなかつた。自分は浅黒い引き緊つた顔、濃い秀でた眉毛、引き緊まつた脣、鋭くて輝やいた眼、男らしい鼻――もし和歌子が男らしいと云ふことを価値標準に置けば、深井よりも自分の方が上であらう。彼は又学校に於ける自分の位置と深井とを比較した。深井は決して学問の出来る方でなかつた。席順も下の方であつた。しかるに、と彼は考へた。自分は勉強の点数では級《クラス》で三番だが、級長をつとめてゐるし、運動もかなりやつてゐる。その点は単に美少年が特長の深井に負けはしないと。

「和歌子さんは己のものだ！　どうしたつて己のものだ！　自分と和歌子さんとは、そんな今日や昨日のことではないのだ！」

彼はむく／＼と湧き立ち燃え上る烈しい情熱に顫へずにゐられなかつた。しかしその熱情を、その初恋の熱情を、（お前は家もない、父もない貧乏人の孤児でないか。）と云ふ意識がぢつと抑へるやうにおほひかぶさつて来た。あゝ、そのためにのみ今迄黙つて来た平一郎であつた。彼はこの彼の全存在を揺がす言葉の前に寂しい致命の痛みを感じつゝ、青い空を仰いだのだ。さうして、其処にはいろ／＼の忘れがたい記憶が美しく想ひ起されて来た。

去年の春のことであつた。中等程度の学校へはいつてゐる小学校卒業生の談話会が小学校の唱歌室で開かれたことがある。黄金色の春光の射し入る窓際にポプラの平たい葉が早春の微風に揺いでゐた。五六十人の少年と少女が夢みるやうにお互の話にきゝほれてゐた。どんなつまらない話もつまらないと云ふことはなかつた。憂鬱な、悲壮な、壮大な、もしくは非常に滑稽な幻想がみんなを酔はしてゐた。平一郎は何故か難かしい議論をする気になれず、アラビヤンナイトの「アリババ」の話をした。

「同時に兄の首は血に染みて土の上におちました――」と話して、森《しん》と静まつた室内を見わたすと、窓からはそよ〳〵と揺れるポプラの葉が白く光り、得も知らぬ感激が彼のうちに高まつて来た。ふと彼が「あやしい」気になつて下を見下したとき、彼は威厳のある深い力に充ちた少女の瞳を見出した。先刻から彼を視つめてゐたその瞳は彼の認識を認め感じて、暫くたじろいたが再び燃え立ち彼を襲ふのであつた。ああ、その瞳はこの時がはじめての瞳ではなかつた。それは平一郎が未だ小学校の六年生の時であつた。毎朝の朝礼式の行はれる控室の正面に前年度の卒業生が一丈あまりも丈のある大鏡を寄附していつたのであるが、級長である平一郎は朝礼の時にはいつも列の一番前に並んでゐた。ある朝、ふと眼をあげて大鏡の面を見ると、実にはつきりと、今燃え立ち襲うて来てゐる瞳が写つてゐたのだ！　はじめは幻覚かと思つたがしかし和歌子も六年の女の組の級長なので、一番列の前にゐる筈であつた。和歌子に相違なかつた。彼は威厳を含んだ秀麗な和歌子の鏡面のすがたをみつめてゐた。自分の立つてゐる所から彼女のすがたが見えるやうに自分の姿も彼女のところから見えるに相違ない。かう彼は思つて鏡面を視つめてゐた。奇蹟であつた。ぢつと威厳を保つてゐた和歌子の映像が笑つたのだ！　あゝ、毎朝の鏡面を仲立ちにしての二人の対面よ！　毎朝、鏡面で互ににつこり笑み合ふことがいかに幼い頃の悦びであつたらうか――その忘れがたい瞳が、今力強く彼を襲うて来てゐるのだつた。彼はその瞳が何を語るかを、全身をもつて感じてゐた。全身が火焰を吹くやうに感じられた。而も明らかに彼は豊かな黒髪を、品のいゝ束髪（それは何とか云ふ西洋の結び方かも知れなかつた。）に結つた髪、古英雄のやうに濃く秀でた眉毛、威厳と情熱に燃える瞳、ふつくらと弾力を湛へた頰の肉附、唇の高貴さと力強さ――要するに和歌子の美が燃えてゐたのだ。しかし彼は「男子の気象」を失はないために痩我慢ではあつたが、話を最後まで続けたのであつた。その話をしてゐる間ぢゆうの、あの抑へても抑へても脈々と湧き来る光、歓びの波よ、湧き立ち、充ち溢れる深い魂の高揚よ、彼は話を最後までやるぞ、と云ふ意識はあつたが、話を終へてからいつ壇を下りたか、いつ壇を下りて席についたかは、うつとりとした輝やきに充ちた緑金の夢心地であつた。しかもその夢心地の彼に「吉倉和歌子さん」と呼ぶ先生の声が銀鈴のやうに鳴り響いた。何と云ふ偶然。彼の次ぎに和歌子が話する順番であるとは彼も知らなかつたことだつた。瞳を上げると、正面の教壇の上には荘厳な感じのする彼女が、藤紫の袴の前に右手をそつと当てゝ立つてゐた。窓から入る早春の微風は、彼女の髪のほんの二筋三筋のもつれをなぶり、藤紫の袴のひもが軽やかに揺れてゐるのを彼女の指が無意識に抑へる。彼女の崇厳な美しい燃える瞳は、彼の上にぴつたり据ゑられ、弾力ある頬は熱情に紅らんでゐる。あゝ永遠なるひとときよ！　力に豊かな、やゝふるへた和歌子の音声が語つたその日の話は、微細な一言一句もはつきりと平一郎は憶えてゐた。

「わたしの父が七八年前に朝鮮の公使館にをりました頃でございました。ある寒い冬のことで、雪はそんなにふりませんでしたが厳しい寒さで、草木も凍つてしまつてゐました。ある朝、一人の日本人の卑しからぬ奥さんが、辺鄙な町端れを何か御用があると見えまして急ぎ足で歩いておいでになりました。町の向うのすぐ近くには、赤い禿山が蜿蜒と連らなつてゐるのでございました――」（ございました）と云ふ時の（ざ）のところで、強く揚がるアクセントは忘られないものだ。「その禿山の奥には、その頃虎が沢山住んでをりまして、時々朝鮮の方《かた》が食はれたさうでございます。その奥さんが町端れへ出ますと、向うの方から何か黄色いものがのそ〳〵やつてまゐりました。奥さんは気がおつきになりませんでした。するとは黄色いものが恐ろしい声で唸りました。虎なのでございました。何かよい食物がないかと虎はのそ〳〵町へ出かけて来たところでございました。そこで奥さんの気づかれたときと、虎の飛びかゝるときとがいつしよでございました。奥さんはどうすることも出来ませんでした。奥さんはその時奥さんの一人の子である女の子の新しい着物を持つてゐらつしやいました。奥さんは自分は食はれても、自分の子供の新しい着物をよごしてはならないとお考へになりまして、その着物の包みをしつかり抱きしめてゐらつしやいました。虎は、奥さんの頭から食べかゝりました。しかし奥さんは自分を食はれてゐる間もぢつと地面にふして、まるで御自分の子供を抱くやうに、その包みを抱きしめてゐらつしやいました。そして町の人達が鉄砲を持つて集まつて来ました頃は、血に染まつて死んでゐらつしやいましたが、奥さんの御子さんの新しい着物丈けは、奥さんの胸のところで温められて、まるで子供のやうにそのまゝになつてをるのでございました――」

「その子供が――」平一郎ははつとして直覚した。そしてその直覚が壇の上の和歌子にも伝はつたのである。厳粛で、愛らしいより、崇厳な和歌子の顔に、自然な微笑が現はれたのである。あゝ、そのひとゝき！

「その奥さんの子供がわたしであつたと、いつも父さんが話して下さいます。」

　その日の夕暮平一郎は学校の門前で彼を待つやうにしてゐる彼女に出遭つた。和歌子は微笑した。それは自然に溢れ出る微笑であつた。何か言はうとすると彼女がすた〳〵歩みはじめた。もうかへらう、つまらない、何んだ女のために、と思つて立止ると和歌子が立止つてぢいつと彼を待つようにした。さうして和歌子が何か言ひたげに振り返つて立止ると今度は彼が不可抗な逡巡を感じて近づき得なかつた。さうしたもどかしさを繰り返へしつゝ、平一郎は寂しい杉垣を廻らした邸町にまで引きずられて来てゐた。そして、その町の彼方に野原の見えるはづれに近い家（そこは実にかの深井の隣家であつたとは！）の前で和歌子が立止つた。そして振りむいた時の瞳の力強さ！　平一郎は恐ろしくて傍へ寄れなかつた。が二人とも笑ひ合つたことは笑ひ合つたのだが。和歌子が生垣の門内に姿をかくしたらしかつたので彼は思ひ切つて家の正面まで行つた。すると彼女は門口に身をひそめて彼を待つてゐた。

「こゝですの、わたしの家は。」

　彼女は真赤になつてうなづくやうに顎を二三度振つて、そして鈴の音のする戸を開けて家の内へはいり、もう一度うなづいて戸を閉めてしまつた。あゝその後の寂しさともどかしさはかつて恋ひした「身に覚えある」人でなくては知るまい。森《しん》とした夕景に物音一つしなかつた。彼は家々に灯の点《つ》くまでその前に佇んでゐたが、心待たれる和歌子の声一つしなかつた。彼はその夜、郊外の野原をさまよつて家に帰つたのであつたが、その日から彼には和歌子と云ふ少女が、忘れられない意識の中心位を占める人間となつてしまつたのであつた。さうして、忘れられてゐた小学校の時分の和歌子に関する記憶が堪まらない生気をもつて甦つて来るのだつた。熱情を瞳いつぱいに燃えさした瞳、秀でた古英雄のもつやうな眉、弾力に充ちてふくらんだ頬、しなやかで敏捷で、重々しい肉体のこなし方——それは十分間の休み時間に於ける控室の隅に、または微風に揺らぐ廊下のカーテンの傍に、運動場の青葉をつけた葉桜の木蔭に、ひつそりした放課後の二階の裁縫室の戸口に、またはオルガンの白い象牙の鍵をいぢくつてゐる四五人の少女の群の中に、到るところ、いたる時に和歌子の美しさが彼に甦り圧倒して来た。殊に平一郎が自分と和歌子との恋は実に深いものであらねばならないと考へしめたのは、朝、始業の鐘の鳴らないうちは、小学六年生である彼は同級の少年達と控室で組打つたり相撲うたりして、空しい時の過ぎゆくのを充たしてゐたが、平一郎はいつも三四人の少年を相手にしてその相手を捩伏せるのだつたが、さうした折の朝の光を透して見える和歌子の賞讃と憧憬に充ちた瞳の記憶、また運動場の遊動円木に腰かけて、みんなして朗かに澄んだ秋の大空に、一斎に合唱するとき、平一郎の唱歌に聴きいる少女、（和歌子だ。）その少女にあの「いろは」四十八字の歌を唄ふとき、いろはにほへと、ちりぬるを、わかよたれそ、つねならむ……

　その「わかよ」のところを一と際高く唄つた心持——平一郎には懐しく思ふのは自分のみではなく、和歌子も亦自分を懐しく思つてくれてゐるに違ひないと考へられたのだ。さうして、学校の往き来に見交すだけでは寂びしさに堪へきれず、それとなく野原をさまよひ歩いては、和歌子の家の前を胸を轟かして通つて来るのをせめてものことゝ思ふやうになつてからでさへ、すでに一年を経てゐるのであつた。その大河平一郎にとつて、深井が和歌子の隣邸であり、「あ、お和歌さんかい。」と言ふ親密さであることは大した問題でなければならなかつた。

「どうしたものだらうか。」平一郎は飯を食ひ、バナナを食つたせゐも加はつて、机に頰杖ついたまゝ考へ込むと云ふよりも苛々しい心持で夢みつゞけてゐた。外界はぽか〳〵と暖い五月の陽春であつた。庭の棗の白つぽい枝に日は輝き、庭の彼方の土蔵の高い甍に青空が浸みいつてゐる。平一郎はかうした穏やかで恵深い外界の中で、今、自分が堪らない苛立たしさに苦しまねばならないのが情けない気がした。耳をすましてゐると、裏土蔵の向うの廓の街からであらう、三味の音がぼるん〳〵と響いて来る。その三味の音は平一郎に母のことを聯想させた。冬子姐さんのところへ行つて未だ帰らないのが又不平で堪らなくなつてくる。さうしてその底から和歌子のことがこみ上げてくる。彼は苦しくて堪らなかつた。和歌子のことを想ふと同時に深井のことが附き纏つてくるのだ。平一郎は未だ見習ひの少女の弾くらしい三味のぼるんぼるんをきゝながら、自分の現在は到底母一人子一人の、他人の家の二階借りをしてゐる貧乏人に過ぎないのだと考へた。それは分り過ぎるほど分り過ぎてゐる事実ではある。しかもこの事実は世間的な解釈では一切の美と自由と向上とを奪はれてゐることになるらしかつたのだ。現に深井はいゝ家庭のお坊ちやんである。そしてそのお邸を持つてゐると云ふ偶然の事実があの一年（いな、それよりももつと長い年月）以来荘厳な近寄り難いものとして来た和歌子と隣り合はせて、「あ、お和歌さんかい。」と言はしめてゐるではないか。さうして更に考へて見れば、和歌子自身も父は今は退いてはゐるが二流と下らない立派な外交官である。とても自分など、比べものにはならない——この考へは常に平一郎にとつて最も手ひどい打撃であるやうに、今の場合も致命的な打撃であつた。自分が貧乏人であると云ふ一事実のために、自分は自分の和歌子をたゞ黙して、なるがまゝに放つて置かねばならないのだらうか。それは何とも云へない馬鹿らしい、しかも悲痛なことのやうな気がした。そんな訳がある筈がないと云ふ気がして来た。自分は恋してゐるのだ、和歌子を！　この事実の方が貧乏である事実よりも更に有力で権威がなくてはならないはずだ。たとへお邸の坊つちやんであらうともあの単に美少年で感情が優しい丈けの深井に自分が和歌子をゆづるわけは寸毫もない、と彼は考へて来た。平一郎は自分の心がどう云ふ進み方を、どう云ふ熱し方をして来てゐるかに気づかなかつた。彼は常々「貧乏である」と云ふ丈のことで世間が一切の自然な対等的な要求を踏み躪ることを当然にしてゐるやうな事実に反抗せずにゐられなかつた。彼にはそれに反抗する、あの不可抗なる力を恵まれてゐたのだ。平一郎は長い間ぶる〳〵慄へながら考へてゐたが、もうぢつとしてゐる時でないと云ふ気がした。彼は手紙に自分の思ふ通りを書いて和歌子に送らうと決心した。さうしてもし和歌子が返事をくれないか、冷淡なことを云つてよこしたなら、もうあんな女一人位どうだつていゝ。自分は一生もう女のことは気にかけないで、その代り世界一の大偉人になつてやるまでだ、と云ふ殺伐な気にさへ、彼は真剣になつてゐた。彼はペンでノートを切りさいた紙に書きはじめた。「小生は」

と学校で習つたとほり書かうとしたが気にいらない、「私は」としても気にいらない、彼は平仮名で「ぼくは」と書きはじめた。

ぼくは大河平一郎です、あなたはきつと知つてゐらつしやるでせう。それでぼくはそれについては何も書きません、ぼくもあなたを知つてゐます。ぼくはいつもいつもあなたのことを思つてゐます。苦しい程思つてゐます。昨日も今日もぼくはあなたの家の近くを廻つて歩きました。まる一年近くになります。あなたはあの小学校の談話会のことを憶えてゐらつしやるだらうか。ぼくはあなたの話を今でもはじめからしまひまで諳誦することが出来ます。ぼくはあなたともつと仲よくなりたくてなりません。このまゝではぼくはやりきれません。あなたはどう思ひますか、仲よくすることを望みませんか。ぼくは貧乏で母とぼくと二人ぐらしです。あなたはぼくのやうなものと仲よくするのを恥だと思ひますか。もしさうならさうだと云つて下さい。しかしぼくは貧乏でもただの貧乏人ではないつもりです。ぼくはきつと貧乏でも偉くなります。きつとです。ぼくはあなたと仲よくしたいのです。仲よくしてくれゝば、ぼくはもつと勉強します、さうして偉くなつてあなたをよろこばします。どうぞ返事を下さい。日曜日の朝ぼくの家の前の電信柱のところに来てゐて下さい。

大河平一郎

吉倉和歌子様

彼は書き終つて読み返すことを恐れて、そのまゝ封筒に入れて大きく習字の時のやうに楷書で「吉倉和歌子様、親展」と書いた。すると重荷を下して、一休みする時のやうな澄みわたつた気持がした。それは少年ではあるが一歩踏み出した時の自己感の強味であつた。同時に未知に踏み出した臆病と不安が湧かないでもなかつた。彼はどうしてこの手紙を渡さうかしらと、やがて考へはじめた。明日の朝和歌子に路で会へば渡せないこともなかつたが、遇ふかどうかは分らなかつた。今夜にでも和歌子の家の前へ行くことも会へるかどうか分らなかつた。しかし彼はぢつとしてをれない気がした。彼は今まで脱がずにゐた小倉の制服を飛白の袷に着変へ、袴を穿いて、シヤツのポケツトの中へ手紙を二つ折りにして入れたまゝ戸外へ出た。彼は和歌子の家へゆくつもりであつた。戸外はもう夕暮近くで、空には茜色の雲が美しくちらばつてゐた。彼は明らかに興奮してゐたが、路の途中まで来ると、また深井のことが彼に迫つて来た。自分は深井に対してすまないことをしてゐる。それに深井に秘密でこの手紙をやることはいかにも卑怯で面白くないと云ふ気がしきりにした。「それに——」と彼はある自分の心の中に発見をして、「自分は深井にある友情を、和歌子とは別な、友情を感じてゐる。」と叫ばずにゐられなかつた。そしてその友情の性質は非常に誇りの高い、盗犬のやうに、こつそり和歌子に手紙をやることを許さないものであつた。「どうしたものか。」

と彼は十字街に立つて考へこまずにゐられなかつた。十分間も彼は佇んでゐた。路の正面は和歌子の家のある邸町へ、右へ下る坂は母が未だゐるであらう、冬子のゐる春風楼のある廓町へ、左手の坂は大通りへ通じてゐた。彼は往き来の人を見送り見迎へてゐた。すると電光のやうにある悦ばしい考へが「踴躍」と云ふ言葉そつくりの感情と共に現はれて来た。それは深井自身に、平一郎が自分の恋を打ち明けて、さうして自分の手紙を深井によつて和歌子に渡して貰ふことであつた。「それがいゝ、それがいゝ……」平一郎は自分の家へ引き帰へしながら、それがいかに男らしい態度であるかに想ひ及んで嬉しくてならなかつた。

「それがいゝ、それがいゝ、自分は和歌子を恋してゐる、また自分は深井にも醜くありたくない。さうだ、これがいゝ、これで和歌子が自分よりも深井を選べば、もしくは選んでゐるなら、自分は残念だが——」(思ひ切る)とまでは自分に明言できなかつた。しかし自分が醜いことをしなくてもすむと云ふ心安さはあつたのだ。

平一郎が家へ帰つても母のお光は未だ帰つてゐなかつた。彼はいつもひとりであるときするやうにランプの掃除をして、薄暗い三分心に灯をともして、さうして明日の代数の予習をはじめた。五月の日はとつぷり暮れてしまつた。裏の廓の方からは、さつきとはちがつた冴えた三味の調がりようりようとしめやかな哀れ深いうちにもりんとした藝道の強味を響かせて聞えて来た。平一郎は何故か「偉くなる、偉くなる、きつと偉くなる。」とつぶやかずにゐられなかつた。母を待つときの寂しさがやがて少年の胸に充ちて来た。

夜が可成りに更けても母のお光は帰らなかつた。さうして灯の下で夕飯も食べないで母を待つてゐる平一郎には、いつも母の帰りの晩い時感じる、あの忌はしい、実に言葉に発表出来ない、鋭い本能的な疑惑を感じはじめて来た。恥かしいことであると思つた。母が帰つて来て穏やかな顔を見せてくれゝば、直ぐに消えてしまふ、そしてすまないと考へる忌はしい疑念。さうした恐ろしい疑念を現在自分の母に対して起さなくてすむ人は幸福である。平一郎は刃のやうに寒く鋭くなる疑念を制し切れないまゝで、自分の「貧乏」を悲痛な念で反省せずにゐられなかつた。

貧乏、貧乏！　あゝ貧乏であることがどれ程未だ十五の少年である彼のすなほに伸びようとする芽を抑制し、蹂み躙り、また鍛練して来たであらうか。彼が自分の「貧」と云ふことを身に沁みて感じたのは彼が十二の初夏のことであつた。その頃までは彼にも自分の家と云ふものがあつた。この金沢の市街を貫き流れるS河の川べりに、塀をめぐらした庭園の広い二階建の家が自分の家として存在してゐた。無論自分の家ではあるが自分達の住む部屋は前二階の二室きりで、奥二階にも店の間にも幾多の家族が借りてゐたのだ。それでも自分の家であることにかはりはなかつた。小学校の五年あたりまでは裕福でないまでも、彼はのんびり育つて来てゐた。川瀬の音がすぐ真下に聞かれる庭園の梅の樹や杏の樹や珊瑚樹の古木を、彼はどんなに愛したか知れない。父のゐないと云ふこと、父が三つの時亡くなつたと云ふこと、その淋びしさは無論彼に迫つたが、しかし父の生活してゐた家がこの家であると云ふ自覚、父はこの辺りでも、有力な貿易商であり又町中での人望家であつたと云ふこと、などがその淋びしさを補はないでもなかつた。息まず限りなく流れるS河の水音がさうした彼の感情に常に和してゐたことは言ふまでもない。しかし、平一郎にも苦しむべき時がやつて来ねばならなかつたのだ。母のお光が彼の三つの時から十年近い年月を女一人の力で亡き夫の家に居据つたまゝ暮して来たことは、並大抵の苦労ではなかつた。しかし人力もさう続くものではなく、ある限度を越えれば運命に負けねばならない。平一郎が生長するにつれ生活費もかさまり、又彼の前途に控へてゐる「教育費」の心配も予めして置かねばならなかつた。お光は十幾年住みなれた亡夫の唯一の遺産である「家」を売つたのである。そして平一郎は「父のない、さうして家のない」少年となつたのである。平一郎は悲しい「零落の第一日」をよく憶えてゐた。梅雨上りの夕景の街は雨にぬれて空気はさわやかであつた。うるんだ空に五色の虹の光輪がかゝつてゐた。家財とても荷車に積んでみるとそんなになかつた。平一郎は三度目の、そして最後の移転車《ひきこしぐるま》のあとについて歩いた。零落したと云ふ感じ、もう家がないのだと云ふ心細さ、世間が急に狭く圧迫を強めて来るやうな淋しい感じ、それがその時の空にかゝる虹を見ながら歩いた平一郎の実感だつた。移転してしまつてからも、長い間平一郎には新しい家になじめなかつた。あまりに前の家との相違がはげしかつた。大きなS河のたゆみない流れの音の代りに廓の裏手から三味線の音が響いて来た。広い自分の家の代りに、八畳と四畳の二階借り、しかも階下は藝娼妓の紹介を仕事にしてゐる家族であり、これまで手持ぶさたにしてゐた裁縫を、母は本気に仕事としてはげまなくてはならなくなつてゐた。彼は母に自分達はそれ程急に貧乏したのか、と尋ねたことがあつた。母は「お前さんはこのさき中学校へはいり、高等学校へはいり、大学へはいつて偉い人にならなくてはならないのです。それにはお金がいりますでせう。だから今のうちになるべく倹約して置かなくてはいけませぬ。」と云つてくれた。母は又、かうして廓の傍へ来たのは、する仕事（裁縫）の値がいゝからでお前は廓のそばにゐても立派に勉強してくれなくてはいけないとも云つてきかした。平一郎はほんとに自分は偉くならなくてはならないと考へた。この精神が彼を小学校を首席で卒業させ、またこの精神が彼を単なる意気地なしの代名詞である優等生たらしめることなく、またこの精神が今彼をして男らしく和歌子に自分の真情を打ち明けようといたさしめてゐた。この精神はいづこより来たか。亡き父の意志よりか。母のお光の献身的な愛よりか、あるひは貧しい寂しい境遇の自覚よりか。その何れもであるには相違ない。しかしその根源にいたつては誰人も知ることは出来ない。それを知るものは平一郎の内なる平一郎を生みたる宇宙の力そのものである。そしてそれは人間の言葉としては表現出来ないものである。

九時近くになつてから母のお光は帰つて来た。彼女は方々お得意先へお礼旁々廻つて、仕事を集めてゐて遅くなつたと言つて、路であんまり甘さうなお饅頭があつたので買つて来たと云つて、卵形の饅頭を拡げて自分から先きに食べるのであつた。平一郎はその母の穏やかな様子を見ると、いまゝで忌はしい疑念を抱いてゐたことを恥ぢ恐れずにゐられなかつた。彼は嬉しくなつて、自分のために夜遅くまで仕事を集めに歩いてゐる母の苦労が思はれて、すまない気と、嬉しい気でいつぱいになつた。彼は饅頭を食べながらもう少しで和歌子のことを打ち明けてしまふところだつた。それ程彼は歓ばされてゐたのだ。

「ことによるとわたし達は冬子さんのゐる春風楼へゆくことになるかも知れませんよ。あすこの離室《はなれ》が空いてゐるから、そこをお前の勉強室なり、寝室なりにしておいてね。」

「で、母さんは何をするのです。」

「あすこの家のお仕事（裁縫）を一手ですることになるかも知れませんよ。」

かう寝しなにお光は平一郎に話した。次いで平和で健康な眠りが来た。

平一郎母子が借りてゐる家の階下は藝娼妓の紹介を業としてゐる人であつた。遊廓の裏街、莨店や駄菓子屋や雑貨化粧品店や受酒屋やなどが廃頽したごみ臭い店を並べてゐる間に、古びた紅殻格子の前に「藝娼妓紹介業、中村太兵衛」と看板がぶら下げてあつた。主人の太兵衛は生れつき体格が逞ましく力があつて、青年時代は草相撲の関取りであつたと云ふが、そして女と酒の博奕と喧嘩のために少しあつた資産もなくしてしまつた三十の頃、今の主婦さんに惚れられて世帯をもつたのだと云ふが、しかし今はもう五十を越して早衰した老爺にすぎなかつた。藝娼妓紹介の仕事も、もと藝妓であつた主婦さん一人でやつてゐた。主婦さんがお光に、もし今の亭主が自分から惚れた男でなかつたなら、そして亭主を捨てることが昔羨しがらせた朋輩やお客の手前がなかつたなら、そして亭主の巨大であつた筋肉を奪ひ、聴覚を犯し、眼を悪くした悪い病気に対して多少の責任を自分に感じないなら、とうの昔に捨てゝ新しい生活の道を選んだらうと言つたことがあつた。実際お光よりは三つ四つ若い主婦さんにとつて昔強かつた時分のつもりで一日中怒鳴りちらして暮らしてゐる亭主は重荷であるらしかつた。お光は偶然ではあるが、かうした家へ住居を定めたことを後悔することも度々であつたが、またかうした家の二階を借りたことがお光の生活に、また平一郎の生活に、二人にとつて実に重大な、運命の力を感じゝめることにならうとは後にいたつて思ひあたることであつた。それは「冬子」とお光母子とを結びつけた偶然な事実であつた。

お光母子が藝娼妓紹介の家の二階に移り住んではじめての秋十月のことだつた。お光は夕飯をすまして、食器を薄暗い台所で洗つてゐた。階下の茶の間ではその日午過ぎから高声で主婦さんが嗄れた声の男と話してゐる何かの話のつゞきを未だ喋べつてゐた。此家《こゝ》へ来てから未だ五月とたゝないのであつたが、誘惑されて来たらしい色の黒い田舎娘を坐らせて置いて、

「九十六ケ月の年期で五百円より出せぬ。」

「いや、これで玉は上玉だあね、八百円出しても損はしない。」

「――冗談でせう。こんな代物に八百円出せとはそれあ無理でさあね。」

「それぢや七百五十円迄負けませうや。」

「どうして！　五百円が精いつぱいでさあね。お前さんだつてさう骨折つて育てた子供と云ふ訳ぢやありますまいし、なんだね、思ひ切りの悪い。さんざ初物の御馳走を吸ひつくしたかすをなげ出すからつてさ！」

「御冗談でせう。それぢやまあ六百円――」

「えゝ、しかたがありませんや、もう五十両で手を打ちませうや。」

　かうして一人の女の五百五十円で売られてゆくやうな事実を幾度となく見せつけられてゐる彼女は、またさうした話であらうと胸を痛めつゝ聞かないようにしてゐた。何のあてどもなく田舎から出て来て行先に困つた若い女、さうした女を再び浮む望みのない深淵へ引きずり下すのみでなく、さうした深淵に生きる女達が、ふとした不注意から、思ひがけぬ不意な熱情の迸りから、また自然の苛酷な皮肉から、主の知れない呪はれた子を生み下すとき、その不幸な子供を若干の金で貰ひ受けて、そしてじり／＼に餓ゑ死にさせるやうなこともするらしかつた。大抵の嬰児は結核か梅毒で死んでしまつた。死なねば、乳もやらずに放つて置けば消えるやうに萎びて死んでしまつた――お光が聞くまいと努めても話し声は聞えて来た。それは自分の無力を自覚してゐる彼女にとつて、どうかしてやりたいと云ふ同情がおきるだけ、それだけ辛いことであつた。

「それあもう万事わたしの胸の中にありますよ、さう云ふことにぬかりはありやしません。」

「えゝ、それやあ主婦さんのことですから、それでもまあ念には念を入れろつて言ひますからな。えつはつはつはつは。」

　お光は食器を洗ひ終へてしまつてからも、悲しい忌はしい人達に会ふのに気を兼ねて、暫く土間の薄暗がりに立つてゐたが、話し声はぴつたりしなくなつた。彼女は思ひ切つて茶の間に出た。すると主婦さんと人相の卑しい四十男とひとりの女とが、赤暗い電燈の光に照らされてゐるのを見た。白味のかつたセルの単衣に生繻子に藤紫と紅のいりまじつた友染をうちあはせた帯をしめてゐる、ほつそりした身体つきが、お光には卑しい身分でないことを知らしめた。お光が水にぬれた手を前掛で拭ひつゝ土間の片隅から上りかけると、隅に女のらしい水色の洋傘がよせてあつた。傍を通るとき男は「いや、どうもすみませ

ん。」と少し背を曲げるやうにした。そのとき、女はそつと顔をもたげて黙礼した。非常に美しいとは云へなかつた。少し蒼味の勝つた顔全体には、無愛想な精神的な上品さと、初心な純一さと、苦労して来たらしい淋びしい神経質な陰鬱さが現はれてゐた。女は何気なく黙礼したらしかつたが、そこに予期しないお光を見出してはつと竦んだらしかつた。赤くなるより青く沈む質《たち》であるらしかつた。お光は二階へ上つて、またひとりの女が深淵へ堕ちてゆくのだと思ふとい、気がしなかつた。そして自分の無力が恨めしかつた。平一郎ひとりを立派な人間に育てあげること一つさへ全力をつくして足りない自分がみすみす多くの人の堕落して行くのを見すごしてゐなければならない自分を悲しく思つた。もつと世の金力、智力がかうした人間を助けることに用ゐられなくてはならない気がした。彼女は平一郎が昼の疲れで早く寝てしまつたあとで、仕事する気になれず寝てしまつた。疲労は彼女に熟睡を与へるに十分であつた。

「恥さらしめが!」

胸苦しい悪夢にうなされてゐるお光の夢を声が醒ました。夢ではないかと首をもたげると硝子戸越しに下弦の月が寒く照つてゐた。

「年甲斐もない、今のざまになつてゐながら、よくもまあこんなことが出来るものだね。お前さんは!」たしかに階下の主婦さんの声である。

「うゝ、汝《われ》の知つたことかい。」

「知るも知らんもありやしない。せつかく納得して自分からゆかうと思ひ立つた大切な女《ひと》に、お前さんが今夜のやうなことをしかけちや、このさきどんなことがあるかも知れないと云ふ気になつてしまふぢやないかい。なんぼわたしが毎日々々欠かさず御飯を食べさしてゐるからつて、さうをかしな色気を出してもらつちや商売が出来ませんよ。女が欲しかつたら下店《したみせ》へ五十銭もつて行つてくるとい、んだよ——ねえさん、気を悪くしないで下さいよ、ほんとにしようがないのですから。」

「黙つてゐろ! この己を耄碌扱ひする気だな、貴様は。」親爺が立上つたらしかつた。主婦さんの甲高い声が聞えた。「あ、何を——」と云ふ慎しみを忘れないうちにも全力的な悲鳴に似た女の声がして、やがて、けたゝましく階段をのぼつて来た。細帯のまゝのさつきの女が、はげしい動悸と、恐怖と、怒りを、抑制しつゝお光の傍へよつて来た。お光は床に起き直つた。秋の月の光がかすかに射し入つてゐた。

「こちらへいらつしやい。」

「は、どうも相すみません。」

女はしよんぼり其処に坐つて慄へてゐたが、恐ろしさよりも怒りの方が勝つてゐるらしかつた。何も彼もがあまりに明らかに判りすぎてゐる事実であつた。お光は自分の枕をずらし、座蒲団を円めて枕の形にして、自分の床の傍をあけて、「こちらへはいつて、お休みなさい。」と言つた。女は「すみません。」と小声で言ひながら、お光のわきに小さくかゞまり横になつた。

お光も横になつた。そして階下の物音に耳を澄ました。しかし階下はひつそりして、主婦さんも親爺も静まりかへつてしまつた。お光は女のほつそりした肩先の止め得ない戦慄を感じてゐた。偶然ではあつたがお光はこの時女と自分との心がぴつたり融合し合うてゐるのを感じないわけにゆかなかつた。あゝ、哀れな女よ、やがて戦慄の波が大きく刻みはじめてすすり泣きになつた。お光も一緒に泣きさうになつてしかたがなかつた。お光は肩のあたりをさすつてやつた。「わたしは、不仕合です、ほんとに、ほんとに……」女は涙をこらへようとしてその度に一言づゝ呟やいて、また泣いた。

しかし涙は悲しみを温める力をもつてゐる。泣くだけ泣けばあとには雨上りのやうな、はれやかさが生れ出る。お光はそれを自分の体験で知つてゐた。

「さ、こつちをお向きなさいな、泣くのはよして。どうせ今夜は眠られないのだから、こつちを向いて話しでもしませう。」

女はやがて泣き止んでそつと寝返りをうつた。お光は涙にぬれた蒼ざめた、品のある、淋しい女の顔と勝気な瞳とを見た。そして、二人は互に深いところで了解し合つてゐることも確かめられた。女は二十歳であつた。母は七つのとき、父は今年の夏死んでしまつたと云つた。家は能登の輪島の、昔からの塗師であるのだが、父の死後一人の兄が生《なま》じつかな才気に累はされて、輪島塗を会社組織にしようと思ひ附いて会社を創立したが、その株金を使ひこんで、もしその金が無い時には監獄へ入れられる――つまり、その金をこしらへるために嫁入前の身体を藝妓に売らうとするのだと女は云つた。女は三味線も琴も生花も茶も娘の頃に習ひ覚えてゐるし、ことに鼓に対しては興味もあり、自信もあり、修業ももつと積みたいと云つた。最後に、自分はどうかして真実に藝ばかりで、藝妓としての生活を送りたいと言つた。お光には女が本当に処女であるらしいことははじめから会得されてゐた。態度に一種の落着きのあるのは女の素質と智恵と教養の影響であつて、「男を知つた」すれつからしの故でないことも知ることが出来た。兄のために金をこしらへたい、と云ふ願ひ、その願ひを身を売ると云ふことで充たす、そしてその藝妓稼業を藝ばかりで勤め上げたいと云ふ意気組、そこにはある厳粛な精神はあつたが、同時に世間を知らない生気さがあつた。お光は深い溜息をもらさずにゐられなかつた。女は次いで、自分の名は冬子であり、明日からこの裏手の廓の春風楼へ出ることを打ち明けた。

「冬子さん。」とお光は言はずにゐられなかつた。

「わたしは今、あなたをさう云ふ商売をさせたくなさで胸いつぱいですが、しかしそれはどうにも仕方がありません。あなたの藝一つでやつて行かうと云ふお志は本当に好いことだと存じます。どうぞその志を捨てないでやつて下さい。たとへ藝一つでやつてゆけないはめにならうとも、そのお心さへ堅くもつてゐらつしやれば――それやあもう死ぬほど辛いことが多い――辛いことばかりでせうよ。わたしも丁度あなたのお年の時分から苦労をしつづけで来てをりますが、肝心なことはやはりさうした一念を忘れないと云ふことが何よりの頼りになることではありますが——」お光は平一郎のこと、自分のこと、どうにか平一郎の成長を祈つてゐること、を話した。そして、冬子に住居も近いことだから真身の叔母とはゆかなくとも、他人でない小母がゐると思つて訪ねて来てくれ、出来る丈けのことはしませうと言はずにゐられなかつたのである。二人は寒い下弦の月の暁近く濃霧にうるむ頃まで語り明かし、次の朝冬子は春風楼へ、「藝妓になる可く」行つてしまつた。

その夜から三年の時が過ぎてゐた。三年の時はあらゆる一切の万象に過ぎてゐた。平一郎をして中学三年生で、恋愛の悩みを知るやうにならしめた力は、冬子をして廓でも名妓の一人として立たしめてゐた。娘の時代に仕込み入れた人間としての教養と、天稟のしとやかな寂びしいうちに包むだ凛然たる気象は、彼女を只のくだらない肉慾の犠牲者とのみはしておかなかつた。藝ばかりで立つて見せる、一かどの名妓となつて見せる、と云ふ意志が彼女を引き緊め、彼女の持つ真価値を十分に生かすことに力があつた。彼女は無論「藝ばかり」で勤めることは不可能であつた。朝、寝乱れ姿でお光のところへ「小母さん」と駈け込んで仕立物に精出してゐるお光の膝に俯伏してはじめてなめた地獄の苦痛を訴へたことも遠い時の彼方のこと丶なつてしまつた。唯彼女にとつてはそれは官能の満足とならずに精進の鞭撻となつた。彼女は歌ふことは上手でなかつたが、三味線、琴、踊り、ことに鼓は、師匠も名人の素質があると賞め、彼女自身にも自信があつた。彼女は辛い勤めのあとの悲しい想ひを、凛然たる、は、をえ、よお！　の懸声と森厳な鼓の音色とによつて解脱することが出来た。そしてお光も針仕事には慣れて、街の人々にもなじみが深くなつて来てゐた。お光と冬子とのあの夜以来結ばれた交りは肉身の叔母と姪でない代りに、精神上の母子よりも深い仲となつて来てゐた。二人は互に互の苦しみを苦しみ合ひ、互の楽しみを楽しみ合ふことを悦ばずにゐられなかつた。平一郎にとつてこのすぐれた女二人——母と冬子との愛が彼を培ふに役立つたことは言ふまでもない。さうして三年前にお光の寝床を唯一の避難所とした冬子は、「名妓」と言はれるやうになつた今、お光のためにはよき生活上の相談相手となり得てゐた。

平一郎が和歌子への手紙を深井によつて伝へようと決心した日の次の日の午後、彼は一事を敢行したことの英雄的な傲りを感じながら靴音高くかへつて来た。何故靴音が高いか。彼は「こと」を敢行したからだ。朝、学校での運動場の芝生で深井に会つたとき深井は優しい感謝の微笑を送つたが話する勇気は持たないらしかつた。彼自身もポケツトの手紙を握りしめながらつい口一つ利けなかつた。一時間目の国語の間ぢゆう彼は自分の卑怯を責めつゞけてゐた。そしてノートに「吉倉和歌子」の名を五十あまりも書いてしまつたのに驚いた。機会は四時間目の体操の時につひに来た。彼は鐘の音につれて校舎の方へ走り去らうとする群の中の一人を「深井君」と呼びとめた。

「え？」と深井は頬をほてらした。

「ちよつと君に話したいことがありますから。」さすがに彼も胸が鳴り響いた。彼は運動場を横ぎつて、寄宿舎の横手の、深い竹藪に接した芝生に来た。そしてそこの木馬に腰かけて思ひ切つて云つたのだ。

「君は——吉倉の和歌子さんを知つてゐると云つたね。」

「え、——」と深井はいぶかしさうに、また、彼の内なる和歌子を護《まも》るやうな目附をした。

「これをね。」と平一郎はポケツトから二つに折つた手紙を取り出して木馬の背の上に置いた。「和歌子さんに渡してくれないか？」

深井は雨にさらされて白くなつた木馬の背の手紙を見つめてゐたが、暫くして耳の根まで紅くなつた。平一郎はそれを認めるともう勝つか負けるかどつちかだと云ふやうな気になつた。

「僕は和歌子さんと仲よくなりたいと以前から思つてゐるのだ、ね、渡してくれないか。僕は君の家が和歌子さんの家と隣り合つてゐることは知らなかつたのだ。お願ひだから渡してくれないか？——それとも。」彼はさすがに身慄ひがした。祈りに似た感情が彼の内部に脈うつのだつた。

「君は和歌子さんと仲よくしてゐるのかい。」

「いゝえ。」と深井は目を輝やかしてきつぱり云つた。

「渡しませう。」

「きつとだね！」

「え、！」

「ありがたう！」平一郎は深井の手を握つて、そして嬉しさは彼に、「僕はね、君ともこれから仲よくしてゆきたいと思つてゐるのだ！」と云はしてしまつた。深井の瞳に美しい火が燃えた。それはひとたびゆいてかへらぬ生命の炬火の美しさだつた。あゝ何と云ふ悦び！　愛するものを獲たのではないか！　和歌子と深井を獲たのではないか！　彼は靴音高く家へ帰つて来たのである。

家にはお光と冬子が待つてゐた。霽れた晩春の青空から穏やかな陽が二人に射してゐた。

「やつぱり平一郎さんでしたこと。」かう冬子がついてゐた右手でそつと、さらさらした豊かな鬢の毛をかきあげて、緋縮緬の長繻絆に紫がかつた襟をつけようとこつこつ針を運んでゐるお光を見上げた。平和な静けさがお光と冬子の微笑によつて破られた。

「只今！」と彼はカバンを投げ出し、洋服を着更へて、いつものやうに大急ぎで膳に向はずにゐられなかつた。冷めた豆腐汁も彼にはうまかつた。彼は横向きになつてゐるや、浅黒い引き緊つた冬子の顔と艶々した島田髷とを見ながら、髪を結ひにいつたかへりだなと考へながら、襟頸から肩の辺りへの柔軟な線の美しさに引き着けられ、かうした女《ひと》が自分の姉のやうに親しくしてゐることを（それはいつも感じることだつたが）誇らしく感じた。

「今日は遅かつたぢやないかい。」とお光は留針をしながら云つた。

「今日は博物の寄り合ひがあつたのです。」と彼は嘘を云つて、すまない気のしただけ和歌子のことを思つた。そして冬子に、

「踊りのおさらひは未だなんですか。」とたづねた。

「今月の二十八日ですよ。今度はわたしが出ますからいらつしやいな。」

「えゝ。」と平一郎が飯をかきこむのをお光は、「踊りや歌が好きだからをかしいですね。」と冬子に云ふ。さうして、話は又、お光と冬子に移つてしまつた。

「酒はやはりなるべくなら飲まない方がいゝですわね。」

「でも、お座敷に出てゐる時に、生きてゐることが少しもいゝことでない。生きてゐることは実にたまらない、害のあることだと云ふやうな気のするときに、盃洗にいつぱいぐうツと飲むと、さうするとすこうし胸がすつきりしますの。それでなけれあ、縁側へでも出て、皷をさらへばまあさうですけれど――」

「それはもうさうでせうともね。わたしもさう云ふ気のするときはもう何度あつたかもしれないけれど、しかしわたしにはまあ、平一郎《あれ》がゐたものだからどうにかやつては来たものゝ――」

「それでも小母さんのはうがわたしなんかよりか余つ程いゝと云ふ気がしますわ。」

「さうでせうか。」

「でも、小母さんも随分のお骨折だつたと云ふ気がしますわ。十二年、さうでせう、小母さん、乳を呑んでゐた赤ちやんが中学校で威張る位になるのですものね、でもこれからよ、小母さんの苦労甲斐が現はれて来るのは。本当に羨ましい。」

「さあ――」とお光は淋しさうに笑つた。「貧乏のせゐか何んだか、その平一郎《あれ》の一人前になる日に会はれないやうな気がしきりにしましてね。」

「そんなこと、小母さん！」冬子は本気で云つた。「わたしだつてこのまゝのわたしを小母さんに見せてゐる丈けでは小母さんに対してもすまないのですわ！」

お光はにこやかに微笑みつゝ、心からの歓びをかくしきれないやうに、

「今のまゝだつてわたしは十分結構ですの。ほんとにあれからでさへもう三年経《た》ちましたつけ。随分あなたも立派な女になつたものですよ。冬子さん。」

「いけません、小母さん、冷やかしちや。」冬子は顔を曇らせて苦いものを含んだやうに、切れ目の長い瞳を青い空に向けた。そして、「青い空ですこと――小母さんは未だお花見にいらつしやらなかつたはずね。」

「えゝ、仕事に追はれて未だですよ。」

「わたしも今年は行きたくなくて行きませんでした――ほんと

に青い空。」そして冬子はふいに言つた。

「わたしのやうなものでも、もし子供を持ちたいと思へば子供を授かることが出来るものでせうか。」

「――?」お光は冬子を見つめて黙つてゐた。

「子供を授かることを罪のやうに警戒してゐるわたし達にでも、心から子を授かりたいと思へば授かれるのでせうか。それとも罰で一生子供は生れないのでせうか。」

「あの方の子供ならと一心に想ふやうな方が出来なすつたの、冬子さん。」

「いゝえ、未だこの方の子供なら、どうしてでもいゝから授かりたいと思ふやうな人には一度も会ひませんの。会ふ人も会ふ人もかうした人の子供を生んだら大変だと思ふやうな人ばかり、でもわたしは一生に一人はこの人の子をどうか授けて下さいと祈るやうな方にあつてみたいと思ひますわ。たとへさうしたときがあつても、今迄の罰で、とても子供は授からないのではないでせうか。」

「それはわたし達には分るものぢやないでせう。しかしわたしは、もしさう云ふ時にあなたが一心にさへなればきつと子供が授かるやうな気がしましてよ。――わたしのやうなものでさへが、どうにか平一郎《あれ》を育て、やつて来てゐることから考へてみましてもね。」

「さうでせうか。」そして二人は淋しさうに沈黙してしまつた。平一郎は飯をすまして暫く火鉢のところに坐つてゐたが、母と冬子の話が途切れたので、立つて長四畳の机の方へ行かうとした。すると冬子が同じやうに立ち上つて、「平一郎さん、ちよつとわたしの傍へ立つてごらん。」と云つた。平一郎は傍に立つた。冬子は髪を結つてゐるので高かつたが、実際は一寸も違はなかつた。

「もう直きわたし位に成長きくなつてしまふわね。」と冬子は母と顔を見合はした。平一郎は(さうさ)と云ふやうに壮快に笑つて、冬子もすてきに美しいと思ひながら机に向つた。彼は、和歌子への手紙を深井に托したことの歓喜のあとに、異常な沈着さを感じて、代数の問題を考へてゐた。すると明日の日曜の朝の待遠しさが悪寒のやうに起きて来た。そして恥かしいことにはもし返事を呉れなかつたらと云ふ懸念さへが時々起つて仕様がなかつた。

夕方、冬子は淋しさうに「さようなら」を云つて帰つていつた。彼女は母のお光に、彼女のゐる春風楼の今ゐる裁縫師がお盆限り止めるので、その代りにお光が来たらどうかしらと云ふ話をしていつた。そして母と何かひそ〳〵話しながら、「さう、それがいゝわね。」など、云つてゐたのだ。冬子に対して何故か傲慢じみた態度に出てしまふ平一郎は冬子が去つたあとでは、いつもなくてはならぬものを失つたやうな淋しさを感じるのだつた。この日も夕暮のあの悲しい薄闇で、母に子供らしく甘えかゝりたい気持になりかけてゐると、階下で主婦さんが「平一郎さん!」と呼ぶ声がした。階下の主婦さんが呼ぶことは珍ら

しくなかつた。平一郎は何か珍らしいものでも呉れるのか、郵便でも来たのかと考へて階下へ下りた。すると主婦さんは、

「誰だか呼んでゐますよ。」と云つた。平一郎は何の予期もなしに戸をあけて外へ出ると、門口に深井が立つてゐた。

「深井君ぢやないか、はいりたまへな。」深井は涙ぐんだやうな瞳で彼をみつめながら黙つて立つてゐた。そして、戸外の方を示すやうにそつと顧みた。それは無言の紹介であらねばならなかつた。次の瞬間平一郎は、家の前の電柱の下に少女が背をもたせて立つてゐるのを見出した。和歌子だつた。一切が了解された。彼は深井を見た。

「和歌子さんだね。」と彼は深井に精いつぱいの声で言つた。全身が、歓喜、驚き、恐怖、羞恥に震撼した。彼は電柱の傍まで駈けていつたが三尺ばかりのところでぴつたり立止つてしまつた。柱に背をもたせてゐた和歌子は、身体を真つ直ぐにして、懐からそつと（あゝ、その指先の透明で美しかつたこと。）水色の封筒を取り出して、平一郎に見せて、輝やかに笑つたのである。どうしたものだらう。三尺ばかりの間を平一郎はどうしてもそばへ進むことが出来なかつた。彼女の輝やかな笑ひが彼の情熱をせきとめてしまつたのだ。熱情は身内に渦巻いて全身が異様に慄へて来た。すると深井が彼の前に来て軽く帽子をとつて、「僕、失敬します。」と云つた。そして和歌子の方へはにかむやうな顔を見せて小走りに彼は去つてしまつた。平一郎は自分の腑甲斐なさに堪へられない気がした。そしていかに自分が和歌子のために自分の全部を占有されてゐるかをつくづく感じた。とにかく彼は自分の力の萎縮を認めた。すると彼は全身の熱情が悦ばしい羞恥となつて顔面にのぼつてくるのを制止できなかつた。

「明日まで待つてゐられなかつたのでしてよ。」と和歌子も真赤になつて言つた。そして二人は同時に笑ひあふことが出来た。その笑ひが凍つたやうな「凝結」をゆるめさした。大河平一郎が解放された。彼は「ついておいで！」と言つてすたすた歩き出した。晩春の夕暮の戸外は未だ明るくて、空には夕映が深い美しさを現はしてゐた。彼は狭い十字街を右に下りて、野原へ出ようと考へてゐた。一年もの間、彼女を偲んでさまようたなじみの深い野に、この最初の日の自分と彼女とを見せてやりたかつた。紅殻格子をはめた宏壮な廓の家々を通りすぎると街は川べりに出た。彼は後ろを振り返つてみると、彼女がすぐ後ろに生々してついて来てゐるのに驚かされ、ある圧迫と動乱とさへを得た。路は静かに流れに沿うてひろびろした耕地の間に展けてゐた。彼は立止つた。和歌子の息づかひが聞え感じられるほど彼女は近くよりそつて来た。二人はもう一緒に生れた人間のやうに親はしさを感じてゐた。

「吹屋の丘へゆきませうか。」

「えゝ！」

あゝ、またしても湧きくる、魂をゆるがす微笑よ。水流は無限のうねりをつくりつゝ、路に沿うて流れてゐた。右手には田植

を終へた耕地が、ひろびろしい曠野のはてにまでつらなり、村々の森が、日に蔭つて黒ずんで見え、太陽はいつもより大きく、真つ紅に燃えてゐた。路は緩い傾斜をのぼつて草原の丘に伸びてゆく。その丘は何んでも平一郎の父の友人のある商人が、日露戦争後の起業熱のはげしい折に、鋳鉄業を創めた失敗のあとであつた。生ひ茂つた雑草の間には石ころや柱のくさつたのや、錆びた金属の破片などが残つてゐて、それが平一郎には淋しい空想の種となつた。春、夏、秋、冬、平一郎が和歌子を忘られなくなつてから、彼は幾度この丘に立つて寂びしい自分の心をいとほしがつたであらう。また幾度、涙にぬれて、「偉くなる！」と叫んだことであらう。河縁には楢の木が密生して、百舌鳥が囀つてゐた。平一郎は丘の上にのぼつて、さて草原に腰を下した。和歌子も側に坐つて、二人は幸福なこの夕暮の野の空気にひたつてゐた。ゆるやかにも流れひゞく永遠の水の音よ、大空にぢつと動かない白雲よ、やうやく迫る夕べの気配に、薄暗さを増した曠原の豊かな土の色調よ、あゝ、しなやかに二人のためにしとねとなる草原の草よ、楢の木林の蔭を、市街の裏手をよぎる鉄道馬車のラツパの音よ。さては今しも地平の彼方に没落しようとして、たゆたうてゐる爛然たる、真紅の晩春の太陽よ——和歌子はそつとさつきの水色の封筒を取り出した。

「今日、学校から帰ると深井の坊つちやまがあなたのお手紙を下さいましてよ。」

（深井の坊つちやま。）その坊つちやまと云ふ言葉だけが今のこの世界でいけないと平一郎は思つた。そして水色の封筒を受取つた。手が慄へた。

「あとで読んで下さいましね。」

「え、。」彼は云はれるまゝにふところにしまつた。

「お手紙には明日の朝と書いてあつたけれど、わたし明日まで待つてゐられませんでしたの——それで、深井の坊つちやまにあなたのお家を教へていたゞいたのよ。」

平一郎は不思議な気さへして仕様がなかつた。美しく、気高く、荘厳で、しかもいゝ家の娘で、とても自分などは一生、話しさへするをりを持つことは出来さうもないと云ふ懸念を持つてゐた和歌子、実に、その和歌子が自分に話しかけてゐることを信じていゝのか。

「平一郎さん。」と彼女は熱情的に昂奮して来たらしかつた。「あなた、あの去年の同窓会のあの時のことを覚えてゐて下さつて！　わたし、あれからも時々学校へ行つて控室にかけてある卒業記念のお写真を拝見してゐましたのよ。」

（和歌子も覚えてゐたのだ。）と平一郎は考へると嬉しくて堪らなくなつた。彼も熱情をぶちまけるやうに昂奮して来た。

「それぢやね、それぢやね、小学校にゐるときのあの鏡ね、鏡のことを覚えてゐる？」

「覚えてゐますわ！　ほんとに、あの校長さんが永い間話をしてゐて鏡をふさいでゐるときには、腹が立つてしやうがなかつたのですわ。そのほか、ほんとに、わたしあなたとのことならどんな小さいことでも一つ一つみんな覚えてゐましてよ。」

「――僕だつて。」と彼は呟いて熱い涙が眼ににじみ出るのをこらへてゐた。

「昨日は深井の坊つちやまを助けておあげなすつたのですつてね。」

「僕う？　えゝ、深井君が話してゐましたか。」

「えゝ――わたしは深井の坊つちやまからあなたの学校の様子をいろ〳〵随分前からきいてゐましたの。」

「僕のことも？」

「えゝ、あなたのことも。でも、そんな風はしないでですよ。あなたの級長のことも、弁論会で演説をなさつたことも、野球の級試合に出て負けなすつたことも。」そして彼女は堪へきれないやうに情熱的に笑つて、ふさ〳〵と頰にふりかゝる髪の毛を後ろへのけるやうに、顔をそむけて、頭を強くゆすぶつた。その荘厳で深刻な美しさ。

「僕は深井君も愛します。」かう彼は宣言した。

「わたしも、愛しますわ。」と彼女が言つた。

　楢の木林の向うを瘠せこけた馬が黄色な馬車をひいて走るのが、ごおつと云ふ音で分つた。馬車の窓に落日が血のやうに射してゐた。二人には小さい馬車の様子が哀れでもあり、をかしくもあつた。

「あゝ、汝旧時代の遺物たる馬車よ。」かう平一郎は突然に演説口調で喋べつたのが、彼自身にもをかしくて、二人は涙の出るまで哄笑した。

「あなたは母さんおひとり？」

「僕う？　僕は母ひとりきりですよ。家もないしお金だつてありませんや。」

「でも母さんがあつて結構ですわ。わたしには母さんはないのよ。」

「あゝ、さうでしたね、虎に食はれてなくなりなすつたさうでしたね！」

　太陽が没してしまつたとき、二人は丘を下りて野の道を街の方へ帰つて来た。路で、平一郎が和歌子の封筒のことを想ひ出して、懐から出して「ひらいてみようかしら。」と言つたとき、「いけません、平一郎さん、いけません。」と封筒を開かせまいと努めたときの彼女のひや〳〵した髪の感触は忘られないものである。

「明日は返事をもつて来ますよ。」

「えゝ、きつとですよ。」

　二人は坂をのぼりつめた十字街で別れた。平一郎はもつと言はねばならぬ重大なことを一つも言はなかつたやうな気がした。それが何であつたかを反省すると、まるで頭脳が空虚だつた。それは「混沌たる充実の空虚」であつた。夜、彼は自分の机に書物を展いた上に水色の封筒をのせて、惜しい気のするのを思ひ切つて、封を切つた。

　今日わたしは学校から帰つて庭に出てあなたのことを考へ

てゐました。今日はどうしてか学校からの帰りの道で、お会ひしなかつたのが気が悪くて仕方がございませんでした。すると隣りの深井の坊つちやんがわたしをよびなさつたのです。

わたしは何も彼も存じてをります。ほんとうにわたしはすみません、でもわたしにはどうしてよいか分らなかつたのでございますもの。ほんとにわたしはあなたのあれでございます。わたしは今、うれしくてぢつとしてをれないのです。わたしは仲よくしていたゞきたいのです、でもわたしはそんなに仲よくしていたゞけるのかしら。

気がせいて思ふことが書けません、母は（わたしのほんとの母ではありませんのよ。）直きに何をしてゐるかのぞきに来ますのです。平一郎さまよ。わたしは今あなたにあひたくてならなくなりました。今夜はわたし眠られないでせう。きつと。以前も眠られないときはあなたのことをいつも思つてをりましたのよ。あなたは御存じないかも知れませんが、わたしはよく深井の坊つちやまからあなたのことを承つてをりました。わたしは今ほんとにどうしたらよいのでございませう。

吉倉和歌子

なつかしき
大河平一郎様

（大正8年6月、新潮社刊）

イボタの虫

中戸川吉二

無理に呼び起された不快から、反抗的に、一寸《ちよつと》の間《ま》目を見開いて瞰《にら》むやうに兄の顔を見あげたが、直ぐ又ぐたりとして、ヅキン〳〵と痛む顳顬《こめかみ》を枕へあてた。私は、腹が立つてならなかつたのだ。目は閉じはしてゐても、枕下《まくらもと》に立つてゐて自分を監視してゐるであらう兄の口から、安逸を貪ることを許さないと云ふ風な、烈しい言葉が、今にも迸《ほとばし》りさうに思はれてゐたのだ。

兄は併し、急き立てゝ私の名を呼びつゞけやうとはしなかつた。もう私が目を醒したのだと知ると、熟睡のあとの無感覚な頭の状態から、ハツキリした意識をとり戻し得るだけ余裕を、充分私に与へてやると云ふ風に暫く黙つてゐた。で、流石《さすが》に私も寝床に執着してゐる自分が恥じらはれて、目を見開いて了はうとするのだつたが、固く閉じられてゐた私の瞼は、直ぐには自分自身の自由にもならなかつた。ともすると兄の寛大に甘えて危く眠り落ちさうになつてゐた。

「起きろよ」

突然に又兄の鋭い声がした。劫《おびや》かされたやうに、私は枕から顔を放して、兄の顔を視守つた。二言三言眠り足らない自分を云ひ訳しやうとでもする言葉が、ハッキリした形にならないまゝ鈍い頭の中で渦を巻いてゐた。

「いま、――何時《なんじ》なの」

やがて、かう訊いたのだ。が、併し、兄はそれには答へなかつた。私は一寸てれて机の上の置時計をみた。七時半であつた。

「二時間位しか、眠りやしない……」

私は半分寝床から体を這ひ出しながら、口を尖《とが》らせながら、呟くやうに云つた。さう云ふ私を、兄は非難しやうとさへしなかつた。

「兎も角起きろ。――起きて、着物を着かえてキチンと帯をしめろ。たいへんなことになつたんだ」

かう、妙に沈んだ声で云ふのだつた。これは少し何時《いつ》もと様子が違つてゐると思つて、私はかすかな不安を覚えながら、節々の痛む体を無理に起して寝床から放れた。――帽子も被つたまゝ、オーバーコートも着たまゝの、役所へ行きがけらしい兄の姿をもう一度よく視守《みまも》つて、何か云はうとしてゐると、

「美代が悪いんだ」と、兄は怒つてゞもゐるやうな恐い顔をして、押つ被せるやうな強い口調で云つた。

「姉さんが？――姉さんには昨日僕あつたんだけれども……」

「昨夜一と晩で急にヒドく悪くなつたんだ。肺炎だと云ふんだが、妊娠中のことでもあるし、もう駄目らしい。今日午前中持つかどうか……」

キッパリと、あまり強い調子で云ふので一寸《ちよつと》の間私は、兄の言葉に反問することが出来ずにゐた。さうして、心の中で兄を憎らしいものと思つてゐた。

「そんなことはありはしない。そんなことつてありはしない……」

暫くして、私は兄をせめでもするやうに、ワク〱しながら呟いた。けれども、興奮して、黙つて、ぼんやり突つ立つてゐる兄の顔を視守つてゐるうちに、私は、自分の言葉に少しも権威のないことを思はない訳に行かなくなつた。兄の言葉を信じない訳に行かなくなつた。さうして、不意に胸が塞がつてきた。――四五日前から、風邪をひいて寝てゐると云ふ姉には、昨日、原町の家へお金を貰ひに行つた時に、母から注意されたので、かへりに私は木村によつて姉を見舞つたのだ。その時、別に重態と云ふやうな様子は少しもありはしなかつた。それに……。

「医者が、もう駄目だと云ふの」

私は出来るだけ、気持を冷静に保つてゐやうと努めながら訊いた。

「あゝ、さう云ふんだ」と、兄は力のない声で「俺は、これから熱海のお父さんのところへと、花子のところへと電報を打ちに行くんだ。そして、それから、もう一度医者に酸素吸入を頼んでくるつもりでゐるが、お前にも、頼みがあるんだ……」

私は返事をしなかつた。着物を着かへたら直ぐ、木村へ馳け

つけてみやうと思つてゐたのだつた。

「――広小路へ行つてね、イボタの虫つてものを買つて来て貰ひたいんだ」

「イボタの虫つて……」

「俺もよく知らないんだがね」と、兄は云ひ憎さうな調子で、「売薬《ばいやく》には売薬だがね、好く利く薬なんださうだ。母あさんが是非買つて来いと云ふんだから、買つて行けよ」

「だつて、そんなもの……」

肺炎で、妊娠してゐて、医者がもう駄目だと云つてゐると云ふ病人に、酸素吸入をやつてゐると云ふ病人に、下らない売薬なんて買つて行つたところでどうなるものかと、私は思はずにゐられなかつた。私は昨日木村へよつた時に、姉の病気を軽くみてろくに側にもゐなかつた自分が悔ひられた。昨日に限つて、原町の家に宿《とま》らずにゐた自分が悔ひられた。母にお金を貰つて好い気になつて、呑気に放埒にすごした昨夜の自分が悔ひられた。佐治を誘つて、十二時近くまで切通しの鳥屋で酒を飲んでゐたり、宿へ戻つてからも、隣室の谷崎潤一郎氏に誘はれて、竹久夢二氏や渡辺氏などと、明け方近くまで勝負事をしてすごした自分が悔ひられた。

「でもね、買つて行つた方が好いだらう。母あさんがさう云ふんだから……」

兄は、無理に強ひると云ふ風には云はなかつた。私は兄を気の毒に思はない訳に行かなくなつた。普段から、私などとは比較にもならないほどに、売薬の効果などを信用しやうとしない科学者の兄が、意固地に自分を守らうとはしずにゐる。母の、あはてふためいてヒステリックになつてゐる様子なども思ひやられて、こんな場合に兄と、口論めいた口を利くのがイヤだと私は思つた。

「買いに行つても好いけど……」

私は、急いで着物を着かへながら、何時もの横着で一寸の間《あひだ》使に行き渋つてゐたのだと云ふ風に、兄の手前を装つた。

「行くかね」と、兄は微笑して、――「行くんならね、普通の生薬屋《きぐすりや》へ行つても駄目なんださうだ。広小路の先の、たしか黒《くろ》門町《もんちやう》あたりに、いもりの黒焼屋が沢山列んでゐるね、あそこで売つてゐるんださうだ」

「いもりの黒焼屋だつて……。イボタの虫つて云ふもんなんだね」

私は、兄と目を見合して寂《さび》しく笑はずにはゐられなかつた。一瞬間、私の胸には、姉の危篤といふことから来る重ツ苦しい圧迫が、影を潜めてゐた。姉のために、いもりの黒焼屋へ、時代錯誤の薬を買ひに行くと云ふ風な古めかしい使が、何か淡い哀愁を誘はれる好ましい仕草にも思はれたのだつた。

「ぢやそれを買つて、直ぐ木村へ行つてみませう。兎も角一所にこゝを出ませう」

「うん。さうしやう。寒くないやうにして行かなくてはいけないぜ」

部屋を出て行かうとする私へ、背後《うしろ》から兄は、故意《わざ》と乱暴に外套をかけてくれた。センチメンタルな愛情の表現を恥じると云ふ風に………。さうして、私は兄と連れ立つて長い階段を下りて、菊富士ホテルを出た。

宿の前には、一昨日の晩から昨日へかけて降つた雪が、根雪になつたまゝ陽を受けて弱々しく光つてゐた。私は飲み過ぎと寝不足とで頭がクラ〳〵してゐた。顔中の皮膚が強張つて、頬つぺたが妙に突つ張りでもするやうな不愉快な気持でゐた。ぼんやり立つて、玄関で編上げの靴の紐を結んでゐる兄を待つてゐたが、待つてゐると、何かしなければならないことが沢山あると云ふやうな、苛々《いら〳〵》した気持になつてきた。居ても立つてもゐられなくなつたのだ。――今日お昼時分に印刷屋から、「新思潮」の二月号が刷りあがつて来るはずである。佐治に、発送の手伝ひをすると約束をして置いたのだがと、それが一番重大な気がかりでもあつたやうに、思ひ出すと放棄《うつちや》つては置けないやうな気になつた。私は一寸の間迷つてゐたけれども、玄関へ引返して、「用があつて佐治のところへよるから」と兄に云ひ置いて、直ぐ近所の、素人下宿の二階に住んでゐる佐治のところへ駆けつけた。

その朝に限つて、到底まだ寝てゐることだらうと思つた佐治が、起きてゐた。もうキチンと坐敷の中がとり片づけられて居、トランプをするために買つたと云ふ大きな一閑張りの机が、坐敷の真ン中へ、彼の花車《きやしや》な体をぐたりと靠《もた》せかけさせるために持ち出されてゐた。彼はパイプを咥《くは》えて、悠々と青い煙を吐いてゐた。

「やあ」

佐治は、坐敷の入口に立つてゐる私の姿を認めると、快活に呼びかけた。

私は彼の口から、彼の幸福《かうふく》さうな赤い顔に似合しいやうな浮々した言葉が、無造作に浴びせかけられることを思ふと堪らない気がされた。昨夜の放埒な記憶に触れずにすむためには自分の方から、何か先に口を切らねばいけないと思つて、暫くの間云ふ可き言葉を頭の中で整理してゐた。

「……今日、雑誌の発送の手伝ひをするつて約束しておいたがね、今、一寸前、兄貴がやつて来て、直ぐこれから家へ行かなくてはならない。木村の姉さんがね、死にさうなんだ。面倒だらうけど、雑誌の発送は君一人でやつてくれ給へ」

私は、佐治の顔を視守りつゞけながら、虚《うつろ》になつてゐる頭から一言一言絞り出すやうに、やつと、それだけ云ひ終つたのだ。云ひ終ると、一瞬間、佐治の赤い顔の皮膚が、目のふちと耳との部分を残して白くなつたやうに感じられた。佐治は黙つてゐた。私も黙つて彼の顔を視守りつゞけた。が、到底自分の悲しみと関係ない彼なのだと思ふと、憎らしくなつて、もう何も外に云ふことはないと承知してゐながら、私は暫くの間ぢつと突つ立つたまゝ動かなかつた。ふと、雑誌のことが思はれて来る。今月号へのせた、「犬に顔なめられる」と云ふ自分の小説の、後半の大事な部分が少しも書けてゐないことが思はれた。それは、四五年前の自分の、ヒドい放蕩な生活の中から自殺しそくなつた経験をぬきとつて、高潮《クライマックス》だけを手記と云ふ風な形式で書いたつもりであつたが、うまく行かなかつたので、その材料を書くことを期待してゐてくれた里見さんや野村などに、私は合はす顔がない気がされた。それで佐治に向つて弁解めいたことを云はうと思つたが、云はうと思ふと、それが又馬鹿らしい気がし出してきて止めた。

「発送は僕が一人でやつて置くよ。すぐ、うちへ行つたら好いだらう」

不意に、佐治にかう云はれて、私は又胸をワク／＼させた。小説のことなどを思ひ出したのが恥かしくなつた。ぐづ／＼してゐるうちに、ヒヨツともし姉さんが死んで了ひでもしたらどうしやう。と、私はそは／＼して来て、何か出鱈目《でたらめ》な言葉をぶつ／＼呟きながら、佐治に挨拶もしずに、あはてゝ階段を下りた。

戸外《そと》へ出ると、雪の上を渡つて来た冷たい風が、スーツと頬を吹いた。白い路の行手に、帽子を眼深に被つてうなだれたまゝ、オーバーコートのポケツトに手を入れてしよんぼり立つてゐる、兄のヒヨロ高い姿が目についた。私が追ひつくと、兄も列んで歩き出した。女子美術の前をだら／＼下りて、菊坂へ出やうとしたのである。

「郵便局は、こゝからだと何処が一番近いだらうね」

兄は、体を私へすりよせるやうにして云つた。

「さア、真砂町《まさごちやう》の停留所前にあるが……」

私は悲しい気持になつてゐた。熱海に避寒してゐる心臓の悪い父や、代々木に嫁いでゐる気の弱い妹などが電報を受取つて、驚くさまなどが思ひ描かれてゐたのだ。が、悲しくはなつてゐても、私の気持はまだそんな風に、人の悲しみを思ひやると云ふ程度の余裕があつた。さうして、姉が死んだら、もし姉が死んだら、兄の結婚ものびて了ふだらうなど、、信代さんとの結婚が来月に迫つてゐた、兄のことなども一寸の間《ま》頭に浮かんでゐたのだつた。と、不意に目の前の菊坂を、金色の造花や、銀色の造花を持つた人足が通つて行くのが見えた。続いてあとから、普通の花を持つた葬儀社の人足や、幌をかけた俥《くるま》などが幾つも幾つも通つて来たのだ。

ハツとして、「悪いものが通る」と、思はず私は呟いた。兄も私もやゝ暫く足をとゞめて長い葬式の列をやり過さねばならなかつた。私は唇を噛んでゐた。腹立しく足駄の先で路の雪を蹴つてゐた。

葬式をやり過して了つたあとでは、兄も私も前より急ぎ足になつて真砂町の方へ坂を登つて行つた。姉の命が気づかはれて来るのを、私はどうしやうもなかつた。死にはしまいか、死にはしまいかと思はれて来るのをどうしやうもなかつた。で、癪に触つて、故意《わざ》と逆に、「もう死んでゐるのだ。姉さんはもう死んで了つてゐるのだ」と、自分に思ひ込ませやうとした。心の底では、さう思ひ込ませてさへおけば、それが何時《いつ》もの先走りした愚な私の思ひ過しになつて、木村へ馳けつけた時分には、よくそんな病人にある奇蹟が起つてゐて、駄目だと医者に宣告された姉が危篤の状態から逃れてゐる、と云ふ風なことになつてくれさうなものだと、虫好く考へながら……。

電車路《みち》に出ると、「ぢや電報を打つて来るから」と云つて、兄は私とわかれて、真砂町の停留所の方へ行き過ぎやうとした。「兄さん」と、私は呼びとめてみたが、別に兄に用があると云ふのではなかつた。兄とわかれることが淋しかつたのだ。ふりかへつた兄に、「いや、何でもないんだ」と云つて、三丁目の方へ歩き出した。弱々しい気持になつてゐた。俯いて歩いてゐると、疲れ切つた目の中に、チク〳〵としみるやうに雪が光つた。私は急ぐ気力もなくなつてゐた。これから、いもりの黒焼屋などへ薬を買ひに行かねばならないことが、下らない道草の気がしてイヤでイヤでならなかつた。イボタの虫だなんて云ふ訳の解らない売薬が何で瀕死の病人に利くはづがあらう。幾ら母の云ひつけであらうと、そんなものを買ひに行つてゐる間にもし姉が死んで了つたらどうしやう。かう思ふと私は腹が立つてならなかつた。けれども、背後《うしろ》から、厩橋行《うまやばしゆき》の電車が徐行して来た時には、私は乗ることに運命づけられてゐるかのやうに、その電車に飛び乗つて了はない訳に行かなかつた。

電車は満員であつた。本郷三丁目で留《とま》ると、下車する人々のために長い間手間どつた。私は人に押され押され、車掌台に立つて往来を眺めてゐた。目の前にたてつらなつた店々の屋根から、軒から、解けた雪の雫が冷たさうにポタ〳〵と落ちる。かつと陽を受けて、雫に濡れた飾窓《シヨウヰンド》のガラスが泣いたやうにギラ〳〵光つてゐた。時折は、本郷巣鴨行や本郷白山行の電車が、勢《いきほひ》よく響を立て、赤門の方へ走つて行くのが見えたけれども、さうしてあれにさへ乗つて了へば、直ぐ木村の家へ行けるのだと思つたけれども、何と云ふ理由もなく私は、あんな勢の好い電車には到底乗ることを許されない自分なのだと云ふ風な気がして、何時までも動き出さない電車に苛々しながら、悲しい気持で車掌台に立つてゐたのだ。降りる人々が降り切つて了ふと、待つてゐた人々が一勢にドヤ〳〵乗り込もうとした。その人波の向うに、何処かの店の飾窓に沿つて、ぽつりと歩いて行く洋服を着た男が目についたが、それが兄らしかつた。よく見てゐるとやつぱり、兄だつたのだ。私はもう矢も楯も堪らないやうな気がして来て、急いで車掌に十銭銀貨を握らせたまゝ、電車を下りた。

「どうしたんだ……」

兄は私の姿を認めると、ギクリとしたやうにふり向いて云つた。

私は顔中一杯に弱々しい微笑を湛えて、詰られでもしたやうな、兄の強い口調をはぐらかして了はうと思つてゐた。

「電報をかけて来たの」

「いや、真砂町のは三等局で電報はかけられないんだよ。これから本郷局へ行く気でゐるんだが……」

「さう、ぢや本郷局の前まで一所に行かう」

「歩いて行く気なのかお前……」

「え丶」

と、曖昧に答へながら、媚びるやうに私は兄の顔を視守つてゐた。兄と一所にさへ居られ丶ば力強い気がされてゐたのだつた。

「駄目だよ。歩いて行つたんぢやおそくなつちまうだらう……」

兄はかう云つて、私の体に喰つついて来たが、ふと、私の外套の前をキチンと合わせてくれたり、一つもか丶つてゐないボタンを、たんねんにはめてくれたりした。

「直ぐ電車で行つておいで……」

私は悲しくなつた。イボタの虫なんて買ひに行くのはイヤだと駄々をこねやうと思つたが、へんに唇が歪んで来るばかりで、口を利くことが出来なかつた。黙つて兄から顔を視守られてゐると、どう反抗しやうもなくなつて来て、丁度先の電車が動き出さうとした機勢《はずみ》に、踵《きびす》をめぐらして、それに飛び乗つて了つたのである。

私は車掌台にやつと立つて、冷たい真鍮の棒につかまつてゐた。車掌や、車中の乗客からジロ〳〵顔を視守られてゐるやうな、侮蔑されてゐるやうな腹立しい気持でゐた。それでも、何時ものやうに私は、心の中で彼等を蔑視《さげすみ》かへす気力がなかつた。


少し強い口調で何か言葉をかけられでもしたら、誰にでもペコ〳〵頭を下げて了ひさうなイヂケタ気持になつてゐたのだ。疲れてヘナ〳〵になつてゐる体を靠《もた》せかけるやうにして、窓のガラスに顔をぴつたりよせた。電車の震動につれて、歯と歯とがガク〳〵嚙み合せられ、寒いやうな緊張が、体全体に漲つて来るのが感じられてゐたが、不意にもう姉は死んで了つてゐると云ふ風な気がして、目の中が熱くなつた。ぽつりと涙が落ちた。鼻筋をつたふ涙の、かゆいやうな感じを覚えたが、私は気恥しくなつてそつぽを向いた。

——白い毛糸の、ボヤ〳〵した温かい襟巻に包まれながら、姉に抱かれながら、この、本郷の通りを俥に乗つて走つてゐたことがある。小さい弟を抱きかばつてゐる、若い娘らしい姉の得意と喜びをちやんと私は知つてゐた。知つてゐながら狡い小さな私は、甘えて無邪気に眠つてゐるやうなふりをしてゐたのだ。姉の親友の、学習院だつたか附属だつたかの小学校へ通つてゐる、自分と同じ年位な弟さんを思ひ浮べて、明日から、姉のために、その品の好いおとなしい弟さんに出来るだけ自分を似せやうと思ひながら……。十五六年も前の、そんな記憶がちらと頭に浮んで来た。——姉に、たつた一人の弟としてずつと後まで私は愛されてゐた。十から十三になるまでの間を私は東京の家から、父や母や兄弟たちから捥《も》ぎ放されて、北海道の釧路で牧場を経営してゐる子供のない叔父の家に、やられてゐたが、其の頃女学生だつた姉は、よくセンチメンタルな手紙をよこしては孤独な私を泣かせた。中学校に這入るために私が、再び東京の家へ戻つて来た頃に、姉は木村の義兄と結婚したのだつた。中学生らしく生意気になつた私は、小さい子供の頃のやうなセンチメンタルな愛情を姉との間に保てなかつたけれども、姉に無関心で暮せるやうな時代は少しもなかつた。其の後五六年して私は放蕩を覚え、三日も四日も家をあけたあとで、荒《すさ》み切つた心になつて家へ戻つて来ることがよくあつたが、そんな時に、どんなにこつぴどく父に呶鳴《どな》られるよりも、母に泣きくどかれるよりも、さも〳〵きたならしい人だと云ふ風に、姉に顔を視守られることが、私には一番辛いことだつた。姉は、併し、私が実際に放蕩の渦中にあつた時には流石《さすが》に顔をそむけてゐたけれども、あとでは私の前で、自分だつて此頃はもう相当の通人になつてゐると云ふやうに、藝者と云ふやうな境遇の女にも、好意を持つた話し方で話したりした。私は小遣銭がなくなつて、あまり頻々《ひんぴん》で母にも云ひ出せないと云ふ時に、きまつて姉の家へ行つた。姉は、姉の子の小さな達坊を私が抱くために来たのか、お金がなくなつてやつて来たのかを、敏感に察した。私の顔をみて笑ひ出して、黙つて、立つて行つて用簞笥からお金を出して来てくれると云ふことがよくあつた。私が、父や母の意志に反《そむ》いて作家として身を立てやうと心をきめたことに就いても、父や母の悲しみを思ひやると云ふ気持を除いては、私の仕事に姉はむしろ好意を持つてゐた。姉は小説好きだつた。六七年も前のことである。転任した義兄と一所に長野へ行つてゐた姉のところへ、私は、釧路で送つた頃の少年時代の記憶を小説体の形式に書き綴つて、三銭切手を五つも六つもはつたりして送つたことがあつた。それはたゞ姉に親愛を示したい気持から、無理にも自分の過去を悲しいものに色彩《いろどつ》て書いたものだつたが、姉は感動して、——恐らくは書かれてゐたことの十倍も二十倍もの想像を加えて読んだのであらう。二三日の間は、気が変になるまで泣き悲しんだ。あとでそのことを知つた兄から、馬鹿なまねをするものでないと叱り飛ばされて、余計なことをしなければ好かつたと私も悔いたが只併し、自分の書いたものが人に感動を与え得ると云ふことに就いては、その時始めて自信を持てたのだつた。其の後、私は野村から鼓舞され、里見さんに励まされたりして、三つ四つの習作をした。一つ一つ小説を書いてみる度に、私も幾らかづゝは自分のやつて行かうとする仕事の目先が、明るくなつて行つた。去年の春、小さな単行本を出版した時にも、秋から、佐治や福田たちの仲間に加つて第五次の「新思潮」を始めてからも、私の書いたものが活字になる度に、喜んで読んでくれる極くわづかばかりの読者の中で、姉はもつとも熱心な読者の一人であつた。——これから、私は、沢山に好い作品を書いて行かうと思つてゐる。好い作品の出来た時に、私のために喜んでくれる人々の中に、どうして姉をかぞへずに置けやう。私の愛する周囲の人々の中には、悲しいことに、お金もうけでもしない限りは、喜ばしてあげることの出来ない人もゐるけれども、姉は、姉なら、私が好い作品を書いたことだけでも喜んでくれるのだ。――死んではいけない。今は、何でも彼《か》でも死んではいけない。姉の愛に、好意に、私らしく報ひ得る時節の来るまでは、どんなにしても死んでくれては困ると、私は駄々ツ子のやうに心に思つた。冷たい真鍮の棒を、ギユツと強く握りしめながら……。電車は、不意にづり落ちるやうに、切通しの坂を下つて行つた。

「死んでくれるな」

　私は目をつぶつて、かう又姉のために祈らずにはゐられなかつた。姉に似て神経質な、臆病な、男の子らしくもなく色まで白い達坊の、やんちやな姿などが思ひ浮べられる度に堪らなくなつて、ほろ、ほろと涙を落した。強い気でゐやうと思つても、胸から喉へ棒でもさゝれてゐるやうに、迫つてきて、啜り泣かずにはゐられなかつた。――やがて、広小路の停留場へ来て了つてゐた。

「もし、もし、貴方切符を……」

　電車を降りると、自分を呼んでゐる車掌の声が背後でした。私はふと気がついた。あはてゝ切符を買はずにゐた自分を思ひ出しながら、懐から蝦蟇口をとり出したのだ。

「貴方にはたしか、三丁目で、十銭頂きましたですね……」

　かう云つて、車掌は、「かへり」の切符を私へ渡さうとした。珍らしく人の好い車掌のそんな行為までを、その時私は人前で辱しめられたやうに感じて、赤くなつてゐた。乗換切符をくれろと云ふことも出来なくなつて、私は急いでそこを立ち去つた。

　私は広小路の四辻に立つて、品川行か日本橋行の電車が来るのを待つてゐた。暫く待つてゐたが、品川行も日本橋行もなか〳〵やつて来なかつた。私は苛々して来て、決心して、黒門町の方へと歩き出した。歩き出して暫くしてから、あとから電車が来はしたけれども、引返すのが面倒臭くなつて、そのまゝ私は歩いて行つた。

　路はぬかつて歩き難かつた。解けかゝつてグシヨ〳〵した雪路は、気が急いてゐても、なか〳〵捗らなかつたのだ。

「ヒヨツとすると今時分、姉さんは死にかゝつてゐるのぢやないかしら……」

　一歩々々と今自分が、姉の家とは反対の方向へ歩いてゐるのだといふ意識が、そんな風に思はせるのだつた。もうずつと遠く姉の家から隔つて了つた気がした。私は急《せ》いて、駆け出した。

「さうだ。イボタの虫なんて云ふ妙な薬が、存外不思議な効果をあらはすかも知れない。何とも知れない……」かう思つて、私は一生懸命走つたのだ。が直ぐ走りくたびれて、馬鹿らしくなつて歩いて了つた。ぬかるみへ下駄をとられさうになる度に、兄と一所に木村へ馳けつけて了はなかつたことが悔いられた。癇癪が起つてきた。悲しみと癇癪とがゴチヤ〳〵に迫つてきて、私は外套のポケツトへやんちやに手を突つ込んだまゝ、涙で顔中ぬら〳〵と濡れてくるのを拭はうともしずに、馳け出してみたり、馬鹿らしくなつて歩いてみたりしてゐた。

やがて、「元祖黒焼」と看板の出てゐる土蔵造りの店が、街の角に見えた。黒い漆地に金文字で書かれた毳毳《けばけば》しい看板が、屋根だの軒の下だのに沢山かけられてゐる。私は劣《けお》されて、その家には這入り切れずに通り過ぎた。が、それでも暫く行き過ぎてから、やゝ小さな「黒焼屋」の前に通りかゝつて、やつと決心して、のめり込むやうに店の中へ這入つて行つたのだつた。

店の中には、この寒空に、羽織も着てゐない青んぶくれの番頭がたつた一人ゐた。帳場格子の間から一寸顔を出して、私の姿をジロ〳〵見あげた。

「へ、いらつしやいまし……」

私は赤くなつた。泣き顔をしながらあはてゝこの店へ飛び込んで来た自分が、顧みられたのだ。番頭から、てつきり「いもりの黒焼」をでも買ひに来た客と、きめられてゐやしないかと思はれたのだ。私は急き込んで訊いた。

「君のところに、その、イボタの虫つて云ふ薬がありますかね」

「へ、ございます、ございますが、どれほどさしあげませう」

あまり平凡のものゝやうに、番頭に云はれて私は却つて面喰つたが、買ふ段になると、どんな風な計算で買ふものか、私にはまるつきり観念がなかつた。

「一寸私に見せてくれませんか……」

番頭は立つて行つて、ガラスの瓶の中に一杯つめられてある虫を私に示しながら、「これでございますが」と云つた。——それは、背中の部分がイボ〳〵して、毳毳《けばけば》しい緑色で彩られた一寸五分位な、芋虫を剝製にしたやうなものだつた。みてゐるうちに、私は、こんな気味の悪い虫を、到底姉になぞ飲ませられるものかと思つた。姉は、虫嫌ひで、三十近くにもなつてゐながら、一所に路を歩いてゐてヤモリだのトカゲだのをみると、キヤツと声を立てゝ、小娘のやうに人にかぢりついたりして来るのだつた。

「えへ、えへ、いらつしやいまし……」

不意に、格子障子があけられて、奥からゴマ塩頭の、ツル〳〵と滑つこい皮膚を持つた六十あまりの童顔のぢいさんが、店へ出てきて、私の前で手をついて、屁つぴり腰をしながらペコ〳〵頭をさげた。

「へえ、これはイボタの虫と申しましてな、煎脂《せんじ》て飲みますと、たいへんに効能のあるせきどめ薬でありましてな、昨年来、世間に悪い風邪が流行り出しましてからはな、よく利く薬だと申して、上方様《うへつがた》などでも沢山にお求めになる方がございましてな……」

ぢいさんは、慣れ切つた調子でぺちやくちや饒舌り出した。聞いてゐるうちに、私は又腹が立つてならなくなつた。やつぱり、鼻風邪位にしか利かない下らない売薬だつたと、思はない訳には行かなくなつたからだ。瀕死の病人のために、下らない売薬を買ひに来て時間つぶしをした愚劣さが思はれて、ムシヤクシヤして、怒つたやうな声を出した。

「これは、一匹幾らなんです」

私は顰ツ顔をして云つた。それでもこゝまで来て買はずに帰るのも業腹だつたので……。

「へえ、ありがたうございます。一匹拾銭と云ふことになつては居りますがな、その、七匹で、六拾銭と云ふことに願つてゐるのでございます……」

かう、番頭が引きとつて云つた。

私は一匹だつてこんな虫に用はないと思ひながら、番頭に七匹買へば安いと云はれると、小切《こぎ》つて買ふことも出来ないやうな気持になつてゐた。

「ぢや七匹買つて置かう」

「へえ、へえ、誠にどうもありがたうございます」

私は、やがて、さも貴重品でもあるかのやうに、小さな桐の箱へ入れられたりしたイボタの虫を、番頭から受け取つて、ムカ〳〵しながら戸外へ出た。

姉は心臓麻痺を起して了つてゐて、木村へ私が馳けつけた時分には、顔をみてもう私だとは解らぬらしくなつてゐた。私はイボタの虫の這入つた箱を母へ渡した。母は一寸蓋をあけてみて、黙つて、涙ぐんだまゝ袂へ入れた。姉は、義兄や、母や、兄や、前田の姉や、花子や、雪子や、私などに枕元をとり囲まれて、眠るやうに死んだ。大正八年一月三十一日午前十一時である。イボタの虫は、木村の家や原町の家などで、お通夜や葬式などに風邪引きが沢山出来たので、母が飲ませやうとしたけれども、誰もイヤがつて飲まなかつた。女中たちにさへ嫌はれてゐた。母がたつた一人、ついに此頃まで、どうかすると思ひ出したやうに煎《せん》じて飲んでゐた。

――（八年五月作）――

（「新小説」大正8年6月号）

馬糞石

葛西善蔵

三造さんうちの馬が宝物《たからもの》をうんださうな、と云ふ大した村中の評判であつた。『虎は死して皮を残すとか云ふが、さすがに三造さんとこの馬だけあつて、えらい物をひり出したもんぢやないか』など、、ヘンに唇をひん歪めて言ふものもあつた。——三造は村中切つてのしたゝか者であつた。三造はそんな話が耳に入るにつけ、業が煮えてならなかつた。

半月ほど前のことであつた。三造は役場で村の元老株三四人と寄り合つて、酒を飲んでゐた。そこへ家から使ひが来て『馬が病気をおこしたからすぐ来て呉れ』と云つた。で三造は『あの馬鹿野郎が馬に霍乱《かくらん》でもさせたんだらう』とふだんから馬鹿者扱ひにしてゐる伜のことを罵りながら、飛ぶやうにして帰つて来た。馬は厩の中にぐたりと倒れて、目をつぶつて、汗をかいて、肛門から血を出してゐた。三造の顔色が変つてしまつた。彼は伜《せがれ》はじめ家の者たちを罵りわめきながら、本家の三男で今年畜産学校を出た若い獣医を呼びにやつた。獣医が来てさかんに灌腸などしたが、ます〳〵出血するばかしで、それから一時間も経たず息が絶えてしまつた。

『手前誰かに毒でも喰はされたんだらう。薄ぼんやりだからだ！』と三造は伜を罵りつゞけた。

『そんなことはない』と伜は抗弁したが、二言目にはおやぢの拳固が飛んで来た。

その日も伜は村の製材所から鋸屑《おがくず》の詰つた俵を積んで、一里ほど離れた隣り村の林檎の倉庫へ、昼前に一度行って来た。馬の様子がヘンであつた。ちつとも秣《まぐさ》をたべなかつた。豆腐のカラをやつてもたべない。汗をかいて、口から泡を吐いて、歩く勢もない様子であつた。てひどい炎天の日だつたので、やつぱし霍乱にかゝつたのだらうと思つて、車からはづして、家の裏でどん〳〵水を浴びせかけて、厩へ入れて置いたのであつた。

『あした広さんに解剖して貰へば何の病ひだつたかわかるだらうが、俺《おい》らのせゐぢやない……』と伜は暗い顔して呟いた。

『何が俺《おい》らのせゐぢやないことがあるか！ 手前の使ひかたがわるいから斯んたら病気なぞかゝつたんぢやないか！ 今更死んでしまつたものを解剖なぞして見たつて何になる！ この途方抜けが！ この節二百や三百の端た金で馬一疋買へるか！』とおやぢは身体中《からだぢう》をふるはして云つた。

翌日死骸が炎天の河原へ担ぎ出されて、やつぱし解剖されることになつた。直腸がやぶけてゐて、そこから直径二寸五分ほどのまん円い石ころのやうなものが出て来た。それが出た時、

若い獣医はちよつと驚喜の叫び声をあげたが、

『これ僕に呉れ給へね？』と云つた。

『いゝとも……』と伜はこたへた。

獣医は川の砂でごし／＼と洗つた。まつたく、暗灰色《あんくわいしよく》をした、たしかに石ころに違ひなかつた。獣医はそれを手にすると、伜にもまたそこらに集つてゐた村の子供等にも碌《ろく》すつぽ見せず、さつさと引あげて行つた。三造は伜からその話を聞いたが、阿呆らしい石ころなど出たと云ふので、一層侮辱された気がして、苦い顔をした。ほんとに縁喜《えんぎ》でもない……

三造も近年は不幸つゞきの方である。この十年の間に二度も焼け出されたのは別として、彼のたつたひとりの弟で北海道で教師をしてゐたのが、気ちがひになつて、細君に逃げられて、三人の子供を連れて、二三年前に帰つて来た。そして昨年の暮に二階の薄暗い物置で、碌な手当も受けずに狂死した。村ではいゝ評判を立てなかつた。また彼の死んだ姉の息子の山師者《やましもの》に引かゝつて、ひどい損をかけられた上に、裁判事件にまでなつたが、やう／＼このひと月ほど前に示談が調つて、それもかなりの額の金を原告へ提供せねばならぬことになつた。

『あの三造さんともあらうものが、どうしてまたあんな山師者なんかに引かゝつたのか。……やつぱし慾得づくだんべ？』

『何でもあの人の姉さんの死ぬ時に、息子の嫁を娶《と》る時の金だと云ふので、えらい大金を預つたのださうぢや。それを三造さんが横領したちう話もあるがな、或はそんなことかも知れんてな。でもないと如何に甥つこが可愛い云ふたつて、あの三造さんがあれだけの馬鹿はせんぢやろ。……やつぱし祟りちうこともあるからな』

村の人達は斯んなやうな噂さまで立てた。

『何だこの途方抜け共が！　まだ／＼な、これしきのことではな、三造のかまどにひゞは寄らんぞ！』

三造は斯うその五尺にも足らぬ小さなからだに反りを打たせて元気を装つてはゐたが、併しかなりの打撃には違ひなかつた。

馬のゐない厩の中は淋しかつた。怠け者の伜はいゝことにして、野良へも出ずにぶら／＼遊び廻つてゐる。三造はこの頃自分の女房の弟が村長の候補に立つてゐて、自分は村会議員の元老株でもあり、旁々《かた〴〵》参謀長と云ふ格でその方に忙しいのだが、出歩く元気も無くなつて、毎日引込んでは朝から酒を飲んでは家の者に当り散らしてゐた。

ところがぶら／＼と毎日遊び歩いてゐた伜が、白い長い髯を生やした村の物識りから、それは馬《ば》糞石《ふんせき》と云ふもので、非常に貴重な宝物だと云ふことを聞いて来た。

『だから貴様等はどいつもこいつも大馬鹿者だと云ふんぢや。何と云ふ聾《つんぼ》たわけ者が揃つてるこつちやな。アハヽヽ。広さんこそ大した大金儲けをした。それと云ふのも貴様等の無学のせゐで、今更ほざいたつて仕方が無いと云ふものぢやよ。広さんが学校の参考品に送るなんて、それは嘘さ。今頃は大方東京の成金にでも売込む分別中だらうよ。何しろ何十万と云ふ値の附けようのないと云ふ宝物ぢやからな、お蔭で倒産者《かまどかへし》の広さんうちもこれで盛りかへしだ。虎は死して皮を残すと云ふが、貴様んとこの馬もそれだけの宝物を残して死んだんだに、聾《つんぼ》たわけ者だから、それだけの宝物をむざ〳〵と他人へ呉れて阿呆面をしてゐるが、死んで行つた馬へ対しても恥かしいと思はんかい？　アハ、、。それと云ふのもみんなふだん剛慾たかれの罰と云ふもんぢや。何でも二三年前だつたかな、西郡の方でも二銭銅貨位の円さの物が出て、県庁の技師に鑑定を頼んでやつたところ、技師も馬鹿者で金槌で真二つに割つたやつさ。あとでその持主が他から話を聞いて、早速取寄せてセメントで接《つ》いださうだがな、それでも何でも二三千円には売れたと云ふことが、青森の新聞に出てゐたぞ。貴様等は慾たかれで、ふだん新聞も読まんけに、斯んたら馬鹿な目に会ふのぢや。おやぢに帰つて云へ――尻までやぶいて死んだ馬に対しても申訳があるめえて！　アハ、、』

村の物識りは白い髯をしごきながら、好き放題なことを吐いては、七十近い老人の腹からは出さうにも無いやうな元気な笑ひ声を響かせて、膝をだいた身体を前後にゆすぶつた。

おやぢとは違つて、身体も大きく、物に動じないやうなうつそりした気象の伜も、さすがに度胆を抜かれて、顔色を変へて、あたふたと帰つて来た。

おやぢは台所の大囲炉裡に褌《ふんどし》一つで胡座《あぐら》かいて、炉《ろ》の隅へ七リンを置いて、川雑魚《かはざこ》と豆腐の鍋をつゝきながらいつもの長い晩酌にかゝつてゐたが、伜の鈍臭《のろくさ》い話しぷりに終ひまで我慢出来ず、

『何だと？　この阿呆！　糞垂れ！　もう一度云つて見ろ！』

と歪めた下唇をつん出して、ぎら〳〵した眼光を伜に向けたが、いきなり手にしてゐた大猪口を、相手の顔を覘つて発矢《はつし》とばかり投げつけた。が顔へは当らず、障子の桟をかすめて土間へ飛んで砕ける音がした。

『この途方抜けが！　手めえが阿呆だからな、あのゴホンケ者にまで阿呆あしらひされて、何だと――馬糞石……？　まあ〳〵この途方抜けがまあ、宝物……？　どの面こいて――そのしやつ面が見たくもねえ！　あのゴホンケにまでかつがれて、のめ〳〵した面こいてやがる……この業晒《ごふざら》しが！　寝言ならな、寝床の中へ這入つてこくものだ！　薄馬鹿が！』

三造は酒もそつちのけにして、罵りわめいた。

『だつて、父《とつ》さんのやうにさう闇雲に怒つてしまつたんでは話も出来せんがな、併しいかになんぼあのゴホンケかつて、満更根も葉も無い嘘はこかん人でごいす。たしかに青森の新聞にまで出たちうことだから、話半分に聴いても、併し兎に角なんぼ程か値のあるものかも知れないと思ふがな。さう云へば……』

と伜は云ひ出すのを躊躇したが、

『さう云へば、あの時の広さんの様子に腑に落ちねえところがあつたつけ。あの珠が出るとな、いきなり出刃包丁をおつぽり投げて、川の砂でごし〳〵洗つてやがつたが、呉れと云ふから

わしあ生返事してる間に、とつと、駈けて行つてしまつたでごいす。広さんめ――して見るとあいつ学校で知つてたんだな、そんげなえらい宝物だちうことちやあんと知つとつて、それで奴のぼせあがつて、……うぬ！　どうするか覚えてやがれ。わしが承知せんぞ！』

　伜は横目におやぢを警戒しながら、離れた炉ばたへ坐つて、煙草を吹かしながら、覚悟の体で口を尖らして云つた。

『何をわし面があるかい！　阿呆が。うぬが承知で呉れてやつて、……なあ、四百も五百もする馬を殺して、その馬から出て来た物だ、して見ればよしそれがたゞの石ころであつたにせよ、こらまあ、斯んな物が出て来たんだがと、一応うちへ持ち帰つて皆なに見せると云ふのが、当然の話と云ふものぢや。三つ児だつてそれ位ゐの才覚は働くものぢや。それを何だ、あの広坊などにうま〱とかたり取られやがつて、今更ほえ面こいてゐやがる。野郎それほどうぬが最初から気が附いてゐたと云ふんなら、たつた今のうちに取り返して持つて来て見せろ。それほどの性魂《しやうだましひ》がうぬにも出来てゐると云ふなら、たつた今のうちに持つて来て見せろ。……それが出来めえがな。……明日になれば、また父さんお前行つて来て呉れだろが？　俺がどの面さげてのめ〱と出かけて行かれるか！　この鼻たらしが！』

『うゝん、なんでおれにだつて出来ねえことがあるか！　わしも呉れてやるとはつきりとは云はなかつたゞ。わしは裁判問題にしたつて屹度《きつと》取り返して見せる。よし！　わしはこれからすぐ出かけて行つて、喧嘩してもふんだくつて来てやる。本家の兄さんが出たつて誰が出たつて構ふことあねえ、自分の物を自分が取り返しに行くのだ、何もこわいことはねえだ、よし！』

　伜は樺細工の筒をポンと鳴らして煙管をおさめて、のつそりと腰をおこしかけた。

『フム、うぬにそれが取り返して来られるやうだつたら、世の中に阿呆ちうものが無い勘定だに』とおやぢは鼻のさきに冷笑を浮べたが、顔色も急に青ざめたほどの真剣さを現はしてゐた。

『本家のやつら、おいそれと云つてすぐには渡すまいて。本家のやつらもなか〱悪党の腹が出来てるでな。うちの阿呆なんかの手にやおへめえて。だがこのおれが承知するもんぢやねえ。おれは本家へ暴れ込んで行つても、とつ返さずにや置かねえ。あいつらのすることはまるで詐欺だ！』

　三造は伜の出て行つたあと、冷めたくなつたのをぐびり〱飲みながら、むつかしい顔して斯う女房に云つた。……

　がやつぱしおやぢの鑑定通り、その晩伜は空手で帰つて来た。それから二三度も足を運んだが、若い獣医――と云つても学校を出たばかしで、それに狭い村のことで開業も出来ないので役場へ出てゐる彼は、『だつて君は呉れると云つたぢやないか。だもんだから僕はすぐ学校へ送つてしまつたんで、今更取返すと云ふ訳には僕としては行かんよ。それに君はあのゴホンケの話をほんとにしてるやうだが、それはたしかに珍しい物には違ひないけど、そんなあのゴホンケの云ふやうに金になんかなるもんぢやないんだよ。君達はあのゴホンケにすつかりかつがれてゐるんだよ。昨日も役場へ見えて、わざ〳〵君の父さんも聴きに行つたさうだがね、大いに煽《おだ》てゝ置いたから屹度今に僕のうちへ君の父さんがあばれ込むだらうつて、あのゴホンケ馬鹿口たゝいて笑つとつたが、ほんとうはそんなものなんだよ。それはたしかに馬糞石と云ふと珍らしいものには違ひないが、普通のうちに飾つて置いたつて仕方が無いもので、それよりも学校へ寄附して置くと、君のうちの名も永久に残るし、馬の名誉にもなると云ふ訳さ』とにや〳〵笑ひながら本気で取りあげなかつた。

『それはさうでもあらうが、或はそれほどの大金にはならんまでも、何しろわしんとこでも四百両五百両と云ふ馬を一頭殺してゐる際だで、おやぢの考へとしては幾らかでもその補ひをつけたいちう考へでね、……それは屹度あんたへはこの間の解剖賃はあげます、屹度相当の解剖賃は払ふで……』

　伜はどこまでも相手を疑つてかゝつて、併しふだんから学問《がくもん》者《しや》の本家の兄弟には何目も置いてることでどこまでも下手《したで》には出たが、斯う同じやうなことをしつこく繰り返した。

『ほんとに君等にも困るね。ほんとにそんな金になんかなるもんぢやないんだよ。ほんとに君達はどうかしてる……』

『ほんとに、まあさう云はないで、……ほんとだ、広さんこの通り頼む！　この通りわしが頼むでどうか取り寄せて下せえ。ほんとに幾らかにで売れゝば屹度相当のお礼はします。どんなにおやぢを説きつけてもお礼だけは屹度出させやす。わしだつて一旦約束したことを反古にするやうな男でねえでな、……広さんだつてわしの気象も知つてゐなさるべ、……ほんとな、な、ほんとにこの通り頼むでな。わしもほんとにおやぢに責められるのが辛いだでな……』斯う終ひには伜は泣くやうにして頼んだ。

『それでは兎に角学校へ手紙を出して取寄せよう』と相手も云はない訳に行かなくなつた。

『有難い！　あゝこれでやうやう安心した。ほんとに広さん頼んだ……』と伜は大袈裟に胸を撫でおろして帰つて行つた。

　斯んな風で、三造の馬が五万十万値の知れないほどの宝物をひり出したと云ふ評判が、近村にまでもひろがつたのであつた。例の、葬祭などの村の年中行事は勿論、天文地理一切の顧問格を以て任じてゐるゴホンケ(駄ぼら吹きといふほどの意味)は、例の調子でおのれの博聞をほこり歩いた。が話のあとでは、

『あの三造の慾たかれ、すつかりのぼせてしめえやがつた、アハゝゝ、慾馬鹿とはよく云つたものだ、アハゝゝ』と例の白い髯をしごき、薄黒い舌をのぞかせては筒抜けの笑ひ声をひゞかせてゐた。

　宝物拝見と出かける村の閑人《ひまじん》や、他から来た馬喰《ばくろ》ふなどが、三造を訪ねて来た。三造はこの頃はさつぱり義弟の村長候補の運動にも出かけず、苛ら〳〵とうちの者どもに当り散らしては、大方朝つぱらから酒ばかし飲んでゐた。伜もおやぢに責め呶鳴

られるのを恐れて、この頃は神妙におやぢの寝てるうちに林檎畑へ出かけて行つた。

『お前さまはどこからわしのうちに馬糞石があるちう話聞いて来たか知れんが、わしのうちには馬糞石はごいせんでがす。馬糞石なら本家へ行つて見せて貰ひなせえ。わしのうちにはそんなものはごいせんでがす』

三造は斯う、まるで訪ねて来た人へ喰つてかゝるやうな調子であつた。彼も初めのうちは、この馬糞石と云ふ言葉を口にするのが、何やら侮辱されたやうな気がしたが、この頃では幾度それが口にされることだか！

『ほんとにわしのうちには無えでごいす。わしのうちにあるものなら、この主人のわしがひと目もその馬糞石を見ねえちう筈がねえでがすがな、わしは見て居らん。わしがなんぼほどお前さまに見せたい思ふても、無えものは見せる訳に行きせんでな。……併しでがす、お前さまはこれから本家へ廻んなさつても、多分見せては貰えますめえて。何でもそれがな、評判を立てさせるちうて青森の新聞社へ送つたとか、東京の大金持のところへもう送つてしまつたとか云ふ話でがすがな、大方そんなこんでせうて。本家の兄きの野郎あんな殿様見たいな顔してますがな、なか／＼腹黒い質の男で、煮ても焼いても喰へない男だて。……あゝほんとにこのわしも、この娑婆が厭になりましたわい。四百も五百もする馬を亡くした揚句、その腹の中から出た物まで横領されるなんて、何と云ふ因業な話だ！　併しわしは、なんて云はれたつてこのまゝでほつては置かん……』

三造はさうと信じてしまつたのだ。本家の今の若い主人は所謂学問中毒と政治道楽の為め、近年すつかり財産を耗《す》つてしまつた。それを挽回しようと云ふので鉱山などへ手を出して悶掻《もが》いてゐる。で馬糞石を畜産学校へ送つたなんと云ふことは真赤な嘘で、東京の三井とか大倉とか云ふ富豪へ交渉中か、それとも青森の新聞社へでも送つて先づ大々的に評判を立てさせてそれから売り込まうと云ふ計画か、どちらかに違ひないときめてしまつたのだ。

『十万円――いや一万円と見たところが大したものだ。いや千両と見たところが、馬の代りも買へるし、あの忌め／＼しい示談金の埋め合せも出来ると云ふものだ……』

斯う考えて来ると、酒びたりになつてゐる三造の頭はぐら／＼と煮え立たずにゐなかつた。

『いや、それともまたほんとにあのゴホンケの云ふやうに、十万二十万と値の知れねえ程の宝物かも知れんてな。若《も》しさうだとすると……？』

近頃本家の主人達の仲間が、近くの坊主山に亜炭の大鉱脈を発見したと云つて騒ぎ廻つてゐるが、そしてこのおれを仲間はづれにしてゐるが、併しそんなことは最早屁の皮でもないと云ふ気がした。そしてふだん馬鹿者あつかひにしてゐるあのゴホンケまでが、何となくえらいところのある人間のやうな気さへした。

三造は、本家の主人が亜炭の用件にかこつけて上京でもするやうな形跡がないかと、うちの者たちにも気をつけさせた。

　獣医が学校へ手紙を出すと約束した時から四五日も経つたが、やつぱし本家からは沙汰無しである。伜は度々催促に行つたが、獣医は、『いや、ほんとに手紙は出したんだがなあ、どうしたんだらう……』と云つた調子で、要領を得なかつた。

　朝酒で顔を真赤にして、禿頭を炎天に曝して、小さな体躯《からだ》に反りを打たして、往来の凸凹石にチビ下駄を響かせながら、三造は上の方へ歩いて行つた。まだ昼前のことで、ポプラやヒバなどの植込みを持つたちよつと小ざつぱりした建物の役場では、窓ガラス戸を開け放して、四五人の村吏たちがテーブルに向つてゐた。

『皆さんお暑うございます』と云つて、三造は這入つて行つた。

『これは築館さんかお久しう……。この頃はさつぱり役場をお見限りでしたが、相変らずこの方でお忙しいこんで?……』と、受附のテーブルを占めてゐる巡査部長あがりの年輩の助役は、盃を持つ手真似をしては、笑顔で迎へた。

『いやそんなことでもごいせんが……』と三造は無愛想にこたへて置いて、こちらに顔を向けずに突俯《つつぷ》したやうになつて筆を持つてゐる獣医のテーブルの方へ、つか〳〵歩るいて行つた。

『広さん、今日はお前さまに少し訊いて見たいことがあつて来たんでごわすがな、併しお前の係りだちう戸籍のことについてゞごわせん……』三造は酒臭い息を吹きかけながら、自分を抑へつけた皮肉な調子で出た。

　獣医の鉄縁の眼鏡のかげの細い眼が、おびえたまたゝきにぱち〳〵した。

『一体その……馬糞石のことについておめえさまが三本木の学校へ手紙を出して呉れてから、もう幾日頃になりますべ?』

『もう四五日も前で……』

『一体その三本木とこゝとで郵便の往復するには幾日かゝることでごわすかな?……へゝ、わしはまた三本木とこゝとでは三日もあればもう、余つて返る頃だと思ふんでごすがな、……へい、してまだ何とも返事がごわせん? へい……ふゝん……?』

　三造は斯うねつこい調子で云つて、鋭く眉を立て、下唇をやけにひん歪めたが、

『……でな、広さん、わしもおめえさまとは他人の中ぢやねえ、切つても切れねえ親類同士だでな、……それに、こゝにはこの通り大勢さまの実証の聴き人も居ることだで、わしもその馬糞石が何万両に売れようと、わしもその決して、決してその自分懐ばかり肥すやうなそんな見つともねえ真似はしねえだ。それでな、広さんて、兎に角にな、一応は、その馬糞石はわしの方へ返して貰はにやならん理窟になるでごわせう? わしの耳にもな、世間の噂はいろ〳〵這入つてねえこともねえでごすがな、併しそんな詮索はしたくはごいせん、親類同士で血を洗ふやうな真似はしたくねえでな、……まあおめえさまがたしかに学校

へ送つたと云ふからには、それに違えごわせんべ。……このことについては、全くうちの馬鹿野郎にも落度がねえとは云はねえ、……つまりそのおめえさまがそれを参考に研究するから貸して呉れえと云ひなさつた時に、いや一寸でもわしにも見せてえ、嬶《かゝあ》にも見せてえと云ふ位ゐの分別は途方抜けでねえかぎり屹度出るにちげえねえだが、そこが途方抜け野郎のことでごいす、――へい、よろしうごいす、お貸し申しやせう――一寸斯う口をすべらしたばかしで、こんな面倒なことになつたんでごわすが、併し元々が本家分家のことだで、わしもおめえさまの兄さんへ対して強い口はたゝきたくはごわせんだでな、それでな、おめえさまもうちへ帰つてよく兄さんに云つて下せえ、……分家の三造が斯う申してゐやしたとな。頼みますぞ。それで今日が今日すぐと云つても何でごわせうから、あと三日の期限と云ふことにして、間違えのねえところで、返して貰ひてえだ。でな、わしは決して呉れて下せえといつてのではごわせん、立派に返して下せえとこの通り云つてるのでごわすぞ。……この通り大勢の実証の聴き人ちうものも居ることだて』

　室内の人たちの物ずきな耳目は、三造の這入つて来た時からの恐ろしく勿体ぶつた態度や、目《ま》ぢろぎもせずぢり〳〵と詰め寄るやうな調子の一言一句に、ひきつけられずにゐなかつた。

『三造さんいよ〳〵どうかしてるな……？』誰もがさう思つた。少年の小使などは三造の顔にすりつけるやうに覗き込んで、少年らしい物ずきな目を輝かしてゐる。

　まだまるで子供らしい顔した二十一二の若い獣医も、最初のおびやかされた気持をいつか無くしてゐて、ぷか〳〵敷島を吹かしながら。擽《くすぐ》つたいやうな無邪気な顔を打俯せて、聴いてゐたが、

『おぢさん、併しそれは……それは無論取り寄せますがね、併し……』と微笑を浮べて、もぢ〳〵云ひ出した。

『何？　何が併しでごいすだ？』と三造は身体をひとゆすりして云つた。

『いや、併し、おぢさん、それは屹度間違ひなく取寄せますがね、……多分今日あたり着く頃だと思ふんですがね、併し……』

『ほう？　それではわしが一寸おめえさまとこへ廻つて見てもいゝがな……』

『えゝそれはもうどんなに遅れても二三日中には屹度来ますがね、併しおぢさん、あれはですね、あれは確かに馬糞石と云つて珍らしいものには違ひないですがね、併しおぢさんの考へてるやうなそんな金になる――ハヽ、僕はどうもおぢさんとこの運造さんが、あの寺田の爺さんにかつがれた……』

『何だと！　この亶たわけめが！　もう一遍云つて見ろ！』

　三造は歯をがち〳〵させながら云つた。

『うゝん……阿呆もな、休み〳〵吐くもんだぞ。おれがあのゴホンケにかつがれてる……？　この鼻垂れが、生意気こくとはり飛ばすぞ。俺もな、まだ〳〵あのゴホンケにかつがれるほど

耄碌はしてゐやせんて。人を薄馬鹿だと思つてゐやがるかよ、この青二歳めが！。余り識つたかぶりするもんぢやねえぞ。てめえもな、そんなこんでは碌な人間にはなれせんぞ。どいつもこいつも騙りめが揃つてやがつて、ざまあねえや！……よし！おれはてめえの兄きに云ひ分がある……見てやがれ！』

三造は恐ろしい権幕で出て行つた。

その今にこの貧乏村にも成金を沢山出すに違ひないと云ふ取沙汰のやかましい亜炭の大鑛脈だつて、較べものにはなるまいと云ふ、十万二十万と値の知れないほどの稀代の宝物の馬糞石は、三造が本家へ吶鳴り込んで行つてから二三日して、学校から送つた小包のまゝで、本家から届けられた。三造はうや〳〵しく刷物の御尊像のかゝつた床の間へ、間に合せに紫メリンスの風呂敷をたゝんで、飾つた。そして誰彼の差別なく座敷へあげ込んで、酒を出して、手は触れさせないが、拝見は許した。夜は簞笥の底深くしまひ込んだ。

『いや、斯うして拝見を許すのもやつぱし評判を立てさせるひとつの術《て》だつてなあ。婆さんよ！ 酒などけち〳〵することねえだ。おめえなぞにはわかるめえがな、新聞社などへ送つて評判を立てさせれば、それは一番早いこんだがな、それでは騙《かた》り取られる心配があるだよ。あいつらと来てはどいつもこいつも婆婆の悪党だでなあ。……今度だつて、もうちつとのとこで騙り取られるとこだつたでねえかよ？』

斯うしたものゝ、売買ごとには慣れつこの本家の主人と喧嘩してしまつたことは、今更に三造にも心細い気がされたが、併し斯うして訪ねて来る数多《あまた》の人たちに拝見させて評判を立てさせてゐるうちには、屹度明日にも東京の三井とか大倉とか云ふ大金持から人が出張して来るに違ひないと云ふ気がされて、三造は朝からの酒の飲み場を台所の大囲炉裡のわきから、座敷の床の間へと移した。

『さうに違えねえだとも！ あの多吉んとこの畑から出たアイヌのこさへたちう壁土人形でせえ、東京の博士から百両出してもちうて所望して来たさうでねえかよ。わしんとこの馬糞石はそんたら壁土人形などゝは事訳《ことわけ》が違ふぞ。……けち〳〵するな！』と、酒にけち〳〵する女房を、三造は叱りつけずにゐられなかつた。

——八年六月——

（「新小説」大正8年7月号）

小説「灰色の檻」

菊池　寛

　啓吉が、東京の重だつた雑誌に、続け様に創作を五六篇発表して、それが可なりの反響を喚んだ時であつた、彼は初てある人から、自分を先生扱にして居る手紙を受取つた。

　その手紙には、その男が東京の近郊に住んで居る小学校の教師で啓吉の同県人であり、長い間文藝に志して居たが、始好の先輩がない為、原稿を見て貰ふ事さへ出来なかつた事などを長々と述べた後、啓吉の作品を読んで感激したから、今後末長く指導して呉れと、書いてあつた。

　啓吉は、それを受け取つた時、くすぐつたいやうなそれかと云つて、嬉しい心持がした。元より、その手紙の書かれた動機が、啓吉の作品に感心したなどゝ云ふ事よりも、同県人であると云ふ、頗る何でもない原因からである事は、分り切つて居たが、然もその手紙に対して冷然たる態度は取れなかつた。そんな手紙を受けた事が、一かどの小説家になつた印として、彼の子供らしい名誉心に媚びた事も事実だつた。その上、彼は自分に向つて為される無名作家の「援助を求める声」に、聾《つんぼ》な耳を差向ける事は出来なかつた。

　彼は、自分が漸く文壇に出られた事を、当然の事として、済し返つて居る訳には行かなかつた。選ばれたる少数の一人であるやうな顔をして、高く止つて居る訳には行かなかつた。彼は、自分の素質なり天分なりに、余り多くの自信を持ち得なかつた丈に、自分がよい機会や境遇の為に、案外容易に文壇へ出られた事を――多くの無名作家――可なりの天分を持ちながら文壇へ出られないで踠いて居る人達に対して、何となく済まないやうに、思はないでもなかつた。従つて、さうした人達の焦燥や努力に対して、冷然たる態度を取る事は出来なかつた。

　啓吉は、此の手紙の差出人たる未知な人に対しても、割合丁寧な返事を書いた。そして何時、尋ねて呉れてもいゝと云ひ添へた。所が、その人は尋ねて来る代りに、原稿を書いて寄こした。

　啓吉は、中学の先生が生徒の作文を読むやうな、一種先生らしい気持で、人の作品に接するのは之が初てゞあつた。従つて彼は、相当の好奇心と感興とを以て、此の原稿を読んだ。が、その原稿は、少しも物になつて居なかつた。投書雑誌に載せられる作品の程度迄も行つて居なかつた。啓吉は、其原稿を読み了つた時、その作品と自分の作品との可なり大きい隔から、ある優越感を感ぜずには居られなかつた。が、それと同時に、此の作品を読んだ感想を、その作者に何う報告してよいかに当惑した。彼の思つた通を書いてやることは、此の男の文学志望の心持を、滅茶苦茶に蹂み躙る事だつた。それかと云つて、彼は偽は云へなかつた。当座繕ひの御座なりは云へなかつた。彼の本当の感じは、「貴君は二十五六にも成りながら、こんな作品を書くやうでは、トテも見込はありません。いや貴君が作家に成れる素質は、少しもありません」であるのに拘はらず、当座逃れの気安めを、相手に云つてやる気にはなれなかつた。

彼は、原稿を読んだ返事が何うしても、書けなかつた。相手は一二度督促を寄こした。が、彼には何うしてもその返事が書けなかつた。

其事があつてから、暫くして、彼は又別な人から、同じやうな手紙を受取つた。かうした手紙に対して、最初程の感激はなかつたが、それでも彼はある程度の好意を示さずには居られなかつた。間もなく、その人は啓吉を尋ねて来た。啓吉と同じ位の年輩の人だつた。手土産に正宗の一升壜を呉れた。啓吉は酒を飲まなかつた。何時かも、国から出て来た人から日本酒を貰つて、長い間捨て丶置いた為に、腐らしてしまつた事があつた。が、啓吉は此の正宗の一升壜を快く受取つた。その品物……啓吉に取つて何物にも価しなかつたが、兎に角先方がある律義さを示して居る事が、啓吉には嬉しかつた。その人は啓吉に半分書きさしの原稿を読んで呉れと云つて渡した。啓吉は、作者を前にしながら、その十二三枚ばかりの原稿を、急いで読んで見た。何処にもい丶所はなかつた。先方は、啓吉の読後感を聞かうとして、熱心に啓吉が読み了るのを待つて居た。啓吉は何と挨拶してい丶か分らなかつた。先方が、自分で自分の文学的才能に就いて、全く盲目なのが可愛相でもあれば、腹立しくもあつた。啓吉は本当の事を云ふより仕方がないと思つた。彼は、その作品の欠陥と思はれる所を、一々指摘した。一旦云ひ出すと、調子に乗つて、云はないでもよい事迄、云つてしまつた。必要以上にその作品の欠陥を攻撃した。その人は、それぎり来なかつた。

今年の二月頃だつた。ある朝啓吉は毎朝、定まつて二三通は、受取る手紙やハガキの中に、未知の人から来た一通の手紙を見付けた。もう、かうした手紙に対して全く平気になれて居た啓吉も、裏を返して其処に、一劃一劃も忽にしないやうな楷書で「高田市外陸軍合同官舎乙の四号中尉杉村藤三」と、書かれて居るのを見た時には、彼は、一寸好奇心を唆られずには居られなかつた。彼は、最初中学時代に分れた友人からの手紙ではないかと思つて、卒業当時陸軍に志願した友人の名を頭の中で、繰返して見た。が、さう云つた名前は、何うしても思ひ出せなかつた。「やつぱり愛読者から来たのかな」と、思ひながら急いで封を破つて見た。文面は次ぎのやうに読まれた——。

富井啓吉様

面識も無く又何の縁故もない、かけ離れた私が唐突に、此書面を差し上げる非礼を許して下さい。私は幾度か躊躇し独りで顔を赤らむ思を強いて抑へて是を差上げるのです。私は田舎の聯隊に奉職する一青年士官です。此一青年士官に過ぎない私が何の為に、貴下に此手紙を書きますのか、賢明なる貴下は既に私の心を洞察せられたこと、思ひます。以下私の申上げることを寛容なる心持で、お聞取り下さい、私は幼年学校以来約十年間、陸軍将校として堅い殼の中に教育され又生活して来ました。然し、其の間私は他の人々のやうに、私は軍人としての外面的生活丈には満足して来られませんでした。私は文学に対し常に強い憧憬を持つて来たのです。血気に逸り易い十七八才から廿四五才の間は、幾度か自分の進路を転換し作家にならうと思つたか知れませんでした。そして周囲からの「軟文学に淫するやうな奴」と言ふ無理解な冷笑嘲罵に対しては、常に戦つては来ましたが、私自身、自分の素質と学力とに充分の自信を持ち得なかつたのと、文学と自分の現在の位置が余りに遠すぎるのが、判つて居た為に、唯吐息を洩す許りで知らぬ間に今日に及びました。尤も、その間には熱心に文学をやらうかと計画を立て、見たり、或はもう絶対に文学的読み物から遠ざかつて、自分の職業上の学問に身を入れて見やうと思つたりしました。

然し、内部から燃えて来る欲求の力は、遂に爆発しなければ止みませんでした。幾ら外部から抑圧されても、却つて益々反抗的に強くなるばかりでありました。

私は遂に決心し、計画しました。そして私は文壇に於ける大家と云はれる多くの人々や新進作家として華々しく輝いて居る人々の中から貴下を見出しました。私は貴下の凡てに対し、尊敬し思慕して居ります。私は躊躇なく貴下を選びました。

富井啓吉様。

私をして貴下に師事する事を許して下さい。文壇に対して何等の縁故も持たず、知人を有しない私は、強いてゞも自分の師と仰ぐ人を見出し、それに縋つて導いて貰はねばならないのです。私のかうした志望は、一見、新進作家——流行作家——乃至は文学者と云つたやうな名目に憧れて、空想的な計画に走る少年の行為のやうに思はれるかも知れませんが、私にはもう少し深い根底がある積であります。

私は軍人としての全く外形的な生活には、何うしても慊らないのです。私は少しでも内面的に生きて行きたいです。そして自分の周囲を静観し、自分の観た人生の一角に就いて考へ、且つ之を表現したいと思ふのです。が、現在の私に取つて、夫は自身の力を顧みない不相応な望に近いものです。従つて私は貴下に師事する事に依つて、教へられ導かれ尋常科の一生徒として勉強して行かうと思ひ立つたのです。私の素質なり天分に於て欠けて居る所を、自分の勉強に依つて補つて行かうと思つて居るのです。私は、常に露西亜の文豪たるクープリンを思ひ出して自分を鞭ちたいと思ひます。クープリンも幼年学校を出てから、士官としての生活を長くやつたやうです。私も何うかしてクープリンのやうな作家になりたいと思ひます。

富井啓吉様。

私をして貴下に師事することを許して下さい。そして私の天分を補ふ磨きをかけて下さい。私は日常貴下に接近する事の出来ない境遇に置かれてあります。が、せめて私の書いたものを、貴下の寛容な温情に富むお心で、読んで批判し教示して頂きたいのです。

富井啓吉様。

厚ケ間敷も、此手紙を差上げないでは居られない私の心を御推察下さい。

然し最後に私は一言申添へて置きます。私が教ふるに堪へざるものであつたならば忌憚なくさう云つて下さい。

私は貴下が私の乞ひを許して下されば、奮励して出来る丈いゝものを書いてお送したいと思ひます。

私は、今後も矢張り今迄の通、軍人としての生活を続けて行かねばなりませんが、現在の私は何うやら軍人としての生活と物を書いたり発表したりする事とを余り抵触させないで行けさうでありますから、その点は何うか御安心下さい。軍人としての私と作家たらんとする私とは、二重生活を営む訳ですが、然しそれは鷗外氏と森閣下とが並行して行つたやうに、誰に対しても邪しくしないやうに思ひます。

誠に意余つて筆の及ばない手紙になりまして、羞ぢ入る次第でありますが、此の辿々しい文句を我慢してお読み下さることを祈り、且つ無礼な仕打もお許し下さる事を信じます。

杉村藤三
富井啓吉様。

追伸尚甚だ失礼ではありますが、貴下の許諾をまだ得ないにも拘はらず、私は私の処女作とも云ふべき「灰色の檻」と題する一篇の拙稿を小包でお送りいたしました。どうぞ此一篇丈でもお読み下さい。たど〳〵しい習作ですが、貴下に観て頂くのを望外の光栄として居ります。


此の手紙を読んだ時、啓吉は可なり深い感銘を受けずには居られなかつた。彼は軍人の生活に就ては時々考へて居た。道で軍隊に逢ふ時その先頭に何等の苦悶もないように胸を反らしながら闊歩して居る若い将校などの姿を見ると、彼等の心の裡もその外貌と同じやうに、傲然と反り返つて居られるのだらうかと、疑つて見ずには居られなかつた。無論、軍人の多くは健全な忠君愛国の思想から、その職責の価値を信じ、その位置に充分満足して居るのだらうとは思つたが、然し感受性の豊かな何ちらかと云へば内面的な、精神的な仕事に適当して居る青年が誤つて陸軍士官になつた場合は何うだらうと思つた。少しも内面的な精神的な生活の伴はない、機械的な生活が彼に対して何れ程苦痛であるか分らないだらうと思つた。人間から出来る丈個人的の意志を、取り去つて機械的に訓練して行く仕事、それを来る日も、来る日も来る月も来る月も、来る年も来る年も、繰り返して行くのは、可なり堪らない事だらうと思つた。それでも中学を出た後に、士官学校に入つたものは、自分が充分意識して生活の選択をやつたのだから、自分の素質に対する誤算も割合に少いだらうと思はれるが、少年時代に自分以外の意志に依つて、幼年学校に入れられた者が、成長するに従つて、自分の性質なり気分なりが、軍隊生活とは、到底妥協し難いことを見出すのは、可なり重大な事柄に違ひないと思つて居た。彼は多くの将校の中には、さうした人も可なり数多く居るに違ないと思つた。文学者や藝術家のやうな感受性を持つた者が、誤つて軍隊生活に入つて居ることは、可なり堪らないことに違ないと思つて居た。所が、此の手紙を差出した将校は、彼が抽象的に蔭ながら同情して居た丁度その典型の人だつたのだ。指揮刀を採りながら、号令をかけながら、自分の生活の内面的な寂寞さを感ずる丁度その人だつたのだ。そして、その空虚を充たすために創作をしたいと志して居るのだ。何等精神的な分子のない生活に対する補充として、創作をやらうと云ふのである。二十歳前後の青年が、ふとした文学熱に刺激せられて創作をやらうなど、云ふのとは、丸切り事柄が違つて居ると思つた。啓吉は直ぐ返事を書かずには居られなかつた。

「貴下のやうな方が軍隊には必ず居るだらうと思つて居た」と、啓吉は自分が書いた返事の手紙の中の文句通に実際考へて居たのである。手紙の文句も割合に条理が立つて居る、いやに新しがる所もなければ、堅くるしい所もない、それで軍人として特異な題材を持つて居る。或は、い、物を寄越すかも知れないぞと、啓吉は別封で出したと云ふ原稿の着くのが心待に待たれた。

原稿は間もなく届いた。いかにも軍人らしい整然たる小包にしてあつた。差出人の所に、杉村中尉と書いてあるのが、啓吉には少し変に思はれた。が、軍人として官名を書く癖が付いて居るのだと思つた。彼は直ぐ小包を開いて見た。夫はインキの滲じむやうな薄い粗末な原稿紙に、ペンを使つて丹念に書いてある可なりの長篇であつた。彼は最初に枚数を見た。それは百二十枚を優に越えて居た。忙しい軍隊生活の暇を盗んで、根気よく書き上げたものに違なかつた。彼は、枚数に対して最初の敬意を払はずには居られなかつた。彼は作家として、二年近く書続けて居たが、彼の一番長い作品も、やつと六十枚を越えて居るに過ぎなかつた。彼は自分自身に引き比べて、何等発表の当もないのに拘はらず根気よく書き上げた努力を、感心せずには居られなかつた。「灰色の檻」と云ふのが、その小説の題であつた。そして「ある中尉の手記」と、註が施してあつた。最初から日記体に書かれて居た。最初の一句は「春は近づいた」と云ふのであつた。啓吉は一寸苦笑した。彼が欧洲戦争に題材を取つたある小説も矢張り「春は近づいた。」と云ふ書き出しであつた。それから、日記体に事件を運んで行く手法が、彼の処女作の「ある作家の手記」と、全く同じであつた。啓吉は「おや〳〵」と思つた。そして露骨に露はれて居る自分の作品に対する模倣を、苦笑せずには居られなかつた。が、読んで行くに従つて、さうした形式の模倣などは、眼中から消え去つたほど、可なり素破らしい題材と実感とが、彼の眼下に展開されて行くのだつた。

啓吉は、自分が今迄経験して来た生活とは、全く違つた生活の特異な事象に引きづられて、その読みづらい原稿を貪るやうに読み進んだ。

それは、文学好きな青年士官の偽らざる告白であつた。最初に、軍隊生活に対する不満が、強い実感で以つて、語られて居た。毎日小隊の先頭に立つて、練兵場を馳駆せねばならぬ烈しい労働——それは名目こそ違へ、形式こそ違へ何処から何処迄他の労働者と全く同じやうに、肉体上の労働であることが、烈しい言葉で語られて居た。さうした烈しい全く肉体的な労働の為に人間の精神的分子が、段々萎びて来て、烈しい酒と肉慾と丈が、唯一の刺激になつて居る青年士官達の生活が、拙いけれども而も力強い描写でマザ〳〵と浮び出されて居た。それでも、陸軍大学へでも入学して将校としての進路を、グン〳〵切り開いて行く者はまだよかつた。隊附将校として、小鬢に白髪の生える迄、練兵場の土に塗みれて居なければならぬ彼等の大部分の運命や、それに対する不満や呪咀も可なり力強く書かれてあつた。陸軍大学に入学する人を見送りに行つた主人公の気持が、嫉妬から自棄的な絶望に堕ちて行く所なども、可なり深い感銘を啓吉に与へずには居なかつた。特命検閲に来た陸軍大将の靴を命令的に脱がさゝれる時の主人公の火のやうな反抗の心持や、軟文学を愛好すると云ふ理由から、他の将校達から不当に侮辱される光景や、機動演習が済んだ日の祝宴会場から、一週間も肉慾に飢えて居た多くの士官達が、田舎のガタ馬車に分乗して歓声を揚げながら、遊廓のある海岸町を指して、馬を急がせる光景などは、今の文壇の作品には見馴れない面白い光景だつた。無論、全体としての出来栄は、文壇の水準迄は達して居なかつた。が、局外者から窺はれない軍隊生活の諸相や、その諸相を裏付けて居る作者の実感は可なり得がたいものだつた。それは啓吉のやうな小説家が、逆さになつても手に入らないやうな題材を、実際その境地を踏んで来なければ得られないやうな実感で一杯だつた。

啓吉が、可なり感激した手紙を出したのは無論だつた。彼は、その作品を賞め上げることを少しも邪しいとは思はなかつた。そして、最後に、若し発表が望みならば、自分の手で雑誌に紹介する事などは、自分の現在の位置から云つてトテも不可能であるから、Bと云ふ関西の新聞で、小説の募集をして居るのを幸ひ、応募して見ては何うかと云ひ添へてやつた。そして、応募をするに就ての大体の規約などを知らしてやつた。

間もなく、杉村中尉の返事は来た。それは可なり感謝に充ちたものであつた。そして、何時の間にか啓吉を先生扱ひにしてあつた。「之からは大に勉強して、先生の弟子として先生の名を耻しめぬやうないゝ物を書きたい」と、書いてあつた。啓吉は、杉村中尉が、自分の弟子として、いゝ傑作を書かうが書くまいが、それが自分に取つて何になるだらうかと思つて、少しくすぐつたい感じがしたが、それでもそんなに悪い気持はしなかつた。手紙のおしまひに、B新聞の懸賞小説に応募する為、規約に添ふやうに書き直すから。原稿を送り返して呉れと云つてあつた。啓吉は、一篇の中で改削すべき所などに、自分の意見を可なり丁寧に書いて、返送した。

　すると、一週間ばかり経つて、叉杉村中尉から一封の小包が届いた。啓吉は書き直した原稿にしては、余り早いなと思ひながら、開けて見た。所がそれは全く別な原稿だつた。前と同じやうに薄つぺらな粗末な紙に小さい字でゴテ〳〵と丹念に書き綴られて居た。題は「衛戌病院の一夜」と云ふのであつた。啓吉は、その時ある雑誌から頼まれた原稿がうまく書けないので、焦々して居た。もとより、その以外の事は何も手に付かなかつた。彼は、杉村中尉の二度目の原稿を見た時、最初の原稿に対するやうな感激は少しも残つて居なかつた。自分の焦々して居る時に、他人の原稿を読むと云ふやうな、可なり神経を使ふ仕事を、課さうとする相手の呑気さが、少し不愉快に思はれずに居なかつた。ペンで書いた百枚の原稿を読むことは、可なり精神的な労力を要する仕事だつた。もう少し此方の生活をも考へて呉れてもいいと思つた。さうむやみに、此方の好意に、倚りかゝられては堪らないと思つた。彼は、杉村中尉の第二番目の原稿を読まうと云ふ気は、仲々起つて来なかつた。

　それから、又々二週間ばかり経つた頃だらう。彼は、杉村中尉から、第三番目の小包を受取つた。それは、最初の原稿「灰色の檻」を、新聞の懸賞小説の規約に添ふやうに、小さく三十回にも別けたものであつた。前よりは三十枚も増加して、殆ど百五十枚に近かつた。二十日足らずの中に、而も烈しい軍隊生活の合間合間に、百五十枚の長篇を書き直したその男の軍人らしい根気よさに、感心せずには居られなかつた。が、彼はその原稿を読む気には何うしてもならなかつた、活字になつて居るのならば兎も角、判り難いペン字でゴデ〳〵と書かれて居る原稿を読む気には、何うしてもならなかつた。が、杉村中尉の添へ状には、もう一度先生に訂して頂いた上、浄書すると書いてあつた。啓吉は、その熱心と根気とに感心しながらも、何うしても読む気にはなれなかつた。啓吉は、その頃も自分自身、原稿の書けない日が尚続いて居た。自分の原稿さへ書けないで、苦しんで居るのだ、他人の原稿などに、介意つて居られるものか、と啓吉は自分自身で、弁解しながら、杉村中尉の二つの原稿を机の上に、放り離したまゝ、何時が来ても読まうとはしなかつた。

　一月ばかりの間、中尉からは何とも云つて来なかつた。その中にB新聞の懸賞応募の〆切が段々近づいて来て居た。啓吉は、中尉がもう一度浄書するのに、間に合ふやうに送り返してやらなければいけないと、心の内では時々責められながら、題材の知れ切つて居る小説を、たゞ以前よりは、よく描けて居るか何うかと云ふ問題のために、読んで見る程の興味は何うしても起らなかつた。その中に、月が代つて三月になつたある日だつた。啓吉は、杉村中尉から何番目かの手紙を受取つた、彼は、原稿を見て居ない自分の怠慢を責められるのやうに思はれて、その手紙を見るのが、何となく気が咎めた。が、手紙には思ひがけなく、中尉が近々上京すると云ふ事が書いてあつた。何でも、三月の二十日頃に一週間ばかりの休暇を得て上京する。その節は参上して、色々文学上の御高見を承りたいと書いてあつた。意外にも、原稿に就ては何とも書いてなかつた。が、三月の三十日が、応募の〆切期日である以上、上京する前に、是非とも浄書しなければならないのだから、啓吉が至急一読した上で、何とか意見を附して返送してやる事が当然必要であるに違なかつた。が、その手紙を受取つた後も、何うしても中尉の原稿を、読む気にはなれなかつた。自分の原稿を書いて居る中には、その苦しさに取紛れて他人の原稿の事などは、丸切り忘れてしまつて居た。それかと云つて、原稿を書いてしまつた後は、急に暢々としてしまつて、友人の家を訪問したり活動写真を見に行つたり、呑気に遊び歩く癖が付いて居た。従つて、他人の百五十枚に近い原稿を見るなどゝ云ふ時間は、彼の生活の中には、仲々見出せなかつた。その裡に、段々三月の二十日が、近づいて来た。それでも、中尉の原稿を見る気がしなかつた。彼は仕様事なしに、自分の怠慢を弁護する口実を考へ出した。中尉が愈々上京したら、かう云はう「何うせ之から書き直しても、文章などと云ふものは、急によくなるものでもないのだから、此儘お出しになつたら如何です」さう云つて、いゝ加減に誤間化してしまへと思つて居た。段々、中尉の来る日が近づいて来た。彼は未知な人と逢ふことは、如何なる場合にも気が、進まなかつた。交際の下手な風采の揚らない啓吉は、未知の人と逢つてよい感銘を与へる事に就いては、少しも自信がなかつだ。が、文学好きな青年士官と、話をすると云ふことに就て、彼は多少の興味を感ぜずには居られなかつた。軍隊生活を「灰色の檻」と呼んで、その真相を描いて居るからには、烈しい反抗児であるに違いない。軍人らしく背の高い、色の浅黒い快活な、その上文藝的な気品《レファインメント》を持つた感じのいゝ青年士官に違ないと思つた。彼は、さうした青年士官と交誼を結ぶ快さをも、思はぬでもなかつた。が、兎に角逢ふ前に書き直された「灰色の檻」も、後から送つて来た「衛戍病院の一夜」の方も一通りは目を透して置かねばならない。それでないと、逢つた時に話の緒も、付かなくなると思つた。がさうは思つたものの、読む興味は、少しも湧かなかつた。何うせ、愈々東京へ来たならば、尋ねて来る前に何とか通知を寄こすに違ない。その通知を見てから、読み始めても遅くはないと、啓吉は其処迄高を括つてしまつて居た。約束の二十日が到頭来た。が、中尉からは、何とも云つて来なかつた。二十一日にも、二十二日にも中尉は来なかつた。が、何だか毎日やつて来さうな気がして仕様がなかつた。二つの原稿を少しも読んで居ないのに、中尉と逢ふ事は可なり気が引けた。が、中尉が東京に来たと云ふ報知か、或はそれに類似した刺激でもなければ、何うしても読む気はしなかつた。彼は、窮策として、若し中尉が訪ねて来たならば、最初の一回は居留守を使つて、二回目に尋ねて来る迄に、原稿を読まうかと思つて居た。尤も、最初自分の居ない留守に、一度訪問して呉れゝば一番好都合だと思つた。さうすれば是が非でも原稿を読む気に、なるだらうと考へたりした。兎に角、その二三日は、中尉の訪問と云ふ事が啓吉の頭の一隅に、いぢりかゆいやうな小さい不安を湛へさせた。こんな事に拘泥して居るのは馬鹿らしいとは思つたが。

それは、三月の二十三日の午後であつた。啓吉は、玄関の次ぎの間で、遊びに来て居た近所の女の児をからかひながら、たわいもない冗談を云つて居た。中尉が、訪問して来ると云ふ事などは、全く念頭から離れて居た。ふと、玄関で案内を乞ふ人の声がした。いつもは、取次には妻か、でなければ、女中が出る事に定つて居るのだが、その日に限つて啓吉は、気軽に立上つた。襖を開けると直ぐ、玄関に立つて居る男と顔を見合はさなければならなかつた。その見知らぬ男は、色の黒い背の低い小男だつた。最初啓吉はその男が、一体何んな種類の人間か、丸切り見当が付かなかつた。啓吉を見ると、その男は最敬礼に近いやうな丁寧なお辞儀をした。

「私が杉村です」と、その男は濁つたやうな声で切口上を述べた。

「之が杉村中尉か」と、啓吉はその男の風体を見直した。その時に、啓吉の胸に抑へ切れない侮蔑の感情が、ムク〳〵と湧いて来るのを感じた。何と云ふ貧弱な男だらうと思つた。彼が、心の裡に描いて居たあの「長身赭面な、何となく洗練《レファイン》された反抗的な、快活な杉村中尉」とは、似ても似つかない男だつた。如何にも、田舎の軍人でもが、着さうな茶色がゝつた銘仙の飛白の揃を着て居た。而かも、その飛白の柄の年齢に相応しくない大きさが、此の男に一段と田舎くさい無様《オークワードネス》を与へて居た。然かも、その威厳と云ふ分子が、少しもない先の尖《とが》つた黒い顔の裡に、鋭い尖を放つて居る土鼠のやうな二つの目が、此の男から最後の軍人らしさを奪つて居た。啓吉は、自分自身、自分の風采の醜くさを知つて居たから、他人のさうした欠点を侮蔑する気には仲々ならなかつたが、此の杉村中尉丈は啓吉に取つても例外だつた。侮蔑を感ずると共に、啓吉は可なり深い失望を感じた。が、それと同時にその男から少しも人格的の威圧を感じなかつた事は、却つて啓吉の心を気安くした。かうした人に対してなら、原稿を読まなかつた云ひ訳などは幾何でも云へると思つた。啓吉は可なりの幻滅とそれから得た、ある安易さを以て、杉村中尉を二階の書斎に案内した。

中尉は、啓吉の勧めた蒲団をさへ、仲々敷かなかつた。そして、啓吉に対して、上官に対するやうな敬意を示して、二三度続け様にお辞儀をした。「初めてお目にかゝります。此度は、先生に大変な御迷惑をかけてまして、何とも御礼の申様もありません。杉村のやうな少しも天分のないものを、快く御指導下さるさうで、感謝の言葉もありません。又つまらない杉村の作品を、色々御批評下さつて、お忙しい中を何うも有難うムいました」と、煮え切らないやうな含み声で、喋べり続けた。自分の事を、杉村々々と三人称のやうに呼ぶのが、啓吉には異様に耳に付いた。啓吉が、予期して居たやうな軍人らしい男らしさの代りに、猫のやうな柔順さがあり、啓吉の予期して居たやうな、男らしい反抗的な、態度の代りに、いかにも「灰色の檻」の中で育つた動物か、何かに見るやうな、いぢけた慇懃さがあつた。啓吉は、さうした意味に於て、此の男に幻滅を感じたと共に、話して行く裡に、段々此男に人間的な弱さを認めずには居られなかつた。又啓吉に対して、軍隊で云へば、聯隊長か旅団長にでも、逢つて居るやうに、丁寧な敬語を使つて居る事に依つて――それが、表面の形式ばかりでは、なさそうに思はれる事に依つて、何時の間にか此の男に、ある程度の好意を持たずには居られなくなつた。啓吉は、余程前から考へて居たことを、尤もらしい口調で云つた。

「「灰色の檻」の書き直された方を、読んで見ましたが、あれを今更浄書して見た所で、急に表現の点が、よく直ると云ふ訳でもないでしよう。貴君の感覚や、物の見方が、変らない以上、いくら書き直しても、いゝ文章が出来ると云ふ訳ではありませんまい。それに、〆切は此の三十日ですから、今から浄書する暇なんて、とてもないでしよう。あの儘でお出しになつても貴君の作品の価値は、むしろ題材の方にあるのだから、可なり当選の見込はあるだらうと思ふのです」と、啓吉は云つた。啓吉は、その時も尚「灰色の檻」の作品としての価値丈は、認めずには居られなかつた。実際浄書するとしないに拘はらず、当選の見込は、相当にある事を信じて居たのであつた。が、杉村中尉は啓吉の勧誘に、何となく気が進まないやうな顔をした。啓吉は、一寸不快だつた。彼は、受取つた時以来、手にした事のない原稿を、机の上の雑誌の堆高い塊の中から漸く探し当てゝ、一度も読んだ事のない頁を、めくりながら、

「ぢや、やつぱり一度浄書をしたいお考ですか。それにしても、時日があるでしようか」と、云つて見た。

「いや、さう云ふ訳でもないのですが」と、中尉は一寸口籠りながら「実は、先生の御尽力で何か雑誌の方へ廻して頂きたいのですが」と、杉村中尉は、その細い眼をシヨボ〳〵させながら云つた。

「雑誌の方！」と云つたが、啓吉は当惑もすれば、相手の文壇に対する無識さを、はがゆくも思つた。創作を載せる雑誌が、激増した結果、雑誌の創作欄では、編輯者が常に烈しい争ひをして居た。何の雑誌も、何の雑誌も、大家、流行作家、新進作家と、さうした一人でも読者を惹き付けさうな、名前ばかりを尊重して居た。無名作家のものであれば、何んないゝ物に対し

ても、一指も触れなかつた。而も、短篇なら兎も角百五十枚の長篇を、冗談にでも載せて見やうと云ふ雑誌はあるまいと思はれた。或は、啓吉自身が、懸命の力を振つて推薦状を書くと同時に、編輯者に哀願し強請したならば、或は万一にも掲載せられぬ事もないかも知れなかつた。が、杉村中尉の「灰色の檻」は題材こそ、目新しく珍奇で、実感こそ豊富であるが、作品としては、さう傑作を以て、推すべきものではないと思はれた。啓吉が、必死になつて推薦する程の傑作でないばかりでなく、文壇的の水準から云つては、佳作の部類にも、は入らなかつた。無論、題材の点から云つて、他の作品に比して異色のあるものだとは思つたが。

啓吉は、言葉を次いだ。

「雑誌の方と、仰つしやつても、文壇の事情から云つて、無名作家の物を、オイソレと載せるやうな雑誌は、決してありませんよ。尤も、貴君の作品が、非常な傑作で、又それを推薦する人が、死んだ夏目漱石とか、現在でも逍遥花袋藤村と云つたやうな大家なれば、或は相手にする雑誌もあるでしようが、僕は御存知の通り、文壇に出たばかりですし、貴君の作品だつて題材の点は、兎も角、表現の点ぢや、まだ文壇の水準迄行つて居るか何うか、分らない位ですからね」と、云つた。

すると、杉村中尉は、恐縮してシホ〳〵となつてしまつた。

啓吉は、少し気の毒に思つた。

「他人の推薦で、雑誌に載せるなどよりも、此際懸賞に応募して、自分の実力を試めして見る方が、い丶ぢやありませんか。貴方だつて、さう焦せるには当らないぢやないですか」

さう云ふと、中尉は益々恐縮してしまつて、顔を赤くして差し俯きながら、

「先生のお言葉はよく分つて居ます。表現の点で、杉村はまだ少しも完成して居ないのに拘はらず、雑誌に載せやうと云ふのは、甚だ僭越な事でありますが、…………」と、云ひ澱んだ。

「雑誌と云ふ事は、絶対にお考へになつては駄目です。まづ絶対に不可能ですね」と、啓吉は、相手の分らなさが、少し癪に触つて断然と云ひ切つた。

「いや、それは分つて居ます。杉村の名などでは、絶対に不可能な事は判り切つたことであります。が、先生のお名前で、何うにか出来ないでしようか…………」

「と、云ふと僕と合作と云ふやうな名義で出すのですか、そんな事は此頃全く流行りませんからなハ……」と、啓吉は相手の無理解さ加減が、癪にも触れば可笑しくも思はれた。それにしても、此男の目的は一体何だらう。啓吉は、善意に解釈した、非常な文学狂で、自分の書いたものが、何んな形式にしろ活字になれば、それで満足するのかも知れないと思つた。

「兎に角、活字になれば、それでい丶と云ふのですか。」

「ハア、さうです。全く先生のお名前で、何うにでもしていたゞきたいのです」

「それならば、僕の名前で出して、此の題材は、杉村中尉から

貰つたと云ふ断り書をして置けばそれでもいゝのですか」

「さうお願が、出来ればそれで結構なのです」と、杉村中尉は如何にも満足したやうな顔をした。他人から題材を得ること、それは創作家生活をするものに取つて、珍らしい事ではなかつた。つい、その十日間ばかり前にも、啓吉が、二三年来綿々として可なり佳作を続けて書いて居る文壇のある大家に会つて「何うしてそんなに材料がつゞくのです」と訊くとその人は事も無げに「やつぱり、気を付けて人から材料を貰つて歩くのさ」と、云つた事を思ひ出した。またAと云ふ一躍して大家になつた新進作家が、ある作品のおしまひに、材料を友人から貰つたことを断つてあつた。単なる題材と云ふ事は、創作の僅かなる骨子である。それを如何に観じ如何に表現するかゞ、作家の大切な仕事だつた。その意味で、杉村中尉の「灰色の檻」を、啓吉が書き直して、その中の物の見方や感じ方を、全く自分のものにする以上、それを自分の作品として発表する事は、少しも邪しい事ではないと思つた。殊に、その材料の出処を堂々と断つてある以上は、「灰色の檻」を、単なる材料として見る時、それは可なりいゝ材料に違なかつた。それを、啓吉が力を入れて、書き直せば、可なりの佳作に書き直す自信は、充分あつたのだ。啓吉の心はさうした計画の方へ、可なり活々と動かされて居た。

「貴君が、さう云ふお考へなら、僕が書直せば買手は幾何でもあります。が、貴君はそれで満足して居られますか」

「いえ結構であります。杉村が充分腕を磨いた後に、杉村の名で発表出来れば、満足です。その時には、此の材料なども書き直す事が出来ますから」と、杉村中尉は如何にも、尤らしい事を云つた。

「さうです、全くさうです。Aと云ふ有名な小説家も、それと同じ事を云つた事があります。貴君が、それでよければさう云ふ事にして僕は差支へありません。が、今差し迫つては、約束した雑誌がありません。実は、六月に百枚ばかりの長篇を、二つばかり頼まれて居ますから、その中の一に此の材料を使ひませう。それでいゝでしような」と、啓吉は杉村中尉の快諾を予期しながら、此の話に結びを付ける積で、さう云つた。すると、意外にも、杉村中尉は当惑したやうに返事をしなかつた。啓吉は、一寸意外に思つた。

「七月ぢやいけないと云ふのですか」

「いや、さう云ふ訳ではありませんが、実は――」と、杉村中尉は手を突かんばかりに畏まりながら「初て、お目にかかつた先生にこんな事を、申し上げては、賤しい奴と、お考へになるかも知れませんが、実はその、あの原稿で――」さう云ひながら、堪らないやうに顔を俯けてしまつた。軍人らしい威厳などは、少しもなかつた。たゞ、其処に、みじめな金に困つて居さうな小男が蹲つて居るのであつた。啓吉は皆まで聞かぬでもよかつた。

「それでは、失礼ですが、少しでも原稿料が欲しいと仰つしやるのですか――」

中尉は、黙つたまゝ何とも答へなかつた。が、啓吉の問を肯定して居ることは、その表情が明かに語つて居た。

それは、啓吉に取つて可なり烈しい幻滅であつた。此の男の風采に就て感じた以上の幻滅であつた。無論、原稿を見て呉れと云ふ依頼の中に、良ければ雑誌に世話をして呉れと云ふ要求、少しでも金銭上の価値をも、附与して呉れと云ふ要求があることは、普通の事である。啓吉は、それを賤しい事だとも、下品な事だとも、思つた事はない。当然な堂々たる要求だと思つて居る。が、それは、普通の文学青年の場合だ。単なる文学志願者の場合だ。あゝ云ふ堂々たる宣言に似た手紙を寄越し、歴とした定職のある軍人が、多くの人達の云ひ方に従へば、名誉ある帝国の軍人が、全くの無名作家に過ぎない自分の原稿に依つて、それほど性急に、金を欲して居やうとは思はなかつた。「軍人生活の空虚を充たす為の創作」「少しでも内面的生活を造りたい為の創作」さう云ふ立派な、啓吉の同感と敬意とを充分に貪つた立派な標榜は、皆偽だつたのかと啓吉は思つた。無論、啓吉も他人の材料を借用した以上、それに対する謝礼をする積であつた。が、杉村中尉が、その原稿を、経済上の交換価値があるものと、それほど必然に適確に信じて居やうとは思はなかつた。

啓吉は、自分の顔の色が、不快な表情を示すのを何うとも防ぎかねた。すると、杉村中尉は、あはれみを乞ふやうなみじめな表情をしながら、

「お恥しい事ですが、今度父が入院しましたので、思ひがけない費用が入りましたのと、実は昨年結婚しました妻を、ズーッと東京に置いてありましたのを、今度高田へ連れて行つて、家庭を持ちますに就いて、色々費用が入りますので、初てお目にかゝつた先生にかうした事を申上げるのは、真に心苦しい次第ですが――」と、囁やくやうに云つた。

其処には陸軍中尉もなかつた。「内面的生活を送る為に創作」せんとする文学青年もなかつた。たゞ、無性に金を欲しがつて居る、いかにも人間らしい、一人の男が居る丈である。軍人の威厳も、男子の意地も投げ出して、弱い然しながら正直な、貧乏に苦しんで居る一人の人間が居る丈であつた。啓吉は、中尉の凡てをうち開けた哀請に、動かされずには居なかつた。

「いや、さう云ふ事情ならば、発表は六月にしても、原稿料は前借に出来ないことはありません。が、一体幾何位お入用なのです。」

無論、材料として使はれる「灰色の檻」が、幾何位の価があるものか、啓吉にも分らなかつた。新聞に応募する為に書き延してはあるものゝ、真髄《エッセンス》丈を描けば百枚にも、ならないかも知れない。然も書き直すとしても、作家としての啓吉の労力は、自分の題材を使ふ場合と、余り違ふとも思はれなかつた。その上書き直して見て、いゝものが出来るか、何うか、それさへ見当が付かなかつた。

「三拾円位では如何です」と、相手が黙つて居るので、啓吉は自分で問ふて見た。それは、啓吉が自分の材料を使ひさへすれば、当然自分の収入に、は入るべきものであつた。中尉は、俯いたまゝ黙つて居た。が、明かにその金額に対して不満を示して居た。啓吉は、相手のある図々しさを、感ぜずには居られなかつた。百枚二百枚の力作を書いて、それが一文にもならないで、踠いて居る無名作家は幾人でもあるのに、それを単に材料に使ふと云ふ丈で、三拾円と云ふ金を、作つてやらうと云ふことは、相手に対する充分な、好意でなければならなかつた。さうした好意を、基礎とした金額に、不満を示すとは可なりさもしい事であるやうに、啓吉には思はれた。すると、中尉はおづ〳〵顔を上げながら「実は五拾円是非必要なのでムいますが、………」と、自分で切り出して来た、「かう云ふ事は、申上げられた義理ではないのですが、………」と、中尉は心の中の羞恥と苦悩とを、顔に表しながら、低い声で云つた。

さうした中尉の態度にあるずるさ――それは、厳格な階級制度に順応して居る中に、何時の間にか、癖になつたやうなずるさ――を感ぜずには居られなかつたが、然し困つて居る事に偽りはないやうに思はれた。たゞ貧乏なのだ。中尉としての定まつた収入で、生活して居る以上、親が入院して金が入つた上に、妻君を連れて行つて新しい家庭を作るのには、金に窮するのは、当然だつた。縦令両方の口実が全く偽にしても、金が入ること丈は飽く迄も、本当であるに違ないのだ。

八拾枚書く所を、百枚かけば弐拾円位の増額は、啓吉から云へば大した事ではなかつた。

「さう云ふ事なら。五拾円と云ふ事にして置きませう。一つ編輯者と掛合つて見ませう。確に、うまく行くか何うかは分りませんが、大抵大丈夫だらうと思ひます」二十六日頃迄に何とかお返事します。と、啓吉は到頭相手の要求を入れてしまつた。

相手の本当の要求が、分つてしまふと、文藝上の話などは、馬鹿らしくてする気にはなれなかつた。中尉は、やつと金策の当が付いた事に、安心したのだらう。

「あの「衛戍病院の一夜」の方は、読んで下さつたでせうか。あの方は、如何がでムいませう。」

「あれも相当なものですな」と、啓吉は読んで居るやうに誤間化したまゝ黙つてしまつた。うか〳〵その作品の話をして居ると、又材料として売込まれさうな気がせぬでもなかつた。

座が白けてしまつた。もう夕方に近かつた。中尉は何か、クド〳〵辞儀をしながら帰りかけた。啓吉は、中尉に対して、好意と云ふやうなものは、最初の会見で全く無くしてしまつて居たが、併し二三通も感激のある文通をしたものが初て顔を会しながら、荒んだ話をしたばかりで、別れるのは何となく嫌だつた。相手が、自分を先生〳〵と持ち上げる事に対しても、晩飯位は一緒に喰つてもいゝと思つた。

「何うです。夕飯を一緒に喰べませう」と、啓吉は中尉と一緒に自分の家を出た。本郷の通へ出る坂道を上りながら、啓吉はふとある疑惑に囚れた。何んなに貧乏して居ても軍人なら、こんなに迄賤しい態度に出るだらうかと思つた。彼は「武士は喰はねど鷹楊子」などゝ云ふ格言や、清廉な多くの名将達の事を考へた。そして、本当に軍人なら、かう迄卑しい態度に出るだらうかと考へた。尤もらしい文学者の同情を惹くやうな態度を標榜しながら、逢ふと直ぐ金の事を云ひ出す、然も自分の原稿などは、何うなつてもいゝのだ。たゞ金だけが大切なのだ。而も、その金に対しても焦せり抜いて居る。今迄、啓吉が考へて居た軍人とは、似ても似つかない人間だつた。彼は、軍人の名を騙る詐欺師とまで、相手を心の内では、疑つて見た。が、正銘の軍人に違ないことは、陸軍合同官舎宛で、二三度文通した事が、確な証拠だつた。

中尉は、坂を上りながら、軍人の生活難を話して居た。宛も自分の態度の、弁解をするやうに。

「中尉や大尉などの生活は、それは〳〵、みぢめなものです。かうした連中の妻君の衣物などは一枚だつて、自分の家にはありやしません。皆質屋に行つて居るのです。今度の西部利亜出兵だつて、大抵は貧乏で困つて居る士官達をやつたのです。出征となると、仕度料が百円以上下りる上に、給料が二倍になるのです。中尉なら百四十円です。今度は、一師団ばかりでなく、各師団から一大隊位宛取つて困つて居る連中をやつたものだから、田中閣下の評判は素晴らしいものです」と、云つた。啓吉は、困つて居るのは普通の中産階級ばかりぢやないんだと思つた。実際、内職とか副業とかゞ絶対に出来ない軍人、然かも経済観念に乏しい軍人が、一番困るのは当り前の事だと思つた。彼は、ある程度迄杉村中尉の先刻の態度を、是認せずには居られなかつた。原稿を書いて、それを幾何かでも、金にしやうと云ふことは、杉村中尉が彼の貧乏から、やつと思ひ付いた唯一の内職の方法かも、知れないと思つた。

啓吉は、やがて中尉を、本郷のある牛肉店へ案内した。一緒に向ひ合つて坐つてからは、啓吉も可なり打ち解けた。中尉は頻りに幼年学校時代の話だとか、朝鮮守備の話などをした。酒は余り飲まなかつた。話して居ると、段々中尉の正直で単純ないゝ性質が感ぜられた。彼の図々しさや、卑しさなどは、皆貧乏がさせて居るのだと、思はずには居られなかつた。

やがて、勘定の段になると、中尉は自分で勘定することを主張した。啓吉は、此場合中尉から、少しでも義理を感ずるのは嫌だつた。それに、五拾円の金に困つて居るものが、五円の勘定を払ひたがることに、啓吉は変な矛盾を感ぜずには居られなつた、それにも、拘はらず中尉は勘定書を取りに行かうとする女中を追ひかけながら五円札を手渡さうとした。啓吉も、仕方なしに中尉を追ひかけて、彼の手を摑へた。その手は堅いいかにも骨々しい手だつた。

中尉に五拾円と云ふ金を調達しようと、約束した啓吉も、一旦中尉と別れて見ると、もう一度、中尉に約束した事を落着いて考へ直して見なければならなかつた。彼は、その頃漸く貧乏な生活から、脱却しかけたばかりであつたが、金銭の点に就いては、可なり凡帳面な態度を取つて居た。彼は、何時も自分の収入以下で、健全に暮して行くやうに心掛けて居た。従つて、人から金を借りるやうな事は、絶対に避けやうと思つて居た。雑誌社から、受け取る原稿料などでさへ、一度だつて前借をした事はなかつた。原稿と引替に請求することさへしなかつた。

成る可くさうした事で、雑誌社に対して義理を感ずる事を避けたいと思つて居たのだ。それだのに、自分自身の為ならば、兎も角、初て会つたばかりの他人の為に、原稿料の前借をする、而かも三四ケ月も後の、原稿料の前借をすることなどは、自分の平生の生活態度を余りに傷けるやうに思はれて来た。さう云ふ金銭の点に於ては、作家としての威厳を、編輯者に面して、今迄傷けたことのない自分が、他人のため頭を低げて、前借を頼みに行くと云ふことは、如何にも心苦しいやうに思はれて来た。が、自分の現在の僅かな貯へから、五拾円と云ふ大金を――それは、啓吉のやうな全く無資産な者に取つては、大金に相違なかつた――立替へると云ふことは、到底忍びがたいことであつた。その上、よく考へて見ると、自分自身、少しもさうした事件の実感を持つて居ないに拘はらず、他人の題材を取り扱ふと云ふことは、可なり至難な、危かしい仕事に相違なかつた。その上、他人の題材を使ふとすれば、純な創作的感興は、全く殺がれるのに定まつて居る。さう思つて来ると、啓吉は中尉のみ
ぢ
め
な哀請にうか〳〵と引つ懸つて、五拾円の調達を約束した事が、いゝ加減後悔せられ始めた。彼は色々考へて見た揚句、漸く一つの善後策を考へ出した。兎も角、中尉の題材を使ふか使はないかは、別問題として、自分の貯へから、二拾円位中尉に渡さう、そして愈々あの題材を使つた場合に、後の参拾円を贈ることにする。もし、使はない場合は、中尉の窮状に対する同情金として恵んだものと、諦めやうと、思ひ定めた。が、弐拾円と云ふ纏つた金を、漠然と出すことは、可なり惜しいやうに思はれた。他人の題材を使ふ事に、嫌気がさすに従つて、多分は使ひさうにもない材料に対して、弐拾円と云ふ前金を、払ふと云ふことが、可なり苦痛になつて来た。

約束の二十六日が来た。朝の裡、啓吉は近所の郵便局迄、用達しに行つて帰ると、妻は待ち構へて居たやうに、

「先刻、此の間の中尉が来ましたよ。居ないと云ふと、家へ上つて待ちたさうでしたが、此方で黙つて居ると、ぢや三十分ばかり散歩して来ると云つて帰りました」と云つた。

啓吉は、中尉が朝早くから押しかけて来る熱心さに少し辟易したが、何うせ一度は会はなければならぬから、早く会つて片を付けたいと思つた。間もなく中尉はやつて来た。前の日と寸分違はない服装をして居た。二階の書斎へ通すと其日も又上官に対するやうな慇懃さで、厄介をかける断りを長々と述べ立てた。が、啓吉は前に会つた時程、中尉の誠実さを信ずる訳には行かなかつた。

「実は――」と、啓吉は直ぐ要談に移つた。「此間は、雑誌社の方から五拾円丈、融通して上げるやうに云つて置きましたが、僕は今迄雑誌社からなどは、決して前借しない方針でやつて来て居るので、それを自分に事変でもが、起つた場合ならば兎も角、かうした場合に、その方針を変へると云ふことは、一寸心苦しいのです。それも来月の分とか云ふのなら兎も角、四ケ月も後の分をですからね――」と、言葉を断つた。

「御尤もです」と、杉村中尉は赤面して顔を上げなかつた。

「それに、よく考へて見ると、あの題材がうまく使へるか何うかも分らないのです。また使へるにしても、他人の題材を使ふと云ふ事は、余り愉快な事ぢやないですからな。」

「重々御尤もです」と、云つた中尉の顔は、前よりも一層生気を失つたやうに蒼かつた。

「それで、実は色々考へたのですが、此際私が自分の金を、二十円丈貴君にお立替しませう。それで、将来あなたの題材を使ふやうな場合があれば、五十円の中の残りを差し上げる事にしませう」啓吉は、さう云ひながらも、二十円が心の裡では可なり惜しく思はれた。

啓吉は、相手が啓吉の好意ある申出を欣びさうなものだと思つて居た。所が、意外にも中尉は、二十円の声を聞いてからも、その暗い顔の色を、少しも明るくはしなかつた。ぢつと、畳を見詰めたまゝ黙つて居る。啓吉は、少しくいらいらして来た。

「二十円では、不足だとお考へになるのですか」

啓吉に、さう云はれると、中尉は愈々肩を閉めて、恐縮の様を現しながら、それでも顔には、明に二十円と云ふ金額に対する不満を現して居た。啓吉は、自分自身不快になつて、黙つてしまつた。相手の品物を値切つて居るのぢやあるまいし、此方が与ふべき恩恵の金額を申渡して居るのだ、それに不服を云はれて堪るものかと、啓吉は思つた。

暫くすると、中尉はモジ〳〵身体を動したかと思ふと、両手を正しく、畳の上に突きながら、

「こんな事を、初めてお目にかゝつた先生に申し上げられる義理ではないのでありますが、杉村は今三十円の金が是非必要なので御座います。明後日妻を連れて、彼方へ出立します旅費が少し足らないやうな仕末でありまして。先生から立替へて戴くと云ふことは、如何にも心苦しいことで御座いますが、如何で御座いませう、只今二十円戴いて残りの三十円は題材を使つて下さつた時に、戴くと云ふ代りに、只今下さる二十円を三十円にして下さる訳には行きませんでしようか、その代り残りの二十円は、戴かなくつても宜しう御座いますから」と云つた。

心苦しいとか、義理ではないかと云ひながら、何と云ふ厚顔な卑しい言葉だらうと啓吉は思つた。丸切り売買の時の懸引だ。後は何うでもいゝ、少しでも現金の高を増さうと云ふ、卑しい心根が啓吉には、もう辛抱が出来なかつた。充分に価値がある品物を、啓吉が安く踏み倒して買つてでも居るやうに、中尉が思つてでも居るらしいのが、啓吉には一番不愉快だつた。軍人

と云ふ名前から、当然連想される清廉とか、品位と云ふものは、此中尉には破片さへないやうに、啓吉には思はれた。啓吉は、此の男に対する、最後の好意も、最後の憐憫も、凡てそれに類したものを悉く失つてしまつた。二十円は愚か、一文だつて出して堪るものかと思つた。若し、中尉が自分の原稿を少しでも、金銭上の価値があるとでも、自惚れて居るなら、自分で売口を探して見るがいゝ。啓吉が、二十円と云ふ申出——それは一種の恵与だと啓吉は思つて居る——が不足ならば、自分で金銭に替へて見るがいゝと思つた。啓吉の心は、相手に対する、火の付きさうな嫌悪で一杯であつた。或は此の人には、三十円と云ふ金が、必死的に必要なるのかも知れなかつた。が、軍人としての否人間としての最後の品位をまで捨てゝ、図々しくさもしく是が非でも物にしようと云ふ態度を、啓吉は思はずには居られなかつた。二十円の金額を、三十円に増す能力位、啓吉にない事もなかつた。が、かうなると啓吉は、一文だつてかうした人間にやるのは惜しいと思つた。従つて、啓吉は、相手が啓吉の顔色を見て、

「それでは、二十円でも宜しう御座います」と、折れて出るのを恐れた。啓吉は突差に一策を考へ付いた。

「貴君が、二十円で足らないとすると、僕にはそれ以上立替へて上げる余力はありません。それでは、如何でしよう、一つ雑誌社の方へ御自身で、行らつしたら、如何です。貴君の材料を僕が書くと云ふ事なども、余り面白い事ではありませんし、僕が紹介状を書きますから、一つ御自身で交渉に行かれたら如何です」

啓吉は、自分の紹介状一つで、無名作家の小説を、オイソレと載せる雑誌がない事を知つて居たし又紹介するとなれば、初て会つた此中尉の作品などよりも、ずつと以前から頼まれて居る友人のNやKの作品を、紹介する方が、啓吉の身に取つて、当然でもあれば、意義もあると思つたが、今の場合此中尉と絶縁するのには、之より外に良策はないと思つた。そして、文壇的に幾何でも先輩であるものが、無名作家を紹介することは、少しも邪しい事ではないし、中尉の人格に就ては、悉く幻滅を感じて居た啓吉にも、彼の作品に対する評価は変つて居る訳はなかつた。啓吉は成るべく尤もらしい口調で云つた。

「私として、貴君に金銭上のお世話をすることは、出来ませんが、然し作品を紹介すると云ふことは、私の義務だと思ひますから、その義務丈は欣んで果しますから」さう云ひながら、啓吉は心の裡で、自分の紹介状を、効験の適確な護符か何かのやうに思ひながら、雑誌社を馳け廻る中尉の姿を考へると、一寸気の毒だと思ひながらも、皮肉な苦笑が浮み出さうとするのを禁じかねた。

中尉は、啓吉が紹介状を書くと云ふのを聞くと、ホク／＼欣びながら、

「さうして下されば、一つ雑誌社へ行つて見ませう」と、前とは見違へるやうに元気になり出した。啓吉はそれでも可なり丁

寧な、力を入れた紹介状を書いた。若し自分の紹介状の効徳で、この原稿が少しでも金に換へられることは、啓吉に取つても不愉快な事ではなかつた。此男に対して、そのさもしさを憫みこそすれ、その困つて居る事が、自分の力で救はれるのを見る事は、決して不愉快な事ではないと思つた。啓吉は、成る可く成功の可能性の多いと思はれる、雑誌社を心の中で選んだ。それは、YとSと云ふ雑誌社であつた。Yの方では、余程前から啓吉の原稿を、欲しがつて居た。啓吉は、その事情を利用した。そして、作品の価値を推賞した後に、若し之を載せて呉れゝば、次号には必ず自分が書くと迄書き添へた。Sの雑誌社は、その社長が、親分肌で可なり義侠心のある人だと云ふことを、啓吉は友人から度々聞いて居た。両方への紹介状とも、啓吉は可なり力を入れた。中尉の作品を賞めることは、少しも邪しくはなかつた。彼は、二つの手紙を、中尉に読ませた上、別々の封筒に入れた。啓吉は、此の紹介状を書くと云ふことを、中尉との交渉の結末にしたいと思つた。之に依つて、全く荒み切つてしまつた中尉との関係を、打切りにしたいと思つた彼は厄介払ひをするやうな、気持になつて、その紹介状を中尉の手に渡した。中尉は平身低頭と云つたやうな様子をして、それを受取ると、元気よく出て行つた。

戸外は、烈しい風が吹いて、砂塵が渦を巻いて街を走つて居た。啓吉は、此のヒドい砂塵を浴びながら、啓吉の紹介状を唯一の頼みの綱として、雑誌社から、雑誌社と馳け廻つて居る中尉の姿を考へると、可なり気の毒にも思はれた。

啓吉は、中尉に彼自身自分の原稿が実際の場合に、一文の値も有して居ない事を、思ひ知らしてやりたいと思つて居たから、中尉の原稿が、情なく撥ねつけられる事を一寸望んで居た。が、さうした場合には、必ず啓吉の処へ再び何とか云つて来るに違ないと思ふと、やつぱり原稿が運よく幾何かの金に換へられることを、望まずには居られなかつた。兎に角、中尉との交渉があの紹介状に依つて、サツパリと無くなつてしまへば、此の上はないと思つて居た。が、それは啓吉の単なる希望であつて、無名作家の百五十枚の長篇を、Y社でもSでも対手にしやうとは、何うしても思はれなかつた。何だか、再び中尉がうるさくやつて来さうな気がして、その晩啓吉は友人の家に遊びに行つて、夜遅く迄自分の家へ帰る気がしなかつた。が、十二時近く帰つて来ると、幸ひ中尉は来て居なかつた。見事に撥ね付けられたので、自分で諦めたのかも知れないと思ひながらも、中尉の事が何となく気にかゝつた。

翌日も啓吉は、意識的ではなかつたが、何となく中尉を避けるやうな心持で、「中川の所へ行くから」と、妻に云ひ捨てたまゝ家をブラリと出た。そして、本郷に居る友人の中川を誘つて、浅草へ活動を見に行つたのを手初に夜の十一時頃迄、所々をぶらついて廻つた。帰つて見ると、果して留守に中尉が来て居た。

「まあ！　貴君が出ると直ぐ中尉が来ましたよ。そして、私が中川さんの所へ行つたと云ふと、中川さんのお宅の番地を教へて呉れと云つて、直ぐ本郷へ行きましたが、又直ぐ帰つて来て「中川さんの所には見えません」と、私に当てつけるやうに云ふのですよ。それから来るわ〳〵三十分間隔位に来るのですよ。何でも、明日四時の汽車で帰るので、急いでお目にかゝりたいと云ふのですよ。つい先刻迄内の戸外をウロ〳〵して居たのですが、十時頃になつて漸う諦めて帰りましたよ。あんなうるさい人、初てだわ」と、妻は可なり軽蔑したやうに、眉をひそめた。啓吉も、それを聞くと中尉に対する不快が、又ムラ〳〵と心の中に湧いた。何と云ふ執拗な人だらうと思つた。何の権利があつて、自分をこんなに迄悩ますのだらうかと思つた。妻は思ひ出したやうに、

「あの、さう〳〵帰る時に、明朝早く伺ふから、是非お目にかゝれるやうに、頼んで行きましたよ。又来るのかと思ふと、ほんとうにうるさくなる」と云つた。

「仕方がない。明日会つて、キツパリ片を付けやう」と啓吉は云つた。彼は、焦々したやうな不快さを感じた。二つの雑誌が失敗したから、もう二つ三つ紹介状を書いて呉れと云ふに違ない、よし！　断然と拒絶してやるぞと啓吉は思つた。

翌くる朝、まだ啓吉が、寝て居る中に、中尉がやつて来た。啓吉は、不精無精に起きねばならなかつた。

「昨日は留守で失礼しました」と、云つたが、啓吉は心の裡ではそれと全く反対の事を考へて居た。中尉は、雑誌社から撥ね付けられたにしては、元気であつた。何時ものやうに、ペコ〳〵頭を下げてから、

「実は、一昨日紹介状を戴きましてから、直ぐY社へ伺ひましたが、Y社では今買つた原稿が沢山あるので、トテもお望に添ふ事は出来ないと云つて、断られましたが、それから直ぐ、S社へ行きまして、社長の山岡さんにお目にかゝりました。山岡さんが仰つしやるのには、富井さんはSへも書いて下さつた事もあり、あの方の御紹介なら、載せて上げてもいゝのですが、百五十枚の長さでは、何うにも仕方がない。それで、原稿は載せられないが、折角富井さんの紹介でもあり、貴君も困つて居られるやうだから、御入用の三十円丈は私が立替やうと云つて下さるのです」

「それで、貴君はそれでもいゝと云つたのですか」と啓吉は聞いて見た。

「はあ、左様で御座います」と、中尉は平伏するやうに云つた。啓吉は、心の裡で思つた。原稿と引替に金を貰ふのはそれは少しも恥しくない堂々たる事だ。が、原稿は入らない、金丈をやると云へば、それは明かな施与だ。施しだ。その施しを、少しの精神上の苦悶なくして受くるのは、それは明にもらひである。当り前の廉恥心を持つて居る人間が、おいそれと手を出すべきものでない。それだのに――それだのにと、思ふと啓吉は、又苦々しく思つたが、然し幾何云つたつて、仕方のない事だと思

つた。

「それでお金を貰つたのですか」

「所がです」と、中尉は少し声を低めながら、待つて居たと云ふやうに「山岡さんが、云はれるのには、之は決して貴君を疑ふと云ふ訳ではないが、随分私の社へなども文壇の大家の紹介状などを以て、作品を売りに来る人があり、それをウツカリ買つた後で、紹介状の筆者に聞き合はして見ると、夢にも知らないと云はれて駭いたことなども、二三度あるので、貴君を疑ふと云ふ訳ではないが、念のために富井さんから電話で、一言さう云つて下さつたら、直ぐお金を速達で富井さんに宛お送りすると、かう仰つしやるのです。色々お世話をかけた上に、まだこんな事をお願するのは誠に心苦しい次第ですが、杉村の窮状をお察し下さつて、何うか電話で一言………」と、云ひながら、中尉は低頭した。もう嫌悪も侮蔑もなかつた。むしろ、さうした態度があはれに思はれた。啓吉が詐欺師ではないかと、ふと疑つたやうに、S社の山岡さんも疑つたのだ、さうした人間として（軍人としてなどは問題でない）忍び難い疑を受けながら、たつた三十円の金に狂奔して居る。さう思ふと、啓吉は苦々しいやうな情ないやうなあはれみを、此の男に一杯投げかけずには居られなかつた。それにしても、まだ面識もない山岡氏に、電話で一言――と云つてもそれは啓吉に、いくらか屈辱を感ずる哀請――をやらなければならぬかと思ふと、啓吉はつく〴〵嫌になつてしまつた。もう、何等の好意を持つて居ない此男のため、片足を挙げるのさへ気が進まなかつた。暫く考へてから、

「それでは、かうしませう。山岡さんに宛もう一度手紙を書きませう。それを貴君が持つて行つて下さい。貴君が向ふへ行つた頃を見計つて電話をかけませう」

さう云つて、啓吉はS社の社長宛に二度目の手紙を書いた。啓吉に対する好意――それは可なり大きな好意に違なかつた――を感謝した後に、若し此男に金を渡すのが不安なれば、社員の幸田さんに持つて来させて呉れと頼んだ。そして自分の手紙だと云ふ事を示す為に捺印迄した。幸田と云ふS社の社員は、啓吉の家へも二三度遊びに来たことのある文学青年だつた。かうして書けば、多分先方の信用を得るだらうと思つた。

啓吉は、中尉が又第二番目の手紙を以て、青山の端にあるS社へと、出掛けて行くのを見送つた後に、一時間位経つてから、いや〳〵ながら、自動電話を掛けに行つた。何遍S社の番号を呼んでも、お話中なので、おしまひにはむしやくしやして、受話器を荒々しく掛けたまゝ外へ出た。啓吉は電話をかけてやらないことから、少しも心を咎められはしなかつた。

その日、彼は正午頃から外出して、夜九時頃に帰つて来た。すると、彼を出迎へた妻は、

「また来ましたよ。大変悄気て居たやうでした。今日帰るのを延ばして、明日にする。是非帰る前に、お目にかゝりたいと云つて居ましたよ。明日九時頃に来るつて」と云つた。

啓吉はそれを聞くと、「やれ〳〵」と思つた。「S社も到頭駄目だつたのだな」と思つた。それなれば、明日彼の所へ来るのが、明に金策の為めであると分つた。啓吉は執念深い怨霊にでも憑かれたやうな気がした。よし！　明日来て見ろ！　今迄辛抱して居た事を、すつかり云つてやる。頭から、一分の容赦もなしに云つてやる。さう思ひながら、自分一人で可なり興奮した。

あくる日、中尉は初て来た時以来、寸分違はぬ服装であつた。昨日から見ると、明に悄気て居た。

「山岡さんと、お会ひになりましたか」と、啓吉が口を切つた。

「それがです。」と、中尉は、眼をシヨボ〳〵させながら「あれから参りました所が、山岡さんはお留守なのです。奥さんのお話に依れば、御病気で御親類の宅へ行かれたとの事で、已むを得ませんから手紙は奥さんにお預けして来ました。私も今日午後四時是非とも立たなければならないのに、山岡さんの方が、うまく行かないので当惑して居るので御座います」と、云つた。

困り抜いて居る事は、啓吉にも分つた。が、啓吉は、相手に対する同情などは、微塵もなかつた。彼は詰問するやうな口調で云つた。

「それで一体、何うすると云ふのです」

「実は、今になつてこんな事を、申された訳ではありませんが、先生が初、二十円お出し下さると云つたのを、三十円にして下さるやうに申したのは、私の全くの心得違でありました。それで、甚だ相済みませんが――」と、云ひ澱んだ中尉の云ふことは、余り分り過ぎて居たが、啓吉はその卑しい哀請の言葉を、中尉に云はせて見たかつた。

「それで、何うしようと仰つしやるのです」

「実は、その――最初――最初先生が仰つた通に――二十円丈お立替下さる事に――」

遉に終迄は、云ひ切らなかつた。相手の困り抜いて居ることは、段々明らさまになつて来た。が、その困り抜いて居ると云ふ事から醸される相手の卑しさに、対する啓吉の反感は、炎のやうに燃え狂つた。啓吉の好意ある申出を、拒絶して少しでもよい金を取らうとして狂奔した後、それが徒労に帰すると、又いゝめのめと自分が拒否した相手の好意に縋らうとする。何と云ふ図々しさ卑しさであらうと、啓吉は思つた。

「それは、断然お断りします。私の最初の申出は、貴君の拒絶で当然消滅して居ます。それに、今では貴君の題材を使ふと云ふ気は、全くなくなりました」今迄表面丈は好意を繕つて居た啓吉も、かうなつては冷然と云ひ切らずには居られなかつた。

啓吉の、冷めたい拒絶を聞くと、中尉はサツと色を変へながら、俯つむいた。頬の辺の筋肉を、変な風にひきつらせながら、ベソを掻きさうな顔をした。啓吉は、もう何んな悲しさうな顔をしようと相手になるものかと思つた。

中尉は、俯むいたまゝ黙つて居た。啓吉も、冷然として黙つて居た。が、黙つて居ては、限がないと思つた。啓吉は、より一層冷めたい口調で云つた。

「もう、貴君も今度は、思切つてお帰りになつては如何です。山岡さんが病気でありながら、親類の家へ行つたと云ふのも、変ぢやありませんか。貴君に面会を避けて居るのではないでしようか。それに向ふで原稿を載せるから、原稿料を出すと云ふのなら、それは正堂々の事です、原稿は入らない、たゞ金を呉れるとならば、それはたゞ他人から金を貰ふことになりますよ。無論、困つて居る文学青年、文学の為に全力を尽くしても原稿が売れないで、困つて居る文学青年ならば、そんな金を貰つても一向差支へないと思ひますが、貴君のやうな一定の職業を持つて居る方が、而も軍人と云つたやうな職業にある方が、そんな金を貰つて、それで恥でないでしようか」啓吉は自分の云つて居ることは、誰が聞いても、寸分も間違ひのない正論だと信じた。彼は喋べつて居る中に益々雄弁になつた。

「それに、最初から私は、貴君に対して創作上の御指導をするとは云ひました。貴君が、ワザ〳〵僕に頼んで来られた以上、僕の当然の義務だと思つて居るのです。が、かうした金銭上のお世話をする資格は、僕には少しくないのです。僕は、貧乏な小説家で、自分の生活丈が、やつとのことです。それに、僕は貴君に対して、金銭上のお世話をすると云ふやうな義務は、少しもないと思ふのです。貴君が、お困りになつて居ることは、僕も認めます。が、幾何お困りになつても、貴君の書いた物で金を得やうと云ふのは、貴君のお考違ぢやないでしようか。それに、彼地へ帰る旅費だと、仰つしやいますが、さう云ふ費用は、最初からちやんと用意をして置かるべきものぢやないのでしようか。それにお金にお困りになつた所で、奥さんの御親類もある事だし、見ず知らずの山岡さんなどから、貰はれる前に、さうした方面で、算談なされるのが、当然ぢやないかと思ひますが」

啓吉は、思ふて居る事を、スツカリ云つたので、気が晴々した。彼は、自分の云つたことに、少しでも間違があらうとは信じなかつた。中尉は、本当に泣き出すのではないかと思ふ程、いゝみじめな顔をした。啓吉は涙ぐんで居はしないかと思ひながら、時々相手の細い眼を注意して見た。

啓吉は、中尉の今迄の行動から押して、断末魔にはもつとお芝居的な、大仰《おほげう》な哀願的な態度に出るのではないかと怖れた。そんな事になつちや、堪らないと思つた。一分！ 二分！ 五分！ 十分、中尉は黙つて居た。が、到頭諦めたやうに、両手を突いたかと思ふと、

「色々御面倒をかけて相済みませんでした。何うか、今回の事で杉村をお見捨てないやうに、杉村も今後は一層創作の方を勉強しまして、先生の御好意に背かないやうなものになりたいと思ひますから、創作の点では何うか、之でお懲りにならないで、御指導下されるやうにお願ひいたします」

「その点は、承知です」と、啓吉は云つたが、今になつて創作

の話所の騒ぎではないと思つた。

「金は、隊の方へ電報でも打つて取寄せる事にします」さう云ひながら、中尉はスゴ〱と立ち上つた。遉に引込み丈は、悪びれた所はなかつた。啓吉は、余り云ひ過ぎた後の寥しさを感じながら、中尉を玄関に送り出した。

「それでは、失礼します」と、悄然と歩み去る中尉の背後の格子を、閉めた時、啓吉は本当に厄払ひをしたやうな、暢々とした気持と、ある淋びしさとを同時に味つた。

貧窮！　皆、それの為す罪《わざ》だ。さうも思つて見た。が、あの人がやつた凡ての行動に対して、貧窮！　たゞそれ丈で云ひ訳が立つだらうかと思ひ返した。

中尉が、啓吉の家を出て二時間ばかりして、S社の山岡さんからの速達が来た。それには、杉村中尉にやつて呉れと云ふ、十円の為替券が三枚、封入してあつた。直ぐ新宿停車場へ行けば、手渡す事が出来たかも知れなかつた。が、啓吉は――杉村中尉に対して、最後の好意を無くして居た啓吉は、さう云ふ気は起らなかつた。啓吉は、その儘為替券を封入して山岡氏へ速達で送り返した。啓吉はさうした方を正しいと、今でも思つてゐる。


――大正八年七月六日――

（「中央公論」大正8年7月号）

強気弱気

里見　弴

ほんの慰《なぐさみ》の骨牌遊びに、彼等は僅かばかりの金《かね》を賭けることにしてゐた。月に三四度は、いつも大抵きまつた顔が寄り合つて、花を引いたが、単位が小さいので、負けても勝つても、五円以上の金の出入になることはめつたになかつた。

或る時仲間の一人が、トランプでする遊びを、どこかで教はつて来た。それは「パッツ」と云ふ、ごく簡単な遊びだつたが、それに金を賭けるとなると、花のやうに技術を要しないだけに、その場の機会次第で、大きくならない時には、どうしても大きくならない代りに、一つ二つやまかんの外れる者が出て来ると、どんなに単位を低くきめて置いても、倍に〱と殖えて、忽ち「場《ば》」が可なりの額《たか》になつて来る。それとても、勿論、気持をしめて、小さく張つてゐさへすれば、取るにしても出すにしても、それだけのことで済むのだが、場が大きくなつて来ると、人情、誰しもつい誘はれて、大胆なまねをする。パッツと云ふのが、出てゐるだけの場全体に張るぞと云ふ宣誓の合言葉なのだが、場全体で一円かそこらの小さな時には、却つてそのうちの二十銭とか三十銭とか小切《こぎ》るやうにしてゐる人でも、場が段々に殖えて来て、六十円七十円と上《あが》つて来ると、いつの間にか自分まで成金気分になつて了つて、身分不相応なパッツをしてみたり、小切るにしても、三十円の五十円のと、自分が損をしてゐるやうな時には尚更、その損だけ取り返す気で出て行つて、――冒険をして、うまく取れゝばよし、一つはづれると、その額を二倍にして置いて来なければならない。

　ごく簡単なこの遊びの仕方だけを、先づ一同に説明してから、そのK――と云ふ仲間の一人は、うつかりやまかんをやると、とんでもない大きなものになると云ふ、注意をすることを忘れなかつた。仲間のうちには、いつも通りに花の方がいゝと云ふものと、この新しい遊びをやつてみやうと云ふものと二派《て》あつたが、結局後《あと》のものにきまつた。

　始めてみると、花のやうに技巧を弄ぶ面白味は少ない代りに、亢奮の度は遥かにたかめられた。それはもう純然たる博奕の興味だつた。自分の手に緒《いとぐち》を控えながら、運命の毬《いとだま》を投げ出してみようと云ふ願望は、たゞ一口に「興味」と云つて了ふことの出来ないやうな、人間性に根ざしたもので、投げた毬から白糸が出るか、黒糸が現はれるか、博奕の常習はたゞ金を得たいばかりの心からつくものではない。沈黙家の「運命」から、無理どりに、一言《こと》でも返事らしい言葉を手繰《たぐ》り出さうと云ふ非望、よく云へば、勇しい、大胆な、少くとも積極的な亢奮の忘れがたさから深入りするのだ。鱶《ふか》の背《せなか》に嚙付《かぢりつ》きながら、二人で、どちらが先に食はれて了ふか賭をした水夫の偶話がある位で、一度味を覚えると、阿片のやうにやめられないと云ふのは、全く人間性に根ざしてゐるからだ。

　その日は、O――と云ふ男が不思議なくらゐ運が悪かつた。誰がみてもこれなら安心と思ふやうな手がつきながら、僅に一目《め》かそこらの違ひで吐き出し〳〵したのが、やがて三百円ばかりの場になつて了つた。この仲間の懐《ふところ》としては、慰に取つても取られてもいゝと云ふ程度は、やつと二三十円どまりだつた。その程度を越すと誰もパッツをする者はなかつた。それは、一つまかり間違へば、それだけの金を、（勿論現金ではなく、紙《かみ》片《きれ》に金高と署名とを書いたほんの弄具《おもちゃ》のやうな手形だが）兎に角それだけの金を吐き出さなければならないと云ふ冒険も恐ろしいには違ひないのだが、一つには、その勝負にうまく勝つたとしても、お互に懐都合を知り合つてゐる友達のO――から、平気でそれだけの現金を受けとるわけにはいかない、と云ふ遠慮もあつた。中でもK――は、自分が云ひだしたことから、O――にそんな迷惑をかけるやうなことがあつては大変だと思つた。

「当分O――以外の人はパッツは厳禁だよ」

「そんな規則《ルール》はあるまい」と反抗する者も、一寸O――をヤキ〳〵させてみたい悪戯《いたづら》からで、その実は、早くO――のパッツが当つて、自分で引いて行かないと大変だが、と案じてゐるのだつた。

「規則《ルール》はないが、かうなつて来ちやア、そこはお互に考へてくれなくつちアいけないよ」と、真面目になつてK——が云つた。

「この遊びも面白いが、さう云ふ遠慮をしなければならないとなるとつまらないね」

「パッツしなくつたつて、つまり君のお手に合ふだけいけばいゝぢアないか。それがあるから、この遊びは、どんな金持とどんな貧乏人とでも、一緒になつてやれるんでいゝんだよ」

「O——だけがそんな金持なのかい」

「さうでないから遠慮しろと云ふんぢアないか」

「然しかう云ふ遊びに、——苟くも勝負ごとに、遠慮なんぞあつちア、実は面白くないね」

　初から花をやらうと主張してゐたH——は、自分も「もと」を大分へらしてはゐるし、O——が躍《やつ》起になつて取り返へさうと焦《あせ》慮れば焦慮るほど、場が、自分たちの懐からみて、もの凄いやうな気がするほどの額《たか》になつて来たので、いつそ中途で無《ど》勘《ろん》定にして了つたらと云ふ下心で、かう云つた。

「さうだね、これアもうこれでよして、花にしようか」矢張り花党のT——が、すぐかう云つて賛成した。

「だが折角今まで勝つてる人間はどうなるんだい。こゝへ来て無《ど》勘《ろん》定ぢアつまらないぜ」とY——が云つた。

「一体、どこが碁石《いし》がいゝんだらう」

　みんな数とりの碁石を算へてみた。Y——が十円ほど、K——が四円ほど勝つてゐるきりだつた。

「ぢア、今のところ場が一番金持だ」

　場を勘定してみると、O——の書いた手形だけで三百二十何円となつてゐた。そのほかに碁石が十何円になつてゐる。それだけの場の始末のつけやうがないと云ふので、結局O——が、自分の手形を取り返すまで、この遊びを続けることに話がきまつた。そんなわけで、O——の手形だけは、場とは云ふじよう、誰も手が出せないものゝやうな態《かたち》になつて了つた。

「手に一《ポイント》が四枚来ても、この場合ほかのものはパッツするわけにいかないのかね」Y——が冗談半分にかう云つた。一《ポイント》が一番強い、それが四枚ながら手に来れば、もう絶対に負けつこのない場合だつた。けれども、頭数《あたまかず》に一枚づゝまいて廻る札が、四枚とも一《ポイント》だと云ふやうなことは、まづ考へられないことだつた。同時にまた、絶対にないとも云へないことだつた。

「まア然し、三百二十何円はちつと困るよ」

　仲間のうちで一番無駄な金の使へない身分のK——が、思ひやりから頻りとO——のために心配してゐた。懐に三百円はないとしても、兎に角O——にしては支払へない額《たか》ではなかつたが、有繋《さすが》に先刻《さつき》から言葉少なになつて、顔の色もいくらか変つてゐた。その上O——は、いつもの花の時でも、一番新米《しんまい》で下手なせいもあつたが、大抵の場合持ち出しになつてゐるので、みんなも肚のなかでは同情して、どうか取戻せるとい丶がと思つてゐた。碁石だけの勝負でも、小さいながらいろ〳〵浮沈があつて面白かつた。

「これア素敵な手がついた。パッツといきたいな」と、H――がそこへ自分の手を拡げてみせた。一二《ポイント》枚に女王《クイン》、たゞクラブだけが八で少し心細いけれど、まづ誰にしても気強く思ふ手だつた。

「成程これア強い」

「俺なら無論パッツと行くな」

など、みんな窺《のぞ》き込んで云つた。

「いかうか一つ」と、H――は気負つて、場全体と云ふ意味で、碁石や手形の上の空間に、指さきでグル〳〵と円を描いてみせた。丁度「親」の番に当つてゐたO――の両掌《て》の間には、「めくり」の札が、堅く抑えつけられてゐた。芝居の老役《ふけやく》の皺のやうな具合に、頬には、氷りついて動かない笑が、無意味に描き出され、額には脂汗が浮いてゐた。

「どうする、ほんとにいく気かい」

O――はドロンとした目つきで、H――を見据えながら呟いた。

「よせ〳〵、それはよせよ」と、K――が、H――の鼻のさきで手を振つて制《と》めた。「碁石《いし》だけにしとけよ。それア、どうも、面白くないよ」

「いくならいけよ」とO――が再び呟いた。

「だつてこの手でいかれたら、大丈夫君は取られちまふぜ」

「さうは限らないさ」とH――が、「クラブの九以上が出ないとは云へないし、ハアトだつて上に王様と一《ポイント》がある。俺だつてそれだけの危険《リスク》を冒すんだもの、たゞ取るわけぢアない」

「それアさうだが、まアよせよ。先刻《さつき》も当分手形だけは残すつて不文律が出来てるんだし……」Y――もかう云つて制《と》めたので、H――は不承々々《ふしようぶしよう》碁石だけにした。然しめくつて出たのはハアトの王《キング》だつた。

「それ見ろ、云はないこツちアない！」

「俺たちのおかげで、三百二十何円助かつてるぢアないか」

「驚いた〳〵。こいつアもうテッキリ俺のもんだとばかり思つてたがなア。分らないもんだア」負けながらも、大きい方の口が助かつたので、H――はさして悄《しよげ》なかつた。「ヤア、大変々々」など、滑稽に頭を振り立てながら碁石を数へて、足らない分は紙片《かみきれ》に手形を書いたりしてゐた。

その次の回では、O――が自分の振り出した手形だけいつたのがはづれて、六百四十何円と云ふものにして了つた。さうなると、然し却つて安全だつた。誰ももう決してパッツしようといふものはなかつた。さうして四五回は波瀾もなく廻つたが、もう晩飯の支度が出来て、主人のT――が頻りとみんなを促し立てながら、それでももう一回と云ふ時になつて、O――は自《や》棄《け》くそで、手を見ずに、また自分の手形だけいつた。もうかうなつて来ると、大抵の手では恐くて行かれないので、いつそ「不見《みず》」の方が強気に出られるのだつた。「めくり」はスペエトの三と云ふ弱いものだつたが、それでひと息つきながらも、四枚並べてふせてある自分の札を一枚づゝめくつて見る時には、O——の指は震えてゐた。三枚目にスペエトの五が出ると、思はず彼は場から自分の書いた七八枚の手形、総額六百五十円ばかりのものを、鷲掴みにひツ湲つて袂へ捻込みながら、踊り上つた。

「さア、飯を食はふ」

　何んとも名づけられない亢奮にボンヤリしてゐた一同は、その場合の「飯を食はふ」に、ドツとふきだして了つた。それは実に真面目な滑稽だつた。

　食事中も、引き続いた亢奮でみんな真ツ赤な顔をして、頻りと勝敗の跡を語り合つた。

「H——があんな揃つた手で取られるかと思ふと、O——はスペエトの五で、——たつた五ぐらゐで、六百何十円引いて行つて了ふんだから、全く分らないもんだね」

「分らないよ。いやな手で、ご愛嬌に黒石一つぐらゐ行つた時に勝つだらう、今俺がパッツと一言《こと》云つてゐさへすれば、七百円ほどのものがそつくり自分のものになつたんだ、と思ふと、変な気がするね。さう云はなかつたばかりに、はいつて来るものが、黒石一つ、十銭だ。大した出入《でいり》ぢアないか」

「その代り一目《め》負けても七百円だ。上下《うへした》で、二七の百四十円の出入だもの、パッツとたつた一言だが、中々どうして容易な一言ぢアありアしないさ」

「兎に角花よりは夢中になれるね」

「H——と来たひにア博奕心《ばくえきしん》が強いからな。やらないうちは、花の方がいゝなんて云つてたが、やり出したら、一番夢中になつちまつたぢアないか」

「ウン、中々面白い。さア始めよう」

「まア、待てよ、親が死んでも食休みつてね、一服しようよ」

「煙草なんざア、やりながらでも喫へるよ。仕事《ビジイネス》が第一《・ファスト》」

「仕事《ビジイネス》か。いよ〳〵常習犯だね」

　食事後は、O——の六百円で懲《こり》てゐるので、みんなしめてやりだしたから、大して大きな場にはならなかつた。せい〴〵が二十円どまりくらゐで暫く続いた。それでも亢奮の味《あぢは》ひに変りはなかつた。遊びの性質が、自体運否《うんぷ》天賦《てんぷ》なものだけれど、そのうちにも馴れるに従つて、幾分かやり方に巧《たくみ》がついて来た。手の巧と云ふほどでなくても、少くも個人性は現はれて来た。手の判断にも、一《ポイント》とか王《キング》とか云ふ強いものが来なければ行かない者や、弱い札でも四枚印《しるし》が変つてゐれば可なり強気に出る者や、純然なる運命主義で、多くは「不見《みづ》」でやる者や、見ても、智的な判断よりも、迷信的な感　得《インスピレエシヨン》による者や、種々《いろ〳〵》の特性を表はして来た。

　画家であるK——は、印象派画家《インプレシヨニスト》と云ふ言葉をもぢつて、自分は感得主義者《インスピレエシヨニスト》だなど、戯れながら、頻りとその感　得　主　義《インスピレエシヨニズム》でやつてゐたが、僅か七円ほどの負《まけ》を焦慮《あせ》つて取返さうとしたパッツがはづれて、二十円の手形を書いたのが手初に、二度目の失敗に四十円になり、三度目には八十円になると云ふ悲運に陥つて了つた。先刻《さつき》のO――の例もあることだから、この自分の振り出した手形は、誰もパッツはしまい、と独ぎめに思ひ込んで、い丶手がついた時に引いて来さへすれば済むこと丶、さして悲観はしてゐなかつたが、然し兎も角その額《たか》は、彼としては一月《ひとつき》の生活を支へるに充分なものだつたので、困つたことになつたとは思つてゐた。

食事後にO――の運が急によくなつて来たこと丶云つたら、また素晴らしいものだつた。手形のほかに碁石《いし》で負けていた二十円のもとを取返して、尚その上に十五円ほど勝ち越した時だつた、ダイヤが切れてゐるだけで、あとは一《ポイント》や王《キング》ばかり揃つてい丶手を、ズラリとあけて並べた。

「さア、パッツだ」

K――はドキットした。前例によつて、当分パッツは厳禁だらうと思つてゐたところへ、併も先刻《さつき》他事ながら心配して、自分が一生懸命庇つてやつたO――が、八十円と云ふ自分の手形を含む場全体をパッツしようと云ふのだ！　あまりのことに、サソクの言葉も出ないでゐるうちに、

「パッツか、よし！」

とばかり、その時の親だつたH――が、先刻ハアトの王《キング》を出された意趣返しとでも云ふやうに、「ダイヤ出ろ！」と叫んで打ちつけた札は、クラブの三で、とても同じ印の王《キング》の敵ではなかつた。

「ハ、ア鶏を割《さ》くに牛刀だね」

O――は悠々と、堆《うづたか》くなつた碁石を自分の膝もとへ掻きよせたが、K――の手形だけは、別に懐中から紙入を出して、すましてそのなかへ蔵ひ込んで了つた。

嫉妬もあつて、みんな憎々しげにその動作を眺めてゐたが、別に文句のつけやうもなかつた。尚更K――としては、取られた金を惜む心が見透《みすか》されさうで、一人で払ひ出してゐる金高の多い時にはパッツを遠慮すると云ふ、先刻の不文律を持ち出さうとした勇気も挫けて了つた。それも、まだ「めくり」を出さないうちならばまだしも、今となつては慥に卑怯だつた。その上、漠然と「金高が多い」と云つても、いくらからを「多い」と認めるかはきめてなかつた。八十円は慥かに自分にとつては「多い」、然しO――にとつては「多」くないかも知れない。成程三百円や六百円から見れば僅かなものだ。然し自分としては、一月分の生活費を慰ごとでフイにしてはたまつたものではない。何んだ、そつちがそんな気と知つたら、先刻の三百円でも六百円でも、パッツして取つてやる機会はいくらもあつたのだ。それを俺は、自分がしなかつたばかりでなく、他《ひと》がしようとするのをさへ制《と》めてやつたではないか。いくらなんだつて、あんまり義理を知らなすぎる！

かう考へて来ると、K――は急に目のなかゞ熱くなつて、危く目頭《めがしら》に泪がにじみ出さうになつた。

「ひどいことをやりアがるなア」とH――が忌々しさうに云つた。

「だが、あの手ぢや君だつていくだらう」とT——が揶揄《からか》つた。

「いくが、俺なら、K——の手形だけ残しとく。それア不文律に拘束されてぢアない、恩に感じてだ。……ねえオイ、O——」と、突ツ掛かるやうに呼びかけたH——は、いまチラとK——の泣きだしさうな目つきを見てから、O——に対して義憤を発してゐるのだつた。「人間は、自分の苦しかつた時のことを忘れたくないもんさ！」

一寸一座は白け渡つた。

「勝負は勝負、友達は友達だ」と暫してO——がキツパリと答へた。「勝負ごとに交際《つきあひ》の遠慮なんぞ考へて、たまるものか」

「だが、君は自分の場合に遠慮して貰つてるぢアないか。それも、僕はいくと云つてるのを、K——が、君のために、あんなにまで云つて止めさせたぢアないか」

「それア俺の知つたことぢアないさ。現に俺は、いくならいけよ、と云つてあの時君に勧めたくらゐぢアないか。それをよしたのは、君の勝手だ。まア、いつたところで取られたばかりの話だつたが、よしあれがうまくいつて、あの三百円を君が浚《さら》つて行つたとしても、俺は何んとも思やしないよ。場に出した以上は、もう俺の金ぢアないんだもの。その時既に失つてる金なんだもの。何も俺から、パッツしないでくれつて頼む筋のものぢアないんだ。誰でも取れる奴が取つてい丶金なんだ。俺は自分の損だけ取戻して来たと云ふじよう、改めて場の金を取つて来たまでのことで、それが俺から出たものだらうと、君から出たものだらうと、そんな差別はいらざる詮索なんだ。場にある限りは場の金で、誰のものでもない。その場を取つたからつて、グズ〳〵云はれるくらゐなら、初からこんな勝負は成り立ちアしない……」

「それほどの考があるのなら、何故《なぜ》あの不文律の相談をした時に云はないんだ、不賛成を称へないんだ。矢ツ張り、自分の金を守つてくれる、君にとつて都合のい丶規則だつたからだらう。あの時一言《こと》も云はずにゐて、今更、卑怯……ぢアないか！」

「まア、い丶さ〳〵」とT——が主人だけに、仲にはいつて、「何んと云つても、O——の云ふことが理窟だよ。K——にはちつと気の毒だけれど、まアまた取返す時もあらアね。……さア、あとをやらう。え丶、かうつと、今度は誰の親だつたつけかな」

白《しら》け返った空気のま丶、再び遊びが始められた。パッツで、場を総浚《さうざらひ》に浚つて行かれたあとなので、名自《めい〳〵》は黒石二つづ丶、改めてかけなければならなかつたが、五人のか丶け石で、たか丶一円の場だつた。それまで大きな場で馴れて来た気持では、そんなものは、取らうと取られやうと一向馬鹿々々しく思はれる上に、今のO——のやり方で気の立つてゐるH——などは、紛《むしや》蘊腹《くしやばら》の無茶出《むちやで》で、矢鱈とパッツをやつたが、それがまた誰のも不思議に当つた。札の廻りが、手に大きなものがついて、「めくり」に小さなものが残るやうな具合に切れて来た。一円の場をパッツ〳〵で取つて廻るので、それ以上の場はめつたに出来なかつた。H——は、いつでも必ず「不見《みず》パッツ」でいつてゐた。その時三四十円勝つてゐたY——も、少しは「罪ほろぼし」と云ふ気持もあつて、手に構はずドン〳〵無茶出をやつてゐた。そんな風に粗笨《あれ》て来た打ち方のなかで、K——がすつかり懦《しよげ》て了つて、弱気になつたのは仕方がないとして、O——が丹念に手を調べて、悪ければおりるし、余程よくない限りは、いくにしても、たつた一円の場をパッツしずに、十銭、二十銭、と刻んでゐた。これには、日比《ひごろ》O——と兄弟のやうに親しくしてゐるT——さへも腹立たしくされたくらゐだつたから、K——やH——としてはたまらなかつた。悠々と手札を拡げて、右手の親指と食指《ひときしゆび》とをピチリ〳〵鳴しながら、ヂツと考へ込んでゐるのを見ると、気早やH——などはヂリ〳〵して来て、何か小ツぴどいことを云つてやりたくつてならなかつた。

「オイ、O——、どうするんだい、いくのか、おりるのか」

「あ、俺の番かい？　あゝさうか。俺の番ならね、さうさねえ、ひと手、ふた手か……。ふた手ぢアしやうがないが、まア黒石《くろ》二つといつとくかな、……ト、待つてくれよ。かうつと、あ、よしだ〳〵。俺アおりるよ」

「いけ〳〵！　パッツいたつて知れてらアね。チユウ〳〵タコカイ……一円二十銭の場ぢアないか。いけよ」とT——も苛々させられて、口を出した。

「いかなくつちアならないと云ふ規則《ルール》はないんだらう」とO——は落つき払つて云つた。

「規則《ルール》のことを云つてやしないよ。金持ぢアないか。ちつとは寄附的に出たつていゝんだ」

「金持喧嘩せず、か」

さう独語《ひとりご》ちながら、O——は手札をわきへ捨て了つた。

「よせ〳〵、いかなきアいかなくつてもいゝんだ。さアお次は？」

「不見《みず》パッツ！」とY——が潔《いさぎよ》く答へた。めくりに一《ポイント》が出た。

「文句なしだ」と、碁石《いし》を数へて出す。

「そオらね、だから俺はいかないんだ」

「さうかよ」とH——が憎さげに、「いつそ仕舞までおツとほしに、おりてたらどうだ。かけ石だけしておりてたつて、十遍で二円がものだ。結局大儲だから安心してろよ」

「安心して、仰の通りにしようよ。そこで、負てる奴はいつまでゝもしたがるだらうから、仕舞を時間できめとかう」と帯の間から金時計を取出して、「今九時四十分だ。十時半までとしとくか」

「もつとやつてたつていゝぢアないか」

「電車がなくなるよ」

「いつもの花の時だつて、よく十一時半過ぎるぢアないか。いやな奴だな」

「ぢア十一時までにしよう」

「金持喧嘩せず」でいゝ加減反感を買つてゐたところへ、取込んだ碁石《いし》を減らさないうちに早く仕舞にして了はふと云はんばかりの態度を露骨に示したので、それからは、二言目にはみんなから諷刺《あてこす》られたり、皮肉を云はれたり、H——などにあつては、猶太人《ヂユウ》の甦生《うまれかはり》とまで罵られたりしたが、O——は相変らず、「金持喧嘩せず」の独語《ひとりごと》を繰返し〳〵呟いてゐるばかりで、相手にならなかつた。

今の世に生きてゐる人間の一人として、O——は金が好《すき》だつた。その程度は、人並以下でもなければ以上でもない、ごく普通なところだつた。他《ひと》には何んと思はれやうと、罵られやうと、金さへ取れゝばいゝと思ふほどの、ゴウツクバリでは決してなかつた。

三百円と纏つて、パッツを遠慮すると云ふ不文律の相談が出るまでに、それ以下ではあるが、兎に角彼にとつては可なりの大金を危険に晒してゐた。その時弱気に出て、十円二十円づゝ取返す算段をしてゐたなら、誰かのパッツで場をなくなされてゐたかも知れない。それを彼は、一つ間違へば倍に〳〵と殖えて行く危険を承知で、どこまでも強気に、全額々々とはつて行つた。そのためにこそ三百円にも六百円にもなつて行つたのだが、然し兎に角そこに彼の苦労があり、それが同時に強味ともなつたのだ。誰しも少し負がこんで来ると、自棄くそでない限り、弱気になりたがるのを、彼は一種の精神修養のつもりで強気で押して行つた。さうしては、幾度も意地の悪い運命の顔を見なければならなかつたが、然したうとう勝つた。この強気が彼の心に深く残つた。何んてつたつて、つまり勝つた者が勝だ、勝ちさへすればいゝんだ。かう云ふ気持には、K——が親切に種々《いろ〳〵》云つてくれたのさへが、くだらない弱々しさに見えたのだから、ましてY——が、勝つてゐるのを耻かしいことのやうに思つて、罪ほろぼしの気持で無茶出をしてゐるのや、K——が八十円でカツカとなつてゐるのや、H——がK——に対する同情から、自分を憤《おこ》つてゐるのや、すべて弱気から生れて来るものを踏み躙るやうな軽蔑で見やうとした。みんな粗笨《あら》くさしてゐるなかに、自分ばかりがしみつたれないき方をしたり、嘲罵を軽く受け流したりしてゐることも辛いには違ひなかつたが、一番気を締めてかゝらなければならなかつたのは、矢ツ張り自分の裡《うち》に起つて来る弱気だつた。K——の経済状態も知つてゐるし、前例によつてパッツされないものと安心して、いゝ手のつくのを待つてゐた気持も、それをだしぬけに浚つて行かれた時の気持も、よく解つてゐるが、ちつとでも気の毒だと思ふやうでは、忽ち勝負の運が傾いて来ると感じてゐたので、一生懸命に、さう云ふ自分自身の裡《うち》に起らうとする弱気を抑えつけてゐた。そのためには、成可く憎々しげに振舞つて、みんなの反感の中心になつてゐるのが、一番安全な方法だつた……。

H——とK——とは、自分は損をしてももう一度場を大きくして、慾張のO——が、うつかり色気を出して引ッ掛つて来た時に、一度にうんと大きく吐き出させなければ、とても取返す見込がないと思ふので、せつせとパッツをやつてゐるうちに、ふいとまた札の切れが変つて来て、みんなの負がこみ始めると、見るまに場は四五十円にふくれて了つた。さうなると、前に懲りてゐるK——は、もうとてもパッツなどする元気はなくなつて、すつかり弱気になり切つて了つた。H——はそれが歯痒くてならなかつたが、今ある場には、O——の負と云ふものは、一二円より含まれてゐないので、どうかして、これを餌《えさ》に彼を釣り出して置いて、O——から出たものでK——の穴を埋めさせてやりたいものだと思つてゐた。

「どうだい、O——、たまにはパッツといけよ」

「いゝ手さへ来りア、云はれないでもいくさ。それまでにせい〴〵場を大きくしといてくれよ」

そんな憎まれ口を利きながら、O——は欠伸ばかりして、大抵の手では出て来なかつた。仕舞には、倦怠《けだる》さうに腹ン這になつて了つて、親が廻つて来ても、そのまゝで面倒らしくグズリ〳〵札を切つたりした。

「どうしてももう出て来ない気だな」

K——はたまりかねて、気の小さい彼としては稀しく喧嘩を吹かけるやうな調子で云つた。「もう一生涯こんな卑怯な奴と勝負ごとはしない」

「さうかい。さうすれば、今夜の八十円は永久に俺の儲になるばかりだ。またやれば、その時俺が負けると云ふ機会もあるが……」

「沢山だ。くれてやるよ」

「有難く頂戴するよ」

然し、不思議にO——はだん〳〵不機嫌になつて行つた。

「くれてやるが聞いて呆れる」など、さも憎さげに独語ちてゐた。

「そんなに勝つてながら、怒つてやがる。馬鹿な奴だア」とH——が云つた。

「金持喧嘩せず」

今度は、さう呟くのが、自身自分の裡《うち》に起つて来る腹立たしさに、自分で云ひ聞かせてゞもゐるやうな調子だつた。十一時が過ぎても、二三十円の場が片づかなかつた。

「今度これを誰かパッツして取つたら、それでお仕舞にしようか」とT——が云つた。

「よし、ぢア俺がいく」と、O——は俄かに起き上つて、「行きがけの駄賃に、これも浚つてつてやらう」

聞くと、みんなの間には、一種の感動が通《かよ》つた。いきさへすれば必ず勝てると云はんばかりの云ひ草は、それまで重り重つて来た反感を、最後に、「憎悪」と云ふ色にまで染めあげた。四人の心のなかでは、祈《いのり》か咒《のろひ》かの形で、彼が運拙《つたな》く負けるやうにと念じられてゐた。一方O——には、そこまで強気で押通して来ると、もう何んとなく自信がついてゐた。きつと勝てるものと云ふ気持には少しの疑ひもなかつた。

K——が精一杯の憎みをかけてめくり出した札は、O——の手札にかなはなかつた。最後の碁石《いし》もたうとう彼の前に搔よせられて了つた。

＊　＊　＊

帰途《かへりみち》の方向を同じくするK――とH――とが、人通の杜絶《とだ》えた往来を歩きながら、かう話し合つた。

「喧嘩ツぱやかつた子供の時分を別とすれば、俺は今夜くらゐ癪にさはつたことはない。あゝ云ふのは『世帯博奕《しよたいばくち》』と云つて、本職《くらうと》の間にだつて、ひどく卑められるやり口なのだ。いや、遊人なら尚更やらないことさ。もと〳〵道楽商買だ。博奕で儲けた金を米塩《べいえん》のたしにするやうな気ぢア、初ツからやれやアしない。勝つた時の、天にも昇るばかりの有頂天、負けた時の、地獄にでも擲《ほう》り込れるやうな絶望落胆、霊《たましひ》を、ヒステリー女の奥歯に挟んで貰つて、ギリ〳〵と身を震はせながら噛み締められるやうな、「痛みの快感」が、博奕本来の目的なので、金は第二義に下つた問題だ。それに何んだ、O――のは。取込んだら、もうあとはおりてばかりゐる。それくらゐなら、よしてさツさと帰るがいゝんだ。欠伸をしたり、寝転んだりされちア、はたの者の気が腐つてやり切れやしない。俺も随分勝負ごとはしてみたが、まだあんなきたない奴に出ツくわしたことはない。全く癪にさはる奴だ！」とH――が奮慨した。

「僕も、口惜くつてならないのは、金を取られたことぢアなくつて、あと出て来ないことだ。あゝされちア、取返さうにもなんにも、まるで手がゝりがありアしない。ほんとにいやなまねをしやアがる」

同じ時刻に、別な方向の電車のなかで、O――が一人で考へてゐた。

（こんな気持のいゝ思ひをしたのは、久し振りだ。友情だの、同情だのと云ふ、女学校の寄宿舎臭い、生《なま》ツ白《ちろ》い虫けらを膿汁の出るまで蹂躙つてやつた気持つたらない！　その上俺は、勝利者が必ず感じる悲哀にさへも打克つたのだ。あとはもう、凱旋将軍が禅寺通ひをするやうな気持になりさへしなければいゝんだ。なんでも人間は、善だらうが悪だらうが、徹底しちまやアいゝんだ。人世須らく強気たるべしだ！）

K――が云つた。

「然しね、中々あゝは出来ないぜ。あれだけ義理の悪いことをして、――卑怯な勝ち方をして、みんなにあれだけひどいことを云はれながら、例の『金持喧嘩せず』一点張で、済し込んでるなんて、……とても僕等にア真似も出来ないな」

「出来ないこつたね」とH――が皮肉に答へた。「君はまた出来な過ぎるよ。あの三百円だつて、黙つて、パッツさせりアいゝんだ。君だのY――だのは、勝負ごとをするには、人が好すぎるよ。一寸でも相手が気の毒だの、可哀さうだのと思つたら、もうお仕舞だ、きつとその勝負は負だよ」

「負てもいゝ。僕はあんなきたないまねをしてまで勝ちたかアない」

「それアさうさ、きたないまねは絶対にいやさ。だけど、勝負ごとにかゝつた以上は、飽まで自分が一番勝になる決心で、遠慮や斟酌を捨てかゝらなきア駄目だよ。相手の負なんぞで気を揉んでちア駄目だよ」

O——が考へ続けた。

(だけど考へると、K——には気の毒なことをした。あいつが九十円稼ぐには、六号カンパスを二三枚も描かなきアおツつくまい。それに、あいつ、俺が負けてる時に、頻りと庇つてくれたが……。他《ほか》の奴から取つたんならいゝけれど、あいつだけに、なんだかちつと気持がよくない……。然しみんな、揃ひも揃つて上人間《じようにんげん》だなア、H——は、K——の負をどうかしやうと思つちア、無茶出をして、いゝ加減勝つてたのを、たうとう二三十円の喰ひ込みにしちまやアがつたし、Y——も、骨を折つて勝を少くしてやがる。T——は丁度「もと」だけの損だと云つてたが、するとまア俺の一人勝みたいなもんだ。然しまた、いつ何時《なんどき》俺が、今日のK——みたいなはめにならないとも限らない。哀んだ奴に、哀まれないとは限らない。勝つときにうんと勝つとくことだ……)

K——が云つた。

「だがね、その点から云ふと、O——はエライと思ふよ。癪にさはりながらも、僕は内心感心してゐた。強者だよ、慥かに強者だよ」

「本統の強者なら、勝つたつきり出て来ないやうな卑怯なまねはしないよ……」

「いや僕は、その出て来ないところが、あいつの強いところだと思ふんだ。大抵な人間なら、あれだけ一人勝をしてゐれア、何んだかきまり悪くなつて、義理にも出ずにアゐられないよ。それをヂツとあゝしてゐるのは、けちばかりぢア出来ない仕事だと思ふがな」

「相変らず、ものごとを善意にばかり釈《と》りたがるね。けちさ、『金持喧嘩せず』さ。一体金持と云ふものが、貧乏人とかかり合つたひには、勝つても負けても得のいかないもんだ。『金持の弱味』とでも云ふやうなヒケメが立つんだ。あいつ、有繋にそこを心得てやアがる。『金持喧嘩せず』は実によかつたよ。あいつの心理をこれほど適切に、皮肉に云ひ現はした言葉はないよ」

「だが、その皮肉を、あいつみたいに、自分自身で云つちまふと、もう肝心なその皮肉味が消えて、却つてこつちへ向いて来るやうな気がするぜ」

O——が考へた。

(然し、K——みたいな善良な気持でゐる奴が、一番損をする、——そんなことは世間に箒木で掃くほどざらにある皮肉だが、——もう皮肉では通用しなくなつたほど、「運命」が使ひ古し、蒸し返した皮肉だが、一体これでいゝものか知らん。損をして得を取れ、で、あいつは損をしながら、何か得をしてゐるんぢアないかしら、……目に見えないものを、お伽話にあるやうに、何かかう珠《たま》のやうなものを、どつかから授かるんぢアないかしら。目に見えるもので損をするたんびに、目に見えない珠のやうなものを、一つづゝ、授かるんぢアないかしら……)

H——が云つた。

「さう君のやうに、自分をひどいめに遇はせた奴を、有難がつて褒め立てゝゐちア仕様がない。あんな奴を感心する位なら、成金連中はみんな君の崇拝に価するよ。さう勿体をつけずに考へて見たまへ。彼等は、たゞゴウツクバリの、恥知らずの、恩知らずの、けちン坊の、『金持喧嘩せず』野郎さ。それ以下のものであつても、決してそれ以上のものぢアないのさ……」

「然し世の中は」とH——は調子を改めて、大秘密を洩す時のやうに、あたりを見廻しながら、声を落し、暗澹たる気持を眉宇の間に浮べて、——「然し世の中は、結局あゝ云ふやつがおちを取ることになるのさ」

O——が考へた。

(金を取るばかりが得ぢアない。ヒヨツトすると、K——のやうな奴が、人間として、結局おちを取るやつかも知れない)

K——が答へた。

「ほんとにさうだ。僕のやうに気が弱くつちア仕様がない。強くならう。強くならう」

そのまゝ口を噤んで、K——は、どうしてその晩の損を償はうかと考へ始めた。自分の仕事よりほかに、何一つ金儲の法を知らない彼は、結局一生懸命勉強しさへすればいゝんだ、と思つた。

O——はまた思ひ返した。

(なアに、何があんな奴に出来るもんか、弱虫め！)

それから、その晩の儲をどうして使はふかと考へ始めた。彼の財布をさへ一々取締る細君に、知らせないでも済む小遣《パケットマネー》が百円以上はいつて来るのだ、……O——は細君に内証で遊ぶことを、——その遊びの方法を、いろ〳〵考案してゐた。

——八年七月作——

(「中央公論」大正8年8月号)

霰の音

加能作次郎

一

今年の三月の末であつた。私は長い間気にかゝつてゐた亡母の三十三回忌法要を営むために、五歳になる長男の潔《きよし》を連れて帰郷した。去年の十一月が丁度祥月に当つて居たのであるが、職業上特に忙しい正月を前に控えて居て帰郷することが出来なかつたのであつた。実はそれがどんな意味であつても、帰郷するといふことは、何くれと多額の費用が要《い》る上に、郷里に於けるいろ〳〵の煩累が予想されて、厭でならなかつたので、年末の多忙を口実にして、必要な金は送るから簡単に済して貰ひたいといふ意味をそれとなく父に言つてやつたのであるが、自分が行かねば法事にならない、つまり施主がゐないことになるから、殊に人がその一生の中に会へるか会へないか分らない様な五十年忌に次いでの大法事であるから、どうあつても帰つて来なければいけない、年《とし》が明けて閑《ひま》になつてからでいい、それまで延期するから是非帰るやうにと言つて来た。で、父の心持も察し、それもさうだと思つて、正月の中に帰ることに決めて居た。ところが正月になつて、妻が産後の病気をしたり、仕事の都合があつたりしたので延々《のび〳〵》になつて、郷里に於ける法事季節も過ぎて何かと都合の悪るいことを知りながら、三月の末に一週間の予定で帰郷したのであつた。

これより先、二月の中頃に、自分の第一創作集が始めて世の中へ出た。それは十年間の文壇生活の乏しい収穫であつたが、自分は曾て見ない亡き母（母は私が生れて間もなく死んだ）に対する本能的の愛慕の情と、その求めて得られない愛に対する深い憧憬の念とを表はす為に、その書を亡母に献ずる意味を、書物の扉に書いて置いた。ところがそれが偶然にも実際文字通りになつたわけだ。自分は亡母を愛慕すること深く、曾て味つたことのない母の愛に対する人並ならぬ渇望憧憬の念を、これまで色々の作品中に表はして来たが、いつかそれらの作品を一冊の書物として世に出す様な幸運が来た場合には、自分はその書を亡母の墓の前に献じようと平常から考へて居た。そこで今度愈々その創作集が出ることになつたので、自分は遂にその機会が来たことを思つて、その意味を文字に表はしたのであつた。ところが図らずもそれが、丁度三十三回忌の法事を営む時に当つたのであつた。而も止むなき事情で延期された法事に丁度間に合つたのであつた。自分はそれを何か因縁があるかの如く思つた。そして万事都合がよかつたと喜んだ。自分はその書物の印税の金を残らず法事の為に費さうと決心した。大なり小なり、その印税の金で出来る程度の法事を営まうと決心したのであつた。

春の暖さが例年になく早くやつて来て、東京ではもう二三日もしたら、四月にならぬうちに桜花《はな》が咲くだらうと、花の便りが日々の新聞に出る頃であつたが、さすがに北国の春はまだ〱浅かつた。その朝の未明《よあけ》頃には、前の晩上野を発《た》つた汽車は越後路に入つて居たが、汽車の窓から見た空には、一点の片雲もなく、次第に消え失せる淡い星の光が、まだ薄明の中ながらくつきり晴れ渡つた空の其処此処に指点されて、その日の好晴を想はせた。そして汽車が越後越中の海岸を走つて居る頃は、麗らかな日光がきら〱と波のない海の上に輝き、沖の方に白帆が点々と、小さな鷗の様に浮んで居るのも、長閑な春の日の旅らしい気分を誘うたが、お昼近く、汽車が故郷の能登の国へ入りかけた頃から、まるで早春の北国特有の変り易い気まぐれな天候の範例を示さうとでもする様に急に曇つて来て、間もなく最終の停車場に汽車を捨てた時分には、霙交りの冷たい雨がしと〱と降り頻つて、俄かに慄へる様な寒さに襲はれた。私達はそこから尚ほ汽船に乗つて、二時間あまりの海を渡り、それから更に数里の山道を越えて行かねばならぬのであつた。こんな時、子供がひどく邪魔になつた。私は殆ど途方に暮れて、一寸の間潔《きよし》の手をとつたまゝ停車場に立つて、呆然と雨を眺めて居た。若し今日着くといふ電報を打つてなかつたのならば、私は近くのW温泉場へ車を走らせたであらう。けれどもその日の朝早く村を発《た》つて、汽船の着くN町まで誰か（多分弟が）迎へに来て居ることを知つて居た私は、止むを得ず、波止場へ車を急がせねばならなかつた。

雨風の中を、子供を連れて汽船に乗る為に私は全く人知れぬ気苦労を嘗めた。うまく連絡してゐる筈の汽船が、何かの故障でまだ来て居なかつた。切符売場で聞くとまだ一時間もあるとのことだつた。私はがつかりして、物置か厩舎のやうな切符売場の寒い土間に、子供の身を案じ煩ふ心で一ぱいになつて泣きたいほど気を焦々させながら、空しく雨を眺めて立ちつくして居た。雨は益々烈しくなり、海には波がかなり立つて居た。まるで厳寒の頃の様に寒かつた。子供は何よりも退屈の為に、まだ乗つたこともない汽船に早く乗らうと聞き分けなくせがんだ。そこから桟橋まで二町近くもあつたが、私はこの吹き降りの中に子供を連れ荷物を携へて、どうしてその桟橋まで行かうかと思ひ惑つた。切符を買つて居る間に子供と荷物とを車夫に運ばせようといふ予定が、汽船の延着の為にすつかり外れて了つたのであつた。侘びしい小さな波止場なので、そこには車夫も居らず、荷物を運ぶ赤帽の類も居なかつた。

やつと汽船がやつて来た。待ち構へて居た人々は先を争うて桟橋の方へ急いだ。私も殆ど無意識に、誘はれるやうに潔を負ぶつて急いだ。そして二人とも雨に冷たく濡れそぼちながら、狭い昇降口に押しつ揉まれつして漸つと船室へ入つた。私は潔の為に一つの座席を取つて置いてから、再び外に出て荷物を取りに走つた。潔が自分の居ない間見知らぬ人々の間に泣き叫んで居はしないかと、ひどく胸を痛めながら、傘も被らずに大きな信玄袋を横抱きにして駆け戻つた。そして雨に濡れてつる〳〵した桟橋の板の上に一度ならず滑り転ばうとした。桟橋は二間にも足らない位で、左右何れの側へ一歩踏み外しても、海に落ち込む様な気がして、その度に不思議な戦慄を全身に感ずるのであつた。

長さ四畳位もあらうか、細長い、狭い、且つ立つて歩けない程に天井の低い船室は、溢れる様に込んで居た。私を除いた乗客の多くは、雨の中を歩いて来た地方の人達で、互にびしよ濡れになつた雨具――古毛布や、茣蓙《ござ》や、マント様なものにくるまつた身体と身体をぎつしりくつつけて押し合つて居るので、それらの雨具と雨具との間から雨水が滲み出るかの様な気がした。多くは草鞋穿きなので、船室の板の間は、それから浸み出た水がぐしよ〳〵に汚れて居た。そして両側の窓も閉され、艙口も塞がれてゐるので、煙草の煙や濁つた空気やらで、むつとむせ返る様な、一種言ふに言はれぬ不快な悪臭に充ちて居た。

私は子供が不快で苦しいであらうかとそればかり気遣つて居た。一晩中汽車に揺られ通して、疲れきつて居るであらう上にこの有様なのだから、私自身の心持から推し量つて、今にも泣き出しはしないかと絶えずはら〳〵して居た。おまけに沖に出るに従つて波が高くなり、船の動揺も烈しくなつて来て、最早船暈《よひ》を感じたらしい女の乗客が四五人も出たので、一層心配になつたが、潔は全く無関心に、汽車中と同じ様に、あたりの物珍しさに喜び上つて居た。始めて海上の不思議な光景に心を奪はれ、眼を窓から離さずに、絵雑誌などから得たらしい海に関する朧ろげな知識によつて、絶えず私に向つて無邪気な奇抜な質問を続けた。そして波と波とが舷側に烈しく打突つて砕けるのを見ては、どうした聯想からか河童と鯨と喧嘩して居るなど、、殆ど歓呼せんばかりに叫んで、人々を思はず微笑させたり、雨と波との飛沫とに、恰も虫の匍ふ様に水滴《しづく》の滴り伝うてゐる窓硝子を透して見て居るのをもどかしがつて、窓を外せと言つたり、船室の外へ出て見ようと意気込んだりした。私は安心した。実際この旅で最初からひどく心を痛めて居たのは子供のことであつた。何事にでも予想に慴《おび》える性質の私はまだ満四歳にもならぬ幼児を男手一つに連れて、かうした長い汽車や汽船の旅を続けることは、殆ど不可能にさへ思ひ案じられて居たのであつた。が幸にも、彼は最初からひどく元気でおとなしく、俄かに年の二つも三つもおとなになつた様で、まるで別人の観があつた。母親のことなど全く忘れて了つたかの如く、自分の絶えざる不安を裏切り続けて来た。そして最後に残つた、最も自分に不安を抱かせて居たこの汽船の旅が、一層彼を喜ばせたことは、自分にも全く意外で且つ嬉しかつた。

『子供は決して親の思つて居るほど子供ではない』

私はその時つく〴〵とさう感じた。

やがて汽船は小さな川に入つて、それを遡つて、N町の橋の袂に停つた。雨はいくらか小降りになつて居た。弟が迎へに来て居て、自動車の切符まで買つて待つて居た。そこから私達の村の近くのT町まで自動車が通つて居た（去年の夏からださうだ）といふことは全く意外であつた。馬車や人力車も行き悩む嶮しい九十九折の様な山坂を、よく駆けられるものだと感嘆しながらも多少心配にさへなつたが、兎に角私は救はれたやうに有り難かつた。

T町に着いたのはもう夕暮に近かつた。妹と、弟の嫁と、本家の長男とが迎へに来て呉れて居た。私達は知合の宿屋に一寸休んで、それから更に身支度を調へて出発した。私は靴を脱いで草鞋穿きになつた。弟の嫁は荷物を担いだ。本家の長男は五升入の酒樽を担いだ。そして潔は妹の背中におとなしく負ぶさつて居た。そこから村まで渚伝ひに一里余りあつた。しかし吹き降りが強い為に、広い柔かい砂浜を歩かせて潔を喜ばさうと思つた海岸伝ひに行かれないので、私達は少し遠廻りに本街道を運んだ。私は静かな、ゆつたりした気持になつて、左手に海の遠鳴りを聞きながら、松並木の間の、雨の浸みこんだ柔かな砂路を踏みしめて歩いた。弟妹達と懐しく語らひながら。

二

村境に来た時に日はびつしり暮れて了つた。そして地勢が急に変つて、岩だらけの歩きにくい路になつた。二三人の人達が提灯をつけてそこまで追ひ迎ひに来て呉れて居た。

『潔、お祖父さんやお祖母さんにどう言つて御挨拶するんだつたか覚えてるかい？』

私はもう人家のあるあたりへ来た時に、ふと思ひ出してかう尋ねた。

『うん、覚えてる。』

潔は彼の叔母の背中から元気に答へた。

『どう言ふのや言うてお見。』と彼の叔母が一揺り潔を揺りながら尋ねた。

『…………』潔は気まり悪る相に微笑しながら顔を伏せた。

『言うて御覧、お悧巧さんだから。』と私は促した。

『お祖父さま、御機嫌よう、お祖母さま御機嫌よう、母《かあ》さまがよろしく。』と潔は口早に歌でも歌ふやうに言つた。

『おう、賢こい、賢こい。潔さんは賢こいね。』と弟や妹等は口々に賞めた。

これは私達が東京を発《た》つ日に、妻が戯談半分に教へ込んだのであつた。

間もなく私達は家に近づいた。家は二三年前に通じた新道の往来に背を向けて建つて居た。私達の近づいて来る気配を感じてか、二三人の姿が裏口の闇の中に立つて私達を迎へて居るのが見えた。

『おう、来たか！』

一町ほど離れた所から、真先に父の大きな声が呼びかけた。

『おう、御苦労、御苦労、待つとつたぞ。』

すぐ側まで近寄つた時に、父は更にさう言つた。

『只今……』

私は口の中で言つて頭を下げた。私は何とか言はうとしたのが、妙に言葉が咽喉につかへて言へなかつた。久し振りに父と会つた瞬間は、何時でも斯うなのであつたが、こんな場合に、何にも言はずに、互に手を取り抱き合つて、情を籠めた接吻を交したりするのが、極めて自然な心情の発露だと思はずには居られなかつた。

父が潔に何か言つて居る間に、私は家の土間に入つた。そこには母が洗足《せんそく》の湯をとつて呉れて居た。

『さあ来たか、さあ来たか、いやな降りでのう。困つたやらう。』

足を洗つてゐる間に、潔はもう上へあがつて父から菓子など貰つて居た。暫くの間家の中にも土間にもまとまりのないざはめきがあつた。

『潔、お祖父さまに御挨拶しないのか？　もう忘れたのか？』

と私は足を洗ひながら言つた。

『お祖父さま、御機嫌よう、母さまがよろしく。』

潔は真直に前方に眼を放ちながら、教はつた文句を暗誦するやうな調子で言つた。これを聞いた父は全く悦に入つて、潔を固く抱きしめて頰ずりをした。

『お祖母《ばあ》さまには——？』

私は足を拭きながら注意した。が潔は黙つて居た。

『お祖母さんに挨拶せんのかえな？　潔さん。』と母は囲炉裏傍に坐つて言つた。潔は尚ほ黙つて居たので、『潔さんは、忘れたのやな？』とからかふ様に言つた。

『いやだい、お祖母さんなんか！』

この意外な唐突な潔の言葉に、私ははつとした。この無邪気な、併し無邪気なるが故に尚ほ更、意あつて聞けば如何様にも邪推されさうな言ひ方が、どんな印象を母に与へたであらうか、私は気にかけずに居られなかつた。これがもし父に向けられた言葉であつたなら、只だ子供らしい一場のお愛嬌として却つて座興を添へるに役立つたであらうが、偶然にも母——継母——にであつたので、その「偶然」が必ずしも偶然でなく、何か意がある如く母に思はれはしないか、常平生の私達の母に対する心持や態度が、はしなくも潔を透して無意識に現はれたのだといふ風に母は邪推しないだらうか、私はそれを恐れずには居られなかつた。そして私自身もまた、それが単なる偶然ではなく、根を深く掘つて行けばそこに争はれぬ「血」が暗黙の裡に作用《はたら》いて居るのではないかと疑はざるを得なかつた。

『おう、覚えとれ、そんなこと言ふなら、甘いもんあげんぞ。』

と母は笑ひながら調戯つたが、私は妙に気まづい思ひがした。

私は家へ上ると先づ仏間へ行つた。旅から帰つた場合には、何よりも先きに仏《ほとけ》に拝をして来るものだと、子供の時分から父に教へられて居たからである。学生時代に、休暇などに帰省した場合に、父はいつでも他を憚る様に眼付や手振りで仏間の方を示して私に注意した。それは彼の単なる崇仏の思想をあらはすよりも、『あすこにお前のお母さんが居るのだ、忘れるなよ。』と言つて居る様に私には思はれた。私は既成の宗教を信じないけれど、また形式的の儀式にも或る方便としての外に価値を置いて居ないけれど、そんな風に父に暗示されると、その時に限つて何となく敬虔な心持になつて仏前に礼拝するのであつた。

　仏壇は外扉が開かれて、灯がともされたまゝになつて居た。それは恰も私の帰りを待つて居たかの様であつた。緑色の薄い紗《しゃ》を張つた中扉を透して、輪燈の灯がほの〲と金ぴかの内部を照らして居るのが何となく古典的な床しい風情があつた。静かで厳かで、而も言ふに言はれぬ温か味優し味のある空気が部屋中に漲つてる様に思はれた。私は無心に頭を下げた。

　和服に着換へて、寛いだ気持になつて、茶の間の囲炉裏傍に疲れた腰を下ろした時に、私はほつと蘇生した様な気がした。囲炉裏には炭火が熾《さか》んに青い焔をあげて、大きな鉄瓶がちん〲鳴つて居た。円い鍋を埋めた様になつてゐる火壺の外まはりの砂は、綺麗に跡目も正しくならされて居た。あたりがきちんと片附けられて、家中が、恰も大切な賓客を迎へる為に幾日も前から準備されて居たかの様な感を与へた。私の潔癖を十分承知して居る、そして私よりも更に潔癖な父の神経が、部屋の隅の吊り竿に掛けてある手拭の掛けやうにもあらはれて居るやうな気がして、私は微笑しながら四方を見廻した。

　納戸《なんど》の向ふの台所部屋には、潔が人々に引つ張り凧となつてゐるらしく、『潔さん、潔さん』と彼を呼ぶ色々の異つた声が高い笑ひ声に交つて絶え間なく聞えた。親類や近所の人達も四五人集つて居るらしかつた。私はそれらの人々がやがて此の茶の間へ挨拶に来るであらうことを想ひながら、その間だけでもと伸々と身を伸ばして横になつた。

　簡単な酒宴が終つて、親類や近所の人達も帰つた後で、私達は親子兄弟打ち集つて長い間しみ〲と語つた。ふとした事から数年前から絶交して居る私の実母の実家である月岡の家との関係、去年の夏、本家《ほんけ》から来て居た弟の先妻の死んだ前後のこと、つい二三ケ月前今の嫁を貰ふに至つた径路、それから後の本家との関係、それから私の妻の実家との関係、――そんな風な主として近い親類との面白からぬ関係についてのこまかい説明が、落ち着き払つて何事にも容易に動ぜぬ、そして話上手な母の口からそれからそれへと糸を繰り出す様に、殆ど際限なく話された。まるで私に聞いて貰はんが為に、今迄胸に貯へて居たかのやうに、そして私に対して自己の立場を弁解しようとする様に。

　月岡の家との葛藤は、二年前に私の妻の父が死んだので帰郷した時にも聞いたことであつた。私はその事に関して、或る小説の中に書いたことがある。それは全く一寸した感情の行違ひから、今では到底融和することの出来ない様な深い大きな溝渠が双方の間に穿たれてゐるのであつた。兎に角最も濃い親類同志の間に、而も私と密接な関係のある親類、私の実の親許《おやもと》との間に、さうした確執があるといふことは、如何にも残念な情けないことに相違なかつた。私はこの前帰郷した時には僅か二晩しか泊つて行かなかつたので、その話を双方の口から聞いたゞけで、それの調停策を講ずる余裕もなく匆々に帰京したのであつた。そして東京から、何かの機会がある毎に、どうか穏便に仲直りをして呉れる様にと、双方へ手紙で願つたり、他の親類へ調停方を依頼したりしたのであつたが、今でも矢張り依然として旧《もと》のまゝなのであつた。事の起りは極めて簡単であつた。月岡の家の今の女主人であるお里（私の従姉で、もう十年も以前から後家となつてゐる）は従来永年の間私の家の魚を受売りして居た。その年の冬も彼女は毎日町へ鱈を売りに行つたが、いつも損が続くといつて愁訴《こぼ》して来た。それがあまり度々なので、気短かな私の父が、或る時『そんなに愚図々々言ふのなら、よせ〳〵！　売つて貰はんでもいゝから。』と怒つた。それだけなら何でもなかつたかも知れないが、その時傍に居た母が、父の肩をもつて、何かお里の気に触ることを言つたのらしい。それが因《もと》なのであつた。それ以後互に反目して、中傷したり讒誣したりし合つて居るのであつた。

弟の嫁のことから、本家の与右衛門の主婦《かみ》さんとの間にも、一種の感情の阻隔が出来てゐるらしかつた。四五年前に与右衛門の娘を私の弟の嫁として貰つた。（弟は私に代つて家の後を嗣ぐことになつて居た）弟はその後間もなく、大連に商売をしてゐる親類の家へ行つて働いて居た。後に嫁もまた大連へ行つた。そして夫婦でその家に働いて居た。ところが嫁は大連に行つた年——一昨年——の冬、風を引いたのが原因で肋膜を病ひ、それが肺結核になつて帰つて来た。そして間もなく、去年の七月死んだ。弟は秋になつて帰郷した。そして年の暮になつて妻の死後半年目に今の嫁を娶つた。与右衛門の主婦《かみ》さんは人情としてそれを余り快く思はなかつた。彼女の心にはまだ娘の死に対する悲みが生々《なま〳〵》と生きてゐた。而もその娘は、美しい容貌と、聡明で勤勉な性質との為に、多くの子供達の中に最も母親の気に入り且つ愛されて居た。お文といふ名であつたが、与右衛門の主婦さんはお文のやうな凡ての点から言つて良《い》い女を娘に持つたことを窃かに誇りとなし、村に於ける地位からも財産からもずつと下《くだ》つてゐる分家の次男に嫁に呉れてやつたことを、寧ろ恩恵的にさへ考へて居たのであつた。その大切な最愛の娘が、嫁に行つて幾年ならずして、思ひもよらぬ病気で死んだ。穿ち過ぎた考へ方であるかも知れないが、与右衛門の主婦さんはお文を愛し、その死を悼み悲しむあまりに、お文が弟の妻として私の家へ嫁がなかつたなら或は死ななかつたかも知れない位に思つたのであつた。何故といふに、子供の時から薬を飲んだことのない位健康であつたお文がそんな病気に罹つたのは、気候風土の著しく異つた大連などへ行つたからだといふのが一つ、それから今一つ、私のすぐ次の妹が、もう十二三年も前のことだが、肺病で死んだので、その黴菌がまだ何処か家の中に残つて居て感染したのでなからうかといふ疑があるのであつた。可愛いやら、惜しいやらで、彼女は諦らめるにも諦らめきれず、つひそんな愚痴つぽい考に囚はれるのであつたらうが、それがまだ生々《なま〳〵》しく彼女の心の中に生きてゐる間に彼女にとつては見て呉れがしに私の両親が弟の為に後妻を娶つたので、更に一種の嫉妬に似た感情が結びついて、彼女をして言ひ様のない不快を感ぜしめたのである。与右衛門夫妻が表向きの媒介者となつたが、その婚礼の晩には、主婦さんは病気だといつて席に列することを拒まうとした位であつたさうだ。互に他人同志ならそれきりなのであるが、依然として昔のまゝに本家と分家といふ切つても切れない親類関係なのであるだけに、内心は兎も角、表面は互に笑つて最も親密に交際《つきあ》はねばならぬのが、彼女にはかなり苦痛であるらしかつた。

『いゝお嫁さんを貰はつしやいまして、何ともはや、お目出度いことで御座います。』

かう言ふ彼女の言葉が、私の父なり継母《はゝ》なりの耳には、痛い皮肉として聞えるのであつた。実際また本家の主婦さんも、何かにつけてつひさうした皮肉を洩らしたがる女でもあつた。現に宵の中、私のところへ挨拶に来た時に、私はお文の死の悔みを述べると、彼女はそれに答へてから、

『でも、此所な家《うち》にも、いゝお嫁さんがすぐに見つかつて、何よりで御座りますわいね。私達も喜んで居ります。』と言つたが、その言葉の調子が、その後のいきさつを少しも知らない私にも妙に皮肉に聞えて、私は一寸変な気がしたのであつた。死んだお文にも増して、村にも評判の美しい、親切な優しい良い主婦さんではあるけれど、彼女もまた普通一般の人の様に、他人の幸福を嫉むといふ欠点（それは恐らく人間の本性だと言つてもいゝ位の）を持つて居た。

私の妻の実家の様子も、私はこま〴〵と聞かされた。妻の実家と私の田舎の家自身との間には、別に何等の蟠りもないのだが、或る他の事情から、現在の主人である妻の兄が私の家へ来にくい状態になつて居るとのことであつた。一口に言へば、妻の兄が、私達の結婚の媒酌人に対して一寸した不義理（と言ふほどのことではないかも知れない）をして居るからだといふのである。妻の実家は私の村から二里ばかり離れた或る山村の小さな寺であつた。一昨年の二月に父が死んで、私の妻の兄が後を嗣いで住職となつたのであるが、父が可成の負債を残した為に、その死後間もなく債権者が方々から寄つて来て、御堂だけを残して、外のものは残らず持ち去つて了つた。そして後嗣者《あととり》の妻の兄は彼の妻と三人の子供と共に住むに家なしといふ有様になつた。それほどの窮境に陥らなくとも、幾らも債権者との間に妥協の余地はあつたのであるが、父の葬式が済むと同時に、

彼の全く知らない債権者が、彼方《あつち》からも此方《こつち》からも一時に押し寄せて来たので、彼は呆然として殆ど為す所を知らず、僅かしかない門徒も親戚も、後始末を為るどころか却つて色々の口実のもとに段々寄りつかなくなつたので、妻の兄は殆ど自棄糞《やけくそ》になつた。

『どうでも勝手にしろ、何でも持つて行け！』

こんな心持で、彼はあらゆるものを投げ出したのであつた。先祖代々伝つて来た家も屋敷も土蔵も、家具も、庭の木石も、僅かの田畑も、周囲を鬱蒼と取り囲んで居た古い巨《おほ》きな樹木も、彼自身の所有物以外のあらゆるものが斯うして持つて行かれて了つて、荒廃した板葺の御堂のみが、裸かにされた小高い丘の上に剝き出しに取り残されたのであつた。

『何もかも持つて行かれた。先祖からのものは何一つ残つて居ない。俺は全くの裸一貫だ。よし！　これからは俺の力次第だ。何人の恩恵をも受けず、何人の同情や庇護にも倚らないで、全く独力で凡てを新しく建設して行かう、きつとやつて見せる！』

妻の兄は絶望の極、こんな風なつきつめた悲壮な考を起したのであつた。そしてがらんとした御堂裏の一室を、自分等の住《すま》居《ゐ》として二年この方苦闘の生活を続けて来たのである。彼はしかし斯うした窮境に陥つたのも、その一半の原因は私の妻にあると思つた。といふのは、父の負債の多くは、私の妻の教育費、結婚費の調達の為に蒙つたのだと信じたからである。私の妻と彼とは元来兄妹仲がよくなかつた。否な私の妻とばかりではなく、他の二人の妹達とも、更に、死んだ父自身とも、また去年死んだ祖母とも仲が悪るかつた。一つは彼自身の性格上の欠点からでもあるが、一つは彼の妻が、父親始め他の妹達にひどく嫌はれて居たが為であつた。要するに、彼及び彼の妻は、誰にも信用がなかつた。そして彼等はいつも孤立の状態にあつた。而も元はと言へば、矢張り今の私の妻にあると彼等は信じた。母親が死んだ後は、一家の家政は当然彼の妻の手に移るものと彼等は期待して居た。ところが其の期待に反して、彼の妻を絶対に信用してゐなかつた父親や祖母は、それを私の妻の手に移した。父はその頃本願寺の布教師となつて九州の方に行つて居たので、私の妻は私と結婚するまで、死んだ母親代りに家政を預つて来た。そんなことや、その他小姑としての様々の微妙な感情上の反目やの為に、私の妻は彼の妻、ひいて彼自身から深く恨まれて居た。さういふ関係にあるところへ、彼に背負はされた父の負債の多くが、私の妻の為に蒙つた（と少くとも彼及び彼の妻は信じた）のであることが分つたので、彼及び彼の妻の私の妻に対する怨恨憎悪の感情は一層強く深くなつた。彼等が住むに所もないやうな窮境に陥つたのは、皆な私の妻のお蔭だといふ風にさへ考へ、それを村人の間に触れまはりさへして居るといふことであつた。そして父の死後、彼等はその妹なる私の妻と事実上絶交の姿となつた。

私はかういふ経緯《いきさつ》を妻の口から聞かされた。そして妻の兄にも深く同情した。兎に角兄妹同志がこんな有様で居ることは如何なる意味に於てもよくないと思つた。私自身の立場も困ると思つた。誰も悪るいのではない、みんなお互の無理解から来てゐるのだ、お互に裸でぶつつかればよいのだ、と私は思つた。そして何とか円満に、互に理解し合ひ、愛し合つて行くやうにしたいと思つて居た。で、今度帰郷するのを機会に、妻の兄とも会つて話さうと考へて居たのであつた。ところが聞いて見ると、そこにはまた複雑な厭《いや》な事情が纏綿して居た。

私の結婚の媒介者は、私の村の寺の人達であつた。金龍寺といつて近郷でも評判の大きな裕福な寺で、私の家もそこの門徒であつた。そして様々の事情で、私自身も、また妻の父も、或る種の恩恵を蒙つて居た。ところが去年の一月、その寺の住職が死んだ。丁度その時私の妻の兄は病気で入院して居たので、見舞に行くことが出来なかつた。それは仕方がないとして、その後一ケ月ほど経つて妻の兄が退院したが、その時彼はすぐ見舞に行つて、お経の一巻も誦《あ》げて来ればよかつたのに、どうした理由かそれを怠つた。そこで金龍寺の妻君は気持を悪るくした。これまで父親存生中から、好意を以て有形無形に様々の恩恵を与へ、父親の葬式には導師をまで勤めてやつたりしたのに、今自分とこの住職が死んだといふのに、一遍の見舞にも来ないといつて大に憤つた。そんな風に数ケ月経過した。すると七月になつて私の弟の妻が死んだ。そこで私の妻の兄は親族として且つ僧侶として彼の妻と共にその葬式に参詣した。そして其時始めて金龍寺へ住職の死の悔みに行つた。ところが彼は金龍寺の妻君に、散々厭味やら怨言やらを聞かされた揚句に、持つて行つた香典までも突き返される様な侮辱を受けて来た。

『志村の弟の嫁が死んだので、その葬ひの序にやつて来たんだらう。でなければ来る気はなかつたんだらう。そんな仕方なしに持つて来た香典なんか受けるわけにいかない。』

こんな風に金龍寺の妻君が怒つたのであつた。

かうした訳で私の妻の兄は、その後金龍寺へは来れなくなつた。随つて金龍寺の門徒であり、且つ或る特別の関係のある私の家へも来にくゝなつたのであつた。私の父など両方の板挟みになつて困るので、いろ〳〵に妻の兄を説いて何とか円満に解決しようと試みたが、そんな風な侮辱を受けた以上、頭を下げて謝罪《あやま》つて来ることは、男子の面目の上から言つても到底忍び難いことであつた。

『父がどんな恩義を受けたか知らない。しかしこの俺は――また今後と雖も――。』といふ腹があつた。『自分は父の関係からすつかり絶縁した。自分は裸一貫で此の世へ飛び出したのだ。そして今後金龍寺なんかと交際されなくとも少しも恐いことはない。』

情義を離れて、単に理窟ばかりから言へば、そんな風に考へられないでもなかつた。

『案内しても、とても来て下さるまい。』

私が亡母の法事に妻の兄にも、親類として且つ僧侶として列して貰はねばなるまいと言つた時に、父も母もさう言つた。それは金龍寺の現在の住職と同席しなければならぬからだといふのであつた。

『併し来て呉れるやうに案内はしなくちやならないでせう。』と私は、私が帰郷して居ることでもあるから、妹の婿なる私に対する義理としてゞも来るかも知れないといふ一縷の望を抱きながら言つた。

『そりや勿論案内だけはしよう。』

かう父も母も言つた。

『それにしてもお互に何といふ下らないことにこだはつてゐるのでせう！』と私は慨嘆する様に言つた。

『そこが人間の至らぬところでのう。』と父はしみ〴〵と言つた。『何《ど》つちか片一方が折れさへすりやいゝのやけれど、お互に我《が》を張るもんやで……家《うち》と月岡の家との事でもさうやけれど、俺などもよく承知して居るけれど、矢つ張りさう簡単に行かんさかいのう。』

『そりやお前、月岡のお里の方が悪るいのやさかい、』と母が口を出した。『あれの方から折れてさへ来りや、それで円く収まるのやけれど、あの子が只だ剛情を張つてるもんでのう。』

こんな風に、話はまた月岡の家との確執に戻つて行つたが、私は何とも言へぬ暗い気持になつて、最早聞くに堪へなかつた。

なぜ私の、私の家の周囲に――切つても切れない親類同志の間に、かうした紛々《ごた〳〵》が絶えないのだらう⁉――私は深い深い溜息を洩らした。

いや単に私の家の周囲ばかりではあるまい。何処へ行つても、人間と人間とが深い関係で接触して居るところは皆なさうなのだ。――次の瞬間には私はまたさう考へた。

潔はすや〳〵と安らかな呼吸をしながら深い眠りに入つて居た。私は暫く枕元に坐つて、その無心な仏の様に円満な顔を感慨深く見入つた。そして眼をさまさゝない様に窃《そつ》と彼の寝床へ入つた。

『矢つ張り父の言つた様に、お互に我《が》を張つて居るからだ。――だが何とかしなければならない。』

かう心に呟きながら、私は潔の柔かな暖かな身体を固く肌に抱きしめた。曾て経験したことのない深い暖かい愛の感情が胸に湧き立つた。

三

翌くる日の朝早く本家の主人が来た。与右衛門は仏事に詳しいので、法事の手筈などについて、父も交つて大体の相談をした。その後で今日は学校の卒業式だから私にも行かないかと勧めた。与右衛門は村の学務委員をして居た。そして彼の長男は高等科を、次男が尋常科を共に今度卒業するのであつた。私は疲れて居たが、つい行つて見る気になつた。そして朝の中に親類や近所へ挨拶にまはつて、十時頃与右衛門と一緒に、潔をつれて学校へ行つた。

もう間もなく式が始まる頃で、田舎ながらに晴れの着物を着た生徒達が、廊下や控室にわい〳〵騒いで居た。生徒の父兄達も多勢来て居た。私はそれらの生徒や父兄達の好奇に満ちた視線を前後左右に感じながら教員室へ入つた。役場の人達や村の有志などが集つて居た。皆な知つた人達であつた。教員達も皆な旧い知己であつた。私も曾て、――さうだもう十三四年にもなる――まだ東京へ遊学に出ない前に二三年教員をして居たが、その時からの顔馴染ばかりだつた。そしてこの学校は私が少年の頃学んだ学校だ。校舎こそ最近新築されたものであれ、室内の卓や本棚や標本棚などは、すべて昔のまゝだ。私は懐しく四辺を見まはした。

やがて二階の講堂で式が始まつた。私は潔をつれて来賓席に列した。君が代の合唱に式が始まつて、型の如く校長の勅語捧読と式辞とがあつて、次いで一人々々の生徒に卒業や修業の証書が渡された。それから村長や郡長代理の訓示演説などがあつた。すると私にも、丁度願ってもないいゝ機会だから学校出身の先輩として生徒達の為めに何か話をして呉れと、校長からだしぬけに依頼があつた。私は辞退したが是非にと強ひられて、仕方なしに壇に立つた。

あまり突然だつたので、もとよりいゝ話の材料が浮ぶ筈はなかつた。私は只だ思ひついたまゝに、卒業生に向つて、今後進んで上級の学校へ行かうと、家業に従事しようと、願はくば何時までも今日までの様な少年の心を失はないで、それをだん〳〵育んで行く様にと望んだ。正直な純一な素裸な天真爛漫な少年の心を以て此世に処して行くことが、最も大切である所以を説いた。若し人間が誰も彼も、さうした少年の心を失はないならば、世の中にはつまらない軋轢や争闘やが起らないで、吾々はもつと平和な幸福な喜ばしい日を送ることが出来るだらう、吾々の不幸の多くは、吾々の心が益々少年時のそれを遠ざかつて、不正直になり不純になつて、人に接し物に対するに当つて、卒直に自然に天真爛漫に真裸になり得ないからだといふことを、卑近な例を挙げたりして説明した。そしてこの事は個人と個人との関係のみに止らず、国と国との関係に於てもさうだといふことを世界大戦を例に引きなどして附け加へた。

こんな話は、生徒達にどんな印象を与へたかは知らない。只だ私は其時、平生思ひ信じて居ることを有りの儘に語つたのであつた。これは単に、これから或る意味に於て世の中へ出ようとする少年達にのみ特に希望することではなく、何人に向つても、私は確信を以てさう主張し得ると思つて居たことなのであつた。そして生徒達に向つてこんな話をしながらも、私は時々私の家と二三の親類との関係を思ひ浮べずには居られなかつた。

『お互に我を張るもんやで……と父が言つたが、実際その通りだ。併しこの際折れて出なければならぬのは、父の言ふ様にどちらか片一方ばかりでない。両方ともなんだ。皆なが、誰も彼もがさうならなければならないのだ。誰も彼も子供の様に卒直に真裸に打突り合ひ抱き合ふ様にならなければならないのだ。だがそれは不可能だらうか、単なる空想に過ぎないだらうか？』

私は学校から帰る途すがらそんなことを考へ続けた。

寒い日であつた。晴れたり曇つたり、急に雨が降つて来たりした。時々霰が、ざあーと音立て丶通り過ぎた。かと思ふとすぐその後から、ぱつと日が照つて、明るい影を障子に映したりする様な日であつた。かうした定まらぬ天気が、これで五六日も続いて居るといふことであつた。春が来たといふ気持はまだ故郷では感じられなかつた。海は幾日も前から荒れ続けて、もう例年ならば鰯の漁期なのであるが、今年はまだ一ト凪ぎもしないと言つて居た。

午後はいろ〳〵の人が次々にやつて来た。そして夜になるまで酒が絶ゆることなく出され続けた。最初眉を顰めたほど強かつた地酒の匂も、決して鼻につかなくなつた。それほど私は酒に親しんだ。

潔は心配して居たほどのこともなく、少しも寂しがりもせず、親類や近所の子供達と元気に遊び暮したので、少しも手がか丶らなかつた。誰も彼も潔にちやほやして彼の意を迎へるやうにした。彼はい丶気になつて、恰もプリンスの様に振舞つて居た。

四

明日法事を勤めるといふ晩に、私の姉が京都から俄かに帰郷した。私が亡母の法事を勤めに帰るから、若し来れたら幾日までに来いといふことを前から言つてやつて置いたのであつた。彼女は家庭上の都合で帰郷出来ないから宜敷頼むといふ返事を郷里の方へ出して置いた。ところがまだその返事が私達に届かない中に、法事の日が一両日の中に迫つて居た。そこで、来るなら来るで準備の都合もあるからといつて、電報で今一応照会した。すると、すぐ発つから法事を一日延ばせといふ返電をよこした。私達はそこで一日延ばして彼女を待つて居たのであつた。

彼女は一人でやつて来た。私より三つ年上で、まだ四十には二三年間があつたが、子供はもう生みあげて了つたか、五人目の末子がもう七つになつて居た。

『来ない積りで、さう端書出しといたんやけれどな、昨日電報が来たら、俄に来たうなつてな、ほんまに来たうて来たうてならなんだんえ。それでお夫《とつ》さんに頼んでな、大慌てに慌て丶着のみ着のま丶に飛んで来たんどつせ。――はあ、もう十三四年になるかえな、久し振りえな。そつでもまあ、こんな嬉しい日出度いことアおまへんわ、親子兄弟が皆なかうやつて達者に顔を揃へたんやもの。』

彼女は如何にも嬉しいさうな懐しいさうな調子で、持ち前の早口でこんなことを言つた。

『恭やんがえらいもんになつて呉れはつて、お母さんの法事勤めに帰らはつたよつて、妾《わて》も来れたんや。そやなけりや中々よう来られへん。はあ、――でもまあ、恭やんは感心えな。よう忘れんと、親の法事つとめるいふ気にならはつたえな。妾かて志あらへんことおへんけど、中々なあ――どうどす、どつさりお金儲かりますか、先達中はえらい立派な本こしらへはつたさうえな、家の元吉がさういつて自分のことの様に喜んでたわ。妾なんか何にも知らへんけれど、元吉が小説大好きでな、始終《しよつ》中《ちう》雑誌買うて来て読んでるもんやで、叔父さんが大層評判がよい言うてな、是非今度出来た本読みたいよつて、わてに、今度国へ行つて、叔父さんに遇うたら、一冊貰うて来てお呉れ言うてやつた。東京へ往んだら一冊送つてやつてんか、済まんけれど。』

彼女は膝小僧を炉縁の上まで突き出して焚火にあたりながら、こんな風に四方かまはず立て続けに喋舌つた。まだ若いのに、前歯が大方脱け落ちて居たが義歯をするだけの余力もないと見えて、犬の歯の様に、二三本不揃ひに残つて居て、如何にも無恰好に、且つ見すぼらしく見えた。そして時々、頓興な下品な笑ひ方をするのであつたが、そんな時には、抜けた歯の間から涎でも垂れる様な気がした。その言葉も挙動も、すべて昔のまゝであつた。十幾年前に遇つた時の、いやそれ以前、私が子供の折まだ京都に丁稚奉公して居た時のまゝの姉であつた。みえも体裁も関はぬ、がら〳〵の、むき出しの、少しの身だしなみもない粗野そのものゝ様な――。

姉は尚ほ続けて語つた。去年の夏から秋にかけて、彼女と長男の元吉とを除いた外、夫も姑も、次男も長女も次女も、みんな一時にチブスに罹つて入院した当時の苦しかつたことを、――。若い時分から次から次へと出来る多勢の糠育ちの子供を抱へて生活に苦み続けて来たこと、やつと子供も手離れ、長男も長女も幾らか家計の手助けをする様になり、これから少しは楽《らく》になれさうに思はれた矢先にそんな災難にかゝつたので、もうほと〳〵生きてゐるそらもしなかつたといふことを――。

彼女は何の作りも飾りもなく語つた。苦境を訴へて聴者《きゝて》の同情を乞はうとするでもなく、只だありの儘を極めて卒直に語るのであつた。その愚直さも善良さも丸出しにした彼女の話し振りは、真摯で熱を帯び、恰も彼女ならぬ何者かゞその身に乗り移つて居るかの様に、巧まざる自然の流暢なる雄弁で、聴者の心を引き込んで行かねばやまなかつた。そしてどんな醜さも、どんな恥づべきことも、それが決して醜いことでも恥づべきことでもなくなつて了つて、恰もその前に深く頭を垂れねばならない人生の厳粛な事実に面と向つた様な気を起させるのであつた。

姉はその若い頃、彼女自身の或る過失《あやまち》から、不幸な結婚をしたのであつた。そしてその為に、彼女は今日まで苦艱《くげん》そのものの様な生活を続けて来たのであつた。私は最初は彼女を憎んだ。

憤つた。彼女の醜劣な行為は、その頃の私自身の純な生活をも汚し傷けるかと思はれた。が、中頃私は彼女を憐んだ。その見るに堪へない様な傷ましい悲惨な生活を、彼女自身が、人生への最初の一歩に於ける過失の当然の酬ひとして諦めて居たその艱難な生活を。そして今は、今こそ私は、真に肉親としてゞなく、一人の女として、人間として、本当に彼女を敬愛することが出来ると思つた。

　元吉といふのは彼女の長男で、私がまだ十五六の少年で京都に居た頃生れたのであつた。そしてこの元吉の出生こそ、実に私の姉の生涯の運命を決定づけたやうなものであつた。私は姉が元吉を生んだ当時のことを或る小説の中に描いた。その作は今度出版されて、私が亡母の墓前に献じようとしてゐる創作集の中に、その主なるものとして収めてあるのであつた。だが何といふ不思議な自然のアイロニイであらう！　その元吉が、今は文学好の一少年としてその作品を読みたがつて居るではないか。

　元吉は中学の二年まで行つたのであるが、耳を病つたので退学し、今は彼の妹と共に刺繍を習つて、貧しい親達の生活を助けて居るのであるが、性来文学が好きで、仕事の傍ら雑誌を読んだり、創作をしたりしてゐるのである。彼はそんなことを度々私の許へ言つて来た。『叔父さんの様に文学者となりたいと思ひますけれども耳を痛めて学業も続けられず、仕方がないので、同じ手職の中でも比較的藝術味の多い刺繍を習ひました。生意気の様ですが、私は私の藝術的慾求を、刺繍の中に注ぎ込まうと思つてゐます。併し閑々《ひま〳〵》にですが、絶えず文学的作物に親しみ、また時々訳の分らぬものを書いて見たりして果敢ない満足を求めてゐます。叔父さんのお作も幾つか読みました。』といふやうな手紙を寄越したことがあつた。私の創作集の出るといふ消息を知つて、出版されたら是非一冊送つて呉れとも言つて来た。けれども私はまだ送つてやつてないのであつた。前にも言つた様に、その書物に収めてある一二の作物の中には、元吉の母親である私の姉の醜い姿を、かなり露骨に、かなり詳しく描いてあるのであつた。それを元吉自身が読んだら……自分の親の醜陋さをまざ〳〵と見せつけられたら……そして彼、元吉自身が如何に暗い運命を担つて生れて来たかを知つたなら……!?　私は悚然と身を震はしたのであつた。

　だが元吉は、新聞や雑誌に現はれた批評によつて、私のその作の内容を略々察してゐた。だから尚ほ読みたいから送つて呉れとつい最近にも催促して来たのであつた。『……しかし私にとつてどんな恐ろしいことが書かれてあらうとも、私は決して驚きはしないつもりです。何とも思はないつもりです。父や母には勿論何にも申しません。私は只だ純然たる藝術品として味はひたいのですから……』とその手紙に附け加へてあつた。何といふ気の利いた言ひ方だらう！　私は私の弱点をすつかり見あらはされたと思つた。私は幾度か書物を送らうとした。早晩わかることだ。私が書物を送らないでも、買ふなり何なりして読むだらう。よしまた読まないにしても、いつかは本当のことが分らずには居ない……かう思つたのであつた。併し愈々送らうとすると、不思議に躊躇されるのであつた。私は私自身の卑怯な穢ない心を自ら憤り責めざるを得なかつた。

しかし姉自身は何にも知らない。彼女自身について、どんなことが書かれてあるか、どんな姿が世間に曝らされてゐるか、微塵も知らない、のみならず私の成功を共に喜んで居るのである。私は姉に対して決して悪意を以て書いたのでなく、却つて深い憐憫と同情の涙とを以て書いたのであつたけれども、何となく済まない様な気がしてならなかつた。

五

翌くる日は愈々法事であつた。私達にとつては都合よく海は凪がなかつたので、親類や近所の人達が朝早くから手伝に来て呉れた。妹の嫁入先の老夫婦が、総取締といつた格で台所の囲炉裏端に陣取り、煮炊き物の采配を振つて居た。本家の与右衛門の主婦さんが副将格で、膳椀などの家具の整頓を受持つて居た。いろ〳〵の人が、男や女が、出たり入つたり、呼んだり応へたり、笑つたり怒鳴つたり、巫山戯たりして、家の中は陽気に賑かに景気立つて居た。天気がよかつたので、家の前の広場の一角に蓆を敷いて、京都から来た姉は、妹や、弟の嫁やその他の二三の人達の髪を次々に結つてやつて居た。子供等が多勢群れ集つて、縁先に遊び騒いで居た。私は茶の間の炉辺に坐つて、これらの緊張した光景を、雰囲気を、寛いだ快適な心で眺め懐しんで居た。

『何ともはや結構な、目出度いことで御座ぃます。お父《とゝ》もはや、どんなに喜んで御座るやら知れんわいね。東京からやら、京都からやら、大連からやら子供衆が皆な寄つて御座つて、かうして大《でか》い法事を勤めさつしやいまして。』

囲炉裏を隔てた私の向ふ側に、朱塗のお膳を箱から出しては拭き〳〵して居た与右衛門の主婦《かみ》さんが斜《ながし》めに私を見ながら言つた。

『おかげさまで……』と私は微笑した。

『これで、お文さへ居て呉れたら何も言ふことがないのやれど。』と彼女は独語の様に言つて、ふと眼を横へ外らした。

私は、はつとした。

『それだけが残念で御座いますわいね。愚痴の様なれど。』と主婦さんは再び私の方に向き直つて続けた『さつきから、斯うしてお膳を拭いてゐながらも、そんなことを思うと張合が無うなつて来てね。』

実際さうに違ひなからう、と私は主婦さんの心を思ひやつた。本家と分家といふ間柄である為に、何事があつてもかうして手伝ひに来なければならぬのを、彼女は辛《つ》らく思つて居るのであらう、そして恐らく今後も、私の家に何事があつた場合にも、必ず今と同じ感情を抱かずには居ないだらう。すぐ眼の前の土間には、まだ三ケ月ばかりしか経たない弟の新しい嫁が、飯を焚いたり、器具を洗つたりして、まめ〳〵しく立働いて居るではないか。それを見るにつけても、本家の主婦さんの心は、遣る方なき憂悶に閉ざされずに居ないだらう。

『まつたくですね……』

私は気の毒に思つた。

妻の実家へは、前にたよりをして置いて、今朝また改めて正式に迎へ人を立てたが、予想して居た通り来られないといふ返事だつた。風邪で寝て居るといふ理由で。私は仕方がないと思つた。そしていつか此方《こつち》から出掛けて行つて、妻との折合のことなど話し合はうと考へた。

十一時近くなつて金龍寺の若い住職が、役僧を連れてやつて来た。社杯を来た仰々しい姿の弟が、その後から、法衣を入れた小葛籠《つゞら》を捧げる様に持つて随《つ》いて来た。慣例の通り僧侶等は縁側から家へ上つて、部屋々々を斜めに突き切つて仏間へ行つて、設けられた座席にこちらを向いて悠然と坐つた。私はその前に行つて改まつて挨拶した。そしてその後で、知人として久闊を叙しながら二言三言話した。

住職は私と殆ど同年輩で、彼がまだ大谷派の真宗大学に居た頃（その頃真宗大学は東京にあつた）から私は知つて居た。学校を卒へると彼は金龍寺へ養子に来たのであるが、卒業後巣鴨監獄の教誨師となつて一年あまり勤めて居たが、その後、朝鮮へ行つて本願寺の布教事業に携つて居たが、先住が死んだので帰つて来たのであつた。

やがて彼は赤い法衣を着て、読経を始めた。カチ〳〵と役僧の打つ拍子木の固い響きが、家中に鳴り響いた。親類の家々の主人達と、近隣——向ひ三軒両隣——の家の人達が、十四五人、特に餐《よ》ばれて参詣して居た。男達は皆な社杯を着て居た。

一時間の余も読経が続いた。それが済んで、お膳が運ばれた。人々は仏壇を背にした住職を主座として、その左右に向ひ合つて居並んだ。本家の主人が住職の右隣に、妹の亭主が役僧を隔てゝ、左隣に、それから親疎に従つて順々に……。

私と弟とはお給仕を勤めることになつて居た。父は私達に要領を教へて置いて、お膳がすつかり並べられた頃、皆の前に進み出でゝ、威儀正しく、膝先に置かれた扇子にまで頭を垂れ下げて、

『今日は……』と丁寧にお辞儀をした。

と同時に私と弟とは酒を運んで出た。

やがて、時を見計つて、大盃《おほさかづき》がまはされることになつた。父はかねて用意してあつた七つ組の朱塗の木盃を、恭しく捧げ持つて先づ住職の前に据ゑた。私と弟とは同じ朱塗の銚子を持つてその両方に構へた。住職は七つの中何れを選ばうかと考へる様に暫くその組み盃を見つめて居たが、やがて下から三番目の、直径四五寸の大盃を取りあげた。私と弟とは雌蝶雄蝶といつた工合に、両方から満々《なみ〳〵》と酒を注いだ。その酒を飲む時に、給仕人が謡を歌はねばならぬといふ慣例であつた。併し私達には出来ないことであつた。私は本家の主人に代理を頼んだ。

〽高砂や…………

本家の主人は謡ひ出した。住職は休み〳〵その盃を傾けた。その盃は次に役僧の前に置かれた。私達はまた満々と注いだ。誰かゞまた謡ひ出した。同じことが次から次へと順次に繰り返された。そして最後の一人に及ぶまでには随分長い時間が費された。私は生れて始めて遭遇したこの稀《めづ》らしい役目を、非常な興味を以て果した。最後にその盃が座の中央に持ち出された。酒はまた満々と注ぎ湛へられた。父と母と姉と私と弟と妹とが、その盃を囲んで車座に坐つた。そして謡に応じて六人で飲みまはした。

『やあ、目出度う、目出度う！』

それが終ると皆な一斉に手を拍つて歓呼した。

かうして型通りに法事が済んだ。それからは普通の寛いだ酒宴になつた。私も大分酒を飲まされたが、何故だかあまり酔はなかつた。皆な盛に唄つたり騒いだりした。

父は只だもう嬉しさに胸も迫つたといつた風に、酔つて、感激して、涙ぐみさへしてゐた。

『わしやもう、こんな嬉しいことはない！』

父は平生から仲の善い、彼と同年の隣家の主人の前へ行つて、盃を交しながら言ひだした。

『親は無うても子は育つ――つてな、生れて間もなく、半年も経たぬうちに母親に死なれて、迚も育つまいと思うとつたこの子が、今はかうして成人して、年回をつとめに来て呉れたのやからな。――この子一人育てるのに、わしやどんなに苦労したか！　お前も知つとる通り、まことに、本当に！　今日も明日も、泣きの涙でな……』

父は本当に泣いて居た。そしてそれを押し隠す様に、感傷的な声を挙げて、古い船唄を歌ひ出すのであつた。

私は側にあつて、それを聞くに堪へなかつた。

『不思議なもんだ。彼女《あれ》が、この母親が、××に七年も嫁《かたづ》いて居つてからに、一人も子供が出来なんだが』と父はまた語り出した。『それが七年目に亭主に死に分れて、俺のとこへ来たんやが、――俺より三つ年上やつた――来るとすぐ子供が腹へ来た。そして生れたのが京都へ行つとるあの子や。そしたらまた間なしに子供が腹へ来た。それがこの恭三や。今から思ふと、死ぬことが虫が知らせて居つたと見えて、その年のT町の祭に、まだほんの赤ン坊のこの子に祭見せに行つて来ると言ふやないか、「汝《われ》やまあ、そんな虫みたいもんに祭見せて何になるいや？」とかう俺が言うと、「それでも、見せられる時に見せて置かんと、何時どうなるやら、人の寿命やさかい」こんなこと言うて出て行つたもんやが、それ見たか！　それから間なしに死んだがのう、――矢つ張りのう、不思議なもんや。』

母はその背後に銚子を持つて控へて居た。私はふとその横顔を眺めた。そして思ひなしか、何処となく寂しさうな影が認められたやうな気がした。父が現在の女房の前に、酔ひにまぎれてとは言ひながら、こんなに思ひ入つた風に先妻の思出話に耽つて居ることは、決して彼女を喜ばさなかつたであらう。また人々が、目出度いとか何とかいつて騒いで居るのも、みなその先妻の為にだ。それに対して彼女は何と思つてゐるだらう。息子が東京から帰つて来て、母の法事をつとめる、その母といふのは、現在の母たる自分ではなくて、今一人の彼女の知らない女ではないか。つまりそれは私が彼女よりも、死んだ母親を一層深く思つてゐることを示してゐる証拠だと、こんな風に思ひはしないだらうか。少くとも此度の場合に於ける彼女の立場は頗る妙なものだと、私は思はざるを得なかつた。

『さあ、お母さんも一つ飲ましやいませ。そして歌でも一つ歌はつしやれ。こんな大法事をつとめさつやいまして、こんな目出度いことはないのやさかい。』

かう隣家の主人は母に盃をさしながら言つた。

『あい、あい、歌ひますぞ。』

母はしかし、何となく元気がなかつた。寧ろ沈鬱になつて居た。声がよく、節廻しが上手で、もう六十近い年でありながら、何家《どこ》かの祝ひ事の席などには、今でもよく歌ふのであつたが、今はそんな気分にはならうとしてもなれないらしかつた。

私は黙つて母の盃に酒を注いだ。「悪く思はないで下さい」と心に詫びながら。

六

翌くる日の昼には、京都の姉と私とは、本家から招かれて御馳走になりに行つた。そして晩にはまた月岡から招かれた。

本家では弟の嫁であつたお文の死が、自づと中心の話題となつた。

『あゝして弟様《おつさま》の嫁さんが働いとるのを見るにつけて、せめてあの法事の済むまでゞも、病気で寝て居つてもよいさかい、生きて居つて呉れたらと、愚痴なことゝは知りながらも、妾はさう思うて残念でなりませんなんだ。』

主婦さんはそんなことをまた改めて姉に向つて繰り返した。

『さうどしたな、さうすりや他人交らずに、内輪同志でよかつたにな。何うも仕様がおへん、諦めてお呉れやす。』と姉は女だけに、主婦さんの気を酌んで、巧みに撥を合せた。そして『今度の嫁さんかて、あんた達のお気に入らんか知らへんけれど、まあ縁やと思うて、何事にも家《うち》のこと世話してやつてお呉れやす。』と附け加へた。

『気に入るも入らぬも、あんた、私とこの家《うち》の嫁ぢやなし、……また、本家分家で切つても切れぬ濃い一家《け》やさかい、お互に世話したり、世話になつたりするのが当り前ですわいね。そんなことは妾は何とも思うとらんわいね。けれども、――今こんな話の席やさかい言ふのやが、今度の嫁さんを娶るについて、其家《そこ》なお母さんが、一言妾等に「こんどこんな女を貰はうと思ふがどうや」と相談して呉れても腹が立つまいと思ひますわいね。それをあんた、……』とまだ何か言ひ続けようとしたのを、『もう止せ！』と今迄苦りきつた顔して聞いて居た主人がたしなめた。

　私は今の言葉で主婦さんの心持を察した。そして人間といふものは、わけて女といふものは、如何に馬鹿らしい些細なことにこだはつて居るものかと思つた。

『ねえ、お父《とゝ》』と私は此時主人に向つて言ひかけた。『どうも困りましたよ。今度帰つて来て見ると、煩さいことばかり聞かされましてね、月岡とは相変らずごた〳〵やつてる様だし、妻の兄は兄で、まあ私の家と直接ではないからいゝ様なものの、何だかごた〳〵やつてゐるやうだし、――何んだか僅かばかりの親類がお互に変な気持でばら〳〵になつてるやうでね。』

『そんなもんや。親類といふもんは、何処へ行つてもそんなもんや。』と物識りで温厚な主人は諭す様な調子で言つた。『利害関係が密接になると、お互に我儘が出るから不可《いか》んのや。そしてお互に勘忍といふことを知らずに、我《が》を立てよう〳〵とするからや。お前さんが、こないだ学校で演説した様に、誰も彼も子供みたいな心になつとれば、喧嘩も何も起らんのや、起つても直ぐ仲直りが出来るんや。それをからに、いや彼奴が斯う言つたとか、此奴があゝ言つたのと、小さい事にこだはつて、何方からも我を張り通さうとしてゐるさかいや。』

『何とか一つうまい工合になる様にお骨折りが願へませんかね。私は東京に居るから、関はんやうなもの、、あまりいゝ気持はしませんからね。』

『まあ、やつて見よう。だが中々六かしいな。人間がお互に生れ変らない中は。』

　主人は煙管をくる〳〵指先にまはしながら、気乗りのしない様な調子で言つた。


　月岡の家では、私達を待ち構へて居た。お里は、自分の叔母の子供を、かうして二人とも我家へ呼び寄せることの出来たのを非常に愉快に感じたらしかつた。「なに後妻風情が」と仲違ひ以来軽蔑しきつて居る私達の継母《はゝ》の手から、すつかり奪ひ返して了つたかの様に、勝ち誇つた気持で居るらしかつた。

『あんなどす婢なんかと、一生交際《つきあ》はんでも屁とも思はねど、お前さん等まで、その味方になつて家《うち》へ足踏みせん様になるかと思うての。』

　かう言ひながら、彼女はいそ〳〵と御馳走をした。私とは一昨年一度会つていろ〳〵と経緯《いきさつ》を語つたのであつたが、姉とは十三四年も会はなかつたので、お里は如何にも懐しいといふ様に、私とお里の長男とが酒を飲んで居る間、お互に古い昔からの身の上話を語り合つて居た。そして結局は数年来の仲違いの話に落ちて行つた。お里は事の顛末を、『それは忘れもせん。二月の×日のことやつた』といふ風に一から十まで細々《こま〴〵》と語つて行つた。そして私達の継母を、まるで人非人かの様に罵つた。私もかなり聞きづらかつた。長男もさすがに聞きかねて、幾度も制止したけれど、彼女は止めようとはしなかつた。姉は同情する様に調子を合せながら聞いてゐた。

昨日の法事には、お里は手伝ひにやつて来て居た。そして彼女の長男がお膳に坐つた。これは私の姉が、その前の晩京都から来て、話を聞いて、深くも事情も知らないで、『そんな馬鹿なことあらへん、いくら仲違ひしてたかて、今度の法事に手伝ひに来ないわけあらへん、一番近い親類やがな！　妾《わて》行つて連れて来る。』と言つてその朝早く呼びに行つたのであつた。そして例の卒直さで、頭から言ひ負かしたものか、兎に角一緒に連れて来たのであつた。

私はそれを見て、これが機会になつて、仲直りする様になるかも知れない、さうなつて呉れゝばいゝと思つて居た。お里の叔母である私の実母の三十三年の法事が縁となつて、長い間の確執が除かれる様なことになれば、それは不思議な廻り合せだといつてもいゝ位に、意味のあることだとさへ思つた。そして私と姉とが協力してこれを機会に円く収めようと相談して来たのであつた。

しかし来て見ると、お里の態度がその計画の殆ど絶望であることを示して居た。彼女は私達に殆ど口をきくの余裕をも与へないほどに、自分の立場を、その正しいことを力説して止まなかつた。

いつの間にか時間が経つて、もう十二時に間もなかつた。お里と私の姉との話は、それから〳〵と移つて行つて、際限がなかつた。私は幾度も帰らうと姉を促したが、彼女はお里に止められてまた腰を下ろすのであつた。

『久し振りやさかい、泊つて行つてくんさい。またいつ会へるか知れんもんの、一晩話して夜を明かさうやないか。』

こんなことをお里は言つた。この時戸外の静寂を破つて、『皆な居るかいのう？』と突然大きな声が呼んだ。それは父の声であつた。『あんまり遅《おそ》いもんで、泊つたんかと思うたが、まだ話しとつたんか。』

かう言ひながら父は上り口の障子を細く明けて中を覗き込んだ。

『潔が眼を覚ましてお前が居ないちうて泣いとるさかい、俺や迎へに来たが。』

父は私に向つてさう言つてから『御馳走さまで御座いました。物入れして呉れてのう』とお里に礼を言つた。お里は、あがつて一杯飲んで行つて呉れと父に勧めたが、父は私を促がして帰つた。姉は泊つた。

私と父は、二人きりになりながら、四五町も離れた家へ帰るまで不思議にも一言も言葉を交さなかつた。二人とも、話せば月岡に関することになりさうなのを恐れたからであつた。

家へ帰ると潔はもう眠つて居た。外の者も皆な寐て居た。私は一寸張合抜けがして、空虚な心持で寐床に入つた。

長いこと、私は眠られなかつた。国へ帰つてからのことが、それからそれへと胸に浮んだ。隣室の父も眠りつけないと見えて、咳き払ひをしたり、寝返りしたりする音が時々聞えた。

『父は苦しんで居るのだ。』

　ふと私はさう思つた。そして父自身が私を迎へに来たわけを考へずには居られなかつた。本当は潔が泣いて居たのでないかも知れない。あゝ言つて月岡の家へやつて来て、折がよかつたら上つて、お里と仲直りしようと空想して来たのかも知れない。母がない故に特に深く愛する二人の子供の母親の実家《うち》だもの、自分の妻であつた女の実家だもの、恐らく今の妻に内密にでも仲直りしたいと思つて居るのかも知れない。さうでないとは誰が言へよう。月岡のお里との喧嘩は、その最初はどうであつたにせよ、今はお里と父の後妻との個人的の反目に変じて了つて居るのは事実だつた。父自身は何とかして仲直りしたくて堪らないのだけれど彼は或る理由から今の妻に非常に気兼をしてゐるのだ。彼の妻の同意なしには、何事もなし得ないほどに。而もその事情には私自身が深い関係をもつて居るのだ。けれど今それを語ることは、あまり長い時間を要するだらう。――兎に角父は、今の状態では苦しくてならないことは明かな事実だ。

『何とかしてあげたい――。』と私は心に念じた。

　そして私は、今夜人目を忍ぶ様にして、（恐らく家人の寐静つたのを見計つて）月岡の家へ自身でやつて来た父を再び思ひやつて、涙が出た。

　潔がふと手足を動かして、無意識の裡に私の懐を探るやうにした。私は彼の小さな身体をきゆつと肌に抱きしめた。

『明日は妻の兄を訪れよう。』次の瞬間に私はさう思つて居た。

不意にぱら〳〵と雨戸を打つ霰の音がした。


（八年七月作）

（「解放」大正8年8月号）

ある職工の手記

宮地嘉六

私の家はどういふわけか代々続いて継母の為に内輪がごたくさした。代々と云つても私は自分の生れない以前のことは知らぬが、父の時代が既にさうであつた。父は早く実母に死なれて継母にかゝつた。その継母に幾人もの男の子が出来て、父は我が家にゐるのが面白くなくなつて遂に家を飛び出した。父は長男であつたが亡父の遺産を満足に受けつぐことも出来なかつた。それは継母の奸策の為めであつた。

私も丁度父と同じやうな行き方になつたと云ふのは何と云ふいんねんだらう。私は長男であつた。継母には二人の女の子が出来た。その女の子が私よりは大事がられて育つのを私は平気で見てゐられなかつた。質のよくない継母は私のさうした妹に対する嫉妬的な心理を知れば知るほど、私になほさらそれを見せつけた。尤も一年中そんなことばかりはなかつたが、兎に角私は家にゐるのが面白くなかつた。それに父までが継母と同類のやうにさへ私には見へ出したのである。一年一年成長して行くだけ私の継母に対する観察は深刻になり、皮肉になり、父に対しては冷笑的になつた。同時に継母の私に対する憎しみもあくどく、そして辛辣になつた。父もそれに随従した。私の父は少し後妻に巻かれる方であつた。私と云ふ先妻の長男を家庭内で冷遇することが少なからず後妻の気に叶ふので、父はさかんに私を冷遇して後妻に媚びる癖があつた。父は自からそれを気づいてゐたかどうかは知らぬが、私はその頃まだ十二三の少年であつたが、父の愚劣さを認めてゐた。

父は私を家庭に置くことさへ後妻に遠慮して私を仕立屋の叔母の家へ弟子入りさせたりした。私は其所でも意地の悪い叔母の亭主に冷遇され、それでも一年以上辛抱したが、病気になつて家へ帰つた。私は叔母の家へゐる間父のことをどんなに気にして考へたか知れなかつた。私は家にゐると父をさほどに思ひはしなかつたが、家を離れると朝夕父のことを思はずにゐられなかつたのだ。父の善良なこと父が曾て私を誰れよりも可愛がつてくれたこと、父が一頃親類先の旧い借金に苦しんでゐた当時の心事を私は自分の記憶から呼び起しては父に対する感傷的な涙は味はつた。仕立屋の一年間はさうした悲しい日が多かつた。殊に酒好きな父の泥酔がいちばん気になつた。

然しそれほど心に思つた父も私が家へ帰つて病気がよくなると、一日も早く仕立屋に行くやうにとすすめた。私は叔母の亭主といふ人が心から嫌ひであつた為に、仕立屋に再び行く程ならば何処か他の商店に奉公したいと父に云つた。間もなく或る呉服屋の徒弟にやられた。然し半年とは辛抱しきれなかつた。それなり一年あまり私は家に止つて家業の手伝ひをしてゐた。その頃私の家は佐賀ステーシヨン前に宿屋を営んでゐたのである。家業柄私は家にゐればいろ〳〵の役に立たぬではなかった。尤もそれは小僧同様の役ではあったが、例えば客の乗車券を買つて来てやつたり、ステーシヨンまで手荷物を抱へて客を送つたり、夜になると泊り客を届け帳に記入して派出所へ持つて行つたり、その他いろ〳〵の使ひをしなければならなかった。

然し継母と私との衝突が毎日絶えないので父はどうしても私が家に止まることを許さなかつた。私も強いて家にゐる気はなかつた。寧ろ早く何処かへ行きたかつた。然し私は奉公は心から嫌ひであつた。自分は到底奉公に行つても長く勤まる気づかいないと自分でも知つてゐたのである。若し年齢が許すならばステーシヨンの駅夫か機関車乗りにでもなりたかつた。それなら勤まらぬことはないと思つた。人の家に住み込んで奉公してゐるやうな気づまりな思ひをせずにすみさうであつた。然し其の頃私はまだ十三だつたので、その望みは叶はなかつた。

継母と衝突して父に叱られると、それなり私は家を出て三日も四日も帰らないのが例だつた。さすがに父は心配するらしかつた。それがまた私にとつては好い気味であつた。で出来るだけ遠い田舎の親類先を訪ね廻つて日を過ごした。目がふらついて倒れさうなひどい空腹を持ちこたへながら、田圃道の稲田のいきれの強い真夏の暑い日中を辿つたり見知らぬ村の子供の群れに交つて小川に水を浴びたりして次から次に親類の家を泊り歩いた。然し到る先で直ぐ私の様子を見てそれと嗅ぎつけ、二日とは泊めてくれぬのであつた。

『そんなにして家を出歩いてはいかんがのう、早うお帰り、親に心配させるもんぢやないぞよ。これから来る時は許しを得て来るもの。そすれば何日でもをつて好えから。』と親類先の老人から云ひ聞かされるのが常だつた。そして僅かばかりのおこづかひを貰つてはそこを追はれるのであつた。

赤の他人でも私の実母のことを多少でも知つてゐる町の人は私の日常を見て気の毒がつてくれた。

『ほんとになあ、お母さんが生きてゐなさつたらどんなにか仕合せぢやつたらうに、およしさんはみめよしで、好い人でなあ、せめてお祖母《ばあ》さんでござらつしやれば……』と、或る所では見も知らぬ老女が私を見て、しみ〴〵さう云つてくれることがあつた。私はそんな時は、嬉しさ過ぎてきまりが悪くて顔をそむけた。私の母方の祖母は女ながらに界隈では敬はれてゐた人で、町の年若い男女は読み書きの稽古に通つて来てゐたのを、私はおぼろげながら記憶してゐた。私は母の死後六才時分までその家で育てられた。『亜細亜人種……阿弗利加人種……』と生徒達の読本朗読の声を聞き覚えに私は覚束なくも口真似をしたりしてゐた幼ない頃の自分を思ひ出す。教室の柱や壁には生徒達のいたづら書きの痕が黒々と染み込んでゐた光景を思ひ出す。机を幾つも積み重ねたその頂上に読み書きの覚えの悪い、または行儀のよくない生徒が坐はらされて両手に煙りの立つ線香を持ちながら泣きしやくつてゐるおかしいさまを私はその時分毎日のやうに見た。母の実家は裏町筋から曲つた横町の、田圃寄りのさびれた古寺の前だつた。そのあたりには軒の傾いた貧乏士族の家がひからびたやうに並んでゐた。母の家は小さな塾だつた。祖母の死後私は旅先にゐる父のもとに引きとられた。その時は六つ位で、私は初めて父に逢つたのである。同時に継母を知つた。父は私を引きとつて間もなく故郷の佐賀に帰つてステーシヨン前で宿屋を始めたのだ。

佐世保の造船所へ行つて職工になる決心をしたのは十三の秋だつた。同じ町から行つてゐた年上の友達が職工になつてゐた。その友達は青服のズボンをはいて黒セルの上衣を着込んで、鳥打帽を冠つて久しぶりに佐賀に帰つて来た。或る日手荷物を提げて汽車から降りて来る姿を一目見て私は直ぐに彼れであることを知つた。ズボンのポケツトからズボン締めの帯皮へ時計の鎖をかけ渡したりしてゐる気取つた風が少なからず私の目を引いた。

その頃の職工は決して今日のやうに労働者、若しくは職工など、頭から賤しめる風はまだ一般になかつた。それどころか、機械師とか、西洋鍛冶など、云つて到る所で青服姿を珍らしがつて尊敬する風だつた。職工自身でも自分の職業は立派で高尚であると云ふ誇りを抱いてゐたのだ。それは今日の飛行機や飛行家等が世間にもてはやされるくらゐに彼等はもてたのだ。それはその筈である汽車と云ふものが今の飛行機ほどに世人の感動と讃嘆の中心でさへあつたことを思へば機械職工が珍らしがられたのも不思議でないであらう。然し何事も最初の間である。誰れにでも出来るやうになると世間は珍らしがらなくなり、果てはその真の値打をさへ馬鹿にするのだ。馬鹿にされるやうになると遂にはされる方自身でも自からを賤しみ侮るやうになるのだ――私のその友達が青服姿で故郷の町へ帰つて来た時分は、職工の値打ちもう都会人の目にはそれほどではなかつたが、私の目には珍らしかつた。私が彼が非常に立身して故郷へ帰つて来たのだと思つて見上げた気持で彼に近づいて挨拶し、それから彼の家まで彼と二人がゝりで手荷物を持つて行つてやつたりした。彼は亡父の供養の為めに帰郷したのであつた。一週間ほど滞在する予定だつた。私はその間、彼の家を毎晩のやうに訪ねて佐世保の造船所の有様を彼に聞かせて貰つた。どんなに重い鉄でも機械でも宙にまき揚げて運搬するグレンと云ふ機械のあること、大きい軍艦でも商船でも鯨のやうに引き揚げて修繕するドツクと云ふものや日清戦争で分捕りした軍艦や、いろいろの機械が置き場もなく造船所の海岸に転がつてゐることなどを彼は話して聞かせた。

『僕等は毎日のやうに軍艦の中に行つて機械の修繕をするんだよ。士官にビスケツトやパンを貰ふんで軍艦へ仕事に行くのがいちばん楽しみさ。』と友達は語った。

『ほう、職工になりたいな僕も、軍艦の中はそんなに広いかい。どれくらゐあるの幅は。』

『鎮遠なんかは二十間ぐらゐあるよ。それは広いよ。』

私はさうした軍艦に乗り込んで行つて機械を修繕したりする職工はどのやうに偉いであらうと想像した。此の友達は既にそのやうな偉い職工の一人になつてゐると思ふと私はいつまでも自分はぐづ〳〵してゐる時でないと考へた。

『僕のやうな者でも職工になれるだらうか。』私は普通の少年と異つてゐる自分の性質上の欠陥や身体の虚弱を顧みながらそれを先づ聞いて見た。

『なれるとも。最初見習職工に志願するんだよ。それから三ケ月すると一日十銭の日給になるよ。それから三ケ月目毎に昇給するんだ。』

それを聞くと私は一日も早く行きたくなつた。彼と一緒にでも行きたいと思つた。

『僕は是非行くから、その時は世話しておくれなあ。』

『あゝするとも。でも君は家にをらんにやなるまいが。長男だらうが。それにひとり息子ぢやないか。』

『うんにや、家にをらんでも好え、僕がよそへ行けば家では却つて都合が好えのさ。』

私は思つた。今佐世保へ行つたら父も少しは私のことを心配するであらうと。自分を余計者扱ひにして妹ばかりを大事に育てゝゐる彼等は少しは思ひ知るであらう。と思つた。ならうことなら佐世保よりもつと遠い旅の空へ行つて父を驚かせてやりたいと思つた。さうでもなければ後妻にまかれてゐる父を覚醒させ、そして真実の親らしいものを父から呼び起すことは出来ないと思つた。今度家を出たら、生涯家に帰らないやうにしたいとさへ思つたのである。

その年の十月末に私は父に無断で佐世保へ出奔した。佐賀から佐世保まで二十里位であつたがその時分汽車はやつと武雄まで通じてゐた。武雄からまだ十里の道を歩かなければならなかつた。父の知り合の人であちらで商売をしてゐるのを私は多少たよりに思つてゐた。行きさへすればどうかなると云ふ気であつた。

『茂《もつ》ちやんだつて屹度何とかしてくれるに違ひない。』と私は曩に久しぶりで佐賀へ青服を着て帰つて来た友達をも頼みにしてゐた。

武雄のステーシヨンで汽車を降りると、その駅の運輸部に勤めてゐる叔父に見つかつた。『どこへ行くのだ。清六。』叔父はそう云つて私をじろりと見た。

『佐世保へ、』私は多く答へなかつた。叔父の方でもそれきり何にも問はなかつた。此の叔父は父の異腹の弟で、数年前遺産分配についてごた〳〵を起した以来兄弟同士は前より一層敵視し合つてゐたので、さうした意味合から叔父は私に対しても強いて冷淡であつた。其の実彼は私を憎んでゐないのであつた。

その叔父の心持はよく私には分つてゐた。彼は私の父と仲が悪い上に私の継母にも少なからぬ悪感を持つてゐたのである。そして私が継母の為めに家庭で虐待されてゐるのをひどく憤慨し、私を不憫に思つてくれてゐることを私はよく知つてゐた。それにもかかはらず彼が私の姿をプラットホームで見つけて、極めて冷淡に唯一言言葉をかけたきりで向ふへ行つてしまつたのは、事務が忙しい為めばかりではなく、『あいつは子供ながら俺を兄きと仲違ひになつてゐるので、親ぢの味方になつて矢張俺に対して敵意を抱いてゐるかも知れぬ。』と叔父は私を見た瞬間その折角の愛情を自から傷けてしまつたらしかつた。私にもその瞬間それに似よつたものが萌したのは事実である。父や継母を呪いながらも此の叔父を見ると『父の敵』と云ふ感じを直ぐ私は感じた。叔父の愛情を解しながら強いてそれに応じまいとする頑迷さが私にあつた。何といふ不幸の一族であらう。

叔父は貨車の傍に立つて仲仕達が荷を下してゐるのを見ながら鉛筆を走らせてゐた。私はそれを一目見返して今一度叔父の横顔を遠く見てステーションの出口を出た。それから人の続いて歩いて行く方へついて、長い国道に出た。私が前夜いろ〳〵と寂しい道中を想像したのとは異つて、晴れやかな秋の日の輝く国道には旅人の姿が賑やかに続いてゐた。附紐のひら〳〵と長く垂れたメリンスの着物にくるんだ赤ん坊を負ぶつた里行きらしいかみさんや、爺さん婆さんの老人づれ、背負商人、青服を着た職工、お坊さん、田舎娘、さうした姿が黄や赤や青や黒やの点々を国道に作つた。

『お爺さん、一寸お尋ね申します、佐世保の方には此の道を行つて好えのでせうか。』私は直ぐ前に歩いてゐる老人に聞いた。

『好えともな、此の道を行きさへすれや紛れもねえぢや、早岐と云ふ所に着きますぢや、早岐から佐世保までは三里ありますぢや。わしも佐世保へ行きますぢやで、一緒にござらしやれ。』と爺さんはやさしく云つてくれた。で私は爺さんについて行くことにした。

『お前さまあ一人で佐世保へ行きなさるのかな。親ご達は佐世保へをんなさるのかな。』とつれ合ひの婆さんは云つた。

『いんえ、家は佐賀にあるんですが、私だけ佐世保へ行くんです佐世保へ行つて働くんです。』

『それは〳〵、まあいくつになんなさるかな。へえ、十三かな、大《おほ》けえなあ。』と婆さんは云つた。

早岐までの八里の道はかなり長かつた。陶器の産地である有田へ着いたのは午頃だつた。谷川のへりの所々に石を搗き砕く水車小舎の響きが聞へてゐた。河原に棄て散らされた陶器の破片を私は珍らしく見ながら歩いた。町の家々ではいろ〳〵の形をした陶器が、竈へ入れられるばかりに仕上がつて列んでゐた。私は老人達と一緒に道ばたの茶店によつて昼飯をとつた。

夕方、もう日が落ちかけてゐる頃早岐へ行き着いた。私はそこで偶然知つた車夫の善作と云ふ人に出逢つた。此人はもと佐賀駅の構内車夫であつた頃、よく私の家の客を送り迎へしてゐたので、私の家の事情をも多少知つていた。三年前から妻子をつれて佐世保へ出稼ぎに来てゐたのである。私は此の人に出逢つたおかげで、あと三里の道を歩かずにすんだ。その上私は当分此の人の家に厄介になることにさへなつた。実は父の知り合ひの人をたよりにして来たのであるが、無謀な私は、ろくに其の所番地も知らなかつたので分る筈はなかつた。

『さう云ふことなら早うお父さんに手紙で知らさにや、いかい心配ぢやらう。まあ狭い家ぢやが当分わしの家へ置いてあげざあ。』と善作さんは事情を聞いて、いろ〳〵篤く云つてくれた。全く此の人に出逢つたのは私には何より仕合せだつた。善作さんの家は佐世保の街はづれの、所々に怪しい小料理屋などのある場末であつた。町の狭い道路のまん中には鉄道用の枕木が縦に二筋敷かれてあつた。これは二里ほどの山奥から海軍貯炭場へ石炭を運び出す車力の軌道であつた。道路には石炭屑がいつもこぼれ散らかつてゐた。それを町の貧しい家のかみさんや子供達が入れものを持つては拾ふのであつた。善作さんのかみさんも毎日それをのがさず拾ふのを私は見た。善作さんに二人の男子があつた。私より年上の権八は毎朝造船部へかん〳〵叩き(鉄の錆を叩き落す少年労働者)に出て二十銭宛儲けて帰つた。次の弟はまだ小学校に通つてゐた。私が行つて三四日すると天長節が来て街は賑やかだつた。天長節が過ぎると私も権八について造船部へ仕事に行つて見ることになつた。造船部の門までは町から小一里もあつた。第一の衛門を入つて鎮守府の内を通つて、大きな赤煉瓦の倉庫の前や山のやうに積んである貯炭場の横やをぬけたり、ボート納庫のある海岸へ出たり、赤ペンキを塗つたボイラの転がつてゐる広場を通つたりして、やつと造船部の門へ着くのであつた。その門口には私くらゐの年頃の少年が沢山来てゐて、二列に列んでゐた。てんでに汚れた風呂敷包の弁当を腰にぶら提げたり、肩から斜めに紐で提げたりしてゐた。私も権八の云ふまゝになつてその端の方に並んだ。その向ふ側には大人の人夫等が大勢列を作つてゐた。やがて伍長の帽子を冠つた目の黒光りに光る人夫係がやつて来て、それら少年の頭数を数へたりして、おとなしさうな、または気のきいた顔つきの少年を片端からよりぬいた。その伍長の目に止まつた少年は運が好いのである。『鼻汁を垂れてる者には札をやらんぞ。』と伍長が云ふと少年達は一斉に鼻汁をすゝりあげる。すると伍長は一人〳〵気に入りの顔を見出しては木の札を渡すのだつた。此の木札にありつけばその日の労働が二十銭になるのであつた。私は最初の日から運よくその木の札にありついた。そして権八の仲間達について海岸の仕事場へ行つた。そこには戦利品が沢山置いてあつた。目に入る物の悉くは私の小首をひねらせ、解らぬながら驚嘆させる巨大な鉄の器具ばかりであつた。そこには長い大きな二本の鉄管が横たはつてゐた。それは旅順から分捕つた百噸グレンの柱だと権八は私に説明した。やがてその一端の横穴から少年達は一人〳〵頭から這ひ込んで行つた。権八の後からも私も這ひ込んで行つた。両端は直径二尺位の円筒だが、まん中になるほどふくらんでゐるのであつた。私は時々頭を打つつけながら中程まで這つて行つた。

『なるだけ中程の方へ行つた方が広いから身体がらくだよ。』と権八は云つた。二十人あまりの少年は長さ三十間ほどの円筒の中にそれぐ〳〵陣どつて蠟燭を輝かせながら、ハンマでコツ〳〵錆を叩き始めた。もう何も聞えないのであつた。鉄錆の粉と蠟燭の油煙とで管の内部は朦朧とかすんだ。

やがて昼飯時が来て外へ出てほつと一息吐いた。誰れの鼻の穴も鉄錆と油煙をしこたま吸込んでまつ黒であつた。皆は材木や鉄材の上に腰かけて真昼の太陽の下で海を眺めながら弁当を開くのだつた。

私はさうしたひどい仕事を厭はず毎日やつた、そのひどい仕事がどれほど健康を害しようとも、遠い故郷の父及び継母に対する反抗心の為めには強いて忍び得た。私は一日も休まなかつた。

『見ろ、俺は旅の空でかうして働いて生き得るのだぞ。』と云う誇りを覚えながら、息苦しい鉄管の中で終日ハンマをコン〳〵云はせて仕事を励んだ。

人は無力な弱者である間は何処へ行つても大して境遇の変化はないものだ。私が故郷を棄てゝ父や継母に反抗する為めに労働者となり愉快に自立して生きようと思つたのは空想だつた。私が此の土地へ来てからの苦労の量だけを故郷の父のもとにゐて忍ぶことが出来たら父はどのやうに私を頼もしい子としたであらう。私はなまなか旅の空へ飛び出した為めに父や継母に屈従する以上に他人に屈従し迫害され、さま〳〵の苦労を経験しなければならなかつたのだ。他人の恩義に預ることは自分の家庭で父や継母に冷遇される以上の気苦労を伴ふた。私は車夫の善作さんの家に殆ど小一年厄介になつて毎日造船部のカン〳〵叩きに通つた。私は毎日働いた賃銀のうちから、その日〳〵の食糧を欠かさず支払つてはゐたけれど、遠慮で窮屈だつた。それに私より一つ二つ年上の息子の権八に対しては常に彼の気を損じないやうに心しなければならぬのであつた。権八は最初私が此の土地に来た当分は何かと私に親切だつた。然し彼は私以上に無知で、頑固で怒りつぽかつた。そして彼の気を損ぜぬやうに勤めるだけ、それだけ彼はだん〳〵不当な忍従を私に求めるやうになつた。全く征服された形で私は彼の云ふまゝになるより仕方がなかつた。然し彼の親達は私が権八の為めにそんな気苦労をしてゐようとは少しも気づかないらしかつた。権八は親達に感づかれぬやうに私をいぢめるからであつた。

彼は私より背丈は低くかつたけれど体格はがつしりして、私よりも力は強さうに見えた。仕事場からの帰りには必ず私が早い時は彼を待つてゐなければ彼は非常に機嫌が悪かつた。その癖彼は自分が早い時はどん〳〵先に帰つた。其の他いろ〳〵の点で私は彼の専横を忍ばされた。

　或る日の夕方、権八と私は一緒に仕事から帰つた。街を歩きながら彼はいつもの調子で私に知つたかぶりを始めた。

『機関兵と水兵とは何処でお前えは見分ける。これはお前えには分るまい。』権八は私に云つた。彼は三四年も此の佐世保の土地へ居馴れてゐるので何かとくわしかつた。唯の水兵と三等兵曹とは服に異ひはないとか、服の左腕についてゐる山形は善行証であるとか、一等兵曹の直ぐ上は上等兵曹、それから準士官だとか、さうしたことを知つてゐるのを彼は私に誇つた。

『機関兵と水兵とかい。機関兵は服の左腕に螺錀が附いてゐるよ。』と私は答へた。

『笑談云つてらあ、ねぢまはしが附いてゐなくたつて機関兵は機関兵だよ。ねぢまはしと桜の花が附いてるのは、ありや機関兵の三等下士と云ふんだ。へん、知りもしないくせに——ねぢまはしが、ぶつちがひに附いてゐるのが二等下士だ。なんにも目印の附いてゐない機関兵を見分けることはお前えには駄目だよ。』

『そんならどこで君は見分ける。』

『俺あ直《ぢ》き見分けらあ。機関兵は痩せて色が蒼白いや。水兵はまる〳〵と肥つて色が黒いや。何故つてよ、機関兵は石炭のこなほこりや、油煙を吸つてばかりゐるから色が蒼白いに定つてら。わかつたかい。』と権八は鼻を動めかして云つた。

『あゝ、さうか、矢張君はくわしいな。』私も彼の海軍通には感心した。彼は軍艦の形を遠くから見てその軍艦の名を云ひあて得ることや、水雷艇の戦闘任務や、帆檣の旗を見分けることや、また造船部内のことなどを知つてゐたのである。

　私も彼にばかり知つたかぶりをされるのは窃かに快くなかつたので、彼の知らない範囲で、彼に答へを求めてやらうと考へた。彼はまるきり学校へは行つてゐなかつたので文字を多く知らないのであつた。それに彼は文字が嫌ひだと云つてゐた。私はとある商店の看板に書いてある、彼の知りさうもない文字を指して彼に読ませて見た。『極廉価調進』と書いてあつたが彼はそれが読めなかつた。更に薬種屋の軒看板に『体裁高尚品質優秀値段格好』と書いてあつたのを彼に指し示して読ませて見た。それも全部読めなかつた。彼は急に黙り込んで不快な顔色になつた。

『少しぐらゐ字を知つとるちふて鼻にかけるない。』彼は怒った目つきで云つた。

『だつて君も僕の知らないことを訊ねるんだもの。』

『それがどうしたんだ！』彼は喧嘩腰で私の胸を突いて来た。

『お前えは誰れの家に今厄介になつてるんだ。お前えを初めて仕事場につれてつてやつたのは誰れだと思つとるんだ。生意気云ふとひどいぞ。早く俺が家から出て行つてくれ。お前え見たいな厄介者はありやしねえぞ。おふくろがさう云つてらあ。朝早く起きてよ。ふん。十銭ぼつちの宿賃ぢや損が行かあ。』権八はさん〴〵私に云ひたいことを浴びせた。私はさう云はれると一言も返せなかつた。

権八はその翌日私の弱身につけ込んで、仕事場でも他の仲間の前で私をさん〴〵耻かしめた。少年労働者の中でも彼は頑強で気が荒いので巾をきかせてゐた、それ故他の少年等も彼の云ふことには一々尤もだと云つてそれに味方した。

『俺の家へ厄介になつてけつかる癖によ。そして俺が此の仕事場にもつれて来てやつたんだ。それに生意気で仕様がねえのさ。ぶんなぐつてやらうと思ふんだが、国の継母《まゝはゝ》にさん〴〵いぢめられて追ん出されて来やがつたんで俺あ可愛さうだから我慢してゐるんだ。』と権八は皆の仲間の前で云つた。

『やつてやるが好えさ。』と一人のおへつらひは云つた。

『お前んとこへゐるんなら喧嘩しねえが好い。おい清公、お前も生意気をよして権八公と仲よくしねえな。その方が好いぜ。』と分別らしい顔で一人の少年は仲裁した。

『そりや僕だつて仲よくしたいんだから、云ふまゝになつてるんだが、それでも生意気だと云はれりや仕方がないんだ。』

『何だと。もう一度云つて見ろ。』権八は私に飛びかゝつて来た。皆は留めた。

『今日の帰りに覚えてゐろ。此のまゝではすまねえから。』権八は私に云つた。

夕方の帰りに彼は私を待ち受けてゐた。

『早く逃げねえな。お前はひどい目に逢ふかも知んねえぜ。』と仲間が云つてくれた。私はもうすべて覚悟を定めた。相手の思ふ存分にさせてやらうと決心した。権八は案の如く二三人の仲間と一緒に倉庫の並んでゐる人通りのない草原に私を待ち受けてゐた。そして私に近づいて来て、いきなり胸ぐらをつかんだ。

『何をする』私も死力を出して組みついた。傍で見てゐた仲間は私の勢ひに少しくたぢろいだ。私は都合よくそこの草原の掘り返へされた窪地にまで彼をひた押しに押して押し倒した。それから暫く上になり下になりしてから起き上がつて、更にまた組み合つた。此の時私は手から離さず握つてゐた弁当箱にふと気がついたので、ふり上げてがんと一つ権八の横頭に打つつけた。血が彼の横顔いつぱいに流れ出した。私はそれを見て驚いた。権八も自分の血に驚いたらしかつた。

『しまつた。大変だ……。』さう思つたが相手が離すまで私は彼の胸ぐらを握つたまゝであつた。此の時通りかゝつた一人の水兵が分けてくれた。権八は仲間にとりまかれて傷の始末をしてゐる間に私はどんどん馳り出した。一足早く帰つて権八の両親にそのことを云つて詫びるより他はないと思つたのだ。

『大変なことをした。俺は権八の父にどう云つて詫びよう。こんなことになつてはもうあの家には置いては貰へないのだ。』私は家へ向いて馳りながらも気が気でなかつた。

家では権八の母親が夕餉の仕度をして私達の帰りを待つてゐた。私が唯ならぬ様子をして走り込んだので彼女は怪訝な目顔で迎へながら尋ねた。私のシヤツはぼろ〴〵に裂けてゐたのだ。

『どうしたの。家の権八はまだかい。』彼女は此の時私の喧嘩の相手が誰れであるかを知る筈はなかつた。

『権八はどうしたの。』かみさんは更に不安げに訊ねた。

『権八さんは後から帰ります。おばさん私は権八さんと喧嘩しました。許して下さい。』私はさう云つた。権八の頭に傷を負はせたとは口に出して云へなかつた。そこへ私より一足遅れて権八が一人の仲間に伴れられて頭を手拭で繃帯しながら帰つて来た。かみさんはそれを見ると忽ち色を変へて狂気のやうになつた。

『おや、どうしたのだえ清さん、お前さんは権八の頭に傷をつけたの。え、それはどうしたわけだね。さあわけを聞きませう。さあ……。お前さんは誰の世話に今なつてをるか分つてゐる筈ぢやらうがの。お前はよくも権八の頭に傷をつけた。さあ、どうしてくれる。』とかみさんは目を釣り上げてがなり出した。

『すみません。すみません。おばさんゆるして下さい。』私はひた詫びに詫びた。

此の時権八は自分の母親が好いあんばいに私をがなりつけるのに力んで何時の間にか、そこの土間にある下駄を振り上げて私に打つてかゝつた。私はそこでは手出しをせずに打たれてやつた。そこへ父親の善作さんが帰つて来た。

『お前さん、まあちよつと御覧よ此の通り権八は頭に傷をつけられて、何ちふ義理知らずものもあつたものでせう、それ、此所にゐる。此の厄介者が……。』とかみさんは亭主に私の乱暴をあくどく訴へた。善作さんは唯黙つて、私の顔をあまり見ないで、目をぎろつかせたが、いきなり権八をどやしつけた。

『手めえが悪いんだからだぞ。喧嘩なんかしやがつて、てめえのやうな奴は出て去せろ、打たれて痛えくらゐなら何故喧嘩なんかしやがるんだ。』と善作さんは我が子の権八を続けさまにひつぱたいた。母親はそれを見ると一層我が子に同情して『お前さん。そんなに自分の子を打たんでも好え。それはあんまり……の。』とかみさんは権八を善作さんの手から引きもいだ。

『何、てめえまで。』と云ひさま善作さんはかみさんをも続け打ちに打ちのめした。私は善作さんに抱きついた。

『どうぞ許して下さい。私が悪いんですから。権八さんの悪いんではないから、許して下さい。』と私は善作さんに詫びついた。近所の人は寄つて来た。そうして、かみさんを引つぱつて伴れて行つた。やつと事は鎮まつた。私はどうしてよいか分らなかつた。然し善作さんは私に対して何にも云はなかつた、却つてやさしい調子で、

『さあ風呂へでも入つて来るが好い。これから喧嘩をせんやうにの。』と云つた。私にはその一言が身に強く響いた。私は吃度かみさんから怨まれるに違ひないと思つて非常にその夜中心配した。然し翌朝は常のやうにかみさんは朝飯の仕度をして私達二人を仕事に出してくれた。まるで、何事もなかつたやうに、かみさんは私にも常のやうにやさしかつた。そして出しなに云つた。

『仲よくしなさいよ。喧嘩をすればあの通りお父さんがやかましいから、よいかえ。』さう云つて二人を送り出してくれた。

『昨日のことは許してくれたまへ権八さん。僕が悪かつたから。』私は途々云つた。

『いんや俺が悪いんだ。』二人は其の時だけはそれですつかり仲なほりをした。

私は時々故里のことを思ひ出さずにゐられなかつた。どうかした日は妙に父のことが案じられた。私は佐世保へ来てから一度父には手紙を出した。善作さんの家に厄介になつてゐることを知らせてやつた。父からはあらためて善作さんに宛て、何分頼むと云ふ手紙が来た。私にも別封で来た。それには私が無断で家出をしたことについては小言らしいことも書いてなかつた。唯、奮発して一人前の人間に早くなるやうにと書いてあつた。私は父や継母に対する反抗心で以て労働の苦痛をも押し通して旅の空の心細さも割合に感じなかつたが、以前から父想ひの苦労性であつたので、仕事をしてゐるまにも直ぐ父の面影が私の目の前に浮ぶのであつた。妻に媚びる愚かなる父の為めに遂には旅の空にやつて来て下等な労働者をしなければならぬ腑甲斐ない自分を思ふと歯ぎしりして故郷の空を睨みたい気もしたが、その実私の心の中には父に対するほんとの愛情が潜んでゐた。私は父にうんと心配させてやらうと企て丶此の佐世保へ家出して来ながら、父を想ふことに於ては他の多くの子供に決して劣りはしなかつた。曾て仕立屋の叔母の家に奉公してゐた時分だつて、私はどんなに父を思ひ人の知らぬいろ〳〵のことを案じわづらつたであらう。私は父の善良な性質をよく知つてゐた。父は他人に対しては謙遜であつた。自分から進んで争論一つする人でなかつたが、家業上にいろ〳〵の紛擾が絶えず起るのであつた。その為に旅にゐる私はどれほど父の上が気づかはれたか知れなかつた。街を通つてゐても、或る店先などに人が大勢立ち塞がつてゐて、其の家で誰れかゞ争論でもしてゐるのを見ると私は直ぐ国の父の上に思ひを馳せた。私の家はひと頃よくステーシヨンの構内車夫に種々な手段で家業の妨害をされ、或る時は車夫等は酔つぱらつて父に喧嘩を売りに来たりしたものである。ステーシヨン附近の宿屋同士は激しい競走をやる弊があつて、双方が車夫を利用しては家業を邪魔し合ふのであつた。私の家はステーシヨンの直ぐ間際で、場所としては他の宿屋を抜いてゐたので、それ故同業者はどうかして少しでも私の家に吸収される客を奪はうと努めた。それには必らず構内車夫を利用した。彼等車夫に法外の酒代を与へたり、時に酒をふるまつたり、いろ〳〵の懐柔の手段を用ゐた。その為め構内車夫等は私の家の前にいつぱい俥を列べて客の寄り勝手を悪くしたり、他所から客を乗せて来る場合は他の宿屋へ送り込んだりした。その代り私の家の客が俥を雇ひたいと云ふ場合には構内以外の俥夫を呼ぶやうにしたこともあつた。さうした事からますく構内俥夫等と私の家とは面白くなくなつた。尤も構内俥夫の中でも私の家に味方する者も少数はあつたけれど、性質の荒い俥夫は悉く他の宿屋に買収された形であつた。父がそれ等の乱暴な俥夫の横理屈に対して飽まで自分を抑へて彼等の機嫌を取つてゐるのを私は屡々見た。然し私は今に父がこらへかねて何か非常なことをしはしないであらうかといつも気は気でなかつた。私の父は決してさうしたことの出来ない人でないのを知つてゐたからである。私の父は若い時分継母のはからひで勘当同様の姿で家を出され、放浪中は土方の群れにも交つて刃ものの間を潜つて来た人であることは聞いてゐた。それが私の母が来るやうになつてからは一変して生れた町へ帰つて小商売を始めたさうであるが、私の母の死後再び自暴自棄になり、私を祖母の手元に置き去りにして他国へ飛び出し、荒い仲間と一緒に生活してゐたのであつた。然し再び故郷の町へ帰つてステーシヨン前に宿屋を始めてからは家業に忠実であつた。俥夫等がいかに暴れ込んで幾度喧嘩を持ちかけても父はおとなしく下から出てゐた。唯一度或る夜のこと父が抜き身を提げて俥夫等のあばれこむのを待ち受けたことがあつた、然しその時は事なくすんだ。その時ほど私は心配したことはない。私はさうしたことが私のゐない間にも屡々起つてゐはしないであらうかと折々案じずにゐられなかつたのである。その実私は父には少しも手紙を出したくなかつた。父からもあまり来なかつた。

　カン〳〵叩きの仕事が一時杜絶えて少年労働者が全く不用になつたのはそれから間もなくだつた。私はその日の食費が払へなくなつた。然し国の父に云つてやる気は無論なかつた。今更云つてやれないと思つた。で余儀なく私は大人の労働をも無理にやつて見た。石炭担ぎや、山こわしの土工の群れにも入つてやつて見た。けれども私の身体では続かなかつた。で私は予て聞いてゐる納屋住人夫になるより他に方法はないと思つた。納屋住み人夫といふのは造船部の常用人夫で、これはどんなに人夫が不用になつても喰ひはぐれのないものであつた。そして直接工場に入つて職工の手伝ひをするのであるから職工等に知り合ひも出来、職工になる手蔓を得るにもよいと云ふことであつた。で私は善作さんにそのことを相談した。

『納屋住みをするといろ〳〵悪いことを覚えるちふから、わしがさう云ふ所へ入れたとでも国のお父さんに思はれてはすまぬが、どうしたものか。』と善作さんは云つた。然し権八との喧嘩以来、かみさんは私をよく思つてなかつたし、私の窮屈がつてる風を知つて善作さんも強いては止めなかつた。

　私は或る日山の手の谷あいにある納屋に頼みに行つて見た。そこには藁屋根の掘立小舎が三棟あつた。岩崎組、平野組、山田組と三つに分つてゐたのであつた。私はそのとつ附きの平野組に入つて行つた。人夫達は皆仕事に出払つて一人もゐなかつた。家には親方とかみさんとがゐた。色艶のよい愛嬌のある小肥りの、筒袖袢纏を着た若いかみさんが私をあいそよく迎へてくれた。親方も人柄であつた、私が事情を話したのでかみさんも主人も同情してくれた。

『よくまあ親ご達があるのにあんた一人で来なさつたよなあ。親ご達も随分ぢや……』とかみさんはしみ〴〵云つた。

『まあそんなわけなら置いてやるから来るが好い。納屋にはお前さんのやうな小供は入れぬことになつちよるが、まあ置いてやらう。』と親方は云つた。私は嬉しかつた。その晩から住み込んだ。その夜十人ばかりの人夫達に一々私はおぢぎをして挨拶を云つた。

『おとなしそうな小僧だ。』など口々に云つてくれた。皆やさしいもの堅さうな男達ばかりだつたので私は多少安心した。彼等は丸太をぶつ切りにした木枕を並べて一つの蒲団の襟と襟とに二人宛枕違ひに寝た。障子越しの三畳には一組の夫婦が寝てゐた。私も誰れかの蒲団に入れて貰はねばならなかつた。

『わしの蒲団へ入れてやるから来な。』と人のよささうな爺さんが薄暗い壁の方から云つた、私は構はずそこへ入れてもらつた。昨夜まで権八と寝たより気楽にのび〳〵と私は足を伸べて寝た。

『好いからもつと足をお伸べ。遠慮しねえでおのべ。風をひかねえやうにな。』と爺さんは頻りに云つた。さう云つてゐるうちに爺さんはもう鼾の音をさせてゐるのだつた。

　翌朝から皆と一緒に起きて親方について造船部へ行つた。

『今日一名補欠をつれてまゐりやしたから、どうかお願ひ申しやす。』と親方は事務所の前に立つてゐる役員に云つてゐた。

『あ、そうか。』役員はうなづいた。其所には岩崎組、野村組、山田組の人夫が別々に並んだ。役員は人員の数を調べるとそのまゝ黙つて事務所へ引つ込んだ。それで手数はすんだのである。

　私はその日から木工場の手伝にまはされた。これは昨夜一緒の布団に寝た爺さんが親方へ頼んでさうしてくれたのであつた。いちばん気楽な仕事であつた。爺さんはもう長い間木工場の手伝人夫をして、何処には何があるとか、何号の小舎には欅の板が何枚あるとか、職工達の誰よりもくはしかつた。木工場のこと、来たら此の爺さんに訊ねさへすれば分ると云ふほど調法な爺さんであつた。爺さんはまるで孫かなどのやうに私を木工場の職工達に紹介した。おかげで私は早く皆の職工達に親しんだ。仕事といふ大した仕事はなかつた。鉋屑が溜ればそれを目籠に押し込んで外へ捨てに行つたり、職工達が墨を曳いた大小の木材を鋸切り場へ持つて行つて、挽いて貰つたり、昼飯時が来ると、ぐら〳〵沸いてゐる薬缶の湯を小桶に分けて職工達の食事をする場所々々に持つて行つたりするだけのことであつた。私は爺さんの云ふ通りになつてゐれば間違ひなかつた。鋸ぎり場に行くといろ〳〵の珍らしい機械があつた。板に鉋をかける機械や大きな欅の丸木を荒挽する機械や上下の車輪に張り渡されて非常な速さで廻転してゐる鋭利なリボン鋸や水車のやうに回転してゐる車鋸や鋸の歯を一本〳〵金剛砂砥で研いでゐる人間よりも巧妙なる機械やを私は一つとして感心せないで見ることは出来なかつた。さうした調法な機械が発明された為に人間の労力と技術がどれほど侮蔑を蒙つてゐるかを私は少しもまだ感ずるだけの頭はなかつたのである。人類の生活を幸福にする為めであらねばならぬ幾多の新式な生産機械が資本家の独占となつて社会生活を不幸ならしめ、多数の人間を虐げつゝあることを私はその時少しもまだ感じ得る頭はなかつた。唯多くの珍らしい機械の前に立つて子供心に讃嘆するばかりであつた。

木工場では私は皆から可愛がられた。

『お前は職工になりたくはないか。何職工になる積りだい。木工になれよ。』或る日伍長は私にそう云つてくれた。実を云ふと私は大工は好かなかつたのである。毎日木工場の手伝人夫をしながらも大工になる気は少しもなかつた。鉄工などのやうに黒く汚れずに危険も少ないのであるが、私は何故か鉄工が好きだつた。私は鉄工になつて黒く汚れるほど職工らしいと思つた。第一にハンマを振つて見たいのであつた。何故私は鉄工や機械工が好きであつたかは大したわけもなかつた。国に居る間ステーシヨンの側に生ひ立つたので、毎日のやうに機関車の運転手の動作や、また機関庫の修理工場へ行つて職工達がエンヂンを組み立てたり、バイスに向つて長いヤスリを威勢よく使つてゐる姿や、斜に構へて長柄の片手ハンマーを振つてゐる意気な格恰を多く見て、さうした仕事を好きになつたのであつた。私には大工と云ふ職業はあまりに平凡に思へた。鉄工や機械工の仕事にはいかにもエキゾナチツクな感じがあるので、唯々好きだつた。

『私は鉄工か機械工になりたいんです。』とその伍長に云つた。

『さうか。大工が嫌ひなら仕方がないなあ。然し大工になる方が好いぞ。大工の仕事は街でも出来るし自分の家でも出来る。』と伍長は真実に云つてくれた。私はよくその伍長の家に遊びに行つた。夫婦二人きりで小ぢんまりと暮してゐた。子供がないのでおかみさんは私に心切だつた。着物を縫ひ直しくれたりした。私も休みの日はいろ〳〵の使ひをしてやつた。

『私は鉄工になりたいから、木工場の手伝ひをするよりも鉄工場の手伝ひの方へやつて下さい。私は少しでも鉄工を見覚えてから職工に志願したいのです。』を納屋の親方に頼んだ。

『そんならそうしてやるから、もう少し辛抱してゐな。』と親方は云つた。

『鉄工場の方はあぶねえからおよし。悪いことは云はねえから、それよりも木工場が汚れねえ上に気楽で好えだ。木工場においなしくゐさへすれば俺が組長さんにようくお頼み申して、初めから給金が貰へるやうにして、職工見習にしておくんなさるやうに話するだ、もう少しの辛抱だよ清公。伍長さんだつてお前えを可愛がつてゐなさるだ。なあ、さうしな。それが好えだ。』と爺さんは頻りにさう云つて私が鉄工になるのを止めた。それでも私は鉄工が好きでたまらなかつた。ハンマを振るやうになつたらどんなに面白いだらうと思つた。石炭の煙を吸ふのがどれほど健康に害であるか、また毎日多くの怪我人が出来るほどの危険の伴ふ仕事に対して、私は殆ど無頓着であつた。全く盲目的であつた。

私は納屋にかれこれ一年あまりゐて爺さんと毎晩同じ寝床に寝た。爺さんは私のことについては非常に心から、何かとさとすやうに云つてくれた。

『お前えは職工なんかになつてどうするだ。自分の霊魂《たませえ》を台なしにするばかりだ。お前えは今が大事な時だから、よう考へるが好えだ。お前えは何にも分らねえから俺がよう云ふて聞かせるだよ。悪いこと云はねえから、早う国へ帰つて親ごの云ふことを聞いて家にゐるが好えだ。親に虐められるぐれえ何でもねえだ。あたりめえゝだ。世の中にはもつと人間を虐めて、すまし込んで俺たちのやうな労働者の生血を吸つてる資本家ちふ者がゐるだ。此所の造船所はお海軍さまの工場だからまだ〳〵職工は大事にして下さるが、どうせ職工になれや人間扱ひにやされねえだ。なあようく聞きな。好えかよ。船一艘造りあげるまでに職工は何人死ぬちふ予算がちやんとしてあるだ。死ねばたつた三百円貰ふきりだ。後に残つた家族が貰ふだ。一つの船を造りあげるまでに平均二十人の職工が死ぬと見てあるちふだ。それも造船費用の中に入つてゐるだ。まるで消耗品と同じだ。死んでしまつて三百円ぽつち貰つてどうしるだ。かけがへのねえたつた一つ命だもの、一艘の船のキールを据ゑる時からちやんと何百人の職工中の誰れかゞ二十人の死人の仲間になるに定つてるだ。お前えは鉄工が好きだと云ふけんど、お前えだつて鉄工になればその二十人の中に数へられねえもんでもねえだ。よう考へるが好えだよ。霊魂を台なしにしねえことよ。好えかい清公。早う国へ帰るが好えだ。』爺さんは夜も寝てからこん〳〵と云つてくれるのだつた。私は時々爺さんの仕事着の繕ひをしてやることがあつた。爺さんは針の穴へ糸を通すのに十分も二十分もかゝるのである。そしてまづい繕ひ方をするのであつた。

『お爺さん僕縫つてあげませう。』と私が云ふと、

『お前えに出来るものかよ。ぢやお前えがさう云ふなら頼むだ。』と云つて爺さんは私にそつくり針ごと渡した。私にはそれくらゐの針仕事は何でもないことだつたのだ。

『お前えはまあどうしてさう器用だ。うめえな〳〵。女つ子も及ばねえだ。』と爺さんは感心して云つた。

『僕は仕立屋に三年も弟子奉公したんですよお爺さん、襦袢でも洋服でも作つて見せませうか。』と私が云ふと爺さんは目を丸くして意外さうに私をまじ〳〵見るのだつた。其の後私は爺さんに紀州ネルを買はしてシヤツや、股引きをこしらへてやつた。

『何てお前えは好い腕だらう。お前えにこしらへて貰つたものは大事に着るだよ清公。』爺さんはほくほく喜んだ。

国の継母が私にわざ〳〵逢ひにやつて来たのは家出後三年目

の春だつた。私はもうその時は造船部の職工になつてゐたので、とつくに納屋を引き上げて下宿屋住ひをしてゐた。日給も三十銭以上貰つてゐたので、どうにか自立が出来てゐた。然し毎日の仕事は激しかつた。ハンマを持つよりも重い鉄板を取り扱ふのが毎日の作業だつた。造船職工の仕事の多くは工場外の大空の下で為すのであつて、冬は寒風に吹き晒され、夏は炎天に照りつけられるのがならひであつた。船体の最も狭苦しい所へ入つて鋲打のあてばんをさゝれる苦しさ、さうした作業上の忍苦は、国で継母や父に冷遇される時の辛抱の幾層倍であつたらう。

　逢ひに来た継母は云つた。

『まあお前は丈夫で勉強してゐたのねえ。もうどのくらゐ月給を取るやうになつたのだえ。しつかり勉強してよくおなり。お父さんもそれを楽しみにしてゐてだよ。妾もお前がよくなるのを楽しみにして待つてゐませう。』継母は猫なで声でさも真実の母らしい風を装ふて、いろ〳〵見えすいたことを云つた。私はそれを聞いてゐると、むづかゆくて堪えられなかつた。然しまた俺にだつてこんな母が国にはあるのだぞとさも実母を誇るやうな誇りをも下宿屋の人達に感じないでもなかつた。彼女はなか〳〵盛装してゐたので、ちよと見ては三十代かと思はれるほど若く美しく見えるのであつた。ルビー入の指環や、金の丸打などを両の指に嵌め込んでゐたし、小さな婦人持の時計までも帯の間に挿めてゐた。黒縮緬の羽織の着こなしと云ひ、丸髷の似つかはしさと云ひ、何処の奥さんであらう、私さへも見それるほどめかしてゐた。『継母よ。お前の為めに家出をしてさん〴〵俺は苦労したのに……』と思ひながらも、旅でかうして出逢つて見ればさすがになつかしい、気がせぬでもなかつた。

　例へ実の母でなくともかうした美しい身なりをした女と云ふだけでもちよつと悪い気はしなかつた、卑屈な意味ではあつたが肩味が広いやうにも感じた。翌日は工場長に許しを乞ふて、私は継母をつれて工場の中を見物させたりした。油に汚れた作業衣を着た少年が先にたつて、その黒縮緬の丸髷の奥さん風の婦人を案内してゐるのを多くの職工等は目を丸くして見た。中には彼等特有の卑猥な声を浴びせるのもあつた。私は少してれたりした。継母はそれには平気で、小褄をからげて、はでな長襦袢の蹴出しを見せながら私の後からついた。

　仲間達は私にそんな立派な母があらうとは予想にだもなかつたのだ。職工にでもなるものは家が貧しくて親もない人間ばかりのやうに思はれてゐる中に、私がさうした貴婦人まがひの継母を伴れて工場を見物させてゐるのを彼等は意想外に感じたのは無論であつた。私も此の時だけは継母だと云ふやいやな感じをなるだけ自から少くした。さう思ふことは私の此の場合の少さな虚栄心を、かうした立派な母のあると云ふ空虚な誇りとの矛盾を感じなければならなかつたからである。

『お母さん、あれが浮き船渠です。』私は一々さう説明した。彼女が珍らしさうに目を見張つた。

『まあ。』彼女は讃嘆するばかりだつた。今しも石垣の岸から二人の潜水夫が異様な甲冑を頭にすつぽり冠つて、だぶ〳〵の潜水服を着て、便器のやうなかたちの大きい靴を履きながら船渠の底へもぐらうしてゐる所だつた。既に他の潜水夫は水にもぐつて、したゝか息を吹き上げながら作業をしてゐた。鯨形の水雷艇は次第にその浮船渠の為めに持ち上げられた。エーヤポンプがどん〳〵吐き出す海水の量だけ船渠は浮き上がつた。春の日光がキラ〳〵海を輝した。

更に私は毎日自分が仕事をやつてゐる造船工場の方へも伴れて行つて見せた。中心のキールにフレムを取り附けた。組立中の最初の船体を私は手短かに説明して聞かせた。それは丁度撃剣士に被るお面のやうな形であつた。その骨《フレム》の上から鉄板を張つて、職工達は長柄のハンマで鋲つけにするのであつた。

更に私は機械工場の内部をも覗かせた。そこには多くの旋盤やシカル盤や、ボーリングマシンや、シアーピンやの機械が続いて遠く列んで、それ〳〵鉄や真鍮を削つてゐた。リボンのやうな調べ革はシヤフトから機械へと雨のやうにはためき流れてゐた。その次の建物では大きな汽船のエンヂンが幾組も組立てられ、油にまみれた青服を着けた仕上工等は長いヤスリを巧みに使つてゐるのであつた。

『まあほんとに珍らしい物を見せて貰つたよ。妾達のやうな女は一生のうちに見られないものばかりでしたよ』と継母は見物してしまつてから嬉しさうに云つた。

彼女は翌日汽車で帰つて行つた。

継母が私に逢ひに来たその同じ年の秋、父がひよつこりやつて来た。私が工場から帰つて見ると下宿の主人と酒を飲み合つてゐた。私は誰れだらうと思つたほど父の顔は妙に異つて見えた。私は何故か継母に逢つた時よりも父に対してはぶあいそであつた。私はその一瞬間胸に云ひ知れぬ感じがこみあげて来たのであつた。父もさうらしかつた。私は少し涙さへも出さうになつたがそれを我慢した。

『お父さんがゐらしやいました。さあ、あなたも此所へおいでなさらう。』と下宿の主人夫婦は私の心も知らずに云つた。

『長崎まで用があつて行つたから、ついでにやつて来たんだよ。お前は達者でやつてゐたねえ。』と父は云つた。

『え……。』と私はそれ以上云へなかつた。私は強いて父にぶあいそをする気はなかつたが、下宿の主人の手前私は言葉を控へ目にしたのである。

夜になつて親子は宿を出て街へ行つた。歩きながらぽつ〳〵話した。父は長崎の旅館で泥棒に逢つたことなどを話した。

『帯をやられたよ。然し大抵見当がついてるのでその内に出るぢやらうと警察で云つた。お前にやる積りの懐中時計が無事だつたからよかつたよ。それ、これはお前にやるから持つてゐて好い。』と父は歩きながら私に銀側の懐中時計をくれた。私はいらないと云つて突き返したいやうな悲痛なる衝動を感じながらも『ありがたうございます。』といたゞいて受けた。父からこんな愛情を今更見せられて、それを平気で受けると云ふことは自分の家出以来の苦労を無意義にするやうな感じもした。その実私は逢ひに来てくれた父を心からいとほしくも涙ぐましいほど感謝せずにゐられなかつた。それにだん〳〵話をしてゐる間に私には読めたのであるが、長崎へ行つたのは別に所用があつたのではなく、何事か継母との間に面白くないことがあつて、その気晴しの積りと、且つは私に久しぶりに逢ひたい気持もあつて、何処へ行くとも知らさず、家を出て来たらしい父の様子が、私を一層センチメンタルな心持ちにした。

私の継母は既に長年の間内証の貯金を肥やすことにのみ努めてゐることは親類中に知れてゐた。それ故父は店の計算の上に合点の行かぬ穴を見出すのが常であつた。それも少々のことは黙過したが、今度のことは我慢がならずにひと悶着起したのらしいが、かしこい継母は巧みに言ひぬけたに違ひないのであつた。

『どうも困つたあまだ。』と父は私に云つた。父のさう云ふ訴へは多少私の歓心を得る為めのやうでもあつた。なまなか後妻と妥協して、而も絶えずその後妻に裏切られながら、唯ひとりの長男を旅の空で苦労させてゐると云ふことは、いろ〳〵の意味で自身の心を暗くし、寂びしく不安にし、世間態を耻づる気持にまでもならせるに違ひなかつた。

さう思ふと私は父をいたはりたい気持でいつぱいになつた。

『どうだ、お前は何かほしいものがあるなら云ふが好い。これから寒くなるからメリヤスシヤツでも二三枚かつてやらう。』

父は勧商場の前まで来るとさう云つた。

『シヤツは持つてるからいりません。』私は何故か父に買はせたくなかつた。

『どうだらう。お前は今一緒にゐる下宿人達に私から手拭か煙草でもやるがよくはないかの。』

『そんなことをしなくても好いです。』

『まあタオルでもやることにせう。』と父はさう云つて、勧商場のある店でタオルを買つた。それからスコツチのメリヤス、シヤツや、鳥打帽子や、半靴などを自分で勝手に見立て私に買つてくれた。

その勧商場をぬけた所にレストーランがあつた。父は私をそこに伴れ込んだ。そしていろ〳〵洋食を命じた。父はビールをさかんに飲んだ。一方の室にある球突台が丁度空いてゐたので、父は私と球を突いて見ようと云ひ出した。私も仕方なしに承知して、親子はした〻か拙いゲームをやつてボーイを笑はせたりした。

翌日は父を伴れて善作さんの家へ出かけた。父はそこで私の世話になつたことについて善作さん一家に厚く礼を云つてくれた。

私にとつて父は矢張真実の愛情を持つてゐる父らしい父であつた。私は幼年時代に記憶してゐるやさしい愛情に満ちた善良な父を久しぶりに見ることが出来た。私の父に対する反抗心は何処へか一時消えてしまつて、やるせない真実の愛慕がそれと入り代つた。私は父と別れるのは何となく悲しかつた。父は二晩泊つて立つた。

『いつまでもお前が旅にゐては俺も気になるから、いづれ家へ帰つて俺の代りをしてくれる考へでをつてくれにやならんて。』と父は別れ際に云つた。私はそれには黙つて答へなかつた。

『帰つてなるものか……。』さうは思ひながら、また父が気の毒でもあつた。実際私はもう国へ帰つて父の家業を手伝ふと云ふ気にはなれさうもなかつた。それは此の上父を故意に心配させ、困らせたいなどと云ふ気はなかつたけれど、私は既に或る一群の思想ある放浪職工等に親しんで将来の行動を共にすべく堅く誓つてゐたのであつた。それは目ざめたる職工の仲間であつた。私もその一人であつた。もう私には父や故郷を顧み慕ふてゐるひまはなかつたのだ。

其の翌年、私は或る同志に加はる為めに関西へ飛び出した。それからのことは、あらためて他日発表するであらう。

（「改造」大正8年9月号）

長い恋仲

宇野浩二

ところで、大阪に帰つてから四五日目のことやつた、（と土屋精一郎はそしてこの物語にうつつたのであつた。）友だちの中でも、土屋ちいふと、年が年中女子《をなご》のことばかりで苦労してる者みたいに、噂されてんのを僕は知つてゐる、僕自身もしみ〴〵さうかなあと思ふことがある、けれどさて、よう〳〵考へて見ると、僕が生れてからこの年になる迄に、交渉した女子の数ちゆふもんはそない幾人《いくたり》もないのやデ。僕自身もなんや斯う仰山あつたやうな気がすることもあるけれど、さて勘定して見ると、ほんまに幾人《いくたり》もないのやデ。が、その苦労の仕方が、あんまり所謂身も魂も打込むもんやさかい、他所目にはつきり付くんやな。……

ほい〳〵。又話が横道に反れたが、それで彷々の体で大阪に帰つてから、四五日目のことやつた。女子はいかん、女子はいかん。誰にかてさうかも知れんが、殊に僕見たいな少賢《すこがしこ》い、いつもあんまり大けな損をせいで、世の中を狡う渡つて行くもんには、神さんが特別に女子好きにしといて、その女子といふ罠に時々落すやうにして、世ん中《なか》の人間の損得を、公平に分つやうにしはんのかも知れへんとさへ考へられる。それはさうとしてもや、もし僕があの初恋の女子とあんばい行つさへしたら、なんぼ僕かてその後にこない女子のために色々な難儀や損な目をしてへなんだかも知れへん。ほんまのとこ、この四五年来の女子の苦労だけは別としといて、それを取除けると、後の僕の女子の苦労いふのは、みんなあの初恋の女子との顚末《いきさつ》やといへるのや。あの女子の外には、この四五年来のを入れると、一人、二人、三人、かうつとあれを入れて四人、も一つあれも加えて五人、と成程勘定して見ると五六人もあるけれど、早い話が僕は甲の女子に乙の女子の、又乙の女子に甲の女子の、丙の女子に甲の女子の、それ〴〵惚気や思出などを聞かしたことは一ぺんもあれへんけど、甲にも乙にも丙にも丁にも、あの初恋の女子の話だけはせえへなんだことがない。つまり小説家見たいな物の言ひやうをすると、初恋の女子だけが僕の一世一代のたつた一人の恋人で、後の人は皆お添物《そえもん》の、間に合せのんやと言へるかも知れん。……とまあ、そんなやうなことを、取止めもなう色々と考へながら、僕が或町の、大阪のやデ、電車通を歩いてたと思ひんか。(これだけ聞いても分る通り、土屋精一郎の話は脱線ばかりして、言ひ換へると、冗慢で、取止めがなくて、脱線と言ふと、全部が脱線のやうなものであるから、読者諸君もそのつもりで聞いて戴きたい。)

……そんなことを言ひながら僕は、町を歩きながらも、着物を着更へた、年頃の、僕の所謂年頃いふのは仲々範囲が広いデ、つまり十五六から四十余り迄の女子を見ると、振り向かんとこと思ても、おかんとおかれへんね。「道行く女子を見て」か、「心を動かす者は」か、神さん、そんなこと言はんと、そんなことになる心を助けとくなはれヤ、まあ他人の人は兎も角、僕見たいなもんにはやな。……そして電車通を歩いてると、すると行手の方から素晴らしい、奇麗な女子を乗せた一台の俥が走つて来たんや。

何処の女子か知らんけど、それが顔色は、古い言葉やが、抜けるやうに白うて、髪は束髪やが、その量が当前の人の倍ほどもあつて、それが又わざツと油気をつけてよれへんので、青い空を背景にして、西洋画の画風にある片ぼかし言ふ風に見えるのや。それに着てゐるものはちいふと、上から下まで黒地勝のお召づくめらしい、こいつは二十歳《はたち》を過ぎた女子の風としては一番やな、あんたも細君や恋人が出来た時の心得事やデ、半襟と帯とを少しぱつと派手にして、それで物足らん思たら、羽織の裏か襦袢の裏かを一寸派手にして派手いうても大柄な模様や、赤とか紅の色の混つたんは禁物やデ、兎に角、男でも女子《をなご》でも、僕の考では、他所行の風は黒色づくめに限るな。……

そこで、はつとして、僕はほんまに奇麗な女子を見るとはつとすんね、その車の上の女子に半町も先から見惚れてゐるうちに、此方は向に歩いて行く、先方《むこ》は此方に走つて来よる、つまり忽のうちに近づいて来る。そして見て、僕は二度吃驚や！　車の上の女子も、ずつと向の方から僕に目を止めてゐた様子やつたが、愈近づいて来ると、彼女の方で先に「あら！」といふ表情をして、ひよいと片手を上げたかと思ふと、車が止つた。そして僕も立止つたんや。

「まあ！　いつから当地《こつち》へ帰つてゐはつたの？」彼女は言ひながら車から下りて、その場ですぐ車夫を帰してしまうて、「私《あて》んとこは直そこだすさかい、兎に角行きまほ、来とくなあれ」言ふか思ふと、もうずん〳〵歩き出しよつた。僕がたゞ何とも答へ兼ねてるうちに、彼女《をなご》は独り呑込んだるやうに、さつさと僕の前に立つて歩き出したもんやさかい、僕はあやつられる阿呆者見たいにその後に従いて行つた。斜後《なゝめうしろ》からそれに従いて、突嗟の間物を考へる力も何も失うてしまうて、僕は唯ふら〳〵と彼女《をなご》の姿、黒色づくめの西洋婦人のやうな姿、さうや、つまり西洋婦人の服装を日本の着物に飜訳したやうな風やな、尚よう見ると、四寸五分か、せいぜい五寸丈の、詰まつた人形（ふり口）から見ると、着物も羽織も裏は皆純白にして、色彩いふと、羽二重の、所々絞になつてるらしい長襦袢の、青磁色の勝つた友禅模様が、ちら〳〵見られるだけで、足には紫紺の天鵞絨の足袋（その時分女子の天鵞絨の足袋ちゆふのは滅多にあれへなんだ。）おんなし色の鼻緒の附いた、草履見たいな薄い船底の、黒塗の下駄を穿いてよる姿に、見とれながら、ぼんやり無心の体で歩いて行つた。

「神戸でお目にかゝりました切りだしたな」と彼女《をなご》は途々、しかし僕の方を振り返らんと、話した。「私《わて》はあれから間なしに、あんたはんも御存知の藤山な、あの人と別れて、こつちへ帰つてから……もう三年になります。一昨年《おとゝし》の秋、ある人に引かされて、そして三ケ月ほど家《うち》を持つたことがおましたけど、その人とも直別《ぢきわか》れて、去年のお正月から又出ましたね。ところが先月の末だした、又外の人に引かされて、今のとこにゐるやうになりましたんは。」こゝで彼女《をなご》は一寸言葉を切つた、いふのは丁度二人が或四つ辻に来てたんで、「こゝ曲りまんね」と始めて僕の方を振り向いて、微笑みながら、案内顔に斯う言うたのや。心持うす手の唇から、それを隠すために少うし分厚にさしてゐる口紅の間から、細こい白い歯がこぼれるやうに、笑ふ度にのぞいたのを見た時、僕は始めてだん〳〵昔馴染の気安さを感じ始め、それと一緒に、次第に失うた意識の復つて来んのを覚えた。僕は追々彼女と並行に歩いて行くやうになつた。彼女は話しつゞけた、「あの、今の旦那はんは土曜日の晩やないと滅多に来やしまへん。……それに、会うたかて何にもかまやしまへんわ。だけど、昼のうちは、株屋だすもの、決して来るやうなことはおまへん。大抵は下女《をなごし》と二人きりだす。」

僕は殆ど無言で、歩きながら、彼女の話を聞いてゐたが、さつきから急にこの世の中が明るうなつて、又たちまち暗うなるやうな気がした。あの人と別れて、ある人に引かされて、又外の人に引かされてちいふやうなことを、何とこの女子《をなご》は尋常茶飯のことのやうに言ひ放ちよることやらう？……
それはさておき、所謂奇遇といふやつやな奇遇やないか？この女子《をなご》やがな、僕が今も話し、その時も心に思浮べながら歩いてゐた、その僕の初恋の女子ちいふのんは、（と土屋精一郎は話をすゝめた。）

酒井千代子ちいふのが彼女の名前で、彼女は僕の小学校以前からの幼な友達で、もつとも学校は彼女の方が二年級下やつた。彼女の家は僕の家から、すぐ近くの、三軒目で、鍛冶屋で彼女は養女やね、もつとも養女といふことはずつと後で知つたんやがな。僕等の仲のそも〳〵は小学校の塀に、松茸見たいな傘の画の下に、土屋精一郎、酒井千代子と歪んだチヨオクの字で並べて書かれたんが始まりやつたが、勿論、その時分には二人とも何の成心も持つてへなんだ。そやさかい、何年何月から僕等が恋し合うたのか、それは僕にも、恐らく彼女にも、分れへん。

可愛らしい話をしようか？ 笑ひなや。元来僕の家はクリスチヤンやつた。僕は或晩死んだ祖母と添寝しながら、どうして千代子に自分の思を、打明けたらえゝやらうと色々思案した末、これは勿論成心が出来てから後の話には違ひないがな――「千代子と三軒目のお屋敷の精一郎とを夫婦にすべし。神より」斯う神さんらしい字で書いて、彼女の家にそつと放り込んだら、それを彼女が見てくれたら頂上やし、又よし彼女の父母に見られても、神さんの覚召しなら彼等も不服は言はんやろ、どんなもんやらうと考へたことがある。勿論、それは実行までは行かずに済んだがな、当分の間、昼になるとさすがに恥かしいて出来さうにないが、夜になるとやつぱりおんなし事ばつかり考へたもんや。その後もつと大きなつてから、僕たちが完全な恋人同志になつてから、僕がそのことを笑ひながら彼女に話すると、おんなし時分から彼女も亦僕を人知れず恋し始めてゐたとかで、彼女は
「あての方は女子だけにもつと大人らしかつたわ。あてはあんたと一緒になるのにはどうしても女学校に行かんならん。又小学校でも屹度優等をとり続けるやうやないと、とてもあんたとこで貰うてくれはれへんやらう思て、……」言うたことがある。

僕が中学生で、彼女が高等科の四年を卒業した時のこと、或夕方、町で二人がひよつこり出遭うたことがあつた。すると彼女がつか〳〵と僕の傍にやつて来て、その頃僕等はもう何がなしに恥しさが先に立つて、たま〳〵途で遇うてもお互に顔を反らしてゐたんやつたが、彼女はその時女性独特の大胆さを以て、
「あて来月から電話交換局へ行かんなりまへんね。だつけど、あてから時々手紙上げたら、ぼんち、（彼女の家より僕の方がずつと位置が上流やつたさかい、斯ういふ敬称を彼女は用《つか》うた次第だ。）屹度お返事おくなはれや。家《うち》のお父つあんやお母《か》んは字が読めまへんさかい何やけど、ぼんちとこへはあて男の名前で出しますかさかいな」と言うた。これが恐らく二人が恋人らしい話を交換した最初やつたと思ふ。

それから、なるべく簡単に話すけど、（これは話手の土屋精

一郎がさうしたのではなく、筆者が手加減をするのである、）
彼女は交換所を一年ばかしで止めて、今度は料理屋に半年ほど奉公してゐた。そして彼女が始めて、いよいよ神戸から藝妓《げいこ》に出るといふ前の日、丁度僕は学校の方が暑中休暇やつたので、僕たちはそつと示し合しといて箕面に行て、そこで一晩泣き明して別れを惜んだものやつた。……（この辺、実は土屋精一郎の話は情緒纏綿として、精細を極めてゐたが、そこで筆者も主人公と一緒になつてゝ気になつて書いてゐると、役人が怒る、役人が怒れば編輯者が困る、編輯者が困れば筆者にも影響する。依つて役人にも安心させ、編輯者の顔も立て、やがて筆者にも迷惑のかゝらぬよう、残念ながら彼の話を一部分抹削する）。……誠に果敢ない契を結んだもんやつた。

彼女が藝妓になつてからも、そして何べんも引かされたり、又出たりしてるうちにも、僕は或は中学生として、或は美術学校の生徒として、遥々東京から時々示し合しては逢引したことがある、か思ふと幾月も、別れたやうに、消息を絶つたこともある。その時分僕はもう父を失うてゐた。僕はその時分何遍となしに彼女に手紙を出して、どない苦労をしてもえゝよつてに、僕のとこへ逃げてお出でんか、僕はお前と離れて斯うしてる位なら、いつそ死んでしまふ言ふやうなことを、何遍書いてやつたか知れへん。けどもな、そこがなあ……

考へて見ると、美術学校の生徒時代に、僕は漸うの思で銭をこしらへて、東京から神戸まで遥々会ひに行ては、その度毎に失望して帰つて来たことが何遍あるか知れへん。神戸といへば、さつきに彼女の言葉の中にあつた藤山ちいふ男の話やが、彼は僕と殆ど年の違はん位の青年やつたが、当時何をして来よつたのか、阿米利加から十万円ほどの銭を儲けて帰つて来よつたんや。郷国は広島とかやさうなが、神戸に上陸して、国へ帰る汽車の時間の都合で、銭のあるにまかして、或料理屋で藝妓を上げて散財しよつたのや。そして彼女を見初めたのが運の尽といふやつで、彼はそれからといふもの国に去ぬことも何も忘れて、忽のうちに五万円から費うてしまひよつてん。そして結局彼女を引かして、諏訪山公園の下に家を持つた迄はよかつたんやが、彼女の言ひ草に依ると、元もと好きで一緒になつたんやなうて、一寸藝妓稼業に疲れが来てたんで、一服するつもりで引かされて行つたんや。さうやそんな訳やさかい彼女は直に又退屈を感じ出した言ふのや。手紙で読んだんか、言葉で聞いたんやつたか忘れたが……。さうや、さうや、もつともや、そやさかい、たとへ衣食の苦労はしても、好いた同志で一緒になつた方が……と、僕はそれを聞いて心から斯う思うたもんやが、なんの、今から思ふと、彼女は藤山に退屈したのでもなうて、又元の藝妓になりとなつたんでもなうて、自分と自分に惓きが来たんや。

後で聞くと、彼女はその時分毎日、夫の藤山などには一寸もかまはんと、犬を連れて、（彼女はいつでも口癖のやうに、犬ならどんな腐つた犬でも好きや言うてゐる、犬ならなア。そして人間の子供はどないに奇麗な子でも嫌ひやさうや、人間の子供はなア。）そして諏訪山公園に散歩したもんやさうな。藤山は阿米利加仕込でヴイオリンが大分得意で、又巧かつたさうやが、生憎彼女が又それが嫌ひで、始のうちこそ辛抱してゐたさうやが、終には彼がそれを弾き出すと、屹度黙つてふいと外に出るもんやさかい、彼は彼女のゐる時は決してそれを弾かんやうになつたさうや。

ところで、こゝに、彼等の家の隣りに、寡婦と、女学校を卒業したばかりの娘との一家族があつた。彼等は亡父の遺産やらで、平穏無事に暮してる人たちやつたよつてに、退屈なあまり話の種がなうなると、その隣人を材料にして日を送つてゐよつた。

「藝妓なんちいふ者はほんまに仕様ないもんやな」と、黒い南瓜を頭に載せてるのかと思はれるやうな恰好の束髪に結うた、しかし何処やら愛くるしい、色の白い、まん丸い顔した、金歯のその娘が言ふのんや。「それに又御主人があんまり温和し過ぎるよつてにあかんねわ。女子の方がいつも犬を連れて出て行くと、定つて御主人のヴイオリンが始まるのん、お母はん、気が附きまつか？　あれは屹度藝妓などいふもんは趣味が卑しいもんやさかいに、自分が内にゐる時は旦那はんにヴイオリンを弾かせへんのだつせ。だつけど御主人はほんまにヴイオリン上手やな。」

「あれは大方豪家《えゝし》の」と、娘の顔をそのまゝそつくり年を取らしたんかと思はれる程、よう似た母親が答へて言ひよるね。

――一寸待ちや、その母親をもう少し詳しう説明すると、彼女も亦色の白い、まん丸い顔をしてゐるねけど、彼女は娘見たいにいつも下向き加減にして、その獅子鼻を隠さうとはせんと、それどこか心持出張つたその下唇（この点は娘と正反対や、即、娘とおちよぼ口やが、その下唇が顔の平面よりずつと下つてゐるとこに、その特長があんのや、）を突き出すやうにして、顔を上向けて物を言ふのが癖やつた。それで、もう容姿もかまはなうなつてるのかと思ふと、さうでもないと見えて、茶栓に切つた髪を黒々と染めてよんね。そこで彼女はその獅子鼻で、丁度天井の匂でも嗅すやうな恰好をして、顔を上向けながら、さて娘に答へて言ふのに、「大方豪家《えゝし》の息子はんで、屹度道楽をしやはつたんやろおとなしさうな人やがな。しかし、よつぽど豪家《えゝし》の息子はんと見えて、随分贅沢な生活をしてはるやうやな。」

「わて等あんなん一寸も羨《けなる》いことないわ」とは言ふものの、娘は目を輝かして、去年金歯を入れてから癖になつてゐる、無暗に口を開けて物を言ふ言ひ方（それが又『妙齢』いふもんは大したもんやないか！　何とも言へん可愛らしさを添えるのや、）で言うた。『この頃は犬の紐を持つので、あの女子が手袋を穿めてますやろ、あの薄い絹のやうな手袋な、あれ何とかいふ、そらあ高い革だんねテ。わてもあんなん一つ欲しいわ。……昨日もな、わてがあの公園の道を通つてたら、あの女子がベンチに腰かけて、葉巻をすうてんねやわ。そしてな、途で買うたんだすやろ、進物にするやうな贅沢なお菓子箱の中から、頻りにお菓子をつまみ出しては、それを遠うへ放つてんねわ。すると、自分の連れてる犬ばかりやなうて、方々から集まつて来た犬等が我先に走り出して、それを取りに行きまんねがな。それを見ながら、あの女子は子供見たいにきやつきやつ言うて面白さうに声を出して笑うてまんね。あれは屹度、自分が一寸別嬪やもんやさかい、犬より何より、そんなことして人の注意を引きたいんやわ、さうやし、屹度さうやし、さうに定つてんねわ……」

そして母と娘との話はそれからそれと尽きないのやつた。けれども、彼女を面白さうに、又気羨《けなり》さうに噂するその隣人の十分の一も、百分の一も、彼女自身は面白うも、又満足をも経験してゐえへなんだのや。その証拠に、彼女は到頭或日藤山に向うて、藝妓の置屋を始めたい、もうこの上決して無理な願はせえへんさかい、是非それをさしてくれ言うたもんや。そして、その言葉の通り、藝妓の置屋を始めたもんや。けれども、犬を飼うて、それを連れて諏訪山公園へ行くより以上の、一寸もこの新しい仕事も彼女には面白さを与へへなんだ。彼女はだん〴〵憂鬱になつて、夜遅うなつてから藤山といがみ合うては、彼を諏訪山の方の家に追帰したり、或は彼を藝妓の置屋の番人にしといて自分が諏訪山の家に帰つたりしてゐた。

その時分のことや、僕が彼女と最後に会うたのは、さつき彼女も「神戸でお目にかゝりました切り」や言うたのは。何も彼もあんまりすつかり言うてしまふと、味がなくなる、けどもな僕は思ひ出すと言はんとゐられん性分や辛抱して聞いテ、いふのは、その時分僕は東京の場末の汚い下宿屋にゐて、寂しなつたり、恋しなつたりしては、三日に上げず彼女に手紙を書いてやつたもんやが、それでも夜町に出てお多福面の女子が白粉を真白に塗りくさつて、自分こそは世界一の別嬪やぞといはぬばかりの顔をして歩いてゐよつたり、気障な男が淫売見たいな女子を連れよつて、日本一の果報者は俺だぞちいふやうな顔して歩いてゐよつたりするのを見ると、俺の女子を見せたろか、俺の女子を知らんか、俺の女子はいふ気になる、堪らんやうになる、そして到頭思ひあまつて或日神戸まで出かけて行つたと思ひんか。

僕はとある料理屋の一間に通つて、急に用事があつて当地へ来たんや、それで、そのまゝ黙つて去ぬのも何やと思ひ、ちいふて突然訪ねて行くのもどうやと思ひ、そこで失礼やがこんな所から使に依つて手紙を上げる次第や、で、尚失礼かも知れんけど、如何やろ、お二人で遊びに来とくなはれんか、といふやうな手紙を書いて、そして待つてゐたんや。僕は実は汽車が神戸に着くまでは、否神戸に着いてからも彼女の近くの町をうろ〳〵歩くまでは、否この料理屋に上るまでは、どうぞして彼女と会うて、斯うもしよう、あゝも言はうと、色々自分だけの理想や工夫や、空想をしてゐたもんやつたが、さうして料理屋の一間に座つて、手紙を書き出して見ると、恥かしさや気まりの悪さが一時に頭に込み上げて来てやつと、「お二人で遊びに来とくなはれんか」といふだけのおちになつてしまうたんや。

　そして一時間二時間、さあ三時間以上も待つた後、やつと彼女に会ふことが出来た。久しぶりで、さうやな、二年ぶり位で見た彼女の変り方に、僕は先づゑらい吃驚した。昨日まではまだ自分の幼な馴染の恋娘や思うてゐたのんが、何ちいふ驚きやつたらう！　二年前のまだ少女といふ記憶しか持つてへん僕が、それどころか、小学校の塀にチヨオクで名前を並べて書かれた時分の彼女の記憶などをしつかり抱いてる僕が、突然今の彼女と一寸も変らんほどにまで発達した彼女を、言ひ換へると、今のやうな、十分大人になつた、十分女子になり切つた彼女を、その時突然目の前に見たわけや。もつとも、既に年こそ行かなんだが、小さうても一軒の藝妓の置屋の主婦となり幾人かの藝妓の姉分となつてた訳やさかいかも知れんけど、その時の着物が今度大阪に帰つた時に遇うた時の着附と殆どおんなしこつちやつた、――黒地に黒縞のお召に、黒地に黒の縫紋をしたお召の羽織を着て、髪だけは今度のと違うて、油をつけてきゆつと引詰め加減にした束髪に結うて、髷をなるべくあつさりと小さうに巻いて、それを大けな翡翠の簪で止めてゐた。それに、金と、さあ何ちいふ色かな、サフアイア色とを主色にして、梅に鶯を織出しのやうに縫取つた、七寸幅の鉄無地の小柳繻子の帯をして、それに今こそ珍しなうなつたが、裏十八金の表鉄、その鉄の中に大けなダイヤを一つ光らした金具の、古渡更紗の帯締をしてんのや。その様子がもうとても僕なぞとおんなし水平線上の人間やないいふやうに見えたんで、僕はもう口に言へんほど狼狽したが、相手は勿論、別に今迄と差して変つた風もなうて、

「随分待つとくなはつたやろ」言うて、例の少し口紅を分厚に塗つた薄い唇から、白い細こい歯をこぼれるやうに見せながら、「家で喧嘩をしてましてん。いゝえゝ、あんたのためやおまへん。どうせ、もう別れるんだすもん、かまへしまへんわ！」

「なら、一人で来たん？」と僕が聞くと、

「そらあ面白いねし」と彼女は益々盛んにその白い、細こい歯をちら〳〵させながら、「下に来て待つてんねわ、いやらしい男だんな、」と何のこともないやうに言うた。

　が、僕はほんまに吃驚したな、主のある女子と会ひに来てんのさへ、少なからず気が引けてんのに、その主ちいふ男が、僕たちが逢引をしてゐる間、外で待つてる言ふんやさかいな。僕は今にも彼が飛び込んで来て、殺しに来えへんかとびく〳〵すると共に、何とも言へん済まん気や、それと共に実は仲々嬉しい気や、色々な気がして、何しろ胸がどき〳〵して、落着いてゐられへなんだんは実際や。僕は是非とも彼にも上つて貰うてくれと、彼女に二三遍も頼んだんやが、彼女が応じなんだ。お蔭で、その逢引も、何のために遥々東京くんだりから来たんか、何の要領も得んものに終つてしまうた。

　その時、どういふ意味やよく分らなんだが、彼女は何でも

「もう少うし辛抱して待つてとくなはれなア」言ふ意味のことを何遍も僕に言うた。そして帰つて行た。僕は帰つて行く彼女の後姿を、その彼女を戸外で待つてゐた男と一緒に連れ立つて行く姿を、見えるか見えんか知らんけど、よつぽど窓からのぞいて見たかつたんやが、それも出来なんだ。そしてその晩の最後の東京行の汽車で、又すご〳〵戻つたことやつた。

彼女はそれから一ケ月ほど後に藤山と別れたんやさうやが、その日からずつと彼女と僕との間に消息が絶えてゐたんで、今度始めてそのことを聞いたんやが、こゝに面白いのんは、先に話したあの藤山の隣人は、その後次第に彼女を憎む心が増すと共に、藤山に同情し、そのうちに例の女学生上りの金歯の娘が、彼にヴイオリンを習ふやうになつたんが元で、到頭藤山は彼女に分れて二三ケ月後、その女学生上りと結婚したちいふ話や。屹度あの二人なら、あんばい行てるに違ひないわ、と彼女は他所の人の話のやうに、最後に言うてたデ、どういふつもりなんやらうな、女子の心なんちいふものは、分らんなあ。…………

そして、それから、僕の方は、君も知つてる通り、つまり遠い親類より近い他人いふやつやな、僕はモデルの娘と関係して、子供が出来たとか、いやそれは僕の子やない、ちいふやうな騒《さわぎ》をし出かしたり、終に卒業前後の三年ばかしの間を、どうや、あのヒステリイの女優と同棲して、学校の卒業を一年遅らした上に、卒業と共に身一つで逃げ出さんならんやうな目に遭うたんや。僕かて将来美術家として立つのには、どうしても東京の土地を離れるのんは不利益や思うたもんやさかい、あゝして卒業後の一年間を、ヒステリイから隠れるために、名前を変へたりなどして、郊外の素人下宿で暮してゐたんやが、そのうちに、どうぞして自分たちの方に呼び戻したがつてゐた母と妹ばかしの国の家から、送金することが出来んなどと嚇かされたもんやさかい、仕様《しよ》事《こと》なしに帰つて行つたんや。それは、兎も角今やよつてに恥を忘れて言ふが、あのヒステリイの女優も実は、どこやらこの千代子に面影が似てたんやね。

君も知つてる通りな、（と土屋精一郎の話は取止めもなく続いて行くのである。）僕は随分友だちの噂通り所謂狡い男で、君がいつやらも冗談にやらうけど言うたやうに、僕の目付は別に鋭いこともないし、又陰険といふほどでもないけど、確に狡《こす》さうな色をしてゐるのを僕も十分承知してる。その通り、僕は肝心のことになると友だちにも誰にも一切秘密主義で、お喋りはお喋りやけれど、いつもちやらんぽらんばつかり言うてる。それに根が大阪者だけあつて、銭金の始末のえゝことになると、我ながらもう些とどうぞして大様になりたいとさへ思うてる位や。ところが、中学卒業後の僕のことは、君も大抵知つてるやらうけれど、丁度何と言うのやろな、何とか律とか言ふ奴やな、波のやうな形になつて、略々二年に一度おき位に屹度、その持前の狡さも、銭金の始末も、何も彼もまるで忘れてしまうて、夢中になる女子を発見するのや。よく人の担ぐことを担ぐやうやが、結局それ等の女子は僕にはみんな千代子の思出見たいなもんかも知れへん。

　もつとも、その時はそんなことを別に意識してかゝつてる訳やないけどなあ。兎に角、千代子のことが思ふやうにならんもんやさない、そこも縁がないと思ひ詰めてあきらめかゝつた時分に屹度不思議にそんな女子がどこからやら出て来よつて、それが僕を有項天にさしてしまひよんのや。君もよう言うたことやが僕は今の世の青年たちの多くと違つて、自分が一旦惚れたとなると、決して相手の思はくなどいふものをかまはん方で、たとへ始めは嫌はれても、飽く迄相手を征服なんちいふと、岩野泡鳴いふ小説家見たいやが――その征服するまで惚れ抜くいふやり方や。ちいふと、何や無暗に自分の惚れ方を自慢するやうに聞えるかも知れんけど、もつともこれは自慢してもかめへんかも知れんなあ、兎に角、僕のんは一図に上せあがる結果、積極的になるちいふ訳やな。

　僕は昔大阪の松島いふところのお山（女郎）に惚れて、ある晩印絆纏を着込んで、裏からそのお山の部屋に縄梯子をかけて連れ出したことがある。さうさうあの話も君は知つてたな、ぢき二三町先で捕まへられたかなあ。それから、これも大阪の話やが、学生時代の或夏のこと、帰省する途で、ふツと買馴染《かひなじ》んだ京都の三流藝妓に惚れて、大阪に帰つてからも、毎日程ひど工面しては会ひに行たことがある。どうしても銭がなうて出かけられん時は、手紙を書いて、それに添えて食べ物とか品物とかをその女子《をなご》に送つてやつて、虫を鎮め鎮めしたもんや。つまり手紙を書いてる間だけでも、女子と会うてるやうな気もすれば、又その間だけでも、会ひたさに苛々する気が休まるさかいや。

　それでゐて、大体僕はこんな風な男やよつてに、親兄弟には至つてすげない方で、帰省中や言うても碌に家にゐたこともない位で稀に家《うち》にゐる時は自分の部屋に閉籠つたきりで、家の者たちと滅多に言葉を交すことなどはあれへん。その僕が、僕にとつて惚れた女子《をなご》の力ほどゑらいもんはない、その時分ある日妹たちを呼んで、例になうにこ〳〵して見せて、一つお前等の持物《もちもん》、たとへば袋物やとか、櫛やとか、香水やとか、そんな物を見せてんかと言ひ出したことがあつた。彼等は、ないこと機嫌のえゝ優しい兄の調子に喜ばされて、銘々自分の持物を僕の前に並べて見せよつた。これは親類のをばはんに貰うたまゝ、まだ惜いさかい使はんと蔵《かほ》してあつた言ふ懐中鏡やとか、これは去年のお歳暮に、どこやらから遺物に貰うたちいふ、箱に入つたまゝの花簪やとか、又もつとハイカラな物の方では、これは近頃流行る仏蘭西のロオジヤア会社の赤箱香水で、つい此間買うたのやが口を開けるのが惜いのやとか、或は又一昨年貰うたまゝで使はない言ふ、調べて見ると表面《おもて》に黴のやうな粉が吹いてた、亜米利加のコルゲート商会の鼈甲石鹼入れの半打の箱やとか、色々な物を彼等は我先にと僕の前に並べて見せよつた。勿論それは魂胆があつたんで、僕はその晩、昼間彼等の出して見せた持物の中から、これと目星を附けといた物を盗み出して、それを京都のその三流藝妓に送つてやつたもんや、もう彼女に送つてやる或食べ物も或品物も買ふ銭さへなかつたさかいや。

　或時は又ふと表に出て、前の通を走つてゐる電車が、梅田行いふ看板を出してるのを見ると、おゝこれにさへ乗つたら梅田に行く、そして梅田から東に行く汽車にさへ乗つたら彼女の町に行けるんやと、当り前のことを痛感すると共に、僕は友達から嘘を吐いて銭を借つて、普段は君も知つてるやう、僕は友だちに貸すことも嫌ひな代り、一文の銭かて借りに行たこともあれへん、そして僕は彼女に会ひに行たこともあつた。

　友だちいふと、やつぱりその時分のことやつたが、女子には会ひたし銭はなしで、くよ／＼しながら町を歩いてた時、ひよいと気がつくと、中学時代の、しかし余り親しなかつた友達の家の前を通りかゝつたことがあつた。それは葬具屋で、ふと見ると、その友達が一人で、十年前の中学時代とおんなし顔をしよつて、それが又感じの悪い顔でな、「やあ！」言うて此方を向いた拍子に、その頃の綽名の『よこ禿』——禿の横鬢に火傷の跡らしい大けな禿があるのんや——が、電燈の光にちらと光つたのを覚えてる、嘘やない、ほんまや、僕はその男がしよんぼり座つてるのを見ると、感じのえゝも悪いもない、前後の考もなしにつか／＼とそこへ入つて行て、呆れたもんやないか、十円の無心をしたもんや。

「折角やけど、今、僕の手元にないんで……」と、彼はいふなり笑顔をゆがめて。斯う言ひよつた。赤ら顔の変な風《ふう》に鼻の尖《とが》つた奴でな、おまけに、さうや、中学時代と変つたんは髪の毛を延しよつたことやが、それで横鬢の禿があんばい隠し切れてない様子などが、一時に僕に中学時代の感じの悪さを思出さした。けれど、僕はそれでも彼に背中を向けへなんだ。僕は彼の座つてる直《ぢき》うしろに小形の手提金庫が置いてあるのんを見付けて、どうや、

「君、そこにあるやないか？　二三日中に屹度返すよつてに、その中のを貸しておくれえな、」と言うたもんや。今考へても、我ながら冷汗が出るのを覚える。厚かましいなど言ふとこを通り越してるさかいな。すると、相手は、妙にぎよろりとした、大けな、そのくせ白目の多い目玉を光らして、

「けんど、僕が鍵を持つてんねやないもん」と答へた。

「そんなら、君、」とそれでも僕は手を引かなんだ、そして言うた。「直そこの戸外《おもて》の暗がりのとこまで持つて来てえな、ほしたら、僕が何とかして、あんばい開けるさかい……」

　そして結局、金庫に手はつけへなんだが、五円だけその『よこ禿』の友達から借つたもんや。それがどうするのや言ふと、誰のためや言ふと、その京都の三流藝妓に会ひたひためやね。君なら知らんことなあ、（それは嘘やが）このあんまり世間的や言うて時々友だちに非難される僕がやデ、そんな非常識な厚かましいことしたことがあつたんやデ。

　それよりも又前の話やが、（と土屋精一郎の話は益々その脱線振りを発揮して行つた、が、もう少しだから、筆者からも併

せて、読者諸君の寛恕を乞うておく。）親父の死んだ時のこつちや。丁度一週間ほど寝てた親父の容体が急に更まつて、愈その日の夕が危険やと医者が宣告しよつた日のこつちやが、折悪く、その時分はもう千代子は神戸にゐよつたねやが、その日僕は突然彼女から出逢ひをしたい言ふ申込を受けたんや。

　親父は唯医者に質問された時だけ、痛いとか苦しいとか一言答へるだけで、外の者に病苦を訴へたことは決してなかつた。そんな訳やさかい、外の者がやくたいもなう騒動するのを嫌ひがつたもんや。で枕元にも決して一人以上の看病人を置かなんだ。家の者は、それに見舞に来た人々も、手伝に来てる人人もみな茶の間に集まつてた。親父は普段から見舞の言葉などを受けるのが嫌ひやつたよつてに、一切見舞人や見舞状などは、みな母に処分さしてゐた。それやこれやで、臨終の病人があるといふのに、家の中は割合に取込んでゐんので、その代り又長男の僕が着物を着更へたり、抜出したりするのにゑらい都合が悪かつたんを覚えてる。だけど僕は、父の病気で、東京からわざ〳〵学校を休んで帰つてる自分も何も忘れてもつとも父は母の計らひで帰つて来た僕を見て、「帰つて来んでもよかつたのに。しかし今度は俺も死ぬやらうさかい、まあ戻つてくれたんもよかつたけど、斯うして一遍会うといたらえゝよつてん、学校の方もあるやらう、直《じき》東京へ去《い》に！」言つた位や。けども、その日、心配さうな顔をして、集まつて来てる親類の者たちの思はくをも無視して、僕はそつと家を抜出して、到頭神戸まで彼女に会ひに行つたもんやつた。そしてその晩の十時頃に戻つて来たら、もう親父は息を引取つた後やつた。親父の臨終の時、僕の姿が見えん言うて、傍《はた》の者が大騒動したんは言ふ迄もない。しかし、親父は死ぬ迄気が確やつたさうで、「俺も親父の死ぬ時、友達のとこへ遊びに行つてて、死に目に会はなんだ。親子よう似てるわ。……遺言はない」言うて、そのまゝ目を閉つたさうや。これは又話が横に反れたが、親父の話をするつもりやないのんや、どの位僕が女子に夢中になつたかちいふ話やね。

　女子に夢中になる言ふと、或時は又こんなこともあつた。父の死後も引きつゞいて、暫く僕の家が町内の世話役見たいなことをさせられてたんやが、暑中休暇でやつぱり僕が東京から帰つた時のこつちや。何でも氏神さんの社の修繕費やつたかの町内の寄附金の集まつたんを、それを僕が羽織袴で持つて行たことがあつた。ところが、それを僕は持つて行かなんだんや。「これだけの銭があれば。」と僕は考へたんや。「何もこそ〳〵示し合したり隠れたりして呼出さいでも、又きまり悪い思して千代子に銭を出して貰はいでも、僕の方から公然と千代子をおちややい呼んで会へる。なんの、銭は後で家で何とかしてくれるやろ。」そこで僕はいきなり最寄の友だちの家に駈込んで、片苦しい羽織と袴とを脱ぎ捨てて預けといて、その町内の氏神行の寄附金を着服して、彼女に会ひに行たことさへある。

　却説、女子《をなご》にかゝると、そないに迄、普段の智恵と狡さとを失うてしまふ僕が、まして長年切れかゝつては切れんと、丁度昔の小説家や詩人の題材には持つて来い言ふ程の、珍しい初恋の女子、而も僕の口から言ふのは何やけど、この千代子は確に誰に見せたかて恥かしない美人や、今その写真を見せるわ、その女子とこんな不思議なめぐり遇ひをしながら、君、おかしいやないか、一寸も僕の胸が躍らんのんや、胸が躍らんちいふと適当やないが、胸にぴつたり迫つて来る或ものがないんや。

怪体《けつたい》やなあ、と僕は何年ぶりかで彼女とさうして道を並んで歩きながら、僕自身の気持を疑うたなア。これは東京での最後に、僕の方から置いてきぼりにして逃げ出した、あのヒステリイの女子《をなご》との恋の、あんまり辛かつた記憶があるよつてんやらうか？　い丶や、そんな筈はない、その証拠に、現にもうその女子と別れて一年にもなるんで、女子との辛い記憶の方が消えてしまうて、僕は女子の甘さの方ばつかり思出してゐたことに徴しても確や。そやのに、そやのに、これはどうした言ふんやらう？　やつぱり女子に懲《こ》りたんやらうか？　それとも、三十歳いふ年のせいやらうか？　誰に聞いたんか忘れたが、人間いふ者は三十になると心持が変る、三十にならんと一人前にならん、ほんまの心が定《きま》らん言ふやうなことを聞いたことがあるが、なる程その三十かな、三十いふ年のせいか？

……そのうちに僕たちは彼女の家に着いた。彼女の家《うち》いふのはつまり妾宅やな。中にはひると、ようあるやツちや、櫺子窓があつて、大けな姿見鏡が目に付くとこに置いたあつて、黄色い布切《きれ》に包んだ三味線が壁に掛けてあつて、二棹ほど並べた簞笥の上には、箱入の人形やら、瀬戸焼の左招きの猫やら、色々な玩具のやうなもんが飾り立ててあるか思ふと、その上には天井板の隙間に突きさした十日戎の吉凶、笹東京の、つまり、酉《とり》の市の箕のやうなもんやな、それがぶら下つてるちいふやうな光景や。それから、長火鉢の両側には、寄席の娘浄瑠璃語の敷くやうな、大けな坐蒲団がきちんと相対して置いてある。共に縮緬の友禅やが、一方は他方より更に大形で、その代り模様が地味やが、他方は大柄の派手な模様の稍々小形で、言ひ換へると、一方は旦那の位置で、彼の坐蒲団で、他方はその家の主人なる妾の位置で、彼女の坐蒲団や。

僕はもう一目見てこの光景を非常に好かんのや。これは何も僕が千代子の旦那に対してやきもちを焼いた訳やない。つまり、僕は甲であらうが、乙やらうが、この『旦那』ちいふもんが嫌ひやね。勿論、僕がこの旦那になることかて非常に好かんな。何ちいふのかな？　何とも言へん『不浄』の感じやな、不浄の感じも時に依つては面白いもんやがな、その中に自分の恋人を見出すちいふことが余り面白ないのやな。が、兎に角、僕はその旦那の座蒲団の上に座つて、何年振りか知らんが彼女とさし向ひになつた訳や。

さて、さうして彼女と僕とが何年ぶりかの積る話を始めるいふ段になるんやが、もう一つ忘れんうちに話しときたいのは、さうして僕たちが話して居る最中に、時々茶や菓子を運んで来た色の真黒い、目かんちの、おまけに鰐見たいな口をした、彼女の下女《をなごし》の印象や。ちいふのは、僕は並々ならずこのお金いふ下女《をなごし》と、その主人なる千代子との対称に吃驚さされたんや。あり来りな考やけど、僕はこの奇麗な着物を着た、贅沢三昧に日を送つてる、美しい縹緻の主人に朝晩接して、お金はどない自分の身の恵まれなんだことを、嘆《かこ》つとをるやらと同情したんや。

（さうや、お金に就いてはやつぱり段々に話して行くことにしよう、その方が都合がえゝ。）

　さて、千代子は一向僕が考へてることなどには頓着せん様子で、さし向ひになると、僕のその後のことや、僕が今でも独身でゐるかいふやうなことを、簡単に聞き正してから、

「もう少し待つてとくなはれや」言つた。この言葉は、先にも言つたと思ふが、神戸でも聞いたんやがやつぱり始のうちは僕に何の意味や分らなんだ。が、ぢき分つた。それは彼女が、僕が今でも彼女と早速世帯でも持ちたい思うてゐると、推測しての言葉なんや。さういふ彼女に無理もない理由もあつた。何故ちいふと、僕たちはもう何年も前に別れた切りやが、前にも一寸話した通り、別れる時二人は涙を以て別れたんやつた。而《しか》も僕は彼女になだめられるやうにして、心の中で「せめて僕が彼女を思ふ十の一つの熱い心を彼女が持つてくれたらなあ」と悲みながら、僕は彼女に恨らしい目付さへ投げて、別れたことやつた。そして別れてからも、当分の間は彼女の一通に対して、僕は三通も四通もその手紙を出した位やつた。して見ると、三十歳の僕が、例へば十五歳から始まつた彼女との恋とすると、十五年の間絶え絶えながらも、普通以上の熱情を以て対した彼女と、今こないな幸福な奇遇を恵まれたんや。それがどうしてこない胸が躍らんのやらうとは、僕自身が内所で腹の中で疑うてゐたことで、それは神さんにかて恐らく気が付かなんだに違ひない、まして彼女が今僕に会うて昔の僕として扱ふのに、決して不思議はないのや。

「それや今が今直にでもなあ、」と彼女は言うた。「あんたと一緒になれんことはおまへん、一年や二年、二人で遊んで食べて行かれる位の用意はおます、そやけどなあ……」

　そして彼女の言ふところは斯うや。――無論、今の旦那かて、彼女が好きで一緒になつたんやない。それどこか、今直《いまぢき》にでも彼と別れるのは彼女の希望するとこやさうな。唯、彼女が今直そんなことをするのをようないちいふのは、彼女等の仲間の気質のためや、言ふのは、何ぼ人を誑《だま》すのが稼業やとは言ひながら、あんな物の分つた人に、あれだけの仰山な銭を費はして、あない立派に引かして貰ひながら、まだ引かされて三ケ月もせんうちに逃げてしまうたとあつては、あれは屹度新しい男はんが出来て魔がさしたんやなうて、始から企らんでやつたんやらう、そんな義理知らずやとは思はなんだ――いふやうな悪名を彼女等の仲間に残すことが、彼女には殺されるより辛い、それでは大阪中に顔向けがならんさかい、せめて一年待つとくなはれ、その一年のうちにはもつと十分な用意も出来もすやろし、それに又一年も務を果して逃げた言ふたら、今度は逆に、そん

な男はんがあつたのに、よう今まで辛抱したと賞められこそすれ、人が決して悪う言はんさかい言ふのや。(『男はん』――色男――といふ言葉が出るたびに、僕は背中がむづ〳〵したデ。)それに、僕はそれ等の話を当然聞いてゐる隣室の、目かんちの下女、お金の思はくなどをも考へんわけには行かなんだ。兎に角、彼女の言ふところはざつとさう言ふんや。僕にはよう呑み込めたやうな、呑み込めんやうな話やがなあ。

「それはさうとしてな、」と彼女は言うた、「今斯うしてあんたとひよつくり出会ふた言ふのも、これも神さんの引合せに違ひおまへんさかい、どうぞこれから毎日程来とくなはれな。」

「そんなことして、若《も》し」と僕は言うた、が、僕には何ぼ何でも『旦那』ちゆふ言葉が厭で厭で、使へなんださかい、その言葉だけみんな抜きにして、「見つかつたらゑらいこつちやないか?」

「ほしたらかめへんわ、」と彼女は平気な顔で言うた。(君、女子といふ奴は、やましい言ふことを知らんのやな。)「ほしたらそれが百年目として、奇麗に斯う斯ういふ訳だすと白状して、その時限り、旦那ときつぱり別れて、あんたと一緒になりまひようやおまへんか?」

僕はどきんとしたな。丁度三寸位の小さい真鍮の槌があるな、(と、そんなことを突然言うたかて、君には分らんやろがな、それは何に使ふもんや知らんが、僕が子供の時分に、家の小道具箱から見付け出して来て、玩具《おもちや》にしてゐたんやが、今ふつとそれを思出したんやが。) まあそんなやうなもんで、脳天をこつんと叩かれたやうな気がしたんや。が、僕はやつぱり無言で、目ばつかりぱちくりさしてたんで、「あんたは相変らず温和しい、気の弱いぼんちやな、」と彼女は言うて、その立てた膝を、きちんと畏まつて、坐つてる僕の両膝の上に軽う載せるやうにしてつと傍ににじり寄つた。(勿論、この時は二人は例の坐蒲団の上に、相対して坐つてゐたんではなうて、いつの間にか直角の位置になつて、坐つてゐたんや。) そして彼女は僕の顔をのぞき込んで、

「な、よろしおますやろ?」言うた。

僕はやつぱり答《こたへ》をせなんだが、つまり彼女の言ふことをすつかり承諾したことになつたんや。

彼女は、それから、何のつもりやか(それは後には稍々想像がついたが。) 現在の旦那の外に、彼女の周囲に寄つて来る、所謂取巻の男たちの銘々伝を僕にして聞かした。どんな話の切れ目やつたかに、

「それは怪体《けつたい》な人がおまんねで、」と彼女は斯ういふ風に始めたもんや。「山村はんちいふ人でな。今は蓄音機屋の外交だすがな。家では一遍も何にも買うたことがないのに、今だに一週間に一遍か、五日に一遍ぐらゐは屹度来る人だんね………」

その山村ちいふのは元は鉄屋をやつたんやさうな。彼は日清戦争の時に分捕した××いふ軍艦が廃艦になつた時、それを四五人の仲間で銭を出し合うて買うたのが運の向き始まりで、そ

れが今度の欧洲戦争のお蔭でうんと儲けよつて、忽二十万円の成金になりよつたんやさうや。

君、その男を何やと思ふ！　彼は以前は彼女のお客やつたんや。彼はゑらう奇麗な遊びをする言ふんで、一時は色町の好評を博した男やさうな。「奇麗な遊びちいふのはどんなんや！」と僕が混ぜ返しに聞くと色気のない遊びやと彼女は答へた。もう一つその註釈を要求すると、藝妓遊びする者は大抵自分の自由にする女子《をなご》を一人定めてあるもんやのに、彼にはそんなもんが一人もなうて、彼はいつ来ても唯女子等をおほ勢呼んでわつと騒いで、寝んと去ぬいふんや。「どつちみち色気がないことはないやないか？」とわや言ふと、彼女はそれには答へんと話をつゞけた。

　さて、山村はんがそんな風やので、いつとなしに彼女等の社会に彼は女子《をなご》嫌ひやといふ評判が立つた。すると、その女子嫌ひを是非陥したい思ひ立つた、物好きな藝妓が三人あつたさうな。そして彼女もその中の一人やつたが、彼女が何でもなうそれに成功したんやさうや。

　ところが、元来それは彼女にすると、そんなやうな悪戯《てんご》のつもりから始めたことやねが。ところが、その結果として、山村はんが今迄とは正反対の態度で、もう彼女でないと夜も日も明けん言ふ騒動になつた。彼はこれ迄からも、今言うたやうに、しみたれ遊びをせえへなんだ方やが、一旦彼女との関係が出来てからちいふもんは、馬鹿見たいに銭を撒き始めたもんや。ほして彼女が第一回に或人に引かされた時などには、気狂見たいになつて、自暴な散財をしたもんやさうな。終《しまひ》に、それは彼が遊蕩のためばつかりやなうて、悪い番頭たちが半分からはごまかしたんやさうやが、さしもの成金の銭もなうなり出したんや。彼は一度ならず彼女に身受を迫つたけれど、男の方から女子《をなご》にやデ、彼女が応じなかつたんや。彼は、そこで、自分の決心の程を見せるために、妻子を離別してまで、彼女に身受けを申込んだもんやが、それでもやつぱり彼女が応じなんだんや。そして山村はんがほんまの一文なしの、家もない身になつた時、彼女は丁度今の旦那に引かされたんやつた。ほれから山村はんは或蓄音機商会の外交員になつて、今では別に恨めしさうな顔もせいで、彼女のとこへ五日に上げずレコオドを売りにともなう、何するともなう出入してゐるんや言ふのである。

　この話は聞いてるうちに、始の間は厭々聞いてたんやが、だん〴〵と僕に興味を覚えさした。一旦女子に惚れたとなると、腰が曲るまで、相手が生きてる限り、死んだらその墓場をうろ〳〵し兼ねない迄に、妙に執着の深い大阪者の型を見るやうな気がしたさかいや。僕の友達に二三十万円の資産家《えゝし》の糸屋の息子で、松島のお山に惚れ且つ惚れられて、（丁度僕が松島に通うて、縄梯子をかけた時分のこつちや。）外泊することの出来ん厳しい家やつたよつてん、彼はいつも晩の十二時を刻限として女子《をなご》と逢うてたんやが、終にはそれが家に知れて、或晩番頭に迎ひに来られた時やらは、君一人前の大の若いもんが女子のやうに泣きながら、連れて帰られるとこを僕は見たことがあつたデ。僕も時々その男と一緒に遊んで知つてるが、彼はいつも遊興せんと、会うてから別れるまで、始から終まで、お山の手を取つて泣きづめやつた。

怪体《けつたい》な男もあればあるもんやないか！　けれど、大阪の色男は万事がその調子で、関東の男はそこへ来るとほんまにきび〳〵しとをるな。彼等はよし惚れた女子《をなご》のために落振《おちぶ》れて、挙句の果に捨てられても、一遍心機一転したら、明日からは大店の若旦那でもぼんちでも天秤棒を担うて、新機播直し、魚屋になるとか、それとも盗人《ぬすつと》になるとか、兎に角前の女子のことは一切あきらめて、又別の女子をこしらへるちいふ風で、極く要領を得てるけど、それが上方の男になるちいふと、落振れたら落振れたまゝで、乞食になつても尚前の女子《をなご》の家の前をうろ〳〵してる言ふ風や。つまりそり前鉄屋、今蓄音機屋外交員の山村はんなどがその口やな。

彼女の取巻銘々伝はその外に、彼女に捨てられて肺病になつて、今須磨の病院で死にかかつてゐる言ふ男や、彼女のために親の遺産を使ひ果して、その結果満洲に働きに行つて今は大ぶん成功してるちいふ、それで時々『唯お前があるばつかりに働いてこゝ迄仕上げたんや。一日も早うお前の来んのを待つてる』（阿呆らしい、誰がそんな満洲三界へ行けまつかいな！と彼女は言うてた）ちいふやうな手紙を寄越す男やら、それから又僕に一寸似てるちいふんで彼女に惚れられたんが元で、親の銭を仰山盗み出したりして、今では家を勘当になつて、友だちの家をごろ〳〵して廻つてる言ふ若いぼんちや、等、等、等色々な話が出て、一々多少の興味がないやないが、こゝでは余談になるよつてん、省くとする。

兎に角、久し振りでさうして会うて、飲めん酒などを飲まされて、僕が大ぶんえゝ気持になつてるとこへ、突然がらつと表の格子戸が遠慮のない音を立てゝ開いた。僕たちは期せずして、はつと吃驚《びつくり》した。それは、君、彼女の旦那が時ならず帰つて来よつたんやつた。彼女はうろたへる僕を手附で制しておいて、彼を玄関に迎へに出た。

旦那ちいふのは色の白い、でつぷり肥えた、どこやら目に鋭い険のある、無髯の四十男や。彼はいつもの自分の家《うち》のつもりで、勢よく上つて来て、思ひがけなう男の客があるのを発見すると

「お客さんか！」と口の中でやが、一寸意外らしい口振で言ひながら、それでも僕の方を見て一寸会釈した。そこで、中腰になつてびく〳〵してた僕は、あわてゝ馬鹿丁寧に頭を下げた。その間に旦那は「俺は二階へ行こ」と、別に何のこともなささうな、屈託のない調子で言うて、とんとんと段梯子を上つて行つた。そしてその後から、彼女もついて行きよつた。暫くすると彼女が笑顔をしながら下りて来て、

「かましめへん」と彼女は僕の耳の傍でさゝやくやうに言うた。

「子供の時分のお友達で、今日ひよつこり十年ぶりで途で会う

たんや言ふと、さうか言うてたわ。そして画かきはんや言うたら、日本画の方や思て、誰のお弟子さんやろ言うてたわ。」

今にも取りひしがれるやうな気がして、びく〳〵してた僕は、さう聞いてやつとほつと安心の息をついたもの丶、又それと共に旦那ちいふ男の大様な、人もなげな態度には少なからず威圧されたな。戦はずして僕は見事に負けた形やな。僕は又の日を約束して、その日はそこ〳〵に彼女の家《うち》を辞して帰つて来た。

その翌日早速来た彼女の男見たいな達者な筆蹟の手紙に、昨日は運悪うあんな窮屈な思をさして済みまへなんだ、あんなことは滅多にないことだすよつてに、どうぞあれに懲《こ》りんと、この手紙を見たら直にも遊びに来とくなはれ、旦那はあんな風な男だすさかい、別に何とも気にかけていやしまへん、と書いてあつた。

それからいふもんは、毎日ほど彼女から男名前で手紙や葉書が来た。電報や速達で招待して来ることも珍しうない。三度に一度は僕も出かけて行た。が、僕と彼女との間に就いては別段変つた話はない。二人で退屈しては郊外に散歩に行たり、一寸した旅行を試みたり、一口に言ふと、如何にも興のさめた恋人らしいやり方をして、その日その日を送つたもんや。ほんまに、恋人としては興のさめた、いふよりも妙にお互に腹に一物のある行動を以て終始したもんや。無理もないが、お互に三十やよつてんな。もつとも、僕は元来この『腹に一物』いふ奴がゑらう好きでな。妙に感想見たいなことを言ふやうやが、よう世間では腹に一物のある相手のことを、気が置けるいふけど、僕には反対や。その代り僕には阿呆な、正直者ほど気が置けるもんはない。くどい感想は止めるけどな、例へば今も言うた通り、僕は始終彼女と散歩に出たり、小旅行をしたりしながらも、それは恋仲としてはほんまに感興の薄いもんやつたが、唯一つ僕が感謝しておかんのは、彼女と行動を共にしてる最中に、決してよう男が女子と、つまり母親とにしても、姉妹《きやうだい》とにしても、乃至は情人とにしても、何でも女子と行動を共にする時に感じるやうな、負担らしい感じを少しも抱かされたことがないことや。僕はいつも、男の而も頭の悪ない友達と散歩する時とおんなしやうに、一寸も気の引けるやうな思をせいで、対等の感じを持つことが出来たこつちや。

君はさういふ思《おもひ》を経験したことがないか？　何ぼ好きな女子でも、その女子《をなご》を人中に連れて出た時、彼女が妙に此方《こつち》が庇護《かば》うてやらんならんやうなことをしたり言うたり、或は早い話が、四畳半で二人だけの時にしたり言うたりするやうなことを人前でしたり言ふたり――何《なん》ちふねやらう？　すべて女子の無智と浅墓《あさはか》から来るもんやな――十人の女子に先《ま》あ十人まで免れん、あの厭さを経験したことがないか？　ところが、彼女にはそれがないんや。そやさかい、夫婦になるとかならんとか言ふ問題の脅迫さへなかつたら、――いや、さうも言へんかな？――兎に角、彼女でなうて、彼女に等しい外《ほか》の女子が若しあるとしたら、僕はその女子には確にぞつこん惚れるなあ。

君、学問のあるないに拘らず、世の中に三時間以上膝をつき合して話をして、相手の男に欠伸をさせん女子が外に何人あるやらう? 僕はほんまに思ふな、世の中に女性であつて、彼女程、つまり散歩と恋にえゝ女には又とないデ。あゝ、それが彼女でなうて、すべての点で彼女に等しい外《ほか》の女やつたらなア……

しかし、そんなら彼女かておんなしことやないか? さうや、おんなしな筈や。それでゐて、一日は一日と僕を彼女と隔てゝ行くのは、妙に彼女に対して、今言うたやうなのとは違うた、一種の厭アな、重苦しい負担が感じられるのは、それは彼女と夫婦になる言ふ問題を僕が脅すためやからやろか? 恋と散歩とに之だけ、それだけ夫婦の生活には不適当やと、僕が無意識のうちに考へたからやらうか? ——分らん、分らん、そしてこんな風に理屈めかしいことを言うてると、段々言ふことがほんまの事と遠なつて行くやうや。止める。

そして、僕が彼女の家を訪ねる度毎に、僕の印象に深う残るのは、彼女よりも却つて下女《をなごし》のお金のことやつた、勿論違うた意味でやデ。始め僕は実の所彼女の容貌から、二目と見らん醜い、寧ろ厭な感じをさへ抱かされて、やがてそれが彼女全体に対する僕の感じやつた。所が、一度会ひ二度見してるうちに、段々馴れて来て、終には感じがえゝとさへ思はれて来たんや。彼女はその放縦な女主人が外出先から帰つて来て、ずぼらに脱ぎ捨てた贅沢な着物をたゝむ時も、自分のごつ〳〵した手織縞の普段着をたたむ時も、おんなし品物に対するやうに、おんなし態度で、おんなし顔をして始末してよる。又僕が夜遅う人の寝静まつてる時分に、彼女の召に応じて、彼女の家の戸を叩いたことも一遍や二遍やないが、その度毎に寝間着姿で戸を開け閉めしてくれるお金の様子は、昼間の客に茶や菓子を持つて出て来よる彼女の様子と、恐らくは旦那を送り迎へする時の彼女の様子と、一寸も変りがないに違ひない。それでゐて、勿論、彼女は決して阿呆やない。彼女の口から僕のことが旦那に洩れたことも決してなかつた。それでゐて、彼女はこの社界《しやかい》独特の、気をきかすとか、何とか言ふ様なことの出来る女子でもない。聞けば、彼女はその女子《をなご》主人と同い年や言ふことやつた。僕はいつとなく、女子主人よりも彼女の方が、この世に於いて遥に仕合せ者や思ふやうになつたもんや。

さうや、その反対に不幸な者ちいふと、最も不幸な者は、お金は勿論のこと、山村はんよりも、肺病で死にかゝつてゐる失恋男よりも、満洲で働いて、銭を儲けて、いつ迄待つても来ん女子《をなご》を待つてる男よりも、又は勘当された、僕に顔が似てる言ふぼんちよりも、誰よりも彼よりも千代子が最も不幸者やと、僕は思ふんや。早い話が、彼女は長い間の贅沢な食物の生活に依つて、今では食べ物に何の興味どころか、寧ろ厭悪の情さへ持つ様な状態にあつた。朝、昼、晩の食事に就いても、彼女は一切その食膳に上せるものを、下女から相談されることを断つてた。

例へば今日はお昼に何にしまへう、おさしみは如何、蒲焼は如何と相談されると、彼女にはその瞬間に忽おさしみの味も、蒲焼の香も直にあるだけ思ひ出されてしまうて、興味がなうなつてしまふいふのや。そやよつてん、彼女は黙つて下女のこしらへてくれた食膳に突然向うて、それが食膳に座る一瞬間前まで何にも知らなんだ物なら、どうぞかうぞ辛抱して食べられるいふんやつた。着物に就いてもさうや。あんな着物、こんな着物と考へ出すと、如何な着物も彼女の眼には買はん前に、仕立てん前にそれがみんな一寸《ちよと》も珍しなうなつて陳腐に、平凡に映るんや。あれならいつか買うたあれに似よりの物やらうとか、これなら今持つてるそれに似た物やらうとか、何を見ても好奇心が動けへんのや。そやさかい何ど羽織一枚こしらへよう言ふ時でも、いつでも彼女は一切を人任せにしてた位やつた。

「斯ういふ風で、これから未だ五年なり十年なり生きてるとしたら、末は一体どうなるんだすやろ？　どうしたら宜しおますやろ？」

こんな風なことを、彼女は思ひ余つたやうに、時々僕に吐息をしながら言うた。僕にも、勿論、何の答が出来る筈がない。

「あんた」と彼女は言うた、「これから私と一緒に好きなことして、勝手な所へ行て、散々……」

こんな風なことをも彼女は僕に言うた。そして彼女は時々僕が、昔から思ふと、人が変つたやうに薄情になつたことを、それとなう嘆いた、勿論決してそれと言葉に出してかこつことはなかつたけれど。そして彼女はため息をついたもんや。そして僕もため息をついたもんや。

或時彼女の旦那が別府の温泉に出かけたことがあつた。勿論、彼女も一緒に行く筈のとこを、彼女は口実を設けて、二日ほど彼より遅れて行くことにした。これは彼女が僕に実意のある所を示すためやつたのは言ふ迄もない。そしていよいよ彼女が別府にたつ言ふ日、僕はその前の日から彼女の所に泊つてたんやが、梅田の駅まで彼女を送つて行た。彼女は僕に銭を渡して、それで切符と寝台券とを買うてくれ言うた。さうすることも、彼女が僕を最も愛してゐるさかいやちゆふやうな、彼女のつもりやつたには違ひない。僕はその言葉の通りにして、さて彼女をプラットフオムに見送る時、僕はふと斯うして切符の世話から寝台の世話までして、愛する女子を送る、その女子の行先には誰が彼女を待つてんねやろ言ふことを考へん訳には行かなんだ。（君、この考は決してやきもちやないねデ）。僕は屈辱を感じたな。僕はこの女子《をなご》と、そしてこの女子の旦那との、自分が、何ちいふのかな、まあその家来見たいな気がしたんや。人生に於いて、自分の恋人を、彼女を明らかに寝床で待つてる男の所へ旅するのを、平気な顔して見送る言ふことがあり得るやらうか？　これは君見たいに純潔な、斯ういふ種類の女子を恋人に持つた経験のない人には、想像のつかん感情やと思ふなあ。

僕は或日彼女の家で例の蓄音機屋の山村はんに会うたことがあつた。そこで彼女が僕たち二人を残して風呂に出かけた留守の間に、僕たちは可成り親密になつたんやつた。

「兼々お名前は伺つてゐましたが、」と始め山村はんはこんな風な丁寧な言葉で口をきつたもんや。

「いや」と僕は恐縮したやうに言うた。

言ひ忘れたが、山村はんはこの家に来るのに、決して玄関から訪れたことがない。彼は魚屋や八百屋等の御用聞たちとおんなしに、いつも勝手口から訪問して来るのが常やつた。始のうち僕は出来るだけ彼に対して警戒して口をきいてたけれど彼が僕にまるで身分の違ふ人たちにでも接するやうに、ちゆうて別に一寸も皮肉な成心もなうて、彼女のこと、彼女の男たちのこと、そして彼が聞いてる彼女と僕との関係などに就いて、色々な話や感想を洩らすのを、終には僕は人のことのやうに興味深う聞いたもんやつた。

「結局今の状態ではあきませんで」と彼は言うた、「甲と一緒になつたら乙が不平を起しま。さうか言うて、乙の方に彼女が心を寄せると、丙に対して片手落になりまんが。私も……」言うて、山村はんは恥かしさうに首を縮めて、声を低うして、「これでやつぱり不服だつせ」と附け足して、彼は自分の言葉を自分で卑下するやうに、額を叩いて低う笑ひながら、「今ではその甲も乙も丙も丁も、丁度一人の彼女を取巻いて睥み合うてる形だんな。ところがだす、そこへあなた見たいなお方が現れて、つまりこの方と彼女とは抑も小学校の子供の時分からの斯う斯ういふ間柄で、本当の筒井筒、振分髪の昔から互に思ひ思はれてゐる仲やさかい」（筒井筒、振分髪と言うたデ、僕は苦笑せん訳に行かなんだなあ。ところが僕が苦笑したのを何と見たのか、彼はあわて、手で抑えるやうにして、）「いえ、いえ、もうそれはほんまだす、筒井筒、振分髪の昔からだんねさかい、（と言ひ直した。君、彼はこの筒井筒を言ひ度かつたんで、こんなことを言うたんかも知れへんがな）結局彼女の連合《つれあひ》はこのお方の外にない、みんな手をひけ、手をひけちゆふことになつたら、屹度甲も乙も丙も丁も誰も彼もみんな納得するやらう思ひます。さうか、そんな人があつたんか、そんな人があんのんなら、我々は皆お互に恨みを忘れて、手を拍つて、今迄のことは水に流さうやないか？　そして改めてその二人の一対のために盃を上げようやないか、ちゆふことになるに違ひおまへん。さうやおまへんか？」

なる程、さう聞くと、さうかも知れんと僕は思うた。そして一寸嬉しい気がした。けれども、すぐ又暗い影に心が蔽はれるのを感じん訳には行かなんだ。何で言うて、君、お互に恨みを忘れてカ、手を拍つてカ、それや君、恨みを忘れて、手を拍つて水に流す方の連中は結構や、長年の胸の中のくしやくしやを、下し薬で一遍に下してしまふ様なもんやさかいな。ところがどうや、水に流される方の我々は？　酷評すると破れ鍋にとじ蓋や、その残された破れ鍋にとじ蓋の我々はたまらんやないか！　ワハヽヽヽ（と、そして土屋精一郎は面白いとも情けないともつかない笑ひ方をした。）

彼女が始めて神戸で藝妓になる言ふ前の日、僕たちがそつと箕面に一夜を明して、別れを惜んだことは前に話した通りや。そして僕には彼女が始めての女子や言ふことも前に話した通りや。そしてたつた一つ前に話した通りやないのんは、彼女にもさうやと僕が長い間信じてたことや。それがずつと後になつて、実はその時よりも前に、彼女が交換局時分に一人の女に友達があつて、その友達の色男がその後料理屋を始めたんで、彼女も友達にすゝめられて、その料理屋に行くことになつたんやが、或日友達の留守の間に彼女はその友達の色男のために、殆ど強制的に情を通じられた言ふことを、僕はその後何やらの話の時に、彼女の口から聞かされたんやつた。僕はその時見たいな深い絶望と悲嘆とを、一生に二遍と経験することはないやらう思ふ。けれども、それでもその頃は、尚彼女を思ふと僕は夢中になることが出来たもんや。が、今になつて見ると一切の外の躊躇と一緒に、そんな記憶も僕の彼女に対する観念の中に、意地悪う蘇つて来たことも否むことが出来ん。僕は彼女に対して次第に恐怖に似た感情を、――可笑しいな、そんなものやないな、可愛さ余つて面憎さか、そんなものでもないな、うまいこと言へんが、兎に角非常に面白ない感情を、抱くやうになつたんや。

さて、話が変るがな、一方僕の家の方で持上つた僕の結婚問題やが、それは実は大阪に僕が帰つて間なしに起つたんやが、始のうちは僕は殆ど気にもかけてなんだ。何ちいうても千代子との交渉が、その時分の僕の全部やつたこともその一つの理由やが、今一つは何や僕は僕自分が今まで余り悪性の女子にばかりかゝづらうてゐて、僕の身体自分ながら妙に毒だらけ見たいな気がして、(これは勿論悪い病気などのことを言ふんやないデ。謂はゞ自分が純潔に余り遠い気がしてヤ、)縁談の相手の十八歳といふ少女には、あんまり自分が不適当な気がしたよんてんでもあつたんや。何や話にならん程、二人が純潔と不純潔との差に於いて、距たりがあるやうな気がしたんやなア。そやさかい、僕は母からその話を二三遍も持ち出されながら、いつも生返事ばかりしてゐたんや、母が憶測するやうに、何も相手が気に入らんよつてにちゆふんやなうて、却つてさういふ考から耳傾けるんだんや。母はさういふ僕の心も知らんと、相手が讃岐の国の素封家の娘や言ふこと、けれども女学校は大阪で親類の家から通うてたよつてん、決して田舎娘らしないこと、この写真でも分る通り(とその娘の写真まで見せて、)十人並以上の縹緻や言ふことなどを、暇さへあると僕に口説くんやつた。可笑しな阿呆口をきくやうやが、その写真の娘は妙なもんやな、どこやら僕が最後の東京生活に於いて同棲してた、あのヒステリイの女優に似てたデ。抑もそのヒステリイの女優は又千代子に似てたんやさかい。この娘もどこか千代子に似てるやらう思つて、僕は幾度も見直したが、どう見ても千代子には似てへなんだ。

僕は元よりその縁談に就いては千代子には少しも話さなんだ。千代子が三日に上げず、僕に来い来いいふ手紙を寄遣すことは、三ケ月経つても四ケ月経つても、一寸も変らなんだ。けれど或日又僕が彼女とさし向ひでゐるとこに、即、二度目で、彼女の旦那が突然戻つて来よつた時には、僕はこの前の時にもましてもつともつとゑらい狼狽をせん訳には行かなんだ。

が、彼女の旦那はこの前の時とおんなしで僕の姿を見ると、

「お客さんか?」と軽う口の中で言ひながら、やつぱり僕の方を見て一寸会釈しよつた。その態度は前の時と寸分も違へへんのや。そして僕が中腰になつて、あわてゝくそ叮嚀に頭を下げてる間に、彼はやつぱり前の時とおんなしやうに、

「俺は二階に行こ」と、別に何のこともなささうな調子で言ひ捨てゝ、とん／＼と段梯子を上つて行きよつた。そしてその後からついて行つた彼女が、やがて下りて来て、僕の尚うろたへ止まん様子を見て、

「旦那はもうあんたのこと忘れてまんねわ、」言うた。

「あれ誰や?　言うて聞くもんやさかい、まあ、いやアや、いつか会うた画かきさんおまへんかとわてが言ふと、さうか、今日はゑらう奇麗に見えたさかい言うてたわ。今日はゑらう奇麗に見えたて……ホ、、、、、」

僕もそれを聞いて、吊られるやうに一寸微笑みながら、稍々安心して落着いたもんの、一瞬のうちに微笑などは消えてしまうて、それと共に前の時よりはもつともつと彼の太つツ腹な調子に、威圧されたことを忘れへん。

「とても角力にはならんな」と、それでも僕は無理に稍々快活に、しかし小声で、半分ため息まじりに言うた。「正に大関と褌かつぎ程の対照にも値せんがな。」

彼女は答へなんだ。

その日もそこ／＼に彼女のとこから辞して帰る途々僕は斯う考へた。――甲と一緒になつたら乙が不平を起すカ、乙の方に彼女が心を寄せると丙に対して片手落になるカ、元鉄屋今蓄音機屋外交掛君も、それでやつぱり不服だすと来たな、御もつとも、御もつとも。けど待てよ。そんなら、今が現にその状態やないか。そこでもう一つその上を考へて見ると、要するに彼の所謂不平を言ふたり、憤慨してる言ふのは外のことで、内の中はあれでちやんと治まつてると見んならん。こゝの所やテ、もつとよう考へて見なけれやならんのは。彼の言ふやうに、外の不平連に機嫌よう引退つて貰ふために、俺と彼女とが一緒になるとすると、そこで内の中も今のやうにあんばい行くかどうか?　今度は屹度俺がおさまつても彼女がヒステリイになつたり、彼女が落着いても俺が苛々し出したりするに違ひない、さうや俺はそれを恐れるんや。

想像したところ、肺病にしても、満洲にしても、ぼんちにしても、それ／＼彼女にしては不足なんやな。ちゆうて、君、それはもう顔がどうやとか、銭がどうやとか言ふことが問題やないねデ。現に「男前のええのや、銭のある人は掃く程ありまツけれど、そんなんやおまへん」と彼女はよう言ふが、そこやデ、彼女見たいに頭のはつきりした女には、これは何も僕が惚れた

慾目でいふんやないが、頭の悪い奴はたまらんのやなア。さうなんやデ。

　そこで又僕のことやが、僕はさう頭が悪うないつもりやがな、さて、頭がえゝちいふのんだけでは、まだ不足なものがあるんやと思ふんや、つまり彼女の現在の旦那ちいふ株屋に、僕が戦はずして負ける所以や。考へても見いな当然彼の留守中に、彼の位置に坐り込んでる色男と見える僕を見て、「お客さんか、俺は二階へ行かう」言うて、一寸も騒がんと段梯子を上るとこや。二遍も僕の坐り込んでる所を目撃しながら、ほんまにもう僕のことなど忘れてたんか、それとも忘れた風をしたんか知らんが、

「今日はゑらう奇麗に見えたな」と済してるとこや。そこで、最後に、僕は斯う考へるんや。彼女を今の程度までに支配し得るのは、見渡したとこあの旦那の外にない。あの男こそ選ばれたもんで、そして又賢くも彼を選んだのは、無意識やらうが、彼女の大出来や。又それが自然なんやデ。君、さうやないか？

　……それから半月ほど彼女の家を訪はなんだ。先に話した僕の縁談はどうなつたんか、立消えになつたやうにも思へんが、又別に盛な火の手を上げる風もなかつた。が、一寸づゝ、一寸づゝ進行して行く模様こそあれ、話がすつかり消えたんやないことは僕も知つてた。ところで、恥づべき話を曝すやうやが、実はその半月ほど彼女の家《うち》へ行かなんだのは、僕が下の病気に罹つたことがその第一の理由やつたんや。それは彼女に依つてか、それともこれ迄にも度々罹つたことがあるさかい、それが時候の変り目で再発したんか？　僕はさすがに前者を理由として上げるに忍びなんだ、又さうすることを欲しなんだ。けれど、内心どうしても彼女に対してえゝ気持はせなんだのは事実や。僕はその半月の間毎日欠かさず、熱心に医者に通うたもんやつた。以前、この病気に罹つた時は、君たちに呆れられる程僕がそれに対して怠慢やつたことを思ひ出して、今その正反対に毎日毎日根気よう医者に通ふ心持をそつと考へて見ると、どうやら縁談の方に、僕の心が知らず知らずのうちに傾いて行つてるのやないかと、ふと自分を自分で考へるやうなこともあつた。さういふと、僕は、白状するが、その頃、写真で見た縁談の相手の、純潔そのもの見たいに見える娘を、三遍も夢に見たことがある。その中の一遍はもうちやんと彼女と家庭を持つてる図やつた。君、笑ひなや。

　そして或日僕は半月ぶりで千代子を訪ねたんやつた。僕が彼女の玄関に立つと、迎へに出たんはお金でなうて、別の新しい下女《をなごし》やつたんで、妙に勝手が違ふやうな気がした。しかし、そこへ手織縞の、それでも他所行らしい着物を着更へたお金が出て来た。僕は奥に通つて、お金がその日暇をとつて去《い》ぬんやいふことを知つた。僕はあり得べからざることに出遭うたやうな気がした。何《なに》で言うて、下女《をなごし》にとつてこんな居心地のえゝ家《うち》が外にないことは確で、例へばこの家では食べ物などでも、主人とおんなじ物を下女《をなごし》に当《あ》てがうてあつた。それは、卑しい話を

するやうやが、現にしまりやの僕の家《うち》などで、僕は食はされてる物よりは遥に贅沢なもんやつた。又着物にしても、お金は「私がこんなものを戴いて、いつ着る時がおまんやろ?」言ふやうな、上等な主人のお下りを始終貰うてた。僕はそれ等を見るにつけても、お金は屹度千代子が家《うち》を持つてる間は、必ず自分から暇をとつて出ることはないやろと、いつからとなく独り定《き》めに定めてたんや。

　が、お金は僕のやうに考へなんだんや。さうとは知らんと、彼女が田舎に帰る理由は縁談でもあつてかと僕が聞くと、決してさうやない言ふねや。聞けば、彼女には老母と兄と兄嫁との家《うち》が、河内の在所に一つある切りやさうな。して見ると、彼女はそこから千代子の家に来て、今去《い》ぬとするとそこへ戻つて行くんや。勿論、彼女はこれ迄の生活に於いて、主人に対しては感謝の外に、何の不平をも持つてないことは確やつた。けれどもお金は今から半月ほど前に暇を貰ひたいと申出たんや言ふのや。そしていくら止めても思ひ返さなんで、

「何ぞ気に入らんことがあつてか?」と聞いても、

「決してそんなことはおまへん、そんなことがありますもんかいな、」と吃驚したやうに答へた。

「そんならどうして?」

「別に訳も何もおまへんけど……」ともぢ〳〵してる。

「家から戻つといでとでも言つて来たんか?」と尋ねると、

「いゝえ、私から去《い》にたい言うてやりましたんで」と恐れ入つたやうに言ふ。

「家が恋しなつたんかいな?」と聞くと、

「そんな訳でもおまんへけど……」と答へる。

　――その言葉の通り、彼女には何の訳も確になささうなんやつた。けれども又、確にさう思ひ立つたんに相違なかつた。そして昨日代りの者が来る迄は、その事を忘れてしまうたやうに、これまでの通りに働いてたんやさうな。君、お金の言ふことは分るな、(と土屋精一郎は附け足した、) 彼女の帰るいふことは、彼女には唯さうする方がえゝ思つたちいふ以上に、何の理由《わけ》もないんだと僕も思ふ。だけど、君、彼女の意志のあるとこは分るな、分るな……考へて見ると、お金は厭になつたら逃げて帰去《い》ねるけれど、僕や彼女は、もうとうから厭には十分なつてんねやが、自分等の腹の中にゐる虫やもん自分等が死なん限り逃げて去ぬいふ訳には行かんのや。あゝ、あゝ。

　さて、お金は僕にも叮嚀に別れの挨拶をした。彼女は主人から貰うた、所謂「いつ着る時がありますやらう?」ちいふやうな着物はすつかり風呂敷の中に入れて、田舎から持つて来た手織縞を着て帰つて行きよつた。主人が停車場まで是非俥に乗つて行け言ふのを、彼女はまるで殺されでもするやうに断つて、大けな風呂敷包を抱えながら、帰つて行つたもんや。

　お金が帰つた後、僕たちは長い間、恐らく二十分以上も、黙つて火鉢を挟んで相対してゐた。到頭千代子が、

「あてお金に生れ代りたいわ、」と言うた。

「僕もお金になりたいな、」と僕も言うた。

その日は、僕たちは半月ぶりで会つたにも拘らず、余り口数をきかずに別れた。

君、こんなつもりやなかつたんやが、何《なん》や話が余り呆気なさ過ぎたなあ、(と土屋精一郎は済まなさうに、頭を掻きながら言うた。)実は話はこれでお終ひやね。まあ、お終《しま》ひ見たいなもんやね。僕はそれ切り彼女の所へは顔を出さんのや。そして、それから一ケ月半後に、例の縁談を承諾したんや。僕が今度捲土重来(?)して、東京へ連れて来た妻はその縁談の方のんや。

彼女からその後《のち》、殊に僕が大阪にゐた間、随分手紙は来たけど、それ切り僕の方からは一遍も返事をせえへん。去年の秋、大阪の方から当地の展覧会に出した僕の画が入賞したことがあつたが、それを彼女は新聞でゞも知つたと見えて、差出人無名の祝ひ物が小包で、僕の家にとゞいたことがあつた。家の者達と一緒に、僕も「誰やらう?」と不審な顔をしておいたが、それは明かに千代子からやつた。僕はその後東京へ来たことは、それとなう、知つてるらしいけど、結婚したことは知つとるか、どうやろて?

僕は今普通の女子を妻にして、謂はゞ三十年間の泥足を洗うて、先《ま》あ表向き穏かな家庭におさまつてるけれど、さてやつぱり折にふれて忘れられずに思ひ出すのは千代子のことや。今だに月に一遍ぐらゐ屹度僕は無意識に風月堂の方に歩いて行くことがある。彼女が菓子の好きやいふ訳でもないのやが、つひ僕が好きなもんやさかい、そんなもんでも匿名で彼女に送つてやらうか思立つたんや。しかし又屹度途中で思止つて、一度も実行したことはない。

さあ、(と土屋精一郎は最後に言つた。)僕たちの仲はこれ切りでお終《しま》ひやらうか、それは分らんな、兎に角二人ともまだ生きてゐるのさかい、又何時《いつ》ひよつこりどんなことが持ち上るか?――何《なに》にしても随分長い恋仲やらう?……

(「雄弁」大正8月10月号)

帰れる父

水守亀之助

途中で母や弟の居る町へ下車して二三日滞在してから順吉《じゆんきち》は自分の家に帰つた。祖母は彼の顔を見ると、

『ようく帰つてくれたな。』と云つて、泣いて歓《よろこ》んだ。祖母には彼の帰つた事が救ひの手を迎へでもしたやうに感じられるらしかつた。

相変らず無愛想であるが、祖父も年のせいか、余程、気が折れて来てるやうに思はれた。順吉へ盃《さかづき》をさしたりして、いろ〳〵と東京の話をききなどした。

足掛四年振で東京へ行つてから初めて彼は帰省したのだ。三月の初旬だつた。上京後の彼は徒《いたづ》らに苦しい都会生活にひきずられて行くのみで、何一つ思ふやうには行かなかつた。流石《さすが》に強情で勝気な彼も窮乏と焦燥から来る心身の疲労は可なり劇《はげ》しいやうに感じられた。かうなると、なるべく顔を合はせる事を欲しなかつた肉身に対する懐しさが、そろ〳〵頭を擡《もちあ》げて来た。町へ出て戸籍の上では他人になつてゐる母を自分に代つて扶養してゐる弟の健気《けなげ》な心を思つたり、奉公同様の境遇に落ちて自活してゐる妹を憐んだり、古び朽ちてゆく家に残つて侘しく暮してゐる七十を越した祖父と祖母との身の上が案じられたりし出すと、矢も楯もたまらぬやうな帰省を急ぐ心持に駆り立てられるのだつた。さうした心の裏には、生れた家に帰つて、傷き疲れた自分を投げ出して、心ゆくまゝに休息を貪りたいと云ふ要求が強く動いてゐたのは云ふまでもなかつた。それほど、順吉の心は弱くしをらしくなつてゐるのだつた。

併《しか》し、順吉とてもかうなつて特に強く肉身《にくしん》に対する愛慕を感じたのではなかつた。理解されない為に起る身内の人達の彼に対する不信と不安な気持が、感じ易い彼の心に反射して、時とすると強い憎悪の念さへ抱かせられたが、考へて見れば、それは可なり無理な自分の我儘だと云ふ事はようく解つてゐた。で、すまない、早く何とかしてやりたい、幸福にしてやりたい——と、涙をこめて祈るやうに思ふ事も屢々《しば〳〵》あつたのである。が、落付のない、慌《あわたゞ》しい、放浪的な生活気分は、常にさうした彼の純情を奪ひがちだつた。ところが、今度はそれが濃く強く胸に溢れたのである。兎に角、自分もゆるゆる休息したり、肉身の人達をも慰めたり、種々《いろ〳〵》纏綿《てんめん》してゐる家事を整理したりした上で、再び東京へ帰つて来よう。そして、新たな勇気を振ひ起して、奮闘しなければならぬ——かう決心すると、沈鬱に閉された心も、急に快活になつて来るやうに感じた。恥ぢの多い郷里の土を踏む事もさして苦痛でなくなつて来た。

上京後初めて、下関行の汽車に乗つた順吉の心には先づ上京当時の思ひ出が甦つて来た。四五年も大阪にゐて都会生活に慣らされてゐたから、まごつくやうな事はなかつた。が、新橋へ着いた時は、三十何銭しか残つてゐなかつた事などを思ひ出すと、その頃の無鉄砲さが却《かへ》つて微笑されるのだつた。大阪を出発する時には、停車場の傍《わき》の砂利の積んであるところで、好い加減酔つてゐる上に見送りの友人と瓶詰の酒を呷つた為に岐阜あたり迄前後不覚に眠込《ねこ》んで、風呂敷包みが解けて実印や手帳を失くしてゐる事が後になつて気付いた事なども思ひ出された。

『全くあの時は自分の空想時代だつた。事業家たらんとして、自分のやる事は、みんな神様が守つてゐてくれるから、屹度《きつと》成功するなんて、馬鹿げた事を考えてゐたものだ……』と、順吉は呟いた。次ぎから次ぎへとつきないで、たぐり出される追想が、自然と大阪時代へひつぱつて行くのだつた。『あれから、あらゆる事に打突《ぶつ》かつては崩され〳〵して幻滅時代が続いたのだ。そして、今日の自分と云ふものは築かれたのだ。やつと世の中の事が解るやうになつたのだ。父に対する考へだつてさうだ……』と、考へて来ると、彼は、ぎゆつと胸を搾《し》められたやうな感がした。それは出発の準備や奔走で、他の雑念の為に心に浮べる機会を失はれてゐた父の事が、ふつと閃き過ぎたからだつた。肉身の人々の事をあれ程思ひながら、父の事だけ忘れてゐた自分も、よつぽどうかしてゐると思つたが、併し、それは無理もなかつた。何故なら、帰省したところでいろんな人には会ふ事は出来るが、父にだけは会へないからである。父はゐないのだ。どこへ行つたか分らないのだ。八年間行方不明で、音信不通なのだ。死んでゐるか、生きてゐるかすら分らないのだ――彼の心は父に向つて、出口を求めて流れ注ぐ水のやうに吸ひつけられるやうに集つて行くのを覚えた。さうした心持は、放蕩無頼な父に対する憎みや怨みではなくて、不幸な運命に対する憐みと涙とであつた。更に、悲劇の原因となつた一族の人達の無智と、頑冥《ぐわんめい》に対する嘆きであつた。

で、彼は今度こそは、自分でも穏やかな心持になつて、皆なの者を何とかして幸福にせねばならぬと考へたのである。が、帰つて見ると、だゝつぴろい家には、相変らず祖父と祖母きりの寂しい頼りなげな生活が営まれてゐるばかりだ。そして、老人達は益々《ます〳〵》弱り、家は荒れ朽ちて行くばかりだ。その外には何の変つたところもないのだつた。このまゝで燻《いぶ》りながら消えて行く火のやうな我が家の運命かと思ふと、流石《さすが》に順吉の心も暗然たらざるを得なかつた。重い自分の責任を考へると、何者かに対して顔向けも出来ないやうな腑甲斐なさも感じられるのだつた。

みぢめだと云えば、以前大阪にゐた時にちよい〳〵帰省してゐた時分から見ると、何も彼もが一層みぢめだ。畳が黒く汚れてゐれば、ランプや食器も汚い。老人《としより》の不精から、家の廻りも蓬々《ぼう〳〵》と茂つたまゝで掃除が行き届いてゐない。大きな虎猫がうそ〳〵と我が物顔に歩き廻つて、幾ら叱つても恐れないで、食物に口をつけたりする。彼が、薄暗いランプの下で、祖母が用意してくれたまづしい晩酌の膳に向つて、たまらない悲哀を感じてゐる時などに、咽喉《のど》を鳴らしながら猫が近づいて来でもすると、突如《いきなり》、ぐわんと撲りつけたりする程、気が苛立つのだつた。

　それに、無理もないのだが、帰り早々祖母は愚痴の百万遍を繰返すし、祖父はまた始終気むづかしい顔をして、親みを見せない、順吉の激し易い心は、どうかすると、慰めてやらねばならぬ筈の祖父祖母に対してすら、その老いの醜さを見てさへ腹立たしさを感ずる程だつた。尚不快な事は、自分が帰つて来た為に、それを機会として、積り積つてゐる一家に関する種々な難問題が、一時にどつと持ちあがつて来ると云ふ不安だつた。無論、それは彼が当然引き受けなければならぬ問題には相違ない。彼としても相当の覚悟と決心は持つて帰つたつもりだつた。併《しか》し、いざ、当面にもろ〳〵の紛糾した問題を控へるとなると、考へただけでもうんざりして了つて一日も早く逃げ出したいと思ふ心さへ頻《しき》りに動くのだつた。だが、自分の事ばかり考へて、老人達の意に背くと云ふ事は、相当に年をとつた今日の場合、如何にしても出来ない――彼は快々《あう〳〵》とした心持で、三日五日と無為に重ねて行くより外はなかつた。

　順吉が外へも出ないで、裏の離れに閉ぢ籠つてばかりゐるのを心配して、暇さへあると祖母はやつて来た。そして、多くの話したい事のたまつてゐる苦しい心持を訴へようとしたが、順吉が煩さそうな顔をすると、直ぐに話を変へて、機嫌をとるやうにした。

　さうした祖母を気の毒に思ふ心は順吉にも充分あつた。併し、直ぐに愚痴になつて、要領を得なくなる繰言をきかされるのは可なり苦痛である。きくだけならまだしもであるが、ひどく耳の遠い祖母を相手にして此方《こちら》から話したり、答へたりしなければならぬ事は随分面倒な事だ。で、順吉は只うむうむと頷いて、肝腎の話をも一日延ばしに延ばして行くのだつた。併し、話と云つても大抵解つてゐる。つまりは、この家の残つた財産をすつかり売払つて、負債を償却して了ふより外には方法はない。その上で、祖父母の生活に就いて方法を講ずれば好いのだ――順吉から見れば話はこれだけの簡単なものに過ぎない。そして、故郷や、家などに何等の執着のない順吉には、その処置は何の躊躇も未練もなく、早速にでも実行出来るのだ。が、そこに、大きな障礙《しやうがい》が横はつてゐる。飽く迄この土地に噛りついて、なるべく財産を残して、そして、孫の順吉をひきとめて置きたいと云ふ老人達の欲求が、重く彼を圧迫するのだつた。

　彼は帰省を思ひ立つた時の健気《けなげ》な心はいつの間にか姿をかくして、どうにもぬきさしのならない泥沼へでも陥り込んだやうな心持を感じた

『今度は暫らく居てくれるのだらうな。』

　祖母はかう云つて、涙を溜めた眼を彼の方へ向ける。

『え、何とか方法を立てなければなりませんから、仕方がないでせう。』と、聞こえるかどうか知らないが、彼はほんの型ばかりに不愛想《ぶあいそ》に答へる。

『東京のやうな遠いところに行つてゐると心配でな。お前の事とお父さんの事を思はぬ時はない……』

　その一言《ごん》には、順吉もぎくりとして胸を刺されたやうに感ずる。さうだ。父と自分とだ。祖母の眼から見れば、同じく家を捨て、親兄弟を捨てゝ何をしてゐるのか、先きに望みがあるのか無いのか知れないやうな父と自分とには何の隔りもない同類に違ひない。而《し》かも、その不幸な子と孫とが祖母には可愛くてたまらないのだ。殊に、彼の父に就いては、夢寐《むび》忘《わす》れない程、心を悩まされてゐる事は、順吉にもよく分つた。

『わしの息のあるうちに帰つて来てくれゝば好いと思ふけど、それもどうなる事やら……』と、祖母は喞《かこ》つのだ。

『私も是非一度会ひたいんだが…… 東京にゐる時には、新聞に広告でも出して探さうと思つた事もあるんだけど……』

『さうか……お前だつて親子の間だからな、さう思ふのに無理はない。』

　祖母は父の事を云ふと何となく嬉しさうだ。父を知る程の者は、他人と身内の者との別なく、誰でもがならず者《もの》のやうに云つて爪弾きしてゐる。親の身になつて見れば、如何に不幸者でも、どんなに悲しく、不憫に思はれるか知れない。一緒になれば、互ひに角《つの》づき合つて始終喧嘩が絶えないやうな間柄でも、家にゐないとなると矢張、一倍気遣ひになるに違ひない。順吉にしても、以前とは違つて、只一図に父を責めるやうな気持は無くなつてゐる。寧《むし》ろ、何彼《なにか》につけて弁護したくなつてゐる位だ。それは、一家の離散、没落と云ふ事も、確かに父の罪にはあるのだが、併し、さうした運命に父を導いた、いや、さうならねばならぬやうに父を追い詰めた責任を問ふ段になれば誰一人免れられるものはないと悟つてゐるからである。順吉は、少年の頃から、父と云ふものを、恰《あたか》も仇敵のやうに、無頼漢のやうに思ひ込ませた祖父母や、母や、親戚の誰彼に対して、今ではある憤りをもつ程になつて来てるのだつた。それは、次第に人生に対して目覚めて来る彼の心が不知不識《しらずしらず》のうちに辿り着いた心境だつた。かうなると、どこにゐるのか知れない父と自分との間にある心の交流があるやうに感じられるのだつた。『父が居れば、自分はこんなに迄孤立してはゐまい。屹度《きつと》味方になつてくれてゐるに違ひない。そして、お互ひに人間として屹度よくなつて行くだらう。』と、順吉は考へる事もあつた。

　こんな風だから、同じ祖母の愚痴でも、順吉には父に関する事だけは、素直な涙含ましい心持できく事が出来るのだつた。

　弟のところへ寄つた時も、先づ第一に母子三人の話題に上つたのは父の事だつた。一体父は生きてゐるのだらうか、もう死んで了つたのだらうか——それが一番、気がかりな事だつた。はつきりと、どちらとも定《きま》らぬのが不安だつた。

『男なら、おめ〳〵と帰つて来られる義理ぢやない。どつさりお金でも持つて来るなら兎も角、それでない以上は帰れまい……どうか死んでゐてくれゝば好《い》いがなあ、お前達三人の兄《きやう》妹《だい》の為に、お父さんが死んでくれたらどんなに好いか知れない。あんな極道の親があると知つたらお千代などは誰も嫁に貰つてくれやしない。』と、母は情《なさけ》なさうに云ふのだつた。

　母は父の放蕩が止まない為に、それを止めさせようと狂言に別れたのが真実になつて、遂に正式に離婚して了つたのである。それきりで関係がなくなつて了つたのなら問題はないのだが、再縁もしないで、三人の子供の生ひ立ちを待つてゐるのだつた。そして、弟の清吉と一緒に暮してゐるのだつた。で、父の事は何《いつ》れにしても無関心でゐる事は出来なかつた。到底、改心の見込のない父である。一日でも長く生きのびて居る事は、それだけ他の者の不幸になるのだと思つてゐるのである。で、『どうぞ、死んでゐてくれたら好いがなあ』と云ふ一言は、真実に肺《はい》腑《ふ》をついて出る祈りの言葉のやうに響くのだつた。

　併し、死んだものとすれば、知らないですむ事はあるまい。矢張、生きて何かしてゐるのに違ひない――と、皆なは思つた。

『満洲へでも渡つて、馬賊にでもなつてゐるかも知れんよ。』と、清吉は戯談《じようだん》のやうに云つたりした。

『さあ、そんなだと面白いがね。僕はまた、何か犯罪でもして、そんな通知がくるやうな事がありはしないかと心配するのだよ。』と、順吉は云つた。

　年よりはふけた母の顔には長い間の苦労と辛酸とが描かれるやうに浮んでゐた。十八で従兄妹《いとこ》同志《どうし》の父に嫁いで、気むづかしい舅姑《しうと》に仕へ、その上、小姑《こじうと》の多い中に我慢をして、涙を飲んで来たのだ。結婚後に企てられた父の東京遊学時代の留守居《るすゐ》も辛かつたには違ひないが、まだしも希望があつた。謹厚で酒一滴飲まず、遠大の志望を抱いてゐた父は、今に大政治家になると郷里の人達に嘱望されてゐた。帰省でもする時は、村民は隊を組んで停車場へ出迎へる程だつた。その頃の写真を見ると実に立派な風采をした青年だつた。その父があんなに変つたのである。それと云ふのは、明治二十年前後の青年の気風に化せられて実際的の政治運動に加はつて、自由党の壮士などゝ交り、酒を被《かぶ》つて慷慨《かうがい》の気を吐くやうな事ばかりしてゐるうちに、荒《すさ》み果てゝ了つたのだ。

　惜しい事をしたと、順吉はつく〴〵思ふのである。そんな風になつたのは、無論、父自身の罪である。然し、父を世話してくれた代議士が失意の境遇に落ちないで、また祖父がもう少し我が子に対する理解と尊重があつたなら、あゝ迄ひどく堕落はしなかつたであらうと思はれるのだ。よし、一時は過《あやま》つても、何とかして救はれたであらうとも思ふのだつた。

　二三日滞在してゐるうち、母がゐない時を見ては、順吉は弟に向つて、屡々《しば〳〵》、自分の率直な感想を語つた。

『僕は思ふね。父の悲劇は母にも罪があるのだよ。利口なんだけど、神経質で、小心で、こせ〳〵してゐるから、父のやうな放胆で、づぼらな人とは性が合はなかつたのだ。親には頭を押へつけられるし、妻にはつゝかれる……そりややけも起きたらうさ。一体、分らずやは、人間を育てようとしないで、ちよいとでも悪い事があると無暗に責めて殺さうとするのだ。お前がいけない。仕様のない奴だ、と、責め立てるのだ。さうすれば改まるものと思つてゐる。それが、非常な間違ひだね。よくなる者でも悪くなつて了ふ。僕なども稍々《やゝ》その形があるね。随分、まだ親類などでは不信用で、評判が悪いやうだが、何が原因かと云へば、只、医者になれと云ふのを、それは嫌だ、文学をやると云つたのに過ぎないのぢやないか。併し、僕は心から堕落しやしないから、安心してくれ。父と違つて、自分の事業に信念を持つてゐるから、どんな事があつても、石に噛りついてゞもやり通すから……』

興奮して来ると、順吉は顔を赤くして雄弁になるのだつた。

清吉は一々首肯《しゆかう》した。そして、よく理解してゐると云つた。才はぢけて、世間的の功名心も盛んな清吉が兄の犠牲になつて母を扶養しながら勉強盛りの十九や二十の身で自活してゐると云ふのも、全く順吉を理解してゐるからであつた。で、彼は弟に対して、強い愛を感ずると共に、何とかして酬いねばならぬと、深く心に誓ふのだつた。

『父があんなになつたには、まだ他に沢山の原因があるよ。父の兄が情死をしたと云ふだらう。だもんだから、祖母や祖父が馬鹿に父の事を心配して、過《あやま》ちのないうちにと、無理押付に性格の合はない母と一緒にしたなどもよくないよ。』と、順吉は云ふのだつた。

『さうですね。父は十八で結婚したさうだから早婚がいけなかつたのでせう。』と、清吉も同感した。

散々、母と一緒になつて、父を糞味噌に貶《けな》しつけてゐた清吉も兄の云ふ事をきいてゐるうちには、自然と同情をもつやうになつて来たのだつた。そして、『今一度帰つて、しつかりやつてくれゝば好いか……』と、さへ云ふやうになつた。

『いや、郷里へ帰つちや駄目だ。とても人を容れてくれるところぢやないから。だから、父は僕のところへ来ると好いんだよ。東京へさ。さうなつたら、屹度《きつと》、僕がよくして見せるよ。』

順吉はこんな気焔《きえん》まで吐くのだつた。

兄弟は父の事を語る事によつて、相互の間に一層深い親みを覚え、そして、父に対する愛情も深くなつて行くのを覚えるのだつた。が、母が交ると、さうした気分は直ぐ破られて了つた。敵《かたき》のやうに思つてゐる母の口からは、無論、父に対する理解の言葉などは一言だつて洩らされなかつた。

酒だけはなるべくやめるやうにしてくれと順吉に向つて懇願するやうに云ひながらも、母はそつと買つて来ては晩餐の時に御馳走してくれるのだつた。そして、自ら酌などをしてやりながら、

『お前は気が弱くて温和《おとな》しいから、屹度真面目な人間になつて安心させてくれると思つてゐたのだがな……それが、大胆には

なる、酒は好きになる、豪《えら》さうな事ばかり云つて……だん〳〵顔迄がお父さんに似て来るので心配するぞよ。』などゝ云つても、順吉はにや〳〵してきゝながら、親の心を難有《ありがた》く思ふ程和《なご》やかな気持になつてゐるのだつた。

こんな風で二三日を、弟の家で暮したのだつた。

順吉が家に帰つてから、既に二週間以上も経つた。ぽつり〳〵祖父の口から一家の改革に就いての相談がもちかけられ出した。順吉はその都度、祖父と意見の相違からして、不快な気持を経験しなければならなかつた。順吉の放縦な生活に慣れた心には、さうした面倒な事に携はる根気がなかつた。どうせ、僅な借金で、僅かな財産しか残つてゐない。きれいすつぱりとかたをつけて了へば好ささうなものだ――さう云ふ風になげやりな考へになつて了つた彼が、ねち〳〵としちくどい百姓達の債権者と談判したり、改革に就て世話人と折衝したりしなければならぬ事は、たまらなくなる程嫌だつた。

さうした用事で人と会ふと必らず酒を飲む習慣があるので、雑談などしてゐるうちには屹度《きつと》父の噂が出るのだつた。

『兎に角、豪《えら》いお方でしたがな。書もお上手だし、弁舌は無論の事ですし……』などゝ、村長などは猫撫で声で賞めそやすのだつた。

『板垣伯が遊説に来られた時、但馬《たじま》と播州《ばんしう》とでひつぱり合ひつこをやりました。その時、あなたのお父さんは此方の有志者の代理として神戸まで行かれました。随分、競争が劇《はげ》しかつたので心配してゐましたが、お父さんが伯爵の面前で、若《も》し、此方の希望が達しられないやうだつたら、責任上私は閣下の前で自殺すると云つて短刀を示されたので、伯爵も熱誠に動かされて漸く来て貰ふ事になつたのです。お父さんにはそんな豪いところがありました。まだやつと二十二三位でしたが……』と、村長はこんな逸話も語つてくれた。

順吉も父がほめられるのは、無論嬉しくない事はなかつた。併し、現在の父に就いては、何人もが現はに見せないけれど、多くの批難の言葉を心にかくしてゐるのが感じられた。その父に連関して、順吉の無能をも多少は批難するやうな表情を見せるのを見遁す訳には行かなかつた。で、いつも、さうした人達と会見する時は、不快が伴はずにはすまなかつた。また、父が順吉の方へこつそりと便りでもしてゐるのではないかと云ふ疑ひをもつてゐるらしい事も可なり嫌だつた。

『そんな卑怯な真似はしませんよ。そこが父の面白いところなんです。』と、人には解せないやうな事を云つて自ら慰める事もあつた。

生れた村にも春が訪れて来た。毎日好い陽気が続いた。順吉は一層もだ〳〵した気持になつて、どうかすると、外から泥酔して帰る事が多くなつた。彼にはすべての事が厭はしかつた。一家の改革などは一向にはかどらなかつた。村では、順吉の事を矢張、親の子だ。よく似てゐると噂し合ふやうになつて来た。

するうちには順吉は、無理遣に祖母のとめるのを振りきつて、気晴しと称して弟のところへ出かけて行つた。が、四五日もすると、また気懸りになつて早々に帰つて来たやうな事もあつた。

　ある日の夕方近い時の事だつた。順吉は裏の離室《はなれ》で寝転んでぼんやり天井を眺めてゐた。そこへ慌しく祖母がやつて来た。濡れた手には菜つ葉の片がへばりついてゐた。その後ろから何しに来たのか、親戚の小娘も入つて来た。ひどく緊張してゐる祖母の表情を見ると、彼は不安にうたれて矢庭に跳ね起きた。

『おくにさん！　どうかしたのかね。』

　彼は先ず娘に向つてかう訊いた。

『順吉！　辰雄がおくにの家へさして帰つて来たさうぢや。』

やつと口を切つた祖母は息を喘《はず》ませて、よくものが云へないやうだつた。

『お父さんが帰つて来たつて？』

　順吉は何かに撃たれたやうにどきんと胸に来た。二人はぢつと顔を見合はせた。

『それに病気しとるさうぢやで、放つては置けん。早く迎へに行かにや……』

『まあ、ちよつと待つて下さい。』と、祖母を制《おさ》へて、彼はおくにに今一度確かめるやうに訊いた。八年振で父がひよつこり帰つて来たと云ふ夢のやうな事は矢張真実だつた。

『私、伯父さんだと云ふ事はよく知りませんでしたの。変な男が家の前を往つたり来たりしてゐると思つてゐると、突如《いきなり》、お母さんはゐるかと云つて這入つて来ましたの。私びつくりしました……』

　まだ、その時の驚きが忘れられないらしいおくにの表情を見ると順吉は何だか気味悪いやうな感じがした。

『それで、一体どんな風だい？　汚い身装《みなり》をしてゐるだらうね。病気はひどく悪いのか知ら？』と、彼はおくににいろんな事を訊いた。おくにの答へはすべて想像を裏切る事ばかりだつた。父は随分ひどくなつて帰つて来たらしい。話をきいてゐるうちにも病み窶《やつ》れた、その姿がはつきり彼の眼の前に浮んで来た。

　順吉は思はず嘆息した。そして、父に対して今迄抱いてゐた希望がすつかり壊されて了つたやうな気がした。矢張、父は病気の為にへこたれて舞ひ戻つて来たのだ。それほどの意気地なしだとは今迄思つてゐなかつた。何かかう非凡と云つたやうな文字にあてはまるところを有つてゐる父として考へてゐたのは、矢張、自分の不聡明であつたのかと思つた。

『わしからも、お祖父さんにようくお詫びするけど、お前からも頼んでくれ。なんぼ不幸者でも可哀想ぢやでな。わしはいつこのやうな事があるかも知れんと思つて、着物や何かをちやんと用意して置いたのが役に立つやうになつた……』

　祖母には人の云ふ事などは、まるで耳に入らないらしい。自分勝手に饒舌《しやべ》り続けるのだつた。

　順吉は祖母を宥《なだ》めたり、賺《すか》したりしながら田舎の事で煩《うるさ》いから、自分が迎へに行くのは止して、おくにの兄にでも附添ひを頼んで、夜になつてから倅で届けて貰ふ事に定めた。そして祖父に打ちあける事も後廻しにした。

兎も角、おくにを早く帰さねばならぬので、祖母は子供のやうに泣きじやくりながら、葛籠《つづら》や、簞笥から、足袋、襦袢のやうなものまで引きずり出して、風呂敷包みをこしらへた。そして、窃《そ》つと裏口からおくにを帰した。

夜になつた。順吉はぢつと坐り込んで動かうともしなかつた。何の思念もなく、只不思議な驚きに充たされたやうな気持がずいつと続いてゐた。『真実《ほんと》に父が帰つて来たんだつて？　而《し》かも、丁度、自分が帰省してゐる時に……』と考へると、すべてが、不思議な因縁話のやうな気がされる――

順吉が大阪にゐる時、父がふらりと下宿屋に訪ねて来た事があつた。その時父は前垂などをして商人のやうな身装《みなり》をしてゐた。少しは金をもつてゐたと見えて、牛肉屋へ連れて行つたり、道頓堀の高田実一派の芝居を見物させたり、下駄を買つてくれたりした。そして毎晩下宿で酒を飲みながら、いろんな話をし合つた。その時はもう、母をも離婚した後だつたし、家の方はどうにもかうにもならないやうになつてゐた。父にしても節制のない放埒な生活が十年余も続いた後だつた。それでも、父はまだ大きな事を云つてゐた。

『俺もまだ三十七だ。屹度、何かやつて見せるよ。これから、少し古い政友を訪ねて助力を得て劃策するつもりだ。』

こんな事をさも自信ありげに語つた。そして、順吉が文学志望に変更した事を快く是認し、『何でも自由にするが好い。俺は親としての資格はないが、それでなくても子供には放任主義だから。』と云つた。また、友人達と創めた小さな雑誌にも出資をしてやると云ふ約束までした。

まだ子供上りの順吉はその言葉をすつかり信じて、金を調達して来ると云ふ父の帰りを毎日待つてゐた。が、宿の酒代などもすまさずにふらりと下宿を出た父は、いつまで経つても帰つて来なかつた。するうち俥夫《くるまや》を使ひに寄越したので、ついて行くと天神橋の袂に街燈の光を浴びて父が立つてゐた。その時五円ばかりの金をくれた。そして後は三日ばかり待てと云つて別れたが、また暫らく便りがたえた。すると、今度は梅田の続きにある場末の宿屋から端書を寄越した。早速行つて見ると、宿の人は父は襦袢を一枚残して出たつきり帰らないと云つた。順吉は悄《しよ》げきつて帰つた。

それつきり父の行方は分らなくなつて了つたのだつた。それ迄も大方家をあけてばかりゐて、一ケ月や二ケ月音信《いんしん》の絶えるやうな事は珍らしくなかつたので、家では誰もさまで気にかけてはゐなかつた。却《かへ》つて厄介払ひでもした位に思つてゐたが、一年二年と月日が過ぎて、たうとう八年と云ふ歳月が流れ去つたのである。

父に関する思ひ出としては、どれもこれも厭ふべき事ばかりだつた。その最後の時も随分迷惑をかけられたのだが、それでも、父子《おやこ》二人きりで曽てない程、しみ〴〵と語り合つた幾日幾晩かの記憶は懐しく刻まれてゐるのだつた。で、橋の袂で金を貰つた時、交番の巡査がぢろ〴〵と怪しさうに見てゐた程、父の姿が見窄《みすぼ》らしかつたので、ひどく気の毒に思つた事なども鮮かに印象されてゐた。

　その父が、外の姉達や、自分の子供などを頼らないで、一番父に同情してゐた貧苦に悩まされてゐる妹の家へさして帰つて来た事も何となく意味深く考へられた。そして、もう今頃はおくにから自分が帰つてゐる事などをもきいたに違ひないが、父はどんな感慨をもつて、老いたる父母や、子に会ふつもりでゐるだらうと云ふやうな事が順吉にはいろんな風に考へられるのだつた。

　稍《やゝ》、蒸暑いやうな夜だ。母屋からは、何をしてゐるのか、呟きながら祖母があちこちと重たさうに響かせてゐる足音や、癇が起つたやうに、時々鋭い調子で物を云ふ祖父の声がきこえて来るのだつた。

『断じて家へは入れない。男なら潔く切腹でもするが好い。』とでも云ふかと思つた祖父が『さうか、辰雄が帰つて来たか。うむ……どうなりと万事はお前達に任せる。俺は何も云はん……』と、折れて出た事を思ふと、矢張強さうな事は云つてもと、祖父の衰へが今更のやうに思はれるのだつた。

　順吉はかうしてぢつと待つてゐる事の空漠さに堪へられなくなつた。それに、しらふで逢つてはセンチメンタルな気持に支配されはしないかと云ふ不安があつた。で、彼は遅くなつた夕飯の膳に向つて、ちび〳〵飲み初めた。盃を手にしたまゝで、時々、薄暗いランプの灯を見ながら耳をすましなどした。家の内も外も恐ろしくひつそりしてゐる。異様な厳粛さが漲つてゐるやうだ――ふと、彼は父がどんな眼に見えない、大きな禍ひを脊負《しよ》ひ込んで来たのかも知れないと云ふ不安がむら〳〵と起るのを感じた。また、親子再会と云ふローマンチックな場面に対する好奇心も湧きあがつた。さうかと思ふと、未知の人生に対して、眼を開かせてくれるやうな驚異に値する多くの材料と経験とを土産にして持つて来るのかも知れぬと云ふ歓びの期待ももたれるのだつた。

　ふと、順吉の耳に遠く微《かす》かな車の音がきこえて来た。極めて間鈍《まのろ》いが、その音が次第に近づいて来るやうに感ずると、急に動悸が高くなるのを覚えた。

『車の音がするやうぢやな。』

　隣室《りんしつ》で炬燵にあたつて今迄黙り込んでゐた祖父が祖母にかう云つてるのが聞えた。

『あれ、さうだすか。』耳の遠い祖母は頓狂な調子で云つた。

『お前のやうにさう慌てんでも好いがな。きこえてもまだなか〳〵遠い。』

　かう云つて窘《たしな》めても、祖母はきかない振をして順吉のところへ出て来た。

『順吉！　お父さんが帰つて来たよ。』

驚く程、祖母の眼は輝いてひきつツたやうな顔をしてゐた。二里半の道を車に揺られて来て、父は一歩々々に我が家にと近づきつゝあるのだと思はれた。

やがて、三十分程もたつと、父はひとり俥に乗つて帰つて来た。車から降りる時、提灯の光にちらと暗に浮んだ顔は真黒で、憔悴して、髯がのびて、すつかり相好が変つてゐるのが分つた。

着物などはおくにに持たせてやつたのと着換へてゐたが、荷物と云つては、只薄汚い小さな風呂敷包みと、自然木の杖が一本あるきりだつた。父は足をも病んで、杖に縋らねば歩けなくなつてゐるのだつた。

『まことにすまん事をしました。』

ひどく嗄《かす》れた生気のない声で、祖父の前へ行つて、かう云つた父は深く頭を垂れた。ごわごわした木綿の着物の膝にぼた〳〵と涙が落ちた。

祖父はぢろりと見たが、『早くあちらへ行つて休め……』と、一言云つたきりだつた。併し、かうした簡単な父子の応答も、恐らくこれ迄には曾てなかつた程の真情の溢れたものだつたに違ひない。それ程、二人は互ひに我意を張り通して、譲らないやうな仲だつたのである。

『それぢや、あちらへ行きませう。』

順吉はかう云つて、父を援け起した。そして、離室《はなれ》の方へ行つた。祖母は声をあげて、泣き続けてゐるのだつた。

『順吉すまなかつたな、まあ、許してくれ。』

父は坐ると、突然《いきなり》、さも感慨に堪へないらしい語調で云つた。

『まあ、そんな事は云はないでも好いですよ。』

順吉はひとりでに眼尻ににぢんで来る涙を見せまいとして、わざと平気さうな語調で云つた。

父は祖母のこしらへた炬燵に入つて、ごろりと横になつた。さも、安神《あんしん》したと云つた様子が見えた。

『……まあ考へて御覧なさい、八年ですよ。その間端書一枚寄越してくれないいんだからな。一体どこへ行つてゐたんです？何をしてゐたんです？』と順吉は気安げな語調で問ひかけた。

父は初めてにやりと笑つた。ぎろりと光る眼にも親らしい慈愛の光を宿して、『真実《ほんたう》にすまなかつたな。お前達の事は忘れた事はなかつたよ。夢にもよく見た……併し、お前にはもう会へないかも知れんと思つてゐた。』と意味ありげに云つた。

『どうして、僕に会へないと思つたんです？』

『お前は一番身体《からだ》が弱かつたからな。』

『戯談《じようだん》云つちやいけませんよ。死んだりなんかしてたまるものですか。今ぢや、僕が一番兄妹《きやうだい》の中でも丈夫ですよ。』

『さうらしいな。』と、父はさも嬉しげに顔を見守つたが、『今何をしてゐる？』と訊いた。

『東京へ行つてゐますよ。目的は変りやしません。』

『ほう、さうか、そりや豪《えら》いな、東京も変つたらうな。』

父の眼には昔遊学してゐた頃の東京が浮んで来てゐるらしい。

大臣は兎も角、一度は議院の議長の椅子を占めたいなど、空想した、その頃の東京のことが……。『そりや、好いなあ。』と、同じやうな事を繰返した。

父は弟のこと、妹のこと、それから、知人や、親戚の事などを次ぎ〳〵と訊いた。併し、恐らくわざとであらうが、母だけには一言も触れなかつた。順吉には却つてそれが何とも云はれぬ変な気持を喚られるのだつた。

病状を訊ねると、原因は酒毒だと云つた。この一冬の間、窮乏した生活を送つてゐるうちに日夜悪酒に飲み耽つた為めだらうとも云つた。

『まあ、ゆつくり養生をするのですね。まだ五十にならないんぢやありませんか。これからが働き盛りですよ。』と、順吉は優しみを含ませた語調で、それとなく鞭韃するやうに云つた。

『俺も今度は改心するよ。』と、父は確信のあるらしい語調で云つた。

八年会はないうちに順吉も大人になつてゐた。で、父に向ふ態度も一変して、まるで、友人のやうな語調で語られるのだつた。そして、余りに飽気ないと思はれる程、先刻《さつき》迄の緊張してゐた気分は崩れて了つて、いつの間にか寛いだ心持で対してゐるのだつた。が、話してゐるうちには、順吉は早くも微かながら失望を感ずるやうになつた。それは、父の顔が醜く変り、話す事にもどこか野卑なところがあるからだつた。そして、相変らず、心は呑気で、此方で思つてゐるやうに反省や、悔恨やがその心に動いてゐるとも思はれないのだつた。こんな風に弱つてゐるうちは無事だらうが、少し健康が恢復すれば、また暴れ出すのではないかとさへ思はれるのだつた。長い間のいけない生活が一層父を悪くしてゐるのかもしれないと思つた。併し、さうした感じは、一面順吉の心持を却つてのんきにさせて行つた。少くも如何にも孝子《かうし》らしい顔をして、嘘にもしかつめらしい諫言めいた事を云はねばならぬやうな現在の位置に置かれてゐる彼も呑気な父を見ると、そんな馬鹿げた真似をする必要がなくなつたやうに感じさせられるのだつた。

そこへ、祖母が酒肴《さけさかな》の用意をして運んで来た。

『どの位心配したか知れんぞよ。寝ても覚めても忘られんでな。占ひに見て貰つたり、御籤《おみくじ》を頂いたり、警察へ頼んだり……出来るだけの事はしてゐたのぢやけど……』と、祖母は涙に咽びながら、盃を献《さ》した。

父は一言も云はず、只恐縮してゐた。が、盃だけはうけた。そして、祖母にも献《さ》したりした。

順吉が祖父にもこゝへ来て貰ひたいと発議したが、祖母は反対してやめさせた。で、三人の間に小さな酒宴《さかもり》が初まつたのである。父は病気をしてゐても相応に飲んだ。そして、疲労の劇《はげ》しい故為《せゐ》でもあつたらう。直ぐ酔つて了つた。順吉は、何となく、いろんな事を話したりきいたりしなければならぬと思ひながら、それが出来ないのをたえず捂《もどか》しく感じた。するうちには、自分も可なり酔つた。

祖母は間もなく母屋へ寝に帰つた。夜《よ》は更けた。四辺は一層しいんとして了つた。父と子とは炬燵を中にして、反対の側に床をのべて横になつた。

『兎に角、帰つて来ると、いろんな事が思ひ出されるでせう。』と、順吉が此方《こちら》から声をかけた。

『さうだな。』と、父も天井などを見ながら、追憶に耽つてゐるらしかつた。

『僕だつて、偶《たま》に帰ると、随分いろんな事が考へられますよ。殊にこの離室《はなれ》は記念の多いところだから』

『さうだ。お前達兄弟は皆なこの部屋で産声《うぶごゑ》をあげたのだからな。』と、云つた。

やがて、父の寝息が聞え初めた。さも、何事もなかつたかのやうに穏かな気配だ。順吉は異常な事件のあつた今日《こんにち》今夜が、こんな風にして無事に過ぎて行くのが不思議のやうに思はれた。今日《けふ》の昼過ぎ迄は、父が帰つて来るなんて事は、夢にも思はれなかつた事だ。それが、事実となつて現はれてもかうして安らかに眠りにつく事が出来るのだ。順吉には何だかそれが余りに平凡なやうな気がされるのだつた。

彼は酔がさめるに従つて一層眼が冴えて来るので静かに半身を起して、父の方を見やつた。赭黒《あかぐろ》い顔がいやにむくんでゐた。枕頭《まくらもと》の置ランプの黄《きいろ》いやうな光が畳に円を描いてゐたその圏内に、父が持つて帰つた唯一の土産とも云ふべき小風呂敷包みが、さびしげにちよこんと置かれてあつた。八年の秘密が包まれてゐるにしては余りに小さな荷物だ——順吉はわけもなくはかないやうな気持になつてごろりと横になつて了つた。

森田家の辰雄さんが帰つて来たさうだと云ふ噂さは忽ちのうちに近村へも拡がつた。急に訪ねて来る人が多くなつた。政治運動などに携つてゐた頃、私塾のやうなものを開いて、郷里の青年子弟を集め演説討論などをしてゐた頃の少年で、今では立派な中年者になつてゐる連中が多かつた。夫等の人達も見舞物など携へてやつて来たが、中にはそれとなく様子を見に来る債権者も少くはなかつた。順吉の名によつて企てられようとした改革案などは撤回されて、新に辰雄によつて立て直される事になつた。併し、矢張、順吉も重要なる一人として、いつも、その相談に加はらねばならなかつた。そうした下相談で人が集る毎に酒宴《さかもり》が初まつた。真実《ほんとう》に親切からかどうか疑はしいやうな狡猾な百姓連で只飲み食ひだけを目的に寄り集つて来るやうな輩《てあひ》も少くなかつた。長い間、老人夫婦のほそ〲としたさびしい生活が続けられた廃《あば》ら家《や》も、急に騒々しく賑かになつた——かうなると、順吉は益々眉を顰《ひそ》める事が多くなつた。で、無理《むり》遣《やり》に休暇をとらせて弟の清吉を帰らせた。弟でもゐないと、気のつまるやうな日を送らねばならぬからであつた。

父は人が集つて酒宴が初まると、肝心の話はそつち退けにして、寝床から這ひ出して来て自分の放浪中の話を面白可笑しく話してきかせた。あんな恥曝《はぢさら》しをと、傍ではら〱するやうな事迄平気で語つた。そして、病気の癖に酔ひ潰れては、便所へ落つこちさうになつて、臀部へ酷い怪我をするやうな醜体《しうたい》を演ずるやうな事もあつた。

　あの小風呂敷包みにあつた朱肉や筆や絵具や印材などが語つてゐたやうに、父は多くは旅から旅へと道楽に習つた書画を書いては売つて歩いたのだつた。時には俄仕立の怪しげな易者になつたり、田舎廻りの小芝居の群に投じて舞台に立つたりした。かうして、長い月日をさまよひ歩いたのだつた。

　さうした話をそれが自分等の父だと云ふ観念から離れてきいてゐる時には面白かつた。で、うつかりしてゐると、順吉や、清吉は、つい興味にひき込まれて、それからどうした、どうなつたと、貪るやうにきゝたがるのだつた。すると、父は益々得意になつて饒舌《しやべ》つた。併し、ふつと、それが苟《いやし》くも自分の父だとはつきり意識すると、順吉は急に嫌悪の念に駆られて、憂鬱に陥つて了ふのだつた。

『もうおやぢは駄目だ。とても救い難いよ！』

　弟に向かつてかう嗟嘆《さたん》する事もあつた。だが、清吉の方は頭から父を馬鹿にしてかゝつて、ひやかしたり、煽てたりしながら、話をきゝたがつた。

『俺《わし》も病気がよくなつたらまた出懸けるよ。これで中国から山陰へかけては随分得意があるのだからな。金は随分とれるのだから、今度こそは老人達にも仕送りをするから安心して居てくれ。』などと、父は呑気な事ばかり云つた。

『いや、そりや駄目です。そんな事をしてゐちや堕落するばかりだ。僕のところへいらつしやい。東京へ出るんです。そして、生活を立て直さなくちや駄目です。』と、順吉は儼然《げんぜん》として云ひ放つた。

『さうだな。大道の易者をしても食つて位はゆけるだらう。いや、俺には好い思ひ付きがある。かうするんだ。忠臣蔵の芝居に出る義士のやうな扮装《なり》をして、大道で赤穂名産の焼塩を売るんだ。郷里の名物を売るんだから面白いぢやないか。名案だらうが……』など、云つたりした。

　父の云ふ事はすべてかうした風だつた。当人は真面目なのかも知れないが、順吉にとつては、どうしても正気で云つてゐるものとは思はれなかつた。で、何と返す言葉もなく黙り込んで了ふのだつた。

　それに、つく〴〵注意して見てゐると、父はこんなに迄零落してゐても、少しも僻《ひが》んだり、萎《いぢ》けたりしてゐるところがなかつた。実に悠然たるもので、それが、凡てに超越してゐるのと取つて好いのか、良心の麻痺してゐる為と解して好いのか分らなかつた。兎に角、もう、名誉心だとか、新生活を築くとか云つたやうな向上的精神は毫末《がうまつ》もないやうに見えた。飲みたいものを飲み、仕たい事をして一生を終へるのを以て、満足だとしてゐるやうであつた。

　祖父も時には苦々しげに眉を顰めたが、以前のやうに強い事は云へなかつた。そつと小声で順吉に向つて、『病気であるにも拘らずあんなに酒を飲んではもう長くはあるまい。屹度《きつと》この秋頃には死ぬ。』と、予言するやうに云つたりした。祖母は只もう愚《ぐ》に返つて、うか〳〵と日を過ごしてゐるに過ぎなかつた。

　ある日、順吉と清吉は相談し合つて、父に最後の忠告を試みる事にした。

『一体どうしようと云ふんです。こんな事をして愚図々々してゐた日には、自滅より外はない。あなたには何等の方針も立つてゐないぢやありませんか。僕達もいつ迄も愚図々々してゐるわけにはゆかなんです。各自《めい〳〵》早く帰るところには帰らなけりやならんのですから。』と、順吉は顔色を変えて、語調を鋭くしてまくしかけるやうに云つた。清吉もそれに和した。

『何に心配する事はないよ。俺もうお前達に心配かけるやうな事はしない。立派に処決をして後顧の憂ひのないやうにしてやる。だがもう少ししたら、皆な帰つて好い。何分しつかりやつてくれ。』と父は平気でかう云ふのだつた。さうした口吻なので、それ以上どう云つて攻撃して好いか分らなくなる。どこ迄行つても同じ事を繰返すより外はない。順吉等も矢張黙り込んで了ふより外はなかつた。

　稍々《やゝ》、人の出入も少くなつた頃には、清吉も父に絶望して帰つて了つた。只、世話人だけが時々集つて来た。順吉は矢張、父としては困つたものだと思ひながら、人としては興味があると思つて眺めてゐるより仕方がなかつた。全く、それより外にはどうする事も出来なかつた。

　或る晩の事である。隣村の善八と云ふ五十余りの百姓が一生徳利をぶらさげて父を訪ねて来た。彼は粗野で、無教育で、賭博打ちで仕様のない人間だつた。併し、放胆で山気があるので、前には大仕掛な仲買などをやつて奇利《きり》を博した事などもあつたが、遂には大失敗をして、出奔して了つた。二三年経つてからふらりと帰つて来たが、親戚一同の者は、養子の身分で放埒な事をやつて家産を蕩尽したやうな奴だから断じて入れないと云つたのを父の斡旋によつてやつと詫びが叶つて家に帰つたのだつた。彼はその一事《じ》によつて深く父に恩義を感じてゐた。父の方でもその奇骨をひどく愛してゐた。

『先生！　よう戻つてつかさつた。あんたのやうな豪《えら》い方がお出でゝないと、この辺は暗闇《くらやみ》だすぞ。何んぼ金持があつたつて、皆な盗人のやうな奴ばかりだす。』

　善八の最初の挨拶が既にこんな風だつた。日陰の身のやうな父は、この無智なる老友を喜び迎へた。

　祖母が不自由な身体《からだ》で酒肴《しゆかう》の用意などをしてゐるのが気の毒なので、順吉はその席で一緒になつて飲むのを避けて、勝手の方で祖母に手伝つては、銚子を運びなどしてゐた。

　善八の大きな声は酔ふに従つて、益々大きくなつて、家中に響き渡る程だつた。彼は父に会ひたいのを今日迄我慢してゐたのだと云つた。何故かときくと、お客の出入が多いので、自分のやうな者は今少し遠慮しなければならぬと家の者に、ひきとめられてゐたのだと語つた。

　酔が廻るに従つて、二人は誰彼の容赦なく罵倒などしてゐるらしかつたが、いつの間にか、急に静かになつたので、順吉は不思議に思つた。一体、どうしたのか知ら？　大方二人共酔ひ倒れて了つたのだらうと思つて、そつと障子の隙間から覗いて見ると、そこには思ひがけない光景が見られたのだつた。二人は手をとり合つて、しく／＼と泣いてゐるのだつた。順吉ははつとした。単に滑稽だと云ふやうな軽い気分で、その場を見過す事が出来なかつた。どちらにしても涙など零《こぼ》した事のなささうな男達だ。何事を語り合つて、あんなに感激したのだらう。併し、父が善八など、酒に酔つて手をとり合つて泣くやうになつた事は、流石《さすが》に順吉をして云ひ難い悲哀と浅猿《あさま》しさとを感じさせた。

『……なあ、善さん！　そりや俺も悪い。併し親が悪いのぢやぜ。親がもう少し解つた人だつたら、俺もこんな風にはなつとりやせん。余りひどい人で、俺の自由を縛つたからこんなことになつたのぢや。人は俺が仕たい放題なことをやつてるやうに云ふが、決してさうぢやない。思ふやうにならない苦し紛れにやつた事ぢやないかな。もう仕方がない。これから、一生思ふまゝな事をやつてのけるつもりぢや。人間それで死んだら本望ぢやないか。……君も子供があるのぢや。よく気をつけて自由にさせんといかんぜ……』

　こんな事をきれ／＼に云つてゐる父の声が順吉の耳へ入つた。

『尤もぢや！　尤もぢや！』

　善八はかう云ひながら、まだ、涙をすゝりあげてゐた。

　まだ話声は続いてゐたが、順吉はきくに堪へないやうな気がして、足音を忍ばせて、そこを離れた。

　虐《しへた》げられ傷けられた父を、まだその上に自分達が寄つて集《たか》つて、より以上の不幸に陥れようとしてゐたのではないか知ら。丁度、もう好い加減に折り曲げられた樹を、いやが上に矯《た》め撓《たわ》ませようとするやうに。

　順吉は、思はず涙がこみあげて来るのを覚えた。


（「文章世界」大正8年11月）

馬を洗ふ

この一篇をNと彼女に捧ぐ。

内藤辰雄

一

その一寸した工女と別れてからは、最早、他に私の心を惹くやうな女工は、此の工場に居なくなつて了つた。皆、豚のやうな女ばかりで埋つた小工場だ。私は、時々、赤い灯の点つた街、濃艶に化粧した女を眼に描いて、痴呆《たわけ》気になるまで其処へ入浸つて見たい気分に襲はれたが、貧乏な私は不自然な行為をして、ぢつと肉の衝動をがまんした。

「女郎といふものは服装について一番神経質である、不思議にその眼は遊客の懐中や身分をまで見抜く」

斯んなことを知つて居るので、軽蔑されるのが詰らないから、私はいつぺんだつてKやAの誘ひには乗らないのだつた。

「これから、グン〲雑誌に論文を書くやうに努めやう、コンな社会組織を肯定すべきぢやない」と、私は心に誓つた。

私等が、貧しい生活費の一部を割いて、四五人の同人で経営してゐる其の雑誌は、K、E、といつて、実に私等が階級観念を打破らんが為の生命の燃焼そのものに他ならなかつた。けれども、文壇の人々は何を小癪なと言ふ風で、テンカラ見向きもしなかつた。彼等の多くは、社会問題に触れることを怖れでもするやうに、詰らない駄作を許り発表した。

「欧露の人心を動乱させつゝある、生活の不安や生命に対する戦慄が、対岸の火災視して居られるだらうか！」

私等は陰鬱な顔をして、工場休日に催す小さい会に集る度に、文壇に対する反抗的気勢を上げた。終りには、暗澹なる気を眉宇に帯んで、各自の工場や下宿にトボ〲と帰るのであつた。私等は、ハチキレンとする人間愛に立脚した人間悪への私等の反抗が、暖簾に腕押しをしてゐるといふ様な事実に打突かる度に、失望と憤懣を得た。

或者は惨たる気分になつて、浅草の銘酒屋あたりに惑溺した。私は一番の年長者で彼女等の生活はよく知つてゐた。それにほかの者よりは日給が少なかつたので、どうも其処へは行く気にはなれなかつた。

それに、私はほんのチヨツピリだけれど、自分の周囲を愛することが、此の上なく好きな男だつた。私は、先づ同じ荷造夫のKとAとから初めて、給仕、小使に及ぼした。KとAと私が作る荷物を搬んで行く馬も、其の仲間に入れてやつた。

いつから会社の小使と仲好くなつたか忘れたが、其の時分私は非常に小使と仲好くした。其の小使は最う爺さんと言つてもよい年齢であつた。彼は、銀髪交りの頭の小さい、中背の男であつた。腰付が可くないのと、耳が遠いのが哀れであつた。私はこの小使の性格に面白味を持つた訳でもないし、何処が好きといふ訳でもなかつた。が、彼の生にはこのさき長い月日も無いことだし、僅か煙草の一本や二本で無暗に彼を欣ばすことが出来るので、彼と仲好くすることを好んだ。私は小使に煙草を遣つてもそれはキット無駄には終らなかつた。其の代りに私は小使から、他の職工が飲むことも出来ない事務所のお茶のお下りを貰つた。すると又私が感激した。彼が××織物株式会社の印の法被を著て、荷造場の前を通ると、

「おい、小使さん」と、机の傍へ呼込む。労働服のポケットに手を突込んで、腰掛けた儘私がニコ〳〵して差出す腕の先端には、必ず一本か、或は二本の煙草が握られてあつた。その本数が多い時には、小使は態々荷造小屋に茶瓶を携へて来て呉れた。さうしては事務員の太田に叱られた。

私は馬が荷物を持込んだり持つて行つたりする度に、馬と顔を合せることも一つの慰楽《たのしみ》であつた。馬は何時でも工場の空地に悄んぼり立つた。而して桶に首を入れた。此方から其の様子を見て居ると、空地に銅製のアーチが直ぐ出来るのであつた。

私は、フイと立上つた。学校の運動会で行《や》つた障碍物競争のやうに、私は裏門を乗越して了つた。AとKとは、事務員の誰かにめつかりはしまいかと心配して、私の出て行つた方を見てゐた。すると、私は一抱許りの青草を門の中に投込んで見せた。塀の上に鳥打帽子を覗けた。ダブ〳〵の灰色のズボンを塀の肩に架けて下りた。

「畜生、又か？」と、いふやうな不審な顔を仲間はした。

私は最早晩になつても女と会ふ必要が無くなつたので、屹度野原を散歩した。私の工場の近くにはいゝ広野があつた。各工場の終業汽笛が、夕焼空に滲入ると、広野は其の青い軀の端に多くの黒と白のシミを乗せた。中心に唯一つの真白いシミを見せた。その白墨みたいなのはきまつて私なのであつた。

私はその女と別れてからは、そんな風にして其の一ケ月許りを暮した。

それは晩夏の或る朝のことであつた。其の朝も、昨日の朝と同じく、人間の暑に対する詰らない防禦法を、冷笑するやうに睨付けてゐた。私と二人の仲間は、先端の光つてゐる使ひ馴らした小鉄鎚《かなづち》を、荷造小屋の中で、無暗に上げ下げさしてゐた。三人の周囲には膳を並べた様な箱の行列があつた。

コツン、コツン、コツン、コ、コ、コツン……。慌だしく入乱れた小金鎚《かなづち》の音が止んだ。新参《しんまゐ》の私は、古くなつた文字板とブラシユを持つて彼方此方の箱の上にMARKを摺込んだ。AとKとは安煙草の煙を吐いてゐた。

其処からは工場の入口の一端が見えた。

ゴウオン、ゴウオン、と、魔物の唸るやうな声がしてゐた。空の明るみに比べて、其処はマア何といふ灰暗い穴なんだ。太

陽の昇るのに逃げおくれた闇が這入り込むのに都合はよかつた。工場いつぱいに厳然と構へてゐる機械の周囲にまつはつて居るのがそれだ。機械と機械の間に、時々蒼白い人間の顔が、ヒヨイと浮ぶかと思ふと直ぐ消えた。あとは灰暗い闇だ。長蛇に蜒《うね》つた調皮《しらべ》が、幾つも幾つも天井裏に消えて、未明に似た穴の中間に目眩《めまぐる》しい廻転を見せてゐる。其の辺からゴヲーン、ゴーン、といふ物音が発生してゐるらしい。人間の声はチツトモ聞えない。

私は、「朝の六時から夕の六時まで神経を摺り減らして腹一杯に疲労と飢渇を詰込んでゐる職工の数は何の位居るだらうか」と考へた。中には指を機械に喰切られたり、片腕を捥ぎ取られたりして、生血を見せることだらう。又は病気になつて斃れたりする運命を握る者があることであらう！　荷造小屋の方を向いて空地の一端にバクリと口を開いた工場の入口、其処は実に悪そのもの丶入口であらねばならぬと私は思つた。私の眉は互に醜く詰め寄せて、其の先端に軀一杯の力を集中し、二つの間隙《あはさい》に太い縦皺を作つてゐた。私は、同じい人間の或る一部、愚直で余りに善良な或る一部が、何故に斯んな苦役を背負はねばならぬかといふことについて考へた。安楽椅子に悠々と腰を下して工場から来る報告を聞いてゐる一人の人間を目に描いた。それに従属した卑屈な人間をも描いた。

「今に、見て居れ。俺達にも可能性がある！　俺達は人間多数の要求を主張する！」

私は刻々として迫つて来る時代の変転を思うて、或る場合には身命を賭さずにはゐられないであらうと、不安の境を彷徨するのであつた。

暫くすると、工場の中は大分明るく成つて行つた。ボツ〳〵一人二人と事務員が見えだした。立派な服装で胡魔化してゐたけれど、彼等は、私等より十倍も滋養分を摂つてゐる癖に、一人だつて私等程満足な肉体を持つてゐる者はなかつた。若し私等が要求する如き、人類全体が心から労働を欣びだす時が来るとしたら、真先に同情してやらねばならぬのは彼等の群だ。現在営んでゐる仕事が真人間のなすべき仕事で無いことに気が付かず、それが自分の一生の頁に汚辱の斑点をしめすことに想ひ到らない哀れなる人間共よ！

私はそれを見調べて居ると涙を流したくなつた。猿が人間の衣装を着て歩く時の回想がマザ〳〵と眼に映つた。強いても裸体にして人間にしてやりたいが、それは私が一人の力では出来ない仕事であつた。私は鼻の先でフンと笑ひ乍ら、いつでも一番出勤が遅い私等の係員の太田を待つた。定刻より三十分、八時三十分になつてもまだ来ぬので、私は小屋から飛出して見た。と、その瞳に見知らぬ女が喰付いた。

今、其の女は私の方へ徐々《そろ〳〵》と歩いて来る。女は黒の事務服を着てゐる。洗晒した白地の浴衣の端がチヨイ〳〵と黒い裾から現れる。少し汚れた麻の洋傘の先端が空地の石炭殻の敷詰められた中に落ちる。パチリと開いた女の賢こさうな眼が私の顔を見る。すぐに足元に落ちる。何かを思案し乍ら歩いて来るやうだ。

　私は此の工場に来て初めてこんな女を見るので嬉しく且つ珍らしかつた。ヂツト真正面から無遠慮に——こいつの心中を一目で見通してやれ——と言はぬ許りの顔をして見た。工場に私の目を惹くやうな女が居なかつた際とて、ヒヨコリと現れた此の女に、私は自分の魂の全部を呉れて遣つた。——此処を飛出して他処の工場に行かう——と思つてゐた私は、其の考へを直ぐに撤廃した。其の瞬間、私は天がこの女を私に与へて呉れたのだと思つた。殊に、彼女の貧しい家庭を想はせる服装を見ると、先づ念頭に置いた階級観念が薄らぐのを覚えた。私は、ツイ一ケ月許り前に工場を退《ひ》いてお嫁に行つた石井といふ女事務員を思出した。

「石井のかはりだナ、然し石井の瞳より此の女の瞳の方が賢こい。全く。男の胸をグザと突刺す眼ぢやないか。何人かの青年事務員は直ぐ彼女をマトにして了ふだらう、其の端に貧しい職工の俺も交るのか?」

　私は地位の弱い自分を可哀相だと思つた。

　私の思つた通りに皆は彼女に目を着けた。

　私は彼等のやうに上の階級といふ有利な武器をもつて臨めなかつた。彼女の好みさうな物を買つて遣るだけの余裕も持つて居なかつた。服装や物質をもつては迚も叶はないので、私は真心を込めて彼女を自分一人の心に愛した。

「若し皆が平等な生活をして居たらなアー、屹度、彼女は自分の方へ傾くんだが」

と私は自惚れて白熱の瞳を輝かした。

　其の二、三日はどうかすると釘を歪めて打込んだり、MARKを間違へて摺つたりする程、私は落着かなかつた。然し、若しも彼女が此の工場に来なかつたなら、今迄のやうに下らない女や女郎のことでも思ひ出したであらうけれど、何だか私は首を延して待ち望んでゐた、世界改造が実現されたやうな嬉しさに、女郎買なんか人間が為ることで無いやうに思つて、日を暮した。

二

　その夜は、私は、珍らしくも深くまで起きてゐた。其の訳は、K、E、の同人のRが、彼の論文の単行本になつたものを届けて呉れたからだ。批判して見ると成程と共鳴する点が多かつた。私は蚊帳の上部を破つて電球を其の中に入れて、寝そべつて読んでゐた。

　何処からともなく、竹の筒を抜けて出て来るやうな太い鼾が耳を打つ。鉛の感触に似た夜!。血に肥つた蚤や南京虫が手から、足、腹、へとチク〳〵舐ひ廻つて、機械の為にウマイ血も無くなつてゐる皆を吸うてゐる。

　ドタン……ズ、ズ、ズウ、……バタン……

ふと、斯んな異様の物音がするので、私はガバと上体を起した。魔物に襲はれた恐怖を瞳に示した。私の視野に当つて、死んだやうなAの肉桂色の足が、フト、空《くう》に逆鉾立つた。そして無意識に蒲団の上にバタンと落ちるのであつた。

「此の奴夢でも見てゐるぞ」と、思つて、寝言でも云ひはしないかと聞き耳を立てゝゐると、Kが私の足の上に彼の骨ばつた足を搦んだ。試みに足をもつてポンと刎ねて見ると、Kはゴロリと無感覚な寝返りをして此方に幅広の背を向けた。その背中に二つの灸点が押されてある。それが此の男の宿命を咀ふ二つの眼だらう!? 四辺は汗と黴の臭気が魔薬みたいに不快に鼻を目懸けて侵入して来る。彼方の汚れた蚊帳の中に微かに見えてゐる肉の大きな塊が転々と転つて他の一つに合しやうとした。

「ムウ、ムウ、ン、ン、――ン」

其処から誰かゞ寝言でも云ふらしい呟声が聞へた。

私は、彼等が日中は自暴《やけ》クソの交つた陽気な男であることを知つてゐる。休憩時間に工場の物蔭で工女と色話をしたり、垣根で追つ駈けくらをしたり、淫猥な歌を大きな声でうたつて通つたりする。それが、夜になると似ても似つかない胸くその悪くなる死骸になるのだ。ヂツト見てゐるとAが性慾の衝動を夢に見だした。………て…………が………る。………て浅間しい生物の本能をその一端に見せてゐる。其処にはもう人間と獣の区別は無かつた。

「斯んな生活が人間のするべき生活だらうか! 人間は地上の主宰者ぢやないか! あゝ。これは恥辱ぢやないか!」

私は酢つぱい涙を飲んだ。私は海の底に似た真蒼な蚊帳の中に、大理石の如き、化粧した女とともに夜を日中より幸福に過す人間も居るぢやないかと心に呟いた。そして彼等は本当の仕事を何一つして居ないぢやないか! 「神は本当の仕事をしないものを寵愛する暴君だね、」と、私は皮肉な格言を握つたのだつた。

私は暗い顔をしてまた打伏した。蝦が物をたべるやうに灰暗い電燈下で本を見た。三十分――一時間――一時間半――夜は深更である。もう私は眠らないでは明日の仕事に困る程疲労を感じた。が、私は眠れない。

「倒れるなら倒れろ、悶え苦しみあがき死ね。死んだつて俺の目的である人間の平等生活は実現させて見せるぞ!」

私はヤケを起して腹に絞りだすやうな誓ひをした。悲痛な面持ちでなほRの論説集を読んだ。私は絶間なく蚤に刺された。私は蒲団を正しくかけて居ることは出来なかつた。身を転々と悶えて読んだ。

「Rの単行本が出た。グツ〳〵しては居られない」と云ふ発憤のために、私は身を火のやうに燃やした。と、私はそれを読了すると、今まで夢のやうに忘れてゐた彼女の影像を、また眼に描くのであつた。そして恋といふことに関聯してNと、Nの恋した女などのことを考へ耽つた。

Nは私より六つも年の若いヤツト兵隊検査を不合格に終つて来たばかりの男であつた。が、彼は善《よ》い頭脳《あたま》と、良い眼とで私の思想の申分無い先達になつて呉れた。△△同盟会の全責任を、一人で背負つて立つた程の彼だから、又観る眼も他人と違つて居ると私は思つた。

其の会が其筋から解散を命ぜられると、彼れは他の同志と孤立して了つた。そして職工になつて宣伝に努めたいと云つて、十日許り前に私を訪ねて来たのだ。彼はその時私を雑誌の上で知つたと云つた。私が一見しても革命思想家と肯《うなづ》ける丈の印象を残さずには置かなかつた。Nは顔の中では一番深く眼をもつて、私を思想の深みへ引張り込まずには済まさなかつた。大きな池を新しい砂で埋めた程の広い額の下に、彼の奥深い眼はいつも水流にある黒曜石の如く光つた。其の瞳へ普通人の四、五十人の瞳の持つ智慧を比べたつて勝てる見込みは無い。軀幹の矮小と少数の年歯は、天才と云ふより他に私には評し様がなかつた。私が何か好きだと問ふた時、彼は、

「何でも好きです、労働者でも女でも。……資本家が一番嫌ひです」と、微笑し乍ら云つた。

「自然では？」

「自然では星が一番好きです。殊に、夏から秋に移りかけの時分の夜、星を眺めるのが一番好きです。」

「星は崇高とか敬虔とかいつた気分を呼起させますね。」と、私が合せた。

其の翌日も、翌日もNは私を訪ねて来た。私は彼と一緒に近くの工場に仕事をめつけに歩いた。

そのうちにNはスツカリ胸の中を曝け出した。恋愛問題やら友人の批評やらO氏やA氏の印象を、私の頭へ刻付けて行つた。

或る日のことである。Nは彼の初恋のことについて、私と話をしいしい帰つて行つた。

「僕は、その女をですね、三年の間恋し続けてゐました。女も僕を恋してゐるのです。それでも何方も胸を打開けないのです。到頭その女とは別れて了ひました。」

「何うしてゞす？　惚れたら惚れたと云やえゝぢやありませんか。惚れたんが事実だから仕方がない。また男が女に惚れるのは何も不思議のことア無いぢやアありませんか、俺は惚れたら惚れたと云ひますね」

「あなたは本当にさう云へますか」

「云ひますね、然し云へない場合もあります。」

「…………」

「それに僕はどうも、女も自分に惚れてゐることが判ると、直ぐ所有したくてならなくなるのです。僕はどうして皆が女なら女に惚れた場合にですね、大勢の前で、――俺は君に惚れました――と云へないんだらうかと思つて不思議でならんのです。人間はさうした正直な時代が来ねば駄目ですね」

「それが僕にヤ云へなかつたんです」

Nは私にだいぶ饒舌《しやべ》らして置いて地上に眼を淋しげに落した。

私はNをマヂ〱と見て、此の男は嘘を云ふ人間か、嘘を云はぬ人間か試して見やうと思つたので、

「へえイ、あなたでも女に恋することがあるんですか、そんなに労働問題に没頭して居て――。酒は何うです、飲《や》りますか?」と、一矢を酬ひた。

「酒も飲みます。僕はコレデ一面にはなか〱貴族趣味を持つて居る男ですよ。それから女郎買にも随分行つてゐます。え丶。銀座辺りのカフエーでコーヒーを飲むのが好きです。金さへあれば西洋料理店へビールを飲みに行きます、若い女の居る。」

「へえイ、さうですか！　知らなかつた。僕はあなたは酒や女は嫌ひなんかと思つた。夏の夜、西洋料理でビールを飲むのは可いですね。いつか、飲みに行きますか?」

「行きませう。労働問題と云つたつて、自分自身のソンナ要求を充す為に外ならんのですからね。決して皆の為と云つちやいけない。自分自身の為であつて同時に皆の為なんです。……なんですか?……いや。……それは僕も誘惑されないことはありません。然しですね、労働運動に没頭して、生命の燃焼を見詰めることは、それ以上に私にとつて幸福を覚えさせるんです。僕もこれで少し誇張する癖が有るだらうと思ひますから、屹度あなたは僕に失望する時が来ますよ。僕はそんなにあなたの言ふやうな偉い人間ぢやありませんよ。」

「否、其の心配はN君いりませんよ。僕は人間をそれ程偉大なものと思つてゐないから。人間は神様でない、人間には色んな醜悪な処もあれば、場合によつては嘘も云ひますからね。然し僕よりかあなたは偉い。そりや本当です。僕の人格よりかあなたの人格は高い。」

「僕はあなたに一つ感心してゐることがあるんです」と、Nは私の顔をヂイツと見て云つた。

「何んですか?」

「それはあなたが斯んな淋しい処に友達を離れてよく居られると云ふことです。よく淋しくないと思ふ。その点であなたは偉いと思ひます」

「フ、、、。僕は一寸も淋しかありません。それは一面軀が強いせいでもありませうかね。詰らない文士なんかと交つて居るより、職工と貨船でも漕いで居る時の方が余ツ程愉快です。それに僕は此の辺の自然が好きなんです。僕は自然さへ見て居れば何も欲しかアありません。」

私は××の電車の終点まで彼を見送つて、彼に、サヨナラを云はせたのであつた。

私は今Nのことを考へて居ると、今までの恋にNのやうな初心な心懸けがなかつたので顔が赤くなつた。何故自分は下司のする恋の行為に耽つてゐたのか!?――今度こそは誰に聞かしたつて恥しからぬ恋の過程を作らう――私は彼女の賢こさうな瞳を、読書と思索に疲れて瞳孔の散漫になつた私の眼にくつつけた儘、石のやうに眠つて了つた。

三

女は私の期待してゐたやうに私を慰めては呉れなかつた。私は彼女からもやはり高い所から見下された。終ひになると私は彼女が憎くなつた。が、自分の執着を彼女から取去ることは、容易に出来なかつた。彼女の態度から推して見ると、――最う駄目だ――と云ふ観念が持てるのに関らず、用もない事務所の方へ何度も何度も足を搬んだ。そんなことをしたつて何んの効果も無いのはわかつてゐる。然るに私は、笑ふ時の彼女、黙つて簿記をつけてゐる時の彼女、歩く姿、坐る姿、と、区別して、彼女のちよつとした挙動の端にも、若しや自分を愛して呉れる何物かゞ潜んでゐはしないかと気を注けた。黙つて、或は、何かに小腹を立てゝ事務所から、彼女が出て来ようものなら、私は彼女が男事務員の態度に腹を立てゝゐるのだと、内心ホクソ笑まずには居られなかつた。誰の物にもならないのならそれが好い。――もつともだ、当然《もつとも》だ、お前はアイツラの淫猥な態度を許さないのだ――と、私は独合点に落ちた。ところが、直ぐその後で彼女が、

「ホ、、、」と、誰かに微笑をふり撒いて、何か嬉しかつた印象を顔に残して出て来ると、私は先刻考へたことが馬鹿らしくなつて了つた。彼女の穿いた草履で頭の上を踏まれるよりもこたへた。

私は彼女が笑ふ時は何故か自分の係員の太田の笑顔を聯想する。それと云ふのも彼女と太田がいつも笑合つてゐたからだ。

「あんなに太田のやうな根性のさもしい奴の傍に摺寄つて、笑つてゐる所を見ると、あの賢こさうな眼は物の表面に許りしか動かないんだ。物の核心に喰込む眼ぢやア無い。して見ると案外、古臭い道徳を鼻にかけたり、人間としての自己省察はコレバカシも持たない女ではあるまいか?」と、彼女を疑つた。

「俺は彼の女を確かに憫む。一歩進めれば侮蔑してゐる。申分ない女だとは思はない、もしも俺が彼女を得たとしてそれで満足するだらうか！ 俺の生活が向上した際にも、否、否」

私の理性は私にもすこし待つて、モツト好い女を得たら如何かと懇々と忠告するのであつたけれど、私はそれには肯き乍らもいつも裏切る態度に出た。さうするとつねから私は肝高い男であつたから耐らない。地上で二人を一番罪深い人間のやうに思ひ出す。人間は得手勝手な動物だ。で、私も彼女を一匹の毛虫に比べて、焼捨てゝやりたいと呟いたりした。そして自分をも憎んで、誰か自分が偉いと肯ける人間が出て来て、醜い自分の頭のテツペンへハンマーの一撃を与へて呉れるといゝと思つた。こんなに思ひ詰めて居る瞬間に死神が来て、

「いつたい何方《どつち》なんだ。死にたいのか？ 生きたいのか？」と、問ふたら、私はウツカリして、

「死にます。彼女と一緒なれば、彼女をも殺して下されば」と、感情の激動に欺かれたかも解らない。

なんべんも〳〵私は荷造小屋の古机の上へ片肱をついて、仕

事のアイサに彼女の姿を目に求めた。彼女の影像はどんなにか私を悩ました。私の鼻腔は大きく開閉して、太く、長い吐息が洩れ出た。けれどもKもAも知らなかつた。

「吁々、階級！　皆は物質所有の差のために、男も女も、本当の愛を偽つて了ふ。何故に愛に物質を附加さすのだ。而して、其の物質は何故に公平に分配されないんだ！　自然を見ればい、、彼は何人をも愛して呉れるぢやアないか！　人間にもその可能性はあるんだ。たゞ多くの者が誤りたる思想の牢獄に投込まれてゐるが為にそれは実現されないんだ」

私はいきなり野原へ駈出して行つて真人間の叫びを上げたかつた。ある露西亜の物語の中にある主人公が罰と自責の念に堪え得られないで、地に伏して土を接吻したといふ心も解けた。

「神さま！」

私はKとAとに聞へないやうにソツト神を呼んで見た。

「私は苦しくてなりません。苦しいです。私が彼女を恋したことが悪いのなら私を罰して下さい。また、彼女が私を恋させたのが悪いのでしたら、彼女をお罰しなさい。斯んなふうでは迚もやりきれません。彼女は平気だけれども私は気が狂ひますよ。あなたは何が面白くつて善良なる青年にこんな苦痛を与へるのです？」

神は愚か人間すらもこれに答へなかつた。KとAとは居眠りをしてゐるのだ。

「気が狂つたつて俺が知るもんか。お前達の創り主が俺ぢやアあるまいし、俺は知らない！。お前達は可能性を持つてゐるぢやアないか。そんなに辛いのなら、辛くないやうに仕組めばい、ぢやアないか。よつてたかつてより好き世の中にしたらよいぢやアないか」

と私の心の奥底で何物かゞ神の代言人のやうに答へた。

私はフイとこんな幻想を思ひ浮べた。

気の弱い神信心家が打続く災害と失恋の結果、狂人になつて了つて家を飛出した。彼は一本の物干竿を手に取つて、自分の願ひを叶へて呉れないと云つて神でも叩落さうと、空中を振廻してゐる。竿は空しく空気を切るのみだ。彼の髪は乱れて了つた。彼の眼は金色になつて了つた。人間全体の苦悩が彼を突飛ばす。

私はヂツトしてはゐられなくなつた。彼を突飛ばした責任を自分一人が背負はねばならぬやうな気がした。私はソラ怖しくなつた。

「皆んな人間はそれぞれ苦痛な生活に生きてゐるのだ。一人でも沢山の人間へ、私は慰めの言葉を掛け、慰めの行為をしてやらねばならぬ。」

私は涙腺のいたんで来るのを感じ乍ら、両手を労働服のポケツトに突込んで、

「小使のところへ行かう」と、淋しく呟いた。

小使は皺の沢山よつた顔を事務員の食つた食器に俯向けて、詰らない仕事だと自嘲するやうに水を流してゐた。私はヌツと

彼の背後に突立つた。ヂイツと憫れ気に、その商品のレツテルのやうな法被の背中を見守つた後、ポケツトを探つた。私は一本の煙草を取出して、肩越しに彼の鼻先へ覗けた。小使は吃驚して振返り、シヨボ〳〵した眼で私を見て笑つた。其の眼は欣びに輝いた。私の眼も同時に輝いた。

「やア、こりやすみません！」

　小使の凋びた唇はゆるやかに楕円形の皺を寄せた。其の中へ、フ、、と私は微笑を注ぎ込んだ。

　其処からは上層の長方形の大食卓越しに、事務所の半面部が私の視野に映じた。ギコチナキ机の角、椅子の角度が太い直線を空中に描いてゐる。洋装の事務員の眼が串合せたやうに一点に集る。其処に私は立つてゐたのだ。

　そんなことには私は一寸も驚かなかつた。彼等が職工には飲めまいと思つて威張つてゐる、食卓上の茶器に手をかけて、無頼漢の眼を私はギヨロリと輝かした。私は可なり愉快になつて来た。復讐の決行にともなふ勝利感に軀がゾク〳〵した。

「かう暑くつちややりきれないな小使さん。年が老《よ》つちやホネだね。」

「もう斯うなつちやア、何をしたつて駄目ぢや。」

「ハツ、、ハツ」と、私は人もなげなる高笑を洩した。私は彼等に脅迫観念を注ぎ込んだ後、KとAとを見舞ひに帰つた。二人は何処かに仕事に行つてゐた。

　私は毎夜のやうに彼女が住んで居るH町に夜の散歩に出掛けた。其処へ行くにはS橋を渡つてカナリ長く歩かねばならない。然しその辺の夜景色は好い。先づ、S橋は長つたらしい木橋である。土手には桜の古木が、恋に悩む私の胸の憂鬱を象で表して呉れるやうに、茂みを闇の中に幾つとなく拵へてゐた。其の両側には人家が拾残されたやうに疎にある。人家の前には灯の影が落ちてゐる。私は闇の土手に於て彼女の影像を大事に守ることが出来た。その気分を詰らない俗歌にしたりした。時々私は其の暗闇の土手に於て、三人か五人か一団になつた黒影を認めた。それはきまつて工女を情婦にもつた青年職工の群であつた。

　黙つてコツ〳〵歩いて居る私へ、彼等は大きな声で肉慾を唆るやうな歌を投掛けた。一人の男がドンと一人の男の肩を突く。突かれた男は、二三歩前を歩いてゐる男の首ツ玉へ噛付く、彼等は檻の猿の叫声を上げて、キヤツキヤ、ゲラ〳〵と笑ひ立てた。私をやり過しては又前と同じく騒いで行く。

　私は滅多に会へぬ所で彼女に会つたなら、フイと人懐しい気分に襲はれて、そつちから先に口を利いて呉れはしないかと思つた。斯んなに其の町へ祈願をかけて出掛けたが、彼女は更に見当らない。一週間許りすると私は厭気がさして止して了つた。

　彼女に会はずに帰る夜の感触を私は大事に胸に畳みこんでゐる。S橋上に落した私の陰影は何時迄も私の忘れられない一つになつた。

街を何時間となく彷徨いた私の著物には、べト〳〵汗が附いてゐた。が、此処まで帰つて来ると、S川を押渡つて来る川風に直ぐ吸取られた。其処からは幾万の星の輝いて居る黝《にぶくろ》い空の肌が見えた。糊ばけで掃いたやうな雲が悠々と動くのが見えた。キラ〳〵と星が敬虔さうに瞬きかけた。S川の流れは永遠、無窮の神秘境に私の心を流した。斯うした自然の営む夜の進動の前には私は最う心の清い一人の青年だつた。両岸の地上に点ぜられた幾つもの燈火の、それは又何といふ哀れな瞬きぞ！

「人間として真に生甲斐のある生活をして行かねば嘘だ。」

私は斯うした要求に身慄ひした。大きく眼をクリムイた。グイ〳〵と私の身を引絞める法悦が体感された。私は自分の今までの醜さを思うて、無駄なことばかりに動く自分の足を憎まずには居られなかつた。が、其処を放れると同時に、眼で行人を見守ると同時に、私はまた会へなかつた淋しさに、余計に彼女の影像を探求むる自分に相違なかつた。

「モ一度引返して彷徨いたら会へるかも知れない」と、未練がましく立止つた。

彼女が此の工場に初めて来たその前日、Nは私を訪れたのを最後に、私の斯んな悩みを知りもせず姿を見せては呉れなかつた。チヨイ〳〵来て呉れてゐたRも、どんな用があるのか知らないが来やうとしない。私は、私が恋のために原稿を書くのを怠つてゐるのを知つてゐて、私を寂しがらしやうとしてゐるのではないかと心配した。私は心中恥しく世間を憚るやうに此方からも会ひに行かなかつた。来る日も来る日も、双頬の肉の落ちるのが目に見えて来るまで、恋の圧石《おもし》の下敷になつて苦しんだ。

四

それは珍らしく仕事の少ない日であつた。此の所ずうつと機械か人間か解らない程、廻転し続けてゐた私は、かうなると怠屈を感ぜずにはゐられない。私はNが忘れて行つた「労働者セリイヨオフ」を徒然に読んだ。が、又Aの女郎買話に釣込まれて行つた。クス〳〵笑つたりした。Aは頭一面に大禿小禿を沢山持つた男だが、そんな事は気がつかず盛んに××楼とやらへ通ひつめてゐた。而してウマイことを云つて工賃の前借をやつた。最うオヂサンになりかけたKは、話の腰を打つて云つた。

「仕事が忙しいのもナンダが、斯んなに閑散《ひま》なのも何だか呆然《ぼんやり》していけねえ」

と、其の言葉が聞へでもしたやうに、ゴトン〳〵と地響をつたへて、門から山のやうに積まれた荷物の一部が覗いた。荷物車には疲果てた馬が一匹繋いである。

「あツ来た！　馬が来た！」

私は十年も別れてゐた父に訪ねられた程夢中になつた。

「おい、馬が来たぞK君！」

私は斯う云つて椅子から刎ね上つて、二人の仲間には眼も呉れず、突然、小屋の釘から雨風に晒らされた麦稈帽子をひつたくつて、小躍りし乍ら空地に飛出した。私は馬の傍へ行つた。

馬は人間が与へた苦役を大きな眼を開けて体感してゐるやうであつた。その眼の中には忍従の光りがキラキラして居つた。それは私等の迚も及ばない深さにまで到達してゐた。馬は背中の菰の下に一面の埃をのせてゐた。痛々しく嵌められた鉄具《かなぐ》と梶棒の喰ひ込む所があかみを露出《あらは》してゐた。馬は、腹へ一面ベト〳〵と汗を掻いて、折からの夕陽にそれを突出してゐた。鼻からは太い呼吸をふき出して、馬方が腰をのぞけてやると、直ぐ様それへ口を近づけた。馬はフウ〳〵と出る自分の鼻息に、恐怖して飛上る藁をば、地上の最上の幸福を貰つたやうに貪り食つた。

愚かなる此の動物を嗤ひ乍らも、私は彼の無慾なる此の態度、諦めの前には恥入りたくなつた。人間の貪慾極ることよ！　人間はどうして歪《いが》み合はねば生きて行けないか？　万物の霊長ぢやないか！　けれども、私はまた馬をも憫まずにはゐられなかつた。彼は人間に自由を奪はれてその代りに、ムゴタラシイ苦役を負担させられてゐる。

「こらッ。兄弟、何故お前は人間に生れて来なかつたんだ。人間は斯んなにムゴタラシクお前を苛めても、誰にも罰せられないんだ。ネイ、オイ、斯んな不届な行為が何処にある？……おまへはそんなに諦められるからいゝが、私等は……………！」

私はチツト馬の顔を見てゐると、自分の分身が此処に立つてゐるやうに思へた。そしてアンナ無慈悲な馬方に引廻されるのかと思ふと、可哀相になつてヂツトしては居られなくなつた。

「私が愛してやらいで、誰がこの馬を愛してやらう！」

私は汗と埃で汚れてゐる彼を洗ひ清めて、サツパリさしてやらうと思つて、荷造小屋にバケツを取りに戻つて来た。私は荷造場の手前の事務所の前を通つた時、彼女がもうぢき帰るであらうと思つて、チラと其方を見た。職工より一時間早く帰る事務員は、殆んど帰り尽してゐた。幾つもの空席が其処にはあつた。私は其の瞬間、灰暗い室に椅子と人間を門違へたりした。フト、私の眼はカツトなつて燃えた。白刃に小児が手をだして居るやうに吃驚した。何を意味するのか、彼女は自分の机でも無い他人の机に行つて、他人の椅子に腰掛けて、斜めに後ろを振返つてゐた。其処には下村が帰り仕度をし乍ら何か彼女に話しかけてゐた。彼女の机の前には太田があつた。クソ落着きに陥つて、肱を三角形に帳簿へつき、ペンを斜立させて急速に動かしてゐた。三人の中で一人だつて数字以外の物を眼に入れて、その一日を送つたことがあるであらうか?!

「アイツラは死ぬ迄一度だつて、馬や犬に愛を感ずることが出来るだらうか？　チツトは俺のすることを見とけ！」

私はバケツにいつぱい汲込んだ水を空地に濡し乍ら、胸一杯の不満と激昂をもつて馬に近づいた。馬より外になんにも私の視野にはなくなつた。私は箒を水にひたしては馬を掃いた。水を撒りかけては、サツ、サツ、と掃いた。いつの間にか製品仕上部の窓から、蒼白い顔が二つ三つ覗いて、不思議だといふ風に見てゐた。私は注意してゐて呉れるのが嬉しくなつて、彼等に微笑した。

　馬は、ピイーン、ピイーンと尾で空間を切り、黄昏の感触にヒヨコリ、ヒヨコリ、と、耳を動かしてゐた。私は、私の愛に対する感謝の表示としか思へなかつた。

「おう、おう、馬！……」

　私は心で斯う彼の名を呼んだ後、接吻してやりたくなつた。私はKとAと馬方が荷物を担ぎ初めたのを一瞥したが、箒を投出したくなかつた。

「文句を云はれたつて恐れることは無い。場合に依つては喧嘩をしてやれ。私が怠けた責任は後で負担するのだ。君等が休んでゐる時に私が働いて上げれば可い。今私は私の仕事をしてゐるのだ。」

　何分かゞ経つて行つた。

　私はカラになつたバケツを地上に置いてニツコリした。荷物を担がうと思つた時、私はマヘカケを忘れて来たことを気付いて、泡をくつて、荷造小屋に駈つて行つた。そんな急用な場合にも私は彼女を忘れ得ないのであつた。私はハツと立竦んで了つた。

　一層灰暗くなつた闇の中に、彼女は何かの紙片を奪はれまいとして上躰を屈めてゐた。背中で曲線を描いて、艶に力んでゐた。彼女の慄ひつゝある肩に、太田のペンを持つてゐる片手が載つてゐた。と、彼女の乳を目懸けて今まさに太田の片手が忍び込まうとしてゐた。二人の頬と頬とは摺合はんばかりに接近して戦慄してゐた。

「ヘツヘツヘツ」。

　太田はまたも何かを呑み込むやうに笑つた後、彼女から残り惜気に手を退いて、真直ぐに軀を直した。私はいやたらしい太田の反歯に頭から喰ひ掛かられたやうな気がした。彼女の巧みに束ねた束髪が薄暗い空間に真黒い円を描いてゐるのを見ると、私は心からソツト長い手を出してそれを握りにかゝりさうであつた。

「階級の武器をもつてフザケられて居るのぢやないか！　水野、早く出てお出で。いつかの様にムツトとした顔をして。こらツ！　ヨウ！　ヨウ！」

　太田は私を憫むやうに一瞥して、向ふの自分の机へ去つた。すると、彼女は又小さな紙片を太田に隠して読み出した。

「誰か艶書をやつたのかナ」

　此の時の直感は私の眼に失望の色を浮べた。私は神経を針の如く尖らせ、歯と歯を喰ひ合せて、何かに追ツ駈けられるやうに馬の方へ駈つて行つた。私の顔は蒼ばんでブル／＼打慄うた。今までは優しく虔ましく恋の芽生は培はれてゐたが、明日からはキツト醜い悪魔的な嫉妬心が現れて来るだらうと思ふと空恐ろしかつた。私の頭の一部は非常に神経が尖つてゐるに係はらず、或一部には大きな洞穴《うつろ》が出来てゐた。

　それから私は片手を馬の鬣《たてがみ》に掛けて、首を傾げて馬の顔を覗込んだ。

「おゝ好し！　よし！」私は独語して馬を軽くユスツタ後、荷物の下に肩を持つて行つた。

　工場の中にはもう電燈が点ぜられて居つた。其処から一俵の炭を重さうに引摺つて小使が出て来た。私は荷物を担いで摺れちがつた。けれども、私は気難しい顔をして一瞥したのみで、助けてやらなかつた。いつもは仕事を他処に見てゞも搬んでやるのであつたけれど、その時は小使の面上に、太田や彼女の影像が折重つてゐるやうで不快でならなかつた。

　私がやつと荷物を下して荷造小屋の方へ帰りかけた時、彼女は片手に洋傘をもつて、アタフタと転げ出た。私は女の心持後ろにデツパツタ尻の曲線を、私は馬を何間か後ろに控へて睨み付けた。

「階級観念を持つ女等は地上から消え失せろ！　もう明日から出て来るな。」

　私は彼女の姿の見えなくなる迄睨み付けた。彼女の影が消えたと思ふと、門衛詰所に現はれた一人の男があつた。

「おゝ！　Nだ！」

　私はヅカ〳〵と其方に駈つて行つた。私は胸の鼓動の可なりに高いのを知つた。何んなことを挨拶したか？　たゞ私は悦しさと悲しさに夢中になつて居たので解らなかつた。

「N君！　僕今馬を洗ふてやつてゐたんですよ！」

　確かに斯う云つたこと丈は今も私は覚えてゐる！

「仕事が終ひになる迄待つて居ませう」と、私は云つた。

　終業汽笛が鳴ると、私はNを紹介するツイデに此の物語をして聞かさうと思つて、論文集を私に呉れたRの下宿へNと並んで歩いた。（八、九、一二）

（「我等」大正8年11月号）

世界同盟

江口千代

譲《ゆづる》さんと信二《しんじ》さんと武夫《たけを》さんとが上野の山へ遊びに行つた時、

「これから僕達はもつと仲好しになるやうに三人して同盟をしようぢやアないか。」と武夫さんが言ひました。

「あゝ、しよう。三人とも国にならう。」と続いて信二さんが言ひました。

「国になるつてどうするの。」と聞いたのは、一ばん年下の譲さんでした。

「日本だのアメリカだのイギリスだのになつて同盟するのさ。いゝだらう、君。」

「あゝ、そりやア面白い。君は脊が高いからアメリカになり給へ。譲さんは小さくつて強いから日本になり給へ。」

「武男さんはイギリスがいゝや」

「嬉しいなあ。」と譲さんは飛び上つて喜びました。

武夫さん「喧嘩をしつこなし、意地悪をしつこなし、お互ひに威張りつこなしで、対等に付き合はう。今までもさうだつたけれど。」

信二さん「さうだとも。これからは尚さうしなくつちやアいけない。そしてみんな団結して外の敵に当らうよ。」

「だけどそれよりも、世界同盟をすると尚いゝんだがなあ。」と譲さんが言ひました。

信二さん「さうだ。三人だけよりも皆に教へて仲間に入れた方がいゝぢやないか。そして僕達子供は皆仲よくして行う。」

譲さん「さうして悪い国を亡ぼすんだね。」

武夫さん「君々、亡ぼすんぢやアいけない。改めさせると言ひ給へ。僕達の国は人間の国なのだから。」

譲さん「さうだつけ。改めさせて僕達の同盟国にするんだつたね。」譲さんはちよいと頭を掻きました。

武夫さん「それぢやア誰を入れよう。」

信二さん「浩《ひろし》さんがいゝぢやアないか。そして浩さんは物に熱心だからフランスにしようよ。」

譲さん「ぢやア、長《ちやう》四郎《らう》さんをロシアにしようか。」

武夫さん「それがいゝ。しかし、こゝで話をしてゐるより、早く帰つて皆に相談しようぢやアないか。」かう言つて三人は、急いで自分達の町の方へ帰つて行きました。

　すると丁度町の四辻で、長四郎さんと浩さんと安之《やすの》助《すけ》さんとが独楽《こま》を廻してゐました。それから少し離れたところには、譲さんの妹の窈《やう》ちやんが、祥子《さちこ》さんと薫《かをる》さんとお咲《さき》さんと四人して、羽根を突いてゐました。

三人は、すぐ、独楽《こま》を廻してゐる三人に向つてその話をしました。すると、三人とも手を打つて喜びました。

「そりやア面白い。僕等もすぐに同盟をしよう。」

　かうして前の三つの国の外に、ロシアとフランスとイタリイとが同盟に加はりました。

　その時ふいに譲さんが、

「誰かベルギイにならないかなア。」と言ひました。

　すると信二さんが、

「さうだ、ベルギイを拵へる必用がある。しかしベルギイには女がいゝ。ねえ、君、少し女も入れようぢやないか。」

「さうだ、女も同盟国にして男が保護をしよう。」

　かう言つてみんなが賛成をすると、信二さんは大きな声を出して、

「窈ちやんも祥さんもみんな入らつしやい。いゝ御相談があるんだから。」と呼びました。

　すると一ばん先に紅いリボンをかけた窈ちやんが「なアに……。」と言ひながら飛んで来ました。それに続いて、

「何があるの〳〵。」と言ひながら、紫の着物を着た祥子さんも、緑色のリボンを結んだ薫さんも、朱鷺《とき》色の帯を締めたお咲さんも、みんな駈け寄つて来ました。

　六人の男の子は早速今の話を詳しく話して聞かせました。

　すると、みんなは喜んで。

「まあ、いゝわね。」と、すぐ同盟に加はりました。

　そこで祥子さんはベルギイ、薫さんはヲランダ、お咲さんは支那といふことになりました。

「ぢやア、あたしは何になるの。」

　小さい窈ちやんが兄さんの譲さんの顔を見上げながら言ひました。

「窈ちやんは西蔵《チベット》におなり。兄さんが日本だから。」

「西蔵？　あたし西蔵はつまらないわ。」

「つまらないもんか。西蔵はいゝお国だよ。お前に丁度いゝよ。西蔵の子はそりやア可愛らしいんだつてさ。ねえ君。」

　すると、みんなが、

「さうだ〳〵」と言ふものですから、とうとう窈ちやんもしまひには喜んで西蔵になりました。

　その後二日ばかりのうちに、ドイツとオースタリーとスヰッツルとデンマークとが同盟に加はりました。ドイツになつたのは五郎さんでした。五郎さんは初め、

「ドイツになんぞなるのは厭だ。」と言つたのですがドイツを除けものにするのは大人の国のことで、子供達の国――殊にこの同盟には、どこの国だからいけないなんていふことはない、ドイツだつて何だつて、みんな、仲のいゝお友達なのだ、そんなけちを付ける者があつたら、それこそその方を除名してしまはうと言つたので、五郎さんもやつとドイツになつたのでした。

　かうして一週間目には、もう十幾つといふ国が同盟をしてしまひました。ところがある日、武夫さんがみんなにかういふこと

を伝へました。

「ねえ、君、八百屋の小僧の三公《こう》ね、あれが仲間に入れてくれつて言ふんだがね。何でも三公が配達にゆく途中で、よくいけない奴に逢つて、余所《よそ》へ持つてゆく蜜柑《みかん》や林檎《りんご》を取られるんだつて。だから同盟して護つて貰ひたいんださうだ。」

「いゝともそんなら尚入てやらうぢやアないか。」

そこで小僧の三吉《きち》もすぐ同盟に入れて貰つて、トルコになりました。

それから後は、三吉が、お得意先へ物を運んで行くのにも、取られたりいぢめられたりする心配がちつともなくなりました。

殊に重い荷物を背負《しよ》つてゐたり車を曳《ひい》てゐたりすると、学校から帰つて来た譲さんや武夫さんたちが、

「君、重たいだらう。僕達も少し手伝はうよ。」などと言つて、親切に車を押してくれたり、籠の大根を途中まで運んでくれたりするので、仕事が大へん早く片附いて、親方から褒められました。

その上みんなから本なども貰へるし、その本の分らないところなども教へて貰へるので、大へん喜んでをりました。

しかし三吉にとつて、それよりももつと嬉しかつたのは、もう誰からも小僧扱ひにされずに、みんなと同じお友達になれたことでした。

三吉は、今はもう、名前も三ちやんだの三吉君だのと呼ばれて、道で逢へば、可愛らしい窈ちやんも、綺麗な祥子さんも、みんな、にこ〳〵しながらお辞儀《じぎ》をして行くし、武夫さんや五郎さんなどゝは、お互に敬礼をし合つて、同じ言葉で話が出来ました。

三吉はもう何だか、久しく屈《かゞ》んでゐた体が、すつきりと伸びたやうな、なんとも言へない、明るい、ゆつたりとした気もちで、元気よく暮すやうになりました。

三吉は、何をしても楽しくて〳〵溜りませんでした。

それで或日御用聞に行つた途中で、この話を魚屋の小僧の佐《さ》平《へい》に話しました。

「君、そりやア愉快だぜ。僕はもう小僧をしてゐたつて、ちつとも悲しかアないよ。みんなはかう言ふんだ。――三吉さんは働くことを知つてゐる人間だ僕達よりずつとえらい。僕達もそのつもりでしつかり勉強しなくツちやアつて。

「そしてね、君、意地のわるい奴があると、大ぜいして加勢してくれるだらう。さうすりやア、どんな強い奴だつて、人数で負けるからね。そこで其奴をみんなして親切に忠告して、同盟させるんだ。同盟すると素のことはみんな忘れて仲よくつき合ふんだ。

「かうやつて大ぜいが助け合つて、おたがひに、威張らないで仲よく暮すんだから、それこそ素晴しいもんだぜ。」

かういふ三吉の言葉は、もう小僧の言葉ではなくなつてゐました。

すると佐平もすぐ、

「ぢやア俺も入れて貰ひたいなア。」

と言ひました。そこで三吉の紹介で、佐平もその同盟に入れて貰ひました。

かうして、だん〳〵人数がふえてゆく度に、みんなは一々地図を出して、それ〴〵名前を付けました。

しかし、どんな小さな国の名前が付いても、権利はすべて同じですから、誰も不平をいふ者はありませんでした。

そして、誰も彼もみんな一しよに助け合つて、それ〴〵自分〳〵の勉強をしました。

そればかりか、この同盟に加はつた人は、余所《よそ》の人たちにまで大へん親切でした。

かうしていつの間にか、町中の子供は男の子も女の子も、みんなこの同盟に加はつて来ました。

ですからもうこの町では、子供の喧嘩などは見ようと思つても見ることが出来ませんでした。

まして、いたづらなどをする子供は一人もありませんでした。

その上、余所の子供たちにいぢめられる心配がなくなつたので、みんな楽しくその日〳〵を送りました。

（「赤い鳥」大正8年3月号）

村に帰るこゝろ

坪田譲治

正太郎は夢を見た。

お爺さんと二人、川の側の柳の樹の下の石に腰を下ろして、川に受けた大きな網の番をしてゐた。

空が蒼く晴れて、蜻蛉が一匹日を浴びて、網の上に栖てゐる。鳥が一羽田甫の方へ飛んでゐる。跳る様な骨々しい柿の枝の間から、正太郎は空を仰いでみた。鳥がその枝の目をぬけて空の上を飛んで行つた。

「正太〳〵」

とお爺さんに呼ばれて、正太は網の方に目をやつた。見ると、網の前では細い帯の様な藻や色糸で飾られた紐の様な藻がすき透る流れ半中にユラリ〳〵とゆれてゐる。その陰を一群の鮒が今網の方に下つて行かうとする処であつた。鮒はみな上流に向いて雁の列の様に斜めに頭をそろえて少しづゝ流され乍ら、尾を幽に動かせては今の位置を保てゐたが、やがて一様に頭を斜めにしたと思ふと、列を乱してスーと網の方に下つて行つた。

然し網の直ぐ前迄行くと、また一様に頭を立て直して、そこにまた前の通り列を作て止てしまつた。然し少しすると、彼らはまた一様に頭を斜めにして、下の方に網の中へ下つて行つた。正太郎は爺さんを見てニツコリした。するとお爺さんが

「正太〳〵」

と川の半を指して云つた。見れば一匹の蟹が藻の陰からソロ〳〵とさぐり足で横に底を這ふて現れ出た。大きなこの爪は閉ぢて胸にピツタリとつけてゐる様であつたが、網の口迄行くと、その爪を開いて高くさし上げた。そしてそこに立止つた。さうしてゐる間に、何時の間にかもう藻の陰に来てゐるものがある。それは大きな鯰だ。ゆれる藻の尖で身体を撫でられ乍ら大きな口の両側に髯をダラリと垂れさせて、底に黙て腹這ひになつてゐた。此れは何時迄も動き相に見えなかつた。次から次へ、斯うして魚は集つて来た。鮠の一群に鰻の一族、正太は絵の様なこの川の中の景色に何時迄も見とれてゐた。

　夢が醒めた時、部屋の中は暗かつた。正太はやはり田舎のお爺さんの家に眠てゐることゝ思つてゐた。そこで夜が明けたら、早速あの大きな網を持て、魚をとりに行くことを空想した。そして早く夜が明ければいゝにと考へた。処がフト「キ、、、、――」といふ鋭い金と金との磨れ合ふ様な叫びが遠くの闇を渡て聞えて来た。これは電車がカーブを曲る時車輪と線路の磨れ合ふ響であつたが、それを聞くと、正太郎は突然堪らない様に淋しくなつて来た。自分の東京にゐることが解つたからである。

直ぐ側にお爺さんが寝てゐる様に思つてゐたのも夢であつた。朝になつたら網を持て川へ行かうと思つてゐたのも夢であつた。鯰も鮒も鰻も、そしてあの蒼い静かな広々とした空も風も遠くへ行つてしまつた。こゝではあの汚い泥溝が終日門の側に横つてゐて、物憂げに解らないことをブツ〳〵と呟いてゐる。そして脇から気味の悪い臭い大きな欠伸を吹きかける。正太はもうお爺さんの胸の中に隠れたくて堪らなくなつた。そこで蒲団の奥の方へもぐり込んで、それをお爺さんの胸の様に空想して小さくなつた。そして心の中で、「お爺さん〳〵」と呼んだ。

　正太はいゝことを思ひついて、押入の中から田舎から大切に持て来た玩具の様に小さな支那カバンを取出した。その中には色々なものが入てゐた。団栗やメンコや独楽や貝殻や。今彼は中からすきかけの網を竹のすき針や糸や釘などゝ一緒にとり出した。そして支那カバンを押入にしまうと、網の端をかけるために釘を何処に打たうかと考へて、部屋の中を見廻した。然しやはり柱以外に打てる処は一つも見つからなかつた。そこで彼はそこにあつた硯をとつて、柱の真中に小さなその釘を打ちつけた。そしてその前に座つて、すき針を動かし始めた。久しく黙て急々と針を動かした。珍らしく家の中が静かで、誰も此部屋にやつて来なかつた。斯うしてゐると、東京に来て以来初めての安らかな楽しい心持がやつて来た。障子の硝子越に網の上にさしてゐる午後の日を見ると、如何しても自分が東京にゐるものと思はれなかつた。外で鳴く雀の声を聞いても「柳の枝で

鳴いて居る」と田舎のお爺さんの家の柳の樹で鳴き戯れてゐる雀の有様が直ぐ頭に浮んで来た。近くの家根で鳴いてゐる猫の声を聞くと、田舎の家の庇の上で、お爺さんの内の三毛が鳴いてる様に思ふのであつた。斯うして周囲を見ないで唯空想すれば彼の周囲を凡て田舎の景色が取囲んでゐた。窓を開ければ、直ぐそこに田甫があつて、そこにはもう黄ろくなつた稲が一面に蒼い空の下に続いてゐる様に、そしてその上を吹いてゐた田舎の澄んだ秋風がサーと流れ入る様にさへ思はれた。

大分すいてから、彼は指を延して、網の長さを量つて見た。

「善さんの網は二尺だつたけど、あんなに浅かつたから、どうしてもこれは二尺五寸はなければ——さうすると、もう六寸かな、五寸かな」

こんなことを考へた。彼はもう田舎にゐる様な気で、網の出来上る日が待たれた。その中にバタ〳〵と跳ね躍る鮒の鱗が銀の様に輝く様が心に映つた。

「出来上つたら、風に落ちぬ青い柿を集めて、その渋で染めることにしよう」

そんなことも考へた。此時隣の部屋で

「兄さん」

と呼ぶ声が聞えた。それを聞くと、彼の顔は俄に暗くなつた。

「兄さん、何してるの」

妹がとんで来た。六つの癖に馬鹿にませてゐてお喋りの妹が彼は嫌いだつた。田舎じみた彼の姿に比べると、妹は綺麗に粧うてゐて、白粉などをつけてゐた。

「兄さん、これなに」

柱に凭れかゝつて、妹がきいた。

「網——」

「網つて、なあに」

「網は網ぢあが」

「何にするもの」

「魚をとるんぢあ」

「何処で魚をとるの」

正太郎はもう黙てしまつた。そして唯網をすいた。

「え、何処に魚は居るの、え何処に、兄さん」

妹はひつこく聞いた。

「川」

「何処の川、え江戸川」

「ウンニヤ、十三川」

「十三川つて、え、兄さん、十三川つて」

「————」

「兄さん、十三川つて何処の川よ」

正太はもう黙てしまつて、何と云つても答へなかつた。広い田甫の中をうねりくねり流れて飛び越せる位に細い十三川は中に水を一杯に溢らして、両岸から川に蔽ひかぶさる様に茂つてゐる青い蔓草を濡らし乍ら流れて行く。するとその流れを一匹の小さな子鯰がウネ〳〵と下つて行く。底の方にもぐつて見たり、水の上に浮上つて見たり、動く度に髯が水になびいてゐる。胸にこんな有様が浮んでゐたので、黙てしきりに網をすいた。妹は煩さく彼の肩にもたれかゝつたり、顔をのぞき込んだりして尋ねて来た。彼は無言のまゝ妹の顔を払いのけた。

「いゝわよ、兄さん、いゝわよ」

もう妹は怒つてしまつた。

「柱なんかに釘を打つたものはだあれ」

襖の処に後退りし乍ら妹がわめいた。正太は見向きもしなかつた。

「母さんに云ひつけてやるから、田舎平の兄さん」

襖から首を突き出して斯う云ふと、妹は直ぐ台処の方に走つた。するとやがて母親がやつて来た。

「まあ、お前何をしてゐるの。お母さんに相談すれば甘いことを考へてあげたものを、柱なんかに釘を打つちやほんとに仕様がないぢあないの」

彼は黙つて母親を見上げた。妹がお母さんの袖の陰から覗いてゐた。母親はその辺を見廻すと、椅子を見つけて、その一本の足にそれを繋ぐ様に云ひつけた。彼は黙つてそれを繋ぎかえ、黙てまたすきつゞけた。引く力につれて、その度に椅子が彼の方にずりよつた。彼は腹立しげに足でそれを押さえた。

「まあ、正太はおかしな子になつたこと」

台処で斯う呟き乍ら、母親は釘抜を索した。

学校の往復に彼は町裏の高い崖の下を通つた。人通りの少ない、そして樹の多い荒れた此町裏は、何だか田舎に近い様な気がして、彼はそこを好んだ。或朝そこを通つて行くと、青い柿がその道の上に転がつてゐた。それは夜の間の風で、崖の上の柿の樹から落ちて来たものであつた。彼は追々出来上る網を染める渋のことを考へて、それが拾ひたかつた。然し何だか誰かに叱られ相な気がして、転んでゐる柿を見乍らそこを通り過ぎた。然しまた思直して、後戻りをして恐る〱それを拾つて懐の中へ押し込んだ。大分行つてから懐に手を入れて中の一つを取出して人のゐない時にそれを眺めた。白い粉が一面にふいてゐる青い真円い奴だ。満足して彼はこれを懐に入れた。そしてまた次の奴を眺めた。それにはまだ細い枝と小さな一枚の葉とがついてゐた。彼はそれをちぎつて棄てた。他の一つは少し打ち処が悪くてヒヾわれてゐた。みんな見てしまうと、彼はそれをカバンの中に押しこんだ。そして上からそれを触て見た。三つの可愛らしい瘤がそこに出来てゐた。彼は考へた。学校で友達に見つかりはしまいか、先生にとりあげられる様なことはあるまいか。そこで彼は学校へ行つて、誰とも話さない様にして、知らぬ顔をして、急いで机の処へ行つた。そして机の奥の方にカバンの底にそれを隠した。運動場に出てゐてもそれが心配だつた。そこで授業の始まる前には机の中に頭を突つ込んで、それを覗いた。授業中でも折々手をさし入れて、それを触つて見た。そして一つ二つと数へた。一つが手に触らない様なことでもあると、心配でしきりに中をかき廻した。先生を心配し乍らも終には机の中に頭を突込んで覗いたりした。そして授業を終つて内に帰ることが待たれた。帰る途中カバンの瘤を上から触り〳〵したが、学校から遠く離れて一人になつた時はその一つを取出して懐に入れた。そして度々出して見い〳〵した。終には空へ投げあげて、それを宙取りをした。恐れ乍らも次第に長く〳〵投げ上げた。青い柿は空中をクル〳〵舞ひ乍ら落ちて来た。

内に帰ると、直に支那カバンを取出して、その中に大急ぎでしまいこんだ。そして直ぐ網をすきに取か丶つた。彼の心は楽しかつた。

「明日も三つ、明後日も三つ、明後日も三つ、さうしたらもう直ぐに渋がとれる」

斯う思つて彼は指を折つた。もう三日、三日の間に網を二尺五寸にすきあげなければ、さう思ひめぐらして網に熱中した。そして度々指を延して、長さを量つた。中々長くならないので、力を入れてそれを引延して長さを量つたりした。

翌朝正太は早く目がさめた。そこでサッサと学校へ行く用意をして待てゐた。然し母親に御飯を催促することもようしないで、玄関に出て、学校へ行くばかりに下駄をはいて、カバンをかけて、縁側に腰を下ろして、コト〳〵と地団太を蹈む様に足を動かせてゐた。するとそこへまた世話やきの妹がやつて来た。

「兄さん、もう学校へ行くの」

「ウン」

すると直ぐ大きな声で母親に云ひつけた。

「お母さん、兄さんはもう学校へ行くんだつて」

これをきくと母親が台処から出て来た。

「お前、そこで何をしてゐるの。もう学校へ行くの。何故今日はそんなに早いの。まだ一時間もありますよ。だけども先生が早く来いと仰言つたの」

彼は黙つてカブリを振つた。

「ぢや、いつもの様でい丶んでせう」

彼はうなづいた。母親は急にと台処へ返て行つた。後から妹もついて去つた。彼は落ちた柿を人に拾はれるだらうと思つて、妹や母親に腹を立てた。そして久しく暗い玄関の壁に凭れて沈み込んでゐた。

その後一つも柿が落ちてゐないので、それから二三日後正太は田舎のお爺さんに手紙を書いた。

「お爺さんお婆さんその後は如何して居られますか。私は東京で壮健で居ります。けれども東京は遊ぶ処がないので困て居ります。道で遊んで居ると、電車や自動車に轢かれますから危くて遊べません。私は内にばかりゐて、網をすきました。それで渋を作らうと思いますから、裏の渋柿の落ちたのを十ばかり送て下さい。それからそれと一緒に、小刀を忘れて来ましたから送て下さい。善さんに貰つたあの小刀であります。裏の梨の木の下の石の上に忘れて居ります。もしなかつたら下に落ちて居るかもしれませんから石の下を見て下さい」

　網が二尺五寸になると、彼は田舎から来る渋柿が待てなかつた。そこで針金を母親に貰つて、それを仮に枠として、網をとりつけた。

「秀チヤン、これ網だ。いゝだらう」

　斯う云つてわざ〳〵妹に見せに行つた。

「兄さん、これで魚がとれるの」

　妹が不審相に聞いた。

「あゝ――」

　斯う云ふと、正太はそれを妹の頭の上からバサリと冠せかけた。

「おゝゝとれた〳〵。大きな魚だ〳〵」

「いやあ、兄さん、兄さん」

　二人は初めて笑ひ合つた。

「秀チヤン、俺が魚をとつて見せ様か」

　斯う云ふと、彼は網を部屋の壁にそうと受けるのであつた。そしてさながら柳の根に居る魚でも網の中に追ひ込だ様に片足を延して「ザブ〳〵」と云ひ乍ら足踏みをして、そこに転んでゐたゴムマリを網の中に蹴り込んだ。マリが転げ込むと「オツト、、、」と云ひ乍ら網を上にさしあげた。

「おゝゝゐた〳〵大きな鯰だ。秀チヤン早く籠を持ておいで、鯰がとれたんだ」

「いやだわ兄さん、私のゴムマリぢやないの」

「鯰だよ、鯰にしとくんだよ」

　それから彼はゴムマリを取つて、隅の衣桁の陰に投げ込んだ。

「秀チヤン、お前こゝで網を持といで。兄さんがこちらから追ふて行くからね」

　斯う云つて、一方の衣桁と壁との間に網を受けて、妹に持たせた。そして自分は一方の口から衣桁の裏に入り込んだ。

「秀チヤン、こんな処に沢山魚がゐるんだよ。や、いた〳〵、こんどは鰻だ。僕がホラつと云つたら網を上げるんだよ。早く上げんと逃げてしまうからね。ホーラ行つたぞ〳〵。鮒もゐるし、鯉の子もゐるぞザブ〳〵ホラツ――秀チヤン、上げるんだ〳〵」

　斯う云つて、またゴムマリを蹴飛ばした。するとそれは余り強く蹴られたので、網を越して彼方の方に飛んでしまつた。

「逃げた〳〵、秀チヤン、網を出せ〳〵」

　正太は網をとつてまだ彼方を転んでゐるマリを追ひかけていつた。

「兄さんが余り強く蹴るんだもの」

　妹がこんな不服を云つたけれども、正太はそれには耳もかさないで、実物を追ふ様にソーと鰻であるマリに忍びよつてゐた。こうして正太は腰に反古籠を下げて、部屋の中の色々のものを掬ひ廻つた。そして喜んで笑つた。妹もこれを見て一緒になつて笑つた。

ドンが轟き渡つた。すると方々の空で工場の汽笛が吹く様に昼の来たことを知らせた。此時正太らは教室から照り渡てゐる外へ飛び出した。みんなカバンをかけてゐる。今日は土曜日であつた。

内に何かいゝことが待てる様な気がして、正太は日の明るいよく晴れた町を色々なことを空想し乍ら帰てゐた。すると町の片側を行き交ふ人に混つて、赤い着物と黒い洋服が前後になつて歩いて行くのが目についた。赤い着物は網笠を冠て、両手を帯にくゝり付けられてゐた。網笠の下から唇とあごが見えてゐた。そしてまたゾロリとした着物の下に革鞋をつけた素足が覗いてゐた。黒い着物はそれを後から綱を持て追ふてゐた。素より一人は囚人で一人は監守であつた。監守はピストルの入つた革の袋を洋服の脊中に革条で追ふてゐた。脊中にはも一条ピストルの握りの尖についてゐる紺の紐が襷の様にかゝつてゐた。然しそれはダラリとピストルからゆるやかに脊中に垂れてゐた。そして監守は脚袢に草鞋をはいて、勇しく身を固めてゐた。正太はそれを見ると、怖しかつたけれどもひきつけられた。そして少し歩みを早めて、その後へ近づいた。久しく監守を見たり、囚人を見たりして歩いてゐた。暫くさうして歩いてから、彼はフト一匹の小さな犬が此の囚人と監守の後になり前になりして、走つてゐるのに気がついた。それは時々はトツトと速く、時にはノロ〳〵とその辺の土の上を舐める様に臭いで遅く或は電柱に片足あげて小便をしかけたりしてついて行くのであつた。それは赤い色の犬で、尾が根元から断られてゐた。その光沢のよいすりきれた様な毛や骨々しく曲つた四肢を見れば、爺さんの様なその顔を見ないでも、それが歳をとつてゐることは解るのである。正太は初めフトそれを見ると、田舎で飼つてゐた「マル」によく似た犬だと思つたのであつたが、そう思つて見れば見る程、それは「マル」ソツクリに見えて来るのであつた。そこで、

「マル〳〵〳〵」

と呼んで見た。すると、「マル」は一寸立止つて、首を傾ける様にして後を振向いた。然しまた直ぐにトツトと軽い足なみで走り始めた。

「マル〳〵〳〵〳〵」

もう犬は振向きもしなかつた。そしてトツトと四ツの足の調子をそろえて首を軽く左右にふり乍ら、道を真直ぐに或は斜めに、時によると何か道の上にあるらしく土を臭ぎ〳〵クリリと一回転して、またトツトと走つて行つた。

「マルよ、おいマルよ」

正太は斯う云つて、電柱に向つて小便をしかけて片足をあげてゐるマルに近づいた。そして行きかゝつた犬の首輪を持て捕えた。

「ねえ、マル如何したんだ。何故トツトと行くんだ」

犬は無関心の様にそこに唯立つて、正太の顔を見て不審相に目をパチ〳〵やつた。正太は犬の頭を撫でたり、顔を上げて覗

き込んだり、首の方を搔いてやつたりした。然し尾のない犬は唯目をパチ〳〵やつてゐるきりであつた。彼はもう殆どそれがマルである様に考へるのであつた。如何してマルがやつて来たかとそれを不思議に思ふのであつた。

「マル、さ内へ行かうね、こつちへ来るんだぞ」

こんなことをやつてゐる内に、囚人と監守は町の先の方へ行つてしまつた。そこで正太は犬に話しかけ乍ら歩き出した。犬もまた以前の様に足をそろえて、トツト〳〵と歩き出した。そして囚人と監守にした様に正太の前になり後になりして走つた。やがて曲り角になると、正太に呼ばれて、調子を乱す様なことなく、クルリと彼の方に曲てついて来た。

斯うして正太は犬をつれて家に帰つた。そして母親に紐をもらつて、物干の柱に縛りつけた。新聞紙に飯と干魚とを入れて犬の前に置いてやつたり、鑵詰の明き鑵に水を入れて持て行てやつたりした。さうして彼は飯を食つた。食後彼は犬を引いて町へ出て行つた。そしてあちらこちらと歩き廻つた。人通りのない日のよく当つた処などへ行くと、彼は犬を休ませて「マル、おいマル」と話しかけてやつたりした。斯うして久しく町を歩いた末、正太はまた内につれて帰て来た。そして晩も犬を縛て置くために強い張を綯ひ合せてまた昼の様に飯と水をやつて、物干の柱に縛り付けた。

その夜は真暗な闇夜で、黒い天鵝毛を張つた様な空には一面に金色の星がキラ〳〵と閃いてゐた。彼が学校の復習をしてゐた時であつた。外で突然小さな竹の笛を吹く様な哀れな犬の声が聞えて来た。彼は急いで物干へ行て見た。見ればマルが綱をスツカリ柱にまきつけて身動きのならない様に首をしめられて泣いてゐた。

「こら、おとなしくしてゐるんだぞ。マル、マル」

斯う云つて、綱を延して、彼は帰て来た。処が彼が内に入ると間もなく、またその声が聞えて来た。そこで正太はまた物干に行て見た。然し今度は何もなかつた。犬は淋しさに泣いてゐるのであつた。正太は犬の頭を一寸撫でると、直ぐに引返して、それからはもう〳〵犬の処へ行かうとしなかつた。そこで犬は泣きつゞけた。自分の惨目さを訴へるかの如く、ヒエー〳〵と泣きつづけた。然し少し経つと、此度は注意を呼ぶ様に大きく、然し悪意のない声でワン〳〵〳〵と吠え続けた。然しまた少し経つと、犬は威嚇する様に声を上げた。それは戸が閉ぢてゐて、闇の中に黙して立つてゐる正太の家を見上げ乍ら怒りに歯をむき乍ら長く声を引いて吠えてゐるといふことが想像が出来た。然し少し経つと、それはまた以前の哀訴の声に変つた。それは恰も正太の家の周囲を入口を尋ねて明りのさす処を爪で掻く様にし乍らメリ〳〵と泣き震え訴えて迷ふてゐるもの丶様に思はれた。

「正太〳〵〳〵」

と正太は幾度も父親や母親に犬を放してやる様に注意された。然し正太は黙てこれには答へなかつた。そして到頭床に入つた。

そして犬の哀訴の声をきゝ乍ら夢に入つた。正太が眠つたのを知ると、母親はソツと物干場へ行つて、綱を解いて「シイツ〳〵」と犬を逃がしてやつた。犬は垣根の下をもぐつて烈しく追つて逃げたが直ぐ足音が聞えなくなつて、彼は闇の何処にゐるか索すことも出来なくなつてしまつた。やがて四辺は静かになつて、夜が更けた。すると正太は夢を見た。

両側は広い板塀であつた。塀が非常に高く大きいので、自分が非常に小さく思はれた。此塀はどんなことがあつても登れないと思ふと、妙に心細かつた。道は白ツポク何だか石でも敷いてある様に思つた。四辺は不思議に静かで、その静かさが気味が悪かつた。そんな処を正太は通つてゐた。然し通るといふても、足を動かすと非常に息がきれた。足がまるで地に吸はれる様に、地を離れ難かつた。何で自分は今頃こんなに自由に歩けない様になつたらう。以前は思ひのまゝに走ることが出来たのに。こんなことを思つた。

此時であつた。フト端に近づいて来る汽鑵車を知つた。それはまるで音もなく、動いてゐる様にもなく、それでヅン〳〵近づいて来た。そしてまたヅん〳〵大きく力強く怖ろしくなつて追て来た。足の様な二つの車、その上の脛坊主の様な円い二つの鉄盤、その上に乗てゐる巨大な胴中、その上の細いシロクハツトの様な煙突と思ふた間に、それはドカ〳〵と動揺して、道を斜めに近づいた。横から見れば益々巨きく益々重く、固いそのがつしりした鉄の身体の力が怖ろしい。それはもう正太の目の前にやつて来た。この車輪の上に覗いてゐる蒸汽ぬきの細い鉄骨の端でさえ、正太の頭を砕くには充分であつた。然し正太の足はやはり地に吸はれた同様で離れない。彼はもう息が切れる様にえらかつた。両側は高い塀で、一足も汽鑵車を辟けることは出来なかつた。それのみではない。前を見ると、彼方にも既に高い塀が立てゐる。もう汽鑵車は彼の上にのしかゝつて来た。彼は息がきれて、あえいでゐた。さうしてこの時目を醒ました。彼は身内の怖ろしさを一息に吹き出してしまふものゝ様に大きな吐息した。そして安心して、また目をつぶつた。四辺は静かで、都会の夜もふけてゐた。遠くで自働車の笛が幽かに彼の枕に聞えて消えた。彼は耳をすまして犬の声のないのを知ると、安心して眠についた。

処が翌日起きて犬のゐなくなつたのを知ると、正太は犬を索しに早くから出かけて行つた。そして何時迄経つても帰らなかつた。午後になつて、父親と母親とは如何しようかと相談し合つてゐた。すると、そこへ田舎のお爺さんからの小包が到いた。正太殿としてあつた。中からは大きな甘相ないゝ柿と一所に小さな青い渋柿が入つてゐた。そしてその中から紙にまいた小さな小刀が出て来た。それは黒くさびて処々刃がこぼれてゐた。鞘は方々に切り形がついてゐた。父親はそれを手にとつて見乍ら、今にも玄関を正太が入て来る様な気がして、玄関の方を見い〳〵してゐた。然しやはり正太は帰つて来なかつた。

此時遠くの町の雑沓の中を一人の子供が走つてゐた。彼は四辻に立つては、四辺をキヨロ〳〵見廻しそしてまた走てゐた。それは正太であつた。正太は此日犬を尋ねて町を歩いてゐる内、フト雑沓の中に田舎のお爺さんの後姿を見つけて、その後を追ふてゐる内到頭こんな遠くに道を迷ふてしまつた。

然し此時田舎ではお爺さんは小さな弓を持て、お婆さんに話してゐる処であつた。

「のをお婆さん、正太に此弓も送てやるとよかつたがなあ」

正太はそれなり夜になつても内に帰らなかつた。然し都会の雑沓は悲喜哀楽凡ての人々の感情を一つに混じて空の上に大きな渦を巻いて響てゐた。正太の父親はその雑沓の中を正太を索してさ迷ふてゐた。

（「黒煙」大正8年5月号）

笛

小島政二郎

昔、京都に博雅《はくが》といふ笛吹きの名人がゐました。天子様に仕へて、三位《み》の位《くらゐ》をいたゞいてゐましたので、人よんで博雅の三位《み》と言ひました。

或晩、この博雅の内《うち》へ、覆面をした盗坊《どろぼう》が四五人はひりました。その物音にふと目をさました博雅は急いで布団から身を起すと、そつと音のしないやうに板敷の板をあげて、床下へもぐり込みました。奥さんや娘さんは、その晩親戚へ泊りに行つて丁度留守でした。

盗坊は、誰も人のゐないのをいゝことにして、あつちこつちを手あたり次第に明け散して、大事なものをみんな持ち出して行つてしまひました。

博雅は、盗坊が行つてしまつた頃を見計つて、床下から這ひ出しました。見ると、自分の着物は勿論、奥さんや娘さんの着物まで、一枚残らず持つて行つてしまひました。床の間に掛けておいた掛け物もありません。しまつて置いたお金もありません。

「は、、……。よくこれだけ綺麗に持つて行けたものだ。」

悲しむかと思ひの外、博雅はかう言つて大口を明けて笑ひ出しました。

「なあに、構はない。なまじつか、物を持つてゐるから悪いのだ。持つてさへゐなければ、取らうと言つたつて取られるものぢやアない。人間は何にも持つてゐないのがい、のだ。――どれ明け方までもう一眠りしようか。」

かう言つて、博雅は方々《はう〳〵》を見て廻つた後、また自分の部屋へ帰つて来て寝床に這入らうとしました。そして何気なく枕もとの厨子棚《づしだな》を見ると、そこに不断から非常に大事にしてゐた竹の細笛が残つてゐました。博雅はそれを見ると、飛びあがつて喜びながら、

「有り難い〳〵。この笛を一緒に持つて行かれたものとばかり思つてゐたのに、流石《さすが》の盗坊もこれには気がつかなかつたものと見える。これさへあれば外のものはみんな無くなつても惜しくない。」

かう言つて、その細笛を手に取りあげました。さうすると、急に口へ当て、吹いて見たくなりました。そこで博雅は立ち上つて、庭に向つた雨戸を明け放すと、静かに笛を吹きはじめました。外は青い月夜でした。

博雅は自分の吹く笛の音に聞き惚れて、凡そ二三十分も夢中になつて吹いてゐましたらうか、うしろでなぜか人のゐる気勢がしたので、急に笛をやめて振り返つて見ました。見ると、そこに見しらぬ男が一人、畳に両手を突いて控へてゐました。博雅はギヨツとして居ずまひを正しました。その様子に、相手の見しらぬ男は、心持うしろへ膝をゐずらしながら、恭々《うや〳〵》しく博雅に向つて一礼しました。そして、

「さぞお驚きになつたこと、存じます。私は先程こちらを荒してまゐつた盗坊でございます。」と言ひました。

「盗坊……。」と、博雅は思はず、驚きの声をあげました。

「はい、盗坊でございます。その盗坊が、実はかうしてお詫びに上つたのでございます。」

かう言つて、その盗坊だといふ男は初めて顔をあげました。見ると、顔ぢゆう目と鼻と口とだけを残して、跡は一面髭むじやらな、見るから物凄い男でした。

「かう申しただけではお分りになりますまいが、実は先程どなたも入らつしやらないのを幸ひ、欲しいもの、ありたけを、みんな手下四人と一緒に持ち出して行きました。そして車に載せて自分の住みかへ持つてまゐらうと、一丁ほども引き出した頃でございましたらうか、ふいにうしろの方で何とも言へない好《い》い笛の音が聞えました。はじめは何の気もなく聞いてをりましたが、そのうちに、だん〳〵その笛の音に引きつけられて、しまひには、一歩も前へ進めなくなりました。

「それで、ぢいつと耳を澄して聞き入つてゐるうちに、今までして来た自分の悪い行ひが、あなたのお吹きになるその清い笛

の音に対して羞《はづか》しくなつてまゐりました。今まで眠つてゐた良心が、先生の笛の音に呼び起されたのでございます。さう気がつくと、私は矢も楯も溜らなくなりました。子分の止めるのも聴かずに、夢中になつて先生のお宅の前まで駈け戻りました。そして案内も乞はずに、かうしてこゝまで這入つて来てしまひました。

「先生、どうか私の今までして来た罪をお許し下さい。そして改めて弟子の一人にお加へになつて、笛の一手《ひとて》でもお教へ下さい。お願ひでございます。」

かう言つて、その盗坊だと名のる男は、真心を顔に現して頼みました。博雅は、その心根に感じました。そこで、早速罪を許して弟子の一人にしてやりました。ところが覚えの早いこと、言つたら、跡から弟子になつたくせに、外の弟子達を追ひ抜いて、瞬くうちに上達をして行きました。そして四五年うちには、博雅の数ある門弟の中でも、五本の指にをられるくらゐの上手になりました。七年目には一ばん弟子になりました。十年立つうちには、もうお師匠さんの博雅も、教へる曲譜がなくなつてしまつた程でした。用光《もちみつ》といふのが、この人の名でした。

或年、用光は用があつて故郷の土佐へ帰りました。その帰り道に、船で淡路島の沖へさしかゝつた時、海賊船に襲はれました。用光は、今殺されようとする時になつて、海賊の頭《かしら》を呼んで、

「私は実は笛吹きだが、一生の名残りに笛を一曲吹きをはるまで、殺すのを待つてくれまいか。」と頼みました。

「よろしい。」と頭は言つて許してくれました。そこで用光は、心しづかに、自分の好きな短い曲を吹きはじめました。すると、不思議なことに、今までギラ〳〵光る太刀《たち》を引き抜いて控へてゐた海賊の頭が、その刀を鞘に収めると同時に、そこへ踞《しやが》んで首を垂れて聞き惚れてしまひました。そして用光が一曲吹きをはるのを待つて、

「先生、あなた程の名人を殺してしまふのは勿体ない。どうぞこの儘船に乗つてゐて下さい。」と言つて、そのまゝ、用光を難《なに》波《は》の津《つ》（今の大阪）まで送つて来てくれました。あとで用光は、このことを先生の博雅に話したところが、先生は、

「さうか、お前の腕前も名人の域に達したわい。」と言つて、大層褒めて下さいました。

後に、用光は、師匠の博雅に代つて朝廷に仕へて、永くその名を後の代にまで残しました。

（「赤い鳥」大正8年10月号）

金の輪

小川未明

一

太郎は長い間、病気で臥してゐましたが漸《やうや》く床から離れて外に出られるやうになりました。けれどまだ三月の末《すゑ》で、朝と晩には寒いことがありました。

だから、日の当つてゐる時には外へ出ても差支へなかつたけれど晩方《ばんがた》になると早く家へ入るやうにお母さんから言ひ聞かされてゐました。

まだ、桜の花も、桃の花も咲くには早うございましたけれど、梅だけが垣根の際《きは》に咲いてゐました。而《そ》して、雪も大抵消えてしまつてたゞ大きな寺の裏や、圃《はたけ》の隅の処などに幾分か消えずに残つてゐる位のものでありました。

太郎は外に出ましたけれど、往来にはちやうど誰も友達が遊んでゐませんでした。皆な天気が好いので遠くの方まで遊びに行つたものと見えます。もし、この近所であつたなら、自分も行つて見ようと思つて耳を澄して見ましたけれど、其れらしい声などは聞えて来なかつたのであります。

独りしよんぼりとして、太郎は家の前に立てゐましたが、圃には去年取り残した野菜などが、新しく緑色の芽を萌《ふ》きましたので、其れを見ながら細い道を歩いてゐました。

すると、好い金の輪の触れ合ふ音がして、ちやうど鈴を鳴らすやうに聞えて来ました。

彼方《あちら》を見ますと、往来の上を一人の少年が輪を廻しながら走つて来ました。而して、其輪は金色に光つてゐました。太郎は眼を見はりました。曾てこんなに美しく光る輪を見なかつたからであります。しかも、少年の廻して来る金の輪は二つで、其れが互に触れ合つて好い音色《ねいろ》を立《たて》てゐるのであります。太郎は曾てこんなに手際よく輪を廻す少年を見たことがありません。

いつたい誰だらうと思つて、彼方《あちら》の往来を走つて行く少年の顔を眺めましたが、全く見覚えのない少年でありました。

この知らぬ少年は、其の往来を過る時に、ちよつと太郎の方を向いて微笑しました。ちやうど知つた友達に向つてするやうに懐かしげに見えました。

二

輪を廻して行く少年の姿はやがて白い路《みち》の彼方《あなた》に消えてしまひました。けれど、太郎はいつまでも立つて其の行方《ゆくへ》を見守つてゐました。

太郎は、「誰だらう」と、其の少年のことを考へました。いつこの村へ越して来たのだらう？　それとも遠い町の方から、遊びに来たのだらうかと思ひました。

明る日の午後、太郎はまた圃の中に出て見ました。すると、ちやうど昨日と同じ時刻に輪の鳴る音が聞えて来ました。太郎は彼方《あちら》の往来を見ますと、少年が二つの輪を廻はして走つて来ました。其の輪は金色《こんじき》に輝いて見えました。少年は其の往来を過ぎる時に、此方を向いて、昨日よりも一層懐かしげに微笑んだのであります。而して何か言ひたげな様子をして、ちよつと頸《くび》を傾《か》しげましたが、ついに其の儘行つてしまひました。

太郎は、圃の中に立つて、しよんぼりとして、少年の行方を見送りました。いつしか其の姿は白い路《みち》の彼方《あなた》に消えてしまつたのです。けれど、いつまでも其の少年の白い顔と、微笑とが太郎の眼に残つてゐて取れませんでした。

「いつたい、誰だらう」と、太郎は不思議に思へてなりませんでした。今迄一度も見たことがない少年だけれど、何となく一番親しい友達のやうな気がしてならなかつたのです。

明日《あした》ばかりは、物を言つてお友達にならうと、いろ〳〵空想を描きました。やがて、西の空が赤くなつて日暮方《ひぐれがた》になりましたから、太郎は家《うち》の中に入りました。

其の晩、太郎は母親に向つて、二日も同じ時刻に金の輪を廻して走つて行つた少年のことを語りました。母親は信じませんでした。

太郎は、少年と友達になつて、自分は少年から金の輪を一つ分けてもらつて、往来の上を二人で何処までも走つて行く夢を見ました。而《そ》して、いつしか二人は赤い夕焼空の中に入つてしまつた夢を見ました。

明る日から太郎はまた熱が出ました。而《そ》して、二三日目に七つで亡なりました。


（大正8年12月、南北社刊）

評論

評論
随筆
記録

獄中記

前科者の前科話（一）

大杉　栄

「前科割り」

東京監獄の未決監に「前科割り」と云ふあだ名の老看守がゐる。

　被告人共は裁判所へ呼び出されるたびに、一と馬車（此頃は自働車になつたが、監獄ではやはりもとのまゝ護送馬車と呼んでゐる）に乗る十二三人づゝ一と組になつて、薄暗い広い廊下のあちこちに一列にならべさせられる。そして其処で、手錠をはめられたり腰縄をかけられたりして、護送看守部長の点呼を受ける。「前科割り」の老看守は一と組の被告人に普通二人づゝつく此の護送看守の一人なのだ。いつ頃から此の護送の役目についたのか、又いつ頃から此の「前科割り」のあだ名を貰つたのか、それは知らない。しかし、少なくとももう三十年位は、監獄の飯《めし》を食つてゐるに違ひない。年は六十にとゞいたか、まだか、位のところだらう。

　被告人共が廊下に呼び集められた時、此の老看守は、自分の受持の組は勿論、十組あまりのほかの組の列までも見廻つて、其の受持看守から「索引」をかりて、それと皆んなの顔とを見くらべて歩く。「索引」と云ふのは被告人の原籍、身分、罪名、人相などを書きつけた云はゞまあカアドだ。

「お前は何処《どこ》かで見た事があるな。」

　しばらく其《そ》のせいの高い大きなからだをせか〳〵と小股で運ばせながら、無事に幾組かを見廻つて来た老看守は、ふと僕の隣りの男の前に立ちどまつた。そして其の色の黒い、醜い、しかし無邪気なにこにこ顔の、如何にも人の好ささうな細い眼で、じろじろと其の男の顔をみつめながら云つた。

「さうだ、お前は大阪にゐた事があるな。」

　老看守はびつくりした顔付をして黙つてゐる其の男に言葉をついだ。

「いや、旦那、冗談云つちや困りますよ。わたしやこんど始めてこんなところへ来たんですから。」

　其の男は老看守の人の好ささうなのにつけこんだらしい馴れ〳〵しい調子で、手錠をはめられた手を窮屈さうにもみ手をしながら答へた。

「うそを云へ。」

　老看守はちつとも睨《にら》みのきかない、直ぐにほゝゑみの見える、例の細い眼をちよつと光らせて見て、

「さうだ、たしかに大阪だ。それから甲府にも一度はいつた事

があるな。」

と又独りでうなづいた。

「違ひますよ、旦那、全く始めてなんですよ。」

其の男はやはり切りともみ手をしながら腰をかゞめてゐた。

「なあに、白らつばくれても駄目だ。それから其の間に一度巣鴨にゐた事があるな。」

老看守は其の男の云ふ事なぞは碌《ろく》に聞かずに、自分の云ふだけの事を続けて行く。其の男も、もうもみ手はよして、図星を指されたかのやうに黙つてゐた。

「それからもう一度何処かへはいつたな。」

「へえ。」

とう〳〵其の男は恐れ入つて了つた。

「何処だ？」

「千葉でございます。」

窃盗《せつとう》か何かでつかまつて、警察、警視庁、検事局と、いづれも初犯で通して来た其の男は、とう〳〵これで前科四犯ときまつて了つた。そして
「実際あの旦那にかゝつちや、とても遣りきれませんよ。」

と、さつきから不思議さうに此の問答を聞いてゐた僕にさゝやいて云つた。


「僕の前科」


本年の三月に僕がちよつと東京監獄へ行つた時にも、やはり此の老看守は、其の十二年前のやはり三月に僕が始めて見た時と同じやうに、まだ此の前科割りを続けてゐた。

「やあ、又来たな。こんどは何《な》んだ。大分暫く目だな。」

老看守は其の益々黒く、益々醜くなつた、しかし相変らず人の好ささうな顔をにこ〳〵させてゐた。

僕は今、老看守に向つた時の懐しいしかし此の恐れ入つた心持で、僕自身の前科割りをする。

と云つても、実は本当にはよく覚えてゐないんだ。つい三四ケ月前にも、米騒動や新聞の事でたびたび検事局へ呼び出されていろ〳〵糺問《きうもん》されたが、其の時にもやはり自分の前科の事は満足に返事が出来なかつた。そしてとうとう
「あなたの方の調べには間違ひなく詳しく載つてるんでせうから。」

と云ふやうな事で、検事にそれを読みあげて貰つて、やつと曖昧に済まして了つた。ところが、あとでよく考へて見ると、検事の調べにも少々間違ひがあつたやうだ。何んでも前科が一つ減つてゐたやうに思ふ。

当時の新聞雑誌でも調べて見れば直ぐに判然するのだらうが、それも面倒だから、今はたゞ記憶のまゝに罪名と刑期とだけを掲げて置く。何年何月の幾日にはいつて、何年何月の幾日に出たのかは、一つも覚えてゐない。監獄での自分の名の「襟番号」ですらも、一番最初のたつた一つしか覚えてゐない。これ

は僕ばかりぢやない。ためしに堺（利彦）にでも、山川（均）にでも、山口（孤剣）にでも、其他僕等の仲間で前科三四犯ある誰れにでも聞いて見るがいゝ。皆んなきつと碌な返事は出来やしない。それから次ぎに列べた最初の新聞紙条令違反（今は新聞紙法違反と変つた）の刑期も、ほんのうろ覚えではつきりは覚えてゐない。

一、新聞紙条令違反（秩序紊乱《びんらん》）三ケ月
二、新聞紙条令違反（朝憲紊乱）五ケ月
三、治安警察法違反（屋上演説事件）一月半
四、兇徒聚集《しうしふ》罪（電車事件）二ケ年
五、官吏抗拒《かうきよ》罪（赤旗事件）二年半

これで見ると、前科は五犯、刑期の延長は六年近くになるが、実際は三年と少ししか勤めてゐない。先日ちよつと日本に立ち寄つた革命の婆さん、プレシエコフスキイの三十年に較べれば、其の僅かに一割だ。堺も山川も山口も前科は僕と同じ位だが、刑期は山口や山川の方が一二年多い筈だ。僕なんぞは仲間のうちではずつと後輩の方なんだ。

初陣《うひぢん》は二十二の春、日本社会党（今はこんなものはない）の発起で電車値上（片道三銭から四銭にならうとした時）反対の市民大会を開いた時の兇徒聚集事件だが、三月に未決監にはいつて其の年の六月に保釈で出た。そして其のほかの四つの事件は、此の兇徒聚集事令が片づくまでの、二年余りの保釈中の出来事なんだ。一から三までの三事件九ケ月半の刑期も此の保釈中に勤めあげた。

斯うして二ケ月かせいぐ六ケ月の日の目を見ては、出たりはいつたりしてゐる間に、とうく二十四の夏錦輝館《なつきんきくわん》で例の〇〇〇〇〇の赤旗をふり廻して捕縛され、それと同時に電車事件の方の片もついたのであつた。そして当時の有りがたい旧刑法のお蔭で、新聞紙条令違反の二件を除く他の三件は併合罪として重きによつて処断すると云ふ事で、電車事件の二ケ年も又既に勤めあげた屋上演説事件の一月半もすべて赤旗事件の二ケ年半の中に通算されて了つた。云はゞまあゼロになつちやつたんだ。

検事局では地団太ふんでくやしがつたさうだ。さうだらう。保釈中に三度も牢にはいつてゐるのに、保釈中だと云ふ事をすつかり忘れてゐたんだ。しかし僕の方ではお蔭さまで大儲けをした。が、其の年の十月から今の新刑法になつて、同時に幾つ犯罪があつても一つ一つ厳重に処罰する事になつたから、もう二度とこんないゝ儲けはあるまい。

それで二十七の年の暮れ、丁度幸徳等の逆徒共が死刑になる一ケ月ばかり前に、暫く目で又日の目を見て、それ以来今日まである七年の間ずつと謹慎してゐる。

だから、僕の獄中生活と云ふのは、二十二の春から二十七の暮までの、ちよいく間を置いた六年間の事だ。そして僕が分別盛りの三十四の今日まで、危険人物なぞと云ふ物騒な名を歌はれてゐるのは、二十二の春から二十四の夏までの、血気に逸《はやま》

つた若気のあやまちからの事だ。

とんだ木賃宿

尤も、其後一度ふとした事からちよつと東京監獄へ行つた事がある。しかしそれは決して血気の逸りでも又若気のあやまちでもない。現に御役人ですら「どうも相済みません」と云つて謝まつて帰してくれた程だ。それは本年の事で、事情はざつと斯うだ。

三月一日の晩、上野の或る仲間の家で同志の小集があつた。其の帰りに、もう遅くなつてとても亀戸までの電車はなし、和田の古巣の涙橋の木賃宿にでも泊つて見ようかと云ふ事になつて、僕の家に同居してゐた和田久板《わだひきいた》の二人と一緒に、三輪から日本堤をてくつて行つた。此の和田も久板もは初陣の新聞紙法違反で東京監獄にはいつてゐるが、本年の二科会に出た林倭衛の「H氏の肖像」と云ふのは此の久板の肖像だ。

吉原の大門前を通りかゝると、大勢人だかりがしてわい〳〵騒いでゐる。一人の労働者風の男が酔つぱらつて過つて或る酒場の窓ガラスを毀《こは》したと云ふので、土地の地廻り共と巡査とが其の男を捕へて弁償しろの拘引するのと責めつけてゐるのだつた。

其の男はみすぼらしい風態をして、よろ〳〵よろけながら切りに謝まつてゐた。僕はそれを見かねて仲へはいつた。そして其の男を五六歩わきへ連れて行つて、事情を聞いて、其処に集まつてゐる皆んなに云つた。

「此の男は今一文も持つてゐない。弁償は僕がする。それで事は済む筈だ。一体、何にか事のある毎に一々そこへ巡査を呼んで来たりするのはよくない。何でもお上には成るべく御厄介をかけない事だ。大がいの事は、斯うして、そこに居合はした人間だけで片はつくんだ。」

酒場の男共もそれで承知した。地廻り共も承知した。見物の弥次馬共も承知した。しかしたゞ一人承知の出来なかつたのは巡査だ。

「貴様は社会主義だな。」

始めから僕に脹《ふく》れつ面をしてゐた巡査は、いきなり僕に食つてかゝつた。

「さうだ、それがどうしたんだ。」

僕も巡査に食つてかゝつた。

「社会主義か、よし、それぢや拘引する。一緒に来い。」

「それや面白い。何処へでも行かう。」

僕は巡査の手をふり払つて、其の先きに立つて直ぐ眼の前の日本堤署へ飛びこんだ。当直の警部補はいきなり巡査等に命じて、僕等のあとを追つて来た他の二人までも一緒に留置場へ押しこんで了つた。

これが当時の新聞に「大杉栄等検挙さる」とか云ふ事々しい見だしで、僕等が酔つぱらつて吉原へ繰りこんで、巡査が酔ひどれを拘引しようとする邪魔をしたとか、其の酔ひどれを小脇にかゝへて逃げ出したとか、いゝ加減な嘘つぱちをならべ立てた事件の簡単な事実だ。

そして翌朝《よくあさ》になつて、警部が出て来て切りにゆうべの粗忽《そこつ》を謝まつて、「どうぞ黙つて帰つてくれ」と朝飯まで御馳走して置きながら、いざ帰らうとするとこんどは署長が出て来て、どうした事か再び又もとの留置所へ戻されて了つた。

斯くして僕等は、職務執行妨害と云ふ名の下に、警察に二晩、警視庁に一晩、東京監獄に五晩、とんだ木賃宿のお客となつて、

「どうも相済みません。どうぞこれで御帰りを願ひます。」と云ふ御挨拶で帰された。

元来僕は、酒は殆んど一滴も飲めない、女郎買ひなぞは生れて一度もした事のない、そして女房と腕押しをしてもいつも負ける位の実に品行方正な意気地なしなのだ。

「奥さんも御一緒に」

それから、これは本年の夏、一週間ばかり大阪の米一揆を見物して帰つて来ると、

「ちよつと警察まで。」

と云ふ事で、其の足で板橋署へ連れて行かれて、十日ばかりの間「検束」と云ふ名儀で警察に泊めて置かれた。

しかしそれも、何《な》にも僕が大阪で悪い事をしたと云ふ訳でもなく、又東京へ帰つて何にかやるだらうと云ふ疑ひからでもなく、たゞ昔が昔だから暴徒と間違はれて巡査や兵隊のサアベルにかゝつちや可哀相だと云ふお上の御深切からの事であつたさうだ。立派な座敷に通されて、三度三度署長が食事の註文をきゝに来て、そして毎日遊びに来る女をつかまへて
「どうです、奥さん。こんなところで甚だ恐縮ですが、決して御心配はいりませんから、あなたも御一緒にお泊りなすつちや。」

など、真顔に云つてゐた位だから多分僕もさうと信じ切つてゐる。当時の新聞に、僕が大阪で路傍演説をしたとか拘引されたとか、ちよい／＼書いてあつたさうだが、それは皆んなまるで根も葉もない新聞屋さん達のいたづらだ。

其他、斯う云ふ種類のお上の御深切から出た「検束」ならちよつとは数へ切れない程あるが、それは何にも僕の悪事でもなければ善事でもない。

とにかく、僕の事と云ふと何処でゞも何事にでも誤解だらけで困るので、先づこれだけの弁解をうんとして置く。

初陣

「さあ、はいれ。」

ガチヤ／＼とすばらしい大きな音をさせて、錠をはづして戸を開《あ》けた看守の命令通りに、僕は今渡されて来た布団とお膳箱とをかゝへて中へはいつた。

「其の箱は棚の上へあげろ。よし。それから布団は枕をこつちにして二枚折に畳むんだ。よし。あとは又あした教へてやる。」

直ぐ寝ろ。」

　看守は簡単に云ひ終ると、ガタン〳〵ガチヤ〳〵と、室《しつ》ぢうと云ふよりも寧《むし》ろ家《うち》ぢう震へ響くやうな恐ろしい音をさせて戸を閉めて了つた。

「これが当分僕のうちになるんだな。」

　と思ひながら僕は突つ立つたまゝ先づあたりを見廻した。三畳敷ばかりの小綺麗な室だ。まだ新しい縁なしの畳が二枚敷かれて、入口と反対の側の窓下になるあと一枚分は板敷になつてゐる。其の右の方の半分のところには、隅つこに水道栓と鉄製の洗面台とがあつて、其の下に箒と塵取《ちりとり》と雑巾とが掛かつてゐて、雑巾桶らしいものが置いてある。左の方の半分は板が二枚になつてゐて、其の真ん中に丁度指をさしこむ位の穴がある。何んだらうと思つて、其の板をあげて見ると、一尺程下に人造石が敷いてあつて、其の真ん中に小さなとり手のついた長さ一尺程の細長い木の蓋らしいものが置いてある。それを取りのけるとプウンとデシンらしい強い臭がする。便所だ。早速中へはいつて小便をした。下には空つぽの桶が置いてあるらしくジヤ〳〵と音がする。板をもと通りに直して水道栓をひねつて手を洗ふ。窓は背伸びして漸く目のところが届く高さに、幅三尺高さ四尺位についてゐる。ガラス越しに見たそとは星一つない真暗な夜だつた。室の四方は二尺位づゝの間を置いた三寸角の柱の間に厚板が打ちつけられてゐる。そして高い天井の上からは五燭の電灯が室《へや》ぢうをあか〳〵と照らしてゐた。

「これなら上等だ。コンフオルテプル・エンド・コンヴエニエント・シンプル・ライフ！」

　と僕は独りごとを云ひながら、室の左側の棚の下に横へてある手拭掛けの棒に手拭をかけて、さつき着かへさせられて来た青い着物の青い紐の帯をしめ直して、床の中にもぐりこまうとした。

「が皆んなは何処にゐるんだらう。」

　僕は四五日前の市民大会当日に拘引された十人ばかりの同志の事を思つた。そして入口の戸の上の方についてゐる「のぞき穴」からそつと廊下を見た。さつきもさう思ひながら左右をきよろ〳〵見て来た廊下だ。二間ばかり隔てた向う側に、あの恐ろしい音を立てる閂様《くわんのきやう》の白く磨き澄まされた大きな鉄の錠を鼻にして、其の上の「のぞき穴」を目にして、そして下の方の五寸四方ばかりの「食器口」の窓を口にした巨人の顔のやうな戸が、幾つも幾つも並んで見える。其の目からは室の中からの光りが薄暗い廊下にもれて、其の屈りくねつた鼻柱はきら〳〵と白光《しろびか》りしてゐる。しかし、厚い三寸板の戸の内側を広く外側を細く削つた此の「のぞき穴」は、そとからうちを見るには便宜だらうが、うちからそとを窺くにはまづかつた。で、こんどは蹲《しや》がんで、そつと「食器口」の戸を爪で開けて見た。例の巨人の顔は前よりも多く、此の建物の端から端までのが皆んな見えた。しかし其の二十幾つかの顔のどの目からも予期してゐた本当の人間の目は出て来なかつた。そして皆んなこつちを睨《にら》んでゐるやうに見える巨人の顔が少々薄気味悪くなり出した。

「もう皆んな寝たんだらう。僕も寝よう。皆んなの事は又あしたの事だ。」

僕はそつと又爪で戸を閉めて、急いで寝床の中へもぐりこんだ。綿入一枚、襦袢一枚の寒さに慄えてもゐたのだ。

するとゝ室の右側の壁板に、

「コツ、コツ。コツ、コツ。コツ、コツ。」

と音がする。僕は飛びあがつた。そしてやはり同じやうに、コツコツ、コツコツ、コツコツと握拳《にぎりこぶし》で板を叩いた。ロシアの同志が、獄中で、此のノツクで話をする事はかねて本で読んで知つてゐた。僕はきつと誰れか同志が隣りの室にゐて、僕に話しかけるのだと思つた。

「あなたは大杉さんでせう。」

しかし其の声は、聞き覚えのない、子供らしい声だつた。

「え、さうです。君は？」

僕も其の声を真似た低い声で問ひ返した。知らない声の男だ。それだのに今はいつて来たばかりの僕の名を知つてゐる。僕はそれが不思議でならなかつた。

「私は何んでもないんですがね。たゞお隣りから言《こと》つかつて来たんですよ。皆んなが、あなたの来るのを毎日待つてゐたんですつて。そいで、今新入りがあつたもんですから、きつとあなただらうと云ふんで、ちよつと聞いてくれつて頼まれたんですよ。」

「君のお隣りの人つて誰れ？」

僕は事の益々意外なのに驚いた。

「〇〇さんと云ふ焼打事件の人なんですがね。其の人と山口さんが向ひ同士で、毎日お湯や運動で一緒になるもんですから、あなたの事を山口さんに頼まれてゐたんです。」

「其の山口とはちよつと話しが出来ないかね。」

「え、少し待つて下さい。お隣りへ話して見ますから。今丁度看守が休憩で出て行つたところなんですから。」

暫くすると、食器口を開けて見ろと云ふので、急いで開けて見ると、向う側の丁度前から三つ目の食器口に眼鏡をかけた山口の顔が半分見える。

「やあ、来たな。堺さんはどうした？　無事か？」

「無事だ。きのふちよつと警視庁へ呼ばれたが、何んでもなかつたやうだ。」

「それや、よかつた。ほかには、君のほかに誰れか来たか。」

「いや、僕だけだ。」

と僕は答へて、ひよいと顔を引つこめた山口を「おい、おい」と又呼び出した。

「ほかのものは皆んな何処にゐるんだ、西川（光二郎）は？」

「シツ、シツ」

山口はちよつと顔を出して、斯う警戒しながら、又顔を引つこまして了つた。コトン〳〵と遠くの方から靴音がした。僕は急いで又寝床の中へもぐりこんだ。靴音はつい枕許まで近く聞えて来たが、又だん〳〵遠くのもと来た方へ消えて行つた。

「コツコツ。コツコツ、コツコツ。」

と又隣りで壁を叩く音がした。そして此の隣りの男を仲介にして、其の隣りの○○と云ふ男と、暫く話しした。西川は他の二三のものと二階に、そして此処にも僕と同じ側にもう一人ゐる事が分つた。

僕はもう面白くて堪らなかつた。きのふの夕方拘引されてから、始めての入獄をたゞ好奇心一つぱいにこんどはどんな処でどんな目に遭ふのだらうとそれを楽しみに警察から警視庁、警視庁から検事局検事局から監獄と、一歩々々引かれるまゝに行かれて来たのが、これで十分に満足させられて、落ちつく先のきまつた安易さや、仲間のものと直ぐ目と鼻の間に接近してゐる心強さなどで、一枚の布団に柏餅になつて寝る窮屈さや寒さも忘れて、一二度寝返りをしたかと思ふうちに直ぐに眠つて了つた。

野口男三郎君

翌日は雨が降つて、そとへ出て運動が出来ないので、朝飯を済ますと直ぐに、三四人づゝ廊下で散歩させられた。

僕は例の食器口を開けて、皆んなが廊下の廻りを廻つて歩くのを見てゐた。山口と一緒のゆうべ隣りの男を仲介にして話した男とも目礼した。そしてもう一人の同志と一緒にゐるのが、当時有名な事件だつた寧斎《ねいさい》殺しの野口男三郎だと云ふ事は、其の組が散歩に出ると直ぐ隣りの男から知つた。男三郎も、其の連れから僕の事を聞いたと見えて、僕と顔を合せると直ぐに目礼した。

男三郎とはこれが縁になつて、其後二年余りして彼れが死刑になるまでの間、碌に口もきいた事はないのだが大ぶ親しく交はつた。其の間に僕は、出たりはいつたりして二三度暫くこゝに滞在し、其他にも巣鴨の既決監から余罪で幾度か裁判所へ引き出されるたびに一晩は必ずこゝに泊らされた。そして殊に既決囚になつてゐる不自由な身の時には、随分男三郎の厄介になつた。男三郎自身の手から、或は雑役と云ふ看守の小使のやうになつて働いてゐる囚人の手を経て、幾度か半紙やパンを例の食器口から受取つた。僕もそとへ出たゝびに何にかの本を差入れてやつた。

男三郎は獄中の被告人仲間の間でも頗る不評判だつた。典獄はじめいろんな役人共に切りに胡麻をすつて、其のお蔭で大ぶ可愛がられて、死刑の執行が延び〳〵になつてゐるのも其のためだなぞと云ふ話だつた。面会所のそばの、自分の番の来るのを待つてゐる間入れて置かれる、一室二尺四方ばかりの俗にシヤモ箱と云ふ小さな板囲の中には、「極悪男三郎速《すみや》かに斬るべし」と云ふやうな義憤の文句が、あちこちの壁に爪で書かれてゐた。

僕なぞと親しくしたのも、一つは、自分を世間に吹聴して貰ひたいからであつたかも知れない。現にそんな意味の手紙を一二度獄中で貰つた。其の連れになつてゐた同志にもいつもそんな意味の事を云つてゐたさうだ。

要するに極く気の弱い男なんだ。其の女の寧斎の娘の事や子供の事なぞを話す時には、いつも本当に涙ぐんでゐた、子供の写真は片時も離した事がないと云つて、一度それを見せた事もあつた。又、これは自分が画いた女と子供の絵だと云つて、雑誌の口絵にでもありさうな彩色した絵を見せた事もあつた。どうしても何にかの口絵をすき写しゝたものに違ひなかつた。しかし絵具はどうして手に入れたらう。余程の苦心をして何にかゝら搾り取つて寄せ集めでもしたものに違ひない。が、何んの為めにそれだけの苦心をしたのだらう。しかもそれは、自分の女や子供の絵ではなく、全く似てもつかない他人の顔なのだ。

寧斎殺しの方は証拠不十分で無罪になつたとか云つて非常に喜んでゐた事があつた。又、本当か嘘か知らないが、薬屋殺しの方は別に共犯者があつて其の男が手を下したのだが、うまく無事に助かつてゐるので、其の男が毎日の食事の差入や弁護士の世話をしてくれてゐるのだとも話してゐた。そして或時なぞは、何にか其の男の事を非常に怒つて、法廷ですつかり打ちあけてやるのだなどゝいきごんでゐた事もあつた。

其後赤旗事件で又未決監にはいつた時、或日そとの運動場で散歩してゐると、男三郎が二階の窓から顔を出して、半紙に何にか書いたものを見せてゐる。それには

「ケンコウヲイノル。」

と片仮名で大きく書いてあつた。僕は黙つて頷いて見せた。男三郎もいつものやうににや〳〵と寂しさうに微笑みながら、二三度お辞儀をするやうに頷いて、暫く僕の方を見てゐた。

其の翌日か、翌々日か、とう〳〵男三郎がやられたと云ふはさが獄中にひろがつた。

出歯亀君

出歯亀にもやはりこゝで会つた。大して目立つ程の出歯でもなかつたやうだ。いつも見すぼらしい風をして背中を丸くして、にこにこ笑ひながら、ちよこ〳〵走りに歩いてゐた。そして皆んなから

「やい、出歯亀」

なぞとからかはれながら、やはりにこ〳〵笑つてゐた。刑のきまつた時にも、

「やい、出歯亀、何年食つた？」

と看守に聞かれて、

「へえ、無期で。えへへへ。」

と笑つてゐた。

強盗殺人君

それから、やはりこゝで、運動や湯の時に一緒になつて親しい獄友になつた三人の男がある。

一人は以前にも強盗殺人で死刑の宣告を受けて、終身懲役に

減刑されて北海道へやられてゐる間に逃亡して、又強盗殺人で捕まつて再び死刑の宣告を受けた四十幾つかの太つた大男だつた。もう一人は、やはり四十幾つかの上方者らしい優男《やさをとこ》で、これは紙幣偽造で京都から控訴か上告がして来てゐるのだつた。そして最後のもう一人は、六十幾つかの白髪豊かな品のいゝ老人で、詐偽取財で僕よりも後にはいつて来て、僕等の仲間にはいつたのだつた。

強盗殺人君はよく北海道から逃亡した時の話をした。一ケ月ばかり山奥にかくれて、手当り次第に木の芽だの根だのを食つてゐたのださうだが、

「何んだつて食へないものはないよ、君。」

と入監以来どうしても剃刀を当てさせないで生えるがまゝに生えさせてゐる粗髯《そせん》を撫でながら、小さな目をくる〳〵させてゐた。

そして

「どうせ、いつ首を絞められんだか分らないだから……………」

と云つて、出来るだけ我が儘を云つて、少しでもそれが容《い》れられないと荒れ狂ふやうにして乱暴した。湯も皆なよりは長くはいつた。運動も長くやつた。お蔭様で僕等の組のものはいろ〳〵と助かつた。此の男の前では、どんな鬼看守でも、急に仏様になつた。看守が何にか手荒らな事を囚人や被告人に云ふかするかすれば、此の男は仁王立ちになつて、ほかの看守がなだめに来るまで怒鳴りつゞけ暴ばれつゞけた。其の代り少しうまくおだてあげられると、猫のやうにおとなしくなつて、子供のやうに甘えてゐた。

或時なぞは、窓のそとを通る女看守が、其の連れて来た女の被告人か拘留囚かゞちよつと編笠をあげて男共のゐる窓の方を見たとか云つて、うしろから突きとばすやうにして叱つてゐるのを見つけた彼れは、終日、

「伊藤の鬼婆あ、鬼婆あ、鬼婆あ！」

と声をからして怒鳴りつゞけてゐた。看手の名と云つては、誰れ一人のも覚えてゐない今、此の伊藤と云ふ名だけは今でもまだ僕の耳に響き渡つて聞える。何んでも、もう大ぶ年をとつた、背の高い女だつた。其の時には、丁度僕も、雑巾桶を踏台にして女共の通るのを眺めてゐた。

仲間のものには極く人の好い此の強盗殺人君が、たつた一度、紙幣偽造君を怒鳴りつけた事がある。偽造君は長い間満洲地方で淫売屋をしてゐたのださうだ。そして其の度々変へた女房と云ふのは皆んな内地で身受けした藝者だつたさうだ。偽造君はそれらの細君にもやはり商売をさせてゐたのだ。

「貴様はひどい奴だな。自分の女房に淫売をさせるなんて。此の馬鹿ツ。」

と殺人君は運動場の真ん中で、恐ろしい勢で偽造君に食つてかゝつた。それを漸くの事で僕と詐欺老人とで和めすかした。

「俺れは強盗もした。火つけもした。人殺しもした。しかし自

分の女房に淫売をさせるなぞと云ふ悪い事はした事がない。君はそれでちつとも悪いとは思はんのか。気持が悪い事はないのか。」

漸く静まつた彼れは、こんどはいつものやうに「君」と呼びかけて、偽造君におとなしく詰問した。

「いや、実際僕はちつとも悪い気もせず、又悪いとも思つちやゐない。まるで当り前のやうにして今までさうやつて来たんだ。それに僕の女房はいつでも一番沢山儲けさしてくれたんだ。」

偽造君はまだ蒼い顔をして、おづ〳〵しながら、しかし正直に白状した。品はいゝがしかし何処か助平らしい、いつも十六七の女を妾にしてゐると云ふ詐欺老人は「アハヽヽ」と大きな口を開いて嬉しさうに笑つた。殺人君は呆れた奴等だなと云ふやうな憤然とした顔はしながら、それでも矢張りしまひには詐偽老人と一緒になつてにこ〳〵笑つてゐた。

偽造君と詐偽老人とは仲善く一緒に歩いてゐた。二人は「花」の賭け金の額を自慢し合つたり、自分の犯罪のうまく行つた時の儲け話などをしてゐた。偽造君は前にロシアの紙幣の偽造をして、随分大儲けをした事があるんださうだ。詐偽老人のは大抵印紙の消印を消して売るのらしかった。そして老人は、「こんど出たら君かやつたやうな写真で偽造をして見やうか。」

と云ひながら、切りに偽造君に、写真でやる詳しい方法の説明を聞いてゐた。

僕は折々差入の卵やパンを殺人君に分けてやつて其の無邪気な気焔を聞くのを楽しみにしてゐた。

殺人君は宣告後三年か四年か無事でゐて、多分証拠が十分でなかつたのだらうと思ふが、其後又死一等を減ぜられて北海道へやられたさうだ。

(「新小説」大正8年1月号)

季感象徴論

大須賀乙字

俳句の領域は俳句が季感を必ず伴つて居るといふことで制限されて居る。季感とは何か季節々々の景物天象等に対して喚起される感じ、感情、等をいふのである、それは人々によつて経験範囲が違ふからして季感を深くも浅くも広くも狭くも感ずる。それのみならず、常に新たな経験によつて季感に拡充されて行くのである。其故に境涯の変化を求めるのである。境涯の変化とは作者の生活上の変化を指すのは勿論であるが、又知らぬ初めての土地に行つたとか、珍らしい現象に出遇つたとかいふことも、やはり境涯の変化である。境遇の変化につれて見馴れた光景も今更めづらしく驚嘆せられるのである。これは直接経験について云うたのであるが、更に古俳句を読めば、間接的ではあるが経験範囲を広めることが出来る。古俳句を読んで得るところの間接経験は直接経験よりも遥に価値の少ないものである。しかるに俳人の大多数はこの間接経験から得た季感にたよつて句作をして居る。読句から得た季感は普遍性を有して居るので、一般に通りがよい。正岡子規が写生を奨励して以来、新派俳人は直接経験を重んずるに至つたのであるが、それでも読句から得た季感に妨げられて、事実に面接することの出来ない人が沢山ある。即ち予備智識が色眼鏡となつて真実をそのままに観て取ることを妨げる場合がある。歴史的研究の方法によつて其間接経験を調べて見るならば、時代につれて季感に変遷のあつたことが明になる。

読句によつて得る季感即ち間接経験も直接経験と相俟つて会得されるのであるから、直接経験を積むに従つて古句を味ふ上に段々の進歩があるのである。而して玆に最も注意すべき事は、古句を読んで得たる季感といふものは、全一句から得て居る故に、偶然の出来事を含む場合が多いことである。例へば、

石山の石より白し秋の風

は芭蕉が那谷《ナタ》に行つた時は恰も秋風のころであつたから、秋の風と置いたのであらう。其処の奇岩の風に曝らされて白らけたさまは、眼前の秋風にさらされたかに見えたであらう。此句あつて以来は秋風とさへいへばものの曝らされたさまが必然的に聯想されるやうな感じを伴ふに至つて居る。しかし考へて見れば石が風に曝らされるのは一年中不断に行はれて居るのである。不断に風蝕をうけて居て苔をつけないとすれば、秋風といふ季感が曝らされ白けわたるといふ感を必然的に伴ふものとはいへないのである。然るに読句から得る季感といふものには得てこのやうな偶然のことから起る感想がつき纏つて了ふのである。

即ち読句から得る季感は実は季の景物気象其物だけの感じ感情ではなくして、其季を含む一句を感じ感情によつて具体化されて居るのである。単に一つの景物気象をとつていへば、其感情は極めて漠然としたものである。具体化してゐないものが一句に完成して具体化する時に初めて現実性を帯び且つ特殊の場合の刹那的光景であることが知られるのである。しかるに、これまでの俳人のいひ草によれば、牡丹に積極的な繁華な趣があり、藤に愁をひくが如き風情があるとやうにきめて了つて居る。風雨に萎えた牡丹が愁を帯び、虻を誘ふ藤波に颯爽たる姿がないとも限らない。自然の相は常に想像よりも奇抜である。況や作者の境涯によつて春の日を暗く悲しく思つたり、秋風を晴やかに快く感じたりするのは敢て珍らしくないことである。

それならば季感の普遍性がなくなり、俳句のあらはす感情を一般に伝へることが出来なくなるであらうと非難する人があらう。さういふ心配は無用である。俳句全一句として初めて具体化された全体の調子から感情が溢れるのである。且つ自然の真実といふ証券を握つて句作するのであつて見れば、其真実はいや応なしに読者を首肯せしめずにはおかないのである。それでも読者が理解しないのは、表現上に欠点があるか、読者の経験範囲から全く遠ざかつた境地であるか、しからざれば読者の価値批判の眼が曇つて居るかである。読者の価値批判の眼といふものは、因襲的に固定したるを季感を持つて居る人にあつては、甚だにぶらされて居るのである。

冬に稲妻を詠じたからといつて不思議がつたり、秋に蛙が啼いたといへば嘘だとするやうな人がある。実際にあつた現象ならば其儘に読んでさし支へはないのである。しかしながら極めて稀有な現象であるならば、それを稀有なことと感じた丈けの驚きが句面に現はれなければならぬ。それを平生見なれたことのやうに詠じたのでは、やはり一種の嘘になつて居るのである。自己だけの記憶のためのものならば兎も角、表現をするからは他に聞えるやうに心懸けねばならぬ。又他に聞えるやうにとばかり苦心しては感激のうすいものになる。他に理解されると否とは第二の問題であつて、卒然句をなす場合にそれを懸念して居る暇はないのであるが、他に聞えぬやうな句でも困るからして、あとから見かへして表現上の効果を考へねばならぬ。

季感はどこまでも実経験を土台にし、その時其時の経験に驚嘆するやうな発見がありたい。しかるに自分には新発見のつもりのものを古人が道破して居り、自分よりも確かと真相を摑んで表現して居るのに驚かされることがある。古句研究も其故に必要である。さて又季題感想（それは季感とは違ふ）は時代によつて大体の傾向が変化し其概念は段々と細密になつて来て居る。それは言葉の約束の変化に過ぎない。例へば連歌では「雪のしたたり」「雪の流るる」といへば冬の季にあつかひ、「雪気の水」といへば春にした。俳諧ではいづれも春季に使つて居る。かやうの例は今一々挙げてゐられぬが、非常に多いのである。又季といへば四季の別即ち春夏秋冬の別をさして、いづれかの季に収めなければならぬやうに考へて居たのである。僕は其四季の別を全く徹し去つて、一々の景物気象に感情が象徴されるものとして、一つの季語が或は春夏に亙るものがあり、或は夏秋に亙るものがあり、或は三季に亙るものがあつて、単に季語としては何の意義をも与へないことにしなければならぬと主張するのである。俳句に詠ぜられてこそ季語ともなるが、一語とり放つて「秋風」といつても季語とはしないのである。一俳句の統一的情趣のうちに作者の情意的活動が融け込んで自我を没した場合に季感といふものが成り立つのであつて、季語とは斯様の場合の中心的景物を指していふのであるから、俳句を離れては季語はないのである。

即ち季感とは厳密にいへば一俳句の統一的情趣に外ならない。一俳句の統一的情趣を作る上に最も重要な気象なり景物なりが其俳句の中の季語であつて、其他の語は所謂季題であつても何でも其句にあつては季語ではない。

季感を、俳句から取り放したる一季題の感想と考へて居る人は、季感を概念的象徴として居るのである。季感は具体的には一俳句を形成しなければ成り立たぬとし、其俳句の全情趣其物であるとする僕等には、季感は感情的象徴である。其故に自然を有りのままに詠じた句が直に感情象徴として現はれて来るのである。

今実例によつて其違ひを示さう

仲悪しく隣り住む家や秋の暮　　虚子

此句に仲の悪い様子は具体的に何も現はれてゐない。たゞ家があつて秋の暮といふだけの光景ほか現はれない。この秋の暮は「暮の秋」と使ひわけて居るからして、秋の夕暮のことである。――言葉の意義の上の約束は季感とは別にしなければならぬ。――二軒の家の秋の夕暮に見たといふだけでは、何の感情も読者には起つて来ないのが当然である、これを解釈するには、秋の暮といふ語に何等かの感情を持たせて来なければならぬ。楽堂氏の説明によると「其二軒の家が広い下界に、仮にいへば大きい秋の暮の中に在る二軒の家となる。なほ物の形によそへて云ふならば。下界全体が引被つてゐる処の秋の暮といふ大きな笠の下に二軒の仲の悪い家がある。」といつて居る。秋の暮は淋しいものだとかいふ事を考へ、その淋しい暮色の中に仲悪しい隣同士の住む二軒の家は互に往来もしないから、殊更淋しさうに見えたといふのであらう。さうすると家を見て家の中の人達の平生を考へたりしながら秋の夕暮に其二軒を外から見て淋しい感を起したといふ感想をのべた句と見なければならぬ。つまり主として想を述べたものである。其想をのべるに季題の概念を仮りたものである。虚子氏自身も「これに配する季題そのものは」云々といつて居る。配するといふ考が既に概念的に扱つて居る証拠である。斯様な句に対して僕の句をあげて比較して見よう。

裸鶏羽うたんとする秋の風

これは羽毛の抜けた鶏が漸く少し毛が生へかけて居て。羽搏つさまにはするが風を煽るほどの力もない有様で、秋風に吹かれつつ勇み立つやうな様子をして居た其まゝの光景を詠んだのである。其鶏を哀れむ心得は表にはいはぬが、全体の調子から出て来ると思ふ。秋風にいさむ様子の哀れなるに見入つて作者は鶏の心持になつてゐたのが、不図我心にかへつて此句を産んだのである。季感は全一句から滲み出すのであつて、「秋風」は心を動かすものとかいふやうな概念などは浮べても居ないのである。此光景は季節の変化が産み出したのであつて、自然の力は無心の鶏の上に働いて居る。この自然力に驚いた感情をこの句は象徴して居るのである。「秋の風」といふ一語の季感ではなく全一句の季感である。

（「常磐木」大正8年1月号）

謂ゆる通俗小説と藝術小説の問題

徳田秋聲
野村愛正
森田草平

自分の経験を基礎にして

徳田秋聲

この題目については、私も時に考へたこともありますが、何処迄が藝術で、どこまでが通俗小説の範囲かと云ふやうなことは暫く措いて、双方の作品について私の心持経験をざつと簡短にお話することに今は止めておくことゝします。

極めて概観的に言へば、一般俗衆を対象として書かれたものが通俗小説で、自己内面の藝術的欲求から来る或物を、高級なる読者に訴へ若しくは伝へんとするのが、藝術的作品であらうが、さればと云つて、真の藝術鑑賞批判者は、多少智識あり教育ある階級のうちにさへ、さう沢山は求められないもので、藝術的の仕事と雖も、必ずしも然う自由なものではない筈である。藝術家として世に立つ以上、多くの読者を得たいのは自然の慾望で、如何なる高義の主張思想をもつてゐる人でも、可成多くの読者に理解してもらふためには、そこに幾分通俗的に作品の加減をしない人は幾んど鮮いと言つてもよからうと思ふ。それと同時に通俗作家と雖も、単に一般の読者を対象とする以上、幾分自己の藝術的慾望を披瀝してゐないものも亦鮮からうと思ふ。

たとへば「金色夜叉」などは其時分でも然うであつたとほりに、今でも立派な通俗小説だが、あれを六年間もかゝつて書いた作者から言へば、単に子女の興味を唆《そゝ》るための戯作でなかつたと同じに、学生や一般智識階級にわたる広い範囲の読者をもつてゐる夏目さんの作品が、新聞の続きものを書くやうになつてからは、可也通俗的な手加減のあるものであつたことは言ふ迄もない。無論通俗と云つても、夏目さんの場合は無智識な俗衆を対象としてゐないことは勿論だが智識の有無が藝術鑑賞眼の唯一の標準でないことも勿論であらうと思ふ。

一代の藝術家が真剣で書いた作品でも、人間の智識が進んでくるに従つて、それが極めて普遍的なものとなり通俗的なものとなつて来ることは争はれない事実で、「哀史」や「復活」が活動写真で遍ねく俗衆の目の前に伝播され、相当の理解と興味を以て、一般子女間にも迎へられるのは不思議もないことである。頭脳の進んだ今日では、殊に民衆的思想の発達した昨今では、それを基調としてゐる藝術が比較的広い範囲の読者を持ちうることも当然で、藝術家と読者との距離と区別は、さう遠いものではないどころか、一般素人もまた一と通りの小説を書くことぐらゐには、さほど困難を感じないし、技術に事かゝない。無論天分と云ふものは、今でも尊重されないことはない。そして天分のある藝術家が、批評壇で重んぜられてゐることは言ふまでもないが、しかし普通の作品は大抵教育あるもの、頭脳から智識的に編出されて、それが相当の効果と喝采を博してゐる。

話が少し側《わき》へそれたやうだが、此の問題は形式のうへからも可也言ふことができる。月々の高級雑誌に現はれる短篇小説と、新聞の読者を相手にしてゐる長篇の作品との対照がそれで、紅葉さんなどが、「朧舟」や「むき玉子」のやうな藝術味のある作品から、終ひには「金色夜叉」などを書くやうになつたのも、一つは新聞の読者に引摺られて行つたからである。新聞の続きものから、作の仕組とかプロットとか云ふやうなものを全然除外することは、余程藝術家としての矜持の高い人か、人気のある作家の外は、頗る困難である。私などは健康がすぐれないために、作をすることは可也辛い仕事となつてゐるのだが、新聞の方だと毎日々々崩《くづし》なしに、どうかかうか続けることができると云ふ便宜を感じてゐるので、新聞小説の方に多くの感興を覚える習慣になつてゐるところから、一面通俗小説の方へも筆をつけるやうな形となつてゐる。これには世間的な事情も加はつてゐるのだが、それがやがて通俗小説を書く機縁ともなつたやうである。無論通俗小説を単なる通俗小説の興味にのみ止めておきたいとは思つてゐない。片々たる短篇では発表することの困難な大きな構図を、いつか通俗小説で書いてみたいとは思つてゐるが、それも今のところ新聞の読みものと云ふ意味から、質や形にも色々の制限があるので、これも然《さ》う自由な訳には行かない。

私自身の経験から言ふと、藝術的作品を新聞で書くことは一番都合の好い仕事なのだが、読者受のする通俗小説となると、可也苦しい努力となつてくる。言ふまでもなく、此場合の努力は、全人格的のものではなくて、読者の興味をいかに繋《つな》ぐかと云ふことが問題になつてゐるので、自己を没却してプロツトや何かを作ることは然《さ》う楽なことではない。それに藝術品の場合だと、当然湧いてくる感興のために、一度内部へ入つてくると、比較的速く調子づいて進む筆も、読者を目の前に置いてかゝつてゐる仕事だけに、通俗小説の場合には、常に全体の構図に目を注いでゐなければならぬと云ふ努力も必要なのである。私は通俗小説の場合でも、成るたけ人間を描きたいと思つてゐる。作意のために仮構されたやうな人物は、可成取りたくないと思つてゐる。そしてプロツトと、一般読者の興味を惹くための人情味とを忘れまいとすると同時に、出来る丈け多様な人間性と、私の見た人間の交錯とを書きたいと希つてゐる。この種類の欲求は、藝術的作品を作る場合と、心持は少しも変らないばかりか、時とすると、もつと自由に奔放に、空想的にさへ書けるものだと云ふ興味をも感ずる。

私は現文壇に於ける多くの才人によつて書かれた短篇小説――自然主義旺盛時代の日常生活若しくは自己告白を除いて――殊に幾分でも時代思想とか哲学的概念を含んだ作品は、これを布衍し誇張しうるものとすれば、大抵のものは通俗小説に引直され得る可能性をもつたものだと思つてゐる。勿論独歩氏のものが、如何にしても通俗小説とは成りえないとほりに、某々氏の作品は、全然この除外例であることは言ふまでもないが、或作品などは、それを推拡めて行きさへすれば、立派な通俗小説とすることができる。謂はゞ脹《ふく》らまない通俗小説、新芽のまゝ、種子《たね》のまゝの通俗小説といつた性質のものが、可也多いやうに思ふ。

病中で、十分書くことができなかつたが、この問題については、今少し纏まつた話をする機会を得たいとも思つてゐる。

二者の区別に対する見解

野村愛正

私は曾つてかう思つた。――

私が小説に興味を持つやうになつた最初の出発点は通俗小説を耽読した為めである。その時代から云へば私の愛読した種類の小説は藝術小説であつたかも知れないが少くも今になつて振返つてみれば通俗小説の部類に入る小説を耽読した結果だと云へる。そして智識が発達するにつれて、其通俗小説では満足出来なくなつて所謂藝術小説の範囲に歩を進めて来たのである。

藝術の愛好者が誰も私のやうな道程を通つて来るものだとは私も思つては居ない。一気に藝術小説を鑑賞しうるやうになつた人も多からうと云ふことは想像出来る。けれどもさう云ふ人よりかも私のやうに、通俗小説から藝術小説へ進むで来る人の方が多くはないかと私は思つてゐる。してみると階梯としての通俗小説は私の独断の中には存在を許すことになる。

然も今猶私の貧弱な智識は、藝術小説を要求してゐる人達よりも、通俗小説を要求してゐる道程にある人達の方が数の上から云へば、ずつと遥かに多いと云ふことを思はせてゐる。

○

それからまたかう思つた。

作家は他の過程にある人達よりかも高いところに立つてゐると思つても好い、（人間としての価値から云ふのではない）通俗小説を求めて居た時代から漸次自分の好いと思ふ藝術小説を要求する時代を通過し更に他人の藝術では満足することが出来なくなつて来て自分で藝術を生み出さうとしてゐるのだから。

だが、作家がこの場合に立つたとき、自分が其処へ到達した悦びを他の人達と一緒に頒つべきものであらうか？　それとも猶自分の心の要求のみに従つて一直線に前へ進むべきものであらうか？　他の道程にある人々と一緒に悦びを頒たうと思へば、その作家は必然に自分の地位まで他の人達が容易に登ることの出来る階段を作らねばならぬ。この階段は私から云はせると通俗小説と名づけられたものである。更に詳しく言ふと、所謂藝術小説に、最も近しい通俗小説である。だから自己の藝術を自己のみが独占せず広く一般に頒たうと思へば、何うしても通俗小説を書かねばならぬことになる。

しかし私は通俗小説を書くのが本当だとも信じきれなかつた。また自分の要求を満すためのみに前へ突進するのが本当だと思ひきれなかつた。両方とも理由が同じ重さに私の心の中に存在してゐたからだつた。

○

通俗小説にも階級が幾通りもあると思ふ。が、従来通俗小説だと云はれてゐる小説を総括して、作の構想をする第一条件を考へてみると、それは読者に断えず脅迫感念を与へてそれを持続させて行くことだつたと考へられる。言ひ換へると読者をひや〳〵させることだ。例へば作品を読む時に、この女の将来は何うなるだらうとか、何うかこの男の将来をよくさせてやりたいとか云つたやうな安価な同情を、その脅迫観念によつて読者から呼び起さうと企てることだ。矢張りこれも私の無智識な独断かも知れないが。――

この安価な同情は、私に言はせると人間の内部生活の充実性を稀薄にするものである。度々これを繰返すごとに人間はだん〳〵充実性を失つて、底へ底へと堕落して行く。

そして此安価な同情は人間が共通に持つて居る弱点である。私は此弱点に乗じて読者に媚を売つたまた売らうとした作家が、作家自身の人間性も共々に堕落させて行つたやうな事実を眼のあたりに見たやうに思つた事があつた。私は其時何んだか、ざまを見ろと云つて罵つてやりたいやうな痛快さを其作家に感じた。

○

けれ共私の要求してゐる階段としての通俗小説は、如上の其心裡が見え透く様な浅猿しい下劣な作家によつて書かれたものではなかつた。と云つて私の尊敬してゐるやうな真面目な作家は、通俗小説などは振返つてもみないと云ふやうな態度だつた。それは尤もな事だとは思つたが、それでも私は腹が立つた。其処で私は柄にもない謀反心を起して、両様の人達に反抗する様な心持で自ら階段を作らうと企てた。是が私に通俗小説を書かせるやうになつた最初の主動である。

そして私は今も猶書き続けてゐる。

○

今猶私が通俗小説を書き続けてゐる理由を仔細に分解してみると、如上の外にまだ三つばかりあるやうだ。それは藝術小説を書くほど自分の心霊を裸体にし、自分をこき下して惨酷に眺めないでも済むと云ふ楽な、横着な道を選んでゐるのだと云ふのが一つ。それから私の生活に必要な物質の報酬が比較的容易に得られると云ふことが一つ、もう一つの理由は、自分が描き出す作中の人物にのんびりとした好意と興味とがより多く寄せられて何となく自分が慰まるやうな気持を持ちうると云ふことである。この最後の理由は、例へて言へば商人などが物質的関係のない人には比較的好意を持ちうると同じやうなものであらう。血みどろになるやうな心持で真剣に自分を自分の中に没入させないから好意（愛情だとは云へない）が持てるのだらう。勿論この三つの理由は主動ではなく、通俗小説を書くやうになつた為めに附随して起つたことである。

○

以上は私が通俗小説に抱いて来た、また書いて来た考への大摑みな断片である。

○

この「所謂通俗小説と藝術小説との問題」と云ふ課題が私に与へられた時、私は所謂通俗小説と藝術小説との差は何処にあるかと云ふことを第一に考へてみた。ところが深く考へてみればみるほど、私の頭脳にはまだ明確にそれが区別されてゐなかつたことを知つた。概念はそれを区別してゐるけれども、実際はその境界線が分らずに居ることを知つた。

○

ある人は通俗小説は人間の概念を描いて行く作品で藝術小説は個性を描いて行く作品だと云ふやうな区別を持つてゐられることも知つた。が、私の持つてゐる通俗小説観はそんなものではなかつた。通俗小説でも作家の個性が滲み出てゐなければ、また作中の人物にもそれ〲独在性を持つた所謂個性が描き出されてゐなければ、私の望むやうな階段としての通俗小説ではないと思つて居た。私も貧しいながら其処を目がけて書いて行つて居た筈だつた、結果はとにかくとして。

○

してみると私の考てへゐる藝術小説とは何んなものだつたらう？

私は漠然とした中からこの両者の区別を次のやうに考へてみたいと、今更になつて漸く考へてみた。しかしこれは私の藝術に対する心持を急に決定したのではなくて、以前からあつたものに明確に境界線をつけてみたのだと云ふことも断つて置かねばなるまい。

○

私は今、通俗小説とは智的な作品だと答へたいと思ふ。また事件的な作品だと云つても好い。けれども結局両方とも同じ意味なんだ。

私が通俗小説を書く時にいつもよく考へることは、より多くの人に書いた意味を了解して貰ひたいと云ふことであつた。断えず読者を頭脳に置いてゐて、分るように分るようにと書いて来た。譬へ何んなに深く個性の中に入つて居やうとも、表現の仕方一つで私の考へなり思想なりは立派に了解して貰へると思つて、分るように分るようにと覘つて書いた。つまり表現の際に頭脳が相対的に智的に働いた為めに通俗小説になつたのである、と言ひ換へても好いと思つて居る。

これに較べると私の謂ふ藝術小説はより運命的で、必然的である。絶対的である。よく私が口癖に言ふことであるが、私は藝術小説は人間の心霊《たましひ》を描き出しそれに存在性を与へるものだと思つてゐる。では心霊とは何だと訊かれても私にはこれだと指して云ふことは出来ないが、人間の個性とは心霊が放射した外部的な現はれを指して云ふものだと思つてゐるからである。してみるとこの外部的な現はれを描くよりも、その個性を放射するところの心霊を描いた方がより的確に人間を創造的に描き出すものだと考へるからである。この心持の前には読者などは勿論ない。自分を出来るだけ素裸体にして自分の前に立たせて、他の人間と同じ人間である自分の心霊をみてみやうとするばかりである。

また通俗小説が事件的だと云へる意味は、人生の上に起る事件はみんなさきに云つた個人の心霊の放射であるにもかゝはらず、事件の顚末を主として眺めて、その事件を生みだした其処の人間の心霊を主としないと思はれるから私が名づけてみたのである。尤も事件の顚末のみをみた場合でも、それを明らかにする必要上から時折作中の人物の心霊の近くまで行くこともあるが、譬へさう云ふ場合があつたところで主動が違ふからそれは事件的だと云へると思ふ。かう云ふ折りには心霊の所在地まで立返つて、その心霊から放射して行くものを辿つて行けば立派に個性も描き出され、所謂藝術小説なるものになると信ずる。

○

以上の私の見解からすれば、通俗小説は智的な相対的な小説のすべての総称で、読ませてやらうと云ふ（読んで貰はうと云ふ）主動によつて生れたもの、ことであると思ふ。事件的だと云ふのも、約言するとこの考へが禍する為めではなからうか。

でないにしても心霊そのものを描き出さうとした通俗小説は、不幸にして私はまだ読んだことがない。

　誰か私に一つの作品を持つて来て、お前の云ふことは違ふ、この作品はお前の云ふ通俗小説の主動によつて書かれたものだが、立派な藝術小説だ、と云ふ人があつても私の今なら即座に否通俗小説だと答へるに躊躇しないだらう。さう云ふ主動のもとに生れた作品が藝術小説のやうに見えるのは時想の影響の為めであるからである。外国の例をとつてみてもよく分ることだ。十九世紀のある時代に生れてその時代には立派な藝術小説だと思はれた小説が、今では通俗小説の中に祭り込まれてゐるのもあるし、同じ時代の作でも、永遠に通俗小説の中には入らぬ作品もある。これは作をする作者の主動の問題でなくて他に何があるだらう。

○

そこで私は結論のやうなことを云ふ。

　小説が智的や相対的になればなる程藝術の堕落である。小説を読ませる目的の為めに、読んで貰ふ目的のために書くのは読者に媚を売り作者自身も底へ落込まうとする第一歩である。殊に露骨に通俗小説が文壇の問題になるやうになると云ふのは、其処の藝術がだんだん堕落しつゝあることを意味するのではなからうか。

○

　私が以前に、階段としての通俗小説が欲しいと思つたのは、今になつて振返つて考へてみると藝術の客観者であり、且人生の指導者であらうとした考へが齎した嗤ふべき考へ方であつたのである。今でも客観的にみる場合には矢張りそれを必要とする。だが本当の私は、よりよく人間でありたい為に哲学とか宗教とか云ふ種々の方法がある中で藝術を選んだだけのことだ。この思想の中にはたゞ自分の心霊を素裸体にして鍛錬し生長させるより外には別に何物もある筈はない。

○

　現在私は自分に云ふ——。それは理窟で、そして本当のことだ。しかしまだ私は通俗小説も書いて行くだらう。他の小説家が藝術のみの生活に返れないで物質の為めに種々の職業に携つてゐるやうに。とは云へ、この言葉は自分に無恥に云ふのではない。

後ろを向いて書く作者

森田草平

　民本主義、民衆主義、乃至民衆に行くなぞといふ合言葉の流行る世の中に、同じく民衆へ行く筈の通俗小説といふ名が余り喜ばれぬのは、矢張り文学はアリストクラテイツクなものと見える。

　通俗小説とさうでない小説との区別をと云ふ註文だが、深いのに対して浅いと云つた所で、又一般に解る作と云つた所で、如何《どう》いふ材料を如何いふ風に取扱つたのが通俗小説だとはつきり云はなければ、一向説明には成らない。何うも此区別を客観的に立てることは、出来るにしても至極難かしいことの様に思はれる。

たゞ作家の主観に立ち入つて、斯ういふ事は云へるかも知れない。作家の意識は波を打つて、日に月に進歩して已まないものとする。其進歩の先頭に立つて、自分に最も新しい、自分の生活に最も深い交渉のある題目を捕へて書く。これが所謂藝術的の作である。此場合作家は前を向いて書いて居る。これに反して、或場合には作家は後ろを向いて書くこともある。つまり俗衆は作家の踏んで行つた道を追うて、後《あと》から随《つ》いて来る。時代意識の波のうねりに於て、数波後れながら随いて来るのが俗衆である。此俗衆のために後ろを振向いて書くのが、所謂通俗小説である。換言すれば、通俗小説は他人のために書くものであつて、さうでない小説は自分自身のために書くものだとも云へる。斯う云へば、少なくとも作家自身の頭の中では、二つのもの、区別ははつきりして居る。が、他人にもそれが通ずるか如何《どう》かは保証されない。

最近の小説壇はだん／＼通俗小説の傾向を帯びて来たといふ、記者の話しだ。私は此一年間程活版所の二階に閉ぢ籠つて、全く我邦の文壇と遠ざかつて居たから、其言葉の中れりや否やも知らない。又それが如何《どう》いふ意味で云はれたかも、一寸私には解らない。が、最近私が一つ二つ読んだ作に就いて云へば、一体に作風が概念的に成つたやうに思はれる。と云ふのは、或概念から暗示を得てそれに肉を被《き》せて行つたやうな作が多いと云ふ程の意味である。若し作家の意識が最初は形のない、ぼんやりした予感であつて、それがだんだん固定して概念を形造つて行くものだとすれば、其先頭に立つて居るぼんやりした予感に形を与へようとしないで、既に概念に成つたものを取扱ふ以上、それは後ろを向いて書く態度だと云はれても仕方があるまい。記者の所謂文壇が通俗的色調を帯びて来たとは此意味ではあるまいか。私の考へでは、文学は宜しく自家の意識の最先に肉薄して、ぼんやりはして居るが確かに把握して居る、確かに把握しては居るが藝術でなければ説明することの出来ないやうな、さう云つたもの、表現に渾身の力を尽すべきである。斯う云つた作は、旨く行けば人類意識の先頭に炬火を点ずることにも成るが、遣り損へば一人《ひとり》合点に終る。何を云つてるのやら誰にも解らない。これに反して、既に概念に成つたものを取扱へば、左様云つたやうな間違ひはない。作に表はれたところは明晰である、首尾整つて居る。此意味に於て古今独歩の大詩人と云はれるアレキサンダー・ポープは、『屢考へられたことではあるが、斯う旨くは何人《だれ》も云ひ果せた者がないと云ふ所に、文学の真髄はある』とも云つて居る。斯う云ふ文学の見方もあるのだから、屢人の意識に上るやうな概念を取扱つたからと云つて、一概に排斥することは出来ない。

想ふに、目下の文壇はそろ／＼整理の時代に入つたのではあるまいか。私はさう見て居る。十年前早創の時代にあつては、何を見ても珍らしかつた、何を読んでも新しかつた。新しいものとさへ云へば何でも珍重された。が、近頃では西洋の大家も略紹介され尽して、新しく輸入された新刊書を見ても別に珍らしいことも書いてない。初めてお目に懸かるやうな新説にも滅多に出会はない。斯う成ると人心は自づから創造よりも整理に向ふ。混沌に対して明晰が勝利を得る。新しい刺撃で惑乱されるよりも、此方の昏迷した頭を整理して呉れる者が望ましい。私は斯ういふ時代が今姑らく続くのではないかと思つて居る。

（「新潮」大正8年2月号）

島崎氏の『新生』

中村星湖

『新生』が新聞に掲載されてゐた間は、わたしは事情あつて飛び飛び読んだ丈なので、それが単行になつて出版される日が待たれた。昨年の十二月頃、所用で二三度春陽堂を音づれた折々に、わたしは『新生はまだ出ませんか？』と訊ね〳〵した。すると、あれは、たしか暮の二十七日の事だつた。店の主人はニコ〳〵しながら次のやうな話をした。

『新生ですか？　え、昨日夕方にやう〳〵製本屋から廻つて参りました。島崎先生も御自身でお出で下すつて、大層お喜びの御様子で、地方への荷造りなどをお手伝ひ下さいました。そして破戒を自費出版なすつた折、何処かの本屋の小僧さんと一緒に書物を車で曳張つておいでになる途中、お腹が空いたので、街なかの屋台店に腰かけて天どんを食べた事があるとかいふ思ひ出話をなすつて、今夜も一つ、店の皆さんに天どんを食べて頂きたいと仰しやるのでした……』

それを聞くと、わたしはいかにも島崎さんらしい、情のこまやかな、美しい話だと思つた。きはめて偶然ではあつたが、その頃、書斎の戸棚の掃除をしたついでにあのオリイヴ色の紙表紙の『破戒』を見付けて、わたしは忘れがたい昔馴染にでも出逢つたやうな気持で、年ごろ積もつてゐた塵埃《ほこり》を払つて折鞄のなかに入れて置いて、東京への往き返りの電車のなかなどでそれを読み返す事を楽しんだ。そして新たにそれとドストエフスキイの『罪と罰』とのテーマやコンポジシヨンの比較をしてひとりで微笑してゐたりしたのだつた。

新聞で飛び／＼読んだ時とは違つて、単行となつた『新生』をゆつくり順序を追つて読んで行くと、これまでに気付かないではなかつたが左程重大視してゐなかつた作者の文体の上の苦心や、多分新聞の読み物であるが為めの表現の上の遠慮や省略が、それと明かに推量されると同時に、作全体の筋の組立が、もしくは性格と事件との自然に造り出した構図が何となく『破戒』を、もしくはその粉本だと噂せられた『罪と罰』を思ひ出させずには置かなかつた。同じ作者の自伝的小説の連続と見られる『桜の実の熟する時』や『春』や『家』やの中に在るさま／＼のエレメントが、やはりその自伝的小説の一分冊であるらしいこの『新生』の主要部分を形造つてはゐながらも、同じ作者の初期の所謂出世作で、材料を全く作者の実際生活以外から取つて来たらしい『破戒』の全体の姿の方が他のいづれもより多くこの作に似てゐるといふ事は（それが偶然であらうと自然であらうと）あの作が作者自身にも文壇全般にも一つのエポツクを作つたやうに、この作がやはり新らしい一つのエポツクを作るのではあるまいか、とわたしには思はれた。本屋の小僧達に天どんを振舞つたといふほんの形ばかりのお祝ひのうちにも、作者の深い心持が窺はれるやうな気がした。

『新生は二巻より成る。』――さう言ふ断りがこの書物の巻頭にある通り、これはまだ完結された作ではないので、作の中心思想や主要人物の心持が何《ど》ういふ帰趣《きすう》を示すかは、第二巻が世に出てからでなければ、はつきりした判断は下せないわけであるが、これ一冊を読んだゝけでも、おぼろげながら推量し得られる或物があるやうである。その或物とは、わたしの感得したところでは、伝統主義的精神である。かう言ひ切る事は、結局、我田引水になりもしくは贔屓の引倒しになるかも知らぬが……『山を下りて都会に暮すやうに成つてから岸本には七年の月日が経つた。その間、不思議なくらゐ親しいものゝ死が続いた。彼の長女の死。次女の死。三女の死。妻の死。つゞいて愛する甥の死。彼のたましひは揺ぶられ通しに揺ぶられた。』

郊外の中野の方に住む友人の近情を知らせて来た手紙、空寂にして懶惰な生活を送つてゐるとは言ふものゝ生きながらの涅《ね》槃《はん》を求めてゐるやうなその人の深い宗教的気分に満たされた手紙がこの書物の発端をなして、読者をまづ瞑想沈思の境に誘ひ込んで置いて、さて第七頁《ページ》に至つて、作者は作の主人公岸本氏の過去の生涯を右の数行で摘記してゐる。やがて岸本氏はある友人の葬式に立会つての帰るさに、学生時代からの親友であつた菅や足立と次のやうな言葉を取交はすのである。

『皆一緒に学校を出た時分——あの頃は、何か面白さうなことが先の方に吾儕《われ〳〵》を待つて居るやうな気がした。斯うして居るのが、是が君、人生かねえ。』

『左様《さう》サ、是が人生だ。』

『もうすこし奈様《どう》かいふことは無いものかね。』

この会話を読んだ時、わたしは思はず竦然《しようぜん》とした。なぜならば、わたしは昨年十一月末の或夜、藝術倶楽部での抱月先生の追悼会の折に、先生の友達の一人が起つて一場の感話を試みたなかに、亡くなつた先生とその友達とが或時或所で取交はした会話、こゝに引いた岸本と菅達との会話そツくりその儘な会話のあつた事を思ひ出したからである。不惑と言はれる四十一二の頃が、人に依つてはなかなかの危機である事を感じたからである。

何となく人生に倦んだらしい言葉を発したその頃を境にして抱月先生の思想感情が急転直下して行つたやうに、『新生』の岸本氏もやはりその頃を境にして、自動的か受動的かそこはしかと解らぬが、姪の節子と肉体の関係を結ぶやうになる、そしてその罪の意識に責められ、岸本氏は兄であり嫂である節子の父母に会はせる顔もなくて仏蘭西《フランス》三界まで逃げて行く、その苦悶が即ち『新生』一巻のモチイフでもあれば、そのテーマ（有りとすれば）の起原をなしてゐるのである。恐ろしい人生よ！といふよりは恐ろしい生の倦怠よ！とわたしはまづ言ひたい。

この生に対して大きな欠伸《あくび》をする時、心ない人は兎に角に、心ある人はその欠伸のなかゝら何物を吐き出すか解らない。その例をわたしはさきに温厚かれの如き抱月先生に見、こゝにまた謹厳かれの如き岸本氏に見たのである。そしてわたしはかやうな場合に対して善とか悪とかいふ批判を挟む力を持つてゐない。

わたしの友達の一人は、嘗て、『新生』がまだ単行にならない以前に、岸本氏の生活態度に対して、即ち普通の人間として殆んど唾棄すべき肉親相辱の罪過及びそれの世間への発覚を恐れて逃亡した卑怯な態度に対して激しい批評の笞《むち》を加へてゐた。そのこゝろは、もし岸本氏に罪の自覚自責が強ければ強いだけ逃げ出したりするわけのものでないといふにあるらしかつた。かれの恐れたのは世間態であつて、罪過その物ではないといふにあるらしかつた。またわたしの或友達は、岸本氏のあゝした行為、あゝした心理を諒解する事は出来る。けれども作者のあの程度の曖昧な反省、曖昧な描出を遺憾とすると言つた。恐らく前者は『新生』の主要人物に対する倫理的批判の代表的なものであり、後者は同じ作者に対する藝術的非難の代表的なものであらう。けれども、普通の人間には神の如き全智と全能と全清浄とが望めないといふ消極的ハンディキャプがあればこそさまぐ〵の悲劇喜劇も行はれるわけで、さう思ふわたしは、人生のあらゆる艱難《かんなん》に堪へあらゆる誘惑を退けて来たらしい岸本氏もあの最後の試練に見ゝ事落第した所にあの人物の人間らしさを、言ひ換へれば人間らしい弱さを見る、それは場合は全然異なるけれども過つた超人意識から老婆殺しを敢てしたラスコリニコフの弱さと相通ずるやうにさへ感ぜられる。とはいへ、いづれにしても、罪過は罪過に相違ない。たゞ犯した罪過の煉獄を経て、その人がいかに磨かれたかもしくは磨かれなかつたか何をそこから摑んで来たかもしくは来なかつたかに依つて、真の倫理的批判は下されなければなるまい。また、罪業が精確な過程と同時にその精確な帰趨が誠意を以て写されてゐるかゐないかに依つて、真の藝術的鑑賞も行はれなければなるまい。それには、われ等は静かに第二巻の出現までを待つべきではなからうか？

それ故、こゝではわたしはこの書物に対して暫らく倫理的藝術的二つながらの批判、やゝともすれば一掃的になりたがるそれ等批判の志向を抑へる積りである。恐らく生皮を剝ぐやうな苦しみを今尚経験しつゝあるであらう作者に対する敬意からしても……。だが、こゝでわたしをして少しく述べさせて貰ひたい事がある。それはこの第一巻に書かれてあるだけの範囲でわたしが模索して来た或物である。

この書物に表はされた程度では作中人物の岸本氏と共に作者は近親恋愛を罪悪視してゐるらしい、殊に岸本氏は明かに一旦陥入つたその陥穽《おとしあな》から逃れよう〳〵と努めてゐる。その一念は、たとへ世間態を憚るといふ如き卑小な気持で裏打されてゐようとも、比較的純粋なものと見受けられるが、幾度か「死」の決心をした程に切端《せつぱ》詰《つま》つた純粋なものと見受けられるが「生」の盲目的意志はその一念を次第に不純なものに、もしくは稀薄なものにして行く。そして人知れぬ境に行つて大きな溜息を吐いて来ようとした「洋行」その「洋行」の仮面で世間を胡麻化さうとしたあたりまでは人間らしい弱さと自然さとを保つてゐるが、かれが、罪から逃れる力を利用して日頃一度は行つて見たいと思つてゐたヨオロッパ行を決行したやうに考へると、不純を通り越してづるいやうな気持を起させる。鈍重の如くであつて、しかも『昔からよく人を驚かせる』と友達から評せられた程の岸本氏の持つた機敏さが思はれる。そこまではまだ然し普通の人情でも判断が出来る。がやがてアベラアルとエロイズの臥像を持ち出したり、すべての人が恋にうき身をやつす事を説いたりするやうになると、苦しめられるだけ自己を苦しめようとして孤独を厳守した事に対する肉体精神両面からの本能的の復讐を暗示してゐるに過ぎないやうではあるけれども、これを思想的に圧搾すれば、嘗て罪悪視した姪との関係をも是認するやうな傾きに岸本氏はなり行いたのではなかつたか？ 普通の人情普通の道徳を超越した或物を摑んだのではなかつたか？ もと一本の根から幹から分れて来た枝ふり葉ふり蕾なり花なりである。それ等が共に元の生命へ還らうとする形を、不幸の如く、偶然の如く、許すべからざるが如く考へた時の方が却つて迷ひであつたと思ふやうになつたのではなからうか？

わたしがかく考へ、かく言ふ事は、著者に対し、作中の人物に対し、世間一般に対して、徒に奇矯冒瀆の語を弄する者だといふ一人があるかも知れない。けれども、わたしは一旦そこまで突詰めて考へてみた。そしてそこから引返して来た。

　一人の岸本氏と成り余るまで、一人の節子と成り足らぬまで、幾百千万のかれ等の祖先の肉躰や精神は、或ひは相求め、或ひは相争つて、縄の如く綯《な》はれ、梯子《はしご》の如く続けられて来てゐたのである。アベラアルとエロイズの臥像を見て『さすがにアムウルの国だ』と軽く言ひ去つた者の愚かさよ！　その寝台となり、寝台を載せる床となり、床を支へる礎となり、礎を担ふ大地となり、大地を組織する元素となつた物、それ等すべてを見る目を持て……岸本が絶えず四つの墓を幻影に描いてゐたといふ事は、たゞそれだけの事だつたらうか？　普通一般の追憶だらうか？　幼くして別れた父を思つたといふ事も……

『ちゝはゝのしきりに恋し雉子の声』

　ノスタルジアに罹つた異境放浪の子のセンチメンタルな心持に叶つたといふたゞそれだけの理由からこの句は岸本氏に口誦まれたのだらうか？

　かれが偶然にもめぐり合はせた仏蘭西は、世界大戦の渦中にあつた。そしてそれよりずつと以前から勃興してゐた一つの精神――仏蘭西復興の精神は、疲れ果て痛み果てゝ殆んど空ツぽになつてゐたかれに、強い感情と同時に深い一つの思想を仏蘭西人にも通ずれば、日本人にも通ずる、そして世界のあらゆる国民に通ずる一つの思想を与へはしなかつたか？　与へた！　とわたしは断言する。かれが仏蘭西へ逃れたのは、実は逃れたのではなかつたのだ。そこに大きな運命が、最もあざやかな現れを示して、両手をひろげてかれを待ち構けてゐたのだ。かれはそれに招かれたのだつた。とわたしは思ふ。第二巻に於て、わたしのこの模索は戸迷ひをするかも知らぬが、第一巻だけで、わたしはこゝにわたし自身の大歓喜を感じた。それを偽るわけに行かない。

　愛国運動に参加した父を思ひ、其他の死んだ人々を思ひ、『左様《さう》だ。何よりも先づ自分は幼い心に立ち帰らねばならない』事を思つた岸本氏は、一方に節子が里子にやつた子供に対する愛を説き、またかれ自身が東京に残して来た三人の子供の事を絶えず考へてゐる。それは強い力だ。その力に牽かれて、異国に骨を埋めてもよいやうに或時は思つたかれも祖国へ帰る決心をする。これが私の見た所では『新生』の『新生』たる眼目であるやうに感ずる。過去に於ける恋愛や生活の姿を眺め楽しみ、もしくは崇め尊ぶだけならば、高僧とそれの崇拝者であつた尼僧との臥像だけでも十分な表象となるのだが、その惑溺の境から一歩を踏み出して、前言を繰返すならば『一旦そこまで突詰めて考へてみた。そしてそこから引返して来』て、後に来る者等を思ふ時、例へば節子の生んだ子の運命を、岸本から離れてゐる子等の運命を思ふ時、かれの神秘蠱惑《こわく》を背景としてこれの現実厳粛をいかに処分すべきかゞ作中人物の岸本氏、作者島崎氏と同時に読者であるわたし達の問題となつて来る。そこにわたし達の道徳が起こる。本当の道徳が、本当の批判が。そして盲目的ではない人生が始まる。

（一月二十九日）

（「読売新聞」大正8年2月2日）

薬師寺

古寺巡礼断片

和辻哲郎

金堂へは裏口からはいつた。再会のよろこびに幾分心をときめかせながら堂の横へまはると、まづあの脇立のつや〳〵とした美しい半裸の体が我々の眼に飛び入つてくる。さうしてその巨大なからだを、上から下へと眺めおろしてゐる瞬間に、柔くまげた右手と豊かな大腿との間から、向ふに座つてゐる我薬師如来の、「とろけるやうな美しさ」を持つた横顔が、また電光の素早さで以て我々の眼を奪つてしまふ。我々は急いで本尊の前へまはる。さうして暫くそこに釘づけになつてゐる。——やがて自分の足が体を支へ切る力を失つたやうな奇妙な感じに襲はれる。——ちやうどそこに床几がある。我々は腰をおろしてまたぼんやりとしてしまふ。

確かにあの雄大で豊麗な、柔さと強さとの抱擁し会つた、円満そのもののやうな美しい姿は、我々の心をとかし切る力を持つてゐる。胸の前に開いた右手の指のとろつとした柔な光だけでも、大慈大悲の涙がそこに露となつて光つてゐるといふやうな、我々に縁遠い比喩をさへ、切実な表現として感ぜしめるほどに、我々の心を動かすのである。況んやあの豊麗な体軀は、——蒼空の如く清らかに深い豊かな胸、美の秘密を担つてゐるやうな力強い肩、その肩から胸と腕を伝つて下腹部へ流れる微妙に柔な衣、さうしてこの宇宙の如き上体を極度に静寂な調和のうちに安置する大らかな結伽の形、——すべて面と線とに渾々としてつきない美の泉を湧き出させてゐる。しかもそれは我々が希臘彫刻の写真を見て感ずるあの人間の美しさではない。現世を仮幻とする心から生れた超絶的な或者の美しさである。その心持は更に頭部の美に於て著しい。その顔は瞼の重い、鼻のひろい、輪廓の比較的に不鮮明な蒙古種独特の骨相を持つてはゐるが、その気品と威厳とに於てはいかなる人間よりも優れてゐる。曾て希臘人が東方の或民族の顔を評して肉団の如しと云つたのは、或点では確かに当つてゐやう。しかしその肉団からこのやうな美しさを輝き出させることの可能は彼らの知らないところであつた。あの頬の奇妙な円さ、豊満な肉の云ひ難いしまり方、——肉団であるべき筈の顔には、無限の慈悲と聡明と威厳とが浮び出てゐるのである。何人もあの僅かに見開いたきれの長い眼に、大悲の涙の湛えられてゐることを感じないものはなからう。あの頬と唇と顎とに光るとろりとした光のうちに、無量の慧智と意力との現はれを感ぜぬものもないであらう。確かにこれは人間の顔でない。その美しさも人間以上の美しさである。

しかしこの美を生み出したものは、依然として、写実を乗り越すほどに写実に秀でた藝術家の精神であつた。彼らは下から人間を形造ることに練達した後に、初めて上から神を造る過程を会得したのであらう。自然の美を深く摑み得るものでなければ、——またその摑んだ美を鋭敏に表現し得るものでなければ、内に渦巻いてゐる想念を結晶させてそれに適当な形を与へることは出来まい。もとよりこの作は模範のないところに突如として造られたものではない。その想念の結晶も初発的のものとは云へない。しかし模範さへあれば容易にこの種の傑作が造り出されると考へるのは、藝術創作の事情を解し得ない人のことである。これほどの製作をなし得る藝術家は、たとへ目の前に千百の模範を控えてゐるにしても、なほ自らの目を以て美を摑み自らの情熱によつて想念を結晶させるのでなくては決して製作し得るものでない。羅馬に於ける希臘彫刻の模作を知るものは、いかに巧妙な模作もなほ中心の生気を欠き表面の新鮮さを失つてゐるに気づくであらう。そのやうな鈍さが我々の薬師如来の何処に現はれてゐるか。あの生《いのち》に溢れた、今生れたばかりのやうに新鮮な我々の傑作に。

とにかくこの像を凝視してほしい。あの真黒なみづみづとした色沢だけでも人を引きつけて離さないのである。しかもその色沢がそれだけとして働いてゐるのではない。その色沢を持つ面の驚くべく巧妙な造り方が、実は色沢を生かせてゐるのである。さうしてその造り方には、銅といふ金属の性質に対する十二分の理解が織り込まれてゐる。特殊な伸張力を持つた銅の、云はゞ柔い硬さが、藝術家の霊活な駆使に逢つて、あの美しい肌や衣の何とも云へず力強いなめらかさに、——実質が分り切つてゐながらとろけさうに柔い、永遠に不滅なものの硬さと冷さとを持ちながら、而も触るれば暖かで握りしめれば弾力のありさうな、あの奇妙な肌のこゝろもちに、——化し去つてゐるのであるがこのやうな銅の活用も、人体の美に対するこの作者の驚くべき理解がなくては可能でない。あの開いた右手を見よ。あの肩から肱へと左の腕を包んだ衣の流れ工合を見よ。それは単に一端である。しかしそれだけでもこの作者の目が何を見てゐたかは解る。——がこの作者の見た人体の美の深さは、まだこの作の奥底ではない。何人も気がつくやうに、そこにはなほ著しい撰択と理想化とがある。作者はその想念に奉仕するために、ある種類の美を表にし、他の種類の美を蔭にした。さうしてその想念の結晶を完全な調和に導くために、或者を強調し或者を抑へた。かくしてこの作者の造り上げた部分の形の美しさは、一に全体の美の力によつて生かされ、そこから無限の生気と魅力とを得てくるのである。果然、奥底には藝術家の精神があつた。

その藝術家が何人であつたかは我々は知らない。日本人であつたか唐人であつたか、それも解らない。が、とにかく我々の祖先であつた。さうして稀に見る天才であつた。もし天才が一つの民族の代表者であるならば、千二百年前の我々の祖先はこの天才によつて、代表せられるのである。様式の伝説を追うてこの作を初唐に結びつけるのは正しい。遺品の乏しい初唐銅像をこの作によつて推測するのも悪くはない。がこの作に現はれた精神を初唐のそれと比較して、そこにいかなる異同があるかを探究する方が、我々の祖先を知る上には、遥かに意味の多い仕事である。我々の乏しい知識を以てすれば、この作に現はれた偉大と柔婉との内には、確かに唐の石仏や印度の銅像に見られない或微妙な特点が存してゐるやうである。しかしそれが単に気の迷ひであつて、この作には全然初唐以外のものがないときまれば、またそれでもいゝ。我々は喜んで我々の祖先が唐人であつたことを承認するだらう。

――

金堂から東院堂への途中には、白鳳時代大建築の唯一の遺品である東塔が聳えてゐる。三堂の屋根の一々に短かい裳層をつけて、恰も大小伸縮した六層の屋根が相重なつてゐる如く、輪廓の線の変化を異様に複雑にしたものである。何となく異国的な感じがあるのはそのためらしい。大胆に破調を加へたあの力強い統一は、確かに我国の塔婆の一般形式に見られない珍奇な美しさを印象する。もしこの裳層が、専門家のいふ如く、養老年間移建の際に附加せられたものであるならば、我々を驚嘆せしむるこの建築家は、奈良京造営の際の工匠のうちに混在してゐたわけである。この寺の縁起によると裳層のついてゐたのは塔のみではなく、また金堂の二堂の屋根もさうであつたらしい。

大小伸縮した四層の屋根の大金堂は、東塔の印象から推しても、かなり特殊な美しさのものであつたらう。後に上重閣のみが大風に吹落されたと、伝へられてゐるのから考へると、その構造も大胆な思ひ切つたものだつたに相違ない。此やうな建築が薬師寺にのみあつたのかどうかは知らないが、とにかく奈良遷移時代の薬師寺に一種風変りな建築家のゐたことは確かである。しかもその頃にこの寺は狂熱的伝道者行基を出してゐる。もしそこに必然の関係があるならば、この寺の持つ特殊な意義は非常に大きい。

　僕たちは金堂と東院堂との間の草原に立つて、双眼鏡で以てこの塔の相輪を見上げた。塔の高さと実によく釣合つたこの相輪の頂上には、美しい水煙が、塔全体の調和をこゝに集めたかのやうに、かろやかに、しかも千鈞の重味を以て掛つてゐる。その水煙に透し彫られてゐる天人が、また、言語に絶して美しい真逆様に身を飜した半裸の女体の、微妙なふくよかな肉づけ、美しい柔なうねり方。その円々とした、しかも細やかな腰や、大腿にまとふ薄い衣の、柔艶を極めたなびき方。――しかしそれは双眼鏡を以てしても幽かにしか解らない高いところに掛つてゐる。そこで我々の貪婪な心は詳しい観察のために、塔の一階に置かれた石膏の模作に引きつけられて行く。さうして天人の体が水煙と解け合つた微妙な装飾文様を眺めつゝ、これほどの事までも我々の祖先には出来たのかと思ふ。

　しかしそれもゆる〳〵と味つてゐる暇はなかつた。僕たちは東院堂の北側の高い縁側で靴をぬいで、ガランとした薄暗い堂の埃だらけの床の上を、足つま立てて歩きながら、いよいよあの大きい厨子の前に立つ。小僧が静かに扉を開けてくれる。

――見よ、見よ、そこには『観音』が立つてゐる。

　この瞬間の印象を語ることは僕には不可能である。全身を走る身ぶるひ。心臓の異様な動悸。自分の息の出入がひどく不自然に感ぜられるやうな、妙に透徹した心持。すべてが無限の多様を蔵した単純のやうな、激しい流動を包んだ凝固のやうな、――とにかく云ひ現はせない感動であつた。しかも僕はこの銅像を初めて見るわけでなかつた。一度この像を見たものはもはや最初の烈しい感動を繰り返すことが出来ないと信じてゐた僕は、虚をつかれた心持でしばし茫然とした。僕はもうこの像を見ない人を羨まない。

　僕たちは無言の間々に咏嘆の言葉を投げ合つた。それは意味の深い言葉のやうでもあり、また浅ましいほど空虚な言葉のやうでもあつた。最初の緊張がゆるむと、僕は寺僧が看経するらしい台の上に坐して、またつく〴〵と仰ぎ見た。何といふ美しい、荘厳な顔だらう。何といふ力強い偉大な肢体だらう。およそ仏教美術の偉大性を信じない人があるならば、この像を見させるがいゝ。底知れぬ深味を帯びた古銅のつややかな肌が、ふつくりと盛り上つてゐるあの気高い胸は、あらゆる力と大いさとの結晶ではないか。あの堂々たる左右の手や天をも支へるやうな力強い下肢は、人間の姿に人間以上の威厳を与へてはゐないか。しかもそれは人間の体の写実としても、一点の非の打ちどころがない。僕はこの点に就て聖林寺の観音に感動したが、しかしこの像の前にあるときには、聖林寺の観音何するものぞといふ気がする。もとよりこの写実は、近代的な、個性を重んずるところのそれではない。一個の人間を写さずして人間そのものを写すのである。藝術の一流派としての写実的傾向ではなくして藝術の根源をなすところの写実である。この像のどの点をとつて見ても、そこに人体を見る眼の不足を思はせるものはない。すべて透徹した眼で見られ、その見られたものが神の如く自由な手腕によつて表現せられてゐる。がその写実も、あらゆる偉大な古典的藝術に於ける如く、更に深い或者の支柱となる以上に意味を持たうとするのではない。もし近代の傑作が一個の人間を写して人間そのものを示現してゐると云へるならば、この種の古典的傑作は人間そのものを写して神を示現してゐると云へるだらう。だからあの肩から胸への力強いうねりや、腕と手の美しい円さや、すべて最も人間らしい形のうちに、無限の力の神秘が現はれてゐるのである。

僕は小僧君の許しを得て厨子のなかに入り込んだ。あの偉大な銅像に自分の体をすりつけるほど近よせた時の奇妙なよろこびは、生涯僕の心から消え去るまい。美くしく古びた銅のからだから磁気か電気のやうに放射して来た一種の生気は、今になほ僕の全身にその印象を残してゐる。殊に僕があの静かに垂れた右手に縋りに行つたのは幸福だつた。象牙のやうに滑かな銅の肌を撫でながら横から見上げたときの新しい驚きは、とても言葉には現はせない。単純な光線に照らされた正面の姿をのみ見たのでは、まだ真にこの像を見たとは云へないと思ふ。あの横顔の美しさ、――背部の力強さ背と胸とを共に見る時のあの胴体の完全さ、――あの腕も腰も下肢もすべて横から見られた時に其全幅の美を露出する。特に僕は肩から二の腕へ、肩から胸へのあの露はな肌に、烈しい執着を覚えた。何とはなく恐れ多い心持が僕をせき立てなかつたら、僕は引きおろされるまでそこを離れなかつたらう。

赤い、弱々しい夕日の光が堂の正面の格子を洩れて厨子のなかまで忍び込んだ。その光の反射で我々の聖観音はほのかな赤味を全身に漲らす。西方浄土の空想を刺戟する夕の太陽が、いかにも似つかはしい場所で我々に働きかけてくれたのである。我々は何とはなくただならぬ心持でその光を見まもつた。しかしやがてその光も、薄く、消えてしまう。急に堂内が暗くなる。――さあ、もうよからう。

厨子の扉は遂に閉ぢられた。入口で振り返つて見ると、堂のなかは物悲しいほどにガランとしてゐる。

――――

（「新潮」大正8年3月号）

女子改造の基礎的考察

与謝野晶子

○

こゝに雑誌改造が発刊されます。私はその貴重な第一号の誌上で、女子の改造に就て私の菲薄な感想を述べることをうら恥しくも思ひ、また光栄だとも思ひます。述べると云ふことは、必ずしも思想の宣伝ばかりを意味しません。之がために、混沌として居る自分の思想に秩序を与へ、その不純なものを切り捨て、その思ひ違ひと不合理とを訂正し、それを更に明確なもの、堅実なものに鍛へ直す機会を得て、それだけ私自身を整調し、深化します。またこれを公にすることに由つて、世上の識者や知人から非難して頂くことも出来、或は客観的の価値を是認して頂くことも出来ます。

改造は最も古くして併せて最も新らしい意味を持つて居ます。人生は歴史以前の悠遠な時代に一たび文化生活の端を開いてこのかた、全く改造に改造を重ねて進転する過程です。男子は巧みにこの過程に乗つて、その個性を開展し、幾千年の間に男子本位に傾いた文化生活を築き上げました。兎角この過程に停滞し落伍する者は女子でした。人生の幼稚な過程に動物的本能がまだ余分に勢力を振つて居た時代――腕力とそれの延長である武力と、それの変形である権力とが勢力を持つて居た時代――では、すべての女性が男性に圧制されて、従属的地位に立たねばならなかつたことは、已むを得なかつた歴史的事実だとも云はれるでせう。併し之がために女子はその人格の発展を非常に鈍らせ、且つ一方に偏せしめて仕舞ひました。それは蜂の女王が生殖機関たることに偏した結果、それ以外には畸形的無能力者となつたのに喩へても好いやうな状態に堕落して仕舞ひました。『時事新報』の一記者が近頃その『財界夜話』の中で引用されたリバアプウル大学副総長の言葉の如く『国家が人民の半分だけを（即ち男子だけを）社会的、経済的、並に公共的の業務に就かせて居る限り、強かるべき筈の者（即ち女子）も弱く、富むべき筈の者（即ち女子）も貧しいのだ』と云ふ状態になつたことは、女子ばかりの不幸で無く、引いて人類全体の不幸であつたのです。

今は世界の女子が前後して自覚時代に入りました。今日の改造は全人類の改造を意味し、之に女子の改造の含まれて居ることは言ふまでもありません。唯だ問題は、如何に改造すれば好いかと云ふ点から始まります。

○

この点に就て、私は初めに『自我発展主義』を以て改造の基礎条件の第一とする者です。人間の個性を予め決定的に一方へ抑圧すること無く、それを欲するまま、伸びるま丶、堪へるがままに、四方八方へ自由円満に発展させることが自我発展主義です。人間の個性に内具する能力は無限です。一代や二代の研究でその遺伝質が決定されるもので無く、その人の自覚及び努力と、境遇の変化とで、どんなに新しい意外な能力が突発し成長するかも知れません。ラヂウムと飛行機との発明を見ただけでも、過去に於て予測しなかつた創造能力を現代人に発揮したことに驚かれます。女子は殊にまだ開かれざる宝庫です。過去に於て、その自我発展を沮止されて居ただけに、男子本位の文化生活に見ることの出来なかつた特異な貢献を齎すかも知れません。今日のやうに非戦論が勢力を持つ時代となつては男子の腕力に代つて、女子の心臓の力が最も役立つことになつて行くでせう。それは何れにもせよ、私は実にこの新理想的見地から、旧式な良妻賢母主義にも、新しい良妻賢母主義――即ち母性中心主義――にも賛成しない者です。

　誤解されない為めに云つて置きますが、これまでからも私の述べて居る通り、私は妻たり母たることを決して軽視して居る者では無く、私が私の理想の下に行はうとする一切の事は、それが私の自我発展の具体事実としてすべて尊重し、すべて出来る限りの熱愛と、聡明な批判と、慎重な用意とを以て之を取扱ひたいと祈つて居ます。人間の事項には殆ど同時に為し得るものと、為し得ないものと、志が余つて居ながら境遇其他の事情の許さないものとありますから、おのづから本末前後の関係は生じるのですが、併しその関係は流動的のものであつて、私には固定的に見ることが出来ません。例へば、私自身が大病を煩つて居る場合に、私は先づその病気を治療することに私の生活の重点を置いて、其他の事はその重点を繞つて遠景的に暈影を作るでせう。数年前に亡くなつた友人のH氏は、粟粒結核菌が大脳を冒して残酷な疼痛を起した時、看護して居た奥さんがお子さんの事に就て何か相談されると、氏は悲痛な声を出して『今は子供のことなんか考へて居られない。そんな場合で無い。自分の苦痛で俺は一ぱいだ。子供には健康がある』と云はれました。さうしてH氏は二週間もその苦痛を続けた後に歿せられたのですが、病院へ見舞に行き合せて氏のその悲痛な言葉を聞いた良人と私とは、一つの厳粛な人間的教訓をH氏から受けたと云ふことを感じました。人生はかう云ふ突き詰めた所まで考へねば真剣であるとは云はれないかと思ひます。親として最愛の子供を思つて居られない程せつぱ詰つて目前の小さな自己を抱かねばならない場合もあるのです。人情の真実に徹しない人達は、このH氏の場合を見て、『子の愛の浅い親よ』と云ふでせう。私は其れに与《くみ》することが出来ません。

　H氏の例は極端なやうですが、人間は平生誰れでも之と類似した生活をして居るのです。飢えた者は何よりも先づ食物を求めて、其他のことを後廻しにします。儒教では父母のある間は遠方へ旅行しないと云ふことを道徳として居ます。それだからと云つて、人は食物中心主義とか孝道中心主義とかに一生の重点を決めて仕舞ふ訳には行きません。

○

三月の『婦人公論』を読むと、山田わか子女史は、私が屋外の労働や、屋外の女子参政権運動をしないのを咎めて、其等の実際運動を他の婦人には盛んに奨励しながら、私自身には常に否定して居ると云はれましたが、私が屋外の労働に服さないのは、其れを避けるのでも否定するのでも無く、私には久しく屋内の労働を持つて居るからです。私は如何なる婦人に対しても、専ら屋外の労働を盛んに奨励した覚えがありません。それと同時に、私にも若し屋内の労働が無くなれば屋外の労働に進んで就きます。私は以前から述べて居る通り、新聞記者とも、事務員とも女工ともなることを辞しません。また屋外の政治運動にしても、幼年期の子供をすべて小学へ送るやうになれば決して辞するもので無いことは、早く私の著書の中に明言して居ます。

序でに申し添へます、山田女史は近頃その評論の中で、私に対して頻りに斯う云ふ類の臆断を敢てされるやうですが、他人の意見を全部的に評される時には、その人の著書を一通り参照されるだけの用意を持つて頂きたいと思ひます。私が屋外運動をしないと云ふことに対し、更に女史が『私は子供が大切で可愛くて、とても家庭を離れる訳にはいかない。けれどお前さん達はどうでもいいだらう。なぜこぞつて屋外労働に従事しないか、なぜ政治運動に飛び出さないかと、晶子氏が云つて居るやうに私には思ひます。そして、何と云ふ不人情な事を仰つしやるだらうと思ひます』と云はれた一節などは、余りに甚だしい無反省な物の言ひ方で無いかと思ひます。私は母性保護問題に就て意見を異にして居る山田女史と此上論争する考を持ちませんが、かう云ふ女史の臆断に就ては女史に対して反問せずに居られません。第一に私が実際運動を『いつも否定して居る』とは何を証拠に云はれるのでせうか。次に私は如何なる場合に、すべての婦人にその子女の養育を抛つてまで屋外の労働と政治運動とに飛び出すことを奨励したでせうか。また私の十余年間の著述の何処に、婦人に対して『お前さん達はどうでもいいだらう』と云ふやうな愛とデリカテとを欠いた『不人情』な気分を持つた発言を敢てしたでせうか。それから『不人情』の一語は何よりも私の全人格を顚覆せしめるものです。最も同情と礼意のあるべき女子と女子との意見の交換に、女史がかう云ふ言葉を用ひられたのは、女史の倫理的意識に省みて疚しくないだけの御自信があつての事でせうから、私は其れを立証して頂きたいと思ひます。或はこれは私が『母性の国庫保護説』を主張される女史達に対して『短見者流』と云ふ評語を加へたことに由つて憤激されたのかも知れませんが、女史達の主張が短見であり幻想であることは、一条忠衛氏が本年一月の『六合雑誌』で明晰に論断して居られます。女史達が一条氏のあの議論をまだ今日まで論破されない限り『短見者流』の評語は不当で無いと信じます。

○

筆が思はず側道へ入りました。山田女史が右のやうに私を非難されたのは『与謝野晶子もまた家庭が主で文筆を持つての社会的奉仕は副産物でないか』と云つて、女子達の母性中心説へ引付けられる積りでせうが、私も時に或事件に対しては――従来も言つて居るやうに――家庭を主とする場合があるのは事実です。即ち『妻は病床に臥して子は飢に泣く』と云ふやうな場合、家庭に大病人がある場合、さうして私の現在のやうに、大家族を擁して、夫妻ともどもそれの動質的供給に追はれると共に、今暫く手の離せない幼年期の子供のある場合が其れです。それだからと云つて、私は『常に家庭を主とする』と云ふ考は少しも持つて居ません。屋外の運動と云ふやうな行為に対しては屋内の行為の方を主として考へねばならぬ境遇に居ますが、文筆を透して実現する私の生活の上には、決して家庭を主としては居ません。例へば私が人類生活に就て思索して居る場合には、私は主として人類生活をして居るのです。家庭も、国家も、其他の何事も、その時の重点となつて居る人類生活を取囲んで有機的に繋がつて居るのです。私の心理的実証を平明に述ぶればかう云ふ外はありません。私は宗教家達が四六時中に神や仏を持念すると云ふやうな事を信じ得ない者です。況んや女子が常に新良妻賢母主義を中心として生活するなどと云ふ事は実際に不可能な事だと思ひます。言葉を換へて云へば、人間は母性と母性的行為とがその全部で無く、母性と交渉しない無限の性能があり、其等の性能が発展した無限の種類の行為があるからです。例へば女子が田の植附をしたり、化学の実験をしたりする場合、それらの行為は少しも母性と関係を持たず、男女の性別を越えて、男子と共に為しつゝある事です。それとも母性中心説の支持者は、田を植附ける時にも、試験管を覗く時にも、良妻賢母の意識をはつきりと持たなければならないと云ふのでせうか。また田を植附けたり、試験管を覗いたりする時の女子の心理をたぐつて突き詰めると、それが母性中心説へ達せねば已まないものであると云ふでせうか。

○

次に私は『文化主義』を以て人間生活の理想とすることを、改造の基礎条件の第二とする者です。自我発展主義だけでは、人間の活動が動物に共通する自然的受動的、盲目的運動の域から一歩脱して、纔かに自発的、創造的、有意的活動の端緒に就いたと云ふだけで、まだその目的が一定しないのですが、文化主義の自覚を待つて初めて自我発展主義に『眼』若くは『魂』を入れたと云ふことが出来ると思ひます。

私は文化主義に就て、曩に阿部次郎さんの訳述されたリツプスの『倫理学の根本問題』から多く啓発せられたのですが、近頃は高田保馬さんと左右田喜一郎博士の論文とから更にいろいろの教を受けたことを玆に感謝します。

文化とは、人間が自発的、創造的、有意的の努力の結果として作り上げた事象の全体を云ひ、その内容としては、高田さんに従へば『一は吾人の心理的内容及び之に伴随する動作にして、人為を待ちて成立し、従ひて価値を認めらるるもの、宗教、科学、藝術、哲学等より、言語、道徳、法律、習慣、風俗等の内容に及ぶ。他は外界の事物にして、しかも人間の努力を加へられたるがために価値を有するに至れるもの、謂ゆる経済的財は殆ど皆之に属する。猶この外に第三の種類として社会組織を挙ぐべきかとも思ふ』と云はれるものが其れです。さうして是等の文化内容を創造し増加することに由つて、リップスの謂ゆる『絶対的な道徳的、社会的、全人類的有機体、即ち世界国の完成』に資することが即ち文化価値であり、この文化価値を実現する過程を文化生活と云ひ、人間の思想と行為との一切の帰趨を文化価値に置くことを文化主義と云ふのだと思ひます。

人間は文化価値実現の生活に参加して、初めて完全に自然人の域を脱した人格者と云ふことが出来ます。文化主義が最高唯一の生活理想であることは、文化内容の何れを採つて調べて見ても、その帰趨を文化主義に置かない限り徹底した解釈が附かないので解ると思ひます。例へば藝術のための藝術とか、良妻賢母のための良妻賢母とかでは、それの絶対価値を定めることが出来ません。藝術至上主義や母性中心主義が中途半端なものであつて、到底文化生活の全体を一貫した理想の標語となり難いのは之が為めです。藝術も、母の行為も、学問も、政治も、あらゆる人間の活動がすべて文化主義を理想として、初めて文化生活の上に意義と価値とを持つことが出来ると思ひます。

○

次に私は『男女平等主義』と『人類無階級的聯帯責任主義』とを、改造の基礎条件の第三第四とする者です。前者に就ては、これまでから度々私の感想を述べましたから、今は簡単に、男女の性別が人格の優劣の差別とはならず、人間が文化生活に参加する権利と義務との上に差別的待遇を受ける理由とはならないものであると云ふだけに止めて置きます。

後者は自我発展主義と、文化主義と、男女平等主義とに促されて起る必然の思想であつて、文化生活を創造するには、すべての人間が聯帯の責任を持つて居ます。私達女子も平等に其れを分担することを要求します。貴族と軍閥と資産階級とが之に就て階級的の特権を持つことが不法であるやうに、文化生活が従来のやうに男子本位に偏することは、文化価値実現の為めにする女子の自我発展を男子の利己主義と階級思想とに由つて拒むことに外ならないのです。

左右田博士が『文化主義は、あらゆる人格が文化価値実現の過程に於て、それぞれ特殊固有の意義を保持するを得、その意義に於て何れかの文化所産の創造に参与する事実を通じて、各個人の絶対的自由の主張を実現し得ることを求むるものである』と云はれ、また『各人格は一部的文化所産の創造に由つてその全き人格を発揚し、かくして一切の人格に由つて相互に補充的且つ協働的に文化一般の意義をその窮極に於て顕彰し云々』と云はれたのは、男女、貧富、貴賤、黄色人と白哲人と云ふやうな差別を超えた所の無階級一律的の要求であると思ひます。

○

この男女平等主義と人類無階級的聯帯責任主義との上に立つて、私達女子も男子と等しく教育の自由、参政の自由、職業の自由等、人間の文化生活に必要な限りのすべての自由を要求します。是等の問題に就ては、以前から他の機会でしばしば述べて居ますから、今は略しますが、唯だ文化主義の学者達が女子のために是等の要求を奨励される一証として次にリツプスの言葉を引用して置きたいと思ひます。

リツプスは教育に就て言ひました。「特に我等は女性に対して高等なる精神的教養を拒むべきで無い。それが人間の教育である限り、それは各人の能力に従つて男女の差別なくすべての人々に与へられなければならない。精神的能力の優秀な女性は、その能力の低級な男子よりも、この教育を受くべき一層多くの道徳的権利を持つて居る人間の精神的能力が開発されなければならないのは、それが男や女に属するからで無くて、それが(即ち精神的能力が)存在するからである。自己の内面から出て開発されることを望んで居る事柄であるからである。』

また女子の参政権問題に就て言ひました。『婦人の政治的権利を承認するは、両性の差別を無視するもので無くて、苟も婦人もまた男子と共に人間であり、人類の一員であることを認める限り、寧ろ両性の差別がこの承認を要するのである。……婦人には婦人独特の利害と、欲求とがある。さうして国会に於ては、あらゆる方面の利害が代表されて居ることを要求するが故に、其処には婦人もまた代表されて居なければならない。……人は女性の政治的未熟を力説するかも知れない。成程これは男性の平均程度に比べても一層甚だしいであらう。併し、それならば人は女性の政治的教育に骨を折るが好いのである。』

職業の問題に対する女子の要求に就てリツプスの言つたことは後に於て引用しようと思ひます。

○

最後に私は『汎労働主義』を以て改造の基礎条件の第五とする者です。之に就ても私は、最近に公にした感想集『心頭雑草』に可なり多く述べて居ますから、玆には只だその補充として少し許り書いて置きます。

私は労働階級の家に生れて、初等教育を受けつつあつた年頃から、家業を助けてあらゆる労働に服した為めに、『人間は働くべきものだ』と云ふことが、私に於ては早くから確定の真理になつて居ました。私は自分の家の雇人の中に多くの勤勉な人間を見ました。また私の生れた市街の場末には農人の町があつて、私は幼年の時から其処に耕作と紡織とに勤勉な沢山の男女を見ました。私はさう云ふ人達の労働的精神を尊敬する余りに、人間の中にその精神から遠ざかつて居る人達のあるのを見て、その怠惰を憎悪せずに居られませんでした。私はすべての人間が一様に働く日が来なければならない、働かない人達があるために他の人達が余計に働き過ぎて居る、その働かない人達の分までをその働き過ぎる人達が負担させられて居ると思ふのでした。之は私の家庭で、私と或一二の忠実な雇人とが余りに多く働きつつあつた実感から推して直観したのでした。

以前から私の主張して居る汎労働主義は、実にこの直観から出発して、私の半生の生活が断えず労働の過程であるために、之が益々私の内部的要求となつたのですが、私のこの要求に対して学問的基礎を与へて呉れた第一の恩人はトルストイです。

私は文化価値を創造する文化生活の過程は全く労働の過程であると考へ、人は心的または体的に労働することに由つて初めて自我の発展が出来るのですから、文化生活は労働の所産であり、人間が一様に労働すると云ふことを外にして、決して文化主義の生活は成立たないと思ふのです。それで私は、すべての人間が労働道徳の実行者となることを望み、現在のやうに不労所得に由つて衣食する階級と、労働の報酬に由つて衣食する階級との対抗を無くして、労働者ばかりの社会となることを要求して居るのです。(私の近著「心頭雑草」と昨冬の「中外新論」掲載の私の一文参照)

最近に出た米田庄太郎先生の幾つかの論文を読むと、今日は『労働』と『労働者』との概念が大に拡張されて『手に由りて働く生産者』の外に『脳髄に由つて働く生産者』をも労働者と呼ぶ時代となりつゝあると云ふ事を教へられます。其上また三月号の『中外』に出た米田先生の論文に由れば、現に露西亜の学者ミハイロヴスキイは『人格とは労働の発現である』と云ひ、労働する者のみが人格者と呼び得る者であると云ふ風に云つて、労働人格説を唱へて居ることを教へられます。私は自分の幼稚な直観が益々是等の思想に由つて確実な支柱を得ることを喜びます。

○

私はこの汎労働主義の立場から、女子にもあらゆる労働とあらゆる職業とを要求し、また其れの準備として女子の高等教育と職業教育とをも要求します。私が女子の学問と経済的独立に就て今日までしばしば意見を述べて居るのは、実にこの要求を貫徹したい為めです。

リップスは労働に就て言ひました。『我等は自己の素質と、世界に於ける我等の位地とに由つて、最も実現するに適する目的に其力を集中する義務を持つて居る。すべての人は同一で無い。故に個人がそれぞれの地位に於て社会的全体の中に織り込まれ、それぞれに分業を以て全体の文化的使命に貢献する』と。人間の能力が多種多様であつて、適材が適所に於て文化価値を創造することが望ましい事である以上、個別的に適応した各種の職業が女子にも開放されねばなりません。左右田博士も云はれたやうに、『一切の人格が、文化価値実現の過程に於て、たとひ其中の一個でも、その過程の表面以下に埋没せらるる事なく、悉く皆その表面に於て、其れ自身固有の位置を占め』て、私の云ふ人類無階級的聯帯責任の文化生活を実現しようとするには、職業の自由を一斉に享有することを前提としなければなりません。

世には之に対して沢山の反対説があります。女子の能力範囲を良妻賢母主義に局限して経済的独立の不可能を云ふ論者があり、また女子の現在の心理、体質、境遇だけを根拠にして職業能率の悲観的であることを云ふ論者があり、また女子を装飾物や玩弄物と見た男子の迷信的感傷的感情から、女子が職業に就くことを悲惨の行為であると云ふ論者があります。併し最も古代からの労働的精神と労働其物とを神妙に維持して居る農民階級の女子を初め、屋内工業に従事して居る近代の女子が、今日もその母性に属する労働と共に経済的労働を並行させた立派な成績を示して居るのを見れば、第一の反対説は消滅すべき運命を持つて居ます。

平塚らいてう、山田わか両女史はその御自身の経験を基礎として、第一の反対説を唱へる人達ですが、両女史が母体の経済的独立が不可能だとされるのは、何か両女史御自身の上に、及び両女史の境遇に、それを不可能にする欠陥がありはしませんか。農民や漁民階級の労働婦人が立派に妻及び母の経済的労働を実証して居る事実を両女史は何と見られるのでせうか。甚だ露骨な事を云ふやうですが、両女史は経済的労働を必要とする家庭にお育ちにならず、従つてさう云ふ労働の習慣をお持ちにならないのでは無いのですか。

今度の戦争に由つて、意外にも女子の労働能力が男子に比べて甲乙の無いことが確認される機会を得ました。最早この事は多くの弁明を要しない事実ですから右に挙げた第二の反対説も根拠を失つたと云つて宜しい。第三の反対説は厳粛な文化生活の意義を解しない人々のセンチメンタリズムとして唯だ微笑して置けば好いでせう。

○

女子を閨房と台所とに幽閉すること無く、之に職業を与へる事は我国に於ても早くから実行されて居ますが、併しその職業の範囲を男女平等主義に由つて拡げることに就ては全く拒まれて居ます。リツプスは女子の職業を肯定して『この問題に対する一般的の解答はすべての人はその特殊なる天性と能力とに従つて、その力に及ぶ限りの利と善とを（即ち文化価値を）この世界に造り出さなければならぬと云ふ規則である。此外に婦人の職業を決定すべき特殊なる規則の必要は無い』と云ひました。女子にも一切の職業を開放して、女子自身の実力に応じた選択に任せたなら、さうして今日の女子を奮起させる必要上、特に職業上の自由競争を奨励するなら、山川菊栄女史の云はれたやうに、日本の婦人界も一人や二人の婦人理学士を珍重がるやうなみすぼらしい状態には停滞して居ないでせう。リツプスが『人は出たらめに婦人の能力を否定せずに、確実なる経験に之を決定させる必要がある。そのためには、女性に其力を試めし、其力を発展すべき機会と権利とを与へなければならない。之を開展させずに萎縮させて置く限り、女性に如何なる力が潜んで居るか、何人も知ることが出来ない。……同時に人はこの問題に就て、単に女性と云ふ一般概念を以て議論を進めることを避けねばならない。女性もまたいろ〳〵である一人の女性の天性に適しないことで、他の女性の天性に適することもまた有り得るのである』と云つた真理に、日本の男子も女子も深い反省を取られることを私は熱望します。

○

以上は甚だ粗雑な説明となりましたが、私は此五つの条件の上に基礎を置くことに由つて、初めて女子の改造が押しも押されもしない堅実性を持つと思ひます。是等の条件はやがて男子の改造の基礎条件ともなるものであつて、女子のために特に選ばれた賢母良妻主義とか、母性中心主義とか云ふやうなあやふやな生活方針では無いのです。此中でも他の四つは悉く一つの文化主義に向つて集中し、さうして文化主義は、各個人がその個性の差別に応じ、限られたる範囲に拠つて、人類全体の文化価値創造の生活に参加する意味から云へば徹底個人主義であり、人格主義であり、之に由つて一切の人格が偏頗なく、依情なく、平等に、円満に、その生を享楽し得る意味から云へば人造主義であり、十二分に現在の人間性と社会事情とを考慮しながら、未来の飛躍の可能を信じつゝ合理的の改造を志す意味から云へば新理想主義であり、新浪漫主義であると思ひます。(三月七日)

(「改造」大正8年4月号)

志賀直哉論

広津和郎

一

かなり以前からアントン・チェエホフの藝術を論じようと考へてゐるが、いざ筆を執ると、なかなか書けない。と云ふよりも、何処から筆をつけていゝか、その手掛りが見出せない。トルストイやドストイェフスキイには手掛りがある。何故かと云ふと、トルストイにしろ、ドストイェフスキイにしろ、その創作や評論乃至感想やの随所に、その思想乃至人生観を、かなり露骨に表示してゐるからである。だから、彼等を論ずるには何処からでも入つて行ける。到るところ、引つかゝりがある。ところが、チェエホフにはそれがない。チェエホフはそれ等の引つかゝりや手掛りを、作品の底深くひそめてしまつて、一撫でや二撫で其上を撫でただけでは余りに滑か過ぎて、手に応へるものが何もない。その癖、ひと度《たび》その滑かな表面から奥に突き進まうとして見ると、今まで単純に思はれてゐたものが、恐ろしく複雑な諸相を表して来る。――その恐ろしく複雑な諸相を捉へ来つて、それを論ずるには、随分緻密な用意と、繊細な注意とを要する。何故かと言ふと手掛りや引つかゝりによつてそれを掴まへて置く事が出来ないために、少しでも気をゆるすと、直ぐに手の中から滑り逃げて行つてしまうからである。

志賀直哉氏はアントン・チェエホフとはもとより非常に傾向の違つた作家である。けれども、志賀氏を論じようと思つてペンを握ると、丁度チェエホフを論じようとする時に感ずるのと似た困難を感ずる。つまり、志賀氏にもやはり上に言つたやうな手掛りや引つかゝりがないからである。

我々と同時代の日本の作家の中でも、例へば武者小路実篤氏とか、有島武郎氏とか、岩野泡鳴氏とか云ふ作家は、比較的に論じ易い。彼等の思想乃至人生観の片鱗をかなり生《なま》の形に於いて、その著作の中に示して呉れるからである。けれども、志賀氏は嘗てさう云ふ風に、氏の人生観乃至思想を、氏の作品の中に、生《なま》の形に於いて見せて呉れた事がない。その癖氏は常に自己及び自己に直接に関係ある周囲のみを見つめてゐる作家である。志賀氏の比較的数の尠い作品は、二三の例外を除けば、殆んど氏自身が此人生に於いて、親しく見、聞き、触れ、感じたものゝみから材料を取つてゐる。如何なる作家の如何なる作物も、何等かの点でその作家自身を語らぬものはないと云つたやうな、さうした藝術の一般的性質を示す意味ではない意味で、言ひ換へれば、自己を語ると云ふ言葉の文字通りの意味で、氏は常に自己を語つてゐる。此点で、氏は今の日本の作家中、最も多く自己の経験から材料を取る作家の一人であると云ふ事が出来る。

それだのに、氏は常に自己を語りながら、殆んど一度として、その思想を語つた事がない。氏は氏自身の見、聞き、触れ、感じたものを、見た通り、聞いた通り、触れた通り、感じた通りに、そのまゝ、出来得る限り虚飾と誇張とを省いて、よそながらに我々に語つてゐる。そして氏はさうした氏の見、聞き、触れ、感じたものに、早急に解釈を施す事を出来るだけ避けてゐるかの如き観がある。抽象よりは具体、綜合よりは個個――氏の眼はいつもさうした傾向を取つて、鋭く光つてゐる。此意味で、氏はかなり徹底した立派なリアリストである。

リアリストとしての志賀直哉氏の現実を見る眼は、自然主義時代の現実尊重を合言葉とした多くの作家達の眼よりも、尚一層透徹し、尚一層鋭く、そして尚一層センチメンタルな分子を含んでゐないと云つていゝ。甘い涙で現実を見る眼を曇らされるのがセンチメンタリズムであるならば、現実偏重のために人間性の素直な発展を阻害する事に、現実主義の意義があるかの如くに曲解した自然主義時代の多くの作家の道は、同じくセンチメンタリズム以外の何ものでもなかつたと云はなければならない。甘い涙で現実を見る眼を曇らされるといふ意味でのセンチメンタリズムからは、多くの作家がのがれる事にかなりの成功を収めてゐる。けれども、さう云ふ意味でのセンチメンタリズムの濁りからのがれると同時に、その反対の、現実偏重のために陥るそれよりも尚一層害のあるセンチメンタリズム――「人生とはこんなものだ」と云つたやうにたかをくくる、ちよこざいの傲慢――の濁りからも、同様に潔白であり得た事、志賀氏の如きは尠い。これはつまり何ものにもまやかされない、鋭く見開かれた理智の眼と、飽くまで正しきものを愛する熱情に燃えた心とのためである。

此鋭い理智と正しきものを愛する熱情に燃えた心、此二つが氏の如何なる作にも、根本の基調として流れてゐて、それが人の襟を正さしめずには置かない厳粛な感銘を与へる。

二

明治四十年、その頃は日本の文壇は未だ自然主義の全盛時代であつた。志賀氏の作物の或ものは、既にその時代に書かれてゐる。その後文壇は幾変遷を重ねていろ〳〵の主義主張いろ〳〵の傾向党派があらはれて来たが、志賀氏の作物は、それ等の何ものにも乱されずに、その頃から今日に至るまで、終始一貫して、その独特の風格と独特のスタイルとを持してゐる。――あの内容と合致した技巧、飽くまで誇張と虚飾とを省き飽くまで簡潔に素直に書かうとする、あの渋い、底光りのした技巧は、文壇が自然主義より享楽的傾向に傾き初めたあの渾沌とした時代に、氏によつて既に完成されようとしてゐたのである。

志賀氏は今まで誰もが気がつかなかつた、或はたとへ気がついても注意を払はなかつたところのものに、事物の急所を見た。それまでの大概の作家が、不必要として捨てゝしまつたところの極めて些細なものを拾つて来て、それに重大な役割を巧みに割り当てた。新しき母を迎へた少年の、翌朝顔を洗ふ時に鼻をかむのを遠慮するところ、その少年が母の忘れたハンケチを母に渡しに行つた帰りがけに、「縁側を片足で二度づゝ飛ぶ駈け方をして」書生部屋に駈こむところ、それ等は別けても名描写として世に知られてゐるがさうした僅々二三行づゝの描写が、大概の作家が二十行三十行を費してもそれ程の効果を得られまいと思はれる程その少年自身をも、その少年の一家をも、そして新しい母の来た翌朝の気分をも浮彫のやうに読者の眼前に髣髴させる。下駄の歯を噛んだ犬を竹箒で追つて来るだけの単なる小場景の描写によつて、くだ〳〵しい一切の説明の到底及ばないほど『大津順吉』の女主人公の千代の姿、性格、心持が、遺憾なく現されてゐる。不意に「ゴトツと此方《こちら》へふくらむで、それが外れるとフウワリと自分の部屋へ倒れて来た」唐紙の描写一つが隣室の狂人の狂態の程度を、さながらに読者の頭に想像させるに役立つてゐる。――その他氏の作物の随所に、さうした些細なものによつて全体を活躍させる驚くべき技巧が光つてゐる。――単に描写の腕と云ふ点から言つても、氏は最も独創に富んだ得がたき藝術家である。

併し、普通藝術派人生派と対立されて用ひられる言葉の意味での藝術派の中に氏を入れる事は出来ない。氏の作物の基調には、人間生活に対して一時もゆるがせにしない厳粛な氏の眼が光つてゐる。氏は人生から唯美を見つけ出す事を任務とするには、あまりに妥協の出来ない眼を持つてゐる。ゆがんでゐるものをゆがんでゐないやうに見る事は氏には出来ない。同時に又ゆがんでゐないものをゆがんでゐるやうに見る事も氏には出来ない。氏は何等の増減なしに見なければならないものをちやんと見てゐる。人生の厭なものも好いものも氏はちやんと見てゐる。それは意識的よりも無意識的であるやうにさへ見える。たとひ氏は眼をつぶつてゐる事を意識的に企てようとしても、それの出来ない人である。見なければならないものは、否でも応でも氏の心眼に映つて来るのである。『正義派』の中のあの三人の工夫の正義に対する昂奮を認めると共に、その昂奮の去つた後の彼等の心のみじめさ、頼りなさをも、氏はちやんと知つてゐる。心の底に熱い炎が燃えながらも、氏の事物を見透さうとする眼光は、飽くまで冷静で鋭敏である。併し氏はさうした冷静な鋭敏な眼を持つ人のやゝもすると陥るあの冷笑的、嘲弄的な分子を少しも持つてゐない。その代りにかなり色濃い憂鬱があり哀憐がある。それは氏の心がむきで、清浄で、そして常にその指針の狂はない事の証拠である。

けれども、むきで、清浄で、指針が狂はないと云ふ事は、氏の心が単純であると云ふ意味にはならない。単純どころか、氏ぐらゐ複雑な心を持つてゐる作家は今の日本にはその類がないと云つてもいゝ位である。氏は正しきもの、心を愛すると同時に、正しからざるもの、心に向つても、深い理解を持つてゐる。(勿論、此処で言ふ理解は同情とか是認とか云ふ意味とは全然没交渉である。)氏は現代の日本作家の中、神の心と悪魔の心とを同時に最もよく知つてゐる人である。そして氏は又、近代文明が生んだあの鋭い複雑な病的神経をも、今の作家の中では、最も多量に持つてゐる。世紀末のデカダンの心持をも、氏はデカダンを合言葉にした頃の人々よりも、よりよく知つてゐるやうに見える。氏の初期の作に属する『ある一頁』の主人公の持つてゐるあの鋭い病的神経とよりどころない焦燥とは、現在の氏の心の底にもひそんでゐる事が、氏の諸作を通して窺はれる。『濁つた頭』は、氏の作中では、かなりに誇張を含み、又かなりにアンビシャスでもあるので、そこが作者に取つては却つて快くない感じを与へてゐるらしくも想像されるが、併しあの主人公なる青年の、正義派的な心持とデカダン的な神経との争闘及びそれから生れる苦悶の悲劇は、ああした材料を取扱つた我国の小説中では、他に比較のないほど飛び抜けて深刻であると云つても、決して過言ではない。――ある時代の東京の山の手の青年達に来た「危機」の代表的表現であるとさへ私には思はれる。日本の自然主義の作家の多くが眼ざしてゐた目標を越えて、遥か先までも、あの作によつて志賀氏は行つてゐたのである。その意味だけでもあの作を高く評価しなければならないと私は思つてゐる。――

『范の犯罪』『クローディアスの日記』等は、氏が人間の心のいろいろ複雑な面を、如何に知つてゐるか、その理解の広さ、深さ、緻密さを十分に語つてゐる。氏の解剖刀の刃は、その急所をさくりさくりと心ゆくばかり奥底まで貫いて行く。甘いセンチメンタリズムによつて乱されない氏は、その解剖のために、何があらはれて来ようが、臆するところなくそれを真正面から凝視してゐる。その点で氏は強い心の持主でなければならない。あの妻を殺した范の犯罪の不思議な込み入つた心理を、氏はその涙で曇らされる事のない強い心を以て、ぴしりぴしりと小気味よく読者の眼前に摑み出して見せる。複雑なその犯罪までの経過が、極めて短い素朴な表現の中に少しも概念的にならずに、噛みしめれば噛みしめる程、人間の心のいろいろな面を具体的に感じさせるのは、氏の人間性に対する理解の深さと複雑さとがもたらした成功を語るものでなければならない。

『クロオディアスの日記』に於いて、氏はシェクスピアと全然反対の立場から、ハムレットの人格を、鋭く細かく解剖して見せてゐる。一つの虚偽をも大眼に見ない氏の眼は、ハムレットが哲学者でもなければ、思想家でもなければ、天才でもない、唯の一個のおつちよこちよいの厭味たつぷりな人間に過ぎない事を、あばいてゐる。そこには氏の人間心理に対する洞察の並々ならぬ鋭さと、不自然やいや味の虚飾を嫌ふ道徳的昂奮とが高鳴りしてゐる。そして氏の正しきものを求むる感情が、それの反対の、正しからざるものを如何に丹念に、微細に嗅ぎ出すかを語つてゐる。

三

此正しからざるものに対する嗅覚は、志賀氏にあつては独特の色彩を帯びてゐる。それは意識的ではなく殆んど本能的直覚的であると云つても差支へないやうに思はれる。武者小路実篤氏はひたすらに正しきものに向つて突進する点に彼の特色を持つてゐるが、志賀氏の正しきものを求むる心は、前方へ向つてひたすらに突進するよりも、寧ろ後方を振向いて、虚偽を此人生から駆逐するところにより多く現れてゐる。前者が理想的傾向を帯び、後者が現実的傾向を帯びる所以である。これは両者の性格の相違から来るのであつて、傾向そのものに価値の優劣をつける事の出来るものではない。けれども、同じ正義派的熱情でも、前者の見てゐるものと後者の見てゐるものと異つてゐるから、一方が肯定的になるに反し、他方が懐疑的になるのも、自然の成行きである。

それは兎も角として、志賀氏の作物のいづれにも、氏のその嗅覚が嗅ぎ出した正しからざるものと、一歩も妥協すまいとする警戒の感覚が漲つてゐる。それが氏の或作物を、余りに神経の露出した骨々しいものとさへしてゐる。——最も誇張のない、平々坦々たる言葉のみを用ひて描写してありながら、読者は何等の休息を与へられない。切迫つまつた、動きの取れない気持を強ひられる。『祖母のために』『母の死と新しき母』『襖』等に氏の優しい半面をしみじみと味はされてくつろいだ我々の気持は、『范の犯罪』『クロオディアスの日記』『和解』の一部等を読むと、頭からぎゆつと圧《おさ》へつけられるやうな気がする。実際氏の或作物を読む事は、我々に取つて苦痛でさへある。我々の見のがしてしまつてゐるところから、氏は思ひも寄らぬ人生の醜さと虚偽とを狩り立てて、我々に見せつける。『クロオディアスの日記』は殊にその感が深い。一寸した不調和をも、我慢の出来ない氏の心持は、時によると、余りに病的であると思はれるところまで走つて行く。『大津順吉』の中にかう云ふ一節がある。

電話は夜になつてかかつた。『何だか余んまり度々ですから止さうかと思ひましたが、昨日帰つてまゐりましたもんですから……』こんな事を言ふ。私には何の事か解らなかつた。『それからネ、今日はあなたに少しお願ひがあるの……』

誰によらず、かう云ふ順序で物を云はれるのが私は嫌ひであつた。其事の程度の知れない不安を感じて、私は胸を轟かすやうな事がある。

これは或知合の少女から電話がかかつて来たところを書いたものであるが、かうした些細な事にも、直ぐ「其事の程度の知れない不安を感じて」胸を轟かすと云ふところに、志賀氏の総ての不調和や、心におちつかなさを与へるものやに対する、殆んど病的なほどの鋭い嫌悪がよく表れてゐる。

不調和、不自然、不正、醜悪、さう云ふものと一歩も妥協すまいとする警戒の感覚を張りつめてゐる氏は一面に於いては恐ろしい我儘者である。そこそこ手のつけられない我儘者である。いや、此我儘者の性格、女々しさの分子を少しも含まない烈しい我儘者の性格が、さうした警戒の感覚を始終はりつめ続けてゐられる底力を、氏に与へてゐるのである。

母が足袋を頭の上に載せたと云つて、それを怒つて身体でもつてぶつつかつて行つて、優しい母を当惑させる利かぬ気の少年、祖父の法事の朝、早く起きて呉れと云つて頼む祖母の云ふ事を聞かずに、態と祖母を怒らせるまでふて寝をする強情の青年、――その飽くまで我儘を張り通さうとするところに、氏の此人生に生きて行く上の根本の強みがあるのである。

――総ての友人が自分に敵意を持つてゐるやうな気がして来る時、「何と云つても祖母だけだ」と思ふ――かう『祖母のために』の中に氏は書いてゐる。その祖母である。その祖母を氏は我儘と強情とによつて、ややもすると怒らせてしまふ。ある時には、祖母が怒つて、湯殿までやつて来て、棒で背中をぽんぽんと叩いても、「平気だ」と云つて冷笑したり、又危険なところに旅行して、祖母を心配させる事によつて、腹癒せをしてやらうと思つたりする。そしてさうした烈しい強情の最も強く発揮されたのが、『和解』に書かれてゐるあの事件である。

――若しかうした氏の性格の奥底に結局は正しきものに向つての指針の狂はない氏の飽くまで清純な心がなかつたならば、或はそれ等の強情我儘は、氏の人格を毒害してしまうところの毒素となるかも知れない。けれども、氏には其清純な心がある。

それ故或人格によつては毒素となるべきものが、氏にあつては、寧ろその性格を強める最も重要な益素となつてゐるのである。『和解』は一篇の作品としては、書かれなければならないところが書かれてゐないので、完全であるとは云はれないかも知れないが、氏の気質が如何なるものであるか、氏のライフに対する生き方、生きる心持がどんなものであるかと云ふ事を赤裸々に示してゐる点で矢張氏の作中での最も傑出したものであると言はなければならない。――その中にかう云ふところがある。

祖母が病気であぶない場合、祖母の安全を熱望する余り、丁度その時危篤と噂されてゐた、かねがね忌み嫌つてゐる早稲田の口の大きな老人の命でも、かう云ふ時には殺してやりたくはないと思つた。かう云ふのである。そこに志賀氏の面目の躍如たるものがある。これはこれだけでは、一般の読者には何の事であるかよくは解らないであらうが、若し私の伝へ聞いたところが事実であるならば、その口の大きな老人は、かねてから平和主義者を以て任じ、みづから平和を希望する人々の会の頭目となつてゐた。志賀氏は平和希望者のひとりとして、その会員になつてゐたが、ある時その会合の席上で、その老人がした演説を聞くと、平和論者であるどころか、全然軍国主義者の口吻を帯びてゐたので、その時から氏はその老人を、心の底から嫌忌し初めたのだと云ふ。そして一度嫌忌し初めたとなると志賀氏はその気持の転換を、手軽にはする事が出来ない。ひと度憤つた事は、いつまでも憤つてゐる。――此処に志賀氏の性格の並々ならぬ強さがある。云はば古武士的な風格がある。

若し志賀氏があのやうに鋭い神経と感覚、殆んど病的でさへある鋭い神経と感覚とを持ちながら、それに相応した強い性格を欠いでゐたならば、氏は恐らく氏自身の神経や感覚の重荷を背負ひ切れずに、敏感によつて意志の力の圧伏し去られた近代病者のひとりとなつたであらう。ところが、氏には今の時代になつて、益々此世から消えて行きつつある、あの性格の男性的な強さが、著しく存してゐるのである。

四

妥協を飽くまで忌み嫌ひ、一本筋に、真直な道なら何処までも押通して行かうとする氏の気質は、此性格の強さから来てゐるのである。それは或時には、殆んど偏狭と云つても差支へないところまで、氏を連れて行く。

いや、氏の性格は、単に強さと云ふやうなものではない。或場合には、殆んど爆発性さへもその中に光らせて来る。若しひと度《たび》それが爆発してしまつたならばそれこそ氏自身にも手がつけられない。

「感情には予定がつけられない」と『和解』の中で氏は言つてゐる。これは氏が此爆発性をみづから意識して、それに対して如何に用意周到の警戒をしてゐるかを示してゐる。若し世の醜悪、凡庸と云ふものと妥協しまいとする氏の警戒性を第一段の警戒性と名づければ、この自己の爆発性に対する氏の警戒性は、それよりももつと複雑な第二段の警戒性と云ふべきである。「実際、その場にあたつて見なければ、どうなるか解らない」と氏はよく云ふ。祖母や母から、父と和解して呉れと幾度も懇願される。そして氏自身も父との和解を、心から希望してゐる。それだのに、やはり「感情には予定がつけられない」と云ふ自分の性格の底にひそんでゐる爆発性の恐ろしさに、敢てそれをする事が出来ない。「その場になつて見なければ、どうなるか解らない」実際氏に取つてはその通りなのである。感情を意志の力で支配する事の不可能を知り過ぎてゐる氏は、自然に感情がそこまで行く時を待つより外に、手段が見つからないのである。無理と不自然とが何よりもいけない。無理と不自然を押し通さうとすれば、心に不調和が起る。そしてその不調和が、氏の爆発性の導火そのものなのである。

無理に和解しようとして、父に会ふ時の光景が、予想される。けれども、そこには和解の希望はない。寧ろ一層の爆発が眼に見えるばかりである。——あるまじき父子争闘の悲劇が浮んで来るばかりである。

氏は家をのがれて、松江に行つてゐた時、始終此父子の不和のために頭を悩まされてゐた。氏はその不和を幾度か創作に書かうと努力した。それを直接に書く事が出来ないので、ある違つた青年とその父とを借り来つて、事件をも変へて書かうとした。けれども、それでもやはり書けなかつた。その時書かうとした計画を氏は『和解』の中にかう述べてゐる。

「それを第三者として自分が書いて行く。自棄《やけ》に近い其青年が腹立ちから父に不愉快な交渉をつけに行く。父は絶対に此青年を内に入れまいとする。其他いろいろさう云ふ場合と自分（此処は作中の青年の父と青年ではなく、氏の父と氏自身とを指す。）との間に起る不愉快な事を書いて、自分はそれを露骨に書く事によつて、実際にそれの起る事を防ぎたいと思つた。見す見す書かれたやうには我々も進まず済ませる事が出来やうと思つたのだ」——氏は其作によつて、父との間に何等かの光明が射し初める事を望んでゐたのである。これを見ても、氏が一方では父を憎みながら、一方では父子争闘の醜さから、自分をも父をも如何に救ひたいと思つてゐたかが解る。氏の和解に対する渇望が、その頃から氏に強く動いてゐた事が解る。氏は更にその梗概をつゞける。「而して其最後に来るクライマックスで、祖母の臨終の場に起る最も不愉快な悲劇を書かうと思つた。どんな防止もかまはず入つて行く興奮し切つた其青年と父との間に起る争闘多分腕力沙汰以上の乱暴な争闘、自分はコムポジションの上で其場を想像しながら、父が其青年を殺すか、其青年が父を殺すか、何方かを書かうと思つた。所が不意に自分には其争闘の絶頂に来て、急に二人が抱き合つて烈しく泣き出す場面が浮んで来た。此不意に飛出して来た場面は自分で全く思ひがけなかつた。自分は涙ぐんだ」

「多分腕力沙汰以上の争闘」——「父が其青年を殺すか、其青年が父を殺すか」——かう氏は云つてゐる。氏の予想は此処まで行つてゐたのである。けれども、そこに祖母の死、氏に取つても、氏の父に取つても、最愛の祖母の死、それにぶつかつて、二人の感情が急にくじける。急に二人が抱き合つて泣き出す。――此不意に飛出して来た思ひがけない場面の予想に、「自分は涙ぐんだ」かう氏は言つてゐる。

けれども、此最後に想像に浮んで来た場面に対しても、氏はそれを直ちに信用する事は警戒してゐる。氏はつづいてかう云つてゐる。「然し自分は其長編のカタストロオフをさう書かうとは決めなかつた。それは決められない事だと思つた。実際其処迄行かねば、夫はどうなるか解らないと思つた。然し書いて行つた結果さうなつて呉れれば、どんなに愉快な事かと思つた」

此処に氏の事物に対する考へ方が明瞭に現れてゐる実際の生活に於いても、又藝術品に於いても、人間の感情には、前以て予定はつけられない。行くところまで行つて見なければ解らない。――此事物の必然性を乱すまいとする用意周到の警戒の念は、実に氏のライフに於いて生きる態度を最も特色づけてゐると思ふ。

五

けれども此用意周到の警戒性が、氏に独特の風格と強みとを与へてゐると同時に、それは又氏ののびのびとした感情の成長を、多少阻害するうらみがないでもない。作品のスタイルを例に取つて見ても、氏の此警戒性が、すべての無駄や、不調和をゆるさない結果、余りにすべてがはつきりし過ぎてゐる。渾沌が持つ味は氏の藝術には見出せない。――これは文章のリヅムから云つても、作品に盛られた内容から云つても、同じく云ふ事が出来る。

けれども、それよりもつと重大な事は、その警戒性のはりつめられてゐる結果、氏が生活的にも、又作品の上でも、ひと頃よりは、次第に引込《ひつこみ》思案になつて来たのでないかと云ふ不安を抱かせる事である。

『クロオディアスの日記』『范の犯罪』の時代から、較べると、近頃の作『好人物の夫婦』『ある親子』等の底に流れてゐる氏の心持には、余程の変化が見られる。その心持の変化、推移は、理解出来ない事はない。烈しい性格の爆発性に加へて、ああした鋭い感覚と神経とを持つてゐる氏に取つては、此人生の有らゆる事象は、喜びよりも寧ろ苦しみを与へる事が多いに違ひない。快よりは不快を与へる事が多いに違ひない。眼を見開けば、見ゆるものの多くが、不快の種であり、憤の種であるに違ひない。――氏はさうした不快や憤りから起る爆発の火にみづからを焼く事の苦痛を、余りに知り過ぎたに違ひない。氏はさう云ふものをなるたけ見たくないに違ひない。見ないで済めば、それだけ平穏な気持で過す事が出来るからである。実際、今や氏の見たいと望むものは、さう云ふものとは全然反対のものであるらしい。醜でなくて美、不調和でなくて調和、不自然でなくて自然、戦でなく平和、動でなくて静……そして此要求から、氏には一種のセンチメンタリズム、複雑を通り越して単純を求める一種独特の志賀氏のセンチメンタリズムが湧いて来たのである。

私は一概に氏のかうした傾向を批難しようとする者ではない。氏に取つては、かなり此推移は自然でもあるけれども、氏が今まで見てゐたものから、眼をそむけてしまつたならば、それがどのやうに惜しい事であらうと思ふのである。何故かと云ふと、私は今の時代に、志賀直哉氏のやうな人格の人が戦ふ事を最も希望して止まないからである。――志賀氏の鋭敏な頭脳と清純な心と強い性格、それが此人生に何を与へるかと云ふ事は、志賀氏が今までよりも一層赤裸々になつて或時には氏自身の心の爆発する苦痛をも恐れずに、此人生に面と向つて突き進んだ時、初めてその全力を示し来るものであると信ずるからである。つまり志賀氏に望むところが多いからである。

勿論私自身の嗜好から云つて、私は氏の近頃の作を嫌ひなものではない。『城の崎にて』の底に流れてゐるあの東洋的とでも云ふべき静けさ、そこには何とも言はれない味ひがある。生と死との深い意味についての透徹した暗示がある。『好人物の夫婦』には又複雑を通じて単純を求める氏の聡明な心がしみじみと行亘つてゐる。『和解』の中で氏が此作を説明してゐるやうに、「起さなくてもい丶、悲劇をいくらも起してゐるのは不愉快な事だ」といふ真理に気がついて、その真理を味ひ喜んでゐる謙遜な氏の喜びがある。自分の周囲に平和な国を建てようと熱望してゐる氏のやさしい涙がある。その気持は氏が或一青年の長篇小説の一節を抜いて筆記して置いたと云ふ『ある親子』に最もよく現れてゐる。青年がある女に恋をして、それを嫁に欲しいと云ふ。するとその父も母も喜んで、直ぐそれに同意する。この親子の単純な理解と一家の平和、それに限りない感激と要望との涙を注ぐ氏の気持はよく理解出来る。「かうして人間は生きて行かれるのに」さう思つて、みづからの過去の生活を振返つて見てゐる氏の心持は、実際涙なしには考へられない。けれども、それでいいのか。それだけでいいのか。志賀直哉氏を此世の刺戟から遠ざけさせてしまつて、一個の『好人物』の世界の主人公とさせてしまつて、それでいいのか。

「自分は自分が段々調和的な気分になりつつある事を感じた。これでい丶かしらと云ふ気も少しはした。併し今までの不調和よりは進んだと考へた」と氏は『和解』の中に書いてゐる。それは恐らくさうであるに違ひない。進んだ調和であるに違ひない。けれども自分の生活に調和の世界をきづき上げた氏は、再び外に向つてその眼を見開く時がやがて来なければならない。氏自身もそれについての或予想をかう述べてゐる。「そして自分も好人物の好運ばかりを何時までも書いてはゐられまいと云ふやうな事も考へた。」と。

その「好人物の好運でないもの」を氏が、どんな風に我々に見せ初めるか、それを私は楽しみに待たうと思つてゐる。

（三月十六日）

（「新潮」大正8年4月号）

十二階下

（一）

松崎天民

「新小説」の編輯主任今村兄が来られて、「十二階下」と言ふ題で、面白い物を書けとのお話があつた。変な女の生活が、浅草の「十二階下」と言ふ四字に、代名詞づけられて居るためであらう。今の「十二階下」は、その核心を撲滅されてしまひ、僅に形骸を残して居るに過ぎないやうでも、その実は依然として白粉《おしろい》の女が様々の悲喜劇を演じて居る。そして多くの女はそこを振り出しのやうな形にして、神奈川、千葉、埼玉、群馬、茨城、山梨あたりへ流れ渡つて、或はそこ等あたりで、「十二階下」の生活を再現して居る。私の書く物の題材としては、何だか余りに古いやうであるが、「人生探訪者」としての私の同情と興味とは、今も尚ほさうした女の上に、飽くことなく引ずられて居る。そこで当月号から当分の間、私の事情の許す限り、「新小説」の編輯局の事情の許す限り、様々な報告書を書いて、それを読者の前に提供しやう。第一は青柳《あをやぎ》有美《いうび》氏に宛《あ》て、「青島《せいたう》から帰つた女」を書き、第二は渋川玄耳氏に宛て、「宇治龍子に似た女」を書いたが、第三は田山花袋氏に宛て、「利根川畔に泣く女」を書く。第四は嘉悦孝子女史に宛て、「花の日会を出た女」、第五は長田幹彦氏に宛て、「女学生から落た女」、第六は森律子さんに宛て、「女優になりたい女」、第七は高浜虚子氏に宛て、「発句を詠《よん》で居る女」、第八は岡警視総監に宛て、「二枚鑑札を持た女」、を書く予定である。但しこの順序は時と場合で転倒する事もあらうし、全部「新小説」には書かずに、一冊の本にまとめるかも知れない。所謂非藝術の新聞記者的雑文であるが、私はこれに依つて、一種の「伝道」をやる積なのである。

宇治龍子に似た女

一、青柳有美氏に宛て

「宇治《うぢ》龍子《りうこ》と云ふ女優は、厭《いや》だね」

誰でもが斯《か》う云ふ。彼の卓抜非凡な藝能を随喜渇仰し、「宇治龍子先生」と奉つて居る青柳有美氏とても、決して彼の女を美人とは思つて居まい。彼の頬骨の張つた、額の生え際が薄くなりかけて居るやうな、年増々々した顔を見ては、若い女を生きながら埋《ほうむ》つて居る丸の内の白い墓場、帝国劇場株式会社で、飯を食うて居る女役者だとは、誰でも思ひ及ばぬ事である。

然《しか》し女役者の第一条件は、強《あなが》ち「美貌」と云ふ事のみではない。青柳さんが「…先生」と云はれぬ前から、自分も「宇治龍子」の藝能に対しては、一種の驚異を感じた一人であつた。とても彼の「女《め》寅閣下《とらかくか》」などゝ、共通した舞台味などは、紙屑拾ひが塵芥箱を引くり返すやうにしても、探ね求め得らるべき訳のものではないが、それでも彼《か》の女《ぢよ》には彼の女しか持て居ない持味と云ふものが、たとへギコチ無いなりにも、自分達の実感を衝いて居る。青柳さんは彼の女の何処に感動されたのか知らぬが、自分は彼の女の舞台から、彼の女の個性をつかみ得る実感味に、明治四十五年の秋から感心して居る一人であつた。

その帝劇女優宇治龍子を、この報告書の引合に出すのは、彼の女のために多少の広告作用となつても、決して名誉な事では無いかも知れぬ。反つて朋輩や贔《ひ》屓《ひき》の前などへ出ては、「あたし、ほんとに困るわ、よ」などゝ、癇癪持らしい眉をピリ、とさせるかも知れない。五六年前に手紙を一二度往復した事があるのみで、面と向つて逢つた事もない「松崎天民」は、然し出来心のいたづら気から、彼の女の存在を利用するのではない。また宇治龍子と云ふ比較的世間の一部に知られて居る女優さんの名前を引用せねば、この物語の内容が引立たぬからの「手段」でも無い。自分がこゝに何故《なにゆゑ》に、宇治龍子の姓名を題材にしたかは、この一篇を終まで読まれると誰でも合点されやう。従つて「宇治龍子は厭だね」と云ふ男や女の批判が、ほんの人間の表皮に現れた美貌観から来た刹那的の浅慮な言葉である事を、自分は先づこゝで喝破して置きたい。——

自分はこんな書き方をして来たが、この一篇の報告書は、青柳有美氏と云ふ一人を中心の相手にして、ものを云つて居る積りである。

二、お前は宇治龍子だ

「お前は掃《は》き溜《だめ》に居たんだね、東京の……」

「東京の掃き溜つて、何処さ」

「浅草の十二階下さ、女の掃き溜だよ」

「ふん、女の掃き溜に遣《や》つて来る男は、何でせう。色恋の屑屋でございだわ」

「そんなもんかも知れないね。然し今では熊谷《くまがや》で、春よしのお種《たね》と云ふ蝙蝠《かうもり》なんだね」

「鳥無き里ぢやないわ、よ。その家だつて、お君さん、お花さん、みんな十二階下もんよ」

「さうか、矢張り売られた仲間だね」

「え丶、七十八円の前借で来た人も居ますし、私のやうに、斯う見えたつて、自前で稼いで居る者も居るんですからね」


熊谷堤の桜花《さくら》が、葉桜になつてしまつた四月中旬の或る日の午後、自分は何と云ふ気もなしに、前橋行の青切符を持つたま丶、熊谷駅に下車した。埼玉県の知事殿や、熊谷警察署長のためには、何だか折角ソツとして置かれた事実を、誇大に書き立てでもするやうであるが、これは「小説」みたいな報告書であると云ふ事だけを、断つて置く事にしやう。

その家は通りから右へ折れた細い路次の中に在つた。田舎の小料理屋にしても、料理場《いたば》は余りに森閑として、海苔や林檎ぐらゐの淡泊《あつさり》した物をさかなに、レツテルだけは月桂冠や桜正宗でも、中味は何だか信用の置けぬやうな酒で、男の感覚を乱すやうに出来て居る家《うち》であつた。通された二階の六畳は、地震でもあると一溜りもなく倒れさうな安普請で、縁無しの安畳が柔軟く波を打つて居るのも、自分には落着きの無い不安さを感じさせた。

でも浅い一間床には、漂泊画家の「広業《くわうげふ》」らしい菜の花に蝶が舞つて居たり、「善為楽」とした飛でもない「伊藤博文」の額が、乙未陽春の春と納つて居たりした。こぼれた牛鍋の汁がしみ込で、土鍋の輪形が焼付いて居る餉台の上には、桜正宗の二合瓶が、一本半ほど空になつた中に、誰かの長襦袢を洗張して仕立直したらしい座蒲団の褪せかけた毛斯《もす》の友染模様だけが、乏しい色めかしさを浮かせて見せた。自分は斯うした家で、初めて逢つたお種と云ふ女を相手に、水つぽい盃を重ねた。


「お前は、宇治龍子に似て居るよ」

「宇治龍子つて、誰アれ、御馳走様だわね」

「帝劇の女優さ、眼にケンのある工合と、頬骨の張つてるところが、龍子そつくりだよ」

「あたしの様な我儘者に似てる人が、帝劇の女優さんなの。でも心強いわねえ」


女は酉《とり》だと云つたけれど午《うま》か未《ひつじ》らしく見えた。朝な夕な化粧をする事を、商売のやうにして居る女は、二つ三つは必らず若く見えるのが例であるが、また不思議に二つ三つは、必らず自分の齢と云ふものを隠すのが例である。お種も五六年この方の暗い生活に慣れて、今では平気な顔をして、何の苦労もなさ相に、嘘を吐《つ》き得る女になつて居るらしく見えた。——

三、女達は泣て居ない

やがてお君さん、お花さんと云ふ二人も、二階へ上つて来た。一かどのそれしやにでもなつて居る気持なのか、新橋の金春湯《こんぱるんゆ》へ往き帰りの藝妓《げいしや》のやうに、銀杏返《いてふがへ》しの髷を外へ張つて、襟白粉だけを濃く塗つた湯帰りのホテツた顔が、容色《きりやう》相応に男の心持をそゝるらしく見えた。

「お種さん、お世話様……。あなた入《いら》つしやいまし。乙にしんねこですわ、ね」

斯う云つたのは、廿二三の面長なお君であつた。黒襟のかゝつた銘仙絣の袷衣《あはせ》を着て、派手な花模様の帯を〆め、立つて障子を開けて居る背後姿《うしろすがた》が、如何にも藝妓《げいしや》らしく見えた。

「………………」

黙礼して押入を開け、横座りになつて、行李の中から着換へを出して居るお花は、十八九でもあらうか。庇に洗つた髪が結いのと、眉毛の太いのと、丸顔なところが、看護婦上りと云ふ風に見えた。

「今晩の終列車で、前橋へ行けば宜いのだからね、まだ大分時間がある。君達、何か食べないかね。御馳走をするよ、鳥でも鰻でも……」

「さうね、何かおごつて下さいな。あたし、これからお湯へ行つて、綺麗になつて来ますからね。うんと御招伴になることよ」

お種が風呂へ出て行つた後は、お君と云ふ女が自分の相手になつた。御園白粉《みそのおしろい》の匂が、艶めかしい感を与へる上に、金ツルらしい香水が、自分の身近く或る衝動を起させたりした。

「君も十二階下に居たんだつて、ね」

「お、お種さん、そんな事まで喋舌つて……」

「あゝ、撲滅された組だつて……。十二階下では、猿之助横町にでも居たのかい」

「いゝえ、八百屋横町にも居ましたし、観音堂裏にも居ましたけれど、ホンのちよいとよ」

「もう宜《い》い加減に、浮かばれないか知らん。何時までも斯うして居ると、サルバルサンと六〇六号の厄介になるばかりぢやないか」

「何だか叱られて居るやうね。だけど、のん気で面白いことよ。とても、真面目な奉公なんかして、左様然らばなど、厭なこつたわ」

「お花さんと云ふのも、十二階下かい」

「いゝえ、あの人はね、赤坂の演伎座の裏に居たんですつて。梅田とか云ふおしる粉屋ね、そこで半年ほど稼いだゞけてすつて……」

「何にしても、身体《からだ》が第一なんだからね」

「え、その方は完全に注意して居ますわ」

こんな事を云つて、酒を飲むことの馬鹿らしさを、自分は自分で苦笑する気持になつた。可愛想だとか、不憫だとか思つても、女達は案外平気に心安く、現在の境涯に満足して居るらしかつた。彼等は何うにも仕様がなくなつて、諦めて捨ばちになつて居るのではなくて、何うにも仕様など《ど》ゝは夢に思はぬ風に見えた。たゞ其の日〳〵を白粉《おしろい》つけて、姿見の前で「美しさ」を頼みにして居るのが、斯うした女達の月日であるやうにも見えた。

自分はそれが不満であつた。女達は何故に悲しまぬのか、何故に泣かぬのかと云ふ、淡い期待に裏切られたやうな物足りなさに、自分の心持は次第にいらだつて行くのを覚えた。

「あなた、おしやく……」

四、お前達は呑気だね

自分の註文では、自分の前で泣いて見せてくれる女が欲しかつたのである。現在の「私娼」と云ふ境涯を、女の職業の中の最下等なものとして、悲しみ悶えて居る女を、自分は眺めたかつたのである。

自分は今まで、この五六年の間、頭から女は泣いて居る者に極めて、淪落の群を傍観して来た。中には実際、泣いて居る女もあつた。苦しみ悩み、悲しみ悶えて居る女を、自分は到る所で見物して来た。今も尚ほ斯うした群の女は、泣いて居る筈である。その女自身に、「自分」と云ふものを考へる力があるなら、彼等の多くは日毎に夜毎に、慟哭し、唱咽《しやういん》して居る筈である。其れが「人生の月並」でもあれば、また世間的に云つては、正しい事であるに相違なかつた。

然しお君もお花も、平気な顔をして、幸福らしく笑つて居た。彼等は白粉を着けて、美しく化粧する事に依つて、何んな男にでもチヤホヤ云はれる日夜を、「女の幸福」に思つて居るらしかつた。泣いたつて仕方がないから、それで泣かぬのではなくて、心から泣くなどいふ事には、思ひも及ばぬ無恥に、平然として飯を食つて居るのであつた。看護婦になるのも、女優になるのも、産婆になるのも、女工になるのも、下女になるのも、女事務員になるのも、電話交換手になるのも、彼等にとつては同じ事であつた。彼等は斯うして、何事も考へやうとせずに、売春婦と云ふ境涯に、安んじて笑つて居るやうに見えた。——

自分がこんな事を考へて居るところへ、お種が湯から帰つて来た。

「さア〳〵、お君さん、お花さん、この方、何かおごつて頂かうよ。鰻、鳥鍋……」

「さうね、みんなで鍋をつゝかうぢやないの……」

「で、よござんすか。鳥にしましても……」

「何でも君達の好きなものをお取りよ」

鳥鍋の匂が部屋中に漲り初めた時に、十燭《しよく》らしい電燈が点いた。桜正宗の二合詰は、何時の間にか五六本になつて居たが、女達は一人も酔つた風はなかつた。自分の心持もポカンとして、酒の味が水を飲むやうに冷たかつた。

「さア、宇治龍子さん、少し過しては何うだね」

「頂戴、風呂上りに贅沢だわね。でも少しは飲でへゞれけないと、座興にならないからね」

　お種は一番年長だけに、お君やお花のやうに、のん気ではないらしく見えた。十二階下に居た歳月も、斯うした流れ渡りの女になつてからの月日も、二人よりは長い様子に見えた。

「終列車で行つたつて、あなた、時間が遅れ勝ですもの、前橋に着くと彼《か》是《こ》れ十二時になつてよ。それよか熊谷にお泊りなさいな。好い宿屋、御案内しますから……」

「まア其の時の事さ。少し飲まないと、何だか心持が寒くなつていけないよ」

　斯うして硬いとりで、酒を飲んだり御飯を食べたりした間に、自分はお種といふ女の素性を、大かたは知る事が出来た。

「酉だなんて、嘘だらう。未だと睨むで居たが、矢張り二十五なんだらう」

「え、でもこゝら辺のぼんくらどもには、二でも三でも通つてよ。何うせあなた、一円二円の端金《はした》で、女の操を弄ばうと云ふけものを相手なんですもの。ほんとの事、云つて居ては、馬鹿々々しいぢやないの」

　女は次第に酔うて来た。お花が好い声で、カチユーシヤを唄ふと、お君は「私は帝国館よ」と云つて、活弁の真似などをした。

「お前さん達、ほんとに呑気だねえ」

　お種は斯う云つて、手酌で二三杯、立続けに飲で、その盃を自分の前に置いた。

五、十二階上の視野に

　斯うしてお種だけは、自分の注文通りに、泣いてくれさうな女らしい様子を見せて来た。

「何うしても宇治龍子の舞台の女だ」

　自分はさう思ひながら、お種にのみ盃を廻した。淪落の女に扮する事に依つて、特殊の才分を持て居るらしい宇治龍子の藝能を、自分は酒席のお種に依つて、ゆくりなく見物する事が出来た。

「ね、ちよいと、私、御酒いたゞいて酔うとね、恋しくて〳〵しやうがないのよ」

「又初つたね、お種さんのノロケが……」

「だけど、罪がなくつて宜いわ」

　女達はこんな事を云つて、飲み続け食ひ続けた。

「恋しいものは恋しいのだもの、何と云はれたつて仕様がないわ。私だつて女学生で居た時には、お嬢さんだつたけれど、…………」

「こんな話よして、飲まうよ。あなたも今夜は、熊谷に泊るんですよ。……なんて、威張るわ、ねえ。済みません、堪忍して下さいな。私、少し酔つて来たわ……」

大正八年の今日、公許された待合か貸座敷の他には、有り得べからざる場面を、自分は斯うして熊谷の町で実験した。さうして陸軍大臣の田中さんなどが、地方の壮年や老年を集めて、青年団を組織しても、それが何程の功果を、斯うした「暗い人生」に及ぼすことか、と云ふ様な事までが考へられもした。

女達は次第に興が乗つて来たのか、互に盃の取やりをしては、妙な歌まで調子に乗つて唄ひ出した。なら丸くづしが廃《すた》れ、新磯節が衰へた上に、カチユーシヤ可愛やも、さすらひの唄も、もう流行遅れの気味になつて居た。

「ちよいと、東京では近頃、何《ど》んな唄が流行《はや》つて……。オペラとかコケラとか云ふもの、学生さんに大変な人気だつて、さう」

「唄つたり踊つたり、泣いたり笑つたり、ハイカラなものぢやないの、浅草見たいねえ」

女達は次第に心安気《こゝろやすげ》になつて、自分を友達か何ぞのやうに扱ひながら、斯うした女達に共通の嬌態《しな》をつくつて見せた。お銚子のおかはりを取りに行く度に、ダラシない裾さばきをして、緋メレンスの長襦袢の間から、白い脛を見せたりした。此方から何とか云ひさへすれば、直ぐにでも、何うにでも為りさうな媚《こび》ある態度は、安ツぽくも浅間しくも痛ましくも、自分の心に感ぜられるやうになつた。

自分は此の時ふと、十二階下を振り出しのやうにして、東京に近い地方に流れて行く女の分布と云ふ事を考へた。彼等は東京を追はれてから、東西南北へ流転して居るが、それは恰度、高い十二階の上に登つて、鳥瞰した視野の届く限りの所へ、其の棲家を求めて居るのではないか。十二階の塔の上に立つて見ると、東から南へかけては、上総《かづさ》から安房《あは》の山々が見え、南から西へかけては、相模や伊豆の山々が見える。更に西しては多摩や秩父の連山を初め、甲州、信濃の山々が見え、北しては埼玉の平野から、利根川や、群馬、茨城までが、パノラマの様に展開して居る。

「この十二階の下で、女としては人生のどん底に蠢動して居た群が、十二階の上から見渡し得る限りの田舎へ流れて、恰度、吸取紙の中央に落したインクが、四方へにじみ出たやうに散つて居るのは、何と云ふ因縁的な事であらう」

自分は或る日の午後、しみ〴〵さう思つた事を、思ひ出さずには居られなかつた。

六、お種は酔ぱらつた

自分の「宇治龍子」は、次第に酔がまはるにつれて、捨ばちらしい強い態度を見せて来た。誰彼の見さかひなく、盃を取つては飲むし、敷島を一本〳〵取出しては、中の莨《たばこ》を抜き取つて、吸口を唇で濡らし、その殻を天井へ投げ付けたりした

「勿体ないから、お種さん、お止しよ」

斯うお君が云ふと、お種はツンとして、

「フン、お世話様だよ。お前さんの巻莨ではあるまいし、大き

にお世話だよ。私は斯うしてね、私の運を試して見るんだよ」

　と云つては、一袋の敷島が空殼《から》になつてしまうまで、面白さうに天井へ投げ付けた。

「そら一本、今度は駄目、そら大当り、一本、二本、三本と、八本しか密着《くつつ》かないぢやないの。お種さん、丁と出たよ」

お花は斯う云つて、お種にバツを合せて、自分でも投げて見たさうな様子をした。

「でも吉なんだよ。あたし今年中には、屹度《きつと》、好い旦那が出来るかも知れないわ」

「旦那つて誰だらう。お種さんの事だから、百姓衆は嫌ひだし、役場の人はお金が無いし、誰だらうね。商人《あきんど》、それとも勤《つとめ》人《にん》？」

「誰だつて構ふものかね、旦那の資格が有りさへすりや宜《い》いぢやないの。月々五六十円のお小使銭をくれてさ、着る物には不自由をさせず、月に一度ぐらゐは東京へ連れて行つて、芝居でも見せてくれる様な人なら、何んな男だつて、旦那様にして、崇《あが》め奉つてしまうわ、よ」

「結句、男振りよりも、金なんだわ、ね」

「あたり前さ、お前さん、抑《そもそ》もお米が幾らして居るとお思ひだよ。この正宗だつて、一本廿五銭から、四十五銭にも高飛して居るぢやないの。騰《あが》らないものは私達の何だけなんだもの、馬鹿〳〵しいつたら有りやしないや……」

　自分は此の時、お種に向つて云つた。

「馬鹿〳〵しければ、一日も早くこんな所に居るのを止して、真面目な道に入ることだよ。何時まで待つて居ても、宜い旦那など、とても出来つこは無いからね……」

　然しお種はムキになつて、自分の言葉を遮つた。

「あなたも判らない事を云ふ人だね。真面目になれる位なら、人、面白くもない、誰がこんな田舎などへ居るものかね。馬鹿〳〵しいと思つたり、つまらないと思つたりしても、辛抱して居るから不憫ぢやないの。私だつてね、淫売女に生れて来たんぢやないんだもの、……。誰がこんな酒飲みの阿婆摺《あばず》れにしたんだ、よう」

　お種は持前らしい疳癪が嵩じて来たのか、恐い目をして、自分を睨むやうにいきなり立つた。お君やお花はおろ〳〵して、取なし顔に、

「旦那、酔つてますからね、何うぞ」

　と云つたが、お種は愈々ムキになつて、自分の傍へいざり寄つて来て、語りつゞけた。

「お前さん達、おせつかいするんぢやないよ。春よしのお種はね、酔つぱらつても、心だけは大丈夫なんだからね、構つておくれでないよ。ねえ旦那、私達が斯うなつたのは、全体、誰がしたんでせう。そりやね、中には道楽から、好きで酌婦になつてる女も居ませうが、斯う見えても私はちイがアいイますよ。真面目になれとか、何とか、ほんとに余計な事ぢやないの。旦那のやうな、受負商《うけおひしやう》か出入商人か、何だか知らないけれど、私

達の心持なんか、とても判りつこはないことよ。それよか、飲んでへゞれけてさ。私を可愛がつて御覧なさいよ。とても、忘れられないからさ。ねえお君さん、お花さん……」

自分もかなりに酔つて居たが、心持は不思議に沈んで、斯うしたお種の態度を見ても、何時もの様に感情が動かなかつた。

七、諦らめられぬ心持

「さうだよ、男も悪いのだがね……」

自分は突差の間に、斯うは云つたもの丶、お種の様な女達が、斯うして暮して居る現状を、単に男の罪とのみ云つてしまうのは、考へやうが足りないではないか。大まかな云ひ方ではあるが、斯うした女の群が今の世に存在して居る事実には、此の社会組織の何処かに、大きな欠陥が有るためではないか。また女自身にとつては、斯うなる事に運命づけられた悲しい月日が、約束事のやうに附きまとつて居るためではなからうか。――

それを唯、男が助平だから、自分達は何時まで経つても、浮かむ瀬がないやうに口惜んで居るのは、一方をのみ凝視《みつ》めて居る女の浅慮と云ふものである。悪いと云へば、この世の中も悪いし、男も悪いし、女も悪いし、仕方が無いと云へば、斯うした世間も仕方がなくて、斯うした女の存在を眺めて居るし、女自身も仕方がなくて、身を沈めて居るし、男も亦た仕方がなくて、斯うした女の群れに戯れて居るとも云へる。然し凡ての女が、斯う云ふ風なもの丶考へ方をして、自分の浅間しい境涯を諦めてしまうと云ふ事は、たとへそれが、正しい事であつても、決して善い事として強《しい》る訳にはいかない。女は何処《どこ》までも、自分の境涯を悲しみ、男を恨み、世を呪うて居なければならない。そして現状にあきらめられぬ焦燥と不安と、自分で自分を浅間しいと眺める心持さへあれば、やがて其の女は、暗きより明るみに一歩を進める事が出来るやうにならう。

自分は斯う思つて、お種に合槌を打つた。

「さうだよ、男も悪いし、世間も悪いのだよ。だから君達さへしつかりして居れば、今に屹度《きつと》、好い運の玉が転んで来るかも知れない。もう斯うした腐《くさ》たれた身体《からだ》だからなど丶諦めないで、旺《さかん》に世の中や男を恨むことだね。一番怖いのは、諦めで捨ばちになつてしまうことだ……よ」

斯う云つて居る間に、お種は泣き上戸《じやうご》だと見えて、シク〳〵と啜泣いては、モス友染の長襦袢の袖で、涙を拭いて見せたりした。

夜は九時頃になつて、熊谷の町は暗く淋しく更け初めて来た。お花は何時の間にか階下《した》へ行つて、お種の傍にはお君が坐つて、捨ばちらしく鍋の物を食つて居た。お種は三四本の瓶に残つた酒を、一本の瓶に注ぎ込で、それを燗直しすると見え、危い足どりで階下へ降りて行つた。

「お種さん、酔ふと何時でもあアなんですよ。でも今夜なぞ、あれで未だ穏和《おとな》しい方だわ。この町の人なんか、誰でも遣り込めてしまうんですもの、見て居てもハラ〳〵しますわ。それにね、お嫁に行つて、流産した事があるんでせう、だから神経がイラ〳〵して、酔ぱらふと何時でもおしまひには泣おとしよ。親切な、好い気心の人ですけれど……」

お君は斯う云つて、冷たくなつた鍋のぞうもつを、一つも残らず平らげて見せた。

「ふん、泣き落しのお種さんか……。然し何事も考へずに、ウカ〳〵と男の玩具物《おもちや》になつて居るよりは、何時でも反抗して居る方が宜いよ。君達も最う二三年すると、屹度《きつと》、考へて来るからね」

そこへお種が上つて来た。

「今晩はお泊りなさいよ。特別に泊めて上げますからね、三人で一所にやすみませうよ。これから前橋へおいでになつても、好いこと無いわ」

自分も其の気になつて、御飯を食べたり、シトロンを飲んだりした。斯うした家へ泊り合せて、女達の話を聴いて見るのも、自分のためには、「意味のある仕事」の一つであつた。

八、撲滅されぬ暗い影

自分は其の家の二階で寝ながら、午前三時頃まで寝つかれなかつた。女達はスヤ〳〵と呼吸《いき》をして、疲労《つか》れ切つて寝て居たが、自分は心持が冴え返つて、寝返りばかり打つた。

自分は様々の事を考へた。曾《かつ》て「淪落の女」を書いた当時には、浅草公園を中心として、八百七十五軒の銘酒屋や新聞縦覧所が在つて、そこには千六百九十二人からの私娼が、北東京の繁昌の中心となつて居た。五区の観音堂裏にも、六区の活動写真館裏にも、千束町の十二階下にも、昼となく夜となく、女達の鼠鳴《ねずみな》きを聞いた。それがためには、吉原の公娼廓などが、次第に衰退して、正に「私娼中心の時代」を展開して居た。単《ひと》り此の一廓のみでなく、日本橋の蠣殻町《かきがらちやう》にも、浜町にも、郡代《ぐんだい》にも、芝の神明《しんめい》にも、渋谷の道玄坂にも、赤坂の演伎座界隈にも、牛込の鶴巻町にも、麻布の笄町《かふがいちやう》にも、神田にも本郷にも、牛込にも四谷にも、本所にも深川にも、東京全市を挙げて、私娼街ならぬは無い程の奇怪な光景を呈して居た。

それが今日では、何《ど》うであらう。大正五年五月に、警視庁が下した撲滅のサーベルは、一堪りもなくこれ等の群を追散らかして、東京と云ふお膝元だけは、兎にも角にも一掃されたらしかつた。市内に散在して居た私娼の置屋は、職を失つて姿を潜め、小料理屋に酌する怪しい女も、一時は其の影を隠してしまつた。たゞ十二階下の一廓だけは、其の後も執拗に千変万化して、大正七年の夏八月頃には、造花屋に形を変へて現れたりした。それらの店は、造花を売るやうな風をして、抱への女に一円二円で私娼行為をさせたもので、一時は九十五軒から出来た様であつた。然しこれも警察の取締に依つて、其の年の十一月末には全滅したが、堅気な表商売に隠れての巧妙な出没には、其筋でも手を焼いたに違ひなかつた。斯うして銘酒屋の多くは、浅草公園を中心とする射的屋に商売替して、百八十軒からの空気銃の店が、今では公園の景物となつて居る。これで表面だけは、私娼撲滅の功業成り、淪落の女達は、正しきに導かれたやうに見えたが、事実は決してさう容易に進展しなかつた。

　造花屋で立行かなくなつた彼等は、十二階下の猿之助横町も、俗称柳の樹の下を中心として、魁新道《さきがけしんみち》にも、加納新道《かなふしんみち》にも、都新道にも、様々に形を変へて、銘酒屋時代の営業を続けるやうになつた。駄菓子屋に化けたり、小間物屋になつたり、雑貨屋を営んだり、絵端書店をも開いて居る家が、この界隈だけにでも現在百二三十軒もある。そして彼等は一軒の店に、美しい女一人づゝ抱へて、菓子を売つたり、簪を売つたり、絵端書を売つたりする様な風をしては、男の群を手招きして呼んで居る。普通の営業に隠れて、世の光を忍びながら、性慾浪費者の群を迎へて居る巧妙な手段に対しては、警察でも手の下しやうが無いらしい。たゞ怪しい女の現行を押へては、二十九日の拘留処分を言渡した後、一年間の刑の執行を猶予して、十二階下から追放して居るが、さうした女がこの三月から四月中旬までに、十八人もあつた。そして警察で写真を撮られ、原籍から何から何まで記入されて、執行猶予になつて居る女が、現在では、四十七人からあると云ふ。——

　警察で全力を挙げて、撲滅しやうとしても、遂に撲滅されぬものがある。それは斯うした女の上にまつはる暗い運命の陰影であり、欺うした女の群れを取囲む男の暗い心持であらうか。

　寝苦しい一夜は明けたが、自分の心の底には、何やら明けぬものがあつた。

九、宇治龍子の絵端書

　翌朝、同じ二階で朝飯を食べた時、女達はケロリとして、何の苦労も無さ相に巫山戯《ふざけ》て居た。

「もう、前橋へ行かないで、東京へ帰るよ」

「さうですか、でも折角でしたのに……」

「又、泊めて貰ひに来るかね。今度は誰かを、口説くかも知れないよ」

「さう、えゝ、よござんすとも、お待して居ますからね。何だか私も、東京へ行きたいわ」

「また十二階下へかえ……」

「いゝえ、だけど、一度、千束町にも行《いつ》て見たいわ。何《ど》うなつて居るか……」

「昔が懐しいと云ふ訳なんだね」

「泣いたり、苦しんだりした所ですけれど、何だか懐しい気持がしますわ」

「今は四分六だとよ。ちよんが一円か一円五十銭で、お泊りが四五円と云ふ話だ。それを抱へ主が六割取つて、四割が女の所得だと云ふ話だから、女は初めからつまらないね」

「あるんですか、今でも……」

「あるともさ、猿之助横町から新畑町《しんばたまち》へ出やうとする所の柳の樹の下なんか、最も猛烈だよ。絵端書屋なんか、盛《さかん》にぐいら

（引張る事）をやつてるさうだ」

「へゝ、あなたは通《つう》ね……」

「それに、水谷町や田島町の界隈には、二階借の女が出没して、シキへ連れ込んで居るさうだよ。矢張りこれだけは、盛大なんだね」

「ちよいと、十二階下もそんな風ですか」

「さうさ、絵端書屋や小間物屋に化けて、商売をして居るのさ。店番には男が居てね、一寸その奥を窺ぐと、君達のやうな女が、白い顔して笑つて居るよ」

「で、お入んなさいとか何とか呼ぶの……」

「たゞ黙つて手招きするだけさ。男が店へ入つて、此の絵端書幾らだいと云ふと、一円とか一円五十銭とか言つて、そこで一件の交渉をまとめる訳なんだ」

「あなたも、其の絵はがき買つて！」

「いや、まだ実験はしないがね、チヤンと見届けて置いたんだよ。先日もね、僕の友人が十二階下へ行つて、宇治龍子の絵端書を二円で買つて来たと云ふ話があるんだよ」

「絵端書は考へたわ、ねえ。その絵端書に物を云はせて、目顔で以心伝心なんですね」

「まア、さう云つた風なんだが、抱へ主の方では、今にも二枚鑑札の制度が、出るやうに思つて居るらしいのだよ」

「二枚鑑札つて、藝妓《げいしや》と娼妓《しやうぎ》の兼業ですか」

「さう、これが一番理想的なんだけれど、いろんな事情があつて、出来さうにもないよ」

「で、十二階下に居た人、みんな私のやうに、方々に散らかつて居るんでせうか」

「千人からの女がね、高崎、前橋、千葉、木更津、秩父と云ふ順で、稼いで居るさうだよ」

「私達ばかりではないんですね。お君さんもお花さんも安心おしよ、お連様《つれさま》は沢山あるわ」

余計な茶代や祝儀を置いて、自分は一夜を仮寝の宿を出た。女達は停車場まで送りませうと云つたが、如何に図々しい自分でも、それだけは此方《こちら》から御免を蒙つた。

十、大正八年の日本だ

「宇治龍子」の絵端書を買つて、刹那の満足に微笑《ほゝえ》むだと云ふ或る友達の話は、何と云ふ事なしに、自分の興味を動かした。その「宇治龍子」に似た女と、淋しい熊谷の町で一夜を過したことを、自分は妙な取合せのやうにも考へて見た。

何の中心もない、何の脚色もない、平淡無味な此の報告書に、自分が帝劇女優宇治龍子の名を冒した仔細も、これで合点されたであらう。殊に宇治龍子の舞台が、「淪落の女」などに扮して、特殊の力強い表現を示して居る事は、一層こゝに彼の女の名を、こゝに借用した動機の一つとなつたのである。

上野までの汽車中で、自分は昨日からの遭逢《さうはう》や心持を、いろ〳〵と思ひ浮かべて見た。旧《ふる》い此の「十二階下」が、案外にも根強く、大正八年の春四月まで、一部の不幸な女達の生活や、運命や、その一生涯を支配して居る事実に、今更のやうに驚嘆した。二十歳前後から四十歳まで、女にしては最も大切な二十年間を、「十二階下」の四字に呪はれて居る者が、我々の意想外に多い事を想うて、自分は厭な気持がした。単《ひと》り十二階の上から見える地方へ、流れ渡つて居るのみでなく、彼等の或る者は娼妓になつたり、お妾になつたり、又は藝妓《げいしや》になつたり、女役者に為つたりして居る。それが皆、十二階下に居たと云ふ過ぎ去つた事実のために、何んなに苦しみ悶えねばならぬであらうか。――考へて見ると、彼等自身は何の考へもなくて、その日〳〵を笑つて過して居るにしても、自分は何処までも彼等の群に対して、同情の涙を濺《そゝ》いで遣らねばならない。

そして自分は、彼等の群に羞恥の心持を起させねばならない。悲みと、苦みと、悩みと、悶えとを与へねばならない。何事も運だと諦めて、「クヨ〳〵思ふな」と云ふのではなくて、

「諦めてはいけない、クヨ〳〵思へ、泣け、苦しめ。明るい方を眺めて歩け」

と斯う叫びたい。警察署の力は、お前達を追放するばかりではないか。花の日会はお前達を、広告に使つたのみではないか。婦人矯風会が叫んでも、救世軍が活動しても、まだお前達の方には手が延びさうにもない。矢張り女達は、自分の「心」で自分の「身」を救ふより他には、明るみへ出る楷梯《かいてい》が得られないのである。これが大正八年の日本である事は、悲しむべきであつても、断じて笑ふべきではない。

女の心持を、哲学的にも、生理学的にも、徹底して理解して居る青柳有美氏を中心として、斯うした平凡な事実と、平凡な感想の一端を報告する事も、今の自分にとつては、無意味な仕事で無いやうな気持がして居る。そして折角、民意尊重の内閣が出来て居る今日、自分は尊敬する床次《とこなみ》内務大臣の重要な事業の一つとして、この「十二階下」の問題と事実とを、広義に解決して頂きたく思ふ。

正午過ぎに東京へ着いて、上野の牛屋で昼飯を食べた。こゝにも白粉を着けた顔ばかり美しさうな若い女の群が、ウヨ〳〵するほど、無自覚な「生活の道草」を食べて居る姿を見せつけられた。

青柳氏には、何れお目にかゝつてから、まだいろ〳〵話さねばならぬ事がある。 ――八、四、一五――

（「新小説」大正8年5月号）

私の句作境

飯田蛇笏

本欄が設けられてから多年句作に経験をつまれた諸氏の意見が交々発表されるので誌上も一倍賑やかであるし吾人にしても啓発されることが尠くない。わけてもこの俳句入門欄として最も適切な響きを持ちその効果の大なるものがあるのは平易にして簡単明瞭な句作上の実際境を明示するものにあるらしい。たとへば泊雲君の発表された、幟の句や鶏尾の句などについての苦心談の如きはそのい丶例である。で私も玆に鑑み少しく之れに倣つて自分が俳句を作る実際上の二三の場合を明らさまに而も客観的に描いて見ようと思ふ。客観的にその雰囲気を描出するだけにああした主観的な行き方に比しては何となく余所々々しい歯がゆい感があるではあらうと思ふが、一面読者の推想や判定から特殊な興味を惹起することを待ち設ける。

私は俳句に指を染めて以来の長い年月の間に於ける自分の研究の過程をふりかへつて見ると、夫れが研究といふ長い一本の線をば曳いてゐるやうなもの丶、さまざまな相《かたち》を形作つて居ることに気がつく。さま〴〵な相といふのは其の一線が勤勉とか懶惰とかいふやうな間歇的な波動を示す事の外に研究の態度そのものが色々な変化を現はして居るのを謂ふので、即ち大略を述べてみると

一、漫然先輩の作句を模倣して作つた時代。

二、自然の変化に或る驚きを感じて之れを俳句研究と結びつけた時代。

三、古人の句を熱心に研究する結果季題的概念に拘束されその糟糠を舐るの弊を醸した時代。

四、主義に即して現実に遠ざかつた時代、即ち机上製造濫発の時代。

五、時代思潮の影響を受けた現実暴露の時代。

といふやうなものである。私に限らず誰にしても順序は違つて居り項目は異つて居るにしてもかうした曲折した変化をその過程上に見るのは免れまいと思ふ。

そこで私の現在の態度はどんなものであるかといふことは殊更らしく玆に述べるまでもなく偶〻発表した論議稿及び雑詠其の他の作句の事実について闡明さるるところであるが要するに此れ等研究の結果に成る最善の信念を吐露し最美の極を謳ふことに外ならない。而うして此の研究の結果が齎らす自己にとつての最善とし最美とする俳句たる信念の発露は必しも現下の自己若しくは将来の自己のみに限つて見得るものと自らを信じ難く、偶然にも如上過程に於ける過去の或る場合の一つ一つが現

在のわが信条に合致することなからんを保し難いのである。この理由のもとに私は自己にとつて安全な過去のあるものを強ふる所以に於いて簡単に客観的な雰囲気の描出を試みようとする。

私は近来俳句を作らうとして机に倚ることを成る可く避けて居る。山廬句会その他の俳句会がたま〱開催される場合之れに席を同じうして句作する余儀ない時の外は独り机上に於いて句三昧に耽ることは全くない。けれども可也句は出来る。外出の途上に於いてさへ作るからである。途上の句作といふことは此の頃の私の心に最大の余裕であり最も容易な道である。而うして私は最善の方法とさへ思つて居る。

会心の作が生れた場合家へ帰つてみると往々失念してしまふ事もある。其れを恐れてこの頃は某君に貰つた小さな手帖を必ず袂へ擲り込んで置く。

或る時は甲府から一里半ばかりの上曽根といふ笛吹川の河畔で馬車を捨てゝテク〱と一里ばかりの野径を辿つて帰る。境川の堤上などで止つて小便などして居ると静かな樹上でキタ〱キタ〱と鶲の啼声などが聞える。銀屏を繞らしたやうな遠山を透かした数多の樹立が次第次第に薄靄に蔽はれ来る。いつの間にか淡い夕星が枝の間から覗いて居る。こんなとき心へぴつたり来る或るものがある。即ち一句を作る。

薄暮がかつた野径を爪先き上りにたどつて居ると、板額坂といふ彼の女丈夫板額女が葬られた塚を横ぎる急坂へかゝつて来る。崖上の枯躑躅が頻りに夕風に揺れて居る上に遠い村落の灯がぽつり〱灯し出す。坂の上からふりかへると甲斐平が遠く一面に夕靄の薄色に包まれて、地上に低く濃い茶煙りが曳き渡され、上空連山の頂きは各ゝの姿をはきと現はして後ろの夕空を一面の薄紅の色にそめなして居る。この夕雲がまた見る〱うちに変化して最後に灰色に変つてゆく。足もとの路上の石が殊に白く浮き立つて見える傍に青麦を烈しく吹く夕風が紙巻をつけようとする燧火をしきりに打ち消す。こんな時又一句が生れる。

ぽつかりつく火に自分の顔――自分自身が暮れんとする野径に浮き上つて自意識を感ずる。突然どうしたことか雲雀が微かな而も強い声を短かく響かして後は夕風に打ち消さすことがある。私の耳が強く声の起つた方角へ曳かれながら足は何時か又とぼ〱と歩み出して居る。直ちにまとまらないまでも何ものか強く感じて来る。

晩帰の農夫に出逢ふこともある。そんな時ほど鋭く磨かれた素鉄《すがね》の白い光りを見ることは尠い。またその頬冠りをまたなくなつかしいものに見ることが出来る。

私の袂から小さな手帖が取り出されて夕星の外見るものゝない野径に鉛筆が動いて居る。即ち一句が生れて居る。

書きつけて句を味つて見るに寔に面白くない出来のやうに思ふこともある。けれどもこの時余り面白くないと思つた句が後に家へ帰りついてから一二日も過ぎ緩々とくりひろげて見るとどれも皆一種の強い力を持つて居ることに思ひ当る。他の模倣もなく弛緩したところもなく独自の境地を有るが儘に強く発露して我自身の生甲斐のあることを示す所以のものが即ちその一種の強い力であるのである。

どうして斯うあるのか、又事実の上に私の作句との関係に於いての推想たり判定たりすべての思慮を要望する処はかうした単純な叙述にあるとして筆を擱く。

（「ホトトギス」大正8年5月号）

輓近詩壇の傾向を論ず

山宮　允

一

近時詩壇は著しく活気を呈し、興隆の気勢を見せて来た。毎月諸種の雑誌上に、又は単行の詩集として発表される作品や訳詩の数は最近に至り夥しく増加した。又、一方に於て、詩の読者も近時頓に増加し、或訳詩集の如きは発行後旬日にして数千部を売り尽したと伝へられてゐる。これ位の発行部数は欧米の文壇にあつては敢て珍らしいことではないが、吾国の出版界に於ては確に異例の現象である。この事実は明に一般人士の詩に対する興味の著しく増して来たことを示すものであり、従来余りに虐遇せられ、無視されてゐた――か丶る情勢を誘致した罪が詩壇及び一般社会の孰れにあるにもせよ――吾詩壇のために、又吾国民の精神生活のために、慶賀すべき事柄でなければならぬ。

同様の現象は欧米最近の詩壇にも見られる。否、吾国文化発展の径路は従来常に欧米の轍を追うて居り、彼の経験を我は数年又は数十年の後に繰返して居る状態であるから、此際我国の詩壇に欧米詩壇と同様の現象が見られると云つた方が更に適切かも知れない。欧米の詩壇に於ても数年前から詩壇の気勢頓に揚り、一般人士の詩に対する興味が増大し、詩集や詩に関する文献の出版が著しく熾になつた。この状態は世界戦争勃発以前より今日まで継続して来たが、尚今後暫らく継続するものと観測される。英米の詩壇は輓近に至り殊に活気を帯び、種々の運動や、諸種の詩集、詞華集《アンソロジー》の出版が行はれ、一時下火になつてゐた一般読者の詩に対する熱意が再び然え立つて来た。中に就き特に注意すべきはイマジスト詩人の運動と諸種の詞華集《アンソロジー》の出版であるが、是等詞華集《アンソロジー》の或ものは戦時中僅少の時日のうちに十数万部を売り尽し、他の詞華集《アンソロジー》詩集も多くは発行部数千乃至数万部に達したと聞いてゐる。彼等英米国民は古き詩的伝統を有し、世界語を国語とする国民であるとは云へ、彼等がよく詩歌の価値を認め、詩的教養を普遍ならしむることに依つて真に強き、正しき、国民を陶冶しようとする遠大な思慮を持つてゐなかつたならば、果して斯くの如き情勢を見るを得たであらうか。予は曩日英国文相フィツシャー氏が議会の演壇上に於て或詩人の詩句を引用して教育法案を説明したのを見——これは欧米人士の間にあつて敢て異とするに足らぬことであるが——今更の如く大国民の教育と余裕ある態度とに対して嘆賞を禁じ得なかつた。又予は最近にかの最も物質文明の国として知られてゐる独逸に「情緒強き国民」、「人類及び自然の隠れたる価値をさぐる微妙なる触手を有する人」の教育を高調せるオットー・バウムガルテンのあるのを見て同一の感慨を経験した。彼の社会状態と、吾国のそれとを比較して見る時、誰かその文化程度の差違懸絶の甚しきに黯然たらざるを得やう。総ゆる文化国民中純真なる感情の声であり、永遠の生命に対する渇仰である詩歌を軽んずること吾国民の如く甚しきはなからう。偏に眼前の利害にのみさとく、心眼晦く、独創を欠く、小ざかしき、猿の如き国民、海外の同胞が人類のための戦に之く戦士のために快んで食をさき、衣を断たうとしてゐる時、近親の同胞より日々の糧を奪つて私腹を肥し恬として恥ぢざる国民、物質的にも精神的にも共に卑賤弱小なる国民、安価なる享楽主義の国民、噫吾日本国民若し茲に覚めなければ恐らく永久に救はれる機会が無からう。詩歌無き国民は亡ぶ、吾々は精神的に強き国民にして初めて物質的にも強き国民たり得ることを覚り、膚浅なる唯物主義の迷夢を打破し、光栄ある真の文化時代の実現に於て詩歌の演ずる役割の重要なることを認め、詩的教養を更に普遍ならしめることに努めねばならぬ。

　思はず岐路に逸れたが、予はこゝで詩歌の必要を論ずる筈ではなかつた。議論を本道に引戻して、予は以下輓近詩壇の傾向に就き若干の考察をなし、之に対する所見の一端を叙べて見よう。

二

現今の詩壇の特色乃至傾向に就ては種々のことが云はれるであらう。或人はその民衆的乃至人道的傾向を指摘し、或人はその自由詩的乃至口語詩的特質を挙げ、或人はその現実的乃至散文的特徴を力説するであらう。是等はもとよりそれぞれ吾国現下の詩壇の特色乃至傾向を説明する批判に違ひないが、更に一般的な概括をするならば、現今詩壇の特色は現実的内容の直截明朗表現にあると云へやう。即ち数年前迄の吾国の詩は、その象徴的なると否とを問はず一様に、今日の詩に比しより超俗的な、より非現実的な感情を内容とし、之に所謂「詩的」な、又は暗示的な、又は婉曲間接な表現を与へてゐたが、最近の詩は皆平俗にして現実的な内容を端的卑近な言葉によつて表現してゐる。同様の傾向は欧米最近の詩壇にも見られる。即ち五六年前に起つた英米作家のイマジズム運動はこの傾向の頂点を示すものであつて、此派の詩人の主張する的確明晰な表現、題材の選択の自由、及び自由詩形は、また吾国現代の詩人の主張であり、要求である様に思はれる。かくの如き東西詩壇輓近の傾向は明に前代詩壇の超俗的、非現実的傾向の反動である。前代詩壇の中心を形成してゐた象徴詩人乃至象徴的詩人は、確に正しい詩的信条を把持して微妙な詩風の完成に努めたのではあつたが、その暗示の信条を極端にまで押し進めた結果は終に最初の要求と反対な、不自然な晦滞の病弊を醸した、さうしてその反動として今日の現実的にして平明な詩風の起つたのは当然の推移と云はなければならぬ。

併しながら玆に戒むべきは今日の詩壇の傾向が、新しい詩風が最善唯一のものであつて、前代のそれは全然無価値なもの、如くに思惟する短見者流の謬想である。今日平明にして現実的な詩風が栄えてゐるからと云つて詩は必ず平明にして現実的でなければならぬと云はれない。時好乃至傾向は絶えず変化し推移する。吾々は時好を離れ傾向を超越して真の詩の世界のあることを知らねばならない。

前代の詩壇と現時の詩壇との交替はまた明に人類の歴史に幾度となく繰返された理想主義及び現実主義との消長の一様式である。啻に詩壇に於てのみならず、一般人事活動は古くからこの二種の傾向の葛藤消長を繰返して成長し発達して来た。而もこの両者は共に人間の基本本然の性質である以上、その孰れを是とすることも又非とすることも出来ないのは云ふ迄もないことである。

三

次に最近詩集を公にした若干の作家に就て上記の特色を明にしやう。

「自分は見た」の著者千家元麿氏は純真素朴な感情の持主である。予は最近に至つて始めて氏の詩を読み、よき性質の「人」を見出したことを喜び、氏を知ることの遅かつたのを懶惰な自らを悔いた。氏の詩はすべて純真素朴な情感の直截自然の表現である。氏の詩は技巧の点より見て幼稚であり――これは一面に於て氏の長所でもあるが――表現にむらがあつて、氏は「無心の歌」のブレークを思はせる純真と室生犀星氏に見る素朴敦厚な愛すべき感情とを持つてゐる。この貴むべき、小児の如き純真と素朴とは読者をして思はず或所ではほろりとさせ、或所では微笑させ、又或所では思はず襟を正させる。

　郵便配達が自転車で来る。『あぶない』と思ふ間に、
うまく調子をとつて小供の側を、燕のやうにすりぬけて行く
わが児はびつくりして見送つて居る
郵便配達は勢ひよく体を左右に振つて見せ
わざと自転車をよろつかせて
暁方の星のやうに消えてゆく。

わが児は歩む。
嬉々としてもう汗だらけになつて。
摑るまいと大急ぎ
大きな犬が来る。彼よりも脊が高い
然しわが児が驚かない、恐がらない
喜んで見てゐる。
笑ひ声を立てゝ犬のうしろについてゆく。

わが児は歩む、
誰にでも親しく挨拶し、関係のある無しに拘らず
通る人には誰にでも笑顔を見せる。
不機嫌な顔をした女や男が通つて
彼の挨拶に気がつかないと
彼は不審相に悲しい顔付をして見送る
がすぐ忘れてしまふ
嬉々として歩んでゆく。幸福の足の危さ。幾度もつまづき、
ころんでも汚した手を気にし乍らますく〳〵
元気に一生懸命にしつかり歩かうとする。

――わが児は歩む――

こゝに足が立つやうになつた許りの無邪気な「わが児」の如実の表現がある。こゝに素朴平明な言葉の中に微笑みながら「わが児」を看守つてゐる慈愛深き父親の恩情が窺はれる。
　又こゝに人生の日向に生きる氏の幸福な生活を髣髴せしむる愛すべき詩がある――

妻は自分達の食べ物を一人で働いてよそつて呉れる、自分と
子供とは待ちかねて手を出す
この朝は少しも寒いとは思はない。
みんな黙つて食べ初める。静かだ。
思はず祈りたくなる
顔に力がこもつて幸福だと黙つて思ふ。
妻はいろんなものに手を出す子供をちよいちよい叱る。
子供も負けてゐないで小ぜり合ひをやる
日は暖に天井で笑ひ室内に一杯になる。

――朝　飯――

　併し又氏の愛及び憐愍の情は家族の人のみに限られてゐない。即ち氏は「往来で」会つた見知らぬ貧しい女に対つて「共力する事が出来ればいゝ、彼女の為めに働いて遣る事が出来ればいゝ」と云ひ、「白犬よ」のなかで、「白犬よ、お前がものを乞ひに走る時自分の心は騒々しくなる」、「白犬よ、立たなくてもい

ゝ。其儘で居よ俺を見て逃げなくてもいゝそこは人の来ない空地だ」と云つてゐる。

すべて千家氏の詩は歓喜と同情と純真素撲な感情の直截な表現である。予はこの点に於て氏の詩を高く評価するに躊躇しないが、恐らく氏の順調な過去の経歴のためであらうと思はれる氏の思想感情の単純が苦悩を経、経験を積んだ読者に充分の満足を与へ得ざるを思はぬ訳には行かぬ。而して「野球」「創作家」等に見る詩的節制又は緊張の欠乏に対して氏の注意を促したい。氏の強みは自由素朴な表現にあるが、それはまた氏の詩が散文的になり、リヅムなく、弛緩せる「たゞごと」の詩になり終る危険を伴ふものであることを警告して置く。

我国に於ける「民衆的」詩歌の有力なる作家の一人百田宗治氏はまたその最近の詩集「ぬかるみの街道」に於て平明直截な詩風を樹立した。氏の詩の威容と力強き快活なリヅムとは予に征士の一隊を率ゐて戦場に臨む若武者の雄姿を想ひ起させる。氏は「詩人は言葉に支配されない、否な詩人こそは言葉を支配する、詩人のみ真の言葉に参与する、過去の世界で一の国民の言葉の記憶すべき改革が何人によつて成就されたかを思ふ時、僕はそこに詩人といふもの丶高き職責に就て知る」と云つてゐるだけあつて、氏の語法には可成りの熟達が見られる。併し間々氏の詩に見る日本語になり切らない外国語及び散漫稀薄な言葉とに対して予は千家氏の場合と同じく切に氏の自重と節制とを望まぬ訳には行かぬ。左に「ぬかるみの街道」の最初及び最後の駒を引いて氏の詩風の一端を窺ふ寄処《よすが》としやう。

車のきしめき、
あゝかゝる真夜中に
私の窓にきこえてくる荷馬車のひゞき、
地上のぬかるみと戦つて
廻転しつゞける車の輪、
後から後から絶え間なく、
一つは一つに続いて
痛みをうちに耐へる苦しげな
悩ましげな
全力的なうめき声
あえいでゆく物音。
……………
あらゆる町と田舎をつなぐ一すじの街道、
あらゆる世界の涯を抱擁するこの道、
あゝ泥濘のうちをうち悩みつゝ、
卿等の歌と怒号はゆく、
一つの後に一つがつゞき
きしめきたて、揺れ合ひながら
世界の道を果てまでゆく、
も夜も
あゝかゝる人々寝鎮まる真夜中にも
卿等の車はつゞいて行く…………

予は今氏の称ふる民衆藝術に就いて考覈し、詩の「民衆藝術」としての価値を論ずる余裕を持たない。併し民衆藝術の如何なるものなるにもせよ、又よし氏の詩が「民衆藝術」の称呼に価するものでないにもせよ、「多数の胸中に生きるが故にいつも優れた民の藝術ではない。一人のうちに生きる時もそれが真の深い皷動によつて働く時そは真の民衆のための藝術である」と云ふ氏は確に予等と同じ信条の上に立つ正しき詩道の修験者である。

昨秋第三詩集「勝利」を出して詩壇に大きな寄与をした川路柳虹氏が、生田氏の云うた様に、「詩人老い易き我国の詩壇」にあつていつも水々しい情緒と、自由明朗な言葉と、一貫して変らざる詩に対する熱意とを以て活動してゐられるのは氏自身のために、また吾詩壇のために慶賀の至に堪へない。氏の自由柔軟な、嫉ましい程自由柔軟な手法は近来益々円熟し、そつのない表現の腕の冴えを見せ、更に思想の深みをも加ふるに到つた。併し氏の階和的にして柔軟なる詩性と画家的資質並に修養は氏をして思想的方面よりは情緒的絵画的方面の名手たらしめて居る。明朗な表現、自由なる詩形、氏は洵に我国詩壇のイマジストである。「日本の画廊」と共に氏の長所を最もよく発揮した「春の頌」のなかの「夜の歌」の如きはエーミ・ローウエル女史の「春」に似て更に繊細な感覚と豊満な想像力を示す佳作である。左にその数節を抜かう――

　夜はもの静かに至る、夜は名も知らぬ客人の姿をしてわたしのかたへに至る、しかしその手は温い。

　窓をとざした外をとりまく五月、甘美の季節、あゝ遠くで山査子の散る匂ひがする。鬱金香の幽かにひらく音がする。たくさん処女が心で愛人を夢みる匂ひがする。夜は見知らぬ客人のやうに傍にすはる。しかしその手は温い。

…………………………………

　おゝ、五月、五月、甘美の季節、しなやかな裸体の線の誘惑に吾をおぼらす、五月、わが息をはづませ、わが思ひを切なくする五月、春情をそゝらせる五月、樹皮の液汁を滴らす五月、すべてのもの、胎である懐妊の五月、微風の五月、溶けくづれる微笑の五月、女の五月、男の五月、――あゝその秘密を夜は語らない五月、しかしわたしはたゞ切なく酔はうとする。

…………

更に氏の敏感才気とを示す特異な作品を「日本の画廊」から引かう。

これは高台の野狐どの
ようこそござつた、この月の夜に
其のかげからひよいと公達に化けた
狩衣に烏帽子姿もよく似合ひまする。
だが、その後の尻尾が
そなたを慕ふ姫君に観破されたら
何となさります………

これは世にも名高い戯曲、鳥獣絵巻、
これは世にも稀なお伽絵草紙、
だが、その軽い毛筆のせゝら笑ひは
いまの世のわたしたちにも
めづらかな悦びを誘ひます。

世界はまこと永遠の悲喜劇、
涙のピエロオが月の夜に吹き鳴らす笛の音
その道化芝居の一くさりを
いつまでたつても繰りかへす人間の馬鹿。

漫画家鳥羽僧正は
その愚かな霊を心ゆくまで
涙をもつて歌ひなされた詩人、
ユモレスクの小唄作者。

――鳥羽僧正――

「海港」の詩人柳沢健、熊田精華、北村初雄三氏も共に鋭敏繊細な近代人の感覚を有する、自由明朗な詩風の作家である。予は今玆に一々是等詩人の作を引いてその特質を論ずる誌面の余裕のないのを遺憾とする。併し是等三詩人に共通な繊細な感覚彫琢された語法、快活な詩風は、ともすれば硬粗蕪雑に走り易い現時の我詩壇が特に尊重し、愛撫すべきものなることを告げて置きたい。

「地の子」の富田砕花氏及び「葦茂る」の竹村俊郎氏に就ても、同様の理由よりして不満ながら簡単に所懐の一端を述べるに止めねばならぬ。富田氏は善良な性質と多分の詩的天分を附与された作家であるが、氏は本質に於て浪漫主義者であり、良き意味に於けるセンチメンタリストである。故に氏の民衆詩又は人道的作品は多くは苦しい破綻を見せ、力なき作品に終つてゐる。「馬鈴薯と国際法」はその一例である。予は氏の馬鈴薯を採つて国際法を棄てたい。「フローリストの奥さん」に対する純粋な感激に氏の真個の詩境のあることを信ずる。竹村氏の詩に見られる異常な感覚と、氏の象徴的表現に対する努力とは氏の優れた素質を示すものとして予は之を高く評価するを憚らないが、尚未来ある氏の精細なる評価は之を後日にゆづるのが適当であらう。

尚予は「月光とピエロ」の著者堀口大學氏「愛の詩集」「及び抒情小曲集」の著者室生犀星氏、其他の諸詩人にも論及する筈であつたが、この稿が既に予定の紙数を超過しやうとしてゐるからして是等諸氏の批評は遺憾ながら又の機会に譲ることにする。

以上予は詩壇の作家数氏に就き輓近の詩壇特色は現実的内容の直截明晰なる表現にあることを確めた。

（「新潮」大正8年5月号）

余の文章が初めて活字となりし時

右は、本誌からの問に対して、文壇諸家のその煩を厭はずして、御答へ下すつた御感想です。この記事が、いかに諸子に興味深く読まる丶かを想像して、記者は昏頭の微笑を禁じ得ません。御答へ下すつた諸氏に対しては、こ丶で厚く御礼を申し上げます。御返事を頂けた順序によつて掲げましたが、全部のせきれない為めに止むなく次号に割愛した分も沢山あります。

一、余の文の始めて活字になりたる時
二、その当時の感想

○

徳田秋聲

明治三十年頃のことかと思ひますが、私が小金井と云ふ代議士の紹介で博文館に入つたのでしたが、大分たつてから「薮柑子」といふ新平民のことを書いた短篇を「文藝倶楽部」に出したのがまあ初めでせう。いたづらに書いたもので、別に自信もなかつたのですが、大分たつてから三田の方で（私は其時博文館を出て白金の方に居ましたから）雑誌屋の店先で「めざまし草」の共評が出てるのを見て、いくらか勇気が出たやうに思ひました。其前に湖処子が「国民の友」で讃めてくれたことも記憶してゐます。

○

楠山正雄

明治三十九年に早稲田の学校を出ると間もなく早稲田文学社の「文藝百科全書」に三年余も没頭してゐましたから、あの厖大な本の中にある分量だけは可なりに多い雑多な文章が活字になつたもの丶、始めかも知れません。其前後に「早稲田文学」へ二三演劇に関する論文やハウプトマンの「寂しき人々」の翻訳などを出した事もありました。其時自分の気持と云へば無理仕事をしよはされた重苦しい圧迫ばかりです。いくらかでも文壇と交渉をもつやうになつた事は「早稲田文学」のおかげです。

○

山田邦子

（一）十四歳の時だつたと思ひます。金港堂発行の「少女界」といふ雑誌に短歌を初めて投書して見ましたところが優等になりました。歌の題は「此」といふ字をよみ入れ丶ばよしといふのでした。歌は「此さきは如何に行くらむ初旅の人里もなき夕暮の道」

（二）その時はまだ信州の古い家に祖母と一緒に暮してゐました。ハガキがなくて書きかけのハガキをやつと一枚祖母に貰ひ、すみでぬつて赤絵具をといてそれで書いて送りましたから、あんなものはとてもだめだらうと思つてゐましたらば優等になつたので大へんうれしく存じました。学校へ行つたら上級生が大勢集つて来てはやしました。私は嘘です〳〵私ではありませんと言つてゐました。住所をくはしく書かないで送りました。

○

与謝野　寛

（一）　十二歳の時（明治十七年）漢詩人日柳三舟氏が発行せる月刊漢詩集「桂林輯芳」（後に「海内詩媒」と改称す）に漢詩を載せたるを初めとす。

（二）　小生自身よりも、寧ろ小生の養父（当時摂津の安藤氏に養はれたりき）が狂喜したるやうに記憶す。同誌に寄稿すること以後五年に及びたり。松田学鷗君なども詩友の一人なりき。

○

赤木桁平

（一）　備中の高梁中学在学当時校友会雑誌に書いた豪渓紀行が最初であらうと思ひます。多分二年生頃だつたと思ひます。

（二）　活字になつたものを三四度通読する程度に嬉しかつたと思ひます。遠い昔のことで今はもうはつきり記憶に残つてゐません。

○

与謝野晶子

（一）　十八九歳の頃、唯だ一度博文館の何かの雑誌に歌の掲載されたることが最初なりしやうに思ひ候。

（二）　自分の「鳳晶子」といふ署名を支那人と誤解されずやと思ひしこと幽かに記憶にあり候。

○

菊池　寛

（一）　中学の三年の時代に友人と同人雑誌を出した時。

（二）　何んな気がしたか少しも記憶なし。

○

南部修太郎

（一）　「修道院の秋」――大正五年十一月「三田文学」。其以前中学校の校友会雑誌に作文一回、五年八月の「三田文学」にチエホフの戯曲「駅路」の翻訳掲載されし事あり。投書に興味なく投書家的作風に反感を抱きしを以て、其種類の物の活字化されし事一回もなし。

（二）　「修道院の秋」は処女作にして小生の文章の始めて活字となりたるもの、発表当時病後にて相州湯河原にあり。喜悦と杞憂との内に反覆熟読せり。小宮豊隆、沢木梢先生、友人井汲、小島より親切なる批評の手紙来る。嬉しさに満ちて其手紙をまた反覆熟読せり。

○

野村愛正

（一）　十六歳の時。短篇小説とも云ふべきもの。土地の新聞。当時その新聞に盛んに短篇小説を載せつゝありしため、人真似に投書せしなり。

（二）　嬉しかりしことは其後の作品に就ての如何なる場合よりも甚しく激しかりき。活字の誤植ありしが気になりたり。

○

小川未明

（一）　明治三十五年、私が二十一歳の時学友西尾秀君のすゝめにより、西尾君の郷里の「熊野新報」に時々感想を書いたのが始めであります。「現代の宗教観」「泉鏡花を論ず」などゝいふのがあつたと思つてゐます。

（二）　友人西村酔夢、高須梅渓、田村逆水等青年論客として、中央文壇に馳突しつゝあつた当時で、自分も意気ある批評家として立たうと考へてゐました。当時私の文章は極めて蕪雑であつた為め、西村、田村、西尾の諸君に読んで貰つて意味の通じないところを直してもらひました。けれどもぢきに私は余り独断的で批評は書けないことを感じました。

○

日夏耿之介

文壇的に云へば文章としての最初は大正元年雑誌「聖杯」（「仮面」の前身）創刊号に戯曲「美の遍路」を載せたるが、詩としては翌年十一月号に「たそがれの寝室」を載せたるが最初也。

（二）　右戯曲は、自分としては可なり望ある作なりしに、一二の実際的劇作家の口より非常に空想的舞台を予想すと諷刺的に評言せられしに対し、不満と蔑視の錯感を獲たりし事あるを記憶するのみ詩の方は大変快感の上に作り、世評を眼中におかざりしを記憶す。世評を眼中におかざるは詩評家を蔑視せるに非ず。空想的時代の常として心的にノンシヤランスの状態に在りし也。

○

水野葉舟

（一）　私の作品が（作品といふのはおかしいと思はれるやうなものですが）初めて活字になつたのは中学の三年生位の時に、自分の出身の小学校の校友会雑誌だつたと覚えてゐます。

（二）　その時はうれしいとか何とか考へる程の事でもありませんでした。といふのは、その雑誌は私達が発起でつくつたもので、自分達で作つた雑誌だつたので別に深い感銘もなかつた。それよりも初めての著書の時の方が強い感銘を受けたと覚えてゐる。

○

佐藤春夫

私の書いたものが、初めて活字といふものになつたのは田舎の新聞に歌が出た時です。それは私自身で投稿したのではありません。当時そこに新詩社に属してゐる人がゐて、その人の歌の会の原稿として私のも雑つて居たのです。私はその時十五か六だつたでせう。それから、もつといゝ活字になつたのは「スバル」誌上に「愚者の死」といふ二十五行位の詩を出して貰つた時です。その時は一九一一年二月で、私は二十になつてゐました。それは専ら与謝野先生の好意からだつたのです。

（二）　私は活字になつた自分のものを見ても（生意気にも）別だん非常に嬉しいとは思はなかつたやうに思ひます。今格別な思ひ出のないところを見ますと…。

○

高須梅渓

（一）　私の文章が始めて活字になつたのは「少年文集」です。それは「観月の記」といふので甲賞に入選しました。私の十六歳の時です。

（二）　「観月の記」で賞品に博文館の「世界文庫」を二冊貰つた時の喜びは今に忘れません。当時孤独の私は之によつて勇気付けられたのを覚えました。

○

白石実三

（一）　亡き島村先生からのお話で、処女作「長兄」を「早稲田文学」に発表したのは、明治四十三年二月、丁度十年前です。同誌復興以後始めての新作家紹介で、且つ幼稚な私の作を始めに置かれたものですから、かなり批評の的にされました。

（二）　それから薬王寺町の先生の宅に上つて金五円也と書いた小切手を戴いて神楽坂の島金で一杯やつた酒の味は忘れません。それを「朝日」で、森田草平氏から特に褒められた嬉しさも暫く忘れられませんでした。それから三つ四つ書く中に兵隊に出る事になつて駄目になつてしまひました。

○

前田　晁

明治二十七年の秋頃であつたと思ひます。大日本中学会の機関雑誌「青年機関」に、日清戦争で戦死した人を弔ふ文を投書したのが載りました。漢文崩しの型にはまつたものであつたやうに覚えてゐます。其頃に短い漢文などを頻りに作つてゐる頃で、さういふものも何かに載つた事があると覚えてゐますが、誌名などは忘れてしまひました。

生方敏郎

学校卒業後三年目、明治四十一年七月正宗得三郎の勧めに依つて「読売新聞」日曜附録に小品を書いた。当時私は浪人であつたから小遣銭を得るの緒を得、殊に嬉しかつた。年二十七歳。「朝日新聞」は首切られ、早稲田文学社は追出され、国元の母は此の六月中風にかゝり、行くに所なく頼るに人が無く、私立大学の免状は役に立たず、と云つた時代、私の修養時代でした。

○

永井荷風

(一) 明治卅年か卅一年の頃「万朝報」毎週懸賞小説の募集あり、余、「花籠」と題する一篇を投じ、拾円貰ひたり。是余の作の印に附せられし始め也。

(二) 鬼のくび取つたやうな心持、誰も同じ事なるべし。

○

柴田柴庵

(一) 中学四年の時ですから、明治三十八年の事でしたらう。初めて伊藤銀月氏主宰の雑誌「百字文」といふのに投書して、いきなり何等賞に入れられ、大いに恐縮した事を覚えてゐます。

(二) 此の事は、当時文学者志望でなかつた私をも相当に嬉しがらせましたが「百字文」は文章を簡潔にすると共に、人間を小さくする事に気がついたので、二三箇月して罷めてしまひました。

○

芥川龍之介

(一) 東京府立第三中学校学友会雑誌に作文が載つた時、題はたしか日記の一節だつたと思ふ。当時はまだなり立ての一年生だつた。

(二) 感想なぞはすつかり忘れてゐる。第一そんなものがあつたかどうかさへ覚えてゐない。

○

片上　伸

(一) たしかには記憶しません。中学三年頃「少年国」といふのに投書したのが初めであつたかと思ひます。

(二) 不思議なやうでもあり、うれしくもあつたやうに追憶せられます。

○

加藤朝鳥

(一) はつきり記憶して居りませんが「文庫」といふ雑誌に「夏雄」といふ小説を書いたことがあります。たしか明治四十一年の夏と思ひます。

（二）これは暑中甲州信州佐渡の方々を旅行中宿屋や停車場やで書いたもの、二三十枚のものでしたが、私の投書は前後それ一回きりでした。

○

成瀬正一

（一）子供の時はよくいろ〳〵の少年雑誌に投書しましたが、それらは別として一番初めといへば、五年程前に同人雑誌「新思潮」に書いたのが私の文章生活の最初でありました。

（二）友人共に勧められて、学校で、作文を出すやうな具合に書いたので別に感想なぞはありません。たゞ他の人達がなか〳〵えらいものを出してゐるので、かへつて筆を執らなかつた方がよかつたと思つた位です。

○

相馬泰三

（一）明治四十年（四十一年かも知れない）かの四五月頃かと思ふ。――よくおぼえてゐない。

（二）ある日、御風氏のところへ行くと（その頃光用君が彼のところにゐたので、よく遊びに行つた）その頃の所謂雑司ケ谷連が三四人集つて、しきりに口語詩だの自由詩だの、はなしをしてゐた。僕は詩のことは一向わからないから、黙つて聞いてゐる外無かつた。が、最後に、「出鱈目でいゝんなら、僕にだつて出来るな。」こんな事を云つて帰つて来た。そして、直ぐに三つばかりひねくつて、その翌日か翌々日かに持つて行つた。

それを見て、御風氏は、「調子が少し妙でないが、なか〳〵面白い。」なんて云つてゐた。僕は多少得意に思はないではゐられなかつた。か、無論、それつきりあとを続けもしなければ、その詩のこともいつか忘れてしまつてゐた。ところが、その翌月の「文庫」に、それが綺麗に印刷されて載つてゐたのだ。それを見て、僕はひどくてれた。と同時に、何だか取返しのつかない事をしたやうな気がして悲しかつた。――僕は自分の文学生活をこんなもので初めようとは思つてゐない！　そして御風氏と人見氏（「文庫」の編輯をしてゐた。）とに対して、ひどく腹を立てた。――なぜ、僕に無断でそんな事をして呉れたんだ？　なぜ？　なぜ？　僕は子供らしく執《しつ》ツこく彼等を責めた。あとで、人見氏から謝罪のハガキを貰つた事を覚えてゐる。

○

内藤鳴雪

（一）明治十年前後であつたらう。私は郷里愛媛県松山で県の学務課を勤めて居たが、其頃同地の新聞が、小学校の教育に就て非難がましい事を云つたから、其反駁を同紙上へ二日続けて出した事があつた。先づこれが私の文の活字となつた始めであらう。即ち五十年ほどの昔である。

（二） 活字で印刷して公表されたのは自己の意見を人に知らす満足と共に、頗る愉快を感じた。且つ原稿であつた時よりも文章が少々好くなつたやうな気がしたのもおかしい。

○

福士幸次郎

（一） 十一二の時「少年世界」に一度短文を投書したこと、十八位の時当時の詩歌雑誌「白百合」に短歌を、秋田雨雀氏の世話で一度出して貰つたこと、その三年位後「新文林」とかいふ雑誌に、幼稚ですが、併し、ナイーヴな詩を二つばかり出したのが私が詩壇に這入る前の先駆となりましたが、何というても自分のものが始めて活字となつた気のしたのはその後自由詩社のパンフレットに人見東明氏の推薦で詩を出した時です。無名の一年少児、しかも詩などを作らうと思はなかつたが、そこで私の詩人の芽を初めてふいたのです。

（二） 感想はと云へば、ひどく恥づかしかつたといふことです。私は自分の書いたものを雑誌で読むとひどくきまりが悪くなつて、取りかへしの附かぬ赤面を感じたものです。柄にもなく、女の児見たいな所がありましたよ。

○

沖野岩三郎

明治廿九年であつたと思ふ。和歌山師範学校の国語教師手島春治氏が私の文法試験にたつた五点の点数を呉れた。（当時は百点制であつた）私はそれに憤発して随筆のやうなものを書いて和歌山市の久下といふ人の発行してゐる「和歌山新報」へ投じた。私のペンネエムは文典楼主人五点生であつた。文の題も内容も今は忘れて了つたが、新聞の第一面の下の方の欄にルビ無しの白つぽい私の文章が掲載されてあつたのを記憶してゐます。主人の人の字が今に目に残つてゐる所から察すると余程嬉しかつたと見える。嬉しかつたのは自分の雅号が新聞に出たからでせう。勿論文章も繰返し〳〵読んだに相違ないでせうが。

○

須藤鐘一

（一） 十六七歳（中学二三年）の頃、文学好きの仲間が四五人で、一円か二円づゝ出し合つて「白百合」といふポケット型の文学雑誌を出しました。その第一号に、私は短い小説をのせました。之が活字になつた皮切。

（二） 何しろ二十年近くも昔の事だしそれに発行した土地は鳥取県の米子町でろくな印刷所がありませんので困りました。で、私達は学校を休んで其の印刷所に通ひ、自分の文章の活字を拾つたものです。その同人には、今の神宮皇学館教授の入沢文学士や加藤朝鳥君や洋画家の高田勝太君なども居ました。あの頃の事を追懐すると涙が出るほどなつかしうございます。

○

中谷徳太郎

(一)　十七八才（明治三十五六年）の頃と記憶す。何かの新聞か雑誌への短き投書文なる可し。

(二)　その頃初めて恋を知れり、思ひも設けず、ある女より手紙を貰ひたる時の心地に似て、それよりもや、つまらなき感ありしやに記憶す。

○

上司小剣

(一)　十八九歳の頃、博文館の「少年世界」で歴史小説の募集のあつた時、美丈丸幸寿丸の事蹟を材料にして短篇を書き、一等に当選しました。その折は変名を用ゐました。

(二)　褒美に「帝国文庫」中の「水滸伝」と「三国史」とを貰つてうれしかつた。

○

正富汪洋

(一)　父が俳句を好んだので、私も十五歳の時、

　　門外に母待つ子ありおぼろ月

と吟じた。それが俳句の小雑誌に某宗匠選の下に載つたのを始めとし、時に試みた詩歌の投稿は、大抵何々氏選の下に諸方の雑誌に載り「新著月刊」といふものなどにも匿名で感想文を投稿し載つて居るのを見たが、自分の存在を明にするにはこれまでのやうな不徹底な態度で選者のある投稿欄に出すのは面白くない、それ以外にもと思つて、明治三十七年一月発行の「新声」に「姫桃の宮」と題する伊勢物語に拠つた小説及び感想断片「小皷」を寄せた。これが上記の意味で、厳密には始めてでなくとも、始めであると云ひ度いものである。

(二)　少年時代には随分自尊心が強かつたので、「門外に」の句が載つた時ちよつとは喜んだが、選者をさまで重しとしなかつたので、当然だと思ひました。「新声」の「姫桃の宮」の時の方が遥かに嬉しかつたが、聞けば、千葉江東氏が、あんな風俗を紊るやうなものをば、今後見合せよと編輯所へ論じこまれたとかで、続は載りませんでしたから中止した。そして当時、晶子女史の「みだれ髪」と服部躬治氏の「迦具土」とを評論して、前者を笑つた大町氏の文を見て道学先生の臭味が高いと笑つてゐた私は、千葉氏に対しても少しも憤らず、老子の「道可道非常道」などの句を叫んで笑つて居りました。

○

沼波瓊音

(一)　小学生時代、何でも明治十七八年の頃「名古屋新聞」(今の「名古屋新聞」とは関係なき新聞ならむ)に、何とか迂子といふ名で、名古屋の小学校が、すべて陰暦の元旦に休んだのは不都合だと書いた人があつた、私の通つてゐた菅原学校は

休みなどしなかつたので、此迂子を詰つた文を寄書した。これが初めてゞある。併し、その文はたしか殆ど父が書いたものだつたと記憶します。

(二) 別にさしたる感も無かつた覚えです。本当に自分で書いたもので、活字に始めてなつたのは、中学の学友会雑誌、明治二十七年頃、なんだか体のまはりを人に見つめられるやうな心持がし、その雑誌が自分の体の一部分のやうに親しまれた。

○

西宮藤朝

(一) 何でも今から十五六年も前の事です。其の当時郷里の「秋田魁新報」や、東京の少年雑誌などに寄稿しました。しかし何れが一番初めてであつたか今は記憶して居りません。何しろ日露戦争の始まりかけた頃でしたから。主に詩や和歌を作つてゐました。又、少年雑誌の「児童教育」といふのには、友人が記者をしてゐたので、お伽話や少年小説などを書いたこともあります。

(二) 別に感想とてもありません。唯面白さと喜ばしさとがある丈でありました。

○

中村星湖

(一) 中学一年の頃。校友会雑誌で。

(二) その頃の事は殆ど忘れてしまひました。作文の教師から文才は認められてゐたので、活字になつた時には、余計に得意に感じたでせう。けれど深い考へは何も無かつたのです。友達などゝ騒ぎ廻るよりも、画を描いたり、文章を作つたりして、ひとりで楽む側の少年でした。

○

山崎紫紅

(一) 明治三十二三年頃と覚ゆ。小島烏水氏の薦めによりて謡曲に擬して作れる「矢口」といふものを雑誌「文庫」に出せり。

(二) なんだか変な気持、しかし今日に至るまで、忘れないのは、やはり嬉しかつたのでありませう。

○

中村白葉

(一) 明治四十一年の秋だつたかと思ふ。「文章世界」の叙事文欄へ初めて投書して初めて秀逸に掲載された。「暗夜」と題する二三枚の小品であつた。

(二) 当時独歩崇拝没頭時代だつたので、選者(多分前田晁氏であつたと思ふ)の、「独歩の筆致を思ひ浮べしめるところがある云々……」の評を見た時には、天へも上るやうな心地がした。爾来自作の文章が活字になつても、それほどの喜びを経験した事がない。

○

鈴木善太郎

中学二年生の時、数人の同級生や上級生と一しよに今の「寸鉄」の大きさの雑誌を出しました。題は忘れましたが、女主人公の名を「お花さん」といふ小説を、それに書きました。今から二十年も前の事です。当時の同人の中には、今、学習院にゐる橋元春郊君や、東京朝日の鹿目野径君などゐました。勿論、硯友社全盛の時代でした。

(二) この雑誌は教師の目に触れて、かなり物議を醸したやうに記憶してゐます。中にも私が小説を書いたといふ事が学生の本分に反する好意のやうに認められたのです。よく皮肉をいふ博物の教師が授業中に、「「お花さん」などゝいふ物を書くよりも、植物採集でもした方がタメになる」といふ事を言ひました。同級生は皆冷嘲的な視線を私の顔に注ぎました私は真赤になつてしまひました。お花さんなどといふものを書かなければよかつたと思ひました。

○

柳沢 健

(一) 中学の二年か三年の時、友人三四人も寄合つてコンニヤク版の廻覧雑誌を作つたが、そのうちに、コンニヤク版ではをさまらなくなつて、立派な活版に直した、そこで私は、主筆株で歌もかく論文も書く、小説もかいて威張つたものだ。

(二) 従つて私は、自分の書いたものが活字になつた時に、大勢の人が感じるであらう所の、あの純潔な歓びと云つたやうなものは無かつたと言つていゝ。コンニヤク版のくしや〱した字が、はつきりした活字になつて、大分工合がよくなつたなと思つた位であつたらしい。

○

生田春月

(一) 明治三十九年頃。釜山の「釜山月報」といふ新聞に歌を出して貰つたのが、一番古い記憶です。その前にも少年雑誌に投書したことだけは覚えてゐますが、それがどんな雑誌だつたか、また、どんなものを投書したのかはつきり覚えません。

(二) 私は当時今の新聞社の解版小僧だつたのですが、何食はぬ顔をしてゐながらも、自分の投書を載せてくれるかしらと、心配しながら二三日も待つたのちある日自分の歌を文選の口から聞いたとき——嬉しかつたのは言ふまでもありません。けれどもそれでは始めて活字になりし時ではなく、始めて活字に拾はれし時の感想になりますね。

○

白柳秀湖

明治三十三四年頃、十五六才で「新声」に下らない文章を投書して、それが初めて活字になつた時はうれしくて堪らなかつたのみでなく、それを、客観的にも大へん大きい事柄のやうに感じました。併し今から考て見ると、此ウブな喜びをウブな少年時代に経験して了つたことは、私の生涯には大へん幸福であつたと思ひます。何故となれば、三十若くは四十近くにもなつて、此ウブな喜びを初めて経験する人（勿論、其舞台はちがふけれども）の馬鹿らしい慢心と得意とは、傍で見ても気の毒なやうです。さうして私の知つてゐる限りでは、その慢心と得意とが、その人に決して幸福をもたらさぬやうです。恋はヤハリ年頃にすべきもので、三十四十の初恋は、悲劇に終ることが多いかと思ひます。

○

真山青果

（一）仙台「奥羽新聞」に「鑑定実例」と申す小説、三十回ほど、お小遣がほしかつたため。但し、くれられませんでした。明治三十八年頃。

（二）お金をくれられなかつた記憶が深いだけにその他の感想は忘れてしまつたのです。その頃の小生は文章に衣食しようなぞ云ふ大胆な考は毛頭御ざいませんでした。干城学校といふ市立中学の先生でした。

○

有島生馬

中学二年の時だつたと記憶する。当時院長だつた故近衛公爵が、学習院全級を三つに分け懸賞課題を提出された。その一題中の一等を得た文章が始めて活字になつて学校の雑誌へ掲載された。それは大人のまねをしたやうな下らないもので今見たら冷汗ものだらう。褒美を貰つた事より長者らしい院長とその時親しく話を交はした印象が未だにある感じを残した。

○

安成二郎

（一）明治三十四年、雑誌「俳星」に載りし俳句。大館中学に於て同好の生徒の結びし句会星秋の会報として同誌の地方俳句会欄に収めらる。左の句と記憶す。

茶の花や山寺見えて上り道

（二）その欄は比較的、選の寛大なる欄にて、選に入りし喜びはなかりき。その後、雑吟欄に二句か三句入選したるときの喜びは今に忘れず。

○

高浜虚子

（一）「小日本」といふ新聞に「木曾路の記」を載せたのが最初だつたと思ふ。明治三十八年であつたらう。

（二）　嬉しかつた。

○

土井晩翠

（一）　第二高学校の「尚志会雑誌」創刊号に「配処の月」（?くはしい事は忘れた）をのせたのがそれ――二十余年前。

（二）　嬉しかつたね、くりかへし〳〵読んだ。恐らく何人よりも叮寧に読んだであらう。呵々。

○

境　利彦

（一）　明治廿二年春、私が二十歳の時、東京から故郷なる豊前小倉に帰つて、その帰途の船中で見た或事を短篇小説に書き綴つて、「福岡日々新聞」に投書したれば、早速掲載された。

（二）　其頃は硯友社の売出し当時で、私も、文学熱にかぶれてゐたので、自作の小説が新聞に載つたのを大変な栄誉の様に考へて、非常に嬉しく感じた。

○

鈴木三重吉

（一）　たしかに記憶せざれど、はじめて活字になつたのは、中学の一年生のとき、「小国民」といふ雑誌へ出した作文でせう。十四位のときのことです。呵々。

（二）　非常にうれしかつた筈です。そのときの感情はもう記憶に再生せず。

○

山村暮鳥

（一）　十八歳の秋ごろ、自分はある外国人の日本語教師として異郷の青森にをつた。作品は所謂新体詩で、発表したのはこの「東北日報」でした。下宿屋の階上ではげしい病気に罹つた時の者です。

（二）　特に感情といふほどのものもありません。それが紙上にあらはれると或る人々にそれとなく笑はれた。くやしいと思つた。今にみろと心の中でさけんだ。けれど主筆がよこした是非お目にかゝりたいとの手紙は、自分をよろこばせた。自分の恥かしがりは、遂に行かなかつた。

○

小寺菊子

明治三十八年であつたと思ひます。根岸の弘文社（?）から出てゐた「新著文藝」といふ雑誌へ「破家の露」といふ廿枚ほどの小説を「秋香」といふ雅号で発表したのが初めでした。平尾不孤、斎藤弔花、稲岡奴之助氏等の作と一緒でした。斎藤氏を知つてゐてお頼みしたのでしたが、三円の菓子料を貰つてひどく悦んだものでした。其雑誌は三号で休刊になりました。何しろ初めて自分の書いたものが活字になつたので大層興奮して、其雑誌を大切にしまひ込んでゐたのですが、いつのまにか今は手許になくなつてしまひました。

○

青柳有美

（一）　明治廿四年あたり京都の同志社普通学校在学中の十九歳頃と思ひますがマツガフキー第三読本にある小さな物語を「金庫」と題し、クリスマス用小児贈答本として大阪の福音社より発行したのが余の文の始めて活字になりたる時にて、総頁十二頁ばかり、定価は五銭でした。

（二）　たゞ矢鱈にうれしく父や親類の者共に送つたりしました。

○

藤森成吉

（一）　中学の三年頃、学友会の雑誌に投書せし文章が最初。その後、雑誌や地方の新聞にも載せし事あれど、小説として始めて活字になりしは、大学一年の時出版せし「波」が最初。

（二）　学友会雑誌の際には、別に感想無し。「波」の出版時には、長く印刷が出来ずに苦しみし作とて何とも云へず嬉しくて、丁度試験の最中なりしにも係らず、マルデ狂喜のやうに校正刷を読んでは直ぐに送り返せし事を今も覚えをれり。

○

長谷川天渓

（一）　友人と共に発行した「有名」といふ雑誌にバイヤン詳伝を載せたのが拙文の活字になつた始と記憶してゐます。もう廿三四年前の事です。

（二）　その時の感想として名にも残つてゐませぬが、活字になるとまづい文章も少しは好く見ゆるものだと思ひました。

○

武林無想庵

中学二年の時「文庫」といふ雑誌へ投書して採用されたのが、小生の文章が活字になつた始めです。題は「品海の干城」なんていふ極めて平凡な紀行文でした。その時白蓮と名のる記者が、「小説かも知れねど暫く本欄の下に繋ぐ」と附記した事を覚えてゐます。十五六の時の事ですから、無論大喜びだつたに相違ありません。

○

荻原井泉水

（一）　雑誌で始めて活字になつたのは、「少国民」といふ少年雑誌に「雪戦の記」といふものを投書して、それが載せられたのでした。十二歳の頃かと思ひます。新聞には「読売」の日曜附録に「国字改良に就て」を投書して載せられたのでした。十六歳（中学四年の時）だと思ひます。

（二）当時の「読売」は名家の壇上で国字改良意見も諸家の論戦が盛だつたので、そこへ飛出して身の程知らずに投書したものが、上段に麗々と載せられた時は子供らしい嬉しさを感じました。

○ 和辻哲郎

（一）中学の三年の時、学校の雑誌に新体詩をのせてもらひました。

（二）非常に幸福な気持になりました。自分の詩が世界的名作でゞもあるやうに思へたのでした。

○ 後藤末雄

（一）二代目「新思潮」に「忘却」といふ小説をかきました。

（二）他人の批評が一ばん聞きたかつたと記憶してゐます。

○ 厨川白村

（一）日清戦争の頃に中学の校友会雑誌に歌を出し、其後少年団発行の「文庫」に論文紀行文など出し候。

（二）いまは茫として夢の如し。何だかむやみに嬉しかりしやうにて、自分の書いた物がうまいと思つたらしく候。

○ 薄田淳介

（一）十一二の時少年雑誌に投書して、それが掲載された時。

（二）ちよつと嬉しかつた。さうして自分といふものを初めて見るやうな気がしました。

○ 長与善郎

（一）「白樺」に。たしか明治四十三年の四月号から。小品文を友人志賀、武者、柳等のすゝめによりて出し始む。

（二）未だ自分の道も不明にして混沌として暗中摸索のやうな不安な、飛躍的な気持でやり度い事をやり書き度い事を書いてゐました。

○ 山宮　允

（一）記憶に誤なくば私の書いたものが初めて活字に現れたのは、十五六の頃当時在学してゐた田舎の中学校友会雑誌に自作の新体詩数篇と「月下散策」と云ふ席上の作文を発表した時です。

（二）　何でも新体詩の方は当時私が岩野泡鳴氏を愛読してゐたので氏の調を模したものであつたかと思ひます。毎篇二人の作文の先生の選評がついてゐました。生れて初めて自分の書いたものが活字になり、本の体裁になつて現れたのですから——云ふ迄もなく本は私の敬愛の至上の対象でした——嬉しくて嬉しくて幾度自分の詩や文章を繰返して読んだか知れません。その後やはり中学時代に、自分で雑誌を出したり、東京の文学雑誌に歌や詩を出したりしましたが、暫く同様の心持を経験しました。

○

村山勇三

（一）　明治三十九年（予が中学の三年に進級せし春）校友会雑誌に五頁ばかりの感想文「故郷」載る。

（二）　自分以外のそして以上の人が書いたもののやうに胸を躍らして多分眼を充血さして幾度か読んだことを記憶する。これは中央文壇の或雑誌に処女作を発表したとき其間際は殆ど再読の勇気を有たなかつたのと好対照である。

○

中村孤月

（一）　早稲田文科の三年の時「夏の夕」といふ短い創作を読売に出してもらつたのがはじめです。

（二）　学生時代で、同級の人々に余り出して居た人がなかつたので非常に良い心持がした。其時の嬉しさは今でも忘れません。

（「文章倶楽部」大正8年5月号）

藝術即人間

佐藤春夫

○

「人間即藝術」といふことがよく言はれてゐる。それが、今では一つの常識のやうになつてゐる。「人間たることは必要なり、詩人たることは不必要なり。」自分も七八年前にそんな句を書きつけたことがある。考へて見ると、自分も平気で妙なことを言つてゐたものである。自分のその言葉のなかには、「詩人が真の努力をしてゐない」といふやうなつもりもいくらかはあつたが、それにしてもその言葉自身のなかには全く何の意味もない。若しそれが間違ひでないにしても、あまりに含蓄のなさすぎる言葉である。蓋し、自分がそんなことを考へ、言つたことの理由の一半は、確に、「人間即藝術」といふ言葉を鵜呑みにして、それを極く通俗に、一知半解に理解してゐた結果であつたと思ふ。

○

「人間即藝術」といふ考へは、もとより真理である。「いゝ人間のないところにはいゝ藝術はない」「深い人間のないところには深い藝術はない」（「いゝ」とか、「深い」とか、それらの形容詞を何と置き代へて見てもいゝ）それは明らかにそれに相違ない。自分の結論も結局は――それをさまざまに持つて廻つた末には、そこへ到達するであらう。併し、今の自分の考へでは、そこへ到達するまでに、多少普通とは違つてゐるかも知れないやうな迂曲した（他の人から見れば）道筋がある。

○

自分は、今、人間と藝術――作者と作品との関係を考察しつゝけて居るうちに、「人間即藝術」といふ曾て自分を早合点させたことのあるこの言葉より、寧ろ「藝術即人間」と言ふことの方が、藝術家にとつては、より真実であることを思はざるを得ない。A＝Bこれを自分は、わざわざB＝Aと代へるのである。表現が全く反対の順序になるごとく、その考察の順序が全く反対なものになる。

自分は、何故にそんな面倒なことをわざわざするか。

○

試みに、「いゝ人格のないところには、いゝ藝術はない」といふ言葉を先づ最も文字通りに正直に解釈して見るとして、それでは、実生活の上で、人徳（最も広い意味での）を具へた行為を表はさなかつた人間が、寧ろ、少々反対の行為を現はした人間が、その創造した藝術品のなかで、道徳的（最も広い意味での）な何物かとして我々にアツピールするものを、我々に示すやうな場合は絶無であらうか。或は若しそれがあるとしても、それは常に彼等の白々しい偽であらうか。

○

「帰去来辞」を書いた陶淵明は、実際はあんな高潔な人格ではなかつた。その行ひから見ると、彼は心のさもしい俗吏であつたのだ、と説をなす人がある。それならば、我々は長い間、彼の高潔らしい文字にうまうまとだまされてゐたのであらうか。

ブランデスは「十九世紀文学の主潮」第二巻のなかで次のやうなことを論じてゐる。

青年時代に於ける彼（クレメンス、ブレンタノ）は浪漫派のいたづら者である。この恒心なきならずものは折角出来た友人を、常に自分の罪過に依つて失ひ、彼が巧みに呼び起すことの出来る情調をすら破壊することを抑制し得なかつた。吾人は彼に於て、他の浪漫家には稀に見られる能力、即ち切実さに結び付けられたる優雅を発見する。多くの劇作家の場合に於けるが如く、彼は作家としては、実生活に於けるよりもより沈痛であり、より真摯であつた。かくして人間としては不純な彼は、藝術家としては屢々、純一の印象を与へるのである。

吹田順助氏訳

引用文中の圏点は自分のつけたものである——人々の注意を呼ばんが為めに。

陶淵明の場合、クレメンス、ブレンタノの場合、行為の人としての彼等の与へる印象が真実であらうか。彼等の藝術が与へる印象が真実であらうか。

私は、多分それの何れもが真実であるに違ひないと思ふ者である。さうして彼の藝術の与へる印象こそは、より真実なものだと信ずるものである。何故に？

○

人々は互に、他の人の示すところのものを成心なしに受け入れるかどうか、それは疑はしい。また人々は互に他の人の前で彼の本来の姿を、そのまゝで披瀝するかどうか。

こゝに人の面前では非常に快活な一人の男がゐる。さうして彼は彼一人の時には、どんなに憂愁に浸つた人であるかを、彼の面前に来た人は知らない——何となれば、彼は人の顔さへ見れば憂鬱でなくなる癖を持つてゐるからである。ここに一人の男がゐる。彼自身は非常に弱い人である。さうして他の人々と向ひ合ふときに、知らず識らずのうちに他の人々のアトモスフイアのなかに巻き込まれて、彼自身の特有のアトモスフイアは消されてしまふ。他の人々はつひに彼の本来の姿を見ることを得ずにしまふ……（こんな人の肖像を描くには一篇の小説を要する）こんなことは、その外こんな種類のさまざまなことは、人間には有り勝ちの性癖である。さうしてそれは人間の性癖のうちでも、複雑な性格の所有者である藝術家に於ては、その程度や種類こそは異れ、寧ろ通有ともすべき特性である。それ自身が、既に充分に複雑である場合、それが外界の他の人間に結びつく場合、それらのコンビネエシヨンは更に複雑である。彼はその自分を統御しきれない場合もある。

○

藝術家が彼自身に沈潜する場合、平生はさまざまなものに故障されて、完全に働かせることの出来ないところのすべての彼が、そこに本来の姿をもつて悉く現はれて、彼自身のなかに、複雑な霊妙な活躍を初める。例へば言葉の藝術家なる詩人や作家に於ては、それらさまざまな彼自身の動きが、さまざまな言葉の形で彼の前へ、さまざまの言葉で浮んで来る。彼はその時、それらのさまざまな言葉のうちから、彼自身で彼自身に最も適当した、さうして最善だと思へるところの文字、言葉――即ち彼の心をそこに採用する。さうしてそこに一つの彼自身、最もい、と信ずるところの自分を自分で作り出す。その時、彼は彼自身のうちに革命的の動乱を惹起して、更にそれを最高の自分自身で統治する。彼は彼自身のすべてを坩堝のなかへ投げ込む。さうしてその燃えて溶けてゐるところの彼自身のなかから、自分自身のうちの貴金属をのみ択び出す。この心の作用を藝術と呼ぶ。この作用の方法で、最高の彼自身を現し得る人を藝術家と呼ぶ。藝術の天才を持つと呼ぶ。

○

人間の心は影のないものである。それは決して、人々が得て考へるかも知れないやうな固定的なものではない。それは流動してやまないものである。それぞれの瞬間に於て千変万化するところのものである。それは時には神の住家であり、時には悪魔の住家であり、時には獣の住家であり、時には天使の住家であり、時には人間――それは神性のない神、魔力のない悪魔、獣性のない獣、福音を伝へない天使――の住家であり、時にはそれらすべての雑然紛糾する家である。それは屢々金であり、屢々鉛であり、屢々銀であり、屢々土くれであり、結局何にでもなり得る端睨すべからざる不思議な鉱石である。

○

い、藝術家は、高潮のうちに雑然紛糾する己の心を見つめて、それのなかに没頭して、彼がこれこそ真の己自身であると直観し、認め、信じたところのものをのみ捉へる。それをしつかりと握つてその正体を究める。さうしてそれらの自己を自ら許して最高の自己として人々に示す。彼が他の藝術によつて示すものは、彼の極致に於ての自分自身をのみである。恰も人格ある人が、人格の統一ある彼自身をもつて常に人々に現はれると、全く同じく。

平常つまらない人間であるがごとく見える藝術家が、その喜びを、悲みを、憤りを、愛を、或はその他のすべての思想感情を、最も高い情操で貫いてその藝術のなかに発揮することは、正に、有り得ることである。その時、彼は拭はれた鏡である。自らを欺くまいとする彼は決して鉛を鍍金して金に見せはしない。たゞ、端睨《たんげい》すべからざる不思議な鉱石――彼の心が、正しく貴金属であつた時の自分自身を、そこに択び出したのである。

○

藝術家が、彼自身のあらゆる機能の最高の飛躍のうちに、それの満足した統一のうちに彼自身を自ら見出した時に、彼はそれを「永遠不朽の我」と呼ぶ。「絶対の我」と呼ぶ。永遠といひ、不朽といひ、絶対といふ言葉は、それは言はゞ一つのアレゴリイである。シンボルである。彼自身のその刹那に於ける無上の喜びを歌ふところの詩句である。この時、彼は自覚のうちに陶酔する。それは酒や阿片の陶酔の如く麻痺に依つてではない。完全に自己を覚醒することに依つて陶酔する。藝術の三昧境は、法悦は、正にこゝにある。

○

藝術家にとつては、真の自分自身の姿を、完全に発現し得る世界は、たゞ藝術――自己のうちに深く沈潜することに依つて自己の姿を捜し求めるの術に於てだけである。或は、それが最も容易で、完全な方法なのである。この故に、真の藝術家に於ては、藝術は疑ふべくもなく至上のものなのである。それを切実に感ずればこそ、彼は藝術に己を捧げるのである。これ等の言葉を解することの出来ないものは、藝術家であることをやめよ！　去つて、他に最高の自分自身を現はし得る方法を択ぶがいゝ。君は藝術家ではないのだから。また、至上と信じないところのものに信頼し忠実であることは、不徳義であるから。

○

いゝ人間のゐないところには、いゝ藝術はない。いゝ藝術のあるところには、いゝ人間がゐる。いゝ人間がゐても、彼がいゝ藝術家でなかつた場合には、いゝ藝術はない。又、この場合或は、必ずしもいゝ藝術のあることは必要ではないかも知れない（？）とにもかくにも、いゝ藝術のあるところには、恒に必ずいゝ人間が居る。

人間であることは必要である、詩人であることは不必要かも知れない（？）併し、詩人は真の詩人、よりよき詩人たることの努力に依つてのみ、いゝ人間となり得る。

藝術家にあつては、製作することは生活の記録をつくることではない。実に、それは生活そのものである。よき藝術品はよき藝術家の生活そのものを、それ自身に於て見せて居る。

（「新潮」大正8年6月号）

写生から写意に

大須賀乙字

雪舟は支那に渡つて師を求め得ずして自然を師とした。芭蕉は「松の事は松に習へ竹のことは竹に習へ」といつた。唐の韓幹は「臣自ら師あり、陛下内厩の馬皆臣が師なり」といつた。董其昌は画家古人を以て師となすのみ是れ上乗、これより進めば当に天地を以て師と為すべしといつた。僕、某氏の宅で大雅の四季山水小幅の珍らしいものを観たが、土壌の硬軟乾湿風向等に応じて樹木の姿態を異にするところ一々真趣を伝へて居る。倪雲林や梅道人の筆意を汲んでも居やうが、それよりも大雅が日本の山岳を深く研究して居る点に敬服しなければならぬと思つた。南画は直入から此方滅びてしまつた。南画の復活は之を洋画家に期待しなければなるまい。恰も何々庵何世といつた宗匠の手に俳句が滅びて子規の写生から復活したやうな順序を踏むであらう。たゞ子規の俳論は写生を説くに止つて写意に進まなかつた。つまり芭蕉の藝術境に進む事が出来なかつた。しからば写生と写意との区別はどこにあるか、其点を明にするのは甚だむづかしいのである。子規の写生句から出た写生文の進んだ跡を見れば、一方の進歩と功績とは認めても俳句の簡潔とは益々縁の遠いものになつて居る。写生文の中に俳句を挿んでもさつぱり相映発するといふ妙味はありはしない。水のやうな薄い糊の中に米粒が浮んだやうなものである。写生文は誰にでも書けるが芭蕉の俳文になるとむづかしい。単簡化することにあらゆる藝術の妙味がある。尤も自然の理趣をつかみさへすれば表現の形式は複雑だらうが単簡だらうが敢へて問ふところではないけれど、たとへば、もの一ついふにも徹底した考のない者ほど長たらしい、之に反して自然の感情に触れさへすれば、何を表現しようとするかゞ、はつきりして居るから簡素に行く。表現しようとする本体のつかめない者の練習が写生である。写生は写生だけで一つの目的を達して居り又それだけで一種の藝術であるけれど、創造の世界を示して呉れるものではない。そこは写意に待たねばならぬ。而して写意は実に剣刃の上に立つのである。一毫千里のむづかしい所がある。自然の前に謙遜で忠実でしかも自由で放胆で、少しも自然を離れず。空想をまじへず、瞑想に陥らずしての上での話である。世阿弥に花実の論がある。芭蕉に虚実の説がある。（其等の説明は長くなるから略す）。実のみに就けば写生になる、花にのみ就けば空想になる。実を踏へての花は心の匂ひのことである。性格美である。又作者其人の境涯から出る感情である。境涯あつて自然は生きて来る。表現しなければならぬものが捕まるのである。其時何として写生の繁に堪へやう。しかし作者に境涯があつて情意活動のはげしいものがあらうとも、其まゝでは俳句にはならない。山静にして草木生ずといふ。静なる中に俳句の機縁が熟するのである。閑寂を旨とする自然静観の藝術がこゝにある。南画の山水は寂寥が精神である。文展に出る大幅の如きは騒がしいこと夥しい。これは家居の飾具であつて清翫に価しない。又全幅を描き埋めたものなどを見るが、俳句の句切れの大省略と南画の余白とは、表現せぬところに表現以上の効果を収めて居ることを知らない者である。又題詩は綜合藝術であつて、画の威厳をけがすものではない。詩に限らぬが歌なり俳句なりの一つも出来ぬやうな者が南画をかくは噴飯の種である。南画は筆気相集つて音楽を奏して居るのである。其故に写意を貴ぶのである。況や僅々十七字内外の俳句にあつては描写は其能くするところにあらず、喚起し暗示するのであるからして、専ら写意に行かなければならぬことはいふまでもないのである。写生は段々細かくなつてゆくに従つて局面が限られる。一茎の菫だけを写すとか、一疋の蟻だけを写すやうなことになつて行く。それも決して悪いことではないが。たま〳〵大景をいひ取らうとすれば輪廓ばかりほか写せないのである。ホトヽギス派の傾向は、写生が繊細になり又単に一事物の姿態や色彩に興味を持つて写生するといふやうになつたのは、彼等の句作態度からは自然の成り行である。

（「懸葵」大正8年9月号）

幕末武士と露国農夫の血を享けた

私の自叙伝

大泉黒石

一　幼年時代

アレキサンドル・ワホウイツチは俺の親爺だ。親爺は露西亜人だが、俺は国際的の居候だ。あつちへ行つたり此方へ来たりしてゐる。泥坊や人殺しこそしないが、大抵のことはやつて来たんだから、大抵のことは知つてゐる積りだ。ことに露西亜人で俺位日本語の旨い奴は確かにゐまい。これ程図迂々々しく自慢が出来なくちや、愚にもつかぬ身の上譚が臆面もなく出来るものぢやない。

露西亜の先祖はヤスナヤ・ポリヤナから出た。レオフ・トルストイの邸から二十町ばかり手前で、今残つてゐる農夫のワホウヰツチと云ふのが本家だ。俺の親爺は本家の総領だつた。

日本の先祖は何処から来たんだか、あまりいゝ家柄でないと見えて系図も何もない。

祖父の代から知つてゐるだけだ。俺の祖父は本川と云つた。下の関の最初の税関長がそうだ。

維新頃日本にも賄賂が流行したと見えて、祖父は賄賂を取つたのか、取り損ねたのか、そこははつきり知らないが、長州の小さい村で自殺した。あまり人聞きのいゝ話ではないが、恥を打ち明けないと真相が解らないから、敢て祖先の恥を晒す。嘸不孝な孫だと思つてゐるだらう。

俺のお袋 Keita（恵子）はこの人の娘だ。俺を生むと一週目に死んだから、まるで顔を知らない。そんな理由から親類の有象無象が俺のことを仇子《かたきご》と云ふんだらう。俺には兄弟がない。天にも地にもたつた一人だ。

露西亜の先皇が日本を見舞つた――その時はまだ彼は皇太子だつた――とき親爺も末社の一人だつた。親爺が長崎へ立ち寄つたとき、或官吏の世話でお袋を貰つたんださうだ。その時親爺はまだ天津の領事館に居た。

お袋は露西亜文学の熱心な研究者だつた。それは彼女の日記や蔵書を見ても解る。それで、親爺がお袋を呉れろと談判に来たとき、物の解らない親類の奴共が大反対をしたにも拘はらず、彼女は黙つて家を跳び出して行つた。旧弊人共が、お恵さんは乱暴な女だと、攻撃した。わたしは、その時どうしやうかと思つて困り果《はて》たばなと、祖母が言つた。

俺は二十七だ。

支那海の浪が長崎港へ押寄せて来るまともに英彦山が見ゆるだらう。山麓の蛍茶屋から三つ目の橋際に芝居小屋があるだらう。その隣りが八幡宮だ。鳥居をくゞると青桐の蔭に白壁の暗い家がある。今でも無論ある筈だ。そこでお袋は俺を生んで直ぐ死んだ。死んだときは十六だつた。

「おばあさまに難儀をかけずに、大きくなつてくだはれ」と云つて息を引取つたさうだが、おばあさまには、それ以来難儀のかけ通しで、まことに申しわけがない。

乳母は淫奔な女だつたと誰でも言ふ。俺を三つ迄世話して、情夫と豊後へ駈け落ちする途中、耶馬渓の柿坂で病歿したさうで、乳母の母親が、娘が可愛さうだから、何卒石塔を一基建《つ》ててくれと何遍も頼みに来たが、頑固な祖母が、不人情な我儘者お恵（乳母の名もお袋と同じだつた）に建てゝやる石塔はないと云つて断つたさうだ。だから今でも乳母は石塔のない土饅頭の下で眠つてゐる。

俺の代になつたから、こつそり建てゝやらうと思ふが、いつも自分一人を持てあましてゐる位だから、そこまで手が出ぬ。

乳母が逃げた後は、祖母の手一つで、曲りなりに育つて来た。俺は疳癪持ちだから、随分だゝをこねて老婆を弱らせたと云ふが、それはほんたうだらう。

俺が泣くと、雨が降らうが、風が吹かうが、山の麓から海岸まで脊負ふて行つた。祖母《ばゞ》は目が悪い処へ持つて行つて余り智慧のあるたちでなかつたから、俺を脊中へ縛りつけて海岸へ行つて、海を見せさへすれば、得心して泣き止むものだと定《き》めてゐるらしかつた。

　今でもあるが、その時波戸場に大きな、まんまるい大砲の丸《たま》があつた。

「ほら、大砲ん丸《たま》。な。ふてえ丸ぢやろが。よう見なはれ。唐人船うちに使ふたもんばい、ふてえ丸ぢやろが」

と云つた。「ふてえ丸《たま》ぢやろが」を何百遍聞いたか知れない。祖母《ばゞ》の方でも、俺を持てあましたらうが、俺の方でも、大砲の弾丸《たま》には飽き飽きした。


　俺が三つの時、化け物のやうな奴が突然やつて来た。俺は玄関で乳母と一緒に裸で鞘豆の皮を剥《む》いてゐた。するとこの化け物が俺の顔を見てかつと赤い舌を吐いて抱かうとするから、俺は鞘豆のざるを抱へたまゝ泣き出したら、台所から油虫と一緒に祖母が飛んで来て「まあ〳〵。おとつつあんたい。よう来なはつた」と、あべこべに化け物にお辞儀をしたことを記憶《おぼ》へてゐる。これが俺の親爺だ。その時分八幡様の石段の下に、高山彦九郎の後胤が貧乏世帯を張つてゐた。此家《こゝ》の爺さんが、俺が日本を離れるとき「ジヤツパン国にキリシタンの御堂《みどう》を建立《こんりう》したなあ、この俺《わし》ぢやと云ふてくだはれ。オロシヤ人は喜ぶばい」

と云つた。誰に事伝《ことづ》てするのか、それは本人も知らないらしかつた。長崎に黒船が来た時、中町にキリシタンのお寺を建てやうと云ひ出したのがこの爺さんで、俺の祖母《ばゞ》と一緒に高台寺の絵踏みを恐れて暫く姿を眩《くら》ましてゐたんださうだ。中町のお寺は今名物になつてゐる。爺さんは漆師だつた。

　俺を可愛がつて春徳寺下の幼稚園へ入る手続きをしてくれたのも、この高山の爺さんだ。

　幼稚園で俺の組に、色の黒いギス〳〵の子が居つた。大きな紫メリンスの帯をしめて異彩を放つてゐた。その時分メリンスの帯なんぞ巻いて歩く子がなかつたからだらう。先生はこの子を一番可愛がつて小便までさせてやつた。高木と云ふ長崎代官の子と俺が、竹竿で先生を叩いたとき、半日罰を食つて廊下に立往生を命ぜられたら、メリンスの帯が来て手を叩いて囃した。代官の子と俺が相談してメリンス帯を殴ると、わい〳〵泣き乍ら、下女を小使部屋から呼んで来た。

「若様。この子でございまするかのし」

と下女が俺を指すと、メリンス帯がウンその子だ。早《はや》う叩《ぶ》つてくれと云ふ。

「畜生。この異人めが。若様をようたゝいた」と云ひ乍ら俺の頬つぺたをぐつとつねつた。

　代官の子は慄へてゐた。代官の子なんてものは弱いもんだ。だから親爺が代官をやめられて、目薬を売つたり神主なんぞになるんだと思つた。メリンスの帯は小松原英太郎の子だつた。もう大分大きくなつてゐるだらう。

　よその親爺とは少し違つてゐるから訳を質問したら祖母が偉さうな顔をして

「そら、あんた、おとつつあんは、露西亜のお方《かた》けん、ちつた違ふとつたい」

と教へて呉れた。「露西亜のお方《かた》けん」靴穿きで畳を荒したり、石臼の上にお釈迦様のやうにあぐらを掻いたりするのだと云ふことも解つた。然し何故俺の側へ始終居ないのか解らない。

隣の車屋の三公や煙草屋の留太郎が毎晩徳利に酒を買つて門前を通る。

俺は祖母にあれは誰が飲むかと尋ねた。説明によると三公や留太郎の親爺が飲むんださうだ。俺の親爺にも買つて飲ませたいが、一体何処に逃げたんだと、折り返して聞いた。そしたら、

「はんかをに居らつしやるけん。こつちで酒を買つてやらんでもよか。」

と云ふことだつた。はんかをは酒を飲まないんだ。三公の親爺も留太郎の親爺もはんかをに行かないから飲むんだ。然し町内で徳利を下げて酒を買ひに行かない子は幅が利《き》かぬ規則になつてゐたから、俺の親爺も早くはんかをを免職にして帰つて来ればいい。日に二度でも三度でも徳利を振り廻してやると残念でたまらなかつた。俺は幼稚園へ入つたばつかりだつたが近所の子に負けるのは嫌ひだ。鋳掛屋の子が一番俺を酷めた。此奴が
「おめいの親爺は酒がのめねいのか」

と云ふから
「俺の親爺は、はんかをだから飲まねいぞ」

とやつつけた。そしたら此奴が
「はんかをなんぞ、うつちやつちまへ」

「うつちやるもんか。はんかをは高価《たか》いぞ」

「いくらだい」

俺は生憎《あいにく》、祖母にはんかをの相場を聞いてゐなかつたが、黙つて居れば、はんかをを馬鹿にするから、大抵行軍将棋位の値段だらうと考へて少し安いとは思つたが、

「五銭だい。ざまあ見ろ」

と凹ませて帰つた。

祖母に、はんかをは五銭にいくつ呉れるか様子を糺《たゞ》すと、はんかをは一つたいと答へて呉れた。一応尤もだ。はんかをは五銭に一つと定めて、それから、はんかをの事を誰が尋ねても、高いから一つだ。親爺は、はんかをを売つて了つたら俺の家へ戻つて来るんだと威張つてやつた。

大きくなつてから学校の先生に、はんかをは支那の都会だ。かうかきますと、漢口と云ふ字を書いて教へて貰つた。

もひとつ腑《ふ》に落ちない奴がゐた。それは俺の家に、俺が生れぬ前から寝てゐる女だ。この女を祖母がお母さんと呼べと命令したから、中途はんぱから具合が悪いけれども、止むを得ずお袋にして、間もなく死んだ時も、お袋なみに、はかりよく泣いてやつたが、あとでこの女の正体が暴露して、ほんたうのお袋の姉だといふ証拠があがつたとき、いくら可憐《かあ》いがつて貰つたつて、も少し泣き惜みすればよかつたと後悔した。ところで、家族は祖々母と祖母と俺と三人になつて、小さい西山といふ町

の家へ引越した。

　親爺は不人情な奴で、到々二度と長崎へ来ないで了つた。俺は桜の馬場の小学校を三年生で打ち切つて漢口へ親爺の顔を見に行つた。親爺が露西亜領事館にすましてゐるから、領事館で小使ひさんをやつてゐるかと思つたら、親爺が「領事はわしぢや」と吐しをつた。

　こゝの処《とこ》で説明をする。俺の親爺はウイツテ伯爵と前後《あとさき》にペテログラード大学の法科を出た支那通だ。何、始めから、こんな臭い処に来る気ぢやない。やつぱり国会議員で通す意気込みだつたらうが、儲かると思つて、政府にだまされて追ひやられたんだらう。親爺は法学博士だ。俺は二十八で博士になつた。お前も俺を見習へ。そうするとアレキサンドル・ネヴスキー勲章はゆづつてやると云つた。その時は俺だつて二十八で博士になる約束をしたやうに覚えてゐる。

　親爺が明治三十四年に死んで、俺は到頭孤児になつて了つた。然し、親が揃つてゐたつて、満足な人間になるやうな手軽な児でないことを自覚してゐたから、親がなくても不自由だとも、肩身が狭いとも思はなかつた。親爺が漢口で死んだ年俺は遺骸をウラヂヲストツクの露西亜人の墓地へ埋めに行つた。その足で叔母ラリーザとそのまゝモスクワへ行つた。親爺には三人の兄弟があつた。二人は男で、一人は女だ。女が叔母ラリーザだ。男の方は二人共藪医者で、モスクワに一人、西伯利のイルクーツクに一人開業してゐる。俺が叔母ラリーザとモスクワで落ちついた処が、その三男の藪医者の家だつた。此処にもまた伯母が居る。馬面の三十代のフインランド女で、タニヤと云つた。俺は甥の癖にこの馬面の伯母をタニヤ、タニヤと呼びつけにしてゐた。

　しみつたれで、見え坊で、足を洗はぬ前がマルイ劇場附の女優だつた故《せい》か、馬鹿にひがみ根性の、嫉妬心の深い女だ。生意気に、女権拡張者のソフイ・コワレヴスカヤなどゝ往復してゐた。バーチナがどうの、ペロヴースカがどうの、イアキモヴがどうのと変な本を買ひ込んで来て、伯父に喧嘩を吹つかけてゐた。

　俺はこのターニヤが大嫌ひだ。お前の母さんは日本人だからキヨスキーは露西亜ぢやないと言ふ。キヨスキーと云ふのは俺のことだ。俺をタニヤにあづけて置いて、叔母ラリーザは、巴里のローマ教女学校へ教師に迎へられて行つた。

　その時分俺はニコラス二世の乗馬軍服が、その頃流行つてゐたので、学校通ひの制服に、ねだつて拵へて貰つて小学校へ伯母の家から出掛けたもんだ。

　読本を開いて「犬が吠ゆる《サバーカ・ラエート》」「狼がうなる《ヴォルク・ヴォエート》」「鷲が叫びます《オリヨール・クリヂート》」なんて、露西亜だけに「ハナ・ハト・タコ・マリ」と穏かに行かないから面白いと思つた。荒つぽくて、何でもガサ〱して珍らしかつた。

二　少年時代

一

俺はモスクワの小学校へ放り込まれたが。露西亜語が満足に解らないので、半年の間唖で通した。何と譏られても平気でにこ〳〵してゐた。困つたのは運動時間に露西亜人の子が、不思議な奴が来たと云ふので、俺の周囲に、うよ〳〵集《たか》つて勝手な熱を吹いてゐた。それが五月蠅《うるさ》くつて仕様がない。露西亜人で露西亜語が解らないなんて、天下の奇観だ。然し三年たつたらやつと解つた。そしたら巴里の叔母ラリーザから、自分の勤めてゐる学校の先生で、お隣りの中学校にも教へに行く人がある。其処で生徒を募集してゐるから、来い。来る気なら、こちらから暇を見て連れに行くと云つて来た。

「叔母さんの側なら、いつでも行きたい。」

と返事を出して置いた。それは十二月の中頃だつた。雪が引つきりなしに降つてゐた。

俺は頭が単純だから、何でも、くど〳〵書くことが嫌ひだ。書かうつたつて書けない。自叙伝なんか、くど〳〵やつて行つたら締《しま》りがない上に、きりがつかぬ。大ざつぱな処、俺が巴里へ返事を出して二三日したら、タニヤと伯父は、ペトログラードへ病院を建てるから地所の撰定に行くと云つてモスクワを発つた。俺は、よく俺の話の中へ出て来るイヱドロフの宿屋へ当分の厄介をかけることにして、即日其処へ引移つた。アレクセイ屋と云ふ行商人の木賃宿だ。どほせ俺をあづかつて世話するといふ家《うち》はその位の処だらう。イヱドロフは旅宿《やどや》の方は細君のサミヤとサミヤのお袋にまかせて、自分は馭者を本職にして、始終伯父の処へも出入したから、知つてゐるんだ。俺の荷物は長崎の大徳寺の門前で買つた二円五十銭の柳行李が一つあるだけで懇意の憲兵に銭をやつて宿まで担いで行つて貰つた。宿は「雀が丘」にあつた。細君のサミヤと婆さんが出て来て「キヨスキーは今夜から、うちの者になんだよ」と云つて歓迎して呉れたのはよかつたが、俺にあてがはれた部屋が寒い上に、階段の昇降口にあつたから騒々しくつていけない。部屋を取り替へてくれと頼んでも、そこが一番上等の部屋だ、あとはみんな労働者があばれるから、壁も床もこはれてゐると容《き》かなかつた。

部屋は俺が荷物の中から聖画像《イコナ》を出して掛けたら住めるやうになつたが、食い物の拙《まづ》いのには弱つた。

それも我慢するとして、今度は下等な露西亜人が、扉を蹴るのに閉口した。自分の部屋の扉を開けるのに、何も靴で蹴らなくつたつて、排して入ればいゝのに、無暗に蹴つて音を立てる。それも辛棒するとして、今度は煙草の煙とアルコホールが鋭く鼻を衝いて来る。晩になつてイヱドロフが戻つて来ると、他《ほか》に能がないものだから、婆さんと口論する。サミヤが子供だと思つて、いつでも俺の部屋へ飛んで来て、めそ〳〵してゐた。

或晩烈しく妻のサミヤと口論したイヱドロフは翌朝、ふらりと家出したまゝ帰つて来なかつた。意気地なしの厄介者が何処へ失せ居ると、婆さんは結局喜んでゐた。サミヤは淋しさうな様子をしてゐた。そして、俺を捕へて、うちの亭主は養子だ、やれ、家出しちや飢ゑ死するだらうと云つた。然しどうしたのか一向戻つて来ない。

厄介な宿屋だ。俺は毎日々々巴里から叔母が迎ひに来るのを待つてゐた。仲々来ない。

女の声がするから跳び出して見ると、いつも、旅宿人が化性なユダヤ女を連れ込んで来て騒いでゐるのだつた。

二週間ばかりすると、ひよつこり伯父が洒落込んで、旅舎へやつて来た。何しに来たかと思つたら、クリスマス前に一度ヤスナヤ・ポリヤナを廻ると言ふ。お前も来ないか、先祖の百姓家があると云ふ。俺は行くと答へた。

ヤスナヤ・ポリヤナ村の先祖の農家といふのは樅の林の中にあつた。最初其処へ寄つて、それから馬車橇で煉瓦造りの小さい「青玉葱塔《ツボール》」の寺院へ行つた。其処で神父を誘ふて、村の病人のうちを片つ端から廻つて歩いた。処で、途中で一人の見すぼらしい老人に出逢つた。この老人が路傍で拾つた痩せ犬を引つ張つてゐる。俺の伯父が、帽子に人差指を当てゝ挨拶してゐるから、不見識な真似をするもんだと思ふと、これが、はじめて聞いて、始めて見るレオフ・トルストイだから可笑しい。伯父は俺を連れてトルストイの家へ立ち寄る積りらしかつた。それで一緒になつて歩るき出した。老爺は病家へ見舞ひに行つて帰りだつた。不思議なことには行衛不明のイヱドロフか、突然この村で馭者になつてゐたことだ。彼は俺達の顔を見ると、驚いて跳んで来た。

俺達は乗合馬車の輪が動かなくなつたので歩くことにした。爺さんの大きな鼻の尖《さき》が赤蕪のやうに赤くなつて、灰色の口髭にぶら下つた鼻汁と髭とが、申し合せて白く凍つてゐる。口をもぐ〳〵動かすと崩れて落ちさうだが、爺さんは平気で歩いてゐる。

先登に此爺さんが痩せ犬を引つ張つて行く。その後ろからアキモフ神父と伯父が行く。次に俺とイヱドロフが神妙にくつついて、ぼそ〳〵歩いた。イヱドロフは一体何処へ行くんだらう。揃ひも揃つてみんな薄汚ないシユバを引つ被つて、一様に鼻つ柱を赤くしてゐるが、俺の伯父だけは洒落てゐる。

伯父の外套《シユバ》の襟は大野猫の毛皮だ。その茶色の毛が、ぎらぎら光るのを俺は感心して見てゐた。然し今日《こんにち》考へて見ると、この外套も矢張り俺の親爺の金で工面した一張羅の晴着かも知れなかつた。

俺は後で巴里のラリーザ叔母に聞いたんだか、親爺が死ぬと親爺の遺産争ひをして、この伯父が、半分横領したさうだ。さう云へば、狡猾《ずる》さうな面構へだ。だから、俺の懐には親爺の金が半分しか入らなかつた。

遺産争ひの理由と云ふのが、俺のお袋は日本人だから、露西亜人の子を産む筈がないと云ふのださうだ。そんなら誰の子が俺だらう。

その時態々巴里のラリーザ叔母が俺の人相を検分に来て、俺の目が海のやうな色をして、俺の髪が黄金色に輝いてゐたものだから、「勝訴だ、勝訴だ」と喜んで露西亜の神聖なる裁判官に「キヨスキーは目が青くつて髪の毛が灰色だから、露西亜人に違ひない」と言つたら、裁判官が「そんなら喧嘩のないやうに、ワホウヰツチの遺産を半分分けに取らせる」と云つたさうだ。妙な裁判があるもんだと俺は感心した。

俺の伯父はモスクワの藪医者だから、獣皮の外套が買へる理屈がない。

その時俺は貧乏者を毛嫌ひした。その癖本人は人並外れて困つてゐた。俺は大野猫の外套の襟に顎を埋めてゐる伯父が、この中で一番偉いと定めた。反対に俺とイヱドロフはまるで御話にならぬ程、哀れな風をしてゐたのだ。

痩せ犬を引摺つて歩るく爺さんも矢つ張り左様で、黒茶がゝつたシユバにくるまつて、芋俵のやうな形で歩いてゐる。その棕櫚の皮見たいな、さゝくれた毛織の毛に触るとざら〳〵した。

一二町ばかり、雪靴で雪を踏んで来たとき、振り返ると乗合馬車橇は農家に遮られて見えなくなつてゐた。北風が吹き止んで、雪は吹き散らなくなつた。気持ちのいゝ白い湯気が、口からと、鼻からと、噴き出て来る。それでも空は低く黒ずんで、一体いつになつたら太陽が光を見せるか、想像すらつかない。

茫漠たる平野の中央を通つ切る路の両側は畑で、畑の畦に、すく〳〵と枯木立が立ち並んでゐる。枯木の枝は真白だ。自然の沈黙なる仕事とはこれだらう。

たまには大きな奴が塊つて森をつくつてゐる。森の根にまるで雪の中に島流しに遭つたやうな低い農夫の家が蹲踞《うづくま》つてゐる。それが飛び〳〵に雪を冠つて恐縮してゐる。恐縮してゐると云ふよりも、雪に押し潰されて、低頭平身してゐると云つた方が適切だらう。

前を見ても、後ろを見ても、真つ白な雪が一面に世界を埋めてゐる中を、ペチカの煙がもや〳〵と騰つた。忽ち雪の中から黒い人間の粒が潜《もぐ》り出て、芋虫のやうに動き出した。やがて芋虫が、こつちへ近づくに従つて段々大きくなると、しまひには「さあーつ」と俺達の側を掠めて飛で行く。手橇だ。

手橇の上から百姓の子が、両手を挙げて、

「ブラヴオ！」

と怒鳴ると、爺さんが、ちよいと立ち停つて、

「へえ――へえ――」

と、元気のいゝ農夫の悴を凝乎と見詰め乍ら、雪明りに大きな凹んだ目をしばたいて、また、ぼそ〳〵と歩るき出す。

「俺達は全体何処まで歩くんですかい」

と黙り込んでゐるイヱドロフに尋ねると、

「旦那の家でさあ。旦那の家に定まつてまさあね。大きくて、広くつて、馬鹿に俺《わし》は好きになつちまつた。それに旦那は旅の

御客さんが好きだと来て居るからね」と云ふ。

「それでお前さんは何処へ行くんだね」

「旦那の御供をするんでさあ」

　当り然ぢやないかと云ふやうな顔をした。

「お前さんが、旦那々々といふのはあの爺かね」

「左様でさあね。」

　又でさあねえと下司な露西亜語で云ふ。

「あの爺さんは誰だい。イヱドロフ」

　イヱドロフは大きな草入水晶のやうな青い眼の球を、大きく膨らせて、ぐる〳〵と廻転させた。これが俺の親友イヱドロフの呆れた時の唯一の表情である。

「あれや別荘の親方でさあ。キヨスキーはまだ知らないかね」

「別荘つて、何処の別荘だい。」

「モスクワさ」

「モスクワ?」

「うんモスクワ」

　モスクワの別荘の親方だと云へば、先は大抵呑込めさうなもんだと云ふ積りであらうが、実の処、俺には見当がつき兼ねた。

「モスクワの別荘の旦那だよ。俺はよく話をしたんだ。あの旦那とね」

「お前さんがゝね。へえ。何処で」

「別荘の庭でさ。お早うござりますと云へば、親方が、お前さん、お早う。働くかねと来るんだ。間違ひつこなしだよ」

　イヱドロフが話をしたと云ふのは、通りかゝりに帽子を取つて挨拶したことだつた。

「旦那がソハを担いで庭を歩いてゐる。其処へ俺《あつし》が出掛けて行く。お早うと言ふんでさあ。」

　まさかこの爺さんが、重いソハなんぞ担ぐこともあるまいと思ふと、イヱドロフの言ふことが、俺にはます〳〵解らなくなつて来る。

　向うから百姓がやつて来て俺達と行き違ひ様先登の爺さんに饒舌り掛ける。百姓の話によると何でも爺さんに此百姓が牡牛を一匹売つて呉れと頼んで置いたのが漸く昨日か一昨日か買手が附いて話が纏まつたといふのである。別荘の旦那に牛を売つて貰ふといふのがそも〳〵聞えないぢやないか。此百姓も爺さんに対つて旦那と云つたが目礼もしないでさつさと行つちまつた。

　爺さんは何といふ名前の人だとイヱドロフに余つ程訊かうかと考へたがまた妙な事を言ふと癪に障るから止した。

　丘といふ名には過ぎる位の畦を通り抜けると、林が目の前に展けて真黒な小鳥が蚊のやうに群がつてゐる。林迄歩かせられては堪らないと思つてゐると、爺さんはぐるりと踵を巡らせて岐路へ這入つて了つた。

　衝き当つた処に白い寒さうな家が此方に向つて門を閉してゐる。五人は黙つて扉を排して家の中へ這入つた。一番尻からのこ〱跟いて来るイヱドロフが勝手知つた顔で扉を締めた。

「イヱドロフ。これが爺さんの家かい。」

「ウム。ウム。」

イヱドロフは莞爾々々してゐる。気がつくと俺の長靴は雪にぬれてゐたから薄暗い広い室へ這入つて行かうとして、まごまごしてゐると、爺さんがどしり〱と俺の方へ歩いて来て、

「へヱ。へヱ。」と露西亜人特有の唸り声で怒り出した。そして円い眼で俺の靴を見下ろしてゐる。

俺は最初から此爺さんが怖かつたので、此処で眼を剝かれて、どぎまぎし乍ら、面喰つて其儘部屋の中へ片足を踏み込むと、「こら《タ》、こら《タ》、こら《タ》、こら《タ》」と俺の二の腕をぐつと引摑んで俺をずるずる裏口へ引つ張つて行つた。

到頭其裏の石段で長靴の雪を手袋で叩き落して、後ろで俺の仕事を茫然眺めてゐる爺さんに連れられて再び暗い部屋へ引返して見るとイヱドロフが居ない。

暗い空が卓子の上の空窓から覗かれて炉辺に蹲踞んでゐる俺の尻がぽか〱暖かくなつて来た。

今迄、外を歩いてゐる時はお互に口を利くのが億劫だつたが少し暖まると恐ろしく饒舌り出した。俺の伯父も椅子に腰を下ろして、頻りに此爺さんと話をしてゐる。話は何であつたか、俺は記憶してゐない。

雪の崩れる音が室外に聞えて、窓から見ゆる空の模様は段々いけなくなつて来る。部屋の中が暗くなると爺さんは卓子の上に蠟燭を立てて、火を点《とも》した。灰色の壁に灯が映つて巨薪《おまき》の燃ゆる音がぼうぼうと尻の方で鳴る。

かうして神父と伯父とを相手に腰をかがめ乍ら口を動かしてゐる爺さんの、恰も高麗犬のやうな格好の顔を見詰めてゐると死んだ親爺の顔を思ひ出した。俺の親爺は此労働者じみた薄汚ない爺さんよりは十位若くもあつたがもつと顔立が立派だと思つた。同じ露西亜人でも如何しても俺の親爺の方が小柄ではあるが容貌が上等だと思つてゐると、ひよいと俺の方を見て、

「お父さんの墓へ行つたかい。」と俺に尋ねる。俺は黙つて点頭いて見せた。俺の先祖の墓は此爺さんと同じ村にあるんだ。どう云ふ訳だが親爺の遺髪だけはウラジヲストクのミハイル僧正の寺院に埋めてある。

「何と云ふ名前だつたね、坊は。」と伯父に尋ねてゐる。此爺さんの眼から見ると十二になりかけてゐる俺は確に、「坊」であつたに違ひない。其時伯父は、

「キヨスキー」と云つたやうに覚えてゐる。伯父からして俺の事をキヨスキーと呼ぶから、イヱドロフ親子だつてキヨスキーで通すのだ。

俺は此処でもキヨスキーで我慢を余儀なくされた。すると爺さんは、つと立つて、

「キヨスキー」と言ひ乍ら、先刻のやうに俺の片腕を摑まへて、爺さんの膝の方へ引き寄せて置いて顔の検査を始めた。伯父はにこ〱笑てゐる。

「ステパノに似て居るね。」一寸抱へる真似をした。此時神父は部屋の外へ出て行つて了つた。爺さんはポツケツトに手を突込んで見たが、何も無いと云ふやうな顔をする。其処へ、今迄何処へ行つたか解らないで居たイヱドロフが、

「マーレンキー」と云つてのつそり這入つて来た。右の手には一封の手紙を攫んでゐる。それを俺に見ろと云ふのらしい。

爺さんは、半ば卓子に凭り掛り乍ら、伯父と話を復活させてゐた。俺が其手紙を手に取つて見ようとすると、

「一寸待つて呉れ」と件の手紙を引奪つて爺さんの方へ持つて行く。爺さん其手紙にざつと目を通すと、頭を斜めに振つて、浮かぬ顔をした。そしてペンを取ると、封筒の上に、すら〳〵走らせた。それを今度はイヱドロフが更めて俺の処へ持つて来て見せた。

「愛するレオフ・トルストイより」と書いてある。

「ウン、ウン、レオフ・トルストイ」イヱドロフは頻りに喜んでゐる。今度は表面を返して見ると、

「神に忠なる寡婦へ」とあつた。

「レオ・トルストイといふのは此爺さんだねえ」

「レオ・トルストイ？　ム左様だ」

「寡婦といふのは誰かい？」

「モスクワの婆さんさ」

「ム。ム。」

あの欲張りの宿屋の婆さんに、此爺さんは何の用があつて此様な手紙を書いたのだらうと少なからず好奇心に駆られて、一寸、封をしてない儘に、中から手紙を引き出しかけて、一寸、イヱドロフの顔色を窺つたが、別に、苦情も言はず、眼皺を寄せてゐる。手紙は誰が書いたものか知らないけれども、文句は、確にイヱドロフが家出の事に就て、冗々しく並べ立てゝある。今にモスクワへ帰るが喧嘩をしては神の罪が怖ろしい、婆さんにも忠実なる神の僕になつて呉れ。と云ふやうな事が書いてあつた。これは後でモスクワへ帰つてからアレキシス屋の婆さんに聞いたのであるが、イヱドロフは、何でも此爺さんの別荘で何か用達しをしてゐたらしいのである。それで夫婦喧嘩の仲裁迄頼み込んだのであらう。

「イヱドロフ。これを持つて家へ帰るの？」

「帰る。」

「何時」

「キヨスキーと一緒に帰りたいねえ。」と途方もない事を申し込んだ。

「俺は何時帰るか解らないよ。」

「明日でも帰つたらどうだね。」

「伯父さんに尋ねて見るとい丶。」俺は成る可くなら此様な男と一緒に帰りたくなかつた。遠慮を知らぬ彼も、流石に、伯父には懸け合はないで浮かぬ顔をしてゐる。実を云へば俺も早くモスクワへ帰りたかつたけれども、此方へ来てからまだ一日しきやならないから折角誘つて呉れた伯父に、もう帰りませうと

は云ひ兼ねて、此塩梅では、毎日毎日雪の上を駈けずり廻らねばならぬかも知れないと思つて情けなくなる。伯父だけは落ち着いてゐた。

俺と伯父は間もなく爺さんの家を辞して外へ出た。爺さんはむつつりした顔で戸口まで出て来て送つて呉れた。その後ろに田舎風の女が二人俺の顔を凝乎と眺めてゐるのを発見した。

イヱドロフは、如何したか知らない。来がけの路を、とぼ〲歩いて五六軒疎らに農夫の家が塊つてゐる処へ来ると、馬車が待つてゐた。けれども馭者が変つてゐる。

僕は伯父の脇に小さくなつて乗つた。午後二時頃、可なり賑やかな村に着くと、其処で下車《おり》てこれからまた顔も名も、まるで未知の人々の処へ一夜の宿を頼みに行かねばならぬのである。俺は雪の上を歩くのが大分上手になつた。

翌日も空が曇つてゐたが、降りさうには見えなかつた。伯父は俺を残して朝の内から何処かへ出掛けて行つて未だ帰つて来ずにゐる。昨夜寝た此家は、如何やら宿屋ではない様だ。

昨夜寒さに眼が醒めたので、寝台の上に起き上つて窓の外を眺めると、茫々として果てしない真白な雪の原を、汽車が真紅な火を噴いて走つてゐた。夜が明けてから今一度夜半に眺めた処を見直したが何もない。けれども、田舎停車場に近い処だとは、近所に踏切りがあるので受取れる。ヤスナヤ・ポリヤナから三里位はあるだらうか。

村の名は地図を拡げて見れば、今でも思ひ出せさうである。

俺は此一日、伯父が帰るのを待ち暮らして、一寸も家を出なかつた。

只飯時に、家族の人々と顔を合はす外には絶えて口を利かない。顔も見ないで、貧しい炉辺に、うつらうつらしてゐると日が暮れて、伯父は帰つた。其翌日も晴れてゐた。降り積んでゐる雪は次第に硬くなつて来た。俺は此日、恐しい光景を見物した。見物したばかりではない、一昨日別れたばかりのトルストイ爺さんと一緒になつて働いたのだ。

今日でも其時の有様を追想すると身慄ひがする。

俺は此一日の事を記す。

モスクワを去つてから丁度三日目の朝であつた。伯父と俺は再びヤスナヤ・ポリヤナの村へ向つて馬車を走らせた。

朝のうちは、空模様が険しいといふ程でもなかつたが、俺達がヤスナヤ・ポリヤナに着く頃から、四辺は恐ろしく暗くなつて来て、物凄い雪雲に反響する鞭の唸りがヒユウ、ヒユウと聞えて来る。やがて馭者台から、帽子をすつぽりと耳の上まで被り込んだ馭者が、

「降るぞ、降るぞ」と独り言を云つた通りに、灰のやうな雪が一面に狂ひ舞つて来た。

俺は伯父の真似をして、頭から外套の大きな袋頭巾を引つ被つてゐると、瞬く間に雪は来た。二三間先が、朧ろ気に見ゆるだけで、右も左も真白な簾に閉ざゝれて了つた。折々例の鞭の音が風を斬つて響くのと轍が雪に食ひ込んで、がら〲軋る音

が耳につく丈で、雪を恐れて、此辺へ散らばつてゐる人の影もまるで家から出て来ないと見えた。

何れにしても俺はこんな寂しい処で深い雪に出逢つたことは始めてゞある。最初美しく見えた景色が、段々怖くなつて来てなまなか出掛けずに居ればよかつたと後悔する。顎を襟に埋め眼だけ出して、鼻と口とは袋頭巾の平べつたい紐で隠して置いて、真向から打つつかつて来る風雪を、少し腰を曲げて頭で、突つ切る工夫をした。伯父も馭者も雪と風に対する防禦策を講じてゐる。かうして馬車が恐ろしく動揺し乍ら駈けて行く途すがら、伯父は手提鞄を小脇に抱へた儘で二三度馬車を下りて、用を足して来る。その都度俺は馬車の上に十分なり十五分なりぽつんとして伯父の帰るのを待つのであるが、凝乎としてゐると、寒さが靴の底から全身に沁み渡つて来て、身を堅く縮めて力んでゐた。

俺の伯父は、厚い布を張つた屋根の下で小口の瓶から黄色い臭い酒をぐい〳〵呷つた。

そして、無音で俺にその飲かけを押しつけた。俺も呷つた。足の指の頭が、千切れて落ちそうにぎりぎりと痛んで仕様がない。眼の底から冷たい涙が、ぽろ〳〵湧いて来て、小鼻から頬を伝つて唇へ流れ込む。

かうして爺さんが住んでゐる村は素通りして了つて、小さい貧乏村へ入ると、村の入口に出迎ひの百姓が一人路傍に俺達を待つてゐた。其男は俺達を見ると、早口に何とか云ひ乍ら雪を蹴散らして馬車に乗つた。

馬車は動き出した。雪は愈々酷くなる。爺さんの村から一里半ばかりの処で馬車は、ごとり止まつて、第一に百姓の男が飛び下りる。此処で下りて了ふのかなと思つてゐると第二番に伯父が下りる。続いて俺が下りようと、馬車の柱に一生懸命捕つて居ると、百姓の男が、後から抱き下ろして呉れた。

三人は一口も利かずに、寒さを堪へ乍ら、五六間雪靴を引き摺ると、其処から往還が二つに岐れてゐて、其分岐点の畦の下を狭い小川が流れてゐる。片足を上げて氷を踏んで見たが、何の音もしない処を見ると、底まで凍つてゐるらしい、四五尺程の雪の路を苦心して歩くより、此小川の水の上を辿つた方が如《い》何位《くら》楽だか知れない。前の百姓も伯父も俺の真似をして川の上を渡り始めた。

少し浅い個処はギシギシと氷の咬み合ふ音がする。これで、一町も来たなと思ふ頃、水車小屋が眼の前に現れて、飴のやうな氷柱がぶら下つてゐる。其処から汚ない百姓の家が幾つか疎らに続いてゐる。

急ぎ足で雪を蹴つてゐた伯父は、おや、と思ふ間に、一軒の真暗な百姓屋に紛れ込んで了つた。

「彼処だ。彼処だ」と此百姓はいきなり俺を駈け抜いて、其百姓屋へ飛び込む。俺も後から、ほつりと這入つて行くと、伯父は見た処此百姓の妻君らしい下品な人相の女を相手に焚火を囲み乍ら饒舌つてゐた。黒い薪の煙りが、粗末な家の中に、巻き上つて、蛇の舌のやうな真紅な焔が、炉辺の二人の顔をてか〳〵と照した。

俺は先刻の百姓と膝を突き合せて、焚火の前に蹲踞んだ。途端に、焰の中に茫乎した赤鬼の顔が、焰の具合で現はれて、おや、と思ひ乍ら、一心に煙の底を見詰めると、其鬼のやうな顔は炉の向ふ側にあるらしい。煙がむく〳〵と立ち登ると忽ち消えて了ふ。

俺は薪の燻を避るために、ぐるりと向ふ側へ位置を換へると「キヨスキー」と唸つて、俺の肩を叩いた者がある。ひよいと振り向くと、頭の上に先刻の赤鬼の顔が現はれた。俺は立ち上つた。よく見ると、赤鬼の面に見えたのは、此薄暗い土間とも板の間ともつかぬ程、泥で汚れてゐる床に積み重ねた薪の上に腰を下ろしてゐる一昨日の爺さんだ。トルストイ爺さんだ。

爺さんは煙の中で円い眼をしばたたかせてゐた。兎もすればぼう〴〵と燃え上る焔に、赤鬼の様に見えたのである。爺さんの顔を見ると、イヱドロフの事を思ひ出したが、此爺さんに、イヱドロフは如何したかと、尋ねる気にもならず黙つてゐると、先刻の百姓がばた〳〵と表口から駈けこんで来て、「旦那？早くしねえと危なうございますぜ」と伯父に向つて言ふ。何が危ないのか俺には解らなかつたが、此爺さんと伯父と百姓との纏りのつかぬ話を聞いて居ると、何でも近所の百姓が何処かで怪我をして生命が危ないので、医者の処へ、此の百姓が駈けつけたけれども、遠くへ出掛けて留守なんだ。仕方がないから、爺さんを引つ張つて来たと云ふのである、引つ張られて来た爺さんだつて、医者でないから、怪我人の家へは行かずに、此家で焚火に尻をあぶつてゐる。

「そんなに危ないのかね」

「危ぶなうございます。」伯父も呑気な医者で、危ないかね、危ないかね、を繰り返すだけで中々動く気色がない。処で、或医者が暫く此爺さんの家に厄介になつてゐたが、生憎居ない。何処かの宿場に医者がゐるから、遠くもないし、早速呼んで呉れろと爺さんが百姓に頼んだから、百姓は呼びに行つて、漸く連れて来たといふのだ。その医者が俺の伯父だから驚いてゐると、此爺さんは尻をあぶるのが嫌になつたと見えて、芋俵のやうな外套の頭巾を被つた。兎も角も行つて見やうと云ふ。

「何時怪我をしたのかね」と俺はお神さんに尋ねる。

「昨日の夕方でさあ。昨日の夕方」

昨日の夕方、そんなに酷く負傷した人間を、如何してゐるのだか知らないけれども、一日放つといたら可憐相に死んで了ふだらうと、俺は一人で心配してゐると、爺さんと伯父と百姓が家を出て、ざくりざくりと歩るき出す。

「お前さんは焚火にでもあたつて居た方がいゝよ、」お神さんは後から御苦労にも跟いて行かうとする俺を引き止めようとした。

俺は頭を振つて聞かなかつた。

大怪我をした百姓の家は小高い堤の横腹に気味悪く建て、ある。門口に彳んでゐた細君が、乳吞児を抱いて、蒼い顔をしてゐた。

俺達を見ると、忽ち怒鳴り出した。

「カルジンはもう死んで了つた、口も利かずに、唇を動かして。」

「死んぢまつたかい？」百姓は細君の顔を見詰めた。

細君は黙つて返事もせず抱いてゐる子を揺つた。

「どれ、どれ。」百姓の後から伯父と爺さんが暗い物置のやうな部屋の中に這入つて行くと、部屋の入口には、筵と薪がうんと積んである。大怪我をした百姓は一体何処に転つて死んでゐるのかしら、と怖々其処を見廻してゐると、誰かがシユツとマツチを摺つた。やがて其のマツチの火が蠟燭の心に移されると、部屋の中が仄かに明るくなつて来る。

「旦那、カルジンは床の上に寝てゐます」と指さす方を三人は一様に眺めた。藁蒲団の上に夜具を敷いて、その上に仰向けに寝てゐるのが怪我をした百姓で、今迄此暗い部屋の隅に一日呻吟《うめき》通しに呻吟《うめ》いてゐたのだと云ふ。其処から臭い匂が洩れて来た。爺さんは、一間ばかり離れて両手をポツケツトに突つ込んだなりで立つてゐる。

「死んぢまつたかしら」

「一寸お待。」

伯父は、此病人が頭に巻きつけてゐる鉢巻をぐる〳〵解いて行かうとすると、錆色の血塊が鉢巻にこびり附いて、剝すまいとする。伯父は無理に引き剝した。眼を閉ぢてゐた男が「ウーン」と呻いた。傷口は額から首にかけて四寸許り開いてゐる。もう血の気がない。「矢つ張り生きてゐるね」例の百姓は鹿爪らしくカルジンの枕辺に寄り添うた。伯父は暫く傷口を調べてゐたが、其処にカルジンの妻君が居ないことを確めると、

「駄目です」

と低い声で爺さんの方を顧りみた。

「可哀相に助からないかなあカルジンは」爺さんは凝乎として動かない。伯父は、真個に駄目だと云ふ顔をして再び傷口に繃帯をした。

「もう長い事はないだらう」と呟やく。

俺は此男の妻君が可哀相になつて来た。半死人の枕辺に燈した蠟燭の灯が、天井から落ちて来る雪水の雫《しづく》を吸ふて、ジイジイと弾く。火の気の一つない部屋の中へ、恐ろしい寒さが襲つて来た。半死人は次第に冷たくなつて行く。伯父は情ない顔をして、

「如何してカルジンは負傷したかい？」

「氷柱が崩れて頭が飛んぢまつたんでさあ」

と大きな氷柱のやうな風をして見せる。

「何処だらう」

「直ぐ裏の丘でカルジンは鉄砲を打つてゐたんでさあ。ブンと鉄砲が鳴つて駈け出さうとすると、旦那、もうカルジンは引つ繰り返つちまつて氷柱と打つ突かつたんで。見なせえまし、こ

の傷がそれなんでさあ！……貧乏者――可哀相に、死んぢまふのかな」と百姓は、見物して居た様に話をした。

「左様かね。行つて見ませう。」

伯父は爺さんを誘つた。

「フム、フム」

爺さんは老年の癖に氷柱の下へ行つて見る積りだ。

此処を出る時、伯父は、細君に彼の蠟燭を消すなと言つた。

直ぐ此半死人の家の後から登り難い短かな石段がついてゐる。それから一寸した丘の上に出ると、樺の林がある。恐ろしく巨きな老樹が枝を参差して、一丈余りの大氷柱が、鍾乳石の様にぶら下つてゐる。人間の脊よりもずつと高く、人間の体よりも余程大きい。如何して斯様な大な氷柱が出来上つたのか不思議でならない。

半死人の百姓は此処へ猟に出掛けて来たのであらう。靴の跡は雪に印《しる》された儘で一尺ばかり凹んでゐる。其足跡を辿つて行くと、大きな岩で行き詰つた。其処で靴の痕は消えてゐる。

「此処だ、此処だ」

百姓は岩の根を指して見せた。

「俺《わつし》は此処からカルジンを担いで帰つたんですぜ。其時鉄砲を忘れてゐた。」

とぐる〳〵其岩の根を探り廻してゐる。此処で打つ仆れたものだとすれば、血痕でも残つてゐる筈だが、そんな穢ない物は何にもない。

小止みになつた雪は、再び林の枯枝を潜つて、どし〳〵落ちて来る。

「此処かね」

爺さんが百姓の男を見ると、

「間違ひなく此処でございますよ。」

と薪の先で、雪の上を掻きまわして見せた。

「どれ。私にそれを貸して御覧。」

と爺さんは、件の薪を雪の中へ突き差してがさ〳〵掘《ほ》ぜくる。昨日から積雪の上に更に一尺以上も積んでゐた。せつせと、掘つて行くと、雪の中から真黒なものが頭を見せた。

「お爺さん。俺が掘る」

俺が、いきなり、両手を捲つて雪を掘らうとすると、

「キヨスキー、へえ、へえ。危ない。危ない」と云ひ乍ら、俺の手を靴の先で払ひのけた。

すると側から木の枝を拾つて来た百姓が、ごり〳〵探し始めた。掘り出して行くうちに黒い物は段々、はつきりと形を現はした。最後に出て来たのは一挺のマキシム銃だつた。

十五分間ばかり、氷柱の下に俺達は立つてゐたが、間もなく例の焚火の家へ引き揚げた。それから三日目にまたモスクワの下宿へ戻つた。ヤスナヤ・ポリヤナを出るとき、この爺さんが、

「さようなら。キヨスキー、またモスクワで逢ふわい」

と云つた。果してそれから暫くして俺は修道院で、この爺さ

んにぽつこり出逢つた。それはもつと先だ。

モスクワへ戻ると、ペトログラードから伯母ターニヤが家《うち》へ帰つてゐた。

「伯母さんや伯父さんが、まだモスクワへ戻つたんだから、イヱドロフの宿《うち》から引揚げておいで。あんな汚ない処にゐるもんぢやありませんよ」

と云つた。人を馬鹿にしてゐる。汚ないやうな処へ何故、最初から俺を預けたんだと思つた。

その晩、またいやなターニヤの側でくらすことになつた。巴里からは、なか〳〵叔母ラリーザが俺を迎へに来ない。三月経つた。

或る日の午後のことだ。

俺が応接間のソフアに両足を伸ばして読書してゐると、「男爵夫人」が、のつそり入つて来た。「男爵夫人」はタニアが俺よりも旨い物を食はせて寵愛してゐる牝猫だ。

此猫が微風の如く、こつそり入つて来た。暫く俺の顔を迂散臭い目で見詰めて居た。そのうちにぴよいと卓上へ跳び上つて、肛門を膨らせた。忌々しい。突落してやらうと考へた刹那に、窓際に松茸帽を冠つて、土弄《いぢ》りの皮手袋を穿めたタニアが現はれた。

すると、「男爵夫人」がいきなり窓台へ跳び移つた。その拍子にインキ壺が後趾で蹴倒されたから、読みかけの本が滅茶滅茶になつた。癪に障つてゐる矢先だから俺は手を延ばして「男爵夫人」の柔らかい首筋を摑んで力任せに床へ叩きつけたら、ぎゆうと呻つて動かなくなつて了つた。

心配になるから猫を摘み上げて見ると、死んでゐる。俺は少なからず狼狽した。美しい動物なんてものは案外脆《もろ》いもんだ。

次の瞬間に恐ろしい目が俺を睨んでゐるのを発見した。悪いことをしたと思つたが、後の祭りだ。ひたすら恐惶してゐると女だてらにタニアが窓を跨いで入つて来て、真つ赤な顔に、ぼろ〳〵涙を零し乍ら、くやしさうに猫の死骸を抱いて接吻した。

美しい動物と云ふものは果報なもんだ。タニアは俺が死んだつて涙一つ零して呉れまい。

それから戦々競々として悚《すく》んでゐる俺の耳を、ぐい〳〵引つ張つた。この辺で涙を零して泣いて見せたら、死んだ畜生の弔ひにもなるし、タニアの怒りも、いくらか鎮まるだらうと思つて、思ひ切り哀れな声でわいわい泣いた。

然し泣きやうが非公式だつたんだらう。到々門口《かどぐち》から地下室へ摘み出されて了つた。

地下室は最初は真つ暗だつたが、段々馴れて来ると、何でもない薄明るい冷《ひや》つこい処だ。タニアの側にゐるより余つ程いい。

俺は医者の邸宅に地下室があらうとは思はなかつた。四方の壁は黄色い石と耐火煉瓦で積んである。床は厚い砂畳で、靴の先で、こつ〳〵掘つて見たら、馬鈴薯が、ころ〳〵と転り出た。面白いから、こつ〳〵と掘る。またころ〳〵と飛び出す。今度は壁の隅に列べてある大樽を覗いた。一種の刺激性な悪臭が鼻を衝いて来る。腕まくりをして、樽の中へ手を突込むと、ひやりと針で刺すやうな冷気が脳天まで響いて来る。はゝあ水だなと思つた時、俺の指の先に柔かい肉のやうなものが引つ掛つた。引き上げて見ると、塩漬けのキヤベツだ。キヤベツが醱酵してゐるために、ぬら〱と指の間から逃げ出さうとしてゐたんだ。俺がパンの間へ挟んで食つたり、豚の肉を包んで食つたりするのがこれだなと思つた。

俺は日本に居る時、何にも知らずに糠味噌へ手を突つ込んで水膨れに腫れたことがある。今度も、どうかなりやしないかと思つて心配したが、何ともなかつた。

次の樽を覗くと、腐りかけたスウヨークラ菜が泡を噴いてゐた。二度目に露西亜へ来たとき知つたのであるが、実は今俺が幽閉されてゐる地下室が、貯蔵畑だつた。だから、砂の中から色々の野菜が出て来ると思つた。冬は温かくて、夏は涼しい。昼間暑くつてやり切れない時は、投げ込まれないでも、自分《こっち》で志願して入つてやる。砂畑に転つてゐると、去年漬け物の手伝ひに態々遠い田舎から汽車でやつて来た百姓の娘を思ひ出した。頭から風呂敷を被つて、庭先で鼻唄を唱ひ乍ら、腰から下は素裸で、樽の中へ入つて塩を撒いたり、キヤベツを踏んだりしてゐた。あゝしないと出来ないのだらう。あの娘は、あれが専門で、都会を夏だけ廻つて歩るくのだらうと思つた。

俺は日本に残して来た片目の祖母《ばゝ》が、金比羅様に、俺が早く日本へ帰りますやうにと祈願を込めてゐる夢を見乍ら、砂畑の上に寝てしまつた。

タニヤが、その晩貯蔵畑を覗きに来た時、俺は砂の上で、手も足も顔も砂だらけにして、ぐつすり寝込んでゐた。タニアは空気ランプを提げてかう言つた。

「お前は学校へ行くんですよ」

俺は驚いて

「学校は休暇ぢやありませんか」

と言つた。

「可哀さうに無邪気な猫を殺すやうな酷い児に休暇なんぞいるものか。さうだらう？」

「学校へ行つたたつて誰も居やしませんよ」

「お前の学校ぢやないよ。ゾヴスカさんのセルギヴスカヤ学校です。ゾヴスカ先生が親切に休暇中でもお前の世話をしてくれるさうだから」

そんな親切があるものかと思つた。

「誰がそんなことを頼んだんです。伯母さん」

「妾ですよ。お前のやうな乱暴者は休みなしで、みつしり躾けて貰はないと、碌な者になりやしない」

碌な者にならんでも沢山だ。

「今晩から行くんですか」

「いゝえ。明日お出で。電話で先刻さう言つて来たから、今晩は大人しくお寝み。お祈りする時に、私に新らしい心を下さいますやうにと、神様に忘れずにお願ひするんですよ。」

「新らしい心つて何です」

「何でもいゝから、左様云つてお願ひさへすれば、神様の方ではちやんと解つてお出だ」

神様は、して見ると、学校の教師のやうなもんだ。学校の教師は俺が理解の出来ぬ答案を書いて出しても、ほんたうに解つてゐるものだと感違ひして及第させてくれる。

「今夜お前が突然死ぬやうことがあつて御覧、お前は何処へ行くかい」

「何処へ行くか知るものか」

「いゝえ。知れてるとも」

「ぢや何処へ行くんです」

「地獄さ」

俺は漸く釈放されて、寝室へ護送された。寝床へ這ひ上る時就寝前の挨拶をした。

「お寝みなさい伯母さん。今晩死んだら地獄へ行きます。だから接吻をして下さい」

「いけません。お前なんかちつとも可愛かないよ。お前の悪戯が世間に知れたら鼻摘みにされます。お前は大きくなつたら人殺しでもやり兼ねまい」

と毒づいた。

「私ほんたうに済みませんでした。ほんたうにすみません。もう二度とあんな真似はしません」

俺は急に心細くなつたから、藁蒲団の上に、きちんと坐り直して、頸に掛けた十字架の鎖を外して、叮嚀に詫びた。

「妾も油断しない。またどんな悪戯しないとも限らない。一すぢ縄で行かない児だからねえ。それではお祈りを忘れないやうに」

と言つてタニアは出て行つて了つた。俺は眠くつて仕方がないけれども、命ぜられた通り十字架の黒い珠数玉を繰り乍ら、熱心に祈りをして、いつまでも善良な児であるやうにと願つて寝た。

後で聞いたら、「男爵夫人」はタニヤが伊太利人から百留で買つたんださうだ。して見ると俺の一ケ月の学費の三倍になる。つく〴〵悪いことをしたと思つて後悔した。

俺は、自分の手足と胴とを別々に取り脱して函の中へ入れて、「これだとつゞまりがいゝ」と安心して首だけで寝て居る夢を見た。

二

翌朝俺はセルギヴスカヤ学校へ追ひ遣られた。ヤロスラヴズキー停車場で、俺を受取に来て居たゾヴスカといふ貧相な女先生の手に引き渡された。

そして囚人同様の監視の下に、学校へ着いて見ると驚いた。其処は尼さんを養成する女学校だ。休暇で女学生は一人も居ないからよかつたが、それでなければ、吃驚して脱走を企てたかも知れない。

校舎はがらんとしてゐた。ゾヴスカさんは俺を引張つて、校舎をぐる／＼巡り歩いた。俺の部屋を決めたり、湯桶を教へたり、食堂を覗かせたりした。断つて置くが、俺はあてがつて貰つた湯桶を一度も使はなかつた。食堂にも入らなかつた。休暇中留守をあづかつてゐる女中が怠け者と来て居るので、別段に女学生の世話を焼くやうに更《あらた》まつた湯桶に入らなくつてよからうと云ふから、ウンいゝと答へたら、女中が入る風呂槽に一緒に俺を入れた。不都合な女だとは思つたが、気作《きさく》に脊中を流したり、腕を洗つてくれたりするから文句も出なかつた。同じやうな理屈で、食堂は陰気だ、それより自分の友達が、いつも御茶呑みに来るから、食事は台所で間に合はせた方がいゝと独りで決めて了つた。

寝室と湯桶と食堂の検分が済むと、今度は花園へ出た。

花園と云ふと綺麗に聞えるから、荒れ果てたことを言ひ表はすために廃園と云ふことにする。

ゾヴスカさんは痩せた色の白い、脊の高い、ひよろ／＼した四十年配の露西亜正教の尼さんだ。ゾヴスカ尼さんと俺は廃園の入口に列んで立つた。

そこから、石垣を越えて、トロイツコ・セルギヴスカヤ・ラヴラの古城が見える。石垣から廃園の小径《こみち》を、巨きな榛と、ソースナ松樹と、ヅーブ樫が、翼を拡げてゐる。塔のやうな簇葉の隙目を黄金色の朝の光が、飄揺と潜つて来る。樹の葉が揺れるのでなくて、まるで光が瞬くやうにぎら／＼閃めいた。啄木鳥のくちばしで啄《つゝ》いた樹の皮が、蝗虫の刺青見たやうに、点々と刻まれて、鉄砲虫の出た痕が白茶化けてゐる。

校舎の周囲は廃墟だ。廃園の雑草が遠慮なく延びてゐる。五月草と、蕁菜が小さい花を開いてゐた。

ゾヴスカ尼僧と俺の頭の上から、復活寺の午鐘ががらんがらんがらんと鳴り出した。俺はこんな幽霊屋敷じみた気味の悪い家を見たことがない。モスクワの街は不思議な処だ。街のまんなかの丘にクレムリンの城廓があつたり、「赤い町」があつたり、ユダヤ町があつたり、貧民窟があつたり、酒場の窓から尼さんの顔が出たり、勧工場の門から牛が出て来たりする。モスクワ河畔にこんな寂しい学校があることも知らなかつた。愈々今夜から先生と二人で此家に寝起するのかと尋ねたら、ゾヴスカさんは気の毒さうな顔をした。

「妾は旅行するからお前さんはコロドナが世話をします」

と云ふ。コロドナとは誰のことだか解らない。

「お前さんはタニアさんの家と此処と、どちらがお好きか」

と尋ねる。

「どつちも嫌だ」

と正直な返事をすると、仕方がない、一ケ月我慢しなさい、さうすれば、授業が始まるから家《うち》へ帰れると云つたが、タニヤの家へ戻る位なら、いつまでゝも此処に居る。いけなければ飛び出して乞食にでもなつた方が、いくらましか知れやしない。

女はほゝと笑つて、それでは妾が帰るまで大人しくしてゐらつしやい。ペトログラードで一週間以内に用を足して来ますと云つて、裏木戸から往来へ出て行つて了つた。幽霊のやうな頼りのない先生だ。このゾヴスカさんとタニヤが、どんな交渉《つきあ》ひの友達だか知らない。いくら大切な猫を殺したからとて、こんな意地悪い復讐をしなくつてもい丶だらう。猫を殺す少し前にリーザといふ田舎娘が下婢に雇れてゐた。解傭《おいだ》される日に、アストラハンの黒茶碗を破《こは》したり、イコナの前に釣してある提燭壺のオリーブ油を刺繍《ぬひとり》の絹絵の壁画に零したりした時、タニアは火の如に怒つてリーザを靴で蹴つた。リーザは烈しい畏怖に襲はれて、絨氈の上に跪づき乍ら、タニアの着物の裾を捕へて続け様に何遍も何遍も接吻して

「神様。何卒奥様が妾の粗忽を許るして下さるやうに、奥様の心を和らげて下さい」

と叫んだ。俺は其晩リーザが大きな風呂敷包みを抱えて、頭から顔を隠すやうに絹巾を被つて門を出て行く姿が可哀相でならなかつた。田舎へ帰るのか、雇女紹介処へ行つて訴へるのか知らないけれども、彼女に銭のないことはよく知つてゐたから、馬車賃を恵んでやらうと思つて金入を探つたら郵便切手がたつた一枚あつた。

叔父は患者の家へ出掛けて留守だつた。タニヤだから、入口で見張つてゐたかも知れない。だから、猫を殺した罰に空家同様の学校へ放り込む位のことは、恩典だと思へと言ふ気でゐるのだらう。

それで居て、巴里のラリーザ叔母の手前は、休暇中でも学校で勉強させてゐます。義姉さん御安心下さい、妾があづかつて世話を見てゐる以上は、決してあの児の不為になるやうなことはしない。序に今月分の学費を寄越してくれるやうに旨くたくらむに違ひない。俺はそれが口惜しかつた。手紙にも一二度タニヤの讒訴をして内証で出したが、ラリーザ叔母は何と云つたつて年寄と共鳴するだらう。

露西亜の女は、みんな年を取るとこんなだらうかと思つてゐると、スコツチ羅紗の肩掛けを引つ掛けて、白いリボンの饅頭帽子を冠つた女中風の中年の女が、台処の入口に出て

「キヨスキー」

と黄い声を出して、俺を手招きした。

ゾヴスカさんより、ずつと下卑た着物を着流してゐるが、ゾヴスカさんよりは、顔が気持ちよく出来てゐる。一見してユダや女だと悟つた。

台処へ入つて行くと、卓子の端に黒麺麭と牛乳の壺と肉饅頭に赤い粉を振りかけた皿が列べてあつた。俺に食はせるのだらうと思つて椅子に掛けやうとしたら、この女が俺の手を握つて引き寄せるや否や、電光石火の早業で額に接吻した。俺はその時、この女が綺麗な耳環を穿めてゐるのを見た。

「キヨスキー。い丶子になるんですよ。今夜から、妾がお前さんの母《かあ》さんになつて上げる。」

こんな荒つぽい下品なお母さんが何処の国にあるものか。ゾ

ヴスカさんがコロドナがお前さんの世話を焼くと云つたのが、この女かと思ふと、何だか変な気がした。然し、いつの間にか、俺の名を記憶へ込んでゐる処だけは感心した。

俺は最初この下婢のコロドナが俺を馬鹿にするやうな様子だつたから癪に障つたが、段々馴れると、案外気の利いた、よく捌けた、親切なことが解つたから、俺は何でもコロドナに相談した。翌晩コロドナが飯を食ふ時、

「お前さんは酒がのめるか」

と云ふ。俺は大好だ。此処にあるなら、内証で出して呉れと云つたら、コロドナは大きな口を開けて笑ひ出した。

「此処は修道院だからアルコホルは何にもない。お前さんが好きなら今度外出した時、貰つて来て上げる」

「何処から貰つて来るのかい」

コロドナは笑つて答へなかつた。この女の自讃によると、彼女が学校の生徒間で一番の人気者ださうだ。然しゾヴスカさんとは犬と猿のやうな悪い仲で、いつも彼女が授業振りに口を出して叱られるさうだ。最初の晩は誰も来なかつたが、二日目からコロドナの遊び相手が来て、終日饒舌り続けてゐた。この連中も矢つ張り何処かで水仕事をしてゐるのだらう。コロドナには話相手があつたり、仕事があつたりするから気が紛れてい、が、俺には話相手も仕事もない。たまに退屈だから、馬鈴薯の皮むきの手伝ひをしかけると、コロドナは口を尖らせて怒つた。彼女は自分の領分へ少しでも手を出されるのが嫌らしい。

だから殆んど一日を廃園でくらした。庭も飽き飽きした。陰鬱な部屋に閉ぢ籠るのは一番気が腐つた。たまに石垣を越えて川畔へ出ると、コロドナは後から追つかけて来て、

「お前さんに散歩をしろと誰が云ひました」

と俺を頭から叱り飛ばした。公園のミハイロ銅像の鉄鎖にぶら下つてゐると、

「妾が、庭へブランコを釣つて上げるから、公園などへ行くもんぢやありません。公園にぶらついてゐる奴は、みんな悪人だから」

と云つて、廃園の楡の枝へ縄を掛けて、粗末なブランコを作つてくれた。公園に行く奴はみんな悪人だ、死んだら地獄へ行くのかも知れない。この学校では、そんなことも教へてゐるから、コロドナが聞きかじつてゐるのだらう。

俺の部屋は教室だ。塵つぽくて、汚れたインキ壺が隅の方へ掃き寄せてある。黒いカウカシア樫《かし》の机とデヴアンが積み重ねて、その上へ地図が巻いて棄てゝあつた。黒板には消しかけた白墨の文字が、いくらも残つてゐる。

聖母マリアの像が柱時計の上に掛けてある。窓が三つ、廊下に一つと、廃園に面して二つあけてある「スシスタス」から冷たい風が流れ込んで来る。壁は鳶色に塗られ、点々として黄色い雨の痕に、黴が見えた。俺は午前六時から此処で、三十分祈禱をする。祈禱の本を机に立てかけて、床の上に跪坐して祈る声が、洞穴のやうな部屋の中に、釣鐘の音の如く反響した。禱

り乍ら、ふと止めて、自分の声に耳を傾けると、壁に当つて戻つて来るのが聞える。

それが済むと、朝餐だ。コロドナは俺に、朝の挨拶をした。そして一緒に椅子に掛けて、甘つたるい人参と馬鈴薯と、キヤベツと肉塊を投げ込んで掻きまぜたスープを啜るのだ。

「食事が済んだら、庭へ行つて遊んでゐらつしやい。」

とコロドナが俺を庭へ追ひ遣つて置いて、彼女は友達が来なければ、独りで編み物の針を動かしてゐる。俺はこの位不思議な生活は、何処へ行つたつてなからうと思ふ。朝起きて黒麵麭を噛り肉汁を啜つたら庭へ出て、昼飯を食つたら、また庭へ出て、晩餐をしまつたら、また庭へ出て、睡気がさす頃、キヨスキーもうお寝みと云ふから引つ込んで寝仕度にとりかゝる。

　これで押して行つたら、今に、頭が馬鹿になり、智慧が引つ込んで図体ばかり大きくて、どんな退屈な世界へ旅行しても、平気な人間が出来るだらう。コロドナもいゝ加減中毒してゐるのかも知れない。

　寝室は低い屋根裏だ。三畳敷位の狭い処だ。そこへ木造の小露西亜型の寝床が据えてある。天井には大きな横梁が二本渡されてゐる。夜半に目が醒めると、この横梁が、みしみしと烈しく鳴ることがある。天井の板の目には、地瀝青と松脂とを練り合せた、どろどろの塗料が塗り込められて、寒さを防いでゐる。柱には聖画像が掛けて、棚に小形の福音書が埃を被つてゐる。寝床の足元には、石油ランプが釣してあつた。明り窓の代りにペチカの側へ円い一尺ばかりの硝子張りの孔が見える。夜明け頃にこの二重硝子の小孔から仄白い光が流れ込んで来る細工だ。はじめの晩に猫の夢を見た。夜になると猫の死骸を思ひ出す。同時に忘れやうとしてゐる恐ろしい犯罪の意識が、烈しく記憶の底から甦つて来る。

　二日目に廃園の樹蔭に彳んでゐると、石垣の隣家の窓から白い女の顔が現はれた。女の顔は珍らしさうに鉄格子の内から俺を見下ろしてゐた。俺は引返してコロドナに

「隣家には誰が住んでゐるの」

と尋ねると、コロドナは不思議さうに、

「老人と娘が住んでゐるんです。お前さんはあの娘の顔を窓口に見やしなくつて?」

俺は頷いて見せた。

「あの娘《こ》を呼んで遊んぢやいけないかしら」

「飛んでもない。いけませんとも。あそこの老人は娘と一緒に遊ばせてもいゝ善良な児はモスクワに居ないと思つてゐるんです。可哀さうにあの娘は毎日家の中にとぢ籠められてゐるから、あんな憔悴《やつれ》た顔をしてゐるんでさあ」

「放つとけば病気になるだらうね」

「左様ですとも。卵のやうに白い顔をして大変咳をするから、この頃は声を嗄らしてゐますよ。でも近いうちに仏蘭西へ行くと云ふから、今に居なくなるでせう。お前さんはあの娘《こ》と遊ん

ぢや駄目ですよ。あの老人がお前さんなんぞと遊ばせるものかね」

コロドナも俺が猫を殺したことを知つてゐるんだ。俺は真つ赤な顔をして庭へ跳び出した。隣家の壁と学校の厩《うまや》の間に空地があつて、一面に短い草が萌えてゐる。其処へ足を投げ出して、俺は何故猫を殺したらうと考へた。

少年時代に猫を殺した者は、罪人として永久に暗い汚点《しみ》が着き纏ふて行くのではないだらうかと思ふと、俺は悲しくなつて来た。

古風な廃園、馬のない厩、つたの垣が目の前に現はれた。俺は草原に顔をあてゝ、死んだ親の名を呼んだ。廃園にはコロドナも出て居なかつた、然し誰か俺を見守つてゐるやうな気がして仕方がない。

厩の壁には葡萄蔓が匐ひ廻つてゐる。まだ青い粒がいぼのやうに、ぽつつり、ぽつつりと梢に吹き出たばかりだ。俺は薔薇の花弁をしやぶり乍ら、黄昏まで草原に坐つて、葡萄の実を数へてゐた。其夜は早く寝た。寝る時に「いつまでも善良な児でありますやうに」を繰り返した。俺の真面目な振舞は、この祈禱位なものだ。

三日目の朝、俺は楽しい過去もなければ、光輝の希望の将来もない、只無終止無際限の堪へ難い現在に生きて居る、棄て鉢の悲惨な独りぽつちのみじめな児として目が醒めた。目が醒めてから寝るまで、また廃園でくらした。俺の目には廃園が牢獄の如く見えた。そして大人が牢獄を忌むやうに、廃園を厭ふた。

逃げ出さうと決心したこともあつたが、その度に、僅かに巴里のラリーザ叔母へ手紙を出して、自分を慰めてゐた。猫事件を報せてやつたら、あべこべに愛相をつかされる恐れがあつたけれども、猫を引合に出さなければ、尼さんの学校へ押し込められた原因が解らなくなるから思ひ切つて訴へてやつた。

俺が生れる刹那から脊負ひ廻つてゐる陰鬱な心はだん／＼嶮しく暗くなつた。何者か絶へず俺を見守つてゐるやうな、つけ狙はれてゐるやうな気がした。

淋しい日はつゞいた。俺がこれから一生担いで行かねばならぬ陰険不滅の刻印は、この時、心にも頭にも、深く焙りつけられたものだと思つて伯母を恨んでゐる。

俺は此処へ来てから長い長い三日間といふものを廃園と寝床の中で過した。四日目に廃園のヅーブ樫の蔭から隣家の窓を仰ぐと、娘の顔が見えた。

娘は蒼褪めた小さい顔をしてゐる。瞳の青さが病的な曇りを帯びて暗藍色に、うつとり濡《うる》んでゐる。長い灰色の髪が、白い肩掛けの両側に垂れて、髻だけが額から丸い木櫛で後ろへ押し分けてある。その先が短かく切れて、丁度繿縷襞の縁《ふち》飾りの如く、そゝけてゐる。

娘は突然白鳥が羽搏きするやうな格好で、俺を手招きして微笑を浮べた。

「おーい。あんたは病気かい？」

少女は微笑して幽かに、ぶる〳〵と唇を動したが、何とも答へなかつた。

「声が嗄れて出ないのかい。外へ出ちや駄目?」

少女は笑ひ乍ら黙つて頭を振つた。

「あんたと口を利《き》いたつて誰も怒りやしないぢやないか。左様だらう?」

彼女はまた黙つて唇を慄はせた。そんなことは云ふなと云ふやうな目で俺を一心に見詰めてゐた。

「そんな処に居て飽きやしない?」

すると、彼女は飽き飽きしてゐる顔をした。

「何か投げ込んで上げやうか」

と云ふと不思議に娘は声を出して

「いらないわ」

と云つた。そして、

「妾はあなたが其処で遊んでゐるのを見てゐるのが好きなの」

とつけ足した。俺は夢中で厩の屋根へ石垣を伝つて登つて、屋根の端に両脚をぶら下げ、調子を取つて、靴の踵で棟を叩くと、彼女は微笑し乍ら、音のない拍手をしてくれた。

俺は一週間ばかり厩の屋根でこの娘と饒舌りつゞけた。遅くなるとコロドナが俺を引づり下ろしに来た。脊伸びをすると、コロドナの肩が厩の軒まで届く。コロドナは両手を拡げて俺が跳びつくのを待つて、俺を脊負ふと、さつさと寝室へ担ぎ込んだ。俺がコロドナの脊中であばれると、少女は窓の内で、声を揚げて笑ひこけた。

朝起きると、今日も娘が窓口に出て呉れゝばいゝがと心配した。楽しい心配に戦いた。

少女は俺が猫を殺したことを知らない。俺はそれを隠して居るのが苦しくつて到頭自分から白状した。そして俺はそんな残酷な、今に殺人犯人になるやうな児だと云つた。猫のことを考へると、無性に口惜しくて、涙がぼろ〳〵零れて来る。

すると、少女は美しい目を見張つて、

「そんなこと妾構はないわ。妾あなたを、そんな怖い児だとは思はなくつてよ」

と慰めて呉れた。俺は安心した。

「あんたの名は何と云ふかい」

「ナタリア・ポノワ」

「何歳《いくつ》?」

「十二」

俺も十二だと答へた。かすれてゐた彼女の声が、段々聞きとれるやうになる頃俺は厩の屋根の上に色々のものを持ち出して遊んで見せた。傾斜の急な板の上で時節外れの独楽を廻したり、玉を弾いたりして見せる。手際よく行くと、俺はナタリアの拍手を予期して彼女を見たものだ。露西亜の唄が種ぎれになると、日本の唱歌をうろ覚えに聞かせた。ナタリヤは窓のうちで足踏みし乍ら喜んだ。

俺は話を多く知らないが、俺の物語ることが、半間《はんま》で、間が抜けてゐやうが、てんで嘘だらうが、ナタリアは熱心に耳を傾けてくれた。

　俺は世の中の凡てが夢のやうに見えた。やまびこする部屋も、コロドナの下袴も、明るい饅頭帽子も、コロドナの友達も、黒パンもスープも、俺の寝床も、朦朧として夢の如く、たゞ、世の中に真実《ほんたう》のものは、窓から顔を出すナタリアだけだつた。

　暗い鉄格子の窓から出る痩せた蒼い顔。一束の纑の髪。俺のすることを興味深く見る目、蒼白い唇！

　俺はナタリアの身の上を毎日少しづゝコロドナに聞いた。俺にはも一つ真個のものがあつた。それは夜の夢だ。夢に俺は窓のなかでナタリアと遊んだ。そして帰るときに俺は目隠しをされて彼女に導かれた。

　俺は夢でなければ彼女と一緒に遊べなかつたのだ。俺はラリーザ叔母が来て巴里へ連れて行かれることを忘れてゐた。俺は僅かにナタリアの顔を見るために生きてゐたやうなものだ。コロドナが時々、俺をナタリアから遠ざけやうとするのを悪魔のごとく嫌つた。

　一週間以内にペトログラードから戻つて来ると云つたゾヴスカさんは仲々帰らない。

　コロドナが「今度外出したら貰つて来る」と云つた酒は、なか〳〵貰つて来なかつた。何とかかんとか云つて胡魔化してばかり居る。市中に酒を売つてないことはよく知つて居るから、何処から持つて来るか、何遍尋ね直しても只笑つてばかりゐる。俺はこの下婢め、嘘をついたな、子供だと思つて馬鹿にしてゐると独りで憤慨してゐると、突然ワルシヤワから電報が来た。無論俺に来たのだ。

　俺が暗い煤けたランプを天井から釣した湯室のカーテンを絞つて、脱いだ着物を釘に掛けて、湯気の中へ跳び込んで、じやぶ〳〵やつてゐる時、裏木戸の鈴が鳴つた。間もなく、コロドナが電報を持つて来た。

「ラリーザからお前さんに電報ですよ。ほら。妾封を切つて読んで上げるわ。お前さんは其処で聞いてゐらつしやい。これでも妾電報位楽に読めてよ」

　と云ひ乍ら、びり〳〵封を裂いた。電報にはラリーザ叔母が三日経つたら、モスクワへ着くとあつた。コロドナは自分で読み乍ら、頻りに身振をする女だ。

　俺は電報を自分で読み直した時真個に救はれたやうな気がした。電報を石鹸棚へ上げやうとしたが其棚に手が届かないので鏡の面へぴつたり貼りつけた。コロドナはいつものやうに着物をカーテンの蔭で脱いだ。そして裸になつてから、手拭を忘れたと云ひ出した。

「キヨスキー。今度だけでいゝから、お前さんのをお貸し」

「いやだ。誰が女に貸すものか」

「貸さなければ、借りなくつてもよござんすよ。その代り酒を持つて来て上げないから同じことだわ」

「貸したつて持つて来やしない癖に」

「今晩は真個に買つて上げる。だから体を拭くときだけでいゝから手拭をお貸しよ」

「買つてやるたつて、銭がないだらう」

　コロドナは十三から二十八まで、小使銭を一コペツクも自分のものとして持たずに来たと自分で云つた。さうだらう。正教派の女学校の下婢に小使ひは要らない。買つてやると云ふから、それも嘘だと思つた。するとコロドナは裸で蒸熱い湯気の中へ突つ立つたまゝ、赤い顔をして、編み物をスラヴヰアンスキーバザールの商人に売つた金があると胸を叩いて見せた。彼女の全体《からだ》から玉のやうな太い汗の粒が湧いてゐた。編み物を始終やつてゐることは知つてゐるが、その時編物の何を売つたとか云つたが、忘れて了つた。何にした処で下婢の編み物だから大したものではない。俺は何だかこの女が可哀さうになつて来たから、

「手拭は貸すけど、酒はもう要らない」

　と云つて手拭を渡してやつた。暫くすると、

「来週でなければもう湯を立てないから、叔母さんが来て汚れてゐちや妾が叱られる。こつちへ、上つていらつしやい。洗つて上げる」

と俺の腰掛を拵へて呉れた。其処へ坐ると、彼女は毛深い太い脚を投げ出して、脂ぎつた真つ白な腕を伸して、俺の肩から脊中へかけて、ごし／＼擦り始めた。彼女は、毛深い脚と毛深い太い手が自慢なのだ。

「今晩お前さんをバザールへ連れて行つて上げやうか。行くかね。キヨスキー」

　多分また編み物の帽子でも売るのだらうと思つて、俺は行くと云つた。コロドナに頭から湯を浴びせて貰つて出て行かうとする時、彼女が俺を抱かうとしたから怖くなつてカーテンの中へ逃げ込んだ。

　其晩ドロシキーを駆つてスラヴイアンスキーバザールへ行つたら小型のイコナを買つてくれた。帰りにツヴエルスカヤ街のブフヱツトで琥珀色のスウヱトルイ・クワの中へウヰスキーを混ぜて飲ませてくれた。俺が金を払はうとしたら、コロドナは目をむいて怒つたから、俺は慌てゝ金入を引込めた。ドロシキーの馭者がシユツ、シユツと鳴らす鞭が、金十字架の聖なる都の巷を学校の方角へ、敷石を弾いて驀然《まつしぐら》に走つた。

　街の夜の灯がちら／＼動いて行く。突然コロドナが俺の腕を捕へた。俺はその時、コロドナが無理に接吻を求めた顔を忘れることが出来ない。

　校舎へ戻つた時、彼女は平気な顔をして寝室まで送つて呉れた。俺は恐ろしい、忌《いや》な気持ちがした。翌朝買つて呉れたイコナは卓上のサモワールの側に小さい額に穿めてあつた。

　タニヤの家にも叔母から電報が届いたと見えて、俺を連れ戻しに来た。半日ごた／＼口論して到々俺は頑張り通した。この日も俺は遂に窓からナタリアが顔を出すのを見ることが出来な

かつた。

　俺の日記にはその翌日もナタリアの顔を隣りの窓口に見ないと記してある。

　ラリーザ叔母は、質素な風をして、トロイカで、こつそり校舎の裏口から入つて来たさうだ。それはもう日が暮れて俺は寝床の上で「いつまでも善良な児」を繰り返してゐた。

　突然廊下を歩るく靴音がした。扉が開いて、コロドナとラリーザ叔母が入つて来た。俺は寝床の上から叔母へ犬のやうに跳びついた。俺は尻ごみするラリーザ叔母を無理に寝床へかけさせて、到頭一時過ぎまで起して置いた。コロドナの話によると、俺が「まるで恋人にめぐり逢つたやうな嬉しさ」で叔母を捕へて放さなかつたさうだ。

　目を醒すと、昨夜《ゆうべ》は何処でどうして寝たのか、服を着替へて、叔母は台処でコロドナと話をしてゐた。

　俺は黙つて廃園に出た。最後にナタリアを見たときとは、まるで違つた心持ちで、今日は「左様なら《プロシチヤイチ》」を告げやうと思つたが、窓は鉄の扉が堅く閉されてゐた。

「ナタリア！　ナタリア！」

　続け様に呼んだ。すると、慌て丶台処からコロドナが出て来た。

「キヨスキー。いらつしやい。お前さん早く手と顔を洗ふんですよ！」

「後ですぐ洗ふから一寸……」

「い丶え、駄目ですよ。牛乳と、ほら……叔母さんが持て来なすつた綺麗な菓子を食べて、出発するんですよ」

「一寸今用があると云ふぢやないか」

「何です。用と云ふのは」

　俺はこの女に隠したたつて仕様がないと思つたから、低声《こごゑ》で、

「隣りの娘《こ》に逢つてから行くんだ」

　と云つた。するとコロドナが呆れた様子で、

「ナタリアさんに？　あの娘はゐませんよ」

と云ひ乍ら恐ろしい力で、俺の腕を掴んだ。

「さあ。さあいらつしやい。叔母さんが待つてゐるぢやありませんか。もうちやんと荷造りが出来てゐるのに、何です、見つともない。」

　恐ろしい馬鹿力の女もあるものだ。俺を一間ばかり、ずるずる引つ張つた。其処へ誰かのそ〳〵入つて来た。俺は、ずるずる引き摺られ乍ら、その人の顔を見ると、ポリヤナの老爺《ぢい》さんだ。

「お爺さん。其杖でコロードナの足を叩いて下さい。駄目なんだ。駄目なんだ。」

「いけませんよ。」

「何故僕は庭へ行つて、ナターリアを見ちやいけなのかね」

　俺は、それでも抵抗した。

「見やうつたつて、あの娘は死んだんです」

　爺さんが目を丸くして台所へ入つて行つた。多分俺の叔母に

逢ふためだらうと思つて、今は猛烈に藻掻き出した。

「死んだなんて、嘘だ。」

「お前さんは何と云ふ馬鹿だらう。死んだ者に逢へるものかね。死ぬもんかね。」

さあ。大人しく、いらつしやい」

俺は、草叢の中に埋もれてゐる井戸端に、柱からぶら下つて居る砂袋の下まで引寄せられた。

「ほんたうに死んだのかい」

「真個《エト、ブラヴァー》ですとも。可憐さうに今頃は天使になつて、お前さんと妾とが争つてゐるのを天国から見物してゐるでせう。疑つたつて仕様がない」

俺は、矢つ張り「嘘だ」と云ひ張つた。するとコロドナはそんならと云つて、先刻の場所まで俺を連れて行つた。そして堅く閉されて居る窓の扉を指して、あれでも嘘かと云つた。俺は彼女がほんたうに死んだものと漸く信ずるやうになつた。

其処《そこ》へ
「肺病で昨日死んで、今日は老人が埋めに行つたから、家の中は誰も居ないんです」

と押《お》つかぶせて説き伏せて了つた。俺が茫然《ぼんやり》立つてゐると、また台所から爺さんが出て来た。コロドナが、

「旦那様。隣りの娘は死んだんでございますねえ。」

「死んだ?」

爺さんは肩を揺つて、肩へ首を縮み込ませた。そして顔を顰めて、口を尖らせた。


「ニコラス・リユベイモヴ僧正の姪のナタリアが死んだとは思はぬ。」

「それ見ろ。コロドナ。爺さんが知つてら。ね。お爺さん。死ぬもんかね。」

「コロドナが左様云つたかい。キヨスキー」

この爺さんはまだ俺の名を記憶《おぼへ》てゐた。

「嘘をついたんですよ。お爺さん。」

「はつはつは。キヨスキー。それぢや死んだかも知れんぞ。それよりお前をラリーザが呼んでゐる。早く行かないと、俺が菓子を貰つて行くぞ」

俺は胡魔化されて台所へ入つた。すると、叔母ラリーザが、俺を指して暫く爺さんと立話をしてゐる。多分俺の悪口でも列べてゐたんだらう。爺さんは中気病みのやうな目をして、口をもぐ〳〵動かせて、汚ない髯をすごき乍ら黙つて、ふむ、ふむと頷いてゐた。

爺さんは別荘へ来たんださうだ。

「キヨスキー、巴里へ行くのか」

と云ふから、

「モスクワなんぞに居るものか。お爺さんお菓子を上げやう。」

と云つた。彼が菓子の小さい包みを爺さんに握らせると、乞食の様な手附をして、ポツケツトへ入れた。多分馬車の上で食ふのだらうと思つた。ラリーザは俺が小供の癖に酒を飲むと云つたものだから、爺さんが、恐ろしい顔をして、俺の耳を引つ

張つた。俺と爺さんが、裏木戸で別れる時、俺の荷物を積んだトロイカが、廃園の中から、ごろ〳〵と川端へ出て行つた。「巴里へ行つたら、ナターリナに逢へるわ」と云ひ乍ら、爺さんは俺に尻を押されて馬車に乗つて、俺の荷車を追ふて去つた。俺は後ろから、小石を拾つて爺さんの馬車へ、五つ六つ投げつけた。爺さんは杖を振つて怒つた。いつ見ても薄汚ない爺《ぢゞい》だ。

一度タニヤの家へ立ち寄つてから立たうと云つたラリーザ叔母の言葉を俺は最後まで退けた。そして旅行に馴れてゐるとは云ひ乍ら、可憐さうにラリーザを促してその翌朝、ニコラエヴスキー停車場からモスクワを去つた。俺の日記には一八九七年三月十五日とある。コロドナが、「お前さんの側へ妾も追つかけて行くから待つてゐらつしやい」と云つた顔がしばらく停車場の窓口に見えてゐた。

三　青年時代

巴里に三年居たが勉強も何もしなかつた。俺の友達は怠けるのを名誉と心得てゐたから、試験前にはいつも狼狽した。仏蘭西の児と露西亜の児とが、仲がよくつて、亜米利加人や、独逸人やいぎりす人の児とは、まるで交際《つきあ》はないでしまつた。

俺の学校はノートル・ダム寺院の近所にあつた。木造の古いサン・ゲルマン・リセーだ。俺は寄宿してゐたから、二階の寝室の窓から毎日、ノートル・ダムの屋根を眺めた。ノートル・ダム橋を渡る群衆も見えた。

学校の舎監が嫌な奴で、日曜日に俺のグループが外出先から戻つて来ると、一人一人舎監室へ呼びつけて置いて、犬のやうな鼻をうごめかして、俺等の口を嗅ぐんだ。俺達のグループと云ふのは、シヤールに俺に、ポールに其他今は名を忘れて了つたが、何でも総勢七人ばかり居つた。そのうち俺が一番年下の癖に、誰かゞ酒を呑むと蔭口を利いたので、俺は注意人物になつてゐた。実際俺は酒が好きだつたから仕方がない。

酒は虫が好くんだ。だから、どうもこうも我慢のきかない時がある。或雪の降る晩だ。俺は共同寝室の便所へ行つて、帰りに、舎監室を覗いたら、舎監のヴヰグレーと云ふ親爺が、暖炉《ポアル》の前に椅子を寄せて、寝込んでゐたから、しめたと喜んだ。共同寝室には寝台が七十脚ばかり列べてある。俺は、たちが悪いから隅つこの方へ遠ざけてあつた。三十五台を左右に分けて、中央が歩廊だ、天井の棰からケチな角ランプが釣してある。俺は向ふ見ずの子が好きだから、向ふ見ずのポールを揺り起したら、

「ヴレヴ・ブランドル・デ・ポワソン」

なんて妙な寝言を言ひ乍ら起きた。此男に蝙蝠傘を持たせ、外套を小脇に抱え、寝台の下を潜つたら階段の入口に匐ひ出た。其処に扉がある。困つたことには鍵がかゝつてゐたから、また寝台の下を逆戻りして、舎監の部屋の中を匐ふて過ぎた。便所の脇から、廊下へ出て、鐘楼の梁を足場にして、先づ俺が石垣

を攀ぢ登つた。

　石垣と云つても左程高くないから、鐘楼からポールが蝙蝠傘をさしかけてゐると、俺の頭――帽子を冠らぬ頭――に雪がかゝらぬ。

　然し乍ら、積んでゐる雪に手と足が埋まつて、迂然《うつかり》すると辷りさうだ。俺が登ると、今度はポールが来た。ポールを先へ往来へ跳ばせて置いて最後に俺が蝙蝠傘をポールへ渡して、跳ぶから退《ど》いてくれ、退いてくれと云つて居るうちに、垣の頭が崩れて、運動場へ墜ちてうんと腰の骨を打つた。

　ポールは蝙蝠傘を檐いで、戻る訳にも行かず、一晩巴里のラテン街を慄《ふる》え廻つたさうだ。俺は腰の骨を痛めた上、停学一週間を喰つて叔母に厳しく怒られた。

　俺は校長室に引張られて青竹で尻を叩かれた。その時校長室の窓に凭りかゝつて、俺がぼろ〳〵涙を零してゐる悲劇を、にや〳〵笑ひ乍ら見物してゐた爺《ぢゞい》がある。此爺がアルフオンス・ドオデエだと云ふから、アルフオンス・ドオデエと云ふ奴は物の解らぬ奴だと思つた。此爺いはよく俺の学校へのこ〳〵やつて来て、教室をぐる〳〵見廻つて歩いた。俺の面を見ると、眉を釣つて笑つた。いやなぢゝいだ。

　巴里へ来て二年目にラリーザ叔母は、スイスの女学校へ転職した。俺はまた一人ぽつちになつた。一人ぽつちになつた方が結句呑気だが、学資を出して呉れるのがラリーザ叔母で、遠く離れて了ふと、金は直接俺の手に入らずに、学校の会計へ来た。だから、小使に窮して会計係へ貰ひに行くと、いつも厭な顔をして、「何を買ふんだ？」と尋ねる。俺は、買ふものはいつも帽子に定めてゐた。他のものは大抵学校で売つてゐたが、こればかりはなかつた。ないものを云へば帽子は学校にないから、靴で間に合はせろと云へないからだ。すると会計め、「ウヰスキーの間違だらう。」と妙な目付で俺を弱らせた。一ケ月に二度も三度も帽子を買ひますと云つたことがある。処が月末の清算書を会計係からラリーザ叔母へ送つた。返事に、「そんなに帽子ばつかり買はないで、靴でも取り替へたらいゝだらう」と云つて来た。

　靴は学校で売つてゐるから駄目だ。この時分あんまり帽子の殺生をしたから、それが祟つて此頃は、季節の帽子すら楽に買へないでゐる。

　まだある。俺がいよ〳〵この学校を追はれる三日前のことだ。俺は酒は呑んでも、寺には毎週欠かさず参詣したから偉いと思つてゐる。

　ダリユ街の公園モンサウ池の側に露西亜寺院がある。今でもあるだらう。其処で露西亜人が集まつて祈禱をあげることになつて、俺の学校にも露西亜人はみんな出て来いと言つて来た。多分露西亜大使官が退屈まぎれに考へ出したんだらうと思ふが何の祈禱会だつたか趣意書になかつたやうだ。日露戦争が済んだばかりだつたから、敗戦祈禱かも知れない。すると、俺のやうな露西亜留学生が見る間に集つた。中に女学生も少なくなかつた。

その崩れが、モンサウ公園に集まつて、露西亜人ばつかりで秘密結社を造らうと言ひ出した。

この時牛耳を取つたのがレリーと云ふ音楽学校の女学生だから不思議だ。二十四五歳の女で、情夫があつた。日本人や英吉利人やアメリカの学生を排斥するから、力を貸してくれ、往来で彼奴等を見たら、男なら須らく引つぱたけ、女だつたら金を引奪《ひつた》くれ、嫌だと云つたら、髪の毛を引つ張れと主張した。その時分の過激派だらう。日本人にお袋を持つてゐる癖に俺もその結社へ入つた。何と云ふ腑抜け者だらうと、今でも思ひ出すと、冷汗が出る。而も、この結社に入つたために俺は非道い目に逢つて学校まで、出なくては叶はぬやうになつたんだ。入社式の話をしやう。

入社式はボヘミヤ町のマデレーヌと云ふ汚い美術学生の酒場で行つた。

俺は新兵の格で、順番が回つて来て資格試験をやられるんだ。レリーは大将株だから、ビールの空瓶で卓子をどん〳〵叩く。これが大将の合図である。誰かゞ俺の目隠しをした。

俺は目隠しをされたまゝ、酒場の裏へ引つ張り出された。

レリーが大将のやうな声を出して、

「キヨスキー。お前は聖なる兄弟の一人に選ばれるのだ。その前に真個の名を白状しろ。嘘つくと咽喉をナイフで抉るぜ。お前のほんたうの名は何だい」

ほんたうに咽喉を抉りさうな剣幕だから俺は蒼くなつて、

「アレルキサンドル・ステパノウヰツチ・コクセキー」

と云つてやつた。

「それぢやキヨスキーは誰の名か。矢つ張りお前の名だらう。」

俺も困つた。キヨスキーは日本語でキヨシだ。長崎で生れた時、来合せた肥後の浪人が、大泉なら清に限ると云つて、清が名になつた。八幡様の絵馬の額にも「清奉納」とある、その位由緒つきの名だ。それを親爺が嫌がつてキヨスキーに変へて了つた。スキーだけ余計かも知れない。ポールは俺のことをキヨスクと呼ぶが、キヨスクは小店《こみせ》といふ言葉だ。成る可くスキーの方にしてくれと頼んである。小店なんて縁喜でもない。

「キヨスキーは日本人がつけた名だ。今云つたのは親ゆづりの露西亜名だ」

「お前は日本人に友達があるのか」

ある処ぢやないお袋はKeita《ケイタ》と云ふ日本の淑女だ。頷いて見せると、この際だから、嘸嫌な顔をしたらう。

「俺達の結社に入つた上は決して裏切らぬと云ふ証拠を見せろ」

「証拠はないから、残念だが見せられぬ」

「それでは、誓つたゞけでいゝ」

「小生入社後は決して裏切らぬことを誓ひ候也」

とフランスの佳文体でやつたら、後ろから、仏蘭西がセ・ビエ

ンと云つた。露西亜がパコルノ・ハロシヨウと叫んだ。レリーが
「我が兄弟姉妹よ。諸君はキヨスキーを結社の一員として選ぶべく賛成するか」

と例のビールの空瓶を振ると賛成々々と怒鳴つた。

「それでは、これから試験をするから、こつちへ来るんだ」

と俺に靴を脱がせて湯殿へ押して行く。真つ暗だから、どんな仕掛けがあるかさつぱり解らないが、熱い空気が俺の全身を包んだことを直覚した。

「一歩前に湯桶があるから、足を入れろ」

とレリーが命じた。俺は両足を浸けた。熱湯だ。

「もし裏切つたらこの湯でお前をうで殺すんだから、忘れないやうに」

俺が、たまらないから熱いと叫んだら、

「静かにせろ」

と鞭のやうなもので俺の脊を殴つた。

「たまらないから、この辺《へん》で勘弁してくれ」

「駄目だ。凝乎としてゐないと咽喉を抉るぞ」

抉られて堪るものかと思つて一生懸命で我慢した。こんな酷い目に逢ふのだつたら、最初から逃げればよかつた。乱暴を通り越してこれや残酷だ。酷い酷いと零してゐると、

「まだ後の試験があるんだ。確乎《しつか》りしろ」

と云ふ。漸く靴を穿かされたら、今度は、また目隠しのまゝで煖炉の前へ引出された。

「今度は、ポワルの中から火を掴み出すんだ。男らしくやれ」

男らしくやれと云はれると、俺は引つ込めない性《たち》だ。こうなるともう焼け糞だ。そのうち誰か俺の両手を焚火の正面の見当へ伸ばしてくれた。

突然レリーが
「そら。今だ突つ込め」

と床を靴で鳴らせた。俺は歯を喰ひ縛つて、目を堅く閉ぢ乍ら燃えてゐる石炭を突差の間に掴み出して卓子の上へ放り出した。

「ブラヴオ！」

「旨くやつたね」

旨くやつたつて、何になるものか人を馬鹿にしてゐる。レリーが目隠しを外して、

「弟キヨスキー、お前は今日から結社の名誉ある一員だ。握手しやう」

握手した後で掌心に疼痛を覚えて来た。馬鹿々々しい。試験はこれで済んだらうが、済まないのは、俺の手足だ。お蔭で一週間ばかりづき〳〵痛みつゞけて夜は呻り通しに呻つた。

目隠しがなくなると、俺を取り巻いてゐる有象無象が、拍手し乍らどつと笑つた。人の災難がそんなに面白いのか忌々しいと思つたから、此奴等を睨み廻してやつた。

レリーがビールの空瓶でどし〳〵卓子を叩く。其処へ、酒場の親爺が籐籠に煮豆とビール瓶を入れて運んで来た。ビールを

呷つて、口をハンケチで拭かうとしたら、ハンケチは贅沢だ、上衣の袖で拭けと云つてレリーが引つ奪くつて了つた。

ひどいもので、ビールを飲んで騒いだら、桷《たるき》がぐら〳〵動いた。一人が風琴を鳴らすと、レリーが美しい声で唄ひ出した。喧躁の音は酒場に響き渡つて、窓の外を、のたくり歩るく饑えかけた労働者が、さぞ咽喉を鳴らせたことだらうと思ふ。するとレリーが演説を始めた。彼女の目は火のやうに閃めき、彼女の頬は紅潮し、灰色の髪の毛は電燈の光に輝いてゐた。俺はそのときレリーを美しい女だと感心した。

すると、突然、

「皆さん」

と云つて、例のビールの空瓶で、こつ〳〵やる。

「一言述べます。我々は結社の中に新らしく生れた、可愛いゝ弟の健康を祝して盃を挙げます。キヨスキーは彼の正義の路を今日見出したのです。皆さんも卓子の上に登つて盃を挙げて下さい」

すると、十七八人の野蛮人や、俺のやうな遊牧の民が、一時に卓子の上を占領して、俺は忽ち左右から硝子洋盃の洗礼を受けた。其処へ慌しく酒場の扉を蹴開けて、酒場の親爺が駈け近んで来た。

「巡査だ。巡査だ。巡査が来たあ」

巡査が来たつて差し支へなからうと泰然と構へてゐたら俺一人が捕つて、警察へ突き出されて了つた。もと〳〵何も悪事がある訳でないが、昼間酒場で酷い騒ぎ方をしたと云ふので、矢ケ間敷しく小言を言はれてゐるところへ突然俺に面会人が来た。

考へなくつても、俺に面会に来る者はない筈だ。学校の舎監だつて俺が、警察の椅子に腰をかけて、署長の説教を謹聴してゐることは知らない。それとも、誰か報告に行つたとすれば、或は舎監のヴヰグレーかも知れないと、もう覚悟をしてゐた。処が、入つて来たのは舎監でも大工でもない、モスクワの修道女学校の下婢だ。

俺は意外だから、

「コロドナぢやないか」

と云つたら、コロドナが、

「到頭こんな処で逢つちやつた」

とがつかりしてゐる。この女は二年経つてもやつぱりぼんやりだ。俺が恐縮して署長の説教を拝聴してゐるにも拘はらず、横合から、べちや〳〵饒舌り出して、署長に叱られてゐる。

一時間たつたら俺は釈放された。署の門をコロドナと二人で跳び出した。コロドナは三十歳になる。もう少し分別があつてもいゝ女だ。いつ見ても子供のやうな、あどけない顔をして妾は無教育者でございます、あなたの御み足を踏みましても知りませんよ、と云ふやうな歩るき方をする。

「どうして巴里なんぞへ、やつて来たんだい。コロドナ」

「お前さんを慕つて来たんぢやないの？ いけなくつて？」

俺とコロドナは、外国語学校街の街路樹の蔭を列んで歩いた。

歩るき乍ら彼女は、真個のことを語つた。コロドナはダリユ街の露西亜寺院へ裁縫女《ぬいめ》に来たんださうだ。一度巴里へ行きたい行きたいと云つて居つた。最初は、寺院なんぞへ行かないで巴里のラリーザ叔母が勤めてゐた学校の洗濯部屋へ雇はるゝやうに叔母が奔走してゐたのが、急に途中で話止みになつて、寺院へ行つたんださうだ。

「こつちへ、長くゐるの」

と尋ねたら、

「いゝえ。誰があんな窮屈な処にゐるものか。お前さんを連れて、直ぐ帰るんですよ」

と俺の知らないことを独りで勝手に定めてゐる。これが、この女の癖だ。

「お前さんは矢つ張り悪戯坊ですねえ。妾が学校へ訪ねて行つたら、受付へ警察から電話がかゝつて居た処だつたから、直ぐ跳んで来たのよ。」

「それぢや、学校の方ぢやもう知つてゐるんだね」

「知つてゐるとも。」

「どんな奴が受付にゐたかい。」

「白髯《しらが》の眼鏡爺さん」

「駄目だ。駄目だ。彼の爺いだと、内証にして呉れないだらう。困つちまつた」

俺は真個に困つたやうすをすると、コロドナは馬鹿だからほゝと笑つてゐる。

翌日俺は露西亜寺院のコロドナを訪ねた。コロドナは俺をモンサウ公園のベンチへ連れて行つた。今日はこの女を驚かしてやらうと思つて来たんだ。俺は女の顔を見ると、いきなり「俺は到頭退学を命ぜられたんだ。」と言つた。そしたら女は、何んな感じがしたのか、暫く俺の顔を見詰めて、何にも言はなかつた。

困つたからつて俺は女に庇《かば》はれる積りではない。桜の馬場の小学校に通つてゐる時、天長節に絹八丈を着て行つたら、式場で校長が絹の着物は校則に反するから奉祝させる訳に行かない。然し今から家へ帰つて木綿と着替へる時間はない。折角出て来たんだから式場の外で何かしらんを拝めと剣突喰はせた。その時俺がさつさと外へ出やうとしたら、「清ちやん、こつち。こつち」と亀田と云ふ女の先生が小さい声で呼び止めて、自分の羽織の中へ、くるまつてくれた。熱くつても好意に対する感謝のしるしに、一時間羽織の中で、うだつてゐた。この校長とはそれつきり逢はないが、今度出逢つたら、天長節といふものは、奉祝させて貰ふんではない。此方から祝奉するもんだと教へてやらうと思ふ。女先生の方がよつぽど開けてゐる。女に庇はれたのは、あとにも先にもこの位のもんだ。

コロドナが俺を疑ふ様子だから、一緒に学校まで来て呉れ。そしたら俺の荷造りを見せると云つた。

「荷造りは見なくつてもお前さんの話を嘘だとは思やしないが、

これから、どうする積りです、ラリーザ叔母さんだつて、遊んでゐる人に学費は送りませんよ」

と初めて心配さうな様子をした。俺は

「明日から仕事を探して自分で食つて見せる。コロドナ。さようなら」

と云つて駈け出して寄宿舎へ戻つて見ると、保証人が俺の椿事を聞いて、校長に詫びに来てゐた。俺は寝室で荷を纏め乍ら保証人と立ち話をした。

「その荷物を、一体何処へ持つて行くんだね」

「友達のポールの実家へあづけます。」

「そして君は、どうする積りか。明日からでも、何とか後の方法を取らなくつちやなるまい」

「これから働くんです。長々御世話になりました。」

保証人はいぎりす人だ。古いケンブリツヂの卒業生で、四十になるが、まだ細君がない。ヱルムパークの伯爵といふのが、この人の親爺である。俺の叔母が巴里で金を預けてゐた銀行の支配人で、叔母がスイスへ去る時、面倒だらうがと云つて俺の保証人になつて貰つた、俺とは丸で性質の変つたいぎりす紳士だ。

「君に出来るやうな仕事はあるかなあ。それより、倫敦の学校へ行つちやどうだらう。君は倫敦は嫌か」

「倫敦は大嫌ひです」

保証人は笑ひ出した。

俺は巴里へ来て一年目に倫敦へ見物に行つた。この保証人が暑中休暇に連れて行つてくれたのである。着いた晩に基督教青年会館で、慈善音楽会があつた。切符を貰つたから俺は保証人に道を聞いて出掛けた。一時間ばかり、馬車と自働車に追ひ廻されて漸く解つた。受付に切符を渡して入らうと思つたら、生憎受付がない。俺は遠慮なく入つた。入ると、真つ直ぐ所謂うづらに出る廊下と、二階へ昇る階段がある。どつちへ行かうかと其処で暫くまごつた。切符は一等だから、何処へ行つたつて苦情はないが、妙なもので、やつぱり行き場が解らぬと、まごつくものだ。

すると何処からか委員が赤リボンをフロツクに挿して出て来て俺を見ると、

「何処から来たか」

と尋ねた。何処から来たつて切符さへ持つてれやい、訳だが、折角尋ねるから、

「ゼームス・アヅロンさんの家から来た」

と答へた。横柄な委員だ。

「ぢや、この椅子を持つて二階へ行つてくれ」

と階段の下から椅子を出して呉れる。黙つて二階へ担いで昇つた。

「はゝあ。此処だな。」

と思つて、観客の中へ割り込んで見ると、恰度保証人が舞台で呻つてゐた。処が、先刻の委員がまた来て、も二つ椅子を持つ

て来いと云ふから、
「椅子は一つで結構です。何卒御かまいなく」
と帽子を脱つて敬々しく挨拶した。すると、委員が、それは困ると云ふ。何が困るんだらう。一人で椅子を二つも三つも脊負はせられた方が余つ程困るぢやないか。俺は今まで椅子は一つづつ使つたもんだと逆ねぢを食はせたら、おや君は給仕ぢやないのかと吐《ぬか》した。尤も俺の方では巴里の中学生の服を着てゐたがいくら倫敦だつて中学生がフロックやモーニングで音楽会へ行く奴もあるまい。

それからまだ癪に障つたことがある。それはアヅロン家の娘が飯を食ふ時、俺に
「あんたの服の胸ボタンの処は、スープで汚れて見つともないわ。お尻もよ。溝見《どぶ》たいな人ねえ」
と何でもないことを大勢の中で吹聴した。俺は夏服が一枚しきやないから何処へでもこれで罷り出るが、まだこの娘のやうに小五月蠅い憎まれ口を聞かない。汚れてゐるなら、誰も居ない処で、さつさと拭いて呉れゝばいゝだらう。

まだある。それはこの保証人が、俺に倫敦に居る間小使にしろと云つて金を呉れたから手を出したら、
「英国人は、どんなに困つても他人から金を貰はない習慣がある。日本や露西亜はどうだね」
と皮肉を叩いたから、俺は其時、一旦貰つた金を突つ返して、毎日毎日一文なしで生活《くら》した。一層のこと、その時、日本人や露西亜人はそんな気取り屋で偽善者の英国人の厄介になる間抜けはゐないと云つて巴里へ引つ返さうと思つたが、喧嘩しちや何にもならぬから、俺の方で負けてゐた。

だから、俺はいぎりすが嫌だ、従つていぎりす人と名のつく動物が嫌だ。英吉利人を見ると、此奴は気取り屋で、偽善者で不人情な奴だと思ふ。

保証人アヅロンさんが倫敦の中学校は如何だと尋ねても、どうしても、あんな偽善者が集つて、薄つぺらな人間を製造する学校へ行く気にならなかつたから、いさぎよく断つた。

保証人は、君の勝手に任せるから、若し相談があつたら自分の家へ来て呉れ給へ、然し学校を止したことは直ぐスイスへ報せてやらなくちやいけないと念を押して帰つた。

俺は校長と舎監に別れて、ポールと一緒に彼の実家へ一先づ落ちつくことにした。

ざつと三年の間寝起きした学校をかくして退散した。門を出るとき、目鏡の受付けを大きな目で睨みつけてやつた。俺は矢つ張り露西亜がいゝ。露西亜人が好きだ。たまに俺の伯母タニアのやうな強腹な女がゐても、やつぱり露西亜人に親しみがある。それが当り前かも知れない。

この際俺に真個の同情を寄せてくれたのはポール位なものだらう。同じグループの中にシヤールと云ふ男があつた。モリオニといふ伊太利の留学生もゐたが、いざ俺が学校と縁切れになつて了ふと、その瞬間から俺に面を外向けるから、彼奴等も取

るに足らぬ小人だと、こつちで見限つてやつた。

俺はレセール街に薬種と化粧品の店を出してゐるポールの家《うち》に当分厄介になることに決めた。店には母親とポールの小さい妹がゐた。俺とポールを前へ据えて置いてお袋が、

「キヨスキーは理想通りに放校を食つて、嘸本望だらう。今度はポールの番ぢやないか」と俺の顔を虫目鏡で覗いた。黴菌でもいやしまいし。

「キヨスキーは何の志望で勉強してゐたかい」

「志望なんぞあるものかね小母さん。俺は死ぬまで志望も目的もないんだよ」

ポールの小母さんは呆れてゐたが、今もつて俺に志望も目的もない処を見ると、其時は確かにさうだつたに違ひない。

露西亜人に志望や目的があると思ふが、そも〳〵間違ひだ。そんな有難いものは小さい国へ買ひに行くがいゝ。

ポールの家で厄介になつた晩に「では当分、身のおさまりをつけるまで頼む」と云つてポールを、再びあの野暮な宗教語学校へ送り返した後で、寝室へ転つて財布の底を逆様にはたいて見たら、二法《フラン》と五スウあつた。これで明日は食へる。これで手紙を出して、叔母ラリーザから何とか返事が来るまで、仕事を探して自活することに決めて悠くり寝た。

俺は他人のうちに因縁がなくて厄介になり得るのんき者でない。翌日俺はレ・ペチ・フランセー雑誌の秋季園遊会の広告ビラをシヤンゼリゼー街の大四辻で広告屋から貰つた。俺は其広告ビラを利用しやうと考へた。利用すると云つた処で、俺の仕事として広告ビラを配つて歩るくより外に出来さうなことがない。それでもいゝ。俺はレ・ペチ・フランセー社を其足で訪ねた。

メジエー街五番の汚ない家が、この小学生向きの雑誌発行所だ。入つて行つて、広告ビラを配らせて呉れと頼んだ。するとフオリエと云ふ物語作者が出て来て、それは承知したが一日一法《フラン》だ。それでいゝかねと云ふ。一法で飯が食へるものか。

俺は十五歳の少年だ。然し朝から日没まで稼げばその二倍の骨折賃は何をしたつて貰へるんだ。一法はちと安過ぎる。

俺が思案してゐると、この物語作者が、

「君は白墨で字が旨く書けるか」

と云ふ。俺は無論書けると答へた。すると、今度は、

「筆の方はどうだね。」

と尋ねる。それも出来ると返事をすると、物語作者がペンと紙を持つて来た。俺の住所姓名が、雑誌者の名簿に載ると、

「今晩は編輯者が交代で徹夜するが、よければ君も手伝つて呉れ、明日の朝には四法支払ふ」

と云ふ。俺は「よろしい。やる」と答へたら「それぢや。活版屋に詰め切つて呉れ玉へ。直ぐこの先だ」

とカプシン街を教へた。俺の仕事は校正刷の紙を番号通りに揃へて印刷部へ廻すのだ。翌朝四法の外に電車賃を貰つた。夕方まで印刷部屋の職工と一緒に紙の上に寝て居た。

人間の運といふものは妙なもんだ。俺はフオリヱ文士の家を屢々襲ふた。いつも色々な面相のペンの労働者が集つて賑やかに騒いでゐた。画かきが居たり、女が居たりした。

学校を廃《よ》して一月ばかり雑誌屋の印刷部屋でパンとバタと水で命をつないでゐた。そのうちに叔母から手紙が来て、真面目になつて、他の学校を探せ、アヅロンさんにも呉々も頼んで置いたと云ふのだ。

その時アヅロンさんの手許へ金が送つて来てゐることを知つてたが、アヅロンさんの顔を見るのが嫌だから、取りに行かないで居ると、学校を探したから、是非一度英仏銀行支店まで訪ねて呉れと云ふ葉書が、ポールの家へ来た。

暫くポールの家へ行かないでゐるうちに色々の手紙が溜つてゐた。ポールの親爺が久しぶりだと云つて、ペトログラードの支店から戻つて居た。

俺はポールの親爺と一緒に食卓を摑んだ。そして夜に入つて手紙をポツケツトへ押し込んで印刷所へ引返した。印刷部屋の屋根裏で手紙を読むと、先刻のアヅロンさんから来た葉書が一枚、ポールから来たのが一つ、ラリーザ叔母から来たのが一つ、露西亜のタニア伯母からも来てゐた。最後に、モンサウ公園の露西亜寺院からコロドナの名が、オリーブ色の封筒に見えた。

タニア伯母は金を儲けて、ペトログラードに病院を建てたさうだ。スヴロフ街のスヴロフ将軍の銅像の近くだとある。儲けたんぢやない盗んだんだらう。医者は強盗のやうなもんだ。強盗は刃物を振ふが医者は盛り殺す。伯父だから或はやつたかも知れない。

ポールの手紙は、たゞ、これだけの手紙が学校へ投げ込んであつたから届ける。俺は禁酒したからお前もあまり飲むなと殊勝らしい忠告が加へてあつた。コロドナから寄越したオリーブ色の封筒が面白い。文字は拙いから屹度自分がペンを執つて書いたんだと思つて封を裂くと少《わづ》か五行しか文句がない。

「お前さんの居処が解らない。やつぱり学校へ居るのだらう。この手紙が届いたら直ぐお寺まで訪ねておくれ。妾はお前さんのお母さんになるつもりで巴里へ来たんだから、云ふことをよく容《き》くものですよ。」

俺は可笑しくなつて笑つた。あの女は何だつてあんな馬鹿だらう。

俺は筆不性な男だ。漸く叔母ラリーザへ宛てゝ「もう学校へ入ることは断念した。自分は今、巴里の印刷職工と共に働いてゐる、だから、あなたは金を送らなくつてもいゝ。自分は始めて自分の天職を発見して喜んでゐる。さようなら」と云つてやつた。この手紙がスイスのモントレヱ・ボンポールへつく頃、巴里はクリスマスが終へて、新年が巡つて来た。俺は十六になつた。

「おばあさん。おばあさん。今年は何処《どこ》で餅をついて貰ひましたか。」

俺は一年ぶりに長崎の祖母へ手紙を書いてゐたが、筆を止める時になつて、ぽろ〳〵涙が零れた。何か手紙の中へ入れてやらうと思つて、行李の中を掻き廻したが何にもなかつたから、フランスの紙幣を一枚畳込んで、郵便函へ入れた後で、祖母はめくらだから送つても仕方がなかつたと気がついた。

俺は日本に年に一度しか手紙を書かない。いつも十二月の中頃か末に書く。去年まで、学校から出したが、今年は印刷部屋から出した。

そのうちにポールが休暇で店へ戻つて来た。一度訪ねやうと思つて元日まで行かないで了つた。銀行から寄越した金と稼いだ金とを合せだら二十八法と端銭《はした》が少しあつた。

学校ではモウパツサンの小説の耽読を禁じてあつた。俺がそんなこと丶は知らないから、モオパツサンを露店で買つて舎監へ許可の判を貰ひに行くと、舎監が目をむいて、これは学生の読む可きものぢやないから没収する。その代りにこれをやると云つて、書棚の中から宗教小説を出して呉れた。こんなものが読めるものかと思つたから、そんならモオパツサンは読まないがこれもいらないと云つて返した。

生意気な小僧だと思つたゞらう。俺はその時分モオパツサンより偉い人間は居ないと信じて居たから、モオパツサンが若い時分にごろついてゐた下宿とか、遊びに行つた犬の墓地などを尋ね廻つて一人で喜んでゐたもんだ。モオパツサンを読むなと云ふ奴は、同じフランス人でも愛国の観念のない下素《げす》だと罵倒した。モオパツサンを真似損ねた通俗調で文章を拵へてその辺の呑気者に見せて歩いた。

「君は非常に作文が上手だ」

と一人が御世辞を云つた。学校で、図に乗つて、「壊れたインキ壺」と命名した廻覧雑誌を拵へて、三百人余りのフランスやイギリスやロシアの学生に文章を書かせたことがある。書かせたと云ふとさも偉さうに聞えるが、実は書いて貰つたんだ。その癖俺が一人で選をした。第一号が学校の職員間に物議をかもして没収されると、がつかり凹《へこ》たれてもう第二号を出す勇気がなく、そのまゝ棄てゝ居るうちに俺が退学を食つたから、到頭出ないで了つたさうだ。一号に教師の下馬評を大胆に列べたから悪かつたらしい。俺は向ふ見ずで、いつも困ると思ふ。その時分、或る男が、

「お前はこの位の文章が書けるんだから、一層のこと文学者にならんけりや嘘だ」

とおだてた。おだてられた俺はいゝ気になつて、「うん。俺はこの位の文章が書けるんだから、文学者にならんけれや嘘だ」と変なもんだ。思ひ出すと顔から火が出る。それでも、フランセー・イリユストレーと云ふ大きな雑誌――これはその時分週刊で、いつも土曜の朝出た――に、「ウヰクトール・ユーゴー博物館の印象」を書いたときは、可なり人気を集めた。そう云へば、巴里や巴里以外のフランス人に「ユーゴー博物館」を紹介したのは、かく申す俺が最初の人間だと云つてもよからう。

因にユーゴー博物館はその年に開かれた。ユーゴー翁の遺物なら大抵其処に蒐めてある。嘘ぢやない。

卓上のインキ壺は翁存生時のまゝだ。翁は十五年此家に住んで物語を拵へてゐた。その後翁の友人でポール・メリスといふ人が住んでゐたのを其時博物館にしたのだ。

その次に「国民印刷局の歴史」を載せた。ロハン僧正（ムド・ヴオルカノ）とカーラーイルが云つた「ダイヤモンド頸飾事件」の悲劇の一部を狙つて書いたものだ。これも成功した。

俺は続げさまに五十法《フラン》路端で拾つたやうな気がした。その雑誌をスイスの叔母へ送つて、おだてゝ貰ふ積りだつたら、叔母はあべこべに俺を悪魔のやうに罵つて来たから、叔母も話せない女だと、一人で偉がつてゐた。これだからローマ教徒は了見が小さい。新教徒の迫害を受けたつて、それは自業自得だとすましてゐた。

貰つた金を何に使つたか忘れた。多分有頂天になつて酒場でも廻つて歩いたに違ひない。俺は真面目なローマ教中学校を破門された不良少年だつたから。

酒をのんだり、警察へ厄介をかけたことはラリーザ叔母へは無論言へる義理でなかつたが、舎監が退学顛末を詳しく、大袈裟に報告したと見えて、叔母ラリーザから続いて飛んで来た手紙は怖くつて碌々読まずに行李の中へそつと蔵《しま》つた。今日只今どうかすると、その手紙がひよろひよろ出て来る。不良少年に環をかけて始末の悪い碌でなしとして、自分で自分を持てあましてゐる今日でも手紙に飛び出されると、ひやりとする。

其年の夏、スイスの叔母が是非来いと言ふから、スイスへ行つたら、うんと油を絞られて半年振りに放還されてまた巴里へ舞ひ戻つた。スイスの話は書きたくないから廃《よ》さう。巴里へ戻ると、コロドナが急に恋しくなつた。間もなく露西亜寺院を訪ねたら、コロドナが、恨めしさうな顔をして。

「何故お前さんは半年も一年も妾に居処を知らせないで隠れてゐたんです」

と頭から叱りつけた。俺はその時

「お前はそんなに俺が好きかい」

と云つた。そしたらコロドナの奴、年にも恥ぢず、

「好きですとも。好きですとも、こんなに好きです」

と俺の横つ面へ、冷《つ》めたい頬を痛いほどこすりつけて、抱き上げやうとして、

「まあ。いつの間にこんなに重くなつたんだらう。もう妾の力ぢや抱けないわ」

と驚いた。いつまでも俺をモスクワの湯槽の中の赤ん坊だと思つてゐる。だから智慧のない女だと笑はれるんだ。然しこれがロシアの女かも知れない。

自分では一科《かど》の文学者だと自負して居る処へ持つて来て、この女に小僧あつかひにされると、もう、うんざりした。然しこの女は馬鹿でも智慧が足らなくても、何だか恋しい処がある。ユダヤ女だつて、無学者《もの》だつて、タニヤに比べると人間が素直

で、親切だ。

「お前さん何処に住んでゐるの」

「定《きま》つてゐない。スイスから帰つて来て、まだ宿を探さない。俺は今旅館に居るんだ」

「旅館に？　そんな贅沢をする金があつて？」

失敬な申条だとは思つたが、これがこの女の持ち前だと知つてゐるから嘘のない処
「実は、叔母から貰つて来た金が少しある。然し旅館に一月も居たら失くなるだらう。どこかいゝ宿はないかね」

「妾よりお前さんの方が街のことは詳しいぢやありませんか。自分で直ぐお探しよ」

　成る程さうかも知れない。この女はお寺で、一間先の戸外も見ないやうな尼僧同様の生活をしてゐるが、俺の方が宿探しなら詳しかつた。

　だらしがなくつても、年が若くつても浮浪者には、それだけの不安があるものだ。俺は貧乏者で気が小さい故《せい》か、金のあるうちは、威勢がいゝけれども、なくなると元気が頗る衰へる。今度困つても遊んでゐるうちは、ちつとも構ひませんよとラリーザ叔母に警告を受けてゐた。その時はへい／＼大丈夫です、今にいゝ仕事を見つけて真人間に立ち返りますと安心させて置いたが、まご／＼居食ひしてゐるうちに、早いもんだ貰つて来た金がなくなつて了つた。その筈だ。アルゼー街のタミス旅館で一泊三法に、朝飯が一法、昼が三法、晩が五法だつた、だから一日平均十法より下ることはなかつた。ヴオジラールのルクセンブル公園から一町ばかりの或鉄道官吏の持ち家の二階を一間借りた時は、財布は空《から》だつた。ナポレオン三世の恋人だつた例のロベスピエールの妹の家や、ラマルチンが泊つた宿といふ家もすぐ近所にあつた。セーヌ河を上下する汽船の笛もよく聞えた。宿が定まると、俺は直ぐコロドナへ知らせた。翌日彼女が炎天を平気で乗合馬車に運ばれて来た。コロドナが此家の主婦を捕へて、下手なフランス語で、キヨスキー、キヨスキーと俺の身の上話を饒舌り立てるので、俺は冷々《ひや／＼》した。

　コロドナは勝手に俺の「お母さん」になつた気で居る。帰りがけに卓上に投げ出して置いた空財布を開けて、

「お金はないの」

と変な挨拶をする。

「ちつともない。なくつてもいゝ。」

と云つたら、黙つて自分の胸の奥へ手を突つ込んでゐたと思ふと、紙幣を出して、空財布へ詰めやうとするから、

「お前にいつ金を呉れろと云つたんだ。そんなことをすると、今度引つ越したら知らせないぞ」

と脅かして突つ返した。そしたら翌日郵便で送つて来た。郵便の外に小包みがあつた。金を包んだ紙に「お前は何故妾の親切を受けてくれないんです。妾がきらいなのか。きらひならきらひでいゝ。お前のことは忘れて了つて、もう一生逢はないから。」

とあつた。小包には新らしい白地の夏服が入つてゐた。値段を書いた名刺が畳み込んであつた。露西亜の田舎者だから、巴里の商売人に揄揶《からかは》れたんだらう。追つかけてまた手紙が来た。

「洗濯物を、他人《ひと》に頼まないやうに一緒に溜て置いて下さい。お坊さんのものと一緒に洗つて上げる。日曜日の晩に訪ねるから」つい先刻は、もうお前さんとは一生逢はないと書く奴が、洗濯もないもんだと思つて思はせぶりに俺は日曜の晩外へ跳び出した。コロドナから貰つた金で、イル・デ・シテの岸からヱイフエル塔の下までボートを漕いだ。緑樹が両岸に鮮やかに見えて、真白な夏服の女が、ぞろ〳〵葉蔭を歩いてゐた。宿へ遅く戻つて、おかみさんに、

「誰か尋ねて来た者はありませんでしたか」と聞くとおかみさんは、いゝえ誰もと首を横に振つた。コロドナに嘘をつかれたと思ふと、こつちは人悪く、家を明けてゐた癖に腹が立つた。俺はこんな我儘者だ。

　翌日十二時（晩の）過ぎて、俺はアヅロンさんが銀行の事務員見習に採用するから、我儘を言はず、我を張らずに真面目に働けと云ふ手紙に対する返事を書いてゐた。いつもなら例の向ふ見ずで、一息に断つてやるのだが、年を取ると段々人間が意気地がなくなるもんだ。俺は、飢じ腹に、「やれやれ」とすゝめられて貧乏神に弱虫だと嘲けられて、文学の神様に銀行に勤めましても決して、あなたは忘れませんと卑怯な言ひ訳をし乍ら、何卒宜敷頼みます、もう無頼漢の生活は懲りたから、ぷつつり止ましたと書いてゐるとき、怪しからん嘘吐きだと怒るやうな怒らぬやうな、曖昧な処を、拗ねてやらうと構へてゐたコロドナが出し抜けにやつて来て、

「キヨスキー。まだ起きてゐるんですか」

と俺の側へ、倒れさうに、不作法な大きな足を投げ出して椅子に掛けた。

「何だつて今時分やつて来るんだい。」

　彼女は額に汗を浮べてゐた。

「洗濯物を取りに来たの。昨日はね、昨日はね。妾寝てたんですよ」

「だから一日待つてたけど、お前来なかつたんだね。」

と俺は嘘をついた、するとコロドナは口をすぼめて、意外だと云ふ表情をした。

「ほんたうに？　ほんたうに妾を待つてゐたのキヨスキー？」

「嘘つくもんか。」

「すみませんでしたわねえ。キヨスキーは妾の破約を許るして呉れるでせうね」

　俺が黙つてゐると、彼女は耳元へ来て私語いた。

「妾どうして寝てたか知つてゝ？　知らないでしやう。それや意外なんですもの」

「知るもんか。そんなことを尋ねるから、お前は田舎者の馬鹿だと云ふんだよ」

「いゝわ。馬鹿でも狂人でも。妾ねえ。昨日酒をのんで酔つち

やつたの」

「お寺で酒を飲む奴があるもんか」

「いゝえ。お寺で飲みはしませんよ。カフエ・デ・カスチヨンで」

「カスチヨンは、直ぐこの近所ぢやないか」

「えゝ。御存じ？　あゝ。お前さんは酒飲みだつたわねえ。」

「どうしてカスチヨン迄酒のみに来たんだ。何故俺のうちへ寄らなかつたんだ」

　コロドナは黙つて説明しなかつた。俺は何故この女が酒なんぞ飲むんだらうと考へて見たが、解らなかつた。

「のんぢやいけない？」

「いけないとも。お寺にゐる奴が酒なんか飲んでいゝか悪いか解らぬ筈はあるまい」

「左様《さう》？　左様《さう》かしら。神父様に見つかつて追ひ出されたらどうせうかしら。その時、お前さん此処へ置いてくれるでせうね。キヨスキー」

　彼女は電燈の下で紅い顔をしてゐた。

「そんなことはどうでもいゝが、よくこんなに遅く出て来られたね。この間の夏服は有難う。まだ着ないよ」

　彼女は、俺が礼を述べても知らん顔をして両手で顔を蔽ふてゐた。そして苦しい息を吐いてゐた。彼の唇は火のやうに赤かつた。

「お前、酒のんでるぢやないか」

　俺は顔を支へてゐる彼女の手を引外した。すると彼女は充血した眼を見張つて、幽かに頷いた。何処で飲んで来たんだらう。彼女は唇を慄はせた。何か云はうとして、また力なく黙つて了つた。俺は彼女の顔に不思議な変化が起るのを凝乎と見守つてゐると、やがてコロドナは、卓子を抱くやうにして
「妾お寺から逃げて来たの」

と熱い嘆息を洩した。俺は面喰つて嘘だらう。そんな冗談を云つて脅かすなと叱りつけたら「すみません。今言つたのは、嘘です」

と一体俺を何処までなぶるんだらう。その晩また恐ろしい接吻を強られて、一晩不愉快で眠れなかつた。何が不足でコロドナは酔つたんだかちつとも解らない。彼女は洗濯物を抱へて淋しい夜の街をセーヌ河を渡つて帰つた。彼女が居なくなつてから、白い薄い皮手袋が落ちてゐるのを発見した。

　銀行の口が略定《きま》つて、いつからでも出掛けていゝ準備が出来た時、急にその方を断らねばならなくなつた。それは瑞西の叔母ラリーザがレオマチスで起てなくなつて、手が足りなくなつたからだ。俺は荷物を纏めてコロドナにもポールにも黙つてスイスへ行つた。二度目にゼネヴ湖畔に立つたとき、「ルツサウの宿」を観た。

　俺は年を一つ取つた。すると、祖々母が死んだといふ便りが来た。つゞいて、スイスの新聞にトルストイ翁の訃音が載せてあつたが、ほんたうのやうな気がしなかつた。丁度マリア・ペ

ロヴースカヤが革命運動に来てゐた時だ。慌てゝ旅行の支度をして伊太利から直ぐ日本へ出た。

伊太利から直ぐ日本へ戻つた。長崎へ着いたら、大部景色が変つてゐた。無論祖々母の葬式は済んで、小さい家に祖母が一人で、ぽつんとかたづいてゐた。そこで長崎の中学の三年級へ入れて貰つた。宗教学校だから、三年にでも四年にでも喜んで入れるんだらう。くだらない学校だから落第せずに卒業したら黙つて二十一になつた。俺は露西亜で偉い人間になつて来ると言つて、祖母が何と云つても容《き》かずにまた跳び出した。その時、死んだ親爺から死んだお袋へ送つた手紙を纏めて鞄の中へ詰めて、オデッサへ着いた。それからモスクワへ行つた。

俺は暫く音信を絶つてゐたコロドナがまた恋しくなつたから一体あの女は、今年いくつになるだらうと指を折つて数へて見たら、もう三十六だ。

三十六でも馬鹿だから、やつぱり、ぼんやりしてゐるだらう。まだ巴里にゐるかしらと思つて、九年前幽閉された修道女学校を訪ねたら、丁度授業中で少々御待ち下さい、私がこの鐘を鳴らすと先生がいらつしやいますと云ひ乍ら、以前井戸だつた処へ屋根つきの柱を立てゝ、簡単な鐘がとりつけてある奴を下からぐい〱引つ張ると見かけ倒しのしみつたれな音ががんがんと鳴つた。

がんがんと二度鳴らすのが先生を呼び出す暗号だ。入口へ立つてゐると、女先生が「どなた？」と顔を出した。

そして突然、あゝキヨスキーでしたか。よく忘れずに来ましたねえ。今ちよいと授業をしまつて来るから食堂で待つていらつしやい。ほんの十分ばかり、すぐだから、すぐだからと慌て引つ込んで了つた。

この女先生ゾウスカさんは、俺の顔を見るとすぐ何処かへ飛んで行つて了ふことにきめて居る。九年前も俺を廃園にうつちやつて置いて、すぐ戻るから待つていらつしやい、妾はペトログラードへ行つて来ると行つたのはよかつたが、到頭帰つて来なかつた。鉄砲玉見たいな女で、悪い癖だ。今度は十分間だと云ふから大丈夫だらう。俺はベル鳴らしの爺さんに話しかけた。

「お爺さんはいつ此処へ来たの」

「三年になります。」

「その前誰が居たか、知つてるかね」

「イワノーヴナ婆さんがゐましたよ」

「その前は？」

「知りません」

爺さんは「ヤ・ニズナーユ」と云つて切つて終《しま》つた。俺は廃園の方へ廻つた。ヅブ樫もソースナ松も榛も依然として旧態のまゝだ。只石垣が繕はれ、庭が手入れを施されて、綺麗になつてゐた。厩の屋根は地上に立つて、俺の肩もつきさうになつてゐた。早いもんだ。もう九年になる。厩の壁をナイフで刻つた痕だけが残つてゐた。俺は小学校も訪ねて見たが、反つて、窮屈な月日を送つてゐた此方《こつち》の方が余つ程懐しい。残念に思つたのは、隣りの窓からナターリヤの蒼い顔が見えなかつたことだ。あの時コロドナが、娘は肺病で死んだと云つたが、死んだのが真個で、「巴里へ行つたら逢へる」と云つたトルストイ爺さんの言葉が嘘なのかも知れない。こゝであの娘が窓から顔を出して「キヨスキー、屋根の上で独楽を廻して頂戴」と来るなら、小説になるだらう。小説にはなか〳〵手軽にぶつ突からんもんだ。窓は昔の扉が昔のまゝに寂しく閉ざされてゐた。厩の屋根の上でよく独楽なんぞ廻したもんだと感心してゐると、鉄砲玉のゾウスカさんが、食堂の入口で、「キヨスキー。キヨスキー。」と呼んでゐた。食堂はまるで変つてゐた。卓子が隅へ位置を替へてサモヴアールの側に立てゝあつた聖像《イコナ》の額も何処へ逃げ出したか、なくなつてゐる。棚も釣り替へてあつた。いつもコロドナが編みかけの手糸の球を乗せて置いたパン函もお廃止になつて居る。その頃此処に通つて居た女の子は、もう皆一科《かど》の尼さんになつて働いてゐるだらう。こう色々の物が昔の姿を失つてゐるのを見ると、何だか自分ばかりが、いつまでも真《ま》人間《にんげん》になり得ずして、下道の世界をうろつき廻つてゐるやうな気がして恥しい。

「コロドナは今何処に何をしてゐますか」実際俺はコロドナの其後の消息を知りたいばつかりに、見たくもない鉄砲玉のゾウスカさんの皺顔を見るんだ。

「コロドナ――あゝ。あの人は今ペトログラードに居るさうです。」

さうだらう。とてもあの、ぐうたらぼうでは巴里の寺院に辛棒出来るものぢやいと思つたから、

「ペトログラードで何をしてゐるんですか」ペトログラードに居るなら、どんなことがあつても一度逢はう。巴里なんぞに居ると聞いたら、がつかりする処だつた。

「フオンタンカの冬園で洗濯女に雇れてゐるさうですが、昼間はポシルニーの伝達会社へ通ふさうです。詳しいことは知りません」

とあまり晴々しい顔をしなかつた。

「何故この学校へ戻つて来ないんですか」

「女は雇はぬことにしました。ことにあの人はユダヤ人ですから、生徒が嫌うんです」

然し九年前彼女は、自分が一番生徒間の受けがいゝと言つた。どちらが真個だか解らない、あの女はよくゾウスカさんと口論したさうだから、それが嫌なんで、コロドナの方でも巴里へ跳び出したし、露西亜へ戻つてゐることが解つても此処へ寄せつけないのだらう。

俺はゾウスカさんに恨みはないが、好きかと云へば、嫌ひと答へる。俺は痩せた女と、眼鏡をかけた女は虫がすかぬ。ゾヴスカさんは痩せて眼鏡をかけてつんと済ましてゐる。こんな枯木のやうな女より、ユダヤでもコロドナの方が向き合つて、感じがいゝ。コロドナは美人ではないが、この人よりずつと愛嬌があると思つた。

その晩ペトログラード行の切符を買ふのに停車場で二十留出したら二〇コペック釣《つり》銭を呉れた。十時間ばかり大きな汽車に揺られてゐたら、ペトログラードのニコライ停車場へ着いた。馬車《イジウオステツク》を駆つてスヴロフ街へ向つた。

　スヴロフ将軍の立像の近くだから、タニヤの家はすぐ解つた。久し振りで逢つて見ると、伯父もタニヤも半分白髪を交へてゐた。スイスの叔母だけが、親爺の兄弟の中で一番老けてゐると思つたらさうでない、皆んな老ひ込んで了つてるんだから滑稽だ。コロドナだけは、まだ娘のやうな顔をしてゐるやうに思はれてならない。

　今度は落ちついて此市《こゝ》で勉強する覚悟で来たんだと言つたらタニヤも伯父もお前はやつぱり親爺の国で成長しなけれや駄目だ。第一その青い眼と灰色の髪を担ぎ廻つたつて、日本ぢや相手にしまい。それより、お前は露西亜の学校を出て露西亜の官吏になつて、露西亜の女を妻君に迎へた方が出世する。お前は早く妻君を貰はなくつちいけないとすゝめた。

　露西亜に来ると日本へ帰りたくなるし、日本に一年も居るとたまらないほど露西亜が恋しくなる。俺は二つの血に死ぬまで引き廻されるんだらう。そして最後に引つ張つた土が俺の骨を埋むるに定つてゐる。

　伯母も伯父も猫一件は忘れたのか今になつて俺を責めたのが気の毒になつたのか、九年前とは、待遇が違つてゐる。地獄へ行かないやうに神様へお願ひしたから、心を入れ直して立派な青年《わかもの》になつて来たと思つたのかも知れない。…………三度目にコロドナと逢つたとき彼女は「モドヌイヤ」を喫かしてゐた。そして今度は平気で俺に口説きかゝつた。

　話は大分飛ぶが俺は露西亜革命までペトログラードにゐた。ユダヤ女コロドナとペトログラードを退散するまで同棲してゐた。スイスから送つて呉れる学資はコロドナの帽子になつたり指環になつたりして、俺は学校へ出ない日が多かつた。「マルイ劇場」や「ミハイロヴスキー劇場」に入りびたり入つてゐたのもこの時分だ。

　一九一六年三月十二日、露都は革命の巷と変つた。俺は学校からの帰途、モスクワ大学生の包囲を受け、大学生の群に投ず可く強迫された。裁判所を襲ふた時に占領した黒自働車を駆使して、砲煙の下を縦横に飛び廻つた。アドミラルスカの街頭で屠られて転つてゐる二百にあまる市民の死骸の上を、ごろごろ軋り乍ら、車の上から盛んに発砲したときは、痛快は痛快でも流石に怖かつた。

　その「赤い月曜日」が漸く夜に入る頃、俺はモスクワ大学生と別れてコロドナの家に戻つた。戻つてゐると、忽ち銃声が起つて、コロドナの宿の近くは、殆んど昼間この辺へ追い込まれた巡査隊に包まれて火を放たれやうとしてゐたから、俺は驚いてコロドナに伯父の家へ避難しやうと云ひ出した。

　四辺の状況が既に危険に迫られてゐるのを発見したコロドナは、それでは連れて行つて下さいと云つた。二人はかくして闇の中へ跳び込んで、ネヴカ河へ向つて走つた。

　コロドナと俺は、大ネヴカ河畔アンドレヱ修道院の前まで逃げて来た。

「もう大丈夫ですよ。キヨスキー」

「後ろは大丈夫だらうが橋が渡れるかしら。」

「もしいけなかつたら、此処へ一夜隠れてゐやうぢやありませんか。」

と修道院の中を覗きに行つたコロドナが、

「あつ！　尼さんが殺されて窓の下に倒れてゐる。」

と云ひ乍ら年増の癖に、娘のやうな様子をして顔を蔽ふた。ほんたうに十七歳ばかりの尼僧が銃殺されたと見えて死んでゐる一匹のボルザヤ犬が、潰れた顔のあたりをくん〱嗅いでゐたから、ぞつとして門の外へ跳び出した。

　よくみると、門には、恐ろしい力に屈した痕が残つてゐた。暗い窓の鉄格子と玻璃とが、かき撓られ、聖画像にさゝげてある釣燭台が、歪んだまゝ、辛うじて鉄鎖に、からまつてゐた。

　夜に入つて、市街は寒霧の底へ沈んでゐた。折々コサックの銃声が、烈しく、どこからともなく轟いて来る。

　恐ろしい晩だ。

　銃声は忽ち濃霧に遮られて了ふ。橇やドロシキーは既に通行をやめてゐた。二つ乍ら通行出来ない程危険だつたからだ。俺とコロドナは狂犬のやうな形で、惨劇の跡の暗い街の路次をふら〱歩るき乍ら、後ろを振り返つたり、霧の底をすかして見たりした。

　すると、何処かで、突然、

「パピヱーダ。パピヱーダ」

と犬を呼ぶ女の声が出した。俺と彼女は工場と煉瓦塀の仮監獄の通りへ出た。仮監獄は数時間前に解放されて、囚人は逃げ落ちた跡だつた。逃げそこねて、コサック兵や憲兵に銃殺されたのが、門際や、高い壁の下に、ごろごろ転つてゐた。

　アルセナリの前へ出ると、愈々ネヴカの流れへ出て了つた。ネヴカはこの火と黄硫の大市街の心臓を貫く氷河だ。

　昼間、この辺一帯を黒自働車に赤い旗を立てゝ駈け廻つた時は、流氷は、少かに解けてゐたが、今見ると鋼《はがね》のやうに凍りついてゐた。

「お前この河を渡るだけの勇気があるか。コロドナ」

「渡らなくつて！　折角一生懸命でこゝまで遁れて来て、こゝで悸《おぢ》けちや無駄骨ですよ」

　俺はこの女の度胸のいゝのに感心した。

「俺は今日お前の家を出る時、牛乳を飲んだつきりで、何にも喰はないでゐるから、腹がぺこ〱に減つちまつた。お前何か、口の中へ入れるものは持たんだらうな」

「そんな贅沢云ふもんぢやありませんよ。金はあるけど」

「困つたな。兎も角も橋を突つ切らう。そしたら何かあるだらう」

　河岸へ出ると、突然、向岸のウオスクレセンスカヤ街で、消

魂した銃声が起つた。すると、コロドナが、俺の腕を捕へて、
「あれ、人が………人が殺された。キヨスキー。キヨスキー
あれを御覧」
と叫んだ。俺は向岸の街燈の下を見た。俺の充血した目に映つたのは、岸からコサツク士官の長靴に蹴落された男の死骸だ。死骸は河面へ落ちて、する〳〵と一間ばかり滑走した。

いつも海のやうに波うつ河が、街頭燈の光を茫々と乱射してゐる景色は、この氷流の深層に、苦悶のまゝの姿で、夥しい生物が、幾重にもかさなり合つてゐることの出来ぬほど、物凄く美しい。コロドナのあとから警戒をし乍ら、アレキサンドル橋を渡らうとする時、

「止れ」

と、横合の暗い鉄柱の蔭から咎められて、殆んど、すくみ上つて了つた。俺は向ふ見ずの無鉄砲な男だが、胆が小さいから、不意に止れと怒鳴られたとき、どきんとした。


処へ旧式のマキシム銃を担いだ兵士が飛んで来た、よく見ると、一人は六十前後のよぼよぼの俄兵士で、今一人は若僧だ。二人とも、垢光りのする毛外套《シューバ》を着込んで寒さうな顔をしてゐる。

悪い奴に出逢つたと思つたが、後の祭だ。愈々この橋の袂で犬死だと覚悟して、俺は二人の隙を狙つてゐる。女を見ると、忌々しい、俺よりも、よつぽど落ちついてゐる。突然、労働者と学生を満載した帆かけ橇が、さつと橋の下を潜り抜けて行つた。


二人の兵士は、まづコロドナを捕へた。

「おい。美しい眉毛のない妖女！　山鷸の若情婦《わかいろ》！　お前は天国のどこから天降つて来たんだ。」

「ザローフ伯父さんの家から、戻るんです」コロドナは出鱈目を云ふ。そして老兵士の手を振り放した。今度は若僧が俺につつかゝつて来たから、俺は大学生だ。人民の味方の大学生だ。と云つて、自動車の上で分配にあづかつた木綿の赤リボンを出して見せた。するとこの女はお前の何だと尋ねる。人を馬鹿にするなと思つたから、正直に、

「俺の情婦だ」

と怒鳴つた。すると、

「情婦？　お前のお袋ぢやないのか」

と愈々人を馬鹿にすると思つたが、実際、年が十五違ふから、ほんたうに、恋人だの情婦だのと云つたつて誰も左様だと受取るまい。こんな奴にかゝり合つてゐられるものか。

「美しい皇后様。行つて寝やうぜ」

といきなり老兵士がコロドナを抱かうとした。コロドナは例の恐ろしい腕力で、老兵士を雪の上に突き倒した。同時に、此処だと思つたから、俺は若僧の銃を力任せに引つ奪くつた。


思ひ出しても身慄ひが出る。俺は銃の尻で、若僧を二三度殴つたら、彼は雪の上にへたばつたまゝ、ごろ〳〵転げ出した。

「キヨスキー。早く。早く。」

コロドナと俺は河の中へ銃を棄てゝ、夢我夢中で橋を突つきつた。

「駄目だ。駄目だ。橋を渡ると射つぞ」と後ろから老兵士が頻りに叫んでゐたやうな気がする。俺はミンツ橋や、トロイツキー橋が封鎖されて、対岸へ行くには、どうしても通行税五留を払つて此橋を通らなければならぬことを知つてゐたから、五留払ふだけの余裕はあつたが、老兵士や若僧の云ふことが、癪に障つたから、殴り倒して逃げたのだ。

　ウオスクレセンスカヤに出た時、「まあ、よかつた。死なずに済んだ」とコロドナが俺に獅嚙みついた。獅嚙みつく段ぢやない。やつぱりこの女は馬鹿だ。それから、キロチナヤ街から、行路死人の掃きだめ場になつてゐるタブリダ公園へ入らうとして、行手に物々しいカザーキ隊が現はれたから、バセジナヤの四辺まで魂を跳ばせて一気に駈け抜いたら、

「キヨスキー。妾はもう動けなくなつた」とコロドナがべそを掻き出した。こんな時、駈け落ぢやあるまいし、女なんぞ引つ張つて来るのが悪いと思つたが、また、女の宿が、見す見す巡査隊に包囲されるのを見てゐながら、自分だけ姿をくらますのも男らしくない、少なくとも妻同様の彼女を放つて置く訳もないと思つて、危ない道連れにして来たのだ。

　低い雪雲とすれ〴〵に、白堊や白煉瓦の商店の軒の下を伝つて、円い石を埋めた、破壊後の電車通を急いだ。時計を見ると十時過ぎてゐる。家々は悉く戸を閉してゐた。往来は火事場の後のやうだつた。俺とコロドナは、そこに黒い物影を見たり不意に足音を聞く度、何遍十字を切つたか知れない。バセジナヤから、ぐつと左へ折れて、右へ曲るとリゴヴスカヤだ。

　俺の伯父の自宅はリゴヴスカヤ街にあつた。ブルーシロフ大将の邸から七八軒目だ。何でも、コロドナを引き摺つて、無茶苦茶に突喊して居つたら、サゴロードニの見晴しで市民兵の装甲自動車に出会《でつくわ》して、ひやりとした。市民兵でよかつた。これが、巡査か憲兵隊だつたら、今この話は書けないのだらう。

　路傍には硬化した男や女の屍が、他愛もなく重なり合つて雪漬けにされてゐた。ニコライ橋の死体仮収容所へ明日にでも廻されさうな生々しいのもあつた。リゴヴスカヤへ曲る辻で、七八人の労働者が、焚火を囲んで銃を五六本組み合せ、まん中に鼠の死骸を十匹ばかり釣してゐた。

　多分あぶつて食ふのだらうと思つて通り過ぎやうとしたら労働者連が、

「クデー・ルスキー・ラゲリー。アセドライ・ローシヤチー！あはつはつは」

と何処かで聞きかじつた兵士の号令の真似をして、どつと笑ひ崩れた。そして俺を呼び止めて、

「俺の親愛なる友達。お前はセルゲイ宮の前で巡査の騎馬隊に出逢はなかつたか」

と云ふ。俺は否《ニエト》と答へた。コロドナが側から、早く伯父さんの家《うち》へ行きませう。妾何だか怖くなつたわと急に焦《あせ》り出した。処

へ突然四辻から慌しい蹄鉄の響が起つた。同時に、轟然たる銃声が聞えた。

「騎馬隊だ。騎馬隊だ。地獄の犬め！　くたばり損ひ！」

「やつつけろ！」

恐ろしい喧躁の中から、労働者の方でも、火蓋が開かれて、其に物凄い深夜の応戦が始まつた。俺はコロドナを引つ張つて伯父の家へ駈け出した。一歩二歩三歩、雪を蹴つて駈け出した時コロドナが雪の上に、ばつたりのめつた。慌てゝ抱え起さうとして彼女の顳顬《こめかみ》に過《あや》まつて手を触れると、他の三本の指の叉へ血が流れて来た。

「コロドナ。コロドナ。どうしたんだ。起きろ。早く駈けるんだ。起きろ。起きろ」俺が彼女の顔を覗かうとしたら、彼女は俺の靴へ捕まつて仰向けに倒れた。額から胸の白い襟にも血が落ちてゐた。

銃声は烈しく轟いた。雪を掬つて飛ぶ銃丸《たま》の呻りと、「ボルジヨム天然カウカシヤ鉱泉。露西亜紳士は誰でも飲む」のガラス窓を劈く裂音が続いて起つた。巡査が鞍から落ちる剣の音も聞えた。

コロドナは何とも答へずして俺の長靴を捕へて放さなかつたが、ふと彼女の髪の生え際を撫でゝ疵を見た時、俺は跳び上つた。彼女は顳顬《こめかみ》の少し上の頭骨を通貫されてゐたのだ。恐らく銃丸は頭の中へ埋まつてゐるだらう。そして苦しまぎれに俺の長靴を捕んだんだらう。死んだと思つたが、それでも三間ばかり俺は屍をずる〳〵引摺つて行つた。そして迚もつゞかぬと思つたから、独りで逃げ出して、伯父の家へ垣を破つて跳び込んだ。翌日モスクワへ遁れた。

それから日本へまたやつて来た。何だかまだ充分にコロドナの死を見極めなかつたから、暫くしてから、甦へつて、今でも達者で生活してゐるやうな気がする。然しそんな筈はない。確かに彼女は死んだんだ。

コロドナは幼ない時モスクワの修道院に拾はれた女で、親も兄弟も何処にゐるか解らない。或は居ないのかも知れない。彼女が死んだつて可哀相だと思ふのは俺位なもんだ。ユダヤの女には、えてこんな運命の女が多い。

日本へ帰つた俺は直ぐ京都の高等学校へ入つた。間もなく日本人の妻を貰つて東京へ来た。この間西伯利へ出掛けて帰つたばかりだ。今度は落ちつかうと思ふ。妻を貰つたら、妾はもう死んでもいゝと祖母が云つた。

滝田樗陰様

以上の話は創作として書いたのではございません。ほんの私の履歴書の代りのつもりでした。そしたら以上のやうなものになつて了ひました。批評も議論もありませんが、一つは余裕がなかつたのと、一つは、ごく〳〵単純な野生な記録をぶち壊して、文明人の歴史となすことを嫌つたからでございます。どこまでもペンキを塗らない野蛮人の修養を積まうと云ふ主義でございますから。私の露西亜人及日本人観は今少しく私の世間的の地歩が固まるのを待つて、書くことを貴下もごさんせいのことゝ存じます。

Алекс. Коксекй

（「中央公論」大正8年9月号）

花火

永井荷風

午飯の箸を取らうとした時ぽんと何処かで花火の音がした。梅雨《つゆ》も漸く明けぢかい曇つた日である。涼しい風が絶えず窓の簾を動してゐる。見れば狭い路次裏の家々には軒並《のきなみ》に国旗が出してあつた。国旗のないのはわが家の格子戸ばかりである。私は始めて今日は東京市の欧洲戦争講和記念祭の当日であることを思出した。

午飯をすますと私は昨日《きのふ》から張りかけた押入の壁を張つてしまはうと、手拭で斜に片袖を結び上げて刷毛を取つた。

去年の暮押詰つて、然も雪のちらほら降り出した日であつた。この路次裏の家に引越した其の時から、壁土のざら〳〵落ちる押入が気になつてならなかつたが、いつか其の儘半年たつてしまつたのだ。

過る年まだ家には母もすこやかに妻もあつた頃、広い二階の縁側で穏かな小春の日を浴びながら蔵書の裏打をした事があつた。それから何時ともなく私は用のない退屈な折々糊仕事をするやうになつた。年をとると段々妙な癖が出る。

私は日頃手習した紙片《かみきれ》やいつ書き捨てたとも知れぬ草稿のきれはし、又友達の文反古《ふみほご》なぞを、一枚々々何が書いてあるかと熱心に読み返しながら押入の壁を張つて行つた。花火はつゞいて上る。

然し路次の内は不思議なほど静である。表通に何か事があれば忽ちあつちこつちの格子戸の明く音と共に駆け出す下駄の音のするのに、今日に限つて子供の騒ぐ声もせず近所の女房の話声も聞えない。路次のつき当りにある鍍金屋《めつきや》の鑢《やすり》の響もせぬ。みんな日比谷か上野へでも出掛けたにちがひない。花火の音につれて耳をすますとかすかに人の叫ぶ声も聞える。私は壁に張つた旧稿を読みながら、ふと自分の身の上がいかに世間から掛離れてゐるかを感じた。われながら可笑《おか》しい。又悲《かな》しいやうな淋しいやうな気もする。何故といふに自分は鞏固な意志があつて殊更世間から掛離れやうと思つた訳でもない。いつとなく知らず〳〵斯ういふ孤独の身になつてしまつたからである。世間と自分との間には今何一つ直接の連絡もない。

涼しい風は絶えず汚《よご》れた簾を動してゐる。曇つた空は簾越しに一際夢見るが如くどんよりとしてゐる。花火の響はだん〳〵景気よくなつた。私は学校や工場が休みになつて、町の角々に杉の葉を結びつけた緑門《あーち》が立ち、表通の商店に紅白の幔幕が引かれ、国旗と提灯がかゝげられ、新聞の第一面に読みにくい漢文調の祝詞が載せられ、人がぞろ〳〵日比谷か上野へ出掛ける。どうかすると藝者が行列する。夜になると提灯行列がある。そして子供や婆さんが踏殺される………さう云ふ祭日のさまを思ひ浮べた。これは明治の新時代が西洋から模倣して新に作り出した現象の一である。東京市民が無邪気に江戸時代から伝承して来た氏神の祭礼や仏寺の開帳とは全く外形内容を異にしたものである。氏神の祭礼には町内の若い者がたらふく酒に喰酔ひ小僧や奉公人が強飯の馳走にありつく。新しい形式の祭には屢政治的策略が潜んでゐる。

私は子供の時から見覚えてゐる新しい祭日の事を思返すともなく思返した。

明治二十三年の二月に憲法発布の祝賀祭があつた。おそらく此れが私の記憶する社会的祭日の最初のものであらう。数へて見ると私の十二の時である。私は小石川の家にゐたが寒いので何処へも外へは出なかつた。然し提灯行列といふものゝ始りは此の祭日からである事を私は知つてゐる。又国民が国家に対して「万歳」と呼ぶ言葉を覚えたのも確か此の時から始つたやうに記憶してゐる。何故といふに、その頃私の父親は帝国大学に勤めて居られたが、その日の夕方草鞋ばきで赤い襷を洋服の肩に結び赤い提灯を持つて出て行かれ夜晩く帰つて来られた。父は其の時今夜は大学の書生を大勢引連れ二重橋へ練り出して万歳を三呼した話をされた。万歳と云ふのは英語の何とやらいふ語を取つたもので、学者や書生が行列して何かするのは西洋によくある事だと遠い国の話をされた。然し私には何となく可笑《おか》しいやうな気がしてよく其の意味がわからなかつた。
尤も其の日の朝私は高台の崖《がけ》の上に立つてゐる小石川の家の縁側から、いろ〳〵な旗や幟が塀外の往来を通つて行くのを見た。そして旗や幟にかいてある文字によつて、私は其頃見馴れた富士講や大山参と其の日の行列とは全く性質のちがつたものである事だけは、どうやら分《わか》つてゐたらしい。

大津の町で魯西亜の皇太子が巡査に斬《き》られた。この騒には一国を挙げて朝野共に震駭したのは事実らしい。子供ながら私は何とも知れぬ恐怖を感じた事を記憶してゐる。その頃加藤清正がまだ朝鮮に生きてゐるとか。西郷隆盛が北海道にかくれてゐて日本を助けに来るとかいふ噂があつた。しかも斯くの如き流言蜚語が何とも知れず空恐しく矢張《やはり》私等子供の心を動かした。今から回想すると其の頃の東京は、黒船の噂をした江戸時代と同じやうに、ひつそりとして薄暗く、路行く人の雪駄の音静に犬の声さびしく、西風の樹を動かす音ばかりしてゐたやうな気がする。

祭と騒動とは世間のがや〳〵する事に於いて似通つてゐる。
十六の年の夏大川端の水練場に通つてゐた。或日の夕方河の中から私は号外売が河岸通をば大声に呼びながら馳けて行くのを見た。これが日清戦争の開始であつた。翌年小田原の大西病院といふに転地療養してゐた時馬関条約が成立つた、然し首都を離れた病院の内部にはかの遼東還附に対する悲憤の声も更に反響を伝へなかつた。私は唯薬局の書生が或朝大きな声で新聞の社説を朗読してゐるのを聞いたばかりである。私は其の頃から博文館が出版し出した帝国文庫をば第一巻の太閤記から引続いて熱心に読み耽つてゐた。夏は梅の実熟し冬は蜜柑の色づく此の小田原の古駅は私には一生の中最も平和幸福なる記憶を残すばかりである。

明治三十一年に奠都三十年祭が上野に開かれた。桜のさいてゐた事を覚えてゐるので四月初めにちがひない。式場外の広小路で人が大勢踏み殺されたといふ噂があつた。

明治三十七年日露の開戦を知つたのは米国タコマにゐた時である。私は号外を手にした時無論非常に感激した。然しそれは甚幸福なる感激であつた。私は元寇の時のやうに外敵が故郷の野を荒し同胞を屠りに来るものとは思はなかつた。万々一非常に不幸な場合になつたとしても近世文明の精神と世界国際の関係とは独り一国をして斯くの如き悲境に立至らしめる事はあるまいと云ふやうな気がした。基督教の信仰と羅馬以降の法律の精神とにはまだ〳〵信憑するに足るべき力があるものゝやうに思ひなしてゐたのだ。いかに戦争だとて人と生れたからには此の度独逸人が白耳義に於てなしたやうな罪悪を敢てし得るものではないと思つてゐたのだ。つまり私は号外を見て感激したけれど、然し直《たゞち》に父母の身の上を憂うる程切迫した感情を抱かなかつたのである。ましてや報道は悉く勝利である。戦捷の余栄は私の身を長く安らかに異郷の天地に遊ばしてくれたので、私は三十九年の真夏東京の市民がいかにして市内の警察署と基督教の教会を焼いたか、又巡査がいかにして市民を斬つたかをも全く知らずに年を過《すご》してしまつた。

明治四十四年慶応義塾に通勤する頃、私はその道すがら折々四谷の通で囚人馬車が五六台も引続いて日比谷の裁判所の方へ走つて行くのを見た。私はこれまで見聞した世上の事件の中で、この折程云ふに云はれない厭な心持のした事はなかつた。私は文学者たる以上この思想問題について黙してゐてはならない。小説家ゾラはドレフユー事件について正義を叫んだ為め国外に亡命したではないか。然し私は世の文学者と共に何にも言はなかつた。私は何となく良心の苦痛に堪へられぬやうな気がした。私は自ら文学者たる事について甚しき羞耻を感じた。以来私は自分の藝術の品位を江戸作者のなした程度まで引下げるに如くはないと思案した。その頃から私は煙草入をさげ浮世絵を集め三味線をひきはじめた。私は江戸末代の戯作者や浮世絵師が浦賀へ黒船が来やうが桜田御門で大老が暗殺されやうがそんな事は下民《げみん》の与り知つた事ではない——否とやかく申すのは却て畏多い事だと、すまして春本や春画をかいてゐた其の瞬間の胸中をば呆れるよりは寧ろ尊敬しやうと思立つたのである。

かくて大正二年三月の或日、私は山城河岸の路次にゐた或女の家で三味線を稽古してゐた。（路次の内ながらさゝやかな潜《くゞり》門《もん》があり、小庭があり、手水鉢のほとりには思ひがけない椿の古木があつて四十雀《から》や藪鶯が来《く》る。建込んだ市中の路次裏には折々思ひがけない処に人知れぬ静な隠宅と稲荷の祠がある。）その時俄に路次の内が騒しくなつた。溝板の上を駈け抜ける人の足音につゞいて巡査の佩剣の音も聞えた。それが為めか中央新聞社の印刷機械の響も一しきり打消されたやうに聞えなくなつた。私は潜門《くゞりもん》をあけてそつと首を出して見た。牛乳配達夫のやうな足袋跣足にメリヤスの襯衣《しやつ》を着て手拭で鉢巻をした男が四五人堀端の方へと路次をかけ抜《ぬ》けて行つた。其の後《あと》から近所の出前持が斜向《すぢむこふ》の家の勝手口で国民新聞焼打の噂を伝へてゐた。私は背伸《せのび》をして見た。然し烟も見えぬので内へ入《はい》ると其の儘ごろりと昼寝をしてしまつた。置炬燵が誠に具合よく暖かであつたからである。夕飯をすまして夜も八時過、あまり寒くならぬ中家へ帰らうと数寄屋橋へ出た時は巡査派出所の燃えてゐるのを見た。電車は無い。弥次馬で銀座通は年の市よりも賑かである。辻々の交番が盛に燃えてゐる最中である。道路の真中には石油の鑵が投出されてあつた。

日比谷へ来ると巡査が黒塀を建てたやうに往来を遮つてゐる。暴徒が今しがた警視庁へ石を投げたとか云ふ事である。私は桜田本郷町の方へ道を転じた。三十八年の騒ぎの時巡査に斬られたものが沢山あつたといふ話を思出たからである。虎の門外でやつと車を見付けて乗つた。真暗な霞ケ関から永田町へ出やうとすると各省の大臣官舎を警護する軍隊でこゝも亦往来止めである。三宅坂へ戻つて麹町の大通りへ廻り牛込のはづれの家へついたのは夜《よ》半過《ながすぎ》であつた。

世の中はその後静かであつた。

大正四年になつて十一月も半頃と覚えてゐる。都下の新聞紙は東京各地の藝者が即位式祝賀祭の当日思ひ〳〵の仮装をして二重橋へ練出し万歳を三呼する由を伝へてゐた。かゝる国家的並に社会的祭日に際して小学校の生徒が必ず二重橋へ行列するやうになつたのも思へば私等が既に中学校へ進んでから後の事である。区役所が命令して路次の裏店にも国旗を掲げさせるやうにしたのも亦二十年を出でまい。此の官僚的指導の成功は遂に紅粉売色の婦女をも駆つて白日大道を練り行かすに至つた。現代社会の趨勢は唯只不可思議と云ふの外はない。この日藝者の行列はこれを見んが為めに集り来る弥次馬に押返され警護の巡査仕事師も役に立たず遂に滅茶々々になつた。その夜私は其の場に臨んだ人からいろ〳〵な話を聞いた。最初群集の見物は静に道の両側に立つて藝者の行列の来るのを待つてゐたが、一刻々々集り来る人出《ひとで》に段々前の方に押出され、軈て行列の進んで来《く》た頃には、群集は路の両側から押され〳〵て一度にどつと行列の藝者に肉迫した。行列と見物人とが滅茶々々に入り乱れるや、日頃藝者の栄華を羨む民衆の義憤は亦野蛮なる劣情と混じてこゝに奇怪醜劣なる暴行が白日雑沓の中に遠慮なく行はれた。藝者は悲鳴をあげて帝国劇場其の他附近の会社に生命《いのち》から〴〵逃げ込んだのを群集は狼のやうに追掛け押寄せて建物の戸を壊し窓に石を投げた。其の日遂に行衛不明になつたものや凌辱の結果発狂失心したものもあつたとやら。然し藝者組合は仲間から義捐金を徴集し堅くこれを秘密にしたとか云ふ話であつた。

昔のお祭には博徒の喧嘩がある。現代の祭には女が踏殺される。

大正七年八月半、節は立秋を過ぎて四五日たつた。年中炎暑の最も烈しい時である。井上唖々君と其頃発行してゐた雑誌花月の編輯を終り同君の帰りを送りながら神楽坂まで涼みに出た。肴町で電車を下ると大通はいつものやうに涼の人出で賑《にぎは》つてゐたが夜店の商人は何やら狼狽へた様子で今がた並べたばかりの店をしまひかけてゐる。夕立が来さうだといふのでもない。心付けば巡査が頻に往つたり来たりしてゐる。横町へ曲つて見ると軒を並べた藝者家は悉く戸をしめ灯を消しひつそりと鳴を静めてゐる。再び表通へ出てビーヤホールに休むと書生風の男が銀座の商店や新橋辺の藝者家の打壊された話をしてゐた。

私は始めて米価騰貴の騒動を知つたのである。然し次の日新聞の記事は差止めになつた。後になつて話を聞くと騒動はいつも夕方涼くなつてから始まる。其の頃は毎夜月がよかつた。私は暴徒が夕方涼しくなつて月が出てから富豪の家を脅すと聞いた時何となく其処に或余裕があるやうな気がしてならなかつた。騒動は五六日つゞいて平定した。丁度雨が降つた。私は住古した牛込のはづれの家をばまだ去らずにゐたの、久しぶりの雨と共に庭には虫の音が一度に繁くたり植込に吹き入る風の響にいよ〳〵其の年の秋も深くなつた事を知つた。

やがて十一月も末近く私は既に家を失ひ、此から先何処《いづこ》に病軀をかくさうかと、目当もなく貸家をさがしに出掛けた。日比谷の公園外を通る時一隊の職工が浅黄の仕事着をつけ組合の旗を先に立てゝ隊伍整然と練り行くのを見た。その日は欧洲休戦記念の祝日であつたのだ。病来《びやうらい》久しく世間を見なかつた私は、此の日突然東京の街頭に曾て仏蘭西で見馴れたやうな労働服《ブルーズ》の行列を目にして、世の中はかくまで変つたのかと云ふやうな気がした。目のさめたやうな気がした。

米騒動の噂は珍らしからぬ政党の唆嗾によつたものゝやうな気がしてならなかつたが、洋装した職工の団体の静に練り行く姿には動かしがたい時代の力と生活の悲哀が現はれてゐるやうに思はれた。私は既に一昔も前久振りに故郷の天地を見た頃考へるともなく考へたいろ〳〵な問題をば、こゝに再び思出すともなく思ひ出すやうになつた。目に見る現実の事象は此の年月《としつき》耽りに耽つた江戸回顧の夢から遂に私を呼覚す時が来たのであらうか。もし然りとすれば私は自らその不幸なるを嘆じなければならぬ。

花火は頻に上つてゐる。私は刷毛を下に置いて煙草を一服しながら外を見た。夏の日は曇りながら午《ひる》のまゝに明い。梅雨晴《つゆばれ》の静な午後と秋の末の薄く曇つた夕方ほど物思ふによい時はあるまい…………

（「改造」大正8年12月号）

詩歌

詩
短歌
俳句

詩

阿毛久芳＝選

岩野泡鳴

中禅寺湖

あけがた には 濃《こ》むらさき を
そして ゆふがた には 黒ずんだ
あゐ を 流す 中禅寺 の 湖水 よ。
天 に 近く、
四方 の 山々 に 持ち上げられ てれば こそ、
つき夜 の 頂き に 放つ 金色《こんじき》の 光り
男体《なんたい》、ふたら富士 が 威圧する
三百余尺 の 深さ ある 重み をも、
さうだ、この 湖水 は 大きく たたへてる！
その ただ中 を 僕は 夜、月に 小ぶね
ぽつねんと 浮かんで、
浪 ばかり ひた〳〵 の 静けさ に
天地 の 平均 を 呼び沸かす 自己 の
独存《どくぞん》 合致《がふち》 の 力を 感じ得た

（「読売新聞」大正8年8月17日号）

今の詩界（諷刺）

印刷された 回覧雑誌 ばかり 出る
現今 の 詩界 と 云ふ はたけ へ、たま〳〵
気まぐれな 丹頂《たんちよう》 の 鶴《つる》が 下りて、
その 口ばし を 下に 向けて 云ふ には——
『おい、田舎初段 の 詩人気取りら よ、
カペンタ や トラウベル の やうな ヘツぽこ詩人 をでも
流行思想 に かぶれる 為めには
われ勝ちに 引き出さねば ならない の か？
いや、 ホイトマン、を でもだ、おい、
どう 受ける か 知らないで？
お前ら の リズム などには、
さうだ、無形にも あり も しない リズム に、
民衆思想 なんて うわツつらの 言葉 で——
世間見ず の 愚鈍さ、不敏さ、
斯う 云ふ おれ の 一と声 さへ
豚 に 玉 を 投げ 与へる やうな ものだ！』

（「読売新聞」大正8年9月7日号）

野口雨情

下総のお吉

去年別《きよねんわか》れた
下総《しもふさ》の
お吉《きち》は今《いま》も居《ゐ》るだろか

浮草《うきぐさ》の花《はな》かと聞《き》けば
浮草《うきぐさ》の
花《はな》だと泣《な》いた
下総《しもふさ》の
お吉《きち》は今《いま》も居《ゐ》るだろか

嫁《よめ》にゆかずに
下総《しもふさ》の
お吉《きち》は今《いま》も居《ゐ》るだろか

お新と繁三

お新《しん》は井戸端《ゐどはた》へ出《で》て来《き》た
裏戸《うらと》の間《あひだ》から灯《あかり》がさしてゐる
今夜《こんや》も繁三《しげぞう》は忍《しの》んで来《き》てゐた

二人《ふたり》は小声《こごゑ》で話《はな》してゐる
お新《しん》の胸《むね》は
とんけとんけ躍《をど》つた
お新《しん》は繁三《しげぞう》に
『明日《あす》の晩《ばん》も此処《ここ》だよ』と言《い》つた
八幡様《まんさま》の森《もり》の梟《ふくろふ》が啼《な》いてゐる

（「文章世界」大正8年12月号）

正富汪洋

手

涼風《すずかぜ》が釣鐘草《つりがねさう》の花《はな》を吹《ふ》き、
櫟《くぬぎ》の樹々《きぎ》に戯《たはむ》れて、
指《ゆび》の股《また》にも入《はひ》つてくれば、
想《おも》ひ出《だ》すのは草《くさ》ツ原《ぱら》で、
君《きみ》に、はじめて囁《さゝや》いて、
顔《かほ》を覆《おほ》つてる其《そ》の手《て》をば、
引《ひ》いて握《にぎ》つたら、避《さ》けないで、
握《にぎ》りかへした其《そ》の感《かん》じ。
彼《あ》のレオナルド・ダ・ヴヰンチが、
画《か》いた、モナ・リザの手《て》の甲《かふ》の
まるみを有《も》つた手《て》の感《かん》じ。
ああ今《いま》、其処《そこ》を過去《すぎさ》つて、

乾草多《ほしぐさおほ》い野《の》の方《はう》へ、
去《さ》つた男女《だんぢよ》の握《にぎ》つてる、
手《て》には歓喜《くわんき》が躍《をど》らうが、
私《わたし》は、さびしう唯《たゞ》ひとり、
夕暮《ゆふぐれ》の丘《をか》を下《くだ》つてる。

侮辱を受けない人

非常《ひじやう》に偉大《ゐだい》な人《ひと》と、非常《ひじやう》に愚鈍《ぐどん》な人《ひと》とには、
どんなに侮辱《ぶじよく》を投掛《なげか》けても少《すこ》しもそれが入《はひ》つて行《ゆ》かない。
前者《ぜんしや》は、しつかりと自己《じこ》を有《も》つて居るからだ、
後者《こうしや》は鈍感《どんかん》で殆《ほと》んど自分《じぶん》を持《も》たないからだ。
この頃彼等《ごろかれら》があらゆる侮辱《ぶじよく》を私《わたし》に投掛《なげか》ける。
私《わたし》は敏感《びんかん》な人《ひと》の或人々《あるひとびと》に対《たい》する鈍感《どんかん》を思《おも》つて居《ゐ》る。

昔《むかし》ながらに天《てん》は高《たか》いのだ、地《ち》は広《ひろ》いのだ、
海《うみ》は深《ふか》いのだ、物《もの》に善悪優劣《ぜんあくいうれつ》はあるのだ。

（「文章世界」大正8年12月号）

山村暮鳥

ふるさと

枯木が四五本たつてゐるそのあひだから
おゝ静かなうつくしい湖がみえる
湖をとりまいてゐる山山や木木はひるなかでも黒い
まるでこしらへたものゝやうにみえる
あまりにさびしい
ほそぼそと山腹の逕はきえさうで
人つ子独りあるいてはゐない
けれどそこにも一けんの寒さうな小舎があり
屋根のけむだしから
糸のやうなひとすぢのけむりが
あをぞらたかくたちのぼつてゐる
なんといふ記憶だらう
これがあの大きな山のふところで
あかんぼの瞳のやうにすんでゐる湖だ
冬も深く
氷切りがはじまると
自分達の父もよくそこへでかけた
そして熊のやうにひとびとにまじつて働いた
父はいまでも鉄のやうに強い
おとうとよ
峠の茶店のばあさんはどうしてゐる
豁間でないてゐる閑古鳥を
わが子か孫かでもあるやうに可愛がつて
自慢してゐたばあさん
あのばあさん

まだ生きてゐるか

此の道のつきたところで考へろ

（「苦悩者」大正8年5月号）

寂しいほそみち
畑中のみち
すべての道に畑中のさびしさ
いのちのやうな一本道
そよかぜに
波立ちゆれる麦畑の
此の道をゆけ
此の道のつきたところで考へろ
やがて都会の空をきり
まつくろなかぜといつしよに
つばめのやうにとびかけるにしても
此の道をしばらくしのべ

（「苦悩者」大正8年6月号）

北原白秋

あわて床屋《どこや》

春《はる》は早《はや》うから川辺《かはべ》の葦《あし》に、
蟹《かに》が店出《みせだ》し、床屋《とこや》でござる。
チヨッキン、〳〵、チヨッキンナ。

小蟹《こがに》ぶつ〳〵石鹸《しやぼん》を溶《と》かし、
親爺《おやぢ》自慢《じまん》で鋏《はさみ》を鳴《な》らす。
チヨッキン、〳〵、チヨッキンナ。

そこへ兎《うさぎ》がお客《きやく》にござる。
どうぞ急《いそ》いで髪刈《かみか》つておくれ。
チヨッキン、〳〵、チヨッキンナ。

兎《うさぎ》ァ気《き》がせく、蟹《かに》ァ慌《あわ》てるし、
早《はや》く〳〵と客《きやく》ァ詰《つ》めこむし。
チヨッキン、〳〵、チヨッキンナ。

邪魔《じやま》なお耳《みゝ》はぴよこ〳〵するし、
そこで慌《あわ》てゝチヨンと切《き》りおとす。
チヨッキン、〳〵、チヨッキンナ。

兎《うさぎ》ァ怒《おこ》るし、蟹《かに》ァ恥《はぢ》ゥかくし、
為方《しかた》なく〳〵穴《あな》へと逃《に》げる。
チヨッキン、〳〵、チヨッキンナ。

為方《しかた》なく〳〵穴《あな》へと逃《に》げる。

チヨッキン、〳〵、チヨッキンナ。

（「赤い鳥」大正8年4月号）

月夜《つきよ》の家《いへ》

壊《こは》れたピアノに、
壊《こは》れ椅子《いす》、
誰《だアれ》が月夜《つきよ》に弾《ひ》いて、か、
誰《だアれ》もゐもせず、音《おと》ばかり。

白《しイろ》い木槿《むくげ》に、
青硝子《あをがらす》、
母様《かあさま》もしかと来《き》て見《み》ても、
中《なか》には月《つウき》のかげばかり、

とき〴〵光《ひイか》る、
眼《め》が二《ふた》つ、
黒《くウろ》い女猫《めねこ》の眼《め》の玉《たま》か、
それともピアノの金《きん》の鋲《びやう》。

壊《こは》れたピアノに、
壊《こは》れ椅子《いす》、
誰《だアれ》が弾《ひ》くやら泣《な》くのやら、
部屋《へや》には月《つウき》のかげばかり。

空《そら》には七色《なゝいろ》、
月《つき》の暈《かさ》、
いつまで照《て》るやら、照《て》らぬやら、
壊《こは》れたピアノの音《おと》ばかり。

（「赤い鳥」大正8年11月号）

加藤介春

人形よ美くしかれ

うれひやかなしみや苦しみが
不可思議な像《かたち》となる、
人形よ、美くしかれ。

うつくしい踊り児の眼は涙に湿つて
この中にはいつてゐる、
あらゆる人々が美と幸福をさがし廻る
けだもの丶ような眼も
この中にはいつてゐる。

うつくしい手と乳と腰部の線が
神々の世界を誘惑し、
神々をきちがひにする、

そのなまめかしい人形もはいつてゐる。
俺れが俺れ自《みづか》らの姿を刻んだおそろしい
悪魔の像《ぞう》もはいつてゐる、
俺れは俺れ自らを藝術にする時に
あまりの恐しさ、はづかしさに
怒つたけれど、
泣いたけれども——

そうだ皆俺れのうれひと悲しみと苦しみが、
けれども俺れの儚《はかな》い力を以てどうする事も出来ない
人間のうれひと悲しみと苦しみが
このしづかなる窯《かま》のなかにはいつてゐる。
列にならんだうつくしい妖女の顔に、
不幸なる人々の青ざめた眼に、
慄へる乳房に
火が赤々と燃え上る、
人形よ、美くしかれ。
ふきのぼる灰色の煙は
いきもの、息の如くに、
そうして今や或者は踊るであらう、
泣き叫び狂ふであらう、
大いなるうれひと悲しみと苦しみに
永遠がうまれる為めに——

うまれたものはすべて美しく
不可思議な像《かたち》となる、
人形よ、美くしかれ。

（「現代詩歌」大正8年8月号）

詩の朗読

千家元麿

自分は亢奮してホイツトマンの詩を朗読してゐた
自分の髪は逆立ち、自分の舌は滑らかになり
自分の顎はがり〳〵ふるへ、全身はをどり出した。
その間から子供はそつと来て
自分の机の上に腰をかけて黙つて聞いてゐた
その顔は考へ深く緊張してゐた。
自分はチラリと見てゾツとした。
だが自分は可愛ゆさに感動して涙ぐんだ
次の間からは妻が縫物を止めて側へ来て
真赤な顔をして黙つて聴き入つた。
自分は自然に集つた二人の聴手を前にして亢奮の絶頂に達した。

自分は詩を止めて叫んだ。
自分の内に眠れる獅子よ、目覚めよ
自分の霊よ、わが舌に乗りうつれ
自分の舌よ、火のやうに熱せ！
自分の詩よ、痙攣して感じに漲れ
敏感に、焔のやうに
オ、大なる世界にぴり〳〵した火の子を吐け
星の様にきらめき吐け。

（「白樺」大正8年8月号）

川路柳虹

飛行機

風《かぜ》もない曙《あけぼの》の空《そら》に
わたしは響《ひゞき》ともつかぬ響《ひゞき》をきく。
草《くさ》のそよめきよりは高《たか》く
小鳥《ことり》の鳴《な》き声《ごゑ》よりは鋭《するど》く
どこともなく希望《きぼう》にかゞやく朝《あさ》の空気《くうき》に
かゞやかしいエーテルの銀《ぎん》の波《なみ》に
その響《ひゞき》は恋人《こひびと》の手《て》を感《かん》じるやうに
わたくしの胸《むね》を浮《う》きたゝす。
わたしはおだやかに耳《みゝ》をすましてその響《ひゞき》に聴《き》きいる。けれども
夕《ゆふ》ぐれの路上《ろじやう》の風《かぜ》のごとく
いつかさびしくと絶《だ》えてかき消《き》える。……
眼《め》には蒼々《あを〳〵》とひろがる海原《うなばら》と
萌黄《もえぎ》の光《ひか》りに眼《め》ざめる空《そら》と
空虚《くうきよ》な心《こゝろ》と……あゝその中《なか》に突如《とつじよ》
鳩《はと》の如《ごと》くに舞《ま》ひ上《あが》る
新《あたら》しい白紙《はくし》の爆音《ばくおん》！

BRU-UN VIVON BRU-UN……
ふたゝび吾《われ》をふるひ立《た》ゝす響《ひゞき》は
海《うみ》を越《こ》えて彼方《かなた》からくる
それは天上《てんじやう》よりきて
風《かぜ》のごとく消《き》え去《さ》る響《ひゞき》でない
地《ち》をまつしぐらに走《はし》り乍《なが》ら遽《には》かに駈《か》け上《のぼ》り
吾《われ》らの蒼空《あをぞら》を地上《ちじやう》のものとする
地上《ちじやう》とおなじき力《ちから》とする
壮大《さうだい》なプロペラ、発動機《モツール》の爆音《ばくおん》。
吾《われ》らの領土《りやうど》は生《い》きながらペガサスの翼《つばさ》に
その全支配《ぜんしはい》を委《まか》せる！

世界《せかい》は至上《しじやう》な夢《ゆめ》へと
その青《あを》いろの翼《つばさ》をいそがす
年老《としお》いた土《つち》と、枯《か》れた溶岩《ようがん》とをみすて、

息《いき》も絶《た》えだえの心臓《しんぞう》と、力《ちから》ない瞼《まぶた》とを見《み》すて、
窒息《ちつそく》する地下室《ちかしつ》の空気《くうき》と病院《びやうゐん》の廊下《らうか》とを見棄《みす》て、
あゝふたゝび若《わか》ものゝ眼《め》を輝《かゞや》かせ
漲《みなぎ》る健康《けんかう》な肉体《にくたい》を張《は》り上《あ》げて
まつたくその血管《けつくわん》を新《あたら》しくする
まつたくその歩《あゆ》みを新《あらた》にする
地上《ちじやう》はその翼《つばさ》のひゞきによつて
その疾《え》疲《や》んだ醜《みにく》い膿口《うみぐち》をとゞめ
厭《いと》はしい細菌《さいきん》の播殖《はんしよく》から免《のが》れよう!。
あゝ、清冷《せいれい》な泉《いづみ》は空《そら》に流《なが》れる
いくら吸《す》つても吸《す》ひたらぬ
清新《せいしん》なオゾンは青《あを》い海《うみ》から湧《わ》く
わがベガサスよ、青《あを》いろの翼《つばさ》よ、銀《ぎん》の瞳《ひとみ》を輝《かゞや》かす妖怪《えうくわい》よ
世界《せかい》はおまへの響《ひゞき》から
強大《きやうだい》な力《ちから》から
新《あたら》しい歩道《ほだう》に放《はな》たれる!

ふたゝびおまへの響《ひゞき》は薔薇《ばら》とかゞやく朝《あした》の空《そら》に
花《はな》のごとき媚《こび》をもつて吾《われ》らを呼《よ》ぶ
あゝ吾《われ》らの採《と》る道《みち》は一《ひと》つ、飛躍《ひやく》——
まつしぐらに往《ゆ》きつく彼方《かなた》へ
その全力《ぜんりよく》を挙《あ》げて突《つ》きゆくことだ
吾《われ》らの智力《ちりよく》が、機械《きかい》を益々《ます〳〵》精巧《せいかう》に造《つく》り上《あ》げるやうに
吾《われ》らの心霊《しんれい》はその壮大《さうだい》な欲求《よくきう》の前《まへ》に
昔《むかし》ながらの世界《せかい》を漸次《ぜんじ》にわがものとする
自然《しぜん》は彼《かれ》をとつて食《くら》ふものに
その最《もつと》も秘密《ひみつ》な力《ちから》をさづける
神《かみ》は神《かみ》を盗《ぬす》むものに
その絶対《ぜつたい》の真《まこと》をうちあける。

BRU-UN　VIVON　BRU-UN……
おまへの翼《つばさ》は空《そら》一めんにひろがる
地上《ちじやう》のあらゆるものを喚《よ》び醒《さ》まし
一斉《せい》に吾《われ》らの眼《め》を空《そら》に向《むか》はしめる!
おゝ空《そら》の勇者《ゆうしや》よ、自由《じいう》の推進機《すゐしんき》よ
それは吾々《われ〳〵》の却初《こうしよ》からの力《ちから》の
まつしぐらに彼方《かなた》へ向《むか》つてうち進《すゝ》む力《ちから》の
あらはれだ!
その響《ひゞき》は吾《われ》らの胸《むね》にある
この鼓動《こどう》の高鳴《たかな》りとすこしもかはりない
この血管《けつくわん》を流《なが》れる血《ち》の音《おと》とすこしもかはりはない
止《や》むに止《や》まれぬ本然《ほんねん》の力《ちから》をそのまゝの
翼《つばさ》よ、響《ひゞき》よ、呻《うめ》きよ、爆音《ばくおん》よ
新《あたら》しい世紀《せいき》の祝禱《しゆくたう》の
快《こゝろよ》い讃美歌《さんびか》よ!

(「文章世界」大正8年9月号)

寂しき生命

室生犀星

語つても語りきれない一点にまで辿りつくと
私は黙つてしまはなければならない
なぜ言へないか
自分が恐ろしいからでも
世界をこはがるからでもない
これを言つてしまつては
あとに何もないからだ

（「感情」大正8年7月号）

木から落ちた少年

少年はいつも庭の樹のてつぺんに登つて
杏の実をがりがりたべながら
すぐ隣の庭を見てゐた
樹のてつぺんは緑が深かつたから
その小さいからだが見えなかつた
それがいつも晩方にかぎられてゐた
木の葉をゆする涼しい風のなかに
少年はからだをあつくして
しつかり梢にしがみついてゐた
何のためにかれが家のものから匿れて
ああして永い間樹の上にゐるかが分らなかつた

少年はだんだん蒼白い顔をして行つた
その神経質にぴりぴり震えてゐる手足は
いくらか不安と恐怖とを交へて
梢のさきまでつたはつた
しかも毎日登つてゐたために
かれの手近かには
杏の実がすつかり食ひつくされてゐて
手のとどかないところに
まるまるとこがね色の奴が美事に実つてゐた

風はさわやかに毎日
木の葉を亘つて波のやうに揺つた
からだの小さい少年は
すこし大きな風だと
梢と一しよにゆすられた
まるで不自然な大きな果実のやうに
ゆらりゆらりと揺れてゐた

ある夕方

静かな土の上に
大きな地ひびきを立てて落ちたものがあつた
家のものがみな出て見た
するとかの少年が小さな梢の折れたのを一本しつかりと
持ちながら
蒼白くなつて窒息してゐた
何のために少年が木から落ちたのかと
よくしらべて見ても分らなかつた
ただ木の実をとりに上つたのだらうと
家のものが言ひ合してゐた

となりの庭では
この少年が木に登つてゆくところには
青い垣根のゆうがほのそばで
白い芳はしいからだをむき出しにして
十九になる娘がしきりに行水をしてゐた
くつきりと白い大理石のやうにそれが此方から見られた

（「感情」大正8年9月号）

柳沢　健

昼餐

昼餐の人の群《むれ》。明るいルーム。春の午後。
浜には煙る黄金の沙。海には動く黄金の波。
わが側なるは仏蘭西娘。膝に置けるはアルマン・コランの黄表紙。
ボネットには真紅な薔薇。そのやゝ下には真紅な唇《くち》。
柔らかいアスパラガス・メーヨネーズ。それにかけた薄色のクリーム。
仏蘭西娘は一寸唇《くち》を拭《ふ》いて両手でなほすボネツト。光る黄金《きん》と青《あを》。
『ボーイ。リキユール！』英吉利の紳士のむづかしい声。
手布《ハンケチ》で顔中を撫でた手のやりどころ。つかむ林檎。
私のまへにやつと出たコンソンメ。それを一寸盗見した仏蘭西娘。
おや、すべり落ちたアルマン・コランの黄表紙。紅くした横顔《プロフィル》。
琥珀色のパリジエン・ポテトース。熱い肉。曇る眼鏡。
おゝ、動きよる匂ほやかな香水。そこには、伯爵夫人《カウシテヌ》オガサハラ！
桃色のアイスクリーム。セーヴルの陶器のドミタツス。
食事の終つた仏蘭西娘の、靴尖でつくる低いワルツ。
遠い海。きらめく白帆。沙の上には薔薇色の小舟。
その景色を時々かくす窓掛《カーテン》。また現はす微風。

明るいルーム。宝石《いし》をこはしたやうな炭酸水の泡。微かな音楽。
フイレを切る手を止めて、しばらく見つめる硝杯《コップ》。

立ちあがつた仏蘭西娘。音楽を止めた炭酸水。
すこし硬いフイレ。一寸蔭《かげ》つた日射《ひざし》。一寸蔭つた心。

仏蘭西娘が残したプチ・フゥール。さびしさうな一片。
おや、ボーイが片付けて行つた。もう奇麗になつて了つた卓子。

明るく寂しい春の午後。残された食卓の花。
残されて捨てられるプチ・フゥール。一人ぎりでゐる自分。

——鎌倉海浜ホテル所観——

（「雄弁」大正8年5月号）

日夏耿之介

蠱惑の人形

——『煉金秘義』七篇、第二章——

世界《よ》を黒化《くろ》む
『夜《よる》』の瓦斯体がみなぎりわたり　怕しい
ことごとく整へるもののこの酸敗の逢魔時《あうまどき》
日輪《ひ》の塔よりも　さらにさらに
闇《やみ》の瞳はうるはしいかな

われら　夜禱の職にあれば
黒い夜《よ》の　あの殿堂に赴《ゆ》かう
おもい銕扉《てつぴ》を押しひらき
闇に彳《た》てば
わが跫音《あしをと》のとどろきあふ大広間の大反響
くらい空気に
ふと見えた異形《ゐげう》のものの髪貌《かみかたち》
されど　されどわれらすべて
なほ奥の祈禱の間に赴《ゆ》かう

おそるおそる眺め上げる
黄金色《こんじき》の礼拝壇《らいはいだん》の中央に
彳《たたず》みたまふ端厳の永貞童女
その前《さき》に　赤蠟燭の大柱《たいちう》の
とぼとぼと燃えさぐる灯《ひ》の瞳《め》のいろは
眼病《め》を疾《や》んだのか
気弱い灯影《ほかげ》　痛みただれて
白い泪は　しめしめと
紅艶の燭柱《そくちう》の素肌《すはだ》をながれる
いかほど淫滲な柔肌《やははだ》か

この聖母様はエネチヤ生れでゐらせられる
それゆゑに

下《しも》ぶくれのうつとりと御優婉《おんやさし》い御瞳の奥《おくが》では
いかな悪をも　みな善と
教化《けうげ》してしまはれさうに拝される
ああ　わが身齢《よはひ》や漸や更けて
諸頬《もろほ》には
青き髭《ひげ》乙女らにあらく在りとも
心の年の輪とうち毀《わ》れば
永遠の生《き》の嬰児《めとりご》ぢや
いまも聖母様にうつとりと眺め入り
黙禱の貴とい時をふと忘却《わす》れた……

ああ　聖母様聖母様
蒼白《あをじろ》い死人の肌に薄びかる夕日のやうな美顔《おんかほ》が
われらの郷里《くに》に
稚きころのおもひ出にいまなほ残る
傀儡師《くぐつまわし》の使つてをつたさむらい様の姫君だ
万民《ばんみん》の罪のおもみで肩さへも
ひよわげな聖体《おからだ》をきもち傾《か》しげて
ゑみゑみと眺めさせられる…

いつか身は醜い裸形《らげふ》になつたれども
手を合せいつしんに眼《め》を閉ぢまする
ああ黒々と異体なるもののかげさへ
折々見える黄金色《こんじき》のひと間の床《ゆか》に
身を投げいだし
青じろい艶なきおん顔
揺《ゆる》がぬ黒瞳《ひとみ》
音もなく鉛のやうに沈んだ空気の晩湯《おそゆ》に
身を沈め
汚れきつたる心の双の眼《め》をつぶり
賢明に礼拝する
われらなほ臻らぬ沙門のひとりなれば……

（「早稲田文学」大正8年5月号）

白鳥省吾

現代の嵐

美《うつく》しい樹木《じゆもく》と草《くさ》とに覆《おほ》はれた
奥深《おくふか》い山《やま》の何《なん》百尺《しやく》の底《そこ》に
石炭《せきたん》の脈《みやく》を見付《みつ》けたものは誰《たれ》だ、
此処《ここ》から数里《すうり》の間《あひだ》、太平洋《たいへいやう》に向《むか》つて
なだらかな傾斜《けいしや》をなして埋《うづ》まつてる
不思議《ふしぎ》な時代《じだい》の奇蹟《きせき》を語《かた》る黒光《くろびか》りの石炭《せきたん》、
あゝ其《そ》の石炭脈《せきたんみやく》の縦断面《じゆうだんめん》や横断面《わうだんめん》の精細《せいさい》な地図《ちづ》、
それを掘《ほ》るに用《もち》ゐる巨大《きよだい》な機械《きかい》の吼哮《こうかう》と作用《さよう》、人間《にんげん》の頭脳《づのう》、人《にん》
間《げん》の体力《たいりよく》、

あゝ現代《げんだい》の合奏曲《がつそうきよく》。
そして甞《かつ》て山陰《やまかげ》の平和《へいわ》な温泉村《をんせんむら》は
静《しづ》かな歓楽境《くわんらくきやう》であり小《ちい》さなユートピアであり、
魂《たましひ》の避《ひ》難所《なんじよ》であつた土地《とち》は
今《いま》や粗《そ》野《や》な労働者《らうどうしや》の暴力《ばうりよく》と享楽《きやうらく》に具《そな》へられ
嵐《あらし》のやうに渦《うづ》まく生活《せいくわつ》の流《ながれ》、あらゆる混乱《こんらん》の犇《ひし》めく土地《とち》。
山《やま》の底《そこ》は大《おほ》いなる地《ぢ》虫《むし》のやうな人間《にんげん》の力《ちから》で掘《ほ》り荒《あら》され、
幼《をさな》い子《こ》供等《どもら》はこの落付《おちつ》かぬ空気《くうき》のなかに育《そだ》ち、
青《あを》い透明《とうめい》な霊泉《れいせん》も年々《ねん〳〵》その湧《わ》く量《りやう》を減《げん》じ、
雀《すゞめ》さへ羽《はね》が黒《くろ》くなつてるといふ土地《とち》。

その土地《とち》の昔《むかし》ながら緑濃《みどりこ》き山《やま》の上《うへ》に
夏《なつ》の夜《よ》の静《しづ》かな月《つき》が照《て》る、
そしてひ、、、つそりと静《しづ》まつた夜更《よふ》けに
私《わたし》は見《み》る昔《むかし》ながらの月《つき》を、
私《わたし》はその奥《おく》に見《み》る、幾年《いくねん》の後《のち》に石炭《せきたん》も掘《ほ》りつくされ、
湯《ゆ》が生命《せいめい》である此《こ》の土地《とち》に湯《ゆ》も湧《わ》かなくなり、
嵐《あらし》の吹《ふ》き止《や》んだ後《あと》のやうな癒《い》やしがたい荒廃《くわうはい》を、
止《や》むを得《え》ぬ現代《げんざい》の嵐《あらし》を。
然《しか》し私《わたし》は何物《なにもの》をも呪《のろ》ふまい
何物《なにもの》をも是認《ぜにん》しよう、
月《つき》のやうに悲痛《ひつう》に微笑《びせう》しながら。

坑夫長屋

山陰《やまかげ》を切《き》り拓《ひら》いた赤土《あかつち》の広場《ひろば》の
幾棟《いくむね》かの坑夫《かうふ》長屋《ながや》、
あゝ此《こ》れはわが同胞《どうはう》に与《あた》へられた
醜《みにく》い不完全《ふくわんぜん》な共同《きようどう》の甲羅《かうら》だ。
(蟹《かに》やカブト虫《むし》の持《も》つてるやうな)
低《ひく》い亜《と》鉛屋《たんや》根《ね》の一棟《むね》に
各々《おの〳〵》十家《か》族《ぞく》づゝほど棲《す》み
酷熱《ごくねつ》の真《ま》夏《なつ》に女房《にようばう》は腰巻《こしまき》一つで隣人《りんじん》と喚《わ》めき、
或《ある》はいぎたなく昼寝《ひるね》をする、
亭主《ていしゆ》は坑内《かうない》で鶴嘴《つるはし》を揮《ふ》り、トロツコを押《お》してゐる。
男《をとこ》の子《こ》は前《まへ》の溝《どぶ》で泳《およ》ぎ女《をんな》の子《こ》は鍋《なべ》を洗《あら》ふ、
あゝ坑夫《かうふ》長屋《ながや》の人々《ひと〴〵》、其処《そこ》に生《うま》れた沢山《たくさん》の子供《こども》、
坑夫《かうふ》長屋《ながや》に育《そだ》つ子《こ》供《ども》。

(「文章世界」大正8年10月号)

猫

堀口大學

奥さん
生《いのち》の猫は
眠つてゐる時に許り

撫でる手にやさしくやはらかい。
もう一度私の猫を
起そうとおつしやるの?
いいえ、奥さん、いけません。
生《いのち》の猫は
眠つてゐる時に許り
撫でる手にやさしくやはらかい……
(「現代詩歌」大正8年4月号)

古風な幻影

——森口多里氏に捧ぐ——

夕《ゆふ》ぐれわれ水《みづ》を眺《なが》むるに、
流《なが》れよるオフエリヤはなきか?
シモアスの水《みづ》に白鳥《しらとり》すまず、
水衣《みづぎ》まとはぬレダとてもなきに……
夕《ゆふ》ぐれわれ水《みづ》を眺《なが》むるに、
流《なが》れよるオフエリヤはなきか?
岸《きし》の葦《あし》いまもなほ昔《むかし》の如く
夕《ゆふ》かぜの草笛《くさぶひ》に合《あは》せて唱へるに……
夕ぐれわれ水《みづ》を眺《なが》むるに、
流れよるオフエリヤはなきか?
白百合はたたづみて清けき水に
水《みづ》かがみおのが姿《すがた》にみとれてあるに……
夕《ゆふ》ぐれわれ水《みづ》を眺《なが》むるに、
流《なが》れよるオフエリヤはなきか?
青《あを》き羊歯《しだ》太古めき生ひしげり
黙し得ぬ波の如ふくらみたるに……
夕ぐれわれ水を眺むるに
流《なが》れよるオフエリヤはなきか?
み空なるしろがね色の花の如
夕月水にうかびたように……
夕《ゆふ》ぐれわれ水《みづ》を眺《なが》むるに
流《なが》れよるオフエリヤはなきか?

反歌

オフエリヤの墓と思《おも》ひて水《みづ》を見《み》る
夕暮《ゆふぐれ》の来《き》て影《かげ》をうつせば

（「早稲田文学」大正8年4月号）

西條八十

あしのうら

赤《あか》いカンナの
花蔭《はなかげ》に、
によきり、出《で》てゐる
蹠《あしのうら》。

主《ぬし》は誰《たれ》やら
知《し》らねども、
白《しろ》く、小《ちひ》さな
指五《ゆびいつ》つ、

朝来《あさき》て、午来《ひるき》て
晩《ばん》に見《み》りや、
母《かあ》さんによく似《に》た
蹠《あしのうら》。

ちよいと触《さは》れば
消《き》え失《う》せて、
赤《あか》いカンナの
花《はな》ばかり。

（「赤い鳥」大正8年5月号）

都会の記憶

――スペクトラムの戯れ――

昨日《きのふ》、午《ひる》、銀座通《どほり》の電車のなかで
恋人のあかい韈《くつした》が、黄金《きん》の緊子《とめがね》が、
窓から透《す》いた柳の葉が、――
この記憶をわたしは指さきで弄《まぐさ》つてゐる。

日が燦《かゞや》く渚、こゝは遠い田園、
臥《ね》てゐる牝牛《めうし》の白い腹毛《はらげ》に鼻をうづめて
わたしは甘酸《あまず》つぱい匂ひを貪《むさぼ》る。

波は陰翳《かげ》をたゝんで、いくかへり
キツト皮《がは》の靴の踵《かゝと》をひたす、
黄ろい帆が岬《みさき》をめぐりきたり
あまたの砂山《すなやま》と牝牛とを暗鬱にする。

あゝ、夕《ゆふべ》、家畜の懐《ふところ》に疚《うづ》く
色褪《いろあ》せた都会の記憶よ、
潮風《しほかぜ》にふるへる真白《まつしろ》な繊毛《ほそげ》、
その中に恋人の赤い韈《くつした》が、黄金《きん》の緊子《とめがね》が、

灯《ひ》が、柳の葉が、静かに踊《をど》り、めぐる。

（「詩王」大正8年9月号）

福田正夫

緑の潮

緑の潮が、
春の海にみちて流れる、
沖に行くのは黒く輝いた帆。

ああ、日の光が、
丘の上の草をいきれさせ、
鬱憂の手が心の底をなでる、
胸の扉をあけよと。

おお、近代人の悲哀よ、
美しい背景の中にむせび泣きながら、
メランコリアの潮が、漂々として流れて来る。

夜のなやみ

ひとり耳をすませば、
海は深く心の底に、
暗い潮をみたせて来る。

悲哀の潮よ、
労苦のなやみよ、
ああ、私にとつて凡ては暗すぎる、
生きることすらも。

なやみは心の底にどうんどうんとうつ、
そのなやみがよせる岸の、
白く泡だつ巌の上に、
幻影の彼女を立たして、
死を考へてみよ、つめたい死を。

光れる岸

緑のエメラルド、
輝いた海の底の光り
湧いて来る悲しい幻影。

いつもこの岸から、
希望のかの岸を望んで、
疲れ果てた心を起こす、
ああ、けれども大洋は煙つてゐる。

光れるこの岸よ、

せめてその悲しみを慰めようとするけど、
お前もつめたい水、つめたい石、
ああ、消え行く幻影のはかない嘆きよ。

（「現代詩歌」大正8年4月号）

多田不二

悩める森林

霧は深く閉してゐる
野の果てに
重い憂鬱の森林がある、
小川はしづかにかれの足尖を洗ふ
おお　低く垂れたあやしの暗雲
自然の眠りのいかに威嚇的なるよ。

猟人は悄然として佇つてゐる
彼は疲れてゐる
彼は迷つてゐる
彼は黎明を待つてゐる
彼は永遠の夢に悩んでゐる。

光よ　来れ
小さき一つの生は、今や、地の底に誘はれようとしてゐる
微かな樹木の祈りさへ、すでに恐ろしい沈黙に圧服された
森の精霊よ　起て
彼のまどろむ魂を強く強く眼覚せ
彼は必ずや、正しく蘇へるであらう
彼の上には無窮の使命があるのだ、
おお　悩める闘士に祝福あれ。

（「帝国文学」大正8年2月号）

平戸廉吉

熱風

——A. M. J・D.

酔へるストウルム
狂へる風、
旋風！
旋風！

風につれて唸鳴るリイラ
わが胸、
神輿《しんきやう》の
刹那！
刹那！

颪につれてまふ飛鳥
翼《ウイング》、
プロペラ。
碧空の猛者《もさ》！

颪につれて散る火花
戦の空の花、
渦巻く花粉、
わが無尽の熱！

この燃える熱情、
燃える思ひ
燃える冀ひに、
今日の大地を
花咲く園に……

この燃える熱情、
燃える思ひ
燃える冀ひに、
細き田夫《たづを》の煙を
野辺より野辺の白雲に……

この燃える熱情、
燃える思ひ
燃える冀ひに、
教会の鐘のひゞきを
谷底に笑ふ永遠の百合に……

噫、われは火の子！
われは颪の子！
情熱の痴人《しれもの》！

敲け、敲け、叩け
熱火の中に
鉄砧の上に……

敲けよ、
此処は吼ゆるがまゝの世界！
狂ふがまゝの世界！
堅き個性の試練場！

敲けよ、叩けよ
最後まで、
熱火の中に
鉄砧の上に……

（「現代詩歌」大正8年11月号）

竹村俊郎

轢死

夜はもう明けやうとしてゐた
遠い木木にしののめは青白くただようて
畑はまだ靄の中で眠つてゐる
男はひちりきを吹きつづけた
しののめの地平にためらうてゐる
自分の淋しい影に戦きながら
あまりにあざやかに映つた自分の影を怪しみながら
しののめの冷い空気にわくわく慄え
りり　りり　れうれうと
男はひちりきを吹きつづけた
汽車は黙つて聞いてゐた
らんらんと燃える眼は瞬きもせず
うす暗い野つ原にじいつと立つてゐた
男は悲しく吹きつづけた
愕き　怪しみ　たよりなさに咽びながら
りり　りり　れうれうと
男は断えず吹きつづけた
ある哀れな一人の死について

（「感情」大正8年7月号）

霜田史光

BALLAD

私の心の中でいつもいつも、絡《から》んだり解《ほぐ》れたりしてゐるものは
　何んだらう
――私は知らない、たゞ揺られてゐるばかり、若い心の盛り上
りや、またその寂しい崩れ……

私は知らない、たゞ揺られてゐるばかり、
私の心は碧《あを》い御空に泛《うか》ぶ白い雲
――けれど尚心の奥には水底のやうな静けさも湛へてゐる。
いつも静かな水底が漂ふ雲の白さを映しつゝ、
いつもやさしい「物のあはれ」が、たゞ喜び躍らうとする私の
心を抱き包む。

私は楽しい。たとへ涙をながしても、
私の心の中でいつもいつも、絡《から》んだり解《ほぐ》れたりしてゐるものは
　何んだらう
――私は知らない、知らなくもよい、たゞ楽しく揺られて居さ
　へすれば。
私は若い身、私のめぐりには沢山のものがある、
恋もあれば生活もある。藝術もあれば遊戯《あそび》もある。

それらは皆んな生々《いき〳〵》と私の心に話しかける、
私の白い雲はその上をいつも楽しく行つたり来たりする。

知らない、知らない、どうして私に知られよう、
私をたえず揺《ゆす》つてゐる歌の主や、私をたえず輝かしてゐる光なぞ
けれど私は何んとなく思ふ
私はその歌と光の中に生れて、その中に生《い》きて、その中に死ぬべきものであることを。

（「詩王」大正8年9月号）

北村初雄

輪舞

ゆつくりと廻つて居る人の輪は、
日《ひ》光に照らされて青く眼にうつる。
其は人の声だ、其は人の優しい面輪《おもわ》だ、
白い羽《はね》を空へ昇《のぼ》すのは。
　影に涵つて居る橅《ぶな》の樹。
人の蹋《かゞ》む姿も人の伸び上《あ》がる姿も、
　空をうつす池の様に、一様に美しい。

花のような少女の身体《からだ》は、この、
人の輪をうつとりと霞《かす》ませる。

温い涙を眼に溜めてゐると
人の素直《すなほ》に育《そだ》つてゆく態《さま》や、
人の喜ばしげに話す言葉やが、
白い鶏《とり》のように仄かに羽《はゞ》たく。

小さい掌《てのひら》のなかに神様がゐて、
花の光りと香ひに涵りながら、
人を思《おも》はず微笑《につこり》させるような、
悪戯《いたづら》を待ち構へて居る。これは、
人の考へられぬ昔からのこと。

軽《か》るい足音は夏の雨。
ゆつくりと人の輪は廻つて居るが、
心の動揺《どよめき》は馬よりも走る。
一人《ひとり》の少女を捉まへ様とすると、
日よりも駈ける。
　風に揺れて居る樹。
　空を瞶《みつ》めて居ると、こゝろが、

湖の中の魚のように澄む。
人の落ちついた色どりは、黒い眼と共に、
踊つて居る身体《からだ》を引き緊《し》める。

日当《ひあた》りの善い土地の
麦の穂は重く俛《うな》だれる。

人の輪は愉快そうに笑ひながら、
廻つて居る。廻つて居る。それは
日光《ひ》に照らされて青く眼にうつる。

（「詩王」大正8年4月号）

妖謡

緑《みどり》色と黄《き》色《いろ》の斑点が静《しず》かに目瞬《まばた》き、
黄昏《たそがれ》の空に塗《ま》みれる蒼蛾《そうが》の群《むれ》、
手《た》握《にぎ》る砂がさらさらと濡《こぼ》れるまゝ、
軈《やが》て月に閃《きらめ》き燿《かゞや》き果実《くだもの》の風。

仄《ほん》のりと映《う》つる顔、白く消える姿、
野兎《やと》の群が褐色《かちいろ》の土に沿ふて、
月を浴び、静寂《しずけさ》の中《なか》の榛の葉ずれ、
栗鼠《りす》の尾もふくよかに滑《すべ》る音。
——君、月かい？
——否《いや》、柴栗さ。
蒼い空の中の哄笑《たかわら》ひ、その木響《こだま》。
——子供達は？
——婚姻かい？
鳥の群《むれ》、獣《けもの》の群、虫の群、その行進。
——可愛《かわゆ》いぜ。
——美しいぜ。
焚く篝《かゞり》の焔に赤く照らし出される榛林《はんばやし》。
——黒い羆《ひぐま》は？
——白い鶴は？
湧泉《ゆうせん》の響が遠く、亦《また》近く全《まる》で汽車の響のやう。
——指環は？
——西の金脈から。
漕手は水馬《みずすまし》、月明《つきあかり》に酔ひ漕ぎ下す楊梅《やまもゝ》の舟。

——司祭長は？
——赭顔《あからがほ》の長い頤《あご》。

空を渡り過ぎる鸛《こう》の群の羽音、
沼の中に一《ひと》ひら柔毛《やはげ》を落す、雪のやう。
指環の交換《こうかん》、空を揺らす賀莚の交歓《こうかん》。
白縁《しろえり》の黒頸飾《くろくびかざり》が悠然《ゆうぜん》と進み出てする一揖。
黄金《きん》で縁取《ふちど》る青緑の揺籠の中《なか》、
二人の子供がぱつちりと眼をあける。
朱頭布《あかずきん》、青頭布《あほずきん》、
軈て霧中《きりなか》、消えても行《ゆ》かう侏儒《こびと》たち。

（「詩王」大正8年10月号）

夜の太陽

井上康文

真黒な森から、
赤子のやうに晴れやかに、
生れ出て夜の太陽、
豊満に、
壮麗に、
十六夜の大空に踊りあがつた。

遠く夕焼けた空は、
饒かな地上に接吻し、
星は冴えた瞳を輝かす。
おお生命の踊り子は、
黄昏の薄衣を破り、
恍々として大平原に照りわたる。

脈うつ土壌、
無限の大地、
空は低く土を抱く、
いま踊りあがつた夜の太陽は、
いつぱいに充ちた感激で、
大地を愛撫するやうに、
それらの上に輝くのだ。

おお夜の太陽、
狂ほしく踊りあがつて、
地上の闇を追ひのけ、
夜を一夜乱舞する、
生命の踊り子よ、
明るき空と土、

妙なる自然の音楽、
そこが舞踏の場面だ。

（「民衆」大正8年3月号）

熊田精華

咎め

秘《ひそ》やかに、組みし手指《てゆび》を窓に置きて
仰ぎ見る空の深かきに、
今夜《こよひ》、
何事の何処《いづこ》におこる兆《しるし》なるや、
我が指さきに消ゆる星あり。

心傷みて、
口ずさむ禱歌《うた》の堪へ難ければ、
今夜《こよひ》、
我が喜びは何処《いづこ》に行きて
咎めのみ、ひとり帰へるや。

（「詩王」大正8年10月号）

〔女詩人号〕「現代詩歌」

牡丹の歌

与謝野晶子

おお、真赤なる神秘の花、
天啓の花、牡丹。
ひとり地上にありて
かの太陽の心を知れる花、牡丹。
愛の花、熱の花、
幻想の花、焔の花、牡丹。
コンテツス・ド・ノワイユを、
ルノワアルを、ダンヌンチヨを、
梅原龍三郎を聯想する花、牡丹。

おお、そなたは、また、
宇宙の不思議に酔へる哲人の
大歓喜を示す記号、牡丹。
また詩人が常に建つる
熱情の宝楼《ほうろう》の
柱頭《ちうとう》を飾る火焰模様《くわえんもやう》、牡丹。
また、青春の秘経《ひきやう》の奥に
愛と栄華を保証する

運命の黄金《きん》の大印《たいいん》、牡丹。

おお、そなたは、また、
新しき思想が我に差出す
甘き接吻《ベエゼ》の唇《くちびる》、牡丹。
我は狂ほしき眩暈《めまい》の中に
そを受けぬ、そを吸ひぬ、
熱き、熱きヒユウマニズムの唇《くちびる》、牡丹。
おお、今こそ目を閉ぢし我が奥に、
そなたは我が愛、我が心臓、
我が真赤なる心の花、牡丹。

障碍

茅野雅子

ひとすぢに我が前をみつむる時に
花さうびいみぢく匂ひ、
百合の花織手をあげぬ。
わが道のうれしき障碍。

おどろき

夕ぐれの、
うすくらがりにぽつねんと、
たつたひとりで物おもふ
さびしさ、甘さ、やはらかさ
身におしつつみ、涙さへ、
ふかい心のすみずみを、
うちしめらせて匂ふとき、
投げつけるやうに、まんまへに、
嶮しい、こわい、電燈の
三角の灯がぱつとつく。

低吟

山田邦子

一夜明ければ消えてゆく
夢の女を御寵愛
一夜明ければ殺される
夜《よる》の女の美しさ
あのアラビヤの王様は
東西古今の贅沢者

○

(此頃ふと或る人の身の上をきいた
二三度逢つた事のあるその人は
いつも青い帽子をかむつてゐた)

珠《たま》にもまさる一粒だね
真実その子をくれたそな
歌舞伎役者にくれたそな
青《あを》い帽子のおとうさん

○

生みの吾が子を人にくれ
心にうつるおさなごの
言葉つきやらおいたやら
歌にうたふて絵《ゑ》にかいて
根つきりしやつきりこれつきり
一人ぼつちでいきてゆく。

○

可愛ゆき者に思へども
育てられないかたわもの
筆より外に身にかゝる
重荷にたへぬ生れつき
血を分けた子と縁切つて
ひとりの道にふみまよふ。

○

蛇を手に巻いて
笑ふ女の赤き唇
おもしろき人間の住家に
たちのぼる
酒のにほひのよろしさ

○

恋のかなしさに
夫《つま》も子も捨てた人
美しいその顔に
陰影のない浮気さ——。

沼の歌

沢ゆき子

夢幻の園にむつめる恋人を
輝かし慰めるたそがれに、更に嬉しいことは、
交る〴〵うたひつれ
ふたつの声の合さりて、
ゆるく流れる光です。

水鳥のおぼろにねむけざすなかに
安らかな夕べが匂ふ、
私は白がねの波に双《ふたつ》の手をはじかせ乍ら、
次第に抱き上げられて、玉のやうに沈黙する。

水蓮の花をゆる風のやうにあなたは
私のひたいをくちづけてだまつて櫓《ろ》をやる、
紅の光と金の闇ともつれる空を見上げるひまも
ひた〳〵と櫓《ろ》の音たかく湧き上り、
舟はゆく、ゆく。

沼の光り

私は心かろく、
光の石橋に降《お》りてさ迷ふ。

温いいのちをこめて
ゆたかな日足《ひあし》はいまかげる。

ひぐれの沼に菜《な》の葉を洗ふたのしい思ひ、
手先の光をもみ砕きもみくだき
よび合せる鳥の声に気もわか〱しく、
綺麗なゆめを玉のやうに貫ねてゆく。

水面をもんでかくれる銀《ぎん》の鳥
入日をあびた水の動揺は、
とり〱のいろあひのめざめに
はればれしくおどりつれる。

2

白鳥の水面にたはむれるやうな心で、
のびやかなおもひは私をめぐる。
光を吸ひ力を誇つてゐる
響を上げる強いあこがれ。

流に湿れた下草の露は閃《ひらめ》きつゝとびかへり、
匂をうけて水の色は躍る。
さんらんたる夜天はくまもなくて、
夢をとくやうな白い素足《すあし》に風はさはつてゆく。

光よ光よ君によりて解かるゝ心ならばと、
もちあぐめる心をかへりみする。
私は銀色の沼沢の葦むらにかくれて泣き、
微笑みつゝ、ふたつの手を併せて人しれぬ心で飾る。

悲哀

涙にぬれた顔をむきだしに、
身を引くより外なき悲しみをもちこらへて
樹の下にくづれ
よりかゝるともなくつくねんとたゝずめる
光の中には出しがたい私のいたで。

神の力よりも暗く
なほするどき忍耐の
私の心をおさへて、
のがれいでんとする悲しみをば
ひしとにぎりしめる。

光をいたむ狂人のやうに人気のないかげをつたつて
高鳴りする霊魂を合せ、思ひ出したやうにときおり私は哀哭する。

2

太陽の光るうち一ぱい、

私ははちきれさうな力を総身にたたえて
四肢は溢れ来る熱望に輝きながら
うなだるる頭を上へ上へと向かしめる。
懊悩と吐息とにきづきなされた
大きな円柱によりか丶つて、
私がはじめての握手を交すため、
勢よく生の閃くさまを一つ一つよりわけて挨拶《あいさつ》する
私がはじめて交さうとする握手のために。
私の胸に優しい言葉を口づけやうとするのは誰か？
涙にまみれた苦しみと、
苦しみあまつて何ものか求めなければならないその熱望。
石のやうにとけない心を安眠させるには……
どんなにして唄へば私の気がおちつくであらう
もしも悲哀がまあるいもので造られてゐたとしたら
私はまん中で、優しく生れついた王妃のやうに
きれいないんとん者のやうに着飾《きかざり》をしておぼれなきをしたい

蒼白い月

北原章子

み丶づく

初夏の
森に、
青い月が
のぼる。
み丶づくが
ほう　ほう。

明けがたの
谷に、
み丶づくが啼く。
ほう　ほう。

み丶づくが啼くと、
私の
爪のさきにも、
髪毛の中にも、
蒼白い燐が燃えます。
み丶づくが
ほう　ほう。

午後三時

生ぬるい泥水のやうな熱が、
からだ中を廻つて、
私の内臓は腐つてゆく、
私の骨はとろけてゆく、
黄色い裸虫がうぢやうぢや涌いて、

私の脳漿を吸ひつくす、
そこから何とも云へない苦い辛い汁が滲み出して私の神経をい
らだたせる。
疲れきつた私の魂がふらふら脱け出して、
ぢつと眼をとぢて草つぱのかげに休んでゐると、
どこからか黒い大きな風呂敷のやうな風が吹いて来て、
追つかけ、
追ひ廻して、
私の魂をつつまふとする、
私はつまづいたりころんだり、
それでも命からがら遁げて帰つた。
眠からさめると足の裏が火のやうだ、
あゝ私の魂は散々焼石の上を追ひ廻はされた。

六角時計

古びた六角時計、
その栗色のぼんぼん時計が
病気になつて
むちやくちやに時を打ちます。
気まぐれに時を打ちます
恐ろしい疳癪もちの時計
ヒステリツクの時計
この室《へや》の女主人《をんなあるじ》も
むちやくちやな疳癪もち
たいへんな　おしやべり。
　ぼんぼんぼん……………ぼんぼんぼんぼん。

私は行く

山口宇多子

——私の愛弟に贈る——

私は行く、
並木の木影を、
爽な微風が自然の吐息のやうに
ふんわりとそよぐ薄コバルト色の樹影を。
私の心は平穏《おだやか》に総てを見つめる。
おお其の時、
混乱の中に静に真理《まこと》は輝く。

しかし、日輪《ひ》が歩み来て、
並木の木影を根本《ねもと》に集めてしまつても
燃える太陽の直射の下に私はあつても
額に汗がにじみ出ても
私は悲まない、
私は其の中を行く。
息苦しい空気の中に
一層、真理は明確に表はる。

私はたゞ歩み行く、
希望と、鋭利なる感情と瞳と共に。

私は過去を徒に顧みない、
悔ゐる事もなく時に、顧る折、
私は、オーケストラのやうな、
雄大な諧調《ハーモニー》を聞く。

私はなすまま、歩むまま行く、
賢明なる瞳は絶間なく、道を照らす、
私は行く、
たゞ単純の中を。

六月の夜

窪田照子

ほろ苦い美酒に酔ひたゞれた六月の夜は
蒼ざめた月光の中に静かに脈搏つてゐる
そのなかに白薔薇は面を上げて咲きいで
吐息も仄かにむせかへる香をふり撒く。

あゝはつ夏の夜の肉体の柔らかさよ、ほの甘さよ、
そして心地よい夜風のなめらかな感触よ、
幽明の境に消えてゆく蛙のメロデイよ
美しい悩みと青いよろこびとに彩られた六月の夜は
妖艶なまなざしで妾の心を捕へようとしてゐる。

おゝ六月！六月！
まぼろしの夢けぶる六月の夜の憂鬱よ、
今宵妾は自分の心の旅路を知らない。

あゝ爛熟しきつた六月の夜の肉体
妾の心に妖惑の酒を注ぎこむ六月の夜
おゝ美と悩みとに陶酔した六月の夜よ。

夏を迎へて

静かに眼を閉ぢもろ手をくみて
夕風の中にうなだるゝとき
かなしくも過去の日の姿あきらかにうかみくる。

あゝ君も若かりし、われも又幼かりし、
乱るゝ思ひたがひに秘めて
ものも得いはずすぐしてし、
おゝげにその忍従の日の永かりしよ
さるにてもいつの日に
この苦痛より逃れうるならむ。

窓ふかくとざし、影暗き部屋ぬちに

ひとり歎きかこちてあるまに
春は去りゆきはや夏は訪れぬ、
白雲は日毎明るく輝きてすぎゆき
かのアカシヤの並樹径は濃き陰影をつくるらむ。

あゝあゝまたこの夏もわれひとり
瀬戸の流れに笛ならし
夕裏山に蜩の音を追ひて
かなしくも君を偲ばむかな。

君は遠きかなたの山かげ、
君もまたなやみに老ひまさりつらむ
憧れの思ひはひたに走りゆけど
あゝあまりに遠ければ
君もわれもこのまゝに
逢ひ見も知らず死にゆくならむ。

くりの花

かなしきはくりの花
なやましきはくりの花
おゝまたなつくれば
さきにほふらむ。
香もさびしく。

あさせのほとり
やまあひのたにまに
うすしろく咲きいでゝ
あめのふる日に
おとなくおつる
ものうさよ。

お、さびしき
そのはなぞなつかし
たえがたき心のうちに
しみ入るにほひ——

またかなしき
おもひでのひとつ
さびしきそのはなと
あがこゝろと
いつもおなじ悩しさ——。

雨の歌

川路せい子

I　雨の唄

けぶる雨、さし交はす下葉〳〵に

かき抱く夢をゆすりて
いたましきわがねむりより
逃れにし胸をばたゝく、
そよろふく風にもたえで
泣くか枝々
銀の玉、ころゝ散り落つ。

痩せし胸毛もてふるれば
おのゝくよ、花の思ひ出
さみしくも返り来りて
背ら寄せわれにほゝ笑む
あゝ恋の暑き日の夢
ちりて去る炎の中に
あはれにもつかれすぎにし
身は細々と雨に聞き入る。

II　五月雨

＊

窓の外に青き雨ほのけぶる
心のすみにとけ込みし
人の恋しさ、あじきなさ
さしのぶる細指に、むせぶ小雨のほの〴〵と。
秘めし少女の恋に似て

ふれもせば染むるとばかり
青々と滴る、葉と葉
窓ごしにつまむ一葉を口にあつれば
なほひそむ人の恋しさ、

＊＊

心なく取りあげし銀の小針に
ふと通ふ、落つる実のさびしき香り
窓の外に青き雨
誰れも訪ひ来ぬあじきなさ。

III　町の子の唄

身をすり合せ声をあげ
胸の思ひのありつたけ
なけたらどれ程よいことか、
雨がふる、ふる
明日はこの身がどうなろと
何も云はずに雨はふる

解りすぎた知りすぎた
どうにもならないなやみ故
町に生れた女故、なまけ心の女故
こんなに胸がやけるやら
雨がふる、ふる

明日はこの身がどうなろと
何も云はずに雨がふる。

え　いつそ、どうでもなれとなげ出した、
心のきずを、そつとまた、
ひろひあつめて物思ふ、
町の子のさみしいすぐせに。
雨がふる、ふる
明日はこの身がどうなろと
何も言はずに雨がふる。

（「現代詩歌」・大正8年7月号）

短歌

来嶋靖生＝選

出雲国加賀の潜戸《くけど》

木下利玄

御津浦

朝日の中御津浦峠のぼりたる海眼をうてり紺青のかゞやき
崖下の人家の列にふか〳〵と真蒼き湾ぞたゝへよりたる
今日の行昼《かう》前になりやゝにひもじ路ばた野菊の陽にあたる花

大蘆浦

遠浅の浜に寄り来て波ひくし渚の砂に這ひひろがれる
秋半ば稀なる凪ぎの陽うらゝに渡り鳥見ゆ磯崎のうへ

舟出

岸鼻を一つめぐれば浦かくれ秋凪き海のふくれうねれり
岩鼻をめぐれば外の海の大《わたつみ》あをうねりに舟のりおらす
岩鼻を舟がめぐればあらはれし断崖《きりぎし》の根に波くだけをり
断崖《きりぎし》ゆ裂けくつがへり落ちしまゝ巌つみかさなれり海潮《わたしほ》の中に
底にかくとよめる海の蒼浪を真白うがち入れり舟ゆのぞくも

蒼潮《あほうしほ》うねり上りて巌床をおほひこえつゝ磯にむかへり
紺青の潮《うしほ》にのれる舟しづかにふなべりをたゝくうねりの音す
蒼潮に切り立てる崖のしかゝるすぐ下に沿ひわが舟行けり

旧潜戸

波のうねり舟をのめらせ崖の根の潜戸の窟に吸ひこまんとす
透きとほる潮にうかぶ舟の上におほびかぶさり巌穴たかし
高く低く舟揺るうねりに心とられおほひかぶされる窟見ることは見つ
窟の中波のうねりの甚《いみ》じきに舟にせまりて巌根こゞしも
うねり波真洞の奥に行きあたり幽《かそ》けく暗きに鳴りみてるかも
行きづまり洞穴にこもる波鳴の入れるわれ等におそひかゝり来《く》
巌穴の波鳴る音入り来し人間舟《にんげんぶな》にあつまりて吠ゆ
波のうねり窟のおくに行きづまりたかまるが見ゆ巌《いはほ》のかべに
潜戸の窟幾世経ぬらん今日もかも波うねり入り鳴りとよみゐし
波のうねり低まれる時はつ〳〵に海《わた》つ磐床いたゞき見ゆる

新潜戸

亡き子ろが夜きて積むとふ石の塔しめ〴〵多し窟の奥に
潜戸の窟しめ〴〵くらし吾子も来て何れの塔をくみにけむかも
吾子の為かさねし塔を洞穴にのこしてくればうしろさびしき

再び大蘆浦

おぎろなき潜戸の窟くゞり来てかへる大蘆の浜のさやけさ
この浦によらぬ蒸汽歟《か》沖つ辺に煙なびかせぽつら見ゆる
磯崎の切り通しに入りひや〴〵し海沿ひ秋陽《あきひ》に歩きつかれつ
遠くあそびしみ〴〵かへる夕冷《ゆふび》えに淡色《うすいろ》さゆるみちのべ野菊

佐陀川

生ひよれる真菰の中の川水を発動船ゆきふくらませけり
風の来ぬこの蔵のかげ雪しづかに舞ひ下りをりあたゝけく見ゆ
空のいろ瑠璃になごめり白梅の咲きみてる梢《うれ》の枝間々々に
霜どけの泥《ひぢ》たゝきつる夜べの雨に里わの田ゐの径《みち》かたまれり
朝じめり藪の接骨木《にはとこ》芽はおほく皮ぬぎてをりねもごろに見む
歩き来て北条氏果てし巌穴のひやゝけきからに古おもほゆ　（鎌倉五首）
春山を汗ばみ上れり里わには青麦畑に風ひかる見ゆ
山松を鳴らす時なき風の音折々つのるをきゝつゝあゆむ
春日てる大御堂が谷《やつ》に入りくれば麦畑の鶫《つぐみ》殖林へとびぬ
春の日の戸外《そと》より入れば拝殿につべたくにほふ社のにほひ
街道を埃立て行く荷車につゞきてあるけば春日あつしも

（「白樺」大正8年1月号）

六甲越　木下利玄

山水の崖ゆおち来て道よぎりすめるながれに我身かゞめつ
みちのべの崖の細滝おちきたる力に打たす我が掌を
朝あつくのぼる道けはし日でり空笹生の山の向うに立てり
日ざかりの高原ひろみところ〴〵草の葉かへり鶯きこゆ
雲通りとみにすゞしき高原にいやなきすます鶯きこゆ
山かげの清水のみつゝ岩が根の羊歯の真青葉にしぶきをかくる
蜂の上ゆ笹生に通へる道筋のまぶしさ消えて雲のかげとほる
頂上の笹生が中に曝《さ》れくちて丸木の鳥居の立ちのさびしさ

頂上の白山権現の石祠照り下ろす日に小さくし見ゆる

峰の上笹生にくもる真昼の日かな〳〵高鳴く間近き谷に

うぐひすは鳴きすましをり頂上の笹原照りつくもりつするも

日がな日ねもすたぎつ谷川夕さればいよ〳〵たかくとゞろけるかも

たそがれのたぎつ瀬ちかみ川床の温泉《ゆ》つぼの湯気のしみらに立つも（伯耆、三朝）

川原の湯しみ〴〵湧きてゐるならし湛への面を湯の気こめたり

朝かげの麓をゆけば山はだの草のつゆけさに面ひえおぼゆ

つゆじもはふりにけらしも山川や濡れて日にあたる巌《いはほ》のいたゞき

のぼり来しお山のさむさ旅籠屋の障子を染めて夕陽があかく（伯耆大山）

峰越えてしきりに雲ははしりしが今は木原に霧おもく降る

戸をしめて月をあびたる家の前を人なつかしく我は通るも（石見）

山畑の冬木の枝に仲間どちいづこゆかきてあそぶ小禽ら（早春）

小禽らは冬木の枝のつかまるに程よき枝をなきうつりをり

川の面の舟ひそけかり下つ瀬の遠き瀬の音をこゝにきゝつゝ（鮎狩）

川の面の昼ひそけかり舟の腹ぴた〳〵たゝく小波久しも

海のいろ青くつめたし甲板の春日の照りにのぼせてをれば（豊後水道）

錨下り汽船《ふね》はばつたり音もなしすなはち艀近よりにけり

この浦に汽船《ふね》今二艘かゝりたり岸べに立ちて心ゆたけき

（「心の花」大正8年1月号）

富士へ上る

木下利玄

裾野

裾野木原葉のかさなりを深く徹る日にをちこちの草光あり

裾野原一本のみち富士を前に自動車走れり山もと遠み

いちじるく大きく見ゆる富士の下に自動車を下り現《うつ》し身ひくし

山を前に自動車を下りあゆみおこす足裏《あなうら》かそけく火山砂鳴る

自動車下りあゆめばしづけし裾野原夏日澄みやかに野ばら咲くあり

青草に夏日照り澄みひろ〴〵と裾野傾けりそのかたむきを

太郎坊に霧を颪《おろ》すも昼すぎしこの大き山へ敢へてし上る

地をこめてたゞよひうごく霧の脚麓の傾斜の熔岩濡らす

大霧のしゞまの中をぬれくろむ火山砂ふみのぼりつゞけをり

富士のふもと大霧中のしゞまにし現し身ふかく笠しづくすも

（「白樺」大正8年10月号）

岬

木下利玄

蒼潮へつたはりきたる波のうねりふくらみの腹崖の根をうつ

崖の根へうねりの腹のあたる音おもくはひゞけ岬へゆく道

しわみしわむ波のおもてへおのづから深みに徹《とほ》るうねりぞきたる

頭上《づじやう》の日かゞやける海草短かき岬の端《はな》にわれ一人なる

崖下海午後かげりきて揺れみだれ巌根うつ音間なくしさやぐ

午後になり岬のかげの日かげ海揺れのみだれの藍さむみ見ゆ

堂あゆむわが下駄の音止まればやみ内陣のしじまへ瞳を凝らす（観音堂四首）

内陣のくらきしゞまの奥処《おくが》にして厨子の扉の左右《さう》ゆ閉ぢたり

堂の裏苔ぢしめれり本尊のそびら間近き軒下めぐる

桜おち葉幹のめぐりの黒土の湿りの上にひぞりてゐるも

（「白樺」大正8年11・12月合併号）

茶色の犬

片山広子

しなのなる山のつゝじのさく頃にまつといひしをやみてありつる
病みつゞけ暮れゆく年をふり返りひと日ありつるよろこびを思ふ
わがやまひ大かたいえしこの秋の空渡る鳥汝を見るもうれし
茶いろの犬みなれしなれがながき顔この秋の日にみれば老いたり
うれしけれ今朝のあさけの冬の日のやはらかに照れば庭ふみありく
もくせいに朝の日の光るこの庭を見つゝみち足るわがこゝろなり
わがやまひ死なぬやまひと人のいへど髪落つる時しぬこゝちする
よのなかの人のよろこびかなしみもよそぐにのことゝきゝてやみつる
あめつちのしげきが中のこと一つなさで死ぬべきいのちとおもはず
石くれか木のはしくれとあつかひしこの身なれども病めば尊とし
子らのために生きてあらむと人にいへどわがため惜しむいのちなりけり
ふたりの子いと大きなる子となりてこの母をしもあはれまむとや

（「心の花」大正8年1月号）

不知火

柳原白蓮

東山この身一つは来つれどもこの身一つは来は来つれども
悲しみかよろこびかそも惜しまるゝ命の際の我祈りはも
かゝる世にうたはれつべき此名かも父の給《た》びつる我名かはゆし
ゆふべ〳〵夜半の寝ざめに来て泣くは誰がはなちつる胸の小鳥ぞ
同じ世に生れがひなき人ふたり恋ふによしなき嘆きをぞする
大空を見れば麗はし天蓋の下にわが魂遊ぶ春の日
春の夜を雨降りやみてさら〳〵とかけひの音のはげしうぞ鳴る
星もあらず雲さへあらず大空にうるめる月の唯一つのみ
人のためけふは又なく歎かるゝ我自らの上はわすれて
その日より別れし日より弱々と憑《つ》かれしものゝ如く病みぬる
しめやかに丁子にそゝぐ春の雨よきたよりもやあるらむ夕べ
いかに死なむ身を守るべき虚偽の為か身を破るべき誠のためか
今日の日の今のよろこび後の世にしみ〴〵泣かむ思ひ出となれ
宇治川の堤の桜今日のこの吾等が為に花吹雪せよ
睦びつる昔の心いまかくて君とある日の幼きこころ
わかき日は我身をめづる人ありと思ふ事さへ堪へがたかりし
しるほどの人こと〴〵くわれを忘れ忘られて後の死は安からむ
花降る日小督の墓にぬかづけばはらからの如したしみ覚ゆ
丈にあまる長き袂をよろこびし少女のまみにうつりし悲しび
不知火の筑紫の国に住むわれはわれにしあるを誰《た》そ言挙《ことあげ》す
ゆくりなく逢うて別るゝ旅の人筑紫の国は名さへ淋しき
朝な〳〵祈る一時ひたすらに尼心地にも勤行をする
わらぐつを泥《ひぢ》を投げかくあまりにも浄きが故にさかしき故に
かゝる事人間の世にあるものと覚りし時にうけつるすくせ
しらぬひ筑紫の海の紫にくるゝ夕べをひとりぞわが見る
あす知らぬ命と知れどためらはる世ゆゑ人ゆゑ身ゆゑ恋ゆゑ

（「心の花」大正8年7月号）

千代子　川田　順

たまり水澄みの冷たく川やなぎ乱れ生ひたりこの川隈に

（九月初め大垣の北なる神戸といへる処にて）

川ぐまの荒草原をわけゆけば出水の泥《ひぢ》のいまだ乾かず

川まではいくらもあらね堤下林《つつみした》をくぐり行けばさびしき

西美濃の楫斐の川辺をしみぐ\とかくはながむるいにし子のゆゑ（千代子亡せて早も十年にはなりぬ）

北平野丈六道《きたひらのじやうろくだう》の田の中の墓場の木立ここよりも見ゆ

秋来ると伊吹嶺おろしあらけなく都少女の墓を吹くかや

この家の代々の墓場の土の下都少女の汝《なれ》しかなしも

もゝしぬの美濃の国には汝《な》が死にしかの時かぎり来《き》ざりけるかな

野に映る夕日遠去り我が目路《めぢ》の国の半《なから》はかげろひにけり（赤坂山に登る）

低山《ひくやま》の赤坂山を登り来しこの時の間に野は夕べなり（山を下り来てとある堤防の上に立つ）

如斯《かく》しのみ見れど夜空の伊吹嶺は心あてにも見えはせなくに

暗けれどほのに水の面《みも》のゆれうごきこの草川は流れたるなり

（「心の花」大正8年1月号）

霜花　斎藤　瀏

うすきらふ霧の奥がにほのぼのと霜花《きばな》さく木のこもりたる見ゆ

さきみちし霜花いつしか消えはてゝ空しき森に真日はなごめり

まむかひの山のなぞへの雪あかりまだあけぬ夜に霜花さく見ゆ

曳く船の曳きの力の強くとも確《かた》く踏まへば動かぬものを（述懐）

張り終へし天幕《てんと》の内に飯たくと心うれしく雪をとかすも（以下雪中露営）

天幕にみちあふれたる灯の光こぼれて雪にほのぼのとてる

夜をふかみ露営しづもる雪原に傾きさえて月は光れり

野つなぎの馬を思へばさよ風に心はさえていねられぬかも

馬の背にとけたる雪の雫して毛はぬれ光るつめたかるべし

馬の背もほのかに霧のたつ見えて風なき夜のしみみに冷ゆる

進み得ず音をたえたる汽車内にこもり黙して吹雪をきくも（雪留めの汽車にて）

あがけども遂に進み得ぬ汽車の笛夜天に消えて吹雪はすさぶ

（「心の花」大正8年4月号）

逝く子　一　島木赤彦

ひたすらに面わをまもれり悲しみの心しばらく我におこらず

むらぎもの心しづまりて聞くものかわれの子どもの息終《いきをは》るおとを

このおもわすでにこの世のものならずと思ふあひだもわれはまもりつ

ふるさとよりはるばる来つる祖父《おほぢぢ》にものを言ひたりこの日のくれまで

おほぢぢの荒れし手のひらをさすりつつ国にかへりしおもひすと言ひつ

けふのあしたおほぢぢの手をとりてよろこび夕にはゆくわが子のいのちは

顔のうへに涙おとさじとおもひたりひたぶるに守《も》る目をまたたかず

○

幼きより生みの母親を知らずしていゆくこの子の顔をながめつ

いなかの帽子かぶりて来し汝れをあはれに思ひおもかげにきえず

山の村の隣《となり》びとらに言《こと》つげて来つる道にはかへることとなし
ふたつの歳眼をやみしかば手をひきあゆみ思ひはながくこの子にのこらむ
子をまもる夜のあかときはしづかなればものを言ひたりわが妻とわれと

○

とめどなくわれのまなこより涙ながれ友におもむかひ悔いてとまらず
友を見てはじめて心やすまりけむながるる涙とめどをしらず
枕べにいく夜をとほしつかれたる心やすまり今日なみだいづ
ゆくものはとどまることなし護国寺の冬木の森に日は間《ま》なく照るも

（「アララギ」大正8年5月号）

父と子

島木赤彦

大正七年六月十四日茅野駅より一里の峡道を歩みて老父を訪ふ。これ実に老父の死する前一ケ月なりき

ひたぶるに我を見《み》たまふみ顔《かほ》より涎《よだれ》を垂《た》らし給《たま》ふ尊《たふと》さ
青山《あをやま》の雪《ゆき》かがやけりこの村《むら》に父《ちゝ》は命《いのち》をたもちてゐます
雪《ゆき》のこる高山《たかやま》すその村《むら》に来《き》て畑道《はたけみち》ゆく父《ちゝ》にあはんため
かへり来《こ》しわが子《こ》の声《こゑ》を知《し》りたまへり昼《ひる》のねむりの眼《め》をひらきたまふ
この真《ま》昼声《ひるこゑ》するわれを床《とこ》のうへに遠眼《とほめ》をしつゝ待《ま》たせたまへり
古田《ふるた》のくぬきが岡《をか》の下庵《したいほり》にふたたびも見《み》む父《ちゝ》ならなくに
夏芽《なつめ》ふくくぬぎ林《ばやし》の家《いへ》のうちに命《いのち》をもてる父《ちゝ》を見《み》にけり
稚芽《わかめ》ふくくぬぎ林《ばやし》は朝《あき》さむし炬燵《こたつ》によりてわが父《ちゝ》います
われ一人命《ひとりいのち》のこれり手《て》をのべて父のよだれを拭《ぬぐ》ひまゐらす（わが兄三人夙く逝く）
父《ちゝ》と我《われ》と相語《あひかた》ること常《つね》のごとし耳《みゝ》に声《こゑ》きくいく時《とき》かあらむ

（「アララギ」大正8年11月号）

安《やす》らかにふとんのうへにすわりいます老父《おひちゝ》を見《み》ればよろこびに似《に》たり
郭公《かつこう》のなく声《こゑ》ちかしちゝのみの父《ちゝ》のへに来《き》て飯食《いひく》ふわれは
間《あひだ》なく郭公鳥《かつこうどり》のなくなべに我《われ》はまどろむ老父《おひちゝ》のへに
川《かは》の音山《おとやま》にしひびくまひるまの時《とき》の久《ひさ》しさ父《ちゝ》のかたはらに
くれなゐに楓芽《かへでめ》をふく窓《まど》のうちに父《ちゝ》とわがゐるはただ一《ひ》と日《ひ》のみ
日《ひ》のくれの床《とこ》のうへよりよびかへし我《われ》を《を》惜しめり父《ちゝ》のこころは（薄暮家を辞す）

（「短歌雑誌」大正8年7月号）

大町

島木赤彦

畳まれる白雲の上に並みたてり朝日をうけて赭き岩山
夏の雪まだらかにあり畳まれる白雲のうへの岩山二つ
雲はれて山の近きに驚けりまさやかにある雪の谿々
雪のこる峯おほくあり町なかにあたまをあげて心おどろく
梅雨はれて明るくもあるか屋根並みのうへにあらはる、岩崩《く》えの山
日のあたる山並み見れば谿々のくぼみいちじるく重《かさ》なりあへり
山々の茂りをぐろしをちこちの岩崩《く》えあかく日はあたりつゝ
さみだれの雨あがりたる山々の木をかうむりて重《かさ》なる寂しさ
谿を出でてただちにひろき川はらの栗の木立の花盛りなり
旅籠屋《はたごや》のうらより見れば森おほき安曇《あづみ》国原くらくこもれり
はたご屋の朝あけさむしくきやかに木のかげをなすもろ葉の光り

（「アララギ」大正8年11月号）

日向の国　　釈 迢空

山岸の葛葉のさがりつら〳〵に仰ぎつゝ来しこの道のあひだ
道のうへにかぐろくそゝる高山の山の端あかり夕ゐる雲見ゆ
裾野原野上《のがみ》に遠き人の行きいつまでも見えてかげろふ日のおも
山原の茅原《ちふ》にしをるゝ昼顔の花。見過しがたく我行きつかる
青空になびかふ雲のはろ〳〵しひとりあゆめる道につまづく
児湯《こゆ》の川長橋わたる。川の面に揺れつゝ光るさゞれ波かも
窓のしたに街道ひろく見えわたりさ夜の旋風《つむじ》に砂けぶり立つ
山すその松のひまより昼たゆき歩みを出す照りしづむ野に
（「アララギ」大正8年1月号）

日向の国　その二　　釈 迢空

峯《を》の上《へ》の町。屋並みに人のうごき見ゆ山高くして雲行きはやし
幹立ちのおぼめく木々にゆふべの雨さやぐを聞きてとまりに急ぐ
ゆふだちの雨みだれ来る萱原ゆ向つ丘かけて道見えわたる
野のをちをつらなりとほる馬のあしつばらに動く夕雲のもとに
谷風に花はみだれてほの〴〵し青野の槿山の辺に散る
焼け原の石ふみわたるわが上に山の夕雲ひくゝ垂れ来も
こすもすの蕾かたきに手触りたり藪垣深き家のうしろに
日の後をいきれ残れり茶臼原《ばら》の夏鶯は草ごもり鳴く
諸県《もろがた》の山にすぐなる杣の道疑はなくに日は夕づけり
並み木原車井のあといくつもあり国は古国家居さだまらず
山下に屋庭まひろきひと構へ道はおりたりその夕庭に
麦かちて人らいこへる庭なかの榎のうれに鳥あまたうごく
庭の木にひまなく動く鳥のあたま見つつ遠行くこと忘れ居り
旅ごゝろおどろき易きを叱りつゝ柴火のくづれ立てなほし居り
この家の人のゆふげにまじりつつもの言ひことなるわれと思へり
山の子は後姿《うしろ》さびしも風呂焚きて手拭白くかづきたりけり
森深き朝の曇りをあゆみ来てしるくし見つも藤のさがりを
（「アララギ」大正8年2月号）

鹿野山　其二　　古泉千樫

雪はれて午たけにけりこの浦に真向きに船の入りきたる見ゆ
この雪にわが行かむ道はるかなり停車場の前の大き雪達磨
みやこべを久に出できてこの雪にふるさと近き山みち行くも
雪ふかき山路をひとりうちきほひひたに歩みて汗ばみにけり
この雪にあゆみいたらばおどろきて迎へむ友を思ひつつ行く
雪ふかき野の一つ家を出でし男きものはたきて藁ぼこりおとす
連れ立てる人の足はやし山みちにをりをり雪のしづるる音す
つれだちし人に別れむ吾れならず雪の山路をただに歩める
汁すくなき蜜柑食みつつ歩むなり雪の山路にからだはほてる
鹿野山は木立かぐろし雪しろきむら山がなかに静けくし見ゆ
夕日さす竹むら出でて雀三羽畦におりたり雪きえし土に
つれ立ちし人に別れて夕ふかし吾れゆまりをす雪の山路に
夕ふかみ暗くなりたれどふみてゆくこの山道の雪やはらかし

橋こえて広き田圃にいでにけり雪の山々くらく暮れわたり
物さびし醬油倉のすみの風呂に入れり灯をもちてゐる友と語るも
ここにしてふるさとと近し雪のうへに雨ふる音すよるあたたかく
あたたかく夜の雨ふれり明日のぼる鹿野山の雪とけつつあらむ
灯をもちて縁に出でたりならべ干す餅のむしろをわれ踏まざらむ

（「アララギ」大正8年3月号）

帰住

中村憲吉

山がひの秋のふかきに驚きぬ田をすでに刈りて乏しき川音
我れつひに此峡《ここ》にかへれり秋ふかき山川《やまかは》のみづ乏しらに見ゆ
日の暮れて我家《わぎへ》につけば家裏よりさみしき川の音のきこゆる
峡《かひ》の家古《ふ》りし洋燈《らんぷ》をいまも釣れり久びさに父と膳を並ぶる
みごもれる妻ともなひて帰りたり久しく家に母まちたまふ
家族おほき家に起きふし折りふしは吾がかかはりを重くおぼほゆ
日暮るれば都より遠きこころすも裏山《うらやま》の風雨戸《あまど》をゆすり
山家住《やまがずみ》ゆふさり来れば今にしてあきらめ難き寂しさわくも
今日も出て眼に見るもの皆山なり一日《ひとひ》ひと日と冬の寂しき
家の業《わざ》老いたる父にあらぬかも我れかかりそめにかへり来れり
けながき冬来向へば山がひの家にも人にも堪へがたく倦めり
朝の間はこころに忘れ玉かぎるゆふべとなれば悔いつつぞ居る
都にて吾が生きさかえんと思《も》ひたりし心の今は術《すべ》あらめやも
忘れたる十呂盤算《そろばんざん》になづみつつ村人《むらびと》の顔を日日《ひゞ》に見知りぬ
わが家の帳しらべつつ常《たゞ》にあらぬ村人の名おほく負債《おひめ》にのれり
さみしき人に倦みつつ冬の風この寒き峡《かひ》にわれ生きんとす
ま寂しき時になり来も吾がつまのおもき肩より息づきしるく
冬さらば一つ家ぬちも事しげし産月《うみづき》ちかく妻はやつれぬ

大正五年六年の手帳より改作
（「アララギ」大正8年5月号）

田宿の家 一

土屋文明

山こえて妻とわが来し国なれば住む家もとむ川にのぞみて
湯をよしと借りてわが住む家の前をのろく流れてゆく衣《え》渡《のと》川
煙《えん》ぬりの板の木戸朽ちや丶かしぎ直に向ふ前の流れに
秋すみて隣の人がとめし船阿伽は溜りて岸につきたり
朝な朝な繫げる船におりてかしぐ向ふの人等いまだ馴れずも
湯の口に近くうゐたる菁莪の葉の朝の凍りに寒をはかる
旅のわれ等家かり住まふ小和田村隣もうとく冬にいりけり
夜おそく湯槽をかふる放ち湯の落ちゆくかもよ地下に音して

田宿の家 二

降りし雪凍て丶凝《ここ》れば空きらひ低くくもりて寒き日つゞく
凍りつきて浅ゆきか丶る坂道のつまづかしもよ夕かへるわれに
寒き国の町なりければ夕はやく大方大戸おろし居にけり
並ぶ町家大戸おろせば上諏訪の夕べのみちは凍りて寒し
土湯を汲む人等寒々並べれば高く立ちのぼる湯泉のけむり
土湯そばの船処《ふなと》あまねく湯気は立ち田宿の家にわがかへるなり

わか家の湯尻は川に煙立て、寒く流れてゐたりけるかも
かきあつめ楓がもとにつみし雪や、とくるらし湯の地ぬくみに

（「アララギ」大正8年1月号）

雑詠

土田耕平

月させばさながら光る芋の葉にすいとは高く鳴きいでにけり
生けるものつひに儚なくなりぬべし月よもすがら鳴きすます虫
湯あがりてかへれる我はひとりなり濡れ手拭を柱にかける
茶を入れてくるる子もがも湯あがりの喉《のんど》かわきて家にかへれり
人の世に何にすぎゆく現しわがいのちにむかふよろこびもなく
まさきくて人はあらなむ仮り庵にわれもこの身の幸おもふべし
今日の朝け山ゆく道に逢ひし子ぞ草おもおもと今かへり来ぬ
藪かげの家にし住めば蚊をいとひ日ぐれ方より蚊屋つりにけり
雲あかく空に浮べり藪かげの小家は暮れて蚊の声ぞする
汽車の戸に見をさめて来し富士見野の松虫草をおもふ頃かも
夕風の吹くこと寒し薪《まき》舟は薪積みをへて磯離れしつ
夕潮の音はいつしか静まりて軒端の闇になき満つる虫
夜に入りて野分つのりぬ揺れさわぐ木立の上に高く澄む月
島の海を目近く通る大船のマスト明らかに朝の日させり
目にかかる雲間の星よひとときのわが思ひ出は悲しかりけり
とことはに寂しきわれに春風のにほひをよせしをとめなりしか
かくのみにあへなきものか目をふせて寒き地べたはひろがりてあり
この世にもともに生《あ》れ来ぬひた心よせて思ひしその人あはれ

（「アララギ」大正8年12月号）

みちのくの冬

原阿佐緒

しく〳〵に降る雪まもり息づかし針は持ちつゝいく時か過ぐ
ふか深《ふか》と雪積る屋根をながめつつ外にいでぬ日を久しと思へり
山国の師走に入りていづこゆか粉搗く音す雪ふる今日を
ひと筋の細き雪道来る馬の息しろく見ゆゆふぐれさむく
肩並めてありくにせまき雪の路背後《うしろ》の友と物うちかたる
音《おと》をしのび帯とく吾れを床ぬちゆ母はおそ寝と叱り給へり
医者へゆきし吾子の空床《むなどこ》をかたはらにかなしく見つゝ痛み堪へ居り
吾子の熱つのるをなげき夜の池の氷を割りて笊《ざる》に持《も》て来つ
灯の前にわが子の口をあけさせていた〳〵し歯のうろを見にけり
竹林のはだれの上に懸巣ゐて高鳴きすもよ日あたるなべに
かたづくる夕の畳に落ち針の光寂しも物思《ものも》へる身に
雲曇り暗らみ静もる朝を座て鋸の音をほのかにきくも
さく〳〵と凝《こほ》り雪ふみゆく音の遠くなるまできこゆる夜ふけ
人いで、間もなき風呂のながし場のはや凍り居り山の夜寒むに
湯殿より外に出で来て手にさやる濡れし髪の毛かたく凍るも
きらし降る雪空深かく夕月のほの〳〵しきを湯に浸たり見る
寂しさにたへざる今宵蒲団もち二階にひとり寝には来しかも
わがひとり夜床敷きたるかたはらにもの書き寝なくふけにけらしも

（「アララギ」大正8年2月号）

冬の街

松倉米吉

宿のものまだ醒めぬらし仕事始めに心すなほに吾はで、行かな
門笹に音たて、渡る朝の霜風《しもて》仕事始めに吾はいそぐなる
宿の主人に訳をあかしてうつり着の質の入替たのむなりけり
質を出せし袷手に置き独居つ、逝きにし母に思ひの多き
しげしげと医師に此の顔見するゑられつつわが貧しさを明《あか》しけるかも
費安く薬もらひて外に出たり裸にならぶ街の立木は
薬さげて冬さり街をまだ馴れぬ親方先にまたもどり行く
師にも友にも逢はで久しやいつまでか心をまげてすごさるるべき

（「アララギ」大正8年2月号）

わかれ

松倉米吉

下駄をはきつつ居りとは知れど人目しげし顔さへ見ずに離るる切なさ
今こそはぜひなき別れ夕暗く鎚の手元は定まりかぬる
鞴ふきつつ火元をば見て吾が居れど消えし足音に思ひはつきぬ
おししのび涙のみこみひたぶるに鞴ふきつつ堪へがてぬかも
立ち居つつ時のすぐるはいや早し心はさらに為事になじまぬ

○

思ひあぐみ出て来りけりむきむきに人はいそげる街の中なる
人に語りてなごむうれひにあらぬかもうなじに暑き陽はかたむける

朝床

松倉米吉

今朝もかも諸所の汽笛にやふやくさむれすべなき事を夢に見て居し
朝めさめ口の苦唾家根にはきふた、びは臥す布団かい抱き
床をた、む心のとぼし便りたえて過ぎにし幾日を指折り見つ、
ひし抱きいねんと思ひまちまけしその夜もむなしいまにさびしき
今は心もかれしと思ひ交々ののぞみもたゆく朝床に居り
かけもちし常の思ひの今朝は消えてひそひそくだる宿の梯子を
遣瀬なき夜々のおもひや裸寝の床のしとりをじつとさすり居り
今日は明日はと待ちのたよりのいくそ日をうつつなくへしなほもつゞくか

（「アララギ」大正8年9月号）

病みて 一

松倉米吉

ゆく〳〵の思ひは暗しわく涙くひしむれども流れて出づる
すゞかけの広葉ひろはの雨にぬるゝ見て居る眼になみだながるる　電車にて
これの身の病ひあかすをまどひてか煙草の火見つゝいまし、君はも　山本氏
久々を宿に戻れば落かべや埃にあれて足ふみかぬる
雨方の窓を開けは雨げふき部屋のしとりはいやましにけり
久々に吾の寝床をのべにけりところ〴〵にかびの生へたる
かび臭き夜具になが〳〵こやりけりこのまゝにしていつの日いえん
灯をともすマッチたづねていやせかる、口に血しほは満ちてせかる、
血を喀きてのちのさびしさとのもにはしと〳〵として雨の音すも
宿の者醒めはせずかと秘むれども喉にせき来る血しほのつらなり

菓子入にと求めて置きし瀬戸の壺になかばばかりまで吾血たまれる
かなしもよともに死なめと言ひてよる妹にかそかに白粉にほふ
命かぎるやまひをもちてさびしもよ妹にかそかにそひねをしつつ
帰しなば又逢ふことのやすくあらじ紅き夜空を見つゝ時ふる
嵐の中の人のさけびに目醒めけり夜ごとに血を咯く時刻《とき》の来れる
かうかうと真夜を吹きぬく嵐の中血を咯くきざしに心は苦しむ
嵐なぎて明け近からし広き街一面におこる虫のなき声
所々に鳴る祭の太鼓とう／＼とこやりて居れる腹にひゞくも

病みて 二

入りみだれもみあふ神輿のゆゝしさを二階の窓にもたれて眺むる
すこやけき人のさわぎはともしかも神輿ひしめき動きて行ける
すこやけき人は大路にみちにけり祭のにぎはひ見て居るさびしさ
秋げ寒き雨せう／＼と窓にふり神輿のどよみ遠のき行ける
彼岸に入りて二日目の今朝のひえ／＼と冷たき風の蚊帳にはらめる
ふたゝびは暑さにかへらぬ風らしもうすき布団に身をおしつゝむ
待ちて居る思ひはすべな街すぢの活動写真に灯は灯りけり
雨ごとに秋ふかむらししとしとと窓ふりとざす雨のけながさ
棟裏の煤北風にいやゆらぐいよ／＼秋も定りにしか
窓とざしひとりにつらき夜となりぬ枕にちかき秋雨の音
じつとりと盗汗にぬれてさめにけり曇りひと日ははやくれかゝる
待ち疲れ眠りたりしがうらさびし今まで来ねばなどか今日来ん
曇り日は暮るにはやし棟裏の煤のゆらぎも見えなくなれる
秋のけのふかまるになれ一日／＼吾のからだのおとろふらしも
かけ布団に羽織かけそへくるまりて今朝の寒さのすぐるを待つも
窓の戸の少しのひまゆ吹く風は布団とほしてしのぶにつらき
今朝も雨に窓はひらけず衰への日毎にしるきわがからだかも
朝飯を今朝は思ふさへ頭重しかくはなりつゝ病ひ重るか

（「アララギ」大正8年11月号）

雨路

高田浪吉

求めゐしひとひのおもひやるせなく雨ふる夕べ外に出で来し
みづからにおもひすごして身はくやしこころあら立ちこの夕べ居り
おだやかなる心にそむき出て来し夕べの街に雨ふりにけり
籠りゐる我身いとしくたまゆらにくやしさ湧きて家を出でたり
たどたどしき生きの命はいと寂し雨ふるなかの夜路来にけり
傘の上に雨音はげし夜の更けひとひはかなきおもひをもてり
くやしさのおもひは残る朝ぐもり雨おとしつつ靄はれんとす
ままならぬ命欲りつついまはさびし夜のふけ寒く外に立ちをり
ここだくも葉蔭に赤き枸杞の実は寒々として雨に濡れたり
北風の冷々として身にしむる秋のくもりに親しみあつし
枕辺に寄りて余所着をかけやれば友の命の汗の匂ひすも　米吉
あかつもるくろき足の甲露はしつつ余所着やうやう着替へをはれり
対ひをれば衝く息烈し友の眼《め》に眼脂《やに》は出でておとろへしるし
おそ秋の風うら寒し街中に歩みのおそき友をみかへる
米吉と血をば引かざる父の家におぼつかなくもねがひもち来し

ねる布団貸るべく来り米吉はそのかの父を親しく呼べり
すげもなくねがひことわられ米吉と二人わびしく露路を出てくる
只ひとつのねがひかなはぬ米吉のいのち目守り俥にのする

（「アララギ」大正8年12月号）

甲斐路

窪田空穂

五月上旬、前田晁君と甲斐の御嶽に遊べり。途中、同君の郷里なる八幡に立ち寄れり。塩の山、さし出の磯なる歌枕はその近くにあり。甲府に一夜を宿りて、和田嶺を越えて御嶽の峡谷に入れり。

巨摩《こま》の山八重《やまやへ》かさなるをただひとり離《はな》れて立《た》てる塩《しほ》の山《やま》かも

（塩の山のほとりにて、五首）

新桑《にひくは》の畑《はた》のあなたに松《まつ》あまた持《も》ちては暗《くら》き塩《しほ》の山《やま》かも
この家《いへ》の老木《おいき》の柿《かき》のわか葉《は》して日《ひ》に照《て》る見《み》れば塩《しほ》の山《やま》みゆ
甲斐《かひ》の国巨摩《くにこま》の郡《こほり》の新桑《にひくは》の畑中道《はたなかみち》を行《ゆ》きてはるけき
新桑《にひくは》の畑中《はたなか》みちを行《ゆ》きまどひたたずみ居《を》れば巨摩《こま》のをんな来《く》
ここに復来《またこ》む日《ひ》あらじといふ友《とも》に答《こた》へ難《がた》なく我《わ》がしたりけり

（はやぶさ橋のほとりにて、五首）

はやぶさ橋渡《はしわた》るにゆれて眼《ま》したにし笛吹川《ふえふきがは》の荒《あら》き瀬《せ》は見《み》ゆ
川《かは》ぎしの大竹《おほだけ》ばやし青幹《あをみき》の清《すが》しき幹《みき》はをぐらくつづく
麦畑《むぎはた》に黒穂《くろほ》ぬく子《こ》らその顔《かほ》をよごせる恥《は》ぢて隠《かく》れたりけり
青山《あをやま》のふもとを通《とほ》るひとすぢの道《みち》あきらかに八幡村《やはたむら》みゆ
甲斐《かひ》の国片山《くにかたやま》のうへにのぼり来《き》て友《とも》が御親《みおや》のおくつきをがむ

（前田家の墓所に詣づ、四首）

登《のぼ》り来《く》る山《やま》の赤埴日《あかはにひ》にかわき春《はる》の草《くさ》をしおくつきどころ
住《す》みよしとおぼしてそこに住《す》ませける里《さと》こそ見《み》ゆれおくつき所《どころ》
御墓《みはか》べの草《くさ》しきをれば友《とも》と我《わ》が長《なが》きまじはり思《おも》ほゆるかも
幾《いく》そたび友《とも》より聞《き》きて見《み》まほしく思《おも》へる村《むら》を今《いま》は来《き》て見《み》つ（八幡村にて、二首）
甲斐《かひ》の国八幡《くにやはた》にきたりをさなくて友《とも》が書読《ふみよ》める家《いへ》を眼《め》に見《み》つ
兄川《あにがは》にならぶ弟川《おとがは》ほそぼそと青山峡《あをやまかひ》をながれてくだる（さし出の磯にて、二首）
新《あたら》しく道《みち》なりければ甲斐《かひ》の国《くに》さし出《で》の磯《いそ》の下《した》を行《ゆ》くかも
登《のぼ》り来《き》て山《やま》のたをりに見《み》かへれば松《まつ》の木《こ》の間《ま》よ遠《とほ》き富士《ふじ》みゆ（和田嶺にて、十首）
この山《やま》のたをりに立《た》てば赤松《あかまつ》の千《ち》本《もと》幹《もと》立《だち》眼《ま》したには見《み》ゆ
薪《たきゞ》にと樵《こ》りし棒《しもと》を背《せな》に負《お》ひ馬持《うまも》たぬ人《ひと》の山越《やまこ》えきたる
山中《やまなか》の高《たか》はら来《く》れば人《ひと》がつくる大麦《おほむぎ》瘦《や》せて立《た》ちのまばらなり
青雲《あをぐも》を背向《そがひ》になして八《や》つが岳雪《たけゆき》もつ八《や》つ峰《を》するどくは立《た》つ
青山《あをやま》の峰越《をご》しに見《み》えて地蔵《ぢざう》だけ鳳凰《ほうわう》がたけ雪《ゆき》に真白《ましろ》き
青山《あをやま》のはたてに沈《しづ》み雪《ゆき》おける白根《しらね》の峰《みね》はまぎるべく見《み》ゆ
雫《しづく》して落《お》つる谷水《たにみづ》たたへては山《やま》に田《た》をせり笠《かさ》ほどの小田《をだ》
小楢山木立《こならやまこだち》をあらみあらはるゝ赤埴《あかはに》はただの日《ひ》に照《て》りかわく
楢山《ならやま》の木下《こした》の路《みち》をとほく来《き》てにはかに広《ひろ》き空見《そらみ》たりけり

（「文章世界」大正8年7月号）

昨日より今日に（抄）

窪田空穂

憂《うれ》ひもちてわが乗《の》る汽車《きしや》は山《やま》おほき甲斐《かひ》の国《くに》ゆき信濃《しなの》には入《い》る

(病める舅を省す、十首)

夏《なつ》の日《ひ》のい照《て》る草山《くさやま》をちこちにむら薄生《すゝきお》ひて白《しろ》く穂《ほ》を出《だ》せり
夏《なつ》の日《ひ》にい照《て》りきらめく草山《くさやま》の草低《くさひく》くして疎《あら》ら小松立《こまつた》つ
夏《なつ》くさの清《きよ》きにこぼれくれなゐに咲《さ》きて愛《かな》しき撫子《なでしこ》の花《はな》
手《て》をやらば打触《うちふ》りぬべき女郎花《をみなへし》もとな隠《かく》りつ汽車《きしや》の走《はし》りに
山高《やまたか》み吹《ふ》く風《かぜ》すずし息《いき》づきて汗拭《あせぬぐ》ひをれば憂《うれ》ひは来《き》たる
これやこの友《とも》が住《す》むなる富士見《ふじみ》かと見《み》つつ身《み》はゐる走《は》せゆく汽車《きしや》に
避病舎《ひびやうしや》に人《ひと》はゐるやとその近《ちか》き人《ひと》に問《と》ひけり悲《かな》しき問《と》ひを
避病舎《ひびやうしや》に昼《ひる》をつりたる蚊帳内《かやぬち》におとろへしるき舅《おや》が顔《かほ》みつ
早稲《わせ》食《は》むと来《く》るむら雀追《すゞめお》ふ人《ひと》の銃《つゝ》おと高《たか》し避病舎《ひびやうしや》にをれば
かすてらや買《か》ひて送《おく》らむ今《いま》しまし経《へ》なばと待《ま》てる君《きみ》なりけるを

(亡き舅を思うて、四首)

絵《ゑ》をし観《み》に行《ゆ》かないといへり絵《ゑ》の会《くわい》の開《ひら》くる今日《けふ》を君《きみ》は在《ゐ》らなくに
寝《ぬ》るやがて安眠《やすい》する見《み》つ健《すこや》かにおはしたまふと嬉《うれ》しみけるを
君《きみ》が見《み》をはづかしみてはうつたへに生《い》きの悩《なや》みを我《あ》がつつみしに

(「短歌雑誌」大正8年1月号)

冬近し

川崎杜外

小《を》暗《やみ》なる障子《しやうじ》のもとに床《とこ》しきてこやれば雨《あめ》も耳《みゝ》になれたり
障子《しやうじ》より小《を》暗《ぐら》き明《あか》りさし来《く》れどいぶせきからにまなこをつぶる
事繁《ことしげ》み障子《しやうじ》はりかへず久《ひさ》になりぬ今《いま》は暗《くら》しと歎《なげ》きつゝゐる
降《ふ》る雨《あめ》の寒《さむ》さをわびて障子《しやうじ》ひき深《ふか》くはこもる病《やまひ》もてれば
つめたかるま夜中《よなか》の水寝《みづね》たる子《こ》が口《くち》にあつればむさぼりて呑《の》む
むさぼりて水《みづ》は呑《の》みつれまなことぢまたねむらむとする子《こ》を目守《まも》る
むら肝《ぎも》の小《ち》さき心《こゝろ》に如何《いか》ならむ事《こと》かも思《おも》ひ眠《ねむ》り行《ゆ》くらむ
霧《きり》ふかき河原《かはら》の水《みづ》の片《かた》よりに其瀬《そのせ》ほそりて流《なが》れせゝらぐ
天《あめ》のさぎり深《ふか》く下《お》り居《ゐ》て刈田《かりた》の上《うへ》うす光《ひか》る日《ひ》の丸《まる》く浮《うか》べり
うらさむき冬近《ふゆちか》き日《ひ》の照《て》りみちていよいよ白《しろ》き雪《ゆき》の山《やま》かも
未《いま》だ夜《よ》は更《ふ》けしならねど人《ひと》の家《いへ》いねしづもれり垣《かき》に月《つき》さす
夜《よ》を寒《さむ》み早《はや》く戸《と》を閉《さ》す人《ひと》の家《いへ》の庭《には》ひろびろと月光《ひかり》に見《み》ゆる

(「短歌雑誌」大正8年1月号)

春のとりどり

北原白秋

早春の耕田三首

夕雨《ゆふさめ》のしみみにそそぐ茨《ばら》の垣萌えづるそばに馬近づきぬ
春と云へどまだ寒むからし茨《ばら》の葉に面寄《かほよ》する馬の太く嚏《はなひ》る
雨ほそき破垣《やれがき》ちかくひそひそと田を鋤く人の馬叱るこゑ

道灌山にて

春浅み畑の中の梅の花咲きの煤けて見る人もなし

鴻の台にて

山ゆけばお山で赤い落椿ひとつひろはな道のなぐさに

春来る

巣をつくる二羽の雀がうしろ羽根かすかにそよぐ春立つらむか

白木蓮五首

白木蓮の花咲きたりと話すこゑ何処《どこ》やらにして日の永きかな
薄雲の春のけはひのはかなくて昨日《きのふ》今日白き街の木蓮
白木蓮の花のあたりの枯木立鴉とまりて日の永きかな
白木蓮の花の木の間に啼く雀遠くは行かぬ声のさびしさ
白木蓮の花のあなたに動く雲紫ふかし今日も暮るゝか

春雨二首

霧雨《きりさめ》のこまかにかゝる猫柳つくづく見れば春たけにけり
垣越しによき湿りよと云ふ声のうれしくぞきこゆ田を鋤けるらし

雉子二首

春永うしていたづらに吹く春風に垂尾の雉子《きぎす》あらはれにけり
路のべに雉子《きぎす》あらはれうつくしき尾を曳き過《よ》ぎる春ふけにけり

母が云ふ

どれどれ春の仕度にかゝりませう紅い椿が咲いたぞなもし

春のあし音

ふくれたるあかき手をあて婢女《はしため》が泣ける厨《くりや》に春は光れり

草わかば三首

草わかば色鉛筆の赤き粉のちるがいとしく寝て削るなり
春の鳥鳴きそな鳴きそあかあかと外の面の草に日の入る夕
つゝましきひとりありきのさみしさにあぜ菜の香すら知りそめしかな

海港にて

洋妾《らしやめん》の長き湯浴をかいま見る黄なる戸の面の燕《つばくら》のむれ

わかき日の路上にて

歎けとて今はた目白僧園の夕の鐘も鳴りいでにけむ

都の春三首

ゆく春の喇叭の囃子身にぞ染む造花《つくりばな》ちる雨の日の暮
いそいそと広告燈も廻るなり春のみやこのあひびきの時
温かに洋傘《かさ》の尖《さき》もてうち散らす毛莨《きんぽうげ》こそ春はかなしき

故郷にて

癈れたる園に踏み入りたんぽゝの白きを踏めば春たけにける

旅にて

いつしかに春の名残となりにけり昆布干場のたんぽゝの花

（「大観」大正8年3月号）

天の河

北原白秋

赤々と十五夜の月海にありそこに泳げる人ひとり見ゆ
天の河棕櫚と棕櫚との間より幽かに白く闌《ふ》けにけらしも
大空に何もなければ入道雲むくりむくりと湧きにけるかな
その翌朝《よくあさ》おしろいやけの素顔ふく水仙の芽の青きそよ風
抜手を切り一列に行く泳手の帽子ましろに秋風のふく
蛍飛び蟾蜍《かへる》啼くなりおづおづと忍び逢ふ夜の薄霧の中
長雨のあとの心にひるがへり孔雀火のごと鳴く日来りぬ
皂莢《さいかち》の青さいかちの実となりて鳴りてさやげば雪降り来る

（「新潮」大正8年8月号）

春浅し

河野慎吾

春《はる》めきし部屋《へや》に籠《こも》れば心動《こゝろうご》きいそぎの仕事手《しごとて》にはかどらず
水仙《すゐせん》を日向《ひなた》に移《うつ》しはぐくめばいのち籠《こも》りてにくくはあらず
うつしみはかなしきものか一本《ぽん》の立木《たちき》さびしく雪《ゆき》かむりゐる
訪《と》ふひとを待《ま》つにあらねど雪《ゆき》あかり明《あか》るきほどはうれしかりけり
草《くさ》の葉《は》に籠《こも》りて紅《あか》き花《はな》みれば雪割草《ゆきわりさう》もなつかしきもの
くれなゐに含《ふく》める見《み》れば面《おも》はゆき少女《をとめ》の姿《すがた》うかびて消《き》えぬ
体熱《たいねつ》のなごりきづかひ向《むか》つへの垂氷《たるひ》のしづく角《つの》ぐむを見《み》つ

銭湯

今宵《こよひ》ことに生《い》けるしるしあり湯《ゆ》のなかに凍《こゞ》えきりたる体《からだ》をひたす
をみな湯《ゆ》に湯浴《ゆあみ》どよもす子《こ》らの騒《さわ》ぎきゝつゝ吾《われ》の静《しづ》まりてゐる
湯《ゆ》のなかに赤裸《あかはだか》なる人《ひと》のむれ立《た》つ湯《ゆ》けむりのなかに動《うご》けり
しまらくは眼《まなこ》を閉《と》ぢむ湯《ゆ》のなかにをりをり人《ひと》のふるゝ寂《さみ》しさ
かくのみに悲《かな》しきものかあらはなる陰《かくし》どころをまさめには見《み》し
渦《うづ》まきのなびき寂《さみ》しき湯《ゆ》のけむり人《ひと》はこもごも疲《つかれ》れて浸《ひた》る
さらさらときさらぎの雪降《ゆきふ》りゐたりこの夜《よ》の寂《さみ》しさ忘《わす》るゝべからず

吹雪

原《はら》つぱを吹雪《ふぶき》にむかひ来《く》る兵《へい》の赤《あか》き帽子《ばうし》に雪《ゆき》つもる見《み》ゆ
雪《ゆき》かむる一樹《じゆ》のかげに兵《へい》ひとり列《れつ》をはなれて靴緒《くつひも》むすぶ
森《もり》かげの小笹細道《をざさほそみち》わがくれば猿《さる》にかも似《に》たる兵《へい》に逢《あ》ひけり
雪《ゆき》つもる笹葉《さゝは》むら竹《たけ》うちなびきいななく馬《うま》の立髪《たてがみ》ぬらす
木々《きゞ》に積《つ》む雪《ゆき》ふき落《おと》し風《かぜ》ふけば立髪《たてがみ》なほす馬《うま》いさむなり
吹《ふ》ぶきする雪《ゆき》の大野《おほや》に嘶《な》く馬《うま》のあなたかと思《おも》へばこなたにも聞《きこ》ゆ
青山《あをやま》に調練《てうれん》やみて音《おと》もなし靴《くつ》あと黒《くろ》く夕《ゆふ》さりにけり

あるもの

あるものは荒海遠《あらうみとほ》くすなどると出《い》でにしものゝつひに帰《かへ》らず
あるものは奥山深《おくやまふか》く木《き》を截《き》ると大木《おほき》のもとに小屋籠《こやごも》りせり

（「文章世界」大正8年4月号）

社会

土岐哀果

暁《あかつき》のひかり白《しら》める蚊帳《かや》のうち、息絶《いきた》えぬるはわれの父《ちゝ》なる。

（先考十三回忌、四首）

×

なきがらを莚《むしろ》のうへにながながと移《うつ》し一時《じ》に涙《なみだ》あふれき。

×

蚊帳《かや》のうちにひくき机《つくゑ》をいれさせて病《や》む母《はゝ》が焚《た》く香《かう》のさびしさ。

×

この寺《てら》も荒《あ》れむとすると、屋根瓦《やねかはら》あふぎつつ思《おも》ふ兄《あに》の心《こゝろ》を

×　×

腹《はら》すこし痛《いた》むといへば、貧《まづ》しさのなに食《く》ひけむと子《こ》の顔《かほ》を見《み》つ。

×　×

なまけものとただ一概《がい》に責《せ》めたりし甥《をひ》が彫《ほ》りたる面《めん》のたくみさ。

（甥の悲しみ、三首）

×

その父《ちゝ》にかくれて甥《をひ》の通《かよ》ふといふ面師《めんし》がもとの仕事場《しごとば》のすみ。

×

坊主《ばうず》の子《こ》は坊主《ばうず》になれと、この叔父《をぢ》がいましめたるは今《いま》は忘《わす》れぬ。

× ×

校正《かうせい》のわがひまに来《き》て工場主《こうぢやうぬし》、儲《まう》からぬことをたのしげに語《かた》る。

(印刷工場、六首)

×

その器用《きよう》さ、その快《こゝろよ》きねんごろさ、欧文組《おうぶんく》みの十五の少年《せうねん》。

×

表紙《へうし》の色《いろ》をどんないろにしますかと、月《つき》に一度《ど》口《くち》をきく老職工《らうしよくこう》。

×

もくもくと煙《けむり》のかげのやね瓦《がはら》のうへに遊《あそ》べる真昼《まひる》なりけり

×

鐘《かね》ひびき、機械《きかい》も人《ひと》も一斉《せい》になりをひそめしむきむきの心《こゝろ》。

×

わが靴《くつ》の泥《どろ》のかわきてうつすりと、この部屋《へや》のうちにこぼれたるらし。

× ×

ふるさとの父《ちゝ》の憂《うれ》ひを思《おも》へかし、一椀《わん》の飯《めし》をまづくひて後《のち》。

(少年の家出、五首)

×

熔礦爐《ようくわうろ》その傍《かたはら》にうなだれて、夢《ゆめ》みしはけふのこの姿《すがた》ならじ。

×

左《ひだり》のまぶたにちひさなる黒子《ほくろ》のある、その思《おも》ひつめし眼《め》ぞいとほしき。

金《かね》すこし持《も》ちて逃《に》げしをむしろやや慰《なぐさ》めをするその親《おや》ごころ。

×

ふるさとに狂《くる》ふばかりに病《や》む母《はゝ》の帰《かへ》れといふとも帰《かへ》らじよ、子《こ》は。

× ×

火《ひ》を放《はな》て火《ひ》を放《はな》てとし、まつさきにたいまつを振《ふ》るこころよろしさ。

(群衆心理、六首)

×

道《みち》のうへに石《いし》はひろひつ、くるほしく何《な》にむかひて投《な》ぐべきを知《し》らず。

×

街樹《なみき》よりぷらたぬの葉《は》のちりしにもおどろき怒《いか》るいまの心《こゝろ》ぞ。

×

行《ゆ》けゆけとひとり叫《さけ》べば、闇大路《やみおほぢ》おなじき方《はう》へみな行《ゆ》きはしる。

×

腹《はら》すきて人《ひと》はひそまるちから無《な》さ、その憤《いきどほ》り遣《や》るところなし。

×

何《なに》を今求《いまもと》むとならず、ただ遂《つひ》にものに倦《う》みたる怖《おそ》しさなれ。

(「短歌雑誌」大正8年7月号)

高尾山

尾山篤二郎

武蔵野《むさしぬ》の小岫《おぐき》こえ来《き》て群苗《むらなへ》の植《う》ゑおふす窪《くぼ》にあひにけるかも

横臥《よこふす》や多摩《たま》の横山《よこやま》ふもとべに桑畑《くはばた》つゞき雨《あめ》しぶき吹《ふ》く

多摩川《たまがは》にひたすしがらみ水《みづ》は干《ひ》てあらはなりけり暑《あつ》き日中《ひなか》を

山川《やまがは》の流《なが》れは速《はや》し竹煮草《たけにぐさ》雑草《あらくさ》のなかに花をさかせり

竹煮草《たけにぐさ》葉裏《はうら》は白《しろ》し秀《ほ》にいでゝ咲《さ》きたる花《はな》はさぶしき花《はな》かも
川《かは》の辺《べ》に生《お》ひてしげれる真竹籔《まだけやぶ》やうやく山《やま》に近《ちか》きみちかも
鉾杉《ほこすぎ》のくらき山路《やまぢ》のしめり地草《つちくさ》ごもる水《みづ》のすがしとゞろき
山蔭《やまかげ》にひとりしづかは生《お》ひにけりひとりしづかの葉《は》はもかなしき
百年《もゝとせ》をこゆらん杉《すぎ》は高《たか》けれど谷間《たにま》におひて眼下《ました》にぞ見《み》ゆ
岩山《いはやま》の岩《いは》しみいづる水《みづ》にぬれて雪《ゆき》の下草《したぐさ》生《お》ひしげりたり
足曳《あしびき》の山坂路《やまざかみち》に水《みづ》は湧《わ》きかたへに白《しろ》き雪《ゆき》の下《した》の花《はな》
山坂《やまざか》をのぼり来《きた》りてこゝゆ見《み》る国《くに》は二国《ふたくに》にひらけたるかも
打霧《うちきら》ひたゞには見《み》えぬ武蔵《むさし》のや多摩《たま》の流《ながれ》は野《の》をとほく流《なが》る
山松《やままつ》の木末《こずゑ》に啼《な》ける鳥《とり》の音《ね》はすがしきろかも谷《たに》こえて啼《な》く
岩《いは》が根《ね》の木《こ》の根《ね》ふみこえ来《き》つるかもこのいたゝきの夏草《なつぐさ》の原《はら》
萩原《はぎはら》に薄《すゝき》はあれどいまだかも花《はな》はあらずてたゞに繁《しげ》れる
此《こ》ゆ見《み》つる国《くに》は多《おほ》けど相模《さがみ》なる江《え》の島《しま》の崎《さきみ》見えてかなしも
さねさし相模《さがみ》の川《かは》の川隈《かはくま》もおちずし見《み》えてあきらけきかも
たゞなづく山《やま》は多《おほ》けどこの夕《ゆふ》べあきらけきかも小仏《こぼとけ》の山《やま》
小仏《こぼとけ》のうねをに路《みち》は見《み》えつゝもおぼつかなけれ細々《ほそぐ》とつゞき
たゞ眼《め》には草《くさ》の山《やま》とぞ見《み》えにけり群杉山《むらすぎやま》ときけばかしこき
富士《ふじ》が嶺《ね》にいよる夕雲《ゆふぐも》ふかければ裾曲《すそわ》は見《み》えて頂《いたゞき》はあらぬ
眼《め》に近《ちか》き青根《あをね》の山《やま》は夕影《ゆふかげ》のおぼろおぼろに見《み》えて高《たか》しも
谷遠《たにとほ》き山《やま》の真洞《まほら》に夕《ゆふ》かげのさしてをかなしはろけくぞ見《み》ゆ

（「文章世界」大正8年9月号）

羇旅情景

太田水穂

しめやかに炭積船《すみつみぶね》はくだるなり山合《やまあひ》ふかき阿《あ》賀《か》の河水《かはみづ》
山《やま》ふかきこの阿《あ》賀《か》の瀬《せ》の河隅《かはくま》に住《す》む人《ひと》あらし家処《いへどころ》見《み》ゆ
人行《ひとゆ》かぬこの河《かは》べりに一筋《ひとすぢ》の道《みち》の見ゆるはあはれなるかも
山越《やまこ》えて降《ふ》りゆく雨《あめ》に阿《あ》賀《か》河《がは》の炭積船《すみつみぶね》は濡れやしにけん
山出《やまい》で、河《かは》や、浅《あさ》みおのづから瀬《せ》に立《た》つ水《みづ》の声《こゑ》きこゆなり
大河《おほかは》の水《みづ》の淀《よど》みにかすかなる煙《けむり》を立《た》てゝ雨《あめ》そゝぐ見《み》ゆ
杉《すぎ》くらき山合《やまあひ》ふかくゆき流《なが》れ水《み》沫《なは》を立《た》つる大河《おほかは》の水《みづ》
山中《やまなか》の越《こし》の日出谷《ひでや》の駅《えき》に来《き》てわが乗《の》る汽《き》車《しや》は笛鳴《ふえな》らしけり
五十島《いそじま》の駅《うまや》に来《く》れば駅外《うまやと》に白木《しらき》を積《つ》みて馬来《うまきた》りたり
とがり山《やま》うしろに円《まる》き草《くさ》の山雨《やまあめ》ふると見《み》て過《す》ぎにけるかも
山高《やまたか》くわが汽《き》車《しや》はゆき河下《かはしも》に舟《ふね》ひく人《ひと》は小《ち》さかりけり
しめやかに雨《あめ》ふりそゝぐ雑木《ざふき》山濡葉《やまぬれば》を洩《も》れて栗《くり》の毬《いが》見《み》ゆ
立《た》ちそめし今宵《こよひ》の秋《あき》の風《かぜ》ならん山《やま》の萱草《かやぐさ》うちなびく見《み》ゆ
今宵《こよひ》わが宿《やど》かる家《いへ》は山《やま》の上雲井《うへくもゐ》にちかし風寒《かぜさむ》く吹《ふ》く
山《やま》わたる朝夕《あさよ》の雲《くも》のゆきかひもけざやかなりやこゝに宿《やど》かる
今日《けふ》一日《ひとひ》思《おも》ふことなし秋風《あきかぜ》に草山《くさやま》すゝき靡《なび》くを見《み》つゝ
谷底《たにそこ》の宿《やど》のおばしま見《み》あげたる山合《やまあひ》の空《そら》に天《あま》の川《がは》かゝる
楢山《ならやま》の青葉《あをば》のうへの夏空《なつぞら》に浮《う》きては消《き》ゆる雲《くも》のかすけさ
ひところ風《かぜ》に吹《ふ》かれて裏《うら》がへる木《き》の葉《は》ぞ見《み》ゆる山《やま》に向《むか》へば
岩代《いはしろ》の湯川《ゆがは》の谿《たに》に立《た》ちまよふ煙《けむり》のごとしわが世《よ》さびしき
旅人《たびびと》のわが眼《め》にさびし岩代《いはしろ》の湯川《ゆがは》の水《みづ》にまよふ朝霧《あさぎり》
瀬《せ》の音《おと》の岩《いは》にひゞきて岩《いは》の上《へ》の椎《しひ》の木叢《こむら》は風絶《かぜた》えにけり
ひとすぢに吹《ふ》きすましたる笛《ふえ》の音《ね》にきほひてむせぶ山川《やまかは》の水《みづ》

川《かは》ぞひの湯宿《ゆやど》にともす灯火《ともしび》の流《なが》れの岩《いは》にせきぞ砕《くだ》くる
けふ一日《ひとひ》風《かぜ》ふきあれて妙高《めうかう》の山根《やまね》にさやぐ雨雲《あまぐも》の群《むれ》
妙高《めうかう》の裾野《すその》萱原《かやはら》いちじるき秋風《あきかぜ》のなかのみ湯《ゆ》の家村《いへむら》
野分風《のわけかぜ》ふきみだりたる山原《やまはら》の萱《かや》の中《なか》より月《つき》いでにけり
山蔭《やまかげ》の萱根《かやね》にむすぶ夕《ゆふ》つゆにかすかに影《かげ》をやどす月《つき》かも
こゝに来《き》て心《こゝろ》たのしも高原《たかはら》の萱草《かやぐさ》あをく天《てん》に靡《なび》きて
高原《たかはら》の山《やま》の萱草夏《かやぐさなつ》たけて秋《あき》にちかづく日《ひ》の光《ひかり》かも

（「短歌雑誌」大正8年7月号）

南信濃

太田水穂

昼たけて風南《みんなみ》つよく吹く日なり湖水は白き波を立てつゝ（諏訪五首）
湯の脇の湯側《ゆばた》の山の大寺ゆ鳴る鐘の音は湖《うみ》にひゞけり
寺裏の藪垣の間を抜けいでゝまさしに見たり昼《ひる》のみづうみ
湯の脇の山岨路《やまそばみち》の短草《みじかぐさ》たま〳〵木瓜の花まじり咲く
たま〳〵やこゝにわが来て城あとの春の草木をさびしと思ふ
日暮れて高原をゆく馬車の上にみ山颪を寒しと思へり（伊奈街道七首）
わが越ゆる伊奈のたぎりの幾たぎり雪解《ゆきげ》の水は蒼くむせびつ
小畔川《をぐろがは》夕闇くらくゆく水の水泡は白く見えにけるかも
天竜の向うの山の村々はすでに暮れたり灯《ひ》をばともして
高遠原高原のうへを走り来る電車を待てり麦畠の道に
駒ケ嶽ふもとの畠の桑の芽はいまだ芽ぐまず春はふかきに
遠くより喇叭《らつぱ》鳴らして夕晴の高原のうへを来《き》たる馬車あり
高遠山鉾持《たかとほやまほこぢ》棧道《はしみち》わだ行にば眼下《ました》に低き町の屋根見ゆ（高遠町十首）
屋根のうへに石を置きたる家こゝだ春日さびしき谷底の町
城あとの新桑畑《にひぐははばた》に照りみつる春日の光うらがなしかも
夕晴るゝ三峰《みぶ》の河原の河下《かはしも》にはるけき音を立つる水かも
暮れてゆく三峰《みぶ》の河原の瀬の音をさやかに聞けや山に居りつゝ
藪かげよ岩ばしりゆく河水の白きに見えて山吹咲けり
草の間に毛莨花《きんぱうげ》さく山岨路《やまそばぢ》風そよ〳〵と顔に吹き来る
物ふりて板屋さびしき此の町の背面《そとも》の山はみな若葉せり
谷底によりて相住む町の家ひつそりとして音もなきかも
花ぐもりいさゝか風のある日なり昼野火《ひるのび》もゆる高遠の山
雨やみて一時明《ひとときあ》かむ夕映の雲《くも》の下《した》なる菜の花の畠（広丘二首）
子をもたぬ呆人《ほうじん》の家の軒先にさびしきものは木蓮の花

（「潮音」大正8年6月号）

尽きぬ歎き（一）

小田観蛍

亡妻一周忌

一とせは過ぎにけるかもうつし世のいつとてか汝《な》はかへり来らん
面影をさやかに夢み眼ざめては汝がありし世のおもひ出尽きず
亡き妻をさやかに夢みぬ眼のさめて真夜中泣くを人の知らなく
夢覚めて枕冷たき我が涙このなげかひをたれに告げまし
まこと今霊《たま》は来しかも夢覚めてあやめもわかぬ闇のさびしさ
黄泉《よみ》の国いましに逢ひて詫《わ》びぬべき老の日の死はいまだも遠く
末遠くかけておもほゆ汝に死なれとはによき日の来らぬごとし
炉をかこみすわれる子達親の身はいづれを見ても憎しと思はず

ちさき子をいたはれ小さき子は姉に従ひて皆仲よくあそべ
むつましくあれな我が子等年たけてよしおのがじゝ離れ住むとも
来て見ればひとり眠れるをさな子の如何ばかり我が帰り待ちしぞ
亡き汝《なれ》を忍ぶにこゝはよき門辺鴉むれ鳴き空をかへるも
空青く星かゞやけるまがなしさ門をもとほり家には入らず
夕ざりてみ空に星は光れども死にたる汝《なれ》はかへり来らず
たもとほりなげきは尽きずいけ垣の蔭は地にひき月夜となりぬ
歎けども帰らぬなれとあきらめつ凭りて久しき戸をさしにけり

遺稿に曰く「リボン白きわが三百の徒歩隊は山に海見ぬはつ夏の風」

かのころはゆたけき家のまな娘亡き妻はまだ世を知らざりき

又曰く「雪折れの響どよもし石狩は王なき国とけふも日暮るゝ」

満山の雪しら〳〵し雪折れの音をかすかにきけばかなしく
遠どよむ雪折れのおとこの暮のはざまに立ちて涙ぐましき
夜ふかくひとり覚めゐて雪折れのひゞきをきけば落つる我がなみだ

又いふ「常磐常磐ときはかきはに栄えてよ病むなそなたはこの母が子ぞ」常磐は長女の名なり

死にぬべき身なればつねに子等が上並ならず妻の気づかひにけめ
夜となればこの子に文字を教へてし面影いまも見ゆるがごとし
よその子にまけなとつねに励まし、亡き汝が母の言《こと》なわすれぞ

（「潮音」大正8年2月号）

冬山水

若山牧水

■

おほよそにながめ来《き》にしか名《な》を問《と》へば浅間《あさま》とぞいふ里《さと》のうなゐは
朝戸出《あさとで》のころより見《み》つるとほ山《やま》の雪《ゆき》はだらなるを浅間《あさま》としいふ
浅間《あさま》にしまことありけり雲《くも》とのみ見《み》し白《しら》けぶり真《ま》すぐにぞ立《た》つ
おくれたる小田刈《をだか》りいそぐ里《さと》すぎてはしなく見《み》たれとほき浅間《あさま》を
名《な》も知《し》らぬひく山《やま》つづきけふ越《こ》ゆと遠《とほ》き浅間《あさま》を見《み》て暮《くら》したり
このあたり低《ひく》まりつづく毛《け》の国《くに》のむら山《やま》のうへに浅間山《あさまやま》見《み》ゆ

■

日輪《にちりん》はわがゆくかたの冬山《ふゆやま》の山間《やまあひ》にかかり光《ひかり》ぞ投《な》ぐ
日輪《にちりん》のひかりまぶしみ眼《め》を臥《ふ》せてゆけども光《ひか》るその山《やま》の端《は》に
澄《す》みとほる冬《ふゆ》の日《ひ》ざしは寒《さむ》うしてわれのこころも光《ひか》れとぞ射《さ》す
山窪《やまくぼ》の冬《ふゆ》のひかりのなかにして耳《みゝ》にかよふはなにの鳥《とり》ぞも

■

山《やま》かげの温泉《いでゆ》の小屋《こや》のやれたれば落葉《おちば》散《ち》り浮《う》くぬるきその湯《ゆ》に
夜《よ》をこめてこがらしすさび岩《いは》かげの温泉《いでゆ》の湯槽《ゆぶね》けさぬるみたり
散《ち》り浮《う》きて湯《ゆ》の面《も》に黄《き》なる新落葉《にひおちば》なにぞと見《み》れば栗《くり》の葉《は》らしき

■

うららかに冬日《ふゆび》晴《は》れゐてわが越《こ》ゆる路《みち》は水《みづ》なき渓《たに》に沿《そ》ひたり
水涸《みづか》れし渓《たに》に沿《そ》ひつつひとりゆく旅《たび》のひと日《ひ》の冬晴《ふゆは》れにけり
忘《わす》れてはひとりごとなど云《い》ひいづる冬涸渓《ふゆがれたに》に沿《そ》へる路《みち》ながし
ところどころ瀬《せ》は見《み》ゆれども冬渓《ふゆたに》の真《ま》白川《しろか》原《はら》は落葉《おちば》ばかりなり

■

此処《ここ》ばかり青淵《あをぶち》なせる真冬日《まふゆび》の水涸渓《みづがれだに》に小魚《こうを》あそべり

■

真《ま》冬日《ふゆび》はわれに射《さ》しそひ落葉山《おちばやま》こえいそぐ日《ひ》のこころ静《しづ》けし
足《あし》もこの落葉《おちば》のなかゆまひ立《た》ちし山鳥《やまどり》はゆく枯木《かれき》がくれに
落葉《おちば》して岩《いは》あらはなる荒山《あらやま》を越《こ》え来《く》れば此処《ここ》に渓青《たにあを》みたり

■

雑木山《ざふきやま》のぼりつむれば日《ひ》の射《さ》してまろきいただき黄葉照《もみぢて》るなり
こまごまと雑木《ざふき》たちならび黄葉《もみぢ》して山《やま》のひろ原立《はらた》ち掩《おほ》ひたり
時雨空《しぐれぞら》くもりきたれば茂《しげ》りあふ雑木《ざふき》のもみぢうちしめり見《み》ゆ
この山《やま》の落葉松林《からまつばやし》わかければもみぢのいろのやはらけく見《み》ゆ
しぐれむと空《そら》のくらみて垂《た》りくだりをちかたの峰《みね》は立《た》ちならびたり
低山《ひくやま》に立《た》ちてわが見《み》るをちかたのむら山《やま》の辺《へ》に時雨降《しぐれふ》るらし
とほ山はしろくかくろひわがいそぐ端山《はやま》のはしに時雨《しぐれ》かかれり

■

寒《さむ》き日《ひ》の浅間《あさま》の山《やま》の黒《くろ》けぶり垂《た》りうづまきて山《やま》の背《せ》に這《は》へり
山《やま》の背《せ》に凝《こ》りうづまける浅間山《あさまやま》の煙《けむり》はなびく朝《あさ》たけゆけば
真《ま》冬日《ふゆび》の澄《す》みゐる空《そら》に風《かぜ》あらし東《ひがし》へなびく浅間山《あさまやま》の煙《けむり》
いただきをやゝ垂《た》りくだり真《ま》ひがしへたなびきわたる浅間山《あさまやま》の煙《けむり》
おほどかに東《ひがし》へなびく浅間山《あさまやま》のけぶりは垂《た》りてまなかひに見《み》ゆ
真《ま》ひがしに靡《なび》きくだれる浅間山《あさまやま》のけぶりのするの山《やま》はなに山《やま》
この幾日《いくひ》ながめつつ来《こ》し浅間山《あさまやま》をけふはあらはにその根《ね》にぞ見《み》る
浅間山《あさまやま》の北《きた》の根《ね》にある六里《り》が原《はら》六里《り》にあまり薄枯《すゝきか》れすびく
すすきの原《はら》に立《た》つは何《なん》の樹《き》とところどころ立《た》ち散《ち》らばりて落葉《おちば》してをる

（「短歌雑誌」大正8年1月号）

渓の歌

若山牧水

岩山《いはやま》のせまりきたりて落《お》ち合《あ》へる峡《かひ》の深《ふか》きに渓《たに》たぎちながる
うづまける白渦《しらうづみ》見ゆれ落《お》ち合《あ》へる落葉《おちば》の山《やま》の荒岩《あらいは》の蔭《かげ》に
深々《ふか〴〵》と渓《たに》ほそまりて岩《いは》かげにかくるゝ峡《かひ》はことごとく落葉《おちば》
見《み》るかぎり岩《いは》ばかりなる冬山《ふゆやま》の峡間《はざま》に青《あを》み渓湛《たにたゝ》へたり
せまりあふ岩《いは》のほさきの触《ふ》れむとし相触《あひふ》れがたし青《あを》き渓《たに》のうへに
そゝり立《た》つ岩山崖《いはやまがけ》の岩松《いはまつ》に落葉《おちば》散《ち》りつもり小雀《こがら》あそべり
夕寒《ゆふさむ》き日《ひ》ざしとなりてかげりたる岩《いは》かげの渓《たに》は藍深《あゐふか》うして
寒々《さむ〴〵》と岩《いは》のはざまに影見《かげみ》えてながるゝ渓《たに》は音《おと》もこそせぬ
岩山《いはやま》の尾《を》の岩端《いははな》に堰《せ》かれたる渓《たに》はどよみて渦巻《うづま》きかへる
大渦《おほうづ》のうづまきあがり音《おと》も無《な》しうねりなだれて岩《いは》を掩《おほ》へども
大渦《おほうづ》のうづまきあがりなだれたるなだれのうへを水千々《みづちゞ》に走《はし》る
ましぐらに流《なが》れ来《きた》れる荒《あら》き瀬《せ》の此処《ここ》にどよみて大《おほ》き淵《ふち》つくる

（「文章世界」大正8年1月号）

春愁

若山喜志子

春《はる》の日《ひ》の光《ひか》りあまねき昨日今日《きのふけふ》俄《にはか》にわれの食減《しよくへ》りにけり
もの思《おも》ひするは身《み》の毒《どく》いささかの心《こゝろ》がかりに食減《しよくへ》りにけり
食減《しよくへ》りて身《み》にけだるさをおぼえくる春《はる》の日《ひ》ぐれの快《こゝろよ》さかな
汝《な》が夫《つま》に酒禁《さけや》めさせと厳《おごそ》かに人《ひと》は云《い》ひ越《こ》せり悲《かな》しめるわれに
悲《かな》しとは云《い》ふも愚《おろ》かぞ愚《おろ》かしの吾《わ》が身《み》やと今《いま》はみづからを責《せ》むる

酔人《さけのみ》の妻《つま》とよばれつさけのみにかしづくわれを愚《おろ》かしといふか
酒飲《さけの》まば生命《いのち》ちぢまむ酒《さけ》のむなと諫《いさ》むる言《こと》も正《まさ》にはきかず
愚《おろ》かしの身《み》やと己《おの》れを叱《しか》りつつも泣《な》くに泣《な》かれず酒はすゝむる
泣《な》く涙顔色《なみだかほいろ》には見《み》せずかにかくにつぎてまゐらす酒《さけ》にしありけり
泣《な》けばとて涙《なみだ》に出《いで》ぬ苦《くる》しさを齢甲斐《としがひ》もなく繰言《くりごと》にいふ
ほど〱に禁《や》めたまふべしと陰《かげ》になり陽《ひなた》になりて酒《さけ》の事《こと》は思《おも》ふ
あさましと人《ひと》はも見《み》らめみづからも憂《う》しとはおもへ酔人《さけのみ》の妻《つま》は
汝《な》が妻《つま》は酒故《さけゆゑ》に生命《いのち》ちぢまむとまたもきくかなわれ早《はや》く死《し》なむ
何事《なにごと》か深《ふか》く祈《いの》りてみじろがぬ酔人《さけのみ》の妻《つま》のわれの朝夕《あさゆふ》
なげきつつ神《かみ》に申《まを》さくながらへむ生命《いのち》のきはみみせしめ給《たま》へ
われ泣《な》かば家《いへ》は真闇《まやみ》となりぬべしいざ幼《をさ》な子《ご》よ菓子《くわし》を食《た》ふべよ
わが夫《つま》に力《ちから》と恃《たの》む人《ひと》はあらずたま〱あればそれも酒好《さけず》き
智慧《ちゑ》なしのこの愚妻《おろかづま》を嘲笑《あざわら》ふあまたの人《ひと》の顔《かほ》こそみゆれ
優《やさ》しとはこの愚《おろ》かさの事《こと》ならむ年頃《としごろ》を人《ひと》にさからふとせず
今《いま》さらに酒《さけ》を諫《いさ》めて何《なに》すとや人《ひと》の生命《いのち》は神《かみ》ぞしろしめす
一《ひと》すぢに君《きみ》のいのちを信《しん》じつつ生《い》くるはわれぞまさきくてあれな
ひたすらに時《とき》の惜《を》しけくゐつ立《た》ちつ春《はる》の一日《ひとひ》をしづ心《こゝろ》なし
春《はる》の日《ひ》に水《みづ》がぬるめばおのづから這《は》ひ出《い》で、啼《な》く沼《ぬま》の蟇《ひき》の子《こ》（植物園所見）
春《はる》の日《ひ》に沼《ぬま》に妻《つま》どふひきがへるのんどを見《み》ればひよめきなせり
若者《わかもの》の蟇《ひき》の子なれや恋心《こひごゝろ》おさへかねたるのんどのをどり

（「文章世界」大正8年4月号）

揚雲雀

石井直三郎

うらうらに雲雀《ひばり》さへずる春《はる》はやき空《そら》にむなしく消《き》えてゆきけむ
あかあかと雪野《ゆきの》のはてに日《ひ》は沈《しづ》み君《きみ》はほのけき煙《けむ》となりけり
たらちねの母《はゝ》が手《て》かれて死にゆきし処女《をとめ》のままのうら子《こ》はあはれ
死《し》にし娘《こ》は哀《あは》れなれども術知《すべし》らにながが身《み》いとしみ健《すこや》かにあれ（弟に）
思《おも》はぬに死《し》にたる人《ひと》を惜《お》しみつつ夕餉《ゆふげ》の卓《たく》に悲《かな》しみを堪《たゝ》ふ
おのづから眠《ねむ》りたらひてこのあさけ子《こ》はぽつちりと眼《まなこ》をひらく
雪《ゆき》なだれなだれておつる音《おと》ひびく明《あか》るき部屋《へや》に子《こ》をあやしつつ
窓《まど》ちかきいささむら竹風《たけかぜ》に鳴《な》りふけしづむ夜《よ》は吾子《わがこ》はねつかず
雪《ゆき》ふれば裏竹籔《うらたけやぶ》にとびかひて啼《な》ける雀《すゞめ》のこゑあはれなり
新《あたら》しく人移《うつ》り来《こ》し隣家《となりや》の子《こ》の泣《な》くこゑもさびしあさけは
日並《ひなら》べて時雨《しぐれ》の降《ふ》れば朝宵《あさよひ》を子《こ》はむづかりて泣《な》きやまぬかも
いきどほり泣《な》く子《こ》をすかす妻《つま》の声夕《こゑゆふ》のかどべに寂《さび》しくし聞《きこ》ゆ
下婢《はしため》も妻《つま》も病《や》みたり牛乳《ちち》をやると父《ちゝ》はゐるものを子《こ》よ泣《な》きやめよ
眠《ねむ》るかとすればすなはち眼《め》をあけて子《こ》が泣《な》くゆゑに父《ちゝ》は術《すべ》しらず
うつうつと子《こ》はいねむとす抱《だ》きなれぬ父《ちゝ》が腕《かひな》に泣《な》き疲《つか》れつつ
夕空《ゆふぞら》は澄《す》みてまさをし風《かぜ》をもつもろこしの畑《はた》に鳴《な》く虫《むし》のこゑ
うまやぢの宵《よひ》の人《ひと》ごゑもろこしの葉蔭《はかげ》に見《み》ゆる灯《ひ》はあはれなり
更《ふ》け沈《しづ》み澄《す》みたる空《そら》に星《ほし》おちてもののさびしき夜烏《よがらす》のこゑ
星空《ほしぞら》はすみてつめたし人《ひと》をおくり夜《よる》ふかくして衣《きぬ》しめりたり
ゆふぐれの山路《やまぢ》しづけみ峰《みね》一つへだつる谷《たに》の水《みづ》の音《おと》きこゆ
このゆふべちまたの風《かぜ》に立《た》つ塵《ちり》のかすかに見《み》えて秋《あき》さりにけり

宵《よひ》あさきわが門口《かどぐち》に立《た》ちどまりものをたづぬる人《ひと》のこゑもか
蚊帳《かや》ごしに見《み》ゆる夜《よ》の空潜《そらひそ》みとほり風《かぜ》のつめたき秋《あき》となりにけり
ひそまりてものおともせぬ子《こ》を見《み》れば空気枕《くうきまくら》をふきてうつつなし
畔《あぜ》みちの草《くさ》をくぐりて田《た》より田《た》に落《お》ち入《い》る水《みづ》の音《おと》しづかなる
きその夜《よ》に降《ふ》りたる雨《あめ》のしげければ水足《みづた》りぬらむ蛙鳴《かはづな》きしきる
真《ま》日《ひ》のもと樹々《きゝ》の若葉《わかば》に風《かぜ》わたり寂《さび》しきものは松蟬《まつせみ》のこゑ
春《はる》の山《やま》に蕨《わらび》をとると入りにけむ人《ひと》ごゑ遠《とほ》し風《かぜ》のわたれば
風《かぜ》わたる若葉《わかば》を見《み》つつ寂《さび》しさを誰《たれ》に告《つ》げむと吾《わ》が嘆《なげ》きをり
麦畑《むぎはた》のしめり黒土湯気《くろつちゆげ》立《た》つるしづけき昼《ひる》を啼《な》く揚雲雀《あげひばり》

（「短歌雑誌」大正8年7月号）

旅の歌

岡本かの子

連《つらな》りて暮《く》る、箱根《はこね》の峯《みね》〱も数へ疲《つか》れて都《みやこ》こひしも
君《きみ》おもふ心《こゝろ》に沁《し》みてやや寒《さむ》し伊豆《いづ》の深山《みやま》に掬《すく》ふ真《ま》清《し》水《みづ》
伊豆《いづ》の山《やま》わが乗《の》る駒《こま》のたてがみに初秋風《はつあきかぜ》の吹《ふ》く夕《ゆふべ》かな
わが馬《うま》に草喰《くさは》ませつつ越《こ》え来《き》にし山山《やま〱》しばしかへり見《み》るかな
伊豆《いづ》の山切《やまき》られし石《いし》の積《つ》まれたるかたかげにしも眠《ねむ》る裸男《はだかを》
石切《いしきり》の裸男《はだかをとこ》の昼寝《ひるね》をば覚《さま》さぬほどにいゆけわが駒《こま》
わが駒《こま》の蹄《ひづめ》の音《ね》のみこだまして伊豆《いづ》の深山《みやま》の真昼《まびる》しづけし
疲《つか》れたる馬《うま》のたてがみ一《ひと》しきりかい撫《な》でてまた山深《やまふか》く入《い》る
、、、ちろちろとゆくてに甘《あま》き真《ま》清《し》水《みづ》の音《ね》こそ聞《きこ》ゆれ急《いそ》げわが駒《こま》
山腹《さんぷく》のみか、、、ん畑《ばたけ》の厚《あつ》き葉《は》の暗緑《あんりよく》に照《て》る夏《なつ》の真《ま》昼日《ひるひ》
伊豆《いづ》の海《うみ》の和《な》ぎのはろけさ暗緑《あんりよく》のみか、、、ん畑《ばたけ》をわが駒《こま》は行《ゆ》く
伊豆《いづ》の海《うみ》に白浪《しらなみ》たてば暗緑《あんりよく》のみか、、、ん畑《ばたけ》は暮《く》れそめにけり（以上伊豆にて）
竹《たけ》の箸《はし》また持《も》ちかへつ信濃路《しなのぢ》に硬《かた》き飯《めし》かむひとり旅《たび》かな
荒《あら》くれし信濃《しなの》なまりの女《をんな》らに交《まじ》りひそかに湯《ゆ》あみするかな
千曲川風《ちくまがはかぜ》なつかしく旅《たび》にしてやや黒《くろ》みたるわが頬《ほ》吹《ふ》きけり
寄《よ》り来《く》れば払《はら》ひもかねつ山蟻《やまあり》を掌《てのひら》にのせかなしとぞ見《み》る（以上信濃にて）

（「短歌雑誌」大正8年9月号）

楽屋の木がらし

田辺若男

私たち藝術座は島村先生を失つてはじめての旅に出た。うす暗い舞台や楽屋の灯かげには先生がいつものやうに腕組みをして歩いて居られるかと思はれた。舞台の隅々には先生の影が射し、須磨子の唄ふ『さすらひの唄』には亡き先生の魂が通うてゐるやうであつた。そして更けゆく冬の夜の芝居小屋には海から吹き上げて来る木がらしが絶えず鳴つてゐた。

しのびかに楽屋《がくや》の窓《まど》をおとづる、ものあり夜《よる》の木《こ》がらしといふ
灯《ひ》ともしごろいとしのびかに窓《まど》うちて心《こゝろ》にせまる木がらしの声《こゑ》
い、、、がたこと、窓《まど》の木《こ》がらし音寒《おとさむ》みさみしき心灯《こゝろひ》をともしけり
この夜《よ》ごろ楽屋《がくや》の窓《まど》にきこゆるは野《の》の木《こ》がらしか人《ひと》の叫《さけ》びか
向《むか》つ岩闇《いはやみ》のせまりて木《こ》がらしの鳴《な》る音《おと》きこゆ楽屋《がくや》の灯《ほ》かげに
海《うみ》ぎしの小屋《こや》に木《こ》がらし吹《ふ》きつのり声《こゑ》もかなしきさすらひの唄《うた》
音《ね》を寒《さむ》み楽屋《がくや》の灯《ほ》かげにひそまりて深田《ふかた》の浜《はま》の木《こ》がらしをきく
さすらひの旅藝人《たびげいにん》がよりて来《く》るこの海《うみ》ぎしの小屋《こや》の木《こ》がらし
木《こ》がらしの吹《ふ》く夜《よ》の小屋《こや》の窓《まど》ぬちゆさすらひの唄《うた》かすかにきこゆ
ひつそりと木《こ》がらしやみて月《つき》のさす楽屋《がくや》の窓《まど》のともし灯《び》のかげ

さだめなき世《よ》に咲《さ》きいでし冬《ふゆ》の野《の》の小《ち》ひさき花《はな》ぞ身《み》につまさる、
小春日《こはるび》のこの山峡《やまあひ》にすむ子《こ》らの声《こゑ》は小鳥《ことり》の啼くかとおもほゆ
あわたゞしく海《うみ》ぎしをゆき山《やま》に入《い》り事《こと》あるごとく草《くさ》に睡《ねむ》れり
海原《うなばら》ゆ吹《ふ》き来《く》る風《かぜ》に身《み》をつゝみ夕《ゆふ》べの浜《はま》をかへるわが宿《やど》
（「文章世界」大正8年3月号）

俳句

平井照敏＝選

ホトトギス巻頭句集

日を怖れて得たる黒蜻蛉《きやんま》の紫金かな　東京　石鼎
露草に黒蜻蛉《きやんま》羽開く時を見ぬ　同
洋傘《かさ》の影落ちやまず行く花野かな　同
濯ぎ衣を肩に出し婢に蜻蛉かな　同
土窪や蜻蛉とまる羽の影　同
火鉢抱いて瞳落すところ只畳　同
鵜ならんか雲渡る時首長く　同
（「ホトトギス」大正8年1月号）

地の窪に屋の棟見ゆる冬野かな　神戸　躑躅
我が倚れる冬木しづかに他に対す　同
大根鎧へる壁の小窓の障子かな　同
歳晩や遅参ながらもほ句会へ　同

ひろ庭の霜に焚火や僕夫婦　同
（「ホトトギス」大正8年2月号）

散葉支へて下枝平めに紅葉かな　丹波　泊雲
葉尖日にたゞれて土手の草紅葉　同
暮近く一瀑かゝりぬ紅葉狩　同
揚げ泥にすぽ〳〵穿つ木の実かな　同
萩枯れて斑愈《よ》々《ゝ》濃し鹿の親　同
葱盗ると極めて恐ろし凩の月　同
箒目に水仙清し欅の根　同
足跡のふやけて浅き水田かな　同
（「ホトトギス」大正8年3月号）

菜の花や日焼け畳に俳諧師　鎌倉　はじめ
菜の花や渦解《と》けむすび日もすがら　同
苫出で、猫の行方や花菜咲く　同
囀やピアノの上の薄埃　同
堂濡れてよるべくもなし春の月　同
朧夜やちり敷く梅に蝦蟇雌雄　同
竹秋や蒲団干し居る榛名駕　同
湯婆や猫戻りたる月の縁　同
（「ホトトギス」大正8年4月号）

春暁や裏山畠の百姓家　丹波　泊月
鉾杉を縺れ上る蝶や宮静か　同
竹秋や厠の中の刀架　同

先住の焦がせし畳竹の秋　同
（「ホトトギス」大正8年5月号）

雨の若葉にうつら移りす鹿の脚　東京　石鼎
足場行き交ふ足のみ見ゆる若葉かな　同
門の花静かに白し花曇　同
這ひ上りし蛙眼まろし夕汀　同
滝涼し樹を飛びし鳥下の岩に　同
石蕗苔にべに葉や永久《とは》の滝雫　同
葉と落ちて紫金まどかや金亀子　同
うす〳〵と幾つもあげぬ石鹸玉　同
春の鶏孟宗藪のかたへより　同
（「ホトトギス」大正8年6月号）

撒水に紅ゐうつれ祭の灯　東京　宵曲
幅広に光り暮れ居り梅雨の道　同
後しざる長尾藻にある金魚かな　同
薫風に石垣の下の水泡かな　同
人歩く見えて暮れゐる夏木かな　同
銭苔に石渡り消えぬ蟻一つ　同
（「ホトトギス」大正8年7月号）

広縁に杣腹這へる夏書かな　丹波　泊雲
つゝじ落花支へたまるや花の中　同
縦横に光る木の根や五月闇　同
口やれば波たゝみ来る清水かな　同

ぐいと曳けば我田合点や田植牛　同
夏草にかゝりて軽ろし布晒　同
踏みしだける道筋見ゆる落花かな　同
日中に朝顔咲けるそばえかな　同
（「ホトトギス」大正8年8月号）

御解夏の迎の駕籠に出逢ひけり　丹波　泊雲
紺切れ濃く底に沈める泉かな　同
雨だれのしぶき明かに灯籠かな　同
切籠左に廻りつくせば又右に　同
梅雨の蔓人々踏みて通りけり　同
牛の中に馬一匹の田植かな　同
鶏搔いて痛めし土や鳳仙花　同
（「ホトトギス」大正8年9月号）

花の白に柄の青薄し鳳仙花　東京　月舟
昼寝覚めて跳ね起きたれど何もせず　同
昼寝覚首うな垂れて畳歩るく　同
朝顔の花折り垂れてしぼむかな　同
蛇めがけて昼寝の猫を横投げに　同
蛇尾消えて水面平かや目高飛ぶ　同
火にかけて水鳴る鍋や新豆腐　同
欠び猫の歯ぐきに浮ける蚤を見し　同
（「ホトトギス」大正8年10月号）

来る後に暮るゝ霧あり野路の秋　東京　たけし
見えがてに遅るゝ人や野路の秋　同
直ぐ消えし水輪や秋の水広し　同
絵馬堂の乾ける土間や秋の雨　同
雨降れば濡れて乾ける桐一葉　同
人出でし門を通るや秋の暮　同
古道や真間の入江に沿ひて秋　同
秋寺に人さわがしや詣で去る　同
（「ホトトギス」大正8年11月号）

泥濘に今落ちし朴葉二三枚　丹波　泊雲
月影曳いて朴葉散る見ゆ又一葉　同
枯葎嵩の減りゆく時雨かな　同
汲水にコスモス映る祭かな　同
ガラス戸の青みどろなり後の月　同
八重葎嵩其まゝに枯れにけり　同
藪が根と流るゝ溝や後の月　同
（「ホトトギス」大正8年12月号）

『山廬集』（抄）　飯田蛇笏

大正八年七十六句

新年

手毬　廊わたる月となるまで手鞠かな

春

立春　立春の馬嘶くもよし雨中の陽

春浅し　火に倦んで炉にみる月や浅き春

二月　山雪に焚く火ばしらや二月空

雪解　月褒めて雪解渡しや二三人

山くぼの朴一と叢や雪解月

凍解　家鴨抱くや凍解の水はれ〴〵と

焼野　月いよ〳〵大空わたる焼野かな

猟名残　牧がすみ西うちはれて猟期畢ふ

猫の恋　草喰む猫眼うとく日照雨仰ぎけり

落汐や月に尚恋ふ船の猫

芹　日影して胸ふとき雞や芹の水

竹の秋　谷川にほとりす風呂や竹の秋

夏

白骨温泉

夜の秋　尿やるまもねむる児や夜の秋

三伏　三伏の月の小さゝや焼ケ嶽

梅雨　うち越してながむる川の梅雨かな

信濃山中梓川

から梅雨や水ノ面もとびて合歓の鳥

青嵐　川瀬ゆるく浪をおくるや青あらし

大正八年六月二十六日家郷を発して日本アルプスの幽境白骨山中の温泉に向ふ。途中三句

夏の山　夏山や又大川にめぐりあふ

泉　汗冷えつ笠紐ひたる泉かな

深山雨に蕗ふか〴〵と泉かな

硯洗ふ　硯洗ふや虹濃き水のゆたかなる

蚊帳　剪りさして毒花に睡る蚊帳かな

白骨檜峠一軒茶屋

高山七月老鶯をきく昼寝蝴

墓参　展墓日暑し玉虫袖をあゆむかな

蛍　瀬をあらびやがて山のすほたるかな

かざむきにまひおつ芋の蛍かな

白骨温泉

金亀子　後架灯おくやもんどりうちて金亀子

大正八年六月六日家郷を発して日本アルプスの幽境白骨温泉に向ふ

夏蝶　夏蝶や歯朶ゆりて又雨来る

蜘蛛　雲ゆくや行ひすます空の蜘蛛

渓蓀　濁り江や茂葉うつして花あやめ

合歓の花　ふためきて又虫とるや合歓の禽

秋

秋　僧院や秋風呂たてゝこみあへる

秋の日　秋日や喰へば舌やく唐がらし
葉月　陰暦八月虹うち仰ぐ晩稲守
初秋　笛吹川堤上
はつ秋の雨はじく朴に施餓鬼棚
秋の日　感電して少年めぐりおちぬ秋の日に
月　月高し池舟上る石だゝみ
白骨温泉　二句
月みせてはとぶ白雲や深山槙
這ひいでゝ人捕るさまや月の蜘蛛
真乗寺住持聾白林に与ふ
山月に冴えて聾ひたる耳二つ
白林和尚葬儀
秋月や魂なき僧を高になひ
幽夢の愛瓢鳴海に題す
ある時は月前にうつ鼓とも
名月　名月や耳しひまさる荒瀬越え
三日月　新月や掃きわすれたる萩落葉
露　倒れ木やのぼるになれて露の杣
ふなべりをおちてさやかや露の虫
霧　夕霧やうす星いでゝ笠庇
秋の山　鳥かげにむれたつ鳥や秋の山
秋の蚊帳　耳さとくねて月遠し秋の幮
菜種蒔く　菜蒔きにも髪ゆひあふや賤が妻
秋の猫　臀たれてむだ飯くらふ秋の猫
落鰻　鰻掻くや顔ひろやかに水の面
秋の蟬　秋蟬やなきやむ幹を横あゆみ
秋の蠅　扇折るや烈火にとべる秋の蠅
秋の草　秋草やふみしだきたる通ひみち
野菊　野菊折るやうちみる早瀬夕焼けて
女郎花　むらさめにおちず古葉やをみなへし
芭蕉　芭蕉葉や池にひたせる狩ごろも
萩　古椀うかむ池ふく風や萩のつゆ
榛　嘴するや榛高枝の秋がらす

冬

冬　元結をかみさす冬の女かな
師走　極月や雪山星をいたゞきて
霜　いもの葉にひと霜きしや湖の月
上曾根渡し
冬の風　冬風に下駄も結べる鵜籠かな
時雨　柚伐つて鋸おく枝や片時雨
雪　月いでゝ雪山遠きすがたかな
雪晴や庵にこたへて富士おろし
木枝ながき雪に星出ぬやぶだゝみ
廊灯しゆく婢に月明の深雪竹
薄雪に月出ぬ山は夕日して

山居即事
雉たかく榎の日に飛べる深雪かな
雪空や死雉さげたる作男

焚火　渡しまつ脛くゝり鳴る焚火かな

寒稽古　月の木にありあふ柝や寒稽古

葱　葱洗ふや月ほのぐ〵と深雪竹

『乙字句集』(抄)

大須賀乙字

（昭和7年12月、雲母社刊）

新年之部

小庵元旦
初富士　神棚に代へて初富士拝むなり

児の書初めに
試筆　一青氈三世の子の試筆かな

冬之部

寒雨　窓先や桐の実殻に寒の雨
畑木紫に夕靄こめつ寒の雨
少し摘みし芹の緑に寒の雨
雲ぬぎし山は明りさす寒の雨
から舟に凫こぞりけり寒の雨

明允君玖馬行を送る
寒さ　幾夜ねざめの鳴る湖の月寒からむ

幼児英二を喪ふ三句
冴ゆる　父母の顔を追ふ眼も夜冴えたり（臨終）
亡骸だいて寝よとする母よ夜の雪（亡き跡）

雪　雪掃きて玩具出て来る吾児の顔（同）

月嶺君を惜む二句
雪玲瓏の月嶺に立ちおはすらむ
雪月夜歩まれし句境忍ぶなり
雪遠野藍隈つくり日暮れたり

越信の境を踰えて
雪気こもる山峡に薄き落暉かな

氷　簗魚捕の打つ鍬ひゞく氷かな

災天君に
鴨　なつかしき南部の鴨の毛色かな

政子姫の早世を悼みて
水仙　浄き余りに水仙花影となり給ふ

春之部

春寒　春寒や仔馬むづかる二三日
挽きさして鋸味狂ふ余寒哉
とりかゆる供華なくなりし余寒かな
鰊寄る流霞の消えて余寒かな
大雨中馬市果て、余寒かな

雪原を銜く水澄んで余寒かな
朽木朽葉の床築きさして余寒かな
藪中に鶏すくみ居り余寒雨
余寒空風変る前の雪来たり

母を失へる柿葉君に

冴返る　風ゆれの樹の音もいとゞ冴え返る

春雷　長閑すぎて虚雷きくなり山の宿
山深う焼けのびて雷気起りけり
比良一帯の大雪となりぬ春の雷

春の雨　独活苗や筵はね置く春の雨
朽木床肥気つきけり春の雨
古簀洗ふて舟に積みをり春の雨

春の山　春山や空寺喧雀暮れかねて
馬の鈴に鳴禽競ふ春の山
湖畔既に人来て焼きぬ春登山
春山にひらふ大鷲の抜羽かな

流氷　湖落口の流氷にさわぐ家鴨哉

残雪　雪残る下の山萱火入れかな
桑肥をはや下ろしをり残雪に

雪解　棚田下瀬鳴りして居る雪解哉

汐干　遠干潟蜆掘る鴫見かけゆく

蜆　氷湖たゝいて舟動かしつ蜆かく

桜　朝澄める花蹴ちらして烏かな
ゆあみ心夕桜ちるしづけさに
漁分つ喧嘩のどかや桃日和
寝乞食も村に来初めぬ桃日和
山入に馬も留守なり桃日和

桃　桃畑の四方丘なる麦生かな

蕗の台　土竜除けしつらへし外や蕗の台
火いたづらの隠れ場に知りぬ蕗の台
庭稲荷詣でぬ久し蕗の台
崖の上に鶏の遠出す蕗の台
墓地にとらぬ庭少しあり蕗の台

夏之部

松島にて

涼し　靄に消えあらはるゝ島も帆も涼し

寒山君の長崎に赴任するを送る

余事に句あれその地晩涼多からむ

穂村君の除隊に

戎衣といて月に酌む蚊火涼しけれ

減天君をいたむ

旱　旱天の霹靂の如き訃音かな

綾川のほとりにて

暑さ　風根絶つ雲群れ立つて暑さかな

夕立　桑刈りの半駄にみたず夕立てり

山火事のいよ〳〵つのる夕立かな
一ト夕立競泳の中に来りけり

梅雨　藻枯れして蝦つれずなりぬ梅雨の明け

天覧山二句

薫風　薫風や蜘蛛取り蜂の地を歩く
薫風に酔す、まずよ山の茶屋
時化南風来て蜆なき海となり

厳父を失はれたる柿葉君に

時鳥　父の御声の又そら耳か時鳥

行々子　蛙声たま〳〵葭切の声に紛れけり

撫子　海と砂山ばかり見る旅や野撫子
火口壁に撫子咲けり霧のまく
大雨洗つて撫子に松葉よせにけり

秋之部

野分　よく晴れしコスモスの影野分かな
木兎けろりと鳥居にとまる野分哉
洲の舟を草場に上ぐる野分かな
蜻蛉皆水際による野分かな

稲妻　独り漕いで芦を出離れず稲光
湖へ垂る、雲脚となり稲光
稲妻に昇荷の鵜共騒ぎけり

天の川　長州松原はる〴〵と来ぬ天の川

蝸牛の図に題す

真直に尾根越えしたり天の川
主峯見かけて遠野来つ銀河沈みけり
峠松仰がる、銀河明りかな
通り雨薄雲となり銀河澄む

月　月の汐勢網代小屋浮び出る如し
瀬伝や月下の瀧に行どまり
風跡の木拾ひに月の山路かな

花野　ひら城の松残る外は花野かな
山腹をめぐると知らず花野来し
陸奥や花野つくれば芦ばかり
花野茶屋の所在を帰路に失しけり

虫　引越の荷の中にねまる虫の声
両岸の洲原虫鳴く月一つ

蛻骨君の越後に赴任するを送る

虫音聞くとばかりあつて別れ哉

冬之部

冬の月　木移りの栗鼠の影飛ぶ冬の月

雪　雪やんで木々茜さす夕日かな

冬の梅　日だまりの谷の寺なり冬の梅

病中吟（三十七句）　十一月九日より大正九年一月四日に至る迄の作

頭燃払ひ難きを冬の蠅めぐる

三幹竹桐明両君余が枕頭を守りて語無し

黙しをれば時雨の音のつのりけり

月杖氏菊と寒木瓜とを携へて来る

菊を見つむる眼疲れては眠るなり

木の葉しぐれか明り障子に日てら〳〵

落葉焚いて見せうといたつき忘るべし

落葉焚く所選りする風見かな

落葉掻くに散らしてばかり小僧かな

落葉深うなれば溜桶殖しけり

遠野一点の日ざしなうたゞ雪雲や

冬葉君に対す

寝てをれば静けき葉音小春かな

病中の昭允君に

時雨きく静けさは同じ思ひかな

杜歩君より山芋沢山贈らる

咳とめに山芋焼いて夜々食はん

月草君より黄菊を贈られしを枕頭にかざる

仰臥して黄菊見る眼に花火かな

余の胸のところの道をつくりかためんとて枯木君がしきりに力をつくさる、と覚えて

枯木にし固むる道の霰かな

夢に柿葉君と歩く

大山颪津浪の如き落葉かな

柿葉君に

風音を追へば炉端の君が見ゆ

夢裡問答

諷刺の言を題するをも賛といふは如何と或人のいひければ余無色も色なりと答へて

霜朝日一時の木々の梢かな

朝毎に来鳴く笹子の待たれけり

松原の時雨に遊ぶ夢境

朝の間や笹子来て居る障子際

風音の遠ざかりゆけば時雨かな

桐明君のおとづれを喜びて

よくぞ来し君よ時雨る、日は淋し

塩田越す千鳥月下に霞みけり

甲板の雪掻いて千鳥囃しけり

森深う乗る汐に通ふ千鳥かな

島別荘に今宵灯入りぬ鳴く千鳥

寒柝や千船の空を舞ふ千鳥

風月夜丘越す千鳥はるかなり

待つ春や病忘れの膳仕度

元旦に酒酌まぬ今年ばかりかな

（大正10年5月、懸葵発行所刊）

河東碧梧桐

『八年間』（抄）

蒲団が四つに折れて干すべかりけり
私のふとん縄かけられた埃り
夜ぴてごそつく蒲団の襖であつて
僕達の蒲団有り余つた一枚もかけるべし
一図にせねばならぬそをいふ炭火がおこり
弟を裏切る兄それが私である師走
弟よドテラを着る襟垢が光つて
まともな親方の死の菜漬けるけふ
ことしの日記松納めのお前のを読め
正月の日記どうしても五行で足るのであつて
鴨が首を吊つた台所でまご〱する
つや〱しい鏡餅の粉をはらつてこの手
葉振つた木だ雀が落ちた枝
暮の新らしい箒をずつて女らしくあれ
画室のない雲空があるじを留守にした
二人の言葉切れ〱になつて懐炉が出るのだ
懐炉の灰をあけざまの靴でふむ人だつた
炭がこぼれさうな炭斗と別な八つ手だ
妻が雑巾をかけた大理石の冬の三枚
段々はなやかになつて行く棺前の君との火鉢
起きて雪掻きを握つてしまつた
君に失望した襟巻なるを濃き色よ
ひだるく戻つて視線が向くので炭が尊い
この部屋うなだれた襟巻きのうなぢが明るい
トルストイの書いた羊皮の外套思ふべし
トルストイはよく冬の事をかいて嚇す
大橋を渡る早春の人の褄返る
女らエプロンの胸をスチームに投げかけ
夜の雪かいて土あらはれんあらはる、
古い粉ナ炭が火箸があたる底に
雨戸の旭のぬくもりもろ手かけたり
雪掻の人夫らずつと行つたこの朝
子の守を頼んで蕾む木瓜のそこら
小屋めぐるやうになつて牛よ乳走る
物足らなく酒になり藝者になつて行くぬくい
菊苗をもらつて手の汚れが甜められる
とはに女の家の辛夷みちたり駅員
駅員木の芽空のレールの我をはかなみ
木の芽空の弟の物案じな正しさの姉なれば
弟いつまで端居して木の芽空どんよりな
弟よ日給のおあしはお前のものであつて夜桜

姉の朝起がつゞいて上野の小鳥の木の芽空
摘草の子二階の私を見上げて二人になつて
姉は茅花をむしつてまるめては捨てる
子を亡くした便りが余りに落著いてかけて青麦
忘れたいことの又たあたふたと菜の花がさく
散りかたの梨畑見に来て子に甘へてゐる
散り残つた梨の花びらの梨なる白さ
風がとほる拾はれる飯粒の板間
妻に慊らぬ袷きる日のねむし
緑肥が鋤かれる〳〵もう平気でをりうる私
蕨山のつゞら折りが明るい未通女らの野の声
五月の寒さ肌著通り易く
五月の寒さ縞柄のうしろがよれて
芝桜にそれ〴〵の手を伸べ
登山期の準備母よ針する眼鏡
薔薇が朝の私の朝風がとほる
青空こぼるゝもの、桐の花の下
くわつとある障子の頓狂に笑ひし
棟上げをすました冷酒の新豆の三粒
住みつく人らの葵咲きのぼる
枯れる百日紅の青空の仰がるゝ
薔薇剪りに出る青空の谺
弟古里の父に会ひたるや古里の薔薇

父は塞がん炉の石をつまみて
父よ蚊遣して弟の為めに亡き母に祈らん
父はたゞ一人なる灌仏に行きたり
父の前に素肌なる我が肉躍る
父の前に我をる花ある柘榴
梅雨の地面が乾く立ちつくす彼ら我ら
夏服のポケツトにある金彼ら自ら知れり
夏服の彼ら夕光る水にてシヤがむ
彼らに別れて青芦の我は行き得る
彼らの唄ふ歌森中の水嵩なるよ
彼ら一斉に口々に叫ぶ合歓は花なし
蟻の力の自らなる群れ絶たぬ
朝の苺保養のことを争うて我子也
扇の土産があつてけふもけふも来る女
彼がいふまゝになる白日のこのアスハルト
汐浴びた浴衣の彼れ自らよ吃る
二日碇泊の恋をいふ烈日の歌
浴衣にての唾を呑む膝が尖つた
麻殻の置場朝の食卓に触るゝ
新盆の灯の下の私らの第一夜第二夜

M子病む（三句）

紫陽花挿したがつたのを挿したお前もう目覚めてゐる
髪が臭ふそれだけを云つて蠅打つてやる

蝿たゝきを持つて立つた寐た口があく
梨売が卒倒したのを知るに間があつた
梨売の親の水を見てゐる子であつて
髪梳き上げた許りの浴衣で横になつてるのを見まい
桔梗をさすので起きて来た顔を見まい
鮎打ちの立つた岩が明るい

こがりついた塩から鮎を離すのであつた
ゲンノシヨウコの花は真白であるのだ見い
蝿叩きをこしらへねばならないボール紙
橋のすゞみの病気の話にはなる
葛の花が落ち出して土掻く箒持つ
虫寄せの火の燃えあがる人の中
梨の傷の籠から枯葉を拾ひ出して
渡し一杯な陽の汐上げて月夜にはなる
朝寐の家の白朝顔が桑に咲く
捨てる桑葉の蟬殻ががさ〳〵するのであつて
一葉々々摘む桑の阿武隈芒
ゆたふる稲のおもみのあが子行きに行く
砂の明るさの二本とものコスモスが倒れた
海に出る人らまがはずに冬の松原
鰯引きが皆して黙つてなじみの顔を向けた
網から投げ出された太刀魚が躍つて砂を嚙んだ
流しで洗つた太刀魚が躍つて今一つの尾を嚙んだ
網を嚙んだ太刀魚が振り落されるので躍つた
踏んできた足跡が絶えた牡蠣殻
もつと行け煙突の煙は海へ吹きつけられてゐる
この石屑とつて欲しい焚火してゐる
裸家が冬の砂の明るさを通すのだ
家が建つた農園のコスモスはもう見えない

（大正12年1月、玄同社刊）

高浜虚子

〔大正八年〕

行年や門司へわたりの人の中

（「ホトトギス」大正8年4月号）

駕二挺重なり下る雉子の谷

（「ホトトギス」大正8年6月号）

夏痩の頬を流れたる冠紐
蚰蜒を打てば屑々になりにけり
扇鳴らす汝の世辞も亦よろし
我を指す人の扇をにくみけり
傾きて太し梅雨の手水鉢
（「ホトトギス」大正8年7月号）
寝冷せし人不機嫌に我を見し
玉虫に殖えて淋しき衣裳かな
島と陸延びて逢はずよ雲の峰

（「ホトトギス」大正8年8月号）

いたく揺れて来る提灯や露
（「国民新聞」大正8年9月22日号）
石一つ震ひ沈み行く清水かな
遠花火ちよぼ〳〵として涼しさよ
（「ホトトギス」大正8年10月号）
埋立地早コスモスの家を見し
（「国民新聞」大正8年10月21日号）

『雑草』（抄）　長谷川零余子

春

長閑　牝牛鳴けば牝牛鳴く牧長閑かな
春の夜　春の夜や笄ぬきて髱ゆるむ
桜餅　土間にとびし葉一片や桜餅
春の雪　櫟の垂葉にこまか春の雪
春の園　篁をめぐりて春の径かな
水温む　水温むに人もたれ合ふ柱かな
汽車着けばすぐ出る馬車や水温む
温む水を隔て、臥ねし人を思ふ
椿　かゞまりて人仰ぎ居り大椿

夏

短夜　短夜の灯を失うて飛ぶ蚊かな
仏生会　あると知りて寄る人のあり花御堂
灌仏に掃きゐる僧や人の中
舟遊び　舟遊び波に艪落ちて濡れである
遊船や真砂座見えて橋の下
昼寝　病む妻の我を見て居る昼寝かな
一つある窓山見えて昼寝かな
花氷　花氷に大臣遠く顔見えず
袷　聟定まりし大商人の袷かな
帷子　帷子の古きを着たる花柚かな
羅　羅や形見ともなく着る淋し
日傘　絵日傘や海に崩れし石の上
水飯　水飯に盛り過ぎたる四葩かな
白玉　白玉に砂糖や、溶けて白きかな
麦湯　麦湯湧きぬ講中来らず雨降れり
籐椅子　籐椅子に心沈みて午寝かな
五月雨　山間ヒに現はる、山や五月雨
葉を合せて楓広葉や五月雨
夕焼　夕焼や手にせる魚を喜びて
夏の露　脚をあげて股掻く猫や夏の露
鰺　鰺買ひし笊を置きたる柱かな
蜘蛛の子　蜘蛛の圍に落葉こまかや夏大樹
蛇　揺る、葉に小ひさき蛇を見たりけり
日向葵　蝶ありく日向葵の蕊の腐れかな

麦　行き戻りに麦の穂を見る戸口かな
　　吹き変りし風の冷たき穂麦かな

秋

朝寒　朝寒の壁こぼし掃く箒かな
秋の夜　秋の夜や猫を集めて飯くるゝ
　　父近く、兄弟六人声なくして泣く
行秋　行秋や長子なれども家嗣がず
墓参　墓参道数居し下僕今一人
岐阜提灯　岐阜提灯消えて広やかの廂かな
秋の空　階子深く入れて松刈る秋の空
秋風　雑草に悲しき名あり秋の風
　　小石川後楽園
　　秋風や棕櫚の広葉を吹き上ぐる
秋の雨　船底にかゞまり眠る秋の雨
　　覗く人に障子しめ縫ふ秋の雨
　　秋雨や木影ひまなき苔の上
秋の野　野路の秋呼べど答へず黍刈れり
秋の川　高波を船に見やりぬ秋の川
秋出水　壁の影出水の上に長く引く
渡り鳥　羽顫へば枝共にゆれ小鳥哉
鰯　鰯とれし湾の大松散り敷けり
秋の蚊　錦木の葉にからび飛ぶ秋蚊かな
萩　よき句得し人を憎みて萩に立つ
野菊　眼をつぶれば水減ると思ふ野菊かな
　　野菊咲いて富士なき国の土淋し
鶏頭　鶏頭倒れたり園の径を横ざまに
　　鶏頭の葉揉めて風にそゝり立つ
蓼の花　船を憎みて日々鰡を釣る穂蓼かな
木の実　木の実喰うて立ち上りたる人静か
　　父の墓参
団栗　おくつきに団栗落ちぬ木遠し
稲　夕空に身を倒し刈る晩稲かな

冬

風邪　風邪に臥すや枕に近き手水鉢
囲炉裏　呪文と知れど皆解き得ざる囲炉裏かな
暖炉　石炭箱を靴に踏まへし暖炉かな
雪　玻璃戸に羽顫ふ雪の雀かな
散紅葉　乾ける土に落ちて縁腐る紅葉かな
葱　葱畑や夜毎晴るれど月の暈

新年

餅花　餅花さすや唇こはゞりて紅乾く

村上鬼城

〔大正八年〕

馬につけて濡る丶簟笥や秋の雨　高崎　鬼城
山畑や石芋掘て立ちかゞみ　同
土用の日浅間が嶽に落ちこんだり　同
（「ホトトギス」大正8年1月号）
隠れ家や秋芽ふきたるかなめ垣　高崎　鬼城
茸汁大きな茸浮きにけり　同
鐘撞の遊びに来たる夜長かな　同
麦踏のふみとまりたる癪気かな　同
秋水を蹴分ける蛙挟みかな　同
（「ホトトギス」大正8年2月号）
藁垣や枯れも得せずにすひかつら　高崎　鬼城
納豆汁沙弥も律師もなくてよし　同
冬川に遊んで亀を掘りにけり　同
寒き日や恥もなく着る古頭巾　同
行年のまだ明るさや虫柱　同
行秋の日落ちて並ぶ宿屋かな　同
少しづ丶ゐざる景色や秋の雲　同
（「ホトトギス」大正8年4月号）
積藁や戦ひ飽きし寒鳥　高崎　鬼城
納豆に暖き飯を運びけり　同
暖かやときほごしたる芋俵　同
稲の中を猫這ひ歩く夕日かな　同
（「ホトトギス」大正8年5月号）
うす寒く老の仮寝や花曇　高崎　鬼城
ゆさ〳〵と大枝ゆる丶桜かな　同
大男や息もつかずに雷嫌ひ　同
せきれいの田明りに飛ぶ夕かな　同
（「ホトトギス」大正8年6月号）
行春や頭ラかゆがる孕豚　上野　鬼城
岩の上に咲いてこぼれぬ山帰来　同
（「ホトトギス」大正8年7月号）
一汁の掟きびしや根深汁　高崎　鬼城
大根引馬おとなしく立眠り　同
籾磨やあやめの花のかへり咲　同
女房や馳出て払ふ藪じらみ　同
隠れ家や日当りよくて秋桜　同
（「ホトトギス」大正8年12月号）

解説・解題

紅野謙介

編年体　大正文学全集　第八巻　大正八年　1919

解説　一九一九（大正八）年の文学

紅野謙介

1　万華鏡のごとき文壇

宮島新三郎は、「本年度に於ける創作界総決算」（「新小説」十二月）において次のように書いている（原文は総ルビ）。

　今年の創作壇は近年稀に見るの賑かさであつたと云つていゝ。今年ほど創作家が方々の雑誌から引張り凧にされたことは、恐らく今までに無かつたことであらう。苟くも文壇の人と云はれる者にして、原稿を持つてゐるが載せて貰ふ所がないなどと云つて、雑誌社を駆け廻るといふが如き心配は殆どなかつたやうである。国木田独歩氏が文壇へ出初めた時、一つの原稿を携へて雑誌社から雑誌社へ持廻つたといふやうな話は、今から見るとまるで夢のやうである。

「新小説」は明治三十年代以来の春陽堂の伝統ある文藝雑誌である。これまでにも博文館の「文章世界」が毎年十二月号でその年の「文壇」回顧を行い、「新潮」がその年に発表した創作について文壇人アンケートを掲載するなどの企画を実践してはいたが、「新小説」自身にこうした「創作界総決算」の時評欄が設けられたのは初めてのことであった。宮島の「総決算」の前には、柴田勝衛「文藝に関係ある新聞及雑誌の本年度の総勘定」が掲載されて、「文藝」「新聞及雑誌」をすべて眺めわたした視点の提供になっている。つまり、編集側は「近年稀に見るの賑かさ」を前にしてこうした俯瞰的な整理と概括の言説が必要になったと改めて判断したのである。

宮島は、のちに『明治文学十二講』（初版、一九二五年五月、新詩壇社）や『大正文学十四講』（初版、一九二六年六月、新詩壇社）をまとめるなど、木村毅とともに同時代の文学の鳥瞰図を描くことに長けていた批評家、英文学者である。このときまだ二十代後半であった宮島の目から見ても、一九一九年の文学界は異様な活気を呈していた。彼によれば「社会評論雑誌、政治雑誌」が次々と創刊され、それらの雑誌は本題の政治・社会批評以外に「競つて創作欄に其の力を用ゐて」文学を取り込んでいった。他方、また反対に「全然商売関係を絶した文藝の同人雑誌」があらわれた。こうした雑誌メディアの拡大が、創作発表の機会を決定的にふやしたのだという。

　而して本年度の文壇国には何等の主義や流派も問題にはならなかつた。最も自由であり、放律《マヽ》であり、思ふまゝであつた。現実主義と云はず、浪漫主義と云はず、神秘主義と云はず、あらゆるイズム（若しあつたとすれば）が心よく穏やかに受けいれたのであつた。大正八年度の文壇は実に万花鏡《まんくわきやう》の観を呈したと云つても決して過言ではあるまい。よい意味に解釈すれば、自由主義が一時期を風靡したのだと云へるし、又悪い意味に、而も本当の意味に解すれば、文壇は放律に流れ、乱調子に陥つて混沌たる世界を形成したと云ふべきである。

万華鏡にたとえられる「大正八年度の文壇」。それは市場の拡大によって支えられた多様なる文学だったと言っていいだろう。武者小路実篤もまた「今度は『我等』に脚本（?）を、改造に小説を出しました。両方ともへんなものです。その内脚本らしい脚本をかきたく思つてゐますが、それ迄に小説を三つか四つ金もうけを兼ねて書かうと思つてゐます。今の『村』では金もうけをする必要があるので、かく方の自由を許されてゐるのです」（「六号雑記」、「白樺」七月号）と書き記していた。「新しき村」は、こうして武者小路の原稿料によって支えられる一面を持っていた。そのユートピアはこうした経済的な活気と不可分ではなかったのである。武者小路は「この頃、ことはるとよく原稿料をいくら上げますからと遠慮しながら臭はせてくる人がある。たしかに原稿料は高い方が気持がいゝ。しかしいくら高くつても書けない時にはかけない」（「六号雑記」、「白樺」十月号）とも書いている。書けないときは書けない。しかし、それは書けるときはどんどん書けるということでもあるだろう。市場が拡大し、メディアが乱立したから、原稿が「引張り凧」になる。既存の文藝規範からすれば「へんなもの」であったとしても、その珍奇ゆえに許容される。「混沌」とした文壇はこうして用意され、制約から解放された文学の多様性はこうして実現したのである。

しかし、この年の前半は、第一次世界大戦の休戦成立を経て、戦後の世界秩序を再構築すべく、ベルサイユ講和会議が開催されている。日本の参戦したこの世界戦争の影響は大きく、ロシア革命とシベリア出兵、ドイツ支配下にあった中国・山東地域の利権をめぐって、日本が対華二十一カ条の要求を中国政府につきつけ、五・四運動に代表される大規模な反日運動を展開されるにいたった。さらには朝鮮半島においては、日本の植民地政策に憤り、朝鮮独立を要求する三・一事件（朝鮮万歳事件）が起きて大きく広がるなど、宗主国・日本の政治外交もまた執拗に軌道修正を求められる事態に直面することになっていたのである。国内的にも前年の米騒動以降、群衆の巨大な力を目の当たりにして、集団の力を闘争のなかに引き入れる戦略がとられるようになる。労働組合の公認をめぐる要求が高まり、労働争議件数は一気に増大した。労働者の組織や左翼、右翼それぞれのイデオロギーを掲げた学生組織や団体が次々と設立され、階級闘争という名称のもと隣り合わせの集団がしのぎをけずって緊張が高まる時期を迎えるのである。

こうしたなかでの文学状況を把握するために、まず雑誌を中心としたメディアの再編、文学市場の拡大という観点から大きな見取り図を描いたうえで、個々の文学に接近してしていくことにしよう。

2 「改造」と雑誌メディアの再編

一九一九年に刊行されている政治雑誌としては、「中央公論」と「太陽」の二大誌がまずある。老舗「太陽」の凋落は否めないものの、滝田樗陰を有する「中央公論」はこの時期、吉野作造の論説で絶大な支持を得ている。そのほか前々年に創刊された「中外」(中外社、一九一七年十月〜一九年四月)、前年創刊の「大観」(一九一八年五月〜一九二一年四月)など大小さまざまな雑誌があった。前者では、発行人内藤民治が主幹をつとめ、毎号社説を発表する一方、特別社員に生田長江を置いて文藝欄にも力を入れ、佐藤春夫(「田園の憂鬱」一八年九月)、宮地嘉六(「煤煙の臭ひ」同年九月)ら新人作家を発掘していた。しかし、経営難からか、この年の四月に廃刊した。後者は大隈重信を主宰者として「世界は今日新創造の一大紀元に接して居るので今の急務は此の時勢を世界的に「大観」する」(「発刊の辞」)ことを目指した。やはり文藝記事に割いているページは少なくない。こうした先行雑誌に加えて、一九一九年には、二月に大山郁夫、長谷川如是閑編集による「我等」(〜一九三〇年二月、のち「批判」と改題)が、四月には東京毎日新聞社社長の山本実彦による「改造」が、六月には大鐙閣から「解放」(〜一九二三年九月)が創刊され、一年でこうしたメジャーな雑誌が三種類もふえたのである。

「我等」は、前年「大阪朝日新聞」の「白虹日を貫けり」の筆禍事件によって退社した記者たちのうち、大山、長谷川らが「個性的大記者」の立場を貫くべく創刊された。「国民的良心と社会正義の観念の強烈なる人々」を読者層に「我等は何をなすべきか」を考え、「不健全な状態について社会の反省を求める」ことを目的とすると創刊号には書かれている。「改造」の発行目的には、当初、新聞人・山本実彦が選挙に出るまでの「準備工作」という意味合いがあった。しかし、選挙運動を目的とするにしてもより多くの読者をつかむためには「一般市販雑誌」の方が効果的だという判断が働いて、政治雑誌の創刊となったのである。したがって、その編集方針は「現在許容されている社会政策の線の内」に定められ、あくまでも一党一派に偏することなく「一流の学者、文学者」に寄稿してもらうというものであった(関忠果ほか「雑誌「改造」の四十年」)。「解放」は、福田徳三、吉野作造、大山郁夫、麻生久らの黎明会(アカデミズムのなかの民本主義グループ)、赤松克麿、宮崎竜介、佐野学ら東大新人会の社会主義グループが結びつき、友愛会理事でもあった麻生久が大鐙閣と提携して発行された雑誌である。「中央公論」は経営主体みずからが発信することなく、主要なオピニオン・リーダーを寄稿家に求めることで事業経営に成功し、「太陽」はかつてのブランド名と博文館という出版資本に依存することでかろうじて成り立っていた。それに対して「中外」にしても「大観」にしても、内藤民治や大隈重信といった政治的なメッセージの発信者の意欲と熱意がこれらの雑誌を支えていた。ところが、そうした政治雑誌の形態を「改造」が塗り替えたのである。

　国内及び国際政治、社会、文化に関わる批評を集めて滑り出した「改造」創刊号は必ずしも好調な出だしではなかった。ここからは与謝野晶子の評論「女子改造の基礎的考察」を収めたが、顔触れはにぎやかなものの、焦点の絞りきれない編集方針だった。文藝欄は、幸田露伴「運命」、正宗白鳥「我善坊にて」、市島春城と坪内逍遥の馬琴研究が並んでいる。露伴の「運命」は畢生の大作であり、大正期露伴の代表作であることは言うまでもないが、漢文体で書かれた明朝の政治興亡史はそのスタイルにおいて反時代的であり、価値を発見されるにはま

創刊号（大正6年10月）

創刊号（大正7年5月）

だ長い時間が必要だった。この創刊号にしてから返品が多く、三号に至っては「印刷部数約二万のうち、実に一万三千の返品をみた」という。しかし、四号で編集方針を転換。表紙を斬新なレイアウトに改め、「労働問題／社会主義批判号」という特集号に変えたときから、「改造」のほんとうの一歩が始まった。その四号はこのような目次で構成されていた。

過激思想のその五分前　無署名
労働問題批判
一　経済生活改造途上の一大福音　福田徳三
二　八時間労働制の確立　安部磯雄
三　社会政策乎社会主義乎　河津　暹
四　労働運動を何れに導くべきか　河田嗣郎
五　跛的労働問題に就いて　阿部次郎
六　温情主義に就いて　桑田熊蔵
社会主義批判
一　唯心的経済史観の意義　賀川豊彦
二　社会主義の致命的欠陥　戸田海市
三　合衆的報恩主義の提唱　田島錦治
四　社会主義は健全なる思想にあらず　田中萃一郎
五　社会主義の帰結　阿部秀助
六　社会主義の長短　杉森南山
七　マルクス批評概観　堺　利彦
日本より派遣すべき国際労働委員の適任者は誰か

（アンケート）　山川　均、与謝野晶子ほか
生存欲の変態としての文藝　白柳秀湖
陸軍省と参謀本部の葛藤（一）　井比鴨東
どん底の人々（ジャック・ロンドン著）　辻　潤訳
借家人の悲哀　生方敏郎
特種部落情話　涙の物語　河内銀二郎
文藝漫語
へんな原稿（戦ひにゆく前）　武者小路実篤
愛国者　上司小剣
先に行つた友達　小川未明
悲喜劇　職業紹介所　中村吉蔵
母の立ち場　岩野泡鳴

二つの特集の柱のうち「労働問題批判」については福田徳三以下六人、「社会主義批判」については賀川豊彦以下七人がずらりと並び、さらには「日本より派遣すべき国際労働委員の適任者は誰か」というアンケート回答、そして五、六本の文化批評や読み物があって、文藝欄とつづく。創作では、このあとも佐藤春夫や宮地嘉六、宇野浩二ら新人作家を次々に採用した。

こうしたポイントを絞った編集方針が当たり、第四号は瞬く間に売り切れた。以下、第五号「資本主義征服号」、第六号「労働組合／同盟罷工研究号」、第七号「社会主義研究」「新進創作家集」、第八号「生活現状打破号」「労働組合公認論」、第九号「階級闘争号」「福田河上博士論戦評」と特集形式が踏襲されて
いく。この結果、発行部数は激増し、十二万部ともいわれた「中央公論」を背後から追尾し、まさに「改造」の時代を印象づけることになるのである。

「改造」のヒットは、「解放」や「我等」、さらには河上肇の個人雑誌で、京都弘文堂書房から刊行された「社会問題研究」（一月創刊）などとも、いわば競合関係にあることによって起きた相乗効果であったことは否めない。「社会問題研究」のようなマルクス主義の勉強のためと宣伝の意図のもとに創刊された個人雑誌が、当初、発行部数二千部であったが、最高のときには二万部を越えたという。しかし、問題は「改造」がこうして大ヒットを飛ばすことによって、政治雑誌はそれまでの主宰者の政治的メッセージを伝えるプロパガンダの機能を奪われることになる。選挙運動を秘かに意図していた山本は、むしろここで政治的な論議そのものを「論戦」に変えて、ショーへと転換してしまうことを結果的に実現したのである。

以後、こうした元政治雑誌が「総合雑誌」と呼ばれるようになる。注意すべきは「総合雑誌」という名称はこのときまではなかったということだ。したがって、それまでの「太陽」や「中央公論」を「総合雑誌」と呼ぶのは厳密に言えば間違いである。政治雑誌がその目的を放棄して読者層を意識した商品へと変化したとき、「総合雑誌」は生まれた。こうした特集形式や商品化の浮上が雑誌の「総合」という看板を要求していったのである。

3　総合雑誌における文学

改造社は、雑誌創刊に先立つ二月二十七日、赤坂の料亭で「文星招待会」を開催した。山本実彦の呼びかけに対して、和田垣謙三、高楠順次郎、桑木厳翼、姉崎嘲風、田山花袋、徳田秋聲、与謝野寛、中村吉蔵、生田長江、正宗白鳥、武林無想庵、内田魯庵、佐藤春夫、広津和郎、谷崎精二、上司小剣、吉田絃二郎、本間久雄らがそこに参加した。改造社の意図は首相時代の西園寺公望が始めた文士招待会「雨声会」の再生であったが、「雨声会」が何かを生みだすためのものでなく、あくまでも政治と文学の交流を実現するパフォーマンスの意味を担っていたのに比べ、改造社のそれは何よりも文学を生産する物質的・人的なシステムのセットアップにほかならなかった。一介の新興メディアが学者、文学者をそろえて宴席を設けたことも珍しいが、さらにそれを「改造社の文星招待会」（淀江漁郎＝高須芳次郎）として創刊号でレビュー記事にし、文学との連携を強調したのである。

創刊号（大正8年4月）

創刊号（大正8年6月）

その「改造」文藝欄をふりかえっておこう。五月号は田中純の戯曲「五月の朝」、広津和郎「奥瀬の万年筆」、岡本一平「漫画の世の中」とまだ多ジャンル的である。六月号は谷崎潤一郎「青磁色の女」、江口渙「巴西侯」、田山花袋「土蔵のかげ」。リニューアルした七月号は、先に見た通りである。以後、八月号は佐藤春夫のユートピア小説「美しい町」が登場し、やはりこの年、雌伏の時期をへて引っ張りだこになった葛西善蔵「不能者」との大作二本のラインナップ。九月号は「美しい町」二回目に、宮地嘉六「ある職工の手記」（本巻収録）、谷崎精二「空望」。十月号は「新進作家集」という特集が組まれて、宇野浩二「耕右衛門の改名」、舟木重信「一つの存在」、島田清次郎「ある手紙の返事」、近藤経一「二つの微笑」、高倉輝「戯曲砂丘」、中戸川吉二「放蕩児」、三島章造「大西洋・地中海・蘇土運河」、加能作次郎「二階の客」がずらりと並んでいる。十一月号は正宗白鳥「昨日今日」、鍋井克之「半日」、吉田絃二郎「大地の涯」。十二月号は永井荷風「花火」（本巻収録）、「美しい町」第三回、神近市子「村の反逆者」、沖野岩三郎「Y牧師の半生」となる。翌年一九二〇年一月からは賀川豊彦「死線を越えて」の連載が始まり、大ベストセラーとなることを思えば、この新しいメディアの文学戦略はみごとに当たっていたといえるだろう。

『解放』文藝欄は、創刊六月号では、「文藝」欄として有島生馬「嘘の果」、江口渙「永井荷風論」、菊池寛「劇及劇場に就て」、永井荷風「仏蘭西遊学の頃」(書簡)、室生犀星「ある晩」(詩)、田山花袋「彼女の幻影」と、多ジャンルが並列されて始った。七月号になると「創作」欄となり、広津和郎「お光」、小泉八雲原作・佐藤春夫訳「孟沂の話」、谷崎精二「ある老人」の三編となり、加藤朝鳥の「島崎藤村論」などは別なページに置かれていく。「改造」のリニューアルに引っ張られたように「世界思潮の動乱と其帰結、世界の山水郷」と銘打った八月号の創作欄は、福士幸次郎「展望」(長詩)、江口渙「ある女の犯罪―この篇を敢て社会問題研究者の机上に呈す―」、豊島与志雄「労働者の子」、本巻に収めた加能作次郎の代表作「霰の音」、加藤一夫「田園生活者の告白」となっている。「国際労働会議批判」を掲げた九月号は、川路柳虹「日本の曙　白耳義の悩み」(詩)、宇野浩二「苦の世界」、広津和郎「鵯の子」、久米正雄「彼等と逢ふ」。「最近労働運動批評」の十月号では、「秋季創作附録」として宮地嘉六「お千代と其母」、葛西善蔵「風聞」、中村星湖「脳病院の庭」、ボオドレエル作・谷崎潤一郎訳「ボオドレエル散文詩集」、イエーツ作・芥川龍之介訳「春の心臓」、沖野岩三郎「寝顔を眺めつゝ」、正宗白鳥「大野一家」、中村吉蔵「戯曲　鎖」が並んだ。「官吏と増俸運動」と題された十一月号では、宮地嘉六「隻六の駒」、志賀直哉「断片」、ポオ作・佐藤春夫訳「アモンチリヤドウの樽」、上司小剣「子供嫌い」、福田正夫「暗に燃える予言」(長詩)。「女流作家号、普選運動、大正八年の総勘定」と主要記事を掲げた十二月号では、小野美智子「春を待つ人々」、富本一枝「海の沙」、岡本かの子「かやの生立」、伊藤白蓮「戯曲　指鬘外導」となっている。

すでに「中央公論」誌上でも文藝欄は欠かせない存在になっていたが、こちらの顔触れは特定の作家に対するかたよりが目立っていた。たとえば、正宗白鳥は「牢獄」(一月)、「女優志願」(四月)、「梅雨のころ」(七月)、「有り得べからざる事」(九月)と四篇を発表している。岩野泡鳴にいたっては「家つき女房」(一月)、「征服被征服」(本巻所収、二月)、「催眠術師」(六月)、「労働会議」(七月臨時増刊)、「実子の放逐」(十二月)と何と五篇に及んでいる。谷崎潤一郎も「蘇州紀行」(二月)のほかに「画舫記」(三月)、「呪はれた戯曲」(五月)、「或る少年の怯れ」(九月)とやはり四篇。菊池寛も「恩讐の彼方に」(一月)、「ある抗議書」(四月)、「小説『灰色の檻』」(本巻所収、七月臨時増刊)、「順番」(九月)の四篇。佐藤春夫は「青白い熱情」「寓話二つ」「笛吹きと王の話」「海辺の望楼にて」、芥川龍之介は「あの頃の自分の事」「龍」「疑惑」「妖婆」「妖婆続篇」、里見弴は「死まで」「慾」「強気弱気」(本巻収録)というように相当に重複して登用されている。詩人から小説家へと転身したばかりの室生犀星についても、八月号の「幼年時代」以来、「性に目覚める頃」「或る少女の死まで」と初期代表作三篇をいずれも、この年の『中央公論』に掲載している。

こうした傾向は、滝田樗陰のかなり強引な方針にもよるのだろうが、ある意味で文壇のパトロンを自任した雑誌の特異な個性を示している。しかし、その「中央公論」でさえ、臨時増刊として「労働問題」号を刊行したときには、それまでの執筆陣とは異なる作家たちを採用せざるをえなかった。このときのラインナップを見てみよう。

煙の動かない午後　小川未明
騒擾後　宮地嘉六
戯曲　労働争議　岩野泡鳴
老坑夫の死　加藤一夫
分業の村　上司小剣
最後の一点　沖野岩三郎
小説「灰色の檻」　菊池寛
戯曲　三浦製糸場主　久米正雄

もちろん、まったくの新人作家はいないが、労働文学から小川未明、宮地嘉六、加藤一夫、沖野岩三郎に書かせている。『中央公論』はたとえば前年に臨時増刊「秘密と開放」号では芥川や谷崎たちに「藝術的新探偵小説」という新しいジャンルに挑戦させ、一歩また久米や白鳥らに「秘密を取り扱へる戯曲と小説」と題材を指定した。その前、一九一七年の臨時増刊は「自然生活」号で、やはり題材の指定にほかならなかった。この「労働問題」号も同じ趣向と見ればその通りだが、しかし、題材というにとどまらずそこに労働者に即した階級的な主張が盛り込まれていたこともたしかである。『改造』『解放』の文藝欄はより緊密に雑誌編集の方針と連動する印象を与えたが、『中央公論』もまた誌面の連動性を重視するようになっていく。「時代」や「民衆」といった、定義不能であるにもかかわらず包括的な全体の概念に接続する表現が「総合雑誌」の文藝欄に求められるのも、これ以後のことである。「民衆藝術論」自体はこの年以前から提唱されていた。しかし、「民衆」の「新しい思想や感情の具体的な表現」（加藤一夫「民衆藝術の出発点とその目標」、「読売新聞」一月十六日〜二十一日）を待望する声が

『地上』第一部〜第四部

一般化するにつれ、基準が曖昧なため実際に「民衆藝術」かどうかは問いようのないまま、大量の読者を対象とする「総合雑誌」において「時代」の「精神」をあらわした小説が要請されていくのである。

4　ベストセラーと同盟罷工

この一九一九年は、島田清次郎が登場したことにおいても特筆されるべき年であった。『地上』第一部「地に潜むもの」は、六月に新潮社から刊行され、大きな反響を呼んだ。『地上』は二十歳の「天才作家」あらわると喧伝され、一大ブームを起こすきっかけとなった長編小説である。島田清次郎がこの第一部を書き上げたのは、前年七月。没落した生家を追われ、金沢で貸座敷業を営む母の実家で育った青年は、特異な仏教哲学者であった暁烏敏や文藝評論家の生田長江と知り合いになり、それを手がかりにして文壇デビューを計った。折りから、江馬修の長編小説『受難者』（一九一六年）で小説が十分な商品価値をもつことを発見した新潮社は、当時、文壇に確固たる地位を有していた生田の推薦もあり、この傲岸な青年作家の作品を華々しく売り出すことになる。たしかに長谷川如是閑や堺利彦らが激賞したように、第一部には、貧困のなかからみずからを「偉人」にしあげていこうとする青年の客気があふれていた。冒頭から「稚子」の話題が出てくるようにセクシュアリティをめぐる関係を横軸に、学校という空間がかえって貧富の差を意識させ、階級上昇への欲望を使嗾するものであるかがここにはよく描かれている。この第一部などはもっと研究対象になりうるテキストである。本巻では分量の関係上、残念ながら第一部第一章のみを収録した。

新潮社の出版戦略は『受難者』の体験をふまえてそれを洗練し、さらに作者を前面に押しだすことによって拍車をかけた。このとき度重なる出版広告と、生田長江らによる新聞紙上での文藝記事が互いに連携して、ベストセラーを作りだす装置が動きはじめたのである。つづいて第二部は一九二〇年一月、第三部は二一年一月、第四部は二二年一月と、『地上』は一年ごとに書きつがれた。第一部に比べ、質的には無残に低下しているにもかかわらず、ベストセラー現象は継続した。二二年四月、島田清次郎は『地上』の印税で世界一周旅行に出かけている。これほどまでに文学が経済的な成功を収めるものであることを証明した例はない。しかし、小説の内容価値と商品価値とのいかがわしいほどの落差は作家自身を破滅に導いた。二三年、自身の天才を信じていた島田は婦女誘拐、暴行事件を起こし、一気にその地位から転落する。早発性痴呆症と診断され、精神病院に入院し、一九三〇年にはその短い生涯を閉じた。

ベストセラー現象と同時に注目すべきは、この年にあいついだ労働争議、そしてその闘争手段であった同盟罷工（ストライキ）が新聞雑誌をはじめとする出版界にも及んだことである。第一次世界大戦後、ロシア革命の成立を一方に見ながら、労働問題は国際的な協議課題になっていた。ベルサイユ国際会議において国際労働協約が決議されたのもそのあらわれである。しかし、日本は治安警察法第十七条において労働組合の設置を禁じており、労資紛争の際に解決は友愛会をはじめとする第三者機関による調停以外にありえなかった。こうしたなかで新聞印刷業務に携わっていた東京十六紙の新聞印刷職工たちは連帯して最低賃金の確保と八時間労働制を主張し、経営者たちと真っ向から対立した。結局、組合のない状態で、新聞によって七月三十一日から長くて五日間、短くて四日は完全なる職場放棄、ストライキに打って出たのである。もちろん、次の瞬間にはあっという間に弾圧されてしまったのだが、桐生悠々によれば「彼等が同盟罷工の結果として東京市には兎に角二三日の間は一枚の新聞すらもなかつた。かくて帝国の首府は一朝にして真暗闇になつた」（「新聞職工の同盟罷工と新聞財政の改造」、「改造」九月号）という事態を招来したのである。

創刊号（大正8年3月）

創刊号（大正8年2月）

こうした出来事は新聞だけにとどまらなかった。手元にある「解放」第三号には挟み込みの青い紙が入っているが、そこには次のように印刷されている。

本誌の遅刊に就て

本誌八月特別号、博文館印刷所に於て印行中、突如同盟罷工の挙あり、為に数日間全工場執務中断の止むなきに至り終に斯の遅刊を致せり切に諸賢の御寛恕を仰ぐ

チラシの奥付によれば「八月一日」発行となっていながら、印刷納本の実際は「八月二十八日」の日付になっている。二十日間以上の遅延になったのである。博文館印刷所は、むろん出版王国を築いた博文館の系列工場で、すでに博文館以外の多くの出版社とも契約して印刷業を展開していた。のちに共同印刷へと組織替えし、やがて徳永直らが関わる一九二六年の共同印刷大争議につながることは言うまでもない。

こうした事件は、文学史的にみればひとつのアクシデントにすぎないかもしれない。しかし、数次にわたる戦争報道を通して飛躍的に拡大した新聞産業でありながら、日々読まれていた新聞がひとつも発行されない日が数日つづいてしまう。あるいは取次業界の寡占が進み、流通システムが整備されて出版物の委託販売制が定着することで、定期刊行物の発行が安定し、それゆえに雑誌の時代を迎えていたさなかに、突然、定期刊行物がその期限を不安定にしてしまう。こうした事態は、ひとつの職種の労働問題である以上に、メディアの生産／再生産過程を

浮上させ、われわれが読むさまざまな媒体がまぎれもなく多くの職工たちの労働の成果物であり、同時に市場を流通する商品でもあることをまざまざと突きつけたのである。同じ七月に、生田長江や馬場孤蝶らが中心となって「日本著作家協会」を解消し、社会的な権利の伸長を目的とする「著作家組合」を結成した。この流れは翌年の菊池寛、久米正雄らによる「劇作家協会」、さらに一九二二年の「小説家協会」、そしてそれらを合同した「日本文藝家協会」に断続的に発展していくのも、実はこうした文学の社会的生産物としての物質性を自覚することから始ったのである。

さて、しかし、労働運動の高まりを見せるなかで、社会主義陣営も労働文学も分裂と推進の力学に突き動かされていた。「へちまの花」改め「新社会」（一九一五年九月〜一九二〇年一月）に集まっていたグループは、一九一七年から荒畑寒村、堺利彦、吉川守邦、高畠素之、山崎今朝弥、山川均、渡辺政太郎の七名の共同経営となり、堺、山川、高畠、荒畑らを中心にマルクス主義への傾斜を強めていた。とりわけ堺が翻訳したレーニンの「ロシアの革命」（一七年十月）は、十月革命以前にレーニンの革命理論を紹介したものとして知られる。しかし、堺、山川、荒畑らのボルシェヴィズム路線と、高畠、遠藤無水、尾崎士郎、北原龍雄らの国家社会主義路線が対立し、この年の三月、第五巻第七号を最後に訣別することになる。『資本論』の翻訳を手がける高畠らは、四月に「国家社会主義」を創刊。売文社の名を継承しながらも、日本の国体のうえに社会主義の実現を提唱した。ここに尾崎士郎、山口孤剣らが参加した。一方、「新社会」に残った堺は「マルクス主義の旗印」などの評論を書くかたわら、プレハーノフ「マルクス主義の根本問題」などを訳載。この時期の「総合雑誌」において労働運動や政治思想についての的確なコメンテーターをつとめるかたわら、実際的な運動をより強く模索することになる。

こうした分裂の進行をしり目に、八月には大川周明と北一輝たちにより国家社会主義の団体として猶存社が結成されている。まだ刊行はされていないが、北一輝が「日本改造法案大綱」の原稿を執筆したのがこの一九一九年であったことも記憶されるべきことだろう。

「民衆藝術」を提唱していた加藤一夫、福田正夫、百田宗治は新居格らとともに文藝雑誌「労働文学」（二月）を創刊。「ホイットマン特集」（五月）「トルストイ特集」（六月）などを出した。加藤一夫がそれまでの批評をまとめて『民衆藝術論』（洛陽堂）を刊行するのも、この六月である。以後、加藤も農本主義的な社会主義、アナーキズムへの傾斜を強めていく。三月には、藤井真澄編集、坪田譲治監修による雑誌「黒煙」（〜一九二〇年二月）も創刊された。これは、小川未明愛読者の会であった青鳥会をバックに藤井と坪田が中心となった。当初は未明や坪田が創作を寄せ、創作童話特集などを組んでいたが、この雑誌も第四号（七月）より大きくリニューアルした。坪田譲治が去り、藤井のほか、内藤辰雄、吉田金重、丹潔、新井紀一などが同人となって、労働者文学の牙城の様を呈してきたのである。実際に労働者から作家になっていった彼らをまず迎えいれたのは、長谷川如是閑らの「我等」である。本巻には、その「我等」に掲載された内藤辰雄の「馬を洗ふ」を収録している。

また、評論の部に入れた徳田秋聲、野村愛正、森田草平による「謂ゆる通俗小説と藝術小説の問題」（「新潮」一月）は、ベストセラーに見られるような文学の商品化が作家たちのなかでも自覚されてきたことのあらわれであろう。

5　岩野泡鳴・大杉栄・大泉黒石

内田魯庵「ボリシエウヰズムとウヰルソニズム」（「改造」八月）は、当局の忌諱にふれて全面削除になった評論であるが、そこで魯庵は、アメリカ大統領ウィルソンの政治主張をソビエト共産党のボリシェビキの「破壊」思想と表裏の関係にあるというみごとな指摘を展開している。魯庵は社会主義批判を念頭に置いた上で、まず「破壊は進歩の道程に横たはる必然的要件」と断言する。「戦争容認説」はそのまま「破壊容認説」であり、「革命容認説」に移行せざるをえないと展開していく。こうして現行政府の矛盾をついた上で「破壊の大本山ボリシエウヰキ」に言及し、その新しい文明建設の壮図にもかかわらず起きた「乱暴狼藉」は「我が維新」と「古今皆同一」であると論旨を進める。そして「平和の権化」と評価されるウィルソンの理想主義は「各国個々の歴史や国情や国民性や一切の因襲慣例を無視した国際関係の現状破壊」であり、「真に世界の歴史の大改造」である一方、その理想実現のためには「金力及び武力を仄かしてまでも威嚇的に理想を貫かうとする」点に注意を向けている。その国際連盟論も「デモクラシーの名に由つて行はれた帝国主義的勝利」であり、ボリシェビキと大差はない。むしろウィルソンの「対独条件の峻厳過酷」を懸念し、「独逸を苦めて自暴自棄に到らしむる結果の危険」を考慮すべきことを主張している（これはあまりに政治批評でありすぎるので、本巻には収録していないが、興味のある方は『内田魯庵全集』第八巻〈ゆまに書房〉を参照していただきたい）。

今からみれば、この批評はぴたりと当たっていた。ウィルソンが第一次世界大戦の遂行にあたって掲げた「民族自決」論は帝国からの解放を唱えたかぎりで正しいが、しかし、その一方、実はきわめてヨーロッパ的な民族ナショナリズムを世界に伝播

岩野泡鳴（大正8年）

大杉栄（大正3年）

することになった。戦争の終わりは、新たな戦争の芽を世界に拡散し、さまざまな民族闘争を展開した。世界戦争という歴史的に未曾有の事態を体験し、戦争の散種が避けられないのであるならば、どのような政治的なふるまいが考えられるのか。魯庵の問いはいまもなお答えの見つからぬまま投げ出されている。

当時の世界情勢にはまったくふれられてはいないものの、こうした闘争状態のなかに生きる人間を凄絶に描き出したのが、岩野泡鳴「征服被征服」（本巻所収）であった。扱われているモデルは、泡鳴自身と「青鞜」メンバーの一人であった「新しい女」遠藤清子の関係である。狭い男女関係の闘争に過ぎないように見えるが、大隈重信主宰の「大観」創刊一周年記念茶話会に招待され、その席上でパリ講和条約の内容を徹底して批判したのが岩野泡鳴であった。文壇のドン・キホーテ泡鳴にとって、自分の男女関係の闘争も、国際政治の闘争も基本において差異はなかった。一元描写論の方法的実践は、主人公の過激なまでの自己中心主義とあいまって、理解しがたい不透明な他者の像を描き出している。泡鳴はまぎれもないその逆説性において、まだまだ無尽蔵に豊かなテキストを提供して、解読を待っていると言えるだろう。

その泡鳴は「巣鴨日記第三」（『岩野泡鳴全集』第十四巻所収、臨川書店）の大正八年年末のところに、「本年は自分に取つて一番活躍した年であつた。小説だけで二十篇。収入は印税も加はつて四千五百円あまり」と記している。二十篇の小説とは、ひと月で二篇近く書き上げていた計算になる。単行本でも旧作の再整理・編集もふくめて、『猫八』（五月、玄文社）、『非凡人』（五月、天佑社）、『征服被征服』（六月、春陽堂）、泡鳴五部作叢書第一編『放浪』（七月、新潮社）、同叢書第二編『断橋』（九月、新潮社）の五冊を数える。まさに大活躍であった。この収入によって、前妻遠藤清子への仕送りのほか、前年に設立した日本主義協会の機関誌「日本主義」の経費を泡鳴個人がまかなった。冒頭にあげた武者小路の例を見ても、この時期の作家たちは収入の増加に対して、それによって他の事業にあてていたのである。やはり日記の六月十三日の記述によると、『征服被征服』の初版は千五百部。ベストセラー小説に比べて、まだまったく貧弱な数字である。しかし、それらをまじえた大車輪の活動によって泡鳴の最大の年は暮れた。翌一九二〇年五月に泡鳴はあっけなく病死するが、それがこの年の反動でなかったとは考えにくい。

パフォーマンスとスキャンダルの人として泡鳴と双璧だったのは大杉栄であろう。この年、大杉は「獄中記」（「新小説」一月、二月、四月）を断続連載。のちに「改造」連載の「自叙伝」と合わせて、没後、『自叙伝』（一九二三年十一月、改造社）に収められることになる。本巻にはその一回分だけを収録した。副題に「前科者の前科話」とあるように、ここでは東京監獄の「前科割り」とあだ名される老看守の話をまず紹介し、その看守に向かったときの「懐しいしかし此の恐れ入つた心持」で、みずからの「前科割り」を語り始めている。このいささか人をくったような語りぶりで、獄中生活が語られ、野口男三郎や出歯亀など、明治期の有名猟奇事件の犯罪者たちとすれ違い、その横顔が伝えられていく。大杉にかかれば、監禁状態の獄中生活も「コンフオルテブル・エンド・コンヴエニエント・シンプル・ライフ」（快適にして便利で単純な生活）に変わってしまう。塀の向う側に広がる監獄という「異界」は、ここで畏怖と差別の感情を呼び覚ます霊気を払われ、読者の日常と地続きの、好奇心をかきたてられるような空間に変換される。犯罪者を世にもおそろしい悪鬼のようにとらえさせていた警察国家の表象システムをすり抜けて、政治犯にとってそこも闘争の空間であることを読み物のなかに感得させるように描いていた。

「獄中」もエンターテイメントの対象たりうるという、したたかな発見は、この年、「中央公論」誌上における山中峯太郎の「獄を出て」（十一月）、「未決囚」（十二月）といった新・獄中記に引き継がれていることを言い添えておこう。山中は陸軍士官学校を出て優秀な職業軍人を嘱望されながら、軍籍を離脱して大陸に渡り、中国革命に参加した。これらのテキストは帰国後に書かれた精神的遍歴をめぐる自伝であり、ここではまだ宗教的な修養主義的姿勢が抜けていないけれども、閉塞した獄舎の空間を広大な大陸の革命戦の空間に転換していく表現の機構において、のちに『亜細亜の曙』（一九三二年、講談社）などの児童向け冒険小説を陸続と生みだしていった山中峯太郎の創生を見ることができる。

同じ「中央公論」が発掘し、売り出した逸材が大泉黒石である。本巻に収めた「幕末志士と露国農夫の血を享けた私の自叙伝」（「中央公論」九月）を一読すれば分かるように、ロシア人と日本人の混血に生まれ、幼少年期にはロシア、ヨーロッパでも生活した体験をくだけた口調で語っている。「俺は国際的の居候だ。あつち行つたり此方へ来たりしてゐる。泥坊や人殺しこそしないが、大抵のことはやつて来たんだから、大抵のことは知つてゐる積りだ」という冒頭にあらわれているが、やはり大杉と同じように境界を越えてきたものたちの異種混淆した語りが魅力的である。黒石のデビューも滝田樗陰の仕掛けにほかならないが、ほら話のような自在な語りと説話体が読者の新しい嗜好に合うことを、この慧眼の編集者は見抜いていた。島田清次郎といい、大泉黒石といい、軽薄なまでに過剰な価値転倒者たちをメディアは作家に仕上げていったのである。

6　文学の自己言及

さて、いわゆる文藝専門のメディアはどうなっていたのだろうか。

「新潮」は、作家同士の印象記「人の印象」シリーズを継続するかたわら、特定の作家に対する「募集公開状」を読者から集め、作家に応答させるシリーズを前年暮れから始めている。さらに「文壇新人論」の連載が一月から始まり、一回目が芥川龍之介について田中純が論評している。この新連載からは、広津和郎の代表的な志賀論にあたる「文壇新人論（四）志賀直哉論」を収録した。また、一月号には「出世作を出すまで―新進十二作家の感想」として有島武郎、菊池寛、里見弴らがエッセイを寄稿している。こうした文学への関心の度合いを深めていく自己言及的な記事は新潮社の文藝雑誌に見られる特色であった。この傾向は、一九一六年に創刊された文藝雑誌にして投稿雑誌である「文章倶楽部」（～二九年四月）にとりわけ著しくあらわれている。いわば文学愛好家、文学精読者を対象にした誌面作りを展開したわけだが、文壇と呼ばれる文学共同体の読者層を作り上げたのもこうした雑誌であった。

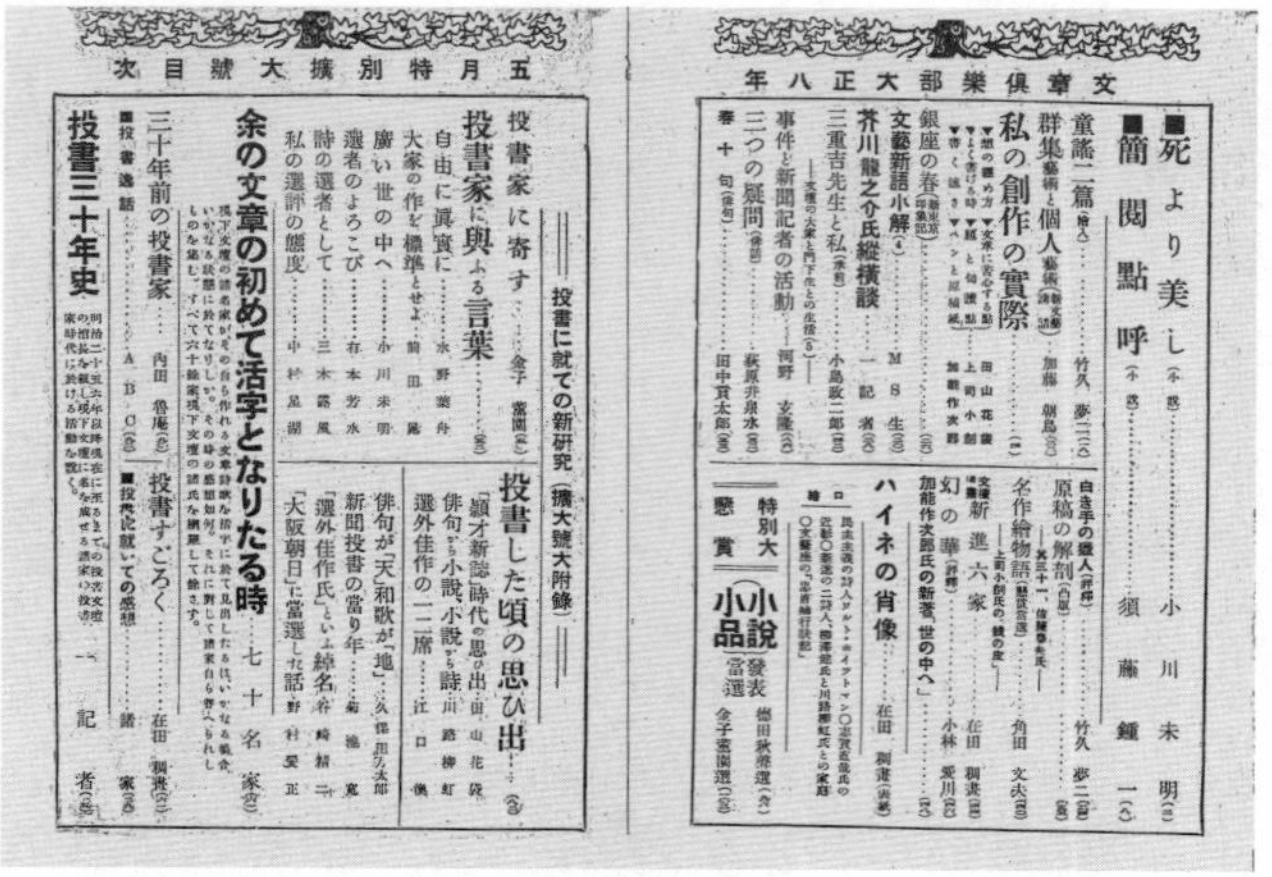
文章倶楽部大正八年

■死より美し（小説）……小川未明
■簡閲點呼（小説）……須藤鐘一
童謡二篇（詩人）……竹久夢二
群集藝術と個人藝術……加藤朝鳥
私の創作の實際
▼想の纏め方 ▼文章に苦心する點 ▼よく書ける時 ▼服と句讀點 ▼書く謎き ▼ペンと原稿紙
田山花袋 上司小剣 加能作次郎
銀座の春
文藝新語小解……M S 生
芥川龍之介氏縱横談……一記者
三重吉先生と私……小島政二郎
―文壇の大家と門下生との座談―
事件と新聞記者の活動……河野玄隆
三つの疑問……萩原井泉水
春十句（俳句）……田中貢太郎
白き手の獵人……竹久夢二
原稿の解剖
名作給物語……角田文夫
文壇新進六家……在田稠
幻の華……小林愛川
加能作次郎氏の新著「世の中へ」
ハイネの肖像……在田稠
特別大懸賞　小説小品　發表當選
五月特別擴大號目次

投書に就ての新研究（擴大號大附錄）
投書家に寄す……金子薫園
投書家に與ふる言葉
自由に眞實に……水野葉舟
大家の作を標準とせよ……前田晁
廣い世の中へ……小川未明
選者のよろこび……有本芳水
詩の選者として……三木露風
私の選評の態度……中村星湖
投書した頃の思ひ出
「頴才新誌」時代の思ひ出……田山花袋
俳句から小説、小説から詩……川路柳虹
選外佳作の二席……江口渙
俳句が「天」和歌が「地」……久保田万太郎
新聞投書の當り年……菊池寛
「選外佳作氏」といふ綽名……谷崎精二
「大阪朝日」に當選した話……野村愛正
余の文章の初めて活字となりたる時……七十名家
三十年前の投書家……内田魯庵
■投書逸話……A B C
投書すごろく……在田稠
■投書に就いての感想……諸家
投書三十年史……一記者

「文章倶楽部」大正8年5月号目次

　この傾向は、新潮社だけにとどまらず、春陽堂でも「新小説」とはべつに、「中央文学」（一九一七年四月～一九二一年十二月）の刊行となってあらわれた。この雑誌の編集人ははじめ細田源吉であったが、のち水守亀之助、新井紀一に交代した。やはり文壇動向や文壇の回想に力を入れ、透谷賞などを設定し、藤村に審査を依頼している。一九一九年の七月号では「文豪追悼号」と銘打って、正岡子規、北村透谷、尾崎紅葉から夏目漱石、島村抱月にいたる故人の作家の追悼で特集を組んでいる。以後、「現代作家号」（一九二〇年六月）、「恋愛文学研究号」（同年九月）といった特集号がつくられるのだが、そのスタートがこの年にあったことは注意しておくべきだろう。

　本巻には「文章倶楽部」五月号のアンケート「余の文章が始めて活字となりし時」を収めた。この号は「投書についての新研究」という特別拡大号で、ほかに金子薫園「投書家に示す」、水野葉舟・前田晁・小川未明らによる「投書家に与ふる言葉」、SSS「投書三十年史」、田山花袋・川路柳虹・江口渙・久保田万太郎らによる「投書した頃の回想」、内田魯庵「三十年前の投書文壇」といった記事で編集されていた。投書・投稿についての本格的な研究資料にもなる特集号であるが、しかし、こうした文学の記憶、文学の歴史が何よりも重視されたこと、そのこと自体の不思議さを見なければならない。「総合雑誌」が登場してきた一方で、文藝雑誌のなかでは、テキストに向かうことよりも文学による成功や立身が強調され、文学についての情報の蓄積が正統な受容であるかのような幻想が生みだされていたのである。

こうしたなかで同人雑誌はどうだったか。「白樺」は、四月に六百ページに及ぶ大冊の「第十周年紀念号」を出した。そこには多くの口絵写真、挿絵のほか、武者小路実篤「幸福者」、有島武郎「ブランド」、近藤経一「第二の誕生」、園池公致「一人角力」(本巻所収)、志賀直哉「流行感冒と石」が掲載されている。しかし、この記念号はともかくとして、主要作家の発表の場は「白樺」以外のところが多くなっていたことは否めない。最初に見たように武者小路はあちこちに「金もうけ」の原稿を書かねばならず、たとえば、その後もっとも愛されることになる代表的な青春小説の「友情」を「大阪毎日新聞」(十月十六日〜十二月十一日)に連載している。志賀も「白樺」登場回数は減り、「十一月三日午後の事」を「新潮」一月号に出すなどしている。むしろ、「白樺」は、共同作品集『白樺の園』『白樺の林』を刊行し、会員制の「公共白樺美術館」設立運動や長与善郎を中心に「白樺演劇社」運動、岸田劉生の個人展覧会、山脇信徳や児島喜久雄、河野通勢ら画家たちによるやはり会員制の支援団体作りに、その精力を傾けていた。会員制や寄付というかたちで、作者と読者の新たな回路を生みだそうとしていたのである。

「白樺」系の作家である里見弴が田中純、久米正雄、吉井勇と始めた大正期の代表的な同人雑誌「人間」は、十一月に創刊された。創刊号には有島生馬「心の壁」、吉井勇の戯曲「足立道雄の家出」、久米正雄の「帰郷」、久保田万太郎の「九月蝈」、里見弴の「毒蕈」が掲載された。すでに名のある「新人」であった彼らが編集メンバーになったこの雑誌は、当初、泡鳴の単行本を出したりしていた玄文社が発行所となり、同人雑誌とはいいながら、商業誌の趣がある。それぞれ「白樺」「スバル」「新思潮」など同人雑誌体験をもつものたちが、出身を異にしながらも「文壇」という場所で出会い、交流したその結果として生みだされたメディアであった。少なからず、この雑誌には好意的な評価が寄せられていくが、それには文学の商品化という進行形の事態に対するほどよい自立がそこにあるように思えたからであろう。

大学と同人雑誌が結びつくケースはそのはるか以前からあったが、学校のなかから生まれる同人雑誌の数も次第にふえていった。東大では前年十月創刊の第五次「新思潮」(〜一九年六月)が阿部たつを、佐治祐吉、村松正俊、中戸川吉二らをメンバーに刊行していた。この年の四月に創刊された「地平線」

(〜八月)は早稲田の英文科に学んだ浜田広介、戸川貞雄、岡田三郎、水谷勝らによる同人雑誌である。九月創刊の「基調」(〜十一月)は、「地平線」を廃刊した同人たちの多くがさらに同窓の回覧雑誌を出していたグループと結びついて合併して発行した。発行は水谷で同人は浜田、戸川、岡田、吉田甲子太郎、大槻憲二らであった。同じ早稲田の英文科の同期生を主体とした同人雑誌には、「十三人」(十一月〜一九二一年十二月)がある。下村千秋が編集し、下村千秋、浅原六朗、牧野信一、武藤直治らが同人となった。牧野は第二号に発表した「爪」で島崎藤村から評価され、創作へのきっかけをつかんだといわれる。しかし、新聞等の文藝記事でも取り上げられる『地平線』などは、片上伸、吉江孤雁、中村星湖を囲んで出していた教え子たちによる回覧雑誌の後身であった。『文章倶楽部』や『中央文学』がそうであったように、教育もまた文学共同体の体勢のなかで機能していたのである。

さて、ここで既存の作家たちのなかで、島崎藤村と有島武郎に注目しておこう。藤村は前年から一部に非難を受けながらも、「東京朝日新聞」に「新生」前編を連載していた。この一九年には、一月に『桜の実の熟する時』と『新生』第一巻をともに春陽堂から刊行。休みをおいて、四月から十月まで半年間、ふたたび「東京朝日新聞」に「新生」第二部を連載した。そして十二月に『新生』第二巻を春陽堂から刊行している。年初に第一巻を出し、年末に第二巻を出し、まさに『新生』に専念して明け暮れした一年だった。一方、有島は、違約金を支払ったのち新潮社の『有島武郎著作集』の版権を、友人・足助素一が単独で始めた叢文閣に移し、より自由なイニシアチブのもとで引き続き著作集の発行につとめていた。とりわけこの年は、『或る女』完成によって記念すべき年になった。三月に『有島武郎著作集第八輯　或女(前編)』が、六月には『有島武郎著作集第九輯　或女(後編)』が刊行され、「白樺」創刊以来の「或る女のグリンプス」が改作ののち完結したのである。

彼らはそれぞれの知名度を利用して、文学の市場から距離をとることができた作家である。長篇の両作品ともよく知られている小説であるだけに本巻に収めることはしなかったが、主人公捨吉のフランス流謫・世界戦争体験、ヒロイン節子の台湾行きという結びから見ても、またヒロイン葉子のアメリカ渡航倉地の「露探」への転身といった設定からしても、『新生』『或る女』いずれの小説も物語内容を日本の国内にとどめておくことができなかった。それはモデルの事実に依拠するだけでなく、登場人物をその帰属する空間から移動させ、のっぴきならない変容の場に立ちあわせるときには、もはや国境を越えていかなければリアリティを用意できないという切実な認識が生まれていたからであろう。それはそれぞれの国名や植民地名が当時の言説空間のなかで与えられていたイメージの内容と交差しながら、物語の強度を高める装置として作動したのである。

7　説話体と文学の多様性

収録作家の作品について言及しておこう。

この年、活躍した作家としては、広津和郎、谷崎潤一郎、小川未明、葛西善蔵、佐藤春夫、宇野浩二、室生犀星、宮地嘉六らをあげることができる。広津は、かれの代表作として評価された「やもり」（「新潮」一月）「波の上」（「文章世界」四月）「死児を抱いて」（前掲）の連作を次々と発表している。その他にも「小さな残虐」（「雄弁」一月）「ある馬の話」（「中外」一月）「横田の恋」（「雄弁」春季増刊）「初夢」（「新潮」七月）「病室で」

創刊号（大正5年5月）

創刊号（大正6年4月）

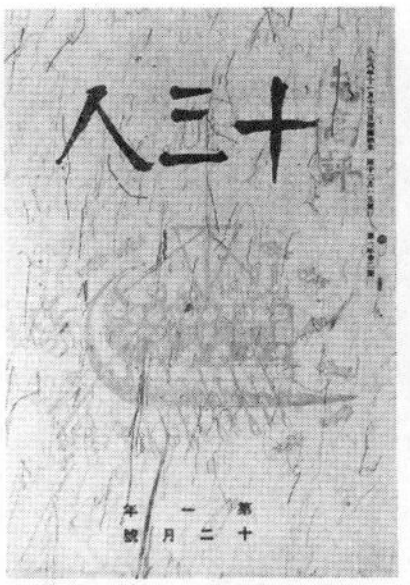

大正8年12月号

創刊号（大正8年11月）

（「新小説」十一月）など、広津も「引張り凧」の作家であった。ここには、そうした短篇のなかでも全集未収録の「ある馬の話」を収めた。

　苦学した地方出身の作家である加能作次郎は、田山花袋、前田晁のあとを受けて「文章世界」主筆をつとめながら、自伝的作品で第一創作集『世の中へ』（二月、新潮社）をまとめ、文壇からの祝福を受けた。亡き母の三十三回忌のために郷里に帰省したさまを描いた「霰の音」（「解放」八月）を本巻には収録したが、自然主義の影響下に育ったテキストがどのように組み立てられているかのみごとな例をここに見ることができる。

　水守亀之助も「文章世界」を体験して作家として成長した。田山花袋に師事し、のち春陽堂の「中央文学」をへて、この年に「新潮」記者へと転じている。加能作次郎とともに編集者、雑誌記者をつとめてから作家になっていったタイプのひとりで、「帰れる父」（「文章世界」十一月）は、「最も至醇なる人間の魂のさながらの発露」（加藤一夫「月評　再び現実主義へ（六）―真の民衆藝術出でたり―」、「読売新聞」十一月十三日）など、高い評価を受けた。これらの仕事が認められて、翌年一月、新潮社から『新進作家叢書　帰れる父』を刊行している。

　小川未明は、「冷酷なる正直」（「早稲田文学」一月）「弟」（「黒煙」三月）「少年の殺傷」（「新潮」三月）「たゞ黙つてゐる」（「雄弁」三月）「閉つた耳」（「黒煙」四月）「犬と人と花」（「黒煙」五月）「記憶は復讐する」（「新潮」十月）などを発表したほかに、文光堂から発行された児童雑誌「おとぎの世界」（四月～二二年十月）の監修にあたった（九月まで）。この雑誌の編集実務を担当した井上猛一は、のちの新内師匠岡本文弥である。未明は、ここに「牛女」（五月）などの童話の傑作を書いた。なお未明と入れ替わるように、この雑誌で前面に出てくるのが山村暮鳥である。ここでは谷崎潤一郎「美食倶楽部」（「大阪朝日新聞」一月五日～二月三日）と組みあわせて、「飢」（「新小説」二月）を選んだ。

さて、芥川龍之介は「開化の良人」（「中外」二月）「きりしとほろ上人伝」（「新小説」三月、五月）「じゅりあの・吉助」（「新小説」九月）などを発表したが、「大阪毎日新聞」と契約を結んだものの、「路上」（六月三十日～八月九日）を生んだばかりで、小休止の感があった。むしろ活躍が目立ったのは、芥川に連れられて「大阪毎日」に入った菊池寛である。菊池は「恩讐の彼方に」（前掲）「永瀬博士の晩年」（「新小説」一月）「葬式に行かぬ訳」（「新潮」二月）「我鬼」（「新小説」三月）「藤十郎の恋」（「大阪毎日」四月三～十三日）「友と友の間」（「大阪毎日」八月十八日～十月十四日）「簡単な死去」（「新潮」十月）などを発表し、「藤十郎の恋」は大阪はじめ各地で上演された。ここでは、菊池寛自身を連想させる啓吉もののひとつであり、また文学の商品化をめぐる問題をとりあげた「小説『灰色の檻』」を選んでいる。

谷崎潤一郎は、これまでにあげた作品以外にも、「廃人」（「雄弁」一月）「秦准の夜」（「中外」二月）「母を恋うる記」（「大阪毎日」「東京日日」一月十八［十九］日～二月十九［二十二］日）「南京奇望街」（「新小説」三月）「呪はれた戯曲」（「中央公論」五月）「富美子の足」（「雄弁」六～七月）「真夏の夜の恋」（「新小説」八月）などを書いた。「母を恋うる記」も「富美子の足」もよく知られているが、先に記したように「美食倶楽部」を収めた。

『田園の憂鬱』（六月、新潮社）を刊行したばかりの佐藤春夫からは、「どうして魚の口から一枚の金が出たか!?　といふ神聖な噺」（「新潮」四月）という奇妙な題名の説話体の短篇を採用した。「手記」（「中外」一月）「或る父と子」（「雄弁」一月）「ある晩に」（「雄弁」六月）「苦行者と蛙」（「新小説」七月）、そして「美しい町」と春夫はデビュー二年目をその多様な作品群で飾った。注目したいのは、この説話体小説とまったく同じ月に、宇野浩二が「蔵の中」（「文章世界」四月）でデビューを飾っていることである。おもしろすぎるという理由で批評家たちはとまどい、評価を避けていたが、「苦の世界」第一章（「解放」九月）が出たあと、佐藤春夫の同時代評が出て、宇野評価は高まっていくようになる。この年、宇野は「転々」（「文章世界」十月）「長い恋仲」（「雄弁」十月）「耕右衛門の工房」（「新小説」十一月）「耕右衛門と彼の周囲」（「新小説」十二月）などを発表しつづけたが、ここでは「長い恋仲」を採った。

佐藤春夫からは「藝術即人間」という批評も収録した。のち『藝術家の喜び』（一九二二年三月、金星堂）『退屈読本』（一九二六年十一月、新潮社）に収められるこの批評は、それまでの「人間即藝術」といった人格主義的な藝術観を転倒した春夫なりのマニフェストであった。「藝術」あって初めて「人間」たりうるというこの価値の創出は、それ自体は初めてのものではなかったが、佐藤春夫や宇野浩二らの実作が出てきてから初めてその意味を充塡するようになったのである。

いっけん「人生即藝術」のように見える葛西善蔵も、実際は「藝術即人生」を共有していた。むしろ、葛西にとっては、みずからの人生もまた「藝術」に捧げるべきものであり、周囲もまたその材料にほかならなかった。「泥沼」（「新小説」一月）「ラスネール」（「新小説」二月）「青い顔」（「新潮」五月）「馬糞石」（「新小説」七月）「不能者」（前掲）「遊動円木」（「雄弁」十月）「愚作家と喇叭」（「新小説」十一月）など、葛西はその後に比べて実に多筆であったが、なかでも説話体において共通する部分をもった「馬糞石」をここには採り上げている。

もっとも語りの巧みな書き手といえば、泉鏡花をおいてない。「由縁の女」（「大阪毎日新聞」）が鏡花作品では知られているが、あえて「紫障子」（「新小説」三～四月）を選んだ。鏡花を高く評価した里見弴の短篇とともに、読んでほしい一篇である。「白樺」系のなかで稀有なこの語りの作家は、「最後の一つ手前のもの」（「新小説」一月）から「今年竹」（「時事新報」六月十三日～十月十七日中止）、「毒蕈」（「人間」十一月）にいたるまで、やはりこの年に活躍した作家といえるが、なかでも「強気弱気」（「中央公論」八月）を選んだ。中戸川吉二はその里見弴に兄事した新進作家である。「イボタの虫」（「新小説」六月）「反射する心」第二篇（「新小説」八月）「兄弟とピストル強盗」（「内外時論」八月）「放蕩児」（「改造」十月）などを書いて注目された。「イボタの虫」と（本巻収録）「反射する心」（大正七年の巻に収録）を読めば、活躍したのが短期間であったこの作家の位置が分かってくるだろう。

労働文学の宮地嘉六は、「変態に陥るまで」（一月）「彼の生涯の第二期」（五月）「二囚徒」（十月）と大日本雄弁会講談社の「雄弁」を舞台に活躍したが、ここでは「改造」誌上に載った代表作「ある職工の手記」を掲げた。ほかにも「河岸の強人」（「中外」三月）などを書いている。室生犀星が「中央公論」で頻繁に採用されたことはすでに書いたが、「文章世界」で発表された「抒情詩時代」（五月）の方がまだ入手困難な方であろう。いずれにせよ自伝的な作品がこれだけ多く出てきたということは、少数の作家たちの限られた人生よりも、さまざまな地域や階級、家族、そして体験の表現をめぐってパターンに入りにくい細部に対する驚きを求めていたということではないだろうか。

最後に本巻に収めることはできなかったが、北原白秋の「葛飾文章」（「中央公論」三月）「金魚経」（「雄弁」五月～十二月）といった、これもまたたいへん特異なテキストが書かれていたことにも注意を払っておきたい。

しかし、それにしても実に多様な文学が万華鏡のように開花したことはたしかである。自然主義リアリズムから、白樺派、労働者文学、児童文学が横並びになり、メディアの視線を取り入れたパフォーマーたちが喝采をあび、スター作家が登場してくる。この異様なまでの華やぎは、「大正文学」とのちに回顧的に語られる文学のイメージが、この一九一九年に始ったごく短い期間のものだということを教えてくれる。

だが、ここで最後にこうした一九一九年の文学的なテキスト群の脇に、無関係なひとりの書き手のテキストを置いてみたい。周恩来の詩である。のちに戦後の中華人民共和国において毛沢東と並称されるこの革命家・政治家は、一九一九年当時、東京留学中の身であった。前々年の一九一七年に留学し、東京神田区中猿楽町の東亜高等予備校に学んだ周は、翌年三月、東京高等師範を受験して失敗、七月に第一高等学校を受験して再度失敗。二度の屈辱ののち、七カ月の空白期間をへて、故国の母校南開学校に大学部が併設されるニュースを聞いて、帰国を決意した。日本を去る直前の一九一九年四月に京都嵐山に遊んで詠んだ詩が次の引用である。

雨中嵐山

雨の中　再び嵐山に遊べば、
両岸の蒼松　幾株かの桜を爽《まじ》う
到り尽くる処　突《にわ》かに見ゆ一山の高きを、
流れ出ずる泉の水はしとどに、
石を繞《めぐ》りて人を照《うつ》す
瀟々《しょうしょう》たる雨　霧濛濃《もうのう》たり
一線《ひとすじ》の陽光　雲を穿《つらぬ》き出ずれば
愈《いよいよ》姣研《あでやか》なり
人間《じんかん》の万象の真理《ことわり》は
愈求むるに愈模糊たり
——模糊たる中に偶然一点の光明を見いださば
真に愈姣なるを覚ゆ。（矢吹晋編、鈴木博訳『周恩来「十九歳の東京日記」』、一九九九年十月、小学館文庫）

べつに周恩来を特別視するわけではないし、この詩がすぐれていると言いたいわけではない。だが、この時期、来日していた中国人留学生の言葉は埋もれたまま掘り返すことはできない。たまたま周恩来は中華人民共和国のリーダーとなったがゆえに、その日記が保存・公開され、日本語に翻訳された。それだけのことだが、「大正」という、この元号でくくりだされたクロノジーの、あくまでも国内的な暦法に対して、異なる時間を生きる人たちが確実に存在していたことをはっきりと記しておいた方がいいだろう。

周恩来帰国の前日、五・四運動は始っている。一九一九年の文学の多様性は、こうしたすれ違いのなかに開花し、越境者たちの声をも多様性という市場の海に浮かぶ差異として取り込んでいくようになった。しかし、内田魯庵が持ちえたような外部への想像力を欠いたところでは、まさに差異の強度は低下する。文学の消費はこのときから本格化していったのである。

解題　紅野謙介

凡例

一、本文テキストは、原則として初出誌紙を用いた。ただし編者の判断により、初刊本を用いることもある。
二、初出誌紙が総ルビであるときは、適宜取捨した。詩歌作品については、初出は、原則としてすべてそのままとした。パラルビルビをすべてそのままとした。
三、初出誌紙において、改行、句読点の脱落、脱字など、不明瞭なときは、後の異版を参看し、補訂した。
四、初刊本をテキストとするときは、初出誌紙を参看し、ルビを補うこともある。初出誌紙を採用するときは、後の異版によって、ルビを補うことをしない。
五、用字は原則として、新字、歴史的仮名遣いとする。仮名遣いは初出誌紙のままとした。
六、用字は「藝」のみを正字とした。また人名の場合、「龍」、「聲」など正字を使用することもある。
七、作品のなかには、今日からみて人権にかかわる差別的な表現が一部含まれている。しかし、作者の意図は差別を助長するものではないこと、作品の背景をなす状況を現わすための必要性、作品そのものの文学性、作者が故人であることを考慮し、初出表記のまま収録した。

〔小説〕

ある馬の話　広津和郎

一九一九（大正八）年一月一日発行「中外」第三巻第一号に発表。総ルビ。同年七月十五日、新潮社刊『明るみへ』に収録。底本には初出誌を用いルビを取捨した。

美食倶楽部　谷崎潤一郎

一九一九（大正八）年一月六日から二月四日（一三二九〇号〜一三三一九号まで）全二十八回、「大阪朝日新聞」に掲載。総ルビ。底本には初出紙を用いルビを取捨した。

飢　小川未明

一九一九（大正八）年一月一日発行「新小説」第二十四年第二巻に発表。総ルビ。底本には初出誌を用いルビを取捨した。

征服被征服　岩野泡鳴

一九一九（大正八）年二月一日発行「中央公論」第三十四年第二号に発表。パラルビ。同年六月十五日、春陽堂刊『征服被征服』に若干の修訂をほどこし収録。底本には初出誌。

紫障子・続紫障子　泉鏡花

一九一九（大正八）年三月一日発行「新小説」第二十四年第三号。続篇は同年四月一日発行同誌、第二十四年第四号に発表。共に総ルビ。同年十月二十日、春陽堂刊『雨談集』に収録。底本には初出誌を用いルビを取捨した。

どうして魚の口から一枚の金が出たか!? といふ神聖な噺　佐藤春夫

一九一九（大正八）年四月一日発行「新潮」第三十巻第四号に発表。パラルビ。目次は「神聖な噺」と簡略して表記。翌年一月十八日、天佑社刊『美しき町』に収録。底本には初出誌。

憐れな男　志賀直哉

一九一九（大正八）年四月一日発行「中央公論」第三十四年第四号「春期大附録号」に発表。パラルビ。翌々年二月二十三日、春陽堂刊『荒絹』に若干の修訂をほどこし収録。後に「暗夜行路」前篇末尾に（一九二一（大正十）年八月一日発行「改造」第三巻第九号）、更なる修訂のうえ組み込まれた。底本には初出誌。

一人角力　園池公致

一九一九（大正八）年四月一日発行「白樺」第十巻第四号「第十周年紀念号」に発表。ルビなし。底本には初出誌。

抒情詩時代　室生犀星

一九一九（大正八）年五月一日発行「文章世界」第八年第五号に発表。総ルビ。翌年一月五日、新潮社刊『性に目覚める頃』に収録。底本には初出誌を用いルビを取捨した。

地上（抄）　島田清次郎

一九一九（大正八）年六月十日、新潮社刊の『地上　第一部　地に潜むもの』より第一章を抄出。少なめのパラルビ。一九二二（大正十一）年までに第四部までを刊行。底本には初刊本。

イボタの虫　中戸川吉二

一九一九（大正八）年六月一日発行「新小説」第二十四年第六号に発表。総ルビ。同年九月二十七日、新潮社刊『新進作家叢書 18　イボタの虫』に収録。底本には初出誌を用いルビを取捨した。

馬糞石　葛西善蔵

一九一九（大正八）年七月一日発行「新小説」第二十四年第七号に発表。総ルビ。翌年一月一日、春陽堂刊『馬糞石』に収録。底本には初出誌を用いルビを取捨した。

小説「灰色の檻」　菊池寛

一九一九（大正八）年七月一日発行「中央公論」第三十四年第七号「臨時増刊「労働問題」号」に発表。極少ルビ。翌年一月一日、春陽堂刊『冷眼』に収録。底本には初出誌。

強気弱気　里見弴

一九一九（大正八）年八月一日発行「中央公論」第三十四年第八号に発表。やや多めのパラルビ。一九二二（大正十一）年四月八日、新潮社刊『幸福人』に収録。底本には初出誌を用いルビを取捨した。

霰の音　加能作次郎

一九一九（大正八）年九月一日発行「解放」第一巻第三号に発表。パラルビ。同年十二月九日、新潮社刊『新進作家叢書 20　霰の音』に収録。底本には初出誌。

ある職工の手記　宮地嘉六

一九一九（大正八）年九月一日発行「改造」第一巻第六号に発表。ルビ一語のみ。翌年一月二十日、聚英閣刊『ある職工の手記』に収録。底本には初出誌。

長い恋仲　宇野浩二

一九一九（大正八）年十月一日発行「雄弁」第十巻第十一号、特別号に発表。やや多めのパラルビ。同年十二月二十四日、聚英閣刊『蔵の中』に収録。底本には初出誌を用いルビを取捨した。

帰れる父　水守亀之助

一九一九（大正八）年十一月一日発行「文章世界」第十四巻第十一号に発表。総ルビ。翌年一月二十三日、新潮社刊『新進作家叢書 21 帰れる父』に収録。底本には初出誌を用いルビを取捨した。

馬を洗ふ　内藤辰雄

一九一九（大正八）年十一月一日発行「我等」第一巻第十四号に発表。パラルビ。底本には初出誌。

〔児童文学〕

世界同盟　江口千代

一九一九（大正八）年三月一日発行「赤い鳥」第二巻第三号に発表。総ルビ。底本には初出誌を用い、ルビを取捨した。

村に帰るころ　坪田譲治

一九一九（大正八）年五月一日発行「黒煙」第一巻第三号に発表。ルビなし。底本には初出誌。

笛　小島政二郎

一九一九（大正八）年十月一日発行「赤い鳥」第三巻第四号に発表。総ルビ。底本には初出誌を用いルビを取捨した。

金の輪　小川未明

一九一九（大正八）年十二月二十五日、南北社刊『金の輪』に所収。総ルビ。底本には初刊本を用いルビを取捨した。

〔評論〕

獄中記　大杉栄

一九一九（大正八）年一月一日発行「新小説」第二十四年第一号に発表。総ルビ。一九二三（大正十二）年十一月二十四日、改造社刊『自叙伝』に収録。底本には初出誌を用いルビを取捨した。

季感象徴論　大須賀乙字

一九一九（大正八）年一月一日発行「常磐木」に発表。ルビなし。翌々年十二月十日、乙字遺稿刊行会刊『乙字俳論集』に収録。底本には初刊本。

謂ゆる通俗小説と藝術小説の問題　徳田秋聲・野村愛正・森田草平

一九一九（大正八）年二月一日発行「新潮」第三十巻第二号に発表。パラルビ。底本には初出誌。

島崎氏の『新生』　中村星湖

一九一九（大正八）年二月二日発行「読売新聞」第一五〇二八号に発表。総ルビ。底本には初出誌を用いルビを取捨した。

薬師寺　和辻哲郎

一九一九（大正八）年三月一日発行「新潮」第三十巻第三号に発表。極少ルビ。大幅な修訂をほどこし、同年五月二十三日、岩波書店刊『古寺巡礼』に収録。底本には初出誌。

女子改造の基礎的考察　与謝野晶子

一九一九（大正八）年四月三日発行「改造」第一巻第一号に

発表。ルビ一語のみ。底本には初出誌。

志賀直哉論　広津和郎

一九一九（大正八）年四月一日発行「新潮」第三十巻第四号に発表。極少ルビ。翌年三月二十日、聚英閣刊『作者の感想』に収録。底本には初出誌。

十二階下（一）　松崎天民

一九一九（大正八）年五月一日発行「新小説」第二十四年第五号に発表。総ルビ。翌年十月十五日、精禾堂刊『女人崇拝』に「十二階上の視野」と改題して収録。底本には初出誌を用いルビを取捨した。

私の句作境　飯田蛇笏

一九一九（大正八）年五月一日発行「ホトトギス」第二十二巻第八号（二百七十三号）に発表。ルビ一語のみ。底本には初出誌。

晩近詩壇の傾向を論ず　山宮允

一九一九（大正八）年五月一日発行「新潮」第三十巻第五号に発表。極少ルビ。底本には初出誌。

余の文章が初めて活字となりし時　徳田秋聲ほか

一九一九（大正八）年五月一日発行「文章倶楽部」第四年第五号、五月特別拡大号に発表。ルビなし。作家六十二名に対するアンケート。目次には「現下文壇の諸名家が、その自ら作れる文章詩歌を活字に於て見出したるは、いかなる場合、いかなる状態に於てなりしか。その時の感想如何。それに対して諸家自ら答へられしものを集む。すべて六十余家、現下文壇の諸氏を網羅して余さず。」とある。底本には初出誌。

藝術即人間　佐藤春夫

一九一九（大正八）年六月一日発行「新潮」第三十巻第六号に発表。ルビ一語のみ。一九二二（大正十一）年三月十五日、金星堂刊『藝術家の喜び』に収録。底本には初出誌。

写生から写意に　大須賀乙字

一九一九（大正八）年九月一日発行「懸葵」第十六巻第九号に発表。翌々年十二月十日、乙字遺稿刊行会刊『乙字俳論集』に収録。底本には初出誌。

幕末武士と露国農夫の血を享けた　私の自叙伝　大泉黒石

一九一九（大正八）年九月一日発行「中央公論」第三十四年第九号、秋期大付録号に発表。パラルビ。翌号に掲載の「日本に来てからの俺＝「私の自叙伝」続篇」と併わせて、同年十二月二十日、玄文社刊『俺の自叙伝』として刊行。底本には初出誌。

花火　永井荷風

一九一九（大正八）年十二月一日発行「改造」第一巻第九号に発表。パラルビ。一九二二（大正十一）年七月二十八日、春陽堂刊『雨瀟瀟』に収録。底本には初出誌。

〔詩〕

中禅寺湖ほか　岩野泡鳴

中禅寺湖　一九一九（大正八）年八月十七日発行「読売新聞」第一五二一九号に発表。今の詩界（諷刺）　同年九月七日発行「読売新聞」第一五二四〇号に発表。

下総のお吉ほか　野口雨情

下総のお吉・お新と繁三　一九一九（大正八）年十二月一日

発行「文章世界」第十四巻第十二号に発表。

手ほか　正富汪洋

手・侮辱を受けない人　一九一九（大正八）年十二月一日発行「文章世界」第十四巻第十二号に発表。

ふるさとほか　山村暮鳥

ふるさと　一九一九（大正八）年五月一日発行「苦悩者」第七号に発表。　此の道のつきたところで考へろ　同年六月一日発行同誌第八号に発表。

あわて床屋ほか　北原白秋

あわて床屋　一九一九（大正八）年四月一日「赤い鳥」第二巻第四号に発表。　月夜の家　同年十一月一日発行同誌第三巻第五号に発表。

人形よ美くしかれ　加藤介春

人形よ美くしかれ　一九一九（大正八）年八月一日発行「現代詩歌」第二巻第八号に発表。

詩の朗読　千家元麿

詩の朗読　一九一九（大正八）年八月一日発行「白樺」第十巻第八号に発表。

飛行機　川路柳虹

飛行機　一九一九（大正八）年九月一日発行「文章世界」第十四巻第九号に発表。

寂しき生命ほか　室生犀星

寂しき生命　一九一九（大正八）年七月一日発行「感情」第四年第七月号、第三十号に発表。　木から落ちた少年　同年九月一日発行同誌第四年第九月号、第三十一号に発表。

昼餐　柳沢健

昼餐　一九一九（大正八）年五月一日発行「雄弁」第十巻第五号、春季増刊号に発表。

虫蠱の人形　日夏耿之介

虫蠱の人形　一九一九（大正八）年五月一日発行「早稲田文学」第百六十二号に発表。

現代の嵐ほか　白鳥省吾

現代の嵐・坑夫長屋　一九一九（大正八）年十月一日発行「文章世界」第十四巻第十号に発表。

猫ほか　堀口大學

猫　一九一九（大正八）年四月一日発行「現代詩歌」第二巻第四号に発表。　古風な幻影　同年四月一日発行「早稲田文学」第百六十一号に発表。

あしのうらほか　西條八十

あしのうら　一九一九（大正八）年五月一日発行「赤い鳥」第二巻第五号に発表。　都会の記憶　同年九月一日発行「詩王」第一年第六輯に発表。

緑の潮ほか　福田正夫

緑の潮・夜のなやみ・光れる岸　一九一九（大正八）年四月一日発行「現代詩歌」第二巻第四号に発表。

悩める森林　多田不二

悩める森林　一九一九（大正八）年二月一日発行「帝国文学」第二十五巻第二号に発表。

熱風　平戸廉吉

熱風　一九一九（大正八）年十一月一日発行「現代詩歌」第

二巻第十一号に発表。

轢死　竹村俊郎

轢死　一九一九（大正八）年七月一日発行「感情」第四年第七月号、第三十号に発表。

BALLAD　霜田史光

BALLAD　一九一九（大正八）年九月一日発行「詩王」第一年第六輯に発表。

輪舞ほか　北村初雄

輪舞　一九一九（大正八）年四月一日発行「詩王」第一年第一輯に発表。　妖謡　同年十月一日発行「詩王」第一年第七輯に発表。

夜の太陽　井上康文

夜の太陽　一九一九（大正八）年三月一日発行「民衆」第十二号に発表。

咎め　熊田精華

咎め　一九一九（大正八）年十月一日発行「詩王」第一年第七輯に発表。

〔女詩人号〕「現代詩歌」

一九一九（大正八）年七月一日発行「現代詩歌」第二巻第七号は、「女詩人号」として巻頭に、与謝野晶子、茅野雅子、山田邦子、沢ゆき子、北原章子、山口宇多子、窪田照子、川路せい子ら八名の創作を、掲載した。

〔短歌〕

出雲国加賀の潜戸《くけど》　木下利玄

一九一九（大正八）年一月一日発行「白樺」第十巻第一号に発表。

六甲越　木下利玄

一九一九（大正八）年一月一日発行「心の花」第二十三巻第一号に発表。

富士へ上る　木下利玄

一九一九（大正八）年十月一日発行「白樺」第十巻第十号に発表。

岬　木下利玄

一九一九（大正八）年十一月一日発行「白樺」第十巻第十一・十二号に発表。

茶色の犬　片山広子

一九一九（大正八）年一月一日発行「心の花」第二十三巻第一号に発表。

不知火　柳原白蓮

一九一九（大正八）年七月一日発行「心の花」第二十三巻第七号に発表。

千代子　川田順

一九一九（大正八）年一月一日発行「心の花」第二十三巻第一号に発表。

霜花　斎藤瀏

一九一九（大正八）年四月一日発行「心の花」第二十三巻第四号に発表。

逝く子 一　島木赤彦

一九一九（大正八）年五月一日発行「アララギ」第十二巻第

五号に発表。

父と子　島木赤彦

一九一九（大正八）年七月一日発行「短歌雑誌」第二巻第十号に発表。

大町　島木赤彦

一九一九（大正八）年十一月一日発行「アララギ」第十二巻第一号に発表。

日向の国　釈迢空

一九一九（大正八）年一月一日発行「アララギ」第十二巻第十一号に発表。

日向の国 その二　釈迢空

一九一九（大正八）年二月一日発行「アララギ」第十二巻第二号に発表。

鹿野山 其二　古泉千樫

一九一九（大正八）年三月一日発行「アララギ」第十二巻第三号に発表。

帰住　中村憲吉

一九一九（大正八）年五月一日発行「アララギ」第十二巻第五号に発表。

田宿の家 一、二　土屋文明

一九一九（大正八）年一月一日発行「アララギ」第十二巻第一号に発表。

雑詠　土田耕平

一九一九（大正八）年十二月一日発行「アララギ」第十二巻第十二号に発表。

みちのくの冬　原阿佐緒

一九一九（大正八）年二月一日発行「アララギ」第十二巻第二号に発表。

冬の街　松倉米吉

一九一九（大正八）年二月一日発行「アララギ」第十二巻第二号に発表。

わかれ・朝床　松倉米吉

一九一九（大正八）年九月一日発行「アララギ」第十二巻第九号に発表。

病みて 一、二　松倉米吉

一九一九（大正八）年十一月一日発行「アララギ」第十二巻第十一号に発表。

雨路　高田浪吉

一九一九（大正八）年十二月一日発行「アララギ」第十二巻第十二号に発表。

甲斐路　窪田空穂

一九一九（大正八）年七月一日発行「文章世界」第十四巻第七号に発表。

昨日より今日に（抄）　窪田空穂

一九一九（大正八）年一月一日発行「短歌雑誌」第二巻第四号に発表。

冬近し　川崎杜外

一九一九（大正八）年一月一日発行「短歌雑誌」第二巻第四号に発表。

春のとりどり　北原白秋

一九一九（大正八）年三月一日発行「大観」第二巻第三号に発表。

天の河　北原白秋

一九一九（大正八）年八月一日発行「新潮」第三十巻第八号に発表。

春浅し　河野慎吾

一九一九（大正八）年四月一日発行「文章世界」第十四巻第四号に発表。

社会　土岐哀果

一九一九（大正八）年七月一日発行「短歌雑誌」第二巻第十号に発表。

高尾山　尾山篤二郎

一九一九（大正八）年九月一日発行「文章世界」第十四巻第九号に発表。

羇旅情景　太田水穂

一九一九（大正八）年七月一日発行「短歌雑誌」第二巻第十号に発表。

南信濃　太田水穂

一九一九（大正八）年六月一日発行「潮音」第五巻第六号に発表。

尽きぬ歎き㈠　小田観蛍

一九一九（大正八）年二月一日発行「潮音」第五巻第二号に発表。

冬山水　若山牧水

一九一九（大正八）年一月一日発行「短歌雑誌」第二巻第四号に発表。

渓の歌　若山牧水

一九一九（大正八）年一月一日発行「文章世界」第十四巻第一号に発表。

春愁　若山喜志子

一九一九（大正八）年四月一日発行「文章世界」第十四巻第四号に発表。

揚雲雀　石井直三郎

一九一九（大正八）年七月一日発行「短歌雑誌」第二巻第十号に発表。

旅の歌　岡本かの子

一九一九（大正八）年九月一日発行「短歌雑誌」第二巻第十二号に発表。

楽屋の木がらし　田辺若男

一九一九（大正八）年三月一日発行「文章世界」第十四巻第三号に発表。

〔俳句〕

ホトトギス巻頭句集

一九一九（大正八）年一月一日発行「ホトトギス」第二十二巻第四号（二百六十九号）。同年二月一日発行同誌第二十二巻第五号（二百七十号）。同年三月一日発行同誌第二十二巻第六号（二百七十一号）。同年四月一日発行同誌第二十二巻第七号（二百七十二号）。同年五月一日発行同誌第二十二巻第八号（二百七十三号）。同年六月一日発行同誌第二十二巻第九号（二百七十四号）。同年七月一日発行同誌第二十二巻第十号（二百七十五号）。同年八月五日発行同誌第二十二巻第十一号（二百七十六号）。同年九月五日発行同誌第二十二巻第十二号（二百七十七号）。同年十月一日発行同誌第二十三巻第一号（二百七十八号）。同年十一月五日発行同誌第二十三巻第二号（二百七十九号）。同年十二月一日発行同誌第二十三巻第三号（二百八十号）。

山廬集（抄）　飯田蛇笏

一九三二（昭和七）年十二月二十一日、雲母社発行。

乙字句集（抄）　大須賀乙字

一九二一（大正十）年五月十日、懸葵発行所発行。

八年間（抄）　河東碧梧桐

一九二三（大正十二）年一月一日、玄同社発行。

〔大正八年〕　高浜虚子

一九一九（大正八）年四月一日発行「ホトトギス」第二十二巻第七号（二百七十二号）。同年六月一日発行同誌第二十二巻第九号（二百七十四号）。同年七月一日発行同誌第二十二巻第十号（二百七十五号）。同年八月五日発行同誌第二十二巻第十一号（二百七十六号）。同年八月二十三日発行「国民新聞」第九九二六号。同年十月一日発行「ホトトギス」第二十三巻第一号（二百七十八号）。同年十月二十日発行「国民新聞」第九九五四号。

雑草（抄）　長谷川零余子

一九二四（大正十三）年六月二十五日、枯野社発行。

〔大正八年〕　村上鬼城

一九一九（大正八）年一月一日発行「ホトトギス」第二十二巻第四号（二百六十九号）。同年二月一日発行同誌第二十二巻第五号（二百七十号）。同年四月一日発行同誌第二十二巻第七号（二百七十二号）。同年五月一日発行同誌第二十二巻第八号（二百七十三号）。同年六月一日発行同誌第二十二巻第九号（二百七十四号）。同年七月一日発行同誌第二十二巻第十号（二百七十五号）。同年十二月一日発行同誌第二十三巻第三号（二百八十号）。

＊本巻収録の詩歌・児童文学については、本全集全十五巻の通巻担当者である、阿毛久芳（近代詩）、来嶋靖生（短歌）、平井照敏（俳句）、砂田弘（児童文学）の選による。

著者略歴

飯田蛇笏―いいだ　だこつ―一八八五・四・二六～一九六二・一〇・三　本名　飯田武治　俳人　山梨県出身　早稲田大学英文科中退　『山廬集』『山廬随筆』

石井直三郎―いしい　なおさぶろう―一八九〇・七・一八～一九三六・四・二三　歌人　岡山県出身　東京帝国大学国文科卒　『青樹』『石井直三郎歌集』

泉　鏡花―いずみ　きょうか―一八七三・一一・四～一九三九・九・七　本名　泉鏡太郎　小説家　石川県出身　北陸英和学校中退　『外科室』『高野聖』『婦系図』

井上康文―いのうえ　やすぶみ―一八九七・六・二〇～一九七三・四・一八　本名　井上康治　詩人　神奈川県出身　東京薬学校卒　『愛する者へ』『愛の翼』『愛子詩集』『梅』『天の糸』

岩野泡鳴―いわの　ほうめい―一八七三・一・二〇～一九二〇・五・九　本名　岩野美衛　詩人・小説家・劇作家・評論家　兵庫県出身　明治学院普通学部本科中退　専修学校（専修大学）中退　東北学院中退　『耽溺』『泡鳴五部作』

宇野浩二―うの　こうじ―一八九一・七・二六～一九六一・九・二一　本名　宇野格次郎　小説家　福岡県出身　早稲田大学英文科予科中退　『苦の世界』『子を貸し屋』『枯木のある風景』

江口千代―えぐち　ちよ―一八九四・六・一四～一九六五・一〇・一四　本名　北川千代　小説家　三輪田高女中退　『父の乗る汽車』

大泉黒石―おおいずみ　こくせき―一八九四・七・二七～一九五七・一〇・二六　本名　大須賀清　小説家　長崎鎮西学院中学卒　三高、一高中退　『俺の自叙伝』『創作　老子』『黒石怪奇物語集』『人間開業』『人間廃業』

大須賀乙字―おおすが　おつじ―一八八一・七・二九～一九二〇・一・二〇　本名　大須賀積　俳人　福島県出身　東京帝国大学国文科卒　『乙字句集』『乙字俳論集』

大杉　栄―おおすぎ　さかえ―一八八五・一・一七～一九二三・九・一六　評論家　香川県出身　東京外国語学校（東京外国語大学）仏語科卒　『獄中記』『正義を求める心』

太田水穂―おおた みずほ―一八七六・一二・九～一九五五・一・一 本名 太田貞一 歌人・国文学者 長野県出身 長野県師範学校卒 『つゆ艸』『老蘇の森』『短歌立言』

岡本かの子―おかもと かのこ―一八八九・三・一～一九三九・二・一八 本名 岡本カノ 小説家・歌人 東京都出身 跡見女学校卒 『かろきねたみ』『老技抄』

小川未明―おがわ みめい―一八八二・四・七～一九六一・五・一一 本名 小川健作 小説家・童話作家 新潟県出身 早稲田大学英文科卒 『赤い蠟燭と人魚』『野薔薇』

小田観螢―おだ かんけい―一八八六・一一・七～一九七三・一・一 本名 小田哲弥 歌人 岩手県出身 『隠り沼』『蒼鷹』『暁白』『天象』

尾山篤二郎―おやま とくじろう―一八八九・一二・一五～一九六三・六・二三 歌人・国文学者 石川県出身 金沢商業中退 『さすらひ』『明る妙』『草籠』

葛西善蔵―かさい ぜんぞう―一八八七・一・一六～一九二八・七・二三 小説家 青森県出身、早稲田大学英文科聴講生 『哀しき父』『子をつれて』

片山広子―かたやま ひろこ―一八七八・二・一〇～一九五七・三・一九 別名 松村みね子 歌人・翻訳家 東京都出身 東洋英和女学校卒 『翡翠』『野に住みて』『燈火節』

加藤介春―かとう かいしゅん―一八八五・五・一六～一九四六・一二・一八 本名 加藤寿太郎 詩人 福岡県出身 早稲田大学英文科卒 『獄中哀歌』『梢を仰ぎて』『眼と眼』

加能作次郎―かのう さくじろう―一八八五・一・一〇～一九四一・八・五 小説家 石川県出身 早稲田大学英文科卒 『世の中へ』『若き日』『乳の匂ひ』

川崎杜外―かわさき とがい―一八八四・一〇・?～一九三四・八・一五 本名 川崎左右 歌人 長野県出身 東京専門学校（早稲田大学）中退 『山守』『川崎杜外歌集』

川路せい子―かわじ せいこ―経歴未詳

川路柳虹―かわじ りゅうこう―一八八八・七・九～一九五九・四・一七 本名 川路誠 詩人・美術評論家 東京都出身 東京美術学校（東京藝術大学）日本画科卒 『路傍の花』『波』

川田 順―かわた じゅん―一八八二・一・一五～一九六六・一・二二 歌人 東京都出身 東京帝国大学法科卒 『伎藝天』『山

海経』『鷲』『国初聖蹟歌』

河東碧梧桐―かわひがし へきごどう―一八七三・二・二六～一九三七・二・一 本名 河東秉五郎 俳人 愛媛県出身 仙台二高中退『新傾向句集』『八年間』『三千里』

菊池 寛―きくち かん―一八八八・一二・二六～一九四八・三・六 本名 菊池寛（ひろし） 小説家・劇作家 香川県出身 京都帝国大学英文科選科卒『父帰る』『真珠夫人』『話の屑籠』

北原章子―きたはら あきこ―経歴未詳

北原白秋―きたはら はくしゅう―一八八五・一・二五～一九四二・一一・二 本名 北原隆吉 詩人・歌人 福岡県出身 早稲田大学英文科中退『邪宗門』『桐の花』『雲母集』『雀の卵』

北村初雄―きたむら はつお―一八九七・二・一三～一九二二・一二・二 詩人 東京都出身 東京高等商業学校卒『吾歳と春』『正午の果実』『樹』

木下利玄―きのした りげん―一八八六・一・一～一九二五・二・一五 本名 利玄（としはる） 歌人 岡山県出身 東京帝国大学国文科卒『銀』『紅玉』『一路』

窪田空穂―くぼた うつほ―一八七七・六・八～一九六七・四・一二 本名 窪田通治 歌人・国文学者 長野県出身 東京専門学校（早稲田大学）卒『まひる野』『濁れる川』『鏡葉』

窪田照子―くぼた てるこ―経歴未詳

熊田精華―くまだ せいか―一八九八・四・一八～一九七七・四・二七 詩人 栃木県出身 上智大学哲学科卒『仿西小韻』

古泉千樫―こいずみ ちかし―一八八六・九・二六～一九二七・八・一一 本名 古泉幾太郎 歌人 千葉県出身 千葉教員講習所卒『川のほとり』『屋上の土』

河野慎吾―こうの しんご―一八九三・四・一一～一九五九・一・二一 歌人 兵庫県出身 早稲田大学卒『雲泉』

小島政二郎―こじま まさじろう―一八九四・一・三一～一九九四・三・二四 小説家 東京都出身 慶応義塾大学文学科卒『含羞』『緑の騎士』『眼中の人』

西條八十―さいじょう やそ―一八九二・一・一五～一九七〇・八・一二 詩人 東京都出身 早稲田大学英文科卒『砂金』『西條八十童謡全集』『一握の玻璃』

斎藤　瀏―さいとう　りゅう―一八七九・四・一六～一九五三・七・五　歌人　長野県出身　陸大卒　『獄中の記』『四天雲晴』

佐藤春夫―さとう　はるお―一八九二・四・九～一九六四・五・六　詩人・小説家・評論家　和歌山県出身　慶応義塾大学文学部中退　『田園の憂鬱』『殉情詩集』『退屈読本』

里見　弴―さとみ　とん―一八八八・七・一四～一九八三・一・二一　本名　山内英夫　小説家　神奈川県出身　東京帝国大学英文科中退　『善心悪心』『多情仏心』『極楽とんぼ』

沢　ゆき子―さわ　ゆきこ―一八九四・二・一五～一九七二・一一・二九　本名　飯野ゆき　詩人　茨城県出身　『孤独の愛』『沼』『浮草』

山宮　允―さんぐう　まこと―一八九二・四・一九～一九六七・一・二二　詩人・英文学者　山形県出身　東京帝国大学文科大学英文科卒　『ブレイク論考』『明治大正詩書綜覧』

志賀直哉―しが　なおや―一八八三・二・二〇～一九七一・一〇・二一　小説家　宮城県出身　東京帝国大学国文科中退　『大津順吉』『暗夜行路』

島木赤彦―しまき　あかひこ―一八七六・一二・一七～一九二六・三・二七　本名　久保田俊彦　歌人　長野県出身　長野尋常師範学校（信州大学）卒　『柿蔭集』『歌道小見』

島田清次郎―しまだ　せいじろう―一八九九・二・二六～一九三〇・四・二九　小説家　石川県出身　金沢二中卒　金沢商業本科中退　『地上』『帝王者』『勝利を前にして』

霜田史光―しもた　のりみつ―一八九六・六・一九～一九三三・三・一一　本名　霜田平治　詩人・小説家　埼玉県出身　日本工業建築科卒　『流れの秋』『夢の国』

釈　迢空―しゃくの　ちょうくう―一八八七・二・一一～一九五三・九・三　別名　折口信夫　国文学者・歌人・詩人　大阪府出身　国学院大学卒　『海やまのあひだ』『死者の書』

白鳥省吾―しろとり　せいご―一八九〇・二・二七～一九七三・八・二七　詩人　宮城県出身　早稲田大学英文科卒　『世界の一人』『大地の愛』

千家元麿―せんけ　もとまろ―一八八八・六・八～一九四八・三・一四　詩人　東京都出身　慶応義塾幼稚舎普通部中退　東京府立四中中退　『自分は見た』『昔の家』

園池公致―そのいけ　きんゆき―一八八六・四・二九～一九七四・

一・三　小説家　学習院中等科中退　「薬局」「勘当」「遁走」「清一と神経衰弱」「一人角力」

高田浪吉―たかだ　なみきち―一八九八・五・二七～一九六二・九・一九　歌人　東京都出身　『川波』『砂浜』『堤防』『家並』『高草』『生存』

高浜虚子―たかはま　きょし―一八七四・二・二二～一九五九・四・八　本名　高浜清　俳人・小説家　愛媛県出身　第三高等中学校、東京専門学校（早稲田大学）中退　『俳諧師』『柿二つ』『五百句』

竹村俊郎―たけむら　としろう―一八九六・一・三～一九四四・八・一七　詩人　山形県出身　山形中学卒　『葦茂る』『十三月』『鴉の歌』『旅人』

多田不二―ただ　ふじ―一八九三・一二・一五～一九六八・一二・一七　詩人　茨城県出身　東京帝国大学哲学科卒　『悩める森林』『夜の一部』

田辺若男―たなべ　わかお―一八八九・五・二八～一九六六・八・三〇　本名　田辺富蔵　俳優　新潟県出身　『舞台生活五十年俳優』『自然児の出発』

谷崎潤一郎―たにざき　じゅんいちろう―一八八六・七・二四～一九六五・七・三〇　小説家　東京都出身　東京帝国大学国文科中退　『刺青』『痴人の愛』『春琴抄』『細雪』

茅野雅子―ちの　まさこ―一八八〇・五・六～一九四六・九・二　本名　茅野まさ　茅野蕭々の妻　歌人　大阪府出身、日本女子大学国文科卒　『金沙集』

土田耕平―つちだ　こうへい―一八九五・六・一〇～一九四〇・八・一二　歌人　長野県出身　私立東京中学卒　『青杉』『斑雪』『一塊』

土屋文明―つちや　ぶんめい―一八九〇・九・一八～一九九〇・一二・八　歌人　群馬県出身　東京帝国大学哲学科卒　『ふゆくさ』『山谷集』『万葉集私注』

坪田譲治―つぼた　じょうじ―一八九〇・三・三～一九八二・七・七　小説家・童話作家　岡山県出身　早稲田大学英文科卒　『正太の馬』『風の中の子供』『子供の四季』『魔法』『狐狩り』

土岐哀果―とき　あいか―一八八五・六・八～一九八〇・四・一五　本名　土岐善麿　歌人　東京都出身　早稲田大学英文科卒　『NAKIWARAI』『土岐善麿歌集』

徳田秋聲―とくだ　しゅうせい―一八七一・一二・二三〜一九四三・一一・一八　本名　徳田末雄　小説家　石川県出身　第四高等中学（金沢大学）中退　『黴』『あらくれ』『仮装人物』『縮図』

内藤辰雄―ないとう　たつお―一八九三・一一・一一〜一九六六・一〇・二六　本名　内藤恵吉　小説家　岡山県出身　岡山県立商業中退　『馬を洗ふ』『空に指して語る』

永井荷風―ながい　かふう―一八七九・一二・三〜一九五九・四・三〇　本名　永井壮吉　小説家・随筆家　東京都出身　東京外国語学校（東京外国語大学）清語科中退　『ふらんす物語』『すみだ川』『日和下駄』『濹東綺譚』『断腸亭日乗』

中戸川吉二―なかとがわ　きちじ―一八九六・五・二〇〜一九四二・一一・一九　小説家　北海道出身　明治大学中退　『反射する心』『イボタの虫』『北村十吉』

中村憲吉―なかむら　けんきち―一八八九・一・二五〜一九三四・五・五　歌人　広島県出身　東京帝国大学法科卒　『林泉集』『しがらみ』『軽雷集』

中村星湖―なかむら　せいこ―一八八四・二・一一〜一九七四・四・一三　本名　中村将為　小説家　山梨県出身　早稲田大学英文科卒　『女のなか』『少年行』

野口雨情―のぐち　うじょう―一八八二・五・二九〜一九四五・一・二七　本名　野口栄吉　民謡・童謡詩人　茨城県出身　東京専門学校（早稲田大学）中退　『船頭小唄』『波浮の港』『七つの子』『十五夜お月さん』

野村愛正―のむら　あいせい―一八九一・八・二一〜一九七四・七・六　小説家　鳥取県出身　鳥取中学卒　『明ゆく路』『黒い流』『土の霊』

長谷川零余子―はせがわ　れいよし―一八八六・五・二三〜一九二八・七・二七　本名　富田諧三　俳人　長谷川かな女の夫　群馬県出身　東京帝国大学薬学科卒　『雑草』『零余子句集』

原阿佐緒―はら　あさお―一八八八・六・一〜一九六九・二・二一　本名　原あさを　歌人　宮城県出身　宮城県立高等女学校中退・日本女子美術学校（都立忍岡高校）入学　『涙痕』『白木槿』『死をみつめて』

日夏耿之介―ひなつ　こうのすけ―一八九〇・二・二二〜一九七一・六・一三　本名　樋口国登　詩人・英文学者　長野県出身　早稲田大学英文科卒　『転身の頌』『黒衣聖母』『明治大正詩史』

平戸廉吉―ひらと　れんきち―一八九三〜一九二二・七・二〇　詩人・美術評論家　大阪府出身　上智大学中退　『日本未来派宣言運

動』『K病院の印象』『飛鳥』『合奏』『無日』

広津和郎―ひろつ　かずお―一八九一・一二・五～一九六八・九・二一　小説家・評論家　東京都出身　早稲田大学英文科卒　『神経病時代』『風雨強かるべし』『年月のあしおと』

福田正夫―ふくだ　まさお―一八九三・三・二六～一九五二・六・二六　詩人　神奈川県出身　東京高等師範学校体操科中退　『農民の言葉』『世界の魂』『船出の歌』『歎きの孔雀』

堀口大學―ほりぐち　だいがく―一八九二・一・八～一九八一・三・一五　詩人　翻訳家　東京都出身　慶応義塾大学文学部予科卒　『月下の一群』『人間の歌』

正富汪洋―まさとみ　おうよう―一八八一・四・一五～一九六七・八・一四　本名　正富由太郎　詩人・歌人　岡山県出身　哲学館（東洋大学）卒　『豊麗な花』『月夜の海』『世界の民衆に』

松倉米吉―まつくら　よねきち―一八九五・一二・二五～一九一九・一一・二五　歌人　新潟県出身　高等小学校中退　『松倉米吉歌集』『松倉米吉全集』

松崎天民―まつざき　てんみん―一八七八・五・一八～一九三四・七・二二　本名　松崎市郎　新聞記者　岡山県出身　小学校卒　『ペン尖と足跡』『淪落の女』『人生探訪』

水守亀之助―みずもり　かめのすけ―一八八六・六・二二～一九五八・一二・一五　小説家　兵庫県出身　大阪医学校中退　『帰れる父』『闇を歩く』『我が墓標』

宮地嘉六―みやち　かろく―一八八四・六・一一～一九五八・四・一〇　小説家　佐賀県出身　早稲田大学聴講生　『煤煙の臭ひ』『或る職工の手記』『放浪者富蔵』

村上鬼城―むらかみ　きじょう―一八六五・五・一七～一九三八・九・一七　本名　村上荘太郎　俳人　鳥取県出身　明治義塾法律学校中退　『鬼城句集』『鬼城俳句俳論集』

室生犀星―むろう　さいせい―一八八九・八・一～一九六二・三・二六　本名　室生照道　詩人・小説家　石川県出身　金沢高等小学校中退　『抒情小曲集』『性に眼覚める頃』『杏っ子』

森田草平―もりた　そうへい―一八八一・三・一九～一九四九・一二・一四　本名　森田米松　小説家　岐阜県出身　東京帝国大学英文科卒　『煤煙』『輪廻』『吉良家の人々』『夏目漱石』

柳沢　健―やなぎさわ　けん―一八八九・一一・三～一九五三・五・二九　詩人　福島県出身　東京帝国大学仏法科卒　『果樹園』

『南欧遊記』

柳原白蓮―やなぎはら　びゃくれん―一八八五・一〇・一五～一九六七・二・二二　本名　宮崎燁子　歌人　東京都出身、東洋英和女学校卒　『踏絵』『几帳のかげ』『荊棘の実』

山口宇多子―やまぐち　うたこ―経歴未詳

山田邦子―やまだ　くにこ―一八九〇・五・三一～一九四八・七・一五　歌人　徳島県出身　諏訪高女卒　『明日香路』『こぼれ梅』

山村暮鳥―やまむら　ぼちょう―一八八四・一・一〇～一九二四・一二・八　本名　土田八九十　詩人　群馬県出身　聖三一神学校卒　『聖三稜玻璃』『風は草木にささやいた』『雲』

与謝野晶子―よさの　あきこ―一八七八・一二・七～一九四二・五・二九　本名　与謝しよう　歌人・詩人　与謝野寛の妻　大阪府出身　堺女学校補習科卒　『みだれ髪』『君死にたまふこと勿れ』

若山喜志子―わかやま　きしこ―一八八八・五・二八～一九六八・八・一九　本名　若山喜志　若山牧水の妻　歌人　長野県出身　『無花果』『芽ぶき柳』『眺望』

若山牧水―わかやま　ぼくすい―一八八五・八・二四～一九二八・九・一七　本名　若山繁　歌人　宮崎県出身　早稲田大学英文科卒　『別離』『路上』

和辻哲郎―わつじ　てつろう―一八八九・三・一～一九六〇・一二・二六　哲学者・評論家　兵庫県出身　東京帝国大学文科大学哲学科卒　『古寺巡礼』『風土―人間学的考察』

編年体 大正文学全集

第八巻 大正八年

二〇〇一年八月十日第一版第一刷発行

著者代表——谷崎潤一郎

編者——紅野謙介

発行者——荒井秀夫

発行所——株式会社 ゆまに書房

東京都千代田区内神田二—七—六

郵便番号一〇一—〇〇四七

電話〇三—五二九六—〇四九一代表

振替〇〇一四〇—六—六三一六〇

印刷・製本——日本写真印刷株式会社

落丁・乱丁本はお取替いたします

定価はカバー・帯に表示してあります

ISBN4-89714-897-9 C0391